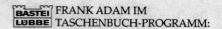

FRANK ADAM

Der junge Seewolf

ZWEI DAVID-WINTER-SEEROMANE

Die Bucht der sterbenden Schiffe

BASTEI
LÜBBE

BASTEI LÜBBE TASCHENBUCH
Band 14 413

Erste Auflage: September 2000

Lektorat: Rainer Delfs
Titelbild: Dienstleistungsgesellschaft für Schiffahrts-
und Marinegeschichte mbH
Umschlaggestaltung: QuadroGrafik, Bensberg
Satz: KCS GmbH, Buchholz/Hamburg
Druck und Verarbeitung: 51881
Société Nouvelle Firmin-Didot, Mesnil-sur-l'Estrée
Printed in France
ISBN 3–404–14413–9

Sie finden uns im Internet unter
http://www.luebbe.de

Der Preis dieses Bandes versteht sich einschließlich der gesetzlichen Mehrwertsteuer

Der erste Roman

Der junge Seewolf

Inhalt

Einleitung

Tagebücher haben oft ein seltsames Schicksal. Der bekannte Historiker und Soziologe C. Northcote Parkinson beschreibt, wie die Aufzeichnungen des britischen Leutnants Samuel Walters aus den Jahren 1805–1810 bei dem Abbruch alter Holzhäuser 1918 in New Orleans von einem farbigen Arbeiter gefunden wurden. Schiffszeichnungen in dem alten Heft weckten sein Interesse.

Sein Sohn, Butler eines Managers, wußte, daß sein Arbeitgeber mit einem englischen Seeoffizier befreundet war, und so wanderte das Heft in die Hände des Engländers, der nach seiner Pensionierung schließlich 1947 in Professor Parkinson den Mann fand, der die Erinnerungen des Samuel Walters fast anderthalb Jahrhunderte nach ihrer Niederschrift herausgab. (C. N. Parkinson [Hrsg.]: Samuel Walters, Lieutenant, R. N. Liverpool: University Press 1949)

So weite und verschlungene Wege haben die Aufzeichnungen nicht zurückgelegt, die mir eines Tages angeboten wurden. Es waren Tagebücher und unregelmäßige Aufzeichnungen eines David Winter, der 1831 betagt auf seinem Landgut in der Nähe von Bremerhaven starb.

Wie das heute so ist, wurde das Gutshaus zum Landhaus reicher Städter umgebaut, das Ackerland bis auf einen kleinen Rest verkauft. Bei dieser Renovierung war hinter einer schwer zugänglichen Ecke des Speichers eine alte Kiste im Wege, die ein Teleskop, eine verrottete Uniformjacke und – eingehüllt in Ölpapier – einige steif eingebundene Hefte enthielt.

Daß sie an mich gelangten, mag an meinem bekannten marinehistorischen Interesse gelegen haben. Wer sie mir verkaufte, will ich lieber nicht preisgeben, denn ob die Eigentumsfrage überhaupt zu klären ist, erscheint mir fraglich, aber ich habe Zweifel, ob der Verkäufer sein Recht beweisen könnte. Wie dem auch sei: Meine Neugier siegte über Skrupel, und die Aufzeichnungen haben mich nicht enttäuscht.

Sir David Winter, Ritter des Bath-Ordens, hat eine faszinierende Laufbahn in der großen Zeit der englischen Flotte von 1774 bis 1819 erlebt und ist erst um 1824 in seine alte Heimat zurückgekehrt. Das Schicksal hatte ihn in etwa fünfzig Jahren voller Kämpfe und Abenteuer in fast alle Meere dieser Welt verschlagen. Was er mit wachen Sinnen, gesundem Menschenverstand und mitfühlendem Herzen erlebt hatte, erschien mir mitteilenswert.

Doch die Aufzeichnungen in der trockenen seemännischen ›Kurzsprache‹ dieser Zeit hätten nur den Marinehistoriker interessiert. So habe ich begonnen, die Erlebnisse des David Winter aus Stade auf meine Art nachzuerzählen. Viele historische Details, die Sir David nur andeutete, konnte ich aus zeitgenössischen Quellen ergänzen. Hier habe ich mich um größtmögliche Exaktheit bemüht, zum einen, weil die Erlebnisse dieses Mannes unter Wert verschleudert würden, reduzierte man sie auf Spannung und Action, zum anderen aber auch, weil der historisch interessierte Leser meinen eigenen Wünschen entspricht.

Spannende Erlebnisse brauchte ich nicht zu erfinden, denn die Zeit bot mehr an, als in Romanen unterzubringen sind. Aber in Handlungen und Charakteren der Personen habe ich mir jene Freiheiten genommen, die dem Erzähler zustehen.

Auf Fachausdrücke aus der Welt der Segelkriegsschiffe und dem Leben dieser Zeit konnte nicht ganz verzichtet werden. Ein Glossar am Ende des Buches kann das Verständnis erleichtern. Im Anschluß an die Einleitung findet der interessierte Leser auch Hinweise auf historische Literatur, falls er sich intensiver mit dieser Zeit beschäftigen möchte.

Ich hoffe, daß ich dem Leser etwas von dem Staunen und der Spannung vermitteln kann, die sich bei mir einstellten, als sich meine Phantasie durch die Aufzeichnungen des David Winter fesseln und anregen ließ.

Frank Adam

Hinweise für den marinehistorisch orientierten Leser

Wer sich über die geschichtlichen Hintergründe, die Schiffe dieser Zeit, das Leben der Besatzungen, die Waffen und vieles andere mehr orientieren will, kann das am besten in:

Adam, F.: *Herrscherin der Meere. Die britische Flotte zur Zeit Nelsons. Hamburg: Koehler 1998*

Standardwerke zu den Seekämpfen dieses Krieges sind:

Syrett, D.: *The Royal Navy in American Waters 1775–1783. Brookfield: Scolar Press 1989*
James, W. M.: *The British Navy in adversity. New York: Nachdruck 1970*

Über die Seemannschaft dieser Zeit orientiert am besten:

Harland, J.: *Seamanship in the Age of Sail. London: Conway 1984*

Viele Informationen kann man auch alten nautischen Wörterbüchern entnehmen. Ich habe mich bei der Übersetzung nautischer Begriffe meist an folgendem Werk orientiert:

Bobrick, E.: *Allgemeines nautisches Wörterbuch mit Sacherklärungen. Leipzig: Hoffmann 2. Aufl. 1858*

Über das Leben in dieser Zeit berichten anschaulich viele Biographien. London und das Treiben der englischen Gesellschaft werden lebendig in:

Lichtenberg in England. *Herausgegeben und erläutert von H. L. Gumbert. Wiesbaden: Harassowitz 1977.*

Schlüter, H.: *Ladies, Lords und Liederjane.* Dortmund: Harenberg
 1982

Von den Biographien der Seeleute habe ich besonders herangezogen:

Childers, Sp. (Hrsg.): *A Mariner of England.* London, Conway
 Nachdruck 1970
Choyce, J.: *The Log of a Jack Tar.* Maidstone: Mann Nachdruck 1973
Dann, J. C.: *The Nagle Journal.* New York: Weidenfeld & Nicolson
 1988
Parkinson, C. N. (Hrsg.): *Samuel Walters.* Liverpool: University
 Press 1949
Parsons, G. S.: *Nelsonian Reminiscences.* Maidstone: Mann Nachdruck 1973

Personenverzeichnis

	Shannon	Shannon
Kapitän	Brisbane, Edward	Brisbane, Edward
1. Leutnant	Grant, Thomas	Morsey, James
2. Leutnant	Morsey, James	Bates, Robert
3. Leutnant	Bates, Robert	Kelly, Hugh
1. Leutnant der Seesoldaten	Barnes, Irving	Barnes, Irving
Master	Hope, Josuah	Hope, Josuah
Schiffsarzt	Lenthall, Richard	Lenthall, Richard
Midshipmen	Morrison, Henry	Haddigton, Charles
	Haddigton, Charles	Kelly, Hugh
	Kelly, Hugh	Simmons, Harry
	Marsh, Gilbert	Palmer, Matthew
	Baffin, Richard †	Greg, Nesbit
	Simmons, Harry	
	Palmer, Matthew	
	Greg, Nesbit	

Ankunft in England

»Herr Kapitän! Herr Kapitän!« klang näherkommend die helle Stimme vom mittleren Niedergang* her, begleitet vom Stapfen eiliger Schritte. »Herr Kapitän!« schallte es lauter jetzt, und ein Jungenkopf tauchte aus der Luke auf. »Wir sind ja schon auf dem Fluß«, stieß der junge Bursche hastig und mit allen Anzeichen der Enttäuschung hervor.

Auf dem Achterdeck wandte sich eine hagere, graubärtige Gestalt im dunkelblauen Tuchmantel um. »Man sacht', jung' Heer! Du hest noch nix verpaßt. Die Sonne ist gerade heraus. Vorher war es so diesig, daß wir alle Not hatten, unseren Weg zu finden. Steuerbord querab«, wies sein ausgestreckter Arm, »kannst du jetzt Tilbury Fort erkennen.« Der Kapitän legte seine Hand auf die Schulter des Jungen und führte ihn an die Backbordseite: »Und dort liegt Gravesend, auch nicht größer als Stade, wo du herstammst.«

Der Junge starrte mit seinen graubraunen Augen auf das

---

* Nautische Fachausdrücke werden im Glossar am Ende des Buches erklärt. Wer mehr wissen möchte, kann sich in dem Buch, Frank Adam: Herrscherin der Meere. Die britische Flotte zur Zeit Nelsons. Hamburg 1998, informieren.

kleine Nest am Themseufer, als wollte er Ähnlichkeiten mit seinem Heimatstädtchen beschwören. Aber die flache Hafenstadt bot ihm wenig Anhaltspunkte.

»Wann sind wir denn in London?« wandte er sich dem Kapitän zu. »Das dauert noch manche Stunde, Herr Ungeduld«, erwiderte der Kapitän lächelnd. »Wir sind ja noch etwa fünfunddreißig Meilen vom Pool, also vom Hafen entfernt. Der Wind steht günstig, aber ich möchte nicht wetten, daß er sich hält. In zwei Stunden wird die Flut uns schieben. Wenn alles gut geht, sollten wir am Kai liegen, bevor sie kentert. Aber wenn du es eiliger hast, mußt du auf den Kutter umsteigen, der aus Gravesend ausgelaufen ist. Er segelt schneller als wir und fährt im Liniendienst nach Billingsgate, ganz in der Nähe, wo wir auch anlegen.« Der Alte unterbrach sich: »Segg 'moal, hast du denn schon gefrühstückt?«

Der Junge schüttelte den Kopf.

»Dann aber runter zum Smutje und ordentlich eingefahren, ehe du wieder an Deck kommst, und eine warme Jacke solltest du auch anziehen.«

Der Protest folgte sofort: »Aber es ist doch so viel zu sehen, überall segeln Schiffe, sogar größere als unsres.«

»Nichts da«, brummte der Kapitän, »Schiffe wirst du bald mehr sehen als in deinem ganzen Leben zusammen, und was soll ich deinem Onkel sagen, wenn er dich abholt, und du kannst vor Hunger kaum stehen?«

Der Junge guckte prüfend an dem Graubart hoch, ob er es wirklich ernst meinte oder ob man ihn umstimmen konnte. Aber dann gab er auf und wandte sich mit einem »Jawohl, Herr Kapitän!« zum Niedergang.

»Kannst dich schon an England gewöhnen!« rief ihm der Kapitän nach: »Dort sagen sie: Aye, aye, Sir!«

Der Rudergänger deutete ein Grinsen an, das mit seinen Zahnstummeln eher erschrecken konnte: »Hei is 'n betten hitzig, disse junge Heer, wa Käpt'n?«

»Tja, wei woin mit twelf woll 'n ganz Deel ruhiger, aber hei is von Vadder her 'n Stadtmensch un 'n halben Studierter, dat mach woll wehn. – Paß up up dien Rudder, Döskopp!« unterbrach er sich, »or wullt du uns up de Sandbank setten?«

Wieder auf dem richtigen Kurs glitt die Brigg *Aurora* mit vollen Segeln vor dem leichten Wind dahin. Sie fuhr im Postdienst zwischen Hamburg und London und führte auch immer Ladung mit, kein Massengut, aber kleineres, wertvolleres Stückgut, das eben schnell wie die Post eintreffen sollte. Und sie hatte auch fast immer Passagiere.

Auf dieser Fahrt waren es einige Woll- und Holzhändler, ein Finanzrat aus Hannover, der im Ministerium über Abgaben an George III., König von Britannien und Kurfürst von Hannover – neben allen anderen Titeln –, verhandeln sollte, ein Professor der Universität Göttingen mit seiner Frau und der junge Heißsporn.

Seine Eltern hatten ihn dem Kapitän für die Überfahrt besonders ans Herz gelegt. In London sollte ihn sein Onkel abholen, Stadtrat und Schiffsausrüster aus Portsmouth. Der Junge hieß David Winter, war der Sohn eines Arztes aus Stade und einer gebürtigen Engländerin, deren Schwester den Stadtrat aus Portsmouth geheiratet hatte.

David, einziger Sohn seiner Eltern, sollte ein halbes Jahr bei den englischen Verwandten leben, da sein Vater zu Vorträgen an die Universitäten in Prag und München eingeladen war und dort seinerseits neue Methoden bei der Heilung von Knochenbrüchen studieren wollte.

Davids Vater, Absolvent der medizinischen Fakultäten in Edinburgh und Göttingen, wollte diese für ihn so ehrenvolle Reise nicht ohne seine Frau antreten, und so war für David der Aufenthalt bei Onkel und Tante, Vetter und Base arrangiert worden, ein Abenteuer allzumal, aber er würde es sicherlich gut haben, Erfahrungen sammeln und seine englischen Sprachkenntnisse verbessern, wie sich seine anfangs doch recht besorgte Mutter getröstet hatte.

David wirkte auch nicht so, als ob ihn jeder Windhauch umblasen würde. Für sein Alter mittelgroß, war er gewandt und kräftig, hatte eine schnelle Auffassungsgabe und drückte mitunter seine Meinung etwas sehr direkt aus, was ihm nicht nur Freunde einbrachte.

Eben war seine helle Stimme schon wieder vom Niedergang her zu hören. Vor ihm tauchten jedoch der Professor und seine Frau auf und wurden vom Kapitän freundlich und respektvoll begrüßt.

»Wir haben Purfleet, ein kleines Fischerdorf, Steuerbord querab, Frau Professor, und laufen in den nördlichen Themsebogen ein«, erklärte der Kapitän. »Halfway Reach liegt Steuerbord voraus.«

»Sehr einladend bietet sich uns England aber nicht gerade dar«, sagte die Angesprochene gleichermaßen zu ihrem Mann und dem Kapitän. »Die Ufer sehen so eintönig aus. Wenn nicht die weißen und braunen Segel, die Möwen und Reiher den Fluß belebten, könnte man direkt melancholisch werden.«

»Das ist meist Marsch- und Sumpfland«, ließ sich von hinten der Baß des dicken Lübecker Wollhändlers vernehmen. »Das wird auch kaum besser bis London. Und von der Stadt ist über die Hälfte auch nicht des Hinsehens wert, wenn Sie mich fragen. Dreckige Gaunerviertel allzumeist.«

Andere Passagiere, eben hinzugetreten, widersprachen, und im Nu war eine lebhafte Unterhaltung über die Vor- und Nachteile dieser Riesenstadt im Gange.

»Herr Kapitän!« übertönte alle wieder Davids helle Stimme. »Sehen Sie doch nur, da vorn die vielen Segel und ganz vorn, das sind ja Riesenschiffe.«

Alle schauten voraus, und einige beugten sich über die Reling, um besser zu sehen.

»Das sind die Schiffe, die mit Beginn der Ebbe aus dem Londoner Hafen ausgelaufen sind. Vorn sind zwei Ostindiensegler, die haben ihre 1200 bis 1300 Tonnen«, informierte der Kapitän und ließ sich das Fernrohr geben. »Hab' ich's mir doch gedacht! Voraus segelt die Northington, ein feines Schiff. Ich kenne ihren Kapitän aus der Zeit, als wir beide Maate waren. Er ist jetzt etwa sechs Monate unterwegs bis Bombay und sieht England frühestens in zwölf Monaten wieder, wenn überhaupt.«

Als einige fragten, was einen dazu bringen könne, so gefährliche und lange Reisen zu unternehmen, wies der Kapitän auf den Reiz der Fremde und vor allem auch auf die verführerischen Gewinnaussichten hin.

»Mein Freund kriegt nicht nur sein gutes Gehalt. Er ist auch nebenbei Kaufmann. Bis zu fünfundzwanzig Tonnen Frachtraum auf der Ausreise und fünfzehn Tonnen auf der Heimreise können Offiziere und Mannschaften der Ostindischen Gesellschaft an eigenen Waren frei transportieren und auf eigene Rechnung verkaufen. Und der Kapitän hat seinen guten Anteil. Manche haben ihr Vermögen gemacht und sind selbst Schiffseigner geworden.«

Erstauntes Gemurmel war zu hören. Vielleicht sah der eine oder andere Händler ein wenig neidischer zu den majestätischen Großseglern als zuvor.

Aber David sagte unberührt von Profitaussichten: »Ich würde gern mitsegeln. Es soll am anderen Ende der Welt ganz wunderbare Dinge zu sehen geben.«

»Ja, vor allem tolle Weiber«, brummelte der Rudergänger in sich hinein.

Der Wind stand jetzt querab, und die auslaufenden Schiffe hatten Mühe, gegen die Flut anzukreuzen. Sie würden spätestens in der Fiddler's Road, dem breiteren Flußabschnitt bei Greenhite, ankern und besseren Wind und die Ebbe abwarten, erklärte der Kapitän.

Hier und da wies er noch auf einige Schiffe hin: Kohlefrachter aus Newcastle, die eine oder andere Schnau aus der Ostsee, mehrere Themsebarken.

Viele liefen heute nicht aus, sagte er, die meisten würden wohl auf besseren Wind warten.

Der Professor wandte ein: »Mehr Schiffe können doch hier gar nicht fahren. Man müßte ja dauernd fürchten, gerammt zu werden.«

»Warten Sie nur ab, was sich im Pool drängt, Herr Professor. Da wissen auch alte Fahrensleute oft nicht mehr, wie sie durchschippern können.«

Inzwischen war das Königliche Hospital in Greenwich in Sicht. Der Professor bewunderte die klassische Weitläufigkeit des Gebäudes, und der Kapitän steuerte einige Bemerkungen über die Fürsorge für kranke und invalide Seeleute bei, von der andere Fürsten und Herren sich eine Scheibe abschneiden könnten.

Dann schlug er vor, die Passagiere möchten noch einen kleinen Imbiß nehmen und dann besser vom Vorschiff – »aber nicht in der Nähe der Ankermannschaft!« – das Einlaufen in den Hafen beobachten. Das Achterdeck brauche er dann ausschließlich zur Führung des Schiffes.

Davids fragenden, bittenden Blick beantwortete er nur mit einem Kopfschütteln und einer Handbewegung in Richtung des Niederganges. Dann wandte er seine ganze Aufmerksamkeit dem Strom, der Takelage und dem Ruder zu.

Lange hatte der Imbiß nicht gedauert. Die Passagiere, die London noch nicht oder lange nicht angelaufen hatten, kamen bald wieder an Deck. Andere, die die Route häufiger befuhren, ließen sich mehr Zeit. David war unter den ersten und sah noch die Königliche Werft von Deptford achteraus entschwinden. Zu seiner Enttäuschung lagen nur einige Fregatten und Sloops abgetakelt in der Werft. Kein Kriegsschiff setzte Segel.

Die Brigg folgte jetzt einer scharfen Flußkurve nach links, und als David den Blick nach vorn richtete, lag London vor ihm. Die Mittagssonne an diesem Märztag des Jahres 1774 schien wieder durch langsam südostwärts ziehende Wolken.

David legte die Hand über die Augen und starrte wortlos auf das Unvorstellbare. Der Fluß schien unter einer Fülle von kleinen und großen Schiffen zu verschwinden. Einige lagen am Ufer vertäut, andere ankerten im Fluß und Boote schwirrten zwischen ihnen in allen Richtungen umher.

In der Flußmitte drängelte sich gerade der Kutter aus Gravesend durch das Gewimmel. Am rechten Ufer begann ein unübersehbares Häusergewirr. Kleine, elende Katen waren es zumeist, aber weiter vorn erahnte man mehr, als man es sah: die dunkle Masse des Towers und die großen Steinbauten.

Nach Backbord hin, auf der südlichen Flußseite, standen nur hier und dort kleine Hütten, die sich erst in Höhe des Towers zu einer Siedlung verdichteten. Zum ersten Male nach dem Abschied von seinen Eltern wurde David ein wenig bange vor dem Neuen, das vor ihm lag.

Das also war London, Hauptstadt eines maritimen Weltreiches. Niemand wußte, wie viele Einwohner es jetzt hatte, siebenhundert- oder schon achthunderttausend? Für die einen war die Stadt Mittelpunkt des Handels und des kultivierten Lebens. Für die anderen war sie ein Sündenbabel mit ihren riesigen Elendsvierteln an den Peripherien, mit ihrem Dreck, ihren Dieben, Hehlern, Prostituierten, der unvorstellbaren Armut und den ständigen Seuchen.

Aber jene, die in den schönen Steinhäusern wohnten, in prachtvollen Bankgebäuden ihren Geschäften nachgingen, in sauberen, soliden Läden einkauften und in exklusiven Klubs speisten, sahen die anderen ja kaum durch die Fenster der Kutschen im Vorbeifahren, rochen den Mief nur durch den Filter des parfümierten Ziertuches. Eigentlich waren es zwei Städte, räumlich miteinander verwoben, aber im Leben durch Welten getrennt.

David erwachte langsam aus seiner Erstarrung. Vor Erregung stotternd wandte er sich dem Bootsmann zu, der die Aufsicht auf dem Vorschiff hatte. »Was ist denn jetzt hier los, Herr Jansen! Das sind doch Tausende von Schiffen, warum sind die gerade heute alle hergekommen?«

Lorenz Jansen, ein großer, strohblonder Friese, etwa fünfundzwanzig Jahre alt, lachte. »Aber, junger Herr, das ist der Pool, der Londoner Hafen. So sieht das hier immer aus. Der Hafen ist zu klein für die Schiffe aus aller Welt, die hier Ladung löschen und Passagiere anlanden wollen. Er bietet Anlegeplätze für rund sechshundert See- und Küstenschiffe. Da oft die doppelte oder gar dreifache Zahl laden oder löschen will, ankern die meisten im Fluß. Die vielen breiten und flachen Boote, die hin- und herrudern, das sind Leichter, die Ladung von den Schiffen im Fluß ans Ufer bringen oder umgekehrt.«

»Oft genug lassen sie die Ladung aber auch verschwinden«, mischte sich der Lübecker Wollhändler ein. »Viele Schiffe werden nachts überfallen und geplündert. Und mancher Passagier, der sich einem Boot anvertraute, erwachte ohne Börse und Kleidung in einer Abflußrinne am Ufer, wenn er überhaupt wieder aufwachte. In den Drecksläden von

Southwark kann man jede Diebesbeute kaufen, die man nur will. Man kann sogar Diebstähle bestellen, wahrscheinlich auch Mord, wenn man nur genug Geld hat.«

»Sie mögen recht haben, mein Herr«, antwortete der Bootsmann. »Die Postboote haben ja ihren festen Ankerplatz bei Billingsgate, aber der Kapitän läßt keinen Passagier mit einem Träger von Bord, der nicht von einem bekannten Hotel kommt. Nachts müssen wir doppelte Wache mit Belegnägeln gehen, und an der Landseite patrouilliert ein Wächter mit einer großen Dogge.«

»Jagen Sie dem Jungen doch keine Angst ein«, erwiderte ein Holzhändler aus Surrey. »Er wird doch abgeholt.«

»Sieh lieber an Steuerbord dort den Turm mit seinen Mauern, das ist der Tower! Und dort weit voraus die große Kuppel ist St. Paul's, eine der größten Kirchen der Welt. Und dort die Brücke, das ist die London-Bridge, fest aus Steinen gebaut. Von dort aus zieht sich der Pool immer weiter stromabwärts.«

Nur noch langsam schob sich die *Aurora* durch das Gewimmel. Die Großsegel waren eingeholt, um die Fahrt zu vermindern. An Steuerbord glitt Katharinenkai vorbei, die dunkle Wolke vom Entladen der Kohlefrachter hatte die Umgebung eingefärbt. Das drohende Gemäuer des Tower war zum Greifen nahe.

Kommandos hallten über das Deck. Matrosen liefen mit Leinen, Stangen und Fendern herum. Dann steuerte die Brigg den Kai in der Nähe des Zollhauses an. Einige Seeleute holten die oberen Segel ein, andere warfen Leinen zum Kai. Festmacher zogen die Brigg an ihren Platz und belegten die Leinen an Ringen und Pollern.

Eine Gangway wurde zur Treppe an der Kaimauer geschoben, und ein mittelgroßer, rundlicher Mann mit navyblauem Jackett und Goldknöpfen betrat sie. »Der Beamte der Hafenmeisterei«, erklärte der Bootsmann den Umstehenden. »Er prüft die Papiere, kassiert die Gebühr und gibt das Schiff frei.«

Der Kapitän begrüßte den Ankömmling und führte ihn unter Deck in seine Kajüte. Als sie nach einer Viertelstunde wieder an Deck auftauchten, war das Rundgesicht des Hafenbeamten noch etwas rosiger, und er schien guter Laune.

»Mehr als zehn Schiffe kann der bei den Begrüßungsschnäpsen gar nicht am Tag abfertigen«, murmelte der Bootsmann vor sich hin.

In diesem Moment rumpelte eine Kutsche auf den Kai. Ein breitschultriger Mann mit rötlichem Haar, etwa vierzig Jahre alt, sorgfältig nach der Mode, aber konservativ gekleidet, stieg behende aus und ging mit energischen Schritten auf die Gangway zu.

»Ist es erlaubt, an Bord zu kommen, Sir?« fragte er den Bootsmann.

»Selbstverständlich, mein Herr, ich führe Sie zum Kapitän.«

»Sir«, wandte sich der Fremde an den Kapitän, »ich bin William Daniel Barwell, Ratsherr aus Portsmouth. Ich möchte meinen Neffen David Winter abholen.«

Der Kapitän streckte seine Hand aus. »Guten Tag, mein Herr! Ich freue mich, daß alles so zeitgerecht geklappt hat. Ihr Neffe war ein angenehmer, munterer Reisegefährte.« Er wandte sich um: »David, komm her, dein Onkel ist da!«

David, der die Szene beobachtet hatte, trat zögernd näher. Wieder begann für ihn eine neue Etappe, und die bekannten Reisegefährten blieben zurück. Würde er es wieder gut treffen?

Eine energische und doch freundliche Stimme schnitt seine Gedanken ab: »Du bist also David, mein Neffe! Willkommen in England, mein Junge. Ich hoffe, du wirst dich bei uns wohl fühlen.«

Von London nach Portsmouth

Steif aufgerichtet, den Kopf zur Seite gewandt, den Augen vor Starren kaum einen Lidschlag erlaubend, saß David in der Kutsche, die über das Kopfsteinpflaster westwärts rollte. Die Welt um ihn herum schien in einen Tumult auszubrechen.

Kutscher brüllten sich an, um sich den Weg zu bahnen. Hafenarbeiter fluchten, wenn sie ihre Karren zur Seite rollen mußten. Fischweiber boten kreischend ihre Ware feil. Äpfelfrauen balancierten ihre Körbe auf der Schulter und riefen die Preise aus. Bäckerjungen priesen Pasteten an. Es schien nichts zu geben, für das man nicht schreiend Käufer suchte. Und die Räder der Wagen polterten und quietschten.

Nicht minder verwirrend waren die Attacken auf Nase und Auge. Der Geruch des Billingsgater Fischmarktes hatte kaum nachgelassen, da drängte sich der Gestank der Abfallhaufen, die überall auf den Straßen faulten, in die Nase. Gewürzballen und -fässer auf großen Pferdewagen lösten den Fäulnisgeruch ab, dann folgten wieder Schwaden von den Kochständen an der Uferstraße.

»David!« riß ihn die Stimme des Onkels aus dem Starren. »Sieh dort, die London-Brücke! Breit für zwei Fuhrwerke nebeneinander und für die Verkaufsstände am Rand.

Und alles aus Stein. So eine Brücke wirst du nicht oft sehen.«

David sah zur anderen Seite auf die Brücke, die in behäbigen Bogen den Fluß überspannte: »Meine Mutter hat mir erzählt, daß sie eingeweiht wurde, als sie ein kleines Mädchen war.«

»Nein! Du verwechselst das mit der Westminster-Brücke. Die ist vor vierundzwanzig Jahren eingeweiht worden und führt weiter westlich über den Fluß. Die London-Brücke ist uralt, ganz früher soll sie aus Holz gewesen sein. Wo jetzt schon zwei Brücken über den Fluß führen, wird sich die Stadt wohl auch auf dem Südufer ausdehnen.«

»Wohnen Sie denn auf dem Nordufer, Sir?«

»Komm, David, wenn wir allein sind, brauchst du nicht so förmlich zu sprechen. Ich bin doch dein Onkel, hab' dich schon einmal gesehen, als du ein Baby warst. Und jetzt erinnerst du mich sehr an deine Mutter und an meine Frau. Sag einfach Onkel William!« Dann griff er die Frage auf: »Mein Hotel ist am Westende der Fleet Street, nicht weit vom Temple. Ich bin dann näher am Verpflegungs- und am Flottenamt, mit denen ich zu tun habe, und die Admiralität ist auch nicht weit. Wenn ich einen Rechtsanwalt brauche, was im Geschäft immer mal wieder vorkommt, finde ich sie dort im Dutzend.«

Und so erzählte der Onkel weiter, deutete auf dieses oder jenes Gebäude, bis die Kutsche am Temple nordwärts einbog, und David sog seine Umgebung überwältigt in sich hinein.

Die Kutsche hielt. Das Schild am Haus schien einen langhaarigen Dorfköter darzustellen, aber es sollte wohl ein Löwe sein, wie das vergoldete Geschnörkel »The Lion« andeutete. Ein Hausdiener öffnete den Schlag und lud sich die beiden Kisten auf, die Davids Habe enthielten.

Der Wirt tauchte im Eingang auf: »Das ist also der Neffe aus Hannover, Euer Ehren! Ein schmucker junger Herr, nur ein bißchen spack.«

»Es können nicht alle so rund sein wie Ihr, Rower, sonst müßten wir die Straßen verbreitern. Habt Ihr uns noch etwas zum Essen übriggelassen?«

»Alles, was Ihr wollt, Euer Ehren, meine Frau steht schon

bereit. Wir haben Stör und Schinken kalt, Lammkeule und Ochsenbrust warm, Kohl, Gurken, Kartoffeln, Salbei ...«

»Gut, gut«, wehrte der Onkel ab, »das wird schon für uns reichen. Aber erst gehen wir aufs Zimmer. Zeigt dem jungen Herrn seine Kammer, und wir spülen uns die Hände ab.«

Als David seine Mahlzeit gegessen hatte, mit einiger Vorsicht erst, dann trotz des ungewohnten Geschmacks einiger Zutaten mit jungem Heißhunger, antwortete er auf die Frage seines Onkels: »Danke, Sir, es hat mir sehr gut geschmeckt. Aber der Pudding war gar nicht so süß wie bei uns. Was war denn drin?« »Das darfst du mich nicht fragen. Ich bin nicht einer von den weibischen Fatzken, die sich über Rezepte unterhalten können. Aber Pudding ist bei uns kein Zucker- und Schokoladenzeug wie auf dem Kontinent, sondern Fleisch, Gemüse und so etwas. Deine Tante kann dir mehr darüber sagen. Aber nun will ich einiges von dir wissen!«

Und er fragte ihn mit der Bestimmtheit aus, die ihm nötig erschien, da er jetzt doch für einige Monate erzieherische Verantwortung zu tragen hatte. Und David erzählte von seiner Jugend im verträumten Stade, von dem großen Haus am Marktplatz, von den Kutschfahrten, wenn er seinen Vater bei Patientenbesuchen begleiten konnte, von den Bubenstreichen und den Bootsfahrten mit den Fischern auf der Elbe, von den zwei Besuchen in Hamburg.

»Aber du wirst dich ja nicht nur vergnügt haben«, unterbrach der Onkel den mit leichtem Heimweh gefärbten Bericht. »Was hast du denn gelernt? Englisch kannst du ja ganz passabel, kaum einen leichten Akzent hört man.«

»Meine Mutter hat immer mit mir geübt«, und David sprach schnell weiter, um die Tränen, die er fühlte, nicht in die Augen zu lassen. »Ich mußte immer in Englisch erzählen, was ich getan hatte, und sie verbesserte mich, wenn ich etwas falsch sagte. Ich bin auch schon vier Jahre zur Lateinschule gegangen und habe dort etwas Französisch gelernt. Vater hat darauf bestanden, daß ich noch bei einer ehemaligen Gouvernante aus Rennes Stunden nahm, damit die Aussprache besser wurde.«

»Hm, so weit, so gut. Und wie steht es denn mit der

Mathematik und den Realien? Kennst du den Pythagoras, und kannst du Prozente rechnen, was in meinem Beruf sehr wichtig ist?« »Wir haben wenig Mathematik, Physik und andere Realwissenschaften gelernt, weil der Direktor meinte, das gehöre nicht zur Klassik. Aber mein Vater hat mir etwas Chemie beigebracht, wenn er Medikamente zusammenstellte.«

»Was ich über euren Direktor denke, will ich lieber nicht sagen«, brummte der Onkel. »Wir sind hier auf der Insel etwas praktischer als ihr da drüben. Deine Mathematik kannst du in Portsmouth auffrischen. Das werden wir schon sehen. Aber jetzt kommt bald unsere Kutsche.«

»Fahren wir dann nach Portsmouth?«

»Nein«, wehrte der Onkel ab, »wir reisen erst morgen früh. Die Postkutsche fährt zwar spät am Abend nach Portsmouth, aber wir fahren am Tag mit einer Mietkutsche, die sich einige Reisende teilen. Da siehst du etwas vom Land, und wir müssen uns weniger vor Straßenräubern in acht nehmen. Jetzt wollen wir noch etwas in London umherkutschieren, damit deine Mutter nicht sagen kann, ich hätte dir nichts von ihrer Heimat gezeigt.«

Die Kutsche fuhr vor, diesmal war es eine offene, und David genoß die Rundfahrt. Sie ratterten die breite Straße entlang, die »Strand« hieß und zum Themseufer hin große und teure Villen zeigte, bogen nach Whitehall ab, sahen die Admiralität, Horse Guards und Westminster mit der Brücke, alles mit den belehrenden Erklärungen des Onkels dargeboten.

Wie oft er später in wichtiger Mission zur Admiralität nach Whitehall kommen müßte, solche Vorahnung trübte Davids Schaulust nicht. Am beeindruckendsten aber war für ihn der Besuch in Mr. Cox' Museum. Für fünf Schilling drei Pence tat sich eine Zauberwelt der Mechanik auf.

Schmetterlinge aus dünnem Blech ließen durch winzige Mechanismen ihre mit Diamanten besetzten Flügel schlagen. Goldene Elefanten bewegten sich mit palastartigen Aufbauten auf den Tischen vorwärts. Mechanische Schlangen krochen Bäume hinauf, die aussahen, als seien sie echt. Bilder des Königspaares wurden illuminiert, und eine mechanische

Kapelle spielte »God save the King«. Tulpen öffneten und schlossen sich und – für David der Höhepunkt – Drachen spien Perlen wie Feuer aus.

Während er von Tisch zu Tisch ging, fragte er sich immer wieder, ob das nun Traum oder Wirklichkeit sei. Der Onkel, der eine Zeitlang mehr auf eine junge Dame geachtet hatte, bei der er nicht sicher war, ob sie vom Stande oder vielleicht nicht so sehr standhaft war, brachte schließlich die Wirklichkeit zurück.

»So, David, bevor du dir die Augen ganz aus dem Kopf geguckt hast, sollten wir ins Gasthaus fahren. Der Tag war lang genug für dich.«

Das war er allerdings, dachte David, als er im ungewohnten Bett in der Kammer lag. Das war der ereignisreichste Tag in meinem Leben! Doch trotz aller Müdigkeit wollte der Schlaf nicht kommen. London ratterte, schrie und stöhnte wie am Tag. Bei dem Peitschenknall der Kutscher und den Rufen der Bettler wanderten die Gedanken zu seinen Eltern. Er kniff die Augen zu, und dennoch blieben die Bilder blaß und undeutlich.

Dann war wieder der mechanische Drache vor seinen Augen, und schließlich erinnerte er sich an nichts mehr, als der Diener an die Tür klopfte: »Sechs Uhr morgens, junger Herr!« Also mußte er doch geschlafen haben. Nun aber raus aus dem Bett. Der Onkel wartete sicher nicht gern.

Als die Kutsche vorfuhr, stand das Gepäck am Eingang, Onkel und Neffe waren bereit. Ein Dienern des Wirtes, Trinkgelder für die Knechte und hinein in die große Kutsche! Drinnen saßen Mr. Grey, ein Schiffsbauer aus der Königlichen Werft von Portsmouth, der mit der Admiralität und dem Flottenamt verhandelt hatte, und Mr. Foot, ein Reeder aus Portsmouth. Beide kannten Davids Onkel gut.

Es gab eine herzliche Begrüßung, gebührende Aufmerksamkeit für den Neffen und allgemeine Erleichterung, daß man aus dieser Riesenstadt, diesem lärmenden Sündenbabel, wieder ins heimatliche Portsmouth fuhr. Obwohl, wandte Mr.

Grey mit flüchtigem Seitenblick zu David ein, obwohl es ja auch einiges gäbe, was man nicht verachten könne und was man in Portsmouth nur hausbackener erhalte, wenn man es sich überhaupt getraue. Aber nach einem bedeutungsvollen Blick von Davids Onkel spann er das Thema nicht weiter aus.

David beugte sich aus dem Fenster, als die Kutsche über die Westminster-Brücke polterte, und wich zurück, als sie durch die armen, schmutzigen Viertel am Südufer fuhr, wo Scharen zerlumpter Kinder neben der Kutsche herrannten und bettelten. Die Herren achteten wenig auf die ihnen bekannte Umgebung und erzählten von ihren Theaterbesuchen in London.

»Stellen Sie sich vor«, ereiferte sich Mr. Grey, »ich habe mir im Haymarket-Theater die Bettleroper angesehen. Ich mag Opern und musikalische Pantomimen, wie Sie wissen, und sehe auch Mrs. Thompson gern. Aber die Oper spielte unter Dieben, Gaunern und Dirnen. Sie ahmten die Gefühle nach, die anständige Bürger empfinden, und scheuten sich dann nicht, ihrem Milieu entsprechend auf der Bühne zu morden. Sollen wir diese Welt noch aufs Theater bringen?«

»Aber, aber, Mr. Grey«, unterbrach Mr. Foot, »wird denn bei Shakespeare nicht gemordet, stellt er nicht manchen abgefeimten Gauner auf die Bühne? Und Mr. Bannister soll in der Bettleroper doch vorzüglich singen, habe ich in der Gazette gelesen.«

Das müsse man zugeben, räumte Mr. Grey ein, aber bei Shakespeare werde doch der Pöbel nicht verherrlicht.

Davids Onkel wollte neutral bleiben: »Ich habe vorgestern Hamlet im Drury-Lane-Theater gesehen, und Mord und Schurkerei gab es genug, wie Sie wissen, aber bei Hofe. Und Mr. Garrick ist ein so hervorragender Schauspieler, daß mir fast das Herz aussetzte, als er mit dem Geist des Vaters sprach.«

»Ich habe davon gehört«, sagte Mr. Foot. »Wer spielte die Ophelia?«

»Das war Mrs. Smith, und sie war ebenso wie Mrs. Hopkins als Königin beeindruckend, aber Mr. Garrick kann auf der Bühne keiner das Wasser reichen. Meine Frau wird mich beneiden.«

Eine Weile schwieg das Trio. Die Kutsche hatte London hinter sich gelassen und fuhr über die Landstraßen in Sussex. Mr. Barwell wies seinen Neffen auf Dörfer und Viehherden hin. Einmal rumpelten sie an einer Picknickgesellschaft vorbei, die ihnen übermütig zuwinkte.

»Sagen Sie mal, meine Herren«, begann Mr. Foot wieder das Gespräch, »haben Sie die neuen Nachrichten aus Amerika gehört?«

»Meinen Sie die Aufrührer, die in Boston Tee in den Hafen geschüttet haben?« fragte Davids Onkel.

»Viel schlimmer! Es steht in den Zeitungen, daß Hancock mit seinen als Indianer verkleideten Spießgesellen hinter der ›Teaparty‹ in Boston, wie es einige nennen, steckte. Aber auch in Charleston, Annapolis und New York haben Banditen jetzt Tee ins Wasser geschüttet oder ihn verbrannt. Wohin soll das führen? Das ist doch Aufruhr! Sie wissen, daß mein Vetter im Handelsministerium arbeitet. Von ihm weiß ich das Neueste: Lord North hat mit seinem Kabinett beschlossen, den Hafen von Boston für jeglichen Handel zu schließen, bis die Banditen der East India Company den Schaden ersetzt haben. Das wird ihnen zeigen, wohin Rebellion führt!«

»Wenn das nur gut geht«, seufzte Davids Onkel.

»Aber, Mr. Barwell«, griff der Schiffbaumeister ein, »wir können doch diese Radaubrüder nicht immer nur gewähren lassen. Als wir die Kolonien gegen die Franzosen und die mit ihnen verbündeten Rothäute verteidigen mußten, waren wir und unser Geld gut genug. Und jetzt müssen wir jedes Jahr, das der Herrgott werden läßt, vierhunderttausend Pfund für Verteidigung und Verwaltung der amerikanischen Kolonien zahlen, aus unseren Taschen, meine Herren, und die Schmuggler und Banditen steuern nicht einen Penny bei. Der Tee der Ostindischen Handelsgesellschaft, den sie jetzt in die Häfen werfen, ist mit der Steuer billiger als der holländische Tee, den sie mit Schmugglerschiffen ins Land bringen. Aber sie kaufen das holländische Schmuggelgut, diese Schurken, um bloß nicht zu den Steuern beizutragen.«

»Mr. Grey, ich lasse mich in der Treue zu unserem Land und unserem Herrscherhaus von niemandem übertreffen«, sagte Davids Onkel mit ruhiger Bestimmtheit. »Ich verurteile diese Gewalttaten nicht weniger als Sie. Aber ich glaube nicht, daß Lord North und seine Minister geschickt mit den Kolonisten umgegangen sind. Sie haben Gesetze erlassen, um Gelder einzutreiben, haben sie dann halb oder ganz zurückgenommen, wenn die Radaubrüder das Volk aufwiegelten. Dadurch haben sie nur das Selbstvertrauen des Pöbels gestärkt. Verständnis für die Bedürfnisse des Handels und für berechtigte Wünsche der Kolonien habe ich bei unserem jetzigen Premierminister nicht bemerkt. Sie wissen, daß das auch Lord Chatham in aller Öffentlichkeit gesagt hat.«

»Kein Wunder«, explodierte Mr. Grey, aber es blieb offen, was er damit meinte, denn die Bremsen der Kutsche quietschten, und die Insassen wurden nach vorn geschleudert.

Als sie wieder Halt gefunden hatten, die Türen aufrissen und nach dem Kutscher riefen, hörten sie, daß ein verdammter Dorftrottel mit seiner Karre in letzter Sekunde vor dem Wagen die Straße passieren wollte, daß man in Guilford sei und noch wenige hundert Yards zum »Weißen Adler« zu fahren habe, wo die Pferde gewechselt würden.

David sprang mit einem Satz aus dem Wagen, die anderen kletterten etwas steifbeinig heraus und reckten sich.

»Eine Stunde, werte Herren, der Wirt soll sich mit dem Essen beeilen«, kündete der Kutscher an und fuhr die Kutsche in den Hof zum Pferdewechsel.

»Na, David, ob du hier Sauerkraut bekommen wirst, scheint mir zweifelhaft«, nahm Mr. Foot leutselig Kontakt auf. Davids Einwurf, daß er Sauerkraut nicht besonders möge, ließ seinen Onkel auflachen. »David, du bist ein Hannoveraner, unser König ist ein Hannoveraner und hält Sauerkraut für eine Delikatesse. Da kannst du doch nicht alles durcheinanderbringen. Für uns seid ihr Sauerkrautesser und die Franzosen Froschesser, so einfach ist das! Aber Spaß beiseite, ich habe in meinem Lager immer Fässer mit Sauerkraut. Einige Kapitäne schwören darauf zur Vorbeugung gegen den Skorbut. Die Dänen nehmen es vor allem.«

Im Gastzimmer servierte man einen köstlichen Lammbraten mit vielen Beilagen. Die Herren tranken Bier, ein Gläschen Port, und David konnte zwischen Milch und Sorbet wählen.

Sie hatten ihr Mahl kaum beendet, als Davids Onkel zu seinen Gefährten sagte: »Sie rauchen sicher noch ein Pfeifchen, meine Herren, und Sie wissen, wie ungern ich ruhig am Tisch sitze. Erlauben Sie bitte, daß ich mit meinem Neffen ein paar Schritte auf und ab gehe.«

Sie waren kaum aus dem Haus, als David sich dem Onkel zuwandte: »Onkel William, bitte, was ist das alles mit den amerikanischen Kolonien? Ich bin nicht richtig daraus schlau geworden.«

»Wer wird das schon, mein Junge. Deine Wißbegier in Ehren, aber um dir das alles zu erklären, brauchte ich viel Zeit. Zuerst muß ich dir sagen, daß ein älterer Vetter von mir in Massachusetts lebt und mir einiges geschrieben hat von der Arroganz und Anmaßung der Beamten, die ihnen London schickt, und von der Dummheit, mit der man vernünftige Vorschläge der gemäßigten Kolonisten ablehnt.«

Mr. Barwell gab seinem Neffen dann in seiner etwas belehrenden Art, die man bei einem Schiffsausrüster kaum erwarten würde, Auskunft über seine Ansicht von der Entwicklung des amerikanischen Problems. Er erzählte ihm, wie die dreizehn Kolonien in ihrem Handel durch Gesetze ganz auf das Mutterland orientiert seien, daß England an allem verdiene, was Amerika im- und exportiere.

Er erklärte ihm, daß sich Händler und Handwerker in ihren Entwicklungsmöglichkeiten durch die vielen Gesetze eingeengt sähen, die ihnen den Bau von Manufakturen und den selbständigen Handel mit anderen Staaten verboten. Für die Opposition gegen die englische Verwaltung, die auch die Landnahme westlich der Alleghenies verhindern wollte – erfolglos bei dem Landhunger der Kolonisten –, zeigte er Verständnis.

Sehr viel weniger Verständnis ließ er für die Forderung der Kolonisten erkennen, daß eine Steuererhebung gesetzwidrig sei, solange sie nicht im Parlament vertreten seien. Seiner

Meinung nach sei es völlig unmöglich, jeden Briten in jedem Teil der Welt eine direkte Repräsentanz im Unterhaus zuzugestehen.

»Wenn das Unterhaus aufgelöst wird, braucht man viele Monate, die Nachricht in alle Teile der Welt zu bringen und noch einmal Monate, um die Ergebnisse der Neuwahlen oder die neuen Abgeordneten ins Mutterland zu senden. Das Land ist dann öfter ohne Parlament als mit.«

Solche unsinnigen Forderungen müßten die Rechte der Bürger gefährden, statt sie zu fördern. Auch im Mutterland sei die Repräsentanz mehr ein Prinzip. Jeder wisse, daß in einigen Wahlkreisen wenige Stimmen zur Wahl eines Abgeordneten genügten, während in manchen Städten viele tausend Menschen auch nur einen Repräsentanten hatten. Aber wer könne die Menschen denn dauernd zählen und die Wahlkreise neu einteilen?

»Du wirst es im Leben noch erfahren, David. Wir müssen alle mit Unvollkommenheiten leben. Hauptsache, der Weg geht in die richtige Richtung. Umwege und Schlaglöcher kann man schon ertragen. Ich halte nichts von denen, die alles perfekt regeln wollen. Da das gar nicht geht, schaffen sie nur neue Willkür. Und am schlimmsten ist eine Regierung, die aus Dummheit und Unkenntnis ein falsches Gesetz durch das andere falsche ablöst, weil sie nach dem Pöbel schielt. Und Lord North versteht anscheinend genausowenig von den amerikanischen Kolonien wie vom Handel. Glaub mir, es wird noch sehr viel Ärger geben. Aber ihr in Hannover werdet wohl weniger davon merken.«

Wenn er die Erläuterungen noch fortsetzen wollte, wenn David hätte nachfragen wollen, es war zu spät! Die Kutsche stand bereit. Der Kutscher knallte mit der Peitsche. Sie setzten sich eilends zu den anderen, und ab polterte der Wagen über das Pflaster. Dann mahlten die Räder wieder durch den Sand der Landstraße, und das Gefährt schlingerte in den ausgefahrenen Spuren. Die Reisenden waren satt und dösten vor sich hin.

Erst am späten Nachmittag, nach einer Pause und einem Topf Tee, kam wieder ein Gespräch auf. Die Gedanken waren in die Heimatstadt vorangeeilt. Und man tauschte Klatsch über diesen und jenen aus, diskutierte über Entscheidungen des Magistrats und sprach über die Aussichten von Handel und Wandel.

David war nur hin und wieder an dem Gespräch interessiert. Es strengte ihn auch an, der ungewohnten Sprache, dem ungewohnten Dialekt konzentriert zu folgen. So wanderten seine Gedanken zurück in die Heimat, zur Mutter, die sich voller Liebe und Wehmut von ihm verabschiedet hatte, zum Vater, der nie mit der Arbeit fertig wurde, mit den hilfesuchenden Patienten und den Schreiben, die ihn mit der gelehrten Welt verbanden. Und doch hatte David seine Liebe gespürt, wenn er ihn ansah, ihm die Hand auf die Schulter legte.

Aber die Hand auf seiner Schulter, die ihn jetzt leicht schüttelte, war die von Onkel William: »Aufgewacht, mein Junge! Willst du nicht sehen, wie wir in Portsmouth eintreffen?«

Im letzten Tageslicht, das vom Grau des Meeres getönt wurde, sah er die Stadtwälle, einen Meeresarm, Masten und Gebäude.

»Wir fahren am Mill Pond entlang«, wies der Onkel auf das Wasser. »Rechts liegt Portsea, daneben die königliche Werft und vor uns die Brücke zur Stadt.«

Große Gebäude blieben rechts liegen, David glaubte Kanonen zu sehen, die Räder gaben ein anderes Geräusch, dann hatten sie die Brücke passiert und waren in der Stadt. Enge Straßen, ein kleiner Platz. Die Kutsche hielt vor einem Gasthof.

»Gott sei Dank«, seufzte Mr. Foot. »Na endlich«, klang es aus Mr. Greys Ecke.

Die Tür wurde aufgerissen.

Mr. Grey beugte sich zu David vor: »Besuch mich mal in der Werft. Da gibt es viel zu sehen. Und nun gehab dich wohl, mein Junge.« Schwer stieg er auf die Klapptreppe, stand noch einen Augenblick auf dem Steinpflaster und wartete auf sein Gepäck. »Es war angenehm, mit Ihnen zu fahren, meine Herren. Grüßen Sie bitte Ihre Gattinnen. Ich hoffe, Sie finden alle Ihre Lieben gesund vor.«

Davids Onkel hatte mit dem Gastwirt vereinbart, daß ein Gehilfe das Gepäck mit der Karre in sein Haus brachte. Dann verabschiedete er sich von seinen Mitreisenden. »Komm, David, wir gehen das kurze Stück zu Fuß. Es lohnt nicht, eine Kutsche zu rufen, und wir haben den ganzen Tag gesessen.«

Die Straße war noch belebt wie am hellen Tag. Marineblau war die vorherrschende Farbe bei den Männern. Meist waren es Maate und Kapitäne der Handelsschiffe. Hin und wieder brachten die Manschetten und Revers der Offiziere der Royal Navy weiße Tupfer in das Blau. Einfache Matrosen waren seltener zu sehen.

»Die sitzen jetzt in den Tavernen unten am Point«, erklärte Onkel William.

Zivilisten in grauen und braunen Röcken tauschten mit dem Onkel Grüße aus, und er verbeugte sich artig vor dieser oder jener Dame.

Dann zeigte er auf ein breites zweistöckiges Haus, in Ufernähe gelegen: »Dort sind wir daheim, David! Links schließen sich die Warenräume an, unten sind Kontor und Empfangszimmer, und oben und zur See hin wohnen wir.«

Der kupferne Türklopfer hatte kaum die Tür berührt, als sie auch schon aufflog.

»Willkommen daheim, Sir, und willkommen auch der junge Herr«, begrüßte sie John, Hausdiener, Hausmeister und erprobte Stütze vieler Jahre. »Bringt der Diener vom Hotel zur Post das Gepäck, Sir? Ah, ich seh' ihn schon mit der Karre.«

Sie stiegen eine breite Treppe hinauf und hatten kaum den ersten Absatz erreicht, als oben in der Wohnungstür eine Frau erschien und ihnen die Arme entgegenstreckte. Sie trug das Haar anders als seine Mutter und sah jünger aus, aber die Ähnlichkeit war so groß, daß David schlucken mußte, um nicht in Tränen auszubrechen.

»David, mein lieber Neffe, herzlich willkommen in Portsmouth. Wie freue ich mich, daß du uns endlich einmal besuchst. Wie geht es deiner Mutter? Du mußt mir viel erzählen«, sprudelte sie hervor.

»Und der Hausherr ist wohl ganz Nebensache! Was sind das nur für Sitten heutzutage?« meldete sich schmunzelnd der Onkel.

»Ach, William«, legte sie den Arm um ihn, »du weißt doch, wie ich mich über deine gesunde Heimkehr freue. Aber David sehe ich doch zum erstenmal nach elf Jahren wieder.«

Sie zog die beiden in die Diele, wo ihnen ein Mädchen die Mäntel abnahm. »Julie ist schon im Bett und Henry natürlich erst recht, aber morgen werden sie ihren Cousin kaum lange schlafen lassen.«

Sie gelangten in ein geräumiges Wohnzimmer mit Ledersesseln um einen nußbraunen Tisch. Von der nächsten Tür war ein Winseln zu hören.

»Laß ihn schon herein, Sally, bitte«, sagte der Onkel mit einem Seitenblick zu David.

Die Tante öffnete die Tür, und jaulend vor Freude stürzte ein großer Schäferhund auf Onkel William zu, drehte sich vor ihm, wedelte und winselte.

»Rex«, rief David im Ton höchster Überraschung, »Rex, wie kommst du hierher?«

Der Hund ging abwartend, aber schweifwedelnd auf David zu.

»Das ist nicht Rex, das ist Ajax, ein Bruder Eures Rex', den uns dein Vater bei seinem letzten Besuch vor acht Jahren als jungen Welpen gebracht hat.«

David kniete vor dem Hund, legte seinen Kopf an den Kopf des Hundes mit dem weichen Fell und den großen Ohren und umfaßte seinen Hals. Mit dem Instinkt des geliebten Haushundes spürte das Tier die Zuneigung und ließ ihn gewähren.

»Das ist ja wie Nach-Hause-Kommen«, schluchzte David. »Mögest du es immer so empfinden, wenn du zu uns kommst«, sagte die Tante, und auch sie konnte ihre Rührung nicht verbergen.

Die letzten Wochen der Kindheit

Wenn David sich in späteren Jahren an die ersten Wochen in Portsmouth zu erinnern versuchte, so war es immer, als ob ein Sturzbach von Bildern an ihm vorbeirauschte, aus dem er nur mühsam einzelne Szenen anhalten konnte.

Zuneigung und Freude erfüllten ihn, wenn er an seine Cousine Julie und seinen Cousin Henry dachte, die am ersten Morgen schon in aller Frühe mit einem hechelnden und schweifwedelnden Ajax in seine Kammer gestürmt waren.

Julie mit ihren acht Jahren sah ihn recht kritisch und distanziert aus blaugrauen Augen an. Sie hatte eher die untersetzte Figur ihres Vaters, aschblonde Haare, eine hohe Stirn über einem relativ breiten Gesicht.

Später glaubte sich David zu erinnern, daß sie ihm nicht eigentlich als hübsches Mädchen erschienen war, obwohl sie recht niedlich aussah, besonders wenn sie lächelte. Aber ihre Willenskraft, ihre Intelligenz und ihre unbeirrbare Freundschaft, wenn sie jemanden ins Herz geschlossen hatte, mußten wohl schon früh auch Davids Sympathie geweckt haben.

Der fünfjährige Henry hatte den Charme, die Zutraulichkeit und die Ausstrahlung, die ein Fremder vielleicht bei der Schwester vermißte. Er war der Liebling seiner Umgebung, zierlicher als seine Schwester, mit strohblondem, etwas gelocktem Haar, zu dem braune Augen einen reizvollen Kontrast bildeten.

In ihm steckte viel Übermut, und seine Umgebung wartete fast darauf, daß er wieder eine Redensart, einen Scherz, eine Bemerkung anbringen würde, die er irgendwo aufgeschnappt hatte. Meist paßten diese Äußerungen weder zu seinem Alter noch zur Situation, aber gerade das schien die Zuhörer zu amüsieren.

In späteren Jahren wurde David klar, daß Henry nicht die zupackende Intelligenz seiner Schwester besaß, aber in der Zeit der ersten Bekanntschaft blieb ihm das verborgen, und auch den Eltern konnte er solche Beobachtungen nicht anmerken, sofern, dachte er später, sofern ich damals überhaupt so etwas bemerkt hätte.

Henry sprang am ersten Morgen auch geradewegs mit den Knien auf Davids Bett und fragte ihn nach Herzenslust aus, während die Schwester etwas abwartend beobachtete und nur hin und wieder eine Zwischenfrage einstreute oder eine Feststellung ihres Bruders ergänzte. Wer weiß, wie lange die beiden David ausgequetscht hätten, wenn nicht die Tante die Belagerung unterbrochen und ihm eine Pause zum Ankleiden und Frühstücken verschafft hätte.

Mit Julie, Henry und Ajax war die Erinnerung an ausgelassene Spiele im Garten der Barwells verbunden, der sich vom Haus bis fast zum Ufer erstreckte, und an viele Spaziergänge in der Stadt und am Ufer. Manchmal, oft sonntags nach dem Kirchgang, waren Mr. und Mrs. Barwell dabei, aber öfter begleiteten das Mädchen oder John die Kinder, der Sicherheit und auch wohl der Schicklichkeit wegen.

Portsmouth Point war ein Erlebnis, erstmals mit Johns sachkundiger Begleitung genossen. Sie wanderten am Appellplatz vorbei, sahen den Landeplatz von Sally Port, wo ständig kleinere Boote an- und ablegten und Scharen von Seeleuten entließen, die in den engen Gassen des Hafenviertels untertauchten.

David war kaum von den Läden wegzulotsen, die alles anboten, was Schiffe und Seeleute nur gebrauchen konnten, aber auch das, was aus fernen Ländern herbeigeschafft war. Immer kamen dann die Bilder der Papageien in sein Gedächtnis, die in einigen Läden auf Stangen hockten, unvorstellbar bunt, und mißtönend krächzten oder heiser Namen und kleine Sätze – meist Flüche – hervorpreßten.

John zeigte ihnen die in der Seefahrt weltbekannten Gasthäuser, das »George«, das »Star and Garter« und das von Midshipmen – viele unnütze Burschen darunter, wie John knurrte – bevorzugte »Blue Posts«.

Vorn am Kai schoben Hafenarbeiter die Schubkarren, rollten Fässer, die mit Taljen in Boote gehievt wurden, bahnten sich Fuhrwerke mühsam den Weg. David wurde an London erinnert, wenn auch das Menschengewirr mit seinen exotischen Tupfern von Laskaren und Negern und das Geschrei der Verkäufer nicht mehr so ungewohnt für ihn waren.

Zwei Erlebnisse würde David in Verbindung mit Portsmouth Point nie vergessen. An einem Apriltag, sie hatten mit dem Mädchen gerade Zuflucht vor einem Regenschauer gesucht, trotteten zerlumpte, durchnäßte und schmutzige Elendsgestalten um die Ecke. Sie waren mit Ketten aneinander gefesselt, und Soldaten trieben sie mit Kolbenstößen voran.

David, der seine Kraft brauchte, um den bellenden Ajax zurückzuhalten, bekam auf seinen fragenden Blick vom Mädchen Auskunft: »Deportierte, Diebe, vielleicht Mörder, die in die Kolonien nach Amerika verbannt worden sind.«

Dann, am Ende des Elendszuges, David erstarrte vor Mitleid und Grauen, schleppte sich etwa ein Dutzend Kinder dahin, manche jünger als er. Auch sie waren angekettet, die Arme zum Teil wundgescheuert von den Eisengliedern. Einige schauten trotzig geradeaus, andere schlurften mit gesenktem Blick dahin. Aber an der Seite des Zuges gingen eng umschlungen zwei Mädchen, acht oder neun Jahre alt, blond, vielleicht hübsch, wie man unter dem Schmutz ahnen konnte, und weinten lautlos.

»Müßt ihr Kinder schinden und verbannen, ihr aufgeblasenen Bastarde?« rief ein dickes Fischweib einem Soldaten zu.

Sie solle ihr ungewaschenes Maul halten, wurde geantwortet. Wenn ihr ein solches verdorbenes Gör den Rock klaue, schreie sie auch Zeter und Mordio. »Das Diebsgesindel ist dem Galgen entgangen, können noch froh sein! Sollen in der Wildnis arbeiten oder verhungern, was kümmert's mich«, schloß er seine Erklärung.

Julie, David und Henry waren heimgerannt, verstört von dem Elend, das ihnen so nah gewesen war.

»Onkel«, stieß David hervor, »sie haben Kinder aneinandergekettet und treiben sie zum Hafen. Jungen und auch Mädchen, manche nicht älter als Julie.«

»Ich weiß, mein Junge«, sagte Mr. Barwell, »bei uns ist ein solcher Transport selten, aber in London kann man es öfter sehen. Wer älter als sieben Jahre ist, wird vom Gericht wie ein Erwachsener verurteilt. Auf Diebstahl steht oft die Todesstrafe. Sie haben in Nortwich vor kurzem ein siebenjähriges Mädchen gehenkt, das einen Unterrock gestohlen hatte. Dies ist nicht die Liebe und Güte, die unser Herrgott uns gebietet. Die Kinder wachsen in Hunger und Elend auf, sie werden zum Stehlen angeleitet, um Essen zu bekommen. Viele sind Waisen. Gott bewahre euch vor diesem Schicksal! Dankt Gott für jeden Tag, den ihr Nahrung und Wohnung habt, und betet für die Elenden.«

»Aber, Onkel William, bei uns in Stade gibt es ein Waisen- und Erziehungsheim für solche Kinder. Warum tut man in England nichts für sie?«

»Was verstehst du davon?« polterte der Onkel. »Stade ist ein kleines Städtchen, und unsere Hafenstädte sind groß. In London weiß niemand, wie viele tausend Menschen in den Hütten im Osten und in Southwark hausen. Wer gibt das Geld, an jeder Ecke ein Waisenhaus zu unterhalten? Wir haben in Portsmouth auch ein Waisenhaus, und ich weiß, wie schwer es ist, das Geld immer heranzuschaffen.«

»David meint es doch nicht böse, William!« fiel Tante Sally ein, die sich hinzugesellt hatte. »Erzähl ihm von der Marinevereinigung, die viel Gutes für die Jungen tut.«

»Ja, die Marinevereinigung soll das Elend dieser Kinder lindern. Die verwahrlosten Jungen werden eingekleidet, ernährt, und man verschafft ihnen einen Arbeitsplatz in der Handelsmarine oder der Royal Navy. Es gibt die Marinevereinigung seit 1756. Sie hat sich allmählich in allen großen Hafenstädte ausgebreitet, und ich bin stolz darauf, in Portsmouth ihr Vorsitzender zu sein.«

»Könntest du nicht den Jungen helfen, Onkel William, die wir heute gesehen haben?« beharrte David.

»Ich fürchte, nein. Wenn der Richter sie zur Deportation verurteilt hat, kann ihnen in Friedenszeiten nur die Gnade des Königs helfen. Die Marinevereinigung kann nur Jungen aufnehmen, denen der Richter es bei kleineren Vergehen empfiehlt und die zu uns wollen, natürlich vor allem jene, die nicht mit dem Gericht zu tun hatten. Wir geben ihnen Kleidung, Nahrung und eine erste Ausbildung in Seemannschaft. In Portsmouth besorgt das Bill Crowden, ein früherer Bootsmannsmaat. Dann suchen wir ein gutes Schiff mit einem verständnisvollen Kapitän. Die Jungen fangen meist als Kapitäns- oder Offiziersdiener an. Aber wer tüchtig ist und etwas Glück hat, dem steht in unserer Flotte die Welt offen. Ich sag' es immer, David, Britanniens Zukunft liegt auf dem Meer, nicht in den Elendsvierteln der Städte.«

Das Meer war allgegenwärtig in Portsmouth. Als David an einem Sonntag mit Onkel und Tante einen Spaziergang unternahm und sie am Runden Turm standen, brachte ihm das Meer den anderen nachwirkenden Eindruck, den er immer mit dem Point verband.

Von der See glitt majestätisch wie ein Schwan ein großes Segelschiff auf den Hafen zu. Über schwerem, dunklem Rumpf leuchtete zunächst ein Riesenberg heller Segel. Dann waren immer mehr Einzelheiten zu erkennen. Drohend nach vorn reckte sich der riesige Bugspriet mit den viereckigen Blindesegeln darunter. Hinter den Klüvern waren die Focksegel zu erkennen, welche die Segel der anderen Masten fast verdeckten.

Später holten wimmelnde Figuren Blindesegel, Fock und Großsegel ein. Als das riesige Schiff fast querab von ihnen war, kaum einhundertfünfzig Meter entfernt, enterten die Matrosen die Wanten hinauf und verteilten sich an den Rahen, die Füße fest auf die Fußpferde gestemmt, bereit für die weiteren Segelmanöver.

Die Galionsfigur leuchtete blau und golden zu ihnen herüber. Der untere Rumpf war schwarz angestrichen, darüber folgte ein breites gelbes Band, in dem die Reihen der Geschützpforten zu sehen waren. In dunklem Blau bildeten Vor-, Achter- und Poopdeck den Übergang zu den dunklen Masten und den hellen Segeln.

»Das ist die *Sandwich*, ein Linienschiff der zweiten Klasse mit 90 Geschützen«, sagte Onkel William. »Sie wird zur Überholung in der Werft erwartet.«

Er wies seine Begleitung noch auf viele Einzelheiten hin, als das Schiff vorbeiglitt, auf die schwarzen Rohre der Kanonen auf dem Oberdeck, auf die Marse, Gefechtsstation der Seesoldaten, von denen einige schon mit ihren roten Röcken für die beim Anlegen erforderlichen Zeremonien bereitstanden, auf die riesigen Anker, die bereitgemacht wurden, auf die Stage, gewaltige Taue, die die Masten nach vorn sicherten.

David schien tief beeindruckt. Er fragte kaum nach, sondern starrte nur gebannt auf dieses riesige, von Menschenhand geschaffene Gebilde, das so leicht und wie von einem unsichtbaren Mechanismus gelenkt die Meerenge durchquerte. Es erinnerte ihn an die Maschinerie in Mr. Cox' Museum, war aber so unendlich viel größer.

»Woher kommt das Schiff?« fragte er, aber der Onkel wußte es nicht und verwies ihn an Mr. Grey. Mit leichtem Schmunzeln erinnerte sich David viele Jahre später, daß ihm damals der Gedanke durch den Kopf ging, es müsse ein übermenschliches Wesen sein, das so ein Riesenschiff kommandiere und lenke.

Mr. Grey und die Königliche Werft waren ein anderer Höhepunkt in Davids ersten Erinnerungen an Portsmouth. Dem Tag, an dem Mr. Grey ihn gemäß einer Verabredung mit dem Onkel abholen sollte, fieberte David entgegen. Mr. Grey war pünktlich, und sie rollten wieder über die Brücke über den Mill Pond, diesmal in nördlicher Richtung. Die Straße bog nach links ab und wich einem Gebäude und einem eingezäunten Areal aus.

»Das ist das Kanonenarsenal«, erklärte Mr. Grey, »dort lagern vom 32-Pfünder bis zum Einpfünder alle Arten von Schiffsgeschützen und auch die Munition, aber kein Pulver. Wir sagen auch ›Kanonen-Kai‹, weil das Arsenal durch einen kleinen Kanal mit der See verbunden ist.«

Sie passierten eine kleine Brücke, ein riesiges Tor stand offen.

»Der Haupteingang«, erklärte Mr. Grey, »links das Lager für Masten und Sparren, rechts die Königliche Marineakademie, wo junge Herren vom Stande zu Fähnrichen ausgebildet werden sollen. Aber nur eine Handvoll Nichtsnutze verbummeln und vertrinken dort ihre Zeit. Im letzten Jahr hat man die Schulordnung verschärft. Aber ob es hilft? Seefahrt lernt man auf See, nicht auf der Schulbank!«

Sie fuhren über einen weiten Platz und sahen vor sich einige kleinere und eine große, gut vierhundert Yard lange, überdachte Reeperbahn, in der die Reepschläger den Hanf spannen, die gesponnenen Garne zu Duchten drehten und aus diesen dicke und dünne Taue schlugen.

»Und immer wird ein roter Faden hineingeflochten, damit des Königs Eigentum erkennbar ist«, schloß Mr. Grey seine Erklärung. »Und nun kommen wir zu meinem Reich, den Docks. Du hörst schon den Unterschied. Die Reepschläger spinnen die Garne und drehen die Duchten leise, aber die Zimmerleute hämmern, sägen und pochen, daß es nur so schallt.«

Die Kutsche hielt, sie stiegen aus und betraten ein zweistöckiges Gebäude, in dessen Zimmern Zeichnungen hingen und Schiffsmodelle standen. Auch in Mr. Greys Büro stand ein zierliches Modell einer Zweiunddreizig-Kanonen-Fregatte.

»Die wird gerade bei uns gebaut«, sagte Mr. Grey, »jedes Viertel Inch im Modell wird ein Fuß beim Schiff, das heißt, die Fregatte ist achtundvierzig mal so groß wie das Modell.«

Ein jüngerer Mann trat ein und grüßte.

»Ah, guten Tag!« sagte der Schiffsbaumeister, »das ist Mr. Bentley, einer meiner Assistenten. Und das ist der junge Herr David Winter, unser Besuch aus Hannover«, stellte er vor.

»Mr. Bentley wird dich durch die Werft führen und aufpassen, daß dir keine Planke auf den Kopf fällt. Wenn der Rundgang beendet ist, meldet ihr euch wieder bei mir, und ich kann dir noch Fragen beantworten, falls ich Zeit habe.«

Mr. Bentley war ein freundlicher, geduldiger Führer, der langsam sprach, damit der »Hannoveraner« ihn auch verstehen konnte. Dies sei eine mittlere Werft, erklärte er, Chatham und Plymouth seien größer. 1770 habe ein furchtbares Feuer die Werft fast völlig zerstört. Dabei seien Planken, Rundhölzer, Taue und Segel für etwa fünfundzwanzig Kriegsschiffe verbrannt. Nein, man habe nie klären können, wie das Feuer entstanden sei. Wahrscheinlich habe ein Kalfaterer das Feuer unter einem Pechkessel nicht richtig gelöscht. Darum gäbe es jetzt überall zusätzlich kleine Löschteiche und Wassereimer.

Inzwischen waren sie an einer Helling angelangt, wo die Zimmerleute wie Ameisen um eine Holzkonstruktion herumliefen, die nach Davids Meinung wie die Gräten eines auf dem Rücken liegenden Fisches aussah.

»Da ist etwas dran«, gab Mr. Bentley zu. »Dann ist die Hauptgräte der Kiel, der aus verschiedenen Teilen fest mit hölzernen Bolzen verdübelt wird. Die nach oben gebogenen Gräten sind die Spanten, und der dort vorn aufragende große Balken ist der Vordersteven. Die wie eine zweiteilige Forke dort hinten aufragenden Balken halten später das breite Heck des Schiffes.«

Während sie an den Drillern vorbeischritten, die die Löcher für die Bolzen bohrten, erklärte Mr. Bentley, wie quer zu den Spanten dann die Planken befestigt würden, wie im Innern des Rumpfes die Kniestücke Spanten und Deckhölzer verbinden würden.

David war bei dem Hämmern und Sägen dankbar für die langsame, eindringliche Sprache seines Führers. Er sah das Skelett des Schiffes und ahnte, wieviel Planung, Arbeit und Material erforderlich waren, um ein großes Schiff zu bauen.

»Wie können die Zimmerleute die Maße so einhalten, daß alles ineinanderpaßt, und wie kann man die Hölzer so formen, daß sie gebogen oder fast rechteckig aussehen?« Mr. Bentley erklärte ihm, daß man der Natur nachhelfe und den wachsenden Baum in bestimmte Formen presse. Das Holz, gute Eiche, müsse über Jahre lagern, sonst verrotte es im Wasser. Mitunter wachse der Baum auch von selbst in den gewünschten Krümmungen, so sei man dazu übergegangen, italienische Eiche zu importieren, die in den Bergen oft gekrümmt gewachsen sei. Und die Maße, die zeichneten Mr. Grey und seine Assistenten vorher auf dem Schnürboden auf, wo das Holz zugeschnitten werde.

Als David ihn nach den Masten fragte, belehrte ihn sein Führer, daß erst der Rumpf, das Heck voran, ins Wasser gelassen werde, also vom Stapel laufe. Dann lege er längsseits an der Masthulk an, wo man mit einem großen Gerüst, mit Bäumen oder Querbalken und Seilzügen die großen Maststücke in den Neubau einsetze.

»Vorher«, erläuterte Mr. Bentley, »muß der Rumpf des Schiffes aber noch gekupfert werden. Viele dünne Kupferplatten werden dabei überlappend mit Kupfernägeln auf die Planken genagelt. Das hält den Teredo-Wurm ab, der sich in warmen Gewässern sonst in den Schiffsrumpf bohrt und ihn mit der Zeit völlig durchlöchert.«

Mr. Bentley wies auf die Masthulk, an der gerade eine Sloop zum Bemasten lag. »Dort bringen die Seilmacher auch das gesamte stehende und laufende Gut an, viele hundert Meter großer und kleiner Taue. Das stehende Gut sind die Taue, die die Masten stützen und die dunkel geteert sind. Die hellen Taue müssen beweglich bleiben, um die Segelstellung zu verändern. Das ist das laufende Gut.« Zweifelnd schaute er die kleine Landratte an, ob sie seine Erklärungen verstand, bei denen er schon auf vieles verzichtet hatte, was Schiffsbauer untereinander an Bezeichnungen verwenden.

Er hatte wohl den Eindruck, daß es genug sei für eine erste Bekanntschaft mit dem Schiffsbau und sagte: »Nun gehen wir noch zum Nordkai, dort liegt eine Fregatte, die gerade entladen wird, bevor sie zur Überholung ins Dock kommt.«

Sie stiegen von der Back hinunter in die Kuhl und wieder hinauf aufs Achterdeck. Sie kletterten einen Niedergang hinunter ins untere Deck und wieder hinauf zum Ruder, das David mit beiden Händen zu fassen versuchte.

Er sah durch das Gewirr der Wanten, Pardunen und Stage hinauf zu den Masten und fragte: »Was meinen die Seeleute, wenn sie sagen, daß Schiffe leben?«

»Ja«, Mr. Bentley schaute überrascht auf und sagte nachdenklich: »Das hängt wohl damit zusammen, daß ein Schiff im Wasser nie ruhig ist. Es seufzt und stöhnt, es ächzt und kracht, und jedes Schiff hat seine Eigenarten beim Segeln, die der Kapitän und der Master herausfinden müssen.«

Als sie zurück ins Büro kamen, war Mr. Grey nicht da. Er war zum königlichen Werftkommissar gerufen worden und hatte hinterlassen, Mr. Bentley möge David mit der Kutsche heimbringen. Bei Onkel und Tante, Julie und Henry wollte David dann gar nicht mehr aufhören mit der Beschreibung dessen, was er alles gesehen hatte. Henry wurde der Erklärungen bald überdrüssig und maulte.

Der Onkel sah seine Frau amüsiert an und neckte David: »Du redest ja wie einer, der mit Salzwasser getauft ist.«

Aber Portsmouth, das waren nicht nur Spaziergänge und Besichtigungen, da war auch die Schule. Zwei Wochen nach seiner Ankunft wanderte er zu Mr. Potters Lehranstalt, einer Bürger- und Lateinschule, die auf wissenschaftlichen Prinzipien aufbaue, wie Mr. Potter immer wieder versicherte.

Er war ein hagerer, asketisch wirkender Schotte, den es nach Studien in Edinburgh und Oxford nach Portsmouth verschlagen hatte. Er fühlte sich zum Erzieher berufen und sah Erziehung als eine wissenschaftliche Aufgabe an.

Ursprünglich von Rousseaus Erziehungsprogramm im »Emile« begeistert, hatte er sich in den Jahren als Lehrer und Schulleiter der Realität des Schulunterrichts angepaßt, der ihn nur ernährte, wenn er möglichst vielen Jungen betuchter Bürger so viel in die Schädel hineinbrachte, daß die Herren Väter das Schulgeld bezahlten.

Aber die Zwänge dieser unpädagogischen Welt hatten ihn nicht von seinem Drang nach wissenschaftlichen Prinzipien abgebracht. Er korrespondierte mit dem Gutsbesitzer R. L. Edgeworth – der Jahre später sein berühmtes Werk ›Practical Education‹ veröffentlichte – sowie mit dem Arzt Erasmus Darwin und dem Philosophen Joseph Priestley.

Mr. Potter examinierte David zunächst gründlich, fand sein Latein gut, sein Französisch recht befriedigend, aber seine mathematischen, physikalischen und geographischen Kenntnisse stufte er als mangelhaft ein. Und diese Fächer galten etwas in Portsmouth. Entsprechend wurde er den verschiedenen Gruppen zugewiesen. Latein und Französisch konjugierte und deklinierte David wie gewohnt, aber bei den Übersetzungen dauerte es doch einige Wochen, bis er nicht mehr seine Muttersprache einschob, sondern direkt ins Englische übertrug.

Geographie faszinierte David nach einiger Zeit. Was er an verschwommenen Vorstellungen von fremden Ländern und Kontinenten besaß, wurde nun mit Anschauung und Leben erfüllt. Mr. Bell, ihr Geographielehrer, ließ sie den Spuren der Entdecker folgen, zeigte ihnen die Seewege auf großen Wandkarten und las Passagen aus den Forschungsberichten vor.

Die Erzählung von Ansons Weltumsegelung und seiner reichen Beute fesselte David ungemein, und als er hörte, daß Anson Erster Lord der Admiralität geworden war und vor zwölf Jahren noch gelebt habe, wollte er eine Zeitlang Entdecker werden.

Mr. Bell erzählte ihnen auch viel von den Menschen in fremden Kontinenten, und da er der »Gesellschaft der Freunde«, den Quäkern, angehörte, vermittelte er seinen Zöglingen kein durch Arroganz gefärbtes Bild, sondern weckte ihr Verständnis und Mitgefühl.

Auch für die Physik, die sich Mr. Potter vorbehielt, die Lieblingswissenschaft im England dieser Zeit, konnte sich David erwärmen. Als er zum ersten Male erlebte, wie mit der Influenz-Elektrisiermaschine kleine Blitze erzeugt wurden, erschrak er sehr und ließ sich nur zögernd durch Mr. Potters

Erklärungen überzeugen, daß es sich um ein natürliches Phänomen handele, das er elektrische Kraft nannte.

Er erläuterte ihnen, daß der Blitz nach ähnlichen Prinzipien entstehe und wußte auch von einem gewissen Benjamin Franklin, der Vorrichtungen zur unschädlichen Ableitung des Blitzes vorgeschlagen hatte.

Aber Mathematik war für David eine Qual. Er hatte so viel nachzuholen, daß er ohne die gelegentliche Hilfe seines Onkels und ohne Bill, einen lockenköpfigen Schulkameraden, der sein leichtes Stottern mit einem phänomenalen Verständnis für mathematische Zusammenhänge kompensierte, wohl nie mitgekommen wäre.

Bill erklärte ihm manches besser als Mr. Dockrell, der Mathematiklehrer, und setzte seine Erklärungen auf dem Heimweg fort, den sie ein gutes Stück gemeinsam hatten. Manchmal besuchten sie sich auch in ihren Familien. David zeigte Bill dabei zwei Briefe, die ihm seine Eltern von der Reise und aus Prag geschrieben hatten und erzählte von seiner Heimat.

Woche folgte auf Woche. David schien es manchmal, als lebe er schon ewig in Portsmouth. Er fand sich in den Straßen zurecht, viele kannten ihn, und in seiner Sprache unterschied er sich kaum noch von den Einheimischen.

Anfang September war es, als seine unbeschwerte Welt zusammenbrach, zwei Wochen vor der geplanten Heimreise. Er kam aus der Schule, und kaum hatte der Türklopfer angeschlagen, da öffnete John schon. Aber er scherzte nicht wie sonst, nickte nur, sah weg und ließ David eintreten.

Was mag er haben? dachte dieser und ging durch die Diele ins Wohnzimmer. Mit rotverweinten Augen, wie benommen, trat seine Tante auf ihn zu, umarmte ihn und rief mehrmals schluchzend seinen Namen.

»Ist etwas mit Julie oder Henry?« fragte David erschrocken.

»Nein, mein Junge«, erwiderte sein Onkel und löste David aus der Umarmung seiner Tante. »Wir haben eine traurige Nachricht für dich, du mußt jetzt sehr tapfer sein.«

Er führte David zum Tisch, drängte ihn auf einen Stuhl und sagte: »Deine Mutter und dein Vater sind in den böhmischen Bergen tödlich verunglückt. Die Pferde sind durchgegangen, und die Kutsche ist in eine Schlucht gestürzt. Alle Reisenden waren tot.«

David war unfähig zu begreifen. »Und wann kommen sie heim?« stammelte er.

»Nie mehr, David, nie mehr!« antwortete der Onkel, und auch seine Stimme schwankte. »Deine Eltern sind tot.«

Nun brach sich die Wahrheit Bahn. Sie sind tot! Es war, als ginge nur dieser Satz in seinem Kopf herum, der ganz leer und taub zu sein schien. Daß ihm die Tränen herunterrannen, merkte er nur daran, daß ihm der Onkel mit dem Taschentuch über Wangen und Mund fuhr. Weit entfernt sah er die lautlos schluchzende Tante.

O Gott, dachte er verzweifelt, warum sind sie nicht bei mir geblieben? Warum haben sie mich nicht mitgenommen? In seiner Qual versuchte er, ihre Gesichter ganz deutlich vor sich zu sehen, aber sie verschwammen immer wieder. Ich habe ja nicht einmal ein Bild von ihnen, ging es ihm durch den Kopf, und ich werde sie nie, nie wiedersehen.

Bitte an Bord kommen zu dürfen

Die Tage nach der Schreckensnachricht blieben blaß und leer in Davids Erinnerung. Das Unfaßbare wurde langsam Wirklichkeit, der man nicht entgehen konnte. Einzelheiten von der Todesfahrt, von der Beisetzung in dem kleinen böhmischen Städtchen teilte Davids Hamburger Onkel mit. Dieser war älter als Davids Vater und lebte als Junggeselle zurückgezogen mit seinen Büchern von den Einkünften eines Gutes bei Bremerhaven.

Er erklärte sich bereit, das Haus und Grundstück in Stade zu vermieten, auf die Einhaltung der Verträge zu achten und außerdem alle Pflichten eines Nachlaßverwalters zu erfüllen. Er ließ auch Mitgefühl für David erkennen, der nun sein einziger Blutsverwandter war.

Aber zu sich nehmen könne er David nicht, sein Junggesellenhaushalt, sein Alter, seine Gewohnheiten, nein, das sei weder gut für ihn noch für den Jungen. Einen Brief, den Davids Mutter an den Sohn begonnen hatte, legte er bei und fragte, was der Junge sonst noch an persönlichem Besitz nach England geschickt haben wolle. Ein kleines monatliches Kostgeld werde ja auch die Vermietung des Hauses einbringen.

»David kann doch bei uns leben wie eines unserer Kinder,

meinst du nicht auch, William?« sagte die Tante einige Tage später im Schlafzimmer.

Der Onkel, der gerade seine Bettdecke bequem zurechtgeschüttelt hatte, überlegte ein wenig. »Sally, meine Liebe, du weißt, wie mir David ans Herz gewachsen ist. Aber wir müssen auch an seine Zukunft denken. Was soll aus ihm werden, wenn er bei uns bleibt? Mein Handel ist gesund und wird sicher Henry als meinen Nachfolger und uns im Altenteil ernähren sowie Julie eine gute Mitgift einbringen. Aber wo soll David da ein eigenes Einkommen und eine eigene Zukunft finden? Ich weiß, da ist noch das Gut des Hamburger Onkels. Aber wann er über das Erbe verfügen kann, steht in den Sternen. Und hätte David Lust zu diesem Leben?«

In seiner etwas pedantischen Art handelte Onkel William dann die Zukunftsmöglichkeiten für einen Jungen von Davids Herkunft ab. Geistlicher könne er werden, aber ob ihm das liege? Und nach dem Studium folge meist eine Pfarrei, die ihren Mann kaum ernähre. Zu einem Schreiber sei der Junge zu schade, zu einem höheren Beamten des Königs fehle ihm in England die Beziehung. Das Studium eines Arztes sei lang, und das könne er nicht bezahlen. Zum Beruf des Feldschers, der doch nur ein besserer Barbier sei, hätte Davids Vater nie die Zustimmung gegeben.

»Die beste Lösung, liebe Sally, ist die, daß David zur Königlichen Flotte geht, um Fähnrich und mit etwas Glück Offizier zu werden. Für einen Jungen aus guter Familie, der nicht genug Geld hat, um davon zu leben oder lange Jahre zu studieren, ist das der Weg mit der besten Zukunft. Du hast auch bemerkt, wie David von der See und der Marine begeistert ist. Das Leben an Bord wird zunächst hart für ihn sein, aber ihm steht die Welt offen.«

Tante Sally war nicht überzeugt und fand David zu jung für dieses Leben voller Gefahren. Sie wollte ihn nicht brutalen Kapitänen und Maaten ausliefern.

Aber Onkel William hatte viele Gegenargumente. David werde im Oktober dreizehn Jahre alt. Viele gingen jünger zur See. Ein gutes Schiff mit einem fähigen Kapitän sei für die erste Zeit entscheidend, und da wolle er sich schon umsehen.

Er kenne nicht umsonst viele Kapitäne als Kunden, die er reell beliefert habe. Man müsse das alles überschlafen und mit David bereden.

Vor dem Tag, an dem David zum erstenmal wieder in die Schule gehen sollte, rief ihn der Onkel nach dem Abendessen noch in sein Büro. Sein Neffe war blaß und ernst geworden. Seine lebhafte, zupackende Art konnte man hinter der mutlosen Lethargie kaum erkennen.

»Komm, setz dich, mein Junge. Ich mache mir Gedanken über deine Zukunft. Was möchtest du einmal werden?«

»Ich weiß nicht, Onkel William. Vater hätte es wohl gern gesehen, wenn ich Arzt geworden wäre«, und er mußte einige Zeit den Schmerz niederringen, ehe er weitersprechen konnte, »aber ich habe mich immer zu sehr vor den Beulen, dem Ausschlag, dem Eiter, den Wunden und dem Blut geekelt, womit er ständig zu tun hatte. Deichhauptmann wollte ich auch werden, weil der so oft am Strand entlangritt. Am liebsten wäre ich ein Entdecker wie die, von denen Mr. Bell uns erzählt hat.«

»Entdecker müssen aber ein Schiff führen und gut navigieren können, lieber David.«

»Das würde ich schon gerne lernen. Du weißt, ich mag die Schiffe, und ich habe oft geträumt, übers Meer zu segeln.«

Nun hatte der Onkel den willkommenen Anknüpfungspunkt, und er sprach von der Lehrzeit zur See. Die Schiffe der Ostindischen Handelskompanie, auf denen die Ausbildung einen guten Ruf habe, müsse er ausschließen, da sie Portsmouth nicht anliefen und er keine Verbindung zu den Kapitänen habe. Aber in der Königlichen Flotte, da kenne er manchen guten Mann.

In Davids Alter beginne man als ›Captain's servant‹, aber das sei keine Stellung als Diener des Kapitäns, sondern als sein Lehrling, der den Beruf eines Seeoffiziers erlerne. Man brauche Gesundheit, Kraft und Mut für diesen Beruf, der nichts für Muttersöhnchen sei. Aber die Welt stehe einem offen, und man könne Reichtum und Ruhm erwerben wie Lord Anson.

David war nicht ablehnend, aber auch nicht begeistert. Auch ihm mußte der Onkel raten, alles zu überschlafen.

Den Ausschlag gab eigentlich Bill, sein Schulfreund. Er wäre mit Begeisterung zur See gefahren, aber sein Vater bestand darauf, daß er Lehrling in der Bank werden müsse, der sein Vater vorstand. Bills Enthusiasmus besiegte schließlich Davids Lethargie. Er sah die Schiffe in ihrer Schönheit mit wieder erwachtem Interesse und teilte dem Onkel seine Entscheidung mit.

»Du wirst es nicht bereuen, David! Ich werde dir eine gute Ausrüstung und ein gutes Schiff besorgen. Und wenn du Portsmouth anläufst, ist unser Haus immer eine Heimat für dich. Wenn du morgen aus der Schule heimkehrst, gehen wir erst mal zu Bill Crowden, der die Jungen für die Marinevereinigung ausbildet. Er soll dir einige Anfangsgründe beibringen, damit du nicht ganz dumm anfängst und womöglich Bug und Heck verwechselst.«

»Aber, Onkel, ich bin doch schon mit Jollen auf der Elbe gesegelt und mit einer Brigg nach England gefahren. Und schwimmen kann ich auch!«

»Schwimmen wirst du hoffentlich nicht müssen, sondern allzeit ein gutes Schiff unter den Füßen haben. Aber schon gut, es kann ja auch nicht schaden.«

Bill Crowden erwies sich als brummiger alter Seebär, den auch die paar Schillinge, die er sich mit Davids Unterweisung verdiente, nicht freundlicher stimmten. Erst als er Davids ernsthaftes Interesse spürte und die Lernerfolge, die Davids guter Auffassungsgabe zu verdanken waren, auf sein Lehrgeschick zurückführte, wurde er etwas umgänglicher.

Da er in einem langen Leben mehr als tausend Jungen und Männer zur Seemannschaft geführt hatte, hatten seine Anweisungen Hand und Fuß. Er erklärte einiges und fügte sofort praktische Übungen an. So lernte David nicht nur Seemannsknoten, die Anfangsgründe des Reffens, sondern wußte auch etwas vom Aufbau und der Wirkung der Rahsegel.

Zuletzt gab ihm Bill noch Tips, wie Landratten an Bord verulkt und hereingelegt wurden, wenn sie zum Beispiel des

Stückmeisters Tochter auf dem Vormars suchen, die Fußpferde satteln, das Kielschwein füttern oder anderen Scherzen zum Opfer fallen sollten.

Mr. Barwell war in der Zwischenzeit nicht müßig. Er besuchte den Hafenadmiral, korrespondierte mit Freunden im Marineamt, sprach mit Kapitänen.

Endlich konnte er seiner Frau berichten: »Ich habe ein gutes Schiff im Auge, die *Shannon*, eine Zweiunddreißig-Kanonen-Fregatte unter Kapitän Edward Brisbane. Er hat sich in der Schlacht in der Quiberon Bay als Leutnant ausgezeichnet, ist schon etwas älter und gilt als streng, aber gütig und fürsorglich. Ich kenne ihn von mehreren Geschäften her. Sein Schiff ist in Sheerness ausgelaufen und wird jeden Tag auf der Reede von Spithead erwartet. Ich werde dann sofort mit Kapitän Brisbane sprechen.«

Das war der Tante denn doch zu schnell. Der Junge hätte doch seinen Geburtstag am 27. Oktober noch bei ihnen feiern sollen. Aber die Räder des Schicksals rollten, wie Mr. Foot sagte, als er davon erfuhr. Als guter Freund war er ebenso besorgt wie Davids Onkel, daß in der Seekiste des künftigen Entdeckers nichts fehlen und alles zweckmäßig und solide sein müsse. Die Ausgehuniform mit den weißen Bundhosen und der dunkelblauen Jacke mit Goldknöpfen war längst geschneidert, weiße Strümpfe, Hemden, lange Hosen für den Alltagsdienst, eine warme Seejacke für kalte Tage, Ölzeug, alles lag bereit. Auch drei Lehrbücher über Navigation und Seemannschaft hatte der Buchhändler als die besten empfohlen. Dann endlich traf die Nachricht ein, daß die *Shannon* auf der Reede ankere und der Kapitän beim Hafenadmiral sei.

Kapitän Brisbane folgte Mr. Barwells Einladung zum Dinner ins »George« und hörte dessen Ausführungen beim Nachtisch aufmerksam zu. Er war ein ungewöhnlich großer und kräftiger Mann, ohne jenen Ansatz zur Fettleibigkeit zu zeigen, zu dem Kapitäne bei ihrem Mangel an Bewegung neigen. Er trug sein Haar gepudert und in einen Zopf geflochten. Sein gebräuntes Gesicht hatte tiefe Falten und eine etwas fleischige

Nase. Seine grauen Augen waren beherrscht und abwartend, seine Rückfragen präzise und sachlich.

»Das Schicksal Ihres Neffen rührt mich, Mr. Barwell. Ihr Entschluß, ihn auf ein gutes Schiff zu geben, ist vernünftig, Ihre Wahl ehrt mich. Aber wir kennen uns gut genug, und ich brauche Ihnen nichts vorzumachen. Es gibt viele Anwärter auf die Stelle als ›Captain's servant‹, und mein Kontingent ist voll. Der Zweite Offizier aber kann noch einen Jungen nominieren. Er ist mir mehr als verpflichtet, und wenn er zustimmt, werde ich die Stelle mit Ihrem Neffen besetzen und ihn behandeln, als wenn er mein eigener Schützling wäre. In der Musterrolle wird er zunächst als Boy eingestuft. Alles andere hängt von ihm ab. Sie müssen ihm ein Taschengeld geben, zwei Pfund im Monat für seine Ausbildung zahlen und bei mir dreißig Pfund für sonstige Ausgaben hinterlegen. Ist das akzeptabel für Sie?«

Der Onkel, der keine aus dem üblichen Rahmen fallende Forderung erkennen konnte, nickte schweigend.

»Sie haben sicher für die Ausrüstung Ihres Neffen gut vorgesorgt, wie ich Sie kenne, Mr. Barwell. Aber das Problem ist, daß ich morgen um zwei Glasen in der Nachmittagswache auslaufe. Kann der Junge mittags an Bord sein?«

»Für meine Frau wird es schwer, Herr Kapitän, aber der Junge wird vor acht Glasen der Vormittagswache an Bord sein. Er wird Sie weder morgen noch sonst enttäuschen, da bin ich ganz sicher.«

»Gut! Aber lassen Sie ihn allein zur *Shannon* bringen, damit er nicht als Muttersöhnchen abgestempelt wird. Sie wissen, wie gern gerade die jungen Herren an Bord lästern.«

Sie sprachen noch über die Befehle der *Shannon*, einen Geleitzug mit Truppenablösungen und Waffen nach Gibraltar zu bringen sowie dann zwei Monate zwischen Gibraltar und den Kapverdischen Inseln zu kreuzen, da die Liverpooler Sklavenhändler über arabische Piraten geklagt hatten, die schon mehrere Schiffe mit Tauschwaren auf der Fahrt nach Senegambien gekapert hätten. Schließlich werde er wohl noch abgelöste Offiziere und eilige Depeschen von Gibraltar nach England bringen.

»Man fühlt sich bald nicht mehr wie ein Fregattenkapitän, sondern eher wie ein Wachmann und Transporteur.«

»Aber, aber, Herr Kapitän. Sie entgehen unserem naßkalten Winter und jagen – frei wie ein Vogel – vor Afrikas Küste Piraten. Das ist doch kein schlechtes Los!«

»Na ja«, gab Kapitän Brisbane zu, »es hätte schlimmer kommen können. Aber Ehre ist damit nicht zu gewinnen.«

Die Unterhaltung ging noch hin und her, und Mr. Barwell schätzte den Abend als recht erfolgreich ein, bis er seinen Erfolg zu Hause berichtete.

»Unmöglich!« entsetzte sich seine Frau, »das wird David, Julie und Henry das Herz brechen. Man kann ein Kind doch nicht von einer Stunde auf die andere in die Fremde jagen. Nicht mal sein Lieblingsgericht, das er in sechs Tagen zum Geburtstag bekommen hätte – die Kalbsmedaillons auf französische Art – kann ihm noch gekocht werden. Von niemandem hat er sich verabschiedet.« Und sie reihte einen Protest an den anderen.

Ihr Mann schwieg, und als sie es schließlich merkte, sah sie die Trauer in seinen Augen.

»Habe ich etwa nicht recht?« fragte sie trotzig.

»Mach es uns nicht noch schwerer, Sally! Ein besseres Schiff finden wir nicht. Und es muß sein. Wir haben doch alles besprochen!«

David war am Morgen erstaunt, als ihn sein Onkel weckte. Als der ihm erzählte, daß das Schiff heute schon ausliefe, wurde ihm plötzlich bewußt, was in den letzten Wochen eher wie ein unverbindliches Gesellschaftsspiel abgelaufen war.

Du mußt fort, heute, gleich! Fort aus diesem Haus. Fort von den letzten Menschen, die dich lieben! Zu Fremden, in die Fremde, auf das weite Meer! hämmerten seine Gedanken auf ihn ein. Er mußte alle Kraft zusammennehmen, um nicht in Tränen auszubrechen und sich im Bett zu verkriechen.

Der Onkel schien es zu bemerken: »Heute gebe ich dir auch

den kleinen Degen für deine Paradeuniform, und du kannst deine Seekiste abschließen. Jetzt komm aber schnell zum Frühstück!«

Alle waren am Tisch der Trauer näher als dem Spaß, aber alle bemühten sich krampfhaft, sich gegenseitig mit Scherzen aufzuheitern. Henry vergaß den Schmerz am schnellsten und forderte David auf, ihm ja einen Mohrenturban oder einen Negerspeer mitzubringen, wenn er in Afrika sei.

Ein schneller Besuch noch in der Schule, Mr. Potters ernste Wünsche und Ermahnungen, Bills Umarmung – wie ich dich beneide! – die ihm etwas Mut machte, und Mr. Bells Abschiedsgeschenk, eine kunstvoll kopierte Karte der westafrikanischen Küste.

Später war er dankbar, daß alles in dieser rasenden Hetze ablief, die den Abschiedsschmerz hinderte, ihn zu überwältigen. John wuchtete die Seekiste auf die Kutsche, die Kinder, Tante Sally, die Dienstboten drängten sich in seine Umarmungen, Tränen benetzten seine Wangen, bis der Onkel ihn zur Kutsche führte. Noch einmal rumpelten sie durch die engen Straßen der Stadt nach Sally Port.

»David, ich weiß, du wirst ein guter Seemann und Offizier werden«, munterte ihn der Onkel auf. »Wir haben großes Zutrauen, daß du mit allem fertig wirst, auch wenn es zu Anfang etwas ungewohnt und schwer ist. Denk an deinen Vater, wieviel Erfolg er in seinem Leben hatte, denk an deine Mutter, die dich so liebte. Und vergiß auch uns nicht. Und vor allem: Bleib dir selbst treu!«

Was immer der Onkel noch sagen wollte, der Wagen hielt an der Anlegestelle, und unter den Bootsführern, die sich dienstfertig zur Kutsche bewegten, erkannte Mr. Barwell einen alten Bekannten, den er heranwinkte.

»Bring den jungen Herrn und seine Seekiste gut zur *Shannon*, Jonathan. Ich zahle die Fahrt, und erleichtere mir den Jungen nicht noch um Trinkgeld.«

»Wird alles besorgt, gnädiger Herr.« Jonathan griff die Kiste wie eine Hutschachtel und stapfte zum Boot voraus.

David und der Onkel folgten und trennten sich mit einer letzten Umarmung.

Der Bootsführer pullte die Jolle vom Anlegeplatz frei und setzte dann das Segel, mit dem der frische Südwestwind sie nach Spithead führte. David winkte dem Onkel, bis dessen Gesicht mit der Menge verschmolz. Er blickte zurück, sah den Runden Turm, sah Southsea Castle, die hinter ihnen zurückblieben. Und vor ihnen wuchsen Masten und Rümpfe der Kriegsschiffe empor, die hier auf Reede lagen.

»Dort die zweite von Backbord ist die *Shannon*, ein feines Schiff!«

David fixierte das Schiff, das nun seine Heimat werden sollte. Es lag graziös und doch kraftvoll auf dem Wasser. Sie näherten sich schnell.

»Ich geb' die Seekiste zur Fallreepspforte herein, junger Herr. Und fragen Sie, ob Sie an Bord kommen dürfen. Das macht einen guten Eindruck für einen Anfänger.«

Jonathan holte das Segel ein, legte das Ruder herum und brachte sie ans Fallreep. Von der Bordwand starrten neugierige Gesichter herunter. David griff krampfhaft nach den Tauen und sprang auf die hölzernen Stufen. Schnell stieg er hoch, bevor die Wellen ihn durchnässen konnten.

Als sein Gesicht über die Bordwand ragte und er eine Gestalt mit Dreispitz, weißem Revers und Manschetten sah, fiel ihm die alte Formel ein: »Bitte an Bord kommen zu dürfen, Sir.«

Konvoi nach Gibraltar

In der Kajüte des Kapitäns blieb David wenig Zeit zum Umherschauen. Der Kapitän war vor dem Auslaufen in Zeitnot, um all die Papiere zu unterzeichnen, die mit dem Boot des Hafenadmirals an Land mußten. Er schaute kurz auf, beauftragte seinen Schreiber: »Bitten Sie Mr. Grant zu mir!« Dann wandte er sich zu David: »Sind alle Ihre Sachen an Bord?« Als David nickte, erfolgte die erste Belehrung: »Wenn Sie einem Vorgesetzten an Bord mit Ja antworten wollen, dann richten Sie sich auf und sagen laut und deutlich: ›Aye, aye, Sir.‹ Befolgen Sie die Befehle, die Ihnen gegeben werden, und Sie werden hilfsbereite Vorgesetzte finden. Verstanden?«

»Aye, aye, Sir.«

Der Kapitän wandte sich schon einem eintretenden Offizier zu: »Ah, Mr. Grant. Das ist David Winter, unser neuer Junger Gentleman. Bitte veranlassen Sie, daß er und seine Sachen ins Cockpit gebracht werden. Wen schlagen Sie zur Einweisung für die erste Woche vor?«

»Mr. Haddington, Sir.«

»Einverstanden! Bitte tragen Sie Mr. Winter in die Schiffsrolle ein, eingestuft als Boy. Nach einer Woche weisen Sie ihm dann die Stationen zu, die Ihnen passend erscheinen.«

»Aye, aye, Sir.«

Der Kapitän machte eine Handbewegung, die Dank und Entlassung bedeuten konnte, und David folgte Mr. Grant aus der Kabine.

Der Erste Offizier war ein schmaler, hagerer Mann, dessen dunkle Augen immer auf der Suche nach irgendwelcher Unordnung an Deck zu sein schienen.

An Deck fragte er David : »Wie alt sind Sie, Mr. Winter?«

»In der nächsten Woche werde ich dreizehn.«

»Sie haben Ihre Vorgesetzten mit ›Sir‹ anzureden, Mr. Winter.«

David nickte verdattert, erinnerte sich und sagte klar und deutlich: »Aye, aye, Sir!«

»Sie scheinen ja wenigstens nicht schwachsinnig zu sein. Das ist mehr, als man heute von manchem der ›Jungen Herren‹ sagen kann. Sie sollen Offizier des Königs werden, daher steht Ihnen die Anrede ›Sie‹ zu. Aber wenn Sie Ihre Pflichten schlecht erfüllen, werde ich Sie ›Dummer Lausebengel‹ und Schlimmeres schelten, und der Bootsmann wird seinen Stock auf Ihrer Hose tanzen lassen. Also bilden Sie sich nichts ein!«

»Nein, Sir!«

Der ›Erste‹ wandte sich zum Achterdeck: »Mr. Simmons!« Ein junger Bursche, vielleicht ein bis zwei Jahre älter als David, lief auf sie zu.

»Nehmen Sie sich einen Mann, der die Seekiste trägt, und bringen Sie Mr. Winter ins Cockpit. Mr. Morrison soll ihm seinen Platz zuweisen. Mr. Haddington ist Einweiser!«

»Aye, aye, Sir. Mr. Winter ins Cockpit bringen. Mr. Haddington ist Einweiser.«

Wieder eine Handbewegung zur Entlassung.

Der junge Bursche rief einen Seemann heran: »Trag Mr. Winters Kiste ins Cockpit!« Zu David sagte er: »Los, ich geh' voraus!«

David folgte ihm den Niedergang hinunter ins untere Deck und prallte vor dem Gestank zurück, der ihm entgegenschlug. Unwillkürlich hielt er die Hand vor die Nase.

Simmons sah zurück und grinste schadenfroh: »Das ist nichts für feine Herren. Daran mußt du dich gewöhnen. Das stinkt nach Bilgewasser, Schweiß, Urin, Schimmel und allem möglichen. Nun komm schon, du Muttersöhnchen!«

David trottete hinter ihm her, mußte sich anstrengen, um im Halbdunkel seinen Weg zu finden, und zog den Kopf vor dicken Balken ein.

»Hinter uns ist die Offiziersmesse«, erklärte ihm Simmons auf dem Weg zum Mittelschiff, »hier haben die Deckoffiziere ihre Kammern. Und dort ist unsere Unterkunft. Weiter vorn schläft die Mannschaft!«

Er schlug einen Vorhang zurück und schob David vor sich her in einen stickigen, halbdunklen Raum, in dem etwa ein Dutzend Jungen und Männer um eine Holztafel saßen.

»Mr. Morrison, der Käpt'n schickt Ihnen einen Neuen für unsere Menagerie. Mr. Haddington soll Einweiser sein.«

»Verdammt und zugenäht!« rief eine dunkle Stimme von der Mitte der Tafel, »bin ich denn eine Amme für Seebabies?«

David sah im Schummerlicht einen breitschultrigen Mann von etwa fünfundzwanzig Jahren mit wirrem, schwarzen, Haar.

»Nein«, mischte sich jetzt ein anderer ein, »du bist aber der Liebling des Ersten und darfst den Schulmeister spielen, während wir die Arbeit tun müssen.«

Haddington parierte sofort: »Ach, Gilbert Marsh, der ewige Neidhammel. Von dir könnten sie auch nur lernen, wie man immer wieder durchs Leutnantsexamen fällt.«

»Dir werde ich die Fresse einschlagen, du Klugscheißer«, richtete sich der Angesprochene auf und stand mit eingezogenem Kopf da, um nicht an die Decke zu stoßen.

»Halt!« rief Mr. Morrison vom Kopf des Tisches, »ich habe nichts gegen eine Schlägerei. Aber ich warte auf den Fraß, den man hier Mittagessen nennt. Und den laß ich mir von zwei Hitzköpfen nicht verderben. Ruhe jetzt, sonst kriegt ihr eine Runde Prügel von uns allen. Und du, du neuer Milchbart, setz dich hin und such dir einen Napf, der halbwegs sauber ist. Essen wirst du ja wohl selbst können.«

David drückte sich an ein Ende des Tisches, und der Seemann schob ihm seine Seekiste unter den Hintern, so daß er sich automatisch hinsetzte. Zwei junge Burschen, kaum älter als David, schleppten einen Holzzuber herein, aus dem eine Schöpfkelle ragte.

»Zugelangt nach Seniorität!« rief Mr. Morrison, der kein junger Mann mehr war, wie David jetzt erkennen konnte, sondern schon graues Haar an den Schläfen und graue Stoppeln am Kinn hatte.

Als ihm der Zuber zugeschoben wurde, füllte sich David eine Kelle in den Napf und starrte zweifelnd auf den Brei.

»Erbsen und Schweinefleisch«, sagte sein Nachbar, »der übliche Donnerstagsfraß. Nimm dir einen Becher und etwas Dünnbier aus dem Krug, damit du das Zeug runterbringst. Viel Zeit hast du nicht.«

David fand das Essen schmackhafter, als er nach dem Aussehen vermutet hatte. Aber kaum kratzte er den Boden seines Napfes aus, da schrillten Pfeifen, und Stimmen brüllten: »All hands, alle Mann an Deck! Klar zum Auslaufen!«

Alle sprangen auf, Haddington rief ihm zu: »Komm mit mir!« Und schon rannte er gebückt durchs Unterdeck und flink wie ein Affe zum nächsten Niedergang.

David konnte ihm nur mit Mühe folgen, wurde von eilenden Männern fast umgestoßen und verlor Haddington aus den Augen, als er den Niedergang emporstürzte.

Auf dem Oberdeck schaute er sich gehetzt um, sah Haddington auf der Gangway zum Vorschiff laufen und hastete ihm nach. Als er ihn auf dem Vorderdeck eingeholt hatte, sagte ihm Haddington: »Bleib neben mir und paß gut auf. Ich habe das Ankerlichten zu beaufsichtigen.«

Er sah sich um: »Miller, geh auf deine Station, verdammt noch mal!« Dann hob er die Hand, um dem wachhabenden Offizier anzuzeigen, daß alles klar sei.

Vom Achterdeck hallten Kommandos, Matrosen enterten auf.

Der Kapitän steuere auf den Anker, sagte Haddington, und rief Befehle zum Gangspill. Dort hob ein alter Mann eine Fiedel und kratzte eine Melodie. Die Matrosen lehnten sich mit aller Kraft gegen die Spillspaken und trotteten um das

Gangspill, die oberschenkeldicke Trosse aus dem Wasser hievend.

Haddington war an das Schanzkleid getreten, und David sah mit ihm, wie die nasse Trosse durch die Klüse glitt. Sie straffte sich.

Haddington brüllte zum Achterdeck: »Anker steht stagweise!« Ein leichter Ruck war zu spüren »Anker ist los!« Er wandte sich zum Gangspill: »Holt ein! Bewegt euch, ihr Lahmärsche!«

Aus dem Wasser tauchte triefend der große Anker auf. David wurde zur Seite gestoßen und hörte in Haddingtons Befehlen etwas von Penterbalken, Penterhaken, Ankerschub und Rüstleine. Er sah, wie der Anker mit Tauen und Hölzern so an der Bugwand festgezurrt wurde, daß er die Planken nicht beschädigen konnte.

Haddington meldete zum Achterdeck. David sah, wie mehr Segel gesetzt wurden und das Schiff Fahrt gewann. An Steuerbord lagen die flachen Ufer der Insel Wight, und als David sich fast schuldbewußt umdrehte, war Portsmouth nur noch eine dunkle Masse, die unaufhaltsam achteraus verschwand.

»Du wirst doch nicht einer Hafenbraut nachtrauern?« störte Haddingtons Stimme seine Gedanken. »Komm jetzt, die Freiwache ist weggetreten. Dienst nach Plan ist angesetzt. Ich zeig dir jetzt das Schiff.«

Nicht umsonst war Haddington als Einweiser gewählt worden, eine Funktion, die es auf anderen Schiffen nicht gäbe, wie er David erzählte. Aber Kapitän Brisbane wolle ein leistungsfähiges Schiff und eine willige Besatzung und glaube daran, daß die Leute ihre Arbeit besser tun, wenn man sie ihnen richtig erkläre und sie nicht gleich am Anfang vor den Kopf stoße.

Haddington, Charles mit Vornamen, begann seine Führung am Bugspriet und vergaß nicht die »Gärten« zu erwähnen, die Toiletten am Bug, die von allen, außer den Offizieren der Messe, benutzt wurden.

Er zeigte David die Jagdgeschütze auf dem Vorderdeck, zwei lange Neunpfünder, die der Kapitän zusätzlich zur normalen Bewaffnung von sechsundzwanzig Zwölfpfündern auf dem Geschützdeck, von vier Sechspfündern auf dem Achterdeck und zwei Sechspfündern auf dem Vorderdeck im Arsenal besorgt hatte. Die zwei Sechspfünder, die früher als weniger effektive Jagdgeschütze gedient hatten, stünden nun zusätzlich auf dem Achterdeck.

In der Kuhl lagerten die Beiboote, eine Barkasse, zwei Kutter und die Gig des Kommandanten, ineinandergeschachtelt, verschalkt und vertäut.

»In den Booten wirst du noch manchen Schweißtropfen vergießen und Schwielen an den Händen kriegen. Und nun zum Großmast, an dem der Kapitän die ›Jungen Herren‹ mit Vorliebe beschäftigt.«

Haddington erklärte ihm die Wanten, Stage und Pardunen und ihre Funktion, aber David verstand bei dem Gewirr von Tauen nur die Hälfte.

»Du mußt sie mit den Händen spüren, an ihnen aufentern, sie fieren und heißen, dann merkst du sie dir. Los jetzt, wir entern auf zum Großmars. Bleib dicht hinter mir und halte dich gut fest!«

David stieg die Webleinen hoch und klammerte sich an die Wanten, während das Schiff durch die rauher werdende See stampfte. Über ihnen tauchte die große Plattform des Marses auf.

»Du kannst heute durch diese Öffnung, das ›Soldatenloch‹, aufsteigen!« rief Haddington und zog sich über die Püttingswanten nach oben.

Der Posten auf der Plattform nickte ihm grüßend zu und machte ihnen Platz. Der Mars hatte hinten eine Art Reling mit Taunetzen. An beiden Enden waren Zapfen für die Drehbassen, kleine Kanonen, angebracht. An den Seiten sicherten die Marsstengewanten die Marsstenge, den zweiten Mastteil von unten, wie Haddington erklärte. Darüber könne man die Bramstenge und die Oberbram- oder Royalstenge erkennen.

»Aber bis du so hoch aufentern kannst, mußt du noch etwas Seebeine kriegen.«

Vom Großmars hatten sie einen guten Überblick über das Schiff, das irgendwie geschmeidig durch die Wellen glitt. Auf dem Achterdeck gingen der Kapitän und der Erste Offizier auf und ab. Am Steuer standen der Rudergänger und sein Gehilfe. Der Master beugte sich über den Kompaß und richtete sich wieder auf, um die Stellung der Segel zu überprüfen.

David blieb nicht unberührt von der Schönheit des Bildes und dachte, es könne wohl nicht so schlimm werden, wie ihm zunächst im dunklen Cockpit erschienen war.

Haddington enterte nach einiger Zeit wieder ab und führte David hinunter in das stinkende Halbdunkel des Unterdecks. Er zeigte ihm, wo er seine Hängematte anzubringen habe, und demonstrierte, wie er mit beiden Händen am Haken anpacken und sich in die Matte schwingen müsse.

Er lachte ungläubig, als David beim erstenmal auf der anderen Seite wieder hinunterfiel, inspizierte die Ausrüstung – »Deine Leute wußten wenigstens, was du brauchst« – und gab ihm Ratschläge, was er zu welcher Gelegenheit anzuziehen habe.

Dann führte er ihn einige Schritte nach vorn und rief vor einer kleinen Kammer: »Mrs. Toller, hätten Sie einen Augenblick Zeit?« Der Vorhang wurde zurückgeschlagen, und eine dicke, kleine Frau erschien. Man konnte im Halbdunkel nicht erkennen, wie alt sie war.

»Das ist Mr. Winter, ein neuer ›Captain's Servant‹, darf er Ihnen seine Wäsche bringen, wenn es nötig ist?«

»Schon gut, schon gut«, murmelte sie, »die Herren werden auch immer jünger« und zog sich in ihre Kammer zurück.

Sie sei eine Seele von Frau, erklärte Haddington, die einzige an Bord. Da sei der Kapitän unerbittlich. Ein Offizier habe das Schiff verlassen müssen, als sein Liebchen auf See entdeckt worden sei. Aber bei der Frau des Stückmeisters sei die Anwesenheit an Bord eine Art Gewohnheitsrecht, und sie kümmere sich um die Wäsche der Servants und Midshipmen.

Der Abend endete mit rauhen Scherzen und derben Späßen auf Davids Kosten im Cockpit. Er schlang den Zwieback herunter, bekam ein hartes Stück Schweinefleisch hingeschoben und einen Holzbecher mit dem dünnen Bier. Als Mr.

Morrison, der Cockpitälteste, seine Gabel in den Holztisch rammte, war dies das Zeichen für die Jungen unter fünfzehn Jahren, gefälligst zu verschwinden. David spannte seine Hängematte auf, legte Oberbekleidung, Schuhe und Hemd am Kopfende hin, spülte Hände und Gesicht in einer kleinen Schüssel ab, wie er es von den anderen gesehen hatte, und schwang sich in die Hängematte.

Neben ihm sagte ein blonder Junge: »Ich bin Matthew« und fragte David dann gründlich aus.

David antwortete, fragte zurück und wurde immer einsilbiger, als die Hängematte rhythmisch pendelte und das Ächzen und Krachen des Rumpfes eine gewisse Monotonie annahm und ihn nicht länger fürchten ließ, das Schiff werde jeden Augenblick auseinanderbrechen.

So schlimm ist es auch nicht, wie manche gesagt haben, war sein letzter Gedanke vor dem Einschlafen.

Als schrille Pfiffe und Gebrüll ihn weckten, wußte er zunächst nicht, wo er war. Er hatte von John, dem Hausdiener, geträumt, der ihn rief.

»Raus mit dir, du Träumer!« schrie ihm Matthew zu, der schon Hemd und Hose anhatte.

David glitt aus der Hängematte, griff nach seiner Hose, stieß mit dem rechten Fuß hinein, aber der kam nicht weiter und blieb im Hosenbein stecken. David verlor das Gleichgewicht und setzte sich auf den Hosenboden.

Brüllendes Gelächter um ihn herum ließ ihn ahnen, was passiert war. Er knüpfte mit Mühe die Knoten auf, mußte die Prozedur bei dem Hemd wiederholen und war noch nicht gewaschen, als Mr. Haddington in ihrer Ecke erschien.

»Na, unsere Jüngsten sind ja mächtig lustig heute früh. Und Mr. Winter hat das Tempo einer Schnecke. Beeilung, du Landratte!«

Er zeigte ihm, wie die Hängematte mit den Schlafdecken eingerollt und verzurrt wurde, und David trabte mit den anderen auf das Geschützdeck, um die Hängematte in den Finknetzen zu verstauen.

Dann eilten sie wieder in ihr Cockpit, wo sie ihr Zwieback erwartete, zu dem heute etwas Butter und Käse verteilt wurden. Die Jüngsten erhielten ein dünnes Schokoladengetränk, ›Babygrog‹, weil es der Ausgleich für die Rumration der älteren Midshipmen war.

Mr. Haddington zeigte David an diesem Vormittag das untere Deck und die darunterliegenden Stauräume. Er sah, wo die Kombüse lag und ging mit Haddington zum Magazin und Pulverraum, dem Reich des Stückmeisters. Aber eintreten durften sie nicht. Nur wer dienstlich in den Raum mußte, durfte ihn – natürlich ohne Schuhe – betreten und mußte alle metallenen Gegenstände aus den Taschen entfernen. David sah Ruder, Kompaß und Stundenglas zum erstenmal bewußt.

Nach dem Mittagessen, Haferbrei diesmal, enterte Mr. Haddington mit ihm zum Großmast auf und ließ ihn über die Püttingswanten klettern, wo der Körper nach hinten hängt und Hände und Füße sich an die Taue krallen. Um vier Glasen der Nachmittagswache rundeten sie Start Point, und drei Stunden oder sechs Glasen später ankerten sie auf der Reede von Plymouth.

Wieder stand David neben Haddington auf dem Vorderdeck und sah diesmal zu, wie sich das Schiff vor Anker legte. Er verstand schon ein bißchen mehr von den Aktivitäten um sich herum.

Haddington zeigte ihm vier Schiffe im Hafen: »Das sind die Transporter, die wir mit Truppen und Material nach Gibraltar bringen sollen.«

Der Kapitän ließ sich unmittelbar nach dem Ankern an Land pullen, und als er nach zwei Stunden wieder an Bord kam, ging es wie ein Lauffeuer durch das Schiff: »Kein Landgang. Wir laufen morgen um zwei Glasen der Nachmittagswache mit dem Konvoi aus.«

Am nächsten Vormittag sah David, wie die Kapitäne der Transporter an Bord erschienen sowie einige Offiziere in den rotgoldenen Uniformen der Infanterie. Die Kapitäne trugen keine Marineuniformen. Sie waren Zivilisten, denn das Transportamt hatte die Schiffe gechartert, wie ihm Haddington erklärte. Kapitän Brisbane werde ihnen jetzt seine Signale, die geplanten Kurse, die Treffpunkte, falls ein Sturm sie auseinandertriebe, und anderes mehr mitteilen.

»Aber tun werden sie doch nur, was sie wollen. Du wirst schon sehen.«

Warum die Transporter nicht alleine segeln könnten, wollte David wissen und erfuhr, daß die maurischen Seeräuber immer häufiger aus dem Mittelmeer vorstießen und sogar schon bei Kap Finisterre gesichtet worden seien. Bei so vielen Menschen und Waffen könne man kein Risiko eingehen.

Die Transporter setzten sich am Nachmittag schwerfällig in Bewegung und nahmen nach vielen Signalen und einem mahnenden Kanonenschuß schließlich etwas wie eine Kiellinie in Lee der Fregatte ein.

Am Sonntagmorgen waren die vier Schiffe verstreut über eine weite Fläche, aber Signale riefen sie wieder zusammen. Die Scilly-Inseln lagen in sicherem Abstand Steuerbord voraus unter dem Horizont. Die Besatzung trat divisionsweise an Deck an. Nach der Musterung verlas der Kapitän die Kriegsartikel, von denen David nur der häufige Schlußsatz: » ... wird mit dem Tode bestraft« im Gedächtnis blieb.

Der Nachmittag war frei. Die Seeleute saßen an dem warmen Herbsttag an Deck, schnitzten, besserten ihre Sachen aus, spielten oder sangen. David hatte sich mit zwei »Jungen Herren« auf dem Vordeck niedergelassen, mit Matthew und Richard. Sie erzählten von ihrer Kindheit, ihren Erfahrungen an Bord, und eine Freundschaft bahnte sich an.

David war zum erstenmal glücklich an Bord der Fregatte und dachte nicht mehr mit Sehnsucht an Stade zurück, sondern freute sich auf seinen morgigen Geburtstag. Dann wäre er so alt wie Richard und ein Jahr jünger als Matthew. In zwei Jahren könnte er zum Midshipman ernannt werden.

Das war ein böses Erwachen! Als die Pfeifen morgens schrillten, sprang David schnell aus seiner Hängematte und wollte zu den Ständern mit den Waschschüsseln. Dabei stieß er den Zuber um, der nachts als Pissoir diente. Der stinkende Urin schwappte Mr. Marsh über die Füße.

Der dickliche, ohne Grog meist mißgelaunte Midshipman fluchte, verabreichte David rechts und links eine schallende Ohrfeige und brüllte: »Die Schweinerei wischst du sofort auf, du dämliches Trampeltier!«

Er stieß David zu der Ecke, wo Wischtücher und Putzwolle lagen. Da half kein Lamentieren, daß der Zuber sonst immer in der anderen Ecke stehe. Das brachte ihm nur einen Fußtritt ein. Mit schmerzenden Wangen rutschte der ›Junge Herr‹ an seinem Geburtstag auf den Knien herum und wischte die stinkende Brühe auf.

Ungewaschen mußte er dann schnell und dennoch als letzter die Hängematte verstauen, was ihm Beschimpfungen des Wachhabenden eintrug. Während die anderen ihr Frühstück herunterschlangen, wusch er sich schnell. Dann konnte er noch einen Zwieback herunterwürgen, denn heute nahm er zum erstenmal am Unterricht für die jüngsten »Servants« teil.

Josuah Hope, der von allen Ozeanen gegerbte Master, der sie in die Geheimnisse der Navigation einführen sollte, schüttelte mißbilligend den Kopf, als sich David meldete. »Mr. Winter, Ihr zweiter Hemdknopf ist offen, Ihre Hosen sind naß an den Knien, und Sie stinken. Wenn Sie nicht in fünf Minuten mit trockenen Hosen vor mir stehen, wird Sie der Teufel holen!«

David raste den Niedergang hinunter, riß eine andere Hose aus seiner Seekiste, zog sich um und stürzte wieder hinaus. Mr. Morrison, der Freiwache hatte, murmelte, daß der Bengel toll und dies eher italienischer Karneval als der Dienst des Königs sei.

David stolperte auf dem Niedergang, stieß sich furchtbar am Knie und meldete sich humpelnd und keuchend wieder beim Master.

»Mr. Winter, können Sie nur richtig gehen, wenn Ihre Hosen naß sind?«

Davids Kameraden grienten schadenfroh um die Wette. David setzte sich schweigend und ließ sich in die Techniken des Mitkoppelns einführen.

Danach hatten sie Unterricht im Degenfechten beim Zweiten Leutnant der Seesoldaten. David hatte noch nie einen

Degen in der Hand gehabt, und nachdem der Leutnant ihm die Handhaltung und Grundstellung gezeigt hatte, wurde Mr. Marsh beauftragt, mit David einige elementare Bewegungen zu üben.

Sie standen sich mit Haselnußstöcken gegenüber, die nur einen provisorischen Handschutz hatten, und Mr. Marsh, der die »Dusche« nicht vergessen hatte, grinste boshaft und gab David schmerzende Hiebe auf Unterarm und Hände.

»Fühlst du dich mit dem Pißpott wohler, du Milchbaby?« stichelte er.

Als die Qual beendet war, eilte David mit tränenden Augen unter Deck und traf am Niedergang Mrs. Toller, die Frau des Stückmeisters.

»Junger Herr!« Sie winkte ihn heran. »Wenn Sie weinen müssen, zeigen Sie es nie. Seeleute sind grausam, wenn sie bei Männern Schwäche sehen.«

Nach dem Mittagessen wurde der Wind unstetig. Augenblicke war es windstill, dann bockte er von verschiedenen Seiten nacheinander heran. See und Horizont gingen bleiern ineinander über. Nur achteraus war der Himmel schwarz. Mr. Hope, der Master, nahm wie ein Hund die Witterung, sah immer wieder auf das Barometer und schickte einen Läufer, um den Kapitän zu holen.

»Sir, Gewittersturm aus Nordost!« Der Kapitän sah umher, schnüffelte im Wind, prüfte das Glas und die Eintragungen an der Schiefertafel neben dem Ruder und wandte sich dem wachhabenden Offizier zu: »Alle Mann, Mr. Bates. Lassen Sie bitte Außenklüver, Royals und Bramsegel festmachen, doppelte Reffs in die anderen Segel. Und ein bißchen plötzlich, wenn es recht ist.«

»Aye, aye, Sir!« rief Leutnant Bates und brüllte die Befehle.

Die Bootsmannspfeifen schrillten, die Mannschaften enterten auf.

»Signale an den Konvoi« wandte sich der Kapitän an den Signal-Midshipman. »Sturmsegel setzen, Abstände vergrößern und Rendezvous zwei ansteuern, wenn sie den Kon-

70

takt verlieren.« Die Signalflaggen stiegen empor, entfalteten sich knallend und wurden bestätigt.

Charles Haddington rief David, damit er ihm half, Geschütze für den Sturm festzulaschen. Als das Schiff krängte, wurde er an eine Lafette geschleudert und konnte sich zunächst nicht erheben, so schmerzte die Brust.

»Aufpassen, David! Wir sind nicht länger im Hafen. Eine Hand für das Schiff, eine Hand für dich!«

Dann war der Sturm heran. Die Freiwache verzog sich unter Deck, die anderen schützten sich an Masten und Vorbauten, so gut es ging, gegen Hagel und peitschenden Regen.

Das Abendbrot brachte David nicht mehr herunter. Sein Magen stülpte sich um. Er stürzte an Deck und erbrach sich wieder und wieder, während er sich krampfhaft an der Reling festklammerte und apathisch die Schaumkronen der Wellen sah, die mit dem Himmel zu verschmelzen schienen. Er war sicher, daß das Schiff sinken müsse.

»Unter Deck mit dir!« brüllte der Bootsmann, »kotz in den Zuber. Hier gehst du nur über Bord, Landratte!«

Im Halbdunkel des Cockpits kniete David über dem Zuber, würgte, weil nichts mehr zu erbrechen war, und hörte den beißenden Spott der »Alten«.

Mr. Haddington richtete ihn schließlich auf und setzte ihm einen Becher an den Mund, so daß David einige Schlucke vom Grog trinken mußte, der in der Kehle und der Speiseröhre brannte. Er kletterte in seine Hängematte, und obwohl sich die Welt und sein Magen noch drehten, wurde er ruhiger.

Aber der Kummer meldete sich wieder stärker, er schluchzte in sich hinein und fühlte sich dem Todestag näher als einem Geburtstag.

Der Sturm dauerte nicht lange. Am Morgen konnte er nur noch eine frische Brise genannt werden. David zwang sich dazu, etwas Zwieback und Käse herunterzuschlingen. Den Unterricht an Deck – Kurse eintragen, Drill an Musketen – überstand er besser als erwartet.

Zwei Transporter waren in Sicht, die beiden anderen tauchten während der Vormittagswache am Horizont auf.

Der Konvoi war wieder beisammen und segelte bei wechselnden Winden, die sie mitunter zum Kreuzen zwangen, stetig auf Kap Finisterre zu und an der spanischen und portugiesischen Küste entlang.

Das Wetter war fast sommerlich warm geworden, und nichts stand der Routine des Konvoidienstes im Wege. Der Kapitän befahl abwechselnd Geschütz- und Segeldrill. Den ›Jungen Herren‹, soweit sie nicht als Maate eingeteilt waren, verordnete er zusätzliche Übungen. Sie mußten an einem Sechspfünder auf dem Achterdeck üben, beim Bootsdienst den kleinen Kutter bemannen, das Großmarssegel bedienen, den Umgang mit Pistolen und Musketen lernen – und immer wieder mit Holzstangen Degenfechten üben.

Die Welt eines Kriegsschiffes verlor für David mehr und mehr an Fremdheit und damit an Schrecken. Das ging nicht ohne Schmerzen ab. Als er im Kutter mit seinem Riemen ein paarmal aus dem Takt geriet, zog ihm Mr. Morrison eins mit dem Tauende über, und ein Maat ließ ihn den ›Starter‹ kosten, als er beim Segelsetzen ein Tau verhedderte.

Das belastete David weniger, als alle erwartet hätten, die ihn von früher kannten. Aber an Bord gehörte es zum Leben. Matthew und Richard, mit denen die Freundschaft immer enger wurde, traf es auch. Es tat weh, aber David nahm es nicht anders als die verbrannten Innenflächen der Hand, als er ein Tau unvorsichtig schnell hinuntergerutscht war, oder den geklemmten Daumen, als er den Rammer ungeschickt ins Geschützrohr gestoßen hatte.

Er erhielt auch einen Einblick ins Leben der Schiffsaristokratie, als er zum erstenmal als Vertreter der ›Jungen Herren‹ zum Offizierssessen in die Kajüte des Kapitäns eingeladen wurde. Sogar die älteren Cockpitmitglieder halfen ihm, sich vorschriftsmäßig anzukleiden.

Mr. Morrison, gut über dreißig Jahre alt, schlüpfte in eine väterliche Rolle, überprüfte Sauberkeit und Sitz der Kleidung und gab Ratschläge: »Nicht rülpsen, spucken, fluchen! Vorsicht mit dem Wein! Richtig den Toast auf den König ausbringen! Mund halten, bis du gefragt wirst. Blamier uns nicht!«

Pünktlich um sieben Glasen der dog watch erschien David vor der Kapitänskajüte und wurde vom Posten hereingelassen. Er meldete sich beim Kapitän und wurde mit Händedruck begrüßt. Der Erste Offizier nickte, der Dritte Leutnant, sein Divisionsoffizier, grinste ihm freundlich zu, und der Master konnte sich nicht verkneifen: »Heute mit trockenen Hosen, junger Herr?«

Die beiden Leutnants der Seesoldaten deuteten eine leichte Verbeugung an. Der Schiffsarzt, ein unauffälliger Mittvierziger in dunkelblauem Jackett, murmelte: »Habe gehört, Ihr Vater war Arzt. Müssen mir mal davon erzählen.«

Als zum Sitzen aufgefordert worden war, konnte David sich erst einmal in dem Raum umschauen, der ihm nach der drangvollen Enge des Unterdecks überaus groß erschien.

Die Kajüte erstreckte sich über die gesamte Decksbreite, und David schätzte sie an den Heckfenstern noch auf vierundzwanzig Fuß. Einige Yards davor standen an beiden Seiten zwei Zwölfpfünder, ordnungsgemäß festgezurrt und abgedeckt. Davor gingen zu beiden Seiten Türen ab, zum Schlafraum und zum Eßraum, wie David später erfuhr.

Die Tafel in der große Kajüte war mit Geschirr gedeckt, Silberbestecke glänzten, Weingläser funkelten. An einer Seite stand ein Sideboard, das Silberschalen und einige Pokale enthielt. Wahrscheinlich war es sonst mit den Weingläsern gefüllt.

Auf der anderen Seite befand sich der Weinkühler, ein großer, bleiverglaster Mahagonischrank. Der große Schreibtisch des Kapitäns war ebenso wie ein Ledersessel zur Seite gerückt. Die Kajüte deutete auf eine bescheidene Wohlhabenheit des Kapitäns hin.

David saß am unteren Ende der Tafel, den Schiffsarzt neben sich, dem Zweiten Leutnant der Seesoldaten gegenüber. Eine klare Rindsbrühe mit Kalbfleischklößen eröffnete das Menü.

Als die Gäste fast alle ihre Löffel niedergelegt hatten, hob der Kapitän sein Glas: »Meine Herren, der Toast auf den König.«

David war vorbereitet, erhob sein Glas und rief: »Lang lebe George der Dritte, unser König und Herr!«

Alle tranken im Sitzen auf den König, ein Privileg der Flotte, aus der Rücksichtnahme auf die niedrigen Decks entstanden.

Dann folgte der Hauptgang, Rindfleisch mit Kartoffeln und Gemüse. Die Unterhaltung wurde lebhafter. David wurde zum Objekt entgegengesetzter Bemühungen seiner Tischnachbarn. Der junge Leutnant wollte ihn zum Trinken verführen und Wein nachschenken. Der Schiffsarzt verdünnte Davids Wein immer wieder mit Wasser und sprach streng von dem Verbrechen am jugendlichen Körper, das mit dem Genuß von Alkohol erfolge.

Der Leutnant entgegnete, ohne Rausch werde man nie zum Mann. Wenn Verstand den Mann auszeichne, dann würde bei manchem auch ein Dauerrausch nicht zu diesem Entwicklungsstand führen, behielt der Schiffsarzt das letzte Wort.

David war ein wenig erstaunt, denn nach den Erzählungen im Cockpit ging Schiffsärzten der Ruf voraus, mindestens sechzehn Stunden am Tag betrunken zu sein.

Dieser war offensichtlich anders. Unauffällig wie seine Erscheinung war auch seine Sprache, mit der er sich nach Davids Erinnerungen an die Tätigkeit seines Vaters erkundigte. Auch Mr. Lenthall hatte in Edinburgh studiert. Vielleicht habe er Davids Vater gesehen. Er war ein belesener und mitfühlender Mann, und David genoß die Atmosphäre nach dem ständigen Gebrüll und Geläster im Cockpit.

Am anderen Ende der Tafel war es lauter. David sah mit Belustigung, wie sich Mr. Hopes Gesicht und Glatze gerötet hatten, so daß sein weißer Haarkranz gleich einem Heiligenschein abstand. Auch Kapitän Brisbane war erhitzt und wischte sich von Zeit zu Zeit die Stirn.

Zum erstenmal bemerkte David, daß der Kapitän an der rechten Seite seiner fleischigen Nase eine große Warze hatte, die er immer mit dem Finger rieb, wenn er in Gedanken versunken zuhörte.

Von der Schlacht in der Quiberon Bay wurde erzählt, von den aufsässigen amerikanischen Kolonisten, von Lord Sandwich, dem Ersten Lord der Admiralität, wobei der Kapitän eingriff und das Thema wechselte, als Kritik an dem Sparprogramm der Admiralität laut wurde.

David hörte noch eine Information, die er nachher gleich den Gefährten im Cockpit mitteilen wollte. Der Kapitän antwortete auf eine Frage des Schiffsarztes, daß er in drei bis fünf Tagen, je nach Wind, mit dem Einlaufen in Gibraltar rechne und dort vier oder fünf Tage zur Ergänzung der Vorräte bleiben wolle, sofern keine anderen Befehle vorlägen. Ja, er wisse, welchen Wert der Schiffsarzt auf frisches Gemüse, auf Orangen und Zitronen lege und werde den Zahlmeister entsprechend instruieren.

Während des Nachtischs erklärte Mr. Lenthall David, bei dem er ein medizinisches Interesse vorauszusetzen schien, daß er Dr. Linds und Kapitän Cooks Empfehlungen kombiniere und Zitronen, Sauerkraut und Malz gleichermaßen zur Vorbeugung von Skorbut einsetze. »Mit bestem Erfolg, junger Herr!«

Als der Kapitän die Gesellschaft mit leisem Hinweis auf die Erfordernisse des Dienstes entlassen hatte, eilte David in das Cockpit, wo die älteren Midshipmen und Steuermannsmaate vor ihren Töpfen und Krügen hockten und Karten spielten.

Sogar Mr. Morrison war interessiert und brachte die Runde zum Schweigen, damit David die Nachrichten über Gibraltar loswerden konnte. »Endlich wieder Landurlaub«, hofften einige.

»Endlich mal wieder spanische und afrikanische Weiber!« äußerten andere.

Als es lauter wurde und David nichts mehr zu berichten hatte, deutete Mr. Morrison nur stumm auf die im Holz steckende Gabel. David verschwand ebenso wortlos hinter dem Vorhang, hinter dem die Jüngeren schliefen.

Der Wind war günstig. Drei Tage später lag die Bucht von Algeciras Backbord querab und Gibraltar vor ihnen. Charles Haddington zeigte David die Stadt, die alte Mole, wo sie anlegen würden, darüber das alte Maurenschloß auf halber Höhe, rechts davon das Hospital und noch ein Stück weiter rechts das Gouverneursgebäude, das hier Konvent heiße.

David war enttäuscht, denn er hatte sich den Felsen imponierender vorgestellt.

»Dazu mußt du ihn sehen, wenn du Gibraltar vom Mittelmeer aus ansteuerst«, erklärte ihm Haddington. »An der Mittelmeerküste ragt der Felsen direkt aus dem Meer auf, und keine Stadt und kein Hügelland mildern den Eindruck.«

David mußte aufs Achterdeck an seinen Posten eilen. Der Kapitän betrat das Achterdeck. Als der erste Salutschuß losdonnerte, griff David an seine Ohren.

»Mach den Mund auf, du Dummkopf!« stieß ihn Richard an, »oder willst du taub werden?«

David schüttelte sich die Ohren frei und sah mit Verwunderung, wie Jonathan Toller, der Stückmeister, vor sich hinbrabbelte.

»Was redet er denn?« fragte er Richard.

»Was alle Stückmeister sagen, wenn sie den Takt der Salutschüsse messen: Wär' ich nicht ein Kanonier, dann wär' ich heute auch nicht hier, – Feuer!«

Heimlich zeigte Richard auf Mr. Grant, dessen Lippen sich bewegten. »Er murmelt denselben Spruch, um das Tempo zu kontrollieren, und auf den anderen Schiffen und im Hafen tun viele das gleiche.«

In peinlich beachtetem Gleichtakt hallten die Salutschüsse weiter über die Bay, als sich der Konvoi mit gekürzten Segeln dem Hafen näherte.

Vor der afrikanischen Küste

Glühend heiße Luft trieb von der afrikanischen Küste westwärts zu der Fregatte, die etwa auf dem 24. Breitengrad 15
Meilen vor der Küste in der schwachen Brise lag. Segeldrill
war angesetzt, und David schwitzte, als er auf seiner Segel-
station, dem Großmarssegel, damit beschäftigt war, zu
heißen, zu fieren, Reffs einzustecken und was sonst an Kommandos durch das Sprachrohr gebrüllt wurde.

Die Muskeln verkrampften, die Fingerkuppen bluteten, als
er anpacken mußte, die Leesegelbäume aufzustecken, um das
Großmarsleesegel zu setzen.

Als er mit einem Bein vom Fußpferd abrutschte und sich
den Kopf an der Rah stieß, schimpfte er auf deutsch: »Verdammte Schinder mit ihrem blöden Segeldrill!«

»Nicht so laut, junger Herr! Hier verstehen noch mehr
Deutsch.«

David blickte überrascht auf und sah einen muskulösen,
gebräunten Mann von etwa zwanzig Jahren, der die blonden
Haare mit geteertem Band in einen Zopf geflochten hatte.

»Wo bist du her?«

»Aus Dithmarschen im dänischen Holstein. Meine Station
ist sonst am Großbramsegel.«

77

Neue Befehle unterbrachen das Geflüster, der Maat trieb zur Eile an, und als der Drill beendet und zum Essen gepfiffen wurde, fühlte sich David wie gerädert.

»Wir werden Ihnen die Schluderei schon wieder austreiben, die die Bande sich im Hafen angewöhnt hat, Mr. Grant«, sagte der Kapitän zur selben Zeit auf dem Achterdeck.

»Aye, aye, Sir. Auch im Geschützexerzieren sind sie lahm wie eine Bande Laskaren. Bitte um Erlaubnis, morgen drei Runden mit Kartuschen feuern zu dürfen«, antwortete der Erste Offizier.

Der Kapitän war einverstanden und nahm sich vor, den Stückmeister zu befragen, wie lange ihr »schwarzer« Pulvervorrat noch reiche .

Die »Schluderei« bezog sich auf den Landgang in Gibraltar während der drei Tage Liegezeit, sofern der Dienst es erlaubt hatte. Die ›Jungen Herren‹, die noch nicht fünfzehn Jahre alt waren, hatten allerdings nur in einer Gruppe unter Führung eines Steuermannsmaaten einen Nachmittag die Stadt besichtigt, waren am anderen Tag auf den Fels gestiegen, hatten den Turm gesehen und die Affen bestaunt.

David hatte kleine Andenken für die Verwandten gekauft, auch ein Turbantuch für Henry. Sie könnten sich jetzt eine »Miss Taylor« genehmigen, hatte der Maat dann gnädig verkündet. Und als Gläser mit Rotwein auf den Tisch gestellt wurden, hatte er mit dem Stolz des erfahrenen Seemannes erklärt, die Sorte heiße »mistela«, aber ein englischer Seemann nenne den Wein nun mal »Miss Taylor«.

Die Offiziere hätten mehr abzubüßen gehabt, denn grinsend wurde im Schiff geraunt, daß es bei der Rückkehr vom Abendessen beim Gouverneur laut hergegangen sei, daß mancher Schwierigkeiten mit dem Fallreep gehabt habe und der Zweite Leutnant der Seesoldaten sogar mit dem Bootsmannsstuhl an Bord gehievt werden mußte.

Mochte den Offizieren am nächsten Tag auch der Schädel gebrummt haben, heute schienen sie munterer denn je. Sie brüllten beim Waffenappell nach dem Abendessen herum und fanden noch dies und jenes auszusetzen, bis die Mannschaft endlich zur Freizeit entlassen wurde.

David ging mit Matthew und Richard wieder zum Vorderdeck, wo sie noch ihre Navigationsaufgaben für den nächsten Vormittag erledigen mußten. Sie hockten sich nieder, schlugen in den Büchern nach und einigten sich auf Lösungen, die sie in ihre Schiefertafeln eintrugen.

David hatte schon eine Weile den jungen Seemann aus Dithmarschen in der Nähe herumlungern und zu ihm herüberschauen sehen. Als sie ihre Aufgaben beendet hatten, bat er Matthew, seine Sachen mit nach unten zu nehmen und ging auf den Holsteiner zu.

»Na, willst du wieder deutsch sprechen?« fragte er den Toppgasten, der etwas verlegen lächelte. Der Blonde wies auf einen jungen Burschen, kleiner und schmächtiger als David, der neben ihm stand. »Er ist auch aus dem Dänischen, aus Schleswig. Er fuhr auf einer Bark aus Husum und ist in Harwich ausgerückt, weil der Kapitän ein Schläger und Leuteschinder war und der Erste Maat ein Bugger, ein Schwuler, der ihm nachstellte. Jetzt fährt er bei uns als Pulveräffchen für das vierte und fünfte Geschütz der Steuerbordseite. Er heißt Johann – hier nennen sie ihn John – und hält sich ein wenig an mich, weil er noch nicht gut Englisch spricht.«

Der Junge griente: »Woher kommen Sie, Sir?« David erzählte von Stade, von der Fähnrichsmesse, und eine kleine Unterhaltung entspann sich. Der Toppsgast, Wilhelm oder jetzt William, schien ein netter Kerl zu sein. John gegenüber fühlte sich David unsicher. Er war nur ein Jahr älter, aber hier in der Schiffshierarchie trennte sie weitaus mehr, und John schien das auch zu spüren.

Im Cockpit fragte David Mr. Haddington, was ein Bugger sei.

»Wie kommst du darauf?« wollte der erst wissen. David erzählte von seinen neuen Bekannten aus Schleswig und Holstein.

Charles Haddington nickte vor sich hin: »Bugger sind eine Eiterbeule in der Flotte. Hast du nicht auf den neunundzwanzigsten Kriegsartikel geachtet?«

David entschuldigte sich, es seien zu viele gewesen.

Charles meinte, er werde sie noch oft genug hören und

bald im Schlaf können. Im neunundzwanzigsten Artikel werde die Todesstrafe für Homosexualität und Sodomie angedroht. Bugger seien Homosexuelle, die Geschlechtsverkehr mit Männern suchten. Sodomiten trieben es mit Tieren. Besonders die Pulveraffen seien gefährdet, denn an die ›Jungen Herren‹ trauten sich die Schwulen nicht so leicht heran. Die Pulverjungen und Offiziersburschen schliefen auch etwas abgesondert von den anderen.

»Wenn du etwas darüber erfährst, laß es mich wissen!«

David nickte und ging verstört in seine Ecke. Seine Welt war wieder etwas komplizierter und unharmonischer geworden.

Der nächste Tag brachte für David einen noch stärkeren Schock. Als die Divisionen um sechs Glasen der Vormittagswache an Deck gerufen wurden, hieß es ›Antreten zur Bestrafung‹. Die Seesoldaten postierten sich mit aufgepflanztem Bajonett an der Achterdeckreling. Die Deckoffiziere standen neben dem Aufgang. Zwischen ihnen und der Mannschaft, die sich in der Schiffsmitte drängte, war ein Platz von etwa vierzehn mal achtzehn Fuß frei.

Als Kapitän Brisbane an der Achterdeckreling erschien, führte der Profos einen Mann in den freien Raum.

»Bootsmann!« bellte der Kapitän: »Die Anklage!«

»Sir, Jonny Meston, Landmann, hat gestern um drei Glasen der Morgenwache den Rammer von Geschütz drei der Backbordseite heruntergerissen und auf meine Vorhaltungen geantwortet: ›Halt dein dummes Schandmaul!‹ Dann hat er vor mir an Deck gespuckt.«

»Meston, was hast du zu sagen?«

»Sir, er ist ein Leuteschinder und brüllt uns bei den geringsten Kleinigkeiten an. Schwachsinniger Ochse hat er mich genannt, und ich kann lesen und schreiben ...«

Der Kapitän unterbrach das Gezeter: »Und wenn du der königliche Hofpoet wärst, würde das dem Schiff in Gefahr kein Lot helfen. Hier hast du deinen Dienst zu tun und deine Vorgesetzten zu respektieren.«

»Können Sie etwas zu seinen Gunsten sagen, Mr. Morsey?« fragte er den Divisionsoffizier. Der antwortete, daß es Mestons erste Reise und daß er im allgemeinen willig sei, daß ihm aber das Unterordnen noch schwerfalle.

»Mr. Grant, lassen Sie bitte stillstehen.« Kommandos ertönten, und der Kapitän sprach mit fester Stimme: »Nach Artikel zweiundzwanzig oder dreiundzwanzig der Gesetze, die sich auf das Kommando seiner Majetät Schiffe, Boote und sonstigen Seestreitkräfte beziehen, könnte Jonny Meston mit dem Tode bestraft werden. Ich will in Anbetracht seiner Unerfahrenheit noch einmal Gnade vor Recht ergehen lassen und bestrafe Jonny Meston nach Artikel sechsunddreißig mit zwölf Hieben. Rührt Euch! Profos, walten Sie Ihres Amtes!«

Zwei Gehilfen packten den verschreckten Meston, schleppten ihn zur Gräting, die seitlich vor der Achterdeckreling angeriggt war, und banden seine Handgelenke seitwärts über dem Kopf fest. Um den Leib schlangen sie ein breites Lederband, um die Nieren zu schützen, und stopften ihm ein Stück Leder in den Mund, damit er im Schmerz nicht die Zunge zerbiß.

Der Profos bewegte prüfend die neunschwänzige Katze in seiner Hand: ein rot eingebundener Taugriff, aus dem die neun ›Schwänze‹ ragten, jedes Tau einen halben Inch stark und fünfundzwanzig Inches lang. Dann schwang er den Arm weit zurück und ließ die Peitsche mit aller Kraft auf den entblößten Rücken des Delinquenten niedersausen. Wie ein tiefes Einatmen ging es durch die Mannschaft.

»Eins!« rief der Profos und schlug wieder zu. Rote Striemen bildeten sich auf der Haut. Nach dem sechsten Schlag platzte sie auf, und das Blut spritzte auf den Körper und den Boden.

Der Profos ließ die Katze durch seine Finger gleiten und entwirrte die Taue. Wieder sauste die Peitsche herab. Meston, der bis jetzt nur stumm gestöhnt hatte, spuckte das Lederstück aus und schrie vor Schmerz wie ein Tier.

»Acht«, zählte der Profos und setzte sein Werk ungerührt fort, selbst schon mit Blutspritzern auf dem Arm bedeckt.

Unwillen wurde in der Mannschaft über Mestons Schmerzensschreie laut.

»Schreit schon bei zwölf Hieben, die Memme,« brabbelte ein alter Seemann.

David wurde aus seiner Schreckensstarre gerissen, die ihn mit Abscheu und doch gebannt auf die blutigen Hautfetzen starren ließ. Das ist doch unmenschlich, wollte er schreien, seid ihr denn alle Tiere? Aber nur Murmeln drang aus seinem Mund. Sein Magen rebellierte, und er wandte sich ab.

Er sah nicht, wie die Gehilfen des Schiffsarztes den Bestraften losbanden und ins Lazarett schleiften. Er bemerkte in seiner Verstörtheit nur Gilbert Marshs grinsendes Gesicht und hörte die höhnische Stimme: »Das ist wohl nichts für weiche Milchbabies, was?«

Warum haßt mich dieser gefühllose Kerl bloß so? fragte sich David und wurde im Strudel der wegtretenden Mannschaft zum Niedergang getrieben.

Zwei Tage später, David hatte gerade mit der Pistole zum erstenmal scharf schießen müssen und die über dem Finknetz angebrachte Scheibe verfehlt, weil der Rückschlag ihm den Unterarm hochgerissen hatte, rief der Ausguck: »Segel zwei Strich Steuerbord!«

Der wachhabende Offizier schickte einen Midshipman mit dem Fernrohr hinauf zum Ausguck, und der meldete, das Segel sei auf Gegenkurs. Nach kurzer Zeit meinte er, eine Brigg oder eine Bark zu erkennen und rief plötzlich: »Schiff dreht ab und setzt mehr Segel!«

Der Kapitän wurde gerufen und befahl die Verfolgung. Das unbekannte Schiff war sieben bis acht Meilen entfernt und steuerte einen Kurs, der es an die Küste bei Kap Blanco bringen mußte. Die Fregatte war bei dem raumen leichten Wind etwas im Vorteil, denn sie hatte eine geübte Mannschaft, die alle Segelmanöver beherrschte.

Der Kapitän ließ jedes Stück Leinwand setzen, das die Masten aushielten. Wieder mußte sich David mit den Leesegelbäumen abquälen, erfuhr dann aber aus den Meldungen des Ausgucks mit Genugtuung, daß sie aufholten.

Die Offiziere waren alle auf dem Achterdeck versammelt,

auch der Schiffsarzt und die Offiziere der Seesoldaten beobachteten die Jagd.

Der Kapitän blickte mißbilligend auf die Versammlung. »Mr. Grant, bei dem Wind brauchen wir in der nächsten Zeit kein Segelmanöver. Bitte lassen Sie zur Grogverteilung und zum Essen pfeifen. Danach folgt Dienst nach Vorschrift, wenn die Umstände es erlauben und es den Herren Offizieren recht ist.«

Der Erste schluckte den Sarkasmus ohne Regung und gab die Befehle.

Um sechs Glasen der Nachmittagswache war die Fregatte bis auf zwei Seemeilen herangekommen. Der Fremde war als Schnau identifiziert, eine Brigg mit einem Schnaumast. Ihre Segelmanöver wirkten etwas ungeübt.

»Sicher ein Handelsschiff mit kleiner Besatzung. Aber warum flieht es, Sir?« wandte sich Mr. Grant an den Kapitän.

»Das möchte ich auch gern wissen. Er kann unsere Fregatte doch nicht für einen Piraten halten. Nach allem, was wir in Gibraltar gehört haben, sind sie nur mit Schebecken aus dem Mittelmeer gekommen. Lassen Sie die Leesegel einholen und Klarschiff pfeifen, Mr. Grant!«

Die Pfeifen trillerten, die Trommel ratterte, und alle sprangen zu ihren Gefechtsstationen. Sie brauchtes diesmal weniger als zehn Minuten, was kein Wunder war, denn alle hatten an Bord ja nur auf das Zeichen gewartet.

Eine halbe Stunde später ließ der Kapitän die Flagge hissen und einen Neunpfünder abfeuern. Die Kugel schlug fünfzig Yards neben dem Heck der Schnau ein. Diese ließ die dänische Flagge am Mast aufsteigen und drehte bei.

»Kutter fertig machen zum Aussetzen, aber noch nicht ausschwingen!« befahl der Kapitän. Zum Master gewandt ordnete er an: »Legen Sie das Schiff hinter sein Heck, Mr. Hope!«

Er winkte den Ersten Leutnant etwas zur Seite. »Mr. Grant, das ist kein Piratenschiff. Wenn aber etwas faul an dem Burschen ist, wenn das Schiff vielleicht gekapert wurde, will ich kein Risiko eingehen. Schicken Sie bitte Mr. Morrison und Mr. Haddington zusätzlich in den Ausguck. Sie sollen alles Verdächtige melden. Die vorderen und achteren Zwölfpfünder sollen Traubengeschosse laden, damit sie die Decks leerfegen können. Die mittlere Batterie lädt Kettenkugeln und schießt ihm die Takelage kaputt, wenn es zum Feuern kommt. Die Sechspfünder können die Geschütze an Deck mit Kugeln bepflastern, und Mr. Greg soll seine beiden Stücke auf das Ruder richten. Bitte geben Sie die Befehle!«

»Aye, aye, Sir.« Läufer wurden losgeschickt und Offiziere instruiert.

Die Entfernung betrug jetzt weniger als eine Seemeile, und sie näherten sich schnell.

»An Deck! Es sind Neger unter der Mannschaft, aber sie verschwinden hinter den Aufbauten.«

Der Kapitän las durch sein Fernrohr den Namen am Heck der Schnau: *Marie Hinrichs.*

»Klingt deutsch!« brummelte er.

Die Fregatte schwang herum und segelte auf einen Punkt achtzig Yards hinter dem Heck des Dänen zu.

»Aufbrassen!« befahl der Master.

Einige der Segel wurden back-, die anderen beigebraßt, so daß Vortrieb und Bremswirkung sich aufhoben und die Fregatte fast auf der Stelle lag.

Der Kapitän hob das Sprachrohr: »Welches Schiff?«

Ein Mann in blauem Jackett und dunklem Hut – trotz der Hitze – trat an die Achterdeckreling und antwortete in holprigem Englisch: »*Marie Hinrichs* aus Husum auf der Fahrt nach Guinea.«

David hörte ›Husum‹ und mußte an den Pulverjungen John denken. Er stand hinter seinem Sechspfünder und hörte Mr. Grant murmeln: »Der Bursche ist mir nicht geheuer!«

David trat Mr. Grant in den Weg, nahm Haltung an und suchte seinen Blick. »Kerl, auf Ihren Posten oder ...«

Aber David unterbrach ihn: »Sir, Entschuldigung, Sir, aber ich habe eine wichtige Meldung. Wir haben einen Jungen aus Husum an Bord!«

»Was? Bringen Sie den Burschen sofort her!«

David sauste davon, während der Erste zum Kapitän ging. Dieser hatte gerade gefragt, warum das Schiff fliehen wollte, und hörte die Antwort, daß man vor zwei Tagen knapp einem Piraten entwischt sei und vermutet habe, daß er sie wieder entdeckt hätte, als Mr. Grant ihn über den Pulverjungen aus Husum informierte. David kam mit John herbeigeeilt und meldete sich beim Kapitän .

»Kennst du das Schiff?« John bejahte.

Kapitän Brisbane wollte wissen, wie der Kapitän aus Husum heiße und ob er den auch kenne. David mußte für den eingeschüchterten John übersetzen.

»Der Kapitän heißt Jan Hinrichs, aber das ist er nicht, und ich sehe auch sonst keinen Bekannten«, piepste der kleine John.

»So, so! Mr. Winter, nehmen Sie das Sprachrohr und fragen ihn auf Deutsch, so laut und deutlich Sie können, wie der Kapitän heißt. Und er soll den ersten Maat zu sich rufen.«

David brüllte mit aller Kraft durch das Sprachrohr. Der ›Däne‹ antwortete in Englisch, er könne nicht verstehen.

Der Kapitän schrie: »Achtung an den Geschützen!«, griff sich das Sprachrohr und rief: »Lassen Sie sofort alle Mann ohne Waffen auf dem Achterdeck antreten! Oder wir schießen!«

Man sah, wie der Kerl seinen schwarzen Hut zu Boden schleuderte, eine Muskete griff und schoß. Neben ihm erhoben sich andere Männer, schossen mit Musketen, und eine Kanone donnerte aus dem Heckfenster.

»Feuer frei!« röhrte Kapitän Brisbane, und die Hölle brach los.

David riß an den Seilen, um den Sechspfünder nach dem Laden wieder nach vorn zu rollen.

»Unabhängig feuern! Kartätschen laden!« brüllte der Batterieoffizier. »Schwabbert ihre Decks frei!«

Die Segel der Schnau waren zerfetzt, ihre Aufbauten zerhackt, an Deck lagen Leichen.

»Mr. Grant«, befahl der Kapitän, »Sie kommandieren die Entermannschaft! Ich gehe mit der *Shannon* auf Pistolenschußweite längsseits. Sie nehmen den Kutter und entern auf seiner uns abgewandten Seite auf, damit Sie uns nicht im Schußfeld sind. Gehen Sie kein unnötiges Risiko ein. Diese maurischen Piraten wissen, daß sie der Tod erwartet. Sie könnten die Pulverkammer in die Luft jagen. Werfen Sie brennenden Schwefel in alle Luken, und schießen Sie Cayenne-Pfeffer mit Musketen in die Ritzen, wie es die Sklavenhändler bei Meutereien tun, das wird sie heraustreiben. Ich will für dieses Piratengesindel nicht unnötig Leute opfern.«

Während die *Shannon* Fahrt aufnahm, um längsseits von der Schnau zu liegen, schossen die Seesoldaten auf alles, was sich dort noch zeigte, und die Kanonen zerschmetterten die Geschützpforten. Als der Kutter hinter der Schnau verschwand, stellten die Kanonen das Feuer ein. David sah die Entermannschaft an Deck ausschwärmen, ohne mehr als vereinzelten Widerstand zu finden.

Dann hörte man Schüsse, und aus den Schußlöchern im Rumpf der Schnau drang gelber Schwefeldampf. Man glaubte den beißenden Pfefferqualm zu riechen. Die Entermannschaft hielt sich auf der Luvseite von Achter- und Vordeck auf, die Waffen schußbereit.

Plötzlich wurden die Luken aufgestoßen, und etwa ein Dutzend verwegener Kerle stürzte an Deck. Sie schrien und schwangen die Waffen, aber sie taumelten mehr, als daß sie liefen. Die Entermannschaft schoß und schlug den Haufen zusammen.

Der Kapitän rief durch das Sprachrohr, man solle alle Luken öffnen, die Überlebenden an Deck fesseln und die Toten über Bord werfen.

»Mr. Rodger«, wandte sich der Kapitän an den Bootsmann, »nehmen Sie bitte meine Gig und lassen Sie sich mit dem Zimmermann übersetzen. Wenn der Gestank erträglich wird, muß das Schiff genau durchsucht werden. Nehmen Sie Mr. Winter mit, falls noch Papiere in deutscher Sprache vorhanden sind! Dann möchte ich auch eine Meldung über die Beschädigung der Schnau haben.«

Sekunden später sprang David vor Mr. Rodger in die Gig, den leichtesten Entersäbel an Bord im Gürtel. Je mehr sie sich der Schnau näherten, desto widerlicher wurden Schwefel- und Pfefferqualm. An einer Jakobsleiter enterten sie auf.

»Drei verletzte und fünfzehn tote Piraten«, berichtete Mr. Grant und ordnete an, die Verletzten und alle erbeuteten

Handwaffen in die Gig zu bringen und zur Shannon zu pullen. Die Entermannschaft bewachte die geöffneten Luken, und der Erste begann mit einem Trupp zunächst die Durchsuchung der achteren Kajüte.

Die Verwüstungen in der Kajüte waren verheerend. David sah entsetzt neben einem Vierpfünder zwei Körper liegen, die von den Traubenkugeln zerfetzt worden waren. Der Anblick des rohen Fleisches, der Därme und des überall verschmierten Blutes ekelte ihn bis zum Erbrechen. Dennoch mußte er immer wieder hinschauen.

»Mr. Winter«, lenkte ihn die Stimme des Ersten ab, »Sie sehen sich die Papiere aus dem Schreibtisch des Kapitäns an. Ich will wissen, was drin steht. Wir durchsuchen die anderen Kammern. Wenn dort deutsche Papiere sind, lasse ich sie herbringen.«

Ungerührt gab er noch den Befehl an zwei Seeleute: »Schmeißt die Leichen über Bord!«

David blätterte die Papiere durch und erfuhr, daß die *Marie Hinrichs* von Husum nach Akkra an der Goldküste segeln wollte. Sie hatte Alkohol, Musketen, Säbel, Eisenbarren, Messingtöpfe, bunte Kattunballen, Glasperlen und Ähnliches geladen und sollte dafür Sklaven eintauschen und nach Westindien bringen.

Ihre Besatzung bestand nach der Musterrolle aus sechsunddreißig Mann, darunter auch einige Holländer. Ein angefangener Brief lag in einer Schublade. In schwer lesbarer Schrift hatte wahrscheinlich der Kapitän seiner lieben Marie mitteilen wollen, daß sie bis auf eine Woche Flaute zwischen dem zwanzigsten und fünfundzwanzigsten Breitengrad eine gute Fahrt gehabt hätten.

Der letzte Satz ließ David stutzen. Vor der Mündung des Senegal habe man eine größere und eine kleinere Schebecke gesichtet, ganz ungewöhnliche Schiffe im Atlantik. »Wenn das Piraten sind, möge Gott uns gnädig sein!« Damit brach der Brief ab. In den Kammern fand sich sonst nichts von Belang, und David machte sich auf den Weg, Mr. Grant zu suchen.

An den Niedergängen standen Posten mit schußbereiten Musketen. Im Unterdeck war der würgende Gestank immer noch sehr stark. David band sich sein Halstuch um Mund und Nase und stieg hinunter. Das Deck war ungewöhnlich niedrig und hatte neben der Ladung noch Eisenstangen und -ketten, die sich am Mittelgang und an den Außenseiten entlangzogen.

Ein zweites, ebenso flaches Deck folgte, und der Posten bedeutete David, daß Mr. Grant mit dem Suchtrupp nach vorn zum Kabelgatt gegangen sei. David folgte, fand Mr. Grant und erstattete Meldung.

»Also zwei Schebecken«, sagte dieser, »da hatte die Schnau keine Chance. Wir haben nur tote Piraten gefunden, niemanden von der Besatzung. Die Piraten haben sie entweder an Bord ihrer Schebecken, oder sie haben die Besatzung erschlagen und über Bord geworfen, was ich für wahrscheinlicher halte. Gehen wir nach oben, ehe uns der Schwefel-Pfeffer-Gestank die Lungen verbrennt.«

Er wandte sich zwei Seeleuten zu, einer davon war William aus Dithmarschen: »Ihr seht nach, ob die Bretter zur Bilge fest sind. Sollte etwas lose sein, dann prüft, was darunter stecken könnte!« Dann ging er mit den anderen zum Niedergang.

William rief David in deutscher Sprache zu: »Nun, Mr. Winter, wie fanden Sie Ihr erstes Gefecht?«

»Furchtbar laut«, antwortete David, »aber sonst ging ja alles sehr schnell«, und wollte Mr. Grant folgen.

»Hilfe!« hörte er plötzlich eine helle Stimme deutsch rufen. »Helft mir bitte, zu Hilfe!« Die Stimme drang unter dem durchbrochenen Deck des Kabelgatts hervor.

»Wer ist da?« rief David. Er hielt seinen Säbel bereit, und William senkte die Muskete.

»Ich bin der Schiffsjunge. Ich habe mich hier versteckt, als die Piraten das Schiff enterten. Dann sind die Ankerkabel verrutscht, und das Brett geht nicht mehr hoch.«

David rief nach Mr. Grant und seinem Trupp, und gemeinsam konnten sie die Gräting lösen und einen durchnäßten, schlotternden kleinen Kerl hervorholen. Warum er sich nicht früher gemeldet habe, fragte David ihn in Mr. Grants Auftrag.

Weil er die Sprache nicht verstand und nicht wußte, ob wieder Piraten da seien. Erst bei den deutschen Lauten habe er nicht mehr an Piraten geglaubt.

Mr. Grant ließ den Burschen an Deck schaffen, rief den Zimmermann, übergab dem Bootsmann vorübergehend das Kommando und kehrte mit David und dem Schiffsjungen zum Bericht an Bord der Fregatte zurück.

Der Kapitän fragte mit Davids Hilfe den Schiffsjungen aus und erfuhr, daß die Schnau vor vier Tagen von zwei Schebecken überfallen, geentert und die Besatzung niedergemetzelt worden sei. Da sei er in panischer Angst in das Versteck gekrochen, in dem die Seeleute gern Alkohol versteckten.

Auf Rückfragen meinte er, daß die eine Schebecke wohl zwanzig, die andere zwölf Kanonen gehabt habe, daß aber beide sehr stark bemannt gewesen seien. Zum Zeitpunkt des Überfalls wären sie etwa zehn Seemeilen vor der Küste gewesen.

Der Kapitän schickte den Schiffsjungen zum Arzt, entließ David und hörte sich den Bericht über den Zustand der Schnau an. Auf seinen Befehl ging Mr. Morsey, der Zweite Leutnant, mit einem Trupp Handwerker und einigen Seesoldaten an Bord der Prise, um sie wieder segeltüchtig zu machen. Das sollte bis zum nächsten Mittag zu schaffen sein, denn die Schäden befanden sich oberhalb der Wasserlinie und waren nicht so schwer, da vorwiegend Traubengeschosse und Kartätschen, aber keine Vollkugeln gefeuert worden waren. Die eigenen Verluste waren gering: vier Verletzte und nur einer schwer.

David mußte im Cockpit berichten, was er erfahren hatte, und merkte, wie wenig es Mr. Marsh paßte, daß er im Mittelpunkt stand.

»Spielt sich wieder auf, der Grünschnabel«, hörte er ihn brabbeln und sah zu, daß er aus seiner Nähe verschwand.

Der Kapitän saß mit dem Ersten in der großen Kajüte, und beide hörten dem Bericht des Schiffsarztes über die Verletzten zu. Die Piraten würden durchkommen, zwei Neger und ein Araber. Zu erfahren sei von ihnen kein Wort. Nein, in Eisen schließen könne man sie wegen der Verletzungen nicht.

Der Kapitän entschied nach kurzer Rücksprache mit Mr. Grant, daß eine kleine Kammer für Rumfässer geräumt werden müsse. Dort seien die Gefangene unterzubringen, Posten vor der Tür. Der Arzt könne dort nach ihnen sehen und sie für den Galgen pflegen. »Und hängen werden sie, sobald sie in Gibraltar sind.«

Kapitän Brisbane besprach noch mit dem Ersten, daß Mr. Morsey, zwei Steuermannsmaate und vierzehn Seeleute als Prisenbesatzung ausreichten. »Die Piraten haben die Segel nicht darum schlecht bedient, weil sie zu wenige waren, sondern weil sie nicht genug Erfahrung mit Rahsegeln hatten.« Man werde morgen mit der *Marie Hinrichs* nach Gibraltar segeln, denn allein könne man sie nicht losschicken, da vor der Meerenge mit Piraten zu rechnen sei.

Wahrscheinlich wollten die Piraten die Schnau auch nach Tanger oder an die Berberküste bringen, da es in Senegambien oder Guinea bei den vielen europäischen Niederlassungen wohl doch zu gefährlich wäre, die Ladung eines dänischen Sklavenschiffes oder gar dieses selbst zu verkaufen.

Die *Shannon* segelte in den nächsten Tagen mit der *Marie Hinrichs* im Kielwasser in Richtung Gibraltar, und jeden Tag wurde die Mannschaft an den Geschützen oder in der Abwehr von Enterangriffen gedrillt.

Als in der Höhe von Gran Canaria zwei Tage Flaute herrschte, war das die ersehnte Gelegenheit für den Kapitän, Bootsangriffe zu üben. Die Entermannschaften mußten sich in die Barkasse und die beiden Kutter stürzen, wie die Wilden zur *Marie Hinrichs* pullen und dort an Bug und Heck zugleich entern.

Oder sie mußten von der Schnau aus die Fregatte angreifen, die die Enternetze geriggt hatte und deren Restbesatzung mit Stöcken und Latten bereitstand, um die Enterer abzuwehren. Beulen und blaue Flecke gab es genug, aber es wurde weniger als üblich gemeckert, denn alle spürten, daß sich der Drill sehr bald auszahlen konnte.

Zwei Tage vor Gibraltar wurden sie von einer Sloop eingeholt, die mit Kurierpost von Barbados kam. Da Kapitän Brisbane ranghöher war als deren Commander, übergab er diesem seine Berichte und die Schnau mit dem Befehl, beides in Gibraltar abzuliefern. Kaum war die Prisenmannschaft abgelöst und wieder an Bord der *Shannon*, ging diese auf Gegenkurs. Die Jagd auf die Piraten begann.

Im Kampf gegen die Piraten

Die Sonne berührte schon die Kimm, die Hitze war erträglich geworden. Die geöffneten Fenster der großen Kajüte gaben den Blick auf das tanzende und wirbelnde Kielwasser frei. Die eindringende Luft brachte etwas Kühlung in den Raum, dessen Holzwände die Hitze der vergangenen Tage gespeichert hatten.

Kapitän Brisbane saß mit den Seeoffizieren, den Leutnants der Seesoldaten, dem Master und dem Stückmeister am großen Tisch. Bootsmann, Zimmermann, Segelmacher und der erste Steuermannsmaat, die keinen Sitzplatz mehr gefunden hatten, standen, wobei der lange Segelmacher immer den Kopf gesenkt halten mußte, was Mr. Grant unwillkürlich an einen Sünder vor der Kanzel erinnerte.

»Meine Herren! Wir müssen von folgenden Tatsachen ausgehen: Zwei Schebecken, eine mit etwa vierundzwanzig, die andere mit zwölf Kanonen, jede mit starker Besatzung, haben die Schnau während der Vormittagswache vor der Küste der Sumpf- und Insellandschaft angegriffen, die sich von der Mündung des Gambia aus dreizig bis vierzig Seemeilen in nordwestlicher Richtung erstreckt. Es gibt dort keinen Berg, der einen Ausguck auf die Schiffahrt erlauben und den Piraten vorher zeigen würde, ob sich ein Angriff lohnt und risikolos ist oder nicht. Aber der Schiffsjunge erinnert sich, daß sie zwei Stunden vor dem Überfall in zwei Meilen Distanz einige Fischerboote passierten. Wahrscheinlich erhalten die Piraten von ihnen die Informationen.

Wenn die *Shannon* vor dieser Küste entlangsegelt, deutlich als Zweiunddreißig-Kanonen-Fregatte erkennbar, dann gibt es für die Piraten keinen Grund, ihr Versteck für einen Angriff zu verlassen. Außer einem blutigen Kampf mit zumindest zweifelhaftem Ausgang hätten sie keinen Gewinn zu erwarten. Stimmen Sie mir insoweit zu, meine Herren?«

Das allgemein gemurmelte »Aye, Aye, Sir« war vom Kapitän erwartet worden, denn er fuhr fort, bevor es abgeklungen war: »Das bedeutet, daß wir das Schiff maskieren müssen. Ich wünsche, daß mit altem Segeltuch die Geschütze und die Einschnitte im Schanzkleid so kaschiert werden, daß wir wie ein Handelsschiff mit einer Breitseite von drei bis vier Kanonen aussehen. An Deck sind Hütten für Passagiere und Deckslasten vorzutäuschen. Die Rahen werden so umgetrimmt, daß sie nicht kriegsschiffmäßig aussehen, sondern wie bei einer etwas vergammelten Dreimastbark. Auf die Segel sind Flicken aufzusetzen. Aber alles muß so ausgeführt werden, daß es in knapp fünf Minuten beseitigt ist und die Gefechtsbereitschaft nicht mehr beeinträchtigt. Kein Seesoldat darf sich an Bord mit seinem roten Uniformrock zeigen. Mehr als zwölf bis zünfzehn Mann dürfen nie an Deck zu sehen sein. Die Offiziere tragen keine Jacken.

Wenn die Schebecken gesichtet sind, werde ich den Angriff je nach Wind und Situation ausführen. Meine Absicht ist, erst dem einen Gegner die Takelage zu zerschießen, damit er nicht mehr manövrieren kann und dann den anderen zu vernichten. Darauf will ich zum ersten zurückkehren und hier vielleicht Gefangene machen, aus denen wir etwas über ihren Landstützpunkt herausholen können. Einen verlustreichen Enterkampf möchte ich vermeiden. Aber vergessen Sie nicht, Schebecken sind gerade bei leichtem Wind schnelle und sehr wendige Segler. Sie können höher an den Wind gehen als wir. Wir müssen also auch mit Enterangriffen einer zahlenmäßig überlegenen Mörderbande rechnen. Ich erwarte, daß zwanzig Runden für jedes Geschütz abgefüllt werden und daß auch Kettenkugeln und Kartätschen ausreichend bereitliegen. Wer von Ihnen hat noch Fragen und Vorschläge?«

Mr. Grant hob die rechte Hand ein wenig, und der Kapitän nickte ihm zu. »Sir, ich erlaube mir den Vorschlag, daß Wäsche aufgehängt wird und daß wir einige Matrosen als weibliche Passagiere verkleiden. Dazu brauchen wir nicht mehr als eine bunte Dekoration, die aus ein bis zwei Seemeilen wie ein Damenhut aussieht, und ein buntes Tuch, das man für ein Kleid halten könnte.«

In das Gegrinse hinein sagte der Kapitän: »Ausgezeichnet, Mr. Grant, aber nehmen Sie für die Maskerade ausgewachsene Seeleute und keine Jungen, damit kein Bugger auf dumme Gedanken kommt, falls einer an Bord ist.«

Mr. Barnes, der Erste Leutnant der Seesoldaten, meldete sich zu Wort: »Sir, ich kenne Ihre Bedenken gegen den Einsatz von Handgranaten. Aber es gibt neben Drehbassen und Blunderbüchsen keine wirksamere Waffe gegen Enterer als Handgranaten. Ich bitte um Erlaubnis, acht ausgewählte Seesoldaten damit auszurüsten, die immer zu zweit kämpfen. Erst unmittelbar vor dem Wurf wird der Zapfen aus der Brandröhre entfernt. Nach dem Entzünden der Brandröhre müssen beide bis zum Wurf in Deckung bleiben. Wenn der Werfer verletzt wird, kann der andere die Granate noch außenbords werfen.«

»Ach, Mr. Barnes, Sie mit Ihren Handgranaten! Sie erinnern mich an die Landratten, die Kanonenkugeln an Bord glühend erhitzen wollten. Das ist für das eigene Schiff ebenso gefährlich wie für den Gegner. Wenn der Werfer vor dem Wurf getroffen wird, kann auch die Handgranate auf dem eigenen Schiff ein Blutbad anrichten. Aber in Gottes Namen, Sie sollen Ihren Willen haben, doch unter folgenden Bedingungen: Nicht mehr als zehn Handgranaten sind für je zwei Seesoldaten an Deck. Sie liegen in einer mit Sand gefüllten Kiste. Der Deckel wird immer wieder bedeckt, sobald ein Teufelsding herausgenommen ist. Neben der Kiste steht ein

Zuber mit Sand, kein Eimer mit Wasser, und zu den Kartuschen des nächsten Geschützes sind mindestens vier Yards Abstand zu halten. Ist das klar?«

»Aye, aye, Sir.«

Der Master wollte noch etwas loswerden. »Mit Verlaub, Sir. Ein Kauffahrer würde in diesen Breitengraden seine ein bis zwei Beiboote hinter sich herschleppen. Wir haben aber mehr Beiboote als ein Kauffahrer. Sollen wir zwei schleppen und die anderen in der Kuhl lassen, oder sollen wir sie ineinandergeschachtelt schleppen?«

Der Kapitän überlegte einen Augenblick. »Ich habe die Boote ungern im Kampf an Bord. Wenn sie getroffen werden, sind ihre Splitter wie Kartätschen. Lassen Sie sie huckepack und nebeneinander schleppen. Nur die Gig bleibt an Bord. – Da fällt mir noch etwas ein. Die Mittelmeerpiraten schleudern gern Brand- und Stinkbomben. Ich möchte, daß Schläuche an alle Pumpen angeschlossen und alle Wassereimer gefüllt sind. Wenn keine Fragen mehr sind, soll der Steward uns einen Port einschenken, damit wir auf die Vernichtung der Mörderbande trinken können.«

Während die Offiziere ihre Besprechung abhielten, saß William Hansen aus Dithmarschen mit einigen Kameraden im Schatten des Großsegels in der Kuhl und klönte. John hatte sich neben William gehockt, einige schnitzten, und ein älterer Seemann aus Bristol stopfte seine Strümpfe.

»Verdammter Mist, um den Landgang in Gibraltar haben sie uns beschissen! Aber jetzt schinden sie uns wieder in der Hitze Tag für Tag mit Geschütz- und Segeldrill. Und was bringt das? Selbst wenn wir die Piraten finden, kriegen wir doch höchstens blutige Köpfe, aber keinen Penny in die Tasche!« schimpfte ein ehemaliger Fischer aus Jersey.

»Reg dich nicht auf, Dick«, beruhigte ihn William, »was soll der Alte denn tun? Der hat auch seine Befehle. Meinst du nicht, der hätte auch lieber beim Gouverneur gesoffen? Und hör mal den kleinen Schiffsjungen von der Schnau erzählen. Da würdest du auch einen Haß auf die Mörderbande kriegen.

Sie könnten ja mal Leute von deiner Insel, vielleicht sogar Verwandte, erwischen.«

»Na ja«, räumte der Mann aus Jersey ein, »ist ja was dran. Aber der Alte hat den Lohn von unserer Arbeit, kriegt vielleicht einen größeren Pott und mehr Geld, und wir halten den Kopf hin.«

»Dat iss nu mal so im Leben«, fiel der Matrose aus Bristol ein, »aber die Kugeln kennen keinen Unterschied zwischen Kapitän und Seemann. Und wer gegen unseren Alten was sagt, der ist noch unter keinem Leuteschinder gefahren, bei dem die neunschwänzige Katze regiert und das Schiff zur Hölle wird. Da kommt einem ein Kampf gegen Piraten wie eine Erleichterung vor, könnt mir's glauben.«

Außer Sicht der Küste wurde die Tarnung vorgenommen. Alle Feuerwaffen wurden noch einmal abgefeuert, und auch einige Handgranaten rissen Wassersäulen aus der See. Dann näherten sie sich der Küste an der Mündung des Senegal und segelten im Abstand von acht bis zehn Meilen an ihr in südlicher, dann in südöstlicher Richtung entlang.

Der größte Teil der Mannschaft saß schweißüberströmt im Mannschaftsdeck und wechselte sich mit denen ab, die sich am Oberdeck hinlegen konnten. Nur wenige durften sich frei bewegen. Erst wenn die Dämmerung anbrach, konnten wieder alle an Deck.

Die Segel wurden gekürzt, damit sie nicht nachts am Piratennest vorbeischlüpften. Ab und an sahen sie Segel, näher an der Küste die kleineren, wahrscheinlich Fischer, weiter draußen die größeren.

Am dritten Tag näherten sie sich dem Küstenabschnitt, vor dem die Schnau überfallen worden war. Ein leichter Nordost zwang sie, in langen Schlägen nach Südosten zu kreuzen. Wenn sie sich der Küste stärker näherten, konnte der Ausguck dichte Wälder und schmale Buchten erkennen.

Seit dem frühen Morgen lagen wieder einzelne Fischerboote zwischen ihnen und der Küste. Der Wind ließ nach, und die Fregatte konnte nicht mehr als vier Knoten laufen.

Verdeckt nahm die Bordroutine ihren Lauf. Grog wurde ausgegeben. Die Messen empfingen ihr Rindfleisch, ihr Brot und außerdem Sauerkraut gegen Skorbut. In der Hitze brachten sie im Mannschaftsdeck das Essen mit Dünnbier kaum herunter.

Kurz vor drei Glasen der Nachmittagswache weckte der Schrei des Ausgucks alle aus der Lethargie: »Zwei Segel Backbord querab!«

Charles Haddington mußte mit dem Teleskop auf den Mars und rief: »Zwei Schiffe segeln aus einem Meeresarm heraus. Es könnten Schebecken sein.«

Eine halbe Stunde später war kein Zweifel mehr möglich. Zwei Schebecken segelten mit raumem Wind auf sie zu und mußten sie in zwei bis zweieinhalb Stunden erreicht haben. Die schläfrige Ruhe auf dem Schiff war vorbei. Die Meldungen des Ausgucks wurden genau verfolgt, alle Unterhaltungen der Offiziere wispernd weitergegeben.

»Was halten Sie vom Wind?« fragte der Kapitän den Master.

Mr. Hope prüfte noch einmal die leichte Wolkenbildung, sah zum Verklicker an der Luvseite des Steuerrades und sagte bedächtig: »Er wird auffrischen und mehr nach Nord, später wahrscheinlich nach Nordwest drehen, Sir.«

»Hoffentlich dreht er nicht zu spät für uns. Bei dem jetzigen Wind können wir den Piraten kaum die Luvseite abgewinnen. Wenn der Wind nach Norden dreht, müssen wir so lange wie möglich vor den Schebecken mit Kurs Südwest laufen, sie von der Küste weglocken, durch den Wind wenden, ihren Bug kreuzen, sie beschießen und in Luv kommen.«

Um sieben Glasen der Nachmittagswache waren die Schebecken, nebeneinander segelnd, bis auf eine Seemeile heran. Die Küste war außer Sicht, der Wind hatte etwas nach Nord-Nord-Ost gedreht und war aufgefrischt. Die Schebecken wollten die Fregatte ohne Zweifel in die Mitte nehmen, breitseits beschießen und dann entern. Die größere Schebecke segelte steuerbords von der kleineren.

Der Kapitän gab Befehl, einen Achterdeck-Sechspfünder zum Feuern vorzubereiten. Auch ein Kauffahrer würde sich mit einem Heckgeschütz wehren und zu früh das Feuer eröffnen. Die »weiblichen Passagiere« sollten sich noch zeigen, und dann von gestikulierenden Männern unter Bord gebracht werden.

Unter Deck sollte alles zum Kampf gerüstet werden, alle sollten sich bereithalten, die Segel richtig zu brassen, durch den Wind zu wenden, die Maskerade zu entfernen und die Geschütze zu bemannen.

Die Backbordseite werde zuerst feuern. Jedes zweite Geschütz sei mit Kettenkugeln zu laden und müsse auf die Takelage feuern, alle anderen erhielten den Befehl, mit Kugeln die kleinere Schebecke vom Bug zum Heck zu bestreichen.

Das Heckgeschütz feuerte. Hundert Yard vor der größeren Schebecke sprang die Wassersäule hoch. Langsam wurde nachgeladen. Der zweite Schuß lag zehn Yards querab vom Bug. Auch die Schebecken eröffneten mit Jagdgeschützen das Feuer, und Kugeln heulten an der Fregatte vorbei.

»Ein Neunpfünder ist nach meiner Schätzung dabei«, sagte Mr. Grant.

»Der Wind kommt aus Nord zu Ost und frischt weiter auf!« rief Mr. Hope.

»Sehr gut. Lassen Sie so brassen, daß die Segel etwas killen. Das erwarten die von einem Handelsschiff bei der Aufregung. Ich möchte jetzt auch die Zeit der Annäherung verkürzen.«

Der Sechspfünder ballerte wieder los, und diesmal erschien im Vorsegel der Schebecke ein Loch. Die Antwort erfolgte sofort. Ein Neunpfünder durchlöcherte das Kreuzmarssegel der *Shannon*.

Die Entfernung betrug noch etwa sechshundert Yard.

»Steuerbordseite klar zum Wenden! Backbordseite an die Geschütze!«

»Mr. Hope, lassen Sie etwas abfallen!«

Und dann ertönten die Kommandos: »Helm in Lee! Hol das Großsegel!«

Die Pfeifen schrillten für Klarschiff, die Maskerade fiel, die Kriegsflagge stieg empor.

»Laß gehen und hol an!«

Vollgebraßt segelte die Fregatte auf dem neuen Kurs, der sie vor den Bug der kleineren Schebecke führte. Die Entfernung hatte sich dramatisch verringert auf etwa einhundertfünfzig Yard.

Die Schebecke wollte herumschwingen, um ihre Breitseite anzubieten, aber die Batterien hatten das Ziel aufgefaßt, und die erste Breitseite ließ die Fregatte erbeben.

»Die gleiche Ladung, unabhängig feuern!«

Die Geschützbedienungen reinigten, wischten aus, luden die Kartuschen, rammten sie fest, schoben die Kugeln nach, rammten wieder fest, rannten die Kanonen aus, visierten und feuerten, alles wie Automaten und in der Geschwindigkeit, die langen Drill verriet.

»Hart am Wind segeln! Steuerbordseite doppelte Ladung!«

Hurragebrüll tönte von den Marsen. Fock- und Großmast der Schebecke stürzten um, Segel und Takelage des Kreuzmastes waren zerfetzt, an den Geschützpforten war das Schanzkleid zerschmettert. Aber die Piraten schlugen zurück. Vier ihrer Sechspfünder feuerten und rissen den Außenklüver los. Blöcke und Taue fegten über das Deck, und in den Toppen verrieten Schmerzensschreie, daß Leute verletzt waren.

»An Deck! Die andere Schebecke hat gehalst und steuert Nord-Nord-Ost!«

»Ha, die will vor unseren Bug. Fertigmachen zum Wenden, Mr. Hope. Erst eine Ladung ins Heck der kleinen Schebecke! Dann wollen wir der großen auch das Heck beharken. Führen Sie aus, Mr. Hope, und nach der Wende werden die Großsegel gegeit. Keine Zeit mehr für große Segelmanöver! Wir müssen es ausfechten.«

Die Fregatte schwang herum, aber die große Schebecke hatte ihre Absicht erkannt und schloß eine Wende an, um auf die Fregatte zuzuhalten.

David war Mr. Morsey, der die Steuerbordbatterie kommandierte, als Läufer zugeteilt. Der sah, daß die große Schebecke die Breitseite zeigte und weiter herumdrehte.

»Ziel auffassen!«

Die Geschützführer hoben die Hand.

»Feuer!«

»Gleiche Ladung, unabhängig feuern! Tempo, ihr Huren-söhne!«

Die Kanoniere grinsten. Sie waren entblößt bis auf ihre Hosen. Um die Ohren hatten sie Halstücher geschlungen. Die Oberkörper waren schon jetzt schweißnaß. Die schnellsten Mannschaften feuerten schon wieder. An der Schebecke zer-barsten Planken, Rahen splitterten, Geschütze stürzten um.

»Mr. Winter, die Vordeckbatterie soll Traubengeschosse auf die Kugeln stecken.«

David rannte los. Er hatte den Befehl gerade übermittelt, als die Geschosse der Schebecke in das Schanzkleid und den Fockmast einschlugen. Es krachte und knirschte.

»Vorsicht! Die Bramstenge kommt runter!« David blickte erschreckt nach oben, Bram- und Royalstenge mit Rahen und Segeln neigten sich und stürzten nach Backbord. Mit einem Sprung rettete sich David auf die Steuerbordseite. Die Mast-teile hingen über die Backbordseite in die See und wirkten wie ein Anker.

»Hackt den Dreck los, ihr lahmen Hunde, sonst kommt die Schebecke unter unser Heck und heizt uns ein!« brüllte Char-les Haddington und stürzte mit erhobener Axt zu den Trüm-mern.

David lief zurück zu seiner Gefechtsstation. Einige Ver-letzte schleppten sich zum Niedergang. Mr. Morsey mar-schierte mit gezogenem Degen auf und ab und feuerte die Kanoniere an.

»Traubengeschosse laden!«

Über ihnen knatterten die Drehbassen und Musketen von den Marsen. Im Aufblicken sah David die Schebecke auf die Fregatte zusteuern.

Als die Fregatte von den Trümmern des Fockmastes befreit war, schwang sie etwas herum. Die Schebecke rammte mit ihrem schnabelartigen Bugspriet das Achterschiff der Fre-gatte und blieb an der Galerie hängen.

Kapitän Brisbane ließ die Achterdecksgeschütze der

Steuerbordseite mit Kartätschen auf das Deck der tieferliegenden Schebecke feuern und schickte Läufer los, daß die Zwölfpfünder mit Kugeln unter die Wasserlinie feuern sollten.

Der Wind drückte die Schebecke stärker breitseits an die Fregatte. Braune Gestalten, die meisten mit Turban, schwärmten aus, warfen Draggen und zogen ihr Schiff an die Fregatte heran.

Mr. Morsey schrie: »Backbordseite! Enterer abwehren! Schlagt die Enterdraggen ab!«

Die Seesoldaten warfen ihre Handgranaten, die Piratentrupps wurden durcheinandergewirbelt. Der erste Versuch war gescheitert.

Ein Läufer stürzte heran: »Befehl vom Kapitän: Steuerbordbatterie doppelte Kugelladung in Breitseiten feuern!«

Kapitän Brisbane ließ Hartruder legen, um im Zusammenwirken mit dem Gewicht der Breitseite von der Schebecke freizukommen.

»An Deck!« drang eine Stimme durch den Donner. »Die zweite Schebecke rudert heran.«

Der Kapitän stürzte an die Backbordseite. Die kleine Schebecke hatte ihre zerschmetterten Masten und die zerfetzte Takelage abgehackt, Riemen ausgebracht und kroch heran. Bald würden ihre Buggeschütze in den Kampf eingreifen.

»Meldung an Backbordbatterie, Vordeck und die vorderen Zwölfpfünder: Feuer auf die kleine Schebecke eröffnen!«

Matthew, er war der Läufer, wiederholte und stürzte davon.

»Mr. Greg! Zerschießen Sie mit den Achterdeckkanonen den Bugspriet der Schebecke! Wir müssen freikommen!«

»Mr. Hope, lassen Sie die Fock setzen. Wir brauchen mehr Segel, um uns zu lösen.« Dann hob er das Sprachrohr: »Alle Enterdraggen kappen!«

Die Sechspfünder des Achterdecks zerschmetterten den Bugspriet der Schebecke. Knirschend brach er unter dem Zug der Fregatte. Aber da der Kartätschenhagel der Sechspfünder minutenlang ausgeblieben war, stürzten Scharen von Piraten aus den Niedergängen der Schebecke und sprangen an Wanten, Heckgalerie und an alle zerfetzten Rumpfplanken, die ihnen einen Halt boten. Brüllend stürmten die ersten an Deck der Fregatte.

David hatte sich eine Pike gegriffen und stieß in ein Gesicht, das über der Reling auftauchte. Der Pirat fiel schreiend zurück, aber neben ihm hatte sich ein kräftiger Neger über die Reling geschwungen und stürmte heran, Davids Pike zur Seite stoßend.

Ein Krachen neben Davids Ohr! Eine Faust schien dem Neger in die Brust zu fahren. Er stoppte, Blut spritzte aus dem Halsansatz, und er brach zusammen.

»Vorwärts!« rief Leutnant Morsey und warf die abgeschossene Pistole dem nächsten Piraten ins Gesicht. »Vorwärts, schmeißt die Hunde ins Wasser!«

David umklammerte die Pike und stach sie, vor Wut und Angst schreiend, einem Piraten in die Seite, der einen Geschützführer niederschlagen wollte. Der drehte sich um, es war William Hansen.

»Danke!« stieß er hervor und griff sich ein Entermesser.

»Wir sind frei! Die Schebecke driftet ab!«

Tatsächlich! Die Schebecke glitt zurück, der Abstand wurde größer. Die restlichen Piraten sahen es in Panik, stürzten über Bord oder wurden niedergemetzelt.

»Geschütze der Steuerbordseite: unabhängig Feuer aufnehmen!«

Die große Schebecke trieb wie eine Hulk im Wasser.

»Anluven. Klar zum Wenden. Läufer zu den Batterieoffizieren: Unabhängig feuern, sobald eine der Schebecken im Schußfeld ist!«

Schwerfällig schwang diesmal die Fregatte herum, aber sie kam. Der Kurs führte sie 80 Yards hinter dem Heck der großen Schebecke vorbei. Die Ladekanoniere der Backbordbatterien rannten zur Steuerbordseite, füllten dort die Lücken, die die Verletzten und Toten hinterlassen hatten, und ein Kugelhagel fegte vom Heck zum Bug durch die große Schebecke.

»Das ist kein Schiff mehr, das ist ein Schlachthaus! Die sind erledigt – Steuerbord das Ruder! Recht so! Vollbrassen! Backbordbatterien mit Traubengeschossen laden! Eine Breitseite auf die kleinere Schebecke!« befahl der Kapitän.

»An Deck! Feuer an Bord der großen Schebecke!«

Qualm wälzte sich dort über das Vordeck, Flammen züngelten aus dem Gewirr der Takelage. Gestalten schütteten Wassereimer in das Chaos.

»Mr. Grant!«

»Sir, Mr. Grant hat einen Splitter im Oberschenkel und mußte unter Deck gebracht werden«, meldete der Master.

»Lassen Sie Mr. Morsey holen. Mr. Morrison soll die Steuerbordbatterie übernehmen! Beobachten Sie weiter die große Schebecke und melden Sie mir, ob sie sinkt oder verbrennt.«

Die Backbordbatterien donnerten ihre Breitseite heraus. Die kleine Schebecke, die zuletzt zu fliehen versucht hatte, bebte unter den Treffern. Ihre Decks waren zerhackt und verwüstet.

»Streicht die Flagge! Ergebt euch!« schrie der Kapitän durch das Sprachrohr. Musketenschüsse und Geschrei antworteten.

»Mr. Morsey. Der Bootsmann soll die Barkasse längsseits holen und den Kutter herausfieren. Sie nehmen die Barkasse, Mr. Bates den Kutter. Die Entermannschaft soll sich fertigmachen. Nehmen Sie zwei Handgranatentrupps der Seesoldaten mit. Wir halsen vor der Schebecke, geben ihr noch eine Breitseite, und dann entern Sie auf. Aber kein Kampf unter Deck! Sie machen es wie Mr. Grant und holen die Bande mit Schwefel, Pfeffer und Handgranaten raus. Alles klar?«

»Aye, aye, Sir!« Mr. Morsey rannte los, Befehle verteilend.

Die Fregatte halste, und noch einmal krachte die Breitseite der Backbordbatterien in die Schebecke. Die Beiboote mit den Enterern legten ab und pullten wie wild, um die rund fünfzig Yard zu überbrücken. Eine rumpelnde Explosion ließ die Männer auf dem Achterdeck erstarren. Die Pulverkammer der großen Schebecke war in die Luft geflogen. Das schlanke Schiff hatte schwere Schlagseite, sein zerborstenes Vorschiff tauchte tief in die See.

Von den Marsen knallten Musketen und Drehbassen, um

die Piraten zu bekämpfen, die sich an Deck der kleinen Schebecke zeigten. Dann legten die Beiboote an Bug und Heck der Schebecke an. Enterdraggen hielten sie fest, und die Mannschaft stürzte an Deck.

William Hansen war unter ihnen. Er stürmte mit erhobenem Entermesser auf einen bärtigen Piraten zu, als er in einer großen Blutlache ausrutschte. Während er sich wegrollte, mähte der Schuß einer Blunderbüchse das halbe Dutzend Piraten um, die sich ihnen zur Verteidigung entgegenstellten.

»Weiter voran!« schrie Leutnant Morsey, und schwang den Säbel.

Aber nur kleine Gruppen kämpften noch an Deck. Die anderen waren demoralisiert unter Deck geflohen.

»Handgranaten und brennenden Schwefel in jede Luke. Dann abdecken und Pfeffer durch die Löcher schießen!«

Ein Seemann an Bord schrie auf. Ein Schuß war von unten durch die Planken geschlagen und hatte in seinen nackten Fuß eine Fleischwunde gerissen.

»Vorn und achtern am Schanzkleid aufstellen! Fertig zum Feuern, wenn sie herausstürmen!«

Die vordere Luke wurde aufgerissen. Eine Handvoll Piraten stürzte hervor. Ein Seesoldat warf eine Handgranate in den geöffneten Niedergang, Pistolen- und Musketenschüsse erstickten den Gegenangriff.

Weitere Schüsse mit Pfefferladung wurden durch die Löcher im Deck gefeuert und verstärkten den Qualm. Wieder brach ein Trupp hervor, diesmal aus dem hinteren Niedergang, aber mit dem gleichen vernichtenden Mißerfolg.

Dann erklangen Hilferufe. Hustend, mit verschwollenen Augen, die Hände erhoben, tauchten etwa drei Dutzend Piraten aus den Niedergängen auf.

»Nach Waffen durchsuchen! Hände fesseln! Auf dem Achterdeck hinsetzen lassen und scharf bewachen!« ordnete Mr. Morsey an.

Ein Pirat sprach etwas Englisch. Es seien viele Verwundete unter Deck und etwa ein Dutzend Unverletzte, die sich nicht ergeben wollten. Mr. Morsey ließ den Piraten in alle Luken die Aufforderung zur Übergabe rufen.

Als wieder Schüsse von unten knallten, flogen erneut Handgranaten und brennender Schwefel nach unten. Die Luken wurden wieder abgedeckt und Pfeffer durch die Löcher geschossen.

»Je zehn Gefangene mit der Barkasse zur *Shannon* transportieren. Meldung an den Kapitän, daß ich in fünfzehn Minuten das Unterdeck stürmen muß, wenn sich die Bande nicht ausräuchern läßt.«

Die Barkasse hatte den ersten Schub Piraten übergesetzt.

Kapitän Brisbane rief mit dem Sprachrohr von der Reling: »Erst stürmen, wenn alle ...«

In diesem Moment brachen die vordere und hintere Luke gleichzeitig auf, und zwei Haufen verzweifelter Piraten stürzten an Deck. Sie hatten mehr Glück, denn die Wachen hatten sich durch den Befehl des Kapitäns ablenken lassen.

Spät erst krachten ihre Musketen, und ein Kampf Mann gegen Mann entbrannte. Aber die Überzahl der Enterer war zu groß. Die vom Pfeffer fast geblendeten Piraten wurden in Stücke gehauen.

»Luken offen lassen, Wachen aufstellen, alle toten Piraten über Bord!« befahl Leutnant Morsey und rief dann zur *Shannon* hinüber, daß er keinen ernsthaften Widerstand mehr erwarte und nach dem ›Auslüften‹ die unteren Decks stürmen werde. Die Barkasse transportierte mit den Gefangenen auch drei Verwundete an Bord der *Shannon*. Dann räumten die Enterer das Unterdeck. Vereinzelte Schüsse krachten, der eine oder andere Pirat wollte sich mit Messer oder Säbel wehren, aber überwiegend lagen Tote, Sterbende und Verwundete unter Deck. Bald war alles vorbei.

Die Enterer trieben ein halbes Dutzend Leichtverwundete an Deck, warfen die toten Piraten über Bord und untersuchten den Zustand der Schebecke.

»Sie nimmt Wasser, hat Schußlöcher unter der Wasserlinie, kann aber mit Pumpen und Abdichten schwimmfähig gehalten werden«, meldete der Zimmermannsmaat.

Sie mußten eine transportable Pumpe und Zimmermannsmaterial von der *Shannon* bringen, aber als die Sonne sank, hatten sie das Schiff gesichert.

Der Dritte Leutnant löste Mr. Morsey ab, der dem Kapitän berichtete.

»Gut gemacht, Mr. Morsey! Die große Schebecke ist gesunken, als Sie die Piraten ausräucherten. Ich habe den Kutter nach Überlebenden suchen lassen, aber nur drei ließen sich retten. Die anderen wollten lieber ertrinken oder von den Haien gefressen werden. Wir haben insgesamt zweiundsechzig Gefangene, davon achtundzwanzig Verwundete, von denen neun hoffnungslose Fälle sind. Auf beiden Schebecken sollen zusammen etwa dreihundertzwanzig Mann gewesen sein, wie drei Piraten erzählten, zwei Holländer und ein Franzose. Mr. Town quetscht sie noch wegen ihrer Landbasis aus. Sie geben an, zum Piratendienst gezwungen worden zu sein. Wir selbst haben sieben Tote und fünfzehn Verwundete, davon drei lebensgefährlich.«

Im Unterdeck saß David im Lazarett, das vor dem Cockpit eingerichtet war, in dem der Schiffsarzt immer noch operierte. Er starrte mit tränenden Augen auf seinen Freund Richard, dessen linkes Bein fünf Inches oberhalb des Knies von einer Kanonenkugel abgerissen war.

Der Arzt hatte die Adern abgebunden und den Stumpf mit einem Verband bedeckt, der schon wieder blutdurchtränkt war. Richard war leichenblaß und atmete stoßweise. Seine Stirn war schweißnaß. David wischte sie ihm ab, netzte seine Lippen und sprach flüsternd auf ihn ein, wenn Richard aufstöhnte.

»Er spürt nichts, Mr. Winter«, sagte der Kapitän und legte ihm die Hand auf die Schulter, »der Arzt hat ihm genug Laudanum gegeben. Er wird bald schlafen, und wir wollen beten, daß er am Leben bleibt.«

Der Kapitän ging weiter, bückte sich zu seinen Leuten, tröstete und versuchte Hoffnung zu geben. David folgte ihm mit den Blicken und sah die röchelnden, blutenden, zerfetzten Leiber. Einige riefen im Delirium nach ihren Lieben, nach der Heimat. Andere dämmerten dahin, der Gesundung oder dem Tod entgegen.

Ein Sanitätsgast kam vorbei: »Können Sie Ihren Freund säubern? Wir schaffen nicht alles.«

David sah fragend hoch, und der Sanitätsgast wies auf Richards Hosen. David holte sich einen Eimer und Lappen und säuberte, seinen Ekel niederkämpfend, Richard von Urin und Kot, die dieser bei der Operation oder danach entleert hatte.

Als Richard eingeschlafen war, schlich sich David ins Cockpit zurück, in dem der Arzt nicht mehr operierte, das aber noch nach Blut, Urin und Kot stank. Am Tisch saßen einige ältere Midshipmen, betranken sich mit aufgespartem Grog und erzählten sich immer wieder ihre Taten.

Als sich David am Tisch vorbei zu seiner Hängematte tastete, stierte ihn Gilbert Marsh betrunken an: »Na, der feine Herr trinkt wohl nicht mit jedem auf unseren Sieg? Hier!« hielt er ihm einen Becher hin. »Auf unseren Sieg, du Milchbaby!«

In David explodierten Trauer und Jähzorn. Er schlug den Becher zur Seite und schrie Marsh an: »Was bist du nur für ein Vieh! Unten sterben unsere Kameraden, und du kannst nur saufen und grölen!«

Marsh schüttelte den Kopf, als könne er nicht begreifen: »Du Bastard! Du verdammter Hurensohn! Willst du einem älteren Offizier des Königs sagen, was er zu tun hat?« Er steigerte sich in Wut: »Willst du kleiner Drecksack mir vorschreiben, wann ich trinken darf? Dir brech ich deine verdammten Knochen!« Er stieß den Tisch um und stampfte auf David zu.

»Befehl vom Kapitän!« rief eine helle Stimme vom Cockpiteingang. »Alle etatmäßigen Midshipmen und Steuermannsmaate sofort zu den Divisionsoffizieren in die Offiziersmesse!«

Morrison zog den schwerfälligen Marsh mit sich. David stand noch da wie angewurzelt, fühlte sich unendlich leer und zerschlagen und kroch in seine Hängematte. Das leise Schluchzen neben ihm mußte Matthew sein, aber er hatte keine Kraft mehr zu fragen.

Die Befreiung
der Gefangenen

Vor Dämmerungsbeginn rissen die Pfeifen David aus einem Schlaf, der seine körperliche und seelische Erschöpfung kaum gemildert hatte. »Reise, reise! Alle Mann!« gellten die Schreie der Maate, und schlaftrunken stolperten die jungen Servants im Cockpit umher, säuberten sich notdürftig und verstauten ihre Hängematten. Die älteren Cockpitbewohner sowie die Deckoffiziere und Offiziere mußten ihre Befehle schon in der Nacht empfangen haben, denn bald wimmelte es an Deck von hektischer Betriebsamkeit.

Mr. Marsh rannte mit dem bleichen Gesicht des verkaterten Säufers vorbei und zischte: »Dir zieh ich noch das Fell ab, du Ratte!«

Die bullige Figur des Bootsmanns John Rodger tauchte aus dem Gewirr auf: »Alle Captain's Servants die Boote zu Wasser lassen!«

Als sie an Tauen und Taljen hantierten, sammelte der Dritte Leutnant etwa zwanzig Mann um sich. Er strich sich eine blonde Locke aus dem Gesicht: »Herhören! Kennt ihr euch alle aus in Wald und Feld? Ich will keinen verdammten Städter in diesem Haufen haben! Lieber einen bestraften Wilderer als einen ehrlichen Schreiberling!«

David konnte sich keinen Reim darauf machen, mußte auch mit aller Kraft ein Tau fieren. Als er Mr. Bates' Truppe noch einmal sah, hatten sich alle dunkle Kleidung besorgt und stiegen mit Waffen und Enterdraggen in die Barkasse. William war unter ihnen, aber David konnte nicht mit ihm sprechen.

Alle anderen Boote pullten zwischen der Fregatte und der Schebecke hin und her. Bewaffnete Matrosen und Seesoldaten, diese aber ohne ihre Uniformen, kletterten an Bord der Schebecke. Von dort kamen Gefangene zur Fregatte und wurden ins Zwischendeck gestoßen.

Der Profos und seine Helfer nahmen den Kräftigsten die Oberbekleidung weg und legten die Piraten in Eisen. Die schwächeren und Leichtverwundeten wurden mit Tauen gefesselt. Der Bootsmann inspizierte jede Fessel.

»Alle Stunde wird kontrolliert! Doppelte Wachen mit Blunderbüchsen und Entermessern! Ablösung alle zwei Stunden! Beim geringsten Aufstand sofort schießen!«

Und er eilte zu einer seiner anderen, nie endenden Kontrollen weiter.

Als David dem Master eine Meldung überbringen mußte, sah er den Ersten, Mr. Grant, mit verbundenem Oberschenkel auf einen Stock gestützt, vor einem ärgerlichen Kapitän stehen. »Mr. Grant! Ich kann es nicht noch einmal sagen: Der Angriff auf die Landbasis der Piraten erfordert einen gesunden Mann, der gut laufen kann. Das ist Mr. Morsey. Ihr Auftrag, die Schebecke an den Landungsplatz zu bringen, ist wichtig und ehrenvoll. Sie und Mr. Hope werden all ihre Erfahrung dazu brauchen. Ich will nichts anderes mehr hören, sonst muß ich annehmen, daß Sie noch unter dem Schock der Verwundung leiden und Sie ins Lazarett schicken. Habe ich mich verständlich genug ausgedrückt?«

»Aye, aye, Sir«, antwortete Grant, hob die Hand an den Hut und humpelte davon.

An Bord der Fregatte blieb nur knapp die Hälfte der Besatzung, meist die Älteren und die weniger Erfahrenen. Außerdem alle Captain's Servants, die jetzt die Aufgaben von Maaten und Deckoffizieren erfüllten. Edward Simmons maulte, daß die anderen kämpfen dürften und sie die Gefangenen, die Kranken und Alten kommandieren müßten.

»Nur sachte, junger Herr!« sagte Jonathan Toller, der Stückmeister, mit der unmelodiösen Stimme des fast Ertaubten, »für jeden kommt die Stunde und für die Besten immer zu früh!«

Edward wandte sich achselzuckend und mit amüsiertem Gesicht zu David, als Matthew Palmer mit bedrückter Miene zu ihnen trat.

»Richard ist heute nacht gestorben, ohne wieder das Bewußtsein erlangt zu haben. Ich weiß es vom Maat des Segelmachers. Sie nähen auf dem Vordeck die Leichen in das Segeltuch. Um vier Glasen der Vormittagswache ist die Beisetzung.«

David wandte sich mit tränenden Augen ab.

Die Schebecke kreuzte zwei Seemeilen vor der Fregatte mühsam in dem leichten Wind zurück. Die Barkasse war in ihrer Nähe. Vier Glasen schlug die Schiffsglocke. Mr. Greg, ältester an Bord verbliebener Midshipman, meldete dem Kapitän die angetretene Besatzung. Fünf Bündel in weißer Leinwand lagen an Deck, ein sechstes lag auf einem Brett unter der Kriegsflagge, das kugelbeschwerte Fußende der See zugewandt.

Kapitän Brisbane nahm seinen Hut ab und gab ihn dem Läufer. »Mützen ab zum Gebet!«

Er schlug die Bibel auf und las die Verse aus der Offenbarung Johannis, die so oft über schweigende Decks gehallt waren: »Und ich sahe die Toten, beide, groß und klein stehen vor Gott: und die Bücher wurden aufgetan, und ein ander Buch ward aufgetan, welches ist des Lebens. Und die Toten wurden gerichtet, nach der Schrift in den Büchern, nach ihren Werken. Und das Meer gab die Toten, die darinnen waren, und der Tod und die Hölle gaben die Toten, die darinnen waren. Und sie wurden gerichtet, ein Jeglicher nach seinen Werken.«

»Wir übergeben dir, o Herr, den Leib von Mr. Richard Baffin, Captain's Servant. Es wird gesäet ein natürlicher Leib und wird auferstehen ein geistlicher Leib.«

Die Männer des Segelmachers hoben das Brett am Kopfende hoch, und unter der Flagge hindurch glitt der Leichnam in die See.

David schluckte krampfhaft, zwang die Gesichtsmuskeln zur Starre und konnte doch nicht verhindern, daß die Tränen über sein Gesicht rannen. Er sah nur verschwommen, wie ein Leichnam nach dem anderen unter die Flagge auf das Brett gelegt wurde und der Kapitän mit fester Stimme die Worte des Trauerrituals sprach.

Der alte Stückmeister war es, der nach Schluß der kurzen Feier seinen Arm nahm: »Kommen Sie, Mr. Winter. Wir alle müssen diesen Weg gehen, und es ist an Gott, die Stunde zu bestimmen. Wollen Sie mit ihm rechten? Des Königs Dienst ist ein harter Dienst. Gott hat uns dafür auserwählt. Tun wir ihm Ehre an. Die Mannschaft sieht auf Sie und sucht bei Ihnen Kraft. Die Männer mögen rauh und stark erscheinen, aber in Wirklichkeit warten sie auf Ihr Vorbild. Tun Sie Ihre Pflicht, Mr. Winter!«

David wurde Herr seines Schmerzes. Später, in ähnlichen Situationen, mußte er immer an die leise, eintönige Sprache des alten Stückmeisters denken, die ihm Trost und Kraft gegeben hatte.

Den ganzen Nachmittag kreuzten die Schiffe gegen den Wind zu dem Meeresarm zurück, der die Schebecken verborgen hatte. Das Land war nur vom Masttopp aus zu ahnen.

Der Ausguck meldete einmal, daß die Barkasse bei einem Fischerboot angelegt habe. Das Fischerboot segele jetzt der Schebecke voraus. Die Barkasse sei im Schlepp der Schebecke. Diese führe eine grüne Flagge mit Stundenglas, Schwert und Totenkopf.

Als sie sich abends dem Land näherten, ließ der Kapitän diese Flagge auch auf der Fregatte über dem Union Jack hissen. Gerüchte durchschwirrten das Schiff. Von Piraten war die Rede, die ihr Leben retten wollten und die Schebecke und das Landungskommando zu ihrer Basis führen sollten.

Eine Stunde vor Beginn der Dämmerung wurde die Besatzung leise geweckt. Das Kombüsenfeuer war gelöscht, und es gab nur Zwieback und Dünnbier. Die Fesseln der Gefangenen wurden noch einmal kontrolliert, und sie wurden zusätzlich geknebelt. Leise wurde der Befehl weitergegeben: »Klar Schiff zum Gefecht!«

Die Restbesatzung lud nacheinander die Geschütze an beiden Seiten, rannte sie aber nicht aus. Die Decks wurden gewässert und mit Sand bestreut. Die Männer kauerten sich an den Kanonen nieder. An Deck und in den Wanten durften nur Leute zu sehen sein, die mit Turban oder Tüchern maskiert waren.

Als das Grau des Morgens heller wurde, glitten sie eine halbe Seemeile hinter der Schebecke in den Meeresarm. Sorgfältig wurde gelotet, aber die Wassertiefe wurde nicht ausgerufen, sondern über eine Melderkette zum Achterdeck geflüstert. Der Meeresarm wurde zum Fluß. Dichte Urwälder wuchsen an beiden Seiten. Süßlich-faulig drang der Geruch in Schwaden zum Schiff. Nach einer Flußbiegung machte die Schebecke in Ufernähe fest. Boote schwärmten zum Ufer. Piratenfahnen wurden geschwenkt, Trommeln geschlagen. Eine Menschentraube marschierte in der Morgensonne landeinwärts.

Ruhelos ging Kapitän Brisbane auf dem Achterdeck auf und ab. Als sie in die Nähe der Schebecke gelangten, befahl er die Geschütze auszurennen, aber weiter verborgen zu bleiben.

Am Ufer war Charles Haddington hinter Mr. Morsey aus dem Boot gesprungen und an Land gewatet. Angespannt spähte er in die Büsche am Rande des Weges, der zum Piratenfort führte. Dann winkten Mr. Morsey und er die Männer heran. Die Überläufer von den Piratenschiffen, die die Basis an Land verraten hatten, um ihr Leben zu retten, gingen voran. Dünne Stricke schlangen sich um ihren Hals, und im Rücken spürten sie die Pistolen ihrer Bewacher.

»Einen falschen Laut, und wir pusten euch in die Hölle«, knurrte Haddington.

Die Matrosen, die sich als Piraten verkleidet hatten, umringten die anderen, die die Gefangenen spielten, und trieben sie fluchend und stöckeschwingend voran. Die ›Gefangenen‹ trugen die Hände auf dem Rücken, als seien sie gefesselt. In Wirklichkeit hielten sie krampfhaft ihre Waffen auf dem Rücken versteckt.

Mr. Morsey, an der Spitze des Zuges, sah, daß es noch etwa zweihundert Yard zum Fort waren, sobald sie den Schutz der Büsche verlassen hätten.

»Verdammt, auf der langen Strecke erkennen sie doch unsere Maskerade!« fluchte er.

»Sir«, flüsterte der Sergeant der Seesoldaten, der als ›Gefangener‹ neben ihm stapfte: »Ich könnte nachher so tun, als ob ich flüchten will. Sie lassen hinter mir herballern, das lenkt die im Fort von ihnen ab. Aber schießen Sie nicht zu gut!«

Mr. Morsey fand den Vorschlag ausgezeichnet, flüsterte mit Haddington und zwei anderen ›Piraten‹, wie sie schießen sollten, und gab die Losung nach hinten weiter, daß schneller marschiert werden solle, wenn die ›Flucht‹ beginne.

Sie hatten sich dem Fort auf etwa einhundertzwanzig Yard genähert.

Die Wachen erwiderten das Winken der ›Piraten‹. Dann hetzte der Sergeant seitwärts auf den Wald zu und schlug Haken wie ein Hase.

Haddington und die beiden anderen liefen ihm einige Schritte hinterher, schrieen und schossen mit ihren Pistolen. Der Sergeant stürzte, als ob er getroffen wäre, raffte sich wieder auf und lief stolpernd weiter. Haddington nahm die Verfolgung auf. Die anderen legten die Musketen an und feuerten.

Mr. Morsey sah, wie die Wachen im Fort nur noch auf die ›Flucht‹ achteten und trieb seine Leute mit Winken und Flüstern zum Laufen an. Als sie noch zwanzig Yard vor dem Fort waren, brüllte er: »Auf sie! Stürmt das Tor!«

William hörte die Schüsse und das Geschrei, als er am Waldrand an der Rückseite des Forts kauerte. Mr. Bates hatte sich mit seinem Haufen im schwachen Mondschein durch den Wald vorgearbeitet und beobachtete jetzt, wie sich die Wachen umdrehten oder gar zum Tor liefen.

Er stieß die Faust hoch und rannte mit seinen Leuten schweigend auf die Palisaden zu. Der Posten schreckte auf, als die Enterdraggen neben ihm in die Stämme fuhren. Er öffnete den Mund zum Schrei, als ihn ein zielsicher geworfenes Entermesser zu Boden riß.

Im Nu waren William und die anderen oben auf den Palisaden, sprangen in den Hof und stürzten auf die Hütten zu, in denen die Gefangenen untergebracht sein sollten. Die Wachen, die sich dem Krach vor dem Tor zugewandt hatten, wurden niedergemetzelt. Dann drangen einige in die Hütten ein, um die Gefangenen zu befreien, während die anderen die Torwache angriffen.

Von draußen stürmten Morsey und seine Männer das Tor. Von innen griffen Bates und seine Leute an. Aber die Torwache ergab sich nicht. Die Piraten schossen und schlugen um sich, bis sie in Stücke gehackt waren und das Tor aufschwang. Die Shannons ergossen sich wie eine Flut in das Fort und erstickten jeden Widerstand.

Haddington lief mit keuchenden Lungen zum Ufer und rief einer Bootswache zu: »Bringt mich zur *Shannon*! Ich soll den Sieg melden.« Als sie an der Schebecke vorbeipullten, rief er den Seeleuten an der Reling zu: »Wir haben das Fort gestürmt!«

Hurrarufe antworteten ihm. An der *Shannon* raste er das Fallreep hoch, lief zum Achterdeck, salutierte und stieß mit strahlendem Gesicht hervor: »Meldung von Mr. Morsey, Sir. Angriff gelungen, alle Gefangenen unverletzt befreit, nur Leichtverwundete bei der eigenen Mannschaft!«

Was immer Kapitän Brisbane an Erleichterung verspürte, seiner steinernen Miene war nichts anzumerken.

»Ankern Sie längsseits der Schebecke!« befahl er dem diensttuenden Steuermannsmaaten, berührte mit dem Zeigefinger die Warze an seiner Nase und nuschelte zu Charles: »Genauen Bericht erwarte ich sofort in meiner Kajüte, Mr. Haddington!«

Haddington erwähnte in der Kajüte noch einmal die

Kriegslist: »Der Sergeant ist mit allen Wassern gewaschen, Sir. Nach seinen Worten hat er früher in der Truppe der Ehrenwerten Ostindischen Kompanie gedient, aber ich will nicht wetten, daß er nicht selbst Räuber oder Pirat war. Egal! Es hat gewirkt. Ohne ihn hätten wir schwerere Verluste als die paar Leichtverwundeten. Von den Piraten sind fünfzehn tot, zehn leicht oder schwer verwundet, vierzehn Gefangene befreit.«

Die befreiten Gefangenen wurden bald mit Kuttern zur *Shannon* gebracht. Einige waren so schwach, daß sie mit dem Bootsmannsstuhl an Deck gehievt werden mußten. Zwei Frauen waren darunter und ein Mädchen von etwa vierzehn Jahren.

Kapitän Brisbane ließ – noch bevor sie an Bord waren – seinen Steward rufen. »Große Kajüte und Schlafkammer für Gäste freimachen! Ich schlafe im Kartenraum.«

Dann konnte er noch nach dem Arzt schicken, bevor die Befreiten ihn umdrängten und ihre Erleichterung in Dankesbezeigung umsetzten. Hände schütteln machte Kapitän Brisbane nichts aus, aber daß seine Hände geküßt werden sollten, brachte ihn aus der Fassung.

Verstört sah er sich um und erblickte in David einen vorschriftsmäßig gekleideten Helfer: »Mr. Winter, bringen Sie Mr. und Mrs. MacMillan mit Tochter und Zofe in meine Kajüte, helfen Sie ihnen, sich zurechtzufinden, und sagen Sie dem Steward, daß er ihnen in jeder Weise behilflich sein soll!«

»Aye, aye, Sir!«

David lüftete seinen Hut vor der angesprochenen Familie, verbeugte sich und sagte »Zu Diensten, Mr. MacMillan, Ihr Diener, meine Damen. Darf ich vorangehen, oder brauchen Sie eine Stütze?«

Nach der Enge des dreckigen Kerkers, nach Stunden der Todesfurcht vor der entmenschten Piratenbande erschien David den Befreiten aus einer anderen Welt zu kommen, einer Welt der Sicherheit, der Ordnung, des Geschmacks und der Kultur, die sie schon verloren geglaubt hatten.

Die kleidsame Uniform, die heute in keinem Gefecht gelitten hatte, stand dem gebräunten, mittelgroßen David gut. Sein schmales Gesicht, noch vom Leid über den Tod des

Freundes geprägt, beeindruckte die Damen. Besonders Susan mit der Empfindsamkeit ihrer vierzehn Jahre glaubte einen Erzengel zu erblicken.

Niemand brauchte gestützt zu werden. David ließ die Familie in der Kajüte Platz nehmen. Der Steward schenkte ein wenig Port ein, für die Damen mit noch erträglichem Wasser verdünnt.

David beantwortete ihre drängendsten Fragen und erfuhr, daß Mr. MacMillan Beamter der Ehrenwerten Ostindischen Kompanie war. Auf dem Weg zum zweijährigen Heimaturlaub schlug ihr Ostindiensegler nördlich vom Kap der Guten Hoffnung im Sturm leck und traf erst lange nach dem Konvoi in St. Helena ein.

Die Familie scheute den langen Aufenthalt bis zur Schiffsausbesserung und nahm die kleine Postbrigg nach Gibraltar. Gerade anderthalb Tage vor dem Seegefecht waren sie von den Piraten gekapert worden.

Als David glaubte, nicht mehr von Nutzen zu sein, bot er den Damen an, Mrs. Toller, die Frau des Stückmeisters, für weitere Hilfe zu holen. Sein Angebot war willkommen, und begleitet von dankbaren Blicken zog er sich zurück.

Kaum an Deck, wurde David eingeteilt, beim Transport erbeuteter Waren und Papiere zu helfen. Er griff sich sein Entermesser und fuhr mit dem Kutter an Land. Die Mannschaften hatten am Ufer Säcke und Kisten angehäuft. Zwei Posten der Seesoldaten überwachten den Vorrat. Nach einigen Fahrten konnte das letzte Stück verladen werden.

Mr. Morsey ließ im Piratendorf Lumpen und trockenes Gehölz anhäufen, um das Nest in Brand zu stecken. Bootsmannspfeifen forderten die Mannschaft zum Sammeln an der Anlegestelle auf. Die zehn verwundeten Piraten warteten noch gefesselt auf ihren Abtransport.

Da erschien ein Toppgast aus Mr. Bates' Gruppe und meldete, daß hinter der nächsten Hecke ein Pferch mit dreißig bis vierzig gefesselten Negersklaven verborgen sei. Mr. Morsey befahl vier Seesoldaten und drei Matrosen zu sich, um die Sklaven zu befreien. Bald tauchte er wieder auf. Ausgemergelte schwarze Gestalten umdrängten ihn, warfen sich zu

Boden, berührten seine Füße und zeigten gestenreich ihre Dankbarkeit.

Als sie aber die zehn Piraten am Ufer erblickten, änderten sie urplötzlich ihr Verhalten. Die Menge stöhnte dumpf, dann brach wildes Geschrei los. Wie von Sinnen stürzten sie auf die Gefesselten. Mit Nägeln, Zähnen, Steinen verwandelten sie die Piraten in blutigen Brei, ehe die Briten einschreiten konnten.

Mr. Morsey ließ über ihre Köpfe feuern, zog seinen Degen, schrie und fluchte. Die entfesselte Menge reagierte gar nicht. Sie rannte, humpelte, taumelte zum Piratennest und hackte und riß alles kurz und klein. – Morsey zuckte die Achseln: »Nichts zu machen! Alles in die Boote! Maate überprüfen die Vollständigkeit. Danach unabhängig zur *Shannon* zurückkehren!«

Kapitän Brisbane hörte ungeduldig Mr. Morseys Bericht. »Sie haben die Negersklaven in keiner Weise zu der Grausamkeit ermuntert und konnten sie nicht verhindern, wenn ich Sie recht verstehe?«

»So ist es, Sir.«

»Dann ist die Ehre unserer Fahne nicht befleckt, und ich sehe nicht ein, warum ich meine Gedanken noch an die Halsabschneider verschwenden soll. Mr. Lenthall liegt mir in den Ohren, daß wir so schnell wie möglich aus dem Fieberdunst heraussollen. Lassen Sie loten! Dann drehen wir das Schiff im Fluß. Warpanker am Bug und Boote am Heck!«

»Aye, aye, Sir.« Mr. Morsey rief die Deckoffiziere, um die Manöver einzuleiten.

Viel Schweiß wurde vergossen, viele Befehle und Flüche wurden gebrüllt, bis sich die Fregatte und die Schebecke aus der Flußmündung herausquälten und von der Küste freisegelten. Das Fischerboot blieb zurück, wieder von seiner eingeborenen Mannschaft übernommen.

An Bord der Fregatte kam erneut Ordnung in das Chaos.

Kapitän Brisbane zog mit Mr. Morsey, der die Aufgabe des Ersten Offiziers wahrnahm, Bilanz. »Wir haben vierzehn

Gefangene befreit: Mr. MacMillan mit Frau, Tochter und Zofe, den Kapitän, einen Fahrgast und zwei Matrosen der Postbrigg, den ersten und zweiten Maat von der Marie Hinrichs aus Husum sowie den Kapitän, zwei Maate und einen Schiffsarzt von einem holländischen Sklavenhändler. Die Holländer sind am längsten in Gefangenschaft gewesen und am schwächsten. Aber Mr. Lenthall versicherte mir, daß sie in zwei Tagen wieder erholt sein werden. Alle anderen Besatzungsmitglieder haben die Piraten abgeschlachtet. Aus den Überlebenden wollten sie Lösegeld erpressen. – Außer der Familie MacMillan und dem anderen Fahrgast sollten wir alle befreiten Seeleute an Bord der Schebecke bringen. Wir haben bei den gefangenen Piraten hier keinen rechten Platz. Und ich werde die Kapitäne und Maate bitten, daß sie dort die Wachen übernehmen und Mr. Grant entlasten, der noch Schonung braucht.«

Am frühen Nachmittag näherten sich Schebecke und Fregatte unter gekürzten Segeln auf Rufweite und vereinbarten den Austausch. Der Kutter brachte die befreiten Seeleute und Mr. Lenthall zur Schebecke. Der sah noch einmal nach Mr. Grants Fleischwunde, die glatt zu verheilen schien, und verabredete mit seinem holländischen Kollegen die weitere Behandlung. Auf dem Rückweg nahm der Kutter die Seesoldaten mit, die noch auf der Schebecke gewesen waren und nun auf der Fregatte zur Bewachung der Piraten gebraucht wurden.

Susan MacMillan beobachtete das Hin und Her mit lebhaftem Interesse. Ihr Gesicht war von der Seeluft gerötet, ihre Augen strahlten, vergessen schienen Gefangenschaft und Angst.

Die »Jungen Gentlemen« genossen die ungewohnte Abwechslung und suchten ihre Aufmerksamkeit zu erregen. Aber ihr Vertrauter war David, den sie immer wieder um Erklärungen bat. Seine Gefährten beobachteten mit wachsender Eifersucht, wie aus Miß MacMillan und Mr. Winter Susan und David wurden und wie Lachen und Berührungen der Hände sich häuften.

Schließlich erschien Mrs. MacMillan und sagte zu David:

»Gerade habe ich vom Kapitän gehört, daß Sie vor zwei Tagen in einem schweren Gefecht die Schebecken niedergekämpft haben. Er sprach mit Anerkennung von Ihnen, Mr. Winter!«

David durchfuhr es wie ein Schock. Gestern erst war der Leichnam seines Freundes Richard der See übergeben worden, und er hatte in den letzten Stunden überhaupt nicht mehr an ihn gedacht, hatte gelacht und gescherzt und sich wohl gefühlt in Susans Gegenwart. Was war er doch für ein oberflächlicher, gefühlloser Freund!

Susan spürte seinen Stimmungsumschwung und fragte: »War es so schlimm, David?«

David nickte: »Nicht für mich, aber für meinen Freund. Ich mag jetzt nicht darüber sprechen!«

Wie auf ein Stichwort erschien Harry Simmons: »Wenn die Damen gestatten, Mr. Winter soll sich beim Kapitän melden!«

David bat um Entschuldigung und eilte zur Kajüte, sein Gedächtnis nach einem dienstlichen Vergehen zermarternd. Der Seesoldat vor der Kajüte ließ ihn mit unbewegtem Gesicht passieren, deutete aber gleich auf die Tür zur Kartenkammer.

Der Kapitän empfing ihn freundlich und in gewohnter Kürze: »Mr. Winter, Sie haben sich in unserem kleinen Gefecht tapfer gehalten. Auch sonst scheinen Sie Ihre Sache nicht übel zu machen. Durch Mr. Baffins Tod ist eine der mir zustehenden Stellen als Captain's Servant frei geworden. Ich übernehme Sie auf diese Stelle, und Mr. Morsey kann über seine Stelle wieder verfügen. Tun Sie dem Dienst des Königs Ehre an und vergessen Sie nicht, von Gibraltar aus Ihrem Onkel zu schreiben. Immer erhalte ich Vorwürfe, daß die jungen Herren zu schreibfaul sind. Das wär's, Mr. Winter!«

»Aye, aye, Sir!« erwiderte David und zog sich zurück. Nun beerbte er auch noch seinen Freund Richard, für den er so wenig Gedanken erübrigt hatte.

Der Abend brachte zwei sehr unterschiedliche Veranstaltungen an Bord. Die eine war die Einladung des Kapitäns für die Familie MacMillan und den anderen befreiten Passagier, einen Missionar aus Indien. In der großen Kapitänskajüte, deren Benutzung er für diesen Zweck von den MacMillans noch einmal erbeten hatte, speisten die Befreiten mit ihren Befreiern, den Leutnants Morsey und Bates sowie dem Kapitän.

Nachdem Mr. MacMillan in gesetzten Worten dem Kapitän und seinen Offizieren gedankt hatte, fragten die Befreiten während des Mahls nach der Vorgeschichte ihrer Befreiung. Von der Kaperung der *Marie Hinrichs* bis zur Erstürmung der Landbasis hörten sie die Geschichte aus der Sicht der *Shannon* und ihrer Mannschaft.

Während des Nachtisches tauschte man dann aus, was man über die Piraten wußte: Kapitän Brisbane berichtete von den Aussagen der drei Überläufer, die Befreiten erzählten von den Gerüchten im Gefangenenlager. Die beiden Schebecken standen nach diesen Informationen unter dem Befehl von Hadj Ali, dem zweitältesten Sohn eines gefürchteten Piratenfürsten von der Barbareskenküste.

Er war zu stolz, künftig der zweite unter dem älteren Bruder zu sein, und erhielt vom Vater zwei Schebecken mit etwa 400 Piraten, um in der Nähe der Mündung des Gambia sein eigenes Reich zu errichten. Der Schiffsverkehr, der an dieser Küste zu den Sklavenzentren vorbeiführte, versprach reiche Beute. Die eigene Beteiligung am Sklavenhandel konnte den Ertrag nur mehren.

Der Piratenhaufen machte erst ein Jahr die Küste unsicher, hatte aber schon Angst und Schrecken verbreitet. Vier reichbeladene Schiffe konnten nach Tanger zum Verkauf geschickt werden. Für etwa vierzig Gefangene sollte Lösegeld gezahlt worden sein. Zwanzig weitere, für die niemand zahlen wollte, seien – je nach Gesundheitszustand – in die Sklaverei verkauft oder getötet worden.

Die *Shannon* hatte aus den Lösegeldzahlungen einen beträchtlichen Schatz erbeuten können, und der Kapitän war sicher, daß der Gerichtshof der Admiralität in Gibraltar der Besatzung eine Prämie zusprechen würde, bevor der Rest den Geschädigten zugestellt werde.

»Herr Kapitän«, griff Mr. MacMillan den Anknüpfungspunkt auf, »ich bin nicht ohne Einfluß in der Ehrenwerten Ostindischen Kompanie und selbst nicht unvermögend. Aus Dankbarkeit über die Rettung meiner Familie setze ich jedem Besatzungsmitglied der *Shannon* eine, jedem Deckoffizier zwei Guineen aus, und jeder der Herren bestallten Offiziere soll einen Ehrensäbel zur Erinnerung erhalten!«

»Überaus nobel!«

»Sehr generös!« untermalte das Gemurmel den Dank des Kapitäns. Früher – und auch nüchterner als sonst – löste sich die Gesellschaft auf. Der Tag war lang gewesen. Die Damen bedurften der Ruhe.

Die Gesellschaft im Cockpit war weniger harmonisch. Nach dem Abendessen gebot Mr. Morrison Ruhe: »Mr. Marsh hat Anklage gegen Mr. Winter erhoben. Er soll nach den Regeln unserer Kameradschaft bestraft werden, weil er einen älteren und ranghöheren Kameraden vor Zeugen beleidigt hat. Mr. Marsh, was haben Sie dazu noch zu sagen?«

Gilbert Marsh, nüchterner als sonst um diese Zeit, sah in die Runde und stieß mit mühsam beherrschtem Zorn hervor: »Der grüne Bengel hat mich am Abend unseres Sieges vor allen hier ein betrunkenes und gefühlloses Vieh genannt und mir das Weinglas aus der Hand geschlagen. Wäre er nicht Mitglied unserer Besatzung, und wäre das an Land geschehen, ich würde mit der Waffe Genugtuung fordern.«

Morrison sah zu David, der verschlossen vor sich hinstarrte. »Mr. Winter, was haben Sie zu Ihrer Verteidigung zu sagen?«

Als David das Wort ›Verteidigung‹ hörte, loderte sein Starrsinn wieder auf. »Er war betrunken, Mr. Morrison, er war gefühllos. Während Richard Baffin mit dem Tode rang, hat Mr. Marsh gegrölt und geprahlt. Er haßt und demütigt mich, wo er kann. Ich konnte in diesem Augenblick nicht mit ihm trinken. Ich werde es nie tun können und in ihm nie ein Vorbild sehen, was ihr auch mit mir anstellen mögt.«

Mr. Morrison schüttelte den Kopf und sah mit leichtem Mitgefühl in Davids vor krampfhafter Entschlossenheit blasses Gesicht. Wußte der dumme Bengel nicht, daß die Demütigung um so größer sein würde, je stolzer er sich aufbäumte? Bei Captain's Servants wurden Gehorsam und Unterordnung höher geschätzt als Stolz.

»Mr. Winter«, sagte er, »im Dienste des Königs ist der Tod uns näher als anderen. Er kann uns im Sturm von Deck spülen, er kann uns durch die Hand des Feindes oder eine tückische Krankheit dahinraffen. Das Leben der anderen fordert sein Recht, und niemand kann ihnen vorschreiben, wie sie zu trauern haben. Am wenigsten Sie, der Sie als Anfänger Ihr erstes Gefecht erlebten, dürfen sich zum Richter aufschwingen. In Ihrem Hochmut haben Sie einen ranghöheren Kameraden beleidigt und keine Reue gezeigt. Nach dem Gesetz des Cockpits werden Sie ›gecobt‹, bis Sie um Verzeihung bitten oder vierundzwanzig Schläge erduldet haben.«

Auf ein Zeichen von Morrison zogen vier Midshipmen David über den Tisch, rissen ihm die Hosen herunter und streiften das Hemd nach oben. Mr. Marsh selbst ergriff den alten, mit feuchtem Sand gefüllten Strumpf, das Instrument der Selbstjustiz des Cockpits.

Er ließ die Haut nicht aufplatzen und daher den Bestraften nicht in der offiziellen Krankenliste auftauchen, aber es schmerzte höllisch und führte zu Blutergüssen und Schwellungen, die noch Tage danach an die Strafe erinnerten.

Als David auf dem Tisch lag und sich unter den furchtbaren Schlägen wand, war eines noch schlimmer als der Schmerz: die Schmach, mit nacktem Hinterteil wehrlos der Brutalität seines Feindes ausgeliefert zu sein. Er stöhnte, aber er bat nicht um Verzeihung, bis die vierundzwanzig Schläge vorbei waren.

Der Gehilfe des Schiffsarztes fühlte den Puls, stellte fest, daß sich David die Unterlippe zerbissen hatte, rieb ihn mit kühlender Heilsalbe ein, und seine Freunde trugen David vorsichtig in die Hängematte, wo sie ihn in Seitenlage festbanden, um seinen gequälten Rücken kühlen zu können.

Gilbert Marsh stürzte gierig einen Becher mit Rotwein herunter, aber das Triumphgefühl verging ihm, als er die Gesichter der älteren Messekameraden sah.

Morrison unterbrach schließlich die Stille: »Marsh, ich habe gesehen, wie du zweimal versucht hast, seine Nieren zu treffen. Wäre es dir einmal gelungen, hätten wir dich selbst ›gecobt‹. Winter mußte verurteilt werden, aber wir kennen dich. Unser Gesetz ist für dich kein Freibrief für Quälerei und Heimtücke. Denke mehr an deine Pflichten als an deine Rechte, sonst trifft dich unser Gesetz!«

Mr. Marsh wandte sich mit einem unterdrückten Fluch ab.

Die nächste Vormittagswache sah die beiden Feinde wieder auf dem Achterdeck. Mr. Marsh hatte Wache, und David war mit den Servants beim Unterricht. Mr. Hope paukte mit ihnen die Bestimmung des Breitengrades. Er hatte aus seinem eigenen »Archiv« einen Jakobsstab geholt und demonstrierte ihnen, wie mit recht primitiven Mitteln die Breite gemessen werden konnte.

Dann erläuterte er sein eigenes Schmuckstück, einen Sextanten des Optikers Bird aus London. Jeder mußte den Horizont anvisieren, die Sonne anpeilen, die Schrauben verstellen und die Winkel ablesen.

David stand während des Unterrichts. Mr. Hope, der Master, hatte zu dieser Bitte erst ungläubig aufgeblickt, sah Davids geschwollene, blutunterlaufene Unterlippe, seine krampfhaft gerade Haltung und nickte Zustimmung. Er erinnerte sich an die Selbstjustiz des Unterdecks und wußte, daß man dem Gestraften die Scham öffentlicher Bloßstellung ersparen sollte.

Susan dagegen, die mit ihrer Mutter das Achterdeck betrat, war diese Weisheit fremd. Als Mr. Bates, der diensthabende Offizier, die Damen begrüßte, suchten ihre Augen nur nach David. Als sie ihn unter den Servants beim Master entdeckte, fragte sie ihre Mutter: »Darf ich David begrüßen, Mutti?«

Mr. Bates schaltete sich ein: »Verzeihen Sie die Einmischung, aber Mr. Winter hat jetzt Dienst, Navigationsunterricht beim Master. Da darf er sich Ihnen nicht widmen!«

Susan sah enttäuscht ihre Mutter an, die mit leisem Lächeln meinte: »Du wirst es noch etwas aushalten können. Laß uns an die Reling treten und schauen, ob es etwas Interessantes zu sehen gibt.«

122

Auf dem Weg mußte Susan noch einmal zu David inmitten der anderen Servants zurücksehen. »Mutter, warum steht David so steif da, während alle anderen bequem hocken?«

»Das kann ich Ihnen sagen, Miss«, mischte sich Mr. Marsh ein, der Wache hatte. »Mr. Winter hat sich wie ein ungezogener Lausebengel benommen, und er hat eine Strafe empfangen, wie sie frechen Jungen zusteht. Danach kann man einige Tage nicht gut sitzen, wenn Sie verstehen, was ich meine, Miss.«

Mrs. MacMillan nahm der verstörten Susan die Antwort ab. »Vielen Dank, Sir, für Ihre ebenso taktvolle wie kameradschaftliche Auskunft. Wir haben unsere eigene Meinung über Mr. Winter und werden uns weiterhin unser eigenes Urteil bilden.«

Sie nahm Susan und wandte sich mit jener hoheitsvollen Gebärde von Mr. Marsh ab, die jahrelange Übung in der Gesellschaft verriet.

»Was ist denn da los, Mutti?« forschte Susan mit unterdrückter Stimme.

Diese antwortete leise aus den Mundwinkeln: »Ich weiß es auch nicht. Ich nehme an, es handelt sich um eine schiffsinterne Abreibung, wie sie jüngere Kadetten öfter mal von älteren erhalten. Aber der Herr eben, der uns darüber aufklärte, sah nicht so aus, als sei es gerecht dabei zugegangen.«

Um Mr. Hope war inzwischen einige Unruhe aufgekommen. Er rief Mr. Marsh, damit er als Midshipman der Wache die Breite maß und gab seinen Sextanten noch einmal an David, ehe er ihn selbst sorgfältig an Kimme und Sonne orientierte und dem Seesoldaten zurief: »Mach es zwölf Uhr!«

Der drehte die Sanduhr und schlug acht Glasen.

Mr. Hope ließ sich Davids Schiefertafel mit der Breitenbestimmung zeigen, nickte und fragte: »Nun, Mr. Marsh, welche Breite haben Sie gemessen?«

»Siebenunddreißig Grad, acht Minuten, Sir!«

»So!« murmelte der Master, »und welchen Kurs steuern wir?« Marsh warf einen Blick auf den Kompaß: »Nord zu Ost,

Sir!« »Und wo sollen wir anlaufen?« folgte die Ergänzungs-frage.

»In Gibraltar, Sir!«

»Dann sollten wir aber schleunigst Süd-Ost-Kurs steuern, denn nach Ihrer Rechnung stehen wir etwa querab von Faro, Mr. Marsh.«

Die Servants feixten, Mr. Bates schüttelte verzweifelt den Kopf, und Mr. Marsh wurde rot vor Verlegenheit.

»Unser etwas steifer junger Freund hier hat in seinen weni-gen Unterrichtswochen schon mehr von der Navigation begriffen als Sie in vielen Jahren! Er ist mit mir der Meinung, daß wir heute nachmittag querab von Kap Blanco stehen wer-den.«

Die Pfeifen schrillten zum Wachwechsel und zum Essen.

Während der Nachmittagswache ließ sich David nicht auf dem Achterdeck blicken, und Susan, die immer wieder ver-stohlen das Schiff absuchte, konnte ihn nirgendwo entdecken. Die Versuche der anderen »Jungen Gentlemen«, eine Unter-haltung anzuknüpfen, nahm sie uninteressiert zur Kenntnis. Die Blicke lächelnden Einverständnisses zwischen ihren Eltern bemerkte sie nicht.

Von sechzehn bis achtzehn Uhr, in der ersten Hälfte der dog watch, hatte David Dienst als Läufer auf dem Achter-deck. Nach der Ablösung ging Susan auf ihn zu – nicht zu schnell, es sollte eher beiläufig wirken – und fragte, wo er gewesen sei, warum er so steif gehe, was ihm fehle und was Mr. Marshs Äußerung zu bedeuten habe.

David errötete unter der Sonnenbräune und antwortete gehemmt, aber mit dem steifen Ernst, den er in dieser Situa-tion für einen Gentleman als angemessen ansah, er könne nicht darüber sprechen, es sei eine Frage der Ehre, und er könne sich nicht mehr mit ihr unterhalten. Sie möge ihn bitte entschuldigen.

Verstört eilte Susan zu ihren beiden Eltern, die in der großen Kapitänskajüte saßen und ein wenig ausruhten. »Papa, Mama!« sprudelte sie hervor, »David will nicht mehr mit mir sprechen, es sei eine Frage der Ehre, und er kann nicht sagen, was er hat. Und ich kann ihn doch so gut leiden.«

Sie barg ihren Kopf an der Schulter der Mutter. Der Vater nickte bedächtig, fischte einen Shilling aus der Seitentasche des Rockes und winkte dem Steward, der in der Ecke Weingläser polierte. »Hier, mein Freund, ich will nicht Abraham MacMillan heißen, wenn Sie mir nicht im Vertrauen mehr über die Hintergründe dieser merkwürdigen Angelegenheit erzählen können.«

Der Steward beugte sich zu ihm, wisperte in sein Ohr, daß Mr. Marsh ein Säufer, Neider und Tyrann sei, aber schon etatmäßiger Midshipman, daß David am Sterbebett seines Freundes mitgelitten und den grölenden Marsh ein gefühlloses Vieh genannt habe. Da sei dann die Cockpit-Strafe fällig gewesen.

Mr. MacMillan bedankte sich mit einer Handbewegung, wandte sich Frau und Tochter zu und sagte: »Wie ich's mir dachte. Unsere Herren in Marine und Armee sind mitunter sehr nützlich, wie wir vor kurzem selbst erlebten. Aber sie zelebrieren manchmal ein Operntheater, daß man meint, sie könnten nie erwachsen und für ernsthafte Dinge tauglich sein. Nun ja, ich werde ein wenig Luft schnappen, und dann wird die Welt anders aussehen.«

An Deck wurde Mr. MacMillan freundlich auf dem Achterdeck begrüßt, wanderte mit dem Kapitän einige Male auf und ab, wechselte mit dem Master ein paar Worte über die schwierige Navigation auf dem Fluß Hugli bis Kalkutta und kam dann in Davids Nähe.

»Ah, Mr. Winter«, sagte er leutselig, »Sie sind wachfrei?«

»Jawohl, Sir, bis zur ersten Wache, wir wurden gerade abgelöst.«

»Nun, dann können Sie mir vielleicht einen Augenblick widmen. Ich möchte gern Ihre Meinung über eine Frage der Ehre erfahren.«

David schien konsterniert, wußte nicht, was ihn erwartete und murmelte etwas, was respektvoll genug klingen konnte.

»Sehen Sie«, plauderte Mr. MacMillan weiter, »Sie haben uns an Bord empfangen, als wir befreit waren. Sie haben gesehen, wie schmutzig wir waren, verschwitzt und durstig. Sie wußten, daß man uns gestoßen und gedemütigt hatte. Dürfen wir, die Sie uns im Zustand der Erniedrigung und Schande erlebten, uns das Recht nehmen, Ihre Freundschaft in Worten und Taten zu genießen? Müßten wir uns nicht schamhaft zurückziehen, um Sie nicht zu kompromittieren?«

David konnte das Ende der Frage kaum erwarten. Mit der Beredsamkeit, mit der nach seiner Schulerinnerung die Klassiker des Altertums geantwortet hätten, beeilte er sich, seinen Edelmut zu beweisen. »Im Gegenteil, verehrter Sir! Wenn ich Ihrer und Ihrer Damen Freundschaft nur im Geringsten wert wäre, dann müßte ich sie doch um so mehr unter Beweis stellen, wenn Sie unverdient gedemütigt worden sind. Was wäre das für eine Freundschaft, die nur für Zeiten des Glücks und des Erfolges gilt? In bin geehrt, Sir, daß ich Ihnen nach der Befreiung ein wenig behilflich sein durfte, und wünschte nur, ich hätte Ihnen früher zu Dienst sein können.«

Mr. MacMillan nickte bedächtig. »Sehr großherzig und menschlich gedacht, Mr. Winter.« Und dann blieb er stehen und blickte David von der stattlichen Größe seiner gut sechs Fuß herab an: »Wäre es dann nicht aber eigennützig und überheblich, wenn Sie Ihren Freunden jeden Anteil an Ärger und Demütigung verwehren würden, der Ihnen zugefügt wurde? Wäre es nicht eitler Hochmut, mitfühlende Menschen zurückzustoßen, die an Sie und Ihre Ehre glauben? Ist es nicht herzlos, ihnen plötzlich das freundschaftliche Gespräch zu verweigern?«

David erkannte, in welche Falle ihn der alte Fuchs gelockt hatte. Sein jugendlicher Trotz wollte aufbegehren, aber er fühlte nicht nur die ihm entgegengebrachte Zuneigung, er konnte sich auch den Argumenten nicht verschließen.

»Aber, Sir, ich wollte, ich konnte … Was hätte ich denn …« stotterte er mit gesenktem Kopf.

»Ich verstehe Sie schon, Mr. Winter. Glauben Sie mir, in einem langen Leben habe ich sehr viele Fehler erlebt, die aus Trotz und falscher Scham geschahen und später bitter beklagt wurden. Seien Sie zu klug für so etwas! Ihre Ehre lebt in Ihnen und den Herzen Ihrer Freunde, nicht in der Gewalt einer mißgünstigen Umgebung. Überschlafen Sie die Worte eines alten Mannes. Morgen plaudern Sie mit den Damen wieder wie immer und verkürzen ihnen die Reise.«

Lange dauerte die Reise bis Gibraltar sowieso nicht mehr. Eine Woche segelten die Schiffe mit leichten Winden in der warmen Witterung voran. Der Dienst ging in Routine über. Maate und Kapitäne von der Schebecke waren eines Abends Gäste der Offiziersmesse, und Mr. Morrison übernahm die Wache, damit Mr. Grant der Messe vorsitzen konnte.

Tagsüber waren Sonnensegel für die MacMillans und den Missionar gespannt, und wenn der Dienst es erlaubte, waren Susan und David im Gespräch vertieft. Nur Matthew teilte häufiger ihre Gesellschaft, während Mr. Marshs Versuche, Konversation mit den Damen zu treiben, auf ebenso eisige wie deutliche Ablehnung stießen.

Dann tauchte eines Morgens, nachdem der Dunst sich gelichtet hatte, Tanger Steuerbord querab auf. Die Fregatte nahm Kurs auf Gibraltar, die Schebecke folgte ihr, die grüne Piratenflagge unter dem Union Jack.

Als sie mittags in den Hafen einliefen und die Salutschüsse dröhnten, konnte David den MacMillans erklären, was der Stückmeister murmelte, um den Takt einzuhalten.

»Aber der Rhythmus stimmt doch gar nicht!« protestierte Susan.

»Doch, man muß es nur ›Kannonier‹ aussprechen«, antwortete David, und die beiden strahlten sich an, als hätten sie ein gemeinsames Geheimnis.

Contredanse
und Überfall

»Die Herren Offiziersanwärter der Fregatte *Shannon*!« rief der Bedienstete dem Gouverneur und seiner Frau zu, die am Eingang zum großen Kristallsaal standen. Die Gruppe der Midshipmen und Servants schob sich durch die große Flügeltür voran, Mr. Morrison in der ersten Reihe, David in der letzten.

Der Gouverneur lächelte freundlich: »Ich hoffe, Sie werden weiterhin Ihre Pflicht im Dienst des Königs so gut erfüllen.« Seine Frau nickte ihm zu, und ein Wink der Hand entließ die Gruppe.

Nun waren alle versammelt. Die »Jungen Herren« der *Shannon* waren als letzte summarisch begrüßt worden, nachdem vorher die ranghöheren Gäste einzeln des Nickens und kurzer Begrüßungen gewürdigt waren.

David sah sich um. In ihren blauen Uniformen mit weißen Aufschlägen standen die Offiziere der Flotte an den Wänden des Saals. Die Offiziere der Armee steuerten ihr Rot und Gold bei, und die nicht sehr zahlreichen Damen der kleinen Gesellschaft in Gibraltar bereicherten das Farbenspiel mit ihren bunten Varianten.

Die anderen Gäste plauderten leise, ihre Weingläser in der

Hand, und eben erschienen zwei spanische Diener mit Tabletts, um die junge Truppe der *Shannon* zu versorgen.

Matthew Palmer wollte gleich kosten, aber Morrison zischte ihm zu: »Warten!«

David drängelte sich nach vorne und suchte unruhig den Saal ab. Da hinten, in der linken Ecke, stand Susan und nickte ihm leicht zu. Er strahlte sie an. Wie verändert sie aussah mit dem schönen Kleid und der aufgetürmten Frisur.

Das Räuspern des Gouverneurs überhörte David, aber dessen kräftige, militärische Stimme verschaffte ihm Aufmerksamkeit. »Meine Damen und Herren! Ich danke Ihnen, daß sie gekommen sind, um mit mir unsere tapferen Helden der königlichen Fregatte *Shannon* zu feiern, die nicht nur die grausamen Piraten niederkämpften, die unserem Handel an der Guineaküste im letzten Jahr so viel Schaden zugefügt haben. Nein, sie haben ihre Taten mit der Befreiung von Christenmenschen aus den Klauen der Räuber gekrönt.«

Er dämpfte den Beifall mit erhobener Hand: »Mit uns danken die unschuldigen Opfer Kapitän Brisbane und seinen Herren Offizieren. Trinken Sie mit mir auf das Wohl der Befreier!« Er hob sein Glas und nippte.

Matthew Palmer nahm einen kräftigen Schluck, was ihm Morrisons warnenden Blick eintrug. David war so beschäftigt, Susan zu beobachten, daß er den Wein kaum schmeckte.

Kapitän Brisbane trat einige Schritte in die Mitte des Saales vor, dankte und brachte einen Toast auf seine Exzellenz, den Gouverneur, die gastfreundliche britische Kolonie in Gibraltar und die anwesenden Offiziere aus Armee und Marine aus.

Während die Gäste tranken und beifällig murmelten, ging der Gouverneur mit einem Konteradmiral auf Davids Kapitän zu. »Brisbane, ich möchte Sie Admiral Brighton vorstellen, der uns auf dem Wege zu seinem westindischen Kommando mit einem kurzen Aufenthalt beehrt.«

»Wir kennen uns, Exzellenz«, fiel ihm der Admiral ins Wort, »sind Schiffskameraden von der alten *Hector*, Anno 1757, nicht wahr, Edward?« Er streckte Brisbane die Hand entgegen, und in dem zuckte beim Anblick des goldbetreßten, zierlichen, kleinen Admirals sekundenschnell die Erinnerung an den jungen, schmächtigen Fünften Leutnant auf dem alten Linienschiff der Kanalflotte auf.

»Natürlich, Sir, Sie waren Nr. Fünf, und ich war Midshipman unter Kapitän Gender.«

Beim Händeschütteln sagte Brighton: »Ich heiße immer noch Paul, und wir wollen auf unsere alten Tage nicht noch zu Hofschranzen werden und Etikette spielen. Nach dem Dinner müssen wir unbedingt noch über die alten Tage und über Ihre neuen Taten sprechen, Edward.«

Die schwarzen Augen blickten jung und herzlich, und Kapitän Brisbane sah wieder den flinken Fünften Leutnant vor sich, der wegen seines schwarzen, glatten Haares und der olivfarbenen Haut an Bord den Spitznamen ›Makkaroni‹ führte. Ein tüchtiger, herzlicher Kamerad.

Wie gut, dachte Brisbane, daß auch solche Leute befördert werden.

Der Gouverneur bat in den Speisesaal, und Kapitän Brisbane mußte zwischen der Frau des Artilleriekommandanten und der des Flottenarztes eine anstrengende Konversation überstehen. David saß mit den anderen jungen Herren am Ende der Tafel, wohin bei der knappen Zahl der anwesenden Damen keine mehr als Tischdame delegiert werden konnte.

Eifersüchtig beobachtete er, wie Susan von einem jungen Flaggleutnant und von einem Zivilisten abwechselnd der Hof gemacht wurde. Matthew Palmers Beispiel brachte ihn dazu, sich wenigstens an den Speisen schadlos zu halten, die nach der Schiffskost wie Delikatessen auf ihn wirkten, auch wenn ein arrogant näselnder Fähnrich eines Infanterieregiments über die bekannt knausrige Küche des Gouverneurs mäkelte.

Auch das Mahl ging vorbei, und als sich die Gesellschaft auf Kristallsaal, Bibliothek und andere Räume verteilte, konnte sich David endlich der Familie MacMillan nähern.

Mr. MacMillan legte freundschaftlich seine Hand auf Davids Schulter: »Haben Sie die Zeremonie gut überstanden, Mr. Winter? Die Damen warten schon darauf, Sie in unserer Nähe zu haben.«

Mrs. MacMillan lächelte, Susans Augen leuchteten, und David hatte Eifersucht und Ungewißheit vergessen.

»Nun sag endlich, wie du unsere Garderobe findest, du Stockfisch«, neckte ihn Susan.

Die Mutter rügte mild ihre Burschikosität. »Sie werden auch nicht mehr davon verstehen, lieber Mr. Winter, als mein Mann. Ich selbst konnte es kaum fassen. Nicht mehr die schweren golddurchwirkten Stoffe sind in Mode, sondern fließende Gewänder aus bedrucktem Kattun. Die hätten wir billiger in Indien nähen lassen können. Und sehen Sie nur, die aufgetürmten Frisuren! Auf dem Meer mögen wir die Franzosen besiegen, in der Mode sind wir ihre Sklaven.«

»Ihr seid doch selbst schuld, meine Liebe. Wir Männer mit unserer Charakterstärke würden dieses dauernde Hin und Her nie mitmachen«, scherzte Mr. MacMillan und hörte sich geduldig den Protest der Frauen und ihre Beweise für die Eitelkeit der Männer an.

David fand Susan bezaubernd in ihrem blau getönten Kleid, das so gut zu dem hellblonden Haar und den tiefblauen Augen paßte.

»Gleich wird die Kapelle zum Tanz aufspielen. Ich habe dir zwei Contredanses reserviert, David.«

»Aber ich weiß ja gar nicht, was das ist.«

»Du mußt nur aufpassen, was die anderen tun, und hören, was ich dir zuflüstere. Sieh nur. Es geht schon los.«

David konnte mit den Klängen der kleinen Kapelle wenig anfangen und sah verdutzt zu, wie sich der Gouverneur mit der Frau des Hafenadmirals und dieser mit der Frau des Gouverneurs an die Spitze einer Kolonne setzten, im Takt der Musik den Saal durchquerten und, sich verbeugend, in zwei gegenüberstehenden Reihen kurz anhielten.

Ein Zupfen am Arm verriet ihm, daß Susan das Kommando übernahm und ihn hinter einen ältlichen Artilleriehauptmann dirigierte, während sie selbst einer Walküre in Grün und Weiß folgte. Krampfhaft versuchte David, gleichzeitig den geziert stelzenden Hauptmann zu imitieren und Susans Bewegungen und Winken zu folgen.

Fast wäre er seinem Vordermann in die Hacken getreten,

als der anhielt, sich zur Seite wandte und verbeugte. Als David ihn nachahmte und sich nach der Verbeugung aufrichtete, sah er, wie sich Susan aus dem Knicks erhob und ihm schelmisch zuzwinkerte.

Freude, Schalk, Zuneigung blitzten in Susans Augen, die David nicht loszulassen schienen. Zunehmend gelöster folgte er den Bewegungen, schritt vor und zurück, verbeugte sich, berührte Susans Hand, überstand Quadrillen immer sicherer, versuchte schon hin und wieder ein weltmännisches Lächeln und fand Spaß an den rhythmischen, graziösen Bewegungen.

In der Bibliothek ging es gesetzter zu. Admiral Brighton hatte sich eine Zigarre angezündet und steuerte auf Kapitän Brisbane zu, der mit einem Glas Port etwas fremd und verlegen wirkte.

»Hallo, Edward!« sprach ihn Brighton an, winkte mit der Zigarre einen Diener herbei und ließ sich ein Glas Wein geben: »Brauche bloß noch einen Platz, um das Glas abzustellen, und dann müssen Sie erzählen!«

Brisbane wollte die Geschichte des Piratenkampfes, oft genug schon wiederholt, in lakonischer Kürze hinter sich bringen, aber Brighton nötigte ihm durch lebhafte Zwischenfragen immer neue Einzelheiten ab.

Endlich schien seine Neugier befriedigt. »Das ist Edward Brisbane, wie ihn seine alten Schiffskameraden kennen, entschlossen und voller Ideen!«

»Nein, nein«, wehrte er Brisbanes Widerstand ab, »Ehre, wem Ehre gebührt! Wenn Sie Ihr Licht nicht immer unter den Scheffel stellen würden, müßten Sie längst Admiral sein. Aber nun haben Sie ja einen einflußreichen Fürsprecher.«

Kapitän Brisbane, verlegen-glücklich über die warmherzige Anerkennung Brightons, schaute erstaunt auf. »Wen denn?«

»Na, Mr. MacMillan!«

»Was kann der als Angestellter der ›John Company‹ schon tun?« fragte Brisbane etwas enttäuscht. Der kleine, temperamentvolle Admiral blickte ihn zweifelnd an und konnte dann kaum sein Lächeln beherrschen: »Auch das ist typisch Edward

Brisbane. Immer noch ohne Gespür für Politik und Diplomatie! Abraham MacMillan ist kein Angestellter im üblichen Sinne, sondern ein sehr einflußreicher Mann in der Ehrenwerten Handelsgesellschaft. Er kehrt von sehr erfolgreicher Tätigkeit als Berater des General-Gouverneurs zurück und wird einen noch wichtigeren Posten in London übernehmen. Ich hörte munkeln, daß er Sekretär des Geheimen Beratungskomitees werden soll, das die Politik des Rates der Direktoren ausführt und beeinflußt. Der Mann kann Admirale stürzen lassen.«

»Ob Sie es glauben oder nicht, Paul, das konnte man ihm nicht anmerken. Wie ein kleiner Bürodiener wirkte er selbstverständlich nicht, aber er war sehr natürlich, ohne Sonderwünsche, ohne sich in den Vordergrund zu stellen.«

»Er hat es auch gar nicht nötig, sich aufzuspielen. Dazu ist er viel zu klug, und die Leute, auf die es ankommt, kennen seine Bedeutung. Sehen Sie nur, wie zuvorkommend der Gouverneur mit Mr. MacMillan plaudert.«

Der Gouverneur sprach gerade von der wachsenden Gefahr, die von den maurischen Piraten ausging. Er werde die Gefangenen öffentlich auf dem Markt hängen lassen, das werde die Bande hoffentlich einschüchtern.

Mr. MacMillan stimmte der Notwendigkeit harter Bestrafung zu, gab aber zu bedenken, daß die öffentliche Meinung in England günstiger erregt werden könne, wenn es gelänge, Christensklaven im Austausch gegen die Gefangenen freizubekommen. Bei dem Fanatismus der Mauren dürfe man von der abschreckenden Wirkung nicht viel erwarten, aber der Befreier christlicher Sklaven werde die Herzen der Engländer bewegen.

»Verteufelt guter Rat, mein Lieber«, knarrte der Gouverneur, »werde sehen, was sich erreichen läßt. Sie sollten die Krone beraten, dann würde die auch so gute Politik betreiben wie die Ehrenwerte Ostindische Kompanie.«

Gar nicht so gut wurde diese Politik von Admiral Brighton beurteilt. Er erklärte Kapitän Brisbane seine Auffassung von der Lage in den amerikanischen Kolonien. Die Ostindische

Kompanie habe mit der Durchsetzung ihrer Teeprivilegien ein Feuer entfacht, das zum Großbrand werden könne. Als überzeugter Anhänger der Wigh-Partei ließ er an der Tory-Regierung kein gutes Haar.

Dem erstaunten Brisbane konnte er als neueste Nachricht mitteilen, daß Anfang September 1774 in Philadelphia fünfundfünzig Delegierte aus zwölf Kolonien zu einem illegalen Kongreß zusammengetreten seien, um über gemeinsame Maßnahmen gegen die Übergriffe der Londoner Regierung zu beraten.

Einige Kolonien hätten sich mit dem blockierten Boston solidarisiert. Die Radikalen gewännen die Überhand. Anhänger des Königs seien bereits geschlagen und beraubt worden.

Er segele nach Westindien und solle die Unterbindung des Handels zwischen den westindischen und amerikanischen Kolonien vorbereiten, ein Plan, der nicht minder verrückt sei wie der des kolonialen Mobs, der nach Unabhängigkeit schreie.

»Stellen Sie sich vor, Edward, man will eine Küste von rund zweitausend Meilen, ungerechnet die Buchten, Flußmündungen und ähnliche Schlupfwinkel, kontrollieren. Und was haben wir an der gesamten Nordamerika-Station? Drei Linienschiffe der dritten Klasse, die alte *Preston* mit ihren fünfzig Kanonen, eine Fregatte, neun Sloops und zehn Kutter und ähnliches Zeug mit sechs bis acht Kanonen. Und auf den Westindischen Inseln ist noch weniger. Wer da etwas blockieren will, kann auch versuchen, einen Bienenschwarm mit dem Teesieb zu fangen. In dem Geschäft ist keine Ehre zu gewinnen, lieber Edward, abgesehen davon, daß ich etwas dagegen habe, Landsleute zu blockieren und zu schikanieren. Ich kann nur hoffen, daß ich Kapitäne wie Sie in meinem Geschwader haben werde. Dann wird man auch mit dem Schlimmsten fertig.«

»Es wäre mir nicht nur eine Ehre, sondern eine aufrichtige Freude, unter Ihnen zu dienen.«

Im Kristallsaal kümmerten Susan und David weder Politik noch Flottenkrise. In ihrer zweiten Contredanse schritten sie dahin, gingen aufeinander zu, trennten sich, führten einander in der Quadrille und glaubten in allem ein Gleichnis für ihre Zuneigung und schwärmerische Jugendliebe zu sehen.

Als die Musik endete, lenkte Susan David hinaus in den Vorsaal. Hinter einer der großen Säulen, Überbleibsel des alten Kirchengebäudes, legte sie ihm ein Kettchen um den Hals.

»Ein Medaillon, lieber David. Es soll dich immer an mich erinnern, bis wir uns wiedersehen.«

Ehe er reagieren konnte, küßte sie ihn leicht auf die Wange und eilte davon.

David wurde nur langsam bewußt, daß das ein Abschied war. Für wie lange?

Benommen ging er in den Saal zurück, sah, wie Gilbert Marsh sich Susan näherte, anscheinend um den nächsten Tanz bat und hochmütig unter Hinweis auf einen jungen Adjutanten zurückgewiesen wurde, der als nächster Tänzer schon bereitstand.

Marsh, rot vor Wut und verletztem Stolz, ging an David vorbei und zischte: »Triumphiere nur nicht zu früh, du Weiberheld!«

Aber David war so wenig nach Triumph zumute, daß er sich nicht einmal über Marsh ärgern konnte.

Ziellos wanderte er durch die Räume, wurde hier von Leutnant Grant in ein Gespräch verwickelt, dort von einer halb ertaubten Lady über den Kampf mit den Piraten ausgefragt und konnte schließlich in das Rauchzimmer entwischen. Dort saßen an zwei Tischen die Spieler, Weingläser neben sich, Geld und Karten vor sich.

An einem Tisch stand gerade Mr. MacMillan auf, und David glaubte, einen Schatten von Ärger in seinem Gesicht zu bemerken. Aber als er David entdeckte, blickte er wieder freundlich und gelassen und winkte ihn zu sich.

»Sehen Sie sich die Glücksspieler an, lieber Mr. Winter. Dort, der alte Major spielt ein wenig zur Zerstreuung und wird aufstehen, sobald er mehr verliert, als er einsetzen wollte. Bei diesem Commander bin ich nicht sicher, ob er den rettenden Hafen rechtzeitig erreicht. Der hagere Ingenieuroffizier dort und der Zivilist auf der linken Seite sind süchtige Spieler. Sehen Sie nur die marionettenhaften Bewegungen, die krampfhaft unterdrückte Gier im Blick, die Versunkenheit in das Spiel. Sie verpfänden Hab und Gut und ihr Leben. Manchmal glaube ich, sie wollen verlieren.«

Neben dem Zivilisten saß Gilbert Marsh, das Gesicht vom Wein gerötet, mit heiserer Stimme die Einsätze fordernd und einen Haufen von Guineen vor sich.

»Und was ist Mr. Marsh für ein Spieler?« fragte David.

Mr. MacMillan antwortete leise: »Ein Betrüger!«

Als David ihn entsetzt ansah, wies er ihn unauffällig darauf hin, wie Marsh mit schnellen Handbewegungen Karten in der Manschette oder unter der Achsel versteckte und sich bediente, wenn es Vorteil brachte.

»Ein stümperhafter Falschspieler, der nur hier Erfolg hat, wo sich jeder unter Ehrenmännern glaubt. Warten Sie hier!«

Mit leiser und energischer Stimme rief Mr. MacMillan Gilbert Marsh an, der erstaunt aufsah. David bemerkte, wie McMillan eindringlich auf ihn einredete und dabei unauffällig auf Manschette und Achselhöhle deutete. Gilbert Marsh wurde kreidebleich, stammelte etwas, raffte sein Geld zusammen und stürzte hinaus.

»Wenn ich Kapitän Brisbane nicht die Schande für sein Schiff ersparen wollte, hätte ich die Ratte bloßgestellt und dafür gesorgt, daß er aus dem Flottendienst gejagt wird. Seien Sie vorsichtig bei diesem Schiffskameraden. Seinesgleichen darf man nie trauen und ihm nie den Rücken zuwenden.«

Der Abend endete für David enttäuschend. Unauffällig beorderte Leutnant Morsey die ›Jungen Herren‹ der *Shannon* in den Vorsaal, um sie in der ersten Morgenstunde und in leidlich nüchternem Zustand zum Schiff zu kommandieren.

Für die MacMillans blieb nur eine formelle Verbeugung in der Gruppe, ein trauriger Blick Susans, ein wehmütiges Lächeln ihrer Mutter, und dann stolperten sie die holprigen Gassen zur Mole hinunter. Erst am nächsten Morgen konnte David unauffällig das Medaillon hervorholen und öffnen.

Ein kleines Bild seiner Susan und eine Haarlocke ließen ihn

vor Sehnsucht und Wonne frösteln. Er war sicher, daß ihm die große Liebe seines Lebens widerfahren war.

Seinem Dienst bekam die Liebe nicht so gut. Der Bootsmann pfiff ihn gehörig an, als er Brasse und Schot verwechselte, der Master erlitt fast einen Koller, als er den wertvollen Sextanten achtlos an einer Ecke des Kartentisches liegenließ, und Leutnant Morsey ließ ihn unnachsichtig die Anforderungen an das Arsenal dreimal abschreiben, bis sie fehlerlos waren.

Einige Tage vergingen nur zu schnell mit der Übernahme von Proviant, Munition, mit den üblichen Reparaturen, Inspektionen und Säuberungen. Dann war alles klar zum Auslaufen. An der Pier standen Schaulustige, Freunde und auch die aus Piratenhand Befreiten.

Die MacMillans winkten, und David, mit Charles Haddington bei der Mannschaft am Buganker, konnte schnell zurückwinken, ehe er wieder Kommandos weitergeben und die Leinen beobachten mußte. Als die Salutschüsse über die Bucht dröhnten, stiegen ihm die Tränen in die Augen. Wie hatte Susan mit ihm gelacht, als sie einliefen.

»Wär' ich nicht ein Kanonier, dann wär' ich heute auch nicht hier«, murmelte er vor sich hin, und es tat weh.

Während der Nachmittagswache holte ihn ein Läufer zum Kapitän.

»Sie scheinen einen einflußreichen Gönner gefunden zu haben, Mr. Winter. Mr. MacMillan gab mir dieses offene Handschreiben für Sie. Wissen Sie, daß er ein mächtiger Mann in der Ostindischen Handelskompanie ist?« fragte der Kapitän.

Als David verneinte, murmelte er: »Auch gut! Wenn Sie ein tüchtiger Offizier werden, würde mich seine Förderung für Sie freuen. Wenn nicht, dann hoffe ich, daß er klug genug ist, das auch zu merken. Sie können abtreten.«

David grüßte und zog sich verwirrt zurück.

Am Niedergang vom Achterdeck las er das kurze Schreiben: »Lieber David! Erlauben Sie einem älterem Freund diese Anrede. Mrs. MacMillan, Susan und ich haben Sie sehr schätzen gelernt und bedauern, daß nicht mehr Zeit blieb, unsere

Bekanntschaft zu vertiefen. Wenn Sie Ihr Weg nach London führt, können Sie mich immer über das East India Haus in der Leadenhall Street erreichen. Ich würde mich freuen, wenn ich Ihnen zu Diensten sein könnte, und verbleibe mit den besten Wünschen für Ihre Zukunft Ihr aufrichtig ergebener Abraham MacMillan.«

Die nächsten Tage waren von Bordroutine geprägt. Mit leichtem, raumem »Soldatenwind« lief die *Shannon* an der Küste Spaniens und Portugals entlang. David dachte immer wieder an Susan und das Medaillon, das er gern immer angeschaut hätte und doch tief in der Seekiste verstecken mußte, um dem Spott der Kameraden zu entgehen.

Wenn er Leutnant wäre, dann könnte er mit Susan Gesellschaften und Bälle in London besuchen, sie würden im Licht der Kerzen tanzen, und auf dem nächtlichen Balkon würde er den Arm um ihre Schulter legen und …

»Mr. Winter!« bellte der wachhabende Offizier. »Sie sind hier, um aufzupassen, daß die Brassen und Schoten richtig aufgeschossen werden, aber nicht, um zu schlafen. Sehen Sie denn nicht, was diese versoffenen Landratten für ein Kuddelmuddel mit den Tauen angerichtet haben? Sorgen Sie für Ordnung!«

»Aye, aye, Sir.« Susan war weit weg, und David wandte sich den Matrosen zu, die das Tauwerk noch einmal aufschossen.

Gilbert Marsh grinste schadenfroh und wollte zum Sprechen ansetzen. Als er aber Davids verächtlichen, kalten Blick sah, erfror sein höhnisches Lachen, und er wandte sich ab.

»Land voraus, drei Strich Steuerbord!« hallte die Stimme des Ausgucks, und die Midshipmen und Servants, die sich um den Master zum Navigationsunterricht scharten, blickten auf.

Mr. Hope strich sich erwartungsfroh über das Kinn: »Na, dann werden wir mal sehen, was die jungen Herren für einen Landfall ausmachen. Wie war die letzte Peilung, Mr. Simmons?«

Der sah auf die Schiefertafel am Ruder: »Achtunddreißig Grad fünfzehn Minuten Nord, neun Grad zwanzig Minuten West, Sir.«

»Dann merken Sie sich das alle einmal. Mr. Palmer, würden Sie die Güte haben und die Karte holen, die oben auf meinem Kartentisch liegt.«

Er nahm ein Teleskop aus dem Ständer, gab zwei weitere an die Midshipmen und ging mit ihnen zur Steuerbordreling.

»Jetzt sieht sich jeder die Landmarken genau an, hält aber den Mund, bis ich ihn frage!«

Er legte die Karte halb auf die Reling, ließ sie von einem seiner Maate halten und forderte: »Nun kommen Sie nacheinander zu mir und zeigen mir auf der Karte, welchen Punkt Sie entdeckt haben!«

Nacheinander traten die jungen Männer heran, studierten die Karte und tippten auf die Landmarke.

»Abgesehen davon, daß einige der Herren Fingernägel wie ein Kohlenknecht haben, ist das ja recht erfreulich. Den wenigen, die Kap Espichel zu sehen glaubten, muß ich sagen, daß wir dann nach der letzten Peilung hätten Südkurs steuern müssen. Wir sind aber ziemlich genau nordwärts gesegelt. Es ist die Insel Bugio an der Südseite der Tejo-Mündung. Man erkennt sie an dem Turm, den sie Tore de Bugio nennen.«

Er wies sie auf die Untiefen hin, die sich südlich und westlich der Insel und westlich vom Nordufer erstreckten, erklärte ihnen, daß die Fahrrinne des Tejo, auch Tagus genannt, nur etwa eine Meile breit sei und man sofort ankern müsse, wenn der Wind nicht mehr aus westlicher Richtung wehe.

Sie passierten das Fort Sao Juliao an der Nordseite, nahmen den Lotsen an Bord, ankerten vor Trafaria an der Südseite des Flusses, um die Zoll-, Gesundheits- und Hafenformalitäten zu erledigen, und gingen dann wieder flußaufwärts.

Der Master, der sie auf Bemerkenswertes hinwies, zeigte nach Norden: »Das ist der Turm von Belem, eines der Wahrzeichen Lissabons. Er steht im seichten Uferwasser und hat zwei bis vier Geschütze in einer hochgelegenen Kasematte.«

»Wie ein Zuckerbäckerschloß zu Weihnachten«, konnte sich Matthew Palmer nicht verkneifen.

»Das ist maurischer Baustil, Sie junger Banause«, korrigierte ihn schmunzelnd der Schiffsarzt.

Das Achterdeck war wieder mit schaulustigen Offizieren und Kadetten besetzt. Man merkte Kapitän Brisbane an, wie wenig ihm das Gewimmel paßte.

»Mr. Lenthall«, bat er den Schiffsarzt, »Sie sind doch ein studierter Mann. Gehen Sie mit den jungen Herren bitte an die Backbordreling und erzählen Sie ihnen etwas von Lissabon. Wir haben noch einige Meilen vor uns und werden unterhalb des Kastells von Sao Jorge ankern.«

Der Schiffsarzt sammelte seine Schäfchen um sich und erzählte von der schönen Stadt, von der man auch sagte, sie sei auf sieben Hügeln erbaut und öffne sich wie ein Theaterhalbrund zum Tejo hin.

David beeindruckte am stärksten sein Bericht über die Erdbebenkatastrophe vor zwanzig Jahren. Dreißig- bis vierzigtausend Menschen fanden während der Gottesdienste an Allerheiligen den Tod, als die Erde bebte und einhundert Kirchen und etwa fünftausend Paläste und Häuser einstürzten. Fast ein Viertel der Bevölkerung starb, erschlagen von den Trümmern, ertränkt von den Flutwellen oder verkohlt in den Bränden.

»Dort auf der rechten Seite seht ihr die Burg mit der Altstadt, links die obere Stadt und hier in der Mitte«, er wies mit ausgestrecktem Arm in die Richtung, »war fast alles zerstört. Aber nun ist praktisch alles wieder aufgebaut mit breiteren, zum Teil schnurgeraden Straßen.«

Seine Erklärungen fanden ein Ende, als alle auf ihre Stationen zum Ankern mußten.

Die *Shannon* sollte etwa vier Tage in Lissabon liegen, und auch die Servants durften in kleinen Gruppen unter Führung eines älteren Midshipman an Land. Palmer, Greg, Simmons und David vertrauten sich der Obhut von Charles Haddington an, der sich beim Schiffsarzt und beim Master nach Sehenswürdigkeiten erkundigt hatte.

Ein Hafenboot brachte sie an den Kai in der Nähe des

Praco do Comercio, eines großen Platzes, an dem der im Erdbeben zerstörte Königspalast gestanden hatte. Er wurde jetzt an drei Seiten von Ministerien eingerahmt. In der Mitte legten Künstler letzte Hand an das überlebensgroße Reiterstandbild José I., das von Darstellungen eingerahmt wurde, die die Armee, die Flotte und die Kolonien Portugals symbolisieren sollten.

Das kunsthistorische Interesse der jungen Herren erlahmte bald, und sie riefen einen Kutscher herbei, der sie die Uferstraße entlang nach Belem fahren sollte. Das Kloster do Jeronimos müsse man gesehen haben, hatte ihnen Mr. Lenthall gesagt, und das Aquädukt in der Nähe sei eines der modernen Weltwunder.

Zunächst einmal genossen sie den schönen Frühlingstag, den gemütlichen Zuckeltrab und winkten den Mädchen und jungen Frauen am Straßenrand zu.

Das Kloster do Jeronimos, vor fast fünfhundert Jahren begonnen, beeindruckte sie. Der Prunk der Kirche Santa Maria, der Duft des Weihrauches, die Andacht der Betenden ließen sie verstummen und ein wenig unsicher die häufig von Elefantennachbildungen getragenen Sarkophage der Herrscherfamilien bestaunen.

Der Kreuzgang mit seiner filigranen Steinornamentik und den Ausblicken auf den blühenden Garten munterte sie wieder auf, und unternehmenslustig wanderten sie weiter zum Aquädukt. An einer kleinen Gartenschenke stärkten sie sich mit süßem Gebäck und kaum weniger süßem Portwein, wobei Matthew Palmer schnell sehr lustig wurde. Am liebsten wäre er wohl dort geblieben, aber Charles Haddington drängte voran zum Aquädukt.

In großen Bogen – sechsundsiebzig, wie ihnen ein stolzer Portugiese erzählte – überspannte die neue Wasserleitung das Tal von Alcantara. Man konnte oben auf dem Aquädukt entlanggehen, er war fast fünfzehn Meter breit. Nach der Zahl der flanierenden Besucher zu urteilen, mußte es ein beliebtes Ausflugsziel sein.

Matthew Palmer und Nesbit Greg suchten Kontakt mit den jungen Mädchen, warfen ihnen zunächst muntere Blicke zu, schnalzten mit der Zunge und führten sich auf wie die Gockel.

Mr. Haddington, der mit David gerade versuchte, die Höhe des größten Tragepfeilers zu schätzen, wurde erst darauf aufmerksam, als ein vornehm gekleideter älterer Herr zornig auf sie zutrat und sich das Benehmen verbat.

Haddington beruhigte ihn, wies jede kränkende Absicht weit von sich, entschuldigte sich, und man trennte sich in gutem Einvernehmen.

»Ihr verdammten Rotznasen!« fauchte Haddington in gespieltem Zorn die beiden an. »Könnt ihr Töchter aus vornehmen Hause nicht von Dienstmädchen oder gar von Dockschwalben unterscheiden? Lernt endlich, wann ihr die feinen Herren spielen müßt, wenn ihr es schon nicht seid.«

Etwas gezähmt wanderte die Gruppe nach Belem zurück. Es war Zeit, in einem Gasthaus eine kräftigere Mahlzeit zu sich zu nehmen, und Haddington konnte auch ein weiteres Glas Port nicht abschlagen.

Vom Laufen hatten sie nun genug. Fröhlich angetütert beschlossen sie, sich ihrem Element anzuvertrauen und mieteten in der Nähe des Turmes ein kleines Flußboot mit einem stämmigen, freundlich mit schwarzen Stummelzähnen grinsenden Fischer.

»Alle Mann an Bord!« befahl Charles, und sie setzten sich, wo sie Platz fanden.

Der Tejo strömte braun mit etwa vier Meilen pro Stunde dem Meer entgegen. Das Boot kam mit leichtem Wind nur langsam dagegen an. Ein prächtiges portugiesisches Linienschiff, ein 74er, glitt dem Meer entgegen. Frachtkähne mit dickem Bug und lustigen Farben belebten den Fluß.

Als sie sich dem Hafen näherten, passierten sie einen portugiesischen Ostindienfahrer, der von Hafenbooten umschwärmt war. In einem saßen lustig schnatternde Indonesierinnen, Zofen und Dienstmädchen, die ihren Herrschaften an Bord folgten.

Matthew Palmer war in glänzender Laune, sprang auf, schwenkte seinen Hut, rief und lachte. Sicher stand er schon lange nicht mehr auf den Beinen, und als ein Windstoß das

Boot stärker überlegte, platschte er der Länge nach ins Wasser.

Das Boot mit den Indonesierinnen wäre fast gekentert, so überwältigend war das Gelächter.

»Segel herunter!« schrie Charles David zu, sprang zum Steuer, riß es herum und ließ das Boot von der Strömung zu der Stelle treiben, wo Matthew planschend und prustend auftauchte. Er ergriff ihn am Kragen und hievte ihn mit Hilfe der anderen vorsichtig hinein.

Matthew spuckte Wasser, schnappte nach Luft und rief nach seinem Hut, der ein Stück entfernt flußabwärts in der Strömung trieb. Auch dieser Havarist wurde geborgen, und nach einem tüchtigen Donnerwetter lehnte Haddington es ab, mit dieser nassen Katze an Bord zu gehen.

»Erst müssen die Plünnen getrocknet werden!«

Der Fischer empfahl radebrechend Cairns Hotel, wo die Kleider gegen ein gutes Trinkgeld trockengebügelt wurden, während die jungen Herren – Matthew in Kellnerjacke und Hose – ihr Abendbrot zu sich nahmen. Es war köstlich und kostete wenig. Der Port wurde jetzt als Medizin angesehen.

»Ihr entwickelt euch noch zu richtigen Saufbolden, ihr jungen Dachse«, tadelte Haddington halb ernst, halb belustigt. »Auf See werden wir euch schon wieder trockenlegen.«

Um vier Glasen der ersten Wache gelangten sie dann in leidlichem Zustand an Bord. Auch David hatte den schönen Tag genossen und war von seinen sehnsüchtigen Gedanken an Susan abgelenkt worden.

Am nächsten Tag war für David und seine Freunde nicht an Landgang zu denken. Der Zahlmeister hatte bei seinen Kontrollen festgestellt, daß das Wasser in einem Drittel der Fässer faulig war.

Der Erste Offizier tobte: »Da haben die Faulenzer die Fässer doch nicht richtig ausgescheuert!«

Und nun ging es los! Die Fässer wurden mühsam an Deck gehievt, entleert, geschwefelt, geschrubbt und zur Inspektion aufgestellt.

Mr. Rodger, der Bootsmann, befehligte das Kommando, das mit Barkasse und Kutter am Südufer in der Nähe von Almada an einer Felsenküste Wasser nehmen sollte.

»Aber daß die Fässer vorher noch ordentlich gespült werden!« mahnte Mr. Grant.

David und Nesbit Greg waren der Barkasse zugeteilt, Palmer und Simmons dem Kutter. Auch andere Schiffe und Beiboote lagen an der Wasserstelle, und es dauerte eine Weile, bis sie die langen, schweren Leinenschläuche übernehmen und ihre Fässer spülen und füllen konnten. Der Rückweg gegen Wind und Strömung war mühselig. Das Essen an Bord war inzwischen kalt, und dann mußten die Fässer verstaut werden, ehe alles wieder tipptopp aufgeklart werden konnte.

»Ja, für seine Sünden muß man büßen«, frozzelte Haddington am Abend im Cockpit, als die jungen Servants etwas abgeschlafft hineinstolperten.

Am nächsten Morgen waren sie wieder gestärkt, und auch Matthew hatte keine Kopfschmerzen mehr. Was noch gesäubert und geputzt werden konnte, wurde überholt, denn um elf Uhr wollte der Kapitän das Schiff inspizieren.

War alles tipptopp, dann winkte Landgang bis Mitternacht. Am nächsten Nachmittag sollte dann der Sondergesandte der Regierung kurz vor dem Auslaufen an Bord kommen.

David wurde von Mr. Grant zum Sekretär des Kapitäns beordert, damit er half, die Befehle in die Bordbücher zu übertragen, die Logbücher in Reinschrift zu schreiben und lange Listen zu kopieren. Er war gar nicht froh, daß ihm seine saubere Handschrift zu diesem Posten verholfen hatte.

Eigentlich wollte er Mr. Morsey überreden, ihm die Aufsicht über die Arbeiten am Großmars zu übertragen. Da hätte er den schönen Blick auf die Stadt und die weite Bucht des Tejo genießen können. Nun saß er hier in der stickigen Kammer und kratzte mit der Feder über das Papier.

Der Sekretär plauderte während der Arbeit: »Mr. Rutford, der Sondergesandte der Regierung, ist ein enger Verwandter von Lord Dartmouth, dem Leiter des Amerika-Departments. Man sagt, er habe bei der portugiesischen Regierung dafür geworben, jede private Unterstützung der Rebellen zu verhindern. Nun ja, Portugal ist uns freundlich gesonnen und hat auch andere Interessen als Frankreich. Aber die Franzosen, sie werden es erleben, junger Herr, werden in die Glut der Rebellion blasen, bis sie hell auflodert. Was England schwächt, stärkt Frankreich. Zum Teufel mit den Froschfressern!«

David brauchte nicht viel zu sagen. Der Redestrom des Sekretärs schwoll an und ab, aber David interessierte nicht viel davon. Endlich hatte er seine Zeit abgedient und mußte an Deck zur Inspektion.

Am Niedergang traf er Gilbert Marsh, der sich vor ihm aufbaute: »Na, wieder gedrückt vor ehrlicher Arbeit und sich lieb Kind gemacht?«

»Laß mich in Ruhe«, knurrte ihn David an. »Sonst reden wir mal woanders über Ehrlichkeit.«

Marsh stutzte erschreckt. Doch bevor die Wut in ihm hochstieg, hatte sich David abgewandt und war auf dem Weg zum Ersten Offizier. Der Sekretär hatte ihm noch eine Mitteilung an Mr. Grant aufgetragen.

Als er sie ihm überbrachte, fiel dessen Blick unwillkürlich auf Marsh und blieb an ihm hängen, während er in Gedanken Davids Mitteilung in notwendige Befehle umsetzte. Marsh wurde es unbehaglich unter dem starren Blick. Jäh schoß in ihm die Angst hoch, ob David wohl schon den Ersten über sein Falschspiel informierte.

Kapitän Brisbane war ungewöhnlich zufrieden mit der Musterung. Vielleicht trug dazu bei, daß er am Abend vorher beim Empfang des Botschafters eine anziehende Witwe kennengelernt hatte, die ihn heute nachmittag erwartete.

Seine Gedanken eilten voraus und ließen die Möglichkeiten Revue passieren, die einen Mann – nun ja, immerhin in den besten Jahren – erwarten konnten. Wie dem auch sei! Er war schneller als sonst fertig, leutseliger als sonst zu Offizieren und Deckoffizieren, wohlwollender zur Mannschaft und entließ alle mit freundlichen Worten zum Essen.

Am frühen Nachmittag sahen sich Mr. Haddington und seine vier jungen Trabanten in der Alfama um, der Altstadt, deren

Ursprünge bis in die Zeit der Westgoten reichten. Die kleinen Gassen waren so eng und verwinkelt, daß sie zunächst in die allgemeine Richtung hügelaufwärts gingen, um die Orientierung nicht zu verlieren.

Es duftete nach Knoblauch und unbekannten Gewürzen. Wäsche hing zum Trocknen von einer Seite der Gasse zur anderen, und aus den Fenstern folgten ihnen neugierige Blicke. In kleinen Läden gab es Tand und Schund, aber auch erstaunlich preiswerte kleine Kostbarkeiten.

Für seine Tante kaufte David ein kunstvoll gehäkeltes Umhängetuch, für den Onkel einen Brieföffner mit silbergetriebenem Griff, für Julie eine Kette mit einem dunkelblauen Stein als Anhänger und für Cousin Henry einen kleinen Elefanten aus Ebenholz mit erhobenem Rüssel. Für sich selbst fand er ein buntes Halstuch und ein Hemd.

Auch die anderen wühlten und suchten, handelten und kauften und trugen ihre »Schätze« in kleinen Jutebeuteln mit sich. In der Rua de Sao Pedro legten sie in einer kleinen Schenke eine Pause ein, aber Haddington bestand darauf, daß sie nicht Wein, sondern einen gekühlten Orangensaft tranken.

Schließlich hatten sie den Berg mit dem Kastell de Sao Jorge, der früheren Königsresidenz, erreicht. Es war zum Teil verfallen, und die Kanonen und Mörser an der Brüstung erweckten auch nicht den gepflegtesten Eindruck.

Aber der Blick auf Stadt, Hafen und Umgebung nahm sie gefangen.

Zuerst machten sie sich auf Schiffe aufmerksam, die von hier oben wie Modelle aussahen, dann wiesen sie auf eindrucksvolle Gebäude hin, und schließlich suchten sie in dem Gewirr der Altstadtgassen den Weg, der sie hier heraufgeführt hatte. Ein vergebliches Unterfangen! In der Alfama fand man sich sicher erst nach Jahren zurecht.

Auf ihrem Weg abwärts hielten sie am Largo de Santa Luzia inne, um erneut den Ausblick zu genießen und sich zu orientieren. Über die Treppenstufen und das Kopfsteinpflaster der kleinen Gassen gelangten sie schließlich zur Rua da Regueira mit ihren vielen Kneipen und Restaurants.

In einem, das am Eingang in englischer Sprache Gäste

anlockte, sahen sie Mr. Morsey mit den beiden Leutnants der Seesoldaten. Sie winkten, und die fünf jungen Herren gönnten ihren müden Füßen nach dem ungewohnten Fußmarsch Erholung.

Der Wirt der Adega sprach ein kehliges und holpriges, aber verständliches Englisch, und sie einigten sich auf ein umfangreiches Abendessen. Es begann mit einer caldeirada, einer Fischsuppe, die selbst das Mißtrauen der Seeleute gegen Fischgerichte besiegte und ausgezeichnet schmeckte. Spanferkel folgte mit köstlich frischem, knusprigem Brot, und dann mußten sie eine Pause einlegen und dem Wein zusprechen.

»Ist das eine Wohltat nach dem Fraß in der Messe«, stöhnte Mr. Barnes, Erster Leutnant der Seesoldaten, voller Wonne.

»Was sollen wir erst vom Cockpit sagen?« fragte Mr. Haddington.

Mr. Morsey spottete, daß die jungen Herren heutzutage sehr verwöhnt seien. Früher sei im Cockpit eine gebratene Ratte als Delikatesse angesehen worden. Mit Gelächter gingen die Scherze hin und her, und den Gästen wurde immer wärmer.

Der Wirt brachte Kerzen, da die Nacht hereinbrach, und eine Platte mit köstlichem Hummerfleisch, würziger Soße und frischem Weißbrot.

»Da muß man sich ja opfern und mitessen, ehe die jungen Haifische alles verschlingen«, ulkte Mr. Barnes und langte kräftig zu.

Ohne das Essen zu vernachlässigen, erzählte er von seiner Dienstzeit in Westindien. Er schwärmte von Jamaica. Der Hummer sei dort noch besser, der Wein natürlich teurer und nicht so gut, aber die Mulattinnen!

David und die drei anderen Servants kriegten große Augen und vergaßen das Essen.

»Irving, verderben Sie nicht unsere Küken hier. Die glauben Ihnen noch Ihre Weibergeschichten und vergessen den Hummer«, stoppte ihn Mr. Morsey und lenkte das Gespräch in andere Bahnen.

Mr. Bates, der Dritte Leutnant, und Mr. Morrison stießen zu der Gruppe und fragten nach Mr. Grant, der auch hier in der Nähe essen wollte. Mr. Marsh und zwei andere Midshipmen schauten kurz zur Tür herein, gingen aber weiter, als sie die fröhliche Runde sahen.

Die Neuankömmlinge waren gerade bei der Fischsuppe, als den anderen eine Süßspeise serviert wurde. Matthew Palmer lockerte ungeniert seinen Hosengurt und stopfte in sich hinein. David geriet in eine melancholische Stimmung. Susan war so weit weg. Sie saßen hier und waren lustig, und Richard Baffin, der so früh gefallen war ... Und was würde seine Mutter jetzt zu ihm sagen? Und sein Vater..?

David schreckte hoch. Da hatte doch jemand seinen Namen gerufen. Ein junger Portugiese stand in der Tür: »Mista Winta?«

Der meint mich, dachte David, hob den Arm und rief »Hier bin ich!«

»Mista Winta, bitte Leutnant Grant kurzen Augenblick, schnell kommen. Gleich zurück. Nur um Ecke«, radebrechte der Portugiese.

David stand auf, gab Matthew den Beutel mit den Einkäufen und sagte: »Bin gleich zurück!« Er folgte dem Portugiesen, ehe die anderen viel mitkriegten.

Mr. Morsey sah auf: »Grant ist in der Nähe? Da hätte er doch mit uns essen können. Ich sehe mal hinaus. Ein wenig frische Luft tut mir gut.«

Nach der heißen, würzigen Luft in der Adega wurde David in der Nachtluft etwas schwindlig. Er riß sich zusammen und eilte dem Portugiesen nach, der schon einige Schritte voraus war.

»Nicht so schnell! Wohin?« wollte er sich verständlich machen, aber der Portugiese winkte und bog in einen dunklen Seitengang ein.

David war kaum vier Schritte in der kleinen Gasse, da sprangen drei Gestalten mit Knüppeln auf ihn zu. Ein Hieb auf die linke Schulter ließ ihn fast in die Knie gehen. Er stolperte, und das war sein Glück, denn die anderen Hiebe verfehlten ihn, und als er gegen einen der Angreifer stieß, fand er Halt, schrie seine Angst in zwei lauten Hilferufen hinaus und zog seinen kleinen Zierdegen.

Die Angreifer schienen Flüche auszustoßen. Ein Hieb traf seinen Rücken, und wieder preßten Schmerz und Angst einen Hilfeschrei heraus, während er mit dem Degen um sich stieß. Ein Hieb auf den Hinterkopf ließ ihn taumeln. In der Drehung erwischte er den Arm des Angreifers mit dem Degen.

Irgendwie gab ihm der Schmerzensschrei des anderen Befriedigung, und er brüllte: »Shannon!«

Dann blitzte ein Dolch, ein Stoß traf seine Brust, Sekunden später stach der Schmerz in ihn hinein.

»Hilfe!« gellte sein Schrei, und ein Hieb warf ihn vornüber zu Boden.

Leutnant Morsey war gerade vor die Schenke getreten, atmete tief ein und sah routinemäßig nach dem Himmel, als müsse er Bewölkung und Wetteraussichten prüfen, als er Davids Hilfeschrei hörte. Er wirbelte herum, stieß die Tür der Adega auf und rief: »Shannons! Zu Hilfe!« Und schon stürmte er los.

Stühle polterten, die anderen hetzten ihm nach. Wieder der Hilfeschrei, Davids Brüllen. »Shannon!« antwortete die Meute und stieß mit zwei Portugiesen zusammen, die aus der Sackgasse flüchteten. Die hatten keine Chance. Dolch und Knüppel wurden ihnen aus den Händen geschlagen. Derbe Fäuste hielten sie fest.

Haddington und Greg stürmten in die Gasse hinein, riefen nach David, hörten sein Stöhnen, hoben ihn auf und trugen ihn zur nächsten Laterne. Blut sickerte aus Hemd und Jacke, benommen taumelte der Kopf.

Irving Barnes nahm die Sache in die Hand. David wurde in die Adega getragen, die Jacke ausgezogen, das Hemd aufgerissen.

»Er muß gleich zum Schiffsarzt, obwohl ich nicht glaube, daß die Lunge getroffen ist.«

Barnes ließ sich Handtücher geben, verschnürte Davids Brustkorb, und vier seiner Schiffsgefährten unter Mr. Bates' Kommando trugen ihn zur Mole.

Morsey wandte sich den beiden Portugiesen zu, die mehr stranguliert als festgehalten wurden. Der »Bote« war darunter.

»Was wolltet ihr von ihm?« fragte er drohend.

»Wir nichts von ihm wollen. Inglish Offizier uns sagen, Mr. Winta holen, schlagen, stechen. Wir jeder eine Guinee.«

»Ein englischer Offizier? Ihr lügt doch, ihr Diebe und Mörder!«

»Es könnte stimmen«, wandte Mr. Barnes ein, »nur jemand vom Schiff konnte ihnen Davids und Mr. Grants Namen sagen. Wie sah der Offizier aus?«

Sie erfuhren nur, daß er groß und dicklich war, einen blauen Rock mit kleinen weißen Kragenspiegeln sowie einen zylinderähnlichen Hut getragen hatte. Ganz in der Nähe habe er sie angesprochen.

Mr. Morsey entschied, daß sie mit den beiden Spitzbuben erst mal hier verschwinden sollten, wo sich eine Menge ansammelte, am besten zum Schiff, wo man untersuchen könne, ob sie einen Offizier wiedererkennen würden. Sie lösten sich aus der Menge und stolperten mit ihren Gefangenen die holprigen Treppen hinunter zur Mole.

Ein Hafenboot lag dort, und eine Gruppe von Seeleuten stieg ein, um zur *Shannon* zurückzukehren.

»Da, da!« rief der eine Portugiese und deutete mit dem Kopf zu der Gruppe. »Da Offizier, jetzt in Boot.«

Morsey lief voran und ließ das Boot warten. »Wer?« fragte er die beiden.

»Da, dicker Offizier, im Bug vorn!«

Gilbert Marsh saß dort und blickte verstört zu ihnen auf.

»Marsh komm noch mal her!« rief Mr. Morsey. »Das Boot fährt schon vor.«

Als sie auf der Pier standen, fragte Morsey: »Marsh, warum hast du Mörder gemietet, um David Winter umbringen zu lassen. Warum, Kerl?«

Marsh stotterte: »Ich weiß nicht, kenne sie nicht ...«

»Lüge!« riefen die beiden Portugiesen verzweifelt. »Seine Guinees in unserer Tasche. Wir sonst kein Geld. Er uns alles sagen!«

Haddington holte aus einer der Taschen eine goldene Guinee: »Hör auf zu lügen, du feiger Hund!«

Marsh sackte zusammen: »Nein! Sie sollten ihn nur verprügeln, den eitlen Fatzken, den Anschmeichler und Liebediener, nur Prügel, kein Mord. Glaubt mir doch!«

»Lüge!« stieß der ›Bote‹ hervor. »Er sagte hauen und stechen!«

»Laßt sie los« sagte Morsey finster. »Wir bringen unseren ›Herrn Kameraden‹ zum Kapitän. Was er für einen Auftrag gab, werden wir nicht herauskriegen, und als Gefangene können wir die Portugiesen nicht mit uns nehmen.«

Der Kapitän war noch nicht an Bord. Der Master, im Hafen oft Wachhabender, weil er sich an Land nicht wohl fühlte, erlaubte Morsey und Barnes mit Marsh in der Kartenkammer des Kapitäns zu warten. Kapitän Brisbane kam beschwingt von der Witwe, lächelte leutselig und erstarrte nach Morseys ersten Sätzen.

»Verdammt und zugenäht! Ein Offizier meines Schiffes mietet Schläger und Mörder, um einen Kameraden erledigen zu lassen? Verdammt will ich sein, wenn …« Er stemmte sich mit beiden Armen aus dem Sessel, zornrot.

»Sir, wir wissen noch nicht, wie es Mr. Winter geht«, lenkte Morsey ab.

»Posten!« brüllte Brisbane. »Der Schiffsarzt zu mir, sofort! Kompliment und so weiter. Sie wissen schon!«

Mr. Lenthall kam und berichtete von einem Stich, der an der dritten Rippe abgeprallt sei. Eine Fleischwunde, keine Verletzung der Lunge. Er habe die Wunde gesäubert und versorgt. Man müsse abwarten, denn bei Dolchen an Land wisse man nie, was vorher mit ihnen geschnitten sei. Wenn es keine Infektion gäbe, sei die Sache bald vorbei.

»Kein Wort zu irgend jemandem, wenn ich bitten darf, Mr. Lenthall«, sagte der Kapitän. »Die Herren Morsey und Barnes holen mir bitte die anderen Herren, die dabei waren.«

Als er mit Marsh allein war, kehrte der Jähzorn zurück. Marsh war gebrochen, winselte, er habe nur Prügel veranlaßt, stotterte seinen Neid, seine Komplexe heraus, bettelte, bis der Kapitän ihm angewidert zu schweigen befahl.

»Sie müßten vor ein Kriegsgericht, Sie elender Kerl, aber

das wäre für unser Schiff eine Blamage. Sie werden um ihre Versetzung nachsuchen, schriftlich, hier und jetzt, und an meiner Beurteilung wird es nicht liegen, wenn Sie in nächster Zeit ein neues Schiff bekommen!«

Marsh akzeptierte alles. Die anderen Begleiter Davids wurden vom Kapitän zum Schweigen verdonnert. »Ein ganzes Schiff hat unter der Schande zu leiden, wenn so etwas von den Gazetten ausgeschlachtet wird!«

David lag im Krankenrevier. Mr. Lenthall hatte seine Schmerzen mit Opiumtinktur gemildert. Am nächsten Tag bekam er Fieber und phantasierte von seinen Eltern, von Susan, von Portsmouth und den Piratenkämpfen. Zu einer Zeit, als es ihm besser ging, erschien Haddington und erzählte, daß Marsh die Schläger gedungen hätte, daß dieser versetzt werde und daß der Kapitän Stillschweigen befohlen hätte.

Nach dem Besuch stieg das Fieber wieder, und Mr. Lenthall versorgte die Wunde mit Kräuterpackungen und flößte David Medizin ein.

In diesen Stunden setzte sich in David ein Charakterzug durch, den später manche fürchten sollten. Er war als Feind hart und unerbittlich. Kleine Streitereien vergaß er leicht. Aber schwere oder gar gemeine Angriffe verfolgte er mit hartnäckiger Rachsucht. So leicht sollte Gilbert Marsh nicht davonkommen!

Die *Shannon* war auf See, und David erholte sich, täuschte aber noch Fieber vor.

Als der Kapitän das Krankenrevier aufsuchte und ihm sagte, wie leid ihm das tue, faselte er wie im Fieber: »Er will meinen Tod, ich soll sterben, soll nichts verraten. Mr. MacMillan hat ihn beim Falschspiel ertappt. Ich war dabei. Nun will er mich umbringen. MacMillan sagt, er sei ein Betrüger. Nimmt nur Rücksicht auf Kapitän Brisbane, sonst hätte er mit Schimpf und Schande aus der Flotte gejagt werden müssen.«

Der Kapitän hörte der leisen, hastigen Stimme mit wachsendem Entsetzen zu, als er aber mehr wissen wollte, markierte David Erschöpfung und schwieg.

Einige Tage später besuchte ihn Morrison. David berichtete ihm ohne die Vortäuschung von Fieberphantasien von dem Falschspiel und dem Wunsch Marshs, einen Zeugen zu beseitigen. Wieder erwähnte er, daß Mr. MacMillan den Betrug entdeckt habe.

Morrison war empört. Vom Kapitän nicht zum Stillschweigen verpflichtet, erzählte er die Geschichte im Cockpit, und sie fand den Weg zur Offiziersmesse.

Mit William Hansen unterhielt sich David in deutscher Sprache, erzählte ihm alles, und sie verabredeten, daß William die Mannschaft informieren solle. Wenn Marsh an Deck einen Befehl erteile, werde er mit einigen Freunden unentdeckbar im Gewimmel »Mörder« und »Betrüger« rufen.

Zwei Tage später, querab von den Scilly-Inseln, waren der Sondergesandte, der Kapitän und einige Offiziere auf dem Achterdeck. Kapitän Brisbane bat den wachhabenden Offizier, eine Kursänderung vorzubereiten. Der gab Mr. Marsh den Befehl, alle Mann an Deck zu beordern.

Als Marsh rief: »Alle Mann«, und Bootsmannspfeifen ihn unterstützten, ertönten plötzlich aus dem Gewimmel an den Niedergängen die Rufe »Mörder«, »Betrüger«, »Falschspieler Marsh«, »Mörder Marsh«.

Die Offiziere sahen betreten zur Seite. Der Gesandte fragte, was das zu bedeuten habe, aber Kapitän Brisbane stürzte mit starrem Blick zur Achterdeckreling und brüllte: »Ruhe an Deck! Oder ihr kostet die neunschwänzige Katze!«

Eine Stunde später gab Marsh zu, daß ihn Mr. MacMillan beim Falschspiel erwischt und er Angst gehabt habe, David werde ihn verraten. In Anwesenheit von Leutnant Grant verkündete der Kapitän, daß er unter Arrest stehe und im Hafen dem zuständigen Admiral zur Einberufung des Kriegsgerichtes übergeben werde.

»Gott sei mein Zeuge, ich habe versucht, dem Schiff das Gerede zu ersparen und Ihren Eltern die Schande. Ich habe nicht geahnt, wie schwer Ihre Schuld war. Nun möge die Gerechtigkeit ihren Lauf nehmen.«

David stand an Deck, noch etwas geschwächt, aber geheilt. Die Themsemündung lag breit und einladend vor ihnen. An

Backbord, auf der Reede von Nore, lagen einige Linienschiffe und Transporter. Die *Shannon* nahm Kurs auf Sheerness mit seinen Docks.

März 1775! War es wirklich nur ein Jahr her, daß er mit dem Postboot in die Themse eingelaufen war? Er fühlte sich viel älter, belastet mit Erinnerungen und Gedanken. Als die Anker vor Sheerness gefallen waren, näherte sich das Boot des Hafenadmirals.

Der Leutnant der Seesoldaten und der Profos brachten Gilbert Marsh an Land, wo ihn Prozeß und unehrenhafte Entlassung aus der Royal Navy erwarteten.

David sah Marsh, der nicht mehr aufblickte, vom Deck aus zu. Triumph fühlte er nicht, eher einen schalen Beigeschmack nach einer Tat, die notwendig war, über die man sich aber nicht freuen konnte.

Leise sagte Mr. Lenthall neben ihm: »Sie haben nun Ihre Rache, Mr. Winter, aber wohl ist Ihnen anscheinend auch nicht dabei. Wer gegen ehrloses Gesindel vorgeht, behält selten saubere Hände. Seien Sie auf der Hut, Mr. Winter!«

Bin ich so leicht zu durchschauen? dachte David bestürzt.

Sturmfahrt zur Neuen Welt

Holpernd und knarrend rollten die Räder der Postkutsche im Morgengrauen aus. Müde und steif reckte sich David und sah aus dem Fenster. Viel geschlafen hatte er in der planmäßigen Postkutsche von London nach Portsmouth nicht.

Der Kutschenschlag wurde aufgerissen: »Hotel zur Post, gutes Frühstück, bitte aussteigen!«

David kletterte hinter Kaufleuten und einer dicken Matrone aus dem Wagen, verabredete mit dem Wirt, daß seine Seekiste bis zur Abholung durch den Hausdiener John bei ihm stehenbleiben könne, und wanderte durch den frischen Morgen die vertrauten Gassen entlang.

Vertraut schon, aber irgendwie sah alles kleiner aus. Kein Vergleich mit den neuen Prachtstraßen in Lissabon, eher schon ein bißchen Alfama, Altstadt.

Das Haus der Barwells! Johns erstauntes, freudiges Rufen: »Der junge Mr. Winter!« Bellen, Winseln, Lecken des Hundes. Die freudigen Umarmungen der Tante, ihre Musterung mit feuchten Augen.

»Gott, bist du braun! Und groß und kräftig bist du geworden! Die Jacke sitzt ja gar nicht mehr richtig. William, wo bleibst du nur?«

Onkel William erschien vom Frühstückstisch, die Serviette noch in der Weste.

»Junge, wie gut, dich wieder gesund bei uns zu sehen! Setz dich an den Tisch! Du mußt Hunger und Durst haben.«

Und er rief nach dem Mädchen, rückte Stühle, packte David um die Schulter. Als der zusammenzuckte, weil die Wunde gedrückt war, fragte er besorgt, und David mußte vor der entsetzten Tante und dem bestürzten Onkel die Geschichte des Überfalls und seiner Hintergründe erzählen. Kaum blieb ihm Zeit zum Essen und Trinken.

Wie so etwas möglich sei auf einem Schiff des Königs? Der Kapitän müsse doch wissen, wen er als Offiziersnachwuchs akzeptiere. Der Onkel war kaum zu beruhigen und wollte seine Entrüstung in einem Brief an den Kapitän loswerden. Die Admiralität müsse ein Exempel statuieren. Endlich konnte Tante Sally die Wogen glätten und David in sein Zimmer führen.

»Zwei Stunden Ruhe braucht der Junge, und keiner stört ihn«, entschied sie, und David war schon eingeschlafen, als er aufs Bett sank.

Wie beim ersten Erwachen im Haus der Barwells weckten ihn Cousine Julie und Cousin Henry. Bei Julie war zu erkennen, daß sie ein gutes halbes Jahr älter war. Henry wirkte unverändert und fragte gleich nach mitgebrachten Geschenken.

»Erst werde ich mich mal anziehen und nachschauen müssen, ob die Seekiste inzwischen da ist, du kleiner Quälgeist.«

Sie war da, und die Geschenke fanden überall dankbare Zustimmung, auch beim Onkel, der zum Mittagessen aus dem Kontor eilte. Nach dem Essen folgte wieder die Zeit des Erzählens. Alles wollten sie wissen: von der Fahrt nach Gibraltar, wie Hafen und Stadt seien, vom Leben an Bord, von den Kämpfen mit den Piraten. David mußte seinen Bericht abschwächen, als er merkte, wie die Tante die möglichen Gefahren erschreckten. Kurz, sie ließen keine Ruhe.

Der Onkel, der wieder ins Kontor mußte, sprach ein Machtwort: »David ist noch zwei Wochen hier. Jetzt laßt ihn erst mal in Ruhe! Schlaf dich etwas aus, David! Dann kannst du mit deiner Tante ein wenig in der Stadt bummeln.«

Mit seinen dreizehneinhalb Jahren war David fast so groß wie Tante Sally, und sie ließ sich stolz von ihrem schmucken Pflegesohn führen. Er mußte unbedingt zum Uniformschneider, denn für einen neuen Rock sollte Maß genommen werden. Der alte konnte ausgelassen werden und als zweite Garnitur dienen. Und ohne neue Hemden und Seidenstrümpfe ging es nicht!

David war froh, als das Herumgefummel und Maßnehmen vorbei waren und die Tante der ›Queens Kaffeestube für Damen vom Stande‹ zusteuerte. Genauso zielsicher steuerte sie die Unterhaltung auch auf Susan, die vorher nur beiläufig erwähnt worden war.

Die Familie schien ihre Anerkennung zu finden, daß Susan etwas älter war, stimmte sie bedenklich. Sie stufte die Bekanntschaft als aussichtslose Jugendschwärmerei ein und beraubte sich damit der Chance, etwas über das Medaillon und über Davids Beharren auf einer gemeinsamen Zukunft mit Susan zu erfahren.

Die Tage in Portsmouth waren wie damals und doch irgendwie anders. Es waren dieselben Schulkameraden, aber sie waren nur ein halbes Jahr gealtert, und David hatte genug für zwei und mehr Jahre erlebt. Sie redeten über die Schrullen ihrer Lehrer und die Streiche, die sie ihnen spielten, und er hatte Tod und Liebe erlebt.

Irgendwie waren sie sich fremd geworden, und David ging in das ›Star and Porter‹, wo die Midshipmen der bei Spithead liegenden Schiffe saßen, und hörte ihren prahlenden Reden zu. Aber Kämpfe hatten sie auch nicht erlebt.

An einem Abend nahm ihn Onkel Barwell in seinen Klub zum Essen mit, wo sie mit Mr. Grey, Mr. Foot und zwei anderen Bürgern speisten. Irgendwie schien David dieses Zusammentreffen angemessener. Hier galt er als junger Mann, nicht als Schüler, nicht als Jüngling.

Sie fragten ihn nach seiner Meinung über die Gefahren durch Piraten, nach der Stimmung in der Flotte, einige kannten Gibraltar, andere Lissabon, kurzum, er fühlte sich ernst genommen. Aber Hochmut konnte nicht aufkommen, denn er merkte bald, wieviel mehr die anderen über Geschichte und Politik wußten.

Die Rebellion in Amerika war das zentrale Thema. Keiner zweifelte daran, daß die *Shannon* zur Nordamerika-Station kommandiert werden würde.

»Bei den wenigen Schiffen, die wir dort haben, werden Fregatten, Sloops und Kutter gebraucht wie das liebe Brot«, sagte Mr. Grey. »Wir kommen auf der Werft bald nicht mehr nach mit Neubauten und Ausrüstungen. Und vorher haben sie jahrelang kaum etwas für die Flotte getan!«

Die Kaufleute waren der Meinung, daß mit Armee und Flotte in Amerika nichts zu erreichen sei. Was habe man denn bewirkt mit der Schließung des Hafens von Boston und der bedrückenden Einquartierung von Soldaten? Die anderen Kolonien boykottierten nun ihrerseits englische Waren, der Handel sei schwer geschädigt, besonders in Liverpool steige die Zahl der aufgelegten Schiffe und der arbeitslosen Seeleute dramatisch an.

In Boston sei nur der Pöbel ermutigt worden. Die gemäßigten Bürger würden bedroht, sogar verprügelt, und niemand traue sich mehr, den englischen Truppen und Beamten Nahrung und Ausrüstung zu verkaufen.

»Entweder man hat genug Truppen und Schiffe, um über eine Million Menschen in einem riesigen, unwirtlichen Land und über zweitausend Meilen Küste zu kontrollieren, oder man muß von vornherein verhandeln und Kompromisse schließen«, erklärte einer der Tischgefährten kategorisch.

»Aber wenn man jetzt mit ein paar tausend Mann und einer Handvoll von Schiffen mit dem Säbel rasselt, dann nimmt das keiner ernst, und es stärkt die Aufrührer. Schließlich sind es ja freiheitsliebende Engländer, die man schikaniert, und keine russischen Bauern.«

Mr. Grey, der Schiffsbaumeister, und David waren stärker durch die Auffassung in der doch recht konservativen Flotte geprägt und konnten dem nicht zustimmen. Rebellion gegen die Krone und die Regierung könne nicht geduldet werden. Wie solle man da Kompromisse schließen?

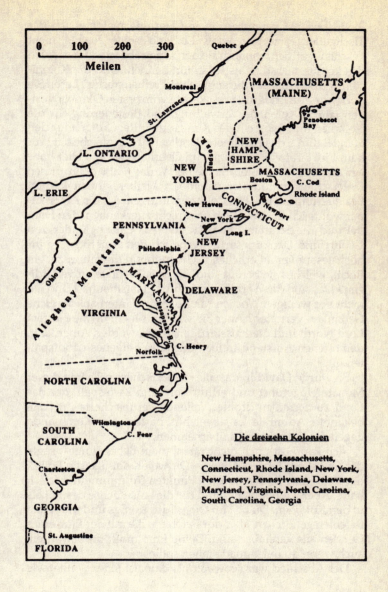

Die dreizehn Kolonien

New Hampshire, Massachusetts, Connecticut, Rhode Island, New York, New Jersey, Pennsylvania, Delaware, Maryland, Virginia, North Carolina, South Carolina, Georgia

»Haben Sie vergessen, meine Herren« meldete sich der Tischgefährte wieder, »daß England seine Rechte nicht geschenkt erhielt, sondern sie der Krone abgetrotzt hat. Auch das konnte man damals Rebellion nennen. Und die Kolonisten berufen sich auf die englischen Freiheitsrechte. Lesen Sie doch nur ihre Erklärung der Rechte vom ersten Oktober vorigen Jahres. Koloniale Verwaltung und Besteuerung für die Kolonien mit Vetorecht des Königs, aber Regelungen für den Handel durch das Parlament! Und genau das gleiche hat William Pitt, Graf von Chatham, im Oberhaus gesagt. Hier habe ich die Gazette. Hören Sie seine Worte: ›Laßt denn diesen Unterschied auf immer vereinbart bleiben: Ihnen kommt Besteuerung zu, uns Handelsanordnungen. Als ein Amerikaner wollte ich England sein Oberrecht zuerkennen, den Handel und die Schiffahrt anzuordnen. Als ein Engländer von Geburt und Denkungsart spreche ich den Amerikanern ihr höchstes, unveräußerliches Recht zu ihrem Eigentum zu, ein Recht, welches sie befugt sind, bis aufs äußerste zu verteidigen.‹ Das sind die Worte eines wahren Staatsmannes! Und hat nicht vor wenigen Wochen Mr. Burke im Unterhaus ähnliche Gedanken vertreten? Aber Sie werden sehen, meine Herren, Lord North und die halsstarrigen Tories werden Amerika in den offenen Aufstand treiben und unser eigenes Land spalten.«

So wurde David in das alles beherrschende Thema dieser Monate eingeführt und erfuhr von dem Zwiespalt, der das Land zu zerreißen drohte. Vollends verunsicherte ihn, daß bekannte Admirale es abgelehnt hatten, ein Kommando gegen die Kolonisten zu übernehmen.

»Ich kann dir auch nicht raten, mein lieber Junge«, sagte der Onkel am letzten Abend. »Du weißt, daß ich die Politik der Regierung in den meisten Punkten für dumm und falsch halte. Aber ich bin nicht blind für die Auswüchse des Pöbels in den Kolonien. Du bist im Dienst des Königs und mußt den Befehlen gehorchen, aber nur Befehlen, die mit der Ehre eines Gentlemans vereinbar sind. Deine Ehre mußt du bewahren, auch wenn du in Ungnade fallen solltest.«

Der Abschied war schwerer als damals. Jeder wußte, wie

kurz der Urlaub war und wie hart und brutal das Schicksal sein konnte, das Davids harrte. Öfter und inniger als sonst wurde im Hause der Barwells gebetet, und als sie David zur Postkutsche brachten, gingen sie vorher in die Kirche. Das Bemühen, sich vom Schmerz nicht fortreißen zu lassen, ließ die letzten Sätze hölzern und steif werden, die Umarmungen innig und doch verkrampft.

Dann holperte die Kutsche los. Als die Räder die hölzerne Brücke am Mill Pond signalisierten, atmete David tief durch. Auf ihn warteten ja auch lieb gewordene Pflichten und Kameraden, die zueinander standen.

Ich will und ich werde es schaffen! dachte er mit neuem Mut.

Als sich David auf der Werft von Sheerness an Bord zurückmeldete, fand er einen entnervten Mr. Grant vor. Der Kapitän war nach einer Woche zur Admiralität gefahren und schloß einen kurzen Urlaub an. Alles lastete auf den Schultern des Ersten Offiziers, der mit der Restbesatzung versuchte, die Werftarbeiter zu größter Sorgfalt und Eile zu bewegen.

Die *Shannon* sah wie gerupft aus. Pulver und Munition waren sowieso im Arsenal gelagert. Aber auch die Geschütze und die oberen Stengen waren entfernt worden.

»Sie haben den Rumpf gekupfert und dabei einige morsche Planken entdeckt. Dieses Gehämmer und Gesäge macht mich noch wahnsinnig. Und für jedes Tau und jedes Stück Segeltuch, das wir brauchen, muß ich den Dockbeamten schön tun und ihnen hier und da etwas zustecken. Sie sind mir sehr willkommen, Mr. Winter, Sie können den Bootsmann bei seiner Aufstellung unterstützen, welche Reparaturen im stehenden und laufenden Gut notwendig sind.«

Bootsmann und Segelmacher kletterten mit David vom Kabelgatt bis zu den Masten und prüften jedes Tau. David notierte auf der Schiefertafel und übertrug dann alles säuberlich auf lange Listen. Die Werftbeamten fielen bald in Ohnmacht, als Mr. Grant mit seinen Deckoffizieren und der Liste anrückte.

Die *Shannon* sei nicht das einzige Schiff, das seeklar werden solle, die teuren Materialien lägen nicht auf der Straße herum. Andere Schiffe pflegten ihre Ausrüstung besser.

Mr. Grant argumentierte und handelte und geriet schließlich in Wut. Die *Shannon* sei im Kampf gewesen, und die Kugeln der Piraten hätten nicht nur Menschen zerfetzt, sondern auch die Takelage. Wer nur hinter dem Ofen sitze, brauche keine neuen Schuhe. Wer aber im Dienst des Königs Leib und Leben einsetze, habe ein Recht auf ordentliche Ausrüstung.

Das half etwas, aber nicht viel.

Erst als Kapitän Brisbane mit den Befehlen der Admiralität und der Marineverwaltung zurückkehrte, die der *Shannon* höchste Priorität gaben, war eine Besserung erkennbar. Die Masthulk mit ihren großen Kränen brachte neue Stengen. Die Seilmacher ersetzten verbrauchtes Tauwerk, die Zimmerleute besserten die Schäden aus, und die *Shannon* wurde wieder seetüchtig.

Sie verholten zum Arsenal, nahmen Geschütze, Pulver und Kugeln an Bord, und dann folgte in unzähligen Fässern und Kisten der Proviant. Die Mannschaft schleppte und packte, die Seesoldaten standen Wache, und der Zahlmeister hatte seine Augen überall, damit nichts verschwand.

Den Klagen Mr. Grants über seinen Ärger mit der Werft hatte Kapitän Brisbane nur mit halbem Ohr zugehört. »Ja, ich weiß. Sie hatten eine harte Zeit. Aber wir sind kampfkräftiger als zuvor. Wir haben den Rumpf mit Kupferplatten verkleidet. Das schützt uns in südlichen Gewässern vor dem Teredo-Wurm, hindert den Bewuchs und macht uns schneller. Unsere Kanonen wurden mit Steinschlössern ausgerüstet, und zusammen mit den neuen Zündröhren und den Flanellkartuschen wird uns das eine höhere Feuergeschwindigkeit erlauben. Ja, ja«, nahm er Grants Einwände vorweg, »manche Kapitäne und Offiziere halten diese neue Einrichtung für unzuverlässig. Das ist dummes Zeug! Ordentlich gewartet sind die Steinschlösser absolut sicher. Und wir haben die Lunten ja noch in Reserve. Nun aber zu anderen Sachen!«

Der Kapitän gab Grant eine Liste mit Deckoffizieren, die im Zuge der Flottenaufrüstung an andere Schiffe abgegeben

werden mußten. Er erbat Vorschläge, wer neu in die freiwer-
denden Stellen zu befördern sei. Der Hafenadmiral habe
dreißig Mann Zugang versprochen, die meisten davon Seeleute. Die Wach- und Musterrolle sei zu ergänzen. Auslaufter-
min sei in vier Tagen.

Das waren noch einmal hektische Tage. Erprobte Deckoffiziere gingen von Bord. Neue Mannschaften kamen, mußten
untersucht, eingekleidet, eingeteilt und eingewiesen werden.
Morrison hatte sein Leutnantspatent auf einer Sloop erhalten,
und Haddington war jetzt Senior im Cockpit. An Davids Fersen heftete sich ein neuer Servant, ein zwölfjähriges flinkes
Kerlchen, Andrew Harland.

Der Kapitän bekam die versiegelten Befehle der Admiralität, versammelte seine Offiziere, und am nächsten Morgen
war divisionsweise Appell. Kapitän Brisbane gab bekannt,
daß sie zur Nordamerika-Station abkommandiert seien,
erwartete, daß jeder seine Pflicht tue und ließ den König
hochleben. Die Rufe waren kaum verhallt, da wurden alle auf
ihre Posten befohlen, und es ging ankerauf.

»Haben die's wieder eilig«, stöhnte ein Seemann, dem der
Kopf noch vom Landgang schwer war.

David starrte enttäuscht achteraus. Er hatte an Susan
geschrieben, aber keine Antwort erhalten. Ob sie noch nicht
in London war?

Die Fahrt durch den Kanal und westlich an Irland vorbei in
den Atlantik brachte David nichts Neues. Geschütz- und
Segeldrill, Übungen mit Säbeln und Musketen waren ihm
nun schon vertraut. Die neuen Steinschlösser überzeugten allmählich auch die Zweifler.

Als die Forderung des Kapitäns erreicht wurde: »Drei Salven in fünf Minuten«, gab es eine Extraration Grog, und alle
waren zufrieden.

Auch im Cockpit, der Seekadettenmesse, war es für David
jetzt angenehmer. Gilbert Marsh, der Störenfried, fehlte. Er
hatte eine Reihe guter Freunde, und Haddington regierte im
Cockpit humorvoll und gerecht.

Zwei Wochen waren ihnen Wind und Wetter gnädig. Sie hatten gute Fahrt gemacht und waren etwa auf dem dreißigsten Längengrad. Um sieben Glas der Morgenwache ließ der wachhabende Offizier den Master rufen.

»Mr. Hope, der Wind ist in der letzten Stunde ganz erheblich aufgefrischt, und sehen Sie bitte das Barometer an. Es fällt so, daß man glaubt, es wolle nicht mehr zum Stillstand kommen.«

Der Master brummelte, sah die Eintragungen auf der Tafel am Ruder durch, schnupperte in den Wind, versuchte die Dämmerung mit seinen Augen zu durchdringen und sagte: »Ich wette die Grogration eines Monats, daß wir einen Sturm kriegen, wie ihn noch nicht viele auf dem Schiff erlebt haben. Ich gehe selbst zum Kapitän. Seien Sie vorbereitet, daß wir sturmklar machen.«

In fünf Minuten war Kapitän Brisbane an Deck und ging mit dem Master noch einmal alle Beobachtungen durch. »Also gut! Der Wind weht aus Ost-Nord-Ost. Wir haben Seeraum und können vor ihm herlaufen. Wenn er dreht, vielleicht sogar auf West zu Nord, müssen wir halsen und beiliegen.« Er wandte sich an den Wachhabenden: »Lassen Sie die Besatzung wecken. Die Hängematten bleiben natürlich unter Deck. Bitte lassen Sie Mr. Grant rufen. Ihre Wache kann schon die Boote festzurren, die Ankerketten ausschäkeln und die Klüsen dichtsetzen.«

Mr. Grant erhielt Befehl, daß sofort eine warme Mahlzeit vorbereitet werden sollte, während das Schiff sturmklar gemacht wurde. »Sie werden einige Zeit nichts Warmes mehr bekommen! Danach alle Feuer löschen. Wir wollen mit gerefftem Großmarssegel, Fock mit aufgefierten Schoten und Vorstengestagsegel vor dem Wind laufen. Lassen Sie alles vorbereiten und eine starke Trosse bereitlegen.«

Fieberhaft arbeiteten alle Mann, um für den Sturm gewappnet zu sein. Oberbramsegel und Außenklüver wurden zuerst festgezurrt. Der Bootsmann und seine Maaten trieben die Matrosen an die Wanten.

»Alle Mann klar zum Segelbergen! Ein Reff in die Marssegel. Enter auf!«

Dann ging es an die Luv-Marsbrassen, die Oberbramrahen wurden an Deck gefiert, der Klüver eingeholt.

Mr. Grant ließ ein zweites Reff in die Marssegel stecken, die Bramsegel einholen, ein Reff in den Besan stecken, und die Mannschaft arbeitete sich bei auffrischendem Wind durch die oft geübten Manöver, bis auch die Bramstengen an Deck und fest gesichert waren.

Dann wurde die Freiwache zum Essen geschickt, während die Wache die Untersegel einholte. Danach ging die Wache essen, und die Freiwache setzte Reservebrassen, schloß alle Luken bis auf eine hinter dem Großmast und zog die Strecktaue an Deck, an denen sich die Mannschaft im Sturm festhalten konnte.

Es war hell geworden bei all der fieberhaften Arbeit. Ein fahles Licht zeigte das Gebirge der Sturmwolken im Nordosten, das rasch heranzog. Das Schiff stampfte stärker, seit die oberen Mastteile eingeholt waren und der Schwerpunkt tiefer lag.

Batterieoffiziere und der Stückmeister überwachten die doppelte Verzurrung aller Geschütze. Die Kanonenkugeln wurden aus den Racks in die Kugelkästen verstaut. Der Zahlmeister ließ Proviant und Wasserfässer doppelt und dreifach sichern.

»Gott, steh uns bei«, sagte der Master. »Wir haben getan, was wir konnten.«

Der Sturm kam wie ein Faustschlag, zu dem das Auffrischen des Windes eine mäßige Ouvertüre gewesen war. Er trieb den Gischt vor sich her, so daß Meer und Himmel ineinander übergingen. Vier Mann standen am Ruder und konnten es kaum halten. Der Kapitän und der Master, im Ölzeug nur an der Körpergröße zu unterscheiden, hatten sich festgebunden. Dem ersten Faustschlag folgten weitere. Die Wanten pfiffen und jammerten. Die Masten klangen wie ein gespannter Bogen.

Unter Deck war die Hölle. Die Mannschaft klammerte sich an alles, was fest war, um nicht umhergeschleudert zu werden. Wassergüsse drangen durch undichte Luken und Planken. Eine Seekiste riß sich los und schlug einem Mann den Schenkel blutig, ehe sie mit Hängematten und Tauen gebändigt werden konnte.

Einige mußten sich übergeben, und Zuber schwappten ihren Inhalt übers Zwischendeck. Andere schrien vor Angst und Verzweiflung, bis sie – oft genug mit Schlägen – zum Schweigen gebracht wurden. Wer wußte in dem Dunkel noch, welche Zeit es war? Die Bootsmannsmaate riefen Männer an die Pumpen, und deren ›Klick-Klack‹ sollte die nächsten Tage ihr Begleiter sein.

»Wir können das Schiff nicht im Ruder halten, Sir, es giert bei dem backigen Wind zu sehr! Wir müssen die Trosse achtern ausbringen!« brüllte der Master zum Kapitän.

Der nickte und schrie Befehle. Ein paar Mann der Wache, die sich hinter Masten und Aufbauten geschützt hatten, so gut es ging, zogen sich an den Strecktauen heran. Von Zeit zu Zeit riß eine Welle ihnen die Beine weg, und sie hingen waagerecht, beide Arme fest am Tau verklammert.

Schließlich hatten sie die bereitgelegte Trosse erreicht und ließen sie Yard um Yard achteraus in die See gleiten. Etwa fünfzig Yard Trosse hingen hinter dem Schiff. Die Wellen brachen sich jetzt früher, und das Heck schwang nicht mehr so stark herum.

Alle halbe Stunde wechselten die Rudergänger. Alle Stunde taumelte die Wache nach unten, und neue Männer duckten sich gegen Wind und See.

Unter Deck gab es keine Erholung. Die nassen Sachen trockneten nicht. Sie feuchteten im Gegenteil alles an. Zwieback wurde verteilt und mit schalem Bier heruntergespült. Einige stemmten sich mit den Füßen gegen Balken und Planken und dösten vor sich hin.

In dem unaufhörlichen Krachen, mit dem die Wellen gegen den Rumpf schlugen, in dem Knarren und Stöhnen der Deckbalken, Kniestücke und Planken krochen die Stunden dahin. David stützte den jungen Andrew, der sich immer wieder übergab.

An Deck wurde es noch dunkler. Die Nacht kündigte sich an. Die neuen Wachen krochen an den Strecktauen entlang zu ihren Posten, die abgelösten schlurften in den dunklen, feuchten Rumpf, wo sie sich an Masten, Balken, Ringen und ähnlichem anseilen mußten, wenn sie in einen erschöpften Schlaf fallen wollten.

Den Aufbauten vergleichbar, blieben nur der Kapitän und der Master an Deck und starrten mit salzverkrusteten, geröteten Augen auf die Wellen und die Segel, ab und an einen Befehl an die Rudergänger brüllend. Von Zeit zu Zeit zog sich der Steward des Kapitäns aus der Luke und schlingerte auf die beiden zu, eine Kanne mit seinem Arm und dem Körper schützend.

Irgendwie schaffte er es immer wieder, mit Talglichtern in der mit Ziegelsteinen verkleideten Kiste in seiner Kammer Kaffee zu erhitzen, der – mit Rum vermischt – die Lebensgeister der beiden vorübergehend auffrischte.

Der Kapitän neigte sich zu Mr. Hopes Ohr: »Der Sturm wandert über Nord nach West aus. Wir können in der Nacht nicht vor ihm herlaufen. Die Gefahr wäre zu groß, daß wir querschlagen. Wir müssen halsen und beiliegen.«

Der Master stimmte zu, daß es keine andere Lösung gäbe.

»Gut, dann holen Sie die besten Leute ans Ruder und die besten Toppgäste an die Masten. Die Trosse können wir nicht einholen. Sie muß losgeschlagen werden!«

Die Bootsmannsmaate riefen unter Deck alle kräftigen und erfahrenen Seeleute: »Fertig machen zum Halsen! An Deck, ihr faulen Hurensöhne!«

»Gott steh uns bei«, murmelte der alte Zimmermann und faltete die Hände.

Offiziere und Mannschaften sammelten sich am Niedergang.

Mr. Grant brüllte ihnen zu: »Wir laufen unter Sturmfock und dichtgerefftem Großmarssegel. Vor der Halse wird die Fock gesetzt, aber nur der Hals. Das Segel in Lee gut beschlagen, damit der Sturm es nicht löst und zerfetzt! William Hansen, Sie nehmen acht Mann und erledigen das zuerst. Die anderen stehen an ihren Posten bereit. Mr. Morsey und ich geben die Befehle vom Achterdeck weiter. Alles klar? An Deck! Eine Hand für das Schiff, eine Hand für euch!«

Die Gruppe hastete nach oben, klammerte sich an die Strecktaue und hangelte sich in dem stäubenden Gischt an die Posten, die Augen immer wieder vor dem stechenden Salzwasser zusammengekniffen.

»Fock am Hals gesetzt«, ertönte die Meldung von vorn.

Kapitän Brisbane klammerte sich an eine Want und hielt mit der anderen das Sprachrohr. »Mr. Hope, Sie beachten die Wellen achteraus und rufen mir zu, wann die Lage günstig ist.«

Der Master sah die zweite, die dritte hohe Welle und dann die kleinere dahinter. »Fertig, los!«

Kapitän Brisbane hob das Sprachrohr: »Klar zum Halsen! Groß-Geitaue hol steif …«

Und der Kommandoschwall ging über Mr. Morsey zu Mr. Grant. Alle packten an. Eine bockende Rah schleuderte einen Mann an Deck, aber bevor er schreiend von der Woge über Bord gespült werden konnte, warfen sich zwei andere über ihn, deckten ihn mit ihren in Taue und Ringen verklammerten Körpern und schleiften ihn zum Niedergang.

Die Rudergänger kämpften mit dem großen, bockenden Ruderrad. Aber das Heck drehte durch den Wind. Die Fock zog, und das Ruder drückte. Die nächste große Welle kam schon schräg von vorn. Der Kapitän ließ zwei untere Stagsegel und den Sturmbesan setzen.

Er beobachtete eine Weile, wie das Schiff den Wind schräg von vorn nahm und sagte zum Master: »Mr. Hope, Sie lassen sich für zwei Stunden von Ihrem Ersten Maat ablösen. Danach ziehe ich mir trockene Sachen an, und Mr. Grant vertritt mich so lange.«

»Aber Sir, ich halte noch durch!« protestierte der Master.

Daran zweifele er nicht, erwiderte der Kapitän, aber im Augenblick habe sich die Lage stabilisiert, und wenn es wieder schlimmer werde, müsse er auf die wachen Reaktionen des Masters bauen können. Mr. Hope tauchte in Gischt und Dunkelheit unter, und Charles Haddington nahm seinen Platz ein.

Unter Deck war David gerade von einem Rundgang zurückgekehrt, bei dem er die Befestigung der vorderen Steuerbordgeschütze überprüfen mußte. ›Rundgang‹ war eine poetische Umschreibung des Stolperns und Umhergeschleudertwerdens.

Einmal hatte er sich das Schienbein so an einer Lafette geschlagen, daß er seinen Schmerz hinausschrie und minutenlang liegenblieb. Natürlich hörte ihn niemand in dem Krachen der Wogen und dem Stöhnen des Rumpfes.

Jetzt stieß ihn schon wieder Mr. Bates an: »Die jungen Herren der Backbordwache mit an die vorderen Pumpen. Wir brauchen jeden Arm!«

Und David hob die Pumpenschwengel, riß sie herunter, hob und riß eine halbe Stunde im Takt, bis er keuchend die Ablösung vorbeiließ und in einem Moment der Unachtsamkeit sofort zu Boden geschleudert wurde.

Er klemmte sich im Cockpit zwischen dem festgeschraubten Tisch und einem Spanten, einer »Rippe« des Schiffsrumpfes, fest und fiel sofort in bleiernen Schlaf.

Es schien nur Sekunden, bis ihn Harry Simmons wachrüttelte. »Mitkommen! Die Wasserfässer sind verrutscht. Wir sollen mit einem Trupp Ordnung schaffen.«

Mit Tauen und Hebebalken tasteten sie sich in den Laderaum. Eine Sturmlaterne konnte nur wenig erhellen. Ratten huschten quiekend davon.

»Vorsicht!« schrie David, »hier ist eine Last lose. Die Fässer können uns jeden Augenblick niederwalzen.«

Mit Balken und Schultern stützten sie ab, schlangen Taue, zogen sie mit wunden Händen fest, knoteten, schlurften zu den anderen Fässern und zurück zu ihren »Ruheplätzen«. Brot wurde ihnen in die Hand gedrückt, ein Stück Käse, ein Holzbecher Bier.

Wie viele Stunden war die letzte Mahlzeit her? David wußte es nicht. Mechanisch kaute er. Nur schlafen, nur einmal ruhig liegen können.

Drei Tage und drei Nächte tobte der Sturm. Er zerschlug die Planken eines ihrer Kutter, brach die Vormarsstenge und riß am letzten Tag das vorderste Steuerbordgeschütz aus zerscheuerten Tauen. Bis es mit Stangen, Seilen und Hängematten wieder gebändigt werden konnte, hatte es einem Seemann das Wadenbein und einem anderen den Unterarm gebrochen.

Im Krankenrevier lagen acht Matrosen mit Knochenbrüchen, zwei mit schwerer Gehirnerschütterung. Die Zahl der Prellungen, Aufschürfungen und Blutergüsse war nicht zu zählen.

Der Kapitän hatte 60 von 72 Stunden an Deck verbracht, der Master kaum weniger. Als der Sturm abflaute, übergab Brisbane das Kommando an Mr. Grant.

»Lassen Sie das Schlimmste aufklaren«, befahl er. »Und zu Beginn der nächsten Wache erwarte ich Meldung. Untersuchen Sie auch, wer nicht aufgepaßt hat, so daß das Geschütz die Taue durchscheuern konnte.«

Mr. Grant hatte die Aufstellung der Schäden und der notwendigen Reparaturen vorgetragen. Kapitän Brisbane sah ihn mit rotgeränderten Augen an, die das eingefallene blaßgraue Gesicht nicht belebten, sondern eher die völlige Erschöpfung unterstrichen. Die Schäden waren in vierundzwanzig Stunden mit Bordmitteln völlig zu beheben.

»Und wie konnte das Geschütz unbemerkt die Taue durchscheuern?« fragte er, ohne die Stimme zu erheben.

»Ja, Sir. Mr. Winter war verantwortlich für die vordere Steuerbordbatterie. Er hat regelmäßig kontrolliert und Schäden beheben lassen, wie mir Mr. Morsey und der Bootsmann bestätigten. Beim letzten Kontrollgang vor dem Unfall wurde er von Mr. Bates an die Backbordseite zur Hilfe gerufen, weil ein Kanonier mit dem Kopf gegen die Geschützmündung geschleudert und bewußtlos geworden war. Nachdem er den Mann mit zwei anderen zum Schiffsarzt getragen hatte, vergaß er die beiden letzten Geschütze.«

Teilnahmslos sagte der Kapitän: »Ich werde Mr. Winter degradieren und als Schiffsjungen in das Vorschiff schicken. Vermerken Sie es auf der Liste für den morgigen Appell.«

Mr. Grant sah erstaunt hoch: »Sir, bei allem schuldigem Respekt. Ist das nicht eine sehr harte Strafe? Der Junge war völlig übermüdet und ist fast im Stehen schon beim Schiffsarzt eingeschlafen.«

»Mr. Grant, wir alle waren und sind völlig übermüdet. Dürfen wir deshalb die Sicherheit des Schiffes aufs Spiel setzen? Sie wissen, daß ein losgerissener Zwölfpfünder ein Schiff leckschlagen kann. Außerdem werde ich das Gefühl nicht los, daß Mr. Winter einen Denkzettel braucht. Ich glaube, er hat etwas nachgeholfen, daß wir Mr. Marsh vor ein Kriegsgericht stellen mußten. Wenn er etwas taugt, wird er seine Schuld einsehen, und die Zeit im Vordeck wird ihn einiges lehren. Besteht er diese Prüfung, hole ich ihn zurück ins Cockpit. Und nun Schluß damit!« Der letzte Satz klang genauso unbeteiligt wie die anderen.

Mr. Grant murmelte sein »Aye, aye, Sir!« und trat ab.

Der Appell am nächsten Vormittag brachte für David die härteste Demütigung seiner jungen Laufbahn. Der Kapitän hatte ihn vor versammelter Mannschaft degradiert, und mit gesenktem Kopf stieg David vom Achterdeck hinunter und nahm unter der Mannschaft Aufstellung.

Da halfen ihm nicht die tröstenden Worte seiner Kameraden im Cockpit. Sie hatten darauf bestanden, daß seine Seekiste bei ihnen blieb, und hatten ihm mit altem Drillichzeug ausgeholfen, das er in sein Bündel fürs Vorschiff schnürte.

Charles Haddington sagte: »Laß dich nicht unterkriegen, David! Hoffentlich kommst du bald zu uns zurück.«

Mr. Morsey hatte ihm Mut zugesprochen. Aber was nutzte das alles jetzt, da die anderen oben auf dem Achterdeck standen in ihren schönen Uniformen und er hier unten in der Menge, aus der einige höhnisch und schadenfroh grienten, während die meisten verlegen zur Seite sahen.

David wurde der Backschaft von William Hansen, seinem Bekannten aus Dithmarschen, zugeteilt.

Als der ihn zunächst aus alter Gewohnheit mit »Sie« und »Sir« anredete, fiel ihm ein alter Fahrensmann aus Halifax ins Wort: »Damit hör man auf. Der ist jetzt auch nichts Besseres als wir. Oder willst du vorbeugen und dich anschmieren, falls er wieder einer von den jungen Paradefatzken wird?«

»Schon gut«, sagte David, »William hat sich nur versprochen. Ich heiße David«, und er reichte dem Kanadier die Hand, die dieser verdutzt ergriff. »Nun zeigt mir, wo ich meine Hängematte zurren und mein Bündel verstauen kann. Im Anfang werde ich noch nicht alles richtig hinkriegen, aber ich gebe mir Mühe. Bitte helft mir!«

»Quatsch nicht wie ein Advokat«, brummte ein bulliger Vollmatrose. »Hock dich hin. In einer halben Stunde beginnt unsere Wache. Dann wirst du schon sehen, wie uns deine ehemaligen Kameraden scheuchen.«

In ihrer Wache mußten sie nicht nur die Vormarsstenge ersetzen, die Rahen und das Rigg neu anschlagen, nein, auch die Vorbramstenge war wieder anzubringen. Das war nicht mehr das lustige Umherspringen in den Wanten mit Matthew und Harry. Das war harte Knochenarbeit trotz aller Taljen, wie die Flaschenzüge hießen, mit denen sie die Stengen hochzogen.

Einmal wäre David abgerutscht und vielleicht gestürzt, wenn ihn der Kanadier nicht am Hosenbund gehalten hätte. Selten hatte David ein Ende der Wache so herbeigesehnt.

Schließlich saßen die sechs Mann der Backschaft zusammen am Tisch, der zwischen die Geschütze herabgelassen war. Der Backschafter hatte die Brot- und Käsestücke eingeteilt und durfte erst als letzter zulangen, damit er sich Mühe gab, alle Teile gleich groß zu machen. Dann war noch etwas Hafermehl übrig und das dünne schale Bier.

»Morgen geht David mit dem Küchendienst mit, damit er lernt, sich zurechtzufinden«, ordnete William an.

Nun war es schon wieder so weit, die Erste Wache von zwanzig bis vierundzwanzig Uhr zu gehen. Solange noch Tageslicht war, mußten sie die Geschütze reinigen und die Lager neu einfetten. Dann verminderten sie die Besegelung für die Nacht, denn man mußte noch mit einzelnen Sturmböen rechnen.

In der verbleibenden Stunde schützte sich David mit den anderen hinter Beibooten und Aufbauten gegen den kühlen Wind, so gut es ging. David verkrampfte sich der Leib, und er meldete sich ab, um zu den ›Decksgärten‹ zu gehen, den ›Toiletten‹, hölzernen Bänken mit Löchern am Fuß des Bugspriets. Aus alter Gewohnheit kauerte er sich auf der Seite hin, die den Deckoffizieren und Midshipmen vorbehalten war.

Dick Stradley, ein neu ernannter Bootsmannsmaat, bullig, wichtigtuerisch, tauchte aus dem Halbdunkel auf: »Scher dich auf die andere Seite, du Kakerlake, sonst mache ich dir Beine!«

Rot vor Scham und Wut kniff David die Backen zusammen und verzog sich auf die andere Seite. Mr. Stradley übersah ihn bei seiner geräuschvollen Verrichtung. David verkrampfte sich der Leib vor lauter Wut.

Morgens vor vier Uhr riß sie die Pfeife des Bootsmanns aus dem Schlaf. Als David nicht gleich aus der Hängematte sprang, klatschte das Tauende eines Bootsmannsmaaten gegen seine Matte. »Raus, ihr faulen Hurensöhne!«

David zog die Oberkleidung an, schnürte die Hängematte zusammen und brachte sie mit den anderen in die Finknetze. Die Kälte biß in seine nackten Füße, denn der Verlust seines Ranges zwang ihn, auf Schuhe und Strümpfe zu verzichten.

Die waren jetzt nicht zu gebrauchen, wo einige schon den Sand an Deck ausstreuten, während andere die »holystones« holten, die großen Scheuersteine aus bimsähnlichem Stein, mit Ringen an beiden Seiten. Ein Tau wurde durchgezogen, und dann wurden sie rhythmisch an Deck hin- und herbewegt, um Schmutz und Splitter abzuschleifen.

»Hier, David, nimm eine ›Bibel‹ und schleif das Deck in den Ecken und um die Lafetten ab, wo wir mit den ›holystones‹ nicht hinlangen«, stieß ihn William an. »Schnell, hier kannst du nicht träumen!«

Und schon schimpfte ein Bootsmannsmaat anfeuernd. Die ›Bibel‹ war ein Scheuerstein in Buchgröße mit einem Handgriff. David kniete sich in die Ecke und schmirgelte das Deck ab.

Eine Pütz Wasser wurde auf die Fläche geschüttet, die er scheuerte, damit die Wirkung der Schleifsteine erhöht wurde. David war nicht darauf vorbereitet und hockte nun mit nassen Knien und Hosenbeinen da.

»Voran!« rief ihm William zu, »das Deck muß weiß werden, sonst kriegen wir alle Strafdienst!«

David biß die Zähne zusammen und scheuerte mit aller Kraft hin und her. Er quetschte sich die Finger, und die Daumenkuppe war abgeschürft.

»Aufpassen!« schrie der Kanadier hinter ihm.

David sprang hoch, und der Strahl der Deckpumpe spülte Schleifsand und Schmutzreste mit kaltem Seewasser über Bord. David stand mit vor Kälte fast erstarrten Beinen in den Güssen.

»Alle Mann klar zum Setzen der Bramsegel!« schallte es vom Achterdeck.

»Komm mit mir zum Vorbramsegel!« zischte William.

»Entert auf!« hallte es durch das Sprachrohr.

Alle hasteten zu den Wanten und kletterten wie eine Affenhorde die Webeleinen hoch. David war etwas zur Seite gestoßen worden und spürte einen brennenden Schmerz über der Schulter, als er in die Wanten griff.

Bootsmannsmaat Stradley hatte ihn mit dem »Starter«, einem Tauende, eins übergezogen. »Schlaf nicht ein, du Kakerlake! Hoch ins Rigg!«

Harry Simmons, der in der Nähe stand, wollte eingreifen, aber Mr. Morsey, der die Szene beobachtete, flüsterte: »Sie halten sich raus. Das muß er durchstehen wie alle anderen.«

Der Hieb war wieder eine Wunde für Davids Stolz, aber seine Stellung unter den Matrosen hatte er wesentlich verbessert. Wer Schläge empfing und geschunden wurde, war einer von ihnen, und die rauhe Kameradschaft seiner Gruppe hielt ihn.

»Scheiß drauf!« brummelte der Kanadier. »Stradley ist ein Arschloch und wurde wegen seiner Kriecherei befördert. Nun will er zeigen, was er ist. Wenn er so weitermacht, wird er sich eines Nachts am Niedergang die Knochen brechen, und keiner wird wissen, ob jemand nachgeholfen hat.«

David ging um acht Uhr mit dem Kombüsendienst seiner Wache, um Brot, Zucker, Mehl, Butter und Erbsen zu empfangen. Der erklärte ihm, was er jetzt zum Frühstück aufzuteilen hatte, was aufbewahrt wurde in den Holzboxen bis zum Abendbrot und was morgens um vier Uhr beim Koch zum Kochen abgegeben werden mußte.

Da merkte David, wie wenig er vom Leben ›vor dem Mast‹ gewußt hatte. Für die Mannschaft gab es keine Messestewards, die ihr das fertige Essen brachten. Nein, wenn es Mehl, Zucker und Rosinen gab, dann verrührte das der Backschafter nach Gutdünken und brachte es um vier Uhr morgens in einem Kessel zum Koch, der es bis elf Uhr in dem heißen Wasser seiner Kupferfässer garen ließ.

Gemüse, selten genug und nur in Hafennähe, wurde in Netzen ins Wasser gehängt, und jeder Kessel und jedes Netz mußten ein Schild mit der Nummer der Backschaft haben, sonst war es weg. Das Salzfleisch wässerte der Koch und erhitzte es, aber die Stücke mitzählen und aufpassen, daß sie die richtige Größe hatten, mußte der Backschafter.

David stellte sich so dumm an, daß sein Kombüsendienst eine Woche verschoben wurde und er immer nur mitgehen und lernen mußte. Das kostete täglich eine gute halbe Stunde Schlaf und war bitter.

Aber als er selbst Kombüsendienst hatte, brachte ihm sein Pudding am vorletzten Tag ein zufriedenes Grunzen seiner Backschaft ein, und das wog in seiner Situation im Augenblick mehr als ein Lob von Mr. Morsey.

Davids Füße bekamen Schwielen, die Hände waren rauh und voller Teer. Aber er lernte, in der harten Welt des Vordecks zu leben, den Schlägern aus dem Weg zu gehen und den Deckoffizieren nicht aufzufallen. Die Berührung mit seinen ehemaligen Kameraden, den Servants und Midshipmen vermied er und war froh, wenn sie ihn nicht ansprachen.

Er wollte nicht ihr Mitleid, und er wollte nicht daran erinnert werden, was er verloren hatte. Ich werde es euch allen zeigen! schwor er sich mehr als einmal heimlich. Entweder ich stehe das hier durch, oder ich desertiere in Amerika zu den Rebellen, die einem dafür ja ein Stück Land geben sollen.

Eines Nachts schreckte David von einem Alptraum hoch. Susan war von einem Piraten verfolgt worden, und er war festgebunden und konnte ihr nicht helfen. Mühsam fand er sich in der Wirklichkeit zurecht. Da hörte er ein Rascheln und ahnte mehr, als er im Dunkeln sah, daß jemand an den See-säcken seiner Gruppe war.

Bevor er rufen konnte, schlich sich der Schatten davon, und vor dem helleren Licht des Niederganges glaubte David, den schmalen, näselnden Londoner zu erkennen, der in Sheerness neu an Bord gekommen war.

Am nächsten Morgen vermißte der Kanadier sein Brotmes-ser und ein Stück Hartbrot, das er sich aufgehoben hatte. David berichtete über seine Beobachtungen, und William ging mit dem Kanadier zu dem Ältesten der anderen Back-schaft. Der Londoner mußte sich die Durchsuchung gefallen lassen, und sie entdeckten das Brotmesser.

»Er gehört euch zur Bestrafung, der Strolch«, sagte der andere Backschaftälteste und wandte sich ab.

William und der Kanadier packten den Dieb und schleiften den um sich schlagenden und strampelnden Kerl zu ihrem Eßplatz. Die Beine wurden zusammengebunden, ein Knebel kam in den Mund, er wurde quer über den Tisch geworfen, und mit Tauenden und Knüppeln schlug die Backschaft auf ihn ein. »Halt!« rief David. »Ihr schlagt ihn ja fast tot.«

»Viel weniger soll es auch nicht werden«, stieß der Kana-dier hervor, »ein Kameradendieb ist das schlimmste Schwein unter Deck.«

Endlich ließen sie ab und schleiften ihn zu seiner Back-schaft zurück.

»Seht euch vor im Rigg!« sagte deren Ältester. »Er ist heim-tückisch und wollte schon einmal einen von der Rah stoßen.«

David sollte es ein paar Tage später spüren. Als er aufen-terte, in den Püttingswanten hing und sich zur Marsplattform hochziehen wollte, trat ihm jemand auf die Finger der rechten Hand, daß er aufschrie und sich mit der linken Hand gerade noch halten konnte.

Greg Miller, der neben David aufenterte, ein Freund des Kanadiers und ein Bär von einem Mann, rammte dem Lon-doner die Faust in den Magen und drohte dem Wimmernden. »Versuch es noch einmal, du Schwein, und du gehst nachts über Bord!«

Ein Korporal der Seesoldaten, der mit zwei seiner Soldaten

an der Drehbasse auf der Marsplattform übte, fragte: »Bist du nur gegen Schwächere so stark?«

Greg polterte: »Kannst es ja mal versuchen, du Hummer!«

Daraus entwickelte sich ein Kampf, der David zeigte, daß Brutalität Teil des Lebens im Vordeck war. Sie wurden brutal behandelt, und sie waren außerhalb ihrer kleinen Gruppe brutal untereinander. Sie kannten es nicht anders und empfanden es nicht als unerträglich.

»Such dir ein paar gute Freunde, und wehr dich deiner Haut!«

Auch ihre unterhaltsamen Veranstaltungen waren brutal, wenn man davon absah, daß sie sich ihren sentimentalen Shanties rührselig hingeben konnten.

Während ihrer Freiwache tauchte der Korporal mit einem muskulösen, vierschrötigen Seesoldaten bei ihnen auf und sagte: »Ihr habt da einen, der mächtig stark tut. Wir haben einen in unserer Korporalschaft, der ist stark. Schlage einen Faustkampf ohne Zeitbegrenzung vor. Wette mit meinen Leuten zwei Guineen auf unseren Mann.«

William sah Greg Miller an, der bedächtig nickte. »Gut, wir sind einverstanden. Morgen während der Nachmittagswache könnt ihr aufkreuzen. Aber euer Geld wollen wir sehen.«

Nach dem Mittagessen des nächsten Tages wurde eine der großen Kisten, in denen der Sand zum Bestreuen des Decks vor dem Kampf lagerte, in die Mitte des vorderen Geschützdecks gerückt. Greg entblößte den Oberkörper und wurde von seinen Kameraden mit Fett eingerieben. Die Seesoldaten erschienen mit ihrem Mann, der ähnlich vorbereitet war.

Beide Kämpfer setzten sich gegenüber auf die Kiste, genau eine Armeslänge entfernt. In dieser Stellung wurden sie mit Tauen um Leib und Beine festgebunden. Für einen richtigen Boxring wäre kein Platz gewesen.

So konnten sie durch Bewegungen des Oberkörpers ausweichen, aber sie konnten sich dem Gegner nicht entziehen. Ein Gehilfe des Zahlmeisters verwaltete die Wettgelder. Ein älterer Bootsmannsmaat leitete den Kampf.

»Jede Runde fünf Minuten nach meiner Sanduhr«, sagte er an. »Dann eine kleine Pause, und es geht weiter, bis einer nicht mehr kann. Geboxt wird nur mit geschlossenen Fäusten. Wer eine öffnet, kriegt sie am Leib festgebunden.«

Die dichte Runde von Zuschauern rund um die Kiste murmelte Zustimmung.

Dann folgte das Signal zum Kampf. Der Seesoldat drosch los, als ob eine Herde Pferde galoppiere. Greg pendelte nach rechts und links, schützte seinen Kopf und schlug gezielt zurück. Aber er konnte nicht verhindern, daß er in dem Schlaghagel mehrere Hiebe einstecken mußte. Nach der ersten Runde bluteten beide aus Mund und Nase. Aber Greg schien frischer.

Fünf Runden ging die Prügelei unter den Anfeuerungsrufen beider Parteien weiter, ohne daß sich viel geändert hätte. Die Schlagserien waren allerdings langsamer geworden, und jeder hatte blutunterlaufene Stellen im Gesicht, und die Oberkörper waren schweißgetränkt, mit Blut verschmiert und von Schlägen gerötet.

In den Pausen wischten die Helfer mit Essigwasser ihren Kämpfern die Haut ab.

In der sechsten Runde nahm der Seesoldat beide Fäuste zusammen und führte einen gewaltigen Rammstoß gegen Gregs Magen. Dem blieb die Luft weg, und er ließ benommen die Fäuste sinken.

David ertappte sich, wie er wild schrie: »Greg, gib's ihm, hau zu!«

Aber Greg fing noch einen gewaltigen Schwinger ein, der ihn zur Seite warf. Als sein Oberkörper zurückpendelte, entging er einem anderen Hieb, der seinem Kehlkopf galt.

Jetzt hatte er sich gefangen, konnte die nächsten Hiebe abwehren, ein Ausweichen antäuschen und mit aller Kraft das Kinn des Seesoldaten treffen. Der sackte etwas nach vorn zusammen, aber kein Schiedsrichter unterbrach den Kampf.

Greg nahm seine Chance wahr und schlug dem Gegner rechts und links an die Schläfe, bis der bewußtlos war.

Jetzt schritt der Bootsmannsmaat ein. »Halt!« Er versuchte, den Seesoldaten aufzurichten, konnte ihn aber nicht halten.

»Der Kampf ist zu Ende. Miller ist Sieger.«

Gregs Kameraden jubelten. William sammelte ihren Wettgewinn ein, sie banden ihren Kämpfer los und behandelten seine Wunden. Die Seesoldaten schleppten ihren Verlierer fort. Die Seeleute gingen prahlend und schwadronierend zu ihren Backschaften. David und ein anderer Boy mußten das Blut aufwischen.

David lernte in diesen Wochen mehr als zuvor in der gleichen Zahl von Monaten. Er lernte Mitgefühl für den Zimmermannsgehilfen aus Liverpool, der das harte Salzfleisch mit seinen wenigen Zahnstummeln nicht mehr beißen konnte. Mittags fischte er es aus dem Erbs- oder Haferbrei, schnitt es in winzige Teile, die er noch zerschlug, bis er die Fasern in sich hineinschmatzen konnte.

Er verstand, daß sie ihren Rum aufsparten und gegenseitig austauschten, bis einer sich sinnlos betrinken konnte. Sie schirmten ihn ab, bis er wieder verkatert in den Alltag zurückkehrte.

Er sah die Vorgesetzten auch mit ihren Augen, begriff, warum sie Mr. Grant nicht mochten, der immer reserviert und dienstlich war, während sie Mr. Morsey leiden konnten, der mit ihnen auch mal scherzte .

Charles Haddington nahmen sie auch ein rauhes Wort nicht übel, denn er behandelte sie als Menschen, war gerecht und erleichterte hier und da ihr Los.

Den Schiffsarzt liebten und verehrten sie. »Er merkt sich deinen Namen und will dir genauso helfen wie denen vom Achterdeck. Der quält keinen aus Übermut, sondern will die Schmerzen lindern. Und wenn es dir dreckig geht, ist er nachts bei dir und wischt dir Schweiß und Schmutz ab. Für den würden wir alles tun!«

Sonntag war es. Der Kapitän hatte das Schiff und die an Deck angetretenen Divisionen gemustert. Ohne ein Zeichen des Erkennens war er an David vorbeigeschritten und hatte prüfend nur auf Sauberkeit und Ordnung geachtet.

Mr. Morsey, der Divisionsoffizier, sah David in die Augen und blickte ihn aufmunternd an. Nach der Bibellesung sagte der Kapitän, daß sie voraussichtlich in drei Tagen Boston erreichen würden.

Aber der Wind wollte den Kapitän anscheinend Lügen strafen. Er ließ mehr und mehr nach. Sie mußten die Leesegel setzen, um wenigstens noch gut zwei Knoten zu laufen. David saß mit seinen Kameraden auf dem Vordeck. Die Sonne wärmte sie.

Einige besserten ihre Sachen aus, andere schnitzten aus Knochen kleine Kunstwerke, der Kanadier erzählte von der neuen Welt, die vor ihnen lag.

David sah seine früheren Kameraden Matthew Palmer und Andrew Harland im Fockmast herumturnen. War der Andrew verrückt geworden? Jetzt wollte der frei auf der Vormarsleerahe stehen. David sprang auf, wollte eine Warnung schreien, als Andrew auch schon ausglitt, im Fallen noch an die Fockleerahe schlug und ins Wasser klatschte.

Gott, er kann doch nicht schwimmen, dachte David, brüllte »Mann über Bord« und rannte die Gangway entlang zum Achterdeck. Vor der Achterdeckreling lagen Taue aufgeschossen, die am nächsten Tag morsch gewordene Schoten ersetzen sollten.

David griff sich ein Ende, knotete es um seine Brust, sah Andrew regungslos aus dem Wasser auftauchen, rief einem Matrosen zu: »Beleg das andere Tauende!« und sprang über Bord, als das Schiff langsam an Andrew vorbeiglitt.

Mit wenigen Schwimmstößen war er bei ihm, hielt dem Bewußtlosen den Kopf über Wasser, schluckte selbst furchtbar viel, spürte plötzlich das Tau an seiner Brust rucken, umschlang Andrew und hielt ihn krampfhaft fest, als das Tau eingeholt wurde.

»Langsam!« brüllte er, als er an die Bordwand gezogen wurde.

Dann kam Ordnung in das Ganze. Der Bootsmann kommandierte, ein Tau wurde hinuntergelassen, er legte es um Andrews Brust und sah, wie dieser Zug um Zug nach oben glitt. Dann war er selbst dran, wurde über das Schanzkleid gehievt und erbrach das Meerwasser.

»Bringt ihn zum Schiffsarzt!« ordnete der Bootsmann an, und seine Kameraden schleppten ihn hinunter, ohne viel auf seine Proteste zu geben.

Mr. Lenthall war noch mit Andrew beschäftigt, den er auf die Seite gelegt hatte und dessen Rippen er rhythmisch bearbeitete.

»So, er atmet wieder ordentlich durch«, murmelte er, klappte Andrews Augenlider hoch und befühlte dessen Schädel. »Ist er irgendwo gegengeschlagen?«

Wahrscheinlich an die Leerah, wurde ihm bedeutet.

»Bewußtlos, aber kein Bruch«, äußerte Mr. Lenthall, nachdem er Andrew abgetastet hatte. »Ruhig lagern, keine Bewegungen, kein Licht, keine Suppe vor morgen«, sagte er zu seinen Gehilfen.

»Und nun zu Ihnen, Mr. Winter. Sie haben Menschenleben gerettet, und das ist mehr, als viele Ärzte von sich behaupten können.«

»Sie sollten ›Du‹ zu mir sagen, Sir, ich bin Schiffsjunge«, erwiderte David mit einem Anflug von Trotz.

»Ich sage ›Sie‹, zu wem ich will, Mr. Winter, und ich glaube, Sie sind die längste Zeit Schiffsjunge gewesen.«

Beim Appell des nächsten Tages bestätigte es Kapitän Brisbane. David wurde belobigt und in alle Ehren und Rechte eines ›Captain's Servant‹ wieder eingesetzt.

Die Freude war nicht so groß wie die Scham bei seiner Degradierung. Seine Kameraden auf dem Achterdeck strahlten, während die Matrosen seiner Backschaft etwas unsicher und verlegen seine Blicke mieden.

Nach dem Appell lief er als einer der ersten zum Vordeck. Als seine Backschaft kam, rief er: »Wo bleibt der Kombüsendienst? Oder wollt ihr nicht mehr mit mir essen?«

Sie rückten näher, William, der Kanadier, Greg und die anderen, und David schüttelte ihre Hände: »Ich werde euch nicht vergessen!«

Vom Niedergang rief Matthew Palmer: »Wo bleibst du denn, David?«

Der antwortete: »Ich esse noch mit meinen Kameraden!«

»Aber wir sind doch deine Kameraden, David!« rief Matthew enttäuscht.

»Die hier auch, Matthew«, sagte David bestimmt und sah sie alle an.

Der Kanadier sprach es aus: »Vergessen Sie es nie, Sir, und die Matrosen werden immer für Sie da sein!«

»Noch bin ich David, du alter Seeadvokat, und hier klappt es mit dem Fraß wohl überhaupt nicht mehr, wenn nicht ich Backschafter bin.«

Sie lachten und grinsten und stießen David verstohlen in die Seite.

Ich darf diese Wochen nie vergessen, sonst kann ich kein guter Offizier werden, fühlte David. Als er nach dem Essen mit seinem Beutel ins Cockpit ging, war es auch wie ein Gang in eine neue Welt.

Rebellen und Königstreue

Die *Shannon* lag eine viertel Meile östlich von Long Wharf vor Anker. Die Freiwache sah der Regenwolke nach, vor der sie eben Schutz gesucht hatte und die jetzt über den Hafen von Boston hinwegtrieb.

Die *Preston*, das Flaggschiff des Admirals, einige Sloops und Kutter der Kriegsflotte, ein Transportschiff und einige Küstenfrachter waren alles, was den einst so belebten Hafen füllte.

Mr. Hope konnte sich gar nicht genug wundern: »War das früher ein Gedränge von Clarkes Wharf die Bucht hinunter bis zur Südbatterie unterhalb von Fort Hill. Und heute? Ich hätte nicht gedacht, daß die Sperre, die die Regierung verhängt hat, sich so auswirkt.«

Die Junisonne setzte sich gegen die Regenwolken durch und beschien die Stadt, die ebenfalls wie gelähmt dalag. Nur hier und da Geschäftigkeit, sonst bedrohliche Stille.

»Boot ahoi!« gellte der Ruf des Ausgucks, und die Antwort »Shannon« signalisierte, daß der Kapitän von der Meldung beim Admiral zurückkehrte.

Die Wache trat an, die Bootsmannspfeifen schrillten, Kapitän Brisbane salutierte kurz zum Achterdeck und ging zu seiner Kajüte, ohne nach links oder rechts zu sehen.

»Was ist dem denn über die Leber gekrochen?« murmelte Simmons.

Kurz darauf wurden Mr. Grant und Mr. Barnes zum Kapitän gerufen.

Ein ungewöhnlich ernst blickender Kapitän empfing die beiden Offiziere: »Meine Herren, beim Admiral scheut man sich noch es zu sagen, aber es ist so: Wir befinden uns im Krieg. Am 19. April ist eine Abteilung unserer Truppen, die in Concord, etwa zwanzig Meilen landeinwärts, ein Munitionsdepot radikaler Rebellen zerstören sollte, von mehreren tausend Milizsoldaten angegriffen und während des Rückmarschs so heftig beschossen worden, daß dreiundsiebzig ›Rotröcke‹ getötet und rund zweihundert verletzt wurden. Seitdem ist das Land in offenem Aufruhr und Boston praktisch eine belagerte Stadt. Ich weiß nicht, warum man das nicht Krieg nennt!«

Die beiden Offiziere standen fassungslos vor ihrem Kapitän.

»Aber das ist doch Bruderkrieg! Das sind doch auch Untertanen des Königs!« stieß Grant hervor.

Kapitän Brisbane wurde bewußt, daß sie alle noch standen, und er forderte mit einer Handbewegung auf, Platz zu nehmen.

»Wenn ich es recht verstehe, meine Herren, streitet man sich in den Stäben von General Gage und Admiral Graves noch darüber, ob sich nur eine radikale Minderheit oder gar die Mehrheit der Kolonisten von unserem König losgesagt hat. Tatsache ist, daß ein illegaler Provinzialkongreß von Massachusetts beschlossen hat, eine Armee aufzustellen. Seitdem wird Boston mit Hilfe der Milizen aus den angrenzenden Kolonien belagert.«

Brisbane erläuterte seine Befehle. Ab sofort seien Kriegswachen einzuteilen. Die Seesoldaten hätten Wachen auf Vor- und Achterdeck zu stellen. Die Geschütze dort seien gegen Enterangriffe mit Traubengeschossen zu laden. An die Seeleute der Wache seien Entermesser und Musketen auszugeben.

Ein Kommando von dreißig Mann müsse morgen früh zur Noddles Insel übersetzen, um dort Vorräte für die Garnison und eine Kuhherde zu bewachen. Die Verpflegung in der abgeschnittenen Stadt werde langsam knapp. Außerdem müsse nachts einer der Kutter Wache um das Schiff rudern, um Überfälle zu verhindern.

»Das ist in der Tat Krieg, Sir!« bestätigte Mr. Grant.

»Sie sagen es, Mr. Grant. Und ich fürchte, dies ist weder ein ehrenvoller noch ein ehrlicher Waffengang«, fügte der Kapitän hinzu.

Als die Befehle die Mannschaften an ihre Plätze riefen, summte das Schiff wie ein Bienenhaus. Enttäuschung, daß kein Landurlaub gewährt wurde, Aufregung über die kriegerischen Maßnahmen, Gerüchte über bevorstehende Enterangriffe, alles brodelte in der Mannschaft.

Der Schiffsarzt meldete sich beim Kapitän: »Sir, wir brauchen dringend frisches Gemüse und Obst, sonst müssen wir mit Skorbut rechnen.«

Brisbane erwiderte, daß er daran schon gedacht habe. Der Kutter, der zur Werft fahre, um einige Spieren und Taue aufzutreiben, bringe auch den Zahlmeister zum Verpflegungsamt. Aber er habe keine sehr großen Hoffnungen. Die Bevölkerung werde von den radikalen Rebellen derart eingeschüchtert, daß sie sich nicht traue, Proviant zu verkaufen. Nicht einmal die Handwerker würden Baracken für die neu eingetroffenen Truppen bauen. Im übrigen grassierten in der Stadt die Pocken.

»Um Gottes willen, Sir!« entsetzte sich Mr. Lenthall. »Dann dürfen nur Mannschaften an Land, die die Pocken überstanden haben, und wir müssen die übrige Mannschaft impfen. Ich werde das sofort mit dem Hafenarzt besprechen.«

Der Kapitän war einsichtig, gab aber zu bedenken, daß weder er noch der Zahlmeister die Pocken gehabt hätten. Etwas müsse man auch dem lieben Gott vertrauen.

»Sicher, sicher! Aber vorsorgen muß der Mensch«, erklärte Mr. Lenthall sehr bestimmt.

Als der Kutter am frühen Abend zurückkehrte und auch der Flaggleutnant weitere Befehle brachte, wußte zumindest die Offiziersmesse etwas mehr.

Es sehe nicht gut aus in der Stadt.

Die Truppen seien schlecht verpflegt und demoralisiert. Die Bevölkerung sei offen feindselig oder zu eingeschüchtert, um Sympathien zu zeigen. Die Desertionen nähmen zu. Die Aufständischen lockten Unteroffiziere mit fünfzig Pfund, wenn sie überliefen und die Miliz ausbildeten.

Die Landenge, Boston Neck, die Boston mit dem Festland verbinde, sei befestigt, um die Rebellen draußen und die eigenen Soldaten drinnen zu halten.

Strategisch sei die Lage hoffnungslos. Die Stadt werde von den umliegenden Höhen auf dem Festland beherrscht, und um die zu besetzen, reichten die knapp sechstausend Soldaten nicht aus. Der Admiral, einundsechzig Jahre alt, sei ein vorsichtiger Zauderer. Mit dem Gouverneur und General Gage vertrüge er sich eher schlecht als recht. Wenn etwas schief gehe, schiebe einer dem anderen die Schuld zu. Als der Flaggleutnant die Messe verließ, hatte er sie um etliche Glas Wein erleichtert, sie aber mit trüben Gedanken beschwert.

Die Mannschaft merkte vor allem, daß es kein frisches Fleisch gab. Ein paar Tonnen Äpfel und Kohl waren alles, was an frischen Nahrungsmitteln aufzutreiben war. Mr. Lenthall ließ peinlich überwachen, daß jeder die Apfelration auch aß.

Während der Vormittagswache wurde David mit anderen eingeteilt, um mit Barkasse und Kutter Feuerholz für die Kombüse zu holen. Mr. Bates, der Dritte Leutnant, führte das Kommando, und der Sergeant mit sechs Seesoldaten begleitete die Matrosen, die ebenfalls bewaffnet waren. Sie hatten knapp anderthalb Seemeilen zu pullen, zwischen Charlestown Point und der Westspitze der Noddless Insel hindurch zum großen Wald an der Straße nach Salem.

Die Seesoldaten bezogen Posten in Ufernähe, und die Matrosen gingen in Trupps von vier bis fünf Mann in den Wald. Zwei Musketenträger waren immer dabei. Die ersten Haufen trockener Stämme waren gerade am Ufer aufgetürmt, als lebhaftes Gewehrgeknatter im Wald zu hören war.

David ließ seinen Trupp anhalten. Sie kauerten sich nieder und starrten durch das Unterholz. Seitwärts von ihnen brach ein anderer Trupp aus dem Dickicht. Zwei Matrosen schleppten einen dritten, ein vierter feuerte mit seiner Muskete in den Wald und rannte den anderen nach.

Sekunden später huschten braun und grün gekleidete Männer durch das Unterholz, hoben Gewehre und schossen dem flüchtenden Trupp nach. David ließ seine beiden Schützen auf die Rebellen feuern und lief dann mit seinen Leuten zum Strand hinunter.

Die Seesoldaten knieten am Ufer und schossen mit Sorgfalt und Präzision zum Waldrand. Die Matrosen sprangen in die Boote. Die Barkasse legte auf Mr. Bates' Befehl ab und deckte fünfzig Yard vor dem Ufer das Einschiffen der Kutterbesatzung. Mit zwei Verwundeten konnten sie sich vom Strand lösen.

Als sie enttäuscht und wütend wieder die Höhe von Charlestown Point erreichten, umrundete ein halbes Dutzend schneller Ruderboote die Landspitze und glitt auf sie zu. »Das sind Walfangboote, schnelle, flache Ruderer!« rief ein Bootsmannsmaat. »Die wollen uns ihren Segen nachsenden.«

Wieder pfiffen die Kugeln, und die Seesoldaten kauerten sich nieder und erwiderten das Feuer.

»Viel zu weit,« knurrte der Sergeant, »das ist nur Pulververschwendung!«

Aber dann griff sich ein Seemann schreiend an die Schulter, und zwischen seinen Fingern sprudelte Blut hervor.

»Verdammt! Die Hunde schießen mit langen Rifles, nicht mit Musketen«, brüllte der Sergeant. »Pullt oder sie schießen uns ab wie Enten!«

Ein Kanonenboot kam ihnen zu Hilfe und sandte ein Traubengeschoß in das Rudel der Walfänger, die dann abdrehten.

»Verdammte Hunde!« schimpfte der Sergeant. »Die treffen mit Rifles noch auf dreihundert Yard, während bei uns ein Treffer auf einhundert Yard ein guter Schuß ist. Aber wenn wir die Bande auf dem Schlachtfeld treffen, dann werden wir ihnen zeigen, was Feuergeschwindigkeit und Bajonett vermögen!«

Von nun an wurden die Barkasse und der große Kutter mit

Zweipfündern armiert, und die besten Scharfschützen der Seesoldaten begleiteten jede Fahrt.

In der übernächsten Nacht krachten Schüsse auf der Noddless Insel. Feuerschein leuchtete durch die Bäume. Zumindest eine Scheune von Williams Farm auf der Insel brannte lichterloh.

Kapitän Brisbane war in Sorge um sein Wachkommando auf der Insel, ließ eine Leuchtrakete abfeuern und Barkasse und Kutter mit fünfzig Mann zur Insel übersetzen. Vom Schiff aus hörte man zwei Salven der Seesoldaten, sah die Feuerzungen durch die Nacht stechen, glaubte Schreie zu hören. Dann war Stille, nur das große Feuer brannte lautlos zwischen den Bäumen. Im Morgengrauen kehrt der Kutter mit Irving Barnes, dem Ersten Leutnant der Seesoldaten, zurück. Drei Bündel lagen im Boot, und zwei Matrosen trugen blutbefleckte Verbände. Als die Bündel vorsichtig über das Schanzkleid gehoben wurden, verrutschte ein Tuch und gab einen blutverschmierten, haltlos pendelnden Kopf frei. Die Kehle war bis zur Wirbelsäule durchtrennt, und an Stelle des Kopfhaares war eine einzige blutgeronnene Wunde.

»Bei Gott! Sie haben sie skalpiert!« rief der Kanadier, der neben David stand.

Wie ein Lauffeuer ging die Schreckensnachricht durch das Schiff. Die Wut hatte viele Gesichter. Einige brüllten: »Diese Mörder!« Andere ballten schweigend die Fäuste, wieder andere stierten in die Ferne und mahlten mit den Zähnen.

Es waren keine Indianer, die die Skalps genommen hatten, sondern Grenzer aus Kentucky, die dies genauso taten wie Indianer. Im Schutze der Dunkelheit waren sie auf der Insel gelandet, hatten drei Posten überrascht, getötet, das Haus mit Vorräten angezündet und einen Teil der Herde massakriert, ehe die Schüsse des Wachkommandos sie vertrieben.

»Was ist das nur für ein Krieg?« fragte Kapitän Brisbane den Offizier aus General Gages Stab, der ihm die Nachrichten überbrachte. »Wegelagereien, Raubüberfälle, Morde sind das, aber doch kein offener und ehrlicher Kampf!«

»So ist es, Sir«, stimmte ihm der Adjutant zu, »und noch schlimmer! Der Feind sitzt mitten in der Stadt. Wir wissen nicht, wem wir trauen können, wer uns verrät oder gar aus dem Hinterhalt abschlachtet. Und wir haben Befehl, uns nur bei Angriffen zu verteidigen. Wen wundert es, wenn die Soldaten sich betrinken und über die Stränge schlagen. Ich wünschte, ich wäre weit weg von hier.«

David gehörte zum Kommando, das zur Beisetzung der drei Toten entsandt wurde. Mr. Bates, der Dritte Offizier, hatte den Oberbefehl, der Zweite Leutnant der Seesoldaten begleitete mit einem Trupp seiner Männer die Seeleute, die mit Barkasse und großem Kutter bis Bulls Wharf ruderten und mit den drei Särgen bei Wheelers Port landeten.

Die Seeleute schulterten die Särge, die Seesoldaten nahmen an der Spitze des Zuges Aufstellung, und sie marschierten durch Straßen, in denen kaum Menschen zu sehen waren. Selbst die Newbury Street, sonst voll mit Fuhrwerken und Fußgängern, war fast ausgestorben.

Viele Häuser standen leer. In anderen lehnten Soldaten aus dem Fenster, Frauen kreischten im Hintergrund. Zivilisten waren kaum zu sehen. Die wenigen wandten sich ab, als sie den Trauerzug auf dem Weg zum Friedhof an der Frog Lane begegneten. Auf dem weiten Feld im Norden des Friedhofs standen die Zelte der vor wenigen Wochen eingetroffenen Regimenter. Befehle und Trommelschlag schallten herüber. Ein Geistlicher der Garnison sprach an den Gräbern.

David hörte etwas von der Tragik dieses Sterbens, von den Irregeleiteten, die zum Schwert gegriffen hatten und durch das Schwert umkommen würden, und seine Gedanken wanderten weit fort. Wer hatte wohl am Grab seiner Eltern gepredigt? Was hatte er hier zu suchen in diesem feindseligen, unfreundlichen Land?

Kommandos schreckten ihn hoch. Totengräber schaufelten die Gräber zu, während die Shannons schweigend und deprimiert den Rückweg antraten.

In der Essex Street ließ Mr. Bates an einem Gasthof halten und bewilligte jedem ein Glas von dem billigen Neuengland-Rum, der hier nur »Kill Devil« genannt wurde. Ein paar betrunkene Korporale eines Linienregimentes saßen in der Gaststube, schimpften, daß die Flotte keine Verpflegung brächte, als sie die Matrosen sahen und wurden vom Wirt besänftigt. Zumindest der Wirt gab sich als königstreuer Patriot und forderte die Shannons auf, die Rebellen zu Paaren zu treiben, während er seinen Fusel ausschenkte.

»Halt!« schrie eine Stimme vom Hof. Krachen und Poltern war zu hören. Einer der Seesoldaten schleifte einen benommenen Matrosen in die Gaststube.

»Er wollte desertieren, und ich hab' ihm eins mit dem Kolben gegeben«, meldete er seinem Leutnant.

Unter den Seeleuten rumorte es, und Schimpfworte gegen die roten »Hummer« wurden gemurmelt. Mr. Bates nahm einen Wasserkrug vom Schanktisch und goß ihn dem Matrosen über den Kopf.

»Wohin wolltest du denn hier desertieren, du Rindvieh? Wir sind doch praktisch auf einer bewachten Insel!«

Der Matrose schüttelte den nassen Kopf und protestierte: »Aber ich wollte doch nicht desertieren, Sir. Ich mußte nur schnell raus, weil ich Durchfall habe.«

Die Erinnerung war wieder da, und er griff sich an die Hose. Sein entsetztes Gesicht, der sich ausbreitende Gestank waren Zeugnis genug. Die näher sitzenden Matrosen begannen zu lachen, und schließlich grölten alle und prusteten ihre Schadenfreude hinaus. Der arme Kerl mußte sich im Hof säubern und mit nasser Hose zurückmarschieren.

Als Mr. Bates Leutnant Grant den Vorfall erzählte, sagte der nur lakonisch: »Sinnbildlich für die Lage hier, Robert. Traurig, beschissen, nur Galgenhumor tröstet noch.«

Am nächsten Morgen kam ein Boot vom Flaggschiff. Kaum war der Melder in die Kajüte des Kapitäns gegangen, da stürzte dieser mit einem Teleskop heraus, lief zur Achterdeckreling und sah zur Halbinsel von Charlestown hinüber.

»Verdammte Sauerei«, preßte er zwischen den Zähnen hervor.

Mr. Grant trat neugierig hinzu: »Sir?«

»Da, sehen Sie sich mal die Hügelkuppe nordöstlich von Charlestown an, Mr. Grant!«

»Rebellen, Sir, ziemlich viele, graben wie wild an einem Erdwall!«

Kapitän Brisbane erklärte Mr. Grant mit unterdrücktem Zorn, daß dieser Hügel, Breeds Hill, und der nordwestlich davon, Bunker Hill, übermorgen, am achtzehnten Juni, von britischen Truppen besetzt werden sollten.

Die beiden Hügel beherrschten nicht nur Charlestown, sondern auch Teile von Boston. General Gage habe Nachrichten, daß die Rebellen Kanonen heranschafften, die sie in Fort Ticonderoga nahe der kanadischen Grenze erobert hätten. Alles sei für übermorgen geplant.

Die *Shannon* hätte Boote zum Transport der Truppen stellen sollen. Nur der Stab, die Kommandeure und die Kapitäne hätten davon gewußt.

»Wenn da nicht Verrat im Spiel ist, will ich verdammt sein. Diese Stadt ist ein Sumpf von Laster und Verrat, und einige Herren der Garnison scheinen nicht schlecht dabei zu leben!«

Fluchend stampfte er in seine Kajüte zurück und ließ sich kurz darauf zum Hauptquartier bringen.

Am Abend wurden die Befehle ausgegeben. Die *Shannon* sollte die Landung der Truppen unter Generalmajor Howe bei Charlestown Point mit ihren Geschützen decken. Alle großen Boote waren zum Transport der Truppen zum Hudsons Point abzustellen.

David kommandierte den kleinen Kutter und übernahm den ihm zugeteilten Trupp Rotröcke direkt am Ferry Way. Die Soldaten waren guter Dinge und wollten es den verdammten Bauernlümmeln schon zeigen.

»Aus den Wäldern schießen, das können sie«, grollte ein stämmiger Sergeant, »aber nun geht es Mann gegen Mann mit blankem Bajonett. Da werden wir es ihnen heimzahlen!«

Der Kutter war überfüllt. Jeder Soldat hatte seinen Tornister mit Verpflegung für drei Tage und Munition mit sich, etwa einhundertzwanzig Pfund.

Wenn bloß keine plötzliche Windbö von der Seite einfällt, dachte David besorgt.

Als alle Boote beladen waren, setzte sich die kleine Armada in Bewegung, um den Meeresarm zu kreuzen. Nordöstlich von ihnen lag die *Shannon* mit wehender Flagge und jagte gerade eine Breitseite in das Ufergebüsch. Westlich von ihnen feuerten Batterien von Copps Hill nach Charlestown hinein, wo Generalmajor Clinton landen sollte.

David trieb seine Bootsgasten an. Als sie das Ufer erreichten, sprangen die Matrosen ins Wasser und hielten den Kutter, während die Rotröcke mit ihren Tornistern schwerfällig wie Schildkröten den Strand hinaufstapften und unter dem Gebrüll ihrer Unteroffiziere in drei Reihen Aufstellung nahmen.

Die meisten Boote holten weitere Truppen, während David mit seinem Kutter den Schiffsarzt mit seinen Gehilfen zum Strand bringen sollte. Als sie mit Mr. Lenthall zum Landeplatz zurückkehrten, sah David, daß die Rotröcke schon gut fünfhundert Yard vorgerückt waren und nur noch etwa fünfzig Yard bis zum Erdwall zurückzulegen hatten.

Die Rebellen werden geflohen sein, dachte David, als eine knatternde Musketensalve einen großen Teil der Rotröcke niederwarf. Die anderen stürzten zurück, sammelten sich wieder und stapften erneut hügelwärts.

»Mein Gott, das ist doch Wahnsinn«, murmelte Mr. Lenthall, »die können doch nicht geradewegs ins feindliche Feuer marschieren.«

Noch bevor sie das Ufer erreichten, röhrte die zweite Musketensalve vom Hügel. Sie legten an, und brachten Mr. Lenthall mit seinen Geräten ans Ufer. Wieder knatterten oben Schüsse, aber diesmal unregelmäßig und von Hurragebrüll übertönt.

Die ersten Leichtverwundeten taumelten aus dem Dickicht an den Strand. Mr. Lenthall begann sein Werk.

Ein Stabsoffizier eilte heran: »Bitte versorgen Sie die leichten Wunden nur so weit, daß die Leute in die Stadt gebracht werden können. Wir haben furchtbare Verluste. Kommen Sie dann bitte mit zum Hügel. Die Seeleute müssen die Verwundeten ans Ufer tragen.«

David ließ nur eine Bootswache zurück und stolperte mit

den Seeleuten und dem Schiffsarzt durch das meterhohe Unkraut aufwärts. Aus Richtung Bunker Hill klangen noch vereinzelt Schüsse und Hurraschreie, von Breeds Hill hörten sie nur Stöhnen und Jammern.

Vor dem Erdwall lagen die Rotröcke in Haufen.

»Mr. Winter!« rief der Schiffsarzt. »Ich brauche einen flachen, freien Platz und Feuer, um Wasser und meine Instrumente zu erhitzen.«

David und die Matrosen waren fieberhaft am Werk, schleppten Verwundete herbei, und Mr. Lenthall mit seinen Gehilfen verband, schiente, sägte zerschmetterte Gliedmaßen ab, betäubte Verletzte mit Alkohol und Opiumtinktur.

Gegen die stechende Sonne hatten die Matrosen ein Sonnensegel aufgestellt, aber Hitze, Schweiß, Gestank und Fliegenschwärme waren unerträglich. Mit provisorischen Tragen schleppten die Matrosen die Verwundeten, die Mr. Lenthall versorgt hatte, zum Strand, und David holte immer wieder Wasser von einer kleinen Quelle und half, so gut er konnte.

Als die Dunkelheit einsetzte, waren die Verwundeten in ihrer Nähe versorgt, und die Seeleute schwärmten aus, um nach anderen zu suchen und um die Toten auf einen Haufen zu legen. Ein Oberst der Linieninfanterie, den linken Arm in der Binde, trat zu ihnen und dankte ihnen für die Unterstützung.

»Sie haben uns sehr geholfen. Was jetzt noch zu tun ist, schaffen unsere Feldschere und Hospitalärzte. Sie können auf ihr Schiff zurückkehren. Bitte bringen Sie mich aber vorher zu Hudsons Point, ich muß dringend ins Hauptquartier.«

Als sie im Kutter saßen und über den Meeresarm ruderten, erzählte der Oberst von dem Gefecht. »Ich hätte das den zusammengelaufenen Farmern nicht zugetraut. Sie ließen uns heran, bis sie das Weiße in unseren Augen sahen. Dann haben sie unsere Männer zusammengeschossen wie routinierte Gardesoldaten. Erst als General Howe beim dritten Ansturm befahl, das Gepäck abzulegen und mit dem Bajonett vorzustürmen, konnten wir sie in die Flucht schlagen und beide Hügel besetzen. Die Halbinsel ist fest in unserer Hand.«

»Aber das ist doch ein Sieg, zu dem man gratulieren kann, Sir«, sagte David forscher, als ihm zumute war.

»Gott bewahre uns vor weiteren ›Siegen‹ dieser Art, junger Mann. Wir sind mit zweitausendfünfhundert Mann angetreten, und soweit bis jetzt zu übersehen ist, haben wir die Hälfte an Toten und Verwundeten eingebüßt. Im Süden der Stadt ragen die Hügel von Dorchester auf. Wenn wir die unter ähnlichen Verlusten stürmen sollen, bleibt in Boston kaum jemand, der noch ein Gewehr halten kann.«

Kaum anders wurde die Lage beurteilt, als Kapitän Brisbane drei Tage später beim Admiral war. Boston sei nicht zu halten, erklärte ihm dieser. Er habe nie die Auffassung gutgeheißen, sich hier im Zentrum der Rebellion an einem für Angriff und Verteidigung gleichermaßen ungeeigneten Platz festzubeißen. Endlich sähe man das auch anderen Ortes ein, fügte er maliziös mit griesgrämigem Gesicht hinzu. Man müsse die Anhänger des Königs in den anderen Provinzen stärken, ihre Hilfe aktivieren und den Rebellen den Nachschub abschnüren

»Und das ist jetzt auch ihre Aufgabe, Brisbane. Sie wissen, das ich nicht genug Schiffe habe. Aber ich gebe ihnen einen kleinen Schoner mit vier Dreipfündern, den ich angekauft habe. Er heißt *Cerberus*, und ich hoffe, er wird für die Rebellen wirklich zum Höllenhund. Sie können ihn in flache Gewässer schicken, wo sie nicht hinkommen, damit er Ihnen die Beute zutreibt. Aber bemannen müssen Sie ihn mit Ihren Leuten. Seeleute kann ich auch nicht entbehren. Schlagen Sie mir einen amtierenden Leutnant als Kommandanten vor. Und nun zu ihren Aufgaben!«

Die *Shannon* sollte südwärts segeln und alle Schiffe untersuchen, ob sie Waffen und Munition für die Rebellen oder Schmuggelgut geladen hätten. Hauptbereich der Patrouillen sei dann für drei Monate die Mündung der Chesapeake Bay.

Dort sei auch an der Ostseite der Bay in Maryland mit königstreuen Bürgern Fühlung aufzunehmen, die besonders in den Bezirken Somerset und Worcester um Unterstützung nachgesucht hätten. Waffen und Uniformen für sie und andere Loyalisten wären auf einer Brigg verladen, die nach

Abgabe der Ausrüstung mit Verpflegung zu beladen und zurückzuschicken sei.

Weitere Einzelheiten erörterten der Flaggkapitän und ein Berater des Generalgouverneurs mit Brisbane.

Ein Läufer rief Charles Haddington zum Kapitän, und als er auf dem Weg zum Achterdeck war, sah er um sich herum Seeleute, die tuschelten, sich in die Seite stießen, auf die Schulter klopften und sich fröhlich angrinsten.

»Was ist los, Robuck?« fragte Haddington den Bootssteuerer des Kapitäns, »habt ihr eine Extraration Grog erhalten?«

»Nein, Sir, aber wir laufen aus diesem Rattenloch aus.«

Haddington eilte weiter zur Kapitänskajüte und wunderte sich wieder einmal, wie schnell Neuigkeiten die Mannschaft erreichten.

Der Kapitän und der Erste Offizier erwarteten ihn.

»Na, Mr. Haddington, Sie scheinen ja schon von den guten Nachrichten gehört zu haben?« fragte der Kapitän.

»Ich hörte nur, daß wir auslaufen, Sir.«

Brisbane nickte Grant zu. »Seeleute sind wie Klatschweiber. Der Sekretär des Admirals tuschelt mit dem Zahlmeister, der will sich beim Bootsmann wichtig tun. Einer seiner Maate flüstert es unserem Bootssteuerer zu, und so geht alles in die Runde. Fragen Sie die Mannschaft, Mr. Grant, wenn Sie Informationen brauchen, nicht den Admiral.«

Donnerwetter, dachte Haddington bei sich. So gutgelaunt und geschwätzig ist der Alte selten. Da muß ein feines Kommando in Aussicht stehen

»Sie kennen aber nur einen Teil der guten Nachricht«, unterbrach Brisbane seine Gedanken, »Sie werden amtierender Leutnant und kommandieren den Schoner *Cerberus*, achtundvierzig Tonnen, der mit der *Shannon* auf Patrouille geht. Na, was sagen Sie nun?«

Haddington konnte vor Freude und Glück nur stammeln: »Ergebensten Dank, Sir. Werde mich bemühen, Ihr Vertrauen zu rechtfertigen.«

»Schon gut, schon gut«, wehrte Brisbane ab.

Grant gratulierte, und dann gingen sie zum Kartentisch und besprachen den Einsatz.

Der Schoner *Cerberus* war klein, aber schnell, hatte geringen Tiefgang, vier alte Dreipfünder und einige Drehbassen. Er sollte mit zwanzig Mann Besatzung Buchten und Flußmündungen absuchen, die für die *Shannon* unzugänglich waren.

»Der Bootsmann soll Ihnen einen tüchtigen Maat mitgeben, der Wache gehen kann. Vom Stückmeister und vom Zimmermann brauchen Sie auch einen Maat, außerdem einen älteren Midshipman als Ihren Vertreter und als Wachhabenden. Vorschläge für die Mannschaft legen Sie Mr. Grant vor.«

Er zeigte auf der Karte, daß sie an der Narraganset Bay Kapitän Wallace mit der kleinen Fregatte *Rose* (20) treffen sollten, der mit einigen kleinen Tendern vor Rhode Island, dem Schmugglernest, patrouillierte. Dann würden sie an Long Island entlang zur Hafeneinfahrt von New York segeln und weiter zum Delaware, den Kapitän Collins mit der *Nautilus* überwachen solle.

In der Chesapeake Bay müßten sie Fühlung mit den Anhängern ihres Königs aufnehmen und ihnen die Waffen und Ausrüstung übergeben, die die Brigg *George* geladen hätte. Danach sollten sie an den Küsten von Nord- und Süd-Karolina patrouillieren und den Gouverneuren und Loyalisten jede mögliche Hilfe gewähren.

»Das ist ja mehr oder weniger Zolldienst, Sir, denn die Rebellen haben doch keine Kriegs- oder Kaperschiffe«, wandte Mr. Grant ein.

»Da haben Sie nicht ganz unrecht, Mr. Grant. Wir müssen vor allem den Schmuggel mit Waffen und Munition für die Rebellen unterbinden, was uns wohl allen einleuchtet. Außerdem sollen wir auch Schiffe mit Tee, Melasse, ausländischen Handelswaren und ähnlichem Zeug beschlagnahmen, was kein angenehmes Geschäft für die Flotte ist. Vor allem aber müssen wir versuchen, Anhänger des Königs zu unterstützen und feindselige Handlungen der Rebellen wie die Anlage von Batterien oder Waffenlagern zu stören. Das erfordert eine Mischung von Diplomatie und Armeeoperation. Ein Offizier der Miliz von Maryland wird uns begleiten und uns hoffentlich von Nutzen sein. Und, Mr. Grant, wir können nicht sicher sein, ob uns nicht doch bewaffnete Rebellenschiffe begegnen. Gerade heute hat der Admiral die Meldung erhalten, daß die Rebellen in Machias einen unserer Schoner, die *Margaretta*, gekapert und mit seinen Geschützen eines ihrer Schiffe armiert haben. Für die *Shannon* sind das natürlich keine Gegner. Die blasen wir aus dem Wasser, aber Mr. Haddington mit der *Cerberus* muß auf Überraschungen gefaßt sein.«

Mr. Haddington hatte wenig Zeit, sich der Glückwünsche seiner Kameraden im Cockpit zu erfreuen. Mit den für ihn ausgewählten Maaten und Midshipman Nesbit Greg ließ er sich zu »seinem« Schiff pullen, das unter dem Schutz der Nord-Batterie bei Thorntons Ship-Yard lag. Die beiden Invaliden der Bordwache waren halb betrunken und hatten wenig getan, das Schiff sauber zu halten.

»Mein Gott«, stöhnte Haddington, »ist das ein Saustall!«

Eilends ging er mit seinen Leuten an die Bestandsaufnahme. Rumpf und Masten schienen in gutem Zustand. Segel und Geschütze waren verwahrlost, Munition kaum vorhanden, Wasser und Proviant mußten beschafft werden.

Dennoch konnte Haddington einen heimlichen Stolz kaum verbergen. Die *Cerberus* war ein typischer Küstenschoner, scharf geschnitten und für schnelles Segeln gebaut.

Achtern hatte sie drei winzige Kammern, am Bug zwei abgeteilte Laderäume, sonst war unter Deck nicht viel Platz für 20 Mann. Aber Enge waren sie gewohnt, und die Unabhängigkeit auf einem kleinen Schiff wog alles auf. Haddington ging umher und notierte, was er brauchte. Die Liste wurde immer länger.

»Mr. Haddington«, sagte der Zahlmeister, »bei allem Respekt vor Ihrem neuen Rang, aber Sie rüsten kein Linienschiff aus, sondern einen kleinen Schoner.«

Der Stückmeister und der Zimmermannsmaat schienen ähnlicher Auffassung zu sein, und Mr. Grant lächelte väterlich: »Na, Charles, mit Ihnen geht wohl der Stolz auf das eigene Kommando durch.«

Aber schließlich einigte man sich. Haddington erhielt, was unentbehrlich für ihn war und noch ein wenig mehr.

David, der seit Stunden um ihn herumgeschlichen war, wurde endlich beruhigt: »Du wirst mit auf die *Cerberus* übernommen, David. Geh zu Mr. Morris und zum Signal-Midshipman, laß dir eine Abschrift der wichtigsten Signalcodes für den Kontakt mit der *Shannon* geben und sorge für die notwendigen Signalflaggen.«

David war überglücklich, empfahl Mr. Haddington für die Besatzung William Hansen und einige seiner Backschaft vom Vordeck und sauste davon, seinen Auftrag zu erfüllen und seine Habseligkeiten zu packen.

Die erste Wache, die zum Schoner übersetzte, war nur mit den vielen Gerätschaften bewaffnet, die notwendig waren, ein Schiff zu säubern und seeklar zu machen. Zwei lange Tage wurde geschrubbt, gewaschen, gehobelt und gefeilt. Das stehende Gut wurde zum Teil frisch geteert, das laufende Gut eingefettet.

Die Dreipfünder, kleine ›Böllerkanönchen‹, wie der Stückmeistersmaat herablassend sagte, mußten ebenso gestrichen werden wie die Aufbauten. Dann schleppten sie in Ballen, Kisten, Säcken und Fässern Munition und Verpflegung an Bord. Einiges hatten sie von den Hafenbehörden erhalten, aber manches mußte die *Shannon* beisteuern.

Dann endlich war für Charles Haddington der große Augenblick gekommen. Er ließ die Mannschaft an Deck antreten und verlas die vom Admiral unterzeichnete Kommission, die ihm das Kommando über Seiner Majestät Schoner *Cerberus* übertrug.

Der kleine Schoner hatte nur ein Flachdeck, das von der Mannschaft ziemlich ausgefüllt wurde, aber für Charles Haddington hätte es kaum schöner sein können, wenn er seine Kommission vom Achterdeck eines Dreideckers aus verlesen hätte. Sein erstes Kommando! Zum erstenmal eine Kammer für sich, auch wenn sie noch so klein war. O ja, er würde aus dem Schiff etwas machen.

Das war wohl auch notwendig, denn das Auslaufen am nächsten Tag klappte gar nicht so gut. Die an Rahsegel gewohnte Besatzung fand sich mit der Schonertakelung zuerst nicht zurecht, und sie mußten von der *Shannon* manchen spöttischen Kommentar hören und später einige mahnende Signale ablesen.

›Kapitän‹ Haddington geriet in Rage und war vierzehn Stunden ohne warme Mahlzeit an Deck. Er verteilte die Seeleute, die schon auf Kuttern und anderen Schratseglern gefahren waren, auf die drei Wachen und exerzierte sämtliche Segelmanöver, bis jeder wußte, was er zu tun hatte, wenn auch von Perfektion noch keine Rede sein konnte.

Dann folgte der Geschützdrill. Hier war nur ungewohnt, daß die Geschütze so klein waren. Aber da auch weniger Mann sie bedienten, floß wieder der Schweiß. Haddington hielt die Mannschaft aber in Stimmung.

»Wir sind ›Höllenhunde‹ und werden uns vor den Shannons nicht blamieren. Eher freß ich meine Kommission auf, ihr lahmen Säcke.«

Als der Grog ausgegeben wurde und die Zeit der abendlichen Freiwache kam, war die Zufriedenheit an Bord unübersehbar. Die *Cerberus* lief prächtig vor dem Wind, nachdem der Trimm verbessert worden war. Unter der Mannschaft gab es keine Versager, Haddington war beliebt, und man war auf See und nicht länger in diesem Hafen des Trübsinns und der Hoffnungslosigkeit.

Sie segelten mit langen Schlägen nahezu Südkurs, um in die Bay von Plymouth zu schauen, und kreuzten dann Ostnordost, um Kap Cod zu runden. Der Schoner segelte in Küstennähe, seewärts von ihm in Sichtweite die Brigg und weiter draußen, nur von der Brigg zu sehen, lief die *Shannon*.

Nur zwei Schiffe fingen sich am zweiten Tag in ihrem Suchnetz. Eines war eine britische Brigg mit Nachschub für Boston, das andere ein amerikanischer Walfänger, der vom Südatlantik heimwärts nach Salem segelte. Ein anderes Schiff, das sie vielleicht hätten beschlagnahmen müssen, brachte sich rechtzeitig im Hafen von Plymouth in Sicherheit.

David mußte sich erst an seine neue Aufgabe gewöhnen.

Auf der Brigg war ein Midshipman der *Shannon*, um die Signale weiterzugeben, und David hätte am liebsten vier Hände gehabt, um mit dem Teleskop die Signalflaggen der Brigg zu erkennen, ihre Bedeutung in seiner Kladde nachzuschlagen und die Befehle auf der Schiefertafel zu notieren.

Immer wieder war Haddingtons ärgerliche Stimme zu hören: »Geht das nicht schneller, Mr. Winter? Lernen Sie doch die paar Signale endlich auswendig!«

Was sollte David außer »Aye, aye, Sir!« antworten?

Dem kleinen John aus Schleswig, der ihm als Helfer zugeteilt war, konnte er den Anpfiff nicht weitergeben, sonst verlor der völlig den Kopf. Er war willig, hatte aber Schwierigkeiten mit der englischen Sprache und kannte weder die taktischen Signale noch die Flaggen, die er an der Signalleine aufstecken mußte.

Am nächsten Tag hatten sie mehr Glück. Ostwärts von Chatham signalisierte die Brigg ein Segel auf Gegenkurs, das anscheinend in die Pleasant Bay entweichen wollte. Die *Cerberus* setzte mehr Segel, verlegte dem fremden Schiff den Weg zur Bay und hißte die englische Kriegsflagge. Das fremde Schiff, jetzt als Schoner von etwa achtzig Tonnen zu erkennen, fuhr eine Wende und steuerte aufs Meer hinaus.

Dort blockierte die *Shannon* ihm den Weg. Wenig später riefen Signale die *Cerberus* zur *Shannon*. Haddington wurde an Bord befohlen, erfuhr, daß der Schoner außer der Ladung von Mehl und Salz im Ballast Flintsteine und Kanonenkugeln nach Plymouth schmuggeln wollte und mit einer Prisenmannschaft nach Boston gesandt werde.

Von der neunköpfigen Mannschaft sei einer bereit, in der britischen Flotte zu dienen, vier andere, die recht aufsässig wirkten, solle die *Cerberus* bei Monomoy Point an Land setzen.

»Ich muß sonst mehr Leute zur Prise abkommandieren, als ich entbehren möchte, und die vier Heißsporne können ihre Wut abkühlen, bis sie von der Einöde aus bewohntes Gebiet erreichen«, erklärte Brisbane, erkundigte sich nach dem Zustand der *Cerberus* und ließ eine gewisse Zufriedenheit mit der verbesserten Schiffsführung erkennen.

Die vier Amerikaner saßen zusammengedrängt an Bord

der Gig, die Haddington zurückbrachte. Auf der *Cerberus* mußten sie sich auf dem Vordeck zusammensetzen und erhielten etwas Brot und Bier.

Der Schoner nahm Fahrt auf und steuerte den Landungspunkt an, der etwa eine Stunde entfernt war. Die Mannschaft sah neugierig, aber eher scheu zu den Amerikanern hin, die trotzig um sich blickten.

Der Stückmeistersmaat stellte sich vor sie hin: »Warum verratet ihr Euren König, ihr rebellisches Gesindel?«

Die Amerikaner schwiegen verstockt.

Ein Seemann brummelte: »Da sieht man's. Feiges Gesindel!«

Einer der vier, ein junger, energisch wirkender Bursche, blickte auf und sagte: »Wir haben den König nicht verraten. Er hat uns verraten! Seine Beamten haben uns Steuern auferlegt. Keiner hat unser Provinzialparlament gefragt. Sie haben uns schikaniert, uns unsere Freiheiten beschnitten, und der König hat auf keine unserer Beschwerden geantwortet. Nur Soldaten schickt er! Und unser Schiff nimmt er. Wovon sollen wir leben und Steuern zahlen?«

Nesbit Greg, der Midshipman, mischte sich ein: »Nun stellt aber nicht alles auf den Kopf! Ihr habt Waffenteile und Munition für die Rebellen geladen und beschwert euch, daß euer Schiff beschlagnahmt wird? Ihr habt bei Lexington, vor Boston und Breeds Hill auf die Soldaten des Königs geschossen und werft ihm Verrat vor! Ungerechte Beamte gibt es immer wieder. Dagegen kann man Gerichte anrufen. Aber es gibt kein Recht, sich gegen seinen König aufzulehnen.«

»Doch, es gibt ein göttliches und natürliches Recht, seine Freiheit zu verteidigen«, erwiderte hitzig der Amerikaner. »Und wer den Bürgern die Freiheiten raubt, ist ein Tyrann. Wir verteidigen uns nur. Ihr wart in Lexington nicht dabei. Die Rotröcke haben Wohnungen geplündert und sind über Frauen hergefallen. Das habe ich gehört, und ich glaube es, weil sie auch bei uns gelandet sind und Häuser niedergebrannt und geplündert haben.«

»Nun ist es aber genug!« trat Haddington dazwischen: »Wir haben gesehen, daß Matrosen unseres Schiffes überfallen und skalpiert wurden. Wir haben gesehen, wie die Armee und Flotte des Königs in Boston belagert und beschossen, wie die Soldaten des Königs niedergemetzelt wurden, als sie die Hügel oberhalb von Charlestown besetzen wollten, wozu sie in den Kolonien des Königs jedes Recht haben. Und ihr redet vom Verrat des Königs, der uns immer noch nicht erlaubt, euch aufzuhängen, wie es Rebellen und Piraten verdienen.«

Die Mannschaft murmelte beifällig, die Amerikaner schwiegen verbissen.

»Geht auf eure Stationen, Leute!« sagte Haddington deprimiert und dachte: Wir können schon nicht mehr miteinander reden, wir steigern nur gegenseitig unseren Haß.

Als die vier Amerikaner an der flachen Küste an Land gesetzt wurden, stiegen sie die Düne hoch, ohne einen einzigen Blick zurückzuwerfen.

Gegen Mittag des nächsten Tages meldete der Ausguck ein Segel Backbord voraus. Signale bestätigten, daß auch die anderen Schiffe das Segel gesehen hatten. Nach drei Stunden waren sie nahe genug, um Signale und Erkennungszeichen auszutauschen.

Es war die *Rose*, eine Fregatte mit zwanzig Geschützen unter Kapitän James Wallace. Brisbane war dienstälter und konnte daher Signal setzen, daß der andere Kapitän an Bord kommen solle.

Die Wache der Seesoldaten präsentierte, die Pfeifen der Bootsmannsmaate trillerten, Kapitän Wallace betrat das Deck, grüßte zum Achterdeck und ließ sich von Mr. Grant in die Kajüte des Kapitäns bringen.

»Ich freue mich, Sie kennenlernen, Kapitän Wallace. Von Ihren Erfolgen spricht man überall«, sagte Brisbane und schenkte Wein ein. Wallace, ein dynamisch und entschlossen wirkender Mann, wehrte ab: »Zu schmeichelhaft, Sir, wie soll ich denn Erfolge erzielen mit meiner winzigen Fregatte, die eigentlich eine Sloop ist, und den zwei kleinen Schonern, die ich als Tender ausgerüstet habe. Damit soll ich die Küste von Rhode Island bewachen, die seit Jahrzehnten ein Eldorado der Schmuggler ist. Wenn wir eine Flottille von drei Fregatten, vier bis sechs Sloops und etwa zehn Kuttern hätten, dann könnten wir diese Schmuggler blockieren, daß ihnen die Lust an der Rebellion verginge. So sind es nur Mückenstiche, die den Übermut herausfordern. Die Rebellen haben vor kurzem zwei Schiffe bewaffnet, die *Katy* und die *Washington*. Die *Katy* sogar mit achtzig Mann und zehn Vierpfündern. Gestern haben sie einen meiner Tender gekapert, diese Piraten! Und wissen Sie, wer das Kommando hat, Sir? Derselbe Abraham Whipple, der vor drei Jahren Seiner Majestät Zollschoner *Gaspé* mit einem Pöbelhaufen gekapert und verbrannt hat. Ich habe einen Brief an Land geschickt, daß ich ihn an der Rahnock hängen werde. Und ich will verdammt sein, wenn ich es nicht tue.«

Brisbane rieb sich das Kinn. »Nur schlechte Nachrichten, wohin man hört. Wie soll das nur weitergehen? Schildern Sie mir doch bitte die Situation und Ihre Maßnahmen etwas genauer, damit ich besser mit der neuen Aufgabe bekannt werde.«

Wallace hielt mit seinem Unmut nicht hinter dem Berg. Wegen der Befehle des Admirals sei er in der Lage eines Boxers, dem ein Arm auf dem Rücken festgebunden wurde. Nur bei Angriffen dürfe er Waffen einsetzen.

Schiffe mit Schmuggelgut, die er beschlagnahme, würden vom Gericht wieder zurückgegeben, weil ein Papier bestätige, daß der Eigentümer des Schiffes aus Halifax sei. Papiere, die man in Halifax für ein paar Pfund kaufen könne.

An Land wolle ihm niemand offen Verpflegung für sein Schiff verkaufen. Aber er habe Kontakte mit Königstreuen, die besorgten, was er brauche. Er requiriere die Vorräte dann zum Schein und zahle heimlich dafür. Aber in der Öffentlichkeit sei das dann wieder eine britische Untat.

»Ich habe Kontakte zu Loyalisten, die mir Tips geben. Aber auf der anderen Seite wissen auch die Rebellen sehr gut Bescheid, wo meine Schiffe sind. Die Fischer melden es, und an Land geben Reiter die Nachricht weiter. Wenn ich nicht nachts oder weit draußen auf See unerwartete Positionswechsel vornehme, dann überrasche ich kaum jemanden.«

Brisbane füllte die Gläser nach. »Sie bringen mich auf eine Idee. Wir sind jetzt auf der Höhe von Newport. Wie wäre es, wenn Sie mit der *Rose* hier sichtbar patrouillieren, während ich mit Südost-Kurs ablaufe. Die Beobachter werden glauben, ich hätte Befehle überbracht und segelte weiter. Außer Sicht des Landes ändere ich Kurs, so daß ich im Morgengrauen etwa bei Fishers Island stehe, um Schiffe abzufangen, die von oder nach New Haven und New London segeln und sich sicher fühlen.«

»Ausgezeichnet«, stimmte Wallace zu, und sie vertieften sich in die Einzelheiten des Plans.

Vor Anbruch der Dämmerung machte die *Cerberus* gefechtsklar. Der Schoner lief vor den anderen Schiffen, die durch eine sorgfältig seitwärts abgeschirmte Laterne in Kiellinie geleitet wurden.

Mr. Hope, der Master, war für diese schwierige Navigation auf die *Cerberus* kommandiert worden und hatte vor einer Stunde geraten, Segel zu kürzen.

»Wir sind nach meiner Schätzung nur wenige Seemeilen vor Fishers Island. Ich empfehle, den besten Ausguck am Bug aufzustellen und zusätzlich Mr. Greg mit dem Nachtglas.«

Als man eher ahnen als sehen konnte, daß der Morgen grauen würde, rief Mr. Greg unterdrückt: »Dunkler Schatten Steuerbord voraus!«

Haddington und der Master eilten nach vorn. Sie spähten, lauschten und meinten schließlich, daß der Schatten kein Land, sondern ein Schiff sei.

»Der muß sich hier auskennen wie in seiner Hosentasche. Wir sollten ihm folgen«, flüsterte der Master.

Sie änderten den Kurs und merkten nach zehn Minuten, wie gut sie daran getan hatten.

»Der Schatten links mit dem hellen Rand muß East Point sein. Bei dem alten Kurs wären wir in fünf Minuten aufgelaufen. Mr. Winter, bewegen Sie die Hecklaterne auf und ab, damit die *Shannon* gewarnt ist. Und halten Sie das Signal bereit ›Feind in Sicht‹!« ordnete Haddington an.

Fünf Minuten später konnten sie sehen, daß der Schatten ein großer Toppsegelschoner war, der mit gekürzten Segeln Kurs auf New London steuerte. Haddington ließ alle Segel setzen.

»Signalisieren Sie: Feind in Sicht!«

Die *Shannon* war gegen den helleren Osthimmel gut zu erkennen.

»Der Schoner müßte uns doch auch vor der Dämmerung sehen«, murmelte der Master.

Als sei er dort gehört worden, begann der Schoner mehr Segel zu setzen. Jetzt war das Versteckspiel vorbei.

»Heiß Flagge!« befahl Haddington. »Vorderes Steuerbordgeschütz Signalschuß in Richtung des Schoners!«

Krachend entlud sich der Dreipfünder. Die einzige erkennbare Reaktion war, daß die Fregatte, die eine Seemeile zurücklag, alle Segel setzte.

»Wir kreuzen sein Heck und nehmen eine nördliche Position ein, um ihn vom Land abzuschneiden«, entschied Haddington.

Der Toppsegelschoner war etwa eine halbe Seemeile voraus und hielt in der leichten achterlichen Morgenbrise seinen Vorsprung. Nur die Fregatte holte auf.

»Mein Gott, die setzen sogar die Leesegel. Die riskieren aber viel«, brummelte der Master mit Blick auf die *Shannon* in sich hinein.

Haddington ließ ein Backbordgeschütz nach vorn richten und befahl dem Stückmeistersmaat, mit Kettenkugeln auf die Segel zu schießen. Der blickte skeptisch und dachte wohl, daß mit den kleinen Knallern auf die Entfernung nicht viel auszurichten sei. Aber er gab sein Bestes. Mit dem dritten Schuß konnte er ein Segel des hinteren Mastes in Fetzen schießen.

Am Heck des flüchtenden Schiffes lasen sie den Namen *Liberty*. Die *Liberty* war durch die Schüsse der *Cerberus* doch so irritiert, daß sie seewärts auswich. Dadurch verringerte sich die Entfernung zur *Shannon* auf eine knappe Seemeile.

Nach kurzer Zeit donnerten die Jagdgeschütze der *Shannon*, die langen Neunpfünder, los. Einer der Schüsse rasierte der *Liberty* das obere Drittel des hinteren Mastes weg. Segel und Tauwerk stürzten an Deck.

Die *Liberty* legte ihr Ruder hart über und jagte vor dem Bug der *Cerberus* auf die Küste zu. Haddington zerriß sich fast vor Wut, weil sein Backbordgeschütz den Gegner nicht mehr fassen konnte. Die *Cerberus* folgte dem Flüchtling.

»An Groton Long Point kommen sie bei dem Kurs nicht vorbei. Dann können sie nur in die Bucht östlich davon flüchten. Sie hat auf meiner Karte keinen Namen und ragt maximal anderthalb Seemeilen landeinwärts«, stellte der Master fest.

Niemand konnte die *Liberty* bei dieser Flucht aufhalten. Die *Shannon* durfte bei ihrer Besegelung an keine plötzliche Kursänderung denken und folgte der Jagd nun in fast zwei Meilen Abstand. Für die *Cerberus* war das flüchtende Schiff außerhalb des Schußwinkels, und so konnte sie nur hinterhersegeln.

Die Mündung der Bucht war erreicht, und die *Liberty* lief mit voller Fahrt hinein, in etwa vierhundert Meter Abstand gefolgt von der *Cerberus*.

»Klar zum Segelkürzen! Enterwaffen bereithalten!« befahl Haddington. Die Bucht verengte sich, Sandbänke ragten in sie hinein. Die *Liberty* segelte um eine Landzunge und entschwand für einen Moment ihren Blicken.

»Großsegel einholen! Ausguck zum Bugspriet, auf Untiefen achten. Kurs genau wie Gegner steuern!«

Ein Seitenarm der Bucht tat sich auf. Die *Liberty* holte vor einer dammartigen Küste Segel ein und warf Anker.

Die *Cerberus* folgte ihrem Kielwasser, war noch einhundertfünfzig Yard entfernt, noch einhundert. Da scheuerte es an Backbord am Rumpf, das Schiff lief aus dem Ruder und glitt mit dem Bug in eine schlammige Bank. Schon als die Berührung erfolgte, hatten umsichtige Seeleute die Segel fliegen lassen. Außer einer gebrochenen Topprah gab es keinen Schaden.

Achzig Yard vor ihnen lag die *Liberty* und wieder im toten Schußwinkel. Haddington ließ das Beiboot aussetzen und einen Anker achtern vom Schiff ausbringen, um die *Cerberus* aus dem Schlick zu ziehen. Vergebens!

»Die Ebbe hat vor zwei Stunden begonnen. Bis zur Flut sitzen wir fest«, bemerkte Mr. Hope resignierend.

Haddington sagte: »Dann werden wir uns um die Rebellen kümmern.«

Aber zunächst kümmerte sich die Besatzung der *Liberty* um sie. Die Rebellen kauerten hinter dem Schanzkleid und hinter den Aufbauten und feuerten mit Musketen auf sie, was das Zeug hielt.

»Feuer mit Drehbassen erwidern! Schafft mir ein Geschütz zum Bug, verdammt noch mal!« brüllte Haddington.

David sprang mit William zu einer vorderen Drehbasse und feuerte, was das Rohr hergab. Das verschaffte ihnen etwas Luft.

Die *Shannon* war in die Mündung der Bucht eingelaufen, hatte die Segel geborgen und die Barkasse und den großen Kutter zu Wasser gelassen. Wie Wasserkäfer krochen sie auf die feuernden Schoner zu.

Die Kanoniere der *Cerberus* hatten ein Geschütz zum Bug gebracht und feuerten das erste Traubengeschoß auf die *Liberty*. Es fegte einen Teil des achteren Schanzkleides hinweg.

»Hurra!« brüllte David und erhielt einen Schlag auf den Kopf, der ihn taumeln ließ. Seine Hand faßte Blut.

William stützte ihn und sagte: »Nur ein Streifschuß! Lassen Sie sich vom Arztgehilfen verbinden.«

David lief zum Luk, das unter Deck führte und rief nach dem Arztgehilfen. Der hatte einen schwerer Verletzten zu versorgen.

»Hier ist eine Binde. John kann sie Ihnen umwickeln.«

Während John ihn versorgte, faßte David an sein Medaillon, das er heute früh umgebunden hatte. Warum, hätte er selbst nicht sagen können, aber nun war er überzeugt, daß Susans Gebete ihn beschützt hatten.

Warum war sie nur so weit fort? Warum erhielt er keinen Brief von ihr? Johns Tolpatschigkeit riß ihn aus seinen Gedanken.

»Binde mir doch nicht die Augen zu, du Dussel! Festziehen jetzt und feststecken! Ich muß wieder an Deck!«

An Deck ertönten Hurrarufe. Barkasse und Kutter waren nun auf ihrer Höhe und pullten auf die *Liberty* zu. Haddington war mit einem Teil seiner Leute ins Beiboot gesprungen und pullte ebenfalls der Beute entgegen. Die Rebellen flüchteten an Land. Die Entermannschaften fanden keinen Widerstand.

Haddington und Bates durchsuchten die Prise. Musketen, Pulver, einige Geschütze und Kugeln ergab die erste Bilanz. Dann knallten vom nahen Ufer wieder Musketenschüsse. Bates befahl, daß Barkasse und Kutter das Ufergebüsch mit Kartätschen eindecken sollten.

»Wir müssen den Schoner weiter vom Ufer wegbringen«, sagte Haddington. »Ich möchte mit diesem schwimmenden Pulverfaß nicht in die Luft fliegen, sondern es zum Prisengericht bringen. Aber wir müssen vorsichtig sein, sonst sitzen wir fest.«

Bates und Haddington einigten sich, daß das Beiboot der *Cerberus* die Tiefen ausloten solle und daß sie den Schoner mit Ankern in die Fahrrinne warpen müßten.

Nach einer halben Stunde waren sie aus der Reichweite der Musketen, und nach einer weiteren halben Stunde war die *Liberty* im tiefen Wasser und konnte mit gekürzten Segeln zur *Shannon* aufschließen. Für die *Cerberus* dauerte es weitere vier Stunden, bis sie sich mit hoher Flut aus dem Schlick lösen und aus der Bucht segeln konnte.

»Kommandant an Bord!« meldete David das Signal der *Shannon*«.

Haddington war schon in seiner besten Uniform bereit. »Sie und die beiden anderen Verletzten kommen mit zum Schiffsarzt, Mr. Winter.«

Als Haddington in der Schanzkleidpforte der *Shannon* auftauchte, schrillten die Pfeifen, die Wache präsentierte. Verdutzt sah er sich um. Niemand außer ihm betrat das Schiff.

Als er Mr. Morseys lachendes Gesicht sah, fiel es ihm wie Schuppen von den Augen. Er war ja Kommandant eines Kriegsschiffes und wurde wie ein solcher empfangen. Überrascht grüßte er zum Achterdeck und schüttelte Morsey mit verlegenem Lachen die Hand.

»Daran könnte ich mich glatt gewöhnen!« Dann eilte er zu Brisbanes Kajüte. Einen richtigen Kapitän sollte man lieber nicht lange warten lassen.

Kapitän Brisbane wollte zunächst wissen, welche Beschädigungen die *Cerberus* erlitten habe, und war erleichtert, daß nichts von Bedeutung zu melden war.

»Wir haben einen guten Fang erwischt. Dreihundert Musketen, zehn Sechspfünder, einhundertfünfzig Tonnen Pulver, Bajonette, Patronentaschen usw. Alles aus französischen Arsenalen. Geladen hat die *Liberty* in Saint Eustatius. Da erzielen die Holländer auf ihrer Karibikinsel einen guten Profit im Zwischenhandel. Und wir kassieren ein schönes Prisengeld, wenn das Schiff in Boston angekauft wird.«

Brisbane sagte noch, daß er eine Tonne Pulver auf die *Cerberus* schaffen lasse, damit mit dem »schwarzen« Vorrat Scharfschießen geübt werden könne. Außerdem solle die Besatzung der *Cerberus* ihre Post abgeben. Die *Liberty* segele am späten Nachmittag ab und solle am nächsten Tag auf die *Rose* treffen.

»Ich werde Kapitän Wallace bitten, sie einen Tag in Richtung Boston zu geleiten.«

David war beim Schiffsarzt, der den Verband vorsichtig abwickelte, den letzten Streifen schnell abriß und sich die Wunde besah.

»Das wird nur eine Schönheitsnarbe, die Sie für die Damen interessanter werden läßt, Mr. Winter. Aber etwas tiefer hätte es Ihren Tod bedeutet. Doch wieso verläuft der Streifschuß von unten noch oben? Sind sie von unten beschossen worden?«

David verneinte und dachte verdutzt nach. Dann fiel ihm ein, daß er ja gerade »Hurra« geschrieen und den Kopf in den Nacken gelegt hatte.

»Bisher nahm ich nur an, daß Hurraschreien Mut macht. Wenn es aber auch vor dem Tod bewahrt, brüllen Sie auch künftig kräftig ›Hurra‹, lieber Mr. Winter«, sagte Mr. Lenthall.

David lächelte und dachte an Susans Medaillon.

Auf der *Cerberus* herrschte fieberhafte Aktivität. David schloß schnell die Briefe an seinen Onkel und an Susan ab und half dann bei den Vorbereitungen, wieder Segel zu setzen.

Die *Liberty* segelte zunächst bis zum Abend mit ihnen, ehe sie mit Nordost-Kurs entschwand, während die *Shannon* Long Island umrundete und auf Südwest-Kurs ging.

Die nächsten zehn Tage brachten keine außergewöhnlichen Ereignisse. Haddington drillte seine Mannschaft an

Segeln und Geschützen. David konnte die Routinesignale jetzt wie im Schlaf, und der kleine John wußte auch, was die Flaggen bedeuteten. Dreimal jagten sie vergeblich fremde Segel.

Vier Schiffe wurden angehalten. Zwei hatten Schmuggelgut und wurden mit Prisenbesatzungen nach Boston in Marsch gesetzt.

Kapitän Brisbane jammerte, daß seine Mannschaft dadurch dezimiert wurde, aber Commander John Collins, der mit seiner Sloop *Nautilus* (16) seit drei Wochen vor der Mündung des Delaware patrouillierte, ging es nicht besser.

»Wenn ich noch fünf oder sechs Schiffe beschlagnahme«, klagte er, »muß ich sie selbst nach Boston bringen, weil ich sonst weder die Prisen bemannen, noch mein eigenes Schiff segeln kann, Sir.«

Ansonsten waren seine Erfahrungen ähnlich wie die von Kapitän Wallace. Augenscheinlich war er froh, die *Shannon* künftig in der Nähe zu haben.

Die *Shannon* segelte zwei Tage mit südlichem Kurs, ehe sie zwischen Kap Charles und Kap Henry in die Chesapeake Bucht einlief und mit ihren Begleitern in nördlicher Richtung gegen den Wind ankreuzte.

Die *Cerberus* jagte zweimal Segel in die Mündungen des York-River und des Rappahannock, bis die Signale der *Shannon* sie zurückriefen.

Bei Windmill Point lief ein Zollkutter auf sie zu, der im Auftrag von Lord Dunmore, königlicher Gouverneur von Virginia, den Schmuggel verhindern sollte, und half Mr. Hope mit Seekarten für die Buchtküste von Maryland aus. Die Nacht über ankerten die drei Schiffe vor Tangier Island.

Am Morgen wurde Haddington zur *Shannon* gerufen und brachte bei der Rückkehr Mr. Hope, den Master, und Mr. Floyd, Major der königlichen Miliz von Maryland, mit sich. Die *Cerberus* segelte voraus in Richtung Janes-Insel und sollte mit den königtreuen Bürgern Kontakt aufnehmen. Einige kleinere Fischerboote flüchteten bei ihrer Annäherung.

»Das sieht mir aber nicht nach Königstreue aus«, bemerkte Mr. Haddington zu Major Floyd.

»Lieber Mr. Haddington«, erwiderte Floyd, »nach allem, was ich weiß, flüchten auch in englischen Küstenorten die jungen Männer, wenn ein Schiff des Königs sich nähert. Auch hier haben die Preßkommandos der Navy manchen Mann von Frau und Kind fortgerissen und zum Dienst in der Flotte gepreßt. Das hat die Gefühle für das Heimatland nicht gerade erwärmt. Und woher sollen die Fischer wissen, daß Kapitän Brisbane versprochen hat, kein Preßkommando auszusenden?«

Haddington schwieg betreten und steuerte mit gerefften Segeln auf die schmale Enge zu, die in die Bucht von Somers Cove führte. Die Lotgasten sangen in regelmäßigen Abständen die Wassertiefe aus, die der Master in seiner Karte überprüfte und an die *Shannon* signalisieren ließ, die ihnen in vierhundert Yard Abstand folgte.

Als sie sich in der Bucht von Annemesex vorsichtig nach Norden tasteten, lief ihnen ein kleiner Kutter unter britischer Flagge entgegen. Haddington hatte leise und ohne Major Floyds Aufmerksamkeit zu erregen, befohlen, daß Lunten und Musketen unauffällig bereitliegen sollten. Als das Boot sie anrief und um Erlaubnis bat, längsseits gehen zu dürfen, sah er zu Major Floyd hinüber.

»Das sind Freunde. Ich kenne sie«, sagte dieser, und Haddington erlaubte die Annäherung.

Der Kutter legte an, und ein untersetzter Mann von etwa fünfundvierzig Jahren, in der Kleidung einem englischen Landedelmann nicht unähnlich, stieg an Bord. Ihm folgte ein schlanker junger Mann in der Uniform eines Leutnants der Miliz von Maryland.

»Willkommen an Bord«, sagte Haddington.

Der Zivilist antwortete: »Willkommen in Seiner Majestät Kolonie Maryland. Ich bin Jonathan Heath.« Er schüttelte Haddingtons Hand, bevor er herzlich Major Floyd begrüßte. »Uns wurde am Morgen gemeldet, daß sich Schiffe Seiner Majestät unserer Küste nähern, und wir freuen uns, daß Sie Somers Cove (heute Crisfield) anlaufen wollen. Wenn es Ihnen recht ist, fährt mein Kutter voraus und weist Ihnen die Fahrrinne.«

Haddington war einverstanden, schlug aber vor, daß Mr. Heath und Major Floyd mit seinem Beiboot auf die *Shannon* übergesetzt würden, um mit Kapitän Brisbane verhandeln zu können.

Als sich die *Cerberus* nach einer Stunde dem Hafen von Somers Cove, einem winzigen Fischerdorf, näherte, befahl ein Signal der *Shannon*, die Segel backzubrassen und den Kapitän zu erwarten. Er kam mit den beiden Herren, Mr. Barnes, dem Ersten Leutnant der Seesoldaten, einem Trommelbuben und sechs Soldaten an Bord der *Cerberus*.

»Nun bringen Sie uns mal sicher in den Hafen, Mr. Haddington. Die *Shannon* muß vor der Einfahrt ankern, sie würde auflaufen.«

Haddington gab die Kommandos, und die *Cerberus* folgte dem Kutter in den kleinen Fischerhafen.

An einer Seite war eine Art Pier, an der gut dreißig Leute warteten, und immer mehr aus dem Ort strömten hinzu. Die Glocke der kleinen Kirche läutete, die Menge jubelte und winkte, die Seesoldaten präsentierten auf dem Vordeck, und der Trommelbube ließ seine Schlegel rattern.

»Ich hätte nicht gedacht, daß wir in Amerika noch so begrüßt werden würden«, sagte David erstaunt zu dem jungen Leutnant aus Maryland.

»Was dachten Sie denn von uns? Wir sind Untertanen Seiner Majestät wie Sie auch. Wir unterstützen die Rebellen des Nordens nicht. Wir sind dem König treu!«

Mit leichtem Ruck legte der Schoner an, und Kapitän Brisbane betrat Seite an Seite mit Major Floyd unter den Jubelrufen der Menge den Boden Marylands.

Die Blockade von Chesapeake und Delaware

Nesbit Greg und David standen lächelnd an der Reling, bissen herzhaft in das knusprige, dick mit Butter belegte Brot, das ihnen eine Farmerin angeboten hatte, und sahen der Unterhaltung der Seeleute mit der Bevölkerung zu.

Die Matrosen genossen die freundliche Begrüßung ebenso wie Butter, Brot, Wurst, Äpfel und Birnen, die ihnen gereicht wurden.

»Vergißt man glatt, wie gut Brot schmecken kann, wenn man wochenlang unser Hartbrot fressen mußte«, mampfte Greg Miller mit vollem Mund.

Der Kanadier biß in eine Hartwurst und schielte erwartungsvoll nach einem Tonkrug, den ein älterer Handwerker zum Pier trug.

Aber Midshipman Greg war wachsam: »Bitte, Sir, kein Alkohol! Sie können den Krug gern dem Zahlmeister geben, damit er in Rationen verteilt wird, aber ohne Kontrolle darf kein Alkohol ausgegeben werden.«

Der Mann wandte gutmütig ein, der Herr Offizier solle doch nicht zu streng sein. Es reiche ja nur zu einem kleinen Schlückchen für jeden. Er zeigte seinen kleinen Tonbecher und schlug vor, es solle aufgepaßt werden, daß keiner zu viel trinke.

215

»Na gut! David, achte du bitte darauf, daß jeder nur einen Becher bekommt, nur zur Verdauung«, gestand Mr. Greg zu. Die Mannschaft murmelte Zustimmung und drängelte sich an Deck, wo der fröhliche Handwerker den Becher immer wieder füllte und zum Schiff hinüberreichte.

Die Männer von Somers Cove scherzten mit den Seeleuten und horchten sie nach Neuigkeiten »aus der Welt« aus. Die Mädchen und jungen Frauen kokettierten, und alle drängten den Matrosen die lang entbehrten Lebensmittel als Begrüßungshappen nahezu auf. Von der *Shannon* erschien die Barkasse mit dem Zahlmeister, seinen Gehilfen, mit den Metzgern und Küfern.

Der kommandierende Midshipman rief Nesbit und David zu: »Ihr habt es gut hier, wie die Made im Speck, und uns auf der Fregatte draußen läuft das Wasser im Mund zusammen.«

Lachend wandten sich die Bürger den Neuankömmlingen zu und stopften ihnen die Mäuler mit deftigen Broten.

Der Zahlmeister beteiligte sich nicht an dem kleinen Volksfest. Mit einigen Geschäftsleuten vereinbarte er die ersten Lieferungen noch im Stehen. Sofort sollten ein paar Ochsen geschlachtet werden, damit Frischfleisch übernommen werden könne. Kartoffeln, Kohl, Mohrrüben brauche man auch. Was sei sonst an Vorräten da? Natürlich zahle er in gutem britischem Hartgeld. Und gestikulierend entfernte er sich mit seinen Handelspartnern zum Zentrum des kleinen Dorfes.

Kapitän Brisbane saß inzwischen mit Mr. Grant, Mr. Morsey, Mr. Barnes und Charles Haddington in seiner Kajüte und berichtete von seinen Gesprächen an Land.

»Merkwürdige Mischung, das Essen wie die Leute. Irische Vorspeise, schottisches Hauptgericht, englische Nachspeise und schwarz gebrannter Whisky. Na gut! Aber was besprochen wurde, müssen Sie alle wissen, da Ihre Aufträge damit zusammenhängen.«

Und er erzählte zunächst, daß die Verproviantierung die wenigsten Schwierigkeiten bereite. Die Bauern hätten anscheinend nicht viel Gelegenheit, ihre Erzeugnisse anderweitig zu verkaufen. Etwa eine Woche werde es dauern, bis das Fleisch eingesalzen und Mehl und Gemüse abgefüllt sei.

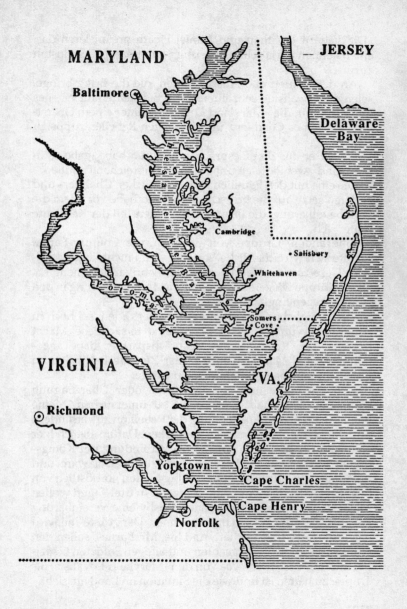

»Die Vettern Jonathan und Daniel Heath organisieren das, einen kennen Sie ja schon. Die Brigg kann dann nach Boston zurück.«

An den Waffen und Ausrüstungen, die die Brigg bringe, seien die Loyalisten sehr interessiert. Sie stellten ihr eigenes Regiment auf, die »Maryland Loyalists« unter einem Oberstleutnant James Chalmers, um sich gegen Rebellentrupps zu sichern.

Soweit er aus den Gesprächen erfahren habe, gäbe es in Maryland zwei Parteien unter den einflußreichen Familien.

Die eine mit den Familien Dulany, Boucher, Chalmers und anderen setze auf die britische Sache und habe vor allem die Landbevölkerung, die Beamten und einen Teil der Kaufleute hinter sich.

Eine andere Gruppe von Familien, die Country-Partei, erhoffe sich wirtschaftliche Vorteile, wenn nicht länger britische Gesetze den Handel und die Fabrikation einengten. Diese Gruppe wiegele vor allem die arme Bevölkerung in den Städten gegen England auf.

Der königliche Gouverneur, Mr. Robert Eden, sei noch in Amt und Würden, wenn auch seine tatsächliche Macht begrenzt sei. Keiner seiner Gesprächspartner habe angenommen, daß Maryland in nächster Zeit die Radikalen im Philadelphia-Kongreß unterstützen werde.

»Ob die Leute nun aus Eigennutz oder Überzeugung königstreu sind, haben wir nicht zu untersuchen. Meine Befehle lauten, eine Ausdehnung der Rebellion zu verhindern und die Macht der Loyalisten zu stärken. Dafür sehe ich hier eine gute Chance. Die Leute haben Verbindung mit Königstreuen in Sussex und Kent in der Kolonie Delaware und unterhalten in Salisbury, etwa dreißig Meilen nordöstlich von hier, ein stehendes Truppenkontingent. In drei Tagen wollen Major Floyd und ein Hauptmann Frisby eine Vereinbarung zur Übergabe der Waffen unterzeichnen. Der größte Teil wird nach Salisbury transportiert, und Sie, Mr. Barnes, sollen den Transport mit Ihrem Sergeanten und einigen Soldaten begleiten und mir berichten, was von den ›Maryland Loyalists‹ als Truppe zu halten ist und wie die Situation im Land aussieht.«

Schwierig sei dagegen die Anheuerung von Leuten, um die Schiffsbesatzungen aufzufüllen. Er habe versprochen, niemanden gegen seinen Willen zum Flottendienst zu pressen. Sonst hätte man das Vertrauen der Leute nicht gewinnen können und wahrscheinlich einen hohen Anteil künftiger Meuterer und Verräter an Bord gebracht.

Aber die Fischer und Seeleute in diesem Teil Marylands seien es nicht gewohnt, für unabsehbare Zeit mit unbestimmten Zielen anzuheuern.

»Sie heuern auf Fischkuttern für ein halbes Jahr, auf Walfängern für anderthalb bis zwei Jahre an, aber nicht wie bei der Navy mit harter Disziplin, wenig Geld und ganz ungewisser Aussicht auf Rückkehr. Wie dem auch sei! Die Herren wollen auf das Handgeld, das ich aus der Kasse des Königs zahlen kann, noch etwas drauflegen. Das Geschäft mit uns muß es wohl einbringen. Sie wollen für uns werben und Handzettel in allen Häfen verteilen. Mein Sekretär feilt gerade an einem Aufruf, der in Salisbury gedruckt wird.«

»Wir lassen in Somers Cove ein kleines Kontingent«, fuhr der Kapitän fort, »das die Verproviantierung und die Waffenübergabe vorbereitet. Ihr Zweiter Leutnant, Mr. Barnes, wird den Befehl übernehmen und mit fünf Mann für Wachen sorgen. Sie, Mr. Morsey, laufen mit Mr. Haddington die Küste entlang bis zum Choptank River. Wir erhalten einen guten Lotsen für das Gebiet, und Sie tragen in unseren Karten nach, was fehlt. In allen Häfen werben Sie so viele Mannschaften wie möglich. Achten Sie auf Aktivitäten von Schmugglern und Rebellen!«

Die *Shannon* wollte einige Tage zwischen Somers Cove und Point Lookout kreuzen und dann die Brigg bis in die Höhe des Delaware geleiten. In etwa vierzehn Tagen werde man sich hier in Somers Cove treffen. Die *Shannon* werde dann mehr vor der Bucht patrouillieren, während die *Cerberus* eher in den doch begrenzten Gewässern der Chesapeake Bucht operieren könne.

Mr. Morsey hatte Bedenken wegen der Nachrichtenübermittlung zwischen beiden Schiffen.

»Somers Cove stellt ein Fischerboot, das die *Cerberus*

begleitet und jederzeit mit Meldungen zurückgeschickt werden kann. Außerdem wollen sie von sich aus wichtige Meldungen zur *Shannon* bringen«, ergänzte Brisbane.

Er habe nur Bedenken, daß ihnen Lord Dunmore, der Gouverneur von Virginia, ins Gehege komme. Virginia neige stärker zu den Rebellen als Maryland. Lord Dunmore habe die Aufsässigkeit sehr unklug angeheizt, indem er die Freilassung der Sklaven von rebellierenden Gutsbesitzern androhte.

»Das beunruhigt natürlich auch die königstreuen Gutsbesitzer, denn wenn die Freilassung von Sklaven beginnt, fürchten sie, gibt es kein Halten mehr!«

Außerdem habe Lord Dunmore eine kleine Flottille, mit der er Streifzüge gegen Rebellen an den Küsten seiner Kolonie unternehme.

Nach Meinung der Marylander Loyalisten seien das eher Raubzüge.

»Wir alle sollten sehen, daß wir keinen Kontakt mit seiner Lordschaft bekommen, denn theoretisch kann er mir Befehle erteilen, und ich fürchte, die würden nicht immer zu unseren Plänen passen«, warnte Kapitän Brisbane.

Die *Cerberus* lief am übernächsten Morgen aus, verabschiedet von winkenden Bewohnern und den rauhen Scherzen des Landkommandos. An Bord hatten sie neben dem Lotsen auch Mr. Kilby, einen Vertreter des Bürgerkomitees, der mit Mr. Morsey die Verhandlungen führen sollte.

Gegen Mittag lagen sie vor Rumbley, einem kleinen Fischernest. Mr. Morsey und Mr. Kilby ließen sich an Land pullen, wo sie eine kleine Gruppe Neugieriger erwartete. Das Boot kehrte nach kurzer Zeit mit einem lebenden Hammel und mit einem Korb voller Eier als Gastgeschenk zurück. Die Menge war ins Dorf gegangen und hörte den Werbern zu.

»Ich fühlte mich wie ein Marktweib, das seine Ware anpreist. Sie hätten hören sollen, wie ich die *Shannon* gerühmt, was ich von Prisengeldern und dem Zauber der Karibik geflunkert habe«, erzählte Mr. Morsey Haddington und Greg.

Immerhin hatten sich zwei abenteuerlustige Fischerburschen gleich anheuern lassen. Drei weitere wollten es sich noch überlegen und in einer Woche in Somers Cove sein.

»Ich kann Ihnen den Werbevortrag ja mal abnehmen«, bot sich Haddington an.

»Das sagen Sie nur, weil Sie auf den Begrüßungsschnaps spekulieren, Charles«, ulkte Mr. Morsey.

Am Abend waren sie vor einem kleinen Ort am östlichsten Ende der Somerset Bucht. Die Bevölkerung begrüßte sie wieder gastfreundlich. Mr. Morsey und Mr. Kilby warben, und die Besatzung verholte den Kutter an eine kleine Felsenpier in der Nähe des Dorfes.

An Land wurden Lagerfeuer entzündet, ein Kalb drehte sich am Spieß, Kartoffeln wurden in der Asche geröstet, und Kohlsuppe brutzelte in einem Kessel.

Nesbit Greg sagte zu David: »Das ist ja wie eine Picknickparty auf dem Lande. Hast du in Boston geglaubt, daß wir das hier noch erleben würden?«

William Hansen, der kleine John und der Kanadier futterten, was sie nur hineinstopfen konnten, wischten die Holzteller mit Brotstücken sauber und spülten das Essen mit Bier herunter. Greg Miller war mehr an einer Blondine interessiert, aber da paßte der Mann, ein grimmig blickender Schmied, zu sehr auf.

Die Nacht so in der Nähe des Landes war ungewohnt. Mehrmals schreckte David auf, wenn Hunde bellten und Kühe muhten. Die Posten an Deck rissen ihre Musketen hoch, aber dann waren es wieder nur Katzen, die sich um Essensreste stritten.

Am Morgen segelte nur ein neuer Freiwilliger mit ihnen, aber drei weitere hatten sich fest verpflichtet, nach Somers Cove zu kommen. Haddington, der der Ortskenntnis des Lotsen inzwischen vertraute, hatte immer wieder etwas in den Karten nachzutragen und ließ auch hin und wieder zur Kontrolle loten.

In einem kleinen Ort gegenüber der Deal Insel, den sie am Vormittag anliefen, konnten sie nicht lange bleiben, denn vor dem Abend wollten sie noch Whitehaven erreichen. Aber zwei Freiwillige, Brot und Wurst nahmen sie dankend mit.

In der Monic Bay überfiel sie plötzlich eine Sturmbö. Hätte Haddington nicht bemerkt, wie sich die See im Norden kräuselte und verfärbte, und sofort seine Befehle gebrüllt, wer weiß, ob sie nicht in Schwierigkeiten geraten wären.

So aber erreichten sie sicher die Mündung des Wicomico River und tasteten sich langsam flußaufwärts. Haddington hatte die Geschütze schußklar machen lassen, aber Mr. Kilby beruhigte ihn. Hier sei nicht mit Rebellen zu rechnen.

Whitehaven war etwa so groß wie Somers Cove. Der Empfang war wieder herzlich. Mr. Morsey und Mr. Kilby konnten ihre Aufrufe in einer Art Stadthaus übermitteln, in der nachher auch ein Essen für die Offiziere und Maate gegeben wurde, während die Mannschaft sich wieder an dem erfreute, was zum Ufer gebracht wurde.

Die Freiwilligen waren glücklich über ihren Entschluß, denn sie glaubten, so müsse das nun weitergehen.

David wanderte in der warmen Augustnacht noch ein paar Schritte durch die wenigen Straßen des Ortes. Ein Gebäude erregte sein Interesse. »School« zeigte ein Holzschild über der Tür.

Ein dunkelhaariger, großer Mann lud ein: »Schauen Sie sich nur um, Sir. Whitehaven tut etwas für seine Kinder.«

Mehr um den guten Willen zu zeigen als aus wirklichem Interesse blickte David in das Klassenzimmer mit den Holzbänken und der Schiefertafel. Plötzlich traf ein Schlag seinen Hinterkopf, und er sank bewußtlos zusammen.

Als er wieder zu sich kam, lag er in einer Küche, die vom Herdfeuer und einer Öllampe erhellt wurde. Die Fenster waren zugezogen. Arme und Beine waren ihm gefesselt worden, ein Knebel steckte in seinem Mund.

Eine Frauenstimme jammerte: »Was hast du nur getan, Neil? Bist du von Sinnen? Du wirst uns alle ins Unglück stürzen!«

Eine Männerstimme erwiderte: »Halt den Mund, Weib! Dies ist ein Offizier der Engländer, und ich habe ihn gefangen. Ich bringe ihn zu den Patrioten nach Hebron. Dann werden sie sehen, daß ich mehr kann, als nur die Proklamationen von John Adams verteilen. Ich will Mitglied in ihrem Befreiungskomitee werden. Dann kann ich es den Spießern und

Speichelleckern des Königs hier zeigen, die immer über den armen Schulmeister spotten.«

Die Frauenstimme zeterte weiter, aber der Mann ließ sich nicht beirren. Er und sein etwa zehnjähriger Sohn packten David, luden ihn auf einen Ochsenkarren, und der Lehrer lenkte den Karren auf die nach Norden führende Landstraße.

An Bord der *Cerberus* fehlte David zu Beginn der Hundewache. Haddington war mehr verärgert als beunruhigt.

»Dem steigt das gute Leben zu Kopf! Da wird er eine Woche lang an Bord die Wache übernehmen, wenn wir an Land feiern.«

Als David am Morgen immer noch nicht auftauchte, alarmierte Haddington den Bürgermeister. Einwohner und Seeleute suchten alle Straßen, Häuser und Scheunen ab. Keine Spur! Was konnte geschehen sein? An Desertion war nicht zu denken. Ein Unfall? Aber dann müßte er doch verletzt oder tot zu finden sein!

Alle Bürger waren da. Nur der Schulmeister war nach Aussagen seiner Frau zu einem kranken Onkel gereist. Schließlich gab man die Suche auf. Der Bürgermeister versprach, Boten in die umliegenden Ortschaften zu senden. Die *Cerberus* mußte weitersegeln. Die Abschiedsstimmung war gedrückt.

David, der unter Heu verborgen auf dem Karren lag, tat der Rücken vom Rütteln des Karrens weh, und er konnte kaum atmen. Als der Karren einmal kurz hielt, stöhnte er laut und klopfte mit den Hacken gegen die Ladefläche.

Der Schulmeister räumte Heu zur Seite und fragte: »Was ist los?« David deutete durch Stöhnen an, daß er kaum Luft bekomme.

Der Lehrer nahm ihm den Knebel aus dem Mund und sagte: »Jetzt in der Nacht hört Sie doch keiner. Aber ein Wort, und ich schneide Ihnen die Kehle durch.«

Drohend hob er sein Messer, stapfte nach vorn, und die Fahrt ging weiter. David mußte irgendwann eingeschlafen sein, bis ihn die Morgenkälte weckte. Als die Sonne aufging, wurde es wärmer, doch nun knurrte der Magen.

Sein Entführer schien nicht die Absicht zu haben, ihm Essen zu geben, obwohl David hörte, wie er selbst etwas aß.

Als David rief, daß er austreten müsse, antwortete der Schulmeister nur: »Machen Sie sich ruhig in die Hosen. Der Karren hält das schon aus«, und er lachte schallend über seinen »Scherz«.

Es mußte schon gegen Mittag sein, als der Schulmeister hastig hinten auftauchte, David den Knebel in den Mund steckte, das Messer zeigte und drohte: »Keinen Laut – sonst!«

Einige Minuten später war Hufgetrappel zu hören, das am Karren stoppte.

»Nanu, was tun Sie denn hier? Wollen Ihre Kinder nichts mehr lernen?«

Der Schulmeister redete etwas vom kranken Onkel und daß er den Kindern ja eine Freude bereite.

Gelächter war zu hören und dann eine Stimme: »Guter Mann, liegt der Schoner *Cerberus* noch in Whitehaven?« Das war doch Leutnant Barnes!

David spannte alle Kräfte an, schlug mit dem Hinterkopf und Hacken gegen die Ladefläche, stöhnte und brummte. Erstaunte Rufe, eine Hand, die das Heu zur Seite schob.

»Ein Gefangener!«

Leutnant Barnes trat ins Bild: »Mein Gott, das ist ja David Winter!«

Sie nahmen ihm den Knebel aus dem Mund und schnitten die Fesseln durch, während andere den Schulmeister festhielten. Hastig erzählte David seine Geschichte.

Der Schulmeister gab alles zu und schrie: »Wir werden euch doch aus dem Land jagen, ihr Tyrannenknechte! Es lebe die Freiheit!«

Der Anführer des Trupps deutete auf einen Strick und einen Baum. Zwei Reiter rissen den Schulmeister unter den Ast, befestigten die Schlinge, zogen den Mann mit ihren Pferden in die Höhe und banden das Seil am Baumstamm fest, ohne sich um das zuckende Bündel Mensch zu kümmern.

Entsetzt sah David dieser Lynchjustiz zu.

»Ja, Mr. Winter,« sagte Barnes leise neben ihm, »dies ist kein ritterlicher Krieg, sondern grausamer Brudermord. Die Rebellen verhalten sich nicht anders, berichtete man mir. Aber Sie sollten sehen, daß Sie nicht dauernd in solche Schwierigkeiten geraten. In der Alfama und hier konnte ich Ihnen helfen, aber rechnen Sie nicht immer mit mir!«

David dankte Mr. Barnes und dem Führer des Loyalistentrupps und bestieg ein Pferd, während ein Reiter des Trupps den Ochsenkarren zurückführte.

Leutnant Barnes hatte die Gelegenheit zu einem zweitägigen Ausflug in das Land benutzt, als er sich dem Reitertrupp anschloß, der die Werbezettel für die *Shannon* zur Küste brachte. Sein Sergeant und seine Soldaten drillten inzwischen die Loyalisten in der Handhabung von Musketen und Bajonetten.

»Willig sind sie ja und begeistert für die Sache des Königs, aber ungeübt und ziemlich undiszipliniert«, faßte Barnes zusammen.

Als sie am Nachmittag in Whitehaven eintrafen, war die *Cerberus* nicht mehr da. Die Bürger waren entsetzt über die Tat des Schulmeisters. Exzentrisch und geltungssüchtig sei er ja immer gewesen, aber Verrat und Entführung habe man ihm nicht zugetraut.

Der Bürgermeister hatte bald ein Boot bereit, das der *Cerberus* folgen und sie ohne Schwierigkeiten in Fishing Bay finden sollte.

Bevor sie ablegen konnten, erschien die Frau des Schulmeisters mit ihrem Sohn und bat David: »Nehmen Sie ihn mit als Schiffsjungen, damit er in Strenge und Gottesfurcht erzogen wird. Er ist ein guter Junge und kann nichts für die wirren Ideen seines Vaters. Ich muß hier fort und mir in Baltimore, wo wir herstammen, ein Auskommen suchen. In diesem Land mit Streit und Brudermord kann ich ihn nicht ernähren und nicht aufziehen. Er weiß, daß er mich über den Pfarrer der dortigen Trinity-Church erreichen kann. Bitte, Sir!«

David wußte nicht, was er sagen sollte. »Ja, willst du denn zur See?« fragte er schließlich den Jungen. Der nickte tapfer unter Tränen.

Der Bürgermeister meinte: »Es ist wohl am besten so. Mary ist eine tapfere Frau und Edmond ein guter Junge!«

Also stieg der zehnjährige Bursche an Bord des Fischerbootes, David verabschiedete sich von Leutnant Barnes und den Bürgern, und sie legten ab.

Das kleine Boot segelte leicht durch die etwas kabbelige See und änderte in der Höhe der Clay-Insel Kurs nach Norden, um in die Fishing Bay einzulaufen, wo sie die *Cerberus* noch am Ostufer vermuteten. Der alte Fischer und sein Sohn waren mit Boot und Gewässer vertraut. Sie segelten in Richtung Bishops Head, um dann mit einem langen Schlag zurückkreuzen zu können.

Eine Meile vom Ufer entfernt wies sie der junge Fischer auf zwei seltsame Boote hin, die mit einem relativ kleinen Segel unter Hilfe von zwölf Riemen eine kleine Bucht ansteuerten.

»Was sind denn das für merkwürdige Kähne?« wunderte sich der Alte.

David spähte scharf hinüber.

»Was seht ihr im Bug der Boote?« fragte er die anderen.

Edmond und der junge Fischer hatten die schärfsten Augen. Jedes habe eine Kanone im Bug, erklärten sie übereinstimmend.

»So sehe ich das auch«, erklärte David. »Es sind Flußkanonenboote mit Hilfssegel. Sie haben vorn je einen Sechs- oder gar Neunpfünder. Es sind keine Briten. Wo könnten sie herkommen?«

Der Alte erzählte von Gerüchten, daß in der Bucht des Potomac River Kanonenboote von den Rebellen ausgerüstet würden, um sich gegen Lord Dunmore zu verteidigen.

»Die brauchen mit dieser schwachen Besegelung aber fast zwei Tage bis hierher. Da müssen die ja bald nach Ihrer Ankunft von Ihren Plänen erfahren haben.«

David dachte an den Verrat in Boston und an den Schulmeister. Geheimnisse waren hier wohl schwer zu hüten.

»Aber was wollen die in dieser Bucht mit ihren Kanonenbooten?« fragte er.

Der Alte konnte es sich denken. Wenn die *Cerberus* von der Ostküste zur Bucht von Crocheron segele, müsse sie dicht an dieser Bucht vorbei. Fishing Bay sei ja hier nur zwei bis

zweieinhalb Meilen breit. Und da könne ein Überraschungs-
angriff schon sehr gefährlich sein.

»Das stimmt! Also Kurs Nordnordost, damit wir unsere
Leute warnen.«

Die *Cerberus* lief gerade, von Zurufen der Bewohner begleitet, aus einem kleinen Hafen aus. War das eine Überraschung,
als sie David an Bord des Fischerbootes winken sahen.

Haddington wollte erst wissen, was er, verdammt noch
mal, angestellt habe. Als David hastig seine Geschichte
erzählte, war das Erstaunen groß, doch die Freude über seine
Errettung überwog und war seinen Freunden deutlich anzumerken.

Aber David ging auf ihre Rückfragen nicht ein, sondern
berichtete sofort von den beiden Kanonenbooten vor Crocheron.

»Donnerwetter!« entfuhr es Haddington. »Wie kriegen wir
die Burschen zu fassen?«

»Sie sind der Kommandant, Charles«, sagte Mr. Morsey,
»aber mit zwei Kanonenbooten in Küstengewässern ist nicht
zu spaßen, mögen sie nun Sechs- oder Neunpfünder tragen.
Doch da wir gewarnt sind, ist der Vorteil auf unserer Seite. Ich
schlage vor, daß wir schnell in die Bucht segeln, ihnen eine
Breitseite verpassen, halsen, die andere Breitseite abfeuern
und es dann ausfechten.«

Sein Rat hatte Gewicht. Haddington rief aber erst noch den
Lotsen heran und befragte ihn nach den Wassertiefen in der
Bucht und davor.

Dieser ließ sich von dem Fischer genau die Stelle beschreiben, beriet sich mit ihm und erklärte dann, daß in der Bucht
bis kurz vor dem Ufer tiefes Wasser sei, auch nördlich der
Bucht, nur zwischen der kleinen Bucht und Crocheron, sei
eine Sandbank. Aber die störe beim Angriff nicht.

»Also gut!« entschied Haddington. »Wir laufen dicht unter
Land die Bucht mit voller Fahrt an und beschießen die
Kanonenboote aus sechzig bis achtzig Yard mit Traubengeschossen. Zusätzlich schlage ich vor, daß wir die Fischerboote
mit jeweils zwei bis drei Scharfschützen unauffällig voraus-
segeln lassen. Die durch kein Schanzkleid gedeckte Geschütz-

mannschaft ist gegen Musketenfeuer sehr empfindlich. Den Fischerbooten kann eigentlich nichts passieren, denn ihre Kanonenkugeln brauchen die Rebellen für uns.«

Der Vorschlag überzeugte Mr. Morsey. Die Fischer aus Somers Cove und Whitehaven waren zur Mitwirkung bereit. Die fünf besten Schützen waren bald gefunden und versteckten sich an Bord der Fischerboote, jeder mit zwei geladenen Musketen und genügend Pulver und Kugeln.

Die Fischerboote segelten betont harmlos voraus, um in der Bucht Netze auszuwerfen. Die *Cerberus* machte klar zum Gefecht.

Gut, daß wir schon neun Freiwillige haben, die sich an den Segeln nützlich machen können, dachte Haddington.

Mr. Morsey übernahm das Kommando über die Geschütze und ließ die Mannschaft sich noch einmal warmexerzieren. Der kleine Edmond wurde unter Deck zum Sanitäter geschickt. Musketen und Entersäbel wurden bereitgelegt.

Die beiden Fischerboote waren gut eine halbe Seemeile vor der *Cerberus* in die Bucht eingebogen. Die legte sich jetzt in den Wind und nahm Fahrt auf. Die Minuten schlichen, dann öffnete sich die kleine Bucht.

»Heiß Flagge! Ruder hart Steuerbord! Recht so! Stütz!«

Da lagen sie, dicht vor dem Ufer, angriffsbereit. Die *Cerberus* schwang leicht nach Backbord herum, die Geschütze faßten das Ziel auf und donnerten los. Die Kanonenboote feuerten deutlich später. Im Toppsegel war auf einmal ein großes Loch.

Schlimmer war, daß der vordere Mastbaum am Ende getroffen wurde und seine Splitter über Deck jagte. Verwundete schrien und sackten zusammen.

David faßte unwillkürlich an Susans Medaillon, das er jetzt immer trug, wenn ein Kampf drohte.

Haddington fuhr eine Halse und brachte die Backbordgeschütze zum Tragen. Die Scharfschützen in den Fischerbooten hatten die Bedienungen der Kanonenboote unter Feuer genommen, und man sah, wie sich dadurch das Nachladen verzögerte.

Die Backbordgeschütze brüllten los, ein Traubengeschoß

blies die Mannschaft des einen Geschützes um und schmetterte sie in das Boot. Das andere Kanonenboot lief aus dem Ruder, denn auf der einen Seite waren Bootsgasten und Riemen getroffen.

Die *Cerberus* schwang herum. Wieder war die Steuerbordbatterie an der Reihe und donnerte los. Ein Kanonenboot war leckgeschlagen und hatte Schlagseite, im anderen rührte sich kaum noch jemand.

Haddington ließ zum Entern anlaufen. Die Drehbassen mit ihrem Kugelhagel erstickten den letzten aufflackernden Widerstand. Zwei Platscher verrieten, daß sich Schwimmer an Land retten wollten. Die Scharfschützen schossen auf sie, bis Haddington mit dem Sprachrohr den Befehl zur Feuereinstellung gab. Beiboot und Fischerboote nahmen Kurs auf die Gegner und legten an.

Von den vierundvierzig Besatzungsmitgliedern der Kanonenboote waren dreißig tot, über Bord gefallen oder gesprungen, vier ergaben sich unverletzt, und zehn waren verwundet. Ein Kanonenboot war so schwer beschädigt, daß es sinken mußte. Haddington ließ es zum Ufer pullen und auf den Strand auflegen. Er wollte nur das Geschütz und die Munition bergen und dann das Boot völlig zerstören. Das andere Boot war leichter beschädigt und ohne großen Aufwand zu reparieren.

Die *Cerberus* hatte drei Leichtverletzte und einen schwerer Verwundeten. Der Arztgehilfe half, so gut er konnte, aber das war nicht viel. Dann nahm er sich der Rebellen an. Die waren vom Musketenfeuer der Scharfschützen und von den Geschützsalven der *Cerberus* gleichermaßen überrascht und geschockt.

Die unverletzten Seeleute der *Cerberus* arbeiteten fieberhaft, um das Geschütz des lecken Kanonenbootes, es war ein Sechspfünder, und die Munition zu bergen. Eine Stunde später liefen sie mit dem anderen Kanonenboot im Schlepp nach Crocheron, wo sie ein Fischerboot schon angemeldet hatte.

Die Bevölkerung des kleinen Ortes erwartete sie neugierig am Ufer und empfing sie mit Hurrarufen, als die *Cerberus* ihre Beute einschleppte.

Mr. Kilby, der während des kurzen Gefechtes ziemlich blaß hinter dem Mast Zuflucht gesucht hatte, konnte sehr anschaulich auf Ruhm und Ehre verweisen, die man im Dienste des Königs erwerben könne. Vier Freiwillige waren für den kleinen Ort eine gute Ausbeute.

Haddington saß spät am Abend in seiner winzigen Kammer und schrieb den Bericht für Kapitän Brisbane. Was wäre geschehen, wenn David nicht entführt worden wäre? Wenn er nicht nachgesegelt wäre und die Kanonenboote nicht entdeckt hätte? Läge die *Cerberus* jetzt zerschmettert am Ufer, die Besatzung getötet, verwundet oder gefangen?

Wie Kapitän Brisbane immer sagte: »Überraschung ist der halbe Sieg!«

Die Steuerbordbatterie mit ihrer ersten Salve hatte nicht gut getroffen, überlegte Haddington. Da hatte sich wohl die Aufregung ausgewirkt. Sie müssen noch mehr üben! Vielleicht sollten auch andere als Geschützführer eingesetzt werden.

Haddington löste sich aus den Gedanken und versiegelte den Bericht. Morgen würde das erbeutete Kanonenboot mit dem eigenen Schwerverwundeten, vier unverletzten und fünf leichtverwundeten Gefangenen unter dem Kommando des Bootsmannsmaaten nach Somers Cove zurücklaufen.

Sie sollten bis zum Abend eintreffen. Sechs Matrosen als Mannschaft müßten ausreichen. Die schwerverwundeten Gefangenen sollten hier im Ort gepflegt werden, so gut es ging.

Ich kann mir nicht auch noch den Kopf zerbrechen, was die Loyalisten mit ihnen anstellen, beruhigte er sein Gewissen.

Am Morgen liefen die *Cerberus* und das Kanonenboot aus.

»Lassen Sie die unverletzten Gefangenen pullen, bis sie nicht mehr können. Nur völlig erschöpfte Gefangene denken nicht an Selbstbefreiung«, hatte Mr. Morsey dem Bootsmannsmaaten geraten.

Das Fischerboot aus Whitehaven wollte das Kanonenboot noch bis zur Bloodsworth Insel begleiten, das sei fast der halbe Weg. Als die Schiffe sich in der Hooper Strait trennten, setzte Haddington sofort Segel- und Geschützdrill an, um die Freiwilligen in die Besatzung einzugliedern.

Die Tage vergingen wie die vorangegangenen. Sie legten an kleinen oder größeren Dörfern an und wurden meist gastfreundlich empfangen. Ein oder zwei Freiwillige nahmen das Handgeld und kamen mit ihnen. Andere brüteten über den Werbezetteln und wollten überlegen, ob sie sich in Somers Cove melden würden.

Das Wetter meinte es in diesen ersten Septembertagen des Jahres 1775 gut mit ihnen. Die Sonne wärmte, ohne das Land zu verbrennen. Die Eichen und die Ahornbäume, die die Ufer säumten, ließen erst einen winzigen Hauch des Herbstes ahnen.

Die Fische sprangen und schnappten gierig nach den Angelhaken, die ihnen die Freiwilligen zuwarfen. Segel- und Geschützdrill wurden wie ein Sport, nicht wie eine Quälerei aufgefaßt.

Wenn Haddington etwas von dem »schwarzen« Pulvervorrat freigab und auf einen treibenden Baumstamm oder eine Eiche am Ufer feuern ließ, dann erhoben sich oft Wolken von Wildgänsen. Ganz unwaidmännisch übten sich dann die Musketenschützen, und immer fanden sie einige erlegte Gänse, die sie noch am Spieß grillen konnten.

An einem Vormittag liefen sie in Cambridge ein, dem Endpunkt ihrer Kreuzfahrt. Der Ort war voller Leben, und ihre Ankunft erregte nicht soviel Aufmerksamkeit wie zuvor. Aber Mr. Kilby verteilte die Werbezettel, sprach mit Honoratioren und Fischern und beraumte eine kleine Versammlung ein.

Zwei Freiwillige waren eine etwas magere Ausbeute, aber Mr. Kilby sagte, es seien viele Quäker in der Gegend, die jeden Waffendienst ablehnten, und mehr könne man ja gar nicht an Bord der *Cerberus* unterbringen.

Als die Dunkelheit hereingebrochen war, näherte sich ein Mann dem Schoner und verlangte von den Wachen, die ihn anriefen, zum Kommandanten geführt zu werden. Haddington wurde gerufen, erschien an Deck und fragte, was man von ihm wolle.

Der Mann sagte leise: »Ich bin ein Vertrauter von Mr. Lawson und habe geheime Nachrichten für Sie.«

Haddington erinnerte sich, daß ihm Mr. Kilby von Alexander Lawson erzählt hatte, der ein Führer der Königstreuen war und überall Spione haben sollte.

In Haddingtons kleiner Kammer wehrte der Mann Fragen nach seinem Namen ab, nahm dankend ein Glas Claret, setzte sich auf den dargebotenen Schemel, während Haddington sich auf seine Koje hockte, und begann seinen Bericht.

»Viele Einwohner am Chaptank River sympathisieren heimlich mit den Rebellen. Sie verbreiten aufrührerische Schriften und bereiten sich auf den offenen Widerstand vor. Schmuggelei hat eine lange Tradition in diesen Gewässern, und in Kriegszeiten wurde mit Kaperschiffen gut verdient. Viele drängen darauf, daß die kolonialen Rebellenkongresse endlich Kaperbriefe ausstellen. Wir haben Informationen, daß Massachusetts kurz vor der Verabschiedung eines entsprechenden Gesetzes steht, und John Adams bohrt und wühlt im Kongreß in Philadelphia. Seien Sie also auf der Hut! Heute ist ein Schoner aus Westindien eingetroffen, der neben anderem Pulver, Flintsteine, Musketen und einige Kanonen im Ballast versteckt hat. Er wurde gewarnt, daß ein Schiff des Königs in Cambridge ankere, und hat sich in einer schmalen Bucht des Turlock Moores am Nordufer verborgen. Es stehen dort nur zwei Hütten von Moorbewohnern.«

Haddington dankte für die Information und wollte Mr. Kilby und den Lotsen rufen, damit ihnen der Ankerplatz beschrieben werden könne. »Mit Verlaub, Sir, meine Aufgabe wäre gefährdet, wenn mich Einwohner dieses Landes bei meiner Arbeit erkennen würden. Ich zeichne alles genau auf und verschwinde unerkannt.«

Als sich Haddington wenig später mit Mr. Morsey und dem Lotsen in der engen Kammer über Karte und Zeichnung beugte, erkannte der Lotse die Bucht.

»Die *Cerberus* kann auch bei Ebbe noch in die Bucht einlaufen. Aber da wir wahrscheinlich entern müssen, reicht unser Beiboot für einen überraschenden und kraftvollen Angriff nicht aus. Wo kriegen wir ein zusätzliches Boot in der Nacht her, ohne Verdacht zu erregen?« gab Mr. Morsey zu bedenken.

Der Lotse wußte Rat. Er kenne einen Loyalisten im Ort, der ein Boot mit acht Riemen habe. Er würde es unter einem Vorwand für einen Tag ausleihen.

Zwei Stunden vor Sonnenaufgang lief die *Cerberus* aus und kreuzte im schwachen Licht des zunehmenden Mondes über den Choptank. Als der Morgen graute, liefen sie vorsichtig in die kleine Bucht ein. Zwölf erfahrene Seeleute saßen in den Beibooten. An den Geschützen und Segeln der *Cerberus* standen fast nur noch Freiwillige.

Die Bucht war schmal und nur etwa sechshundert Yard lang, wie der Lotse versicherte. An einer Krümmung erhoben sich zwei kahle Masten über dem niederen Schilf. Haddington gab den Beibooten das Signal. Sie pullten am Ufer entlang, während die *Cerberus* etwas abhielt, um freies Schußfeld für ihre Kanonen zu haben.

Sie brauchten nicht zu feuern. Alles geschah lautlos. Die Enterer fanden niemanden an Deck des Schoners und holten schließlich acht Seeleute aus dem Unterdeck, die dort ihren Rausch ausschliefen. Der Erste und der Zweite Maat schliefen noch in den beiden Hütten am Ufer, wo sie am Abend gezecht hatten.

So leise wie möglich schleppten die Boote den Schoner *Baltimore* in die Fahrrinne. Die Männer setzten Segel und steuerten zum Choptank zurück.

»Das nenne ich eine elegante Operation«, meinte Haddington. »Kein Schuß, keine Verletzung und ein Sechzig-Tonnen-Schoner mit vier Vierpfündern, etwa fünfzig Musketen und einer Reihe von Pulverfässern im Kielraum versteckt, ganz zu schweigen von dem Zucker und den Gewürzen im Laderaum.«

Auch Mr. Morsey war in Gedanken an das Prisengeld guter Stimmung. Sie beschlossen, die acht Gefangenen am Todd Point auszusetzen. Die *Cerberus* würde das Beiboot zurückbringen, während Mr. Morsey mit der Hälfte der Besatzung die *Baltimore* übernehmen sollte.

Sie segelten in drei Tagen nach Somers Cove zurück, wobei die *Cerberus* am Westufer noch ein halbes Dutzend Freiwillige auftreiben konnte. Die *Shannon* lag nicht auf der Reede, aber der Landposten und die Bewohner begrüßten die *Cerberus* und ihre Beute mit Begeisterung.

Die *Shannon* sei vor sechs Tagen mit der Brigg ausgelaufen und wollte sie noch bis zum Delaware geleiten, ehe sie allein nach Boston weitersegele. Die Fregatte werde in ein bis zwei Tagen zurückerwartet. Der Schwerverwundete aus dem Gefecht mit den Kanonenbooten sei auf dem Weg der Besserung, und ein Dutzend Freiwilliger habe sich auch eingefunden.

Mr. Morsey ließ die Freiwilligen an Bord der beiden Schoner einquartieren, sie vereidigen und in eine provisorische Musterrolle eintragen.

»Sie sollen gar keine Gelegenheit haben, sich die Sache noch einmal zu überlegen«, sagte er. »Und Sie, Mr. Haddington, laufen morgen in die Bucht aus, um zwischen Flat Cap Point und Point Lookout zu patrouillieren. Ich übernehme acht Mann ihrer Stammbesatzung, und Sie erhalten dafür Freiwillige. Formen Sie daraus eine schlagkräftige Besatzung. Ich bleibe mit der *Baltimore* im Hafen und werde die vier Vierpfünder an Deck aufstellen lassen. Wenn die Rebellen sich noch mehr mit dem Gedanken an Kaperschiffe anfreunden, sind sie dort nützlicher als im Laderaum.«

Die *Cerberus* kreuzte zwischen den beiden Landmarken hin und her. Da Mr. Greg auf der *Baltimore* geblieben war, nahm Haddington David noch mehr heran. Er mußte nicht nur eine Wache befehligen, sondern auch das Logbuch führen.

Es war nicht immer einfach, den Kurs des Schiffes mitzukoppeln, aber Haddington war unnachgiebig: »Du mußt sicher werden in der Navigation, David. Wer weiß, wie bald dir eine Prise anvertraut wird, und dann sind Männer von deinem Können abhängig. Also übst du auch mit dem Sextanten, obwohl wir ihn hier nicht brauchen.«

Am dritten Tag erkannten sie fern im Süden die Segel der *Shannon*. Die *Cerberus* lief auf sie zu und setzte ihr Erkennungssignal.

»Kommandant an Bord!« befahlen die Signalflaggen.

Haddington ließ sich hinüberpullen, und kurz darauf wurde signalisiert, daß die *Cerberus* in den Hafen von Somers

Cove einlaufen solle. Jetzt mußte David allein die Befehle geben, und die Mannschaft folgte dem Jungen mit der Selbstverständlichkeit, die durch harte Disziplin anerzogen war.

Seine Aufgabe war nicht schwer. Sie kannten den Hafen, und die Segelmanöver waren Routine. Dennoch freute sich David, als die *Cerberus* leicht am Pier anlegte und Mr. Morsey ihm zurief: »Gut gemacht, Mr. Winter!«

Mr. Morsey mußte nicht lange warten, bis ihn das Signal der *Shannon* an Bord rief. Kapitän Brisbane begrüßte ihn herzlich.

»Haben Sie Ihren Picknick-Ausflug genossen, Mr. Morsey?« scherzte er und ließ sich dann berichten.

Kurz darauf kamen Mr. Grant, Mr. Barnes, Mr. Haddington und der Master hinzu, und der Kapitän eröffnete die Besprechung.

»Meine Herren, ich bin mit dem Erfolg unserer Mission bis jetzt zufrieden. Wir haben die Kontakte mit den Loyalisten hergestellt, und Mr. Barnes versichert mir, daß die Waffen in den Händen ehrenwerter, königstreuer Bürger sind, von denen man erwarten kann, daß sie sich gegen Rebellenbanden wehren werden. Daß die ›Maryland Loyalists‹ den Kampfwert eines Linienregiments haben, wird niemand erwarten. Wir waren bei der Proviantaufnahme sehr erfolgreich, haben für fünf Monate Verpflegung, und die Brigg sollte jetzt in Boston sein. Die *Cerberus* hat einen Schoner beschlagnahmt und die *Shannon* eine Brigg mit Schmuggelware aufgebracht, die jetzt bei Cape Charles auf uns wartet. Ich bin überzeugt, daß wir nur einen kleinen Teil des illegalen Schiffsverkehrs erfaßt haben, aber wir hatten ja noch andere Aufgaben.«

Mehr habe er sich von der Werbung Freiwilliger erhofft, fuhr der Kapitän fort. Fünfundvierzig Mann, meist Fischer und Walfänger, seien zwar nicht zu verachten, aber er habe ja schon allein fünfzig Mann an Prisenbesatzungen abgeben müssen und vorher schon einen Fehlbestand von dreißig Mann gehabt. Mit jeder Prise sende er dringende Bitten an den Admiral, ihm die Besatzungen mit dem nächsten Kurierschiff zurückzuschicken. Viel Hoffnung habe er nicht.

Kapitän Collins habe wegen des Mannschaftsmangels schon die Blockade des Delaware aufgeben müssen. Dadurch dehne sich ihr eigenes Patrouillengebiet noch weiter aus. Mit dem Kanonenboot könne er im Augenblick nichts anderes anfangen, als es den Loyalisten in Somers Cove zu übergeben. Waffen und Munition der *Baltimore* werde die *Shannon* übernehmen. Dafür müsse die *Baltimore* noch Proviant für Boston laden. In zwei Tagen wolle er mit allen Schiffen auslaufen.

»Wen haben wir unter den Midshipmen mit Steuermannsexamen, den wir als Prisenkommandanten einsetzen können?« fragte er Mr. Grant.

Der empfahl James Hamond, einen zwanzigjährigen, zuverlässigen Midshipman.

»Einverstanden! Übrigens, Mr. Haddington, ich habe dem Admiral vorgeschlagen, ihre endgültige Bestellung zum Leutnant bei der Krone zu beantragen.«

»Ergebensten Dank, Sir«, sagte Haddington, und die Freude leuchtete aus seinem Gesicht.

Zwei Tage später liefen sie aus dem gastlichen Somers Cove aus. Kapitän Brisbane hatte in Aussicht gestellt, daß zumindest die *Cerberus* von Zeit zu Zeit wieder einlaufen werde und daß er auch Interesse an weiteren Proviantlieferungen habe. Die Bürger verabschiedeten ihn zufrieden und herzlich, wenn auch unter ihnen immer noch das Mißtrauen umging, wer die Fahrt der *Cerberus* verraten haben könnte.

Die *Shannon* und die *Baltimore* liefen in Kiellinie bis Cape Charles, während die *Cerberus* in die Buchten des Ostufers spähte, ohne etwas Verdächtiges zu bemerken. Die Prise der *Shannon*, die Brigg *Anne* aus Savannah, war etwa einhundertachtzig Tonnen groß, aber alt und ziemlich verwahrlost. Sie schloß sich dem kleinen Konvoi an und zwang ihn zu langsamerer Fahrt.

Sie rundeten die Fishermans-Insel und segelten einen nordöstlichen Kurs zur Mündung des Delaware. Die *Shannon* setzte sich auf eine Position seewärts von der *Baltimore*, die die *Anne* in Kiellinie führte, während die *Cerberus* in Küstennähe lief.

Die *Shannon* signalisierte am nächsten Tag, daß sie ein Segel in Ostnordost gesichtet habe und zur Untersuchung ablaufe. Aber nach Stunden kehrte sie allein auf ihre Position zurück.

Am zweiten Morgen stöberte die *Cerberus* einen alten kleinen Schoner auf. Er hatte Salpeter geladen, der ohne Zweifel für die Pulvermühlen bei Philadelphia bestimmt war. Ein Signal der *Shannon* befahl die Verbrennung des Küstenfrachters. Die vierköpfige Besatzung pullte unter Verwünschungen an Land.

Vor der Mündung des Delaware jagte die *Shannon* einen größeren Schoner, den seine Besatzung auf die felsige Küste setzte, als die *Cerberus* ihm den Weg abschnitt. Melasse, Zucker, Tee und darunter versteckt Bajonette und Uniformteile befanden sich an Bord. Weder Schoner noch Ladung waren zu retten. Also loderten wieder die Flammen.

Die *Shannon* befahl alle Schiffe in Kiellinie und rief die Kommandanten an Bord. Kapitän Brisbane berichtete, daß das Segel, dem er gefolgt sei, ein britischer Transporter auf dem Weg von Boston nach Nassau/Bahamas gewesen sei.

Von seinem Kommandanten habe er erfahren, daß Washington Schoner bewaffnet habe, um britische Transporter zu überfallen. Mr. Hamond solle daher weit außerhalb jeder Küstensicht segeln und seine Geschütze feuerbereit halten, um sich und die *Anne* zu verteidigen.

Die *Baltimore* entschwand dann bald mit der *Anne* seewärts ihren Blicken, während *Shannon* und *Cerberus* in die Mündung des Delaware segelten.

Die ersten Wochen des Oktober 1775 kreuzten beide Schiffe zwischen Kap Henlopen und Kap May und versuchten, die Mündung des Delaware zu blockieren. Ihre Anwesenheit blieb nicht unbekannt, und Schiffe mit Schmuggelware oder Waffen hielten sich in Buchten versteckt, um nachts den Durchbruch zu wagen.

Kapitän Brisbane wechselte ihre Station ständig und stand im Morgengrauen mitunter auch bei Bombay Hook. Weiter in die Flußmündung stieß er selten vor, denn die *Shannon* konnte nur in tieferen und breiteren Gewässern ihre Überlegenheit voll entfalten. Die Schiffe, die sie anhielten, hatten korrekte Papiere und erlaubte Fracht, soweit sie nicht in Ballast segelten.

So ereignislos die Tage sein mochten, an Bord beider Schiffe herrschte kaum Langeweile. Die neuen Mannschaften mußten mit den altgedienten Seeleuten zu einer kampffähigen Besatzung geformt werden. Auch auf der kleinen *Cerberus* mit ihrem hohen Anteil an Amerikanern war im Geschützdrill, im Segelsetzen und im Gebrauch der Handwaffen immer noch etwas zu verbessern.

Haddington hatte ein sicheres Gespür, wo die neuen Leute am besten eingefügt werden konnten, ohne daß es größere Reibereien zwischen den »Alten« und den Kolonisten gab. Er ließ immer wieder anklingen, daß sie aus vielen verschiedenen Ländern stammten, daß jetzt aber die *Cerberus* ihre Heimat und die Mannschaft ihre Familie sei.

William Hansen war Käpten des vorderen und Greg Miller des achteren Mastes. Der junge Edmond hatte sich mit John aus Schleswig angefreundet. Midshipman Nesbit Greg war wieder als Haddingtons Stellvertreter an Bord, aber David hatte neben seinen Signalflaggen viel mit der Navigation und dem Logbuch zu tun.

Es war Haddingtons Ehrgeiz, ihm so viel beizubringen, daß Josuah Hope, der Master, überrascht sein sollte, wenn David wieder auf die *Shannon* überstieg.

David dachte jetzt oft an Portsmouth und an Susan. England war so unendlich weit entfernt, und er hatte so lange Susans fröhliches Lachen nicht mehr gehört und gesehen, daß er sich kaum noch erinnern konnte. Es war die Zeit vor dem Morgengrauen, in der seine Sehnsucht oft am meisten schmerzte.

Das Schiff war in stiller Erwartung dessen, was der Tag bringen würde. Am vorderen Mast stand der Ausguck, bereit zur obersten Rah aufzuentern, sobald die Sicht mehr als einhundert Yard betrug.

David ging zu ihm. »Laß mich erst mal nach oben. Ich will ein wenig allein sein.«

»Aye, aye, Sir«, folgte die stereotype Antwort.

David hatte seine Beine auf der oberen Saling um den Mast geschlungen und sich mit einem Tau festgebunden, um die Hände frei zu haben. Der erste Rundblick zeigte außer der östlich von ihnen segelnden *Shannon* kein Schiff.

Die aufgehende Sonne erfaßte die Mastspitzen der *Shannon* und tastete dann mit ihren Strahlen nach der *Cerberus*. David wandte sich ab, um nicht geblendet zu werden. Die Sonne hellte die Küste vor Deep Water Point auf, und da – Backbord voraus – war doch ein Schiff!

Er sah noch einmal hin und nahm das Teleskop. Kein Zweifel, eine Brigg setzte Segel.

»Deck ahoi! Brigg vier Strich Backbord voraus, anderthalb Seemeilen!«

David raste die Webleinen hinunter, schickte den Ausguck nach oben und signalisierte auf Haddingtons Befehl der *Shannon* die Entdeckung. Die *Cerberus* setzte alle Segel. Der Wind wehte aus Nordost. Da der Schoner höher am Wind liegen konnte als die Brigg, waren sie im Vorteil. Die östlich segelnde *Shannon* konnte mit einem langen Schlag vorhalten und hatte den Wind fast querab.

Die Brigg hatte nur die *Cerberus* gesehen und ging auf einen Kurs, der sie vor den Bug der *Cerberus* führte, so daß sie sich dann nach einer Wende in die Bucht freisegeln konnte. Sie erwartete wohl von dem kleinen Schoner nicht viel Gefahr.

Aber ihr Kurs konvergierte mit dem der *Shannon*, und als dort die Jagdgeschütze donnerten, war der Weg zur Westküste durch die *Cerberus* blockiert, die mit einer Breitseite ihre Anwesenheit betonte.

Die Brigg gab auf und strich die Segel. Von der *Shannon* löste sich der große Kutter mit dem Durchsuchungskommando.

»Der beste Fang, den wir bisher geschnappt haben!« rief Haddington vor Begeisterung, als er zwei Stunden später von der *Shannon* zurückkehrte.

»Das ist eine neue, im spanischen Westindien gebaute Brigg mit zweihundertfünfzig Tonnen, die jeder Admiral gern kaufen wird. Und sie hat nicht nur Pulver, Kanonen und Stiefel für die Rebellen geladen, nein auch noch dreißigtausend Pfund für ihre Kriegskasse, Spenden von französischen Sympathisanten!«

Die Mannschaft tobte vor Begeisterung, und Haddington dachte bei ihrem Gebrüll, ihren Umarmungen und Freudensprüngen plötzlich, die Szenerie sei auf einem Piratenschiff wohl angemessener als auf einem Schoner seiner Majestät.

»Alle Mann auf ihre Stationen. Fertig zum Segelsetzen!« brüllte er zu aller Überraschung los.

Aber wie die Marionetten eilten alle an ihre Plätze und führten die weiteren Befehle in geübter Routine aus.

Nesbit Greg flüsterte David zu. »Jetzt denkt er wieder, er sei zu lasch und vertraulich gewesen.«

Sie geleiteten ihre wertvolle Prise nordwärts, um sie zumindest bis zur Mündung des Hudson zu beschützen. Der Weg war mühselig, denn sie hatten überwiegend Wind aus Nordost und mußten gegenankreuzen. Nach zehn Tagen sichteten sie ein Segel im Osten. Die *Shannon* lief ihm entgegen und identifizierte das Schiff als Seiner Majestät Sloop *Dragon* auf dem Weg von Plymouth nach Boston. Kapitän Brisbane übergab dem Kommandanten die erbeutete Kriegskasse und übertrug ihm das Geleit für die Prise. Sein Prisenkommando holte er an Bord zurück und ging auf Gegenkurs.

In bewährter Formation, die *Cerberus* dicht unter Land, die *Shannon* seewärts, patrouillierten sie die Küste von New Jersey entlang nach Süden. Eines Morgens, sie waren mit gekürzten Segeln während der Nacht gelaufen, kam von achtern ein Segel auf. Die *Cerberus* erhielt Befehl, dem fremden Schiff entgegenzukreuzen.

Es war ein britischer Kutter, der ihnen signalisierte, er habe Nachrichten und Post für sie. Als er sich der *Cerberus* auf Rufweite genähert hatte, bemerkten sie, wie etwa zwölf Seeleute freudig riefen und winkten.

Haddington hob das Teleskop: »Das ist Midshipman James Hamond mit Leuten unserer Prisenbesatzungen. Da wird sich der Kapitän aber freuen.«

Mit Hilfe des Sprachrohrs forderte er den Kommandanten

des Kutters, einen jungen Leutnant, auf, zur *Shannon* zu segeln und dort seine Nachrichten abzuliefern. Die *Cerberus* nahm ihre alte Position wieder ein, aber sie hatte den Abstand zur *Shannon* verringert, und alle fieberten dem Signal entgegen, das sie zum Empfang der Post auffordern würde.

Endlich stiegen die Signalflaggen empor. Die *Cerberus* nahm den befohlenen Platz in Kiellinie der *Shannon* ein, und Haddington ließ sich mit dem Beiboot übersetzen.

Mr. Grant empfing ihn herzlich: »Gute Nachricht, Charles! Wir segeln in die Karibik. Ich schicke Ihr Boot mit dem Postsack zum Schoner, während Sie mit dem Kapitän reden.«

Die Bootscrew hatte auf den üblichen Flüsterwegen schon das Stichwort »Karibik« erfahren und bemühte sich, ihre Freude zu zügeln und unter dem strengen Auge des Bootsmannsmaaten mit exakten Schlägen zur *Cerberus* zu pullen.

David erhielt drei Briefe, zwei von Onkel und Tante und einen von Susan. Er war wie erstarrt vor Freude und betrachtete mechanisch immer wieder das Wachspapier der Umschläge, die Anschrift, das Siegel.

»Soll ich dir beim Öffnen und Lesen helfen, David?« spottete Nesbit Greg.

David fuhr hoch. Susans Brief würde er sich für morgen aufbewahren. Dann war der 27. Oktober 1775, sein vierzehnter Geburtstag. Er lief zu seiner Seekiste, um die Briefe aus Portsmouth zu lesen und die abgehende Post schnell fertigzumachen. Onkel und Tante hatten von ihm Briefe bis zur Ankunft in Boston erhalten und sorgten sich nachträglich, weil er so schwere Stürme überstehen mußte.

Wie gut, daß ich die vorübergehende Degradierung verschwiegen hatte, dachte David. Die Tante ließ ihm ausrichten, er solle bloß vorsichtig sein, wenn er an Kampfhandlungen teilnähme. Julie und Henry waren wohlauf. Der alte Bill Crowden, der ihn in die Anfangsgründe der Seemannschaft eingeführt hatte, sei an einer Lungenentzündung gestorben. Freunde und Bekannte ließen grüßen. Die Geschäfte gingen gut. Die Flotte rüste auf. Die Nachricht von Lexington habe wie ein Schock gewirkt. Nun seien die meisten für ein strenges Durchgreifen.

David bestätigte in einem Nachsatz zu seinem Brief an den Onkel den Empfang der beiden Briefe, zeigte seine Freude, teilte ihm mit, daß es in die Karibik gehe und daß er seinen morgigen Geburtstag nun mit guten Nachrichten aus der Heimat feiern könne.

In dem Postscriptum zum Brief an Susan teilte er ihr nur mit, daß er ihren Brief erhalten habe, es kaum erwarten könne, ihn zu lesen, aber bis morgen zu seinem Geburtstag warten werde, um dieses unerwartete, dieses beste aller denkbaren Geschenke zu genießen.

Im nächsten Morgengrauen kletterte er wieder auf seinen Lieblingsplatz auf dem Vormast. Nachdem er der Pflicht Genüge getan und aufmerksam in die Runde geblickt hatte, öffnete er den Brief.

»Mein lieber David! Du kannst dir nicht denken, wie traurig ich war, als ich erfuhr, daß du mit der *Shannon* in Sheerness gelegen hast und schon ausgelaufen warst, als wir von Besuchen bei meinen Großeltern in Glasgow zurückkehrten.«

Das also war die Erklärung für das damalige Schweigen. Und David las von den Sorgen, die sich Susan seiner Verletzung in Lissabon wegen gemacht habe, von den Vorwürfen, die ihren Vater quälten, weil er Gilbert Marsh nicht gleich angezeigt habe. David erfuhr, daß sich die MacMillans ein Stadthaus in London gekauft hätten und Susans Mutter schon die Einladungen für die Bälle der Wintersaison vorbereite.

»Wie sehr wünsche ich, du könntest kommen, und wir könnten wieder tanzen wie auf jenem Fest in Gibraltar, das ich nie vergessen werde. Sei nur vorsichtig in den Gefahren, die auf dich lauern. Ich freue mich so sehr auf ein gesundes Wiedersehen und bin Deine immer an dich denkende Susan.«

Routinemäßig kontrollierte David Kimm und Küste, aber außer der *Shannon* war nichts zu sehen. Seine Gedanken wanderten zu Susan. Sie hatte ihn nicht vergessen! Aber wen würde sie in London alles kennenlernen? Mit wem dann tanzen? Die Eifersucht nagte leise in ihm. Er konnte gar nichts tun, um ihre Liebe zu erhalten, nur Briefe schreiben, die sie nach Monaten erreichen würden.

Aber dann verscheuchte er die trüben Gedanken. Er hatte

Geburtstag, Post aus Portsmouth und von Susan. Es ging zu den sagenumwobenen Inseln der Karibik. Er konnte es nicht fassen, daß es erst ein Jahr her war, daß er zur Flotte gegangen war. Und wie furchtbar war sein erster Geburtstag an Bord gewesen.

Als er den Ausguck nach oben rief und bedächtig die Wanten abenterte, sah er unten Haddingtons lächelndes Gesicht. An Deck schüttelten ihm Haddington und Greg kräftig die Hand, klopften ihm auf die Schulter, wünschten Glück und Prisengeld.

William Hansen und der Kanadier schenkten ihm im Auftrag der Mannschaft ein kleines Modell der *Cerberus*, das sie kunstvoll aus einem Walknochen geschnitzt hatten. Bewegt drückte David auch ihnen die Hände. Hier an Bord war jetzt seine Heimat. Hier hatte er Kameraden und sogar Freunde.

Würde er an seinem nächsten Geburtstag auch so glücklich sein?

Kurs auf Saint Augustine

Den ganzen Tag über hatte sich kaum ein Windhauch gerührt, ein ungewöhnliches Wetter in diesen ersten Novembertagen. Die *Shannon* und die *Cerberus* dümpelten in Rufweite voneinander in der Dünung etwa acht Seemeilen östlich von Kap Hatteras.

Die Hitze des Sommers lähmte sie nicht mehr, und die südliche Breite verhinderte stärkere Abkühlung. Es war ein Tag, den Wind und Wetter für sie als Ruhetag bestimmt hatten. Die Segel, die in den Vormittagsstunden schlapp an Masten und Rahen geschlagen hatten, waren geborgen worden, als die Hoffnung auf Wind erlosch.

Es wurde der Tag des Bootsmanns, der Zimmerleute und Segelmacher. Sie stiegen durch Fregatte und Schoner und dirigierten die Gruppen der Seeleute, die mit Farbtöpfen hantierten, das stehende Gut teerten, das laufende Gut einfetteten und die vielen kleinen Reparaturen durchführten, für die sonst nur im Hafen Zeit war.

Nur die Seesoldaten an Bord der *Shannon* wurden von ihrem Sergeanten immer wieder durch die eintönige Routine des Musketendrills getrieben.

David hatte mit John die Signalflaggen überprüft und

einige herausgelegt, an denen John die Ränder neu einfassen mußte. Da saß dieser nun mit Nadel und Zwirn und drehte die Zunge im Mund, während er Stich um Stich den Faden durchzog.

David mußte lächeln, als er ihm zusah. Selbstbewußter und kräftiger war der kleine Kerl geworden, selbst schon wieder Schutzpatron für den jüngeren Edmond.

Am achteren Mast standen William Hansen, Greg Miller und der Kanadier und taten so, als müßten sie sich über eine wichtige Arbeit einigen.

David ging an ihnen vorbei und sagte schmunzelnd: »Ist es nicht schwer, so ernste Gesichter aufzusetzen, wenn man sich doch nur Witze oder Klatsch erzählt.«

»Aber Sir«, erwiderte der Kanadier mit Schalk in den Augen, »Sie sollten uns doch wirklich besser kennen.«

»Ja, ich kenne euch schon ganz gut und denke noch oft an die Zeit«, gab David leise zu und entfernte sich mit einem Lächeln.

Am Nachmittag legte die Gig des Kapitäns von der *Shannon* ab und pullte zur *Cerberus*. Matthew Palmer kam an Bord und zog seinen Hut vor Haddington: »Sir, der Kapitän gibt sich die Ehre, die Herren Haddington, Greg und Winter heute abend zum Dinner zu sich zu bitten.«

Haddington nahm dankend an und meinte zu Palmer, gegen ein paar Minuten für ein kurzes Gespräch mit seinen Kameraden habe sicher niemand etwas einzuwenden.

Matthew verneigte sich und ging strahlend zu David: »Na, du alter Hannoveraner, wie fühlst du dich mit vierzehn Jahren?«

David schüttelte ihm die Hand und erzählte, wie gut es ihm auf der *Cerberus* gehe.

»Ich wäre auch gern hier. Es ist doch alles viel familiärer auf eurem kleinen Bumboot.«

Gegen diese Bezeichnung protestierte Nesbit Greg, der sich hinzugesellt hatte, und wollte jede Wette eingehen, daß sie die *Shannon* hart am Wind immer aussegeln würden. Dann geleiteten sie Matthew zum Schanzkleid und winkten ihm nach.

David mußte sich sputen. Eintragungen im Logbuch waren nachzuholen, und wie seine Ausgehuniform aussehen mochte, nachdem er Wochen hindurch nur in Hemd und Hose herumgelaufen war, wollte er sich lieber nicht vorstellen.

»Und ich muß mich noch rasieren«, stöhnte Nesbit Greg gespielt. »Davon hast du Grünschnabel natürlich keine Ahnung.«

Um zwei Glasen der Ersten Wache betraten die drei Gäste das Deck der *Shannon*, wurden von Mr. Grant begrüßt und zur Kajüte des Kapitäns geleitet. Kapitän Brisbane stand im Gespräch mit den Leutnants Barnes und Bates, während Mr. Hope etwas abseits in Gedanken versunken durch die Heckfenster blickte.

»Willkommen, meine Herren«, begrüßte sie der Kapitän, wehrte ihren Dank für die Einladung ab und bot ihnen Claret oder Port an. David gab er mit leichtem Schmunzeln ein etwas weniger gefülltes Glas. »Wir haben gerade davon gesprochen, daß wir in Saint Augustine wohl wieder Festlichkeiten in angenehmer Gesellschaft erleben werden. Die Stadt mit ihrer spanischen Kultur und den reichen Plantagenbesitzern wird für Sie sicher eine andere Welt darstellen.«

»Saint Augustine, Sir?« stotterte Mr. Greg verwirrt. »Wir segeln doch in die Karibik.«

»Ich sehe mit Befriedigung, daß Mr. Haddington in dienstlichen Belangen verschwiegen ist«, bemerkte Brisbane gutgelaunt. »Es geht schon in die Karibik, aber mit einem kleinen Zwischenaufenthalt. Gouverneur Patrick Tonyn hat um Unterstützung gebeten, da Rebellenbanden nicht nur von Georgia aus nach Ost-Florida einfallen, sondern weil jetzt auch Schiffe einer sogenannten Südkarolina-Flotte seinen Handel stören. Wir werden ihnen ein paar aufs Haupt geben und dann weitersegeln nach Jamaika.«

Nesbit sah erleichtert aus, und Mr. Hope wunderte sich über die Unbekümmertheit des jungen Burschen, der von dem gelben Fieber in Jamaika noch nichts gehört zu haben schien.

»Wer jung ist, lacht noch über den Tod, erst wir Alten nehmen ihn ernst«, murmelte er leise.

Sie setzten sich zu Tisch, und Kapitän Brisbane konnte

nach den vielen Landkontakten und nach der »Durchsicht« der Prisen aus dem Vollen schöpfen. Auch das Meer hatte zur Tafel beigesteuert. Das Mahl wurde mit einer Schildkrötensuppe eingeleitet. Vor zwei Tagen noch trieb die Schildkröte behäbig im Meer, als ein Ausguck sie meldete und sich ein paar Schillinge damit verdiente. Als Hauptgänge wurde Schweinebraten und gebratener Fisch angeboten.

»Raten Sie, was das für Fisch ist!« forderte der Kapitän Haddington auf.

Der konnte nur antworten, daß der Fisch gut schmecke, ihn aber nicht identifizieren.

»Es ist Delphin. Die putzigen Kolosse umspielen seit Tagen das Schiff, und einige der Mannschaft sind ganz wild darauf, sie zu harpunieren. Sie ergänzen ihren Speiseplan durch ein Gericht, das sie ›chowder‹ nennen, eine Mischung aus unserem Salzfleisch, Delphin, zerstoßenem Hartbrot und Zwiebeln.«

Mr. Grant fiel ein: »Ich kann bestätigen, daß es nicht schlecht schmeckt, Sir.«

»Das mag sein«, fuhr der Kapitän fort, »aber Mr. Lenthall hält uns für Barbaren. Er kommt jeden Tag mit neuen Zitaten aus Schriftstellern der Antike zu mir, die belegen, daß der Delphin ein Freund und Retter der Menschen sei, ein Lieblingstier der Götter. Biologisch gesehen sei er auch kein Fisch, sondern ein Säugetier. Ich soll verbieten, daß ihm nachgestellt werde. Aber der Dienst ist für unsere Männer hart und streng genug. Wenn ein Kapitän die Freizeitbeschäftigungen zu sehr beschneidet, wird die Mannschaft mißmutig und unwillig. Nur eine zufriedene Mannschaft kämpft gut. Denken Sie daran, Mr. Grant, wenn Sie Ihr eigenes Kommando haben.«

»Wo sollte das wohl herkommen, Sir?«

»Warten Sie ab! Die Karibik mit ihren Krankheiten ist nicht nur ein Witwenmacher, sie ist auch eine Beförderungsleiter. Gebe Gott, daß unser Schiff nicht zu sehr leiden muß!«

Nach dem Tisch hatten sie die Auswahl zwischen spanischen und französischen Weinen, auch eine Zugabe der Prisen. Sie sprachen dann über Saint Augustine, ihren nächsten Bestimmungsort.

»Von unseren Offizieren und Deckoffizieren war noch niemand dort. Das ist auch kein Wunder, denn Florida ist erst vor zwölf Jahren von den Spaniern an uns abgetreten worden. Und Spanien duldete freiwillig keine britischen Schiffe in seinen amerikanischen Häfen. Drake hat allerdings Saint Augustine einmal geplündert, aber das ist selbst für so alte Männer wie Mr. Hope und mich zu lange her.«

Der Master nahm das als sein Stichwort: »Nach den Karten und nautischen Handbüchern ist das kein Hafen für uns. Saint Augustine liegt zwischen zwei Salzwasserflüssen, eigentlich mehr Lagunen, parallel zum Strand, San Sebastian im Nordwesten und Matanzas im Südosten. Die vorgelagerte Sandbank erlaubt nur Küstenfrachtern das Einlaufen. Die *Cerberus* müßte es schaffen, aber die *Shannon* muß vor der Küste ankern oder den nächsten Tiefseehafen in der Mündung des Saint Marys River anlaufen, rund sechzig Seemeilen nordwestlich.«

Brisbane schaltete sich wieder ein: »Ich weiß nicht, was der Gouverneur für Befehle hat, aber ich glaube kaum, daß sie mich veranlassen könnten, mich so weit von meinem Schiff zu entfernen. Voraussichtlich wird unsere Zeit in Saint Augustine sehr kurz sein. Ich werde mit der *Cerberus* einlaufen, sofern das Wetter der *Shannon* erlaubt, vor der Einfahrt zu ankern.«

Kapitän Brisbane blickte jetzt Greg und David an und erklärte, daß er und Mr. Hope die beiden jungen Herren gern für einige Tage auf der *Shannon* hätten. Mr. Hamond und Mr. Palmer könnten solange Erfahrungen auf einem Schoner sammeln. Er würde sich gern mit Mr. Hope überzeugen, welche Fortschritte die beiden Herren in ihrer Ausbildung als künftige Offiziere erzielt hätten.

»Sie werden zufrieden sein, Sir«, beeilte sich Mr. Haddington zu versichern.

»Das hoffe ich sehr«, war Brisbanes lakonische Antwort. »Und die jungen Herren haben doch sicher auch nichts dagegen.«

Natürlich hatten sie etwas dagegen, aber was blieb ihnen übrig, als eifrige Zustimmung zu heucheln.

Brisbane bemerkte abschließend: »Dann werden wir morgen um vier Glasen der Morgenwache den Austausch vornehmen.« Das war gleichzeitig das Signal zum Aufbruch.

Pünktlich am nächsten Morgen brachte das Beiboot Nesbit Greg und David zur *Shannon*. Beide hatten ihre Seekisten auf dem Schoner gelassen und nahmen nur die wichtigsten Sachen in Beuteln aus Segeltuch mit.

Haddington hatte ihnen versichert, daß sie höchstens eine Woche abwesend sein würden. An Bord der *Shannon* erwarteten sie Hamond und Palmer mit Gesichtern, als ob Schulferien begonnen hätten.

Greg und David grienten nur säuerlich, erwiesen die Ehrenbezeugung zum Achterdeck und meldeten sich beim wachhabenden Offizier. Mr. Morsey munterte sie mit einigen Scherzen auf, und sie gingen ins Cockpit, um ihre Sachen zu verstauen.

Ältester der Fähnrichsmesse war jetzt Hugh Kelly, Steuermannsmaat, der erst vor wenigen Jahren aus der Handelsmarine übergewechselt war und nun mit bereits fünfundzwanzig Jahren seinem Leutnantsexamen entgegensah. Er hoffte, daß auf der Jamaikastation eine Kommission zusammentreten werde.

Kelly war ein großer, ruhiger und besonnener Mann, der sich zu Morrisons Zeit stets im Hintergrund gehalten hatte. Er begrüßte die beiden freundlich, aber reserviert und zeigte ihnen ihre Plätze.

David verstaute seine Sachen und war ziemlich deprimiert, wie dunkel es hier unten war und wie es wieder nach Schweiß und Urin stank.

»Ihr sollt euch gleich beim Master melden«, erinnerte sie Kellys gelassene Stimme.

Sie eilten den Niedergang hinauf und sahen Mr. Hope mit den Midshipmen und Servants, die nicht auf Wache waren, in der Nähe des Ruders stehen.

»Ah, die Herren von der *Cerberus*«, begrüßte er sie mit dem ihm eigenen ironischen Unterton, der aber noch mild und nicht verletzend war. »Wir brauchen Ihre Hilfe. Hier kann mir niemand sagen, wo man die Monde des Jupiters abgebildet findet, wie sie – in Abhängigkeit vom Meridian und von unserem Standort auf der Erde – aus dem Schatten ihres Planeten treten. Na, Mr. Winter?«

»Die Abbildung ist in Fergusons fünfter astronomischer Tafel enthalten, Sir«, erwiderten David, den Haddington vor zwei Tagen gerade mit Fergusons Tafeln traktiert hatte.

»Donnerwetter!« entfuhr es Mr. Hope. »Und wozu kann ich diese Information benutzen?«

»Zur Bestimmung der Längengrade mit Hilfe der Messung der Monddistanz und der Bestimmung der Winkel zu einem anderen Gestirn, Sir.«

»So ungefähr«, stimmte der Master zu. »Nun soll mir Mr. Greg aber noch sagen, welche Tafelwerke er braucht, wenn er die Länge auf astronomischem Wege bestimmen will.«

Auch Greg war sicher: »Miers Tafeln und Maskalines' nautischen Almanach, Sir.«

»Das war sehr gut«, erkannte Mr. Hope an, »aber wenn Sie mir jetzt noch sagen, daß Sie mit dem Almanach umgehen können, dann wette ich zehn Guineen dagegen, und wir probieren es heute nacht aus.«

»Lieber nicht, Sir!« bat Nesbit Greg, und da sich Mr. Hope ein Schmunzeln gestattete, lächelten alle mit.

Mr. Grant wollte sich gegen Ende der Vormittagswache auch noch als Examinator beweisen. »Sie haben doch jetzt Erfahrungen mit kleinen Seglern in leichten Gewässern. Was tun Sie, wenn Sie auf eine Sandbank ohne Beschädigung des Rumpfes aufgelaufen sind, sich nicht mehr in die Fahrrinne freiwarpen können und die Ebbe eingesetzt hat?« Er deutete auf Nesbit Greg.

Der schoß los: »Bramstenge und Bramrah sowie obere Takelage streichen, Sir.«

»Warum?«

»Damit bei fallender Ebbe nicht zuviel Hebelgewicht den Rumpf zur Seite neigen läßt.«

»Und dann?« Grant deutete auf David.

»Ich lasse Rahen an den Mastgärten festlaschen, um das Schiff auf ebenem Kiel zu halten.«

»Und wenn das nicht reicht?«

»Dann werden Reservestengen und Ersatzrahen zum Abstützen benutzt.«

»Na ja«, murmelte Mr. Grant und wandte sich ab.

»Wenn er doch bloß mal ein wenig freundlicher sein könnte«, flüsterte Nesbit David zu.

Der Kapitän nahm sich der beiden am Nachmittag an. Nesbit mußte eine Wende kommandieren, und David hatte den Geschützdrill der Steuerbordbatterie auf dem Achterdeck zu leiten. Auch am nächsten Tag wurden die beiden immer wieder während ihres Dienstes auf die Probe gestellt.

Nesbit war gerade in einige Verlegenheit gekommen, als er die Konstruktion eines Ersatzruders aus Leesegelbäumen und Gangspillspaken erklären sollte, da ertönte der Ruf des Ausgucks: »An Deck! Segel drei Strich Backbord voraus!«

Da war es vorbei mit Examen. Die *Shannon* nahm Kurs auf das fremde Segel und signalisierte der *Cerberus*. Nach vier Stunden Verfolgung identifizierten sie das fremde Schiff als einen britischen Transporter auf dem Weg nach Antigua. Er war vor New England von einem Schoner gejagt worden und konnte nur durch einen plötzlich einsetzenden Gewittersturm entwischen. Die Rebellen dehnten den Kampf immer stärker auch auf die See aus.

Brisbane sah düster in die Zukunft: »Jetzt werden die wenigen Schiffe unserer Flotte noch Konvoidienst leisten müssen.«

Greg und David hatten sich auf der *Shannon* wieder eingewöhnt. Nur von Zeit zu Zeit sahen sie zu dem fernen Segel der *Cerberus* hin, die sie in Küstennähe begleitete. Der Kapitän ließ die beiden am fünften Tag zu sich rufen und sagte ihnen, daß er sehr zufrieden mit ihren Fortschritten sei.

»Sie, Mr. Greg, sollten sich in Jamaika dem Examen als Steuermannsmaat unterziehen, damit ich Sie auch als Prisenkommandanten einsetzen kann. Das bedeutet aber, daß Sie auf der *Shannon* bleiben und eng mit Mr. Hope zusammenarbeiten sollten.«

Nesbit bestätigte mit dem üblichen »Aye, aye, Sir«, war einerseits stolz über das Vertrauen, andererseits ein wenig traurig, daß er nicht zur *Cerberus* zurück konnte.

»Und Sie, Mr. Winter«, ergänzte der Kapitän, »können zu Ihrem fünfzehnten Geburtstag zum Midshipman ernannt werden, wenn Sie weiterhin Ihre Pflicht tun. Heute zur Ersten Wache werden Sie auf die *Cerberus* zurückkehren.«

»Aye, aye, Sir, vielen Dank, Sir!« rief David, und beide waren entlassen.

Die Signalflaggen beorderten die *Cerberus* in Rufweite. Haddington wurde informiert. Das Beiboot brachte Matthew Palmer mit Mr. Gregs Seekiste und nahm David mit Mr. Hamonds Seekiste zurück.

Haddington war zufrieden und stolz, als ihm David berichtete, wie seine beiden Schützlinge ihre Prüfung an Bord der *Shannon* bestanden hatten. David begrüßte auch seine alten Messegefährten vom Vordeck und war überrascht, welche Freude selbst der kleine Edmond über seine Rückkehr erkennen ließ.

Am Abend rief er ihn zu sich und ließ sich etwas vom Leben in Whitehaven erzählen. Edmond schien sehr an seiner Mutter zu hängen und fragte immer wieder, ob der Brief, an dem er schreibe, sie auch erreichen werde.

David beruhigte ihn. Mit dem nächsten amerikanischen Schiff, das ohne Schmuggelware passieren dürfe, könne er den Brief mitgeben. »Wenn du die Schillinge fürs Porto hast, wird der Brief auch ankommen. Ich kann sie dir auch leihen.«

Die Posten stiegen in der beginnenden Morgendämmerung zum Ausguck empor, die Mannschaften waren wie jeden Morgen im Kriegsgebiet auf Gefechtsstationen.

»An Deck! *Shannon* signalisiert!«

David griff zum Teleskop und enterte ein Stück die Webleinen auf, schob einen Arm durch die Wanten und setzte das Teleskop mit beiden Händen ans Auge. Vorsichtig justierte er die Tube, bis die Signalflaggen klar erkennbar waren.

»Zwei Segel drei Strich Backbord auf Gegenkurs!« rief er Wort für Wort an Deck, wie er die Signale entzifferte.

Die *Shannon* setzte die Royals, die *Cerberus* das Toppsegel, und beide stürmten den unbekannten Schiffen entgegen.

»Mr. Hamond, gehen Sie bitte mit einem Teleskop zum Ausguck und sehen Sie mal, was sich da tut!« ordnete Haddington an.

Hamond war noch beim Aufentern, als der Ausguck meldete, daß die *Shannon* wieder signalisiere.

David las ab: »Segel wenden. Allgemeine Verfolgung.«

Hamond rief nach kurzer Zeit von oben: »An Deck! Ein großer Toppsegelschoner und eine Dreimastbark gehen auf Kurs Südwest! Entfernung etwa vier Seemeilen!«

Haddington sah zum Kompaß, prüfte die letzte Eintragung am Ruder, studierte die Karte und sagte: »Wir sind querab von der Sapelo-Insel. Nach dem jetzigen Kurs steuern die beiden auf das Gewirr von Inseln und Buchten zwischen Sapelo und Saint-Simons-Insel zu. Der Wind weht aus Westnordwest. Ich nehme selbst das Ruder und ihr, Hansen und Miller, braßt mir die Segel, daß sie steif wie Bretter stehen.«

Die *Cerberus* jagte mit gut elf Knoten durch die See, und die *Shannon* lief sicher nicht weniger.

»Den Toppsegelschoner werden wir wohl nicht aussegeln können, aber die Bark müßten wir kriegen. Sie liegt auch schwer im Wasser.«

Zwei Stunden dauerte die stumme Jagd bereits. Der Toppsegelschoner hatte Segel gekürzt und war bei der Bark geblieben. Die *Cerberus* hatte sich den beiden auf zwei Seemeilen genähert, die *Shannon* war noch etwas weiter ab, da sie sich wie die flüchtenden Schiffe von See aus im schrägen Winkel dem Land näherte, während die *Cerberus* parallel zum Land lief.

»An Deck! Bark hat die Großbramstenge verloren!« David sah nach vorn.

Die Bark war aus dem Ruder gelaufen, die Großbramstenge hing Backbord über dem Großmarssegel. Er konnte sich denken, was dort jetzt für ein Durcheinander herrschte.

Haddington befahl das Steuerbordgeschütz nach vorn und ließ mit dem Feuer beginnen, als sie sich auf eine Seemeile genähert hatten. Er wollte die Mannschaft der Bark beunruhigen und daran hindern, die Takelage zu schnell wieder in Ordnung zu bringen.

Der Toppsegelschoner schwang herum und feuerte eine Breitseite. Zwei Wassersäulen sprangen vor der *Cerberus* aus der See, an Backbord jaulte ein Geschoß vorbei.

»Vier Kanonen, wahrscheinlich Sechspfünder. Kurs beibehalten, nur auf die Bark feuern!« sagte Haddington gelassen.

»Bang, bang!« donnerte es von der Seeseite. Die Jagdgeschütze der *Shannon* griffen in den Kampf ein.

»Schaut sie euch an. Ist sie nicht ein feines Schiff, die gute alte *Shannon*?« rief Greg Miller zu seinen Leuten.

Die *Cerberus* feuerte, die Jagdgeschütze der *Shannon* krachten, und die Marsstenge des Kreuzmastes auf der Bark neigte sich auch nach Backbord.

»Hurra!« brüllten sie.

Aber Haddington brachte sie zur Ruhe: »Feuer auf den Toppsegelschoner! Ruder ein Strich Steuerbord.«

Der Toppsegelschoner gab die Bark verloren, setzte die Royals und jagte der Küste zu. Die *Cerberus* folgte und wechselte mit dem Heckgeschütz des Gegners Schuß um Schuß.

Die Bark ließen sie an Backbord liegen und sahen, wie die *Shannon* kurz den Wind aus den Segeln nahm, um einen Kutter zu Wasser zu lassen, der zur Bark gepullt wurde. Die *Shannon* setzte die Jagd eine halbe Seemeile hinter der *Cerberus* fort.

Leutnant Bates kommandierte das Enterkommando der *Shannon*. Die Enterhaken schlugen in den Rumpf der Bark. Die Draggen flogen zum Schanzkleid, und die *Shannons* enterten auf. An Deck wurden sie zu ihrer Überraschung von einem Dutzend Matrosen mit Jubelrufen empfangen.

Ein anderes Dutzend stand schweigend an der Steuerbordreling und hatte die Waffen von sich geworfen. Das Rätsel löste sich schnell.

Es handelte sich um die britische Bark *Bristol*, die vom Navy Board gechartert war und Pulver und Munition für die britische Garnison nach Saint Augustine transportieren sollte. Vor drei Tagen war sie von dem Toppsegelschoner gekapert worden.

»Sie nennen sich Flotte von Südkarolina, aber so etwas gibt's doch gar nicht! Das ist doch Piraterie«, sagte empört der

Zweite Maat der *Bristol*. Den Ersten Maat hatte der Schoner an Bord genommen.

Leutnant Bates ließ sofort die Gefangenen nach Waffen durchsuchen und unter Bewachung im Vordeck einsperren. Zwei seiner Maate mußten die Bark auf Beschädigungen im Rumpf inspizieren. Seine Mannschaft und die Besatzung der Bark trieb er dann ins Rigg, um die Beschädigungen so weit auszubessern, daß sie der *Shannon* folgen konnten.

»Sir«, wandte sich der Maat an Bates, »die Piraten laufen sicher ihren Schlupfwinkel in den Mündungsarmen des Altamaha River an. Ich hörte sie einmal unbemerkt darüber sprechen. An dem Fluß liegt eine Werft, und ihr Liegeplatz ist durch eine Batterie geschützt.«

»Was sagen Sie da?« wurde Bates aufmerksam, »eine Batterie am Schlupfwinkel der Rebellen?«

»Ja, Sir, unter den Piraten ist ein britischer Deserteur, und einer unserer Leute ließ sich auch von ihnen anwerben. Vielleicht können Sie aus denen etwas rausholen.«

Bates sagte: »Wir hatten noch keine Zeit für Förmlichkeiten. Ich bin Leutnant Bates von Seiner Majestät Fregatte *Shannon*. Darf ich um Ihren Namen bitten?«

Mr. Brady stellte sich vor, und Bates bat ihn, das Schiff mit aller Macht sofort auf Kurs zu bringen. Was noch herunterhänge, sei zu kappen, repariert werde später.

Dann rief er Matthew Palmer zu sich und sagte ihm, er müsse in Kürze zur *Shannon* signalisieren. Er solle sehen, was er an Flaggen auftreibe.

Mit dreien seiner Leute und einem Mann von der *Bristol* ging Bates zum Vorderdeck, ließ sich den Deserteur und den Überläufer zeigen, sie herausholen und zur Kajüte bringen. Auf dem Weg dorthin gab er einem seiner Leute laut den Befehl, ein Tau mit Schlinge an der Rahnock anzubringen. In der Kajüte war er zunächst mit einem seiner Leute allein und gab ihm flüsternd Weisungen. Dann ließ er den Überläufer hereinholen.

»Du bist zu den Rebellen übergelaufen und hast an einem Akt der Piraterie teilgenommen. Darauf steht der Tod! Ich gebe dir eine Minute Zeit, dein Leben zu retten, indem du alles sagst, was du von dem Schlupfwinkel und der Batterie gehört hast.«

Der Überläufer war verzweifelt. Er sei doch noch nicht dort gewesen. Die Rebellen hätten nur von einer Flaschenbucht am Südufer gesprochen, weil sie im Suff immer ihre Flaschen über Bord warfen. Das sei etwa vier Seemeilen landeinwärts von der Little-Saint-Simons-Insel. Die lange Bucht werde von drei Sechspfündern geschützt. Er wimmerte und flehte und versicherte, nicht mehr zu wissen.

Bates ließ ihn rausbringen und den Deserteur hereinholen. »Du bist desertiert und hast an einem Piratenüberfall teilgenommen. Du hast nur eine winzige Chance, dein Leben zu retten, wenn du alles über Euren Schlupfwinkel und die Batterie sagst, aber wirklich alles. Der andere hat nicht genug gesagt. Nun wird er baumeln!«

Der Deserteur schwieg verstockt. »Du hast noch eine halbe Minute!«

Draußen hörte man Befehle, das Tau zu heißen, und dann einen gurgelnd absterbenden Schrei. Der Deserteur faßte sich an die Kehle.

»Noch eine viertel Minute!«

»Ich will ja alles sagen, wenn Sie versprechen, Sir, daß ich nicht gehängt werde!«

»Bei meinem Wort«, versicherte Bates. »Rede!«

Und der Deserteur verriet alles, den Schlupfwinkel, die versteckte Batterie, die Wassertiefen. Mein Gott! dachte Bates, wenn die *Cerberus* in die Falle tappt!

Er stürzte an Deck und rief nach Matthew Palmer, der ihm einen Satz Signalflaggen zeigte.

»Signalisieren Sie sofort: Verfolgung abbrechen! Falle mit verdeckter Batterie!«

Matthew protestierte: »Aber Sir, es gibt kein Signal für den zweiten Befehl!«

Bates überlegte einen Moment: »Wir haben Signale für ›Angriff mit Steuerbordbatterie‹ oder ›mit Backbordbatterie‹. Heißen Sie beide abwechselnd und darüber die britische Flagge verkehrt herum als Notsignal. Alles am Fockmast«

Matthew sauste los und band die Flaggen an. Mr. Bates

fragte den Master nach Blaufeuer und Signalraketen. Der zeigte ihm die Kiste, und Bates ließ ein Feuerwerk abbrennen, um die Aufmerksamkeit der *Shannon* zu wecken.

Auf deren Achterdeck stand Kapitän Brisbane mit Mr. Hope. Beide sahen die *Cerberus* in einem der Flußarme westlich der Little-Saint-Simons-Insel verschwinden.

»Was sagt die Karte zu den Wassertiefen, Mr. Hope?«

»Bis zum Flußarm, in den die *Cerberus* einläuft, ist keine Gefahr, Sir. Von dort müssen wir genau der Flußmitte folgen.«

Der Kapitän besetzte den vorderen Ausguck doppelt und schickte Mr. Kelly mit einem Sprachrohr in den Fockmars.

»Sir!« rief der Signal-Midshipman und eilte heran. »Sir, die *Bristol* setzt Signal ›Verfolgung abbrechen‹ und außerdem ›Angriff mit Steuerbordbatterie‹ sowie das allgemeine Notsignal. Sie gibt auch Signale mit Blaufeuer und Raketen.«

Brisbane griff nach dem Teleskop: »Sind die verrückt geworden?« Er blickte angestrengt zur *Bristol*.

»Mr. Hope, sehen Sie sich das bitte an. Sie geben beide Batteriesignale abwechselnd und das Notsignal. Sehen Sie, jetzt signalisieren Sie auch noch ›Feind in Sicht‹.«

Mr. Hope antwortete: »Sie wollen uns vor etwas warnen, das den Abbruch der Verfolgung fordert.«

»So sehe ich das auch«, sagte Brisbane und befahl: »Sofort Signal setzen ›Verfolgung abbrechen‹ und die Signalkanone abfeuern, sobald die *Cerberus* in Sicht gerät.«

Die *Cerberus* lief mit vollen Segeln hinter dem Toppsegelschoner in den Flußarm ein. Eine Biegung des Flusses brachte die *Shannon* hinter ihnen außer Sicht. Sie folgten dem Kielwasser des Rebellenschiffes.

Backbord voraus erhob sich ein kleiner Hügel über der flachen Flußlandschaft. Um ihn herum bog der Flußarm in einer Schleife ab, wobei sich gegenüber vom Hügel eine Bucht öffnete, an deren Ende eine kleine Werft mit einigen Häusern lag.

Sie waren eine halbe Seemeile vom Hügel entfernt, als der fremde Schoner in die Flußschleife einbog. Haddington verstärkte den Ausguck am Bugspriet und Vormast. Noch konnte man nicht erkennen, ob das verfolgte Schiff weiter flußaufwärts segeln oder in die Bucht einlaufen würde.

»Er wird flußaufwärts segeln, bis es zu flach für die *Shannon* wird, und uns ist er mit seiner Breitseite doppelt überlegen«, sagte Haddington zu Mr. Hamond.

Fast gleichzeitig riefen der vordere Ausguck »Schoner steuert die Bucht an!« und der hintere »*Shannon* in Sicht, signalisiert und feuert Signalkanone!«

David lief mit dem Teleskop zur achteren Reling.

»Signal von *Shannon*!« rief er mit lauter Stimme, »Verfolgung abbrechen!«

Haddington fuhr herum. »Das kann doch nicht stimmen!« Er riß David das Teleskop aus der Hand und starrte zur *Shannon*. »Verdammt! Was ist denn los?«

Der Hügel lag etwa dreihundert Yard backbord querab, zweihundert Yard weiter öffnete sich die Bucht nach Steuerbord, in der der Schoner anscheinend ankern wollte. Er sah keinen Grund für den Abbruch der Verfolgung, aber Befehl war Befehl. Der Fluß war breit genug für eine Wende.

»Klar zum Wenden!« hallte sein Befehl. »Helm in Lee.«

Der Bug schwang zum Hügel herum.

Da donnerte es am Ufer des Hügels los. Fontänen stiegen an Steuerbord auf, wo die *Cerberus* ohne die Wende jetzt gelegen hätte. Eine Kugel zerschlug den achteren Gaffelbaum und jagte Splitter über das Deck. Der Rudergänger stürzte getroffen auf die Planken.

Haddington faßte sich nach Bruchteilen der Erstarrung und stieß einen Matrosen zum Ruder. »Herum mit dem Schiff! Steuerbordbatterie fertig zum Feuern!«

Die Besatzung hastete über Deck, die Segel gingen über, der Bug kam herum.

»Feuer frei!«

Die Steuerbordgeschütze röhrten los, rollten zurück. Die Mannschaften hantierten mit Wurm und Wischer.

Dann blitzten am Ufer wieder die Mündungsfeuer auf. Eine Kugel traf ihr achteres Steuerbordgeschütz, zerfetzte die Bedienung und wirbelte sie über Deck.

David wurde durch einen kräftigen Schlag vor den Oberkörper flach auf das Deck geschleudert. Als er sich blutbeschmiert aufraffte, merkte er, daß ihn das abgerissene Bein eines zerschmetterten Matrosen umgeworfen hatte.

Hastig lief er, um das Ruder herumzureißen, das schon wieder unbesetzt war. Dann waren sie aus dem Schußfeld der Batterie.

Auf der *Shannon*, die mit gerefften Segeln der Flußbiegung folgte, hatte man dem Gefecht mit ohnmächtigem Entsetzen zugesehen.

»Fünf Minuten später, und sie wären aus der Falle nicht mehr herausgekommen«, stellte Mr. Grant fest.

Die *Bristol* hatte eine Seemeile hinter ihnen in der breiten Flußmündung geankert. Eines ihrer Boote ruderte eilig auf die *Shannon* zu.

»Signalisieren Sie: Kommandanten an Bord!« befahl Kapitän Brisbane. Zu Mr. Grant sagte er: »Wir werden die Batterie von Land aus angreifen müssen. Mr. Barnes soll seine Seesoldaten bereithalten. Und rüsten Sie bitte fünfzig Matrosen aus. Geschützkapitäne sollen dabei sein.«

Mr. Bates und Mr. Haddington erreichten die *Shannon* fast gleichzeitig. Mr. Bates berichtete, wie er durch eine vorgetäuschte Erhängung den Deserteur zum Sprechen gebracht und was er dann alles erfahren habe. Er hatte eine Zeichnung angefertigt.

Haddington meldete drei Tote und vier Verletzte. Die Batterie sei schwer zu bekämpfen. Wer sie mit Breitseiten niederkämpfe, den könne der Schoner vom Bug zum Heck bestreichen. Und wenn er flußaufwärts segele, könne man ihn nicht mehr fassen.

Kapitän Brisbane sah auf die Skizze. »Wir müssen hier unsere Mannschaft landen, außerhalb des Sicht- und Feuerbereichs der Batterie. Die *Shannon* arbeitet sich langsam flußaufwärts, bis die Jagdgeschütze und die vorderen Backbordbatterien die Batterie von der Seite eindecken können. Das wird sie hoffentlich beschäftigt halten, bis unser Landungstrupp bereit zum Sturmangriff ist. Sie geben Signal, Mr. Barnes, Rakete Rot über Weiß. Dann stellen wir das Feuer ein. Mr. Grant kommandiert die Landung. Sie sollten die Geschütze dann bemannen und auf den Schoner feuern, damit er nicht flußaufwärts entkommen kann. Wenn die Batterie gestürmt ist, dreht die *Shannon* bei, damit sie in die Bucht feuern kann. Die *Cerberus* hält sich bereit, in die Bucht einzulaufen. Aber es muß alles schnell gehen, bevor die Rebellen Milizen heranschaffen können. Noch Fragen?«

Alles war klar, und auf den Wunsch des Kapitäns »Viel Glück dann, meine Herren!« stürzten sie los und gaben ihre Befehle aus.

»Operation wie befohlen ausgeführt«, stand später lakonisch im Logbuch. Die Batterie war hinter Palisaden und Erdwällen gut gegen den Fluß hin gedeckt, aber nicht auf Landangriffe vorbereitet.

Als sie genommen war und das Feuer auf den Schoner eröffnete, in das die Batterien der *Shannon* bald darauf einfielen, wurde den Rebellen klar, daß ihre Lage hoffnungslos war.

Sie ließen den Schoner am Ufer auflaufen und steckten ihn in Brand. Den Ersten Maat der *Bristol* schleppten sie mit sich. Als die *Cerberus* in die Bucht einlief und vor der Werft ankerte, pfiffen Musketenkugeln aus dem Gebüsch.

Zwei Salven mit Kartätschen brachten Ruhe. Von der *Shannon* erschien ein Kutter. Der Zimmermannsmaat sollte die Werft nach allem Brauchbaren durchstöbern und dann in Brand setzen.

»Wir brauchen einen neuen Baum für unser achteres Gaffelsegel«, meldete Haddington seine Wünsche an.

Viermal fuhr der Kutter hin und her, schleppte Stengen und Spieren zur *Shannon*, transportierte Bolzen, Blöcke, Segel und Tauwerk. Dann stiegen die Flammen auf, während in der Batterie die Detonationen hallten, als die Geschütze gesprengt wurden.

»Sie werden in der nächsten Zeit keine Kaperschiffe mehr bauen und keinen Schlupfwinkel hier haben. Aber haben wir auf Dauer etwas erreicht, außer daß die Feindschaft vertieft wurde?« fragte Brisbane den Schiffsarzt, der über die Verletzten berichtet hatte.

»Mit Verlaub, Sir«, antwortete Mr. Lenthall, »wenn Sie

diese Frage zu ernsthaft stellen, dürften Sie kein Kriegsschiff mehr kommandieren.«

»Jetzt fangen Sie nicht mit ewigem Frieden und ähnlicher Humanitätsduselei an, Mr. Lenthall, sonst frage ich Sie, warum Sie Krieger wieder für den Kampf zusammenflicken, und warum Sie nicht Geburtshelfer geworden sind.«

Mr. Lenthall setzte zur Entgegnung an, aber der Kapitän wehrte ab: »Schluß jetzt! Auf jeden von uns wartet viel Arbeit.«

Sie lagen zwei Tage in der Flußmündung, bis alle Schäden auf der *Bristol* und der *Cerberus* ausgebessert waren. Dann nahmen sie Kurs auf Saint Augustine, die *Bristol* im Kielwasser der *Shannon*.

Edmond hatte Glück. Am zweiten Tag hielten sie eine einmastige Küstensloop auf dem Weg nach Savannah an, die Reis geladen hatte. Ihr Kapitän versprach, Edmonds Brief der Post zu übergeben. Nach zwei weiteren Tagen lagen sie vor Saint Augustine.

David konnte durch das Teleskop die massiven Steinmauern des alten spanischen Castillo de San Marcos erkennen. Dann befahl Haddington Wache und Offiziere an die Reling, denn Kapitän Brisbane kam an Bord der *Cerberus*.

»Nun bringen Sie mich mal zum Hafen, Mr. Haddington. Bereiten Sie den Salut vor. Dreizehn Schuß für Fort und Gouverneur. Und der Befehl für jeden Schuß wird gegeben, wenn der Stander am achteren Topp gedippt wird. Die *Shannon* feuert ebenfalls nach diesem Signal.«

Sie liefen ein. Die Dreipfünder der *Cerberus* krachten, und draußen dröhnten im gleichen Takt dumpf die Zwölfpfünder der *Shannon*.

David erinnerte sich an das Einlaufen in Gibraltar, als Susan neben ihm gestanden hatte und sie den Takt mitgesprochen hatten: »Wär' ich nicht ein Kanonier ...« Seine Hand griff zur Brust, um das Medaillon und Susans Brief zu ertasten. Er war sicher, sie hatten ihn auch diesmal behütet.

Gouverneur Tonyn hatte sich mit dem General, der die

Truppen in Ost-Florida kommandierte, Brisbanes Bericht angehört.

»Meinen herzlichen Glückwunsch, Herr Kapitän, zu dieser hervorragenden Leistung. Sie können sich kaum denken, was die Ladung der *Bristol* für uns bedeutet. Bereits im Juli haben die Rebellen ein Schiff mit sechzehntausend Pfund Pulver abgefangen, und im August hat die Sloop *Commerce* dieser südkarolinischen Flotte den Transporter *Betsey* mit zwölftausend Pfund gekapert. Wie haben wir gehofft, daß endlich unsere Flotte hier etwas aufräumt. Nicht wahr, General?«

»Ganz Ihrer Meinung, Exzellenz. Hat mir auch sehr imponiert, Sir, wie Fregatte und Schoner im Gleichtakt feuerten. Gute Disziplin erkenne ich sofort. Ausgezeichnet!«

Beide Herren waren weniger glücklich, daß die *Shannon* in die Karibik weitersegeln werde.

»Wir hatten gedacht, Sie würden vor der Küste von Karolina, Georgia und Florida patrouillieren, Herr Kapitän.«

Brisbane bedauerte, daß ihm seine Befehle das nicht ermöglichten, versprach aber, die Küste Floridas sorgfältig abzusuchen.

»Um so mehr müssen wir uns sputen, Sie ein wenig zu verwöhnen«, sagte der Gouverneur. »Morgen abend werden wir für Sie und Ihre Herren Offiziere einen Ball veranstalten. Es wird nicht an schönen Frauen fehlen, denn Saint Augustine ist durch die Flüchtlinge aus Georgia und die beiden Karolinas fast eine Großstadt geworden. Wir haben etwa fünftausend Weiße in unserem Bereich und natürlich noch mehr Farbige.«

Kapitän Brisbane nahm die Einladung dankend an und sprach dann noch über Proviant und Anwerbung für die Besatzung.

»Wir haben von einer Prisenbesatzung einen Midshipman und acht Matrosen hier. Die können Sie sofort übernehmen. Außerdem werde ich Ihre Werbung gern unterstützen. Sie würden doch auch freigelassene Sklaven nehmen, nicht wahr?«

Brisbane versicherte, er nehme jeden gesunden Mann, der einen Riemen oder ein Tau halten könne. Nach dem Austausch einiger Belanglosigkeiten verabschiedete sich der Kapitän.

Am Abend des nächsten Tages standen Mr. Hamond und David in Ausgehuniform an Deck der *Cerberus* und sahen zur *Shannon* hinaus. Endlich löste sich dort die Barkasse, setzte Segel und nahm Kurs auf den Hafen. Als sie auf Höhe der *Cerberus* war, stiegen Hamond und David mit Mr. Haddington ins Beiboot und ließen sich zur Pier pullen.

Der Adjutant des Gouverneurs empfing Kapitän Brisbane, alle Seeoffiziere, die beiden Leutnants der Seesoldaten, Mr. Kelly als Ältesten der Midshipmen sowie Hamond und David, die als Auszeichnung für den Einsatz ihres Schoners geladen waren. Sie wurden auf bereitstehende Kutschen verteilt, wobei Mr. Lenthall betonte, daß er im Hospital noch nach zwei Amputierten sehen wolle.

Den Eingang zum Haus des Gouverneurs flankierten Schwarze mit rot-weißen Livreen und weißen Perücken. Drinnen erwarten etwa fünfzig Leute die Flottenoffiziere. Gouverneur Tonyn ließ es sich nicht nehmen, Kapitän Brisbane und den Ersten Leutnant selbst vorzustellen und mit den wichtigsten Persönlichkeiten bekannt zu machen.

Die Gesellschaft verweilte noch ein wenig im Ballraum, und David bemerkte, daß es eine sehr wohlhabende Gesellschaft zu sein schien. Schmuck blitzte und funkelte in allen Variationen, und auch die Garderobe der Herren war kostbar.

Aber, so stellte David nach den Belehrungen der MacMillans in Gibraltar fest, die Damen waren noch ein wenig der Mode hinterdrein. Sie trugen noch schwere gold- und silberdurchwirkte Stoffe und noch nicht die leichte, fließende Mode der letzten Pariser Saison.

»Nun, mein Herr, suchen Sie sich die schönste Tänzerin aus?« Als David sich umdrehte, sagte ein schwarzhaariger junger Mann: »Gestatten Sie, mein Name ist Fernando de Alvarez.«

»Ich bin David Winter von Seiner Majestät Schoner *Cerberus*. Nein, mein Herr, ich verglich die Gesellschaft in Gedanken mit jener, die ich im Frühjahr beim Gouverneur in Gibraltar sah. Hier ist mehr Wohlhabenheit zu sehen, obwohl doch der Bürgerkrieg ausgebrochen ist und Flüchtlinge unter den Gästen sein sollen.«

»Mr. Winter, die meisten Gäste sind Plantagenbesitzer, die schon unter der spanischen Herrschaft Reichtum angesammelt haben. Und die Flüchtlinge aus den Nachbarstaaten haben nicht nur ihr Geld und die Sklaven ihres Haushalts mitgebracht. Sie beziehen zum Teil auch noch Einkünfte von dort, denn die Patrioten beginnen erst sehr vorsichtig, das Eigentum der Loyalisten zu beschlagnahmen.«

»Die Patrioten?« fragte David.

»Ach ja, Sie nennen Sie Rebellen«, antwortete Mr. de Alvarez.

Der Gouverneur bat zu Tisch, und de Alvarez sagte zu David: »Soweit ich weiß, wurde nur für die wichtigsten Gäste die Tischordnung festgelegt. Setzen Sie sich doch zu uns.«

David hatte Fernando de Alvarez' Schwester Isabella als Tischdame. Ihr Bruder saß ihm gegenüber, und zu seiner Linken die blonde, etwas mollige junge Frau eines Plantagenbesitzers, die heftig mit ihrem Mann kokettierte, was sie nicht hinderte, auch David neckische Blicke zuzuwerfen.

Isabella, eine schwarzhaarige spanische Schönheit, mit ihren sechzehn Jahren schon ganz Frau, musterte ihren Tischherren noch immer verstohlen, während sie mechanisch mit der gegenübersitzenden Dame über Belangloses plauderte.

Sie sah einen gutaussehenden, gebräunten jungen Seekadetten von vielleicht sechzehn Jahren. Die Narbe am Scheitel hob sich hell ab. Das mittelblonde Haar war von der Sonne etwas ausgebleicht. Aus ovalem Gesicht blickten graubraune Augen prüfend und klug. Etwa fünfeinhalb Fuß mochte er groß sein, recht breit in den Schultern, und er hatte relativ kleine Hände und hübsche Fingernägel, schloß Isabella ihre Musterung vorläufig ab. David hatte weniger Gelegenheit, seine Tischdame zu betrachten, denn ihr Bruder verwickelte ihn in ein lebhaftes Gespräch.

Die Vorspeise wurde begleitet von den Fragen nach den Fahrten der *Shannon* und *Cerberus*. Isabella, hin und wieder mit Zwischenfragen beteiligt, stellte mit Erstaunen fest, was der junge Mann schon alles gesehen und erlebt hatte.

»Und wir Frauen sehen kaum etwas von der Welt. Gerade Savannah habe ich vor einem Jahr mit meinen Eltern besucht. Aber mein Bruder, der wurde zum Studium nach Harvard geschickt. Ich finde das ungerecht!« klagte sie.

»Meine liebe Schwester liest zu viele Schriften der französischen Aufklärer. Das macht sie als Frau zu aufsässig und klug«, scherzte ihr Bruder.

Die Hauptgerichte, eine Fülle von Köstlichkeiten, wie David etwas nebenbei registrierte, wurden nun mit Informationen über die Familie de Alvarez garniert. Die Familie war seit über einhundert Jahren in Florida ansässig und hatte große Baumwoll- und Zuckerrohrplantagen.

Der ältere Bruder lebte in Kuba. Isabella und ihre jüngere Schwester hatten einen französischen Hauslehrer, aber den jüngeren Sohn hatte die Familie in Harvard Rechtswissenschaft studieren lassen, damit er sich mit den Regeln der neuen britischen Herren besser verstand.

Zum Nachtisch ließ Fernando dann mehr und mehr von den Auffassungen erkennen, durch die in Harvard viele Anführer des Aufbegehrens gegen England geprägt waren. Er wollte von David wissen, ob er den Widerstand gegen die englische Regierung für ein Unrecht halte.

David bejahte überzeugt.

»Aber wie können Sie das annehmen, Mr. Winter? Die britische Regierung enthält den Amerikanern die meisten Rechte vor, die den Bürgern in England selbstverständlich sind. Sie will die Kolonisten in einem Zustand der Unfreiheit halten, das ist gegen jedes Naturrecht.«

»Mr. de Alvarez, ich bin kein Rechtsgelehrter, aber ich glaube nicht, daß die britische Regierung die Bürgerrechte mißachtet. In der Praxis mögen Fehler unterlaufen sein, über die man verhandeln oder Gerichtsentscheidungen herbeiführen müßte. Erlauben Sie aber, daß mich vor allem die Frage bewegt, wieso Sie das Naturrecht für die menschliche Freiheit anrufen, obwohl Sie doch vorhin von Ihren vielen Sklaven erzählten?«

»Nun, mein lieber Bruder, da siehst du, daß Krieger dem Juristen sehr wohl Paroli bieten können. Ich freue mich«, wandte sich Isabella zu David, »daß Sie ihm eine so knifflige Frage stellen. Er ist ein Revolutionär, dessen Auffassungen unserem Vater schon Sorge bereiten. Aber auf Besitz und Sklavenarbeit will er nicht verzichten. So weit geht die Liebe zum Naturgesetz nicht.«

Fernando protestierte: »Sie müssen einen schlechten Eindruck von den spanischen Familien dieses Landes gewinnen, lieber Mr. Winter, wenn sich die Frauen über die Auffassungen ihrer männlichen Familienmitglieder lustig machen. Ich könnte natürlich einiges erwidern, daß nach theologischem und weltlichem Recht der Neger nicht dem Weißen gleichgestellt werden kann und insofern die juristische Frage anders zu sehen ist. Aber«, und Fernando ließ den scherzhaften Ton und wurde ernst, »ich muß ehrlich zugeben, daß ich nicht glücklich bin über den Zwiespalt, in den mich meine Gewöhnung an das Leben im Luxus und meine Gedanken über die Natur der menschlichen Freiheit stürzen. Vielleicht habe ich einmal die Kraft, nur meinen Idealen zu leben, und dazu gehört auch die Forderung nach Freiheit für die spanischen Kolonien in Amerika.«

Seine Schwester seufzte: »Ich liebe dich für deine Überzeugungen. Aber du wirst uns alle noch ins Unglück stürzen.«

Die Kapelle spielte zum Tanz, und David, vom Wein beschwingt, bat Isabella um einen Tanz, wobei er seine geringen Erfahrungen nicht verschwieg.

»Kommen Sie nur, Señor Corneta, wenn Sie sich meiner Führung anvertrauen wollen.«

Und David verbeugte sich, schritt im Takt der Musik, berührte Isabellas Hand, trennte sich für neue Schritte, drehte sich und wurde von ihr unmerklich durch die Figuren dirigiert. Sie sieht wunderschön aus, dachte David, nicht so schelmisch wie Susan, ernster blickt sie mich an, aber voller Zuneigung und Verlockung. Ich werde Susan doch nicht bei der ersten Gelegenheit untreu werden, ermahnte er sich selbst.

Als die Musik endete, sagte Isabella: »Sie haben vorhin an eine andere Frau gedacht, Señor Corneta!«

»Wie kommen Sie darauf?« forschte David überrascht.

»Eine Frau spürt das.«

»Ja, ich dachte an die Contredanse in Gibraltar, als mich eine liebe Freundin auch so geschickt durch die Tücken des Tanzes lotste«, sagte David etwas gedankenversunken.

»Sie werden sie wiedersehen«, ein leichter Druck der Hand auf seinem Arm, und Isabella dankte für den Tanz.

»Sie sind ja ein Schwerenöter, Mr. Winter«, neckte der Schiffsarzt David, »auch hier haben Sie schon mit der schönsten jungen Dame getanzt.«

»Sie ist bezaubernd, Sir«, gab David zu, »und ihr Bruder ist ein sehr sympathischer junger Mann, auch wenn er etwas revolutionäre Ideen hat.«

Mr. Lenthall berichtete von seinen Gesprächen mit einem spanischen Mediziner und war überzeugt, daß die spanische Kultur mit der freieren britischen Lebensweise in manchen Familien eine harmonische Verbindung eingegangen sei, die zu einer bewundernswerten Unabhängigkeit des Geistes und der Kultur geführt habe.

»Aber begleiten Sie mich doch ein wenig. Ich will dem Kapitän von unseren Amputierten im Hospital berichten.«

Sie fanden den Kapitän in der Bibliothek, in der die Herren in einigen Gruppen zusammenstanden.

Einer der Gäste, vornehm gekleidet, eher unauffällig in Statur und Gesicht, mit etwas hervorquellenden Augen, erzählte die neueste Nachricht: »Endlich hat unsere Flotte einmal zugeschlagen und ein Rebellennest niedergebrannt. Endlich haben sie die Quittung dafür empfangen, daß sie Seiner Majestät Schiffe gekapert und die Offiziere gefangen haben. Sollen die Einwohner von Falmouth sehen, wo sie den Winter verbringen.«

Kapitän Brisbane wandte ein: »Sie müssen sich irren, mein Herr, da hat sicher ein Kampf stattgefunden.«

»Mit Verlaub, Sir«, mischte sich der Adjutant des Gouverneurs ein. »Wir haben heute die amtliche Nachricht erhalten. Es handelte sich um eine Strafexpedition auf Befehl von Admiral Graves. Leutnant Henry Mowat hat mit zwei Schonern und zwei bewaffneten Transportern am 18. Oktober Falmouth in der Casco Bay (heute Portland, Maine. F. A.) in

Brand geschossen, nachdem die Einwohner aufgefordert worden waren, die Stadt zu verlassen. Etwa zweihundert der dreihundert Häuser wurden zerstört.«

»Das geschah auf Befehl des Admirals und ist eine amtliche Nachricht?«

Brisbane konnte es nicht fassen.

»Jawohl, Sir!«

Der Gast mischte sich ein: »Sie sind wohl mit dem Befehl und der Bestrafung der Rebellen nicht einverstanden?«

Brisbane antwortete sehr langsam und mit ernstem Nachdruck: »Es steht mir nicht an, die Befehle meiner Vorgesetzten zu beurteilen, mein Herr. Ich kann nur für mich sprechen und Ihnen versichern, daß ich lieber meinen Abschied eingereicht als einen solchen Befehl ausgeführt hätte.«

Hitzig fuhr der Angeredete dazwischen: »Dann fehlt es Ihnen wohl an dem Mut und der Entschlossenheit, die Seine Majestät von seinen Offizieren erwarten kann!«

Mit unbewegtem Gesicht entgegnete Brisbane beherrscht: »Würden Sie mir gütigst mitteilen, wo meine Sekundanten Sie heute noch aufsuchen können? Mein Dienst erzwingt diese Eile.«

Der General trat zu Brisbane: »Es wäre mir eine Ehre, Sir, Ihnen als Sekundant zu dienen. Ihre Haltung ist die eines wahren Gentlemans.«

Ehe jemand noch etwas sagen konnte, mischte sich der Gouverneur ein. »Meine Herren! Als Gouverneur dieser Kolonie verbiete ich jedes weitere Wort über ein Duell. Kapitän Brisbanes Mut und Ehre sind über jeden Zweifel erhaben. Ich persönlich verbürge mich dafür und werde nicht zulassen, daß er am Dienst für unseren König gehindert wird. Sie, Mr. Twiss«, wandte er sich an den Hitzkopf, »haben bei Ihrer Vertreibung aus Georgia Haß und Unrecht erfahren. Aber das berechtigt Sie nicht, meinen Gast, einen Kapitän Seiner Majestät, ungerechtfertigt zu beleidigen. Ich bestehe auf Ihrer sofortigen Entschuldigung, oder ich muß Sie der Kolonie verweisen.«

Mr. Twiss war bei diesen entschlossenen Worten förmlich geschrumpft. Verstört sah er in die Runde, ohne Unterstützung zu finden

»Es, es tut mir leid. Ich habe unbeherrscht gesprochen und entschuldige mich. Ich wollte die Ehre des Kapitäns nicht antasten.«

»Akzeptiert!« antwortete Brisbane und wandte sich ab.

Die Stimmung auf dem Fest war dahin. Die Nachricht von dem Eklat verbreitete sich in Windeseile. Fernando de Alvarez fragte David, und dieser berichtete ihm.

»Sie haben einen bemerkenswerten Kapitän, Mr. Winter. Aber, verzeihen Sie mir, was in Falmouth auf Befehl Ihres Admirals geschehen ist, war schlimmer als ein Verbrechen, es war eine Dummheit. Es wird das Feuer weiter anfachen, die Radikalen werden die Überhand gewinnen, und viele Menschen werden Furchtbares erleiden.«

»Sie mögen recht haben, Mr. de Alvarez. Aber wir beide können nichts tun. Ich freue mich, daß wir uns kennengelernt haben, und wäre glücklich, wenn wir mehr Zeit hätten.«

Fernando reichte ihm beide Hände: »Wollen wir uns nicht mit unseren Vornamen anreden? Mir ist, als kennten wir uns schon lange. Kommen Sie bitte, ich möchte Sie meinen Eltern vorstellen. Sie werden Ihnen und mir immer willkommen sein.«

Kapitän Brisbane ging früh, und seine Offiziere folgten ihm. Schweigend passierten sie die livrierten Neger, die jetzt Fackeln hielten, und bestiegen die Kutschen.

Mr. Grant berichtete in der Offiziersmesse, der Kapitän habe keine Silbe gesprochen. Nur als sie die *Shannon* erreichten, habe er gemurmelt: »In diesem Krieg kann man seine Ehre noch leichter verlieren als sein Leben.«

Patrouillenfahrt in der Karibik

Die *Cerberus* lief mit der unsteten Morgenbrise langsam auf die Ostspitze Kubas zu. Noch wenige Meilen, und sie würden den Kurs nach Südwest ändern und in die Windward-Passage einlaufen.

Haddington stand mit David in der Nähe des Ruders und sah den Matrosen bei den morgendlichen Routinearbeiten zu.

»Wie bist du zufrieden mit dem Ersatz, den wir für unsere Verluste vor Südkarolina erhalten haben, David?«

David erwiderte, daß die beiden Männer der Prisenbesatzung, die sie in Saint Augustine übernommen hätten, gute Seeleute seien. Die drei freigelassenen Sklaven seien kräftig und willig, aber völlig unerfahren.

»Es ist sehr mühsam, ihnen die einfachsten Handgriffe beizubringen, und sie haben sich immer noch nicht daran gewöhnt, Vorgesetzte mit ›Sir‹ und nicht mit ›Massa‹ anzureden.« Der Deserteur, der der Todesstrafe entgangen und nur mit zwei Dutzend Hieben bestraft worden war, sei ihm unheimlich. »Dankbar für sein Leben ist er bestimmt nicht, und dauernd tuschelt er mit dem Fischer, der in Somers Cove angemustert hat, dem etwas begriffsstutzigen Johnson von der Backbordwache.«

Haddington dachte einen Augenblick nach: »Ich glaube auch, daß wir ihm nicht trauen können. Wir waren wohl auch zu verwöhnt mit einer Besatzung tüchtiger Freiwilliger. Wenn in Kriegszeiten die Besatzungen wieder mit gepreßten Männern aufgefüllt werden, müssen wir die Augen offenhalten.«

Mit der *Cerberus* im Kielwasser steuerte die *Shannon* Kingston an, wo ein altes Fünfzig-Kanonen-Linienschiff mit der Admiralsflagge etwa eine Meile vor der Küste auf Reede lag, etwa gleich weit von Kingston und Port Royal, dem Kriegshafen, entfernt.

David sah die weißen Häuser von Kingston vor dem Schimmer der Blue Mountains und auf der anderen Seite die lange Sandküste mit den Vorratslagern von Port Royal, beschützt von den drohenden Mauern von Fort Augusta und Fort Charles. Die Luft war mild, die See leuchtete blau, verziert mit silbrig funkelnden Lichteffekten auf den kleinen Wellen.

David dachte, es sei wirklich so schön, wie man im kalten England von den westindischen Stränden träume.

»Fertigmachen zum Salut!« riß ihn Haddingtons Kommando aus seinen Gedanken.

Hastig lief er zum Vorschiff, um das Signal der *Shannon* zu beachten, denn es sollte wieder im gleichen Takt gefeuert werden. Dreizehn Salutschüsse hallten über die Bucht, elf krachten als Antwort zurück.

»Flaggschiff signalisiert an *Shannon*: ›Ankern Sie eine Kabellänge an Backbord‹«, rief David.

Und die *Shannon* befahl der *Cerberus*, eine halbe Kabellänge achteraus zu ankern. Die Prisen sollten in den Hafen einlaufen.

Angespannt achtete Haddington darauf, wann die *Shannon* das Ruder legen und die Segel bergen würde. Interessiert verfolgten die Offiziere auf dem alten Flaggschiff die Manöver der einlaufenden Schiffe.

»Wie die sich amüsieren würden, wenn wir Entfernung oder Fahrt falsch einschätzen und nicht am richtigen Platz ankern«, sagte Mr. Hamond zu David.

»Ihr Ankermanöver war ausgezeichnet und macht Ihrer Schiffsführung alle Ehre, lieber Edward«, lobte Admiral Brighton in der großen Achterkajüte des Flaggschiffs.

»Ergebensten Dank, Sir, ich bin mit Schiff und Mannschaft zufrieden«, antwortete Kapitän Brisbane.

»Nehmen Sie ein Glas Wein, setzen Sie sich, und berichten Sie mir mündlich, was Sie erlebt haben. Zuvor muß ich Ihnen aber noch sagen, wie enttäuscht ich bin, daß sie nur kurzfristig zur Jamaika-Station abkommandiert sind.«

Kapitän Brisbane erzählte von der niederdrückenden Lage in Boston, von den Patrouillenfahrten bei Chesapeake und Delaware sowie von dem Besuch in Saint Augustine.

»Sie waren so effektiv, wie Sie nur konnten. Wir beide wissen, mein Lieber, daß das nicht genug ist, um die Kolonien zu blockieren. Wir brauchten das Zehnfache an Schiffen. Wissen Sie übrigens schon, Edward, daß die Kolonie Massachusetts jetzt offiziell Kaperbriefe ausstellt?«

Kapitän Brisbane erwiderte, daß man ihn auf eine solche Maßnahme vorbereitet habe, er aber noch nicht wußte, daß sie jetzt Realität geworden sei.

»Dann wissen Sie vielleicht auch noch nicht, daß das Kabinett im September angeordnet hat, alle Schiffe, die Kolonisten gehören oder Eigentum der Kolonisten transportieren, zu beschlagnahmen. Wir haben die Nachricht vor drei Wochen bekommen.«

»Hätte ich das gewußt, Sir, dann hätte ich in der letzten Woche zwei Prisen mehr gehabt.«

»Ja, nun geht das wieder los mit den Prisen«, sagte der Admiral etwas resigniert. »Ich habe nicht vergessen, wie mancher Kapitän im letzten Krieg seinen Blockadeposten verlassen oder seine Nachrichten nicht geradewegs überbracht hat, nur um Prisen zu jagen.«

Brisbane wandte ein: »Ich hoffe, Sie trauen mir keine Pflichtverletzung zu, Sir!«

»Aber nein«, wehrte Brighton ab, »das wissen Sie doch, mein Lieber, aber das ganze System der Prisengelder ist mir etwas suspekt, obwohl ich zugebe, daß ich meinen Anteil aus ganz privaten Gründen gern annehme. Und die Entscheidun-

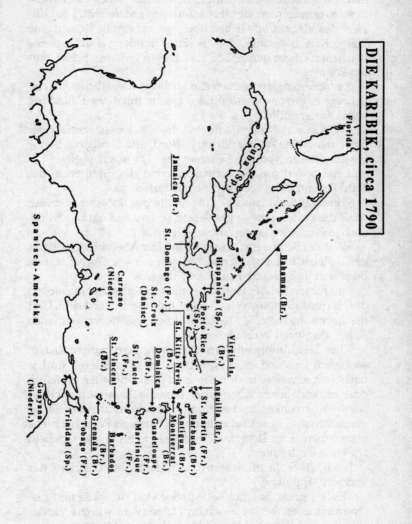

DIE KARIBIK, circa 1790

Florida

Cuba (Sp.)

Jamaica (Br.)

Bahamas (Br.)

Spanisch-Amerika

St. Domingo (Fr.)

Hispaniola (Sp.)

Porto Rico (Sp.)

Virgin Is. (Br.)

Anguilla (Br.)

St. Martin (Fr.)

Barbuda (Br.)

Antigua (Br.)

Montserrat (Br.)

Guadeloupe (Fr.)

Dominica (Br.)

Martinique (Fr.)

St. Kitts Nevis (Br.)

St. Croix (Dänisch)

Curacao (Niederl.)

St. Lucia (Fr.)

St. Vincent (Br.)

Barbados (Br.)

Grenada (Br.)

Tobago (Fr.)

Trinidad (Sp.)

Guayana (Niederl.)

gen des Prisengerichts in der Harbour Street in Kingston sind manchmal recht merkwürdig. Ich hoffe, Sie haben einen tüchtigen Prisenagenten, der Ihre Interessen gut vertritt. Die Offiziere des Flaggschiffs haben übrigens auf eigene Kosten eine kleine Ketsch gekauft, die als unser Tender Prisen jagt. Sie verdienen so gut daran, daß sie bald ein größeres Schiff kaufen können.«

Sie verabredeten noch einige wichtige dienstliche Angelegenheiten, bevor der Admiral Brisbane mit einer Einladung zum Dinner entließ.

»Verdammte Sauerei!« fluchte der Stückmeistersmaat der *Cerberus*, »keine Weiber dürfen an Bord, und Landgang ist nur bis ein Glasen vor der Dämmerung. Da machen einen die anderen scharf auf die Schwarzen und die Braunen in der Karibik, und dann schalken sie das Luk dicht.«

»Hast du nicht gehört«, entgegnete der Bootsmannsmaat, »daß die Huren hier so krank sein sollen, daß ein Bordellbesuch gefährlicher ist als ein Seegefecht?«

»Was der Schiffsarzt alles so redet! Der Abendnebel soll das gelbe Fieber bringen! Darum müßten wir vor Dunkelheit an Bord sein und draußen auf Reede liegen.«

Von hinten fiel der Deserteur ein: »Dann wartet mal ab, ob die Herren Offiziere auch vor Dämmerung an Bord sind. Und die haben auch keine Dockschwalben, bei denen man sich seinen Bugspriet verbiegen kann.«

Alles Geschimpfe hinderte die Mannschaften nicht, sich in sauberem Zustand zum Landgang zu präsentieren und je nach Temperament in den Kneipen oder Bordellen zu feiern oder zu randalieren. Abends brachten die Boote sie mehr oder weniger betrunken und ramponiert an Bord zurück. Einige verpaßten die Boote und mußten ein Dutzend Peitschenhiebe hinnehmen. Der Deserteur und sein Freund aus Crisfield waren auch darunter.

Nach zwei Tagen waren die Maate und Offiziere der Verzweiflung nahe.

»Es ist immer das gleiche. Auf See sind sie willig und diszipliniert, aber wenn sie sich im Hafen nicht wie die Vandalen austoben können, dann gibt es glatt eine Meuterei.«

274

Kapitän Brisbane hatte wohl auch genug von den Exzessen. Am dritten Tag gab es keinen Landgang. Die Schiffe wurden aufgeklart, Proviant und Munition ergänzt. Fünfundzwanzig neue Mannschaften wurden eingeteilt, zehn Seeleute aus dem Hospital, fünf Matrosen von Handelsschiffen, die irgendwo im Rausch die Abfahrt ihrer Schiffe versäumt hatten, und zehn Farbige.

»Es dauert nicht mehr lange«, murmelte Mr. Grant, »und die Briten sind eine Minderheit.«

Als sie das Postschiff aus England einlaufen sahen, hofften einige, vielleicht sei die Post schon nach Jamaika umgeleitet worden. Sie hatten nicht mit der Schwerfälligkeit der Bürokratie gerechnet.

Am Nachmittag lief auch noch eine Sechzehn-Kanonen-Sloop ein, und Mr. Grant betrachtete das schmucke Schiff mit professionellem Interesse, nicht ahnend, was es für sein Leben bedeuten sollte.

Signale des Flaggschiffs riefen Kapitän Brisbane an Bord.

Der Admiral empfing ihn mit gewohnter Herzlichkeit. »Ich habe gute Nachricht für Sie. Der Kommandant Ihres Schoners ist zum Leutnant befördert worden. Außerdem ist auf der Sloop *Lion*, die heute eingelaufen ist, die Stelle eines ›Masters und Commanders‹ frei. Ist Ihr Erster Offizier dafür geeignet?«

»Ohne Zweifel, Sir. Er ist ein tüchtiger und absolut zuverlässiger Offizier.«

Dann werde er ihm die Ernennung ausfertigen, und er sei sicher, daß die Admiralität sie bestätigen werde, sagte der Admiral. Sie sprachen noch darüber, wie Brisbane die Nachfolge Grants regeln werde, daß in nächster Zeit keine drei Kapitäne zur See im Hafen zu erwarten seien, um Leutnantsexamen abzunehmen, und daß die *Shannon* übermorgen auslaufen werde, um zwischen den äußeren Bahamas zu kreuzen.

Der Admiral sagte zu, Prisenbesatzungen nicht auf andere Schiffe zu verteilen, und schloß: »Dann werden Sie Weihnachten auf See verbringen. Schade, daß der Dienst Ihnen nicht eine Woche mehr in Kingston erlaubt. Die Gesellschaft hätte Ihnen das Fest verschönt. Viel Glück und ein gesundes Wiedersehen!«

Mr. Grant konnte keine Worte finden. Einerseits war die Freude riesengroß, diesen wichtigen Schritt in seiner Laufbahn zu tun. Andererseits regten sich auch einige Zweifel, wie er die Trennung von der gewohnten Umgebung und die Einsamkeit eines Kommandanten ertragen werde.

Brisbane legte ihm die Hand auf die Schulter: »Sie haben es mehr als verdient. Morgen abend müssen wir Ihre Beförderung begießen, ehe wir auslaufen.«

Brisbane ordnete an, daß Mr. Morsey nun Erster werde und Mr. Kelly als amtierender Leutnant die Stelle des Dritten Offiziers einnehmen solle. Bei Haddington war die Freude ungetrübt, und fast alle von der *Cerberus* freuten sich mit ihm.

Es wurde ein lebhafter und lustiger Abend, zu dem Mr. Grant in die Offiziersmesse eingeladen hatte. Manchem Teilnehmer stach die Sonne schmerzlich in die Augen, als sie am nächsten Morgen um sechs Glasen der Morgenwache ausliefen.

So ein Weihnachtsfest hatte David noch nie erlebt. Am Nachmittag des 24. Dezember hatten sie der *Shannon* einen großen Schoner in die Fänge getrieben, der mit Salz und Nachschub aller Art von Saint Eustatius nach Charleston segelte. Am Abend lagen die drei Schiffe in Lee der Mayaguana-Insel, und Haddington saß mit David und Hamond in seiner winzigen Kammer bei einem Glas Wein.

Nach dem Appell um sechs Glasen der Vormittagswache las Haddington aus der Bibel die Weihnachtsgeschichte vor. Die Sonne brannte schon unerträglich, und sie sehnten schwitzend das Ende des Gottesdienstes herbei, um wieder die leichte Bordkleidung anziehen und aus dem Windschatten der Insel auslaufen zu können.

Es fiel David sehr schwer, an Portsmouth, seine Verwandten und an Susan zu denken, während die Brandung funkelte und fliegende Fische an Bord fielen.

Die drei Schiffe lichteten Anker. *Shannon* und *Cerberus* nahmen Kurs auf die Wasserstraße zwischen den Turks-Inseln und Hispaniola, während die Prise zur Windward-Passage lief, um Jamaika zu erreichen. Die Mannschaften der Freiwachen hatten Freizeit und gingen ihren Lieblingsbeschäftigungen nach.

Hamond spielte auf seiner Flöte, David las, William Hansen schnitzte, und Greg Miller hatte ein Stück Fleisch an einem Haken aufgespießt, diesen mit einer Kette an einem Seil befestigt und warf nun die Angel aus.

John und Edmond sahen ihm zu und spotteten, ob er einen Wal fangen wolle. Miller grinste, wurde aber plötzlich auf die Planken gerissen, ohne daß er das Tau losgelassen hätte.

»Belegt das Ende!« schrie er den beiden zu, und die knoteten das Tau an den hinteren Geschützbolzen fest. Achteraus sprang ein gewaltiger Hai aus dem Wasser.

Vorbei war es mit dem beschaulichen Festtag. Haddington mußte Ausguck und Rudergänger scharf an ihre Pflichten erinnern. Alle anderen hatte das Jagdfieber gepackt.

Die Schwarzen rollten mit den Augen und sprachen Beschwörungen gegen den bösen Geist. Von den Weißen schlossen einige Wetten über den Ausgang des Kampfes ab, andere gaben Ratschläge, wieder andere holten Piken und Enterhaken herbei. Alle schienen von Mordlust gepackt.

»Seeleute hassen den Hai«, sagte Haddington, »und ich weiß selbst nicht recht, warum. Da sie selten schwimmen, kommen sie kaum mit Haien in Kontakt, und daß Schiffbrüchige von Haien gefressen werden, ist auch nicht so häufig. Aber sie hassen ihn!«

Und mit Haß verfolgten sie den halbstündigen Kampf, ehe sie Hand über Hand das Tau einholen konnten. Haßerfüllt stachen und schlugen sie auf den Hai ein, der nach einer weiteren halben Stunde ermattet am Heck hing.

»Vorsicht! Noch nicht an Deck holen. Er lebt noch und schlägt euch mit dem Schwanz die Knochen kaputt!« rief Haddington. »Und das Deck klart ihr sofort wieder auf!«

Sie waren zu allem bereit, wenn sie den Hai nur an Deck brachten. Endlich lag er, aus vielen Wunden blutend, tot auf den Planken und wurde mit über vier Yard Länge gemessen.

Eine Flosse wurde am Mast angenagelt und würde nun immer für den richtigen Wind sorgen. Die andere und die Leber beanspruchten Feinschmecker besonderer Art. Die größten Zähne des messerscharfen Gebisses brach sich Miller heraus. Andere schnitten sich Teile der reibeisenartigen Haut ab.

Als sie mit Resten des Kadavers weitere Haie angeln wollten, schritt Haddington ein: »Ihr habt euren Feiertagsspaß gehabt. Jetzt will ich Ordnung an Deck! Den nächsten Hai könnt ihr zum nächsten Weihnachtsfest angeln.«

Kein Segel sichteten sie in den nächsten Tagen.

»Man könnte meinen, Westindien sei ausgestorben«, sagte Kapitän Brisbane zu Mr. Morsey, der immer besser in die Aufgaben des Ersten Leutnants hineinwuchs. »Lassen Sie bitte einen Kurs auf Grand Inagua absetzen! Wir wollen dort einmal nachsehen.«

Aber abgesehen davon, daß sie dort Wasser und Feuerholz an Bord nehmen konnten, war auch dieser Jagdgrund leer. Sie nahmen Kurs auf die Caicos-Inseln, als um sieben Glas der Dogwatch, der Wechselwache, der Ausguck zwei Segel vier Strich Backbord voraus meldete.

»Wo steht die *Cerberus*?« fragte der Kapitän den wachhabenden Offizier.

»Vier Meilen Steuerbord querab, Sir.«

»Dann werden wir selbst nachsehen. Signalisieren Sie der *Cerberus* den neuen Kurs und lassen Sie die Royals setzen.«

»An Deck!« rief der Ausguck. »Ein Kutter und eine Brigg fünf Meilen voraus.« Morsey enterte auf und sah durch das Teleskop, wie sich die beiden Schiffe einander näherten. Nach einer Weile hörte man Schüsse. Die beiden Schiffe lagen jetzt dicht beieinander. Die *Shannon* lief mit etwa zwölf Knoten auf sie zu.

»Lassen Sie ›Klar Schiff zum Gefecht‹ anschlagen, Mr. Morsey, wenn es recht ist. Wir sind in zwanzig Minuten in Schußweite.«

Jetzt konnte man von Deck aus sehen, daß ein Kutter an einer Brigg angelegt hatte.

»Der Kutter ist von englischer Bauart. Aber auf der Brigg weht noch die englische Flagge«, meldete Mr. Morsey. »Da stimmt etwas nicht.«

Als hätte man ihn auf dem Kutter gehört, warf der von der Brigg los und steuerte unter vollen Segeln auf die seichten Gewässer zwischen zwei kleineren Inseln zu.

»Die Jagdgeschütze sollen versuchen, ob sie den Kutter noch erreichen.«

»An Deck! An Bord der Brigg steigt Rauch auf. Die Besatzung versucht zu löschen«, meldete der Ausguck.

Kapitän Brisbane ließ Mr. Kelly rufen und ordnete an: »Stellen Sie ein Enterkommando zusammen, Mr. Kelly, und nehmen Sie Löscheimer und eine tragbare Pumpe mit. Ich lasse auf Höhe der Brigg kurz backbrassen. Es muß sehr schnell gehen mit dem Aussetzen!«

»Aye, aye, Sir.«

Die Jagdgeschütze richteten nicht viel aus. Einmal glaubten sie, einen Treffer erzielt zu haben, aber sie mußten die Verfolgung abbrechen. Die Sonne war schon halb unter der Kimm, und das purpurne Licht würde übergangslos der Nacht weichen. Da konnte die *Shannon* nicht in seichte Gewässer einlaufen. Der Kapitän ließ die Royals einholen und zur Brigg zurücksegeln.

Das Feuer war gelöscht. Schiffslaternen zeigten, daß die *Cerberus* in Rufweite der Brigg lag.

»Lassen Sie bitte Mr. Haddington und Mr. Kelly an Bord rufen«, sagte der Kapitän zu Mr. Morsey. Kelly brachte den Ersten Maat der Brigg mit, die auf dem Weg von Jamaika zu den Bermudas war.

»Ein Kutter näherte sich mit britischer Flagge, Sir«, berichtete dieser. »Ich war zunächst überhaupt nicht mißtrauisch. Aber als sie näher kamen und ich das Deck genau durch das Teleskop betrachtete, kamen mir Bedenken. Es sah nicht aus, wie auf einem Kriegsschiff Seiner Majestät, wenn Sie wissen, was ich meine, Sir. Die Ordnung fehlte. Der Kommandant war barfuß, die Aufbauten schmuddelig. Da habe ich abgedreht und versucht zu fliehen. Der Kutter hat die britische Flagge eingeholt und eine andere gehißt, die ich nicht kannte. Später sahen wir, daß eine Kiefer auf ihr abgebildet war und die Worte ›An Appeal to Heaven‹. Er hat dann auf uns gefeuert. Mit meinen vier Einpfünder-Drehbassen kann ich mir entlaufene Sklaven vom Hals halten, die sich mit kleinen Booten als Piraten versuchen, aber nicht einen voll armierten Kutter. Sie haben uns geentert. Ich habe zwei Schwerverletzte. Als sie gerade unsere Ladung und Papiere durchstöberten, wurde Ihre Fregatte gemeldet. Bevor sie flohen, versuchten sie noch, unser Schiff anzuzünden, aber wir konnten den Brand mit Hilfe Ihrer Leute löschen, Sir.«

Brisbane erkundigte sich zunächst, ob die Verwundeten versorgt seien. Dann forderte er den Maat auf, den Kutter genau zu beschreiben.

Der vermutete, daß es sich wahrscheinlich um einen erbeuteten Zollkutter handele, etwa fünfzig Tonnen, sechs Vierpfünder und eine Besatzung von rund vierzig Mann. Er käme aus Massachusetts. Auffällig sei ein schwarzes Farbband um den Rumpf und ein aus braunem und weißem Tuch zusammengesetztes Vormarssegel.

Die Schiffe blieben während der Nacht beieinander. Dann segelte die Brigg weiter in nordöstlicher Richtung hinaus auf den Atlantik, während die *Shannon* und die *Cerberus* Kurs auf die Bahama-See nahmen.

Zwei Wochen kreuzten sie zwischen Kuba und den Bahama-Inseln. Eine spanische Brigg, deren Papiere eindeutig bewiesen, daß sie Waffen und Ausrüstung auf amerikanische Rechnung beförderte, und ein amerikanischer Schoner wurden als Prisen genommen und nach Jamaika geschickt.

An einem Nachmittag erhielt die *Cerberus* Befehl, am nächsten Tag an den Inseln und Riffen nördlich der Exhums-Inseln entlangzulaufen, während die *Shannon* in den tieferen Gewässern vor der Andros-Insel patrouillieren wollte. Treffpunkt sei am nächsten Abend vor Nassau.

Das Morgengrauen wartete die *Cerberus* mit eingeholten Segeln ab, da die Nähe der Riffe, der kleinen und kleinsten Inselchen das Weitersegeln zum Glücksspiel gemacht hätte.

Kaum war der Ausguck aufgeentert, da meldete er dem Deck ein Segel drei Meilen Steuerbord querab.

»Was kannst du sonst erkennen?« fragte Haddington.

»Ein Kutter, setzt jetzt Segel.«

Haddington griff sich ein Teleskop und enterte auf. Er war es, der Rebellenkutter! Haddington sah das zweifarbige Vormarssegel und hatte keinen Zweifel.

»Melde mir jede Bewegung, aber achte auch auf andere

Segel!« mahnte er den Ausguck und enterte schnell ab. Er rief Mr. Hamond, den Bootsmannsmaat und den Stückmeistersmaat zu sich.

»Es ist der Rebellenkutter. Er hat uns noch nicht gesehen, da wir vor dem dunkleren Westhorizont liegen. Unsere Chance ist Überraschung. Lassen Sie sofort mit Segeln Decksladung vortäuschen«, wandte er sich an den Bootsmannsmaat.

»Wir haben wenig Chancen zur Flucht, also laufen wir auf ihn zu, tarnen uns als Handelsschiff und greifen überraschend an. Beide Breitseiten für die erste Salve mit Traubengeschossen auf den Kugeln laden. Ich will, daß für die besten vier Schützen je vier Musketen feuerbereit sind. Und die Drehbassen natürlich auch. Ich brauche sechs Mann ständig für Segelmanöver und notfalls zum Knoten des Tauwerks. Mr. Hamond, Sie sorgen für einen St. Gregors Jack, die Handelsflagge, am Bug. Alles klar? In fünf Minuten setzen wir Segel!«

Klarschiff wurde angeschlagen und fieberhaft alle Vorbereitungen für den Kampf mit dem weit überlegenen Gegner getroffen. Mehr als einer sah dabei bleicher als sonst aus.

Der Kutter hatte die britische Flagge gehißt und näherte sich der *Cerberus* in einem Winkel von etwa achtzig Grad. Haddington stand selbst am Ruder. Außer ihm durften sich nur fünf Mann zeigen. Die anderen kauerten hinter dem Schanzkleid. Das Deck war angefeuchtet und mit Sand bestreut. Die Geschützbedienungen hatten sich Tücher um den Kopf gebunden, um die Trommelfelle zu schützen.

David hockte hinter einer »Decksladung«, neben ihm John, der mit ihm die eine Drehbasse bediente. Ein eigentümlich flaues Gefühl beschlich David. Er fühlte nach Susans Medaillon. Sollten es die anderen ruhig sehen. Heute brauchte er ihre Gebete mehr als zuvor.

Der Wind blies stetig und mit mittlerer Stärke aus Nordost. Der Kutter hatte den Wind Steuerbord achterlich aus etwa vierzig Grad. Die *Cerberus* traf der Wind etwa im gleichen Winkel auf der Backbordseite. Sie liefen fast rechtwinklig aufeinander zu, und ihre Kurse würden sich in etwa einer Meile schneiden. Alles sah nach zwei britischen Schiffen aus, die in fremden Gewässern Rufkontakt aufnehmen wollen.

Haddington überlegte fieberhaft. Was würde der Gegner tun? Wahrscheinlich würde er eine Steuerbordwende fahren, um sie mit einem Backbordgeschütz zum Anhalten aufzufordern oder bei Verdacht sofort eine Breitseite zu feuern und sich gleichzeitig den Windvorteil zu sichern. Unmittelbar vorher mußte die beweglichere *Cerberus* eine Backbordwende einleiten, den Kutter vom Bug zum Kiel mit der Steuerbordbatterie beschießen und sofort in eine Halse übergehen.

»Steuerbordbatterie wird nachher zuerst feuern. Schützen danach auf Rudergänger und Kapitän zielen! Alle, die zu sehen sind, jetzt anfangen zu winken. Bereithalten zur Steuerbordwende! Wir werden aber wahrscheinlich sofort in eine Backbordhalse überleiten.«

Noch dreihundert Yard! Auch die Mannschaft des Kutters verhielt sich unauffällig, stand aber dicht bei den Geschützen, die ohne Zweifel feuerbereit waren. Sie winkten zurück. Haddington sah das schwarze Farbband um den Rumpf des Kutters. Da, jetzt gingen sie in den Wind zur Wende. Ihr Bugspriet zeigte auf die *Cerberus*, nun drehte sich die Steuerbordseite ihnen zu.

»Vorschot lockern!« rief Haddington und legte das Ruder mit aller Kraft herum. Fast auf der Stelle drehte der Schoner. Auf dem Kutter stieg die Flagge mit der Kiefer hoch, und er feuerte eine Steuerbordsalve. Aber die *Cerberus* hatte zu unerwartet und abrupt den Kurs geändert. Die Kugeln sausten Steuerbord achtern vorbei.

»Ziel auffassen!« schrie Haddington und als der Kutter ihnen wieder den Bug zuwandte: »Feuer!«

Die Dreipfünder und Drehbassen knallten hell. Die Geschosse fegten vom Bug zum Heck des Kutters. Ein Stück des Bugspriets zersplitterte, der Klüver flog lose im Wind.

»Beleg Vorschot! Klar zur Halse! Bäume herum!« rief Haddington und legte das Ruder hart auf den anderen Kurs.

Mein Gott, dachte er, würde die *Cerberus* das schaffen oder sich festsegeln? Aber sie drehte auf Gegenkurs.

Der Kutter, völlig überrascht, fuhr seine Wende weiter.

Jetzt drehte er ihnen wieder die Steuerbordseite zu, aber die Geschütze waren noch nicht nachgeladen.

Keine gut trainierte Mannschaft, dachte Haddington und schrie: »Musketen feuern! Backbordbatterie Ziel auffassen!«

Nur dreißig Yard von dem Kutter entfernt gingen sie auf Gegenkurs. Ein Schlag dröhnte neben Davids Kopf. Eine Musketenkugel hatte die Drehbasse getroffen und heulte als Querschläger davon.

Das Heck des Kutters war jetzt Backbord querab.

»Feuer!« brüllte Haddington, und wieder bestrichen ihre Geschosse den Kutter längsseits. Teile seines Hecks wirbelten durch die Luft, Mannschaften wurden an Deck geschleudert, Schoten waren zerfetzt. Der Kutter lief vor dem Wind, die *Cerberus* folgte ihm achtern querab. Als der Kutter eine Steuerbordwende einleitete, um seine Breitseite zum Tragen zu bringen, wich Haddington in einem Winkel von etwa fünfundvierzig Grad nach Backbord aus und konnte mit seiner Steuerbordbatterie den Kutter querab von achtern treffen.

Der Kutter hatte schon viel einstecken müssen. Eine Geschützmündung ragte schräg zum Himmel, die Aufbauten waren zerfetzt, und einer der letzten Schüsse mußte das Ruder beschädigt haben.

Aber der Kutter drehte in den Wind, und sie würden sich auf Parallelkurs passieren, allerdings jetzt in etwa hundert Yards Entfernung. Die *Cerberus* hatte nachgeladen, und ihre Breitseite donnerte gleichzeitig mit den zwei übrigen Geschützen des Kutters los.

Aber der Gegner traf! Die eine Kugel pflügte zwischen achterem Geschütz und Ruder über das Deck, zerschmetterte Wasserzuber und fegte einen Matrosen über Bord. Die andere Kugel durchschlug Wanten und Schoten am Fockmast, ließ das Vorbramsegel fliegen und einige Blöcke an Deck fallen.

»Gebt auf!«, heulte einer der Neuen, der noch nie im Gefecht war. »Sie schießen uns zusammen!«

Der Bootsmannsmaat schlug ihm mit voller Wucht auf den Mund und schubste ihn an seinen Platz.

»Miller!« rief Haddington, »knotet das Zeug zusammen, aber dalli!«

Ich muß jetzt halsen, um nicht die Wanten der Steuerbordseite zu überlasten und dennoch den Kutter wieder anzugreifen, dachte er.

Der Kutter hatte sich festgesegelt. Mit dem beschädigten Ruder war er in den Wind geschossen und lag nun mit killenden Segeln da, während sich der Rest der Mannschaft fieberhaft bemühte, das Schiff wieder an den Wind zu bringen.

Haddington stampfte mit dem Fuß auf. Kam die *Cerberus* nun bald herum? Endlich! Auf Steuerbordbug näherte er sich dem Kutter, der wieder etwas Wind in den Segeln hatte.

»Wir segeln vor seinem Bug entlang. Backbordbatterie fertig zum Feuern! Halten die Wanten, Miller?«

»Ja, Sir!«

»Feuer!«

Diesmal zerschlugen sie dem Kutter den Bugspriet ganz, und seine Bramstenge krachte mit den Segeln an Deck.

»Klar zur Wende!« befahl Haddington, kreuzte auf Backbordbug vor dem Kutter und ließ die Steuerbordbatterie noch einmal vom Bug zum Heck feuern.

»Klar zum Entern! Wir geben ihm noch eine Breitseite mit Traubengeschossen, gehen an Steuerbord längsseits und entern am Vorschiff. Die vordere Drehbasse feuert weiter auf sein Achterdeck.«

Er legte das Ruder herum, und sie näherten sich dem Kutter.

Aber noch konnte der Gegner zuschlagen. Ein Geschütz feuerte. Neben David sank John mit einem Seufzer zusammen. Blut quoll unter den Händen hervor, die an seine Brust griffen. Schmerzensschreie hier und dort.

»Steuerbordbatterie, Feuer!«

Die Traubengeschosse prasselten über das Deck des Kutters und bliesen die Besatzung um. Haddington legte das Ruder herum. Der Bug der *Cerberus* schrammte am Rumpf des Kutters entlang. Die Enterdraggen flogen.

»Entert den Bastard! Drauf!« brüllte Haddington, griff sich sein Entermesser und stürzte mit dem kleinen Haufen los.

David hatte fieberhaft die Drehbasse wieder geladen und feuerte sie auf einen Menschenklumpen ab, der sich auf dem

Achterdeck des Kutters sammelte. Sie wirbelten durcheinander. David griff sein Entermesser und setzte den anderen nach.

Tapfer waren sie, die Rebellen, bei Gott! Das Deck lag voll von Toten und Verwundeten, aber wer stehen konnte, stemmte sich den Briten entgegen.

Miller mähte mit seinen Bärenkräften die Gegner um. Neben ihm hackte sich einer ihrer Schwarzen mit dem Beil seinen Weg. William stach und schrie, Haddington trieb sie voran zum Achterdeck. David schlug eine Pike zur Seite und rannte sein Messer einem jungen Mann in die Brust.

Dann hörte er Haddington: »Halt! Aufhören! Sie haben sich ergeben!«

Ein knappes Dutzend der Rebellen stand mit erhobenen Händen an der achteren Reling.

»Drehbasse und Musketen laden! Hansen, nimm ihnen die Waffen weg!« befahl Haddington.

David stellte einen Matrosen an die Drehbasse und sprang zurück zur *Cerberus*, um nach John zu sehen.

John lag in einer Blutlache, sein Gesicht war bleich. Er war schon jenseits des Schmerzes, und seine Augen faßten nichts mehr auf. »John!« rief David verzweifelt, »lieber John, komm doch zu dir. Ich bin bei dir!« Er hob behutsam seinen Kopf.

»Mutter!« sagte John lächelnd auf deutsch und starb.

David biß sich auf die Lippen und wischte sich die Tränen aus den Augen.

»Mr. Winter«, hörte er Haddington und fuhr hoch. »Mr. Winter, nehmen Sie sich drei Mann und untersuchen Sie das Unterdeck der Prise. Im Vordeck darf kein Werkzeug bleiben. Ich will dort die Gefangenen einsperren.«

David atmete tief, preßte die Tränen zurück, nahm sein Entermesser und rief drei Matrosen zu sich. Im Vordeck des Kutters hatte eine Kugel die Planken in Höhe des Wasserspiegels durchschlagen.

David schickte einen Mann los, um Dichtungspropfen zu holen. Mit den beiden anderen räumte er alles weg, was als Waffe oder Werkzeug dienen konnte. Im Achterdeck stöberten sie zwei verwundete Rebellen auf, die sich dort verkrochen hatten. Sie leisteten keinen Widerstand und wurden zu den anderen getrieben.

Die achtere Kammer war völlig verwüstet von den Geschossen der *Cerberus*. Was Dreipfünder auf kurze Entfernung doch anrichten können, dachte David. Aber kein Leck war unter der Wasserlinie.

David stieg an Deck und erstattete Haddington Meldung. Der ließ die unverletzten Gefangenen ins Vordeck treiben und stellte zwei Posten auf.

Hamond trat zu ihnen und sagte zu Haddington: »Sir, darf ich Ihnen zu diesem großartigen Sieg gratulieren? Ich werde nie vergessen, wie hervorragend Sie unser Schiff gegen den überlegenen Gegner manövriert haben.«

»Danke, James, sehr freundlich von Ihnen.« Und er wehrte ab, als auch David gratulieren wollte. »Wir haben noch so viel zu tun. Alle haben sich hervorragend geschlagen. Mr. Hamond, Sie übernehmen mit zehn Mann die Prise. Ich gebe Ihnen den Bootsmannsmaat. Klaren Sie das Deck auf und sehen Sie zu, daß Sie bald eine Notbesegelung setzen können. Und untersuchen Sie das Ruder. Ich schicke Ihnen den Sanitäter, sobald er bei uns fertig ist.«

»Aye, aye, Sir!«

»Mr. Winter, Sie untersuchen mit dem Steuermannsmaat alle Schäden auf der *Cerberus* und erstatten mir Meldung. Achten Sie darauf, daß der Ausguck besetzt ist.«

Die *Cerberus* war nur leicht beschädigt. Das Schiff war in drei Stunden auszubessern, aber drei Tote und vier Verwundete waren ein schwerer Verlust bei der kleinen Mannschaft. Zwei Verletzte konnten Dienst tun, dennoch mußten zwei Mann von der Prisenbesatzung zurückkommandiert werden, um den Schoner zu segeln.

Den Kutter hatte es viel härter getroffen. Elf Tote, fünfzehn Verletzte und schwere Schäden an Rumpf und Takelage. Wenn die Schäden am Ruder repariert waren und die Taue für die Notsegel gespleißt, dann konnte er mit langsamer Fahrt segeln. Aber ohne Werftüberholung konnte der Kutter nicht wieder seetüchtig werden.

Haddington setzte einen Kurs ab, der sie von den Riffen

frei hielt und direkt nach Nassau führte. Nach dem Mittagessen segelten sie los, *Cerberus* mit gekürzten Segeln, der Kutter in Lee etwas achteraus. *Falmouth* hieß er. David wurde erst jetzt die Bedeutung des Namens bewußt. Der Kutter hatte die in Brand geschossene Stadt nicht rächen können und fuhr jetzt mit ihnen, die britische über der Flagge mit der Kiefer.

Aber wie teuer hatten sie wieder zahlen müssen! Der arme John würde Schleswig nie wiedersehen und war doch noch so jung gewesen. Hansen schmerzte der Verlust ebenso tief. Er wandte sich ab, als David von Johns letztem Wort berichtete.

David legte ihm die Hand auf die Schulter: »Nun spricht keiner mehr außer uns Deutsch. Wir wollen gut zusammenhalten, William!«

Der antwortete: »Auf mich können Sie immer zählen, Sir.«

Während sie langsam ihrem Ziel entgegenkrochen, gingen die Reparaturen weiter. Haddington unterbrach sie nur kurz zum Gottesdienst für die Bestattung. Als Johns Leichnam in die See tauchte, weinte der kleine Edmond laut auf. Mancher Matrose kämpfte gegen die Rührung an, und der große Miller legte seinen Arm um Edmond und tröstete ihn.

Als sie am Abend die Segel kürzten, ließ sich Haddington zur *Falmouth* hinüberpullen, um noch einmal zu überprüfen, ob alles für die Bewachung der Gefangenen getan war.

Als der Morgen graute, sichteten sie die *Shannon*, die ihnen entgegensegelte. Der Kapitän war sicher schon in Sorge um sie. Haddington ließ das Signal »Erbitte Arzt« setzen und bereitete sich vor, an Bord der *Shannon* seinen Bericht zu erstatten.

Kapitän Brisbane war tief beeindruckt: »Der Gegner war Ihnen an Gewicht der Breitseite und Mannschaft doppelt überlegen, und Sie haben ihn so entscheidend geschlagen. Das ist eine großartige Leistung, zu der ich Sie beglückwünsche, Mr. Haddington. Ich werde Ihre Tat in meinem Bericht an den Admiral gebührend würdigen und bedaure nur, daß der Kutter nicht als reguläres Kriegsschiff anerkannt werden kann. Sonst wäre Ihnen die Beförderung zum Commander sicher.«

Haddington bedankte sich und hob die Leistung der Besatzung hervor. Der Kapitän beschloß, Nassau anzulaufen, sobald der Arzt seine Arbeit getan hatte und die Schwerverwundeten an Bord der *Shannon* gebracht waren.

Sie erreichten Nassau am Abend und grüßten den Gouverneur und die Forts Montagne und Nassau mit dreizehn Schuß Salut. David war eingeteilt, um die Berichte und Meldungen zu kopieren und konnte sich kaum um Hafen und Stadt kümmern. Kapitän Brisbane ließ sich an Land setzen, wurde von der Bevölkerung, die die Prise sah, mit Jubelrufen begrüßt und berichtete dann Gouverneur Montfort Browne.

Der Gouverneur sagte zwar zu, daß die Prise auf der Werft repariert werden könne, daß Wasser, Frischfleisch und Obst geliefert würden, aber er wirkte auf Brisbane recht entschlußlos und passiv.

Brisbane erfuhr, daß Vizeadmiral Shuldham das Kommando von Admiral Graves übernommen und der Kongreß zu Philadelphia die Ausrüstung einer Flotte beschlossen habe.

»Nach unseren Informationen sind es sieben Schiffe von acht bis vierundzwanzig Kanonen. Ich hoffe, daß sie nie aus dem Delaware entwischen können«, sagte der Gouverneur. »Aber«, fuhr er fort, »Sie werden mit vielen kleineren Kaperschiffen der Rebellen rechnen müssen, denn nach zuverlässigen Informationen hat der Kongreß Ende November auch den Kaperkrieg gegen alle Schiffe im Dienste der britischen Regierung zugelassen.«

»Dann sind jetzt alle Kolonien dem Vorbild von Massachusetts gefolgt, und die Aufgabe wird für die wenigen Schiffe unserer Flotte immer unlösbarer«, antwortete Brisbane.

Die Mannschaften hatten am nächsten Tag Landgang, und Mr. Lenthall saß am Abend mit einigen Offizieren in einem Restaurant der kleinen Stadt. Nassau hatte ein gesünderes Klima als Jamaika, so daß der Landgang nicht beschränkt werden mußte.

Übermorgen würden sie wieder auslaufen, und der Schiffsarzt beklagte sich, daß man mit der Flotte überall in der

Welt herumkommen könne und doch kaum etwas anderes sehe als die See, Werften und Häfen. »Wann kann man einmal das Landesinnere etwas erkunden und Fauna und Flora studieren?«

Mr. Bates, jetzt Zweiter Leutnant, rief ihm übermütig zu: »Ich habe auch immer zu wenig Zeit für meine Studien an Land, obwohl ich nicht gleich das Innere des ganzen Landes erkunden will!« Alle prusteten vor Lachen.

»Ja, ja«, sagte Lenthall schmunzelnd, »man könnte meinen, die jungen Herren haben nur Ks im Kopf: Kampf, Karriere und Kurtisanen. Aber wenn sie auf die Nase fallen, dann muß der alte Schiffsarzt sie wieder kurieren.«

David, der ihm gegenüber saß, fügte leise hinzu: »Bei allen geht es leider nicht. Bei Richard Baffin und John gab es nichts mehr zu kurieren. Ich kriege Angst, Freunde zu gewinnen, denn wenn ich sie dann verliere, tut es um so mehr weh.«

Lenthall trank einen Schluck und sah ihn nachdenklich an. »Wenn man keinen Seelenschmerz mehr empfinden will, muß man seine Seele entleeren und darf keine Liebe in ihr dulden. Aber das wäre doch kein Leben.«

David war noch nicht zufrieden. »Das stimmt sicher. Aber haben es die friedlichen Bürger hier nicht besser? Für sie ist die Gefahr, daß ihnen etwas Liebes entrissen wird, viel geringer.«

Der Schiffsarzt war davon nicht überzeugt: »Krankheit und Tod kann auch sie überraschend treffen. Und in dem Gleichmaß ihres Lebens hängen sie ihr Herz oft an ganz unwesentliche Dinge, Schmuck, Plunder, den sie verlieren, der gestohlen wird oder entzwei geht. Schon die antiken Philosophen haben behauptet, daß sich die Schwingungen der Seele auf unsere Erlebnisse einstellen. Erleben wir wenig, erregen wir uns über das Kleine. Erleben wir viel, erregt uns das Große auch nur anfangs stärker.«

David war das kein großer Trost, und bei aller Abenteuerlust wäre ihm eine Zeit der unbeschwerten Freude wie damals mit Richard und Matthew recht lieb gewesen. Daß die Zeit so unbeschwert nicht war, hatte er vergessen.

Der nächste Tag war einer der üblichen Arbeitstage, auf die

kein Kapitän, kein Erster Leutnant und kein Bootsmannsmaat im Hafen verzichten möchte. Alle Vorräte wurden aufgefüllt, dann folgten die Reparaturen und schließlich das Reinigen und Putzen mit dem Höhepunkt der großen Musterung. Das war auf der *Cerberus* nicht anders als auf der *Shannon*.

Der Schoner hatte Mannschaftsersatz bekommen: drei Seeleute von der *Shannon* und zwei aus dem Bestand des Hafenkommandanten. Haddington inspizierte Mannschaft und Schiff sorgfältig, konnte aber mit dem, was er sah, zufrieden sein. Am Abend konnten sie alle an Land bis zu Beginn der Hundewache. David hatte keine Lust, kroch in seine Hängematte, wurde wach, als die Landgänger unter Deck stapften, schimpfte und schlief wieder ein.

Am nächsten Tag lief die Fregatte mit dem Schoner in der Morgenbrise aus. David sah sehnsüchtig zu den schönen Stränden, dehnte sich in der frischen und doch nicht kalten Luft und wandte seine Gedanken dem Dienst zu. Die See hatte sie wieder. Und das schien unverzichtbar auf jeden Hafenaufenthalt zu folgen: Geschütz- und Segeldrill, bis alle schweißnaß und erschöpft waren.

Haddington war mit der Zielgenauigkeit der Backbordbatterie noch nicht zufrieden und ließ Scharfschießen auf treibende Kisten üben. Als die Nacht wieder fast übergangslos hereinbrach, lag die Nordspitze der Andros-Insel achteraus, und sie segelten in die Florida-Straße.

Die beiden mittleren Februarwochen waren für ihre Prisenkasse so ertragreich wie niemals zwei Wochen zuvor. Viele amerikanische Schiffe hatten sich in Matanzas, Havanna und anderen kubanischen Häfen mit spanischen Waren eingedeckt und wollten nun auf dem kürzesten, wenn auch wegen der Florida-Riffs nicht leichtesten Weg zu den Heimathäfen gelangen.

Shannon und *Cerberus* trieben sich täglich ein bis zwei Prisen zu. Von kleineren und wertlosen Schiffen ließ Brisbane die Ladung, wenn sie wertvoll war, auf die größeren umladen und schickte Konvois von drei bis vier Prisen nach Kingston.

Die Besatzungen der Handelsschiffe wurden zum Teil in ihren Beibooten an die Küste geschickt, zum Teil mußten sie helfen, die Prisen zu segeln. Nutzlose Schiffe wurden versenkt.

So willkommen Brisbane einerseits die Prisen waren, so schwierig wurde es andererseits für ihn, die Prisenbesatzungen zusammenzustellen. Auf einer der drei oder vier Prisen wurden meist Bewaffnung und Besatzung konzentriert, und die anderen mußten in Lee segeln, um bei einem Befreiungsversuch unter Kontrolle zu sein. Und nur der Kommandant der einen Prise konnte navigieren und den Konvoi durch die Yukatan-Straße nach Jamaika führen.

Aber selbst unter diesen Bedingungen hatte die *Shannon* Ende der zweiten Woche neunzig Mann fortgeschickt, und auch die *Cerberus* hatte Mr. Hamond und zwei Mann opfern müssen.

In der Yukatan-Straße hielt die *Cerberus* eine Brigg an, und David mußte mit fünf Mann hinüberpullen. Alle waren am Abend wie ausgedörrt. Die Brigg war aus Rhode Island und hatte Zucker und Rum geladen. David befahl zwei Mann, unter Deck alles zu untersuchen, während er die Papiere durchsah und ein anderer Matrose die Besatzung an Deck kontrollierte.

Im Vordeck hörte David nach einer Weile einen Schrei und Gepolter. Er lief nach vorn, die Pistole in der linken, das Entermesser in der rechten Hand. Die Tür des Backbord-Laderaums stand offen, hinter ihr lag ein Matrose mit gespaltenem Schädel.

»Was ist hier los?« rief David.

Im Laderaum stand der Deserteur, nahm noch einen großen Schluck aus der Rumflasche, die er an den Mund gesetzt hatte, und antwortete: »Der hatte sich hier versteckt, da hab' ich ihn erledigt.«

Der andere Matrose von der *Cerberus* setzte seine Rumflasche nicht mal ab.

»Du hast mich mit ›Sir‹ anzureden, Kerl«, sagte David so energisch, wie er konnte. »Stellt sofort die Rumflaschen weg und geht an Deck!«

Der Deserteur grinste verächtlich und setzte die Flasche wieder an den Hals. David trat einen Schritt vor und schlug sie ihm mit dem Entermesser aus den Händen. Sofort trat er wieder zurück und nahm die Pistole in die rechte Hand.

Der Deserteur duckte sich und griff nach seinem Entermesser. »Könnte ja sein, daß der Rebell Sie hier erschlagen hat und wir ihn töten mußten.«

Auch der andere griff nach seinem Entermesser.

»Versucht es nur.« David bemühte sich, ganz ruhig und bestimmt zu sprechen. Er hob die Pistole und rief: »An Deck, Wache!«

Von oben kam die Antwort: »Ja, Sir.«

Der Deserteur und der andere sahen sich an und senkten die Entermesser.

David rief: »Unsere beiden Leute kommen jetzt hoch an Deck!« Er trat von der Tür weg und wies mit der Pistole nach oben. Mit bösen Gesichtern stiegen die beiden an Deck.

Haddington hörte sich Davids Bericht an. »Wenn sie Fusel in die Hände kriegen, geraten sie außer Kontrolle. Ich kann jedem nur zwölf Hiebe geben, sonst fallen sie für den Dienst aus. Aber es ist furchtbar, daß wir auf unserem kleinen Schiff jetzt auch mit solchem Abschaum rechnen müssen.«

Der Deserteur nahm die Bestrafung am nächsten Morgen stoisch hin, aber er blickte David haßerfüllt an.

Zwei Tage später mußten sie einen Schoner von etwa einhundertzwanzig Tonnen drei Stunden jagen, bis er endlich aufgab. Während sie sich ihm näherten, wurde schon ein weiteres Segel gemeldet.

»Vier Mann Prisenbesatzung in das Boot. Mr. Winter, Sie übernehmen die Prise, stecken Sie sich schnell eine Karte ein. Wenn Sie drüben nicht klar kommen, geben Sie mit einem Schuß Signal. Wir müssen weiter. Treffpunkt zehn Seemeilen südwestlich der Insel de Pinos.«

David raffte seine Waffen und die anderen Sachen zusammen und sprang ins Boot. Er war beunruhigt, als er den Deserteur dort sitzen sah, erblickte zu seiner Erleichterung aber auch William Hansen. Hastig pullten sie auf den Schoner zu.

Kaum war David mit seinen vier Mann an Deck geentert, da legte das Beiboot schon wieder ab. Die zwölf Mann der Besatzung erwarteten sie schweigend. David gab William den Befehl, nach Waffen zu suchen. Den Deserteur schickte er ans Ruder. Er ließ sich vom ersten Maat Auskunft über die Ladung geben. Es war nichts Außergewöhnliches. Melasse, Gewürze, Kaffee, aber hinter den Melassefässern fanden seine Männer Kisten mit Musketen und Munition.

David wollte kein Risiko eingehen. Die am besten verschließbaren Räume waren die drei Achterkammern. Er ließ die Bullaugen vernageln, die Kammern nach Waffen und Werkzeugen untersuchen und sperrte je vier Mann in einen Raum. Das hatte den Vorteil, daß ein Mann mit Muskete zur Bewachung aller drei Türen ausreichte.

Wenn Segel gesetzt oder geborgen werden mußten, brauchten sie immer nur vier Mann herausholen, ohne daß die anderen Türen geöffnet werden mußten. Von ihnen konnte abwechselnd immer einer vier Stunden schlafen. Sie würden schon Platz finden.

Als sich die Sonne der Kimm näherte, konnte David die unteren Segel setzen und auf Kurs gehen. Im Nu war die Nacht da, und David schickte William auf die Suche nach etwas Eßbarem. Er fand Brot und Käse genug für den ersten Hunger.

David ließ William die erste Ruderwache gehen. Danach sollte er die Gefangenen bewachen. Der Deserteur hatte die Hundewache am Ruder und vorher Ausguck. Isaak, ein farbiger Matrose von der *Cerberus*, sollte dann während der Hundewache den Ausguck übernehmen.

David wollte an sich gar nicht schlafen, aber als der Schoner gleichmäßig durch die ruhige See lief und die strahlenden Sterne keine Wolken erkennen ließen, sagte er zu William um zwei Glasen der Hundewache. »Weck mich um acht Glasen. Ich lieg' dort gleich um die Ecke im Mannschaftsquartier. Und paß gut auf. Der Deserteur ist am Ruder. Wenn dir irgend etwas verdächtig erscheint, ruf sofort!«

William wirkte nicht schläfrig und erwiderte ruhig: »Aye, aye, Sir! Schlafen Sie ruhig eine Mütze voll.«

David träumte vom Gefecht mit dem Rebellenkutter *Falmouth*. Ein Gaffelbaum der *Cerberus* wurde abgeschossen, warf ihn um und lag schwer auf seiner Brust. Er wollte hochfahren, aber der Druck verstärkte sich.

Er erwachte mit einem Stöhnen, öffnete die Augen, konnte nicht fassen, was er sah und schloß sie wieder. Als er, nun richtig wach, die Augen wieder öffnete, sah er den Deserteur über sich, der ihm die Mündung einer Muskete auf die Brust drückte.

Neben ihm standen zwei Mann der amerikanischen Besatzung mit Entermessern in den Händen.

»Versuch nur einen Trick, du Gernegroß, und ich puste dir das Herz aus der Brust!« drohte der Deserteur.

Einer der Amerikaner sagte: »Wir haben die anderen bereits überwältigt. Ergeben Sie sich?«

David nickte, und der Deserteur wurde angewiesen, die Muskete zur Seite zu nehmen.

»Warum schneiden wir dem Kerl nicht gleich die Kehle durch, dem Wichtigtuer?« begehrte der Deserteur auf.

»Weil wir noch einen langen Weg vor uns haben und nicht an der Rahnock eines Kriegsschiffs baumeln wollen, falls sie uns wieder abfangen«, erwiderte der Amerikaner ruhig. Er hatte einen befehlsgewohnten Ton, anscheinend war er einer der Maate.

David stand auf. Sie fesselten ihm die Hände auf den Rücken, und er mußte zu den achteren Kammern gehen. Eine Tür wurde geöffnet, und mit einem kräftigen Tritt beförderte der Deserteur David in die Kammer.

David schlug mit dem Schienbein an einen Holzschemel, stolperte über einen menschlichen Körper und krachte mit der Schulter gegen die Wand. Er stöhnte vor Schmerz und fluchte unterdrückt.

»Sein Sie das, Massa Winter, Sir?« fragte der Farbige.

»Ja, Isaak, ich bin es. Wer ist noch hier?«

Es meldete sich der vierte Mann, ein älterer Matrose, der in Jamaika aus dem Lazarett gekommen war und Tolber hieß.

»Sie haben mich im Schlaf erwischt, als ich Freiwache hatte. Drei Mann, da hatte ich keine Chance, Sir.«

»Und wo ist Hansen?« fragte David unruhig.

»Er liegt hier an der Wand und ist bewußtlos, aber er lebt und, soweit ich mit den Händen auf dem Rücken tasten konnte, hat er keine schwere Verletzung. Sie werden ihn niedergeschlagen haben.«

So war es, wie sich nach einer halben Stunde herausstellte, als Hansen langsam zu sich kam. Der Deserteur hatte ihn kurz vorher noch vom Ruder angerufen, ob er ein Stück Tabak habe. Als er verneinte, habe er nichts mehr gehört, bis es an einer der Türen klopfte, er sich hinwandte und von hinten einen Schlag auf den Kopf erhielt. Seitdem wisse er nichts mehr.

»Entweder hat einer der Gefangenen zufällig geklopft«, meinte David, »oder der Kerl hat ein Stück Holz gegen die Tür geworfen, damit du dich umdrehst.«

Dann hatte der Deserteur die Gefangenen befreit und sich wieder auf die Seite der Rebellen geschlagen.

David machte sich Vorwürfe, daß er sich schlafen gelegt hatte. Aber das half nun nichts mehr.

Die Rebellen hatten vergessen, Hansen zu fesseln, und er löste ihre Fesseln. David sagte, sie sollten alle bis auf einen schlafen, damit sie munter seien, wenn sich ihnen eine Chance böte. Er selbst übernähme die erste Wache, Tolber solle ihn nach zwei Stunden ablösen.

Lärm an Deck weckte David. Es war schon hell. Niemand hatte sich bisher um sie gekümmert.

Tolber sagte, er habe im Morgengrauen gehört, wie sie auf dem Achterdeck den Rudergänger instruierten, sie wollten sich an der Küste des Golfs von Honduras einige Tage verstecken, bis *Shannon* und *Cerberus* nach Jamaika weitergesegelt seien. Dann wollten sie durch die Florida-Straße heimwärts segeln.

David untersuchte die Kammer, hatte aber wenig Hoffnung, eine Waffe oder ein Werkzeug zu finden, denn seine Leute hatten ja bereits alles durchstöbert. Unter der Koje lagen zwei nagelneue Taue säuberlich aufgeschossen, jedes etwa zwanzig Yard lang. Da hatte wohl der Zweite Maat ein Privatgeschäft vor.

Hansen meldete, daß er noch sein Bootsmesser habe. Er

trage es nicht am Gürtel, sondern in einer am Hosenbein befestigten Lederscheide.

»Steck es über der Tür in die Wand, so daß es flach anliegt.
Dort werden sie am wenigsten suchen. Vielleicht hilft es uns
einmal.«

David hatte wenig Hoffnung, es könne unbemerkt bleiben,
daß sie nicht mehr gefesselt waren. Aber sie sollten die Hände
auf dem Rücken halten und sehen, was sich ergebe. Und jetzt
müsse man wohl an die Tür klopfen, denn wenn man ihnen
auch nichts zu essen gebe, auf die Schiffstoilette müßten sie
schon noch.

Aber die Rebellen ließen ihnen keine Chance. Wenn sie die
Tür öffneten, standen zwei Mann mit Musketen bereit. Sie
hatten nicht nur die Waffen des Enterkommandos, sondern
auch ihre eigenen aus der Waffenkiste.

Das soll mir eine Lehre sein, dachte David. Bei meiner
nächsten Prise lasse ich alle überflüssigen Waffen von Bord
schaffen oder notfalls ins Wasser werfen. Eigenartigerweise
kümmerten sich die Kerle zunächst gar nicht darum, daß sie
ungefesselt waren. Sie führten sie zum Bug, damit sie ihre
Notdurft verrichten konnten, und stellten ihnen etwas Brot
und Wasser in die Kammer.

Am nächsten Morgen lief der Schoner in eine einsame
Küstenbucht ein, in der die Rebellen ihn verstecken wollten.
Sie hörten, wie ein Boot zu Wasser gelassen wurde, wie es
zurückkehrte und Wasserfässer zum Füllen lud.

An ihrem Tagesablauf änderte sich nichts. Hin und wieder
bekamen sie Brot und Wasser, einmal auch etwas Käse. Zweimal täglich wurden sie zu den Schiffstoiletten am Bug
geführt. Die übrige Zeit blieben sie in der stickigen Kammer
eingeschlossen.

Die Wachsamkeit der Rebellen ließ keinen Augenblick
nach, während der Schoner zwei Tage in der Bucht ankerte.

Am Morgen darauf liefen sie aus. David und seine Gefährten hatten noch keine Möglichkeit gefunden, etwas für ihre
Befreiung zu tun. In dieser Nacht segelten sie durch die Yukatan-Straße nordwärts, und Davids Hoffnung sank immer mehr.

»Hofft nicht mehr auf eure Schiffe, ihr Dreckskerle! Die

sind längst in Jamaika«, verhöhnte sie der Deserteur, als sie am nächsten Morgen zur Toilette geführt wurden.

Am späten Vormittag nahmen sie östlichen Kurs auf die Florida-Straße.

Dann rief der Ausguck: »An Deck! Ein Segel Backbord querab! Es ändert Kurs auf uns.« Bald darauf: »Schiff hat drei Masten, vermutlich eine Sloop!«

David schöpfte Hoffnung. Das konnte nur eine britische Sloop sein. Der Erste Maat des Schoners ließ alle Segel setzen und nahm Kurs auf Havanna, um in spanischen Gewässern Schutz zu suchen. Aber, so entnahmen sie den Rufen an Deck, es würde knapp werden, denn der Wind wehte aus Westnordwest und war für die Rahsegel der Sloop günstiger. Sie hatte schon etwas aufgeholt und zeigte die britische Flagge.

David zermarterte seinen Kopf, was sie tun könnten. Dann kam ihm ein Gedanke: »Hansen, Tolber, Isaak, hört her! Wir nehmen die Taue, knoten sie zusammen, schlagen noch zusätzlich Knoten hinein, spleißen auch unsere alten Handfesseln dazwischen und lassen sie langsam achteraus ins Wasser. Das nimmt dem Schoner bei dieser Taulänge mindestens einen Knoten Fahrt.«

»Warum knoten wir nicht Hölzer und Beine des Schemels daran fest, Sir?« fragte Tolber.

»Dann treibt das Tau auf, und sie könnten es entdecken«, war Davids Antwort.

Zehn Minuten später ließen sie das Tau langsam zwischen den Brettern, die das Bullauge vernagelten, hindurch ins Wasser gleiten. Mit Freude merkten sie den kräftigen Zug und belegten das Tauende an einem Rumpfbalken.

Ihre Spannung wuchs, als der Ausguck meldete, daß die Sloop aufkomme. Der Erste Maat des Schoners versuchte noch eine Halse, um hart am Wind an der Sloop vorbei zu entweichen, aber deren Jagdgeschütze schossen ihm den Klüver in Fetzen, und ihre Breitseite wollte er nicht abwarten. Er ließ beidrehen.

Als die Kommandos noch nicht verhallt waren, wurde ihre Kammertür aufgerissen, der Deserteur stand da mit Pistole und Entermesser: »Euch nehme ich mit zur Hölle!«

Da krachte ein Belegnagel auf seinen Kopf, und der zweite Maat sagte zu dem Zusammensinkenden: »Ich hab' dir schon mal verklart, daß ich deinetwegen nicht an der Rahnock baumeln will!«

Sie begrüßten das Enterkommando mit Hurra, die Rebellen standen wieder finster und abweisend an der Reling. David stellte sich dem Steuermannsmaat Seiner Majestät Sloop *Lion* vor, übergab ihm den Deserteur und fragte, ob Commander Grant an Bord der Sloop sei.

»Selbstverständlich«, war die Antwort.

Davids Bitte, Mr. Grant berichten zu können, wurde erfüllt. Als er an der Schanzkleidpforte sein »Bitte an Bord kommen zu dürfen!« schmetterte, freute er sich über Grants erstaunten Ausruf: »Aber das ist doch Mr. Winter!«

David wurde herzlich begrüßt und mußte Mr. Grant ausführlich berichten. Ob es nun die Freude war, einen früheren Schiffsgefährten wiederzusehen, ob das selbständige Kommando Mr. Grant verändert hatte, David fand ihn selbstsicherer, offener, weniger förmlich und steif.

»Dann können Sie ja bestätigen, daß der Schoner länger als vierundzwanzig Stunden in Feindeshand war, Mr. Winter. Das Prisengeld geht in diesem Fall an uns, und Sie können in den Rauch gucken«, schmunzelte Mr. Grant.

»Ich bin so froh, daß Sie uns befreit haben, daß ich meinen Anteil leicht verschmerze. Meine Hoffnung war nicht mehr sehr groß«, antwortete David.

An Effizienz hatte Mr. Grant nichts verloren. Er ordnete an, den Deserteur in Eisen zu legen, die beiden Maate des Schoners auf die *Lion* zu bringen, und er gab David zusätzlich zwei Mann mit. Auf dem Wege von Pensacola nach Jamaika wolle er noch an der Südwestküste Kubas entlangpatrouillieren, während David direkt Kingston ansteuern solle.

»Und lassen Sie sich nicht noch einmal überrumpeln. Diesmal geht es um mein Prisengeld!« David versicherte, einmal sei ihm Lehre genug und ging wieder an Bord des Schoners.

Am selben Tag liefen die *Shannon* und die *Cerberus* in Kingston ein, begeistert begrüßt von den Besatzungen ihrer Prisen, die im Hafen lagen.

Herzlich war auch Admiral Brightons Begrüßung. »Sie haben auch das Glück des Tüchtigen, lieber Edward. Sie füllen uns den Hafen mit Prisen und bringen noch drei weitere mit. Da muß ich aber froh sein, daß sie vorübergehend zu mir abkommandiert wurden, so gelange ich in den Genuß des Admiralsanteils und nicht Admiral Shuldham.«

Brisbane erwiderte, daß ihm eine Prise mit einem Servant und vier Mann verlorengegangen sei, denn er sehe sie auch nicht im Hafen.

Den Admiral schien dieser Verlust nicht besonders zu treffen, er ließ sich über die Kreuzfahrt berichten und war besonders an dem Gefecht der *Cerberus* mit dem Kaperschiff *Falmouth* interessiert, das Kapitän Brisbane in allen Einzelheiten schildern mußte.

»Eine hervorragende Leistung. Ihr Leutnant muß Tapferkeit und Umsicht in besonderen Maße verbinden. Sie wissen, daß ich ihn nicht zum Commander befördern kann, aber ich könnte ihm die Stelle als Erster Leutnant auf einer Sloop geben. Das wäre ein Schritt aufwärts.«

»Ergebensten Dank«, erwiderte Brisbane, »aber ob Leutnant Haddington das selbstständige Kommando auf der *Cerberus* gern aufgeben wird?«

Das müsse dieser selbst entscheiden, meinte der Admiral und teilte Brisbane mit, daß er auch weniger angenehme Nachrichten für ihn habe. Die *Cerberus* sei auf Dauer der Jamaika-Station zugeteilt, während für die *Shannon* seit zwei Wochen der Befehl bereitliege, sofort zurückzukehren.

»Man will Boston evakuieren. Sie sollen dabei helfen. Wenn Sie Boston nicht rechtzeitig erreichen, sollen Sie Halifax anlaufen. Die Besatzung der *Cerberus* können Sie übrigens wieder auf die *Shannon* übernehmen, falls Sie Bedarf haben.«

Brisbane hatte Bedarf, und Haddington entschloß sich, das Angebot einer Stelle als Erster Leutnant anzunehmen, wozu ihm Brisbane auch riet. Mit einer neuen Mannschaft hätte er auch auf der *Cerberus* von vorn anfangen müssen. Haddington fragte Kapitän Brisbane mit Sorge, ob er etwas von David und dem Schoner gehört habe. Brisbane mußte verneinen.

Am Abend wurde Haddingtons Beförderung in der Offiziersmesse gefeiert. Der nächste Tag war auf der *Shannon* den üblichen Ritualen der Ergänzung von Proviant und Munition, den Reparaturen und Reinigungen gewidmet. Landgang war erst für den nächsten Tag nach der Musterung angesagt.

Am Abend speisten der Admiral und Kapitän Brisbane zusammen und politisierten beim Wein.

»Sie wissen, Edward, daß General Howe in Boston General Gage abgelöst hat«, sagte der Admiral. »Vielleicht wissen Sie auch schon, daß sein Bruder, Admiral Lord Howe, die Nordamerika-Station von Admiral Shuldham übernehmen soll, der gerade erst Admiral Graves ersetzt hat. Beide Brüder sind gleichzeitig ›Friedensbeauftragte‹ und sollen mit den Kolonisten verhandeln. Wie sie zur selben Zeit unsere militärischen Aktivitäten verstärken und eine friedliche Lösung fördern sollen, mag die Regierung besser beurteilen können als ich. Beide Brüder haben als Soldaten jedenfalls einen guten Ruf. Das muß man akzeptieren. Was mich aber empört, ist die Berufung von Lord George Germain als Staatssekretär für das nordamerikanische Department.«

Brisbane sah auf: »Der frühere Lord Sackville, der bei Minden im Siebenjährigen Krieg so versagt hat?«

»Eben dieser! Ein Mann, der als Generalleutnant von Glück sagen konnte, daß er nicht wegen Feigheit, sondern wegen Befehlsverweigerung aus der Armee entlassen und als unfähig für weitere militärische Verwendung erklärt wurde, ein solcher Mann bestimmt jetzt nicht nur maßgeblich die Politik gegenüber den amerikanischen Kolonien, sondern auch die militärischen Operationen der Armee. Ich bin mit der Admiralität nicht immer glücklich, aber so etwas könnte dort wohl doch nicht passieren.«

Es war ein Gespräch voller Resignation, wie so viele in dieser Phase des Krieges. Es war ein Gespräch, in dem sich Kommandeure an die Pflicht erinnerten, die sie gegenüber ihrem König und ihrem Land hatten, und in dem sie sich gegenseitig Hoffnung auf eine Wende in der Zukunft zu machen versuchten.

Zwei Tage später, die *Shannon* war schon bereit zum Auslaufen, segelte David den erbeuteten Schoner in die Bucht. Kapitän Brisbane entsandte sofort ein Boot, um sich berichten zu lassen. Er machte David keinen Vorwurf, sondern gratulierte ihm zur Errettung und zur Umsicht, die er bei der Anwendung des Taus bewiesen habe.

Haddington, der von seinem neuen Kommando erschienen war, zeigte sich erleichtert: »Jetzt kann ich mich so richtig über die Beförderung freuen.«

Als er Brisbane sagte, wie sehr er sich vorwerfe, daß er den Deserteur mit auf die Prise geschickt habe, wurde das Einlaufen der *Lion* gemeldet.

Brisbane bat Haddington, sich zu vergewissern, ob der Deserteur an Bord sei und dann sofort beim Admiral ein Kriegsgericht für diesen Nachmittag zu beantragen.

»Wir können mit dem Auslaufen nicht länger warten«, fügte er hinzu.

David mußte mit den Männern seiner Prisenbesatzung vor dem Kriegsgericht aussagen.

Das Urteil stand fest: Tod durch Erhängen!

Im Morgengrauen traten die Mannschaften auf der *Shannon* und allen anderen Kriegsschiffen im Hafen an. Trommelwirbel erklang vom Flaggschiff. Ein Kanonenschuß wurde gefeuert, und an der Rahnock baumelte ein strampelnder Körper. Dann hing er still.

David durchlief ein Schauer. Man konnte doch frösteln in der Karibik.

Der weite Weg zum Lake Champlain

In den letzten Tagen des März 1776 kreuzte die *Shannon* auf der Höhe von Kap Cod mit langen Schlägen gegen einen nordöstlichen Wind an. In ihrem Kielwasser segelten eine Brigg und ein großer Schoner als Prisen.

David saß im spärlich erleuchteten Cockpit und grübelte über einem weiteren »Kapitel« seiner Briefe an Susan und an die Verwandten in Portsmouth.

Es war schon ein sonderbarer Briefwechsel. Er schrieb in gewissen Abständen immer Fortsetzungen für seine Briefe, bis sie einen Hafen erreichten oder ein heimsegelndes Schiff trafen. Dann wurden schnell ein Schlußsatz und ein Gruß unter das umfangreiche »Werk« gekritzelt, und ab ging es.

Zu Hause schickten sie öfter kürzere Briefe los, aber sie wußten nie genau, wo er war. Mitunter traf ihn die Post am vermuteten Ort, aber viel öfter erreichte sie ihn nur nach zeitraubenden Umwegen.

Der Onkel war erfahren genug, numerierte seine Briefe und schickte zwei Kopien an verschiedene Häfen. Als David Brief sieben in Kingston erhielt, wußte er, daß Briefe fünf und sechs noch irgendwo unterwegs waren. Susan hatte die Methode nicht übernommen, und so wußte er nie, ob sie lange Pausen im Schreiben einlegte oder ob Briefe noch unterwegs waren.

Gedankenverloren strich David über die tiefe Rille an der einen Ecke des Tischs. Er erinnerte sich, daß sie ihm bereits am ersten Tag an Bord aufgefallen war, weil sich in ihr immer die Krümel ihres Hartbrotes sammelten. Was hatte sich nicht alles geändert auf der *Shannon*? Die Besatzung war fast zur Hälfte ausgetauscht durch den Abgang von Prisenbesatzungen und den Zugang von Freiwilligen, Genesenen aus Hospitälern und durch Prisenbesatzungen anderer Schiffe.

Mr. Morsey war ein umgänglicherer Erster Leutnant, aber David mußte zugeben, daß Mr. Grants Kompetenz und Genauigkeit dem Schiff manchmal fehlten.

Im Cockpit war mehr Raum jetzt, da einige befördert, andere als Prisenkommandanten unterwegs und einige gefallen waren. David dachte mit Wehmut an Richard Baffin, den ersten Freund, den er sterbend gesehen hatte. Und an den kleinen John, der in seinen Armen gestorben war.

Matthew Palmer war aus der Freundesrunde geblieben, und Andrew Harland war hinzugekommen. Matthew würde wohl bald zum Midshipman ernannt werden, Harry Simmons, fast sechzehn Jahre alt, war es schon.

Wo mochte Charles Haddington jetzt stecken, dem er so viele Fertigkeiten und Erfahrungen verdankte?

David riß sich aus seinen Gedanken. Die Briefe mußten geschrieben werden! Aber es hatte sich ja auf der vierwöchigen Fahrt aus der Karibik in den Norden nicht viel ereignet. Widrige Winde hatten ihr Vorankommen verzögert, ein plötzlicher Sturm hatte sie fast bis zu den Bermudas abgetrieben.

Fünf Prisen hatten sie genommen. Drei waren morsche, alte ›Kähne‹, so daß der Kapitän sie nach Umstauen wertvoller Ladung und Waffen versenken ließ.

Das Wiedereinleben an Bord der *Shannon* war nach der Unabhängigkeit auf der *Cerberus* ein wenig sauer gewesen. Aber er war ja kein Neuling mehr und wurde als Offiziersanwärter anerkannt.

Andrew Harland sah in ihm so etwas wie einen größeren Bruder. Und für Mr. Hope, den Master, war er eine Art

Lieblingsschüler. Davids Begabung und Neigung für Navigation wurden von ihm kräftig gefördert. Er wollte, daß er in einem Jahr das Examen als Steuermannsmaat ablegen sollte. Sogar Dick Stradley, dieses Ekel von einem Bootsmannsmaat, behandelte ihn unterwürfig.

»Fertigmachen zum Wachwechsel!« mahnte Nesbit Gregs Stimme.

David verschloß sein Tintenfäßchen, wickelte die Feder ein, verstaute sie mit den angefangenen Briefen in der Seekiste und nahm sich vor, bei nächster Gelegenheit konzentrierter an den Briefen zu arbeiten.

Boston empfing sie mit den Schauern der ersten Apriltage. Kapitän Brisbane näherte sich vorsichtig der Einfahrt, aber es hätte nicht voreilig abgefeuerter Schüsse bedurft, um ihm zu zeigen, daß Boston bereits von den Briten geräumt war.

David starrte mit Abneigung auf die ferne Stadt und den Hafen. Er hatte viele unangenehme Erinnerungen an ihren ersten Aufenthalt. Warum mußten so viele bei Breeds und Bunker Hill sterben, wenn die Stadt nun doch aufgegeben wurde? Der Colonel hatte doch damals schon gesagt, daß die Stadt nicht zu halten wäre.

Die Generäle und Admiräle schienen nicht halb so fähig zu sein, wie sie immer taten. Leute wie Kapitän Brisbane sollten das Kommando haben.

David respektierte ihn sehr.

»Wenn Sie nicht mehr träumen, Mr. Winter, würden Sie dann bitte den Prisen signalisieren, daß wir mit Kurs Ostnordost ablaufen?« Das war Kapitän Brisbane.

»Aye, aye, Sir, Signal Kurs Ostnordost.« Das bißchen Ironie tat nicht weh, und er hatte ja wirklich geträumt. David zog das Ölzeug in dem kalten Aprilschauer fröstelnd enger zusammen. Der warme Regen in der Karibik war doch angenehmer. Aber jetzt lag Neu-Schottland querab.

»An Deck! Kanonendonner voraus!« Der Ausguck hatte anscheinend nicht nur gute Augen. David sah hinauf. Isaak war es, der freigelassene Sklave aus Saint Augustine.

Was muß der arme Kerl erst frieren! dachte David.

Der Wachoffizier hatte sich zum Bug begeben und lauschte angestrengt nach vorn. Er schickte Andrew als Läufer zum Kapitän: »Zwei bis drei Schiffe im Gefecht voraus, maximal Neunpfünder, Sicht zur Zeit nur ein bis zwei Seemeilen.«

Andrew wiederholte die Meldung und sauste los. Der Kapitän ging nach vorn, lauschte und gab dem Wachoffizier Recht. Es seien zwei bis drei Schiffe, kleiner als Fregatten. Er schätze die Entfernung auf drei bis vier Seemeilen.

Brisbane ordnete an, mehr Segel zu setzen. Die Prisen sollten sich in gutem Abstand leewärts postieren.

Zehn Minuten später rissen die Schauerwolken kurz auf und ließen in zwei Seemeilen Abstand zwei größere Schoner erkennen, die eine Dreimastbark angriffen. Einer der Schoner schien zum Entern anlegen zu wollen. Dann waren wieder die Schauer dazwischen.

»Klarschiff«, befahl der Kapitän. »Haltet die Kartuschen und Zündrohre gut trocken!«

Mit der Uhr in der Hand verfolgte Mr. Morsey, wie die Männer auf ihre Stationen eilten.

»Klarschiff, Sir, in etwas unter zehn Minuten.«

»Sehr gut, Mr. Morsey! Was halten Sie von dem Gefecht vor uns?«

»Wahrscheinlich greifen zwei Kaperschiffe ein britisches Transportschiff an.«

Der Kapitän war auch dieser Meinung. Es müsse aber ein bewaffneter Transporter sein, denn sonst hätte es ja kein Geschützduell gegeben.

»Wir müssen sie auch bei diesem Wetter jede Minute sichten«, meinte er.

Da waren sie!

Zwei Schoner lagen längsseits der Bark, an deren Bord ein erbitterter Kampf tobte. Der Abstand betrug nur knapp eine Seemeile.

»Backbordbatterie doppelte Ladung. Wir kreuzen hinter dem Heck der drei Schiffe in etwa einhundert Yard Entfernung. Jedes Geschütz feuert einzeln, wenn es sicher ist, einen Schoner und nicht die Bark zu treffen. Auf den Rumpf halten. Sofort nachladen!« rief der Kapitän durch sein Sprachrohr.

Schweigend liefen sie auf den Tumult zu. Auf einem Schoner war anscheinend ihre Ankunft bemerkt worden. David sah, wie einige Männer sich bemühten, die Enterer zurückzuholen, um Segel zu setzen.

Brisbane ließ das Ruder herumlegen und die Segel neu trimmen. Im Bogen näherten sie sich dem Kampf. Der Schoner, der an der Steuerbordseite der Bark angelegt hatte, warf jetzt los, ohne Rücksicht auf Enterer, die noch auf der Bark kämpften.

Aber die *Shannon* war heran.

»Ziel auffassen. Einzelfeuer frei!«

In krachendem Stakkato feuerte die Batterie. Am Heck der beiden Schoner zeigten gähnende Löcher die Einschläge. Wieder kam das Ruder herum, und sie würden in Kürze die Schiffe längsseits passieren.

»Drehbassen und Musketen feuern nach Zielauffassung. Backbordbatterie Salve auf Kommando. Tief auf den Rumpf halten!«

Der Schoner war etwa zehn Yards von der Bark abgekommen und setzte Segel. Hastig wurden drüben Geschütze geladen und ausgerannt.

Die Musketen und Drehbassen der *Shannon* hielten dazwischen.

»Backbordbatterie – Feuer!«

Die Breitseite der *Shannon* donnerte los und hob den Schoner fast aus dem Wasser. Der Rumpf war an mehreren Stellen zerfetzt, und der Schoner legte sich auf die Seite.

»Mr. Hope, bringen Sie uns bitte auf dem anderen Bug vor der Bark herum. Ich nehme an, der andere Schoner wird zu fliehen versuchen.«

Als die *Shannon* einhundert Yard vor der Bark kreuzte, sahen sie, daß auch der andere Schoner abgelegt hatte und in zweihundert Yard Entfernung Segel um Segel setzte. Er wollte in spitzem Winkel vor ihnen weglaufen.

»Heute hat die Backbordbatterie alles zu tun«, sagte Brisbane.

Von drüben heulten zwei oder drei Kugeln heran und schlugen in Rumpf und Rigg der Fregatte. Dann donnerte wieder die Backbord-Salve los. David taten die Männer auf dem Schoner leid. Sie hatten ja keinerlei Chance, nachdem sie von einem überlegenen Gegner beim Entern überrascht worden waren.

»Legen Sie das Schiff auf den anderen Bug, Mr. Hope. Wir wollen ihn noch mal von achtern bestreichen.«

Nach dieser Salve wurde drüben die Flagge eingeholt.

»Feuer einstellen. Mr. Kelly, setzen Sie bitte mit einem Enterkommando in der Barkasse über. Wir segeln zur Bark und zum anderen Schoner zurück.«

Der andere Schoner sank, und sie setzten ihre Boote aus, um die Überlebenden zu retten. Von der Bark kam ein Boot, und ein Marineleutnant stieg an Bord der *Shannon*. Auf dem Achterdeck meldete er sich beim Kapitän.

»Leutnant Hedson, Kommandant des bewaffneten Transporters *Diane*, Sir. Sie haben uns in letzter Minute gerettet, Sir.«

»Brauchen Sie etwas ganz dringend, Mr. Hedson?« fragte Brisbane.

»Einen Arzt, Sir, wenn das möglich ist. Wir haben viele Verwundete.«

Der Kapitän ersuchte den Ersten Leutnant, Mr. Lenthall überzusetzen, sobald er die Verwundeten der *Shannon* versorgt habe. Dann bat er Leutnant Hedson in seine Kajüte.

»Setzen Sie sich erst einmal, Mr. Hedson. Der Steward wird uns ein Glas Wein bringen, und Sie berichten mir bitte.«

Leutnant Hedson erzählte, daß sein Schiff an der Räumung Bostons am 17. März beteiligt gewesen war. Neben Armeematerial habe er etwa fünfzig Loyalisten und einen Zug Infanterie von der Nachhut an Bord.

»Warum sind Sie jetzt erst hier, Mr. Hedson, wenn schon am 17. März geräumt wurde? Wieso übrigens so früh?«

Hedson berichtete, daß die Lage in Boston unhaltbar geworden sei, nachdem General Washington am 4. März Batterien auf den Höhen von Dorchester aufgestellt habe. Nach der Räumung hätte die Flotte mit etwa einhundertsiebzig Schiffen noch zehn Tage vor dem Hafen in der Nantasket

Road gelegen, um Versprengte aufzunehmen. Nachdem sie dann endlich gesegelt seien, sei seinem Schiff am vierten Tag in einer Bö der Großmast gesprungen. Bei der Reparatur hätten ihn die Schoner überrascht.

»Wir haben sie uns eine Weile vom Leibe gehalten. Aber mit meinen sechs Sechspfündern hatte ich keine große Chance. Der eine Schoner hatte zwölf, der andere sechzehn Sechs- bis Neunpfünder. Als sie enterten, haben wir ihnen einen heißen Empfang bereitet. Auf den Zug Infanterie waren sie nicht vorbereitet, und zwanzig Herren von den Loyalisten haben auch bravourös gekämpft«, berichtete der Leutnant.

»Wie hoch sind ihre Verluste, Mr. Hedson?«

Nach den ersten Berichten gehe er von sechs Toten und zehn bis zwölf Verwundeten aus. Er könne die Bark aus eigener Kraft wieder segelfertig herrichten, erwiderte Hedson auf die entsprechende Frage. Er habe nur Probleme, weil seine gesamte Signalmannschaft durch einen Volltreffer ausgefallen sei.

»Ich schicke Ihnen jemanden, aber jetzt werden Sie sich wieder um Ihr Schiff kümmern wollen, und ich muß sehen, was wir mit dem zweiten Schoner anfangen.«

Nach Mr. Kellys Bericht war der zweite Schoner nicht segelklar. Die Salven hätten den Stumpf des Großmastes so angeschlagen, daß er keine Segel tragen könne. Der Rumpf könne behelfsmäßig abgedichtet werden. Mit ständigem Pumpen sei das Schiff zu halten.

»Dann nehmen wir den Schoner in Schlepp. So kurz vor Halifax will ich hier nicht noch tagelang mit Reparaturen auf See bleiben. Veranlassen Sie bitte das Notwendige. Und kommandieren Sie bitte Mr. Winter auf die *Diane* ab. Die brauchen jemanden zum Signalisieren, und er kommt ja ganz gut damit zurecht.«

David nahm seine wichtigsten Sachen, seine Waffen und seine Kladde mit den Standardsignalen und ließ sich mit dem Boot übersetzen, das den Schiffsarzt danach an Bord des Schoners bringen sollte.

»Wollen Sie mich ablösen, Mr. Winter?« scherzte Mr. Lenthall erschöpft und ein wenig resignierend, angesichts dessen, was ihn noch erwartete.

»Das kann ich leider nicht, Sir. Ich soll nur signalisieren.«

»Die Signale, die ich gerne sehen würde, setzen Sie ja doch nicht.«

»Was wäre das denn, Sir?« fragte David.

»Kurs auf England! Keine Kranken!« antwortete der Schiffsarzt und verabschiedete sich mit einem Nicken.

David meldete sich bei Leutnant Hedson und sah den Bestand an Signalflaggen durch. Für seine Hängematte war nur wenig Platz in der Messe. Er verstaute seine Sachen, ging an Deck und beobachtete, wie eine dicke Trosse von der *Shannon* zum Schoner gebracht wurde.

In seiner Nähe stand ein älterer, mittelgroßer, kräftiger Zivilist, der den Arm in der Binde trug. Mit zwei Damen, Frau und erwachsene Tochter offenbar, sah auch er dem Manöver zu.

Bald darauf trat er zu David. »Sind Sie von der Fregatte, Sir?«

Als David bejahte, stellte er sich als Mr. Welsh vor und wollte David gewissermaßen stellvertretend für die Besatzung der Fregatte für die Rettung danken. Frau und Tochter schlossen sich an.

David sagte, er würde den Dank übermitteln und erkundigte sich nach der Wunde.

»Nur ein winziger Kratzer«, wehrte Mr. Welsh ab. »Als ihr Schiffsarzt die Wunde mit einer Alkoholtinktur behandelte, hat das mehr weh getan als beim Beschuß.«

»Ja«, lächelte David, »unser Arzt ist sehr gewissenhaft und beugt Entzündungen vor.«

Am nächsten Morgen hellte sich das Wetter auf. Die Sonne war zu sehen, aber sie wärmte nur wenig. David hatte das Signal abgelesen »Arzt an Bord nehmen« und es weitergegeben, als Mr. Welsh zu ihm trat und eine Unterhaltung begann.

Er erkundigte sich nach den bisherigen Fahrten der Fregatte, und David berichtete über ihre Erlebnisse in der Chesapeake Bay, bei Saint Augustine und in der Karibik.

»Da haben Sie mehr von unseren Kolonien gesehen als

ich«, sagte Mr. Welsh. Über Philadelphia im Süden und Halifax im Norden sei er nicht hinausgelangt.

Mr. Welsh war ein angenehmer, freundlicher Gesprächspartner. Er war Zollbeamter in Salem gewesen, hatte sich vor zwei Jahren pensionieren lassen und ein Haus in Boston gekauft.

David war neugierig geworden. »Würden Sie es für aufdringlich halten, Sir, wenn ich Sie frage, warum Sie Ihr Hab und Gut verlassen haben und mit unserer Armee aus Boston flüchten.«

»Keineswegs«, erwiderte Mr. Welsh, »wie mir ergeht es vielen, und ich habe nichts zu verschweigen.«

Als Zollbeamter mußte er Verordnungen durchsetzen, von deren Sinn er nicht immer überzeugt war. Er konnte den Aufruhr gegen einige Steuern und Zölle anfangs schon verstehen. Dann erkannte er aber, daß es vielen Wortführern des Aufstandes gar nicht um Steuern, Zölle oder Freiheiten, sondern allein um ihre Vorteile und ihre Profilierung ging.

»Sehen Sie, Mr. Winter, als Zollbeamter wußte ich viel über die Geschäfte einiger reicher Kaufleute. Sie hoffen, ihr Geschäft verdoppeln zu können, wenn sie die britischen Handelsbeschränkungen los sind. Die Hoffnung ist wahrscheinlich berechtigt. Aber dieses Interesse hinter Freiheitsphrasen zu tarnen, das finde ich nicht anständig. Oder nehmen Sie jene Anwälte, denen die geordneten, ruhigen Verhältnisse einer friedlichen Kolonie zu langweilig waren. Sie stellten sich mit ihrem unsteten, geltungsbedürftigen Charakter an die Spitze des Protestes, genauso, wie sie sonst die ersten bei einer neuen Modetorheit waren! Wie soll mich eine solche Haltung überzeugen? Ich bin zu alt und zu solide, um davor Achtung zu haben.

Das soll nicht heißen, daß alle Rebellen so wären. Keinesfalls! Ich kenne hochanständige, aufrechte Männer, die zuerst an den König um Abstellung der Mißstände appellierten und dann Schritt um Schritt durch unkluge Maßnahmen der Regierung auf den Weg des Widerstands getrieben wurden. Bei diesen Männern wäre ich gern geblieben, Mr. Winter. Aber ich erhalte meine Pension von der britischen Regierung.

Und General Washington drängt mit aller Kraft darauf, daß die sogenannten ›Parteigänger‹ der Briten in ihren Rechten und Besitzungen eingeschränkt werden. Es wird nicht lange dauern, und man wird jene enteignen, die nicht für die Rebellion sind. Ja, so ist es! Im Namen der Menschenrechte sind sie tyrannischer als der sogenannte ›Tyrann‹ auf dem Thron.«

Sie liefen hinter der *Shannon*, die den Schoner an der Trosse hatte, und den beiden Prisen in den Hafen von Halifax ein. David hatte bei der Annäherung mit einiger Sorge auf die hochragende Felsenküste geblickt, die die enge Einfahrt säumte, aber der Wind war günstig und der Lotse sicher.

Dann öffnete sich die lange Bucht des Hafens, und sie sahen nicht nur die meisten der aus Boston eingetroffenen Transporter, sondern auch viele Kriegsschiffe.

Admiral Shuldhams Flagge wehte auf einem Zweidecker mit fünfzig Kanonen, und die *Shannon* begann, ihren Salut zu feuern. Die *Diane* erhielt Befehl, an der Pier in Höhe der Zitadelle anzulegen, während die Prisen in Nähe der Georges-Inseln ankerten.

David bat Leutnant Hedson um Erlaubnis, zur *Shannon* zurückkehren zu dürfen, was ihm mit Dank für seine Dienste gewährt wurde. In dem Trubel, der an Deck entstand, als die Flüchtlinge nach Verwandten auf der Pier suchten und als die ersten Besucher an Bord eilten, sah David noch einmal Mr. Welsh und verabschiedete sich von ihm.

Kapitän Brisbane mußte sich im Gebäude des Hafenadmirals melden, wo Admiral Shuldham seinen Stab einquartiert hatte. Er gab dem Flaggleutnant die Depeschen und seinen Bericht und mußte warten. Brisbane hatte wenig Talent, geduldig zu warten, und als seine Ungeduld in Ärger umzuschlagen begann, ließ ihn der Admiral rufen.

»Willkommen, Kapitän Brisbane, ich habe nur schnell einen Blick auf die Depeschen und ihren Bericht geworfen. Mir ist lieber, wenn ich gleich weiß, was noch mündlich zu erörtern ist. Admiral Brighton spricht mit höchstem Lob von Ihnen und bittet um Ihre Versetzung zu seinem Kommando … Ja, was ist denn?« unterbrach er sich ungeduldig, als es hinter ihm hüstelte.

»Ach so, die Getränke! Nehmen Sie einen Port oder einen Claret, Brisbane? Also, eine Versetzung ist bei dem Mangel an Fregatten ganz unmöglich. Mein Vorgänger hat mir außer dem alten Flaggschiff sieben Fregatten, elf Sloops und fünf Schoner hinterlassen und drei Linienschiffe mit nach England genommen. General Howe plant eine Landung in den Kolonien und braucht dazu die Flotte. Außerdem sollen wir die ganze Küste blockieren. Aber das wissen Sie ja selbst. Ich kann Sie unmöglich entbehren. Das werden Sie verstehen.«

»Selbstverständlich, Sir« stimmte Brisbane zu, ehe der Admiral über das sprach, was er seine drängendste Sorge nannte.

»Sie wissen wahrscheinlich, daß Quebec von den Rebellen belagert wird. Gouverneur General Carleton hat am 31. Dezember einen Angriff abgewehrt. Soweit wir wissen, hält die Stadt noch aus. Aber sobald das Wetter es zuläßt, werden die Rebellen Verstärkung schicken. Fällt Quebec, ist Kanada verloren. Wir haben im Spätherbst keine Verstärkung mehr entsenden können und müssen jetzt so schnell wie möglich handeln. Ende April kann der Sankt Lorenz eisfrei werden. Aus England ist Kapitän Douglas mit Verstärkung bereits unterwegs. Ihm soll General Burgoyne einige Wochen später mit hessischen Söldnerregimentern folgen. Ich werde in spätestens zwei Wochen die Fregatte *Niger* mit Transportschiffen entsenden, welche die Truppen des 47. Regiments aufnehmen. – Aber Sie trinken ja gar nicht«, unterbrach er sich und hob sein Glas: »Verderben den Feinden Englands!«

»General Carleton braucht auch Seeleute«, fuhr er nach kurzer Pause fort. »Die meisten Rebellen sind das Tal des Hudson entlang über den Lake Champlain gekommen, und der Gegenangriff wird den gleichen Weg gehen müssen. Das heißt, sie brauchen Schiffe, um den See freizukämpfen, und Schiffe, um die Armee zu transportieren. Ich muß von jedem größeren Schiff eine Abteilung abordnen. Die *Shannon* muß zwölf Mann stellen, vor allem Zimmerleute, Schmiede, Segelmacher. Noch etwas! Im Stab der Armee hat jemand vorausgedacht, was selten genug ist, wie wir wissen, und angenommen, daß Verständigungsschwierigkeiten mit den Hessen auftreten könnten. Alle deutsch sprechenden Seeleute und Offiziere sind abzuordnen.«

»Ich habe einen Servant aus Hannover«, bemerkte Kapitän Brisbane.

»Aber wir können General Carleton doch keine Kinder schicken.«

»Er ist knapp fünfzehn, Sir, und hat sich in den Kämpfen bewährt. Er wird uns keine Schande bereiten«, verteidigte Brisbane seinen Vorschlag.

Der Admiral schien beruhigt. »Nun gut. Ich erwarte die *Shannon* in spätestens einer Woche auslaufbereit. Dann meldet sich Ihr Kommando beim Kapitän der *Niger*.«

Nachdem der Admiral gesagt hatte, was ihm wichtig erschien, wurde er zunehmend einsilbiger, und Brisbane bat, sich entfernen zu dürfen.

David erfuhr durch den Ersten Offizier von seiner Abkommandierung und war überrascht, enttäuscht und ärgerlich. Er hatte sich wieder so gut eingewöhnt und sollte erneut herausgerissen werden. Er wollte Marineoffizier werden und sollte jetzt Landdienst tun. Aber seine Bitten und Argumente wurden kurz abgeschnitten. »Wissen Sie, wer noch deutsch spricht?«

»William Hansen, Sir, Toppgast am Fockmast.«

»Gut, er muß auch mit. Der Kapitän will Mr. Hamond das Kommando unserer Abteilung geben. Sprechen Sie mit ihm über die Vorschläge, die Sie mir dann vorlegen.«

»Aye, aye, Sir.«

Mit Hansen gingen Greg Miller, der Kanadier und der Neger Isaak. Sieben Handwerker kamen dazu. Sie erhielten Musketen, Messer, einen Sack aus Segeltuch, der über der Schulter getragen werden konnte und neben ihrer sonstigen Habe eine Wolldecke enthielt. Mr. Morsey überprüfte, daß sie anständige Kleidung hatten.

Die Mannschaften sahen der Abordnung freudiger entgegen als Hamond und David. Neben der Abwechslung war es die Aussicht, der strengen Borddisziplin zu entgehen, abwechslungsreicheres Essen zu bekommen und leichter an Schnaps und Frauen zu gelangen, die sie erwartungsfroh stimmte.

»Wartet nur ab«, sagte der Kanadier, »an Land können sie nicht hinter jeden Baum und Strauch einen Maat stellen, der uns kontrolliert. Kanada ist ein herrliches Land, und ich kenne mich da aus. Was wir brauchen, werden wir uns organisieren«, und er zwinkerte vieldeutig.

Unmittelbar vor dem Auslaufen der *Shannon* und Davids Übersiedlung auf den bewaffneten Transporter *Niobe* wurden in der Offiziersmesse noch die bestandenen Leutnantsexamen von Hugh Kelly, Nesbit Greg und James Hamond gefeiert.

Mr. Kelly war bereits diensttuender Leutnant und würde in Kürze seine Kommission erhalten. Die beiden anderen mußten warten, bis sie auf eine freie Stelle berufen wurden. Erleichtert und vom Wein beschwingt, amüsierten sie sich über die Prüfung, der sie mit viel Bangen entgegengesehen hatten.

Nesbit imitierte einen älteren Kapitän, der ihn mit piepsender Stimme gefragt habe: »Sie treiben vor Topp und Takel und sollen halsen. Was tun Sie, Sir?«

James stieß Mr. Kelly an: »Ein Glück, daß er mich das nicht gefragt hat.«

»Und was haben Sie geantwortet, Mr. Greg?« wollte der Kapitän wissen.

»Ich habe gesagt, daß ich eine lange Trosse an einer Boje vertäue und Boje und Trosse an der Leeseite des Achterdecks herauslasse, bis das Schiff auf dem Achtersteven herumgedreht ist und vor dem Wind liegt.«

»Richtig«, sagte Brisbane, »man kann es auch durch Brassen der vorderen und achteren Marsrahen erreichen, aber das hat seine Gefahren.«

»Eine Frage konnte ich nicht beantworten«, räumte Hugh Kelly ein.

Er mußte sie wiedergeben.

Ihm sei gesagt worden, führte Kelly aus, der Sturm treibe sein Schiff in einer engen Bucht auf die Felsenküste zu, was er dann tun würde. Auf seine Antwort, er würde wenden mit

Ankerkappen, also Clubhaulen, habe ihm der Kapitän gesagt, daß das Schiff die Buganker verloren habe. »Da wußte ich nicht mehr weiter.«

»Kennen Sie nicht das Vaterunser, Mr. Kelly?« fragte der Master.

»Doch, wieso?«

»Nun, in einer solchen Lage können sie nur noch beten«, lächelte Mr. Hope.

Kelly faßte sich an den Kopf: »Ach, darum hat Kapitän Martiner immer die Hände gefaltet.«

David fiel in das Gelächter der anderen ein. Dann wurde ihm wieder bewußt, daß er diese Gemeinschaft künftig entbehren müsse, und eine leise Angst vor dem Ungewissen krampfte seinen Magen zusammen.

Der Bootsmann des bewaffneten Transporters *Niobe* hatte die Shannons empfangen, denn der Kapitän, ein älterer Leutnant, war mit seinem Stellvertreter an Land, um die letzten Befehle zu empfangen, da morgen die Truppen eingeschifft werden sollten. Dann werde es sehr eng.

Hamond und David wurden in der Messe der Maate untergebracht, die Mannschaften hatten einen kleinen Verschlag im Vorschiff. Die Kammern waren für Offiziere des 47. Infanterieregiments reserviert.

Hamond und David gingen an Deck, um das Auslaufen der *Shannon* zu beobachten und ihren Kameraden zuzuwinken.

»Sie fahren Aufklärung vor New York. Viele sagen, dort solle in Kürze gelandet werden«, berichtete Hamond.

Dann hörten sie, wie der Bootsmannsmaat Seite pfiff, eine Gruppe älterer Seeleute so etwas wie eine Wachaufstellung an der Fallreeppforte veranstaltete und der Kommandant an Bord kam.

Kurz darauf ließ er sie in seine Kajüte rufen. Leutnant Fincham war alt, grauhaarig und griesgrämig. Er bot ihnen keinen Platz an, geschweige denn ein Getränk und beantwortete ihre Meldung mit einem undefinierbaren Knurren.

»Wenn ich wieder an Bord komme, erwarte ich, daß Sie zur Begrüßung antreten. Seeleute an Bord sind für mich keine Passagiere, sondern werden in die Besatzung eingegliedert. Sie übernehmen Wachen und alle sonstigen Pflichten. Die schönen Tage der Prisenjagd im Süden sind vorbei. Jetzt können Sie mal den Alltag der Flotte kennenlernen. Wie haben Sie es übrigens geschafft, der Rebellenflotte auszuweichen?«

David und Hamond verstanden nicht, was er meinte.

»Nun, soeben hat der Admiral Nachricht erhalten, daß eine Flotte von sieben Rebellenschiffen Nassau auf den Bahamas geplündert hat und von dort am 17. März nach New London abgesegelt ist, wo sie Anfang April eingetroffen sein soll. Das war doch auch Ihre Route und Ihre Zeit?«

Beide versicherten wie aus einem Munde, daß die *Shannon* keine Flotte gesichtet habe.

»So, so«, äußerte Leutnant Fincham bedeutungsvoll, »die Sloop *Glasgow* mit ihren nur zwanzig Geschützen ist der feindlichen Flotte nicht aus dem Wege gegangen und hat sie tüchtig beharkt, bevor sie entkam.«

»Sir, wollen Sie damit andeuten …?« brauste Hamond auf

Aber Fincham fiel ihm ins Wort: »Gar nichts will ich andeuten! Nehmen Sie sich mir gegenüber gefälligst nicht einen solchen Ton heraus, sonst gehen Sie gleich am ersten Tag doppelte Wache. Und jetzt treten Sie ab. Ihre Wacheinteilung wird Ihnen bekanntgegeben.«

Der Bootsmann sah ihre wütenden Gesichter und sagte: »Nehmen Sie es nicht tragisch, meine Herren. Mr. Fincham ist ein alter, kranker und verbitterter Mann. Die Gicht plagt ihn furchtbar, aber er kann den Dienst nicht quittieren, weil er jeden Penny braucht, um seine kranke Schwester in Liverpool zu unterstützen. Er ist nicht gut auf junge Herren von Fregatten zu sprechen, die die Taschen voller Prisengeld haben.«

»Wir werden an Ihre Worte denken, Mr. …«

»Serres, Sir«, fiel der Bootsmann ein.

»Also gut, Mr. Serres, aber wenn jeder Offizier seine Probleme an seinen Mitoffizieren und der Mannschaft auslassen würde, dann wäre die Flotte bald ein Tollhaus.«

Der alte Bootsmann sagte leise: »Erlauben Sie einem alten

Mann die Bemerkung, meine Herren, daß Sie bisher auf einem sehr glücklichen Schiff gedient haben müssen.«

Das merkten nicht nur die beiden, sondern auch die Seeleute der *Shannon* in den nächsten Tagen. Sie waren auf einem glücklichen Schiff gesegelt. Jetzt erlebten sie zwar keine »schwimmende Hölle«, von der alte Fahrensleute immer wieder mit Entsetzen erzählten, aber ein Schiff, bei dem Trübsinn und Mißmut an jeder Planke zu kleben schienen.

Sie konnten Leutnant Fincham nichts recht machen. Immer wieder mäkelte er an ihnen herum und forderte süffisant, daß sie sich an den normalen Alltag der Flotte gewöhnen und dabei Zuverlässigkeit und Sorgfalt beweisen sollten.

David ließ er zwei Wachen nacheinander auf dem Ausguck ausharren, weil ein Knopf an seiner Jacke offen war. Hamond mußte vierundzwanzig Stunden Wache gehen, weil ein Wischer in der von ihm betreuten Steuerbordbatterie Schmutzreste aufwies.

Einmal war David ein kleiner Triumph vergönnt. Mr. Fincham zweifelte seine Eintragung auf der Karte an und war überzeugt, daß sie Kap Canso schon achteraus gelassen und bei diesem Kurs bald auf Kap Argos auflaufen müßten. Als die Wolken kurz aufrissen, lag Kap Canso Backbord voraus. David blickte ostentativ schräg nach vorn, und der Leutnant brummelte nur vor sich hin. Aber was man auch gegen Fincham sagen mochte, er war trotz dieses Irrtums ein erfahrener und guter Seemann. Er hatte dem Kapitän der *Niger* dazu geraten, durch die Straße von Canso und durch die Northumberland-Straße zu segeln, um den großen Eisfeldern im Golf des Sankt-Lorenz-Stroms zu entgehen.

Wie recht er hatte, erfuhren sie dann in Quebec von Kapitän Douglas, der sich mit der *Iris* durch die Eisfelder hatte kämpfen müssen und neun Tage eingeschlossen war. Nein, Fincham kannte den Sankt Lorenz.

Damit Eisschollen nicht den Rumpf beschädigten, standen Wachen mit Fendern und langen Stangen bereit. Am Bug hatte er eine Art gefütterter Schürze befestigen lassen. Zusätzlich hingen am Bugspriet einige dicke Hölzer, die schnell gefiert werden konnten, um den Aufprall zu mildern.

Eine angenehme Fahrt war es dennoch nicht. Das Schiff war überfüllt, und bis sie in den Strom einliefen, litten die Infanteristen sehr unter Seekrankheit. Im Strom spürten sie dann die Kälte um so mehr. Wenn das Deck einmal frei war von Regen-, Schnee- oder Graupelschauern, dann trieben die Sergeanten die Truppe an Deck und übten mit ihr Ladedrill und Griffe.

Ein junger Leutnant hatte sich mit David etwas angefreundet und führte ihn in die Kunst des Florettfechtens ein.

»Aber Jonathan«, hatte David nach kurzer Zeit gesagt, »was soll ich mit diesen kunstvollen Stellungen und Volten. Wenn es zum Enterkampf kommt, gibt es bei uns nur Hieb und Stich, so schnell und so kräftig wie möglich.«

»Lieber David«, belehrte ihn sein Freund, »bevor du Admiral wirst, könntest du ja einmal ein Duell mit dem Degen ausfechten müssen. Spaß beiseite, glaube nur nicht, daß ich im Nahkampf herumhopse wie ein florentinischer Fechtmeister. Aber je besser du alle Möglichkeiten von Säbel, Degen, Florett kennst, desto geschulter sind Hand und Auge, und du kannst auch im groben Kampf geschickter reagieren.«

David ließ sich überzeugen und übte, wenn das Wetter es erlaubte. Oft genug rief ihn Leutnant Finchams mürrische Stimme weg zu irgendwelchen Arbeiten.

Sie passierten die Insel Verte, sandten einige Tage später bei Kamouraska ein Boot an Land und erfuhren, daß die *Isis*, ein Fünfzig-Kanonen-Schiff, die Fregatte *Surprise* und die Sloop *Martin* zwei Tage vor ihnen den Fluß hinaufgesegelt wären. Sofort setzten sie die mühselige Fahrt fort.

Immer erbitterter wurde der Kampf mit treibenden Eisschollen und widrigen Winden. Manchen Tag mußten sie Eis von Rahen und Blöcken abschlagen, um segeln zu können.

Aber am 8. Mai lief die *Niger* mit ihren drei Transportern nach schwieriger Durchfahrt durch die Traverse in den Hafen von Quebec ein. Die Bastionen, *Isis* und die anderen Schiffe erwiderten ihren Salut. Die Stadt war beflaggt und im Freudentaumel. Vor zwei Tagen war die Belagerung durchbrochen worden.

David beobachtete die Ausschiffung der Truppen und sah

hinauf zu den Höhen über der Stadt, die der legendäre General Wolfe vor sechzehn Jahren um den Preis seines Lebens den Franzosen entrissen hatte. Wieder dröhnte Salut, und David sah zu seinem Erstaunen, wie ein mächtiger Ostindiensegler in den Hafen einlief. Leutnant Pringle brachte die *Lord Howe* mit Nachschub aus England. Die Stadt war geschäftig wie ein Bienenstock. Die Soldaten, kaum ausgeschifft, wurden Richtung Montreal in Marsch gesetzt. Und dann folgte auch schon der Befehl für die Abteilung der *Shannon*, sich bei Leutnant William Twiss in Drummonds Werft zu melden.

Twiss war ein energischer Ingenieuroffizier, der Mr. Hamond ihre Aufgaben erklärte.

»Mit den bereits gelandeten und den angekündigten Verstärkungen müssen wir Montreal zurückerobern und die Rebellen aus Kanada verjagen. Der Transportweg für die Armee ist der Sankt-Lorenz-Strom. *Surprise* und *Martin* sind bereits flußaufwärts unterwegs, um Rebellenschiffe zu verjagen oder an den Ufern flüchtende Truppen zu beschießen. Das Eis wird die Fahrt der beiden Schiffe in den nächsten Wochen noch behindern. Für den Armeetransport ergibt sich durch die Stromschnellen vor Trois Rivières ein großes Problem. Die Schiffe können die Untiefen nur überwinden, wenn sie entladen sind. Truppen und Material müssen also am Ufer in Richtung auf Trois Rivières transportiert werden. Auf dieser Strecke münden Nebenflüsse in den Sankt Lorenz. Die Brücken werden die Rebellen zerstört haben. Wir müssen dafür sorgen, daß die Truppen übersetzen und ihrerseits die Fahrt der Schiffe über die Untiefen sichern können. Das Übersetzen kann mit Flößen und Seilzügen oder mit Prähmen geschehen. Sie werden an einem Fluß alles dafür vorbereiten. In drei Tagen gehen wir mit anderen Abteilungen flußaufwärts. Sie erhalten ein Langboot und einen Flußfrachter und müssen sich von der Werft alles geben lassen, was man braucht, um Prähme und Fähren zu bauen. Wenn Sie Zeit zum Schlafen finden, ist für sie in den Georgs-Baracken in der Nähe Platz. Mich finden Sie immer hier.« Und schon wandte sich Twiss dem nächsten Problem zu.

Hamond beriet sich mit David, und sie kamen überein, daß

Hansen mit drei Mann die zugewiesenen Boote inspizieren, aufklaren und Mängel feststellen sollte. Sie würden mit den Handwerkern Listen des Materials anfertigen, das sie für die Aufgaben brauchten.

Sie kamen tatsächlich kaum zum Schlafen. Um das Handwerkszeug zu erhalten, mußten sie viele Formulare ausfüllen und von Büros zu Werfthallen und wieder zurück laufen, wenn die Geräte nicht den Anforderungen entsprachen.

Die Boote mußten zum Teil instandgesetzt werden. Hamond bestand auf Zweipfünder-Drehbassen und erhielt sie nach langem Hin und Her.

Bei der Beschaffung des Proviants war der Kanadier unentbehrlich. Manchmal holte er David, der bei den Intendanten den Schriftkram erledigen mußte, aber sonst schaffte und schleppte er mit Isaak Brot und Mehl, Fleisch und Wurst, Kartoffeln und Äpfel und anderes mehr herbei. Nur von Quebec mit seinen Straßen und Gassen unter der Felsenfestung sahen sie wenig.

Am dritten Tag fuhr ihre kleine Flottille flußaufwärts. Bald hatten sie das urbar gemachte Land hinter sich gelassen, und dichte Wälder säumten den breiten Fluß, auf dem Eisschollen trieben und an dessen Ufern das Eis noch festsaß. Hin und wieder lagen Gehöfte am Fluß, hier und da sahen sie auch Zeichen des Rückzuges der Rebellen, zerstörte Brücken an Seitenflüssen oder verbrannte Transportwagen.

Abends legten sie immer am Ufer an, wobei Leutnant Twiss sehr darauf achtete, vor Überraschungen geschützt zu sein. Auf den Booten mußten immer Wachen bleiben, die Drehbassen waren feuerbereit und die Boote so verankert, daß sie Annäherungen vom Fluß und den Flanken verhindern konnten.

Wenn die Wachen postiert waren und die großen Feuer brannten, war nie Mangel an frischem Fleisch. Kanadische Ranger fuhren auf einem kleineren Boot der Flottille voraus, und manches Reh, das am Fluß trank, wurde ein Opfer ihrer Rifles.

Eine Woche pullten sie flußaufwärts, was bei dem Frachtschiff harte Arbeit war. Wenn der Wind aus Nordost wehte, setzten sie Segel. Es war eine schöne Woche, in der David nicht nur von der ungewohnten, wilden und erregenden Landschaft beeindruckt war, sondern auch von den französischen Liedern, die die kanadischen Lotsen, Ranger und Ruderer sangen.

Von den Rebellen merkten sie kaum etwas. Nur an einem Vormittag knallten Musketen zu ihnen herüber. Eine versprengte Nachhut wollte wohl ihr Vorrücken aufhalten. Aber die Kartätschenschwärme ihrer Drehbassen waren ein starkes Argument, solche Absichten aufzugeben.

Dann kamen die Stromschnellen von Richelieu. Vorsichtig lotsten sie ihre Boote an Untiefen vorbei durch die schäumenden Wasser, bis Leutnant Twiss den Leuten der *Shannon* das Zeichen gab, eine Flußmündung am Südufer anzusteuern.

Er erklärte Hamond und David, was nun ihre Aufgabe sei. Der Fluß, der jetzt sechzig Yard breit zum Sankt Lorenz floß, mußte mit ein oder zwei Fähren so passierbar gemacht werden, daß nicht nur Soldaten, sondern auch Pferde, Wagen, sogar Kanonen schnell und sicher übersetzen konnten.

Er fuhr mit ihnen in seinem Boot etwas flußaufwärts, zeigte ihnen, wo die zerstörte Brücke gestanden hatte, wo die Böschungen zum sicheren Einladen befestigt werden mußten und schärfte ihnen ein, nicht nur schnell zu arbeiten, sondern auch sehr wachsam zu sein.

Er ließ ihnen zwei Ranger da, die Wild schießen und Patrouille gehen konnten, und ließ sein Boot weiterrudern, ehe sich's David und Hamond versahen.

Ihre erste Sorge galt einem sicheren Lagerplatz. Sie sprachen die kanadischen Ranger an, Jean und Charles, aber deren Englisch war schlecht und die Verständigung schwierig. Auch mit Französisch kam man nicht weiter, da der englische Akzent den Kanadiern und der kanadische Akzent den Engländern die französischen Laute seltsam fremd klingen ließ.

David hörte in dem Sprachgewirr, wie Jean einmal fluchte: »Herrgott noch eemol.«

»Sprichst du deutsch?« fragte er überrascht.

»Natierlich, ich kumm ja aas Zweebricke, Deux Pont, verschteest?«

David verstand, wenn auch mit etwas Anstrengung. Nun klappte es mit dem Übersetzen, mit getrennten Beratungen in Englisch und Französisch wesentlich besser.

Etwa einhundert Yard flußaufwärts sei ein sicherer Lagerplatz. Wie ein Wall liege dort ein etwa vierzehn Fuß hoher und vierzig Fuß breiter Fels und schirme eine Wiese vom Wald ab. Flußauf- und flußabwärts sei das Ufer relativ sumpfig und kaum zu überqueren. Mit einer Drehbasse und einigen Musketen auf dem Felsen könne man sich auch gegen stärkere Angreifer verteidigen.

Hamond ging mit David und den Kanadiern zum vorgeschlagenen Platz, sah sich um und nickte zustimmend. Zunächst schlugen sie aus den dünnen Bäumen am Ufer eine Leiter zusammen, damit die Posten auf den Felsen gelangten. David mußte Jean befragen, wo große Baumstämme für den Bau der Fähre stünden, und erhielt den Auftrag, die Plätze mit den Zimmerleuten zu besichtigen.

Ein hoher Mischwald begann dreihundert Yard von der geplanten Fährstelle landeinwärts und näherte sich einige hundert Yards oberhalb ihres Landeplatzes dem Ufer. Von dort könnte man die Stämme zum Arbeitsplatz flößen, von der anderen Stelle könne man sie nur mit Ochsen schleifen. Und die habe man nicht, lauteten die Argumente der Zimmerleute.

Als David übersetzt hatte, wurde Jean munter. Am anderen Ufer gebe es eine kleine Farm, am Karrenweg, dreihundert Yard vom Ufer entfernt, wo absolute Sicherheit vor Hochwasser sei. Vielleicht hätten sie dort noch Kühe. Sie hatten sie noch und konnten sie in dieser Jahreszeit gegen ein geringes Entgelt ausleihen.

Dann begann ein Lagerleben, wie es David in der Flotte nicht erwartet hatte. In aller Herrgottsfrühe zogen sie los, um Bäume zu fällen. Alle hatten ihre Waffen dabei, und zwei Mann bewachten auf dem Fels das Lager und die ans Ufer gezogenen Boote.

Isaak, der lange auf Plantagen gearbeitet hatte, kannte sich mit Gespannen aus und schleifte die Bäume zum Arbeitsplatz. Die Zimmerleute hatten einen länglichen Wall aufgeschüttet, auf dem ein Stamm auf Rollen vorwärts bewegt werden konnte.

Am Ende des Walles war ein Loch, in dem ein Mann stand und von unten die Säge bediente, während der andere über dem Stamm stand. Wäre das Grundwasser tiefer gewesen, hätten sie die Grube tiefer gegraben und auf den Wall verzichtet.

Andere rammten Pfähle in die Böschung ein, wieder andere standen Wache, während die Kanadier in weiten Runden um ihren Arbeitsplatz patrouillierten und auf Wild und Gegner gleichermaßen achteten.

Bis spät in den Abend hinein schafften sie und waren doch guter Dinge. David hatte Blasen an den Händen, und Arme und Rücken taten weh, weil er Stunde um Stunde ein großes Beil schwang, um die Bäume zu entasten.

Da in der Flotte viel handwerkliches Geschick gefordert und gefördert wurde, hatten sie nach sechs harten Tagen eine Fähre fertig, die auch Wagen transportieren konnte.

Eine starke Trosse war über den Fluß gespannt. Auf ihr liefen Blöcke, die ein Floß hielten. Es bestand aus einer Lage schwerer Baumstämme, über der nicht minder massive Planken eine ebene Oberfläche bildeten. Durch Versetzen der Taue und Blöcke konnte das Floß schräg gestellt und dadurch von der Strömung zum anderen Ufer gebracht und wieder zurückgeführt werden.

Nun war ein Übergang möglich, und Hamond nutzte einen halben Tag, um das Lager wohnlicher herzurichten und auch besser zu sichern. Den Rest des Tages gab er frei. Manche wuschen ihre Sachen im Fluß. Einige angelten.

Der nie ermüdende Greg Miller war zu der Farm gewandert, wo eine erwachsene Tochter zwar keine Schönheit, aber immerhin Weiblichkeit bot. Da hatte Miller noch nie widerstehen können.

Die Kanadier waren wieder im Wald untergetaucht. Aber als Jean am Abend zurückkehrte, trug er kein Reh über der Schulter, sondern seinen Kameraden Charles.

»Versprengte Rebellen«, berichtete er traurig, »fünf Mann, sie haben ihn hinterrücks erschossen, als er einen Bach auf einem gefällten Baumstamm überquerte. Morgen werde ich ihnen folgen und sie töten.«

Als David übersetzt hatte, verlangte Hamond, daß Jean im Lager bleiben sollte.

Aber der murmelte nur: »Sag ihm, daß mir niemand von der Flotte etwas befehlen kann.«

Am nächsten Morgen war Jean verschwunden, und der Trupp machte sich an den Bau von Prähmen, in denen Soldaten übersetzen konnten, für die die Fähre zu langsam und schwerfällig war. Auf den Flußschnellen waren jetzt öfter Schiffe zu sehen, die Nachschub in Richtung Trois Rivières beförderten.

Zwei Tage später, es war Anfang Juni, kam auch eine Abteilung an ihre Fähre. Es war eine Vorhut des 47. Regiments, das sie von Halifax transportiert hatten. Die Fähre bewährte sich. zwanzig Soldaten setzte sie pro Fahrt über.

»Wir sind ja bald ein Transportunternehmen und keine Flotte mehr«, beklagte sich Hamond.

Am nächsten Tag tauchte auch der junge Leutnant, der mit David fechten geübt hatte, mit seiner Kompanie auf. Beide freuten sich über das Wiedersehen und plauderten, bis die Kompanie übergesetzt war.

Wieder einen Tag später, sie hatten gerade den ersten Prahm zu Wasser gelassen, in dem auch zwanzig Soldaten über den Fluß gebracht werden konnten, hörten sie in größerer Entfernung lebhaftes Musketengeknatter und auch Kanonenschüsse.

Als Stunden später Melder aus der Richtung Trois Rivières eintrafen, erfuhren sie, daß zwei- bis dreitausend Rebellen einen Angriff versucht hätten und unter starken Verlusten zurückgeschlagen wären.

Täglich gelangten jetzt größere oder kleinere Truppenkontingente an ihre Fähre. Auf dem Sankt Lorenz tastete sich die Fregatte *Blonde* vorsichtig durch die Stromschnellen.

Miller sagte: »Jetzt ist hier so viel Betrieb, da fühlt man sich ja gar nicht mehr wohl.« Das konnte aber auch damit zusammenhängen, daß die Farmerstochter jetzt bei jedem Truppendurchzug von Verehrern umlagert war. Aber auch andere empfanden es so. Die große Herausforderung war vorbei, als auch der zweite Prahm fertig war. Was nun blieb, war Routine.

Sie wurde unterbrochen, als Jean zurückkehrte.

»Hast du sie gefunden?« forschte David.

»Alle tot«, war die lakonische Antwort.

David und Hansen bestanden kurz darauf als Dolmetscher ihre Bewährungsprobe. Eine Vorausabteilung unter einem Leutnant löste sich aus dem Wald und marschierte auf die Fähre zu. An den fremden Uniformen erkannte David, daß es keine Briten waren.

»Sind Sie die Vorhut der Hessen?« rief er dem Leutnant entgegen.

»Nein«, wurde erwidert, »wir sind vom Regiment von Riedesel aus Braunschweig.«

David war verwundert und sagte, ihnen seien Hessen angekündigt worden.

»Wir haben auch ein hessisches Regiment in der zweiten Brigade, aber die meisten Truppen sind aus dem Herzogtum Braunschweig wie auch unser Divisionskommandeur, Generalmajor Baron von Riedesel«, erklärte ihm der Leutnant.

David und Hansen standen diesen und den nächsten Tag da und erklärten immer wieder, wie die Wagen auf die Fähre zu fahren seien, wie sie gesichert und die Pferde gehalten werden müßten, daß die Soldaten ihr Gepäck vor Besteigen der Prähme abzunehmen und unter die Sitze zu legen hätten und so fort.

Auch der Baron von Riedesel fuhr in einer Kalesche heran und richtete an den etwas verwahrlosten Seekadetten einige huldvolle Worte.

»James«, sagte David am Abend zu Hamond, »das ist ja furchtbar. Da hätte ich ja auch Bankier oder Kaufmann werden können.«

»Du kamst mir eher vor wie ein Portier oder der Platzanweiser im Opernhaus«, scherzte dieser.

Als ob ihr zuständiger Stab auf Davids Beschwerde gehört hätte, erschien am nächsten Tag ein Trupp Pioniere, der sie in der Bedienung der Fähre ablösen sollte. Sie erhielten Befehl, sich mit den beiden Booten, den Handwerkzeugen und dem verbliebenen Material flußaufwärts nach Sorel zu begeben und sich dort beim Stab zu melden.

Sie packten ihre Habseligkeiten in die Boote, sahen mit Stolz und ein wenig Wehmut, was sie hier gebaut hatten, und fuhren vorsichtig die Stromschnellen flußaufwärts. In Trois Rivières legten sie eine kurze Pause ein und aßen und tranken in einem Gasthaus wie die Fürsten. Dann überquerten sie die Verbreiterung des Sankt Lorenz, den Saint-Peter-See, und meldeten sich beim Stab in Sorel.

Hamond wurde an Leutnant Schanck verwiesen, einen Flottenoffizier. Der erkundigte sich nach dem Stand ihrer Ausrüstung und den bisherigen Aufgaben. Dann erklärte er Hamond, daß General Burgoyne mit viertausend Mann den Richelieu-Fluß, den man auch Sorel-Fluß nenne, flußaufwärts zum Lake Champlain marschiere.

Die Rebellen wichen zurück und hätten Fort Chambly am 18. Juni in Brand gesteckt und verlassen. Die Marine müsse so schnell wie möglich bis Saint John vorrücken und dort eine kleine Werft errichten, damit Schiffe für den Lake Champlain gebaut werden könnten.

»Warum müssen Schiffe dort gebaut werden, Sir, warum können sie nicht von Quebec aus flußaufwärts fahren?« fragte Hamond.

»Ganz einfach«, entgegnete Leutnant Schanck ruhig, »weil der Fluß wegen der starken Stromschnellen bei Sainte Terese und vor Saint John auf knapp zwanzig Meilen nicht einmal für kleine Boote schiffbar ist. Man muß die Boote an den Stromschnellen entlang über Land tragen, das sind die sogenannten Portagen. Mit den Rindenkanus der Trapper geht das noch, wie schwer es mit unseren Beibooten ist, werden Sie erfahren, und Kanonenboote, Schoner oder gar Sloops können wir wahrscheinlich nur zerlegt transportieren. Ich organisiere gerade mit Leutnant Twiss, den sie ja kennen, einen Transportdienst, der mit Ochsengespannen und Rollen schwere Lasten über die Portagen bringen kann. Sagen Sie mir bitte morgen, was sie noch an Ausrüstung und Proviant brauchen, damit Sie in Saint John ohne Nachschub drei Wochen auskommen und Holz schlagen und für den Schiffsbau vorbereiten können. Einzelheiten erkläre ich Ihnen morgen.«

Als sie am übernächsten Tag mit dem Langboot und einem Führer den Richelieu flußaufwärts fuhren, ahnte außer Jean niemand, was sie erwartete. Und auch Jean hatte ja nur Erfahrungen mit Rindenkanus und Lasten, nicht aber mit den massiven Beibooten der Flotte.

Als sie vor Sainte Terese den Beginn der Portage erreichten, mußten sie zunächst alle Lasten stapeln, mit Segeltuch abdecken und den Transport ihres Bootes vorbereiten. Die Portage war ein breiter, ausgetretener Pfad, bergauf und bergab.

Sie hoben ihr Boot mit aller Kraft und trugen es etliche Schritte. Dann mußten sie einsehen, daß das auch mit vielen Pausen nicht zu schaffen war.

Es gab nur einen Weg: Hölzer mußten so rund und glatt wie möglich bearbeitet werden, damit das Boot auf ihnen rollen konnte. Die Rollen, die hinten frei wurden, mußten vorn wieder vorgelegt werden. Gezogen werden mußte mit Seilen. Und natürlich mußten mindestens zwei Mann das Boot seitlich abstützen.

Der Transport über die Portage war ein endloser Alptraum. Sie schafften nicht einmal eine Meile in einer Stunde, obwohl sie mit allen Kräften schufteten. Es war ja nicht mit Ziehen getan. Ging es bergab, dann mußte das Boot gebremst werden, und man mußte aufpassen, daß die Rollen nicht wegrutschten. Am ersten Tag schafften sie sieben Meilen.

Als am zweiten Tag Regen einsetzte, fühlten sie sich im Vorhof der Hölle. Sie rutschten aus, das Boot kippte, quetschte ihnen Beine und Arme, und sogar der starke Greg Miller konnte nicht mehr. Fünf Meilen waren sie vorangekommen.

Am dritten Tag fuhr ihnen ein Kanadier mit einem Ochsengespann entgegen, den sie sofort für ihren Transport einsetzten. Jetzt war ihnen die Vorwärtsbewegung abgenommen, und sie mußten ›nur‹ noch bremsen, stützen und die Rollen vorlegen. Sie waren mehr tot als lebendig, als sie am Abend Saint John erreichten und das Boot wieder in den Fluß setzten.

Als sie sich am Morgen immer noch müde und zerschlagen erhoben, schickten sie David und Hansen aus, ob bei einer der lagernden Einheiten ein warmes Frühstück zu holen war. Sie hatten Glück.

David traf den Leutnant, seinen Florettpartner, und der besorgte ihnen bei der Küche seiner Kompanie ein reichliches Frühstück.

Ein wenig kräftiger fühlten sie sich danach schon. Aber an den Transport des vielen Materials, der noch vor ihnen lag, mochte niemand denken.

Schließlich sagte Hamond: »Es hilft nichts, wir müssen uns auf den Weg machen. Wenn die Grenadiere ihr ganzes Gepäck hierher geschleppt haben, werden wir *Shannon*s es ja wohl auch noch schaffen.«

David dachte, so schön das Land sei, so hart sei es auch. Dann fiel ihm auf, daß er ja von dem riesigen See noch keinen Zipfel gesehen hatte.

Er fragte Jean: »Wo ist denn nun der Lake Champlain? Ich sehe ihn nicht.«

»Das sind noch weitere fünfundzwanzig Meilen den Fluß entlang«, gab Jean Auskunft.

Isaak hatte nicht richtig verstanden. »Noch mehr fünfundzwanzig Meilen tragen zum See? O nein! Massa, Sir.«

Alle lachten, und David beruhigte ihn: »Nein, von hier ab sind wir wieder Seeleute, auch wenn die Schiffe etwas kleiner sind.«

Die Schlacht bei Valcour Island

In Saint John fühlte sich niemand recht zuständig für die Männer der *Shannon*. Die Armee hatte ihre Lager in der Nähe des niedergebrannten Forts aufgeschlagen. Geschütze wurden aufgestellt, um die Zufahrt vom See zu sichern. Aber was sollte man mit Seeleuten, da die Rebellen doch jedes Boot mitgenommen oder völlig zerstört hatten?

Hamond sah voraus, daß sich das bald ändern werde. »Wenn wir uns bis dahin nicht selbst eine Arbeit beschafft haben, wird man uns einteilen. Es kommt darauf an, welche Art Arbeit wir gerne übernehmen möchten?«

David waren Patrouillenfahrten auf dem See am liebsten, der rund einhunderfünfundzwanzig Meilen lang sein sollte. Hamond erwiderte, daß ihr Langboot dazu nicht ausreiche, da die Rebellen drei bewaffnete Schoner hätten.

»Nein, David«, sagte er, »uns bleibt nur die Wahl, in der neuen Werft zu arbeiten oder im Umland Material für die Werft zu suchen, Bäume, die sie für Masten und Rahen benutzen können, Bäume, deren Äste so gewachsen sind, daß man sie für die Kniee an den Rümpfen gebrauchen kann. Ich würde so etwas lieber machen, dann sind wir nicht in der Masse unter ständiger Aufsicht.«

David war ganz seiner Meinung, sagte aber, dann müßten sie bald anfangen, Flußufer und Wälder zu erkunden, um zu wissen, wo geeignete Bäume stünden und wie sie heranzuschaffen seien.

»Wenn wir nicht etwas wissen, was den anderen unbekannt ist, werden sie uns abkommandieren.«

»Gut«, meinte Hamond, »wir wollen es Jean, Hansen und unserem Kanadier mitteilen.«

Jean kannte die Gegend ganz gut und wollte ihnen helfen, wenn sie genau sagten, was sie brauchten. Zuerst aber, so schlug er vor, sollten sie sich einen guten Lagerplatz suchen, wenn sie länger hierblieben.

Unten am Fluß, wo die Wiesen oft unter Wasser stünden, sei die Plage mit Mücken und den schwarzen Stechfliegen unerträglich. Ein Stück flußabwärts münde ein Bach, der einen kleinen, baumbestandenen Hügel im Halbkreis umfließe. Dort sei kein stehendes Wasser.

Hamond teilte ein, daß er mit einigen Leuten den Platz besichtigen werde. David solle mit den anderen im Langboot bis zu den Stromschnellen pullen, so weit es ging, dann eine Meile in Richtung See und sich merken, wo zum Abtransport geeignete Bäume stünden.

Sie akzeptierten den Lagerplatz, der ihnen eine halbe Meile Fußmarsch zum Camp der Armee einbrachte, aber sie waren allein und hatten einen guten Platz. Wichtiger als der Ausbau des Lagers war die Etablierung ihrer »Holzbeschaffungsfirma«, wie es Hamond nannte.

Gleich unterhalb der Schnellen hatte David einen Eichenhain am Steilufer gesehen. Die Stämme wären leicht nach Saint John zu flößen und würden das erste Arbeitsmaterial für die künftige Werft sein.

Hamond teilte zwei Trupps ein, die die Wälder der Umgebung auf ihren Baumbestand hin zu untersuchen hatten. Die anderen fällten die Eichenbäume und bereiteten sie zum Flößen vor.

David bildete mit Jean und Hansen den einen Suchtrupp. In diesen Tagen um den beginnenden Juli lernte David nicht nur viel über den kanadischen Wald, seine Früchte und Tiere, sondern er erfuhr auch einiges über den kauzigen und ver-knitterten Jean.

Mit einem französischen Regiment war er kurz vor dem Siebenjährigen Krieg nach Kanada gelangt und hatte in einem Fort am Rande der Wildnis Dienst getan. Da er den Wald schon in der Pfalz geliebt hatte, war er einer Jägerkom-panie zugeteilt worden – oder den Rangern, wie die Englän-der sagten. Er hatte gegen die Briten und ihre indianischen Bundesgenossen gekämpft und war zweimal verwundet worden.

Nach dem verlorenen Krieg war er dageblieben und als Trapper in die Wälder gegangen. Weit im Westen, am Lake Abitibi, habe er eine Indianersquaw und einen Sohn. Wenn er bei den Briten jetzt genügend Geld für neue Fallen, Waffen und sonstiges Gerät verdient habe, gehe er wieder hinauf zur Pelzjagd.

David wollte Jean nach den Indianern ausfragen, aber da war dieser recht einsilbig. Sie wirkten auf Europäer manch-mal wie Kinder, naiv, unberechenbar, zärtlich oder grausam, aber sie seien Menschen wie wir alle.

»Der weiße Mann ist Gift für sie. Er will alles kaufen und verkaufen, er bringt ihnen Schnaps und Krankheiten. Sie sind zum Tode verurteilt und wissen es noch nicht.« Mehr war von ihm nicht zu erfahren.

Als der tatkräftige Leutnant Schanck in den nächsten Tagen erschien, fand er nicht nur am flachen Ufer bei Saint John, wo Schiffe gebaut werden konnten, einen Haufen von Eichen-stämmen vor, sondern auch Hamond mit Skizzen, wo in der näheren Umgebung welche für sie geeigneten Bäume standen und wie sie transportiert werden konnten.

»Ausgezeichnet«, lobte er, »täglich werden mehr Kom-mandos der Flotte eintreffen. Wir haben zwei Schoner bis Chambly gebracht. Bei dem Versuch, einen von ihnen auf Rol-len über die Portage zu ziehen, habe ich eine Woche verloren und bin doch im Regen steckengeblieben. Jetzt nehmen wir sie auseinander und transportieren sie in Teilen.«

Gott im Himmel, dachte Hamond, er wird uns doch nicht zu dieser Viecherei einteilen.

Aber Schancks weitere Anordnungen beruhigten ihn. »Ein Teil Ihrer Leute wird die Kommandos, die jetzt ankommen, zu den Plätzen führen, wo die Bäume stehen, die wir brauchen. Sie suchen mit den anderen Leuten die weitere Umgebung ab, besonders die Fluß- und Bachläufe. Haben Sie noch Vorschläge?«

»Sir, einige gute Bestände können nur genutzt werden, wenn Gespanne beschafft werden.«

»Ich werde sie anfordern, aber sehen Sie sich auch um!«

Bei einer dieser weiteren Patrouillen geschah das, was Greg Miller so beschrieb: »Glaubt mir, mich hat es wie ein Blitz getroffen.«

Knapp drei Meilen seewärts von Saint John mündete der ›Petit Rivière du Sud‹. An seinem Ostufer lag ein Gehöft mit einem Bootspier. Ein Siedler hatte hier mit einem kleinen Frachtsegler die Siedlungen am See versorgt und sich mit zusätzlichem Fischfang, Ackerbau und Viehzucht ein gutes Auskommen verschafft.

Die Rebellen hatten ihn erschossen, als er seinen Kahn gegen die Beschlagnahme verteidigen wollte. Die Witwe, eine hübsche, junge, kräftige Frau mit einem achtjährigen Sohn, einer vierjährigen Tochter und einem schwachsinnigem Knecht, konnte es allein nie schaffen. Ein Mann mußte her!

Vielleicht hatte sie Miller darum intensiver als üblich betrachtet, als er mit Hamond und Isaak auf dem Hof erschien, um Erkundigungen einzuziehen. Sie gab ihnen Auskunft über die Baumbestände am Fluß, war auch bereit, das Ochsengespann in der Nähe der Farm zu vermieten, wenn es abends wieder auf den Hof zurückgebracht und gut behandelt würde.

Miller bot sich an, das zu erledigen, aber Hamond, der Millers Schwäche für Frauen kannte, wehrte ab. Erst müsse man sehen, wann hier in der Gegend Holz geschlagen werde. Aber weder er noch David hatten vor Miller in den nächsten Tagen Ruhe, bis sie ihm zusagten, wenn es soweit sei und sie Einfluß hätten, könne er die Arbeit übernehmen.

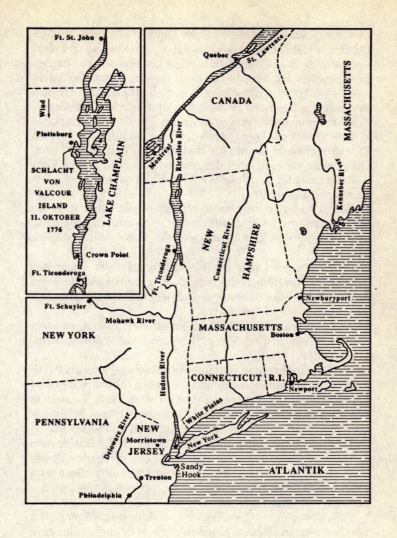

Um Saint John war jetzt ein großes Lager entstanden. Niedergebrannte Häuser waren wieder aufgebaut. Etwa vierhundert Seeleute lebten in Zelten in der Nähe des Flusses und bauten unaufhörlich Flachboote für den Transport von Soldaten. Auch eine Art schwimmender Batterie ließ Leutnant Schanck, der jetzt von Leutnant Twiss unterstützt wurde, herstellen.

Sie nannten dieses eckige Fahrzeug ›Radeau‹ – warum, das konnte David nie ergründen – und gaben ihm den Namen *Thunderer*. Segeln konnte die Radeau mit ihren zwei Masten sicher nicht sehr gut, aber donnern würde sie mit sechs Vierundzwanzigpfündern, sechs Zwölfpfündern und zwei Mörsern wohl laut genug.

Einige Ruderkanonenboote mit Hilfssegeln waren in Teilen von England herbeigeschafft und wurden zusammengebaut. Daneben konstruierte man weitere Boote nach diesem Muster.

Westlich vom Lager der Seeleute waren die Lager der Armee. Neben dem britischen 29. Regiment kampierte ein Regiment der Braunschweiger und neben ihnen die Canadian Volunteers, eine Milizeinheit.

Kneipen waren aus Brettern zusammengeschlagen worden, in denen die Offiziere und Soldaten ihren Sold vertrinken konnten.

Die Braunschweiger hatten eine hübsches Haus im Pavillonstil als Offiziersmesse erbaut, und auch die britischen und kanadischen Offiziere waren dort gern zu Gast. Besonders David wurde öfter eingeladen, um zwischen den Braunschweigern und ihren britischen Gästen zu dolmetschen.

Dort lernte er auch Leutnant Dacres und Midshipman Edward Pellew kennen, die von der Fregatte *Blonde* abkommandiert waren, um in der Werft zu helfen. Sie waren Leutnant Schanck eine große Hilfe, wie er immer wieder betonte.

Pellew war ein ungewöhnlich großer und kräftiger Mann von fast zwanzig Jahren. Ungeduldig war er auch. Alles ging ihm zu langsam: Die Flotte sei doch schon groß genug, um die Rebellen anzugreifen oder zumindest Vorstöße zur Aufklärung zu unternehmen.

Leutnant Dacres war nicht so sicher, denn man hatte Nachrichten erhalten, daß die Rebellen ihre Flotte auf Werften in Skenesboro und Crown Point kräftig ergänzten.

Aber Major von Hasselow, Bataillonskommandeur bei den Braunschweigern, war eher auf Pellews Seite.

Auch General Burgoyne treibe dauernd, der Feldzug müsse weitergehen, aber Gouverneur Carleton sei übervorsichtig und wolle erst vorrücken, wenn die Überlegenheit auf dem See absolut sicher sei.

»Der September beginnt, und im November friert hier alles ein, wie man mir sagte. Die Armee soll Fort Ticonderoga, das sogenannte Gibraltar des Westens, erobern und zum Hudson-Tal marschieren, um sich mit den Truppen General Howes zu vereinigen, die von New York aus den Hudson aufwärts marschieren sollen. Dann hätten wir die Rebellenkolonien in zwei Teile geteilt. Aber wir brauchen jeden Tag«, betonte der Major noch.

Sie sollten noch länger warten müssen. Die ersten Teile einer Sloop trafen ein, die in Quebec zerlegt worden war. Mit ihren achtzehn Zwölfpfündern sollte sie das Rückgrat von Carletons Flotte bilden. Schanck und seine Leute schufteten bis zum Umfallen, um die *Inflexible* zusammenzubauen, aber unter einem Monat sei es kaum zu schaffen, wie Pellew klagte.

Die Männer der *Shannon* wurden jetzt gebraucht, um mit anderen ein Kanonenboot zu bemannen. Hamond wurde von Kapitän Pringle, der Carletons Flotte kommandieren sollte, zum amtierenden Leutnant ernannt. Er hatte drei Kanonenboote zu befehligen, jedes mit einem Zwölfpfünder am Bug und einundzwanzig Mann Besatzung.

Die Geschützplattform am Bug war klein und stieg nach hinten an, um den Rückstoß abzufangen und das Vorrollen des Geschützes zu erleichtern. Drei Mann Bedienung konnten keine hohe Feuergeschwindigkeit erzielen, aber wenn eine dieser gewaltigen Kugeln träfe, »dann fegt sie die Rebellen aus dem See«, wie der Kanadier sagte.

Es war in diesen Tagen, daß Greg Miller eine Gelegenheit abpaßte, um mit David allein zu sprechen. »Sir, ich will hierbleiben. Myra und ich, wir lieben uns. Sie ist so wunderbar wie keine vorher. Und ich werde gebraucht auf dem Hof und auf dem Fluß. Hier hätte ich etwas zum Leben. Sie wissen doch, Sir, was sonst aus denen vor dem Mast wird. Wenn wir nicht krepieren, können wir betteln, wenn abgemustert wird. Ich wollte nicht gehen, ohne es Ihnen zu sagen, Sir. Sie waren doch mal in unserer Backschaft.«

David war wie vor den Kopf geschlagen. Er konnte doch Miller nicht beim Desertieren helfen. Und es war außerdem völlig aussichtslos.

»Greg, sie finden dich doch und hängen dich auf. Du kannst dich eine Weile in den Wäldern verstecken, aber wenn du für Hof und Fischfang sorgen willst, dann kannst du nicht im Wald bleiben. Und dann haben sie dich früher oder später.«

Miller verstand das und war ratlos. »Was soll ich denn bloß tun? Ich will nicht mehr weg, nicht von Myra, den Kindern und dem Hof.«

David redete ihm zu: »Wir brauchen dich doch auch, gerade jetzt an unserer Kanone. Solange hier eine Armee und eine Flotte lagern, kannst du nicht bleiben. Wenn wir weiterrücken, dann hast du vielleicht eine Chance. Ich verstehe dich ja und will dir helfen.«

Miller ließ sich noch hinhalten, aber David wußte beim besten Willen nicht, was er für ihn tun sollte.

Alle größeren Schiffe wurden jetzt flußabwärts gebracht, wo sie ohne Kanonen und Vorräte über die Sandbänke bei der Isle aux Noix fuhren und dann beladen wurden. Hamond wurde mit seinen Kanonenbooten bei der Ash-Insel postiert, um den Lagerplatz gegen Überraschungen zu schützen.

Jean hatte ihnen auf der Insel einen guten Lagerplatz besorgt und war im übrigen mit einem Rindenkanu beschäftigt, das er beschädigt in einer Bachmündung versteckt gefunden hatte. Mit Rindenstücken sowie mit Fett verdünntem Baumharz flickte er kleinere Löcher und nähte die Rinde mit langen, dünnen Fichtenwurzeln, die er Watap nannte, fest.

David durfte einmal mitfahren, aber ohne seine Lederschuhe, damit er den empfindlichen Rumpf nicht beschädigte, wenn er ausglitt. Das Kanu ließ sich leicht manövrieren und glitt schnell über das Wasser. David bestätigte Jean, daß es ein ganz anderes Gefühl sei, als mit schweren Ruderbooten zu pullen.

»Und das Kanu trägst du leicht über die Portagen. Es wiegt ja kaum etwas. Jetzt kann ich es kaum noch erwarten, mit ihm zurück in die Wildnis des Westens zu paddeln«, sagte Jean.

An dem Tag, an dem Kapitän Pringle und Gouverneur Carleton die bereits unterhalb der Isle aux Noix versammelten Schiffe besichtigten, erschien ein Bote mit der Nachricht, Rebellen hätten sich etwa zehn Meilen seewärts bei Windmill Point quer über die etwa eine Meile breite Bucht postiert.

Pringle wollte mit Kanonenbooten angreifen, aber Carleton war wieder vorsichtig. Ein Langboot könne aufklären, solle sich aber nicht in Schußweite begeben. Als er die Karte betrachtete, wurde er darauf hingewiesen, daß dort am Südufer ein Moor sei, während am Nordufer ein felsiger Berg aufrage. Carleton war überzeugt, daß man von dort weit hinter die erste feindliche Schlachtlinie sehen könne.

Er fragte nach kanadischen Scouts und wurde auf Jean und zwei andere verwiesen. Jean habe auch ein Rindenkanu für zwei Mann.

»Aber es muß jemand mit zur Erkundung, der etwas von Schiffen versteht und sie beschreiben kann«, wandte Kapitän Pringle ein.

Nachdem sie beraten und auch Jean befragt hatten, wurde David ausgewählt.

Er erhielt ein paar Mokassins und ein Lederhemd geliehen und nahm eine Muskete, Munition und ein kräftiges Bootsmesser mit, während Jean etwas Brot und Trockenfleisch in seinen Beutel schnürte. Dann paddelten sie dicht am Nordufer entlang, wobei Jean auf treibende Äste achtete, während David flußabwärts spähte.

Als sich nach einer Krümmung der See verbreiterte und ihren Blicken öffnete, sahen sie die Schiffe der Rebellen und paddelten am Ufer vorsichtig näher, bis Jean einen ganz schmalen Bachlauf entdeckte, der unter überhängenden Bäumen fast verborgen war. Er suchte einen Busch, dessen Äste er so biegen konnte, daß sie das Kanu völlig zudeckten.

»Nicht die Zweige brechen! Abgestorbenes Laub verrät jedes Versteck«, schärfte er David ein.

Dann stieg er am Rand des Baches vorsichtig aufwärts. Das Wasser war nur ein schmales Rinnsal im Spätsommer, aber das Bachbett war einer der wenigen gangbaren Wege durch den Urwald. Nicht nur, daß gestürzte und verfaulende Baumstämme rechts und links den Weg gehemmt hätten, auch Gestrüpp wucherte dazwischen.

Oft genug waren es dornige Sträucher, von denen David nur eine Brombeerart kannte. Der Weg war mühsam genug, und nach einer guten Stunde bog der Bachlauf nach Westen ab.

Jean bedeutete David zu warten, ließ den Beutel mit dem Proviant da und huschte lautlos davon. Nach etwa zwanzig Minuten kehrte er zurück und flüsterte, daß er einen Wildwechsel gefunden habe, der sie weiter nach Osten führe.

»Präge dir den Übergang vom Bach zum Wildwechsel gut ein. Sieh dich um, damit du alles aus der anderen Richtung erkennst«, schärfte ihm Jean ein und huschte voran.

Der Wildwechsel war oft wie eine Röhre unter Gestrüpp und umgestürzten Bäumen, und sie mußten manchmal auf allen vieren kriechen. Aber dann wurde der Boden felsiger und der Bewuchs geringer.

Jean deutete voraus: »Von der Felsspitze aus müßten wir gut sehen können. Merk dir jetzt die Wegemarken.« Und er wies hier und da auf einen auffälligen Felsen oder eine bizarr gewachsene Kiefer hin.

Er achtete darauf, daß David auf Steine und festen Boden trat und nicht auf die kleinen Moos- und Sumpfpolster, die immer wieder den Weg unterbrachen. Zur Felsspitze war es weiter, als sie gedacht hatten, weil sie eine Schlucht umgehen mußten.

Als sie endlich angelangt waren, war es so spät, daß sie gegen den dunklen Abendhimmel den See und die Schiffe mehr ahnen als sehen konnten.

Jean und David gingen eine kurze Strecke zurück und suchten nach einer Höhle oder einem Überhang. Zwischen einem vorragenden Felsen und einem dichten Gebüsch fanden sie schließlich ein Lager für die Nacht. Jean kroch wieder hinaus und brachte noch einige Büschel Reisig, damit sie eine Unterlage hatten.

Dann öffnete er seinen Verpflegungsbeutel, und sie kauten so lange auf dem Trockenfleisch herum, bis sie es mit Brot und verdünntem Wein herunterbrachten. David fragte ihn, warum er so leise sei und kein Feuer anzünde. Die Rebellen kämen doch bestimmt nicht hier herauf.

»Aber vielleicht ihre Indianer«, sagte Jean. »Carleton hat Irokesen angeworben, und die Rebellen sollen ebenfalls Indianer bezahlen. Es spielt auch keine Rolle. Die Stämme hier im Osten sind so heruntergekommen, daß sie erst schießen und dann nachsehen, welcher Partei ihr Opfer angehörte. Dem Skalp, für den sie ihr Geld kassieren, sieht sowieso keiner mehr an, ob er auf einen britischen, hessischen oder Rebellenkopf gehörte.«

David meinte, daß der Krieg an Land vielleicht noch grausamer sei als der auf See. Im Einschlafen faßte er an sein Medaillon und dachte an Susan.

Im ersten Morgengrauen rüttelte Jean ihn wach. Etwas Fleisch und Brot gab es zur Stärkung, und dann stiegen sie hinauf. Jetzt war die Kette der Rebellenschiffe gut sichtbar.

David identifizierte einen größeren Schoner mit zwölf Kanonen, zwei kleinere Schoner, wahrscheinlich jeder mit acht Kanonen, einen Kutter mit vier Kanonen, und dann sah er noch vier sonderbare Schiffe mit einem Mast, zwei Rahsegeln, einem Buggeschütz und je einem Geschütz an der Seite. Ihrer Breite nach mußten sie einen flachen Boden haben. Und hinter der Schlachtreihe kreuzte noch eine kleine Sloop mit zwölf, nein, mit zehn Kanonen auf.

Neben Beibooten, die sich zwischen den Schiffen und dem Ufer bewegten, sahen sie noch zwei größere Kanus. »Indianer«, meinte Jean. »Wenn du genug gesehen hast, wollen wir lieber verschwinden.«

David bat noch um einen kurzen Augenblick und prüfte,

wo man eine Batterie nicht zu weit vom Ufer entfernt aufstellen könne. Eine kleine Hochebene bot sich an.

»Führen dort auch Bachläufe abwärts?« fragte er Jean und zeigte ihm die Stelle.

»Ich weiß es nicht, aber wahrscheinlich schon.«

Jean war auf dem Rückweg noch vorsichtiger als auf dem Hinmarsch. Immer wieder kauerte er sich hinter einer Deckung hin, prüfte das Gelände nach allen Seiten und schnupperte. Er wies David an, auch auf Fußabdrücke und gebrochene Äste zu achten, aber der konnte nichts entdecken.

Sie waren nach fast drei Stunden wieder an dem Bach angelangt und legten eine kleine Pause ein. Als sie ihr Brot und Fleisch gegessen hatten, begann der Abstieg.

Jean forderte David auf, voranzugehen und aufzupassen, daß er keine Steine lostrete. Sie waren kaum zwanzig Schritte gegangen, da krachte ein Schuß.

Jean warf es nach vorn, und seine Rifle polterte vor Davids Füße. David konnte nur einen flüchtigen Blick auf den stöhnenden Jean werfen, dann heulten am Bachlauf oben vier oder fünf Indianer ihren Kriegsschrei hinaus und sprangen im Bachbett zu ihnen hinunter.

David spannte den Hahn seiner Muskete, nahm das Pulverhorn, schüttete etwas Pulver auf die Pfanne, zielte und schoß. Er warf die Muskete zu Boden, griff Jeans Rifle, spannte, gab Pulver auf die Pfanne und feuerte.

Ein Indianer lag regungslos da, ein anderer kroch gekrümmt zurück. Die anderen stockten.

David rief laut: »Ranger hierher! Angriff! Feuer!« Die Indianer stutzten, hoben ihren Verletzten auf und verschwanden im Wald.

David hatte ganz automatisch reagiert, aber als er sich jetzt zu Jean beugte, zitterte er. Jean preßte die Hände auf den Leib und flüsterte: »Erst nachladen!«

Hastig lud David seine Muskete, zog Jean hinter einen Fels in Deckung und sah nach dessen Wunde. Die Kugel hatte den linken hinteren Hüftknochen zerschlagen und war auf der rechten Bauchseite wieder ausgetreten.

Großes Kaliber und kurze Entfernung, dachte David. Ihm

war ganz flau, als er das Blut aus dem großen Loch strömen sah. Hastig nahm er sein Tuch vom Hals, stopfte es in die Wunde, riß ihren Proviantsack in Streifen und band sie um Jeans Leib. Jean atmete flach.

»Komm, leg deinen linken Arm um meine Schulter! Ich bring dich zum Boot.«

Jean schüttelte den Kopf und zeigte auf seine Rifle sowie seine Pulver- und Bleibeutel am Gürtel. »Erst laden!«

David lud nach, nahm seine Muskete und hing sie sich um den Hals. Dann zog er Jean hoch, gab ihm die Rifle in die rechte Hand und schleppte ihn vorsichtig die ersten Schritte. Es ging, wenn auch mühsam und laut.

Jean murmelte zwischendurch: »David, es hat keinen Sinn. Die Wunde ist zu schwer.« Aber er ließ sich halb führen, halb abwärts schleifen.

Als sie in eine kurze schmale Schlucht zwischen zwei Felsentürmen eintauchten, knallten von oben Schüsse, Kugeln klatschten gegen den Stein, Geheul ertönte.

»Sie haben Verstärkung erhalten. Schnell zu den beiden Felsbrocken da vorn«, keuchte Jean.

Sie hasteten die etwa dreißig Yard weiter. Jean ließ sich zwischen die Felsen legen und nahm seine Rifle.

»Gib mir schnell deine Muskete«, stieß er hervor. »Sie können nur zu zweit durch die Felsspalte angreifen. Fünf Minuten kann ich sie aufhalten. Nimm meinen Tomahawk und laufe zum Kanu!«

David protestierte, wollte bei ihm bleiben und ihn nach unten tragen, wenn der Angriff vorbei sei.

Jean krampfte sich in seinen Arm: »Verstehst du nicht, dummer Junge. Sie haben Verstärkung! Entweder sind wir beide tot oder nur ich. Hau ab und halte dich mit dem Kanu vom Ufer fern!« Er gab ihm noch einen Stoß.

David legte Muskete, Pulverbeutel und Bleitasche hin, drückte Jean die Hand und stürzte davon. Hinter sich hörte er Schüsse, dann noch einmal einen Schuß und anschließend Geheul. Aber da war er schon am Kanu, zog es bei aller Hast vorsichtig aus dem Busch, setzte es ins Wasser und paddelte auf den See hinaus.

Er war entkommen. Er kniete im Kanu, wie es ihm Jean gezeigt hatte, und zog das Paddel rechts und links durchs Wasser. Hin und wieder sah er zum Ufer, von dem er gut einhundertfünfzig Yard Abstand hielt, und zurück, wo die Rebellenschiffe seinen Blicken entschwanden. Was würden sie mit Jean getan haben?

Er schluchzte in sich hinein und merkte nicht, wie ihm die Tränen hinunterliefen. Er hätte bei ihm bleiben und mit ihm sterben müssen.

Aber Jean hatte recht. Wem hätte das genutzt? Warum fühlte er sich bloß so elend?

Endlich sah er die Ash-Insel voraus und die Kanonenboote. Sie mußten ihm die Bordwand hinaufhelfen, so erschöpft war er.

Mit gepreßter Stimme und immer wieder um Fassung ringend berichtete er Hamond, daß sich Jean für ihn geopfert habe.

Hamond legte den Arm um seine Schulter: »Hättest du anders gehandelt, David?«

Das gab ein wenig Trost, aber dann kamen ihm Zweifel, ob er sich nicht an den Gefährten geklammert hätte, um nicht allein zu sterben.

Hamond hatte ein kleines Beiboot bereit, und zwei Mann pullten sie zum Schoner Maria, Kapitän Pringles Flaggschiff. David spürte das Glas Wein, das ihm Hamond eingeflößt hatte, und wurde gefaßter.

Pringle gab er einen genauen Bericht über die Stärke der Rebellen und den möglichen Standort für eine Batterie. Von dem Indianerangriff und Jeans Opfertod war kaum die Rede, da Pringle die Erkundungsergebnisse interessierten.

»Gouverneur Carleton hat sich die Entscheidung über die Landeinsätze vorbehalten. Ich schicke Sie mit meinen Vorschlägen sofort mit einem Langboot zu ihm nach Saint John. Aber sehen Sie zu, daß Sie dieses Trapperzeug ablegen und wieder eine anständige Uniform tragen.«

»Aye, aye, Sir«, antwortete David ganz mechanisch.

Bei Gouverneur Carleton spielte Jean überhaupt keine Rolle mehr. Da ging es um eine Aufstellung der feindlichen

Schiffe, eine Skizze ihrer Anordnung und des möglichen Batteriestandortes und um die Fragen des Artilleriekommandeurs Major Griffith Williams, wie man Kanonen da hinauftransportieren könne, was David auch nicht wußte.

Dann mußte er das noch einmal auf deutsch dem Hauptmann Pausch erzählen, der eine Batterie aus Hessen-Hanau
befehligte.

Schließlich dauerte es Carleton zu lange. »Morgen früh,
meine Herren, wird eine Batterie seewärts transportiert.
Prähme haben wir ja genug. Morgen abend möchte ich sie in
Stellung sehen. Mannschaften haben wir ja wohl auch genug.
Ich wäre Ihnen verbunden, wenn Sie die Einzelheiten selbst
regeln würden.«

David ging zur Offiziersmesse der Braunschweiger. Pellew
saß mit einem Glas Bier da und lud David ein, sich zu ihm zu
setzen. Er wollte wissen, wie stark die feindliche Flotte war.
Dann erzählte David noch einmal, was mit Jean geschehen
war.

Pellew legte seine Hand auf Davids Arm. »Du konntest
nicht anders handeln, David. Er wußte, daß er verloren und
daß deine Nachricht wichtig war. Aber ich verstehe, wie dir
zumute ist. Geh und hol dir etwas zu essen.«

Während David mit dem Wirt sprach, trat Leutnant Dacres
ein. Pellew berichtete hastig.

Auf Dacres' fragenden Blick sagte Pellew: »Nein, feige ist
der Junge bestimmt nicht. Sie haben mir erzählt, daß sie ihn
auf seiner Fregatte den ›kleinen Feuerfresser‹ nannten, weil er
so wütend kämpfte.«

Major von Hasselow und einige andere gesellten sich
hinzu, hatten andere Themen, und David hörte manchmal zu,
manchmal schweiften seine Gedanken zurück – dorthin, wo
jetzt ein geschundener Leichnam unbestattet lag.

In einer Ecke ging es laut her. Vier Fähnriche und Leutnants
der Canadian Volunteers saßen dort mit einem ihrer Kameraden, der sie alle freihielt, was sie ihm mit teils ernsten, teils ironischen Dankesworten vergalten. Er saß da, hatte fast immer

eine Zigarre im Mund, steuerte mit tiefer, etwas gutturaler Stimme hin und wieder eine Bemerkung bei und fühlte sich als Mittelpunkt.

David hatte ihn schon öfter gesehen und etwas über ihn gehört. Er war der Sohn eines Holzhändlers holländischer Abstammung, der durch Lieferungen an die englische Flotte reich geworden war und für seinen Sohn ein Leutnantspatent gekauft hatte, nachdem dieser für das väterliche Geschäft zu passiv und zu begriffsstutzig gewesen war.

Unter den Briten und Kanadiern nahmen manche sein Geld, wenige aber nahmen ihn ernst. Wenn Pieter van Blahs mit langsamen Schritten durch das Lager stapfte – er schien nichts schnell tun zu können –, dann hatte er oft eine Vogelflinte geschultert, denn er hielt sich für einen großen Jäger.

Den Respekt, den ihm seine geistigen Fähigkeiten nicht einbrachten, suchte er durch seine Körperkraft zu erzwingen. Er war groß und stark, und man sagte, daß er Fähnriche, die ihm widersprachen, brutal zusammengeschlagen habe.

Als Hauptmann Pausch, der seine Batterie verladebereit gemacht hatte, an ihren Tisch trat, stand auf einmal wieder David im Mittelpunkt des Interesses. Major von Hasselow und die anderen Braunschweiger erfuhren erst durch ihn von Davids Erkundung und wollten nun möglichst viele Einzelheiten über den Feind wissen.

Auch vom Tisch der Kanadier setzten sich drei Offiziere zu ihnen und beteiligten sich an ihrem Gespräch, was Leutnant van Blahs sichtlich übelnahm. David war hundemüde und wollte auf keinen Fall in diesem Kreis über Jeans Tod reden und bemühte sich, das Gespräch zu beenden.

Er verabschiedete sich und wollte zu seinem Schlafplatz in einer ihrer alten Hütten gehen, als er am Tisch der Kanadier über ein Bein stolperte, das van Blahs weit in den Gang gestreckt hatte.

David murmelte eine Entschuldigung und wollte weitergehen, als van Blahs aufsprang und ihn an der Schulter herumriß: »Ihnen werde ich Benehmen einprügeln, Sie kleiner Wichtigtuer!«

Als er ausholte, wurde seine Hand festgehalten und Pellews ruhige Stimme sagte: »Wollen Sie nicht lieber mit mir einen kleinen Faustkampf wagen?«

»Kann der Kleine nicht für sich selber sorgen?« begehrte van Blahs auf.

»Das hat er schon in mehr Kämpfen mit dem Feind getan, als Sie wahrscheinlich aushalten werden. Aber wenn es um einen Boxkampf geht, sind wir in der Navy fair genug und halten die Gewichtsklassen ein.«

Leutnant van Blahs murmelte etwas und setzte sich wieder.

Als Pellew an den Tisch zurückkehrte, sagte einer der Kanadier: »Er ist ein dummes, feiges Großmaul. Wenn er nicht Erbe eines beachtlichen Vermögens wäre, würde sich keiner mit dieser Null abgeben.«

David konnte vor seiner Rückfahrt zur Isle aux Noix am nächsten Morgen zu seiner großen Freude Post in Empfang nehmen. Zwei Briefe kamen von Susan, zwei von Onkel und Tante und einer zu seiner großen Überraschung von Haddington, dessen Sloop in hartem Kampf ein Kaperschiff mit zwanzig Kanonen erobert hatte.

Susan schrieb lieb und freundlich, hatte seine Post aus Saint Augustine erhalten, berichtete von des Vaters vieler Arbeit und von der Ballsaison des letzten Winters. War da nicht ein bißchen viel von einem Leutnant der Horse Guards die Rede, Erbe eines alten Geschlechts? Susans Mutter schien jedenfalls von dem jungen Herrn ganz hingerissen zu sein. Ob es Susan auch war?

Die Briefe von Onkel und Tante waren weniger aufregend. Gewiß, vieles wurde teurer, da Frachtraten und Versicherungen stiegen, aber andererseits blühten auch für alle, die mit der Ausrüstung der Flotte irgendwie zu tun hatten, die Geschäfte. Einige seiner Freunde wollten den Onkel dazu bringen, gemeinsam mit ihnen ein Kaperschiff auszurüsten, falls die britische Regierung vielleicht einmal Kaperbriefe ausstelle. Was David davon halte?

Die Batterie hatte die Rebellen von Windmill Point vertrieben. Die britische Flotte sammelte sich jetzt in diesen Gewässern und trainierte ihre Mannschaften in der Handhabung der Schiffe und Kanonen.

David kommandierte eines von Hamonds Kanonenbooten, ein Bootsmannsmaat das andere. Miller und Hansen hatte David auf sein Boot mitnehmen können. Miller war Geschützkapitän, Hansen Schlagmann der sechzehn Ruderer.

Soldaten des 29. Regiments und einige Canadian Volunteers wurden an Bord der größeren Schiffe als Seesoldaten kommandiert. Am 5. Oktober endlich gelangte die Einhundertachtzig-Tonnen-Sloop *Inflexible* über die Sandbänke bei der Isle aux Noix, übernahm achtzehn Zwölfpfünder, Munition und Vorräte und war bereit, alles zusammenzuschießen, was sich ihr auf dem See entgegenstellen sollte.

Am 9. Oktober segelten sie westwärts über den See, um den Feind zu treffen. Kapitän Pringle mit Gouverneur Carleton und Baron von Riedesel als Gästen hatte den Schoner *Maria* als Flaggschiff gewählt. Dacres kommandierte den Schoner *Carleton*, auf dem auch Pellew war, ebenso wie jener Leutnant van Blahs, der die Kanadier als Seesoldaten befehligte.

Die *Inflexible*, die ihr Erbauer, Leutnant Schanck, kommandierte, war das Rückgrat der Flotte, zu der auch die *Thunderer* gehörte und eines jener eigenartigen flachbordigen Schiffe mit einem Mast und zwei Segeln, wie sie David bei den Rebellen gesehen hatte. Es war auch von den Rebellen erbeutet worden, wurde als Gondola bezeichnet und trug den Namen *Loyal Convert*.

Die zwanzig Kanonenboote folgten unter Hilfsegeln, und vier Langboote sicherten zum Ufer hin. Zwanzig andere Langboote transportierten Nachschubgüter. Die Siegeszuversicht war groß.

Am Abend ankerten sie zwischen Long Island und Grand Island, und die Kanonenboote sicherten im Halbkreis den Ankerplatz.

Vom Gegner wußten sie nur, daß er über zwölf bis fünfzehn Schiffe verfügte, die ein General Benedict Arnold kommandierte. Neben den drei Schonern, der kleinen Sloop und dem Kutter hatte er auch die Gondolas mit je drei Geschützen, die David gesehen hatte.

Spione hatten auch über eine Art Galeere berichtet, mit Riemen, zwei Lateinersegeln und etwa zwölf Kanonen, aber niemand hatte sie gesehen. Kapitän Pringle hatte keine Aufklärung vorausgeschickt, sondern segelte mit der gesamten Flotte am Morgen des 11. Oktober weiter. Ein günstiger Wind aus Nordosten brachte sie gut voran.

Als sie den Landvorsprung »Cumberland Head« passiert hatten, sah David, wie der See sich auf etwa fünf Meilen verbreiterte. Steuerbord voraus lag im Dunst Valcour Island, eine bewaldete Felseninsel, die etwa einhundertachtzig Fuß über dem Spiegel des Sees aufragte. Hier hatte General Arnold seine Flotte aufgestellt.

Nach Nordosten hin war die Enge zwischen Festland und Valcour Island durch Untiefen geschützt. Wenn sich die Briten verleiten ließen, aus dieser Richtung anzugreifen, würden sie auf den Untiefen Schiffbruch erleiden. Segelten sie an Valcour Island vorbei, mußten sie gegen den Wind zu Arnolds Stellung zurückkreuzen und konnten ihn nicht geschlossen angreifen. Denn daß er in einer der üblichen Seeschlachten mit Passieren in Kiellinie keinerlei Chance hatte, wußte auch Arnold. Die Briten hatten das doppelte Geschoßgewicht wie seine Flotte.

Pringle sichtete Arnolds Flotte erst, als er bereits zwei Meilen südwestlich von Valcour Island stand. David sah die Signalflaggen am Mast aufsteigen, die den Angriff in nordwestlicher Richtung befahlen. Die Kanonenboote kamen mit ihren Rudern am besten gegen den Wind voran und griffen in breiter Front an.

David sah zu seiner Überraschung, daß sich drei der Galeeren mit Lateinersegeln aus der feindlichen Formation lösten und mit einem Schoner den britischen Kanonenbooten entgegensegelten.

»Einzelfeuer nach Zielauffassung«, lautete das Kommando für die Kanonenboote.

David hielt das Ruder so, daß sein Boot auf die eine große Galeere zielte, die mit ihrer Länge und Breite ein kaum zu verfehlendes Ziel bot.

»Riemen halt«, befahl er, und alle hielten die Riemen im Wasser still, um das Boot zu stabilisieren, »Feuer frei!«

Die Kanone donnerte, rollte zurück, und sie trieben ihr Kanonenboot weiter dem Feind entgegen.

Dacres hatte mit seinem Schoner *Carleton* am besten gegen den Wind gekreuzt und griff mit seinen zwölf Sechspfündern in das Gefecht ein. Das war ein harter Kampf für Arnolds Schiffe. Die britischen Kanonenboote waren mit ihren relativ schmalen Rümpfen schwer zu treffen, feuerten aber Kugeln ab, die alles zerschmetterten.

Der Schoner der Rebellen war zuerst am schwersten getroffen und lief an der Südspitze der Insel auf Grund. Die Besatzung floh zur Insel, und ein Seitenblick zeigte David, daß der Schoner brannte.

Die Galeeren wurden auch von den schweren Kugeln der Kanonenboote beschädigt und zogen sich auf ihre im Halbkreis verankerten Schiffe zurück.

Verwegen steuerte Dacres seinen Schoner *Carleton* vor den feindlichen Halbmond, ankerte, setzte ein Spring auf das Ankerkabel, holte das Schiff herum und eröffnete mit der Breitseite seiner sechs Sechspfünder ein heftiges Feuer auf die Rebellen.

David war so begeistert von der Kühnheit und Präzision des Manövers, daß er laut »Hurra!« brüllte.

Die Kanonade war jetzt, gegen elf Uhr vormittags, so heftig, wie David es noch nie erlebt hatte. Die zwanzig Kanonenboote, der Schoner *Carleton* und die restlichen vierzehn Schiffe der Rebellenflotte feuerten aufeinander, was die Rohre nur hergaben. Hügel und Felsenklippen am Ufer und auf der Insel warfen die Echos zurück.

Die Kanonenboote konnten sich der feindlichen Flotte nicht auf mehr als zweihundertfünfzig Yard nähern, da die Rebellen dann mit Traubengeschossen auf sie feuerten. Diese Kugelschwärme hatten bei der leichten Bauweise der Boote eine verheerende Wirkung.

Neben Davids Boot wurde ein Kanonenboot in der Munitionskammer getroffen und flog in die Luft. David wußte, daß hessische Artilleristen die Kanone bedient hatten.

Er brachte sein Boot an die Stelle, wo Trümmer und tote Fische trieben und zog acht, zum Teil schwer verletzte Überlebende aus dem Wasser. Dann pullte er etwa einhundert Yard aus der Gefechtslinie und rief mit Signalen eines der Langboote. Ihm übergab er die Verwundeten, übernahm schnell Munition und pullte zurück, um das Feuer auf die feindlichen Geleeren fortzusetzen.

Wo blieben nur ihre schweren Schiffe? Die Radeau *Thunderer* und die Gondola *Loyal Convert* waren noch fast zwei Meilen vom Feind entfernt. Der Schoner *Maria* und die Sloop *Inflexible* kreuzten in der Enge mühsam gegen den Wind an und befanden sich noch außer Schußweite.

Was haben wir nun von den großen Schiffen, die so viel Zeit gekostet haben? dachte David und trieb seine Kanoniere an. Den Kampf fechten die Kanonenboote und die *Carleton* allein aus.

Aber da schwang der Schoner herum. Das Springkabel auf dem Ankertau der *Carleton* war zerschossen worden. Sie konnte nicht mehr ihre Breitseite dem Feind darbieten, sondern ihr Heck drehte sich im Wind herum, so daß ihr Bug zum Feind zeigte. Die Rebellen konzentrierten ihr Feuer auf die *Carleton* und bestrichen sie vom Bug zum Heck.

David konnte Leutnant Dacres nicht mehr sehen und beobachtete, daß die heldenmütigen Versuche, am Bugspriet Segel zu setzen, vergeblich blieben. Mit Hamond trieb er die Kanonenboote näher an den Feind, um Entlastung zu bringen.

Er sah, wie die *Carleton* wieder und wieder getroffen wurde und schon tiefer im Wasser lag.

»Hansen!« rief er. »Knote ein Tau an unsere dünne Leine. Belegt das Tau am Bug. Ich schwimme mit der Leine zur *Carleton*. Du übernimmst das Kommando. Feuert weiter, bis das Tau drüben fest ist, dann zurück wie die Teufel!«

Er zog Hemd, Schuhe und Strümpfe aus, band sich die Leine um den Leib und sprang ins Wasser, um die einhundert Yard zur jetzt hilflos treibenden *Carleton* zu schwimmen. Die Kanonenkugeln, die ihre Ziele nicht trafen, rissen Gischtbahnen im Wasser auf. Traubenkugeln ließen den See kochen.

David hielt den Kopf unten, soweit es ging, und schwamm, so schnell er konnte, aber die Leine hemmte – je länger, desto mehr.

Wie viel sicherer man sich hinter den dünnen Planken fühlt, schoß es ihm durch den Kopf, und er wußte, daß das nur die Einbildung war, denn die Planken hielten keiner Kanonenkugel stand und jagten bei jedem Treffer ihre gefährlichen Splitter durch die Luft.

Vor Angst schwamm er überhastet und schluckte Wasser. Da endlich rückte das Heck der *Carleton* näher.

»Hallo!« schrie David, »Hallo!«

Irgend jemand war auf ihn im Donner aufmerksam geworden. David hob ein Stück der Leine aus dem Wasser und schwamm näher. Sie begriffen. Kräftige Hände rissen ihn am Heck hoch, lösten die Leine von seiner Hüfte und holten sie ein.

Verschwitzt und verschmiert tauchte Pellew auf.

»Der kleine Feuerfresser!« rief er und grinste in dieser Hölle. »David, das vergesse ich dir nie!«

Und er rannte davon und brüllte Befehle. Das dicke Tau stieg am Heck hoch und wurde belegt. David schwenkte seine Arme zum Kanonenboot, und da straffte sich die Trosse. Yard um Yard wurden sie mit dem Heck voraus aus dem Feuer gezogen.

David sah, wie ein Langboot seinem Kanonenboot half. Und dann endlich war der Schoner *Maria* heran, nahm die Stelle der *Carleton* ein und jagte seine Breitseiten gegen die Rebellen.

Edward Pellew trat zu David, als die Gefahr vorbei war. »Dacres ist noch besinnungslos. Er hat eine Splitterwunde am Kopf. Der Steuermannsmaat Brown hat einen Arm verloren. Ich bin der einzige dienstfähige Offizier. Acht Tote und sechs Verwundete haben wir. Und unsere großen Schiffe haben keinen einzigen Schuß abgefeuert.«

»Und wo ist das kanadische Großmaul, der van Blahs?« fragte David.

»Verdammt, der sollte die Drehbassen- und Musketenschützen kommandieren!« Pellew eilte unter Deck, und David folgte ihm.

Im Cockpit, wo ein Sanitäter den Verletzten half, hockte der große Leutnant in der Ecke.

»Ist er verletzt?« fragte Pellew den Sanitäter. Der sah kurz hoch: »I wo. Die Hosen hat er voll, daß wir's vor Gestank kaum aushalten, und er schreit dauernd, daß er weg will.«

Pellew explodierte vor Wut, sprang zu van Blahs hin, riß ihn hoch – Pellew hatte wirklich enorme Kräfte –, schleppte ihn nach oben und schleuderte ihn über Bord.

»Werft dem feigen Schwein ein Tau hin!« herrschte er zwei Matrosen an. Der strampelnde und prustende Kerl griff nach dem Tau und wurde an Bord gehievt.

Bevor er ein Wort sagen konnte, brüllte ihn Pellew an: »Ich werde dafür sorgen, daß Sie wegen Feigheit Ihr Patent verlieren! Scheren Sie sich zu den achteren Toiletten. Da gehören Sie hin!«

David winkte sein Kanonenboot heran, sprang hinüber und führte es zurück in die Feuerlinie. Jetzt sah er deutlich, wie schwer auch die Rebellen getroffen waren. Eine ihrer Gondolas war gesunken. Zwei andere lagen tief im Wasser. Die Galeeren und Schoner hatten schwere Schäden an Mast und Rumpf.

Und jetzt, als die Dämmerung sank, erschien endlich auch die *Inflexible* und donnerte ihre Salven in die angeschlagene feindliche Flotte.

Aber dann schlief das Feuer ein. Die Kanoniere konnten ihr Ziel nicht mehr erkennen und sanken auf den Schiffen, die für Stunden im Gefecht waren, erschöpft neben ihren Kanonen zusammen.

Befehl erfolgte von Kapitän Pringle: »In Linie ankern, die Enge absperren, damit die Rebellen nicht entwischen! Morgen werden wir sie erledigen!«

Jetzt am Abend waren die Munitionsvorräte aufzufüllen, die Verletzten zu versorgen und die dringendsten Reparaturen auszuführen.

Davids Kanonenboot hatte einen Toten und zwei Verletzte. Das Langboot, das ihnen Munition und Vorräte brachte, nahm sie mit zum Arzt. Ihre Plätze füllten Leute von dem versenkten Kanonenboot. Dann ließ David immer abwechselnd die Hälfte seiner Leute schlafen und wachen.

Als der Morgen graute, rief die Bordwache erregt nach David. Die feindliche Flotte war verschwunden. Der Gouverneur, so erzählte man später überall, solle vor Wut fast einen Herzschlag erlitten haben.

Kapitän Pringle schickte Langboote nordwärts, aber die kehrten um, als sie die Untiefen erreichten. Pringle ließ noch die Gewässer zwischen Valcour Island und Grand Isle absuchen, bis ihm endlich klar wurde, daß die Rebellen in Richtung Crown Point entkommen waren. Sie setzten Segel zur Verfolgung, ankerten aber nachts bei Four Winds Island.

In aller Herrgottsfrühe setzten sie die Verfolgung fort. Der Wind zwang die Schoner und die *Inflexible* zunächst zu zeitraubendem Kreuzen, und die Kanonenboote schlichen mit erschöpften Ruderern dahin.

Als die *Inflexible* signalisierte »Feind in Sicht«, drehte der Wind auf Nord und erleichterte die Verfolgung. Schnell kamen sie auf. Die Rebellengaleere *Washington* blieb am weitesten zurück und wurde von den Schonern und der Sloop nach kurzem Gefecht zur Übergabe gezwungen.

General Arnold mit der Galeere *Congress* und vier Gondolas kreuzte durch die Linie der Briten in eine Bucht am Südufer und verteidigte das Ausschiffen der Mannschaften gegen vier britische Kanonenboote.

David brachte sein Boot in Position und ließ Schuß um Schuß auf das feindliche Flaggschiff feuern. Verglichen mit der hitzigen Schlacht bei Valcour Island war es ein kleines Gefecht.

Aber die letzte Kugel, die von der *Congress* abgefeuert wurde, bevor sie auflief und von ihrer Besatzung in Brand gesetzt wurde, schlug Greg Miller den Fuß am Knöchel weg und jagte David einen Holzsplitter in den Oberarm, so daß er laut aufstöhnte.

Er biß die Zähne zusammen, sah, was geschehen war, und rief Hansen zu: »Binde Greg das Bein ab!«

Hansen blutete aus einer Fleischwunde an der Brust, aber er sprang zu Miller und versorgte den Verwundeten.

Als David bemerkte, daß die restlichen Rebellenschiffe am Ufer brannten, legte er das Ruder herum und nahm Kurs auf die *Inflexible*, die einen Schiffsarzt hatte.

Der Arzt konnte Greg Miller sofort versorgen und beruhigte David, daß er es aller Voraussicht überleben werde.

»Der Fuß war so glatt abgeschossen, daß ich nur die Adern versorgen und die Wunde verbinden mußte. Aber nun zu Ihnen, mein Herr.«

David schrie laut auf, als das Skalpell in sein Fleisch schnitt, um einen Widerhaken des Holzsplitters zu lösen. Dann biß die Alkoholtinktur in die Wunde, und er stöhnte.

»Nur eine Fleischwunde. Der Arm muß zwei Wochen geschont werden, dann geht es wieder.« Und der Arzt legte David den Arm in eine Binde, bevor dieser sich zurück zum Kanonenboot helfen ließ.

Hamond legte an ihrer Seite an, war beruhigt, daß David nicht schwer verletzt war und notierte sich alle Schäden und die Zahl der Verwundeten, denn er mußte zum Bericht auf das Flaggschiff.

Als Hamond nach einer halben Stunde zurückkehrte, diesmal im kleinen Beiboot, strahlte er über das ganze Gesicht.

»Der Gouverneur empfiehlt dem Admiral meine Beförderung zum Leutnant, und Kapitän Pringle sagt, damit wäre alles so gut wie sicher. Du sollst dich auf dem Flaggschiff melden. Leutnant Dacres ist auch da, mit einem Kopfverband, aber sonst ist er wieder dienstfähig. Ach ja, Pellew wird auch zum Leutnant vorgeschlagen. Und er rühmt deine Tapferkeit über alle Maßen.«

David ließ sich ins Beiboot helfen und zum Schoner *Maria* übersetzen. Vor der Kajüte erwartete ihn Pellew, fragte nach der Wunde und bedankte sich für Davids Glückwünsche zur bevorstehenden Beförderung.

»Ich sollte die Nachricht vom Sieg zum Admiral bringen, aber ich möchte bei dieser Flottille bleiben und beim Vormarsch dabeisein. Leutnant Dacres wird die Depeschen nach London bringen und Commander werden. Und für die Benachrichtigung des Admirals in New York suchen sie noch jemanden.«

Und er zwinkerte David zu. »Wenn du mich einmal brauchst, vergiß nicht, ich bin in deiner Schuld.«

Gouverneur Carleton und Kapitän Pringle empfingen David in der Kajüte überaus freundlich und erkundigten sich nach seiner Wunde.

Carleton sagte: »Mr. Winter, Sie haben in dieser Schlacht ein Beispiel hervorragender Tapferkeit gegeben. Ich werde dem kommandierendem Admiral der Nordamerika-Station ihre Ernennung zum Midshipman empfehlen, und ich bin sicher, er wird meiner Empfehlung folgen. Ihr Name wird in meinem Bericht an Seine Majestät ehrenvoll erwähnt werden, und ich möchte Sie auch dadurch ehren, daß ich Sie mit den Siegesdepeschen nach New York schicke. Da Sie Ihrer Verletzung wegen behindert sind, kann Sie ein Seemann Ihrer Wahl begleiten.«

David bedankte sich und sagte, er habe nur seine Pflicht getan, was ihm ziemlich albern vorkam, kaum daß er die Worte ausgesprochen hatte. Carleton schien derartige Reaktionen jedoch gewohnt und fragte mehr routinemäßig, ob er David noch einen Wunsch erfüllen könne.

David dachte sofort an Greg: »Exzellenz, einem meiner Männer wurde der Fuß weggeschossen. Kann er von Euer Exzellenz Behörde ausgemustert und auf die Pensionsliste gesetzt werden? Er kann hier auf einen Hof einheiraten. Wenn er erst zum Standort des kommandierenden Admirals oder sogar nach England muß, kann er vielleicht nie mehr zurück.«

»Gewährt, mein Lieber«, sagte Carleton gnädig und rief seinen Sekretär: »Mr. Winter wird Ihnen den Namen eines Seemannes nennen, der als Invalide ausgemustert werden und auf die Pensionsliste gesetzt werden soll. Sorgen Sie für alle Formalitäten.«

David wurde zu seinem Kanonenboot gebracht, sagte Hansen Bescheid, daß er ihn nach New York begleiten solle, verabschiedete sich von seiner Mannschaft und umarmte Hamond. Dann ließ er sich zur *Inflexible* übersetzen und ging zu Greg Miller ins Krankenrevier. Der lag blaß da, aber der Arzt sah keinen Anlaß zur Sorge. Über Davids Nachricht freute er sich und dankte unbeholfen für die Fürsorge.

»Aber wird mich Myra denn noch haben wollen?« fragte er etwas mutlos.

»Aber Greg, wenn sie nur halb so gut als Mensch ist, wie du gesagt hast, will sie dich natürlich noch haben. Sie verpassen dir einen Holzfuß, und du wirst fast so gut laufen wie vorher. Und wenn sie dich nicht will, ist sie deiner nicht wert. Werde nur schnell gesund! Kannst du schreiben, Greg?«

»Ja, Sir, ich bin ein gelernter Mann.«

»Gut, dann schreib mir doch bitte mal ein paar Zeilen, wie sich alles entwickelt hat.«

Und sie gaben sich lange die Hand, ehe David ihm zunickte und ging.

Die *Carleton* segelte eilig nach Saint John, um die Nachricht vom Sieg zu übermitteln und den Regimentern den Marschbefehl zu bringen. Bei der Isle aux Noix warteten schon Hunderte von Prähmen. Viele Soldaten drängten zum Ufer und empfingen sie mit Hurrageschrei und Winken.

David stand neben Dacres, der seinen Kopfverband trug, war überrascht von dem Jubel und freute sich. Dacres ging mit Befehlen zu General Burgoyne, und David wartete auf das Langboot, das sie über die Untiefen nach Saint John bringen sollte.

Am Ufer blieb sein Blick an einem Rindenkanu hängen, das dort abseits von den Prähmen lag. Da holte ihn die Erinnerung ein. In Gedanken war er wieder in jenem Bachbett und hörte Jeans drängende Aufforderung, sich in Sicherheit zu bringen. Trauer und etwas Scham erfüllten sein Herz.

Dacres kam mit dem Langboot, rief David an und sagte: »Wie ein Held schauen Sie aber nicht in die Welt, David.«

»Ich fühle mich auch nicht so, Sir. Ich mußte eben an einen wahren Helden denken. Er wird von dem Geschrei auch nicht wieder lebendig.«

»Nun, mein Lieber, dann bin ich lieber ein falscher Held, aber lebendig und auf dem Wege nach London.«

Abenteuer in New York

Seiner Majestät Brigg *Mercury* segelte im kühlen Novemberwind auf die Bucht des Hudson zwischen Long Island und Staten Island zu. Die Sonne war kaum aufgegangen und wärmte noch nicht. Fröstelnd hüllte sich David in einen warmen Umhang, den ihm der Kommandant geliehen hatte.

Die Brigg war ein typisches Depeschenschiff, immer unterwegs, immer verpflichtet, den schnellsten Weg zu suchen.

Das paßte wenig zu dem Unternehmungsgeist des schottischen Kommandanten, eines Leutnants von etwa fünfundzwanzig Jahren, der seine acht Sechspfünder im Kampf einsetzen und »nicht wie auf einer ›Ozeanpostkutsche‹ nur hin- und hertransportieren wollte«, wie er es ausdrückte.

Auf dem Weg von Halifax hatte er keine Gelegenheit gefunden. Zwei Segel hatte er auf seinem Kurs entdeckt, aber sie waren geflohen, als sie die Brigg sichteten, und zeitraubende Verfolgungen durfte er sich nicht erlauben.

»Die Herren von der Flotte haben es verlernt, den Morgenschlaf zu genießen. Immer treibt es sie in der frühesten Dämmerung an Deck.«

David wandte sich um und lächelte den Sprecher, einen jungen Armeeleutnant, an.

»Guten Morgen, Sir, wenn die Armee nicht so schläfrig wäre, stünde es vielleicht besser um die britische Sache in Amerika.«

»Schon am frühen Morgen beißen sie zurück, die jungen Herren der Flotte. Kein Respekt mehr vor dem Alter«, scherzte Leutnant Abercrombie. »Was gibt es denn zu sehen?«

David erklärte ihm, daß sie auf die nur gut eine Meile breite Meerenge zwischen Staten Island und Long Island zusteuerten. Steuerbord voraus lägen Gravesend und New Utrecht.

Ob er denn schon hier gewesen sei, wollte Abercrombie wissen.

Nein, aber er habe sich die Karte angesehen, und der Name Gravesend habe ihn erinnert, daß es nur gut zweieinhalb Jahre her sei, daß er Gravesend an der Themsemündung erblickt habe.

»Und mich sollten die Namen daran erinnern, daß hier am 22. und 25. August unsere Truppen und hessische Brigaden unter General Heister und Colonel Donop gelandet sind, um Long Island freizukämpfen«, sagte Abercrombie.

David fragte, ob der Kampf um New York schwer gewesen sei.

»Keinesfalls«, antwortete Abercrombie. Schwer sei nur die Warterei gewesen. Ende Juni hätten sie schon Staten Island besetzt und dann sieben Wochen mit der Landung auf Long Island gewartet.

»Danach hatten wir Washington mit seiner Armee auf den Hügeln von Brooklyn so gut wie im Sack, als vor einem drei bis vier Fuß tiefen Graben ›Halt‹ befohlen wurde.«

Dort hätten sie gelagert, bis Washington seine Truppen bei Nacht über den East River nach Manhattan evakuieren konnte, denn natürlich hatte man versäumt, den East River mit der Flotte zu blockieren.

Dann habe die Armee wieder gewartet, weil die Brüder General und Admiral Howe mit Abgesandten des Kongresses verhandelten. Das sei von Beginn an aussichtslos gewesen, denn die Rebellen forderten die Anerkennung der Unabhängigkeit, und die konnten ihnen die Friedenskommissare Howe nicht gewähren.

Mitte September sei man dann in Manhattan gelandet, aber man habe wieder gewartet, bis der Feind sich zurückziehen konnte. Als er die Armee verlassen habe, belagerte sie die Stellungen der Rebellen fünf Meilen nördlich von Harlem bei Fort Lee und Fort Washington.

Leutnant Abercrombie schloß seinen Bericht: »Wir werden bald wissen, ob sie dort immer noch warten. Dabei sollte man meinen, General Howe hätte es eilig, in das Bett seiner amerikanischen Geliebten, einer Mrs. Loring, zu kommen. Aber wahrscheinlich ist er sowieso öfter dort als bei seinen Truppen. ›Fröhlich sein und sich amüsieren‹, das ist seine Devise.«

»Sie sind verbittert, Sir«, sagte David.

»Ja, zum Teufel, das bin ich, seitdem ich die blamable Niederlage bei Fort Sullivan miterlebt habe, die wir der stümperhaften Vorbereitung General Clintons verdankten. Ich stamme aus einer Familie, die der Krone seit Genarationen Colonels und Generäle gestellt hat. Die Herren im Stab wissen, wie ich über sie denke und was ich meiner Familie schreibe. Darum habe ich jetzt den Posten eines Kurieroffiziers und darf hin- und hersegeln, damit ich an Land nicht zu viel sehe, und vielleicht versenkt uns ein Kaperschiff, oder wir gehen im Sturm unter.«

Während dieser Unterhaltung hatten sie Red Hook erreicht und steuerten auf die Spitze von Manhattan zu. Der Hudson und der East River waren mit Schiffen aller Art gefüllt, und der Wald der Masten erinnerte David fast an den Londoner Hafen. Abercrombie und David gingen zum Achterdeck.

Der Leutnant sagte, er werde am East River östlich des großen Docks anlegen. David habe es dann nicht weit zum Hauptquartier des Admirals am Hannover Square 10.

»Na und Sie, Mr. Abercrombie, kennen ja das Hauptquartier des Generals in der Broad Street.«

Er könne es kaum erwarten, wieder dort zu sein, spottete Abercrombie.

David verabschiedete sich schon jetzt von den beiden und ging hinunter zu der kleinen Kammer, in der Hansen ihre Habseligkeiten verschnürt hatte.

»Das war eine richtige Erholungsreise, Sir«, sagte William

Hansen. »Als Offizierssteward hat man einen schönen Posten.«

»Das kann ich mir denken«, bestätigte David, »seit ich meinen Arm wieder gebrauchen kann, hattest du ja nichts mehr zu tun. Wir werden sehen, was der Admiral jetzt mit uns vorhat.«

Er ließ sie warten. David hatte seine Depeschen und Berichte einem Flaggleutnant übergeben und saß nun schon seit einer Stunde in einem Wartezimmer im ersten Stock des geräumigen Hauses. William hatte man in das Kutscherzimmer im Erdgeschoß neben der Küche geschickt, aber David zweifelte nicht, daß er für sich sorgen konnte.

Mit ihm saßen Flottenoffiziere, Intendanten und Zivilisten im Wartezimmer. Ihren Unterhaltungen entnahm David, daß Fort Washington vor drei Tagen erobert und Fort Lee vom Feind geräumt worden sei. Die Beute sei ganz erheblich gewesen, allein einhundersechsundvierzig Kanonen, und General Washington sei nach New Jersey zurückgetrieben worden.

Da hat Leutnant Abercrombie wohl doch zu schwarz gesehen, dachte David.

»Mr. Midshipman Winter!« riß ihn die Stimme des Dieners aus seinen Gedanken.

Er stand hastig auf, zog den etwas ramponierten Rock glatt, klemmte den Hut unter den Arm und marschierte in das Arbeitszimmer von Admiral Lord Richard Howe.

Er sah einen großen, dunkelhaarigen Mann, der zurückhaltend, aber freundlich seinen Gruß erwiderte und ihn mit einem kräftigen Händedruck ehrte. »Sie bringen mir gute Nachricht, Mr. Winter. Ich freue mich, daß die feindliche Flotte derart vernichtend geschlagen wurde, daß von fünfzehn nur zwei Schiffe entkommen konnten. Gouverneur General Carleton hebt Ihre Tapferkeit hervor, und es ist mir eine Ehre, sie entsprechend seinem Vorschlag zum Midshipman zu ernennen. Ich hoffe, Sie werden sich weiterhin im Dienst des Königs bewähren. Darf ich Ihnen als erster gratulieren, Mr. Winter?«

David war von dem freundlichen Empfang durch einen Admiral und Lord tief beeindruckt und fühlte, wie ihm die Röte ins Gesicht stieg, als er sich räusperte und sein »Ergebensten Dank, Sir, Verzeihung Mylord, zu gütig«, herausbrachte.

»Black Dick«, wie der Spitzname des Admirals lautete, ging mit der Gelassenheit des Grandseigneurs über die Verlegenheit des jungen Burschen hinweg und brachte ihn dazu, von der Schlacht zu berichten.

David sprach immer unbefangener und erzählte von den Befürchtungen der Braunschweiger Offiziere, daß der Sieg zu spät erfolgte, um in diesem Jahr ausgenutzt zu werden.

»Ja, ich weiß«, sagte der Admiral, »der Sommer hätte in diesem Jahr zwei Monate länger dauern müssen, dann stünden unsere Chancen viel besser.«

Lord Howe hatte aus Davids Bericht herausgehört, daß dieser Deutsch könne, fragte nach und sagte, als er von der Herkunft aus Hannover hörte, daß er selbst eine deutsche Mutter habe.

Diese kleine private Bemerkung leitete zum Ende des Gesprächs über. Der Admiral erwähnte, daß die *Shannon* frühestens in drei Wochen erwartet werde. Sie kreuze vor ihren alten Jagdgründen an der Chesapeake Bay und erneuere die Kontakte mit den Loyalisten.

Er werde David vorübergehend auf die *Albion* abkommandieren, ein Fünfzig-Kanonen-Schiff, das zu wenig Besatzung habe. Der Sekretär werde ihm das entsprechende Schreiben ausfertigen. Und David wurde leutselig und mit den besten Wünschen entlassen.

Im Vorzimmer fragte ihn der Sekretär, ob er der Midshipman für die *Albion* sei. David bejahte, mußte Vorname und die *Shannon* als sein Stammschiff angeben und war geistesgegenwärtig genug, zu erwähnen, daß diese zeitweilige Abkommandierung auch für William Hansen, Vollmatrose, gelte, der ihn begleitet habe, weil er anfangs verwundet gewesen sei.

Wenn das den Sekretär interessierte, dann höchstens, weil er einen Satz mehr zu schreiben hatte. Mit der Ungeduld des vielbeschäftigten Mannes gab er Auskunft nach dem Liegeplatz der *Albion* und bestätigte, daß »Hamilton, Haws und Lawson«, Prisenagenten, eine Niederlassung in der Wall Street hätten.

Diese Nachricht beruhigte David in finanzieller Hinsicht, denn sein Onkel hatte ihm geschrieben, daß er alle Geldgeschäfte für David über diese angesehene Firma abgewickelt habe und er über diese Firma auch Auszahlungen auf seine Prisengelder in den britischen Garnisonen in Amerika erhalten könne.

David ließ William rufen und ging mit ihm zur Wall Street, da sie doch in diese Richtung mußten, weil die *Albion* am Hudson River lag. War das ein Unterschied zu dem damaligen Marsch durch Boston. Die Straßen waren voller Leben. Die Menschen waren freundlich zu den Soldaten und Matrosen, wie David immer wieder erfuhr, wenn er nach dem Weg fragte.

Durch Seitenstraßen blickte er auf einige Viertel voller rauchgeschwärzter Ruinen. Auf Fragen erfuhr er, daß ein Drittel der Häuser durch einen großen Brand vernichtet worden wäre, nachdem Washington die Stadt geräumt hätte.

Im Büro der Prisenagenten wurde David sehr zuvorkommend behandelt, nachdem man sich durch Rückfragen seiner Identität versichert hatte. Er konnte über ein Guthaben von mehr als siebenhundert Pfund verfügen, ein Vermögen für einen so jungen Mann. Prisengelder und Mietüberweisungen von seinem Hamburger Onkel hatten das Guthaben aufgefüllt.

Aber New York sei ein teures Pflaster, belehrte ihn der Bürovorsteher, und man würde ihn gern beraten, wenn er etwas brauche. David bat zunächst nur um die Adresse eines Wirtshauses, wo er gemeinsam mit William essen könne, ohne die Verwunderung von Offizieren zu erregen. Ach ja, dann möge man ihm doch bitte noch einen guten und preiswerten Uniformschneider nennen.

Auf der Straße sagte er William, daß sie zunächst in Ruhe essen wollten. Auf das Schiff mit seiner eintönigen Kost kämen sie noch früh genug. Sie fanden das Wirtshaus in einer Seitenstraße, unauffällig von außen und fast ausschließlich von Zivilisten bevölkert.

Die beiden wurden freundlich bedient und erfreuten sich an einem delikaten Lammbraten mit frischen grünen Bohnen. William erwies sich wieder als angenehmer Tischpartner. Er respektierte Davids Rang und hatte ihm sehr herzlich zur Beförderung gratuliert, war aber nicht devot und unterwürfig.

Er hatte eine sehr natürliche Art, sich seiner Umgebung anzupassen, und ging bereitwillig auf Davids Plauderei über ihre Erlebnisse an der afrikanischen Küste ein.

Dann aber konnten sie die Meldung auf ihrem neuen Schiff nicht länger aufschieben. An den Werften des Hudson heuerte David eines der wartenden Hafenboote und ließ sich zur *Albion* hinauspullen.

Die plumpen Umrisse eines Fünfzig-Kanonen-Schiffes, inzwischen veraltet und zu klein und schwach bewaffnet, um in der Linie zu kämpfen, waren David bekannt. Aber die *Albion* fiel durch ihren Anstrich auf. Sie wirkte fast wie eine Yacht.

Der sonst schwarze Unterteil des Rumpfes ließ ein leuchtendes Blau erkennen, darüber war ein breiter hellgelber Streifen, der wiederum von einem schmalen blauen Band gekrönt wurde. Das Blau wurde häufig von Goldtönen unterbrochen, und die Galionsfigur war eine Komposition in Rot, Gold und Blau.

Als David die Fallreeppforte erreichte, wurde er von einem Midshipman in Paradeuniform empfangen, wie David sie prächtiger noch nie gesehen hatte. Dieser führte ihn zum Wachoffizier, der David mit seinen makellos weißen Aufschlägen und Manschetten beeindruckte und seine Meldung entgegennahm.

»Ich werde Sie zu seiner Lordschaft führen lassen«, verkündete der Wachhabende und winkte einen Captain's Servant heran.

Wenn David annahm, er werde zur Kapitänskajüte geführt, so sah er sich getäuscht. Der Servant brachte ihn zur Kammer des Ersten Offiziers, die allerdings größer und luxuriöser war als sonst üblich.

Ein junger, schlanker, schmalgesichtiger Leutnant gab sich auf seine Meldung hin als Lord Battesham, Erster Leutnant, zu erkennen und vertiefte sich in das Schreiben.

»Eine zeitweilige Abordnung also«, lautete sein enttäuschter Kommentar. »Uns fehlen siebzig Mann an unserer Sollstärke. Wo kommen Sie jetzt her?«

»Aus Kanada, Sir, vom Lake Champlain.«

»Sie haben mich mit Mylord anzureden«, erfolgte die Zurechtweisung mit völlig unbeteiligter Stimme. Der Lord wartete, bis David mit »Aye, aye, Mylord« reagiert hatte.

»Was immer Sie in der Wildnis getan haben mögen, Mr. Winter, Sie sind jetzt wieder in der zivilisierten Welt, und ich erwarte von Ihnen bis übermorgen ein tadelloses Aussehen. Ich erlaube mir den Hinweis, daß die jungen Gentlemen auf diesem Schiff Seidenstrümpfe und Schuhe mit Silberschnallen tragen, keine Imitationen. Haben Sie die Adresse eines Uniformschneiders? Nun gut, sagen Sie, daß Sie von der *Albion* sind. Die Kleinigkeiten regeln Sie mit dem Bootsmann. Sie können abtreten.«

David grüßte, bestätigte »Aye, aye, Sir, Verzeihung, Mylord«, was ihm ein gelangweiltes Stirnrunzeln eintrug, und entfernte sich.

Der Bootsmann nahm erfreut zur Kenntnis, daß er zeitweilig einen Toppgasten mehr hatte. Er gab David seine Wache sowie seine Gefechtsstation – Steuerbordbatterie Oberdeck – bekannt und ließ ihn zum Cockpit führen. William hatte Davids kleines Bündel einem Servant in die Hand gedrückt und war schon im Vordeck verschwunden.

David berührten die Eigenheiten seines neuen Kommandos nicht sonderlich, da er davon ausging, daß es nur vorübergehend war. Aber lästig wurde es ihm schon, daß er im Cockpit vor allem nach seiner Herkunft und seinen verwandtschaftlichen Beziehungen ausgefragt wurde, sich aber niemand dafür interessierte, wo er Dienst getan und was er erlebt hatte.

Davids Wachoffizier, Mr. Fernes, Dritter Leutnant, war der erste, der ihn danach fragte.

»Gott sei dank, Sie scheinen ja etwas vom Dienst zu verstehen«, war die Reaktion. »Damit Sie hier nicht unnötig auffallen, will ich Ihnen noch einige Tips geben.«

Und David erfuhr, welche Details der Kleidung besonders

beachtet wurden, wie man zu gehen, woran man Interesse zu zeigen habe. Daß die Signalflaggen stets sauber und die Flaggleinen geweißt waren, war ebenso wichtig wie der tiefschwarze Anstrich der Geschütze.

»Aber fragen Sie nicht, wann zum letztenmal Scharfschießen geübt wurde!«

Am nächsten Tag erhielt David Urlaub, um sich einkleiden zu können. Der Schneider war auf das Stichwort *Albion* hin orientiert, hielt drei neue Hemden, drei Paar Seidenstrümpfe für das absolute Minimum, war auch nicht bereit, ein billiges Uniformtuch zu wählen, und versorgte David gleich mit Adressen für den Schuhmacher und für eine Wäscherei.

Die Strümpfe konnte David mitnehmen, die Hemden wären morgen bei der Anprobe, die Uniform übermorgen fertig. Der Preis hätte David vor der Nachricht über sein Konto in Verzweiflung gestürzt, jetzt trug er ihn mit Fassung.

Auf dem Weg zum Schuhmacher kam ihm ein Leutnant entgegen.

Das ist doch ... dachte David, als der Leutnant schon freudestrahlend rief: »David, alter Junge! Wie kommst du hierher.«

Es war Nesbit Greg, jetzt Dritter Leutnant auf seiner Majestät Fregatte *Active*, der ihm nun strahlend die Hand schüttelte.

In dem Gasthof, in dem sie sich bei einem Glas Bier gegenübersaßen, erzählte Nesbit zuerst von seinem Glück, daß er bald nach bestandenem Examen die Kommission erhalten habe. Dann mußte David berichten, wurde wegen seiner Abenteuer in der Wildnis bestaunt und löste ein Gelächter aus, als er den Namen seines jetzigen Schiffes erwähnte.

»Was ist denn an dem alten Pott so komisch, daß du so lachen mußt?« fragte David.

Das sei das kurioseste Schiff der ganzen New Yorker Flotte, klärte ihn Nesbit auf. Der spleenige Lord verstünde außer Kleidung und Etikette nichts vom Flottendienst, sei aber steinreich und habe viele Beziehungen zum Oberhaus und zur Regierung.

Der Kapitän sei ein alter Seebär, der sich vom Leichtmatrosen hochgedient habe und so beeindruckt von dem hochadligen Leutnant wäre, daß er ihm völlig freie Hand ließe.

»Stell dir vor, David, nun heißt er auch noch Butterdish, traut sich in Gesellschaft kaum den Mund aufzutun, kann nur notdürftig schreiben und lesen und sieht hilflos zu, wie seine Lordschaft aus der *Albion* ein Modehaus macht.«

David erzählte, daß er in etwa drei Wochen auf die *Shannon* zurückkönne, und beide verabredeten, daß sie am nächsten Abend gemeinsam speisen wollten.

Am nächsten Vormittag setzte Lord Battesham eine seiner häufigen Inspektionen an. Divisionsweise trat die Mannschaft an, und David sah zu seinem Amüsement, wie William Hansen sein Haar naß und straff gekämmt hatte, damit es an der Stirn nicht locker flatterte.

Dem Kapitän wurde gemeldet, aber der korpulente alte Mann mit den groben, schlaffen Gesichtszügen schien sich nicht recht wohl zu fühlen und zog sich bald zurück. Seine Lordschaft war dagegen in ihrem Element.

Aber mit David war der Lord nicht zufrieden. Seine Dienstuniform sei eines Offiziers unwürdig, und rasieren hätte er sich auch können. David hatte sich noch nie rasiert, und diese Mahnung löste nicht nur Unbehagen bei ihm aus.

Ich bin eben ein Mann nun, dachte er und reckte sich.

Als die Mannschaften wegtraten, konnte David ein paar Worte mit William wechseln. Der war zufrieden, wie er untergekommen war, hatte aber Schwierigkeiten mit dem Zahlmeister, weil er die auf der *Albion* geforderte Kleidung aus der Kleiderkiste beziehen mußte, aber keine Soldgutschriften auf der *Albion* hatte und hier auch nicht viel Sold erwarten konnte.

David sagte, daß er das regeln würde, und hörte dann, daß auf der *Albion* nach Aussage von Williams Backschaft während der ganzen letzten Woche kein Geschütz- und Segeldrill stattgefunden habe, sondern nur Kleiderinspektionen und Reinschiff.

Am Nachmittag war Carletons Bericht über die Schlacht bei Valcour Island in der ›Royal Gazette‹ abgedruckt, und neben Dacres und Pellew wurde auch David rühmlich erwähnt.

David wurde zum Ersten Offizier beordert, der ihn zuvorkommend und freudig erregt begrüßte: »Warum haben Sie kein Wort von Ihren Taten erwähnt, lieber Mr. Winter. Es ist für die *Albion* eine Ehre, einen Helden unter ihren Offizieren zu haben. Ihnen zu Ehren wird die Messe morgen abend ein Essen in Hicks Taverne geben. Sie haben bis dahin doch Ihre neue Uniform?«

David bejahte und war in Gnaden entlassen.

Am Abend traf sich David mit Nesbit Greg in einem gemütlichen Wirtshaus, in dem die Tische an den Wänden durch geschnitzte und bemalte Holzbretter voneinander getrennt waren. Nesbit hatte die Gazette ebenfalls gelesen und gratulierte zu dieser ehrenvollen Erwähnung.

Während sie ein zartes Steak genossen, erzählte Nesbit von seinen neuen Bordkameraden. Der Kapitän habe nicht Brisbanes Format, aber man könne mit ihm leben, und die Messe setze sich aus angenehmen Kameraden zusammen.

Als die Tür für einen neuen Gast geöffnet wurde, erkannte David Leutnant Abercrombie. David fragte Nesbit leise, ob er etwas dagegen habe, wenn noch jemand an ihren Tisch käme. Nesbit war einverstanden, und David konnte Abercrombie, der ihn jetzt entdeckt hatte, einladend zuwinken.

Abercrombie zögerte, ob er nicht störe, er wollte nur noch ein Bier trinken, das hier besonders gut sei, setzte sich dann aber. Er war ein kluger und angenehmer Plauderer und stellte bald fest, daß Greg wie er am vergeblichen Angriff auf Charleston im Juni teilgenommen hatte.

»War das der Kampf um Fort Sullivan, den Sie so kritisiert haben, Mr. Abercrombie?« fragte David.

Dieser bestätigte und berichtete David, daß die Flotte – wie Mr. Greg sicherlich besser darstellen könne – das Fort von der Seeseite aus sturmreif schießen und die Truppen das Fort dann von der Rückseite aus stürmen sollten. Fort Sullivan, damals noch nicht ausgebaut, verteidige die Einfahrt nach Charleston, läge auf Sullivans Island, das durch einen kleinen, weniger als eine Viertelmeile breiten Wasserstreifen von Long Island (heute Isle of Palms) getrennt sei.

Die Flotte habe etwa einen Monat vor der Bucht gelegen,

gelotet und auf günstige Winde gewartet. Long Island sei fast so lange von britischen Truppen besetzt gewesen. Als dann aber der Angriff auf das Fort vorgetragen werden sollte, stellte man fest, das der schmale Wasserarm für Boote nicht tief genug war.

Als die Truppen mit vollem Gepäck durchwaten wollten, stürzten viele in Untiefen, eine Art Wasserlöcher mit über sieben Fuß Tiefe, und ertranken. Panik brach aus. Der Angriff wurde eingestellt.

»Bedenken Sie bitte«, sagte Abercrombie eindringlich, und man merkte, wie ihn das Geschehene noch erregte, »in fast einem Monat schaffen es Berufsoffiziere nicht, das Terrain für den Angriff zu erkunden und scheitern an einem kleinen, aber tückischen Wasserarm. Die Flotte lag über zwölf Stunden unter Beschuß und hatte starke Verluste, und wir mußten mit blutigen Nasen abziehen.«

Nesbit wollte ergänzen, als drei Männer, die am Nebentisch Platz nehmen wollten, sich an sie wandten. Einer trug die Uniform eines hessischen Regiments. »Spricht hier jemand Deutsch?«

David antwortete sofort auf Englisch: »Was sagten Sie bitte? Was können wir für Sie tun?«

Der fragende Zivilist erwiderte, es sei ein Mißverständnis und setzte sich an den Nebentisch, der durch die kleine Zwischenwand hinter Davids Rücken von ihrem Tisch getrennt war.

Nesbit fragte flüsternd: »Wollte er nicht deutsch sprechen?«

David bejahte, sagte aber, er habe keine Lust, den Dolmetscher zu spielen, sondern wolle lieber mit ihnen plaudern.

Nesbit berichtete von dem Desaster vor Fort Sullivan, das die Flotte eine Fregatte gekostet habe, aus seiner Sicht. Während er mit Abercrombie Erinnerungen austauschte, wo sie beide gewesen wären, hörte David Gesprächsfetzen von der Unterhaltung am Nebentisch, die zu seinem Erstaunen in deutscher Sprache geführt wurde.

Eine tiefere Stimme sagte: »Die Information über die

Mellish war Gold wert. Jones hat sie abgefangen, und die Uniformen helfen uns für den Winter.«

Eine hellere Stimme entgegnete: »Aber wenn sie jetzt Newport besetzen, verlieren wir einen wichtigen Stützpunkt.«

Die dritte Stimme fiel ein: »Und was wird aus der Nachrichtenübermittlung?«

Nesbit stieß David an: »Du hörst ja gar nicht zu. Was hast du denn?«

David sagte, er werde es gleich erklären, denn er hatte mitgehört, daß der Wirt am Nebentisch kassierte.

»Bitte, seht euch die drei vom Nebentisch genau an, wenn sie gehen.«

Als ein Armeemajor in die Gaststube trat, standen die drei Männer vom Nebentisch auf, begrüßten ihn und verließen mit ihm das Wirtshaus.

David erzählte seinen Gefährten, was er gehört hatte.

»Haben sie *Mellish* gesagt?« fragte Nesbit.

Als David bejahte, erklärte er, daß der Transporter *Mellish* Mitte November von den Rebellen gekapert worden wäre und fast die gesamte Winterbekleidung für die Truppen in Kanada an Bord gehabt hätte.

Abercrombie sagte, daß der zuletzt aufgetauchte Armeemajor in der Transportabteilung des Generals Howe sei. Und dann wollte er wissen, was sie über Newport gesagt hätten.

»Das ist eine ganz wichtige Information. Ich darf noch nicht mehr darüber sagen. Der hessische Offizier gehörte zum Regiment des Obersten Rahl, das in New Jersey vorrückt. Zu schade, daß wir die beiden anderen nicht kennen. Wenn Sie einen wiedersehen, informieren Sie doch bitte Hauptmann Plate vom Stab des Generals, aber nur ihn persönlich unter Berufung auf meinen Namen.«

Sie unterhielten sich noch eine Weile über die große Bedeutung, die dem Verrat in diesem Kriege zukomme, und verabschiedeten sich dann.

Abercrombie sagte, wenn er in New York sei und ihre Schiffe im Hafen lägen, würde er versuchen, sie zu erreichen. Auf jeden Fall würde er dann abends in dieses Gasthaus schauen.

Der nächste Abend war pompöser. Lord Battesham hatte in Hicks Taverne einen Raum für die Offiziere der *Albion* reservieren und ein großes Menü vorbereiten lassen. Er lud ein, wie er diskret noch einmal einfließen ließ, und er zahlte alles – was er nicht zu sagen brauchte, da es alle wußten.

David fühlte sich in seiner neuen Uniform ein wenig aufgeputzt, aber wenn er sich verstohlen in einem der vielen Spiegel musterte, gefiel ihm doch, was er sah.

Einige der anderen Offiziere schienen sich bei Lord Battesham mit Schmeicheleien beliebt machen zu wollen. Er genoß die Lobreden sichtlich. Andere waren reservierter, wie der Hauptmann der Seesoldaten, ein älterer, narbenbedeckter Kämpfer.

Der Master, ein weißhaariger Hüne, sah manchmal recht ablehnend zu dem Trubel um den Ersten Leutnant hin.

Lord Battesham hob in seiner Tischrede Davids Taten hervor und brachte einen Toast auf den König aus. Den größten Teil der Unterhaltung bestritt er, und alle erfuhren, wie eng seine Verbindungen zum Hofe und zur Admiralität waren. Nur David schien das Thema neu zu sein.

Mit einigem Geschick hatte sich David neben den Master postiert, denn er hatte nicht vergessen, daß sein nächstes Ziel die Ablegung des Examens als Steuermannsmaat war. Der Master, Mr. Patton, war interessiert, als David Josuah Hope, den Master der *Shannon*, erwähnte.

Ja, sie seien Schiffskameraden gewesen, und als David ein flocht, Mr. Hope habe ihn zum Examen als Steuermannsmaat vorgeschlagen, war Patton sehr angetan.

»Ich werde dafür sorgen, daß Sie mir bei der Navigation zur Hand gehen können. Die jungen Herren auf der *Albion* haben sonst etwas andere Interessen. Und Sie können Ihre Kenntnisse etwas auffrischen, Mr. Winter, denn auf den kanadischen Seen war wohl nicht viel zu navigieren. Hier im Hafen allerdings auch nicht«, räumte er ein. Aber er hoffe auf baldiges Auslaufen.

Der Master des Flaggschiffes habe übrigens die Vollmacht des Trinity Houses, solche Examen abzunehmen. Man werde sehen.

Lord Battesham hatte ebenfalls Zukunftspläne. Das frühere John Street Theatre sei als ›Royal Theatre‹ wieder eröffnet worden. Gentlemen der Flotte und des Heeres würden für wohltätige Zwecke Rollen in den Stücken übernehmen, sogar weibliche, wie er schelmisch vermerkte.

Allerdings seien auch professionelle Aktricen engagiert. Man müsse an einem der nächsten Abende etwas für die Bildung tun. Und das Amüsement dürfe auch nicht fehlen.

Die unverheirateten Herren sollten sich doch mal in Mrs. Porters Etablissement treffen. Sie solle ein sehr gepflegtes Haus unterhalten und ständig junge Damen aus allen Nationen zur Unterhaltung der Gäste präsentieren können. Die Damen hätten auch die Londoner Sitte des Striptease übernommen.

David ließ sich vom Leutnant der Seesoldaten informieren, das sei ein Wettkampf, welche Dame sich am schnellsten entkleiden könne. David war etwas konsterniert, denn auf der *Shannon* hätte niemand in Anwesenheit junger Midshipmen ein solches Amüsement vorgeschlagen. Doch andererseits war er auch sehr interessiert und gespannt, so etwas zu erleben.

Aber David mußte sich noch gedulden. Der nächste Morgen brachte den Befehl zum Auslaufen. Unter dem Kommando von Admiral Sir Peter Parker sollten fünf Fünfzig-Kanonen-Schiffe und fünf Fregatten mit einem Konvoi von Truppentransportern um zwei Glasen der Nachmittagswache auslaufen. Das Ziel wurde nicht genannt. Landkontakt war ab sofort verboten.

Mr. Patton sagte David, daß er ihm zugeteilt sei, und David war interessiert, wie die *Albion* auf See kommandiert werden würde. Zunächst herrschte geschäftige Eile, das Schiff seeklar zu machen.

Als das Flaggschiff das Signal gab, Segel zu setzen, erteilte Lord Battesham die Befehle. Aber er hatte nicht die Strömung des Hudson und die Lage der Anker berücksichtigt, und Mr. Patton mußte eingreifen, damit sie klar kamen und die Anker einholen konnten.

Kapitän Butterdish stand schweigsam und regungslos auf dem Achterdeck. Das Flaggschiff mahnte mit seinen Signalen die *Albion* zur Eile. Lord Battesham ließ mehr Segel setzen und gab ein Ruderkommando, das sie fast einen Transporter rammen ließ.

Wieder konnte der Master diskret korrigieren. Aber David bemerkte nicht nur das, sondern auch, daß die Mannschaft nicht gut im Rigg gedrillt war. Alles ging langsam und unsicher, Offiziere und Maate mußten ständig eingreifen, und Lord Batteshams wiederholter Ruf: »Notieren Sie den Mann«, konnte nicht viel helfen.

Aber schließlich blieben die Hügel von Brooklyn backbord achteraus, und sie segelten in östlicher Richtung an der Küste von Long Island entlang. Die *Albion* hatte mit einer Fregatte einen Konvoi von zehn Truppentransportern zu sichern. Das Gros der Kriegsschiffe segelte mit einem Teil der Transporter etwa fünf Seemeilen vor ihnen.

Der Kapitän hatte die Offiziere in seine Kajüte gebeten, und bald darauf erfuhr es auch David: Newport auf Rhode Island sollte besetzt werden.

Sofort war die Erinnerung an den Abend mit Greg und Abercrombie wach. Die Unbekannten am Nebentisch hatten da schon von diesem Plan gewußt. Waren sie wieder von Verrat umgeben wie in Boston?

Konvoi und Begleitschiffe verminderten zum Abend die Segel und setzten Signallaternen. Das Morgengrauen fand den Konvoi dennoch ziemlich zerstreut. Ein südöstlicher Wind zwang sie zu mühsamem Kreuzen.

Kapitän Butterdish schickte die Fregatte an die Spitze des Konvois und trieb die Nachzügler mit Signalen und Signalschüssen zur Eile und zum Kurshalten an.

Einer der Nachzügler, drei Meilen achteraus und etwas luvwärts, signalisierte und feuerte ebenfalls eine Kanone ab.

Der Signal-Midshipman meldete dem Ersten Offizier: »Signal: Zwei feindliche Segel in Sicht, Mylord.«

Kaum war die Meldung erfolgt, da rief der Ausguck: »Deck ahoi! Zwei Schoner eine Seemeile südlich vom achteren Transporter!«

Dies war eine ungünstige Situation. Die wendigen Schoner hatten den Windvorteil und konnten dem Transporter schweren Schaden zufügen, bevor die schwerfällige *Albion* in Schußweite gelangte.

David überlegte sich, daß sie sofort eine Wende fahren, mit einem langen Schlag nach Südwest kreuzen und dann mit dem Windvorteil die Schoner vertreiben müßten.

Er fragte vorsichtig Mr. Patton, ob er seiner Meinung sei. Der grunzte nur und sagte: »Wir beide haben aber nicht das Kommando.«

Und Lord Battesham befahl: »Klar zur Halse!«

David dachte: Was soll denn das? Merkt er nicht, daß er wertvollen Raum und auch Zeit verliert? Bei dem geringen Seegang ist eine Wende doch kein Risiko!

Und die *Albion* halste langsam und schwerfällig und würde so nicht den Schonern den Windvorteil abnehmen können. Mit vollen Segeln näherten sie sich dem Transporter, der seinerseits verzweifelt versuchte, hart am Wind zu segeln, um die Nähe der *Albion* zu erreichen.

Die ersten Kanonenschüsse waren zu hören. Neunpfünder, schätzte David.

Lord Battesham schien zu erkennen, daß er zu weit nach Lee geriet, um dem Transporter helfen zu können.

»Klar zum Wenden!« ertönte sein Ruf, und er gab die Kommandos. Aber er hatte das Ruder zu spät legen lassen, und die *Albion* fiel wieder ab.

Mr. Patton trat zum Kapitän, beugte sich hinunter und sagte leise: »Sir, bei allem schuldigen Respekt, Sie müssen übernehmen, oder der Transporter ist verloren.«

Der Kapitän sah den Master scharf an, schien aus seiner Lethargie zu erwachen und rief: »Lord Battesham, würden Sie die Güte haben und für die Feuerbereitschaft aller Batterien sorgen! Doppelte Ladung bitte. Ich übernehme inzwischen hier.«

Und zu Davids Überraschung erfolgten die Kommandos laut, klar und zügig: »Helm in Lee, Besan und Großsegel geit auf! Besanstagsegel hol nieder!«

Mannschaft und Schiff folgten den Befehlen, bis das Besanstagsegel wieder geheißt und die Luvbrassen vorn langsam gefiert werden konnten.

Der alte Kapitän stand hochgereckt da und sah dem Transporter entgegen, der die Sicht auf die Schoner verdeckte.

»Wir kreuzen hinter seinem Heck! Legen Sie den Kurs entsprechend, Mr. Patton, wenn ich bitten darf. Lord Battesham, lassen Sie die Batterien nach Zielauffassung unabhängig feuern.«

Ein großartiger Sieg war ihnen nicht beschieden. Als die Schoner in Sicht kamen, donnerten die Vierundzwanzigpfünder des Unterdecks und die Zwölfpfünder des oberen Decks los, aber die Schüsse wurden zu früh abgefeuert und waren schlecht gezielt. David hatte nicht den Eindruck, daß einer der Schoner mehr als zwei Treffer erhalten hätte.

Aber diese wollten sich natürlich nicht den Kanonen eines so überlegenen Feindes aussetzen und drehten ab. Die zweite Salve, langsam und stotternd, konnte sie schon nicht mehr erreichen. Vom Transporter schallte Hurrageschrei herüber, und die Besatzung der *Albion* fiel ein.

David blickte den Master erstaunt und fragend an, aber der zuckte die Schultern und ging zum Kapitän herüber: »Sir, soll ich sie wieder auf Kurs legen?« Als der Kapitän nickte, fügte er noch hinzu: »Unseren Batterien täte ein wenig Praxis gut, wenn Sie mir die Bemerkung gestatten, Sir.«

Der Kapitän sah Mr. Patton an und sagte langsam: »Einiges sehe ich selbst noch, Mr. Patton!«

Und am Nachmittag gab es Geschützdrill, daß alle trotz des kalten Dezemberwetters ins Schwitzen gerieten.

Am nächsten Vormittag standen sie vor der östlichen Passage. Stadt und Hafen waren ohne Gegenwehr besetzt worden, und die *Albion* geleitete ihren Konvoi in den Hafen, wo die Truppen an Land gesetzt wurden.

Die *Albion* mit der ihr zugeteilten Fregatte erhielt dann Befehl, die Hope Bay und den Taunton River aufzuklären und Kaperschiffe eventuell auch mit Bootsaktionen zu zerstören.

Als sie in der Bay erschienen, wichen zwei Schoner nach Norden in Richtung Assonet Bay aus. Die *Albion* setzte ihre

Boote aus, und die Fregatte tastete sich unter ständigem Loten den Fluß aufwärts.

Als eine Batterie am Ufer auftauchte und die Verfolgung zu stoppen versuchte, genügten einige Salven der Fregatte, um die Batterie zum Schweigen zu bringen. Dann warf die Fregatte Anker und setzte auch Boote aus, die mit denen der *Albion* den Schonern folgten.

David nahm an, daß sich die Schoner mit ihren Kanonen noch tüchtig zur Wehr setzen würden. Aber als es auch für sie zu flach wurde, liefen sie ans Ufer. Nur wenige Mann stürzten an Land, und die Schoner gingen in Flammen auf.

Anscheinend war nur die Ankerwache an Bord gewesen, als die britische Flotte aufgetaucht war. Die wenigen Leute konnten kaum Widerstand leisten und flohen.

Lord Battesham ließ die Boote wenden und kommandierte einige Salven der Drehbassen, nachdem sie vom Ufer aus mit Musketen beschossen worden waren.

Am Abend wurde die Expedition in der Messe wie ein Sieg gefeiert, und auch im Cockpit herrschte gehobene Stimmung. David fühlte sich in diesem Kreis ein wenig wie ein alter Krieger, sagte aber wenig zu den Prahlereien, denn er hatte gemerkt, daß Zurückhaltung eher zur Stärkung seines Ansehens beitrug.

Sie blieben eine Woche in Newport. Ihre vorgeschobenen Fregatten konnten noch einige Kaperschiffe und Prisen der Rebellen erbeuten, die nichtsahnend den Heimathafen ansteuerten.

David kam in dieser Zeit in engeren Kontakt mit dem Master, der sich wie Mr. Hope über sein nautisches Interesse freute. Er lieh ihm Bücher und ging mit ihm alle möglichen Fragen durch, die in der Prüfung zu erwarten waren.

Das Wetter wurde empfindlich kalt, und David erinnerte sich an die Zeit, als er im Frühjahr nach Quebec gesegelt war. Es war eine Wohltat, daß sie hin und wieder an Land essen und sich aufwärmen konnten.

Die Bevölkerung war wesentlich reservierter als in New York, aber sie war nicht so eingeschüchtert oder offen feindselig wie in Boston. Dazu war wohl auch die britische Position mit 7000 Mann und einer Flotte, die die Insel von allen Seiten beherrschte, zu stark.

Am 15. Dezember 1776 lief die *Albion* mit dem Konvoi nach New York aus. Diesmal übernahm Kapitän Butterdish das Auslaufmanöver, und alles klappte befriedigend, wenn natürlich auch längst nicht so gut wie auf der *Shannon*, wie David registrierte.

New York empfing sie unverändert. Die Straßen waren eher noch belebter. Neben den britischen und hessischen Uniformen waren jetzt auch die bunten Röcke amerikanischer Freiwilligenregimenter zu sehen, die King's American, die New York Volunteers, das Loyal American Regiment, DeLancey's Brigade und andere

Viele Loyalisten waren aus umliegenden Provinzen nach New York geströmt und unterzeichneten eine ›Erklärung der untrennbaren Verbindung zum Mutterland‹ und andere Dokumente ihrer Treue zum König, die Gouverneur William Tyron eifrig sammelte. Allenthalben hörte David Äußerungen der Hoffnung, daß die Rebellion im nächsten Jahr niedergeworfen werde.

Lord Battesham stürzte sich voll in das gesellschaftliche Leben. Mit den jüngeren Leutnants und einigen Midshipmen besuchte er die ›Fencing and Dancing Academy‹ in der Little Dock Street und ließ sich die Modetänze der Saison, Kotillon und französische Volkstänze, vorführen.

David wurde an die Tänze mit Susan erinnert und sehnte sich nach einem Brief. Seine Lordschaft wollte gleich Kurse für alle arrangieren, aber David bat um Dispens, da er intensiv für das Examen als Steuermannsmaat lernen müsse. Er erwarte es um den 21. Dezember.

Der Tag des Examens rückte für David viel zu schnell heran. Er fühlte sich unzulänglich vorbereitet, aber Mr. Patton sprach ihm Mut zu, es sei ja kein Examen als Master. In seiner guten Uniform meldete sich David auf dem Flaggschiff, wo sechs andere Kandidaten ebenfalls warteten.

Die Prüfungen dauerten jeweils etwa eine halbe Stunde,

und von den ersten drei Kandidaten war einer durchgefallen. David kam als vierter dran, betrat die Kammer des Masters voller Aufregung, wurde dann aber ruhiger, als er zunächst über seine Dienstzeiten und Fahrten berichten mußte.

Der Master des Flaggschiffs war ein schmaler, kleiner Mann, der die Haare im alten Stil weißgepudert, gelockt und mit dem Nackenzopf trug. Er brummte anerkennend bei Erwähnung der *Shannon*, war interessiert an den Segeleigenschaften des Schoners *Cerberus* und den navigatorischen Problemen der Delaware Bay, hatte auch über David in der Royal Gazette gelesen und ein Gespräch mit Mr. Patton geführt.

Es war eine überaus wohlwollende Prüfung. Nachdem David die Funktionsweise des Sextanten erläutert, die Messung des Abstandes zu anderen Schiffen beschrieben und die Bedeutung der Trimmung für die Segeleigenschaften eines Schiffes erklärt hatte, gratulierte ihm der Master zum bestandenen Examen.

Bevor sich David bedanken konnte, klopfte es an der Tür, und ein Zivilist betrat nach Aufforderung die Kammer, grüßte und übergab einen versiegelten Umschlag. David sah ihn verdutzt an, denn das war einer der Männer aus dem Wirtshaus. Der Stimme nach war es der, der nach der Nachrichtenübermittlung gefragt hatte.

»Danke, Mr. Leather«, sagte der Master und unterschrieb eine Empfangsbestätigung.

Als der Mann verschwunden war, fragte der Master David: »Warum starren Sie so verwundert? Haben Sie nicht geglaubt, daß Sie bestehen würden?«

David faßte sich: »Ich habe es sehr gehofft, Sir, und danke ergebenst für Ihre Nachsicht. Ich war nur einen Augenblick verwundert, weil mir der Herr so bekannt erschien.«

»Das kann schon sein«, erwiderte der Master, »Mr. Leather ist Schreiber im Stab des Admirals.«

Lord Battesham schien alles, was Schiff und Besatzung an Positivem widerfuhr, seiner Wirksamkeit zuzuschreiben und als Anlaß für eine Einladung zu sehen. Davids Examen als Steuermannsmaat sollte mit einem Besuch im Royal Theatre gefeiert werden, das gerade heute eine Veranstaltung zugunsten geflohener Loyalisten gab. Mr. Patton, der Master, sollte nicht übergangen werden, der Leutnant der Seesoldaten und der Dritte Offizier wurden ebenfalls eingeladen.

Das Theater in der John Street erweckte von außen eher den Eindruck eines Schuppens, war innen aber festlich erleuchtet und ausgestattet. Man spielte zwei Stücke nacheinander, und zwischen den Akten sangen junge Damen populäre Songs.

Die Stücke beeindruckten David nicht sonderlich. Es handelte sich immer um verworrene Liebesgeschichten mit den unwahrscheinlichsten Verwechslungen. Erheiternd waren vor allem die Männer, die Frauenrollen spielten.

Es handele sich um Offiziere vom Stande, wie Lord Battesham bemerkte, die ihr Talent dem guten Zweck widmeten.

David hatte nicht den Eindruck, einem besonderen Kulturereignis beizuwohnen, obwohl seine Erfahrung darin beschränkt war, aber aus der Nachbarloge wurde ihm bedeutet, daß die Wiedereröffnung dieses Theaters gewissermaßen ein historisches Ereignis sei, denn die Rebellen hätten in ihrem Gebiet seit Herbst 1774 alle Theater verboten.

Zwischen den Stücken sah David Leutnant Abercrombie und konnte ihm sagen, daß einer der geheimnisvollen Zivilisten Mr. Leather, Schreiber im Stab des Admirals, sei.

»Donnerwetter!« sagte Abercrombie. »Im Stab des Admirals! Der Kreis schließt sich.«

Lord Battesham ließ es sich nicht nehmen, Abercrombie einzuladen, nach dem Theater mit ihnen noch etwas zu speisen und zu trinken.

Den nächsten Tag würde David nicht so schnell vergessen. Er hatte etwas Kopfschmerzen vom Wein am vergangenen Abend, doch der leichte Hafendienst erforderte ja keine besondere Anstrengung. Während der Vormittagswache wurde er beauftragt, Meldungen und Listen zum Stab des Admirals zu bringen und Post im Postbüro zu holen, denn am Morgen war ein Postboot aus England eingelaufen.

David nahm bei solchen Gelegenheiten immer William Hansen mit, denn die Mannschaft der *Albion* wurde mit Landgang nicht so reichlich bedacht wie die Offiziere.

Sie gingen die Straße am Pier entlang, als Davids Blick auf Mr. Leather, den Schreiber, fiel, der über eine Planke einen Schoner verließ, der ablegen wollte.

David packte Williams Arm und zog ihn hinter einen der vielen Kistenstapel, die überall an der Pier lagen.

»Sieh dir den Maat an, der jetzt auf dem Schoner das Ablegemanöver befehligt! Kennst du ihn?«

William spähte hinüber. »Ja«, antwortete er, »ich kenne ihn, aber ich weiß nicht ... Doch, jetzt fällt es mir wieder ein. Das ist der eine Maat des Schoners aus der Bucht von Honduras. Sie hatten uns mit Hilfe des Deserteurs überwältigt, und Commander Grant hat uns befreit. Das ist er!«

David bestätigte: »Ich habe ihn auch erkannt.«

Und dann betrat ein Zivilist das Achterdeck des Schoners, und als er sich umdrehte, sah David zu seinem Erstaunen den anderen geheimnisvollen Zivilisten aus dem Wirtshaus.

»William, merk dir das Gesicht des Zivilisten dort. Und ihr Schoner heißt *Rose*, etwa einhundertzwanzig Tonnen, zwei Toppsegel. Was fällt dir noch auf?«

»Er hat nicht viel geladen und hat vier Kanonen, Vierpfünder, wie es aussieht.«

Mr. Leather war nirgendwo mehr zu sehen, und David ging mit William zum Admiralstab am Hannover Square, wo er den Beutel mit den Meldungen abgab und nach Hauptmann Plate fragte. Kurz darauf erschien ein mittelgroßer, hellblonder Armeeoffizier und erkundigte sich, was er von ihm wünsche.

David stellte sich vor, berief sich auf Leutnant Abercrombie und die Begegnung im Wirtshaus und berichtete von seinen Beobachtungen. Der Hauptmann sah gedankenverloren an David vorbei und rieb sein linkes Ohrläppchen zwischen Daumen und Zeigefinger.

Schließlich sah er David wieder an und sagte: »Ja, das gibt alles einen Sinn. *Rose* hieß der Toppsegelschoner, sagten Sie? Sie haben uns einen großen Dienst erwiesen. Kann ich Sie auf der *Albion* erreichen, wenn es notwendig ist? Abercrombie ist übrigens für einige Tage nicht in New York.«

David hatte nicht den Eindruck, daß der Hauptmann Rückfragen beantworten würde, und verabschiedete sich. William nahm den Beutel mit Meldungen für die *Albion*, und sie gingen zum Postbüro.

Der Postmeister hatte einen Sack für die *Albion*. Nach längerem Zureden ließ er sich dazu bewegen, in der Post für die *Shannon* unter David Winter und William Hansen zu suchen. Vier Briefe und ein kleines Paket waren die Ausbeute. Ein Brief war für William, zwei und das Päckchen waren vom Onkel, aber ein Brief war von Susan. Da hatten sich das Warten und die Nachfrage doch gelohnt.

»Wir setzen uns unterwegs in eine ruhige Gaststube und lesen die Post«, beschied er William.

Die Wirtsstube war bald gefunden. Mit Williams Bootsmesser öffnete er Susans Brief.

»David, mein lieber Freund«, begann er, und David wunderte sich etwas über die ungewohnte Anrede. »Vielleicht muß ich dir mit diesen Zeilen Kummer bereiten, aber ich hoffe, du wirst mich verstehen, wenn ich dir alles erkläre. Unsere Jugendschwärmerei wird immer in meiner Erinnerung lebendig sein, und ich wünsche mir so sehr, daß wir gute Freunde bleiben.«

David wurde ganz flau im Magen, er griff nach dem Glas, stürzte einen Schluck Bier herunter und las gehetzt weiter.

Der Leutnant von den Horse Guards, der künftige Lord Bentrow, habe sich in den letzten Monaten so sehr um sie bemüht. Sie habe ihn schätzen gelernt. Er sei dreiundzwanzig Jahre und passe im Alter gut zu ihr, die sie nun bald siebzehn Jahre alt werde. Er verwöhne sie, lese ihr jeden Wunsch von den Augen ab und sei ein kluger, verständnisvoller Mensch.

Die Mutter habe ihr sehr zugeredet, der Vater ihr zur Prüfung ihrer Gefühle geraten, aber die Entscheidung ihr überlassen. Kurzum, Weihnachten werde sie sich verloben und im Sommer darauf heiraten.

David ließ den Brief sinken und atmete tief durch. Was war er doch für ein Narr gewesen. Er hatte an die große, die einzige Liebe für das Leben gedacht. War es denn so wichtig, daß er etwas jünger war und regulär frühestens in fünf Jahren Leutnant werden konnte?

David bestellte einen Gin und trank das scharfe Zeug, das er gar nicht mochte. Dann las er den Brief zu Ende. Nach der Verlobung würde sie mit ihrer Mutter und Charles, dem künftigen Lord, nach Paris und Rom reisen. Charles' Schwester begleite sie vielleicht auch.

Sie sei ganz aufgeregt, wenn sie an das Leben denke, das vor ihr liege. David müsse sie unbedingt besuchen. Auch Charles möchte ihn kennenlernen. Er möge nur unverletzt heimkehren. Sie würden doch immer Freunde bleiben, nicht wahr? Ihr Vater habe auch gesagt, nichts, was sie tue, könne seine Zuneigung zu David Winter beeinflussen.

David ließ den Brief sinken und starrte vor sich hin.

William hatte wohl etwas gesagt. »Sir«, wiederholte er eindringlicher, »ist Ihnen nicht gut? Haben Sie schlechte Nachrichten?«

»Nein, nein«, wehrte David ab, »es ist schon gut. Was hast du denn für Nachrichten?«

»Die Eltern und Geschwister sind gesund, aber der Fischfang war schlecht im Herbst. Sie freuen sich über das Prisengeld, das ich ihnen geschickt habe.«

David bemühte sich, Interesse zu zeigen, erklärte aber nach kurzer Zeit, daß sie nun an Bord müßten.

Im Cockpit suchte er sich eine freie Ecke und las Susans Brief noch einmal. Da hatte er sich eingebildet, als Midshipman mit Examen als Steuermannsmaat und Erwähnung in der Gazette könne er Eindruck machen. Ein dummer junger Bengel war er für die große Gesellschaft, in der Susan jetzt lebte. Würde sie Charles auch so schelmisch anlachen? Freunde sollten sie bleiben! Zum Teufel mit ihr!

Er knüllte den Brief zusammen und starrte vor sich hin. Dann nahm er den Brief des Onkels. Brief dreizehn, natürlich, das paßte ja!

Aber beim Lesen wurde er ruhiger. Hier war alles unverändert. Die kleinen Geschichten, der Haushalt, die Freunde, aus all den Berichten sprachen Zuneigung und Liebe. Brief vierzehn informierte ihn, daß der Onkel sich nun am Kauf einer Brigg beteiligt habe, die als Kaperschiff ausgerüstet werde. Aus sicherer Quelle wisse er, daß im Frühjahr Kaperbriefe ausgestellt würden. Wenn David die Flottendisziplin zu hart sei, könne er ihm jetzt zu einer Stelle verhelfen.

David mußte lächeln. Was der Onkel so dachte. Er würde seine Flottenkarriere nicht für ein legalisiertes Piratenleben aufgeben.

Auf dem Innenumschlag des Päckchens stand: »Erst Weihnachten öffnen!« Weihnachten! In zwei Tagen würde Susan sich verloben. David schloß alle Briefe in seine Seekiste und ging an Deck. Mit Tränen in den Augen starrte er in den kalten, trüben Dezembernachmittag. Warum tat das nur so weh?

Am 24. Dezember übernahm David freiwillig am Abend die Hafenwache, während die meisten anderen Offiziere und Deckoffiziere an Land schwärmten. Nur der Master las in seiner Kammer. Während der Wache ging David in den Kartenraum. In Hannover war ja an diesem Tag Bescherung, da brauchte er nicht wie die Engländer bis zum nächsten Morgen zu warten.

Er öffnete das Päckchen und sah zwei kleine Ölgemälde. Auf dem einen waren seine Eltern, auf dem anderen Onkel, Tante, Julie und Henry abgebildet. Die Bilder waren jedes nicht größer als eine Hand, aber so genau im kleinsten Detail, daß die Personen zu leben schienen.

Ja, so hatten sie ihn angesehen, seine Mutter und sein Vater. Und wenn er die Bilder nebeneinander hielt, war auch die Ähnlichkeit von seiner Mutter und der Tante unverkennbar. Für die Bilder der Eltern hätte der Hamburger Onkel Vorlagen zur Verfügung gestellt, schrieb die Tante, und die Bilder seien von einem Maler angefertigt, der für seine Miniaturen berühmt sei.

Das war ein wunderbares Geschenk, beide Bilder in einem festen Lederetui vereint und geschützt. David sah sie noch einmal genau an, steckte dann das Lederetui in die Brusttasche, warf sich den warmen Mantel über und ging an Deck.

Lange ging er auf dem Achterdeck hin und her, achtete mechanisch auf die Rufe der Wachen und auf die Geräusche des Windes. Die Schneeflocken blieben auf seinem Mantel liegen, als es kälter wurde. Nun war er bald drei Jahre aus Hannover fort.

Seine Gedanken wanderten zurück: Portsmouth, die Schule, die Küste Afrikas, Richard, Gibraltar, die Alfama, Boston, die Chesapeake Bay, Saint Augustine, die Karibik, Saint John, Jean, Valcour Islands.

Wie war er behütet worden in allen Gefahren. Er war kein Junge mehr, und es war albern, so kindisch um Susan zu jammern. Aber weh tat es doch. Er nahm die Hand aus der Tasche und rieb in Gedanken sein Kinn.

War das blöd! Wenn man einmal mit dem Rasieren anfing, wuchsen die Stoppeln doppelt schnell. Morgen würde er wieder schaben müssen, sonst wäre Seine Lordschaft ungehalten. Er mußte unwillkürlich lächeln und dachte, nun sei es aber Zeit für die Ablösung.

Lord Battesham hatte es nicht versäumt, den Weihnachtsfeiertag besonders zu gestalten. Die Mannschaften gingen mit ihren Offizieren divisionsweise zu einem kurzen Gottesdienst in eine Kirche, ein Wirtshaus hatte für alle riesige Portionen Braten geliefert, es gab eine Extraration Grog und natürlich dienstfrei.

David mußte zugeben, daß der exzentrische Lord nicht nur an seine Vergnügungen dachte. David erhielt wie die anderen unverheirateten Leutnants und Midshipmen ein Billett, mit dem Seine Lordschaft für den Abend in Mrs. Porters Etablissement einlud.

David war im Zwiespalt. Er wollte erfahren, wie es dort war, aber er hatte auch Hemmungen. Und hatte Mr. Lenthall nicht immer gewarnt? Ach was! dachte er schließlich, wenn andere in London Verlobung feiern, brauche ich hier nicht Trübsal zu blasen.

Mrs. Porters Etablissement war in einem großen Haus in einer ruhigen Nebenstraße. Ein Garten trennte es von den

Nachbarhäusern. Schwere Vorhänge verwehrten den Blick in die Fenster.

Ein großer Neger in Phantasieuniform ließ sie ein, ein Mulattenmädchen mit tiefem Ausschnitt nahm ihnen die Mäntel und Hüte ab.

Mrs. Porter war eine elegant gekleidete, attraktive Dame, vermutlich etwas über vierzig Jahre alt. Sie begrüßte Lord Battesham sehr zuvorkommend und bat die Herren in den Salon. Das war ein großer, festlicher Raum mit Plüschmöbeln, dunkelroten Vorhängen, vielen Spiegeln, Parkettfußboden und einer großen Bar.

In einer Ecke spielten auf ein Zeichen von Mrs. Porter ein Pianist und ein Geiger leise einschmeichelnde Melodien. Wieder ein Wink von Mrs. Porter, und zwei Negermädchen in eng anliegenden weißen Kleidern brachten Tabletts mit Gläsern, in denen kühler Champagner sprudelte.

»Trinken wir auf unsere charmante Gastgeberin und auf einen schönen Abend!« rief der Lord. David konnte sich nicht mehr an den Geschmack von Champagner erinnern, aber er fand die leicht säuerliche, prickelnde Flüssigkeit sehr erfrischend.

»Liebe Mrs. Porter, Sie enthalten uns Ihre Damen aber heute lange vor.«

»Nur Geduld, Mylord!« Und Mrs. Porter klatschte in die Hände.

Zwei Türen öffneten sich, und im Rhythmus der Musik schritten junge Damen in den Raum, jede mit einer Kerze in der Hand. Das war ein beeindruckender Anblick. Alle, ob blond, schwarz oder rothaarig, waren elegant und geschmackvoll gekleidet und von ausgesuchter Schönheit.

Sie näherten sich lächelnd den Männern, stellten die Kerzen auf die Tische, nahmen sich Champagnergläser und stießen mit den Offizieren an. Die Serviermädchen boten unentwegt kleine Fleisch- und Hummerhäppchen in scharfen Soßen, Konfekt und Champagner an.

Die Musik war lauter und feuriger geworden, und die jungen Damen zogen ihre Partner auf die Tanzfläche und wirbelten mit ihnen durch den Saal.

David half seine bisherige Tanzerfahrung überhaupt nichts. Hier faßte man die Damen mit einem Arm um die Taille, griff mit der anderen Hand die Hand der Dame, sah mit aneinandergedrückten Wangen auf diese ausgestreckten Arme und schob sich mit schnellen Gleitschritten seitwärts, hakte sich auf eine Änderung der Musik mit den Armen ein und wirbelte sich gegenseitig im Kreis herum, bis man die Dame wieder um die Taille faßte und zur anderen Seite des Salons schob.

Amerikanischen Volkstanz nannte das Mrs. Porter.

Der Tanz gab eine wunderbare Gelegenheit, die geschmeidigen, festen Körper der Mädchen zu berühren, ihren erregenden Duft einzuatmen, ihren Busen mit den Augen zu streicheln und erhitzt nach neuen Champagnergläsern zu greifen.

David fühlte sich gelöst und unternehmungslustig. Die jungen Damen waren den Herren ziemlich nahe gerückt. Einige saßen auf dem Schoß ihrer Kavaliere, aber jeder war viel zu sehr mit sich und seiner Dame beschäftigt, um auf die anderen zu achten.

Zu David hatte sich eine hellhäutige Mulattin aus New Orleans gesellt, Denise, die mit englisch-französischem Gemisch auf ihn einplapperte. Sie war einen halben Kopf kleiner als er, hatte eine wunderbare Figur und eine Haut wie brauner Samt.

David strich ihr immer wieder über die entblößten Schultern und den Rücken, während sie ihn anlachte, ihre Wange an seine schmiegte und ihn auch hin und wieder mit ihren Lippen streichelte.

Die Musik spielte, und in den Pausen kündigte Mrs. Porter lebende Bilder an. Hübsche Mädchen posierten nackt auf kleinen Podesten oder wurden auf blumengeschmückten Wagen durch den Saal gezogen. David spürte ein kaum noch zu unterdrückendes Verlangen, Denise auch so zu sehen und sie in seine Arme zu ziehen.

Seine Griffe wurden ungestümer, fordernder, Denises Lachen verlockender und ihr Streicheln verführerischer.

Sie flüsterte ihm schließlich ins Ohr: »Kommst du mit auf mein Zimmer?«

Nur zu gern willigte er ein und eilte mit ihr die Treppe hinauf.

David achtete nicht auf Einzelheiten des Zimmers. Er sah nur das große Bett, die vielen Spiegel, den kleinen Tisch mit dem Champagnerkübel. Hastig wollte er Denise in seine Arme reißen.

»Langsam, chéri, sei behutsam und zärtlich, mein junger Krieger.« Sie nahm seinen Kopf, küßte ihn leicht und deutete auf den Champagner. »Gieß uns etwas ein!«

Während er sich mit dem Flaschenverschluß abmühte, hatte Denise ihr Kleid abgelegt und nahm ihm das Glas im durchsichtigen Unterrock und knappen Mieder ab.

Auf einmal war David verlegen und wußte nicht, was er nun tun sollte. Denise spürte es, stellte ihr Glas zur Seite, nahm ihm seines ab, flüsterte »Bist du süß, chéri!« und knöpfte seine Jacke auf.

Ungeschickt griff er nach ihrem Mieder, und sie mußte ihm helfen. Als er ihre straffen Brüste sah, küßte er sie verlangend, und auch Denise war erregt. Hastig streiften sie sich die restlichen Kleidungsstücke ab, und sie zog ihn zu sich auf das Bett.

»Sag, daß ich deine erste Frau bin, chéri«, verlangte sie, und David versicherte es ihr immer wieder. Sie half ihm, in sie einzudringen und trieb ihn mit ihren Schreien zu immer heftigerer Leidenschaft an. David hatte das Gefühl, seine Haut glühe, und er suchte den Kontakt mit ihrer samtweichen Haut, den festen Brüsten, den klammernden Schenkeln.

Dann war ihm, als ob sein Unterkörper zuckend aufbrach, und er stöhnte seine Lust laut hinaus. Denise preßte sich an ihn, bewegte sich heftiger und flüsterte heiser und erregt.

Ermattet lag David neben ihr, wurde wieder verlegen und wollte sich mit einem Tuch bedecken. »Nein, mon bébé, du sollst dich deines Körpers nicht schämen. Schau, wir sind jung und schön.«

Und sie streichelte ihn mit Händen und Lippen, forderte ihn auf, ihr Spiel im Spiegel zu betrachten. Und David spürte wieder das Verlangen, das Denise zurückdrängte, indem sie ihn aufforderte, sie zu streicheln, bis wieder die Leidenschaft über ihnen zusammenschlug.

»Ich will wieder zu dir kommen. Liebst du mich, Denise?«

»Natürlich, mon chéri«, sagte sie leise.

»Ich werde dich nie vergessen«, betonte David.

»Sicher«, flüsterte sie, »die erste Frau vergißt man nicht. Ich werde auch an dich denken, mon cornet, es war sehr schön.«

David war den ganzen nächsten Tag in gehobener Stimmung und ließ die Scherze, die die anderen Besucher von Mrs. Porters Etablissement untereinander und mit ihm trieben, lächelnd an sich abgleiten. Immer wieder glaubte er in der Erinnerung Denises samtbraune Haut zu spüren.

Schon früh am Abend eilte er zu Mrs. Porters Haus und erklärte dem überraschten Portier, das er zu Miss Denise wolle. Der ließ ihn in ein kleines Büro eintreten und warten. Als die Tür aufging, wollte David mit ausgestreckten Armen vorwärtseilen, aber es war Mrs. Porter, und er stand befangen da.

»Sie wünschen, mein Herr?« fragte sie distanziert.

Er erklärte ihr, daß er Miss Denise sehen möchte.

»Das geht leider nicht, mein Herr. Heute haben wir eine andere Gesellschaft, und Denise ist sehr beliebt. Man zahlt gut für sie.«

»Aber ich liebe sie«, erklärte David, »und von mir hat sie kein Geld genommen.«

Mrs. Porter sah ihn ein wenig mitleidig an. »Aber Seine Lordschaft hatte alle Herren eingeladen und zahlt immer sehr großzügig. Wenn es ein schönes Erlebnis war, junger Herr, dann behalten Sie es in Erinnerung. Aber es gibt schöne Erlebnisse, die man nicht einfach wiederholen kann. Sie sind noch so jung. Ihnen wird die Liebe noch oft begegnen. Und nun müssen Sie gehen, mein Herr.«

David stand auf der Straße und war mehr verwirrt als traurig. Aber Denise hatte doch auch Leidenschaft für ihn empfunden? Oder hatte sie es nur gespielt? Aber nein, für bezahlte Liebe hätte weniger genügt.

Automatisch ging er in der beginnenden kalten Nacht durch die Straßen und hing seinen Gedanken nach. Er war doch groß und kräftig. In der Flotte zählte er als Mann, mußte für andere Verantwortung tragen, hatte auch im Kampf seinen Mann gestanden.

Aber wenn es um Frauen ging, dann zählte er wieder als Kind. Man hatte Freude an ihm, aber man schickte ihn auch weg, wenn es paßte. Verdammt, was war das für ein verrücktes Leben an Land!

David stutzte. Eben überquerte vor ihm der Armeemajor aus dem Wirtshaus die Straße. Er trug eine Ledertasche unter dem Arm, wie sie für Depeschen benutzt wurden. Unwillkürlich folgte ihm David. Wo waren sie denn? Im Hannover Square, dort war das Dienstgebäude des Admirals, in dem nur wenig Licht zu sehen war. Ein Bootsmannsmaat der *Albion* schlenderte vorbei.

David hielt ihn an. »Kommen Sie mit. Es ist sehr wichtig.«

Der Armeemajor blieb an einem Seiteneingang stehen. Aus dem Schatten trat Mr. Leather auf ihn zu, empfing die Ledertasche und begab sich auf den Weg in Richtung Hudson.

David flüsterte dem Bootsmannsmaat zu, er solle zur *Albion* laufen und den Hauptmann oder Leutnant der Seesoldaten mit einem Trupp bewaffneter Männer zur Dockstraße am Hudson schicken. Dies sei ein Geheimauftrag des Stabes, und er übernehme die Verantwortung.

Dann eilte er zur Wache am Haupteingang und trug ihr auf, sofort Hauptmann Plate zu informieren – wo er auch sei – daß der Schoner *Rose* neue Geheimnachrichten erhalte.

Er sagte noch, es gehe um Leben und Tod, weil ihm das sehr viel Nachdruck zu bedeuten schien, und rannte die Straße entlang, in der der Schreiber verschwunden war. Als er ihn zwanzig Yard voraus im Schein einer Wirtshauslaterne erblickte, fiel er in ruhigen Schritt und folgte ihm.

Er hatte richtig vermutet. Zielstrebig ging Mr. Leather zu den Piers am Hudson, die Ledertasche eng unter den Arm geklemmt. David hielt genügend Abstand, um nicht aufzufallen.

Als sie an dem Wirtshaus vorbeikamen, in dem er seinerzeit auf den Verrat gestoßen war, huschte er in die Tür, sah Leutnant Abercrombie und rief ihm zu: »Kommen Sie schnell. Es geht um Hauptmann Plates Angelegenheit!«

Dann eilte er wieder hinaus, um nach dem Schreiber zu sehen. Abercrombie hastete aus der Tür. David zog ihn mit sich, erzählte flüsternd, worum es ging, und beide sahen, wie Mr. Leather nach kurzem Wortwechsel mit der Ankerwache den Schoner betrat.

Beide versteckten sich hinter einem Kistenstapel und beobachteten durch das einsetzende Schneetreiben den Schoner. Unendlich langsam verging die Zeit.

»Hauptmann Plate oder die Seesoldaten müßten doch endlich kommen«, flüsterte David.

»Es wäre schön, denn mit meinem Säbel und Ihrem Zierdegen allein können wir nicht viel anfangen«, gab Abercrombie zurück.

In der Ferne glaubte David Marschtritte zu hören, da erschienen der Schreiber und der Maat an Deck. Der Maat rief der Wache zu: »Klar zum Ablegen!« Dann gab er dem Sekretär die Hand.

»Wollen die in der Dunkelheit auslaufen?« flüsterte David.

»Zumindest bis in den Hudson hinaus«, sagte Abercrombie, »dann sind sie sicher.«

Und der Leutnant trat hinter dem Kistenstapel hervor. »Im Namen des Königs! Bleiben Sie stehen, und heben Sie die Hände über den Kopf!«

Der Sekretär hastete auf den Schoner zurück, der Maat rief der Wache etwas zu, bückte sich, hob eine Pistole und feuerte auf Abercrombie. Jaulend sauste die Kugel vorbei.

»Mr. Winter!« erklang Hauptmann Plates Stimme aus der Nähe.

»Hierher!« rief David, und als er stapfenden Marschtritt näher kommen hörte, schrie er: »Albions, hierher. Zu Hilfe!«

Hauptmann Plate stürzte zu ihnen, eine Pistole in der Hand. »Wer ist auf dem Schoner?«

»Der Schreiber mit einer Depeschentasche des Majors«, sagte David.

Die Mannschaft des Schoners tauchte auf, einige hielten Musketen, andere wollten die Leinen loswerfen.

»Halt! Im Namen des Königs!« brüllte Plate und feuerte seine Pistole ab, als sie nicht aufhörten.

Die Matrosen schossen mit Musketen zurück, und die Kugeln klatschten in die Kisten.

David stürmte zu dem anmarschierenden Trupp Seesoldaten. Der Hauptmann fragte: »Was ist denn hier los?«

»Der Schoner mit Geheimmaterial und Verrätern muß am Auslaufen gehindert werden, Sir!«

Der Hauptmann befahl den Trupp in Linie, ließ anlegen und eine Salve auf die Schonerbesatzung feuern. Einige der Matrosen stürzten zu Boden, andere flüchteten unter Deck. Die Seesoldaten hantierten mit ihren Ladestöcken.

»Vorrücken!« kommandierte der Hauptmann, und als einige Matrosen wieder an Deck wollten, um die Taue loszuwerfen: »Feuer!«

Etwas flog von Bord des Schoners und klatschte auf das Wasser. Im Schein der Ankerlaterne sah David die Depeschentasche langsam wegtreiben.

Das Beweismaterial, schoß es ihm durch den Kopf. Er riß sich Mantel, Rock und Schuhe vom Leib, sprang ins Wasser und schwamm der Tasche nach. Als er sie greifen konnte, war er vor Kälte fast erstarrt und rief um Hilfe. Sie warfen ihm ein Tau zu, zogen ihn zur Pier und halfen ihm heraus.

Plate nahm die Tasche und sagte: »Abercrombie, drüben ist ein Gasthaus. Bringen Sie ihn dort hin. Sorgen Sie dafür, daß er trocken und warm wird. Die Dinge sind hier unter Kontrolle.« Und er ging mit den Seesoldaten an Bord des Schoners.

David lag die beiden nächsten Tage im Krankenrevier der *Albion* und hustete und schniefte.

»Alles halb so schlimm«, sagte der Schiffsarzt, »nur eine Erkältung.« Er traktierte ihn mit heißen Kartoffelpackungen auf der Brust und Tee.

Am dritten Tag durfte er sich anziehen, als Gerichtssekretäre vom Stab seine Aussagen protokollieren wollten. Aber an Deck durfte er noch nicht.

Auch Plate und Abercrombie mußten zwei Tage später ins Krankenrevier, als sie ihn besuchten und ihm erzählten, daß alle Verräter gefaßt seien. Sie hätten Nachrichten über

Truppenbewegungen und Schiffstransporte weitergegeben, und der hessische Offizier habe sein eigenes Regiment verraten, das in der Weihnachtsnacht bei Trenton überfallen worden sei.

Als ihn William aber drei Tage später besuchte und mitteilte, die *Shannon* laufe ein, da ließ sich David nicht mehr halten. Er meldete sich in seiner besten Uniform bei Lord Battesham von der zeitweiligen Kommandierung ab.

Seine Lordschaft war sehr freundlich, dankte David für seine Dienste an Bord der *Albion*, versprach, die Bescheinigungen über seine Dienstzeit zur *Shannon* zu schicken, und wünschte ihm alles Gute.

Kapitän Brisbane war beim Admiral, als David an Bord zurückkehrte, aber die anderen empfingen ihn sehr herzlich. Mr. Hope drückte seine beiden Hände, als er vom Examen berichtete und freute sich sichtlich. Morsey, Bates, Kelly gratulierten ihm zur Ernennung als Midshipman, Simmons und Harland umarmten ihn im Cockpit, Mr. Lenthall bestand darauf, ihn zu untersuchen, und riet noch zur Schonung.

Als der Kapitän an Bord kam, blieb keine Zeit zur Meldung, denn Brisbane ließ alle Offiziere und Midshipmen in seine Kajüte bitten.

»Meine Herren, ich habe wichtige Nachrichten. Daher kann ich nur kurz meiner Freude Ausdruck geben, daß Mr. Winter sich durch Tapferkeit ausgezeichnet hat, zum Midshipman befördert und in der ›Royal Gazette‹ rühmend erwähnt worden ist.«

Er unterbrach das beifällige Gemurmel und fuhr fort: »Wir werden Mr. Winter später ehren müssen. Jetzt habe ich ihnen zu sagen, daß ich mich sofort nach Sheerness zu begeben und dort das völlig überholte Vierundsechziger-Linienschiff *Anson* zu übernehmen habe.«

Er wehrte Gratulationen und beifälliges Klatschen ab. »Die *Shannon* verbleibt auf der Nordamerika-Station. Ich geleite einen Konvoi mit dem alten Fünfzig-Kanonen-Schiff *Exeter* nach England, das dort überholt oder abgewrackt wird. Mir ist gestattet worden, ein Fünftel meiner Besatzung mitzunehmen, alle Offiziere und die Deckoffiziere, die es wünschen. In acht Tagen müssen wir die *Exeter* übernommen haben und auslaufen. Sie sehen, es ist nicht eine Minute zu verlieren. In einer Stunde erwarte ich Ihre eigene Entscheidung und die Vorschläge, welche Mannschaften mitzunehmen sind. Die Midshipmen und Servants gehen natürlich mit mir.«

David merkte sofort, daß das geruhsame Tempo der *Albion* vorbei war. Er mußte hetzen und laufen, Bestände registrieren, Listen schreiben, die Signalflaggen auf der *Exeter* überprüfen, dem Master zur Hand gehen, seine eigenen Sachen zusammensuchen und anderes mehr.

Am dritten Tag wurde er zum Gericht befohlen, um im Prozeß gegen die Verräter auszusagen. Als er zurückkehrte, war der amtierende Leutnant Hamond mit der Mannschaft vom Lake Champlain wieder auf der *Shannon* und erzählte, daß Greg Miller bei seiner Myra glücklich sei.

Am nächsten Tag übernahmen sie die alte *Exeter*, mußten alles überprüfen und die Stationen mit der verbliebenen Restbesatzung einteilen. Mr. Morsey war nur noch ein Nervenbündel. Sie segelten mit knappster Besatzung, da der Mannschaftsmangel groß war. Und der frühere Kapitän der *Exeter* hatte ihnen auch nicht gerade den Stolz seiner Besatzung überlassen.

Der Kapitän ließ David rufen. »Mr. Winter, ich habe hier ein Schreiben des Admirals, in dem Ihnen für umsichtiges und entschlossenes Verhalten bei der Aufdeckung von Hochverrat gedankt wird. Ich freue mich, daß Sie sich so oft tapfer und umsichtig zeigten, aber für die Zukunft wünsche ich mir Ihre Abenteuer etwas weniger exzentrisch!« Und er entließ ihn mit gutmütigem Lächeln.

Nach zwei weiteren hektischen Tagen war es soweit. Der Konvoi wartete auf ihr Signal. Der Kapitän erschien auf dem Achterdeck. Die Signalflaggen stiegen in dem schneeverhangenen Morgen empor. Befehle wurden gebrüllt. Die Fiedel quietschte, als der Anker eingeholt wurde. Die alte *Exeter* nahm Fahrt auf.

David sah zum Ufer hinüber. Ade, Amerika! Was hast du

mir nicht alles an Erlebnissen beschert. Adieu, Denise! Es war sehr schön …

»Mr. Winter!« rief der Kapitän. »Signalisieren Sie der Bark *Albatros*, sie soll mehr Segel setzen. Wir wollen in diesem Jahr noch in England eintreffen.«

Ja, dachte David, das wollen wir und sehen, was die Zukunft alles bringen wird …

ENDE DES
ERSTEN ROMANS

Der zweite Roman

Die Bucht der sterbenden Schiffe

Inhalt

Verzeichnis der Abbildungen

Die Karibik
Die dreizehn Kolonien
Die Eroberung des Delaware
Martinique
St. Lucia
Rhode Island
Die Chesapeake Bay
Das untere Hudson-Tal, Connecticut und New Jersey
Bagaduce in der Penobscot Bay

Vorwort

Wieder fährt David Winter zur See, erlebt Kämpfe und Abenteuer, Niederlagen und Erfolge, Liebe und Leid. Auch in diesem Band habe ich mich bemüht, die Erlebnisse meines Titelhelden historisch getreu nachzuerzählen. Der Leser soll David Winter unter den Verhältnisssen erleben, die zu seiner Zeit existierten, und nicht in einer Welt, die der Erzähler nach seinem Gutdünken formte.

So hat es zum Beispiel Professor Hutton mit seinen ballistischen Untersuchungen an der Königlichen Militärakademie tatsächlich gegeben. Die beschriebenen Neuerungen im Geschützwesen, auf manchen Schiffen erprobt, fanden ihren Ausdruck schließlich im legendären Kampf von Brokes Fregatte *Shannon* im Jahr 1813. Auch die Untersuchungen des westindischen Rums auf Bleigehalt sind verbürgt. Ihre Ergebnisse wurden 1785 dem College of Physicians in London vor getragen.

Und die aus Schafsdarm gewonnenen Kondome haben die Londoner Damen Phillips und Perkins seit 1750 mit großem Erfolg vertrieben. Der Gouverneur von Antigua ist zu dieser Zeit tatsächlich durch Wahnvorstellungen der geschilderten Art aufgefallen. So könnte ich noch viele Details hervorheben, die uns auf den ersten Blick kurios und unwahrscheinlich erscheinen mögen und die doch alle ihren Platz in der Welt David Winters hatten.

Selbstverständlich habe ich auch gestrafft und vereinfacht, um den Leser nicht im Wust der Fakten ersticken zu lassen. David Winter hat in Wirklichkeit öfter das Schiff gewechselt. Die Eroberung des Delaware erlebte er auf der *Somerset* (64er), und die Ereignisse um Martinique mit der Vernichtung der Fregatte *Randolph* fanden auf der *Yarmouth* (64er) statt. Aber es hätte den Fluß der Handlung gestört, neue Schiffe und Besatzungen einzuführen, und es hätte an den historischen Fakten nichts geändert.

Die Lebensumstände in der Flotte und in den Häfen sind

in vielen anderen zeitgenössischen Berichten ebenfalls so geschildert worden, auch zum Beispiel die Verhältnisse am Drury Lane Theatre in London. Und die überwiegend konservative politische Einstellung der Flottenoffiziere ist aus vielen Tagebüchern belegt und konnte auch hier nicht verschwiegen werden.

Die seemännischen Fachausdrücke sind im Vergleich zu den Quellen sparsam benutzt worden. Sie werden außerdem im Glossar am Ende des Bandes erklärt. Die Ortsnamen habe ich in der heutigen Fassung wiedergegeben oder die heutige Fassung in Klammern hinzugefügt.

Ich hoffe, daß mein Streben nach historischer Genauigkeit dem Leser nicht die Freude und die Spannung beim Lesen der Abenteuer des David Winter beeinträchtigt.

Antigua, August 1993
Frank Adam

Personenverzeichnis

	Exeter Jan./Febr. 77	Anson 1777	Anson 1778	Anson 1779
Kapitän	Brisbane Edward	Brisbane Edward	Brisbane Edward, ab Juni: Lord Battesham	Grant Thomas
1. Leutnant	Morsey, James	Morsey, James	Bates, Robert	Bates, Robert
2. Leutnant	Bates, Robert	Dillon, Edward	Murray, Joseph	Murray, Joseph
3. Leutnant	Kelly, Hugh	Bates, Robert	Purget, Philemon	Purget Philemon
4. Leutnant	–	Kelly, Hugh	O'Byrne, Paul	O'Byrne, Paul
5. Leutnant	–	Purget, Philemon	Black, John	Black, John †
Master	Hope, Josuah	Hope, Josuah	Hope, Josuah	Hope, Josuah
Schiffsarzt	Lenthall Richard	Lenthall Richard	Lenthall Richard	Lenthall Richard
Hauptmann der Seesoldaten	–	Barnes, Irving	Barnes, Irving	Barnes, Irving

1. Leutnant der Seesoldaten	Barnes, Irving	Bondy, Henry	Bondy, Henry	Bondy, Henry
Midshipmen	Desmond Jerry Hamond, James Harland, Andrew McGaw Barry Palmer, Matthew Simmons, Harry	Watson, George Desmond, Jerry Hamond, James † Harland, Andrew McGaw, Barry Palmer, Matthew Simmons, Harry Cole, Hugh Church, Stephan	Watson, George Desmond, Jerry Reed, Robert Harland, Andrew McGaw, Barry Palmer, Matthew Simmons, Harry Cole, Hugh Church, Stephan	Watson, George Desmond, Jerry Harland, Andrew McGaw, Barry Palmer, Matthew Simmons, Harry Cole, Hugh Church, Stephan

Kurs Heimat

Januar bis Februar 1777

Nebelfetzen huschten über das Deck, zögerten an den Aufbauten, umklammerten Masten und Taue. Der Nebel sog die Gischt in sich auf, die am Bug mit jedem Wellenkamm zerstäubte. Schattenhaft erkennbare Körper duckten sich an Deck hinter jedem Aufbau, der Schutz versprach. Der Deckel einer Laterne ließ kurz einen Lichtschein entweichen.

»Vierzehn Grad, Sir!« rief der Matrose, der die Wassertemperatur gemessen hatte.

»Deckthermometer?« kam es fragend zurück.

»Unverändert, Sir!«

»Gut! Beobachte weiter.« Der wachhabende Offizier drehte sich ab und blickte backbords in den dunklen Nebel. Keine zwanzig Meter konnte man sehen. Ob es viel half, alle fünf Minuten die Temperatur zu messen? Wenn die Strömung ungünstig stand, könnte ein Eisberg unbemerkt herantreiben und dem Schiff den Rumpf aufreißen. Na ja, etwas beruhigte das Messen schon.

Der Wachhabende ließ den Blick nach vorn wandern, wo man den Bug nur ahnen konnte. Plötzlich erstarrte er in der

Bewegung. War das nicht ein Laut backbord voraus gewesen, Metall an Metall?

»Gleich drei Glasen, Sir!« rief der Melder, der am Ruderhaus stand.

»Ruhe! Nicht ausläuten, bring mir die Tüte!«

Der Melder hastete mit dem Sprachrohr heran.

»Dreh die Sanduhr und sag drei Glasen durch! Alle Wachen sollen auf Geräusche backbord voraus achten! Und: kein Laut!«

»Aye, aye, Sir«, murmelte der junge Bursche und lief davon.

Wieder ein Geräusch? Der Wachhabende hielt sich das Sprachrohr mit dem Mundstück ans Ohr und lauschte angestrengt. Das waren Stimmen, entfernt und undeutlich in der Nebelwatte. Was konnte das sein? Ein Schiff vom Konvoi, das in der Nacht vorbeigesegelt war? Unmöglich! Die waren langsamer und setzten nachts noch weniger Segel als die alte *Exeter*. Jetzt hörte es sich an, als ob Taue an Holz quietschten. Verdammt, was sollte er tun?

Der junge Wachhabende enterte die Wanten etwa zwei Meter empor und sah angespannt in die Richtung, wo er ein Schiff vermutete. Er war jung und kräftig, etwa einsfünfundsiebzig groß, breitschultrig, soweit man das unter dem Ölzeug ahnen konnte. David Winter, Steuermannsmaat und Midshipman in Seiner britischen Majestät Flotte, wurde fast übel, wenn er an die Verantwortung dachte, die ihn jetzt bedrückte. Einer der ständigen Befehle des Kapitäns besagte, daß der Wachhabende auf Nachtwache unverzüglich ›Klar Schiff zum Gefecht‹ befehlen müsse, wenn kein Vorgesetzter an Deck war und dem Schiff Gefahr drohe.

Verdammt! Drohte nun Gefahr? Sollte er zweihundertfünfzig Mann Besatzung aus dem Schlaf holen, eine Stunde bevor die Freiwache an Deck kam? Hörten denn die anderen nichts? Wieder preßte er das Mundstück des Sprachrohrs ans Ohr und lauschte. Herrgott, was war das für ein Krach neben ihm? Der Melder hastete heran.

»Bugausguck glaubt Lichter gesehen zu haben, Sir!«

»Wo, verdammt?«

»Backbord voraus, Sir!«

Mr. Winter starrte angestrengt in den nächtlichen Nebel. »Ich sehe nichts. Du?«

»Nein, Sir.«

Wieder nahm David Winter die ›Flüstertüte‹ ans Ohr. Halt! Jetzt war es zu hören! Holz bummerte, Metall schlug an Metall! Stimmen fluchten unterdrückt.

»Sir, ich sehe zwei Lichter dicht beieinander!« flüsterte der junge Melder an seiner Seite.

Da war eine Lücke im Nebel. David kniff die Augen zusammen. Ja, die Lichter zwischen den Nebelschatten waren kurz zu sehen, etwa achthundert Meter entfernt. Gott, rannten die etwa ihre Geschütze aus, und Licht drang durch die Geschützluken?

Verdammt, was sollte er tun? Noch einmal Knarren, dumpfes Dröhnen, metallisches Klicken. Mr. Winter wandte sich zum Melder: »Klarschiff ohne Geräusche und ohne Licht! Renn zu den Mannschaften! Ich sag' der Wache des Kapitäns Bescheid.«

Minuten später drangen Menschenscharen durch die Niedergänge an Deck. Dumpfes Klatschen ließ ahnen, daß Bootsmannsmaate mit dem Tauende zur Eile antrieben. Unterdrücktes Fluchen erstarb wieder. Befehle wurden gezischt. Hastig zerrten die Matrosen die Abdeckungen von den Kanonen.

»Was ist los, Mr. Winter?« wollte die dunkle, große Gestalt wissen, die neben David auftauchte, der immer noch backbord voraus starrte.

»Sir, Lichter, Stimmen, metallische und andere Geräusche etwa siebenhundert Meter backbord voraus. Könnte sein, daß sie Geschütze ausrennen.«

»Bei der Dunkelheit? Die müßten ja Eulenaugen haben, um uns zu sehen. War bei uns alles abgedunkelt, Mr. Winter?«

»Jawohl, Sir!«

»Was sagen Sie dazu, Mr. Hope?« wollte die große Gestalt von dem untersetzten Mann wissen, der an die Reling gegangen war.

»Das Nachtglas hilft bei dem Nebel gar nichts, Sir. Wir

müssen abwarten. Wir sollten sie vor der Morgendämmerung eher wahrnehmen können als sie uns.«

»Gleich vier Glasen, Sir!« schallte es vom Ruderhaus herüber.

»Nicht ausläuten!«

Schweigend starrten alle in den Nebel. Die Kälte kroch in die Glieder, Hände wurden gerieben.

»Ruhe!« erscholl der unterdrückte Befehl.

»Ich höre auch Geräusche und Stimmen, Sir«, flüsterte Mr. Hope, »aber es hört sich nicht nach Englisch an.«

Vom Bug wurde flüsternd die Meldung weitergegeben: »Mehrere Lichter direkt voraus, etwa zweihundert Meter!«

Die Dämmerung kündigte sich mit ersten helleren Schattierungen an.

»Sir, das sind die Neufundlandbanker, die portugiesischen Fischer, die hier den Kabeljau für ihre Papisten daheim fischen«, erklärte Mr. Hope nun schon weniger flüsternd. Der Kapitän entgegnete: »Wir wollen noch etwas abwarten, ehe wir Klarschiff aufheben.«

Die aufhellende Dämmerung bestätigte es. Da lagen die Terranovas, die bunt angemalten portugiesischen Fischerboote. Zwischen ihnen tummelten sich Ruderboote mit den langen Dorschleinen. Holzfässer rumpelten, Winden quietschten, Metall hallte, Stimmen schallten herüber. Es waren dieselben Geräusche wie in der Dunkelheit. Aber in dem fahlen Nebelgrau wirkte es gar nicht mehr bedrohlich, eher friedlich. Menschen in dieser nördlichen Wasserwüste vor Neufundland!

»Lassen Sie die Gefechtsbereitschaft bitte aufheben, Mr. Morsey. Die Freiwache soll mit Deckreinigen beginnen«, befahl die große Gestalt, nun als Kapitän zur See in Alltagsuniform erkennbar. »Mr. Hope, legen Sie bitte einen Kurs fest, der uns von den Booten klar hält, und geben Sie entprechende Signale an den Konvoi.«

David Winter starrte auf die Fischerboote, von denen jetzt einzelne Gestalten herüberwinkten. O Gott, dafür hatte er nun Alarm gegeben.

»Ich hätte es Ihnen sagen sollen, Mr. Winter, daß wir heute

morgen auf der Mittelbank mit portugiesischen Fischern rechnen könnten«, beruhigte ihn Mr. Hope, der Master.

Die Offiziere standen auf dem Achterdeck noch in einer Gruppe zusammen. Mr. Hope, der Master, gähnte verstohlen und schob sich den Südwester aus der Stirn, um sich am Kopf zu kratzen. Über dem rundlichen, etwas geröteten Gesicht wurde der weiße Haarkranz sichtbar. Mr. Brisbane, der Kapitän, überragte ihn um einen halben Kopf und schien mit leichter Belustigung zu ihm hinunterzuschauen. »Wir sollten ein Boot hinüberschicken und uns frischen Dorsch kaufen, was meinen Sie, meine Herren?«

Die Offiziere stimmten eher pflichtbewußt als begeistert zu. Fisch war nicht so beliebt in der Messe.

Mr. Barnes, der Erste Leutnant der Seesoldaten, grinste David an, als er zum Kapitän sagte: »Das ist ein umständlicher Fischkauf, Sir, wenn man über zweihundert Mann aus den Hängematten scheucht und mit Kanonen auf die Fischer zielt.«

Die anderen lachten schadenfroh. Wurde David nicht sogar rot unter der Bräune?

»Man sagt ja, daß fröhliche Offiziere die Moral der Mannschaft stärken«, warf der Kapitän ein. »Darf ich Sie aber darauf aufmerksam machen, meine Herren, daß Mr. Winter nur meinen Befehl befolgt hat. Hoffentlich haben Sie in einer ähnlichen Situation genauso wenig Angst vor dem Spott seiner Mitoffiziere wie er. Sonst wachen wir eines Nachts auf, wenn uns ein Gegner seine Breitseiten in den Rumpf jagt. Lieber hundertmal umsonst Alarm als einmal zu wenig, meine Herren.«

Langsam zerstreute sich die Gruppe. Der Erste Offizier und der Master blieben auf dem Achterdeck, und David war mit der Ausführung ihrer Befehle beschäftigt, um den Konvoi zu sammeln und auf den richtigen Kurs zu bringen. Die Jolle wurde gefiert, zum nächsten Fischerboot gepullt und kehrte bald darauf mit einem Korb zuckender Fische zurück.

Uninteressiert sah David zu und sehnte das Ende der

Wache herbei. Endlich! Mr. Kelly, der Dritte Leutnant, erschien zur Ablösung.

»Na, David, wie viele Fischkutter haben Sie inzwischen versenkt?«

David zuckte mit den Schultern und brummte: »Darüber kann ich nicht mehr lachen, Sir.« Müde trottete er den Niedergang hinunter in das vordere Cockpit, das ›Heim‹ der älteren Midshipmen.

Die alte *Exeter* mit ihren fünfzig Kanonen segelte vor einem müden Nordost-Wind, einem ›Soldatenwind‹, stetig ihren Kurs. Nach ihrer Ankunft in England würde sie als Gefangenenulk dienen oder vollends abgewrackt werden. Sie war zu klein und schwach, um noch in der Schlachtlinie zu kämpfen. Das war jetzt Aufgabe der Vierundsiebziger oder der großen Dreidecker mit hundert und mehr Kanonen. Aber die *Exeter* war noch stark genug, den kleinen Konvoi, der in Lee von ihr segelte, gegen amerikanische Kaperschiffe zu schützen, die immer weiter und zahlreicher in den Atlantik vordrangen.

Leicht wäre der Kampf gegen ein starkes Kaperschiff aber auch nicht. Die *Exeter* hatte nicht genug Besatzung, um gleichzeitig die Segel zu bedienen und alle Geschütze zu besetzen. Kapitän Edward Brisbane, der in England die überholte *Anson* mit vierundsechzig Kanonen übernehmen sollte, hatte daher befohlen, alle Geschützbedienungen nur auf einer Seite zu konzentrieren und für die freie Schiffsseite nur einen Mann pro Geschütz abzustellen, der die Feuerbereitschaft sichern sollte.

Wenn nur die von der *Exeter* übernommenen Mannschaften tüchtiger und zuverlässiger gewesen wären! Aber der frühere Kapitän der *Exeter* hatte alle guten Leute mit zu seinem neuen Kommando genommen und Kapitän Brisbane nur den traurigen Rest überlassen. Der wiederum hatte von seiner Fregatte *Shannon* das beste Fünftel der Mannschaften, die Offiziere und Midshipmen auf die *Exeter* mitgebracht, wie es ihm traditionell zustand. Nun hatte er eine sonderbare

Mischung von Versagern, Krakeelern und Schwachen einerseits und von guten Seeleuten andererseits. Wenn daraus je eine schlagkräftige Besatzung werden sollte, in den acht Tagen, die sie jetzt auf See waren, blieb der Erfolg noch verborgen.

Als es sieben Glasen der Vormittagswache läutete, also um elf Uhr dreißig, reckte sich David Winter in seiner Hängematte. Er war noch müde und fand an Bord eigentlich nie genug Schlaf. Vielleicht war das ein Tribut an sein Alter von fünfzehn Jahren und zwei Monaten. Aber was bedeutete eine Jahreszahl, wenn der junge Mann schon über zwei Jahre zur See fuhr, Stürme erlebt hatte, mehrfach Gefechte durchgestanden und gute Freunde sterben gesehen hatte. Seine Altersgefährten mochten noch die Schulbank drücken oder in der Lehre arbeiten. Sie konnten noch jungenhaft, manchmal etwas kindlich sein. David durfte es nicht mehr. Er mußte den Dienst eines Mannes erfüllen, und er war ein Mann dabei geworden.

Sein braunes Haar war vom Schlaf verwuschelt. Als er es jetzt aus der Stirn schob, sah man von der Mitte der Stirn bis zum Haaransatz die etwas hellere Narbe, ein Andenken an das Gefecht in der Bucht bei Newport. Nachdem er sich die Augen gerieben hatte und sie öffnete, hätte man ihre braune Färbung mit grauen Einsprengseln erkennen können, wenn es heller gewesen wäre. Aber das Halbdunkel des Cockpits reichte aus, um die kräftige Nase in dem ovalen Gesicht wahrzunehmen. Die Schultern waren breit, die Arme muskulös, die Hände rissig vom Schiffsdienst. Mit seiner schlanken und doch kräftigen Figur schwang er sich aus der Hängematte. Er war auch vom Aussehen her ein Mann. Da gab es nichts Weiches, Kindhaftes mehr.

Er schob den Vorhang zur Seite, der die Hängematten vom Wohnteil abtrennte, und sah einige Midshipmen, zwei Maate und den Sekretär des Kapitäns in Erwartung des Mittagessens am Tisch plaudern. Einige schauten auf und lächelten ihm zu. Er wurde als guter Kamerad respektiert. Na ja, manchmal war er etwas rechthaberisch und aufbrausend, aber man konnte ihn auch leicht beruhigen, und er trug nichts nach.

David galt als guter Seemann. Der Master hatte eine Schwäche für ihn, weil ihn die Navigation mehr als nur beiläufig zu interessieren schien und er sich jetzt in einige Geheimnisse der Astronavigation einarbeitete.

Als Kämpfer war er respektiert. Von der Angst, die ihn vorher immer quälte, wußten die anderen nichts. Sie sahen nur, daß er auch im Getümmel die Übersicht behielt und den Gegner mit einer kontrollierten Wut angriff, die seinem heftigen Temperament entsprach. Das hatte ihm den Spitznamen ›Feuerfresser‹ eingebracht. Heftig war er auch in der Diskussion, scharfzüngig und manchmal verletzend. Aber wer hatte keine Schwächen?

David hatte sich gewaschen und ging zum Tisch. »Na, wartet ihr schon auf euren Erbsenbrei? Gibt es heute wenigstens noch etwas Leckeres dazu?«

Matthew Palmer, Midshipman wie David, aber ein Jahr älter und seit über zwei Jahren sein Schiffskamerad und Freund, neckte ihn: »Für dich ist heute das Mittagessen gestrichen, weil du über zweihundert ehrliche Seeleute aus dem schönsten Schlaf gerissen hast.«

»Matthew, du bist ein Aufschneider. In der ganzen britischen Flotte gibt es keine zweihundert ehrlichen Seeleute.«

Der Sekretär wandte ein: »Solange sie schlafen, würde ich sogar Seeleute für ehrlich halten.«

Protestgemurmel wurde laut, wie ein Schreiberling sich ein Urteil über Seeleute erlauben könne, er könne seinen Hintern ja schön in der Kajüte wärmen …

»Schon gut«, wehrte der Sekretär ab. »Ich weiß, die Herren der Flotte dürfen sich nur untereinander verspotten. Ein Kapitänsschreiber darf ihnen nur helfen, wenn sie mit ihrem Papierkram nicht klarkommen.«

So ging das Geplänkel noch ein wenig hin und her, bis der Steward das Essen brachte. Es war Mittwoch, und da gab es nun einmal traditionell Erbsbrei, diesmal mit Sauerkraut und Mehlklößen angereichert. Sie murrten über das Essen und stopften es doch hinein, denn Seeluft, Kälte und Bewegung machten hungrig.

Die Bootsmannspfeifen schrillten und trieben die Mannschaften an die Geschütze. Davids Gefechtsposten war auf dem Achterdeck, wo er den Befehl über die drei Backbord-Sechspfünder hatte. Sofern der Master und der älteste Steuermannsmaat ausfielen, hatte er die Navigation zu übernehmen. In Davids Geschützgruppe bedienten Seesoldaten und Matrosen gemischt die Kanonen. Da die Sympathie zwischen den ›Hummern‹, wie die Seesoldaten wegen ihrer roten Uniformjacken genannt wurden, und den Teerjacken nicht sehr groß war, mußte David immer darauf achten, daß die Reibereien nicht die Effektivität seiner Batterie störten.

Auch heute wieder stellte Jonathan, der alte, zahnlose Glatzkopf von der Besatzung der *Exeter,* dem jungen rotblonden Seesoldaten von der *Shannon* ein Bein, als der zu seiner Gefechtsstation lief. Schon hob dieser die Faust, als David dazwischenbrüllte: »Keinen Streit da! Auf eure Posten, ihr Lahmärsche! Jonathan, dich lasse ich auspeitschen, wenn du dauernd stänkerst.« Der alte Matrose wollte aufbrausen, als ihn ein Kamerad herumriß und zur Ruhe brachte. Dem Kerl sollte David besser nicht den Rücken zuwenden, wenn sie nachts allein an Deck waren.

Kapitän Brisbane ließ den Ladedrill immer wieder durchexerzieren. Mit schmerzenden Händen mußten sie den Rücklauf der Geschütze imitieren, um sie wieder nach vorn zurren zu können. Als der Ausguck backbord voraus eine kleine Eisscholle sichtete, war die Gelegenheit gekommen, etwas von dem schwarzen Munitionsvorrat zu opfern. Die Pulverkartuschen wurden in die Rohre gestopft, die Kugeln festgerammt und mit alten Stoffpfropfen gesichert. Batterieweise feuerten dann die Geschütze auf die dreihundert Yards entfernte Scholle. Erst dröhnten die Vierundzwanzigpfünder im Unterdeck, dann die Zwölfpfünder auf dem Oberdeck, und schließlich krachten Davids Sechspfünder nacheinander.

Der Erfolg war mäßig. Von allen fünfundzwanzig Geschützen der Backbordseite hatten nur sechs die Scholle getroffen. Fünf Kugeln waren so weit von der Eisscholle entfernt in die See gezischt, daß sie einen Feind höchstens zum Lachen gebracht hätten. Der Kapitän tobte. Die Geschützbedienungen, die getroffen hatten, durften wegtreten. Alle anderen mußten Geschützexerzieren, bis ihnen trotz der Kälte der Schweiß vom Körper rann. Bei der nächsten ruhigen See wurde Zielschießen angekündigt und wehe ...

Als David endlich das Cockpit betrat, blieb ihm gerade noch Zeit, sich umzuziehen und für seine Wache an Deck zu gehen. Er hatte jetzt nur die zwei Stunden der *dog watch* vor sich, jener verkürzten Wache, die man einschob, um den Rhythmus zu ändern. So blieb ihm am nächsten Tag die unangenehme Zeit der Morgenwache von vier bis acht Uhr erspart.

Nach dem Abendessen holte Harry Simmons seine Flöte hervor und spielte ihnen seit dem Auslaufen aus New York erstmals wieder etwas vor. Er variierte einige Themen, bis er die beliebte Weise von Admiral Hosiers Geist flötete. Sie sangen die Strophen begeistert mit. David war nicht sehr musikalisch, aber er strapazierte das Gehör seiner Nachbarn weniger als der Sekretär des Kapitäns, der immer zwischen Tenor und Baß schwankte. Der Rotwein, der sie wärmte, stammte von einem spanischen Blockadebrecher aus der Karibik. Bald würde der Vorrat erschöpft sein, und sie hätten dann nur noch ihren Grog zum Wärmen.

Davids Gedanken schweiften etwas ab, als ihn Barry McGaw, einer der jüngeren Midshipmen, fragte, wann wohl Robert Bates, der Zweite Leutnant, wieder gesund wäre.

»Der Arzt meint, es könne noch zwei bis drei Tage dauern. Aber mir wäre heute lieber als morgen, damit er auf unserer Wache wieder die Verantwortung übernehmen kann.«

»Dir liegt wohl noch der Alarm von heute früh im Magen?« fragte Jerry Desmond.

»Wärst du froh, wenn es dir passiert wäre?« wollte David wissen.

»Natürlich nicht. Aber der Alte hat dir den Rücken gestärkt, und du hast ja auch richtig gehandelt. Komm, laß das Grübeln! Harry soll uns das Lied von Betty aus Jamaika spielen.«

Und Betty aus Jamaika war kein Thema, bei dem man noch länger über Fehlalarm nachdenken konnte. David sang und dachte an Denise, die zwar nicht aus Jamaika, aber auch sehr zärtlich gewesen war.

Als am nächsten Morgen die Pfeifen schrillten, merkte David, daß er wohl doch ein Glas zuviel getrunken hatte. Er fühlte sich so lahm und müde, daß es ihm schwerfiel, sich schnell zu bewegen. Nach der Morgenwäsche, bei der er so unvorsichtig war, daß ihm Salzwasser in die Augen geriet, wurde er etwas munterer. Aber erst das Frühstück mit dem Bohnenkaffee, den das Cockpit noch in New York gekauft hatte und der bei guter Reise fast bis England reichen sollte, ließ ihn richtig aufwachen.

An Deck läutete die Schiffsglocke sieben Glasen. In einer halben Stunde, um acht Uhr, begann die Vormittagswache. Gott sei Dank, der Master und der Erste Leutnant oder sogar der Kapitän würden an Deck sein, so daß er nicht allein die Verantwortung trug. Zum Glück schneite es auch nicht, so daß David auf die schwere Ölhaut verzichten konnte.

Als David den Kopf aus dem Niedergang steckte, sah er gewohnheitsmäßig erst zum Himmel empor. Hohe, aufgelockerte Bewölkung, kein Anzeichen von Schnee, Regen oder Sturm. Dann stieg er die letzten Stufen hinauf und schaute in die Runde. Mäßig bewegte See. Gute Sicht. Ziemlich kalt. Er grüßte den wachhabenden Offizier und ging zum Ruderhaus. Das Barometer zeigte ein leichtes Hoch an. Auf der Schiefertafel war vermerkt, daß sie während der Morgenwache vier bis sechs Knoten gesegelt waren.

Hugh Kelly, der wachhabende Offizier, bemerkte freundlich: »Sie sind früh dran, David. Es gibt nichts Besonderes. Ein Matrose aus Mr. Bates' Division hat sich den Fuß verstaucht, als er von den unteren Wanten an Deck sprang. Aber das geht schnell vorbei. Ich mußte nicht ›Klarschiff‹ ausrufen, um Fischerboote zu erschrecken.«

Gott, hört das gar nicht mehr auf, dachte David und griente säuerlich.

»Schon gut«, lenkte Mr. Kelly ein, »das war wohl für Sie nicht mehr lustig.«

Noch bevor die Wache übergeben war, erschien Mr. Hope an Deck. Nachdem er sich umgesehen hatte, erkundigte er sich nach den Schiffen des Konvois. Alle acht waren annähernd auf Position in Lee. Nur die Brigg *Helena* hatte während der Morgenwache zusätzlich Segel setzen müssen, um wieder auf Position zu gelangen.

Als Kapitän Brisbane das Deck betrat, nickte er nur zu ihrem Gruß, blickte kurz umher und begann dann seine Wanderung auf dem Achterdeck. Exakt eine Viertelstunde würde er nun hin- und hergehen, ehe er zu ihnen trat, um sich nach irgendwelchen Ereignissen, dem Wetter und dem Zustand des Schiffes zu erkundigen. Die Pumpen klickten laut in der Morgendämmerung. Sechs Stunden mußten sie täglich pumpen, so morsch waren die Planken der alten *Exeter*. Mr. Lenthall, der Schiffsarzt, stieg etwas steif den Niedergang empor, um dem Kapitän über den Gesundheitszustand der Mannschaft zu berichten. Er lächelte Mr. Hope und David freundlich zu und setzte zum Sprechen an.

»Deck ho!« rief der Ausguck. »Es bläst! Drei Meilen steuerbord voraus.«

David griff nach dem Teleskop und ging mit den anderen zur Steuerbordreling.

»Das sind ja viele Walfische, eine ganze Herde!« rief der kleine Andrew Harland begeistert.

Der Schiffsarzt legte ihm die Hand auf die Schulter. »Mr. Harland, Wale sind keine Fische, sondern Säugetiere, die lebende Junge zur Welt bringen und säugen. Wenn sie in Gruppen auftreten, sagt man nicht Herde, sondern ›Schule‹.«

»Schule hören die jungen Herren nicht so gern«, gab der Master seinen Kommentar.

Mr. Lenthall hatte durch Davids Teleskop Einzelheiten erkannt. Da die Gruppe durch mehrere neugierige Midshipmen und Captain's Servants verstärkt worden war, sprach er jetzt lauter. »Das sind Grönlandwale, Baleane mysticetus, die nach Süden ziehen, etwa vierzig große und kleine Tiere. Grönlandwale sind Bartenwale, die sich von Krill und anderen kleinen Tierchen ernähren. Sie werden bis zwanzig Meter groß.«

»Das merke ich mir doch nicht«, brummelte Andrew und fügte laut hinzu, als der Schiffsarzt zu ihm herübersah: »Und warum jagt man sie, Sir?«

Der Master und der Schiffsarzt erklärten, sich mitunter ins

Wort fallend, daß vor allem die dicke Speckschicht, die die warmblütigen Säugetiere vor der Kälte des arktischen Wassers schütze, begehrt sei. Aus der Zunge und dem weichen Speck könne man den weißen Tran drücken, der ein schmackhaftes Speiseöl abgebe. Aus dem festen Speck koche man den braunen Tran heraus, und aus dem Bodensatz des Kessels könne man Schmierseife gewinnen. Die ausgesottenen Speckstücke, Schwanz und Flossen nehme man zum Leimsieden. Und aus dem Fischbein der Knochen könne man Schmuck und Modelle schnitzen oder die Stäbe für die Mieder der Damen.

»Kann man das Fleisch auch essen?« wollte David wissen.

Der Master konnte Auskunft geben. »Ja, es schmeckt etwas modrig und ölig. Die Eskimos mögen es, sie schneiden auch die Haut in Stücke und lutschen sie aus.«

Inzwischen waren sie näher herangekommen und sahen, wie die grauschwarzen Kolosse mit ihrer riesigen Schwanzflosse, die in zwei Spitzen auslief, auf das Wasser schlugen, wegtauchten und unglaublich lange unter Wasser blieben, ehe sie mit lautem Platschen wieder auftauchten und große Wasserstrahlen in die Luft bliesen.

»Warum spritzen sie das Wasser hoch, Mr. Lenthall?«

»Mr. Harland, die Wale saugen unter der Oberfläche die kleinen Garnelen mit dem Wasser ein und drücken das Wasser durch die Barten wieder heraus. Die Barten sind eine Art sehr langer und dichter Zähne, wie unzählige Zinken eines riesigen Kammes. Sie halten den Krill zurück, wenn das Wasser rausgedrückt wird. Wenn die Wale wieder auftauchen, blasen sie die verbrauchte Luft aus, die dampft. Sind die Atemlöcher noch unter Wasser, dann stiebt eine Fontäne mit in die Luft. Sie verrät den Wal schon auf Meilen den Walfängern, die ihm nachstellen.«

David sah auf die vielen Wale, die keine Scheu vor der *Exeter* hatten. Die riesigen Tiere schienen mit ihrem gewölbten Oberkiefer die Zuschauer anzugrinsen. Die kleinen Jungwale spielten in der Nähe ihrer Muttertiere. Eines saugte an der Mutter, die sich auf die Seite gelegt hatte. Trotz ihrer Größe wirkten die Grönlandwale in ihren Bewegungen leicht und elegant.

Überall drängte sich die Mannschaft an die Reling und sah dem lebhaften Treiben zu. Die Offiziere duldeten die Unterbrechung der Tagesroutine. Bei über zweihundert Seeleuten war viel Erfahrung versammelt. Die einen erzählten von den Zahnwalen, die sich von anderen Fischen ernährten. Jemand wollte den Kampf eines Grindwales mit einem riesigen Tintenfisch beobachtet haben. Andere hatte Blauwale von über dreißig Meter Länge im nördlichen Pazifik gesichtet. Wieder andere waren auf Walfängern gefahren und berichteten von der gefährlichen Jagd. Als die Geschichten immer haarsträubender wurden und die Wale vorbeigezogen waren, meldete sich der Kapitän: »Mr. Morsey, lassen Sie bitte die Mannschaften wieder an ihre Arbeit gehen. Bitte signalisieren Sie dem Konvoi, er soll mehr Segel setzen. Wir wollen vorankommen.«

Die nächste Nacht war für David wieder kurz. Im Traum war er in Portsmouth bei Onkel und Tante. Sie saßen am Tisch, und die Tante legte ihm die Hand auf die Schulter. Warum drückte sie so stark und schüttelte ihn?

»Gleich acht Glasen der Hundewache, Sir«, flüsterte der Steward.

David fuhr mit dem Kopf hoch. »O Gott, wieder die Morgenwache ab vier Uhr!«

Er tastete sich im Halbdunkel zu Schuhen, Jacke und Mantel, spülte den Mund aus, wischte sich aus dem Holzzuber etwas kaltes Wasser ins Gesicht, griff sich einen Zwieback und trottete zum Niedergang.

An Deck war es noch stockdunkel. David konnte zunächst nicht einmal das kleine Kompaßlicht erkennen. Als sich seine Augen etwas an die Dunkelheit gewöhnt hatten, ahnte er die schwarzen Schatten des Rudergängers und des Wachhabenden mehr, als daß er sie sah. Langsam tastete er sich zu ihnen. Es war wieder Leutnant Kelly, den er ablösen mußte.

»Sie sind früh dran, David, da kriege ich vielleicht noch eine Mütze voll Schlaf. Keine besonderen Vorkommnisse, Wind Nordwest zu Nord, auffrischend in der letzten Stunde,

Kurs Südost zu Süd, Fahrt vier Knoten, Barometer unverändert.«

An Deck war es unruhig geworden. Leises Trappeln, Schlurfen, Gemurmel, Gelächter hier und da verrieten, daß die Mannschaften ablösten. An Davids Seite tauchte eine kleine Gestalt auf.

»Gilbert, Sir, zur Stelle.«

»Ist gut, John, beobachte das Stundenglas, läute acht Glasen und dreh es um. Ich geh die Runde, ob alles auf Station ist.«

Vorsichtig stieg David vom Achterdeck hinunter und ging an der Backbordseite zum Vordeck, bemüht, aufgeschossenen Tauen, Geschützlafetten und ähnlichen Hindernissen auszuweichen. Hier und da hockten kleine Gruppen, duckten sich vor dem kalten Wind und warteten auf Befehle. Die Ausgucke meldeten alles klar. Auf dem Vordeck flüsterte einer leise auf deutsch: »Guten Morgen, Sir. Wieder eine lausig kalte Nacht. In der Karibik war die Morgenwache angenehmer.« Das war Wilhelm Hansen aus Dithmarschen, Toppgast von der *Shannon* und treuer Gefährte seit Davids Dienstbeginn in der Flotte.

»Ja, William, da war es angenehmer und auch spannender. Gefechte, Prisen, Verfolgungsjagden.«

»Aber auch gefährlicher, Sir. Denken Sie an den kleinen John und die anderen, die wir mit den Füßen voran der See übergeben haben. Mir ist ein ruhiger Segeltörn lieber. Aber Offiziere denken da wohl anders.«

David war ein wenig irritiert. Sicher, Hansen war so vertraut mit ihm, daß er das sagen durfte. Stimmte es aber auch? Na ja, er hatte um John und Richard Baffin und all die anderen getrauert. Aber die Kämpfe hatten ihm auch irgendwie Erregung, Freude, Stolz, Genugtuung vermittelt. Wenn der Magen nicht mehr vor Angst verkrampfte, wenn dann der Gegner zu sehen war und bekämpft werden konnte, dann hatte ihn immer ein Rausch erfaßt. Er hatte das Gefühl der eigenen Kraft, der Bewährung genossen. Und die Anerkennung der Kameraden und des Kapitäns hatte ihn beflügelt. War das bei den Seeleuten anders als bei Offizieren?

Die Schiffsglocke läutete ein Glasen. David schob die Gedanken beiseite. Sie waren ihm unbequem. Er plauderte mit William noch etwas über Ereignisse der vergangenen Tage und wandte sich zum Gehen. Vom Bug rief eine leise Stimme: »Licht steuerbord voraus, Sir!«

Nein, nicht schon wieder, schoß es David durch den Sinn, und er griff mit der Hand an ein Stag. Ihm war flau im Magen. »William, sieh nach, was da ist!« Er ging langsam hinterher. Wenn zwei etwas sahen, mußte er sich darum kümmern. Aber hoffentlich …

»Ein Licht, Sir! Zwei Strich steuerbord, Entfernung unsicher, vielleicht ein bis anderthalb Meilen.« Williams Stimme verriet keine Erregung. Dann war es wohl nicht zu ändern.

»Geh zum Ruder, William. Sag den Wachen, sie sollen den Ausguck verdoppeln und absolute Ruhe halten, nicht glasen. Bring mir das Nachtglas und die Flüstertüte mit. John soll auch herkommen.«

»Aye, aye, Sir!«

David stiefelte langsam zum Bug.

Da vorn war in der klaren Nacht tatsächlich ein winzig kleiner Lichtschein zu erkennen. Bewegte sich das Licht? Anderthalb Meilen konnten es sein, aber das war in der Nacht schwer zu schätzen.

»Hat sich die Entfernung verringert?« fragte er den Ausguck.

»Nein, Sir.«

Also wahrscheinlich ein Schiff auf annähernd gleichem Kurs.

Zwei Gestalten huschten heran. William reichte ihm das Nachtglas. David richtete es auf den Lichtschein und justierte es vorsichtig. Eine nicht abgedeckte Laterne und – im Nachtglas auf dem Kopf stehend – die Silhouette eines Decks. Dichter über dem Wasser als ihr eigenes. Ein kleineres Schiff vermutlich.

»Sieh einmal durch«, sagte er zu William.

Der nahm sich Zeit. »Ich tippe auf einen Schoner, Sir, aber es ist noch nicht viel zu erkennen.«

David entschied, noch etwas zu warten, damit er beurteilen konnte, ob sie sich dem Licht näherten. »Behalt das Licht im Auge, William! John soll es mir melden, wenn zu erkennen ist, ob wir uns nähern. Ich gehe zum Ruder und komme dann wieder.« Im Umdrehen hörte er noch das stereotype »Aye, aye, Sir!«

Die Segel standen gut. Die Wachen waren auf ihren Posten. Der Rudergänger hatte nichts zu melden. David ließ loggen. Viereinhalb Knoten bei reduzierter Besegelung. Ob der Konvoi wohl mithielt? Nun mußte er wieder zum Bug, wo Entscheidungen warteten. Noch zögerte er, aber dann ging er nach vorn.

»Irgendwelche Veränderungen?«

»Wir nähern uns langsam, Sir. Im Nachtglas waren Gestalten zu erkennen, die sich vor dem Licht bewegten«, antwortete William.

Der Ausguck meldete ein zweites Licht. David ließ sich das Nachtfernglas geben. Tatsächlich. Neben der ersten Laterne war eine zweite entzündet worden, die langsam fortgetragen wurde. Bewegungen waren zu erkennen, wahrscheinlich Seeleute der Nachtwache.

»Sir, ich habe zwischendurch auch Geräusche gehört. Es klang wie Singen und Lachen«, meldete der Ausguck.

David nahm das Sprachrohr und hielt es mit dem Mundstück ans Ohr. Das andere Ohr stopfte er mit dem Finger zu.

Ja, das war Gesang, auch gepfiffen wurde die Melodie. Jetzt klang wieder Gelächter auf. Eine neue Melodie ertönte. Verdammt, die kenne ich doch, dachte David. Angespannt lauschte er. Ja, das hatte ihre Wache gesungen, als sie auf der Brigg aus Rhode Island mit Hilfe des Deserteurs überwältigt worden waren. Es war ein Spottlied auf König Georg.

»William, horch doch mal! Kennst du den Song?«

William nahm die Flüstertüte und schloß die Augen, während er horchte. »Auf der verdammten Brigg vor der Yukatan-Straße, da haben sie uns die Ohren damit vollgegrölt. ›König Georg, deine Zeit ist vorbei. Wir zahlen keinen Zoll und sind frei …‹, so ähnlich ging es weiter.«

»Du hast ein gutes Gedächtnis, William. An den Text konnte ich mich nicht mehr erinnern. Aber an Bord eines britischen Kriegs- oder Handelsschiffes wird man das Lied wohl kaum hören. Fragt sich bloß, ob es ein Kaper oder ein Blockadebrecher ist.«

Der Melder tauchte auf. »Gleich drei Glasen, Sir.«

»Ist gut. Nicht ausläuten.« David preßte das Nachtglas wieder an das rechte Auge. Das Schiff war jetzt weniger als eine Meile entfernt. In einer knappen Stunde mußten sie gleichauf sein. Vor dem Lichtschein sah er zwei dunklere Schatten. Er justierte das Fernglas genauer und war jetzt sicher. »Das sind zwei Jagdgeschütze am Stern, abgedeckt mit Spritzplanen.« Er ließ William seine Beobachtung bestätigen. Dann war es also kein Handelsschiff, sondern wahrscheinlich ein Kaper.

»Wollen Sie ›Klarschiff‹ ausrufen, Sir?«

Dazu sei noch Zeit, antwortete David und rief leise nach dem Melder. »John, du gehst zur Kajütenwache und läßt den Kapitän wecken. Du sagst ihm, ich bitte um Erlaubnis, den Kurs vier Strich nach steuerbord zu ändern. Wir haben wahrscheinlich einen Kaper eine knappe Meile voraus, und ich möchte die Nachtseite gewinnen. Alles klar?«

Mr. Gilbert wiederholte, mußte korrigiert werden und lief los. David ging zum Ruder, nachdem er William und dem Ausguck eingeschärft hatte, jede Änderung sofort zu melden.

David brauchte nicht lange zu warten. Der Kapitän kam bei dieser Meldung selbst an Deck. »Na, Mr. Winter«, fragte er schläfrig und mit skeptischem Unterton, »dann berichten Sie mal.«

David meldete alles der Reihe nach. Kapitän Brisbane brummte und murmelte dann: »Sie und Mr. Gilbert begleiten mich zum Bug.« Dort spähte er lange und wortlos durch das Nachtglas.

»Sie kannten das Rebellenlied?«

»Aye, Sir. Toppgast Hansen hat sich auch erinnert.«

»Ich halte das für einen großen Schoner mit zwei Heckgeschützen. Ihr Vorschlag, den Kurs vier Strich nach steuerbord zu ändern, ist richtig. Veranlassen Sie das. Die Segel sollen ohne laute Befehle nachgetrimmt werden. Mr. Gilbert, Sie bitten den Master und den Ersten Leutnant an Deck!« Wiederholungen, Bestätigungen, die beiden huschten los.

Der Master und Mr. Morsey erschienen. Der Abstand beider Schiffe betrug gut sechshundert Meter. »Es ist gleich vier Glasen. Lassen Sie Klarschiff ausführen, ohne Laut und ohne Licht. Beide Seiten doppelte Ladung mit Kugeln.« Wieder dauerte es nur wenige Minuten, bis die Mannschaften an Deck strömten. »Lassen Sie die Marssegel setzen und die Ausgucke besetzen, Mr. Morsey. Wir wollen jetzt heran, ehe sie uns sehen.«

»Mr. Hope, legen Sie bitte einen Kurs fest, der uns hundertfünfzig Meter längsseits bringt.«

David stand auf seinem Gefechtsposten an Achterdeck und beobachtete die lautlose Annäherung. Noch dreihundert Meter, die Dunkelheit lichtete sich etwas. Zweihundert Meter, man konnte den Schiffskörper schon als dunkleren Schatten erkennen. Hundertfünfzig Meter, schimmerten da nicht die Segel als hellere Flecke? Hundert Meter. Auf dem anderen Schiff erschallten Rufe. Kapitän Brisbane nahm das Sprachrohr: »Seiner Majestät Schiff *Exeter*, streichen Sie die Segel. Ich schicke ein Boot!«

Keine Antwort! Die *Exeter* schloß zum anderen Schiff auf.

»Sir, die streichen die Segel nicht, die zurren die Planen von den Geschützen. Acht Neunpfünder, schätze ich.« Zwei Raketen zischten von dem großen Toppsegelschoner nach oben. Weiß über blau. »Sir, das Signal wird erwidert, weiß über blau, drei Meilen backbord querab.«

Der Kapitän rief: »Fertigmachen zur Breitseite. Feuer!«

Die alte *Exeter* bebte unter dem Rückstoß. Einige Geschosse zischten vor dem Schoner in die See. Andere fauchten durch die Takelage, aber die meisten krachten in den Rumpf und fetzten Holzsplitter in die Luft. Drüben blitzte es an einigen Stellen auf. Knall und Einschlag folgten dicht aufeinander. Die schlugen zurück! Schreie und Flüche.

»Unabhängig feuern! Oberdeckbatterie Traubengeschosse!«
Die Melder flitzten los.

Die zweite Salve stotterte heraus. Hurrageschrei! Der Vormast des Schoners neigte sich.

»Mr. Barnes, lassen Sie Ihre Scharfschützen auf die Rudergänger, Offiziere und Geschützbedienungen feuern!«

Fast gleichzeitig rief der Ausguck: »Toppsegelschoner drei Meilen backbord querab!«, und der Master schrie: »Achtung, die Marsstenge kommt runter!«

Sie sprangen zur Seite und brachten sich in Sicherheit. Dann liefen der Kapitän und Mr. Morsey an die Reling. Da, ein Toppsegelschoner, fast ein Schwesterschiff ihres Gegners, nahm Kurs auf den Konvoi.

Wieder Hurragebrüll.

»Sein Hauptmast fällt auch! Wir haben ihn!«

»Mr. Morsey, lassen Sie Feuer einstellen, Mr. Hope, legen Sie uns auf einen Kurs, der uns zwischen den Konvoi und den anderen Schoner bringt.«

Mr. Hope bestätigte und rief Befehle. Aber Mr. Morsey wandte ein: »Sir, noch fünf Minuten, und sie müssen die Flagge streichen.«

»Mr. Morsey, Sie wissen so gut wie ich, daß die Bark *Niobe* im Konvoi vollgestopft ist mit Kapitänen und Maaten von Kaperschiffen für die Gefangenenhulks und -lager in England. Was meinen Sie, was passiert, wenn der Schoner dort die *Niobe* kapert und die Gefangenen befreit? Dann sind es schon zwei Schiffe, die Jagd auf den Konvoi machen, und beide können wir mit der alten *Exeter* nicht in Schach halten. Also führen Sie den Befehl aus!« Die Schärfe im Tonfall war nicht zu überhören.

Mr. Morsey zuckte zusammen. »Aye, aye, Sir.«

Schwerfällig drehte die *Exeter* auf den neuen Kurs. Der Schoner lag tiefer im Wasser. Aber auch auf der *Exeter* mußten Taue gespleißt, Verwundete weggebracht und Trümmer über Bord geworfen werden.

»Der Schoner heißt *Revenge*, Sir«, meldete David.

Mr. Hope sagte dem Kapitän, daß sie den Schoner nicht mehr vor dem Konvoi abfangen könnten. »Er läuft besser mit dem Wind querab als wir, Sir. Wir müssen froh sein, wenn wir etwa zur selben Zeit beim Konvoi sind.«

»Mr. Winter, lassen Sie dem Konvoi signalisieren, daß er vier Strich nach steuerbord drehen und dichter zusammenrücken soll. Daß wir zur Hilfe kommen und sie selbst etwas zur Verteidigung tun müssen, werden sie ja wohl wissen«, setzte der Kapitän hinzu.

Der Schiffsarzt trat zu ihnen. »Sir, zwei Schwerverletzte, vier leichter Verwundete. Ich hoffe, daß ich alle durchbringen kann.«

»Danke, Mr. Lenthall, ich bin überzeugt, Sie tun ihr Bestes.«

Der Konvoi segelte backbord voraus auf neuem Kurs. Das Kaperschiff lief steuerbord voraus in knapp zwei Meilen im Winkel von etwa fünfundvierzig Grad auf den Konvoi zu. Die Bark *Niobe* hielt noch Anschluß an den Geleitzug. Die *Exeter* hatte alle Segel gesetzt, aber der zweite Schoner war schneller. Er würde den Konvoi Minuten vor ihnen erreichen. Der Kapitän winkte den kleinen John heran: »Bestellen Sie Mr. Kelly, er soll mit den Buggeschützen Feuer eröffnen, sobald er in Reichweite ist.«

Als die Entfernung auf eine Meile geschrumpft war, donnerten die langen Zwölfpfünder am Bug los. Nicht schlecht! Die Einschläge waren nur etwas zu kurz. Vielleicht würde die nächste Salve schon treffen. »Sir, ich habe den Eindruck, er hält auf die *Niobe* zu.«

»Es sieht fast so aus, Mr. Hope«, stimmte der Kapitän zu.

Im Konvoi begannen einige Schiffe zu feuern.

»Viel werden sie mit ihren Böllern nicht ausrichten, aber es wird ihnen Mut machen und den Gegner hoffentlich irritieren«, murmelte der Master.

»Treffer achtern beobachtet«, meldete der Ausguck.

Kapitän und Master nahmen die Fernrohre an die Augen. »Das Feuer liegt nicht schlecht. Auch der Konvoi hat ihnen ein paar Löcher in die Segel verpaßt.«

Das Kaperschiff stand jetzt vierhundert Meter querab vom Konvoi und etwa fünfhundert Meter drei Strich steuerbord vor ihnen.

»Mr. Hope, sobald sie das Feuer auf die *Niobe* eröffnen, möchte ich, daß Sie kurzzeitig acht Strich nach steuerbord abfallen, damit unsere Backbordbatterien feuern können. Mr. Morsey, sagen Sie den Batterieoffizieren Bescheid.«

Knapp fünf Minuten später wurden die Befehle ausgeführt. Die Salve lag gut. Holz splitterte an Deck des Kapers, am Vormast fiel eine Stenge. Aber der Schoner lief weiter in spitzem Winkel auf die *Niobe* zu und deckte ihr Deck mit Traubengeschossen ein.

»Noch einmal abfallen und eine Salve!«

Das reichte wohl. Der Schoner änderte den Kurs und hielt von ihnen ab, steuerte aber eine Position an, von der er das Heck der *Niobe* angreifen konnte.

Die Masse des Konvois war querab und segelte einen Kurs, der eine halbe Meile an der *Revenge* vorbeiführte, die noch immer entmastet gut zwei Meilen entfernt lag.

»Mr. Hope, wir müssen den Schoner vom Konvoi abdrängen. Legen Sie uns auf Backbordkurs. Mr. Morsey, die Geschütze sollen selbständig feuern, sobald sie das Ziel auffassen können.«

»Deck ho, die *Martha* nimmt Kurs auf den ersten Schoner!« rief laut der Ausguck.

»Sind die wahnsinnig?« fluchte der Kapitän und lief zur Reling. »Mr. Winter, entern Sie auf und melden Sie, was da los ist.«

David hängte sich das Teleskop über die Schulter und hastete die Wanten empor. Der Ausguck rückte zur Seite, und David konnte im Fernrohr erkennen, daß die Brigg *Martha* auf den Schoner zusteuerte und nur eine halbe Meile entfernt war. Auf ihrem Deck machten sie ein Boot fertig, und jetzt feuerten sie auch eine Kanone auf die *Revenge* ab.

David meldete zum Deck. Der Kapitän ließ Signale setzen, daß *Martha* die Aktion sofort abbrechen solle, aber David konnte keine Wirkung erkennen. Die Brigg behielt ihren Kurs auf den Schoner bei, der ihr Feuer anscheinend nicht erwiderte. Jetzt setzten sie ein Boot aus.

»Sir, Mr. Blake, der Kapitän der *Martha*, ist ein unternehmenslustiger junger Mann. Er wird den Schoner entern wollen«, sagte der Master.

»Das fürchte ich auch. Er weiß nicht, was er riskiert, und

wir können nicht helfen, sonst geht der andere Schoner gleich wieder auf die *Niobe* los.«

Aber die ständig wiederholten Weitschüsse der *Exeter* zeigten Wirkung. Auf dem Schoner waren jetzt mehrere Stengen heruntergekracht, und eine hing an seiner Steuerbordseite in der See und zog seinen Bug herum.

»Abfallen! Steuerbordbatterie eine Salve!«

Nun hatte der Schoner wohl genug. Er drehte ab und floh.

»Wir müssen ihm noch etwas folgen, bis er der *Niobe* nicht mehr gefährlich werden kann. Dann will ich einen Kurs, der uns schnellstens zum ersten Schoner zurückbringt, Mr. Hope.«

»Aye, Sir.«

»Mr. Winter!« rief der Kapitän jetzt. »Was ist denn los? Sie sollen melden, was Sie sehen!«

»Boot der *Martha* hat am Schoner angelegt. Bootsbesatzung hat geentert. Mehr ist nicht zu erkennen, Sir. Entfernung jetzt drei Meilen.«

»Verdammt, dieser verrückte Mr. Blake wird was erleben, wenn ich ihn vor mir habe«, fluchte der Kapitän vor sich hin.

Nach zehn Minuten konnte die *Exeter* wenden und sich um die *Revenge* kümmern. »Lassen Sie auch die Royals setzen, Mr. Morsey. Wir brauchen ja fast eine halbe Stunde, bis wir eingreifen können.«

Während sie sich ihrem Ziel näherten, erhielten die Wachen nacheinander Frühstück. David hatte sich einen Becher Kaffee bringen lassen und kaute einen Zwieback. Seine Wache war noch nicht vorbei. Im Fernglas sah er, wie auf der *Revenge* fieberhaft gearbeitet wurde, um eine Notbesegelung zu errichten. Von der Bootsbesatzung der *Martha* war nichts zu entdecken.

Kapitän Brisbane marschierte ruhelos auf dem Achterdeck hin und her. Die Brigg *Martha* lag noch in der Nähe des Kapers.

»Sie signalisieren, Sir. Entermannschaft überwältigt.«

»Das mußte ja so kommen«, schimpfte der Kapitän. »Alle Batterien feuerbereit mit Kugeln.«

Auf dem Deck des Kapers konnte man eine Gruppe abgetrennt auf dem Vordeck stehen sehen, etwa acht bis zehn Mann. Das war wohl die Entermannschaft.

Sie waren bis auf zweihundert Meter heran. Von der *Revenge* rief jemand mit dem Sprachrohr etwas zu ihnen herüber.

»Ruhe an Deck! Man versteht ja nichts«, befahl der Kapitän. Der Ruf wurde wiederholt.

»Sir, wir sollen abhalten, sonst hängen sie erst den Kapitän der *Martha* und dann seine Leute.«

Man sah, wie auf der *Revenge* ein Brett über die Reling geschoben wurde. An seinem Fuß stand ein Mann. Von seinem Hals führte ein Tau zur Rahnock.

»Sir, wir müssen abdrehen, sie haben uns in der Hand«, stammelte Mr. Morsey entsetzt.

Der Kapitän befahl: »Alle Geschütze tief auf den Rumpf zielen!« Erst dann wandte er sich dem Ersten Leutnant zu. »Mr. Morsey, ein Offizier Seiner Majestät darf nie einer Erpressung von Piraten nachgeben. Um keinen Preis! Sonst nimmt es kein Ende.« Er rief Mr. Barnes, den Leutnant der Seesoldaten, heran. »Mr. Barnes haben Sie Scharfschützen, die die Qualen des Opfers abkürzen, wenn die Piraten ernst machen?«

»Jawohl, Sir!«

Sie waren fast querab, als der Mann vom Brett gestoßen wurde und am Tau zuckte. Musketen krachten.

»Feuer!« brüllte Kapitän Brisbane. Der Schoner legte sich unter den Einschlägen über. An seinem Deck war ein Handgemenge zu erkennen. Dann wurde ein weißes Laken geschwenkt.

»Mr. Morsey, Sie und Mr. Barnes entern den Piraten. Gehen Sie ohne Nachsicht vor. Kapitän und Maate zuerst herüberbringen, dann die Mannschaft!«

Zwei Kutter legten ab und pullten zu der ihnen abgewandten Seite der *Revenge*. Die Enterer trieben die Besatzung des Schoners zusammen, sonderten einige Männer aus und stießen sie zum Kutter. Die Mannschaft der *Martha* bestieg ihr eigenes Boot und pullte zur Brigg zurück.

Als der Kutter die ersten Gefangenen der *Revenge* an Bord gebracht hatte, fragte Brisbane: »Wer ist der Kapitän?«

Ein hagerer, blonder Mann trat vor. »Ich bedaure, daß ich nicht das Recht habe, Sie zu hängen«, sagte Brisbane grimmig. »Aber hängen werden Sie für diesen abscheulichen Mord. Bootsmann, legen Sie den Kerl in Eisen!«

Der Kaperkapitän schrie voller Zorn: »Ich bin Kapitän eines legalen Kaperschiffes und verlange, als gefangener Offizier behandelt zu werden!«

»Sie sind ein Pirat und Mörder und können gar nichts verlangen. Schafft den Kerl weg!« herrschte Brisbane den Bootsmann an.

»Ich verfluche Sie, Sie Scherge eines Tyrannen!« rief der Kaperkapitän, als er abgeführt wurde.

Kapitän Brisbane ließ die Maate der *Revenge* von der Mannschaft absondern und alle nach gründlicher Durchsuchung in getrennte Räume unter Deck einsperren. »Doppelte Wachen vor jede Tür und an jeden Niedergang! Täglich werden die Räume und die Gefangenen genau durchsucht. Mr. Hope, sobald unser Enterkommando wieder an Bord ist, bringen Sie uns schnellstens zum Konvoi zurück. Ich gehe in meine Kabine.« Brüsk wandte er sich ab.

»Was hat der Käptn?« fragte Mr. Morsey leise den Master.

»Er kannte den Kapitän der *Martha*, hatte ihn in New York zum Essen eingeladen. Daher wußte er, daß dieser jung verheiratet war und in New York die Nachricht von der Geburt des ersten Sohnes erhalten hatte. Nun grämt sich der Kapitän, daß er so handeln mußte.«

Als David sich während der Freiwache etwas ausruhte, kam der Sekretär des Kapitäns zu ihm. »Mr. Winter, die Maate des Kapers sollen verhört werden. Der Kapitän bittet Mr. Bates und Sie, das mit mir durchzuführen.«

»Ist Mr. Bates wieder gesund?«

»Ja, ab heute kann er wieder Dienst aufnehmen. Er sieht gerade das Logbuch des Kaperers ein. Er wartet im Kartenraum des Kapitäns auf uns.«

Sie ließen sich die drei Maate einzeln vorführen. Einer war sehr feindselig und zu keiner Auskunft bereit. Die anderen hatten resigniert und waren mitteilsamer. Die *Revenge* war einen Tag vor der *Exeter* aus Salem ausgelaufen und hatte den anderen Schoner, der *Freedom* hieß und bereits drei Wochen in See war, vor zwei Tagen getroffen. Ja, sie hatten die Nachricht erhalten, daß der Konvoi nach England unterwegs sei und daß die *Niobe* gefangene Kapitäne und Maate an Bord habe. Sie wüßten immer, wer aus New York auslief. Die Patrioten dort gäben die Nachrichten weiter.

Ihr Kapitän hätte um keinen Preis aufgeben wollen. Er habe seine Frau und eine kleine Tochter verloren, als Falmouth im Oktober 1775 von den Briten beschossen worden war. Seine Frau war hochschwanger und muß ohnmächtig geworden sein, als sie vor der britischen Kanonade flüchten wollte. Seitdem halte den Kapitän nur noch sein Haß auf die Briten aufrecht.

Wie furchtbar, dachte David. Ausgerechnet Kapitän Brisbane, der den Angriff auf Falmouth als Barbarei verurteilt und sich deswegen fast in Saint Augustine duelliert hatte, mußte nun die Folgen dieses Angriffs mittragen. Was würde er sagen, wenn er erführe, daß er einen Leidtragenden des Angriffes britischer Schiffe auf Zivilisten zum Gericht und damit zum Galgen bringen mußte?

Zwei weitere Tage vergingen. Der gefangene Kapitän sei im Gegensatz zum ersten Tag jetzt beängstigend teilnahmslos, hieß es. Kapitän Brisbane befahl den Leutnant der Seesoldaten zu sich und ging mit ihm ins Vorschiff zu dem Gefangenen. Er sprach allein mit ihm. Der Seesoldat und der Leutnant warteten vor der geschlossenen Tür. Als Kapitän Brisbane heraustrat, zeigte sein Gesicht keine Regung. »Mr. Barnes, lassen Sie Kapitän Manson die Ketten abnehmen, und führen Sie ihn zum Quartier seiner Maate. Er hat sein Ehrenwort gegeben, daß er sich seinem Richter nicht entziehen wird.«

»Wohin sollte er auch fliehen, Sir?« wandte Mr. Barnes ein.

»Er sagte wörtlich, er wolle sich seinem Richter nicht entziehen. Dabei wollen wir es belassen, Mr. Barnes.«

An den folgenden Tagen sah man den Kaperkapitän, wenn

die Gefangenen an Deck gehen durften. Er hielt sich meist von allen fern, stand an der Reling und blickte in die Ferne. Als Mr. Bates mit David die Nachmittagswache hatte, überraschte sie ein heftiger Schneeschauer. Es gab viel Unruhe an Deck, als Segel geborgen und die Gefangenen unter Deck getrieben werden mußten. Eine halbe Stunde später war alles vorbei.

»Sir, die gefangenen Maate klopfen dauernd an ihre Tür«, berichtete der Melder.

»David, gehen Sie nach unten und fragen sie, was los ist.«

Als David den Posten die Tür öffnen ließ und fragte, was denn sei, wurde ihm gesagt, daß Kapitän Manson vorhin bei dem Trubel nicht mit in ihren Raum gegangen sei. David fragte im Quartier der gefangenen Mannschaften nach, aber dort wußte man von nichts. Mr. Bates ließ das Deck und alle Räume unter Deck absuchen, aber ohne Ergebnis. Dann ging er zu Kapitän Brisbane.

Der schien nicht überrascht. »Lassen Sie mir bitte bringen, was Kapitän Manson an persönlicher Habe in der Gefangenenkammer zurückgelassen hat.«

Es war nur ein kleiner Beutel.

Als der Master zum Kapitän kam, um eine Kursänderung genehmigen zu lassen, hielt der ein Blatt Papier in der Hand.

»Kapitän Manson ist über Bord gesprungen. Er schreibt, daß er seine Handlung zutiefst bereue, nachdem er Gelegenheit hatte, darüber nachzudenken. Er hoffe, daß ihm seine Frau vergeben werde, die Quäkerin war und jede Gewalt verabscheut habe. Aber er wolle seinem Land, er schreibt wirklich ›seinem Land‹, die Schande ersparen, an einem britischen Galgen zu sterben. Er wolle sich dem Gericht Gottes stellen.«

»Möge seine Seele Frieden finden«, sagte Mr. Hope.

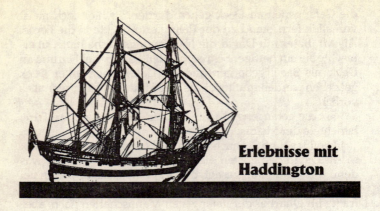

Erlebnisse mit
Haddington

Februar bis April 1777

»Mr. Harland, signalisieren Sie dem Konvoi: Einlaufen in eigener Verantwortung!« Andrew Harland, Signal-Midshipman, bestätigte den Befehl und suchte die Flaggen heraus, die aufgesteckt werden mußten. Er schimpfte still vor sich hin,weil ihm die Offiziere der Freiwache im Weg standen, die an diesem mäßig kalten Vormittag auf die lang ersehnte Küste der Grafschaft Kent starrten.

Aber die Themseufer sahen so reizlos aus wie fast immer.

»Ich hätte mir ein anderes Dock gewünscht als ausgerechnet Sheerness, Mr. Hope«, klagte Mr. Morsey, ohne den Blick von den Kriegsschiffen zu wenden, die auf dem Ankerplatz der Flotte an der Mündung des Medway lagen.

»Das kann ich mir denken«, antwortete der Master. »Sheerness ist ein lausiger Platz, wenn man den Landgang genießen will. Da wohnen ja kaum die Dockarbeiter, und die paar Kneipen sind dreckig und zapfen schlechtes Bier. Wenn man nicht den Ärger mit dem seichten Fluß hätte, würde ich der *Niobe* lieber nach Chatham folgen.«

»Warum segeln die weiter flußaufwärts und machen nicht mit uns in Sheerness fest?«

»Sheerness hat keine Kasernen für die Seesoldaten und keine Gefangenenhulks. Wo sollte die *Niobe* da ihre Gefangenen loswerden?« gab der Master Auskunft. »Lausiges Dock«, murmelte der Erste Offizier dann noch einmal und wandte sich ab, um die Kursänderung nach Sheerness anzuordnen.

Eine Ozeanüberquerung lag hinter ihnen, die abgesehen vom Gefecht mit den Schonern so ereignislos war wie ihr Zielhafen reizlos. Einige rauhe Winde in der Irischen See, der obligatorische Nebel im Kanal und vorgestern noch eine Flaute, aber sonst nur Routine. »Wenigstens ausschlafen konnte ich in letzter Zeit«, tröstete sich David Winter, der zum Themseufer spähte, um Erinnerungen an sein erstes Einlaufen in die Themsemündung vor nun bald drei Jahren wachzurufen.

»David, fertigmachen, unsere Wache ist gleich dran!« rief ihm Mr. Bates zu. David lief schnell ins Cockpit, holte sich den warmen Mantel und trank noch einen Schluck aus der Kanne. Wache oder nicht, jetzt mußten doch alle an Deck für die Anlegemanöver. Und als er an Deck dann die Befehle brüllte, um die Segel einzuholen, die Trossen bereitlegen zu lassen und die Festmacher in Trab zu bringen, dachte er wieder daran, wie fremd ihm das alles erschienen war, als die *Shannon* auslief. Und nun waren Schiffe seine Heimat. Viel mehr als die paar schmutzigen Häuser, die sich um die Werftgebäude herumkauerten.

Als der Kapitän vom Hafenadmiral zurückkehrte, ließ er Offiziere und Deckoffiziere in seine Kajüte rufen.

»Meine Herren! Die *Anson* liegt in Chatham und ist erst in drei Wochen zur Übernahme bereit. Wenn wir in etwa sechs Tagen mit der Übergabe der *Exeter* fertig sind, kann für die Stammbesatzung Urlaub gewährt werden. Wir können aber nur die Leute in Urlaub schicken, bei denen wir sicher sind, daß sie zurückkommen. Der Hafenadmiral hat mir den Mangel an Seeleuten für die Flotte sehr eindringlich geschildert. Die Preßkommandos der Rekrutierungsbehörde sind schon wieder unterwegs, und wer kann, versteckt sich vor ihnen. Von der alten Besatzung der *Exeter* lasse ich nur die Leute gehen, für die Sie mir garantieren können, meine Herren. Die anderen kommen auf die Hulk. Und jeder, der in Urlaub geht, soll Handzettel mitnehmen, mit denen wir Seeleute für die *Anson* anwerben. Für jeden Freiwilligen können wir sieben Pfund Handgeld zahlen. Zimmermanns- und Segelmacher-maate können nur zwei Wochen in Urlaub gehen, dann brauche ich sie in Chatham wie die Herren Seeoffiziere.«

»Aye, aye, Sir!« gab Mr. Morsey unbewegt von sich, aber sein enttäuschter Blick zu Mr. Bates verriet seine Gefühle.

Mr. Kelly wurde nachher an Deck noch deutlicher: »Verdammt! Zwei Wochen Urlaub. Davon sitze ich die Hälfte der Zeit in der Postkutsche. Und worauf habe ich mich die ganze Zeit in diesem lausigen Amerika gefreut?«

David fragte: »Wollten Sie nicht heiraten, Sir?«

»Ja, wollte ich eigentlich. Aber wie ich meine künftige Schwiegermutter kenne, braucht sie allein drei Wochen zur Vorbereitung einer Hochzeit. Verdammter Mist!«

»Seeoffiziere sollten erst heiraten, wenn sie einen Posten an Land in Aussicht haben, Hugh«, mischte sich Mr. Bates ein.

»Was soll der Quatsch, Robert? Dann kann man sich die Braut ja aus dem Altersheim holen. So lange will ich nicht warten!« Und er drehte sich um und ging zum Niedergang.

David mußte an Susan denken, die große Liebe seiner ersten Jahre auf See. Jetzt war sie seit Weihnachten verlobt, und im Sommer wollte sie heiraten. Na ja, mit einem künftigen Lord bei den Horse Guards konnte ein kleiner Midshipman auch nicht konkurrieren. Er hätte am liebsten auch laut geflucht. Susans Vater war ein freundlicher, kluger Mann. Aber ihn jetzt noch in London besuchen, wie er es erbeten hatte, nein, das mochte er nicht. Lieber an die Stunden mit Denise denken! Es gab noch mehr Frauen, und er war noch jung.

»Mr. Winter, ich muß leider Ihre bedeutenden Gedankengänge stören.« Das war der Kapitän mit seinem ironischen Beiton. »Melden Sie sich bei meinem Sekretär. Er muß die Post fertigmachen, die ich morgen zur Admiralität bringe, und er hat Ihre Hilfe bei der Formulierung der Handzettel erbeten, mit denen wir Seeleute anwerben wollen. Ich hoffe, Sie bringen auch den einen oder anderen Freiwilligen aus Portsmouth mit.«

»Ich werde mir Mühe geben, Sir.«

Auf dem Weg zur Kammer des Sekretärs lief ihm William über den Weg. »Na, William. Hast du gehört, daß es Landurlaub gibt? Wo wirst du hingehen?«

»Wo soll ich schon hin, Sir? Mit denen von der *Exeter* auf die Hulk. Da wird den ganzen Tag nur gesoffen. Und wenn ich nicht mehr zusehen kann, wie sie sich mit den Huren auf jedem freien Platz wälzen, dann werde ich mir auch eine greifen, ganz egal, was der Schiffsarzt nachher mit mir anstellt.«

Wie konnte ich bloß so blöd fragen? dachte David. Nach Dithmarschen zu seiner Familie kann der William ja nicht. Und die Hulk war der Vorhof zur Hölle, wenn einer nicht völlig vertiert war.

»William, fahr mit mir nach Portsmouth. Im Lager meines Onkels ist für dich immer noch ein guter Schlafplatz frei. Meine Tante kann gut kochen. Und die Mägde werden dich verwöhnen. Abgemacht?«

»Sir, das wäre wunderbar. Aber ich bin doch ganz fremd für Ihre Leute. Das geht doch nicht.«

»Also, so fremd auch nicht. In meinen Briefen tauchst du schon auf. Red nicht länger. Du kommst mit! Ich weiß nur noch nicht, wann und wie wir von hier wegkönnen.« David sagte, er müsse zum Sekretär, und ging weiter. Williams dankbares Gestammel machte ihn verlegen. Und ganz sicher war er auch nicht, was Onkel und Tante zu seiner Einladung sagen würden.

Als der Kapitän am Abend des nächsten Tages aus London zurückkehrte, ließ er David rufen. »Man hat mich nach Ihnen gefragt, Mr. Winter. Können Sie sich denken, wer?«

»Nein, Sir.«

»Jemand, der sich gern an Sie erinnert und mit Freude hörte, wie Sie sich im Dienst bewährt haben. Ich traf den Herrn bei Mr. Stephens, dem Sekretär der Admiralität.«

»Mein Onkel, Sir?«

»Bei allem Respekt vor Mr. Barwick, in Portsmouth sicher ein angesehener Bürger, aber Mr. Stephens von der Admiralität würde mit ihm kaum Kaffee trinken und wohl auch nicht über Flottenangelegenheiten in seiner Gegenwart sprechen. Es war Mr. MacMillan, als Sekretär des Geheimen Beratungskomitees der Ostindischen Kompanie kaum weniger mächtig als Mr. Stephens, wie mir Admiral Brighton nachdrücklich versichert hat. Er gab mir einen Brief für Sie und erbat die Ehre Ihres Besuches morgen nachmittag. Ich werde Sie mit Akten zur Admiralität schicken.«

»Muß ich zu Mr. MacMillan gehen, Sir?«

»Was Ihre Karriere angeht, wären Sie dumm, die Einladung abzulehnen. Was Sie als Mensch betrifft, so sollten Sie nicht leichtfertig eine uneigennützige Freundschaft zurückweisen.«

»Aye, aye, Sir.«

David mußte einen ganzen Sack voller Listen und Protokolle bei der Admiralität abgegeben. »Die Flotte schwimmt auf Papier, Mr. Winter«, hatte der Sekretär gesagt, als David ungläubig auf den Aktenstapel blickte. »Nur die Seeleute glauben in ihrer Naivität, daß sie auf Salzwasser segelt.«

Und nun stand David in der Leadenhall Street vor dem Haus der East India Company und zögerte. Der Portier sah schon mißtrauisch zu ihm herüber.

David faßte sich ein Herz. »Ich möchte zu Mr. MacMillan, er erwartet mich.«

»Sind Sie Mr. Winter, Sir?« Als David nickte, war der Portier voller Beflissenheit. »Wenn Sie mir bitte folgen wollen, Sir.« Er ging voraus und hielt die Tür zur Eingangshalle auf. Ein indischer Diener wurde herbeigewinkt und instruiert.

David konnte sich nicht erinnern, schon einmal ein so prächtiges Arbeitszimmer gesehen zu haben. Die schweren geschnitzten Möbel, die dunklen Ledersessel, die Reihen goldbedruckter Bücher und der prächtige Teppich, riesig groß. Vom Schreibtisch trat Mr. MacMillan auf ihn zu, die

Hand ausgestreckt und ein herzliches Lächeln um den Mund.«

»Sie sind ein Mann geworden, David, darf ich Sie noch so nennen?« Ohne Davids stotternde Zustimmung abzuwarten, fuhr er fort: »Ich habe mich immer gefreut, wenn ich hörte, wie tapfer und umsichtig Sie Ihren Dienst versahen. Aber das ist nichts gegen die Freude, Sie hier zu sehen.« Und er schüttelte Davids Hand.

David sah das Deck der *Shannon* vor sich, als dieser Mann zerzaust und schmutzig an Bord gekommen war, eine Frau stützend und eine Tochter an der Hand. Die Tochter war wunderschön in seiner Erinnerung. »Sie sagen ja gar nichts, Mr. Winter. Sind Sie noch mit Ihren Gedanken in den Wäldern Amerikas?« Er führte David zum Tisch, sie setzten sich, und der Diener brachte Kaffee und Whisky.

Nur langsam fand sich David in das Gespräch. Mr. Mac-Millan war erstaunlich gut informiert über das Geschehen in Amerika und kannte Einzelheiten, die nach Davids Meinung nur ein Augenzeuge wissen konnte. Als er das Mr. MacMillan sagte, lächelte dieser nur: »Es ist mein Beruf, immer orientiert zu sein, damit ich für die Ostindische Kompanie die richtigen Ratschläge geben kann.«

Und dann kam das Gespräch doch auf Susan. »Hat Sie Ihnen sehr weh getan, David?«

David nickte, und Mr. MacMillan sah ihn voller Teilnahme an. Er erklärte ihm, wie lange Susan mit sich gerungen habe, um dann doch dem Werben des eleganten Leutnants der Horse Guards nachzugeben. Es sei ihr Leben und ihre Entscheidung, und er könne und wolle sie seiner Tochter nicht abnehmen. Er verstehe sie auch. Bei aller Zuneigung für David, dürfe man von einem jungen Mädchen verlangen, daß sie Jahre in Ungewißheit warte, wo doch niemand wisse, wie die Jugendschwärmerei die Jahre überstehen werde?

»Sie hat Ihnen nicht weh tun wollen, David. Es war das Leben, das Ihnen diesmal keine Chance ließ. Sie werden noch viele Enttäuschungen durchstehen müssen, aber ich hoffe, daß Sie nie an meiner Freundschaft zweifeln werden.«

David nickte. »Das werde ich nicht, Sir, und ich werde die Enttäuschung überwinden. Grüßen Sie bitte Susan von mir. Ich wünsche ihr alles Gute.«

»Ich werde es ihr ausrichten, wenn sie aus Wales zurückkehrt, und ich weiß, daß sie sich freuen wird. Aber nun lassen Sie uns von etwas anderem sprechen. Wenn Sie nun wieder in Westindien sind, werden Sie hoffentlich gute Prisen kapern.«

»In Westindien, Sir?«

»Ja, Kapitän Brisbane wird es Ihnen sowieso bald sagen. Hat es Ihnen dort nicht gefallen?«

»Doch, sehr sogar, Sir. Ich war die meiste Zeit auf einem Schoner. Wir haben gute Beute gemacht und fühlten uns frei wie Vögel in der Luft.«

MacMillan erkundigte sich nach Davids Prisenagenten, billigte seine Wahl, riet aber, keine Guthaben über fünfhundert Pfund beim Prisenagenten anzusammeln, sondern das Geld in sicheren Bankpapieren anzulegen. Er sei gern mit Rat behilflich, was David dankend annahm. Zum Schluß der Unterhaltung sagte MacMillan noch: »Ich weiß, daß Sie mit Leib und Seele in der königlichen Flotte dienen. Sollte aber einmal die Zeit kommen, da Sie andere Pläne haben, dann vergessen Sie nicht die Flotte der Ostindischen Kompanie. Wir haben auch Kriegsschiffe im Dienst, und ich werde Ihnen gern behilflich sein, den richtigen Posten zu finden. Besuchen Sie mich wieder, wenn Sie in London sind. Wenn Susan verheiratet und ein wenig Zeit vergangen ist, müssen Sie unbedingt auch unser Haus aufsuchen. Mrs. MacMillan würde sich nicht weniger freuen als ich.«

David war von der herzlichen Freundschaft berührt, bedankte sich und versprach wiederzukommen.

Als David das Gebäude verließ, lehnte er das Angebot des Portiers ab, ihm eine Kutsche zu rufen. Er wollte in der kühlen Luft noch ein wenig über das Gespräch nachdenken. Bei Mr. MacMillan war es auch tropisch heiß gewesen. Langsam schlenderte er die Straße zum Tower hinunter. Als er sich an der Thames Street nach einer Kutsche umsehen wollte, hielt eine neben ihm, und der Seeoffizier im Fond rief: »Hallo, David! Was für eine Freude!«

David blickte überrascht auf und erkannte Charles Haddington, seinen Mentor auf der *Shannon* und seinen Kommandanten auf der *Cerberus*.

Doch Charles trug ja eine Kapitänsuniform, aber mit blauen statt der weißen Revers.

»Sir«, rief David überrascht, »sind Sie Master und Commander?«

»Ja, denkst du denn, ich habe die Uniform gestohlen? Los, steig ein, dann werde ich dir alles erklären.«

David stieg in die Kutsche, schüttelte die kräftige Hand und war noch immer ganz fassungslos. »Aber Sie sind doch erst seit einem guten Jahr Leutnant, Sir?«

»Ja, David, bis dahin ging es ziemlich langsam und nun auf einmal so schnell. Ich bin seit zwei Tagen Commander, und meine Sloop liegt in Sheerness.«

»Da liegen wir ja auch!«

»Seit wann denn?«

»Seit drei Tagen.«

»Und ich bin seit vier Tagen in London. Da konnte ich euch nicht einlaufen sehen.«

Als die Kutsche die St. Paul's Kathedrale erreichte, ließ Commander Haddington anhalten. »Ich kenne hier in der Nähe ein gemütliches Kaffeehaus. Dort werden wir eine gute Flasche Wein trinken und berichten, wie es uns ergangen ist.«

Als sie dann am Tisch saßen und den ersten Schluck getrunken hatten, wollte David aber zuerst wissen, wie es zu der schnellen Beförderung gekommen war.

»Ja, was soll ich sagen, David, war es Schicksal oder Glück, oder wie soll ich es sonst nennen?« Und er schilderte, wie die Sloop, deren Erster Leutnant er seit Dezember 1775 war, vor der Küste Nordkarolinas patrouillierte. In Höhe von Cap Fear sichteten sie eine Dreimastbark, die von einem Schoner geentert wurde. Auf der Bark flatterte die englische Flagge. Als sie näher kamen, war noch Musketenfeuer zu hören. Haddingtons Kapitän befahl ›Klarschiff‹ und lief mit vollen Segeln auf den Schoner zu. Durch das Fernglas konnten sie sehen, wie die Schonerbesatzung ihre Annäherung bemerkte, auf der Bark Feuer legte, zum Deck des Schoners zurücksprang, ablegte und Segel setzte. Die Sloop schoß mit ihren Buggeschützen auf den Schoner, aber viel Wirkung war nicht zu erkennen.

»Das Feuer an Deck der Bark wurde eher stärker. Es qualmte, aber irgendwie war mir etwas nicht geheuer. Du weißt ja, David, daß wir von Kapitän Brisbane eine ganze Menge Tricks gelernt haben. Es waren auch nur wenige Leute, die sich an den Löscharbeiten beteiligten. Ich habe meinem Kommandanten gesagt, daß mir das verdächtig sei, aber so tüchtig er sonst war, Phantasie hatte er wenig. Wir näherten uns also der Bark, machten unsere Feuerpumpen fertig und standen zur Hilfe bereit. Da sah ich auf einmal, wie dort Mannschaften aus den Niedergängen und hinter den Aufbauten hervorstürzten, Abdeckungen wegrissen und an die Geschütze eilten. Ganz automatisch habe ich ›Runter! Hinlegen!‹ gebrüllt, ohne den Kommandanten zu fragen. Und nach der Salve von der Bark konnte ich ihn nicht mehr fragen.«

»Warum nicht?« wollte David wissen.

»Er hatte drei Musketenkugeln in Brust und Oberschenkeln und lag bewußtlos an Deck.« Charles schilderte dann, wie es gelungen sei, das Feuer zu erwidern, da ihre Verluste nicht so stark waren, weil die meisten sich hinter den Geschützen und Masten an Deck hingeworfen hatten. Aber es war ein blutiger Kampf, in den auch noch der Schoner eingriff.

»Sie hatten uns die Takelage ziemlich zerfetzt, und die meisten Segel flatterten nutzlos herum. Aber wir hatten genug Fahrt, um hinter das Heck der Bark zu gelangen. Und von dort haben wir ihnen Salve um Salve in den Rumpf gedonnert, bis sie ihr Schiff mit Booten herumholten und bis uns der Schoner vom Bug zum Heck bestrich. Dann mußten wir sie mit unseren zerfetzten Segeln ausmanövrieren. Ich kann dir gar nicht sagen, was alles passiert ist. Es war ein Inferno, bis schließlich die Bark mit einem Riesenknall fast vollständig in die Luft flog. Ob es ein glücklicher Schuß von uns war oder deren Unachtsamkeit, ich weiß es nicht. Jedenfalls explodierte die Pulverkammer, und der Schoner gab sofort Fersengeld.«

»Haben Sie ihn verfolgt?«

»Wir konnten ihn nicht verfolgen. Von hundertvierzig Mann waren vierzig tot und fünfunddreißig verwundet. Ein furchtbarer Blutzoll! Sie waren uns an Mannschaften dreifach und an Kanonen doppelt überlegen. Wir haben ein paar Rebellen geborgen und unsere Verwundeten versorgt. Den Kapitän konnten wir am Leben erhalten, acht andere nicht. Von den überlebenden Rebellen erfuhren wir, daß ihr Kaperschiff im letzten Jahr acht britische Transporter gekapert und einen Kutter und einen Schoner der Flotte versenkt hat. Wir haben unsere Verwundeten in Saint Antoine ins Hospital gebracht und sind dann nach Jamaika mehr geschlichen als gesegelt. Dort hat Admiral Brighton – du kennst ihn doch noch – nach den Berichten und einem Hospitalbesuch bei unserem Kapitän erklärt, daß er meine Beförderung zum Master und Commander vorschlägt und mich mit den Depeschen zur Admiralität schickt, um hier eine Sloop zu übernehmen. Und da bin ich nun. Ich muß immer wieder zum blauen Revers schauen, ob es auch wirklich wahr ist und ich nun Commander bin. Ich freue mich, daß ich mit dir darüber reden kann. Komm, trink noch ein Glas.«

David war bewegt und beeindruckt. Er kannte Charles Haddington vom ersten Augenblick seines Flottendienstes an. Er war immer ein guter und hilfreicher Kamerad gewesen. Mehr noch, Charles war neben Kapitän Brisbane und Commander Grant, dem früheren Ersten Leutnant der *Shannon*, der beste Seeoffizier, den er kannte. Er sagte es Charles, und der schien sich zu freuen.

»Aber nun will ich etwas von der *Shannon* und von euren Erlebnissen hören.« Da hatte David zu erzählen, und die zweite Flasche Wein kam auf den Tisch. Charles fragte nach diesem und jenem. Und sein mehrmaliges »Wie hieß er doch noch?« zeigte, wie voll ihr Leben mit ständig neuen Eindrücken war, die die alten in den Hintergrund drängten. Die förmliche

Anrede fiel. »David, wenn wir allein und nicht an Bord sind, solltest du Charles zu mir sagen, wie in alten Zeiten.«

Sie aßen etwas zum Wein. David war ein wenig melancholisch und erzählte von seinem Kummer mit Susan und von seinem Erlebnis mit Denise. Charles hatte ziemlich viel getrunken. In seinen beseligt taumelnden Gedanken entstand der Vorschlag: »David, komm, wir werden uns in London noch etwas amüsieren!« David war erstaunt, so etwas von Charles zu hören, aber dann verspürte er selbst Lust.

Sie stützten sich beim Gang zur Tür. Die kühlere Luft tat gut, während sie auf die Kutsche warteten. »Fahr uns zum Drury Lane Theatre, Kutscher. Aber schnell!« Der Kutscher murmelte etwas, und ließ das Pferd durch das abendliche London trotten. Die Straßen waren noch voll und laut. Manche Dirnen riefen die beiden von der Straße aus an, und die beiden scherzten und lachten.

»Was spielen sie denn im Theater, Charles?«

»Irgend etwas Lustiges. Ich weiß es nicht genau, aber es soll dort immer hoch hergehen. Lassen wir uns überraschen!«

Sie hielten vor dem Theater, und eine Menschenmenge drängte sich um den Eingang. Alle waren eher elegant und wohlhabend gekleidet, wenn man von den Bettlern an den Seiten des Eingangs absah, die fordernd ihre Hände ausstreckten. Aber unter den Besuchern waren die Frauen eindeutig in der Überzahl, und viele benahmen sich auffällig und herausfordernd.

»Die wollen alle das Theater besuchen?« fragte David etwas ungläubig.

»Was denkst du denn? Das ist hier ein großer Treffplatz. Hier ist jede zweite Frau eine Dirne. Der Tavernenwirt in der Drury Lane hat ein Verzeichnis drucken lassen ›Harrys Liste der Damen vom Coventgarden‹. Da kann man sich die ›Damen der Nacht‹ heraussuchen und sie hinbestellen, wohin man will. Hier suchen sie auch nach Kundschaft. Aber nun komm, es gibt ja hier noch mehr als Dirnen.«

Sie gelangten erst in den Salon, wie hier das große Foyer genannt wurde. An den Wänden hingen viele große Spiegel. Sofas und Sessel standen herum. Erfrischungen wurden verkauft. Die Menschen unterhielten sich so lebhaft, daß es sich für David wie das Getöse einer heftigen Brandung an einer Felsenküste anhörte. Charles wies ihn auf ein elegantes Paar hin. »Das sind der Herzog und die Herzogin von Chester.«

Verwundert sah David, wie das Herzogpaar von Dirnen und einigen Zuhältern umringt war, mit denen es lustige Scherze auszutauschen schien. Überhaupt machten einige Herren der Gesellschaft keinen Hehl daraus, daß sie die Dirnen gut kannten.

Im Theatersaal war es kein bißchen ruhiger. Sie suchten sich einen Platz im Parkett und fanden ihn neben einem älteren, vornehmen Herrn. Von der Galerie hörten sie Geschrei und Gelächter. Als sie emporsahen, erblickten sie Dirnen, junge Burschen, ältere Straßenhändler, Taugenichtse, kurz: eine bunte Mischung krakeelender Müßiggänger.

Ihre Betrachtung der Galerie störte die Taugenichtse. »Flottensäue, Offiziersschweine, Menschenschinder« und andere Pöbeleien wurden ihnen zugerufen. Als Charles sich empört umsah, wurden sie mit Orangenschalen bombardiert.

»So ist das heutzutage«, klagte ihr Nachbar. »Überall macht sich der Pöbel breit. Zucht und Ordnung gelten als altmodisch. Oft genug mußte die Vorstellung abgebrochen werden, weil die Strolche auf der Galerie randalierten. Seien Sie froh, meine Herren, daß wir nicht unter der Galeriebrüstung sitzen. Dort gießen sie Getränke auf die Besucher im Parkett.«

David konnte es nicht fassen. »Aber es sitzen doch auch Mitglieder des Hofes in der königlichen Loge.«

»Sogar der König selbst mußte das Theater schon verlassen, weil der Pöbel zu sehr randalierte.«

Unter lautem Gejohle ging der Vorhang auf, und eine französische Komödie wurde angekündigt. Zuerst war es etwas leiser, und die jugendliche Liebhaberin wurde sogar mit Beifall empfangen. Als aber der Held auftrat, wurden die spöttischen Zurufe lauter, und sobald er die junge Dame in die Arme nahm, forderte die Galerie sie mit lautem Geschrei zum sofortigen Beischlaf auf.

Charles war empört. »Ruhe!« brüllte er mit seiner Kommandostimme. Nun tobte die Galerie. Was nicht niet- und nagelfest war, wurde zu ihnen heruntergeworfen, und die beiden mußten mit ihren Nachbarn fluchtartig den Zuschauerraum verlassen.

Charles war wutentbrannt. Er wollte seinen Degen aus der Garderobe holen und dem Pöbel auf der Galerie Benehmen beibringen. David und anderen Besuchern gelang es, ihn zu beruhigen. Sie gingen in einen Nebenraum des Salons, wo eine Bar lebhaften Zuspruch fand. Die Dirnen waren wieder in der Überzahl, und ihre Kleidung verbarg nicht sehr viel. Eine hübsche Blondine hängte sich bei Charles ein, und eine etwas dralle Brünette schmiegte sich an David.

Die beiden wurden an eine Bartheke gezogen, und die Damen verlangten für sich und die Herren Offiziere Champagner. Sie lachten fast ständig, beugten sich vornüber, obwohl ihr Dekolleté auch sonst kaum etwas verhüllte. Ihre leichten Röcke entblößten die Schenkel, und ihre Hände streichelten die Schenkel ihrer Besucher. David geschah das alles zu schnell. Er sah zur Seite, um nicht ständig auf den schweißnassen Busen der Brünetten mit den drei roten Pusteln zu starren. Eine Denise war sie wahrhaftig nicht.

Der Barkeeper war ein hagerer Kerl mit schwarzen, langen Koteletten. »Wollen der Herr Kapitän und der Herr Leutnant vielleicht das große Admiralszimmer gleich gegenüber für ein kleines Quartett? Die Wäsche ist frisch bezogen.«

Charles starrte ihn an. War der Kerl verrückt? Sah er aus wie einer dieser Hurenböcke mit ihren Perversitäten? Und das mit David? Er war auf einmal ganz nüchtern. Nichts gegen ein galantes Abenteuer, aber bitte dezent und zu seinen Bedingungen.

Er schob seine Begleiterin zur Seite und warf ein Geldstück auf die Theke. »David, klar zum Ankerlichten. Wir müssen weg von der Leeküste, solange der Wind günstig steht.«

David stand auf und befreite sich mit Mühe von den Krakenarmen der Drallen. Jetzt wurden die Huren aber böse und beschimpften die beiden ›Deserteure‹ mit unflätigen Ausdrücken. Da war nichts mehr mit Kapitän und Leutnant, jetzt waren sie Hurensöhne, besoffene Eunuchen, Kloakenputzer, Lahmärsche und anderes mehr.

Es blieb nicht bei Schimpfwörtern. Die eine Hure warf David ihren Fächer an den Kopf, die andere griff nach den Blumen in der Vase und schleuderte sie nach Charles, der sich wegduckte und durch die Tür schlüpfte. David folgte schnell, bevor ein Schuh an den Türbalken krachte.

Auf der Straße konnten die beiden ihr Lachen nicht zurückhalten und klopften sich auf die Schultern. Dann starrten sie sich – nun völlig ernüchtert – an.

»David, es tut mir leid. Das war kein guter Vorschlag. In diesem Sündenbabel kann man ja nicht einmal mehr ins Theater gehen. Ich bin beileibe kein Weiberfeind, aber die segeln mir zu hart am Wind.«

»Schon gut, Charles. Es war doch ein lustiges Spektakel. Onkel und Tante werden es mir kaum glauben, wenn ich ihnen erzähle, wie es heute im Drury Lane Theatre zugeht.«

»Gehen wir noch ein paar Schritte, David. Es ist nicht weit zum Kingsway, und dort finden wir immer eine Kutsche.« Während sie die Straße entlangschlenderten, erzählte Charles, daß er in drei Tagen nach Portsmouth auslaufen müsse, um dort die Ausrüstung zu vervollständigen.

»Dann kannst du mich mitnehmen und den William Hansen auch«, sagte David. »Wir haben Urlaub und brauchen uns nicht von der Postkutsche durchschütteln lassen, wenn du Platz hast.«

»Platz ist genug. Ich habe die Besatzung noch nicht zusammen. In Portsmouth wartet noch eine Prisenbesatzung auf uns. Aber Ihr müßt uns bei den Wachen helfen, weil wir so knapp sind.«

David ließ sich von der Kutsche im Gasthof ›The Lion‹ absetzen, den er nach seiner Ankunft in England mit dem Onkel aufgesucht hatte. Charles fuhr weiter zu seinem Hotel am Picadilly Circus. Sie würden sich in Sheerness wiedersehen.

Als David am nächsten Tag die Depeschen bei Kapitän Brisbane ablieferte, sagte er: »Ich habe in London Commander Haddington getroffen, Sir.«

»Haddington ist Commander? Das freut mich aber! Wieder einer meiner jungen Gentlemen, der es geschafft hat. Erzählen Sie!«

David schilderte kurz, was Charles zum neuen Rang verholfen hatte, und fügte hinzu, daß die Sloop in Sheerness liege und Commander Haddington am späten Abend an Bord gehen wollte.

»Dann muß er mit mir dinieren«, sagte Brisbane. »Schicken Sie mir gleich meinen Steward rein.«

»Sir, darf ich noch eine Bitte äußern? Commander Haddington läuft übermorgen nach Portsmouth aus. Dürfen Toppgast Hansen und ich die angebotene Mitfahrt zum Urlaub annehmen?«

»Bewilligt, Mr. Winter. Sagen Sie dem Sekretär Bescheid und kehren Sie nicht ohne ein, zwei Freiwillige zurück.«

Am nächsten Abend warteten viele neugierig auf das Boot, das von der Sloop *Ranger* zur *Exeter* pullen würde. Endlich löste es sich. Auf den Anruf erfolgte die Antwort ›Ranger‹ als Zeichen, daß der Kommandant im Boot war. Der Bootsmannsmaat pfiff Seite, die Seesoldaten traten an der Fallreepspforte an, die Seeleute, die Commander Haddington von früher kannten, drängten sich dahinter. Leutnant Barnes ließ präsentieren, der Trommlerbube ratterte seinen Rhythmus auf dem Kalbfell, Leutnant Morsey trat Haddington mit ausgestreckter Hand entgegen.

Charles grüßte zunächst zum Achterdeck, schüttelte dann Morseys Hand und erwiderte seinen Gruß. Mit strahlend stolzem Gesicht schritt er durch die Reihen der Seesoldaten und lächelte den Offizieren und Matrosen zu, die er wiedererkannte.

Kapitän Brisbane erwartete ihn auf dem Achterdeck.

»Welch eine Freude, Sie wiederzusehen, Kapitän Haddington. Ich bin so stolz, daß ich Ihnen zu dieser ehrenvollen Beförderung gratulieren kann.«

»Ergebensten Dank, Sir. Sie wissen, wieviel ich Ihnen verdanke. Ich will versuchen, davon an meine Mannschaft weiterzugeben, soviel ich kann, zum Besten der Flotte.«

»Sie tun mir zuviel Ehre an«, sagte Brisbane, aber wie er

mit seiner linken Hand nach Haddingtons rechtem Arm griff, um ihn mit beiden Händen zu schütteln, zeigte, wie erfreut er war.

»Begleiten Sie mich zu den Offizieren, die Sie auch so gern begrüßen wie ich.«

Haddington mußte viele Hände drücken. Der Master, die Leutnants Bates und Kelly, die Midshipmen, der Schiffsarzt, alle drängten sich um ihn. Die meisten mit offener Herzlichkeit, einige ein wenig verhaltener, vielleicht aus Neid, daß ihnen nicht so ein Glück widerfahren war.

Als Kapitän Brisbane in die Kajüte bitten wollte, fragte Haddington: »Sir, kann ich kurz noch die frühere Mannschaft der *Cerberus* sehen?«

»Natürlich! Bootsmann, pfeifen Sie die Cerberusse an Deck! Daß Sie mir aber keinen abwerben, Kapitän Haddington!«

Als die etwa fünfzehn Mann, die noch von der alten Crew an Bord waren, am Niedergang vom Achterdeck standen, war die Begeisterung nicht weniger groß.

»Sir«, stammelte der Kanadier, »ich soll es für alle sagen. Niemand hat es mehr verdient als Sie. Wir sind stolz, Ihre Mannschaft gewesen zu sein.«

Charles war gerührt. »Ihr alten Teerjacken, ihr Gauner bringt mich noch zum Heulen. Wir wollen die Zeit auf der *Cerberus* nicht vergessen, und ich hoffe, daß wir uns noch oft und gesund wiedersehen werden. Ich habe ein kleines Fäßchen Bier mitgebracht. Wenn Kapitän Brisbane einverstanden ist, sollt ihr es auf unser Wohl trinken.« Er winkte zu ihrem ›Hipp, hipp, hurra!‹ und ging zu den Offizieren zurück.

In der großen Kajüte der *Exeter* wurde wahrscheinlich zum letzten Mal festlich diniert. Ob sie nun abgewrackt oder zur Hulk umgerüstet wurde – ›Ich weiß es selbst noch nicht‹, mußte Kapitän Brisbane eingestehen –, ein Festmahl würde es hier nicht mehr geben.

»Auf Seine Majestät, den König!« tranken sie den Toast.

Das Essen war reichhaltiger als auf See. Sie griffen zu, die Midshipmen hungrig wie immer. Sie lachten und wollten von

Haddington hören, was er erlebt hatte. Sie waren beeindruckt.

»Das ist ja eine Verlustrate, wie man sie nicht einmal in großen Seeschlachten erlebt.« Mr. Lenthall betonte es in seiner nachdenklichen Art.

»Das stimmt. Es ist nicht leicht, wenn man seine Beförderung so vielen Toten verdankt. Lassen Sie uns auf die Gefallenen trinken!« Haddington hob sein Glas, und die anderen folgten ihm. Jeder hatte an jemanden zu denken, dessen Tod ihm nahegegangen war.

Die nachdenkliche Ruhe hielt nicht lange an. Lustige Begebenheiten wurden berichtet. Gelächter wagte sich wieder hervor. Der Wein rötete die Gesichter.

»Berichten Sie uns von Ihrem neuen Kommando, Kapitän Haddington!«

»Die *Ranger* ist vor zehn Jahren vom Stapel gelaufen, Sir, im besten Alter also. Dreihundertfünfzig Tonnen, Breitseiten von sechzehn Sechspfündern mit sieben Fuß und zwei lange Sechspfünder als Jagdgeschütze. Die Besatzung sollte hundertfünfunddreißig Mann umfassen, aber jetzt habe ich nur hundertfünf. In Portsmouth soll nach Anweisung von Admiral Brighton eine Prisenbesatzung von zwanzig Mann übernommen werden, und ich hoffe, daß der Hafenadmiral noch den einen oder anderen Mann für mich hat.«

»Und wie ist Ihr Eindruck von der Mannschaft?«

»Recht gut, Sir. Sie waren im letzten Jahr im Kanal stationiert und haben noch einen recht guten Stamm erfahrener Seeleute.«

»Das hört sich nicht schlecht an. Dann kann ich unserem gemeinsamen Auftrag ja mit Zuversicht entgegensehen.«

»Gemeinsamer Auftrag? Wieso? Segeln wir zusammen?« Die Fragen schwirrten um den Tisch. »Nur Ruhe, meine Herren. Die *Anson* und die *Ranger* begleiten einen Handelskonvoi nach Antigua. Dort werde ich als dienstältester Offizier die Schwadron übernehmen. Ob die *Ranger* dann noch bei uns bleibt, weiß ich selbst noch nicht«.

Das gab ein Hallo! Die Leutnants frozzelten Haddington, daß sie ihn wohl abschleppen und aus allen möglichen Kalamitäten befreien müßten, weil er nicht wüßte, welche Kommandos er zu geben habe. Haddington spottete zurück, und allen war die Freude anzumerken, daß man mit alten Freunden eine Zeit gemeinsam segeln könne. Zwischendurch wurde Haddington ernst: »Mir fällt gerade ein, Mr. Lenthall, daß ich Sie bitten möchte, einmal die Krankenstation der *Ranger* zu inspizieren. Ich habe einen Sanitätsmaat, der wohl recht erfahren ist. Aber wenn wir gemeinsam segeln, gibt es einen guten Grund, daß Sie sich die Ausrüstung ansehen und dem Maat etwas auf den Zahn fühlen.«

»Mach ich gern, aber bitte schon morgen, denn ich möchte auch in Urlaub fahren.«

»Ich sehe Sie noch als Flottenarzt, Mr. Lenthall«, scherzte Kapitän Brisbane.

»Ich warte schon darauf, Sir, aber Sie sind ja noch nicht Admiral, und das wäre doch meine größte Chance.« Da hatte der Schiffsarzt die Lacher auf seiner Seite, und auch Brisbane schmunzelte.

Am übernächsten Morgen marschierten David und William Hansen den Kai entlang, vor ihnen ein Matrose, der auf einer Schubkarre ihr Gepäck zur *Ranger* brachte. Auf der Sloop war rege Betriebsamkeit. Auf ihr »Bitten, an Bord kommen zu dürfen«, antwortete Haddington in Eile: »Los, wir wollen auslaufen. Flut und Wind sind günstig. David, begleiten Sie mich zum Achterdeck. Hansen kann das Gepäck nach unten bringen und sich dann am Fockmast nützlich machen.« Und dann rief er schon die Kommandos. Leinen wurden eingeholt, Segel gesetzt, Ruder gelegt. Die Manöver wurden routiniert ausgeführt, wenn auch die Mannschaft noch etwas eingerostet wirkte. Die *Exeter* blieb an Steuerbord zurück. Nur eine Ankerwache winkte ihnen nach.

Als sie die Themse stromab fuhren, machte Haddington David mit seinem Ersten Leutnant, einem hageren Mann aus Wales in den Dreißigern, seinem Zweiten Offizier, einem ganz jungen Iren mit frischer Kommission, und dem Master, einem grauhaarigen, breitschultrigen Seeveteranen bekannt. David würde gemeinsam mit dem Zweiten Leutnant Wache gehen und die Aufsicht über die Backbordbatterie übernehmen. Näher kennenlernen konnte man sich immer noch, jetzt mußten wieder alle Mann in die Wanten, denn der Kurs mußte geändert werden.

Das Batterieexerzieren am Nachmittag hatte alle gehörig in Schwung gebracht. David lag mit seiner Backbordbatterie nur wenig über den Zeiten, die der junge Ire mit der Steuerbordbatterie herausgeholt hatte. Da war Haddington dem Kapitän Brisbane ähnlich. Bei erster Gelegenheit mußte Geschützexerzieren angesetzt werden, und dann gab es Wettkämpfe zwischen den Batterien. Als David am Abend Haddington von diesem Eindruck berichtete, gab der unumwunden zu: »Ich praktiziere vieles so, wie ich es bei Kapitän Brisbane gesehen habe. Er ist etwas pedantisch und in manchen Dingen vielleicht altmodisch, aber er ist ein hervorragender Seemann und Kommandant. Ich würde mich freuen, wenn ich möglichst lange unter seinem Kommando bliebe.«

Am nächsten Morgen steckten sie im dichten Nebel. Haddington ließ die Schiffsglocke läuten und alle halbe Stunde eine Kanone abfeuern. Ab und an hörten sie ebenfalls Schiffsglocken und Schüsse, aber alles in sicherer Entfernung. Sie segelten nur unter Marssegeln.

Haddington ging unruhig auf und ab. »Wenn nur bald die Sonne durchschiene. Wir müßten Hastings steuerbord querab haben, aber ich wüßte gern genauer, in welcher Entfernung.«

»Der Nebel wird schon etwas lichter, Sir. Bald wird auch der Wind auffrischen«, sagte der Master.

Tatsächlich, in einer halben Stunde wurde es heller. Lücken wurden im Nebel sichtbar.

»Boot voraus!« brüllte der Ausguck vom Bug.

»Was soll das? Ein Boot? Mr. Winter, laufen Sie zum Bug und klären Sie, was da zu sehen ist!«

David sauste nach vorn und starrte in den Nebel. Der Ausguck zeigte genau voraus und behauptete, dort sei ein Fischerboot, hundert Meter entfernt. Als wieder eine Lücke aufriß, sah David das Boot: nur ein Mast, etwa acht Meter lang, zwei Mann, die an Deck standen und winkten.

»Fischerboot genau voraus, hundert Meter, sucht Kontakt!« rief er zum Achterdeck.

Haddington ließ etwas nach steuerbord abfallen, Leinen bereithalten und fertigmachen zum Backbrassen. Langsam schoben sie sich an das Fischerboot heran. Ein Mann enterte am Fallreep auf, während der andere das Tau festmachte und das Boot achteraus treiben ließ. Der Fischer hastete zum Achterdeck.

»Sir, ganz in der Nähe steckt ein Pirat im Nebel. Er hat die *Molly Ray* aus Plymouth gekapert.«

»Mann, du hast wohl zu tief ins Glas geschaut«, brummte der Master.

Der wies den Verdacht entrüstet von sich und berichtete auf Haddingtons Aufforderung, daß er den Kapitän der *Molly Ray*, die immer zwischen Plymouth und London mit Stückgut hin- und hersegele, gut kenne. Als er die *Molly* gestern abend sich nähern sah, habe er Signal gegeben und sei, wie so oft, an Bord gegangen, um dem Kapitän etwas von seinem Fang zu verkaufen. Als sie bei einem Glas Kognak den Handel begossen, habe der Maat gemeldet, daß eine Brigg in der Abenddämmerung auf sie zuhalte. Sie hätten nichts dabei gedacht, bis auf einmal der Maat schrie: »Sie zielen mit Kanonen auf uns!« Die Brigg war so nah, daß er unten in der Kajüte den Befehl hörte, sie sollten die Segel streichen und beidrehen. Mit dem Kapitän sprang er an Deck und sah, wie ein Boot mit Bewaffneten auf sie zuruderte. Sein Fischerboot war an der dem Piraten abgelegenen Seite festgemacht, er sei hineingesprungen und konnte bei dem Tumult an Deck und in der Dämmerung entkommen.

»Piraten im Kanal?« fragte Haddington. »Das gibt es doch nicht!«

»Aber, Sir! Ich habe doch die Kanonen gesehen. Sechs oder acht auf der Breitseite. Ich habe die Befehle gehört, die Bewaffneten gesehen und ihre komische Flagge, einen Baum mit einer Schrift drumherum.«

»Das könnte doch …«, wollte David sagen, aber Haddington unterbrach ihn.

»Ja, ich denke auch daran, es könnte die Flagge der amerikanischen Rebellen sein. Aber ich habe noch nie gehört, daß sie im Kanal aufgetaucht sind. Und wo mögen sie jetzt stecken? Sie können in der Nacht sonstwohin gesegelt sein.«

»Bei dem Nebel, Sir?« zweifelte der Master.

Der wachhabende Offizier trat heran. »Sir, bitte um Erlaubnis, Ausguck zu besetzen. Die Sicht ist über zweihundert Meter.«

»Einverstanden, verdoppeln Sie alle Ausgucke, und senden Sie die Leute mit den schärfsten Augen in den Mast.«

Haddington fragte den Fischer aus, an welche Peilung er sich zur Zeit der Begegnung erinnere, wie weit er in der Nacht gesegelt sei. Nach Beratung mit dem Master meinte er, die Stelle könne drei Meilen backbord achteraus liegen. Er ließ wenden und gegen den Nordost ankreuzen. Als der Wind auffrischte, verzog sich der Nebel mehr und mehr. Eine Meile Sicht, zwei.

»Deck, zwei Segel drei Strich steuerbord voraus!«

Alle starrten nach vorn. Der junge Ire enterte mit dem Teleskop auf. »Eine Brigg und eine Schnau, beigedreht und vertaut, zwei Meilen entfernt!«

»Die Schnau ist die *Molly*!« rief der Fischer.

»Das wollen wir uns ansehen«, sagte Haddington. »Reffe ausstecken und Klarschiff, Flagge hissen!«

Sie liefen mit acht Knoten auf die Schiffe zu. Als die Entfernung auf eine Meile geschrumpft war, konnte man erkennen, wie die Brigg sich von der Schnau löste.

»Buggeschütz, einen Schuß vor den Bug der Brigg feuern!«

Der Schuß lag nicht schlecht, aber die Brigg ließ sich nicht beirren, setzte mehr Segel und nahm Kurs auf die französische Küste. »Scheint ein verdammt schneller Segler zu sein«, stellte Haddington fest. »Lassen Sie die Toppsegel setzen!«

Sie jagten mit vollen Segeln der Brigg nach und ließen die Schnau backbord querab liegen.

»Sir, an Bord der Schnau regt sich nichts«, meldete der erste Leutnant. »Vielleicht haben die Rebellen die Mannschaft an Bord genommen.«

Ihr Buggeschütz feuerte in regelmäßigen Abständen. Hurrageschrei flackerte auf, als ein Schuß die Achterdeckreling der Brigg splittern ließ. Aber sie kamen keinen Fuß näher. Die Rebellen feuerten mit einem Sterngeschütz zurück. Eben war eine Kugel querab von ihnen platschend in die See gefahren, da krachte und barst es oben am Großmast.

»Achtung, die Großbramstenge fällt! In Deckung!«

Sie warfen sich zur Seite, als die Stenge, noch gehalten von der Takelage, an Steuerbord herunterglitt und die *Ranger* wie ein Treibanker aus dem Kurs brachte.

Haddington merkte sofort, daß eine weitere Verfolgung sinnlos war, und gab Befehl, die Segel zu kürzen und die Stenge zu bergen.

»Mr. Dale, stellen Sie fest, warum die Stenge brach«, beauftragte er den Zimmermannn, »am feindlichen Feuer kann es ja nicht gelegen haben.« Dem Master sagte er: »Bitte nehmen Sie Kurs auf die Schnau, sobald wir wieder manövrieren können.« Enttäuscht ging er in seine Kajüte.

Nach kurzer Zeit klopfte es an der Tür, der Zimmermann kam aufgeregt mit Holzstücken herein: »Sir, sehen Sie doch nur. Die Bolzen an der Längssaling waren gebrochen. Die haben sie in der Werft nicht ausgetauscht, sondern einfach nur aufgesteckt und mit ein bißchen Leim verschmiert. Das sind doch Verbrecher! In schwerer See hätten wir kentern können.«

»Zeigen Sie einmal her!«

Tatsächlich, die Bruchstellen waren etwas angerostet, und man konnte klar erkennen, wie der Rest des Bolzens einfach wieder aufgesteckt worden war. »Geben Sie das meinem Schreiber und setzen Sie mit ihm ein Protokoll auf!«

Als Haddington wieder das Deck betrat, war von der Brigg nichts mehr zu sehen, aber die Schnau lag zweihundert Meter querab. Jetzt waren Seeleute an Deck. Sie setzten ein Boot aus, das zu ihnen herüberpullte.

Der Maat der Schnau kletterte hastig an Deck, und zwei seiner Leute schleiften einen an den Händen gefesselten Seemann hinterher.

»Sir«, rief er zu Haddington, »wir haben einen von den Piraten erwischt!« Seine Matrosen stießen den Gefangenen aufs Achterdeck.

Haddington fragte: »Wie ist das passiert?«

»Als die Piraten Ihre Sloop bemerkten, hat ihr Kapitän befohlen, unser Schiff zu verlassen und uns unter Deck einzusperren. Sie wollten nicht kämpfen, da sie keine Beschädigung riskieren konnten. Ich hörte, wie er seinen Männern sagte, daß sie in kein Dock könnten. Der Kerl hier«, er deutete auf den Gefangenen, »hatte sich unter Deck verkrochen und sich besinnungslos besoffen. Als er in seinem Brummschädel endlich mitbekam, daß seine Leute das Schiff verließen, haben wir ihn festgehalten und gefesselt. Schließlich konnten wir auch die Luken aufkriegen und an Deck steigen. Aber der Kerl ist noch zu blau, um etwas zu sagen.«

Haddington befahl seinen Leuten, den Gefangenen ordentlich mit Seewasser zu überschütten, damit er nüchtern werde. »Dann gebt ihm einen kleinen Grog, und mir bringt ihr einen großen.«

Als der Gefangene die Wassergüsse vor Kälte zitternd überstanden hatte, drückten sie ihm den kleinen Becher Grog in die Hand. Er schluckte hastig und blickte um sich.

»Hier ist mehr für dich, und einen warmen Platz kannst du auch haben, aber erst erzählst du uns, woher euer Schiff kommt und was ihr hier solltet.« Noch etwas lallend und stockend brachte der Gefangene seine Geschichte hervor und beantwortete Haddingtons Rückfragen.

In Portsmouth las dann der Admiral Haddingtons Bericht: Die Brigg *Reprisal*, sechzehn Sechspfünder, Kapitän Wickes, vom Kongreß der Rebellen als Kriegsschiff bezeichnet, hat Mr. Franklin als Botschafter des Kongresses nach Frankreich gebracht und Ende November in Nantes an Land gesetzt. Mit zwei anderen Amerikanern soll er Frankreich auf die Seite der Rebellen bringen, wurde in der Mannschaft geklatscht. Die *Reprisal* wurde in Frankreich verproviantiert, kleinere Schäden wurden ausgebessert. Seit Anfang Februar kreuzt sie im

Kanal und hat schon drei Handelsschiffe als Prisen in französische Häfen geschickt, Liste der Schiffe beiliegend.

Der Hafenadmiral, ein kränklich aussehender Mann mit einer Holzprothese am linken Unterarm, ließ den Bericht sinken und fragte Haddington in scharfem Ton: »Und warum haben Sie das Rebellenschiff nicht versenkt oder gekapert?«

»Es steht alles in meinem Bericht, Sir«, antwortete Haddington.

»Ich will es von Ihnen hören.«

»Sir, wir folgten der Kanonenbrigg mit vollen Segeln, konnten aber nicht aufholen, da sie ein hervorragend schneller Segler ist. Unsere Schüsse mit dem Buggeschütz lagen gut, und ich wollte sie in die Untiefen vor der französischen Küste jagen. Ohne feindliche Einwirkung brach dann unsere Großbramstenge herunter. Eine weitere Verfolgung war sinnlos.«

»Haben Sie Ihr Schiff versegelt, Mr. Haddington?« Die Stimme des Admirals war eisig.

»Nein, Sir. Wie das Protokoll des Zimmermanns und die Beweisstücke in Ihrem Vorzimmer zeigen, waren die Bolzen der Längssaling gebrochen und in der Werft nicht ausgetauscht, sondern nur hineingedrückt und verschmiert worden.«

Der Admiral klingelte seinem Sekretär. »Bringen Sie das Zeug herein, das der Kapitän bei Ihnen gelassen hat.«

Sorgfältig musterte er die Stücke der Längssaling und die Reste der Bolzen. »Die Werft wird sagen, das sei nachträglich frisiert worden.« Als Haddington aufbrausen wollte, winkte er ab. »Sie verholen Ihr Schiff zur Werft und ersetzen die Stenge. Die Werft erhält Befehle von mir. In vier Tagen sind Sie bereit zum Auslaufen. Melden Sie sich morgen um die gleiche Zeit wieder bei mir. Ich danke Ihnen.«

Haddington salutierte mit unbewegtem Gesicht und ging hinaus, mühsam seinen Zorn beherrschend.

Er war noch voller Ärger, als er das Haus der Barwells erreichte, um mit ihnen zu lunchen, worauf David bestanden hatte. Kaum war die freundliche Begrüßung durch Davids

Onkel und Tante vorbei, wollte David, der Haddington gut genug kannte, um ihm den Zorn anzumerken, wissen, worüber er sich geärgert habe.

»Der Hafenadmiral tut so, als hätte ich den Verlust der Bramstenge manipuliert, um nicht mit dem Rebellenschiff kämpfen zu müssen. Wir werden von den Landratten in den Werften mit Schundmaterial auf See geschickt und müssen uns dann so etwas bieten lassen.«

»Nur Geduld, Kapitän Haddington«, beruhigte ihn Mr. Barwell, »der Admiral ist ein erfahrener und tapferer Seebär. Aber er kennt Sie nicht und ist erst einmal mißtrauisch. Wenn die Werft die Saling geprüft hat, wird er anders reden. Ich muß heute bei Mr. Grey, dem Schiffbaumeister, vorbeifahren. Warum begleitest du mich nicht, David? Du kennst Mr. Grey ja schon, und der Bericht eines Augenzeugen überzeugt am besten.«

Davids Tante drängte zu Tisch. Haddingtons Ärger verschwand bei der freundlichen Plauderei, die ihren Lunch begleitete. Die Barwells, die sehr an David zu hängen schienen, mußten wohl viel Gutes über Haddington gehört haben. Davids Tante ließ auch nicht locker, bis Haddington versprach, am Ball der Marinevereinigung teilzunehmen, der übermorgen abend stattfand.

David blickte seine Tante voller Zuneigung an. Sie wurde seiner Mutter immer ähnlicher. Er war ja vor fast drei Jahren nicht lange im Hause der Barwells gewesen, aber er hatte immer den Eindruck, daß er nach dem Unfalltod seiner Eltern keine liebevolleren Pflegeeltern hätte finden können. Hier hatte er ein Heim, in das er immer zurückkehren konnte.

»Tante Sally, du machst dir Gedanken über den Ball, und ich weiß gar nicht, was ich dort soll. Ich habe zwar schon zwei Bälle miterlebt, in Gibraltar und in Saint Antoine, aber ich fühle mich da sehr unsicher.«

»Lieber David, deine Erfahrungen in der weiten Welt machen dich älter, als die Zahl deiner Jahre glauben läßt. Wenn du nur von diesen beiden Bällen erzählst, werden die Mütter aller jungen Töchter dich in ihr Herz schließen. Und Töchter in deinem Alter werden wir genug auf dem Ball sehen, und für die meisten wird es der erste sein. Wenn du dich nicht amüsierst, bist du selbst schuld.«

Der Onkel, mit dem er am Nachmittag zur Werft fuhr, stand dem Ball abgeklärter gegenüber. »David, das mußt du verstehen. Für die Damen sind Bälle die große Gelegenheit, Garderobe und Schmuck auszuführen und sich von den Herren, in allen Ehren natürlich, bewundern zu lassen. Für uns Männer ist es auch ganz unterhaltend. Aber nun genug vom Ball. Wenn ich mit dir allein bin, möchte ich mit dir auch über Geschäfte reden.«

»Ja, Onkel Daniel. Was macht denn die Kaperbrigg, an der du beteiligt bist? Ich hatte die Nachricht in New York erhalten.«

»Ich wollte gerade davon anfangen. Alle Papiere waren zur Unterzeichnung bereit, da gab es in letzter Sekunde ein anderes, besseres Angebot.« Und er erzählte, wie ihm aus der Erbmasse eines plötzlich verstorbenen Reeders eine Dreimastbark günstig angeboten worden war. Mr. Grey habe den Ausschlag für ihre Sinnesänderung gegeben, weil er Mietkontrakte mit dem Transportamt der Marine vermitteln konnte. »Wir erhalten eine gute Rendite, aber alle Unkosten und Risiken trägt das Transportamt, das die Dreimastbark als Truppentransporter für Amerika verwendet. Mit einem Kaper könnten wir mit Glück mehr verdienen, aber wir könnten auch alles verlieren.«

Doch nun hielt die Kutsche schon vor dem zweistöckigen Werftgebäude, an das David sich noch gut erinnerte. Mr. Grey kam ihnen schon auf der Treppe entgegen und begrüßte David lärmend, herzlich und schulterklopfend.

»Wieder da, unser Seeheld? Freue mich sehr, Sie gesund zu sehen. Erinnere mich noch, wie Ihr Onkel Sie vor knapp drei Jahren in London abgeholt hat. Sie haben mächtig ausgelegt seitdem. Ja, die Seeluft!«

Damit war David erst einmal abgefunden, und die beiden

Freunde unterhielten sich angeregt über die neuesten Nachrichten von ihrer Dreimastbark.

David kam erst wieder ins Spiel, als Mr. Grey erfuhr, daß er auf der *Ranger* war, als diese im Kanal ihre Großbramstenge verlor. »Wir habe Teile der Saling zur Prüfung hier. Erzählen Sie doch einmal, wie alles geschehen konnte!«

David berichtete, und Mr. Grey fragte weiter: »Keine plötzliche Ruderänderung bei voller Besegelung? Keine Windbö aus anderer Richtung?«

»Nichts von alledem, Mr. Grey. Wir liefen ganz normal bei gutem, aber nicht zu starkem und nicht böigem Wind.«

Mr. Grey brummelte vor sich hin.

Mr. Barwell schaltete sich ein: »Was hast du denn, James?«

»Ach Gott, William, ich habe es mir schon so gedacht. Aber du weißt doch, wenn ich gegen die Kollegen in Sheerness Stellung nehme, dann gibt es für uns auch jede Menge Ärger.«

»Aber, James! Vergiß nicht, wie viele Seeleute sterben können, wenn eine Stenge in schwerer See über Bord geht. Wenn David so etwas passierte, es wäre nicht auszudenken. Hier liegen die Beweise vor, und die in Sheerness müssen herausfinden, ob es Schluderei oder Sabotage durch einen Rebellenfreund war.«

»Du hast recht, William, ich werde ein deutliches Gutachten abgeben und den Kollegen in Sheerness auch meine Argumente mitteilen.«

Commander Haddington merkte, wieviel sich geändert hatte, als er wieder beim Hafenadmiral vorsprach. Der trat ihm mit ausgestreckter Hand entgegen, bat ihn, sich zu setzen, und bot ihm ein Glas Claret an. »Mr. Haddington, entschuldigen Sie mein Mißtrauen am gestrigen Tag. Es gibt soviel Schluderei in unserer Flotte, daß ich nicht jeden Report für bare Münze nehmen kann. Inzwischen bin ich über Ihre Karriere und Ihren Ruf als tapferer und gewissenhafter Flottenoffizier orientiert. Mir liegt auch ein Bericht der Werft vor, der Ihre Vermutung bestätigt. Unser Nachrichtenoffizier hat noch keine Antwort aus London, aber er hatte schon Nachrichten, daß ein Kriegsschiff der Rebellen einen Unterhändler nach Frankreich bringen sollte. Die Admiralität wird über Ihre Bestätigung und die weiteren Details erfreut sein. Sie wird Ihnen sicher, wie ich jetzt schon, Anerkennung aussprechen.«

»Verbindlichsten Dank, Sir.«

»Schon gut. Wenn Sie übermorgen auslaufen, sollen Sie zwei Wochen vor der französischen Küste zwischen Calais und Brest kreuzen und nach der *Reprisal* suchen. Wenn Sie auf sie treffen, habe ich jetzt keinen Zweifel mehr, daß Sie Ihre Pflicht tun werden. Mein Sekretär gibt Ihnen noch die Papiere für eine Prisenmannschaft, die Sie übernehmen sollen, und für zehn Leute aus dem Aufkommen des Rekrutierungsdienstes. Was Sie aus den Leuten machen, ist dann Ihre Sache. Haben Sie noch Fragen?«

Charles hatte keine, und der Admiral schüttelte ihm die Hand: »Auf Wiedersehen in zwei Wochen. Gott sei mit Ihnen.«

Julie drückte sich an die Empore im Stadthaus, um die Ankunft der Ballgäste in der Empfangshalle zu beobachten. Die Magd der Barwells mußte sie zurückziehen, damit sie sich nicht zu weit vornüberbeugte, als Commander Haddington die Halle betrat, seinen Dreispitz unter dem Arm. Er wurde von den Barwells begrüßt, denn Mr. Barwell als Vorsitzender der Marinevereinigung machte die Honneurs als Gastgeber. Haddington ging dann auf David zu, der etwas im Hintergrund stand.

Sie sehen beide gut aus in ihren neuen Uniformen, blau und weiß und dazu die Seebräune der Gesichter. Aber Haddington wirkt imponierender, dachte Julie.

Im Ballsaal summten Geflüster, Getuschel, Gelächter wie in tausend Bienenkörben. Hin und her wanderten die unauffällig neugierigen Blicke. Die Damen schauten zuerst zu Garderobe und Schmuck der Konkurrentinnen. Wenn sie sicher waren, daß sie bestehen konnten, wanderten die Blicke zu den Herren. Die Mütter prüften alle bekannten oder neuen Jünglinge, ob ein Tanz mit der Tochter arrangiert werden sollte. Geflüstert wurden Erkundigungen eingeholt, wer denn das sei oder jener.

Beobachtungen und Erkundigungen waren noch in vollem Gange, als Mr. Barwell, von einem Tusch der Kapelle angekündigt, die Anwesenden begrüßte, viel Vergnügen wünschte und mit seiner Frau den Tanz eröffnete.

Haddington und David standen noch etwas ratlos an der Saalwand. Fast zwei Dutzend Flottenoffiziere entdeckten sie im Farbengewirr der Garderoben, einige ältere Kapitäne, aber überwiegend Leutnants.

Eine etwas korpulente Dame trat auf David zu. »Mr. Winter, erinnern Sie sich nicht an mich? Ich bin Mrs. Jones, eine Freundin Ihrer Tante. Wir haben uns damals alle in Queens Teestube gesehen.«

David kam eine vage Erinnerung, und er beugte sich über Mrs. Jones' Hand.

»Bitte machen Sie mich doch mit Ihrem Herrn Kameraden bekannt, und dann müssen Sie zu uns herüberkommen.«

Als die beiden Mrs. Jones zu einem in der Nähe stehenden Sofa folgten, saßen dort zwei Töchter mit rosig angehauchten Wangen und großen, neugierigen Augen. Mr. Jones stand etwas steif und schwergewichtig daneben. Die Mutter lenkte das Gespräch. Mr. Jones durfte bestätigen, daß er mit seinem Weizenhandel gut im Geschäft sei, die Töchter durften zustimmen, als ihre vielseitige Erziehung erwähnt wurde, aber dann wurden die ›Herren Offiziere‹ ausgefragt.

David geriet etwas in den Hintergrund der Befragung. Mrs. Jones hielt ihn wohl als aussichtsreiche Partie noch für zu jung. Seine Augen schweiften über die tanzenden Paare. Tante und Onkel nickten ihm zu, als sie bei einer Figur des Menuetts in seine Nähe kamen. Beide schritten sicher und locker im Takt.

Nun erklang die Melodie einer Contredanse. David konnte einem Tanz mit der jüngeren Tochter nicht mehr ausweichen. Aber auch Haddington mußte wohl oder übel die andere Tochter auffordern.

Sie ist eigentlich ein nettes und hübsches Mädchen, ging es David durch den Kopf, als er auf seine Partnerin zuschritt, um sich dann im Takt der Musik wieder zu trennen. Die Grübchen unter den blauen Augen wirkten lustig, wenn sie lächelte. Ein wenig verlegen und unsicher war sie vielleicht, nicht anders als er, aber sehr natürlich. Wie alt mochte sie sein? Fünfzehn oder sechzehn Jahre?

Da fiel sein Blick auf die Tänzerin neben seiner Partnerin. Wieso war sie ihm bisher nicht aufgefallen? Mein Gott, war sie strahlend schön und elegant! Schwarze Stocklocken umschmeichelten das blasse Gesicht mit den blaugrauen Augen, den etwas betonten Wangen. Das rotschwarze Spitzenkleid ließ im Dekolleté einen wohlgeformten Busen ahnen. Ein Diamantenkollier funkelte am Hals. Sie tanzte nicht, sie schwebte.

David mußte hastig den Schritt wechseln, denn er hatte den Augenblick des Rückwärtsschreitens verpaßt. Seine Partnerin blickte etwas verwundert zu ihm herüber. Ja, sie war ein nettes Mädchen, aber die andere war eine betörende Frau.

Immer wieder spähte David aus den Augenwinkeln zu der schwarzgelockten Schönheit hinüber. Sie tanzte mit einem großen blonden Leutnant der Seesoldaten und war sich ihrer selbst völlig sicher. Sie brauchte nicht umherzuschauen, um zu wissen, daß sie beachtet wurde. Sie schien es zu spüren und mit amüsiertem Lächeln zur Kenntnis zu nehmen.

Nachdem David seine Tänzerin zu ihren Eltern zurückgeführt hatte, suchte er schnell einen Vorwand, um zu Onkel und Tante zu gelangen. Mühsam zügelte er seine Ungeduld, plauderte einige Sätze über den festlichen Rahmen, über die Kapelle, ehe er – unauffällig, wie er meinte – das Gespräch auf die schwarzgelockte Schönheit brachte. Ihm entging der schnelle Blick, den Tante Sally ihrem Mann zuwarf.

»Das ist Mrs. Folderoy«, gab der Onkel Auskunft. Das ›Mrs.‹ traf David wie ein Stich. »Sie hat im Alter von siebzehn Jahren Sir Charles Folderoy geheiratet. Das war vor fünf Jahren. Er war vierzig Jahre älter, aber sehr lebenslustig. Vor einem guten Jahr traf ihn der Schlag bei einem seiner Saufgelage. Er war sehr reich, und seit Ablauf des Trauerjahres läßt Mrs. Folderoy die Herzen aller Junggesellen und aller Schürzenjäger erzittern.«

»Aber nicht nur wegen ihres Reichtums, wie du zugeben mußt, William. Sie ist eine attraktive Schönheit«, ergänzte Tante Sally.

»Ist sie aus Portsmouth?« wollte David wissen.

»Nein, sie stammt aus Irland. In unsere Stadt kam sie als Gesellschafterin einer älteren Lady. Sie hat eine gute Erziehung, aber sie soll auch sehr selbstbewußt sein.«

»Kein Wunder«, entfuhr es Tante Sally. »Das wäre ich auch, wenn alle Männer mich so anhimmeln würden.«

Obwohl David sich mit Freunden und Bekannten seiner Pflegeeltern unterhielt, obwohl er mit Debütantinnen tanzte und obwohl er einem Kapitän Auskunft über die Kämpfe auf dem Lake Champlain gab, seine Gedanken und häufig auch seine Blicke waren bei Mrs. Folderoy oder Elizabeth, wie er sie für sich nannte, nachdem er ihren Vornamen aufgeschnappt hatte. Bewegte sie sich nicht mit derselben Grazie, die er bei Denise bewundert hatte?

Höhepunkt des Abends war für ihn, als ein jüngerer Zivilist Mrs. Folderoy zu ihnen führte und mit ihr Onkel Daniel begrüßte. David wurde ihr vorgestellt, und ihr lächelnder und etwas spöttischer Blick biß sich in Davids Kopf fest. Noch einmal sah sie ihn an, diesmal etwas länger und etwas nachdenklicher, als ihr Begleiter fragte, ob das nun der Neffe sei, von dessen Tapferkeit man so oft gehört und gelesen habe.

David lag nach der Heimkehr noch lange wach. Als er endlich einschlief, vermischten sich in seinen Träumen immer wieder Denise und Elizabeth.

Julie fragte ihn am nächsten Morgen gründlich aus und war enttäuscht, daß er nicht wußte, welche junge Dame sie meinte, nachdem sie die Garderobe genau beschrieben hatte.

»Ich bin doch kein Schneider, daß ich die Kleider genau registriere«, verteidigte er sich.

»Wo guckst du dann hin? Wozu ziehen die Frauen die schönen Roben an, wenn ihr Stoffel von Männern es gar nicht wahrnehmt?«

»Wir erleben den Gesamteindruck, die Figur, das Gesicht,

das Kleid und den Schmuck, aber nicht alles einzeln. Wenn alles zusammenpaßt wie bei Mrs. Folderoy, dann bewundern wir es.«

»Hat sie dich auch schon verhext?« fragte Julie schnippisch und ging aus dem Zimmer, ohne eine Antwort abzuwarten.

David rief William Hansen, um mit ihm zum Hafen zu gehen und dem Auslaufen der *Ranger* zuzusehen. William hatte sich mit John, dem Hausdiener, angefreundet und war auch bei den Mägden beliebt. Die Barwells fanden ihn sehr sympathisch und hofften, er wäre ihrem Neffen ein treuer Begleiter.

Die *Ranger* setzte gerade Segel, als sie den Point, die in den Hafen ragende Landzunge, erreichten. Sie winkten, aber sie wußten, daß Charles Haddington es bei der geschäftigen Eile des Inseegehens kaum bemerken könnte.

»Bald sind wir auch wieder dran«, bemerkte William, »und ich gewöhne mich gerade an das schöne Leben.« David nickte, und seine Gedanken waren ganz woanders.

Die Tage brachten manche Abwechslung. Spaziergänge mit der Tante, eine Fahrt aufs Land mit der ganzen Familie, ein Abendessen mit den Freunden des Onkels, wo viel getrunken und noch mehr geraucht wurde, was David einen Brumm-schädel bescherte. Aber David blieb unruhig und unausge-füllt.

An einem der seltenen Sonnentage, wo man den Frühling schon riechen konnte, traf er mit der Tante auf Mrs. Folderoy, die mit ihrer Magd vom Schneider kam. Die Damen begrüß-ten sich und bezogen David in die Unterhaltung ein. Wie ihm denn der Ball gefallen habe, wollte Mrs. Folderoy wissen. Ihre Stimme war erstaunlich dunkel für eine so grazile Person. David antwortete ein paar Belanglosigkeiten. Als sich die Damen verabschiedeten, sagte Mrs. Folderoy: »Besuchen Sie mich doch einmal mit Ihrem Neffen, Mrs. Barwell. Ich würde gern etwas über Amerika hören.« Hatte sie David dabei mit einem gewissen Nachdruck angesehen?

Als Tante Sally abends im Schlafzimmer von der Begegnung erzählte, kommentierte ihr Mann: »Sie will doch hoffentlich nicht David ihrer Raupensammlung einverleiben.«

»Was du immer gleich denkst, William, David ist doch noch ein Junge.«

»Das wäre er, wenn er bei uns geblieben wäre, liebe Sally. So aber ist er in Gefahren und auf See zum Mann geworden. Ich bin sicher, er hat auch schon Erfahrungen mit Frauen.«

»William«, empörte sich seine Frau, »denkst du etwa ...«

»Allerdings«, antwortete der Onkel trocken, »Seeleute sind keine Mönche, soweit ich weiß. Und ich hoffe, er hatte Spaß dabei.«

»Du bist unmöglich, William!«

Der Tag kam. David hatte seine Tante von einem Krankenbesuch abgeholt, als sie sagte: »David, wir könnten noch einen Augenblick bei Mrs. Folderoy vorbeischauen. Das lenkt mich vielleicht von der Trostlosigkeit ab, die ich eben miterlebte.«

Mrs. Folderoy ließ bitten, offerierte Tee und Sherry und plauderte sicher und gewandt. Ihr Haus war geschmackvoll eingerichtet und ließ den Reichtum unauffällig spüren.

»Mr. Winter«, überraschte sie David mit ihrer dunklen Stimme, »wie ertragen Sie nur die Stürme auf dem Ozean? Ich bin auf der Überfahrt von Irland fast gestorben, als die See etwas rauh wurde, wie der Kapitän es ausdrückte.«

»Das ist Sache der Gewohnheit, Mrs. Folderoy. Fast alle leiden zuerst unter der Seekrankheit. Und mehr oder weniger spürt man es auch, wenn man längere Zeit an Land war. Aber unser Nervensystem stellt sich auf die Bewegungen der See ein, wie unser Schiffsarzt sagt.«

Sie hörte aufmerksam zu und wollte dann hören, wie ihm New York gefallen habe. Ihr Interesse galt mehr den gesellschaftlichen und kulturellen Ereignissen, über die David nicht sehr viel zu berichten wußte, aber sie war auch aufmerksam, als er von den Wäldern Kanadas schwärmte. Beim Abschied sagte sie, sie hoffe auf ein Wiedersehen. Hatte sie ihm dabei bedeutsam in die Augen gesehen und seine Hand länger als üblich gehalten?

David konnte nur noch an Elizabeth denken. Ihre Augen waren bezaubernd, ihre Stimme betörend. Und wie sie interessiert zuhören konnte. Er ging am Tag mehrmals an ihrem Haus vorbei. Wenn er sie ausgehen sah, folgte er ihr, unauffällig, wie er meinte. Er lief voraus um die Häuserblöcke, um ihr dann zu begegnen, und war betört, wenn sie ihn freundlich begrüßte und ein paar Worte mit ihm wechselte. Er legte heimlich Blumen vor ihre Tür. Als sie eines Tages ein kleines Tuch verlor, hob er es eilig auf und sah es als Unterpfand ihrer Liebe an.

Immer öfter versuchte er, sie beim Einkaufen abzupassen. Wie klein ihr Päckchen auch sein mochte, er bot sich als Träger an. Wenn sie dann mit ihrer dunklen Stimme hauchte: »Was für ein charmanter Kavalier Sie sind, Mr. Winter«, dann war das für ihn der Gipfel des Glücks.

Was sonst um ihn geschah, nahm er kaum noch wahr. Onkel und Tante wunderten sich, wie oft seine Gedanken abschweiften. Nur Julie schien den Grund zu ahnen. Als er es eines Tages kaum abwarten konnte, seine Lauerstellung vor dem Haus der Folderoys zu beziehen, sagte sie: »Die Folderoys verhexen wohl alle jungen Männer in diesem Haus. Nicht nur, daß du wie ein Kalb hinter Mrs. Folderoy herläufst, nein, der William muß es auch noch mit ihrer Magd treiben.«

»William mit Mrs. Folderoys Magd?« fragte David entgeistert.

»Wenn du noch etwas anderes sehen könntest als Mrs. Folderoy, hättest du es längst bemerkt. Anscheinend sprichst du auch nicht mehr mit William«, antwortete sie schnippisch.

David war betroffen. Er hatte sich in der Tat kaum mehr um William gekümmert. Er ging in die Küche und fragte die Magd nach William. Er sei mit John im Lagerhaus. David ging hinüber und fragte William, ob er ein paar Schritte mit ihm gehen wolle. William bejahte verwundert.

David brachte das Gespräch bald auf Mrs. Folderoys Magd.

»Ja«, gab William bereitwillig Auskunft, »das ist ein blitzsauberes Mädchen. Ich habe sie vor ein paar Tagen auf dem Markt kennengelernt, und wir treffen uns in der Stadt, wenn es geht. Ich glaube, sie kann mich auch gut leiden.«

David lenkte das Gespräch vorsichtig auf Mrs. Folderoy. Ob die Magd gern bei ihr sei, ob sie es gut bei der Herrin habe.

William, der nichts von Davids Passion wußte, gab unbefangen Auskunft. Die Susie habe es gut bei der Herrin. Nur wenn ihre Frisur nicht sitze oder ein Kleid schlecht gebügelt sei, werde sie böse. Ja, sie soll sehr schön sein, und die Männer sind wie wild hinter ihr her. »Gestern erzählte Susie, daß ihre Herrin gesagt habe, ein junger Midshipman verfolge sie wie ein kleines Hündchen. Vielleicht glaubt er, daß ihre Herrin es nicht merkt. Aber sie hat es längst entdeckt und amüsiert sich. Zu Susie hat sie gesagt, wenn alle Seeoffiziere so kindisch und tölpelhaft seien, dann brauche man sich nicht zu wundern, wenn die Rebellen jetzt schon an Englands Küsten auftauchten.«

David war wie versteinert. »Kindisch und tölpelhaft hat sie gesagt?«

»Ja, Sir, so hat es Susie berichtet.«

»Hat sie gesagt, wer der Midshipman ist?«

»Nein, Sir. Das hat sie Susie nicht gesagt. Aber Susie will es jetzt selbst herausfinden. Wenn der Bursche sich so auffällig anstellt, wird sie es mir wohl bald sagen können.«

»Ist gut, William«, murmelte David und wandte sich ab. Verwundert schaute William ihm nach.

Kindisch und tölpelhaft! Immer wieder sagte David die Wörter vor sich hin. Ich muß von Sinnen gewesen sein, dachte er. Wie konnte ich nur annehmen, eine Frau in dieser Stellung und mit dieser Erfahrung könne sich für mich interessieren. Sie hat mich verhext! Unsinn, ich selbst habe mich um den Verstand gebracht. Anscheinend kann ich nicht mehr klar denken, wenn mich ein weibliches Wesen beeindruckt. Aber hat sie mir nicht zu verstehen gegeben, daß sie mich mag?

Er zwang sich, die Gedanken zu ordnen. Was mußte geschehen? Er konnte nicht länger hierbleiben. Wenn seine Torheit den Barwells und William zu Ohren käme …

Ich muß weg, sprach er mit sich selbst. Ich werde sagen, daß ich beim Hafenadmiral erfahren habe, daß ich zwei Tage früher nach Sheerness muß. Die beiden Freiwilligen, die mir Onkel William über die Marinevereinigung vermittelt hat, müssen sofort benachrichtigt werden. Ich muß gleich nach Hause und packen. Nur weg!

Die Barwells waren überrascht, protestierten, beugten sich aber dem angeblichen Befehl des Hafenadmirals und begannen die Abreise zu organisieren.

»Soll ich Mrs. Folderoy grüßen?« erkundigte sich Julie.

»Gern, wenn du möchtest«, zwang sich David die Antwort ab. Wie immer ging dann alles sehr schnell.

Der Morgen kam. Onkel und Tante umarmten ihn. Tante Sally weinte etwas. David konnte sich ihnen gar nicht recht zuwenden. Die Postkutsche rollte heran. William stieg mit hinein, da die beiden Freiwilligen auf dem Bock saßen. Die Tür schlug zu. Er sah Tante Sallys Tuch winken.

Das Tuch der Dame muß ich wegwerfen, schoß es David durch den Kopf. Dann rollten die Räder an und donnerten bald über die Holzbohlen am Mills Pond. Portsmouth lag hinter ihnen.

»Kindisch und tölpelhaft!« ratterten die Räder in Davids Ohr. Er fühlte sich wie auf der Flucht.

Die Tage des Artilleristen

April 1777

Die weißen Zähne bleckten in dem wutverzerrten schwarzen Gesicht. Der Neger, riesig und muskulös, hob den Arm mit dem Krummschwert. David wollte schreien, aber kein Ton entrang sich seiner Kehle. Er wollte sich zur Seite werfen, aber er konnte sich nicht bewegen. In höchster Todesnot röchelte er, und jetzt konnte er den Kopf bewegen. Er öffnete die Augen und atmete tief.

Warum suchte ihn jetzt das Bild aus seinem ersten Kampf auf der *Shannon* als Alptraum heim? Der Gedanke, daß jemand ihr Schiff, die *Anson*, entern könnte, war ihm doch nie in den Sinn gekommen.

Er konnte freier atmen und zog die Decke etwas weiter herunter. Das Nachtlicht schwankte leise mit den Bewegungen des Schiffes. Die kleine Ölfunzel, sorgsam verglast und mit Eisengittern gegen Bruch geschützt, ließ kaum die Mitte des Gunrooms, der Seekadetten- und Unteroffiziersmesse, erkennen. Die Ecken blieben schwarze Höhlen.

Auf der *Anson* mit ihren zwei Decks und vierundsechzig Kanonen war die Messe viel größer als ihr Cockpit auf der

464

Shannon, aber da sie auch mehr Menschen beherbergte, war es so eng wie eh und je. Zwölf Midshipmen, Stückmeister, Zimmermann, Segelmeister, Sanitätsmaat und einige andere Maate hausten im Gunroom. Nur die ältesten hatten einen kleinen Segeltuchverschlag, der ihnen für die Nacht etwas Abgeschiedenheit garantierte. Die anderen hängten ihre Hängematten dort auf, wo sie tagsüber saßen und aßen.

Draußen tappten leise Schritte. Der Vorhang wurde beiseitegeschoben, und der jüngste Midshipman der Wache nahm die Windlichter, öffnete die Glasfenster und zündete die Kerzen an. Nun wurden auch die Ecken in schummriges Licht getaucht.

»Ist wohl gleich Zeit zum Wecken? Wie sieht's denn draußen aus, Hugh?«

»Gleich drei Glasen der Morgenwache. Leichter Wind von achtern querab, kaum Bewölkung, David.«

Der redet schon wie ein Alter, dachte David, schob die Decke zur Seite und schwang sich aus der Hängematte. Ein paar Minuten mehr Zeit beim Aufstehen konnten nicht schaden.

Als die Pfeifen trillerten und die Bootsmannsmaate durch die Decks brüllten, hatte David schon Gesicht und Hände gewaschen und den Mund ausgespült. Da konnte er wenigstens das Wasser als erster benutzen. Schnell legte er die Decke zusammen, rollte die Hängematte auf, verschnürte sie und lief zum Niedergang, um sie in den Finknetzen zu verstauen.

»Hast du es heute eilig!«

David sah sich um. Matthew Palmer, Midshipman und Freund seit den ersten Seetagen, keuchte hinter ihm und grinste.

»Du rennst aber auch ganz schön, du Langschläfer.«

Matthew, ein Jahr älter als David, war noch an Bord aus dem Cockpit der ›alten‹ *Shannon*, außerdem James Hamond, der wohl bald Leutnant werden würde, Harry Simmons und der kleine Andrew Harland, der aber auch nicht mehr so klein, sondern schon ein vollwertiger Captain's Servant war. Die Aufsicht in der Messe hatte jetzt ein etwa dreißigjähriger

Midshipman, der vorher Master auf einem Westindienfahrer war: George Watson, ein Liverpooler. Er war unzufrieden mit der Kommandierung auf die *Anson*, denn ein Vierundsechziger, so war seine ständige Rede, sei eine aussterbende Spezies. Zu groß für Fregattendienst und zu schwach, um in der Schlachtlinie zu kämpfen. Die Vierundsiebziger seien die Linienschiffe der Zukunft.

Ihr neuer Zweiter Leutnant, Edward Dillon, war ihm neulich mächtig in die Parade gefahren, als er das auf dem Vordeck gehört hatte. »Reden Sie nicht solchen Unsinn, Watson! Die *Anson* ist mit dem neuen Kupferbelag so schnell wie eine Fregatte. Sie ist ein hervorragender Segler, wie wir alle in den letzten Wochen bemerken konnten. Für ein Gefecht in zwei Schlachtlinien mag sie zu schwach sein, aber wann kommt es schon dazu? Im Einzelkampf kann sie es mit einem Linienschiff mit vierundsiebzig Kanonen aufnehmen, wenn ihre Batterien gut geschult sind, weil sie wendiger ist. Und nach Übersee wird die Admiralität so schnell keine Vierundsiebziger schicken, weil sie zu teuer sind. Ich bin lieber mit unseren vierundsechzig Kanonen in der weiten Welt als mit einem Vierundsiebziger im Kanal.«

Die meisten Offiziere und Midshipmen teilten seine Meinung. Auch David, wenn auch etwas widerwillig, denn er kam mit Leutnant Dillon nicht so gut aus. Dillon war ein Artilleriefanatiker und hatte David ziemlich deutlich gesagt, daß er vielleicht etwas von Seemannschaft verstünde, aber von Ballistik und Schießkunst keine Ahnung habe. Er war ziemlich grob, dieser Zweite Leutnant, aber über Kanonen wußte er alles und wollte das auch alles in die Köpfe der Midshipmen hineinstopfen.

»An was denkst du denn?« fragte Matthew. »Komm wieder nach unten, sonst essen uns die anderen das ganze Frühstück weg!«

David schüttelte sich die Gedanken aus dem Kopf. Essen war jetzt wichtiger.

»Land vier Strich steuerbord voraus!« Sie hörten den Schrei bis in ihre Messe. Wer frei war, stopfte schnell die letzten Bissen in den Mund und lief an Deck. Da vorn stiegen die Berge Madeiras aus der See. Einige Wolken hingen an den Bergspitzen, aber sonst würde es ein sonniger Tag werden. Der Master rief die Midshipmen zu sich und erklärte ihnen die Beschaffenheit der Küste und die Ankerbedingungen. »Nicht so gut. Bei der steilen Küste hat schon manches Schiff seinen Anker im Felsen verloren.«

David überlegte, was die Bewohner wohl denken mochten, wenn sich eine solche Fülle von Segeln ihrer Insel näherte. Immerhin waren es acht Ostindienfahrer, die am meisten leewärts in Linie segelten. Dann folgten die zweiundzwanzig Westindienfahrer, die sie nach Antigua begleiten würden. Und schließlich außer ihnen die *Ranger* als Geleit und die Fregatte *Proteus* für die Ostindienstation. In Madeira würden der ost- und der westindische Konvoi sich trennen.

Lange konnte David seinen Gedanken nicht nachhängen. Kapitän Brisbane wollte nur zwei Tage vor Madeira opfern, da sie bisher durch widrige Winde nur langsam vorangekommen waren. Während die Insel allmählich aus dem Meer aufstieg, ließ er schon alles zur Wasser- und Proviantaufnahme vorbereiten. Signale regelten mit dem Konvoi, welche Schiffe in welcher Reihenfolge zur Wasserübernahme eingeteilt wurden. An Landgang war für die Mannschaften vorerst nicht zu denken.

Sobald ihr Anker auf der Reede vor Funchal in zweiundfünfzig Faden (96 m) Grund gefaßt hatte, ließ sich Kapitän Brisbane an Land rudern, um dem portugiesischen Gouverneur seine Aufwartung zu machen und die erforderliche Genehmigungen einzuholen.

Die Kutter wurden ausgeschwungen. Der Zahlmeister mit seinem Gehilfen eilte geschäftig umher sah immer wieder in seinen Papieren nach, was er alles besorgen sollte.

»Vergessen Sie nicht die Orangen für die Krankenstation!« rief ihm der Schiffsarzt zu.

»Nein, nein, Mr. Lenthall«, antwortete er hastig und ein wenig beleidigt.

An Land legten die ersten Boote ab. Sie waren mit Früchten, Kleidungsstücken und allem möglichen Tand beladen. Und natürlich waren auch überall Weinflaschen verborgen, während die Huren ihre Reize sehr offen zeigten.

»Kein Boot darf anlegen. Niemand kommt ohne meine Erlaubnis an Bord!« rief Mr. Morsey, der Erste Leutnant, mit lauter Stimme und wies den Hauptmann der Seesoldaten an, seine Leute an Reling und Schanzdeck zu postieren.

Gehandelt wurde trotzdem. Die Seeleute ließen in kleinen Säckchen den vereinbarten Preis hinunter, und die Portugiesen legten Süßigkeiten, Obst oder Andenken hinein. Wenn der Seesoldat geprüft hatte, ob kein Wein dabei war, konnte der Matrose die Ware mitnehmen. Aber das war kein gutes Geschäft. Die Boote ruderten bald weiter zu den Handelsschiffen, wo die Händler an Bord gelassen wurden und mehr verkaufen konnten. Die Huren folgten ihnen mit ihren Booten, denn die Entfernung zum Deck der *Anson* war für ihr ›Geschäft‹ trotz aller Prahlereien der Seeleute denn doch zu groß.

Der Kapitän kehrte etwas verärgert an Bord zurück. »Der Herr Gouverneur hat schlechte Erfahrung mit Matrosen der königlichen Flotte. Vor einer Woche hat die Besatzung der Fregatte *Cammila* drei Kneipen auseinandergenommen. Landgang morgen nur in zwei Gruppen für je zwei Stunden in Begleitung der Maate. Auslaufen morgen nach der ersten dog watch!«

»Aye, aye, Sir.« Mr. Morsey war nicht weiter beeindruckt.

David ging mit fünf anderen Midshipmen am Nachmittag an Land. Zur Hundewache um null Uhr mußte er rechtzeitig wieder an Bord sein. Sie waren ein wenig enttäuscht von Funchal. Die Hänge hatten so prächtig ausgesehen mit den vielen Blüten, als sie sich dem Land näherten, aber die Straßen der Stadt waren eng und schmutzig. Am meisten störten die Scharen von Bettlern, meist Kinder, die sich an ihre Fersen hefteten. Nachdem sie einige Zeit die steilen Straßen aufwärts gestiegen waren, hatten sie einen imponierenden Ausblick auf die gesamte Flotte.

»So viele Schiffe sieht man auch nicht alle Tage auf Reede«, sagte Harry Simmons beeindruckt.

»Seht doch nur, wie sie hier ihre Waren transportieren.« Stephen Church, einer der neuen Captain's Servants, zeigte auf einen hölzernen Schlitten, der die mit Kopfsteinen gepflasterte Straße hinunterratterte.

»Den möchte ich nicht steuern. Ich würde wohl an der nächsten Wand landen«, bemerkte Harry.

»In der nächsten Kneipe wäre wahrscheinlicher«, neckte ihn David.

»Ja wirklich, jetzt möchte ich aber etwas trinken und essen.« James Hamond war ungeduldig.

Sie wanderten abwärts. Die Bettler wurden wieder lästiger, und sie retteten sich ins Royal George Inn, wo sie sich Wein und Lammbraten bestellten.

»Das ist der schlechteste Madeira, den ich seit langem getrunken habe.« Hamond war böse und schimpfte mit dem Wirt, der auf einmal kein Englisch mehr zu verstehen schien. Aber die nächste Flasche war besser, oder hatten sie sich nur daran gewöhnt? Der Lammbraten war zäh, und als sie an Bord zurück mußten, waren sie unzufrieden und ließen es an den Bettlern aus, indem sie sie beschimpften und zurückstießen. Fast hätte es eine Schlägerei gegeben, wenn Hamond nicht den hitzigen Matthew Palmer zurückgehalten hätte.

Als sie am nächsten Nachmittag mit dem Westindienkonvoi in See gingen, spürte David kein Bedauern. Schön sah sie ja aus, die Insel. Aber sie hatte nicht gehalten, was die blühenden Küsten versprachen. Schon rief Kapitän Brisbane wieder: »Mr. Morsey, signalisieren Sie dem Konvoi: Formation einnehmen und aufschließen!«

»Aye, aye, Sir!«

Sie waren wieder auf dem Meer, ihrer Heimat.

Am ersten Abend auf See hatte Kapitän Brisbane die Leutnants, den ältesten Midshipman, den Hauptmann und den Leutnant der Seesoldaten, den Master und den Schiffsarzt zum Dinner geladen, um die Möglichkeiten auszunutzen, die das frische Fleisch und das Gemüse dem Koch des Kapitäns eröffneten.

Die meisten kannten sich. Mr. Morsey, der Erste Leutnant, segelte seit 1773 mit Kapitän Brisbane, erst als Zweiter und seit 1775 als Erster Leutnant. Er lächelte, als er nach dem Kapitän den Master begrüßte, und unwillkürlich dachte Mr. Hope, er sieht aus wie das Musterbild eines Seeoffiziers. Mittelgroß, schlank, blond, graue Augen, volle Lippen, eine leicht gebogene Nase und einen gutgelaunten Ausdruck im Gesicht. Mr. Morsey war beliebt bei den Seeleuten. Er war kein Leuteschinder. Oft feuerte er sie mit einem Scherz an. Aber er war seinem Kapitän mitunter zu unentschlossen und nicht genau genug. Ob er das ablegen konnte, wenn er ein eigenes Kommando erhielt?

Mr. Dillon, Zweiter Leutnant, bildete nicht nur im Aussehen einen Kontrast zu Mr. Morsey. Er war groß, stämmig und schwarz. Nicht nur die Augen, die Haare, nein auch die dunkle Haut, deren Färbung an den Wangen durch den Schimmer des starken Bartwuchses verstärkt wurde, und sein ewig ernster Gesichtsausdruck führten zu dem Gesamteindruck: schwarz. Er war älter als Mr. Morsey, hatte sich erst als Theologe, dann als Schulmeister versucht und war mit dreiundzwanzig Jahren in die Flotte eingetreten.

Der rundliche Master, kaum älter als er, wußte noch nicht so recht, wie er ihn einstufen sollte. Dillons Erfahrung in Navigation und Seemannschaft war wohl kaum mehr als durchschnittlich, nur über Kanonen und Ballistik diskutierte er mit nie erlahmender Leidenschaft, aber das war ein Thema, dem Mr. Hope nicht viel abgewinnen konnte.

Da war Hauptmann Barnes von den Seesoldaten eher ein Gesprächspartner. Auf der *Shannon* war er noch Leutnant, aber jetzt bei dem größeren Kontingent der ›Hummer‹, wie die Seesoldaten wegen ihrer roten Uniformröcke von den Matrosen geneckt wurden, stand ihm der Rang eines Hauptmanns zu, und sein Leutnant war der zweiundzwanzigjährige Mr. Henry Bondy, ein recht selbstbewußter, akkurater Jüngling. Bei Barnes wußte man, was man hatte, einen klugen, zuverlässigen Offizier, dachte Kapitän Brisbane. Bei Bondy würde man abwarten müssen.

Mr. Bates, der Dritte Leutnant, nickte Mr. Dillon reserviert, den anderen herzlicher zu. Er kannte sie länger, aber weil Mr. Dillon das früher datierte Leutnantspatent hatte, war Bates auch vom Zweiten Leutnant der *Shannon* zum Dritten der *Anson* zurückgestuft worden. Das war keine Degradierung, denn die *Anson* war ein Schiff der dritten Klasse, während die *Shannon* nur zur fünften Klasse gehörte, aber Mr. Bates fühlte doch einen kleinen Stachel.

Hugh Kelly hätte genauso denken können, denn er war jetzt Vierter Leutnant und auf der *Shannon* bereits Dritter gewesen. Aber er war darin unbekümmerter. Und er hatte ja jetzt, anders als auf der *Shannon*, noch eine ›Nummer‹ unter sich, den Fünften Leutnant, Mr. Philemon Purget, den sie in der Offiziersmesse nur PP nannten. Er war ein langaufgeschossene, hagerer, etwas linkischer Jüngling von einundzwanzig Jahren, der seine erste Kommission sehr ernst nahm und viel geschickter war, als er aussah.

PP hielt sich an zwei sehr gegensätzliche Messegefährten, an Leutnant Bondy, vielleicht, weil der auch neu unter vielen alten Freunden war, und an Mr. Lenthall. Wahrscheinlich war es die freundliche, fast väterliche Art des Schiffsarztes, die bei Neulingen und nicht nur bei ihnen Vertrauen erweckte. Mr. Lenthall war kein typischer Schiffsarzt. Er war viel gebildeter als seine meisten Kollegen, liebte seinen Beruf und gab alles für seine Kranken und Verwundeten.

Kapitän Brisbane wußte, was ein solcher Schiffsarzt für die Stimmung der Mannschaft bedeutete. Er wandte sich nach dem ersten Willkommenstoast auch ihm zuerst zu: »Mr. Lenthall, wir konnten in den Wochen der Indienststellung und des Mannschaftsdrills auf See noch kein privates Wort wechseln. Wie haben Sie denn Ihren Urlaub verbracht?«

»Ich war zuerst einige Tage bei alten Freunden und Kollegen in Edinburgh und dann noch kurz am Greenwich Hospital.«

»Da haben Sie wohl die ganze Zeit gefachsimpelt. Das ist doch kein Urlaub!«

471

»So würde ich es nicht sehen, Sir. Wir haben auch unsere Wanderungen gemacht und fröhliche Stunden verlebt. Aber es tut mir auch gut, wenn ich Probleme, die sich in meiner Arbeit ergeben und mit denen ich nicht fertiggeworden bin, einmal mit Fachkollegen durchsprechen kann. Sie als Seeoffiziere haben fachkundige Gesprächspartner an Bord – (»Hoffentlich«, murmelte Mr. Hope im Hintergrund) –, aber ich finde nur jemanden, wenn wir ein größeres Kriegsschiff treffen. Und wann tun wir das schon?«

»Hat sich denn bei den Gesprächen auch etwas ergeben, was für unseren Auftrag nützlich ist?«

»Ich glaube schon. Zu der Pharmacopoeia Edinburghensis von siebzehnhundertvierundsiebzig gibt es schon einige ergänzende Rezepturen, die ich mir kopiert habe. Aber vor allem habe ich mit den Professoren in Edinburgh und dem Flottenarzt in Greenwich ein Untersuchungsprojekt vereinbart, zu dem ich in den nächsten Monaten Ihre Hilfe brauche. Wir glauben, daß ein großer Teil der Erkrankungen, die wir dem Fieber in Westindien zuschreiben, auf den Rumgenuß zurückzuführen ist.«

»Potzblitz, Mr. Lenthall, Sie wollen uns doch nicht das kleine Vergnügen nehmen wollen.«

»Das gibt eine Meuterei, wenn Sie den Männern den Rum antasten«, fügte Mr. Morsey hinzu.

»Ich denke, Rum schützt gegen Fieber«, argumentierte Mr. Hope.

»Langsam, meine Herren. Ich weiß, was der tägliche Rum für die Seeleute bedeutet. Den sollen sie auch behalten, wenn er nur immer richtig verdünnt wird. Aber wir kaufen auf den westindischen Inseln oft Rum, der mit Blei vergiftet ist. Und Blei führt zu Koliken, Fieber und zum Tod.«

»Aber wer vergiftet den Rum und warum?« fragte Kapitän Brisbane.

»Aus Unwissenheit werden in den kleinen ländlichen Destillerien Behälter benutzt, die meist aus Blei bestehen. Sie sind billiger als die aus Kupfer. Aber durch die Erhitzung und den konzentrierten Alkohol gelangt Blei in die Flüssigkeit und vergiftet den Rum. Wer ihn längere Zeit trinkt, muß nach unserer Theorie krank werden. Ich habe mir daher die Vorrichtungen und Chemikalien mitgebracht, um Rum auf Bleigehalt zu untersuchen. Wenn wir nur unbelasteten Rum kaufen und unsere Erkrankungen mit denen anderer Schiffe vergleichen können, die vergifteten Rum benutzen, müßten wir Klarheit gewinnen.«

»Sie wissen, Mr. Lenthall, daß ich auf Ihre medizinischen Kenntnisse nichts kommen lasse. Ich rühre hier keinen Rum mehr an, ehe Sie ihn nicht untersucht haben. Steward, haben wir denn noch genug Gin?«

»Nicht nötig, Sir. Den Rum, den wir an Bord haben, habe ich schon untersucht. Er ist frei von Bleigehalt.«

»Na, dann Prost«, war Mr. Hopes Kommentar.

Sie aßen sich ohne größere Gesprächsablenkung durch Vorgericht und Hauptgericht, aber dann wollte Kapitän Brisbane doch noch ihre Aufgaben zur Sprache bringen, ehe sie allzu rumselig heiter wurden. »Bis jetzt bin ich mit den Ergebnissen unseres Mannschaftsdrills recht zufrieden, aber nun müssen wir an die Feinheiten gehen«, leitete er das ernstere Intermezzo ein.

Er muß immer an seinen Dienst und seine Pflicht denken, ging es Mr. Hope durch den Kopf, der ihn länger und besser kannte als die anderen. Schon eine ganze Weile reibt er seine Warze an der Nase. Dann will er immer etwas loswerden.

Kapitän Brisbane war zufrieden, daß sie fast die volle Besatzungsstärke von fünfhundertzehn Mann hatten, daß sie mit zwei Dritteln erfahrener Seeleute und einem Drittel Landratten, davon die meisten Freiwillige, überdurchschnittlich gut bedient worden waren, daß er mit den Deckoffizieren zufrieden sei und auch der Segeldrill zu guten Ergebnissen geführt habe.

»Aber nun müssen wir die Waffenübungen verstärken. Wenn wir Flaute haben, werden wir Enterangriff und -abwehr bei unserem eigenen Schiff üben, und den einen oder anderen Westindienfahrer können wir auch erschrecken. Aber mit den Entermessern, Piken, Musketen und Kanonen wird jetzt jeden Tag mindestens zwei Stunden geübt, wenn es nicht gerade stürmt. Mr. Dillon hat mir einige Neuerungen für unsere Batterien vorgeschlagen. Am besten, er beschreibt sie Ihnen selbst.«

Mr. Dillon konnte den früheren Schulmeister nicht verleugnen und wollte bei der Entwicklung des Geschützwesens um 1500 beginnen, aber Mr. Morsey unterbrach ihn: »Edward, machen Sie sich und uns nicht unglücklich. Wir wissen, was Kanonen sind, und wenn Sie uns zu lange vom Trinken abhalten, wird Sie niemand freudig bei Ihren Plänen unterstützen.«

Kapitän Brisbane schien mit der Unterbrechung nicht einverstanden, aber bevor er eingreifen konnte, hatte Mr. Dillon sich schon gefangen.

Er erklärte sehr sachlich und präzise, was er einführen wolle, um den Geschützführern ein Feuern auf ebenem Kiel oder zumindest die Korrektur der Schiffsneigung zu ermöglichen, was er vorschlage, um die Treffgenauigkeit zu erhöhen, wenn Pulverdampf oder Nebel den Schiffsrumpf einhülle, und welche Möglichkeiten es gebe, um die Treffsicherheit auf große Entfernung zu erhöhen.

Mr. Lenthall war von dem Vortrag beeindruckt. »Mr. Dillon, wie sind Sie zu diesen Ansichten gekommen?«

»Es treffen mehrere Zufälle zusammen, Mr. Lenthall. Mein Vater war der leitende Meister in einer Kanonengießerei. Ich wußte schon als Kind fast alles über die unterschiedlichen Geschütze. Auf der Schule hat mich Mathematik begeistert, die ich sogar unterrichten wollte. Aber den größten Einfluß hat Professor Hutton gehabt. Er kannte meinen Vater von der Kanonengießerei her, und während meiner langen Genesungszeit nach einem Bauchschuß, als ich noch nicht seetüchtig war, hat er mich an seinen Vorlesungen und Experimenten an der Königlichen Militärakademie teilnehmen lassen. Seitdem bin ich dem Geschützwesen mit Leib und Seele verfallen.«

Kapitän Brisbane hatte noch fachliche Bedenken: »Was Sie vorschlugen, Mr. Dillon, klang sehr einleuchtend. Aber ich habe auf der Admiralität auch Fachleute gehört, die dem Feuern auf weite Entfernungen keine Chancen mehr gaben, sondern eine Revolution von den neuen Kurzgeschützen erwarten, mit denen die schottischen Gießereien experimentieren.«

»Sir, Professor Hutton kannte die Experimente General Melvilles mit Kurzkanonen oder Karronaden, wie man sie jetzt auch nennt. Sie haben den Vorteil, daß sie leichter sind, weniger Mann Bedienung brauchen und so bei gleicher Belastung für das Schiff ein viel höheres Geschoßgewicht ermöglichen. Aber über dreihundert Meter Entfernung ist ihre Treffgenauigkeit ganz schlecht. Sie sind eine Nahkampfwaffe, aber bis ein Schiff dem Gegner so nahe gerückt ist, könnte er es unter den Bedingungen eines normalen Einzelgefechtes mit langen Kanonen zusammenschießen.«

»Ich bin Ihrer Meinung«, sagte Kapitän Brisbane. »Man wird auf lange Kanonen besonders den großen Schiffen nie verzichten. Aber bei den kleineren und schnelleren Schiffen könnte ich mir denken, daß man mehr Kurzgeschütze einsetzt. Doch bis die eingeführt werden, können wir Mr. Dillons Vorschlägen folgen. Und jetzt habe ich den Vorschlag, daß wir uns geselligeren Themen widmen. Mr. Bates, Sie haben uns lange keine Ballade vorgetragen.«

Mr. Bates zierte sich noch etwas, sang dann aber mit passablem Tenor die Geschichte vom Lotsen und seiner Liebsten, von der er sich im Sturmesbrausen losriß, um der Bark die Fahrrinne in den Hafen zu weisen. Der Applaus, den er erhielt, ermutigte Philemon Purget, seine Flöte zu holen und noch einige Stücke von Händel zu spielen. Als die Gesellschaft sich auflöste, hatten die meisten den Eindruck, einen angenehmen und auch kulturell anregenden Abend verbracht zu haben.

In der Messe der Midshipmen und Maate waren die Ansprüche geringer. Einige spielten Backgammon, ein in den Messen sehr beliebtes Spiel. Andere klopften Karten, einige schrieben, hier und da hockte auch einer dicht an den Lampen, um zu lesen. Von Zeit zu Zeit brach aus dem Stimmengewirr ein Geschrei hervor, wenn ein Spielzug strittig war. Aber es gab immer einige, die die Streithähne beruhigten.

Als George Watson dann die Gabel in die Tischplatte stieß, verschwanden die jüngeren Servants ohne Aufbegehren hinter dem Vorhang, der ihre Schlafstellen etwas abschirmte.

Gelangweilt starrte David um vier Glasen der nächsten Morgenwache (sechs Uhr) auf die Matrosen, die barfüßig die Decks mit Holystones und ›Bibeln‹ scheuerten, mit Seewasser nachspülten und mit Feudeln trockenwischten.

Am vorderen Niedergang entstand Unruhe. Matrosen scharten sich zusammen.

»Mr. Winter, sehen Sie nach, was da los ist. Bringen Sie die faule Bande zur Arbeit!«

David eilte nach vorn und rief: »An die Arbeit!«

»Sir, hier hat sich einer aufs Schiff geschlichen.« Sie stießen einen kleinen, etwa elfjährigen Jungen zu David hin. Er hatte schwarze Haare und Augen und eine gelblich braune Haut.

»Was machst du hier, Bursche?«

»Sir, er kann nicht Englisch. Pedro aus der Küche hat mit ihm gesprochen, er ist Portugiese.«

»Dann sollen Pedro und der Junge mit mir kommen, und ihr anderen begebt euch wieder an die Arbeit, aber dalli.«

Mr. Morsey sah die Scherereien, die er mit diesem davongelaufenen Burschen haben würde, förmlich vor sich und seufzte. Aber so schlimm sollte es nicht kommen. Der Junge hatte keine Eltern mehr, und seine Pflegeeltern hatten außer Arbeit, Hunger und Schlägen nichts für ihn übrig, wie sein geschundener kleiner Körper eindrucksvoll bestätigte.

Kapitän Brisbane ließ ihn fragen, ob er an Bord bleiben wolle. Der Junge nickte erleichtert.

»Also, Mr. Morsey, wir können ihn nicht zurückbringen, und ich denke nicht daran, einen großen Schriftwechsel zu beginnen, der den Gouverneur in einem halben Jahr erreicht, wenn niemand mehr an den Burschen denkt. Teilen Sie ihn als Pulveräffchen ein. Mr. Winter soll in den nächsten Wochen ein Auge auf ihn haben, bis er sich eingelebt hat. Wie heißt der Junge überhaupt?«

»Christobal, Sir«, antwortete Pedro.

»Zu lang! Tragt ihn als Chris in die Musterrolle ein!«

»Aye, aye, Sir.«

»He, David, bist du nicht ein bißchen jung, um schon einen so großen Sohn zu haben?« frozzelte Harry Simmons. Die umherstehenden Midshipmen lachten, aber bevor David etwas antworten konnte, trat Leutnant Dillon in ihren Kreis.

»Na, dann wollen wir einmal sehen, ob wir etwas von der Schießkunst in Ihre Hirne hineinbekommen. Merken Sie sich für immer: Erstens: Jeder vergeudete Schuß ist ein Schritt zur Niederlage. Zweitens: Wer den Gegner früher und genauer trifft als der ihn, spart seinem König und Vaterland Menschen und Material.« Er blickte sich um. »Zunächst werden die jüngsten Gentlemen einmal wiederholen, was wir gelernt haben. Stellen Sie sich hier nebeneinander auf. Ich will die Kommandos für Laden und Feuern der Kanonen in der richtigen Reihenfolge hören. Und zwar für Kanonen, deren Zündschloß ausgefallen ist, die also mit der Lunte zünden müssen. Mr. Church, fangen Sie an.«

»Achtung!«

»Mr. Cole?«

»Macht die Kanonen los!«

»Der nächste!«

»Holt die Kanonen ein!«

»Nehmt den Pfropf ab!«

»Plattlot ab!«

»Stopft das Zündgatt!«

»Wurm in das Rohr!«

»Wischer in das Rohr!«

»Öffnet die Kartusche!«

»Kartusche einführen!«

»Kartusche feststampfen!«

»Ladung und Pfropf in das Rohr!«

»Stampft fest Ladung und Pfropf!«

»Bohrpfriem in die Zündgatten!«

»Kraut in die Zündgatten!«

»Deckt die Zündgatten ab!«

»Kanone ausrennen!«

»Faßt Kuhfuß und Handspaken!«

»Ausrichten!«

»Blast die Lunte an!«

»Nehmt das Plattlot ab!«

»Feuer!«

Mr. Dillon war zufrieden. »Das klappt ja schon ganz gut, aber das sollen Sie nicht nur auswendig sagen können, das sollen Sie im Schlaf ausführen können. Nun, Mr. Simmons, erklären Sie uns doch einmal, warum wir den Wurm oder Kratzer nicht mehr auf einer Stange montiert haben und den Wischer auf einer anderen, sondern beide an verschiedenen Enden eines steifen Taus?«

»Das steife Tau ist noch etwas biegbar. Der Kanonier muß sich nicht aus der Geschützluke beugen, um es in das Rohr einzuführen. Dadurch ist er dem feindlichen Feuer weniger ausgesetzt. Wenn er den Wischer braucht, muß er das Tau nur umdrehen, aber nicht mehr nach einer anderen Stange greifen.«

»Perfekt, Mr. Simmons. Aber nun genug mit der Wiederholung. Folgen Sie mir zum vorderen Niedergang und auf das untere Geschützdeck!«

Das knappe Dutzend der Midshipmen trottete hinter ihm her und sammelte sich um das dritte Geschütz der Backbordseite. »Gehen Sie etwas zur Seite, damit das Licht von der Luke besser hierher leuchtet. Was hängt hier vom Oberdeck herunter?« Er sah in die Runde.

David sagte: »Ein Lot, Sir.«

»Im Prinzip richtig, aber in der Ballistik nennen wir es Pendulum, es funktioniert jedoch genauso.

Nun schauen Sie einmal auf das Deck darunter. Hier sind Kreise aufgezeichnet, an denen Ziffern zu sehen sind. Hat einer von unseren künftigen Admiralen eine Ahnung, was das sein könnte?«

Watson, ihr Senior, meldete sich: »Sir, wenn ich die jeweilige Stellung des Pendulums auf den Kreis projiziere, dann kann ich messen, wie stark das Schiff krängt.«

»Donnerwetter, wie sind Sie darauf gekommen?«

»Wir hatten auf einer Fahrt nach Bombay einmal einen Physiker an Bord, der wollte messen, welche Krängung er aushalten konnte, ohne sich unwohl zu fühlen. Er nahm dazu ein Lot und einen Winkelmesser.«

»Dasselbe Prinzip, Mr. Watson, dieselbe Art wissenschaftlichen Denkens. Aber wir müssen es an Bord vereinfachen, darum kein Winkelmesser, sondern die Kreise mit den Bezeichnungen der Winkel.«

Am Oberdeck läutete es ein Glasen.

»Wir müssen uns beeilen, damit noch Zeit für die Praxis bleibt. Ich will Ihnen sagen, wozu wir das brauchen. Stellen Sie sich vor, wir sind in einem heftigen Seegefecht. Nach der zehnten Salve spätestens können Sie vor Pulverdampf nicht mehr nach draußen sehen und den Gegner nicht mehr erkennen. Wenn der Gegner nicht weiter als zweihundert Meter entfernt ist, sollen Sie ohne Erhöhung feuern. Wenn das Schiff nur um vierzig Grad nach der einen oder anderen Seite krängt, dann feuern Sie entweder in die See oder in die Luft. Darum werden wir ein solches Pendulum immer zwischen zwei Geschützen anbringen, damit der Geschützführer sieht, wann wir auf ebenem Kiel liegen und er feuern kann.«

»Sir, bei einem laufenden Gefecht liegen wir doch nie auf ebenem Kiel.«

»Stimmt, aber dann kann der Geschützführer bei Senkung oder Hebung des Rohres den Winkel berücksichtigen.«

David hatte noch einen Einwand. »Sir, würde nicht ein Pendulum beim Batterieoffizier reichen? Er gibt doch die Kommandos. Und wenn zwischen zwei Kanonen immer ein Pendulum hängt, kann es doch bei dem Herumgerenne leicht abgerissen werden.«

»Den ersten Einwand lasse ich nicht gelten. Wir werden nur die erste Salve auf ein Kommando feuern. Dann feuert jedes Geschütz unabhängig nach seinem Tempo. Das ist effektiver, als wenn wir auf die langsamste Bedienung warten müssen. Aber die Behinderung durch das Pendulum bereitet mir auch Sorgen. Wir müssen es ausprobieren. Vielleicht kann man auch einen kleinen Dreifuß auf dem Deck befestigen. Ich weiß nur nicht, ob die kürzere Schnur noch Exaktheit erlaubt. Das ist wissenschaftliches Neuland. Wir müssen es ausprobieren. Aber nun an Ihr Geschütz, meine Herren. Jetzt folgt die Praxis, und die kostet Schweiß.«

Eine Stunde Geschützdrill an einem Vierundzwanzigpfünder konnte einen zum Schwitzen bringen. Und Mr. Dillon ließ sie ständig die Positionen wechseln, damit jeder jede Funktion kennenlernte. David rieb sich den Daumen, den er sich an der Lunte verbrannt hatte, als sie endlich in ihr Quartier zurückgingen.

»Wir haben doch auch früher immer viel Geschützdrill gehabt und erzielten gute Feuergeschwindigkeiten. Und jetzt all diese Neuerungen. Ich weiß nicht, ob das im Ernstfall etwas bringt«, maulte Matthew Palmer.

»Möglich ist es schon. Warten wir es ab«, beruhigte ihn Harry Simmons. »Mr. Dillon ist auf jeden Fall ganz anders als die anderen Offiziere. Er ist mehr wie ein strenger Schulmeister. Abwarten, ob er seine Lektion auch kann, wenn es ernst wird.«

Tag um Tag segelte der Konvoi in südwestlicher Richtung voran, geschoben auch vom Kanarenstrom. Tag für Tag wurden die Midshipmen gedrillt. Einmal mußten sie Segel setzen, Stengen fieren und heißen, das andere Mal übte der Drillsergeant der Seesoldaten mit ihnen Laden und Feuern der Musketen, dann unterrichtete der Leutnant der Seesoldaten sie in der Handhabung der Entermesser. Und schließlich war wieder Mr. Dillon mit seinen Kanonen an der Reihe.

Er hatte wieder eine Neuerung. Dort, wo sich vor dem Abfeuern die Kappe der Kanone, der hinterste Teil des Rohres, befand, konnte man auf dem Boden eine Gradeinteilung eingezeichnet sehen. »Diese Gradeinteilung finden Sie auch im obersten Masttopp des Großmastes. Wenn der Pulverdampf dicht auf dem Wasser liegt und man den Gegner vom Geschützdeck nicht mehr sehen kann, dann ragen immer noch seine und unsere Masten aus dem Dunst. Der Feind bleibt ja nicht immer auf der Höhe unseres Schiffes. Unser Ausguck peilt seine Masten an und meldet die Gradzahl, die der Richtkanonier berücksichtigt. Das ist natürlich auch bei Bodennebel anzuwenden.«

Die Midshipmen sahen sich etwas skeptisch an, aber was blieb ihnen übrig? Die Geschützluke wurde geschlossen, und sie mußten ›blind‹ die Kanone mit Handspaken und Kuhfuß ausrichten.

Was immer man über Mr. Dillon sagen mochte, und mancher nannte ihn den ›schwarzen Satan‹, er wurde nicht müde, seine Auffassung über wissenschaftliche Schießkunst in jeder Batterie zu realisieren. Die *Anson* trug auf ihrem unteren Batteriedeck sechsundzwanzig Vierundzwanzigpfünderkanonen, jede zwei Meter neunzig lang und zweieinviertel Tonnen schwer. Zwölf Mann bedienten jedes dieser gewaltigen Ungetüme. Auf dem Oberdeck stand die gleiche Anzahl von Achtzehnpfündern, zwei Meter achtzig lang und eindreiviertel Tonnen schwer. Auf dem Achterdeck gab es noch zehn Neunpfünder und auf dem Vordeck zwei lange Neunpfünder als Jagdgeschütze.

Mit jeder dieser Besatzungen exerzierte Mr. Dillon in Anwesenheit der Offiziere und Maate, bis er die beste Aufteilung für die Geschützbedienung gefunden hatte und bis alle wußten, worauf es ankam. Dann drillten die Batterieoffiziere und Maate die Bedienungen selbständig, bis sie wieder an der Reihe waren, von Mr. Dillon inspiziert zu werden.

Davids Gefechtsstation war auf dem Achterdeck beim Master. Darum war er nicht so unmittelbar betroffen wie Matthew Palmer, der die Steuerbordgeschütze auf dem Achterdeck kommandierte, aber als Midshipman mußte auch er alle Einzelheiten des Geschützdrills kennen.

Kapitän Brisbane sah Mr. Dillon oft zu, und man hatte den Eindruck, daß er mit seiner Arbeit zufrieden war. Aber er hielt sich mit seinem Urteil zurück. Erst wollte er sehen, wie sich der Drill auf die Treffgenauigkeit auswirkte.

Als das Tempo dem Standard der Flotte entsprach – drei Schüsse in fünf Minuten –, ordnete Kapitän Brisbane Scharfschießen an. Die *Ranger* setzte eine Seemeile steuerbord voraus drei zusammengelaschte Fässer aus. Als sie achthundert Meter querab in Sichtweite kamen, feuerten die Vierundzwanzigpfünder nacheinander. Kein Treffer lag weiter als zwanzig Meter entfernt, und das zehnte Geschütz zerschmetterte die Fässer mit einem Volltreffer.

Ein neues Ziel wurde ausgesetzt, und das Scharfschießen ging weiter. Auch die Oberdeckbatterie schoß nicht schlechter, im Gegenteil! Schon das fünfte Geschütz traf das Ziel, und das elfte zerschmetterte es völlig.

Mr. Dillon rannte umher und notierte sich alles, aber man

merkte ihm an, daß er zufrieden war. Als die Backbordbatterien ihr Können zeigen mußten, gab es ein paar arge Ausrutscher. Zwei Kanonen der unteren Batterie und zwei vom Achterdeck donnerten die Kugeln gut hundert Meter über das Ziel hinaus. Als der Kapitän eine Extraration Grog verteilen ließ, wurden sie ausgeschlossen.

Aber in der Offiziersmesse war man allgemein der Meinung, daß es insgesamt eine sehr gute Leistung darstellte.

»Wenn wir den Standard halten und noch verbessern, können wir es mit einem Vierundsiebziger aufnehmen«, lobte Hauptmann Barnes.

Mr. Dillon tat das Lob gut, aber er wandte ein: »Vorausgesetzt, der Vierundsiebziger hat einen schlechteren Standard.«

»Ich wüßte nicht, wo die Rebellen einen Vierundsiebziger hernehmen sollten.« Mr. Hope konnte mit dieser Bemerkung die Hochstimmung nicht dämpfen.

»Warten Sie nur ab. Die Franzosen werden nicht mehr lange Versteck spielen und offen an die Seite der Rebellen treten.«

David ging bei nächster Gelegenheit in das Unterdeck, wo die Pulveräffchen ihr Quartier hatten. Er suchte Edmond, der seit ihrem Aufenthalt in Whitehaven bei ihnen war, und Chris. Als er die beiden sah, rief er sie zu sich und ging mit ihnen aufs Vordeck. »Edmond, wie kommt Chris zurecht?«

»Ich kann ja nicht mit ihm reden, Sir. Aber ich war mit ihm beim Zahlmeister, und er hat dort sein Drillichzeug erhalten. Ich achte darauf, daß er beim Essenfassen nicht zu wenig erhält, und er ist bei den Geschützübungen bei mir. Ich glaube, er fühlt sich wohl, Sir.«

David sah Chris an und strich ihm über das Haar. »Bueno?«

»Si, si«, nickte der Kleine.

David schüttelte den Kopf und sagte: »Aye, aye, Sir!« Dann zeigte er auf Chris' Mund und machte die Bewegung des Sprechens.

»Hei, hei, Sir«, mühte sich der Kleine.

»Bueno«, lobte David. »Edmond, du mußt ihm die Dinge,

mit denen ihr zu tun habt, zeigen und deutlich und langsam sagen, wie man sie benennt. Jeden Tag soll er zwei neue Wörter lernen. Ich werde auch mit dem Koch reden, daß Pedro jeden Tag eine Viertelstunde mit ihm Englisch üben kann.«

William Hansen kam vorbei. David hatte ihn seit der hastigen Flucht aus Portsmouth kaum sprechen können und war unsicher, ob William ahnte, wie er sich lächerlich gemacht hatte. Aber William war ganz unbefangen und lachte genau wie der Kanadier, der an seiner Seite ging.

Mr. Hope schimpfte am Nachmittag beim Navigationsunterricht Stein und Bein, weil die jungen Midshipmen ihre Aufgaben nicht gelernt hatten. Er wollte ihnen gerade die doppelte Menge zur Strafe aufbrummen, als der junge Stephen Church sich ein Herz faßte und fragte: »Darf ich etwas sagen, Sir?«

»Nur zu!«

»Sir, wir müssen bis heute abend vier neue Seiten aus John Mullers ›Treatise of Artillery‹ auswendig können. Wir lernen in jeder freien Minute, Sir, bis uns Mr. Watson in die Hängematten jagt, aber wir können das nicht alles schaffen.«

»Wie viele Seiten aus diesem Artilleriebuch mußten Sie denn bis jetzt auswendig lernen?«

»Zwanzig, Sir.«

Mr. Hope brummelte vor sich hin. Wer sehr scharfe Ohren hatte, hätte die Frage hören können, ob es auf diesem Schiff nichts mehr gäbe außer den verdammten Kanonen und ob sich keiner Gedanken mache, wie man ein Schiff dahin segeln müsse, wo es seine Kanonen einsetzen könne.

Am Abend sprach Mr. Hope den Zweiten Leutnant an. »Sir, Sie gefährden die Ausbildung der Midshipmen.«

»Wie käme ich dazu, Mr. Hope? Mir liegt viel an einer guten Ausbildung.«

Der Master erklärte ihm, daß Midshipmen nicht unbegrenzt aufnahmefähig seien und nicht unbegrenzt Zeit hätten. Wenn ein Lernstoff ungebührlich ausgedehnt werde, müßten andere darunter leiden. »Und bei aller Wertschätzung wissenschaftlicher Schießkunst, Mr. Dillon, die jungen Gentlemen sollen in erster Linie Seeoffiziere werden und ihre Bestallung von der Admiralität erhalten und nicht vom Ordnance Board wie die Artillerieoffiziere, die an Land ihre Aufgaben sicher hervorragend erfüllen.«

Mr. Dillon wollte aufbrausen, besann sich dann aber, daß es nicht gut sei, sich mit dem Master anzulegen. Mr. Hope war zwar nur Deckoffizier und damit eine Stufe unter den Leutnants, die ihre Bestallung von der Admiralität erhielten. Aber der Master war nur dem Kapitän unterstellt und neben ihm die höchste Autorität in Fragen der Navigation und Seemannschaft. Kein Leutnant hätte ihm darin Befehle geben können. Der Master hatte auch einen höheren Sold als ein Leutnant, was seine Sonderstellung unterstrich.

Der ›schwarze‹ Mr. Dillon atmete tief, kontrollierte seinen Ärger und sagte in seiner präzisen Art: »Mr. Hope, ich habe nicht die Absicht, Artillerieoffiziere auszubilden, sondern nur die Pflicht, künftigen Seeoffizieren das von der Schießkunst beizubringen, was für sie unerläßlich ist. Dieses Gebiet ist in der Flotte bisher nicht sehr gepflegt worden, so daß meine Bemühungen jetzt vielleicht übertrieben wirken, was sie aber nicht sind.«

Mr. Hope ließ sich nicht beirren, räumte ein, daß er Mr. Dillon nicht in seine Pflichten hineinreden wolle, daß er aber auch Pflichten habe und daß sie eine vernünftige Regelung finden müßten, was Midshipmen insgesamt zuzumuten sei. »Ich stehe nicht in dem Ruf, Mr. Dillon, die jungen Gentlemen zu verwöhnen, aber wenn Sie ihnen von einem Tag zum anderen vier Seiten aufgeben, dann bleibt für meine Navigationstabellen und ihre Anwendung nichts mehr übrig. Ich muß Sie bitten, das zu bedenken und Ihre Aufgaben zu reduzieren. Sie werden sich vielleicht noch erinnern«, fügte er etwas süffisant hinzu, »daß Navigation auch nicht immer ein leichter Stoff ist.«

»Weiß Gott«, mußte Mr. Dillon zugeben und schien sogar ein wenig zu schmunzeln.

Am nächsten Tag erlebte die wissenschaftliche Schießkunst ihren größten Triumph und zugleich ein nachwirkendes Ereignis, das ihre Bedeutung für das Schiffsleben auf das rechte Maß reduzierte.

Der Tag war leicht bedeckt, der Wind achterlich querab, der Wellengang leicht. Bei der guten Sicht war keine Überraschung zu fürchten, daher ließ Kapitän Brisbane der *Ranger* signalisieren, sie solle das vorbereitete Ziel schleppen. Vorbereitet war ein floßähnliches Gebilde aus alten Fässern, Balken, Segelplane und einer zehn Meter hohen Spiere. Das Ziel war etwa zehn Meter lang, mit dem aufgesteckten Segeltuch etwa einen Meter hoch, und die Spiere ragte wie ein Mast in die Höhe. Die *Ranger* schleppte das Ziel an einem fünfhundert Meter langen Tau hinter sich her und lief querab auf gleichem Kurs.

Mr. Dillon ließ die Entfernung bestimmen, indem der Winkel zwischen der Peilung zur Mastspitze und dem Meeresniveau an der ›Bordseite‹ der Schießscheibe gemessen wurde. Für alle Schiffstypen und auch für ihre Schießscheibe waren alle Masthöhen in einem Verzeichnis vermerkt. Mit Hilfe einer Tabelle konnte, sofern Masthöhe und Winkel bekannt waren, die Distanz zum Ziel abgelesen werden.

Der Backbordbatterie des Unterdecks wurde der Erhöhungswinkel genannt, der sich bei einer Zielentfernung von tausend Metern ergab. Vom Mastkorb wurde die Gradzahl der Peilung gemeldet und vom Batterieoffiziere an die Geschützführer weitergegeben. Diese konnten das Ziel nicht sehen, da der obere Teil der Geschützluke durch ein Tuch verdeckt war, das erst unmittelbar vor dem Feuerkommando weggezogen wurde.

Kanone nach Kanone feuerte. Auf dem Achterdeck standen auch der Schiffsarzt, der Zahlmeister, der Sekretär des Kapitäns und alle nicht an der Backbordseite eingeteilten Offiziere und Midshipmen. Beifallsrufe ertönten, als das entfernte Ziel von den Wassersäulen der Einschläge überschüttet, getroffen und schließlich demoliert wurde.

»Phantastisch!« lobte Kapitän Brisbane. »Ich hätte nicht erwartet, daß Sie beim Feuern praktisch ohne Sicht so gute Resultate erzielen können, Mr. Dillon.«

»Das haben wir auch Stückmeister Toller zu danken, Sir. Er bereitet alle Kartuschen jetzt mit ganz exakten Gewichten vor.«

»Nun gut! Mr. Morsey, signalisieren Sie bitte der *Ranger*, daß sie das Ziel einholen, reparieren und wieder auslassen soll.«

»Aye, aye, Sir!«

Als das Ziel wieder geschleppt wurde, wiederholten sich Entfernungsmessung und Peilung für die Oberdeckbatterie. Wieder donnerten die Kanonen. Die Einschläge lagen erneut hervorragend, obwohl die Geschützführer – kontrolliert durch die Batterieoffiziere – das Ziel nicht anvisieren, sondern nur die Winkel und Gradzahlen ausrichten durften.

Da brach beim Rückstoß der fünften Kanone ein Tau. Das plumpe Ungetüm schleuderte zur Seite und riß Männer um. Mr. Dillon rannte ohne Zögern zur Unglücksstelle. Als Kanone sechs feuerte, stolperte er über das Pendulum zwischen dem sechsten und siebten Geschütz und rutschte in die Rückstoßbahn der Kanone. Sein heller Schrei stach in ihre Ohren.

»Feuer stoppen!« brüllte der Kapitän.

Mr. Lenthall lief zur Unglücksstelle.

Ein Rad der Holzlafette war über Mr. Dillons linken Fuß gerollt. Blut und zerquetschtes Fleisch quollen aus dem Schuh hervor. Ein Mann der Geschützbedienung übergab sich laut.

»Zurück! Aus dem Weg! Ruft meine Leute!« befahl der Schiffsarzt und beugte sich über Mr. Dillon, der gar nicht mehr ›schwarz‹ wirkte, sondern bleich auf die Lippen biß und mit der Ohnmacht rang. »Bleiben Sie liegen, Mr. Dillon. Gleich wird Ihnen geholfen.«

Die Sanitäter hasteten mit der Trage heran. Sie betteten Mr. Dillon darauf, und Mr. Lenthall eilte ihnen voraus in das Lazarett.

Mannschaften und Offiziere sahen sich entsetzt an. Im Kampf rechneten sie mit Verwundung und Tod. Aber jetzt?

»Warum hast du noch gefeuert, nachdem bei der Fünf das Tau gebrochen war?« fuhr Mr. Morsey den Geschützführer an.

»Sir, ich habe auf meine Kanone geachtet und es erst gemerkt, als das Schloß schon gezündet hatte.«

»Lassen Sie, Mr. Morsey. Es war ein Unglück. Niemand hat schuld. Das Übungsschießen wird beendet. Signalisieren Sie bitte der *Ranger*, und lassen Sie entladen!« Brisbane ging in seine Kabine.

Auf dem Achterdeck wogten die Meinungen hin und her.

»Die verdammten Stäbe für das Pendulum. Es mußte ja so kommen!«

»Ich habe so gute Schießergebnisse in meiner Dienstzeit noch nicht gesehen. Dillons System ist gut!«

»Gegen Unglücke ist niemand gefeit.«

Mr. Morsey unterbrach die Diskussion. »Meine Herren, gehen Sie bitte auf Ihre Posten. Dienst nach Vorschrift. Für die Midshipmen Drill an Handwaffen. Bootsmann, lassen Sie das Deck säubern! Ich bitte um Bericht, warum bei Nummer Fünf das Tau gebrochen ist.« Er atmete tief und ging auf und ab.

Eine knappe Stunde später informierte Mr. Lenthall den Kapitän. »Sir, die vordere Hälfte des Fußes mit allen Zehen ist zerschmettert. Ich mußte sie amputieren. Ich hoffe, daß ich den Rest des Fußes retten kann. Ich hatte genug Haut für den Stumpf, und die Wunde war gut zu säubern.«

»Mußte Mr. Dillon sehr leiden? Wie gut wird er wieder laufen können?«

»Mr. Dillon ist ein sehr beherrschter Mann, Sir. Ich konnte ihn mit Laudanum betäuben. Er wird immer hinken, aber ein guter Schuhmacher kann ihm den Schuh so ausstatten, daß er nicht weiter behindert ist. Er wird, wenn alles gut heilt, wieder dienstfähig werden.«

»Gott sei Dank! Einen so tüchtigen Offizier sollte die Flotte nicht verlieren. Er vollbringt mit den Kanonen wahre Wunder. Aber die verdammten Stäbe auf dem Oberdeck werden verschwinden. Ein Pendulum vorn und eines achtern müssen für die Batterieoffiziere reichen.«

Im Lazarett rang Mr. Dillon in den folgenden Tagen mit dem Fieber, das ihn in Wellen überfiel. Der Kapitän suchte ihn auf und sagte Mr. Dillon, als der ihn ängstlich ansah: »Sie bleiben bei uns. Wir werden doch einen so guten Offizier nicht ziehen lassen.«

Mr. Lenthall mit seinen Sanitätern kühlte seine Stirn, legte Kräuterpackungen auf den Fuß, achtete darauf, daß Blut durch die Ligatur abfließen konnte, und meldete nach fünf Tagen voller Erleichterung: »Er ist über den Berg. Wenn morgen ruhige See ist und die Sonne scheint, lasse ich ihn für kurze Zeit an Deck bringen. Nichts heilt so gut wie frische Seeluft und warme Sonne.«

Am nächsten Tag drängten sich alle auf dem Achterdeck um das Lager, das auf der Trage bereitet war. Sie nickten Mr. Dillon zu, drückten ihm die Hand und suchten in seinem Gesicht nach Zeichen der Genesung. Es war jetzt von durchscheinender Schwärze.

Aber Mr. Dillon war beherrscht wie immer und lächelte, als ihm Hauptmann Barnes und Leutnant Bates fast im Gleichklang versicherten: »Wir üben weiter, Edward. Sie werden sehen, die Burschen schießen immer besser und schon wieder etwas schneller.«

»Treffgenauigkeit ist wichtiger als Schnelligkeit«, sagte Dillon mit matter Stimme.

»Ja, wir wissen, aber treffen und schnell feuern, ein besseres Geschenk können wir Ihnen nicht machen.«

Sie konnten es doch noch. Als sich am übernächsten Morgen die Dämmerung zögernd hob und der aufgeenterte Ausguck sofort meldete: »Toppsegelschoner eine Meile querab!«, da war das Schiff in wenigen Minuten gefechtsbereit. Entfernung messen, Peilung melden, das waren gewohnte Praktiken.

»Warnschuß, Flagge heißen, Signal zum Beidrehen!« befahl Kapitän Brisbane.

Der Schoner setzte Segel und wollte ablaufen.

»Geschützweise feuern!«

Wie beim Zielschießen rahmten die Wassersäulen den Schoner ein. Durch das Teleskop konnte Kapitän Brisbane sehen, wie Planken splitterten, Segel zerfetzt wurden und der Großmast über Bord ging. »Feuer einstellen! Kurs auf den Schoner! Mr. Kelly, bereiten Sie den Kutter zum Übersetzen vor!«

Die Besatzung des Kaperschiffes war förmlich demoralisiert. »Wie ist das möglich? Auf diese Entfernung so genau zu treffen! Wir hatten ja keine Chance.« Mr. Dillon schluckte und schloß die Augen, als sie ihm das berichteten. Auch Freude wollte beherrscht sein.

Antigua

Mai bis Juli 1777

Das war wieder die Stunde des Masters. Er stand auf dem Achterdeck, und um ihn scharten sich die Midshipmen und die dienstfreien Offiziere.

»Da liegt Antigua«, wies er mit ausgestrecktem Arm, fast, als zeige er seinen Besitz. »Ein Landfall, wie man sich ihn exakter nicht wünschen kann. Wir laufen aus Ostsüdost an, ein typischer Kurs, wenn man von Europa anlandet. Sie sehen am nördlichen Inselrand eine flachere Landzunge, der eine größere Bucht folgt. Dann steigt ein bewachsener Berg stark an, verläuft etwa zwei Meilen auf gleicher Höhe und fällt dann ziemlich stark ab (später: Shirley Heights). An seinem südlichen Rand sehen Sie jetzt nur Steilküste. Wenn wir uns nähern, werden Sie zwei schmalere Einfahrten erkennen. Die nördliche, die wir nehmen werden, führt zu English Harbour, die südliche zu Falmouth Harbour, beides ganz ausgezeichnete Ankerplätze.«

Mit langsamer Fahrt lief der Konvoi die Insel an. Flaggensignale beorderten die Schiffe, die in Antigua blieben, in Kiellinie zur *Anson*, die anderen sollten der *Ranger* folgen und in

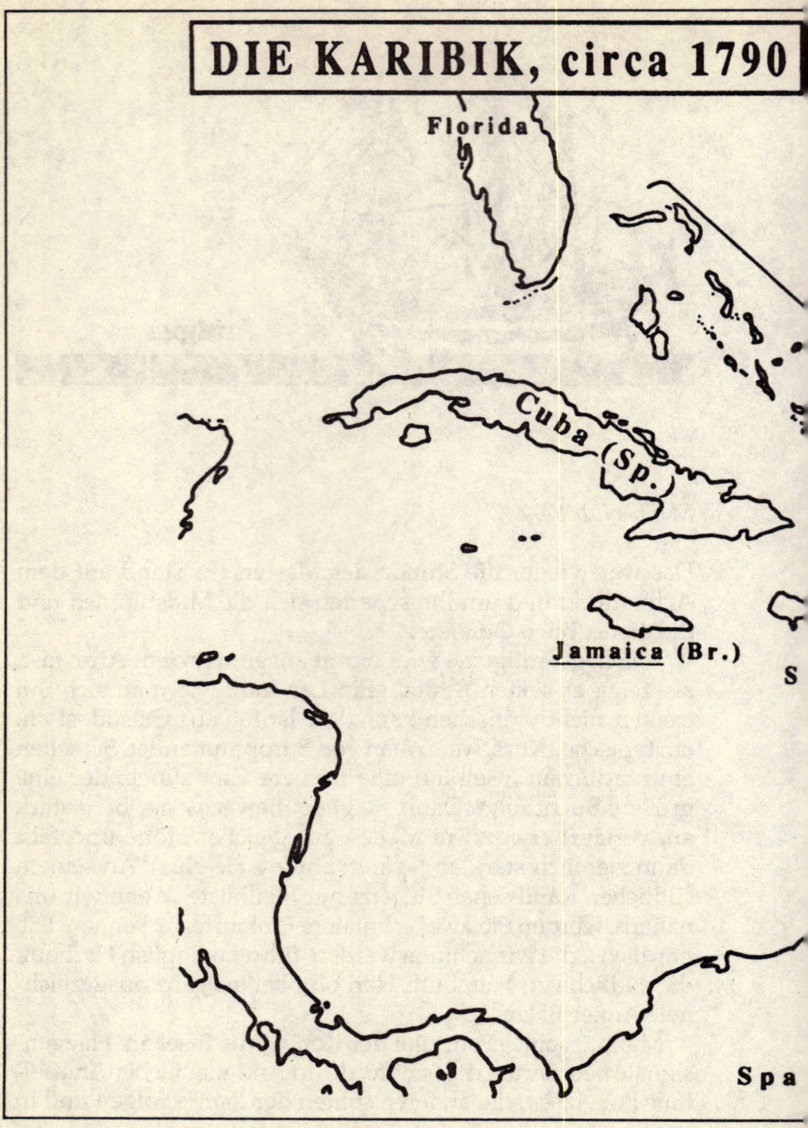

DIE KARIBIK, circa 1790

Florida

Cuba (Sp.)

Jamaica (Br.)

Bahamas (Br.)

Hispaniola (Sp.)

Virgin Is. (Br.)

Anguilla (Br.)

Porto Rico (Sp.)

St. Martin (Fr.)

Barbuda (Br.)

Antigua (Br.)

St. Kitts Nevis (Br.)

Montserrat (Br.)

omingo (Fr.)

St. Croix (Dänisch)

Dominica (Br.)

Guadeloupe (Fr.)

St. Lucia (Fr.)

Martinique (Fr.)

Curacao (Niederl.)

St. Vincent (Br.)

Barbados (Br.)

Grenada (Br.)

Tobago (Fr.)

Trinidad (Sp.)

sch-Amerika

Guayana (Niederl.)

Falmouth Harbour Anker werfen. Mr. Hope ließ die Peilungen nehmen und wies auf verschiedene Landmarken hin.

»Jetzt können Sie die schmale Einfahrt erkennen. Sehen Sie dort, etwas zurückgesetzt, die Mauern, Kasernen und die Flagge darüber? Das ist Fort Berkeley, das die Einfahrt nach English Harbour schützt. Der Hafen hat seit gut fünfzig Jahren ein kleineres Dock. Antigua ist für unsere Flotte der wichtigste Stützpunkt auf den Leeward Inseln. Die Insel hat alles, was man braucht. Nur Wasser ist knapp.«

Auf Fort Berkeley begannen Geschütze Salut zu schießen, und die *Anson* antwortete. Mit gerafften Segeln glitt die *Anson* in die Bucht, die sich etwa zweihundert Meter weit öffnete und in zwei Armen ungefähr siebenhundert Meter weit in das Land hineinragte. Steuerbord querab überragte sie der große Berg, den sie als Landmarke von der See aus bestimmt hatten.

Kapitän Brisbane setzte das Teleskop ab. »Schauen Sie voraus auf die Höhe. Dort liegt Fort Monks, das beide Häfen schützen kann. Die Anlagen sehen aber verwahrloster aus als vor elf Jahren, als ich zuletzt hier einlief. Die Herren haben wohl zu lange keinen französischen Angriff mehr fürchten müssen.«

Der Kapitän drehte sich zum Ersten Leutnant um: »Mr. Morsey, lassen Sie bitte alles klarmachen zum Ankern. Wir ankern in der nördlichen Bay, gegenüber dem Magazin. Die Handelsschiffe sollen die südliche Bay anlaufen und vor dem Verpflegungsamt Anker werfen.«

»Aye, aye, Sir!«

Mr. Hope hatte wieder etwas Zeit, auf das Dock backbord querab und auf die Careening-Werft an Steuerbord hinzuweisen, auf der die Schiffe am seichten Ufer schräggelegt wurden, um Reparaturen am Rumpf ausführen zu können. »Das Dock hat etwa dreihundert Arbeiter, die meisten sind Schwarze, Sklaven und Freigelassene.«

Die *Anson* lag vor Anker. Vom Ufer näherten sich Boote. Einige hatten wohl offizielle Aufträge von der Werft, dem Postamt, dem Hafenkapitän und wer sonst noch ihre Ankunft zu registrieren hatte. Aber die meisten waren wieder Boote mit Händlern und Huren.

»Können die es denn gar nicht abwarten!« schimpfte Mr.

Morsey und traf wieder Vorkehrungen, damit niemand an Bord gelangte.

Mr. Lenthall fragte den Kapitän, ob er ihn an Land begleiten könne, um zu sehen, ob das Hospital etwas zur orthopädischen Versorgung von Mr. Dillon zu bieten habe.

Die Besatzung der *Anson* wußte, daß an diesem Tag nicht an Landgang zu denken war und am nächsten Tag wahrscheinlich erst nach großer Reinigung und Inspektion. Mr. Morsey ließ auch sofort die Zimmerleute und Segelmacher mit kleinen Ausbesserungen beginnen. Die Wasserfässer wurden an Land geschafft, um ausgeschwefelt zu werden. Als der Kapitän wieder an Bord zurückkehrte, war nicht mehr viel zusätzlich anzuordnen. Aber die Inspektion wurde angesetzt, und vorher sollten alle Decks mit Essigwasser geschrubbt werden, dem üblichen Desinfektionsmittel.

Der Sekretär des Kapitäns erzählte es dem Zahlmeister, dieser dem Segelmacher, und bald wußten es alle: Die *Ranger* würde in zwei Tagen auslaufen, um einen Teil des Konvois nach Dominica zu geleiten. Die *Anson* solle in einer Woche mit einem anderen Teil der Handelsschiffe nach Jamaika segeln. Übermorgen werde Kapitän Brisbane nach St. John's zum Gouverneur reisen, bei gutem Segelwetter mit der Pinasse, dem größten, gut zehn Meter langen Beiboot, bei schlechtem Wetter mit der Kutsche. David erhielt von Mr. Hope Order, sich auf die Navigation der Pinasse vorzubereiten.

»Keine große Sache bei gutem Wetter. Sie können in Küstennähe segeln, keine gefährlichen Riffe, nur hier, vor St. John's, zwei Meilen westlich von Fort Goat Hill, zieht sich das große Riff etwa von Nord vier Meilen nach Südost. Bei Ebbe sieht man die Brecher. Bei normalem Wind segeln Sie landeinwärts daran vorbei. In drei Stunden müßte es zu schaffen sein.«

Nach der Besichtigung stürmte die Freiwache die Boote, um an Land zu gehen. In der Nähe des Docks und in dem kleinen Ort gab es einige Kneipen, und die Huren warteten.

Mr. Lenthall war ganz verzweifelt, denn er konnte unmög-

lich überwachen, welchen Rum die Matrosen und Seesoldaten tranken. Er hatte zwar zwei Sanitäter ausgeschickt, um
Proben aus den größten Schenken zu holen, aber wer wußte,
wo die Burschen sonst ihren Fusel kauften. Nur eines hatte er
durchsetzen können: Vor Einbruch der Dunkelheit mußten alle
wieder an Bord sein. Zwar hatte English Harbour keine Man-
grovensümpfe, aber wenn die Sonne sank, stiegen die Fieber-
dämpfe auf, wie in jedem Handbuch der Schiffsärzte zu lesen
war. Aber wie die Kerle an Bord zurückkehrten, die meisten
stockbesoffen, das stand in keinem Handbuch.

Leutnant Purget kommandierte die Pinasse, die zwei Tage später mit dem Kapitän nach St. John's segelte. Die Besatzung
hatte seit der Nachmittagswache des letzten Tages keinen
Landgang mehr gehabt, war nüchtern und sauber. David hatte
seine Karten, ein Teleskop und den Handkompaß. Kurz nach
Morgengrauen legten sie ab.
    Der Wind nahm zu. Gut, daß am Bug eine Persenning die
Spritzer abhielt. Als sie das Boot auf den anderen Bug legen
mußten, stellten sich PP und die Matrosen ziemlich ungeschickt an.
    Kapitän Brisbane sagte kein Wort. Aber als sich einer von
den begleitenden vier Seesoldaten über Bord übergeben
mußte, fragte er Leutnant Purget, wann er zuletzt mit einem
Beiboot gesegelt sei.
    »Das ist mehr als zwei Jahre her, Sir.«
    »Es wird höchste Zeit, daß unsere Besatzung einmal wie-
der die Erfahrung mit den Beibooten auffrischt. Erinnern Sie
mich in English Harbour daran, daß wir täglich zwei Beiboote
zu Exkursionen aussenden.« Er wandte sich an David. »Mr.
Winter, Sie haben doch die Karte vor sich. Nennen Sie mir einmal die wichtigsten Landmarken, damit ich meine Erinnerung
auffrischen kann, und den anderen im Boot kann es nicht schaden.«
    »Sir, wir haben die Rendezvous Bay steuerbord passiert.
Querab ist jetzt der Signalhügel zu sehen. Hinter der nächsten
Landspitze ist eine kleine Siedlung verzeichnet, und der höch-

ste Berg des bewaldeten Höhenzuges steuerbord voraus ist als Boggy Peak mit dreizehnhundertneunzehn Fuß angegeben.«

»Ja, ich erinnere mich. An seinem westlichen Ausläufer liegt das Schloß – anders kann man es kaum nennen – eines Plantagenbesitzers. Er ist mit uns zum Picknick auf den Boggy Peak geritten. Man hatte einen phantastischen Blick auf Guadeloupe, Montserrat, Nevis und St. Kitts. Na, Sie werden die Plantagenbesitzer auch noch kennenlernen. Die lassen keine Gelegenheit aus, einen Ball zu feiern.«

Die Pinasse umrundete Crab Hill und segelte auf nördlichem Kurs an langen weißen Stränden vorbei, hinter denen die Palmenwälder aufragten. Überall waren auf kleinen Hügeln die Zuckermühlen mit ihren Windflügeln zu sehen. Im flachen Land gab es nur Zuckerrohrfelder. In Five Islands Harbour merkte sich David die eigenartigen Formationen der kleinen Inseln, aber Kapitän Brisbane wies ihn wenig später auf den Hawks-Bill-Felsen hin. »Manche sehen in ihm einen Falken, andere einen kauernden Löwen. Auf jeden Fall können Sie ihn als Merkpunkt nehmen, daß jetzt noch eine kleinere Tiefwasserbay kommt, und dann müssen Sie Kurs Ost auf St. John's Harbour nehmen. Fort Goat Hill liegt dann steuerbord querab, und Fort James peilt backbord voraus.«

Eine halbe Stunde später legten sie am Kai in St. John's an.

Drei Stunden, Mr. Hope hat wieder recht behalten, dachte David.

Im Hafen lagen nur kleinere Fischerboote und Frachtsegler für den Küstenverkehr.

»St. John's ist im Gegensatz zu English Harbour nicht sicher vor Hurrikanen. Große Schiffe werden Sie hier kaum sehen«, dozierte Kapitän Brisbane. »Mr. Winter, besorgen Sie mir jetzt bitte eine Kutsche. Wir haben sechs Glasen der Vormittagswache. Es ist möglich, daß der Gouverneur mich zum Lunch einlädt. Aber um drei Glasen der Nachmittagswache möchte ich wieder segeln, weil ich wahrscheinlich noch kurz in Fort James anlegen muß. Mr. Purget, Sie können abwechselnd mit Mr. Winter einen Teil der Mannschaft nehmen und sich die Stadt ansehen. Essen Sie auch etwas mit den Leuten. Wenn Sie in dieser Richtung gehen, kommen Sie zur St. Johns

Kathedrale. Das Nest ist nicht groß. Die Sehenswürdigkeiten haben Sie schnell abgehakt. Halten Sie die Leute zusammen!«

Leutnant Purget ging zuerst mit der Hälfte der Mannschaft in die kleine Stadt mit einigen Steinhäusern, überwiegend aber Holzbauten. David machte es sich mit dem Rest so bequem wie möglich. Von einem Händler kaufte er Kokosnüsse, und sie tranken die Kokosmilch mit Genuß.

Als die anderen zurückkehrten, machten sie ihnen nicht viel Hoffnung auf große Sehenswürdigkeiten. »Ein kleines dreckiges Nest, aber sehr freundliche Leute. Da vorn kriegen Sie gutes Stew mit Bohnen.«

David stiefelte mit seinen Leuten los. Negerinnen winkten ihnen zu, Händler offerierten Früchte, und David ließ einige schwarze Ananas verteilen, eine Spezialität der Insel und besonders süß. Hin und wieder rollten Kutschen mit Plantagenbesitzern und ihren Frauen vorbei. Sie winkten freundlich zu Davids Gruß. Schmackhafte, mit Fleisch gebackene Bohnen und ein kleines Gläschen Rum, das war es dann schon. St. John's war eben keine richtige Hafenstadt.

Kapitän Brisbane wirkte etwas reserviert oder verärgert, als er mit einer Kutsche des Gouverneurs zurückgebracht wurde. »Segeln Sie zuerst nach Fort James. Ich habe dort noch etwas zu erledigen«, sagte er nur. Mit dem Sergeanten und zwei Seesoldaten stieg er dort aus und verschwand im Tor. Als er nach einer guten halben Stunde wiederkam, war er nicht gesprächiger, eher noch ernster und sagte nur: »Ablegen! Segeln Sie die gleiche Strecke zurück.«

Nur Mr. Morsey erfuhr am Abend in der Kajüte, was den Kapitän belastete. »Mr. Burt, der Gouverneur, ist ein kranker Mann. Er spricht mit Ihnen ganz unauffällig, dann beginnt er ein völlig neues Thema, und schließlich forderte er mich auf, den Hund unter dem Tisch vorzuholen. Da war aber kein Hund. Als ich ihm das sagte, blickte er mich ganz komisch an und fragte, ob ich mit General Prescott verbündet sei. Als ich antwortete, daß ich diesen noch nicht kenne, blickte er skeptisch, griff unter den Tisch und fuhr den eingebildeten Hund an: ›Verschwinde, du Köter!‹«

»Das ist ja unheimlich, Sir.«

»General Prescott, den ich in Fort James sprach, berichtete, daß er die Zusammenarbeit mit dem Gouverneur aufgegeben und ihm auch keine Liste der Truppen mehr ausgehändigt hat. Mr. Burt hat die Garnison mit unvorstellbaren Gerüchten und Anschuldigungen völlig durcheinandergebracht. Stellen Sie sich vor, Mr. Morsey, ich bin nun kommandierender Seeoffizier auf den Leeward-Inseln. Was wird da in der Zusammenarbeit auf uns zukommen?«

»So viel haben wir mit dem Gouverneur doch nicht zu tun, Sir. Unsere Partner sind doch vor allem der Hafenkapitän, der Dockkommissar und der Kommandeur der Truppen. Wieviel Garnison ist denn hier?«

»Etwa tausend Mann, hauptsächlich das Royal American Regiment, gute Soldaten. Aber ohne den Gouverneur geht es auch nicht, Mr. Morsey. Nun, wir werden sehen.«

Er gab noch Anordnungen für die Bootexpeditionen in den nächsten Tagen, und Mr. Morsey berichtete von der Einladung der Plantagenbesitzer zum Ball übermorgen abend für alle Herren Offiziere.

»Dem entgeht man nicht in Übersee«, sagte Brisbane. »Aber es gibt meist ausgezeichnete Speisen, und die jüngeren Herren werden sich amüsieren. Wissen sie schon Bescheid?«

»Selbstverständlich, Sir. Als die Plantagenbarone an Bord kamen, ging es wie ein Lauffeuer herum.«

Mr. Hope übernahm am Ballabend wieder freiwillig die Hafenwache.

Auch Mr. Dillon wollte seinen Fuß noch schonen und saß mit einer schmauchenden Tonpfeife auf dem Achterdeck und plauderte mit dem Master. Die Mannschaften hatten eine Extraration Grog erhalten und tanzten an Deck zur Fiedel. Als sich die Offiziere in ihren Ausgehuniformen an Land übersetzen ließen, unterbrachen sie ihren Tanz und schauten neugierig zu. Bemerkungen wurden geflüstert, Gelächter wurde unterdrückt, aber die Stimmung war freundlich. Die Offiziere der Seesoldaten sahen nach Meinung der Matrosen in ihren roten Paraderöcken am schicksten aus.

Am Magazin war eine Reihe von Kutschen aufgefahren, um die fast zwanzig Gäste zur Plantage zu fahren. Sie hatten es nicht weit. Die Kutschen ratterten durch Falmouth und hatten in einer halben Stunde in der Nähe von Tyrells Kirche das Herrenhaus erreicht. Der Kapitän hatte schon recht, als er von Schlössern sprach, dachte David, als er den weißen Bau mit der imponierenden Säulenfront sah. Die Hausdiener standen in prächtigen Livreen Spalier, und der Hausherr begrüßte sie mit seiner Frau an der riesigen Eingangstür.

Harry Simmons stieß David in die Seite: »Das ist noch prächtiger als in Saint Antoine. Sieh doch nur die vielen Kristalllüster, die großen Gobelins und die Garderoben der Frauen.«

»Vergiß den Schmuck nicht, Harry. Von dem Geld könnte man eine ganze Flotte kaufen.«

Etwa zwei Dutzend Plantagenbesitzer standen im Saal mit ihren Frauen. Die meisten waren älter, einige ziemlich korpulent. Aber es gab auch jüngere Herren und natürlich auch die neugierig und verstohlen spähenden Töchter.

Der Kapitän, der Erste Leutnant und Hauptmann Barnes wurden vom Gastgeber herumgeführt und vorgestellt. Die anderen machten sich selbst bekannt. Die Kapelle, auch in makellosen Anzügen, intonierte einen Tusch, und der Gastgeber und Kapitän Brisbane absolvierten ihre Begrüßungsreden. Wieder ein Tusch, und die Gesellschaft formierte sich zum Einmarsch in den Speisesaal.

David hatte eine strohblonde Schönheit von vielleicht achtzehn Jahren hinter ihren Eltern zu führen und saß neben ihr, die Eltern gegenüber. Rechts war ein anderes Paar, und links hofierte James Hamond die ihm zugeteilte Tochter.

Lob wäre den Speisen und Getränken nicht gerecht geworden. Ihre Fülle und Erlesenheit war überwältigend. Als Kaviar in Schälchen serviert wurde, die von gestoßenem Eis eingerahmt wurden, konnte David seine Verblüffung nicht verbergen und fragte sein Gegenüber. »Wieso haben Sie Eis hier, Sir? Auf Antigua gibt es doch keine Gletscher.«

»Das nicht, mein Herr. Aber wir lassen das Eis mit Schiffen aus der Antarktis holen und lagern es in tiefen Kellern. Ohne eine gekühlte Speise oder ein kaltes Getränk wäre es im Sommer nicht auszuhalten. Übrigens, wir sagen Antiga, das U wird nicht gesprochen.«

Ein bekannter Londoner Pianist spielte auf einem kostbaren Flügel.

»Wir laden in jeder Saison einige Künstler aus Europa ein, die uns auf unseren kleinen Geselligkeiten unterhalten. Man will ja nicht von der Kultur abgeschnitten sein. Und alle paar Jahre leben wir für ein Jahr in England«, informierte Davids Gegenüber.

»Ich muß zugeben, Sir, daß ich eine so prächtige Gesellschaft noch nicht erlebt habe.«

»Ja, wir können einiges bieten«, antwortete der Zuckerkönig und lächelte seine Tochter an.

David konnte sich den Tänzen nicht entziehen, aber er war ängstlich bemüht, sich von den Müttern nicht aushorchen zu lassen und den Töchtern keine zärtlichen Blicke zuzuwerfen. Ermunterndes Lächeln übersah er. Er konnte sich nicht von der Befürchtung freimachen, die jungen Damen wollten ihn provozieren, um ihn verspotten zu können.

Bei erster Gelegenheit zog er sich in den Rauchersalon zurück, wo die Herren ihre Zigarren genossen.

»Nanu, Mr. Winter, Sie sind doch sonst immer an der Seite der schönsten jungen Damen zu finden. Wollen Sie zum Hagestolz konvertieren?« wunderte sich der Schiffsarzt.

»Ich weiß nicht, Sir. Mir ist heute nicht nach weiblicher Gesellschaft zumute.«

»Wenn das kein Dauerzustand wird, mein Lieber, ist nichts dagegen einzuwenden. Kommen Sie, ich will den Pfarrer ein wenig über die Siedler hier aushorchen.«

Der Pfarrer mußte nicht gebeten werden. Wenn er ein kleines Auditorium hatte, war er nicht zu halten. Kolumbus habe die Insel schon 1493 entdeckt und ihr den Namen nach einer Kathedrale in Sevilla gegeben. Besiedelt worden sei die Insel aber erst 1632 durch englische Siedler aus St. Kitts. Der Tabakanbau brachte nicht viel. Der große Reichtum kam erst, nachdem Sir Christopher Codrington 1764 die erste Zucker-plantage anlegte.

»Er war ein gottesfürchtiger Mann, hat die Insel in fünf Kirchsprengel eingeteilt und in jedem eine Kirche errichten lassen. Die Codringtons sind unermeßlich reich, sie haben sogar die Insel Barbuda von der Krone gepachtet. Von den rund dreizehntausend Sklaven, die jetzt hier leben, gehört ihnen ein großer Teil.«

»Dann hat der königliche Gouverneur wohl nicht viel zu sagen bei so mächtigen Grundbesitzern«, vermutete Mr. Lenthall.

Der Pfarrer war etwas verlegen. »Über den Gouverneur möchte ich nichts sagen. Er ist ein kranker Mann, und ein Christ sollte Nachsicht üben. Aber wir haben natürlich eine gewählte Versammlung, die über die örtlichen Regelungen abstimmt. Und in dieser Versammlung achten die anderen Familien darauf, daß es einen Interessenausgleich gibt. Unser Gastgeber ist übrigens der Sprecher der Versammlung.«

Als die Offiziere gegen Mitternacht das Fest verließen, gab es niemanden, der nicht tief beeindruckt war. In der Kutsche der höheren Offiziere unterhielt man sich über den Reichtum und die Macht der Zuckerkönige, die im Londoner Parlament eine starke Position hatten.

»Was habe ich Ihnen gesagt, meine Herren?« sah sich der Kapitän bestätigt.

In der Kutsche der Midshipmen wurden vorwiegend die Speisen noch einmal nachempfunden, aber auch einzelne junge Damen standen im Mittelpunkt des Gesprächs.

»Unser David war heute aber nicht der Ballkönig«, spottete Andrew Harland. »Du warst wohl heute nicht in Form.«

»Ich mußte euch ja auch mal eine Chance geben«, erwiderte David.

Als Mr. Dillon am nächsten Tag von seinem Sitz auf dem Achterdeck dem Treiben zusah, trat der Schiffsarzt zu ihm. »Mr. Dillon, in zwei Tagen laufen wir nach Jamaika aus. Gestern habe ich das Angebot bekommen, daß man Sie auf der Plantage als Gast haben möchte. Für Ihre weitere Genesung wäre dort besser gesorgt als an Bord. Der Arzt des Hospitals könnte nach Ihnen sehen, obwohl jetzt nur noch der natürliche Heilungsverlauf abzuwarten ist.«

Das paßte Mr. Dillon nicht. Er sei doch kein Invalide, der ausgemustert werden müsse. An Bord könne er überwachen, wie die Batterieübungen ablaufen.

Mr. Morsey unterstützte den Schiffsarzt. »Edward, wenn Sie das Herrenhaus gesehen und die Bewirtung erlebt hätten, würden Sie das Angebot mit Freuden annehmen. Sie sind noch nicht wieder dienstfähig. In gut drei Wochen sind wir wieder hier. Warum wollen Sie sich da auf Salzfleisch setzen und umherschaukeln lassen?«

Schließlich war Mr. Dillon einverstanden und ließ sich am nächsten Tag von Mr. Lenthall zur Plantage fahren.

Mr. Watson, der Senior der Midshipmen, rückte als diensttuender Leutnant nach, als sie nach Jamaika ausliefen. Mit dem Konvoi segelte der Schoner, den sie vor Antigua gekapert hatten. In Kingston erhofften sie sich einen besseren Verkaufspreis und damit mehr Prisengeld. Die Zimmerleute und Segelmacher hatten sich Mühe gegeben, die Schäden zu beseitigen, die ihre treffsicheren Kanonen verursacht hatten.

Am neunten Tag betrachtete David durch das Teleskop die blauen Berge Jamaikas, vor denen sich die weißen Häuser der Stadt so kontrastreich abhoben. Da waren auch wieder Fort Augusta und Fort Royal, die drohenden Wächter. Das alles hatte er im Dezember 1775 zum ersten Mal erblickt, als er mit der *Cerberus* einlief. Aber er mußte auch an jenen Morgen im Frühjahr 1776 denken, als der Deserteur an der Rahnock erhängt wurde.

David wandte sich dem Master zu. »Das war aber eine glatte Überfahrt, Sir.«

»Ja, wie mit der Postkutsche. Mir ist bei soviel gutem Wetter schon bange, daß uns die Karibik dafür beim nächsten Mal besonders böse ihre Krallen zeigen wird. Aber was hilft es?

Wir müssen es nehmen, wie es kommt. Tragen Sie schon einmal die Peilungen ein, Mr. Winter.«

Kaum war der Salut verhallt, ließ sich Kapitän Brisbane zum Flaggschiff des kommandierende Admirals übersetzen. Es war sein alter Schiffskamerad Admiral Brighton. Er stand, zierlich und drahtig wie eh und je, auf dem Achterdeck und streckte Brisbane beide Hände zur Begrüßung entgegen. »Wie habe ich mich auf Ihre Ankunft gefreut, Edward, seitdem ich von Ihrer Kommandierung erfuhr. Sie hätten sich ruhig ein wenig beeilen können, damit wir mehr Zeit zum Plaudern haben.«

»Der Wind war uns von England bis Madeira nicht sehr gewogen, Sir, aber danach haben wir nicht viel Zeit vertan. Und wir bringen noch einen schönen Schoner als Prise mit.«

»Ich habe ihn schon gesehen. Gehen wir erst einmal in die Kajüte, damit wir einen Schluck nehmen können.«

Sie saßen und prosteten sich zu. »Sie haben sich nicht verändert seit dem letzten Jahr, Edward, nur Ihr Schiff ist größer geworden. Sind Sie zufrieden?«

»Mehr als das, Sir. Die *Anson* ist ein hervorragender Segler und steht einer Fregatte kaum nach. Aber ich habe mehr als das doppelte Geschoßgewicht. Und Sie müssen das Schiff inspizieren, Sir. Ich habe einen Zweiten Leutnant, der die Artillerie als Wissenschaft betreibt und uns mit seinen Winkeln und Gradeinteilungen auch Treffer verbürgt, wenn wir den Gegner nur vom Masttopp aus sehen können.«

»Donnerwetter. Das möchte ich kennenlernen. Wissen Sie, wir Seebären haben in der Navigation ja seit dem alten Jakobsstab erstaunliche Fortschritte gemacht. Aber ich habe den Eindruck, daß wir mit unseren Kanonen immer noch so umgehen wie vor hundert Jahren, wenn man von der Einführung des Zündschlosses absieht. Die Armee ist mit ihrer Artillerie weiter, aber sie schulen ihre Artillerieoffiziere ja auch speziell. Da ist mir ein Seeoffizier mit Liebe zur Artillerie sehr recht.«

Kapitän Brisbane mußte eingestehen, daß Leutnant Dillon durch einen Unfall gegenwärtig nicht an Bord sei. Aber die anderen Leutnants seien inzwischen mit dem System voll vertraut.

»Das freut mich. Aber nun zu Ihnen, Edward. Die verdiente

Ernennung zum Admiral kann ich Ihnen nicht aushändigen, aber ich gebe Ihnen den breiten Wimpel und ernenne Sie zum Commodore, ohne zusätzlichen Kapitän natürlich. Ich weiß auch nicht, wie lange ich Ihnen den Posten geben kann, aber es wird sich gut in Ihren Akten ausmachen.«

»Ergebensten Dank, Sir. Welche Schwadron soll ich kommandieren?«

»Sie ist klein. Ich kann Ihnen nur noch eine weitere Sloop und einen Kutter geben. Aber damit sollen Sie als kommandierender Offizier die Leeward Inseln kontrollieren und den Franzosen in Martinique Respekt beibringen, und passen Sie mir vor allem auf Sint Eustatius auf. Nach allem, was mir zu Ohren kommt, verdienen sich die Niederländer durch den Waffenschmuggel mit den Rebellen eine goldene Nase. Man nennt die kleine Insel schon den ›goldenen Felsen‹.«

Kapitän Brisbane drückte seine Freude über den Auftrag und das Vertrauen aus und fragte: »Was darf ich tun, wenn ein Schiff die holländische Flagge zeigt, ich aber glaube, daß es Waffen schmuggelt?«

»Anhalten und durchsuchen, Edward. Wenn die Ladung nicht unverfänglich ist oder die Papiere verdächtig sind, dann bringen Sie das Schiff zum nächsten Prisengericht. Die Entscheidung ist Sache des Gerichts.«

Sie tranken auf einen hoffentlich baldigen Sieg über die Rebellen. Die Lage sehe ja jetzt günstiger aus als vor einem Jahr. Wenn Bourgoyne den Hudson heruntermarschiere und General Howe flußaufwärts, dann könnten sie die Kolonien teilen. »Und wenn die nördlichen Kolonien vom Süden abgeschnitten sind, dann kommen die südlichen Kolonien von allein zur Vernunft«, sagte der Admiral. »Die Aufrührer sitzen doch im Norden.«

»Aber wie lange halten sich die Franzosen noch heraus, Sir?«

»Das ist die Frage. Ihre Garnisonen auf Guadeloupe und Martinique haben sie schon verstärkt, und zwei neue Fregatten sind auch aufgetaucht. Halten Sie die Augen offen!«

Als Kapitän Brisbane auf die *Anson* zurückkam, empfing ihn Mr. Morsey mit einem Vorschlag. »Sir, eine seetüchtige, schnelle Ketsch mit vier Vierpfündern wird für achthundert Pfund angeboten. Die Offiziersmesse fragt ergebenst, ob wir nicht gemeinsam die Prise kaufen und als Tender ausrüsten können. Wenn wir den Schoner, der für uns zu groß ist, gut verkaufen, könnten wir unsere Anteile leicht zusammenbringen.«

»Ich will mir die Ketsch mit dem Zimmermann und dem Stückmeister morgen ansehen und es mir überlegen. Aber nun lassen Sie einen breiten Wimpel anfertigen und hissen.«

Morsey war verdutzt. »Sie werden uns doch nicht jemanden vor die Nase setzen – aber nein! Darf man Ihnen gratulieren, Sir?«

»Sie dürfen. Und sagen Sie den Herren der Offiziersmesse und vier Midshipmen Ihrer Wahl, daß ich die Herren morgen zum Dinner einlade. Übrigens, der Admiral wird in den nächsten Tagen unser Schiff besichtigen.«

Der nächste Tag brachte wenig Muße. An das Aufklaren und die Proviantübernahme hatte sich die Mannschaft ja schon gewöhnt, aber jetzt traten die Seesoldaten an. Der breite Wimpel wurde gehißt, und der Salut, der einem Commodore zustand, donnerte vom Flaggschiff und mußte beantwortet werden. Und dann kamen die Kommandanten der Sloop und des Kutters. Seite wurde gepfiffen, die Seesoldaten präsentierten.

»Das ist ja bald wie auf einem Flaggschiff«, brummelte Hugh Cole.

»Ein bißchen schon, aber vorläufig wirst du noch nicht Flaggleutnant«, frozzelte David.

Hugh, David, Matthew und James waren von den Midshipmen zum Dinner ausgewählt worden. Als sie die Kajüte betraten, gab es gleich die erste Überraschung.

»Sind Sie bereit zum Leutnantsexamen, Mr. Hamond? Haben Sie Ihre Papiere fertig? Morgen nachmittag tritt eine Kommission zusammen. Wir werden so schnell nicht wieder drei Kapitäne beisammen haben.«

James war wie vom Donner gerührt. »Sir, nein, ich meine natürlich ja, aber ich bin nicht vorbereitet, Sir. Ich habe alles beisammen, Sir.«

»Gut. Wenn es Sie überrascht, können Sie sich weniger aufregen. Sie dürfen sich heute nach dem Essen verabschieden und sind morgen vom Dienst befreit.«

Nach der Vorspeise folgte die zweite, nicht ganz so unerwartete Überraschung. »Meine Herren, ich bin mit dem Kauf der Ketsch einverstanden. Wenn ein gewisser Midshipman sein Examen besteht, kann er sie kommandieren. Einen Leutnant können wir nicht entbehren. Achtzehn Mann Besatzung werden wir stellen, außerdem einen Bootsmannsmaat und einen Steuermannsmaat. Der Zahlmeister nimmt Ihre Anteile entgegen und notiert sie. Das hoffentlich anfallende Prisengeld wird entsprechend nach Abzug der Anteile für den Admiral und die Mannschaft aufgeteilt.«

Nach dem Essen wollten alle mehr über die anderen Schiffe der Schwadron wissen. Leutnant Bates kannte den Kommandanten des Kutters und hielt große Stücke von ihm. Er komme von den Shetlands, habe zwei Jahre auf Texel gelebt und sei mit der See aufgewachsen.

»Da wird es ihm hier wohl ein wenig warm vorkommen«, war Mr. Hopes Kommentar.

Commander Berty kannte keiner, aber Brisbane wußte, daß er unter bewährten Kapitänen gedient habe. »Wir werden gemeinsam an der kubanischen Küste vorbei nach Sint Eustatius segeln und dort einige Zeit ein Netz auslegen. Dann treffen wir die *Ranger* in Antigua, und die *Anson* läuft mit ihr nach Martinique aus. Trinken wir auf den Erfolg und viele Prisen!«

David beneidete James Hamond nicht um das Examen, aber er beneidete sich selbst auch nicht. Mit einem Bootsmannsmaat und zehn Mann der Besatzung hatte er die Ketsch aufzuklaren. Sie war nicht so verwahrlost wie damals die *Cerberus*, aber es blieb genug zu tun. Während der Bootsmannsmaat die Reinigung und die Auftakelung überwachte, verhandelte David mit dem Zahlmeister über den Proviant, mit dem Stückmeister über Pulver und zusätzliche Drehbassen und mit dem Master über Karten und Signale. Als am Abend ein strahlender James nach bestandenem Examen in die Messe kam, war das meiste geschafft. Aber morgen um sechs Glasen der Vormittagswache war Inspektion durch den Admiral. Da lag noch ein Stück Arbeit vor ihnen.

Admiral Brighton interessierte sich am meisten für die Neuerungen an den Kanonen, die Winkel, die Gradeinteilung und das Pendulum. Die Offiziere seines Stabes fragten nach, waren zum Teil beeindruckt, teilweise auch skeptisch. Man werde seine eigenen Experimente machen. »Sie haben ein gutes Schiff, Commodore Brisbane. Besuchen Sie mich doch bitte heute abend noch auf dem Flaggschiff, bevor Sie morgen auslaufen.«

Die Mannschaft erhielt am Abend eine Extraration Grog. Die Kommandanten der Sloop, des Kutters und der diensttuende Leutnant Hamond für die Ketsch wurden mit ihren Befehlen entlassen, bevor Kapitän Brisbane sich zum Admiral rudern ließ. Hamond hatte ihm noch einen Stückmeistermaat für die Ketsch abgerungen, die auf den Namen *Sparrow*, also Spatz, getauft worden war. Hamond hatte David als seinen Vertreter mit auf die Ketsch genommen. Dieser hatte vergeblich versucht, William Hansen abzuwerben, aber der Kapitän hatte auf seinen Käptn des Vormastes nicht verzichten wollen. Doch der Kanadier und Edmond waren mit auf den ›Spatz‹ übergestiegen.

Als die Befehle zum Ankeraufholen und Segelsetzen am nächsten Tag auf der *Anson* flatterten, war auf der Ketsch keiner müßig. Alle packten an, damit es bei der für sie ungewohnten Takelung keine Panne gab. Vom Achterdeck der *Anson* starrte manches Augenpaar zur *Sparrow*.

»Das klappt besser als damals bei der *Cerberus*«, kommentierte Mr. Hope, »ein Teil der Leute ist schon auf Schonern gesegelt, und etwas profitieren sie wohl auch vom Segeln mit den Beibooten.«

Die Besatzung der *Sparrow* war wild auf Prisen, und Hamond heizte ihre Gier an, um sie ohne Murren durch harten Kanonen- und Segeldrill zu jagen.

»Morgenwache in der Karibik dürfte nicht Dienst genannt

werden«, dachte David. Die prickelnd frische Luft ließ noch nichts von der Hitze und Feuchtigkeit ahnen, die sie später am Tag oft plagten. Die Strahlen der aufgehenden Sonne zauberten die schönsten Farbenspiele an den Horizont und auf die Wellen. Sie war jetzt zärtlich, die Sonne, hatte noch nichts von der sengenden Kraft, die ihr der Tag gab. Die Brise frischte langsam auf, als wollte sie den Tag ruhig angehen. Auch die Mannschaften schienen das zu spüren. Sie lachten und scherzten beim Deckreinigen.

Die *Sparrow* hatte die Nacht über mit der Sloop *Blanche* nordwestlich von St. Barthelemy gelegen und folgte der *Blanche* jetzt langsamer, die mit vollen Segeln in Richtung Saba segelte, um Sichtkontakt mit dem Kutter aufzunehmen, der hinter dieser Insel geankert hatte. Sobald sie Sichtkontakt hätten, würden sie nach Süden eindrehen, um auf Sint Eustatius, den goldenen Felsen, zuzulaufen. Sie hofften, daß sich in diesem weitgespannten Netz alle Schiffe fangen würden, die entweder das Morgengrauen abwarteten, um in Sint Eustatius einzulaufen, oder die dort mit dem ersten Licht ausgelaufen wären. Wenn sie die Kette erblickten und in den neutralen Hafen zurückkreuzen wollten, würde sie dort die *Anson* abfangen, die in der Nacht eine Position östlich der Insel eingenommen hatte.

Von der *Sparrow* konnte der Ausguck gerade noch die Küste der französischen Insel St. Barthelemy erkennen. In der anderen Richtung verschwand der Rumpf der *Blanche* unter dem Horizont, und nur noch die Masten stachen als spitze Nadeln in den Himmel. Jetzt stiegen dort Signale hoch: Segel mit Kurs Nordost.

»Die kommen in unsere Richtung«, stellte Hamond fest. »Ausguck, sperr die Augen auf! Sie müßten bald in Sicht sein. Mr. Winter, würden Sie bitte mit dem Teleskop aufentern!«

»Aye, aye, Sir.«

Er ist noch förmlich, der neue Kommandant, dachte David. Na, ja, Disziplin muß sein.

David seilte sich oben am Masttopp an, den der Ausguck geräumt hatte, und justierte mit beiden Händen das Teleskop erst an den Mastspitzen der *Blanche*. Dann ließ er das runde

Sichtfenster langsam an der Kimm entlangwandern. Wenn nur das Schiff nicht so schwanken würde. Immer wieder rutschte er über oder unter die Kimm. Beim ersten Rundblick entdeckte er nichts.

Noch einmal, sagte er sich. Vielleicht hatte er etwas beim ›Ausrutschen‹ übersehen. Da war eine Ausbuchtung an der Kimm!

Angestrengt beobachte David. Zwei Masten, hintereinander. Sie wuchsen höher.

»Deck! Brigg mit Kurs auf uns!«

»Weiter beobachten, was sie unternehmen, sobald sie uns sichten!«

Die fremde Brigg änderte ihren Kurs nicht. Langsam stieg ihr Rumpf am Horizont empor. Sie liefen aufeinander zu und näherten sich schnell. Es war ein Handelsschiff, hatte aber auch eine Breitseite von zwei kleinen Kanonen.

Als sie ihre Flagge hißten, stieg dort die niederländische Flagge empor.

»Signalisieren: Beidrehen! Boot erwarten!«

»Mr. Winter, inspizieren Sie Ladung und Papiere. Klar Schiff zum Gefecht.«

David griff sich sein Entermesser und eine Pistole, rief sechs Mann mit Waffen zu sich und setzte mit der Jolle über.

Auf der Brigg empfing sie eine kleine Mannschaft mit zwei Weißen und acht farbigen Seeleuten.

»Was soll denn das?« fragte der graubärtige Maat in breitem Englisch. »Kennen Sie unsere Flagge nicht?«

»Natürlich, Sir. Aber Sie wissen auch, daß unsere Vorschriften besagen, daß auch neutrale Schiffe keine Kriegsware in die amerikanischen Kolonien transportieren dürfen.«

»Wir segeln nach Sint Maarten, und das ist immer noch niederländisch.«

David bat höflich um die Papiere und schickte zwei Leute in die Laderäume.

Die Papiere beschrieben die Ladung als landwirtschaftliche Geräte und Jagdwaffen für Sint Maarten. In den Laderäumen waren aber Musketen, Kugeln, Pulver und Stiefel.

»Sir, das ist eindeutig militärisches Gut! Sie müssen uns in den nächsten britischen Hafen begleiten, wo ein Gericht entscheiden wird.«

»Den Teufel werde ich tun!« brauste der Graubart auf.

David wies nur auf die Ketsch, die mit ausgerannten Kanonen fünfzig Meter hinter dem Heck der Brigg lag, und auf seine Matrosen, die ihre Waffen bereithielten.

»Sir, wir tun nur unsere Pflicht!«

»Piraterie ist das«, schimpfte der Maat, leistete aber keine Gegenwehr.

Der Ausguck der *Sparrow* meldete ein Schiff, das die südliche Spitze von St. Barthelemy rundete und Kurs Südwest nahm. Hamond ließ der *Blanche* signalisieren, daß er die Verfolgung aufnehme, und rief mit dem Sprachrohr: »Mr. Winter! Vier Mann als Prisenbesatzung, kommen Sie mit den beiden weißen Niederländern sofort zurück. Die Brigg soll uns in Lee folgen!«

Hastig ordnete David an, die Brigg nach Waffen zu durchsuchen und alles in der Waffenkiste zuzunageln, die Kanonen mit Kugeln zu füllen und festzurammen und die Blunderbüchse stets feuerbereit zu halten. Dann sprang er in die Jolle und pullte zur *Sparrow* zurück.

Sie hatten die Ketsch kaum geentert, da nahm sie Fahrt auf und schnitt dem fremden Segel den Rückweg ab. Es war eine tiefliegende Bark, ein langsamer Segler. Als sie ihre Flagge hißten und zum Beidrehen aufforderten, resignierte die Besatzung der Bark und drehte in den Wind.

»Mr. Winter, jetzt sind Sie wieder dran!« Während David mit sechs Mann wieder in der Jolle übersetzte, nahm die Ketsch mit ausgerannten Kanonen eine Position hinter dem Heck ein.

David brauchte nicht lange zu suchen und zu fragen.

»Bark *Mary* aus Georgia mit Mais, Weizen, eingesalzenem Fleisch und Kohl für Sint Eustatius«, rief er zur Sparrow.

»Gute Tauschware für Waffen«, meinte Hamond. »Das können die Schiffe brauchen, die die Waffen aus Europa bringen. Gute Ware auch für unser Proviantamt. Das gibt Geld!«

Die Mannschaft jubelte. David mußte wieder vier Mann als

Prisenbesatzung auf der Bark lassen und die beiden Master mitbringen.

Wenn das so weitergeht, habe ich niemanden mehr, der unser eigenes Schiff segeln und die Kanonen bemannen kann, dachte Hamond. Sie nahmen wieder Kurs auf Sint Eustatius, die beiden Prisen leewärts abgesetzt. »Signal von der *Blanche*. Schoner weicht in Ihre Richtung aus.«

»Kannst du den Schoner schon sehen?« rief Hamond zum Ausguck.

»Gerade kriege ich seine Segel in Sicht. Er hält Kurs auf uns.«

»Flagge setzen! Er soll uns erkennen und auf die *Anson* zuhalten.«

Der Schoner drehte auch, sobald er ihre Flagge identifizieren konnte, ab und nahm Kurs auf Sint Eustatius. Die *Anson* sah ihn auf Gegenkurs und hißte die niederländische Flagge.

»Ich kann mir denken, wie die sich über die vermeintliche Hilfe freuen«, sagte Mr. Morsey zum Kapitän.

»Ja, wenn die eine halbe Meile entfernt sind, setzen wir unsere Flagge und das Signal zum Beidrehen. Die Jagdgeschütze sollen sich bereithalten, für Nachdruck zu sorgen.«

Als der Schoner sah, daß er in die Falle gelockt worden war, wollte er schnell eine Wende segeln, aber die Jagdgeschütze der *Anson* ließen Wassersäulen vor seinem Bug aufspringen. In zwei Seemeilen Entfernung jagte die Ketsch heran, um den Rückzug abzuschneiden, und die *Anson* ließ die Reihe ihrer Vierundzwanzigpfünder drohen. Der Schoner strich die Segel.

Er hatte Tabak und Getreide geladen und war als Prise hochwillkommen. Brisbane ließ seiner Schwadron signalisieren, daß sie zum Flaggschiff aufschließen solle. Die *Anson* lief in Richtung Saba, um von Sint Eustatius nicht mehr gesichtet werden zu können. Als sie die Segel reduzierten und die anderen aufschlossen, waren sieben Prisen aufgebracht, davon drei, die mit Waffen aus Sint Eustatius kamen. Die Offiziere rieben sich die Hände, die Mannschaften schrien Hurra. Der Commodore strahlte.

»Signal: Kommandanten an Bord!«

Die drei Kommandanten wurden nicht nur mit den ihnen

zustehenden Ehren, sondern mit herzlicher Freude empfangen. Sie stießen in der Kajüte des Commodore an, berichteten über die wertvolle Beute und begannen dann wie aus einem Mund zu klagen, daß sie bei der Abgabe an Prisenbesatzungen ihre Schiffe bald nicht mehr segeln könnten, vom Kämpfen ganz zu schweigen.

Brisbane war gut gelaunt. »Ja was ist Ihnen denn nun lieber? Prisenbesatzungen und Abgabe von Mannschaften oder vollzählige Besatzungen und keine Prisen?«

Commander Berty schmunzelte. »Das wissen Sie doch, Sir. Natürlich Prisen. Aber wir müssen einen Ausweg finden, sonst haben wir bald keine Mannschaften mehr und können keine neuen Prisen nehmen.«

Commodore Brisbane hatte schon eine Lösung parat. »Sie werden Ihre Prisenbesatzungen jetzt auf Ihre Schiffe zurückholen. Sie werden durch Männer der *Anson* ersetzt. Ich laufe mit den Prisen nach Baseterre und lasse sie dort im Hafen von der Miliz bewachen und im Fall der niederländischen Schiffe vom Zoll durchsuchen. Mit meinen Leuten an Bord nehme ich dann meine Position östlich von Sint Eustatius wieder ein. Bei den paar Seemeilen zwischen St. Kitts und Sint Eustatius ist das leicht zu schaffen. Dann wiederholen wir das heutige Spiel. Aber ich möchte, daß *Blanche* und *Sparrow* das Netz bis Sint Maarten spannen.«

Der nächste Morgen zeigte nicht die strahlende Schönheit des vorigen. Dunkle Wolken jagten am Himmel entlang. Das Barometer war gefallen, aber nicht so stark, daß man sich Sorgen machen mußte. Die *Sparrow* hatte die Dämmerung südöstlich von Philipsburg, der Hauptstadt der niederländischen Inselhälfte Sint Maarten, abgewartet, während die *Blanche* zur Nordspitze der französischen Inselhälfte St. Martin weitergesegelt war. Am Ende der Morgenwache würde man wohl wieder in Sichtweite sein.

David sah zur teilweise bewaldeten, reich mit Buchten und Lagunen ausgefransten Küste der Insel hinüber. Keine Ortschaft, kein Schiff. Sie hatten sich der Küste auf eine Meile genähert. David ging zum Ruderhaus, um in der Karte nachzusehen und einige Peilungen zu nehmen.

»Deck!« gellte die Stimme des Ausgucks. »Schoner eine Meile steuerbord querab.«

David blickte hoch. Aus einer engen Bucht lief ein Schoner auf sie zu, die Segel schon voll vom Wind gefüllt, Flaggen mit sieben horizontalen Streifen flatterten an beiden Masten.

»Klar Schiff zum Gefecht, Ruder acht Strich backbord!« rief David, und alle stürzten auf ihre Stationen.

Da die Kanonen bei Dämmerungsbeginn routinemäßig geladen worden waren, konnte David dem heranlaufenden Hamond sofort Gefechtsbereitschaft melden. »Verdammt, das ist ein Kaperschiff mit Schnautakelung, der hat sechs Kanonen an der Breitseite, mindestens Sechspfünder! Da haben wir keine Chance! Wir feuern eine Breitseite und versuchen dann, ihm in Richtung Nordwest zu entfliehen. Vielleicht erreichen wir die *Blanche*.«

»Feuer!« Ihre beiden Vierpfünder krachten. Sie trafen sogar. Aber das Kaperschiff ließ sich nicht beirren, hielt weiter Kurs auf die Ketsch, fiel etwas ab und donnerte seine Breitseite heraus. Die *Sparrow* erbebte von Einschlägen, Splitter sirrten herum, Wasserfontänen von Einschlägen überschütteten sie.

»Entfernung sechshundert Meter. Feuer!«

Wieder stachen die Feuerzungen aus ihren Vierpfündern, während die verwundeten Matrosen weggeschleift wurden.

»Hart an den Wind! Kurs Westnordwest!« befahl Hamond.

Aber da brach die Breitseite des Kaperschiffes wieder über sie herein. Eine Kugel riß Hamond in zwei Teile und zerschmetterte auch noch den Mast. Ein Geschütz wurde mit Besatzung vom Deck gefegt. Der Rumpf erbebte.

»Ruder ist ausgefallen!« meldete der Rudergänger.

Die *Sparrow* lief aus dem Kurs.

»Unabhängig feuern. Drehbassen auch! Riemen einsetzen!« brüllte David, nachdem er sich aus der Starre des Entsetzens gelöst hatte.

Die Mannschaft kämpfte, schoß, versuchte die Ketsch mit den Riemen herumzubringen. Da fegte ein Feuersturm von Traubengeschossen vom Bug zum Heck über ihr Schiff.

David riß ein Schlag gegen seinen linken Oberschenkel von den Beinen. Als er sich aufstützte, sah er alle Segel zerfetzt. Die meisten Seeleute suchten kriechend Deckung. Nur wenige waren unverwundet.

Aus! schoß es ihm durch den Kopf. Wir können uns nicht mehr wehren, nur noch abschlachten lassen.

»Nein!« brüllte er laut, als einer wie im Blutrausch die Muskete heben wollte. »Aufhören! Feuer einstellen. Flagge streichen!«

»Du feige Sau!« rief der Matrose mit der Muskete und hob sie wieder.

Der Kanadier schlug ihn mit einem Belegnagel bewußtlos und holte die Flagge ein.

Es wurde still. Dann hörte man das Stöhnen. David rief den Kanadier.

»Schnell, hol aus Hamonds Kabine den Signalsack, und über Bord damit! Ihr anderen, die ihr kriechen könnt, helft den Verwundeten! Kann mir einer das Bein abbinden?«

Als das Beiboot des Kaperschiffes anlegte, stand David schon wieder auf den Kanadier gestützt, salutierte dem Offizier und meldete, nur mühsam Schmerzen und Niedergeschlagenheit unterdrückend: »Sir, ich übergebe Seiner Majestät Ketsch *Sparrow* und empfehle die Verwundeten Ihrer Ritterlichkeit.«

»Die werden wir einem tapferen Gegner nie verweigern. Bitte setzen Sie sich. Unser Schiffsarzt kommt sofort, sobald er unsere Verletzten versorgt hat.«

Als David sich auf das Deck sinken ließ, sah er die blutigen Fleischklumpen, die einmal sein Freund James Hamond gewesen waren, und zuckte schaudernd zusammen. Vor wenigen Tagen das Examen bestanden, stolz das eigene Kommando erhalten und nun mitten aus dem Glück gerissen. O Gott, was führten sie für ein Leben? Warum dachten sie nur in der Niederlage darüber nach?

Sein Blick schweifte umher. Da lagen die Männer der *Sparrow*. Einige krümmten sich vor Schmerzen, andere lagen röchelnd auf dem Rücken und rangen nach Luft, Blutblasen auf den Lippen.

Unverwundete und Matrosen des Kaperschiffes gingen umher, legten Notverbände an, wischten Blut ab und befeuchteten die Lippen mit Wasser. Ihr eigener Sanitäter lief mit seinen Binden und seinem Alkohol umher.

Ein Beiboot scheuerte an der Bordwand. Ein kleiner, sehniger Mann stieg an Bord, ließ sich eine Arzttasche reichen und trat auf David zu.

»Bitte widmen Sie sich erst den schweren Fällen«, murmelte David. Der Arzt wandte sich wortlos ab und ging von einem Verwundeten zum anderen, seinen Maaten hier und da Befehle gebend. Er beugte sich nieder und legte einem eine Kompresse an, dem anderen trennte er eine Hand ab, die nur noch an Hautfetzen hing, und versorgte den Stumpf. Andere ließ er zum Beiboot tragen und zum Kaperschiff übersetzen.

Dann kam er zu David. »Nun lassen Sie mal sehen.« Behutsam löste er den Notverband, hob das Bein an, tastete vorsichtig. »Ein glatter Durchschuß. Wenn keine Kleiderreste in der Wunde sind, wird es bald heilen. Ich lege Ihnen jetzt eine Kompresse an, und dann werden wir Sie alle an Bord unseres Schiffes übersetzen, wo ich mich intensiver um Sie kümmern kann. Wir müssen die Ketsch aufgeben.«

»Vielen Dank. Kann ich bitte mit Ihrem Offizier sprechen?«

»Natürlich«, sagte der Arzt und rief den Offizier.

David bat ihn, den Gefallenen ein seemännisches Begräbnis zu gewähren, bevor sie das Schiff aufgeben würden.

»Wir werden es versuchen, aber wir sind ein wenig in Eile. Haben Sie eine Bibel?«

»Ja, in der Kabine des Kommandanten, in seinem Spind.«

Der Offizier ließ die Bibel holen. Die Toten wurden an Deck gelegt. Matrosen banden Gewichte an ihre Beine. James Hamond schnürten sie in eine Hängematte. Dann legten sie vier Tote an die Reling.

Der Offizier rief: »Achtung!«, und die Männer hielten inne. Er las mit fester Stimme aus dem 90. Psalm.

David rannen die Tränen über die Wangen, und er hörte kaum die Worte. Als die Hängematte in das Meer platschte,

514

zuckte David zusammen. Er wollte schreien, aber die Stimme des Offiziers drang in sein Ohr. »Denn tausend Jahre sind vor Dir wie der Tag, der gestern vergangen ist, und wie eine Nachtwache.« Wieder platschte es. »Du lässest sie dahinfahren wie einen Strom, und sind wie ein Schlaf, gleichwie ein Gras, das doch bald welk wird ...«

Davids Gedanken wanderten. James, Richard Baffin, John und so viele andere. Und wann würde es ihn treffen? Warum?

Eine Hand faßte seinen Arm. »Kommen Sie, Sie müssen die Ketsch verlassen. Wir werden sie bald in Brand stecken.« Der Offizier führte ihn zur Reling, wo ihm Matrosen ins Boot halfen.

David biß die Zähne zusammen, als sein Bein aufstauchte. »Ist es sehr schlimm?«

David sah hoch und erblickte den Kanadier. Da zuckte es durch seinen Kopf. Sie durften ja nichts verraten von der *Blanche*, die sie vielleicht befreien könnte. Er winkte den Kanadier mit dem Kopf zu sich heran. »Sag weiter, wir waren auf Patrouillenfahrt nach Jamaika. Nichts von den anderen Schiffen verraten!«

Am Bug des Kaperschiffes las David ›*Fair American*‹. Das stimmt, dachte er, fair haben sie uns behandelt. Dann halfen ihm viele Hände an Bord.

Ein baumlanger, schlanker Mann, etwa vierzig Jahre alt, erwartete ihn. »Ich bin Kapitän Joseph Geddes von Connecticut. Ich hoffe, Ihre Verwundung ist nicht zu schwer. Haben Sie alle mögliche Hilfe erhalten?«

»Ja, Sir. Ich danke im Namen der Besatzung für die ritterliche und menschliche Behandlung. Mein Name ist David Winter, Midshipman.«

»Gut, Mr. Winter, aber jetzt müssen Sie erst zum Arzt. Ihr Schiff müssen wir leider verbrennen. Es ist zu schwer beschädigt.«

Er zeigte auf die Ketsch, wo die Flammen zu den zerfetzten Segeln emporflatterten. David wandte sich ab.

Der Schiffsarzt stand mit blutbefleckter Schürze im Cockpit. »Ich mußte Ihrem Bootsmannsmaat den linken Fuß amputieren. Er war völlig zerschmettert. Wie gut, daß ich diese Sorge bei Ihnen nicht haben muß.« Auf einen Wink hoben die Sanitäter David auf die Platte, die als Operationstisch diente. Einer schnitt die Hose auf, und der Arzt beugte sich über die Wunde und lockerte die Kompresse. »Wie ich schon sagte. Ein glatter Durchschuß. Ich werde Ihnen ein wenig weh tun, weil ich sehen muß, ob Kleiderreste in der Wunde stecken. Beißen Sie in dieses Lederband.«

Die Sonde schmerzte furchtbar. David biß auf das Leder und stöhnte. Dann fiel er in Ohnmacht. Aber der Schmerz weckte ihn wieder.

»Ich muß noch einige Hautfetzen abschneiden«, sagte der Arzt. Dann deckte er die Wunde ab und verband sie. »Ich gebe Ihnen Tee und Säfte, die Fieber und Entzündungen lindern. Wir werden die Wunde auch kühlen. Vor allem müssen Sie ruhig liegen. Wenn nichts schiefgeht, können Sie in vier Wochen wieder springen, auf jeden Fall ein wenig.«

David wurde zu den anderen Verwundeten getragen, die im Unterdeck lagen. Der Bootsmannsmaat war ohnmächtig, ein Matrose neben ihm auch. Drei andere hatten leichtere Wunden und sahen David erwartungsvoll an.

»Nichts von unseren anderen Schiffen sagen«, flüsterte er. »Wir waren allein auf Patrouille von Antigua nach Jamaika, verstanden?«

Sie nickten, und David fragte laut: »Hat man euch gut behandelt?«

»Aye, Sir. Die Jungens sind in Ordnung und der Arzt auch.«

Ein Sanitäter kam herein. »Hier habt ihr noch Wasser und hier einen Zuber, wenn ihr euch entleeren müßt. Ich sehe bald wieder nach euch.«

Sie hörten, wie an Deck die Schiffsroutine ihren Gang nahm und wie die Schnau durch das Wasser glitt.

»Wo sind die anderen von uns?«

»Sie haben sie im Vordeck eingesperrt, Sir.«

»Denkt daran, was ich gesagt habe. Ich will sehen, ob ich etwas schlafen kann. Wenn die beiden anderen aufwachen, helft ihnen.« Und er ließ den Kopf erschöpft sinken. Er war so schlapp. Die Augen fielen zu.

Behutsam wurde er wachgerüttelt. Ein Sanitäter beugte sich über ihn. »Ich habe etwas Suppe für Sie zum Mittag.« David wollte den Kopf schütteln, aber der Sanitäter sagte: »Sie müssen essen, damit Ihr Körper die Kraft hat, um mit der Wunde fertig zu werden.«

David schlürfte gehorsam die Brühe. Die beiden Ohnmächtigen waren jetzt wach und erhielten Kräutertee und Suppe.

»Nachher kommt der Arzt und sieht nach den Wunden«, sagte der Sanitäter. »Und der Käptn will mit dem Kommandanten reden.«

Erst als der Sanitäter fort war, kam David der Gedanke, daß er ihn gemeint haben könnte.

Der Arzt faßte vorsichtig Davids Wunde oberhalb und unterhalb des Verbandes an, tastete seine Drüsen und fühlte den Puls. »Das sieht gut aus, mein Herr. Weiter so!« Die anderen untersuchte er mit gleicher Sorgfalt und Behutsamkeit.

Dann erschien der Kapitän und mußte sich tief bücken, um in das Lazarett zu treten. Er zog sich einen Schemel an Davids Lager.

»Wie fühlen Sie sich, Mr. Winter?«

»Danke, Sir. Es geht mir gut. Wir haben die denkbar beste Pflege.«

»Das freut mich. Nun muß ich aber wissen, ob Sie die Ketsch kommandiert haben.«

»Nein, Sir. Kommandant war Mr. Hamond, diensttuender Leutnant. Er ist gefallen. Ich war sein Stellvertreter.«

»Sie haben sich tapfer gewehrt und uns schmerzlich getroffen. Wir haben einen Toten und drei Verwundete. Wo ist Ihr Verband?«

»Wir waren allein auf Patrouille von Antigua nach Jamaika.«

»Aber, Mr. Winter, wer schickt schon eine kleine Ketsch so weit allein?«

»Wir sollten vor den französischen Häfen beobachten, ob Verstärkung eingetroffen ist. Das kann eine Ketsch besser als eine Fregatte.«

Kapitän Geddes blickte David zweifelnd an. »Na ja, ich

würde an Ihrer Stelle auch nichts anderes sagen. Wir werden ja merken, ob es stimmt. Aber machen Sie sich nicht zu große Hoffnungen. Bis jetzt konnten wir allen Schiffen Ihres Königs davonsegeln.« Er nickte David zu und verschwand.

Der Kanadier und die anderen neun Gefangenen wurden an Deck geführt, damit sie ein wenig Auslauf hatten und zu den ›Decksgärten‹, den Toiletten am Bug, gehen konnten. Sie sahen sich um. Ein sauberes, gut geführtes Schiff. Sechs Sechspfünder an jeder Breitseite und ein Jagdgeschütz am Bug und eines am Heck.

»Segel steuerbord voraus!« rief der Ausguck.

Der Offizier enterte mit einem Teleskop den Mast empor. Nach einer Weile rief er: »Ein Schiff mit drei Masten, wahrscheinlich eine Sloop. Hält direkt auf uns zu!«

Der lange Kapitän sah auf die Karte und prüfte den Wind. »Die Gefangenen unter Deck bringen! Klar zur Wende!«

Die Schnau änderte Kurs auf Sint Eustatius.

»Segel ändert Kurs und folgt uns!«

»Dann dürfte ja alles klar sein«, murmelte der Kapitän.

Der Offizier trat zu ihm. »Ich bin ziemlich sicher, daß es eine Sloop war. Eine Flagge war noch nicht zu erkennen.«

»Eine Sloop in diesen Gewässern ist zu neunzig Prozent britisch. Wir laufen in Sint Eustatius ein.«

Die Jagd dauerte schon eine Stunde. Voraus näherte sich der Schnau eine dunkle Gewitterwolke. »Ich werde den Kurs nicht ändern. Wir sind etwa fünf Seemeilen vor Sint Eustatius. Durch das Tropengewitter sind wir in einer knappen halben Stunde durch. Aber lassen Sie ein Reff in die Segel stecken.«

Die dunkle Wand zog schnell herauf und überschüttete sie mit dichtem Regen.

Im Lazarett hatten David und seine Gefährten etwas von der Kursänderung bemerkt, aber sonst war nichts Auffälliges zu hören. Dann prasselte es, als ob Erbsen auf das Deck kullerten.

»Ein Gewitterregen«, sagte David und drehte sich zur Seite.

An Deck wurde es langsam etwas heller, und der Regen ließ nach.

»Ausguck besetzen!« rief der Kapitän und wandte sich dem Heck zu. Die Sloop kann ja noch gar nicht in Sicht kommen, dachte er dann. Sie wird jetzt mitten im Gewitter stecken. So plötzlich, wie der Regen über sie gekommen war, so plötzlich war er abgeschnitten. Sonnenlicht hüllte sie ein. Fast gleichzeitig riefen mehrere Stimmen.

»Schiff voraus, eine halbe Meile!«

Vor ihnen lief die *Anson* auf Gegenkurs. Matrosen schüttelten die Reffs aus, und jetzt hörte man die Trommel zum Klarschiff.

»Klar zur Wende!« brüllte Kapitän Geddes. Aber bevor sie das Kommando ausführen konnten, donnerten auf der *Anson* die beiden Jagdgeschütze, und die Kugeln peitschten dicht vor ihrem Bug ins Wasser. Die *Anson* zeigte ihnen die Breitseite, und zweiunddreißig Kanonen schienen jeden anzustarren.

Der Offizier sah zum Kapitän. Der schüttelte den Kopf. »Es hat keinen Sinn. Die schießen uns zusammen, bevor wir eine Strophe beten können. Lassen Sie die Flagge und die Segel einholen. Jeder packt seine persönlichen Sachen zusammen, aber nur das Wichtigste. Sie werden uns keine Träger stellen. Habt Dank, Männer, für eure guten Dienste. Es wäre nicht recht, wenn wir uns jetzt zusammenschießen ließen. Auf jeden von uns wartet jemand. Laßt die Gefangenen frei.« Und Kapitän Geddes ging in seine Kajüte, um das Schwert zu holen, das er nun übergeben mußte.

Im Lazarett waren sie bei den beiden Schüssen aufgefahren und starrten sich fragend an. Bald darauf kam der Sanitäter zu ihnen. »Ihr seid frei. Wir haben uns einem eurer Vierundsechziger ergeben.« Als die Verwundeten Hurra brüllten, fuhr er sich über die Augen.

»Wir werden nicht vergessen, was ihr für uns getan habt«, tröstete ihn David. »Bitte helfen Sie mir an Deck.«

War das ein herrlicher Anblick! Dort lag die *Anson*, backgebraßt und mit ausgerannten Kanonen. Ein Kutter pullte heran, die Leutnants Kelly und Bondy im Stern sitzend.

»Das Schiff werden Sie ja nicht kennen, Mr. Winter. Sie waren ja allein auf Patrouille.« Kapitän Geddes' Stimme war traurig.

»Ich konnte doch nicht anders, Sir«, erwiderte David.

»Schon gut, Sie haben richtig gehandelt.«

Kelly stieg durch die Pforte an der Reling und starrte ungläubig auf David.

»Nanu, was machen Sie hier, David?«

»Wir wurden gefangen. James ist tot. Dies ist Kapitän Geddes, der uns alle ritterlich und fair behandelt hat. Herr Kapitän, das ist Leutnant Kelly von Seiner Majestät Schiff *Anson*.«

Der Kapitän räusperte sich: »Herr Leutnant, ich übergebe Ihnen meinen Degen und empfehle die Besatzung Ihrer Ritterlichkeit.«

»Bitte, behalten Sie Ihren Degen, Sir. Ich danke Ihnen schon jetzt für die gute Behandlung unserer Leute. Darf ich Sie und Ihre Offiziere und Maate jetzt zu Commodore Brisbane bringen lassen? Mr. Winter, Sie und die Verwundeten lassen sich am besten auch gleich übersetzen.«

David und die Verwundeten wurden zuerst an Bord der *Anson* gehoben, dann folgten die Maate und Offiziere der Schnau und schließlich Kapitän Geddes. Der Commodore war zu David gegangen.

»Ich habe es kaum glauben können, als ich hörte, daß Sie im Kutter seien. Sind Sie schwer verwundet?«

»Nein, Sir, nur ein Durchschuß. Darf ich Ihnen Kapitän Geddes und seinen Ersten Offizier vorstellen, die uns eine Behandlung angedeihen ließen, die uns zu tiefstem Dank verpflichtet.«

Brisbane trat auf den Amerikaner mit ausgestreckter Hand zu. »Ich freue mich, Kapitän, daß es in diesem schrecklichen Kampf immer wieder Beispiele der Menschlichkeit gibt. Wir werden versuchen, es Ihnen und Ihren Männern gleichzutun.« Er wehrte ab, als ihm Geddes sein Schwert geben wollte.

Mr. Lenthall dachte bei sich, wie pompös sie daherredeten und sich Komplimente machten, und im nächsten Augenblick würden sie wieder alles tun, um den anderen umzubringen.

Er trat auf David zu und bat Brisbane: »Sir, zuerst möchte ich die Verwundeten ins Cockpit bringen lassen und untersuchen.«

»Nur zu, Mr. Lenthall. Kapitän Geddes, folgen Sie mir bitte mit Ihrem Ersten Offizier in meine Kajüte.«

»Deck!« hallte es vom Mast. »Die *Blanche* kommt backbord querab in Sicht.«

Aus der Gewitterwolke tauchte zwei Meilen querab die *Blanche* mit prallen Segeln auf.

»Lassen Sie Signal geben: ›Kommandant an Bord.‹«

»Ganz allein war die Ketsch«, murmelte Kapitän Geddes vor sich hin und folgte dem Commodore.

Mr. Lenthall war des Lobes voll. »Besser kann man Verwundete nicht behandeln. Den Kollegen möchte ich gern kennenlernen. Er versteht sein Fach.«

»Die Kaperbesatzung wird gerade übergesetzt. Sie haben auch Verwundete.«

Mr. Morsey trat ins Lazarett. »Wie geht es Ihnen, Mr. Winter? Können Sie dem Commodore berichten?«

»Aber er muß sitzen und das Bein hochlegen können, und nicht länger als eine Viertelstunde!« mischte sich der Schiffsarzt ein.

David kam es komisch vor, mit dem Kapitän zu sprechen und dabei zu sitzen. Er berichtete so präzise wie möglich, aber er mußte innehalten und die Tränen herunterschlucken, als er Hamonds Tod schilderte.

»Der arme Kerl«, sagte Brisbane, »hätte er sein Examen nicht bestanden, würde er noch leben.« Aber dann fragte er nach, warum sie die Schnau nicht früher bemerkt hätten, wie der Schußwechsel ablief, wer gefallen und wer verwundet sei. »Sie müssen alles meinem Sekretär zu Protokoll geben, Mr. Winter. Auch die anderen werden vernommen werden. Bei Verlust eines Schiffes wird das Kriegsgericht eingeschaltet, wie Sie wissen. Aber ich zweifele nicht, daß man Sie entlasten wird.«

Als die *Anson* mit ihren vielen Prisen in English Harbour einlief, enterten die Matrosen der *Ranger* in die Wanten und brüllten mit den Dockarbeitern Hurra. Falmouth war wie im Taumel. Alle Wirte und Huren bereiteten sich auf ein Riesengeschäft vor. Nachschub jeder Art wurde von den umliegenden Orten herbeigekarrt. Aber erst mußten die Gefangenen untergebracht und ihre Bewachung durch die Miliz organisiert werden.

Die Amputierten wurden ins Hospital transportiert. Dort traf Mr. Lenthall auch den Arzt, der Mr. Dillon während ihrer Abwesenheit betreut hatte. »Es geht ihm gut. Die Wunde ist glatt verheilt. Er kann den Fuß schon etwas belasten. Erst war er in gedrückter Stimmung, aber seit sich die Besuche von Mrs. Elise Codrington häufen, ist er zunehmend frohen Mutes.«

»Wer ist Mrs. Codrington?«

»Ha, mein Lieber, eine stinkreiche und bildhübsche Witwe von knapp dreißig Jahren. Sie war mit einem Nachkommen des sagenhaften Mr. Codrington verheiratet, der hier den Zuckerrohranbau einführte.«

»So, so«, brummte Mr. Lenthall nachdenklich.

Am nächsten Tag fuhr der Schiffsarzt zur Plantage, um Mr. Dillon zu besuchen. Die Freiwachen hatten jeweils Landgang, und David, den sie mit den anderen Verwundeten an Deck gebettet hatten, konnte Musik und Geschrei von Falmouth bis zum Schiff hören.

Commodore Brisbane saß mit den Kommandanten der anderen Schiffe in seiner Kajüte. »Wie werden sie nur wieder an Bord kommen? Am liebsten liefe ich gar nicht mehr in einen Hafen ein.«

»Aber, Sir«, warf der Commander der *Blanche* ein, »wir könnten uns ja dann auch nicht mehr auf den Bällen amüsieren.«

»Darauf könnte ich verzichten«, brummte Brisbane, aber dann dachte er an eine Witwe in Lissabon und wechselte das Thema.

»Wir könnten die Schnau als Ersatz für die Ketsch als Tender ankaufen. Aber sie ist auf siebzehnhundert Pfund taxiert worden. Auch wenn die Messe der *Anson* ihre Anteile erhöht, wäre das doch etwas viel. Ich schlage vor, daß die Offiziere der anderen Schiffe sich beteiligen können.« Die Kommandanten waren einverstanden. »Gut, dann regeln Sie das bitte mit dem Zahlmeister. Ich werde Mr. Kelly als Kommandanten einsetzen. Mr. Simmons kann als Vertreter mit ihm gehen. Die anderen Schiffe müßten auch zur Besatzung beitragen. Ich schlage vor, daß die Sloops zwei Mann abgeben und der Kutter einen. Aber bitte nicht die schlechtesten. Fünfunddreißig Mann müssen wir mindestens stellen. Bitte empfehlen Sie mir noch einen älteren Midshipman, der auf der *Anson* als Leutnant Dienst tun kann.«

Die Pläne des Commodore sahen so aus: Er würde mit der *Anson* und dem Kutter nach Martinique segeln. Die beiden Sloops sollten mit der Schnau inzwischen Puerto Rico umsegeln und dann wieder in bewährte Manier das Netz vor Sint Eustatius auslegen. »Die Schnau sollten wir in *Royal American* umtaufen, aber ich hoffe, daß sie auch unter unserer Flagge immer fair kämpfen wird. Ich habe Kapitän Geddes gebeten, uns morgen abend zu dem obligaten Ball zu begleiten, diesmal übrigens bei den Terwells in der Nähe von Bethesda.« Die anderen nickten zustimmend.

Mr. Lenthall überbrachte David die Einladung der Gastgeber von Leutnant Dillon, sich auch bei ihnen gesundpflegen zu lassen. »Ich rate Ihnen zu, Mr. Winter. Mr. Dillon hat sich ausgezeichnet erholt, und Ihre Wunde braucht jetzt keinen Arzt mehr, sondern nur gute Bedingungen für die Ausheilung.«

David war einverstanden, und da Mr. Dillon am nächsten Vormittag einen Termin bei Commodore Brisbane erbeten hatte, konnte er ihn danach gleich mitnehmen.

Brisbane war am nächsten Vormittag gutgelaunt. Er hatte sich auf dem Ball wider Erwarten blendend amüsiert. Das Essen war hervorragend wie immer, und einige Damen hatten mehr als nur beiläufiges Interesse an seiner Person gezeigt. Er begrüßte lächelnd Mr. Dillon, dessen Gesicht noch ernster als sonst wirkte.

»Sir, ich erbitte Ihren Rat in einer für mich entscheidenden Frage. Ich liebe meinen Beruf und hoffe, ihn auch wieder auszuüben zu können.«

Brisbane nickte zustimmend.

»Aber ich habe mich verliebt, Sir, und meine Liebe wird erhört.«

Brisbane konnte seine Überraschung kaum verbergen.

»Mrs. Codrington würde einwilligen, mich zu heiraten, aber sie ist als Witwe allein auf dieser großen Plantage, mit Verwaltern natürlich. Aber was sollte ihr ein Ehemann helfen, der zur See fährt? Ich bitte um Ihren Rat.«

Brisbane atmete tief ein. Wie konnte man ihn so etwas fragen? »Aber, Mr. Dillon, diese Entscheidung kann Ihnen niemand abnehmen. Am wenigsten ich, der ich Ihre Auserwählte nicht kenne, Sie aber als Offizier nicht entbehren möchte. Ich bin also voreingenommen.«

»Sir, ich kann sonst niemanden fragen. Ich möchte Mrs. Codrington nicht verlieren, aber auch Seeoffizier sein. Beides ist aber nicht zu vereinbaren.«

Da nickte Brisbane wieder bestätigend.

»Mr. Dillon, warum reichen Sie nicht Urlaub für ein Jahr ein? Ihre Verletzung gibt Ihnen den besten Grund. Sie heiraten und werden nach einem Jahr wissen, ob Sie ein Leben als Plantagenbesitzer führen können. Mrs. – wie war doch der Name? – ach ja, muß natürlich einverstanden sein, denn sie riskiert die spätere Trennung. Im übrigen können Sie immer Mr. Lenthall um Rat fragen. Er versteht von diesen Dingen und vom Zivilleben mehr als ich.«

»Ich danke Ihnen, Sir. Sie haben mir besser geraten, als Sie denken. Ich werde um Urlaub ersuchen.«

Als David mit Mr. Dillon in der Kutsche zur Plantage saß, wirkte Dillon mitunter lustig und erleichtert, dann aber schienen ihn Sorgen zu quälen. »Mr. Winter, Sie werden bald bemerken, daß Mrs. Codrington häufig zu Besuch kommt und daß ich eine besondere Beziehung zu ihr habe. Ich möchte die Dame heiraten, wenn sie damit einverstanden ist, daß ich mich nur beurlauben lasse und noch nicht den Dienst quittiere. Ich sage das, damit Sie nicht eine leichtfertige Beziehung vermuten.«

David war etwas perplex. Mußte Dillon die Dinge immer so kompliziert darstellen? »Es steht mir nicht zu, mir über Mrs. Codringtons oder Ihr Verhalten ein Urteil zu bilden, Sir. Ich wünsche Ihnen alles Gute und werde versuchen, den richtigen Takt zu finden.«

Auf der Plantage der Familie Wolf wurden sie herzlich begrüßt. David erhielt ein geräumiges, luxuriös eingerichtetes Zimmer. So hatte er noch nie in seinem Leben gewohnt. Ein Hausdiener und ein Zimmermädchen, beide Sklaven, standen ihm zur Bedienung und Pflege zur Verfügung. Sie nahmen zunächst sein karges Gepäck und wollten die Kleider in den Schränken verstauen. Aber seine leichte Garderobe war doch mit der *Sparrow* untergegangen. Nur die Seekiste mit der Ausgehuniform, den Bildern seiner Eltern, Briefen und anderen Kleinigkeiten war auf der *Anson* verblieben. Als Mr. Wolf das erfuhr, ordnete er sogleich an, daß der Schneider kommen und David neu einkleiden solle. »Keine Widerrede, junger Mann. Das ist doch das wenigste, was wir tun können, wo Sie Ihr Leben für unsere Sicherheit riskieren.«

Am Abend lernte David Mrs. Codrington kennen, eine schöne, charmante Dame. Mr. Dillon schien völlig verwandelt. Er strahlte, scherzte sogar und machte geistreich Konversation. David kam aus dem Staunen nicht heraus. Als die beiden sich nach dem Nachtisch ein paar Minuten beurlaubt hatten, um in der Bibliothek etwas nachzusehen (der Gastgeber schmunzelte heimlich), und nach kurzer Zeit Arm in Arm zurückkamen, verkündete Mr. Dillon: »Es ist mir eine große Freude, Ihnen als ersten mitzuteilen, daß Mrs. Codrington meine Werbung erhört hat und daß wir uns verlobt haben. Wir werden bald heiraten und bitten Sie, uns Ihre Zuneigung zu erhalten.«

Die Gastgeber applaudierten herzlich, umarmten Mrs. Codrington und schüttelten Mr. Dillon die Hände.

Die nächsten Tage waren für David wie ein schöner Traum. Jeder Wunsch wurde erfüllt, ehe er ihn äußern konnte. Mrs. Wolf schien ihn zu mögen und war, wie auch ihr Mann, von ungekünstelter Herzlichkeit. Er mußte aus seinem Leben erzählen, wurde von den Damen des frühen Todes seiner Eltern wegen bemitleidet und von den Herren wegen seiner Kriegstaten respektiert. Wenn er abends im Bett lag, überfiel David mitunter das schlechte Gewissen. Warum konnte er das alles genießen, und die vielen anderen mußten so früh sterben?

Mr. Dillon bereitete sich auf den Beruf des Pflanzers so gewissenhaft vor wie auf seine Ballistik. Er hatte Zeichnungen angefertigt, wie die Technik der Zuckermühlen zu verbessern sei, um die Ausbeute zu erhöhen, wie man Regenwasser besser auffangen könne usw. Wenn man ihm sagte, er solle das doch dem Verwalter überlassen, dann war er erstaunt und entgegnete, er trage doch die Verantwortung. Mrs. Codrington schien stolz auf ihn zu sein, aber sie flüsterte auch einmal zur Gastgeberin, sie werde schon dafür sorgen, daß er nicht zu viel an seine Verbesserungen denken könne.

David konnte schon wieder gehen. Nur ein leichtes Hinken verriet seine Behinderung. Der Hausdiener rieb seinen Oberschenkel jeden Abend ein und massierte ihn leicht.

»Morgen ist Sklavenmarkt in St. John's. Ich lade Sie ein. Wir können früh mit zwei Kutschen losfahren«, sagte Mr. Wolf am Abend.

»Denk daran, wir brauchen eine neue Hilfe für die Gesindeküche. Martha wird zu alt für die schwere Arbeit«, mahnte ihn seine Frau.

»Wenn Mr. Hannon nicht alle hübschen Mädchen ersteigert, werde ich schon eine mitbringen.«

»Der braucht sie ja wohl nicht für die Küche«, warf seine Frau ungewohnt spitz ein.

Als sie am nächsten Morgen nach St. John's fuhren, war David überrascht. Außer den bewaldeten Bergen und Hügeln gab es nur Zuckerrohrfelder zu sehen, nichts anderes. Als er das ihrem Gastgeber sagte, bestätigte dieser: »Ja, wir führen alles andere ein. Ein wenig Gemüse für die eigene Küche, etwas Obst und natürlich Kokosnüsse, aber sonst müßten wir ohne Einfuhren verhungern. Das meiste kam aus den amerikanischen Kolonien. Das schafft jetzt einige Probleme.«

In St. John's ging es viel lebhafter zu, als David bei seinem ersten Besuch bemerkt hatte. Kutschen füllten die Straßen. Die Gasthäuser waren voll. Stände waren errichtet. Erfrischungen wurden angeboten. Die Pflanzer begrüßten sich lautstark.

Auf einem Platz war eine Plattform aufgeschlagen. Ein Pult stand darauf, zu dem der Auktionator ging.

»Meine Herrschaften. Wir versteigern gegen Höchstgebot vierzig männliche Sklaven und zwanzig weibliche. Alle sind aus Sierra Leone eingetroffen, in gutem Zustand und zwischen fünfzehn und fünfundzwanzig Jahren alt.« Er winkte, und aus dem nahegelegenen Schuppen führten Helfer drei Neger auf das Podium. Sie trugen nur einen kleinen Lendenschurz. Ihre Haut war mit Öl eingerieben, damit sie kräftiger und gesünder aussahen.

Der Auktionator zeigte auf den ersten Neger. »Etwa zwanzig Jahre alt, kräftig, gute Muskulatur.« Er zog dem Schwarzen das Kinn herunter. »Alle Zähne, weiß und gesund. Wer bietet?«

Die ersten riefen ihr Gebot, andere erhöhten, und der Neger stand da und verstand nichts. So ging es weiter. Ihr Gastgeber kaufte einen besonders kräftigen Neger, dann noch einen ganz jungen und schien sich etwas an den hohen Preisen zu stören.

Als die Frauen an der Reihe waren, staunte David. Auch sie trugen nur einen Lendenschurz. Der Auktionator drehte sie herum, zeigte auf Beine und Arme und scheute sich auch nicht, auf die Breite des Beckens und den Busen hinzuweisen. David mußte Mr. Wolf wohl fassungslos angesehen haben, denn dieser erklärte: »Das ist wichtig, wenn sie junge Sklaven zur Welt bringen sollen.« Und er rief sein Angebot, als eine mittelgroße, kräftige Frau aufs Podium geschoben wurde.

Einmal gab es einen Zwischenfall. Eine Sklavin sah einen Neger bei seinem Besitzer stehen, der ihn eben ersteigert hatte. Sie schrie etwas und wollte zu ihm laufen. Er streckte ihr die Hände entgegen. Aber die Helfer rissen sie zurück, und ein anderer Pflanzer kaufte sie.

Während ihr Gastgeber seine Sklaven zum Verwalter führte,

der inzwischen mit einem Kastenwagen eingetroffen war, fragte David Mr. Dillon: »Ist das nicht unmenschlich, Sir? Ich möchte Menschen nicht so kaufen und verkaufen.«

»Mr. Winter, Sie sehen das zu romantisch. Den meisten Negern geht es hier besser als an der Guineaküste in ihrer Heimat. Nach der Arbeit singen und tanzen sie vor ihren Hütten. Ich weiß, daß die meisten Pflanzer sie gut behandeln und sie gesund erhalten.«

»Der Pflanzer, der seine Sklaven schlecht behandelt, ist dumm oder krank«, bestätigte Mr. Wolf, der hinzugetreten war. »Und man kann sie nicht als Menschen in unserem Sinne ansehen. Sie entwickeln sich kaum über die Stufe von Kindern hinaus. Nein, grausam ist die Versteigerung von Christensklaven an der Barbareskenküste, aber das hier bringt die Neger in gute, geordnete Verhältnisse.«

David wollte nicht unhöflich sein und schwieg, aber an diesem Abend sehnte er sich zum ersten Mal auf die *Anson* zurück.

Als er sich des Gedankens bewußt wurde, kam ihm die Erinnerung, wie häufig er sich in letzter Zeit wünschte, auf das Schiff zurückzukehren, wenn ihm in anderer Umgebung etwas über den Kopf wuchs. War er unfähig für das Leben an Land? War er zu ängstlich, um getrennt von den ihm vertrauten Menschen zu leben? Er wußte keine Antwort, aber noch im Schlaf wirkte sein Gesicht angespannt.

Früh am nächsten Morgen fuhr eine Kutsche vor, der Mr. Lenthall entstieg. »Ich muß doch nach meinen Kranken sehen«, antwortete er lächelnd auf ihre Fragen. Er wurde freundlich von der Familie Wolf begrüßt und setzte sich mit allen zum zweiten Frühstück nieder.

»Zur Freude unseres Commodore haben wir endlich den Befehl erhalten, über Jamaika zur Nordamerika-Station zu laufen. Er war schon unruhig, denn wir haben fast Ende Juli, und da beginnt die Hurrikansaison.«

»Und was soll aus mir werden?« fragte David.

»Wenn Sie dienstfähig sind, nehme ich Sie mit. Sonst müssen Sie auf den Zuckerrohrfeldern Ihr Essen verdienen.«

Als das Gelächter abgeklungen war, winkte der Hausherr dem Butler, der eine Kiste mit prächtigen Beschlägen holte. »Ich zweifle nicht, daß Mr. Winter dienstfähig ist, und wie ich ihn kenne, gibt es nichts, was ihn hier von seinem Schiff fernhalten könnte. Aber da er im Dienst des Königs und zu unserem Schutz einen großen Teil seiner Ausrüstung verloren hat, haben wir uns erlaubt, ihm zum Abschied den Verlust mit unseren besten Wünschen zu ersetzen.« Er ließ David die Kiste reichen.

Als David sie öffnete, kam er aus dem Staunen nicht heraus. Neben der matt glänzenden doppelläufigen Pistole lag das Entermesser aus feinstem Stahl, darunter eine schöne Dienstuniform, Ölmantel und breitkrempiger Hut. Ein Teleskop sah zwischen den Hemden hervor.

David konnte es nicht fassen. Als er die freudigen Gesichter seiner Gastgeber sah, merkte er, was er selbst bisher nicht empfunden hatte: Schenken konnte Freude bereiten. Sicher, sie mußten nichts opfern, aber daß sie sich so viel Gedanken gemacht hatten, was ihn erfreuen könnte, das bewegte ihn tief.

Er fand dann wohl doch noch die richtigen Worte, denn Mrs. Wolf umarmte ihn gerührt. Er drückte Mr. Dillon dankbar die Hand, denn ohne seinen fachmännischen Rat wäre das Geschenk wohl nicht so gut geraten. Wie hatte sich dieser ernste, strenge, manchmal grobe Mann nur verändert? Jetzt sprach er gelöst mit Mr. Lenthall über den Schuh, den er mit einem Schmied und einem Schuhmacher für seinen Fuß entwarf. Eine elastische Stahlschiene unter der Sohle, die am Hacken rechtwinklig verankert war, sollte die fehlende Spannkraft des halbierten Fußes stützen.

»Mr. Dillon ist der geborene Erfinder«, sagte der Schiffsarzt bewundernd, als er mit David zum Hafen fuhr. »Ich wäre nicht darauf gekommen, die Elastizität des Fußes auf diese Weise auszugleichen.«

Commodore Brisbane begrüßte David freundlich. »Dann können wir ja auslaufen. Aber Commander Haddington bat noch, daß Sie sich von ihm verabschieden.«

»Segelt er nicht mit uns, Sir?«

»Nein, er bleibt mit der *Royal American* hier und soll den Schmuggel mit den Kolonien stören. Der Vizeadmiral in Barbados hat die Schnau für die Flotte übernommen, damit die Besatzung nicht mehr aus unserem Bestand gestellt werden muß.«

Der Verband lief breitgefächert an St. Kitts vorbei in Richtung Sint Eustatius. David hatte sich wieder an die Bordroutine gewöhnt. Nur wenn er länger auf einem Fleck stehen mußte, schmerzte das Bein noch. Er absolvierte auch tapfer die Übungen, die ihm der Schiffsarzt aufgetragen hatte, um die Muskeln wieder zu kräftigen: täglich zweimal die Wanten aufentern.

Fünf Schiffe fingen sich im Lauf der Tage in ihrem Netz. Nur zwei waren davon wertvoll, aber auch die anderen waren als Zubrot willkommen.

»Sie sind reich gesegnet mit Prisen, Edward«, sagte Admiral Brighton. »In meinem Stab nennt man Sie nur noch ›Lucky Brisbane‹.«

»Ich freue mich natürlich, daß ich für meine alten Tage etwas zurücklegen kann, aber genauso wichtig ist mir, daß wir den Handel mit Sint Eustatius gestört und damit unsere Stellung gegenüber den Kolonien gestärkt haben.«

»Nun zu etwas Unangenehmem! Wir haben fünf Kriegsgerichtsfälle anhängig. Vier sind Routinefälle mit Seeleuten, einer betrifft einen Leutnant, der als Kommandant eines Schoners Sold und Verpflegung für nicht vorhandene Besatzungsmitglieder angefordert und in die eigene Tasche gesteckt hat.«

»Ein Schurke und ein Dummkopf dazu!«

»Sie sagen es, Edward. Für diese fünf Fälle habe ich Sie als Vorsitzenden des Kriegsgerichts bestimmt. Dem Fall Ihres Midshipmans, der die Ketsch übergeben hat, soll dann der Drittkommandierende präsidieren. Wir haben ja jetzt die vorgeschriebene Zahl von fünf Kapitänen im Hafen.«

Brisbane war nicht glücklich über diese Aufgabe. Aber David war am Tage des Kriegsgerichtes noch viel unglücklicher. Alle sagten ihm, daß er nichts zu befürchten habe, aber er glaubte, daß sie ihn nur beruhigen wollten. Und er mußte warten, bis die anderen Fälle behandelt waren. Erst am späten Nachmittag kam das Signal, daß der Angeklagte mit den Zeugen zum Flaggschiff zu bringen sei. Leutnant Bondy mußte seinen Degen entgegennehmen und David zum Flaggschiff führen.

Als David die große Kajüte des Flaggschiffs betrat, wurde ihm ganz flau. Quer über die Breite des Schiffes erstreckte sich der große Tisch, hinter dem die fünf Kapitäne saßen. An der Seite stand ein kleinerer Tisch mit dem Gerichtsoffizier, der für die Einhaltung aller Vorschriften und Gesetze zu sorgen hatte, und dem Schreiber, der alles wörtlich protokollieren mußte.

David nahm seinen Hut ab und salutierte zum Gericht. Leutnant Bondy trat vor und reichte dem Vorsitzenden Davids Degen.

Der Vorsitzende, Kapitän des Flaggschiffs, räusperte sich. »Nennen Sie uns bitte Ihren Namen und Ihre Dienststellung.«

»David Winter, Sir, Steuermannsmaat und Midshipman auf Seiner Majestät Schiff *Anson*.«

»Aus den vorliegenden Berichten geht hervor, daß Sie am vierundzwanzigsten Mai dieses Jahres die Ketsch *Sparrow* einem Kaperschiff aus Connecticut übergeben haben. Trifft das zu?«

»Jawohl, Sir.«

»Ich sehe gerade, daß Sie bei dem vorausgehenden Gefecht einen Oberschenkeldurchschuß erlitten haben. Möchten Sie sitzen?«

»Mit Ihrer Erlaubnis, jawohl, Sir.«

Auf einen Wink des Vorsitzenden brachte der diensthabende Sergeant der Seesoldaten einen Stuhl. David setzte sich.

»Nun berichten Sie uns, wie es zu der Übergabe kam!«

David schilderte in kurzen Sätzen den Vorgang, beschrieb die Beschädigungen, die Verluste und die Aussicht, den Widerstand erfolgreich fortzusetzen. Er fand es sehr irritierend, daß er immer wieder Pausen einlegen und Satzteile wiederholen mußte, damit der Schreiber mitkam.

»Sie hatten außer dem Kommandanten drei weitere Tote, zwei Schwer- und vier leichter Verwundete, das ist die Hälfte der Besatzung. Trifft das zu?«

»Jawohl, Sir.«

Der Kapitän neben dem Vorsitzenden hob die Hand. »Mit Ihrer Erlaubnis.« Er wandte sich David zu. »Mir ist nicht klar, Mr. Winter, wie die Schnau Sie so überraschen konnte. Sie hatten doch Wache?«

»Aye, Sir. Die Küste hat dort schmale Buchten. Das Kaperschiff lag in einer dieser Buchten. Der Rumpf wurde durch den Palmenwald verborgen. Die Masten waren durch Palmenwedel verdeckt.«

»Aber, wie kann der Kaper so schnell auslaufen, wenn er erst Segel setzen muß?«

»Kapitän Geddes hat es mir später erzählt, Sir. Sie lauerten eigentlich dem Kutter auf, der gelegentlich bei Sint Maarten patrouillierte. Sie hatten einen Warpanker zur Öffnung der Bucht gelegt und brachten das Schiff schon mit der Gangspill in Fahrt, während sie Segel setzten.«

»Raffiniert! Steht der Kapitän als Zeuge zur Verfügung?«

Der Gerichtsoffizier bejahte, und David war vorläufig entlassen.

David wartete in der Kartenkammer, und der Master, der ihn über Mr. Hope kannte, versuchte, ihn etwas abzulenken. Die Zeugenvernehmung verlief ohne Überraschung, bis der Seemann aussagte, der auf der Ketsch seine Muskete nicht niederlegen wollte.

»Es war Feigheit, Sir, und ich wollte auch weiterkämpfen, aber ein anderer hat mich niedergeschlagen.«

Auf der Richterbank wurde es unruhig.

»Welche Waffen und Mannschaften standen zur weiteren Verteidigung zur Verfügung?«

Der Matrose mußte auf Befragen einräumen, daß nur drei Kanonen noch geladen werden konnten, daß aber die Mannschaft nicht ausreichte, um gleichzeitig Kanonen und Riemen zu bemannen, um das Schiff in Schußposition zu bringen. »Aber ich konnte meine Muskete feuern«, wiederholte er immer wieder.

Der Kanadier wurde als letzter Zeuge der Matrosen mit

dieser Aussage konfrontiert. »Halten zu Gnaden, Sir. Der Bursche ist wie ein tollwütiger Terrier. Sie können ihn totschlagen, wenn er sich verbissen hat, aber sie müssen sein Gebiß extra aufbrechen. Er hat keinen Grips, wenn Sie wissen, was ich meine, Sir. Er sieht nur rot. Wir konnten uns damals nur noch abschlachten lassen.«

»Schon gut. Sie können abtreten.«

Kapitän Geddes wurde als letzter Zeuge hereingeführt, nannte Namen und Dienststellung.

»Sie sind wegen der ritterlichen Behandlung der Gefangenen vom Commodore und vom Gouverneur zum bevorzugten Austausch mit britischen Offizieren vorgeschlagen worden.«

»So sagte man mir, Sir, aber die Anerkennung sollte meine gesamte Besatzung treffen.«

»Aber Sie tragen im Guten und im Schlechten die Verantwortung, Kapitän Geddes. Das Gericht möchte sich dem Dank für Ihr Verhalten anschließen und dehnt ihn gern auf alle Offiziere und Mannschaften aus. Nun schildern Sie uns bitte den Hergang aus Ihrer Sicht.«

Kapitän Geddes schilderte, wie sie sich auf die Lauer gelegt hatten, wie sie das Schiff zur Buchtöffnung warpten, als die *Sparrow* in Position kam, und gleichzeitig die Segel setzten. »Wir hatten schon vier Knoten Fahrt, als wir aus der Bucht waren und querab von der Ketsch auftauchten. Sie haben dennoch schnell und gut geschossen und uns einen Mann getötet und zwei verletzt, von den Schäden an Stengen und Segeln ganz zu schweigen. Sie hatten keine Chance mehr. Mit der nächsten Salve hätten wir sie versenkt. Der junge Midshipman hat viel Mut gezeigt, als er die Flagge strich. Ich weiß das inzwischen.«

Der Vorsitzende schaute die anderen Kapitäne fragend an, ob sie noch etwas wissen wollten. Als keiner sich meldete, bedankte er sich bei Kapitän Geddes und wünschte ihm eine gute Heimkehr.

Die Beratung dauerte nicht lange. Der Vorsitzende diktierte dem Schreiber, daß das Gericht in Würdigung der Personalakte des Midshipmans, der Zeugenaussagen und der Verlustlisten zu dem Urteil gelangt, daß der besagte Midship-

man sich ehrenhaft verhalten hat und daß er von allen Vorwürfen entlastet ist.

Als David nach der Wartezeit den Gerichtssaal betrat, ahnte
er Gutes, denn Leutnant Bondy hatte ihm zugezwinkert, aber
richtig erleichtert war er erst, als er seinen Degen vor dem Vorsitzenden liegen sah, den Griff zu ihm und nicht zum Vorsitzenden gerichtet. Da rauschten die Worte des Vorsitzenden
vorbei » … ehrenhaft entlastet.«

David stammelte seinen Dank zu den Glückwünschen der
Richter und trat an Deck. Hatte die Sonne vorher auch so hell
gestrahlt?

»Wir müssen in letzter Zeit immer auf Sie warten, Mr. Winter, bis wir auslaufen können«, spöttelte Brisbane, als David
zur *Anson* zurückkehrte.

»Verzeihung, Commodore, ich meine Sir, das Gericht
brauchte seine Zeit.«

»Wie man sagt, Mr. Winter, gut Ding will Weile haben. Und
mit dem Commodore ist es wieder vorbei. Wir segeln zur
Nordamerika-Station, und da habe ich keine Schwadron
mehr, nur noch eine Sloop und den Kutter zur Begleitung.
Und Sie nun auch wieder, nicht wahr, junger Mann?«

»Aye, aye, Sir!« antwortete David und staunte, daß der
Kapitän sich über den Freispruch sehr zu freuen schien.

Schicksalsfahrt nach Virginia

August bis September 1777

»Und ich sage dir noch einmal, ich kann den Kerl nicht ausstehen. Das ist doch kein Mensch, das ist eine wandelnde Dienstvorschrift. Mit seinen hervorquellenden Augen späht er nur herum, ob irgend etwas nicht mit der Vorschrift übereinstimmt. Ich wette, der scheißt auch nach Vorschrift.« Matthew Palmer setzte seinen Becher mit Rotwein krachend auf den Tisch und blickte David herausfordernd an.

»Du hast ja recht, Matthew, ich mag diesen Benjamin Hurler auch nicht besonders. Aber er ist nicht bösartig und sadistisch, was für einen diensttuenden Fünften Leutnant noch schlimmer wäre.«

»Aber er ist auch kein Mensch aus Fleisch und Blut, der lacht und weint. Wenn er blaß und rothaarig herumschleicht, denkt man, eine Wachsfigur ist an Deck, so leblos und kalt wirkt er.«

»Die Mannschaft kommt mit ihm auch nicht klar«, warf Hugh Cole ein. »Wenn er etwas anordnet, führen sie es lustlos aus. Er kann niemanden begeistern. Ich habe noch nicht gesehen, daß er als Seemann oder an den Kanonen irgend etwas besonders gut konnte. Er führt alles wie eine mechanische Puppe nach Vorschrift aus.«

Die älteren Midshipmen saßen im Cockpit, hatten ihre Becher mit Wein oder Bier vor sich und redeten über den neuen diensttuenden Fünften Leutnant, der von der Sloop *Blanche* zu ihnen beordert worden war, weil die *Anson* nicht genügend ältere Midshipmen mit Examen hatte. Die Karten lagen noch auf dem Tisch, aber keiner wollte weiterspielen, ehe er nicht seinem Herzen Luft gemacht hatte.

»Das Schlimme ist, daß man auch nie spürt, daß ihn andere Menschen interessieren, seien es nun Seeleute oder Offiziere.«

»Da hast du den Kern getroffen, Andrew«, stimmte David zu. »Du kannst von den Matrosen viel verlangen, und sie werden es gerne tun, wenn sie spüren, daß du an ihrem Schicksal Anteil nimmst und auch für sie da bist, wenn sie dich brauchen.«

»Nimm es mir nicht übel, David, aber hier gehst du zu weit. Die meisten Seeleute sind doch primitiv wie Tiere. Sie brauchen die feste Hand, die sie gerecht, aber fest führt. Wenn du dich auf ihre Gefühle einläßt, sofern sie welche haben, nutzen sie dich aus.«

»Matthew, du weißt, daß ich eine Zeit vor dem Mast unter ihnen gelebt habe. Die meisten sind ungebildet und können sich nicht ausdrücken, aber wie die Tiere sind nur wenige. Und selbst Tiere beißen dich nicht, wenn du sie bei aller Härte gut behandelst. Für nichts ist der Seemann so dankbar wie für Gerechtigkeit und Fürsorge im Notfall. Denk daran, wie sie für den Schiffsarzt durchs Feuer gehen würden.«

»Der muß sie auch nicht auf die Masten und an die Kanonen treiben wie wir, aber ich verstehe schon, was du meinst.«

Der Midshipman der Wache steckte den Kopf durch den Vorhang: »Gleich acht Glasen der ersten Wache. Fertigmachen zur Hundewache, ihr Debattierer. Man hört euch ja beinahe bis an Deck.«

»Na, hoffentlich nicht«, entgegnete David. »Da haben wir uns wirklich festgequatscht, und ich habe Morgenwache. Macht's gut, ich habe eine dringende Verabredung mit meiner Hängematte.«

»Wer würde sich auch sonst mit dir verabreden«, hörte er noch Matthews Frozzelei. Nette Kerle, auf die man zählen kann, dachte David beim Einschlafen.

Als der Master am nächsten Morgen an Deck erschien, blickte er David prüfend an. »Na, Mr. Winter, Sie haben wohl gestern zu tief ins Glas geguckt?«

»Nein, Sir, wir haben zu lange gequatscht.«

»Ich sag ja immer, man kann sich auch besoffen reden. Aber nun schlafen Sie besser bald aus. Übermorgen sollten wir die Reede von Saint Augustine erreichen. Wenn der Kapitän mit dem Gouverneur und dem General verhandelt, nimmt er Sie vielleicht mit, und Sie können Ihre alte Freundin wiedersehen. Ihr großer Ballerfolg von damals.«

»Sie machen sich lustig über mich, Sir. Ich habe ja nur einmal mit Fräulein Isabella de Alvarez getanzt.«

»Aber den Namen haben Sie dafür gut behalten«, spottete der Master.

Die *Anson* lief am weitesten seewärts, der Kutter segelte am nächsten an der Küste Floridas, und die Sloop in der Mitte hielt Sichtkontakt mit beiden. Leewärts von der *Anson* liefen zwei schwer beladene Briggs, die sie vor Tagen am Morgen eingeholt und gekapert hatten. Ihre Fracht von Waffen und Zucker würde in Saint Augustine willkommen sein. Zwei englische Deserteure hatten sie an Bord der einen Brigg entdeckt. Die lagen nun unter Deck in Eisen und warteten auf das Gericht in Saint Augustine. Wenn sie etwas vor dem Tod retten konnte, dann war es der Mannschaftsmangel der Flotte. Vielleicht würde ihnen die neunschwänzige Katze nur den Rücken zerfetzen, und dann müßten sie wieder dem König dienen.

Gerade hatte Hauptmann Barnes zu seinem Leutnant gesagt, daß man ja überhaupt keine Prise mehr in Sicht bekomme, da meldete der Ausguck ein Segel steuerbord voraus.

»Sehen Sie, Mr. Bondy, man muß sich nur beschweren, dann klappt es. Hoffentlich kommt bald wieder etwas Geld in meine Börse.«

»Damit du es wieder verspielen kannst, du leichtsinniger Vogel«, mischte sich der Erste Leutnant ein, den der Ruf des Ausgucks an Deck geholt hatte.

»Wirst du wohl nicht so laut reden, James, du weißt, daß der Kapitän gegen Glücksspiel ist.«

»Ich auch, mein Lieber, und lange sehe ich dem Treiben nicht mehr zu. Aber jetzt muß ich mich darum kümmern, daß die Herren zu ihrer Prise kommen.«

Das Segel lief auf sie zu. Der Ausguck konnte bald einen großen Schoner erkennen, der sich ihnen auf Gegenkurs mit achterlichem Wind schnell näherte.

»Lassen Sie die Royals einholen, Mr. Morsey«, befahl der Kapitän, »und die Bramsegel lassen Sie bitte etwas in den Wind schießen, damit man uns eher für ein Handelsschiff halten kann. Und nicht signalisieren.«

»Aye, aye, Sir!«

Der Schoner ließ sich anscheinend täuschen, hatte wohl auch lange kein so großes britisches Kriegsschiff vor dieser Küste gesichtet. Er hielt weiter auf sie zu. Vom Achterdeck aus beobachteten ihn die Teleskope.

»Jetzt wendet er!« rief der Master.

»Feuer frei für die Jagdgeschütze!« befahl der Kapitän.

»Entfernung eine Seemeile«, gab der Master dem Melder weiter.

Als die Geschütze ihre erste Salve hinausgefeuert hatten, wurden bald Rufe der Enttäuschung laut.

»Die Richtung stimmt, aber die Entfernung ist viel zu kurz. Signalisieren Sie der Sloop, daß sie den Schoner abfangen soll«, ordnete Brisbane an.

Auch die zweite Salve war nicht besser. Der Kapitän fluchte. »Mr. Morsey, schauen Sie bitte nach, was da los ist.«

Mr. Morsey hastete nach vorn. »Mr. Hurler, wie kommt es zu diesen saumäßigen Schüssen?«

»Ich weiß nicht, Sir. Ich gebe die korrekten Kommandos.« Morsey wandte sich dem einen Geschützführer zu: »Hallerson, warum schießt ihr so schlecht?«

»Wir können die Entfernung nicht für die Höhenrichtung eingeben, weil sofort das Feuerkommando erfolgt, Sir. Wir haben mit Leutnant Dillon immer die Kommandos ›Seitenrichten‹ und ›Höhenrichten‹ unterschieden.«

»Aber das steht nicht in der Vorschrift«, schaltete sich Mr. Hurler ein.

»Mr. Hurler, melden Sie sich beim Kapitän. Er möchte bitte Leutnant Bondy schicken, damit er mich ablöst.«

Als Morsey wieder zum Achterdeck kam, hörte er die ersten Jubelschreie.

»Diesmal hat es gesessen!«

»Was war denn los, Mr. Morsey?«

»Sir, Mr. Hurler hat die Kommandos nach Dienstvorschrift gegeben und keine Zeit gelassen, die Entfernung bei der Gradeinteilung der Höhenrichtung zu berücksichtigen.«

»Ich habe streng nach Dienstvorschrift gehandelt, Sir«, verteidigte sich Hurler.

»Mr. Hurler, die Dienstvorschrift hinkt Jahre hinter Verbesserungen hinterher. Von einem Offizier erwarte ich, daß er erprobte Verbesserungen selbständig umsetzt. Kennen Sie die ständigen Richtlinien für die Führung dieses Schiffes, die ich erlassen habe?«

»Jawohl, Sir.«

»Dann schreiben Sie für diese Schiffsrichtlinien die Ergänzung, daß Verbesserungen beim Kanonendrill bei der Anwendung der Dienstvorschrift zu berücksichtigen sind.«

»Aye, aye, Sir.« Brisbane blickte ihm nach, als er abtrat, und sagte leise zu seinem Ersten Leutnant: »Der wird nie ein richtiger Offizier.«

Der Schoner hatte noch einige Treffer hinnehmen müssen, segelte aber hart am Wind in Richtung Küste. Da brachen in seiner Nähe andere Fontänen aus dem Wasser, und das Grollen entfernten Geschützfeuers folgte, ein Zeichen, daß er in Reichweite der Sloop war.

Der Schoner wendete erneut und wollte vor dem Bug der *Anson* in die freie See kreuzen.

»Backbordbatterien fertigmachen zum Feuern!« rief Brisbane. »Mr. Hope, lassen Sie bitte etwas abfallen, damit wir eine Breitseite schießen können.«

Einige Treffer zerschlugen den Großmast des Schoners und

rissen ihn aus dem Kurs. Die *Anson* näherte sich und rannte wieder die Geschütze aus.

»Feuer einstellen! Sie streichen die Flagge. Mr. Purget und Mr. Bondy, übernehmen Sie bitte ein Enterkommando mit beiden Kuttern. Den Kapitän und die Maate schicken Sie gleich auf die *Anson*.«

»Aye, aye, Sir.«

»Mr. Morsey, signalisieren Sie bitte der Sloop ›Dank für die Unterstützung‹ und ›Position einnehmen‹.«

Einer der Kutter kam bald mit dem Kaperkapitän und den Maaten zurück. Der Toppsegelschoner hatte hundertvierzig Mann Besatzung und achtzehn Neunpfünder an Bord. Aus den Papieren ergab sich, daß er in den letzten vier Wochen einen Kutter der Flotte versenkt sowie drei Transporter gekapert und zur St. Mary's Bay geschickt hatte. Dort war wahrscheinlich auch seine Basis, aber darüber sagte der Kapitän nichts.

»Anscheinend ein wichtiger Fang, Sir«, bemerkte Mr. Morsey.

»Ja, der hätte noch viel Schaden anrichten können. Aber von der Sorte gibt es immer mehr.«

Am nächsten Vormittag kam Saint Augustine in Sicht. Während David durch das Teleskop die dunklen Mauer des Castillo de San Marcos beobachtete, rollte wieder der Donner der Salutschüsse über die Reede.

Wie im November vor zwei Jahren, dachte er bei sich. Aber damals war das alles noch neu, und Westindien lag noch vor uns. Der Kapitän unterbrach seine Gedanken:

»Mr. Winter, sagen Sie dem Bootsmann, er soll die Pinasse bereithalten. Lassen Sie auch gleich dem Zahlmeister ausrichten, daß er mich begleiten soll.«

Wie damals wurde Brisbane von Gouverneur Tonyn und dem kommandierenden General der in Ostflorida stationierten Truppen empfangen. »Leider muß ich Ihnen den Befehl von Admiral Lord Howe übermitteln, Kapitän, daß Sie unverzüglich zur Mündung der Chesapeakebucht und des Delaware versegeln und dort Kontakt mit Schiffen des Admirals aufnehmen sollen. Aufgrund meiner Vollmachten habe ich den Befehl dahingehend ergänzt, daß Sie aus übergeordneten Interessen auf Ihrem Weg noch eine kombinierte Landsee-operation in der Mündung des St. Mary's River unterstützen müssen, selbst wenn das eine Verzögerung von einigen Tagen bedeutet.«

»Exzellenz, darf ich fragen, an welche Operation gedacht ist?«

»Das wird Ihnen am besten der General erläutern, aber vorher darf ich bitten, daß wir mit einem guten Claret auf Ihr Wohl trinken.«

Der General schilderte, daß die Schwierigkeiten an der Grenze zu Georgia, das sich in der Hand der Rebellen befinde, zugenommen hätten. Die Miliz von Georgia habe an der Mündung des St. Mary's River eine Batterie errichtet, die britischen Schiffen das Einlaufen erschweren solle. Sie sammele außerdem Prähme, um über den Fluß zu setzen und die königlichen Truppen anzugreifen. Er habe nur eine Kompanie hessischer Jäger zur Verstärkung erhalten. Die *Anson* möge die Bark mit der Kompanie geleiten und helfen, die Batterie und die Prähme zu zerstören.

»Das ist doch eine sinnvolle Aufgabe für Ihren kleinen Verband, Herr Kapitän, und für unsere Kolonie wäre es eine wichtige Unterstützung.«

»Von beidem bin ich überzeugt, Exzellenz. Ich schlage vor, daß eine Ihrer Ordonanzen meinen Master holt, damit er bei Ihrem Stab seine Karten über den St. Mary's River ergänzen kann, und auch den Hauptmann unserer Seesoldaten, damit er sich beim Armeestab über die Situation am Fluß und mit dem hessischen Hauptmann über die Zusammenarbeit orientieren kann.«

»O je. Der Hesse spricht kaum ein Wort Englisch, und sein Dolmetscher ist auch schwer zu verstehen«, mischte sich der General ein.

»Ich habe einen Midshipman aus Hannover, der kann dann gleich mitkommen und übersetzen.«

David verbeugte sich vor dem hessischen Hauptmann, einem blonden Riesen: »Zu Diensten, Herr Hauptmann, ich bin Midshipman Winter von Seiner Majestät Schiff *Anson*. Darf ich Sie mit Hauptmann Barnes von Seiner Majestät Seesoldaten bekannt machen?«

»Ich bin Hauptmann von Tannenroth«, sagte der Hesse mit einer für seine Figur ungewöhnlich hohen Stimme. »Woher sprechen Sie so gut Deutsch?«

»Ich komme aus Hannover, Herr Hauptmann.«

Etwas langsam ging die Unterredung schon voran. Jeder Hauptmann wollte vom anderen alles über die Truppen und die Bewaffnung des Partners wissen. Dann informierte ein Stabsoffizier aus Florida über die Lage am Fluß und über die beabsichtigten Operationen, und wieder mußte David alles ins Deutsche dolmetschen. Rückfragen brachten ihn fast zur Verzweiflung, denn die Herren benutzten Spezialausdrücke, die er kaum in einer Sprache kannte, geschweige denn in beiden. Aber man schien sich zu verstehen. Die hessischen Jäger würden bei der Zerstörung der Batterie und der Prähme helfen und dann am Südufer des Flusses Stellung beziehen. Sie seien auch schon mit Beibooten angelandet worden.

Als Hauptmann Barnes sich zum Schiff übersetzen ließ, schien er mit dem neuen Partner zufrieden. »Der Herr versteht etwas von seinem Beruf. Hoffentlich sind seine Mannschaften gut gedrillt. Für uns ist das eine interessante Abwechslung. Ich werde meine Leute vorbereiten, daß sie mal wieder auf festem Boden kämpfen müssen.«

Kapitän Brisbane hörte sich ihren Bericht an. »Wir werden die Pläne genauer ausarbeiten, sobald wir morgen auf See sind. Der Hauptmann wird zunächst bei uns an Bord sein. Heute abend sollen wir zu einem Empfang des Gouverneurs. Ein Ball kann unseren jungen Herren bei der Kürze der Zeit nicht geboten werden. Aber der Empfang war sowieso geplant, und nun kommen unsere Offiziere hinzu. Sie auch, Mr. Winter, damit wir uns mit dem Hessen verständigen können.«

David hatte seine Ausgehuniform gebürstet und mit Hilfe

des Stewards geglättet, so gut es ging. Sie wurde in den Schultern und in den Armen mächtig eng. Aber wann würde er wieder einen Schneider sehen?

Den Salon des Gouverneurs kannte er vom November 1775, aber bevor er sich nach den zivilen Gästen umsehen konnte, rief ihn der Kapitän und ließ sich den hessischen Hauptmann vorstellen, sagte ihm, daß er ihn am Morgen an Bord erwarte und daß er um vier Glasen der Vormittagswache auslaufen wolle. Die Einschiffung der Truppen müsse rechtzeitig vorher beendet sein. Der Hesse konnte mit den Zeitangaben der Marine nichts anfangen, und David mußte selbst überlegen und rekonstruieren, daß das zehn Uhr vormittags bedeutete.

Schließlich konnte er die Übersetzung abschließen und sich ein wenig von dem Hauptmann entfernen, der die Nähe dessen suchte, mit dem er sich verständigen konnte. Als David sich umsah, erblickte er Mr. de Alvarez mit Frau und Tochter. Sie nickten ihm freundlich zu, Isabella auch wieder etwas schelmisch. Er entschuldigte sich und ging zu ihnen hinüber.

»Willkommen in Saint Augustine, Mr. Winter.«

»Wie freundlich von Ihnen, Sir, daß Sie sich meiner erinnern. Ich freue mich, Madame, Mademoiselle, und hoffe, daß es Ihnen gutgeht.«

»Danke der Nachfrage, wir sind zufrieden. Und was haben Sie inzwischen alles erlebt?«

David berichtete in kurzen Zügen vom kanadischen Abenteuer, von New York, der Heimat und der Karibik.

»Sie kommen wirklich in der Welt herum, Señor Corneta, und größer sind Sie geworden, überhaupt ein richtiger Mann.«

»Isabella, du bist wieder zu vorlaut«, sagte die Mutter mit freundlichem Tadel.

»Aber recht hat sie, meine Liebe«, mischte sich Mr. de Alvarez ein. »Mr. Winter ist reifer geworden. Er hat sicher auch Schweres erlebt.«

»Darf ich mit Mr. Winter für uns Getränke holen?« fragte Isabella.

Die Eltern blickten etwas erstaunt, ließen sie aber gehen.

»Fragen Sie bitte nicht nach meinem Bruder, Señor Corneta. Er hat uns verlassen, und ich glaube, er ist bei den Patrioten in Georgia. Meine Eltern bekümmert das sehr.«

»Das tut mir leid. Ich war sehr beeindruckt von ihm und kann ihn nicht als Feind ansehen.«

»Das wird er mit Ihnen auch nicht können. Hoffentlich begegnen Sie sich nicht und bleiben beide gesund.«

»Hoffentlich sehen wir uns in besseren Zeiten wieder. Wir laufen ja morgen schon aus.«

»Ich weiß, Señor Corneta, und ich freue mich nicht darüber.«

David sah ihr in die Augen. Aber da war kein Spott, nur ruhige, freundliche Zuneigung. Er beugte sich über ihre Hand. »Kommen Sie, wir müssen die Getränke bringen.«

Das war alles, was David an privatem Gespräch blieb.

Der Salut war kaum verhallt, der sie begleitete, als sie am nächsten Vormittag ausliefen, da begann beim Kapitän eine Serie von Konferenzen. Wenn es um die Landungsoperationen ging, an denen die hessische Kompanie teilnahm, dann war David wieder als Dolmetscher dabei. Außer den Kommandanten des Kutters und der Sloop, dem Hauptmann und Leutnant der Seesoldaten, dem Ersten Leutnant, dem Master und Hauptmann von Tannenroth war auch ein Offizier der Truppen dabei, die den St. Mary's River verteidigten. Er zeichnete in die Karten, die der Master vorbereitet hatte, die Stellungen der Milizen aus Georgia ein.

Kapitän Brisbane stellte fest, daß sie aller Voraussicht nach am späten Abend die Flußmündung erreichen würden, und erläuterte ihren Auftrag. »Wir sollen die feindliche Batterie an der Flußmündung zerstören und die Prähme vernichten oder erbeuten, die eine Meile flußaufwärts liegen. Die Batterie soll aus vier Achtpfünderkanonen bestehen und durch Erdwälle und Palisaden gegen die See hin geschützt sein. Die Prähme liegen unterhalb eines Lagers der georgianischen Milizen. Es ist mit Posten und mit Musketenabwehr zu rechnen. Über Kanonen an dieser Stelle ist nichts bekannt.«

Der Armeeoffizier bestätigte auf Befragen, daß dies die neuesten Nachrichten seien. Der Kapitän fuhr fort. »Mit den Beibooten der Bark können wir mit sieben Booten hundertzwanzig Mann zur gleichen Zeit anlanden. Für die Eroberung der Prähme müßten fünfzig Mann, davon die Hälfte Matrosen, genügen. Die Operation ist durch den Kutter zu schützen, der das Lager der Milizen unter Beschuß nimmt. Die anderen siebzig Mann können die Batterie stürmen. Ich bitte die Herren der Armee und der Seesoldaten um ihre Meinung, ob Sie ohne vorherige Beschießung durch die *Anson* stürmen wollen oder erst nach Beschuß.«

David kam jetzt in Schwierigkeiten, da mehrere Offiziere sehr schnell nacheinander sprachen und er immer wieder bitten mußte, zu warten, bis er Hauptmann von Tannenroth die Diskussionsbeiträge übersetzt habe. In der Sache waren die Fachleute sich aber ziemlich einig, daß ein überraschender Angriff von der Landseite die besten Erfolgsaussichten böte. Die *Anson* sollte eine Breitseite feuern, und dann würden die Truppen mit dem Bajonett stürmen.

Mr. Morsey machte noch den Vorschlag, daß bei jedem Unternehmen ein kleines Beiboot als Pfadfinder vorausfahre und mit abgeblendeter Sturmlaterne die Richtung weise.

David fragte nach der Verteilung der Dolmetscher auf die Boote.

»Wir haben nur Sie, Mr. Winter, den Toppgast Hansen und den Dolmetscher der Hessen. Ein Boot wäre bei der Erstürmung der Batterie unversorgt. Mr. Winter, Sie müssen mit den anderen Dolmetschern, den Kommandanten der Boote und den Offizieren der Truppen absprechen, welche Befehle beim Anlanden der Truppen zu erwarten sind. Das erklären Sie dann heute noch auf der Transportbrigg den Offizieren und Unteroffizieren der Hessen, damit im Notfall auch ohne Dolmetscher klar ist, was angeordnet wird.«

Während der Kapitän sich weiter mit seinen Offizieren und dem Bootsmann besprach, setzte David mit Hauptmann von

Tannenroth und William Hansen zur Transportbrigg über. Er hatte nur seine Waffen bei sich, denn viel Schlaf würde es in dieser Nacht kaum geben.

»Nun, William, da sind wir wieder auf einem Sonderkommando, weil wir Deutsch können. Denkst du noch an die Hessen am St. Lorenz?«

»Ja, Sir. Die habe ich kaum verstanden.«

»Diesmal brauchen wir in den Booten nicht viel zu reden, und jetzt können wir uns noch etwas in den Dialekt hineinhören.«

Hauptmann von Tannenroth war ein sehr effizienter Offizier. Kaum waren sie an Bord, da ließ er seine beiden Leutnants und die Sergeanten rufen, erläuterte den Angriffsplan und ordnete an, daß kein Soldat die Boote mit geladener Rifle besteigen dürfe. David mußte die zu erwartenden Kommandos vorsprechen, erklären, wieder vorsprechen, und dann sagten sie sie einzeln nach, bis David zufrieden war.

Danach ließ der Hauptmann die Gruppen für die vier Boote einteilen. Die Gruppen übten das Einsteigen in die Boote mit den beiden Booten der Brigg, bis der Hauptmann mit den Zeiten zufrieden war. Dann mußten die Soldaten mit verbundenen Augen über die Reling steigen, am Fallreep hinunter in das Boot klettern und dort ihren Platz suchen. Das gab Beulen, blaue Flecke und unterdrückte Flüche.

Als David bemerkte, daß er selten ein so intensives Training gesehen habe, antwortete Hauptmann von Tannenroth: »Wir sind Söldner, Mr. Winter. Wir verkaufen unsere Waffenkunst und unsere Tüchtigkeit. Wenn wir ungeübt in den Kampf gehen, steht unser Landesherr als Betrüger da. Im übrigen sagten auch die Preußen, die ich sonst nicht mag, daß Schweiß oft Blut erspare. Und die meisten von uns würden gern lebend in die Heimat zurückkehren.«

Mit gekürzten Segeln näherten sie sich langsam der Fluß-mündung, der Kutter vorweg, dann die *Anson*, die Transport-brigg und zum Schluß die Sloop, die sie zur See absichern sollte.

Mr. Hope war jetzt auf dem Kutter und geriet bestimmt ins Schwitzen, wenn er mit dem Nachtglas zur Küste spähte, die Proben des Meeresbodens prüfte, die mit dem Handlot her-aufgeholt wurden, und wenn er die Kurse neu berechnete.

Auf der Sloop wurden zwei kurze Signale mit der Blend-lampe gegeben.

»Fertigmachen zum Einbooten«, gab David weiter. Er prüfte seine Pistole, rückte sein Entermesser zurecht und nahm mit seiner Gruppe Aufstellung an der Bordwand. Der Hauptmann war in seinem Boot und würde mit ihm im Stern sitzen.

Das Training machte sich bezahlt. Ohne lautes Geräusch und ohne Zwischenfälle stiegen die Hessen in die Boote, und die Matrosen der *Anson* und der Transportbrigg legten sich in die Riemen. Zwanzig Meter vor ihnen war ein kleiner Licht-punkt zu sehen, ihr »Pfadfinder«.

David ließ von seiner Blendlaterne einen ähnlich kleinen Schimmer nach hinten leuchten, wo ihnen das nächste Boot folgte.

»Wie weit müssen wir noch rudern?« flüsterte von Tan-nenroth.

»Etwa eine Meile, Herr Hauptmann«, gab David leise zurück.

Backbord querab geriet ein großes Lagerfeuer in Sicht. Das ist Fort Clinch, dachte David, nahm sein Nachtglas und suchte auf der Steuerbordseite nach Anzeichen von Leben. Mehr vorab als querab waren zwei kleinere Feuerscheine zu sehen. Er stieß den Hauptmann an, zeigte mit ausgestrecktem Arm auf den leichten Schimmer: »Dort muß die Batterie lie-gen.« Von Tannenroth nickte und nahm Davids Nachtglas.

Ihr »Pfadfinder« hielt Kurs, bis der Schimmer querab zurückblieb, ließ die Lampe kurz blinken und nahm dann Kurs auf die Bucht hinter der Batterie. David fragte sich, wo wohl der Kutter mit seinen drei Booten jetzt sei. Deren Weg war länger, dafür konnte der Kutter sie den ersten Teil schleppen. Vorn schien die Dunkelheit dichter zu sein. Davor leuchtete es zum Kontrast heller.

»Wir nähern uns dem Strand, leichte Brandung«, flüsterte er dem Hauptmann ins Ohr.

Die Matrosen zogen die Riemen ein paarmal kräftig durch, hielten sie dann waagerecht, und fast ohne Ruck knirschte der Kiel im Sand. David schloß die Blendlaterne, die Matrosen hielten das Boot auf ebenem Kiel, und die Hessen stiegen in das seichte Wasser und wateten zum Strand. Mit ihnen gingen zwei Stückmeistersmaate und drei Kanoniere, um die Kanonen der Batterie zu sprengen oder zumindest zu vernageln.

Einige Meter neben ihnen glitt ein anderer Kiel auf den Strand. Dunkle Gestalten wateten an Land, wo sich die erste Gruppe in Reihe formierte und zum Busch emporstieg. David ging an der Spitze neben dem Hauptmann. Die hessischen Jäger wanden sich geschickt durch die Büsche.

Als eine einzelstehende Kiefer auftauchte, blieb der Hauptmann stehen und gab leise einen Befehl durch. Ein Soldat kam nach vorn, neigte sein Ohr zum Hauptmann, nickte, legte seine Waffen ab und stieg die Kiefer empor. Gegen den helleren Himmel war er gut zu sehen. Man konnte erkennen, wie sein Arm längere Zeit in eine Richtung wies. David ließ die Blendlaterne kurz aufleuchten und sah auf dem Kompaß, in welcher Richtung ihr Ziel lag.

Der Soldat kletterte herab und flüsterte, daß die kleinen Feuer etwa vierhundert Meter entfernt seien. Der Hauptmann befahl, daß sie noch zweihundert Meter weiter in der jetzigen Richtung gehen und dann auf die Lichter einschwenken würden. Langsam und vorsichtig näherten sie sich einem Punkt, der fünfzig Meter seitlich und die gleiche Entfernung hinter der Batterie lag. Hier würde eine Gruppe die Salve der *Anson* abwarten, während die andere Gruppe die gleiche Position auf der anderen Seite des Forts einnahm.

Der Hauptmann ließ die Hessen in Deckung niederkauern, stellte Posten nach allen Seiten aus, prüfte nach, ob ein Weg ihr Lager durchquere, und ließ dann laden. Er beugte sich zu

David hinüber: »Hoffentlich schießen Ihre Batterien genau, damit wir nichts abkriegen.«

»Das werden sie, und sie zielen auf den vorderen Wall mit den Geschützen«, flüsterte ihm David ins Ohr.

Nun blieb ihnen nur das Warten. Ab und an streckte einer die Glieder. Wild ließ Zweige knacken und sie zusammenschrecken. Mücken hatten sie entdeckt, und die Soldaten klatschten sich auf Hände und Gesicht, um sich zu wehren, bis der Hauptmann es verbot.

Langsam wurde der Himmel heller. Man konnte die Umrisse schon zehn Meter weiter erkennen. Die Minuten wurden immer länger. David starrte krampfhaft in die Richtung, wo der Kutter liegen mußte.

Da stieg eine rote Leuchtgranate in den Himmel. David zischte: »Fertig!« Sie drückten sich in die Erde und nahmen die Köpfe herunter. Zwei Sekunden später krachte die Salve der *Anson* heran. Die Erde bebte vor ihnen. Der Hauptmann sprang auf: »Angriff!«

Lautlos stürmten sie vorwärts. Wer in der Batterie außerhalb der Baracken war, würde jetzt zur See hinausstarren. Da waren die Baracken, davor hasteten Männer zu den Kanonen. Noch zehn Schritte, dann rief der Hauptmann: »Halt! Ziel auffassen! Feuer!« Die Salve stotterte hinaus, aber sie war effektiv. Einige der dunklen Gestalten fielen zu Boden. Rechts von ihnen schoß die andere Gruppe.

»Bajonett pflanzt auf! Sturmangriff!« brüllte der Hauptmann mit seiner Fistelstimme und lief mit gezogenem Degen voran.

Eine Gruppe der Miliz rannte um die Ecke einer Baracke. Die müssen aus dem Fenster geklettert sein, dachte David und zog seine Pistole.

Ein schlanker Mann lief mit gezogenem Degen voran, die anderen schwangen Piken und Musketen.

David hob die Pistole und schoß. Gleichzeitig feuerten der Hauptmann und die beiden Maate. Einige fielen zu Boden, die anderen konnten dem Bajonettangriff nicht standhalten und hoben die Hände.

Von Tannenroth war erneut Herr der Situation. Zwei Hessen bewachten die Gefangenen. Die anderen stürmten mit ihm weiter, bis sich auch die Männer an den Kanonen ergaben. Auch die andere Gruppe war plötzlich da. Schwer atmend hielten sie an und sahen sich um. David erblickte William Hansen. Gott sei Dank, dachte er.

Der Hauptmann bellte schon wieder Befehle: »Leutnant Hummel mit zwei Gruppen zur Sicherung der Landseite Stellung beziehen! Leutnant Müller mit zwei Gruppen die Flanken sichern! Sergeant Ritter Unterkünfte durchsuchen und die Gefangenen zusammenführen! Sergeant Waldner Waffen einsammeln und Ordnung schaffen!« Zu David sagte er: »Lassen Sie Ihre Leute die Magazine und die Kanonen untersuchen!« David dachte noch, daß man auf dem Schiff höflicher sei und zu Offizieren immer ein »Bitte« hinzufüge, aber dann rief er die Stückmeistersmaate heran und ging mit ihnen erst zum Magazin und dann zu den Kanonen.

Die Kanonen waren französischer Herkunft, lange Achtpfünder. David ordnete an, alles zur Sprengung vorzubereiten. Im Magazin standen zwanzig Fässer mit Pulver mittlerer Qualität. Auch hier legten die Stückmeistersmaate ihre Lunten. David ging hinaus, um nach den Booten zu sehen, die vor der Batterie anlegen sollten. Da landeten sie schon.

David drehte sich um und erblickte den Hauptmann bei den Baracken. Die Hessen suchten die Gefallenen und die Gefangenen nach Wertsachen ab. Der Hauptmann stand stumm daneben. Das gehört wohl auch zu Söldnern, ging es David durch den Kopf.

»Haben wir Verluste, Herr Hauptmann?«

»Einen Toten und zwei leichter Verletzte. Die Rebellen hat es härter getroffen. Zwölf Tote und zehn Verwundete.« Er zeigte dorthin, wo die Gefallenen lagen.

David blickte hin und lief vor Schreck einige Schritte vorwärts. O Gott, das war ja Isabellas Bruder, Fernando de Alvarez. David schloß die Augen und hoffte, er werde aus dem Alptraum erwachen. Nein, es war schreckliche Wirklichkeit!

Fernando mußte der Anführer des Trupps gewesen sein, der um die Ecke der Baracke stürmte. Hatte er ihn gar erschossen? Oder der Hauptmann oder der Maat? Was sollte er nur den Eltern sagen? Den Freund erschossen!

»Kennen Sie den Toten, Mr. Winter?«

»Ja, Herr Hauptmann. Er ist der Sohn einer reichen Pflanzersfamilie aus Saint Augustine. Ich hatte mich bei unserem Aufenthalt vor zwei Jahren etwas mit ihm angefreundet.«

»Und was macht er bei den Rebellen?«

Ja, was wollte er nur bei denen? Sie hätten seinen Eltern doch alles genommen, weil sie zum König hielten. »Er hat in Harvard studiert, Herr Hauptmann, und glaubte an das natürliche Recht der Menschen, ihre Herrschaft selbst bestimmen zu können.«

»Wie kann man solchen Unsinn nur glauben?« Von Tannenroth schüttelte den Kopf.

»Darf ich seine Bestattung veranlassen, Herr Hauptmann?«

»Wenn Sie es für richtig halten.« Er winkte zwei Soldaten heran und befahl ihnen, sich Spaten zu suchen.

David kniete neben Fernando nieder. Die Brust war von Kugeln zerfetzt, aber das Gesicht war unverletzt und zeigte einen eher erstaunten als schmerzverzerrten Ausdruck. David rannen die Tränen über die Wangen. Er schob die Lider über Fernandos Augen. Dann fühlte er den Leichnam nach Papieren und Wertsachen ab. Die Taschen waren leer, aber ein Medaillon auf der zerfetzten Brust hatten sie übersehen. Es war blutverschmiert. David steckte es in seinen Rock und sah sich um. Dort, zwanzig Meter hinter der östlichen Baracke stand eine große Kiefer. An ihrem Fuß würde er Fernando begraben.

William und die Kanoniere hatten ein Kreuz aus Brettern zusammengeschlagen. Mit einem glühend gemachten Messer ritzte David den Namen ein. Dann nahm er den Hut ab und sprach das Vaterunser. Er fügte hinzu. »Vater im Himmel, der Du uns schuldig werden läßt, nimm Fernando de Alvarez auf in Deinen Frieden.«

William und die Maate respektierten seine Trauer und

erledigten alles selbständig. Die Geschütze, das Magazin und die Baracken waren zur Sprengung vorbereitet. Der Hauptmann ließ den Großteil seiner Soldaten bereits einbooten. David sah sich um und winkte der Nachhut, sie solle zum Strand gehen. Dann gab er den Maaten ein Zeichen, die langen Lunten zu zünden, und lief mit ihnen weg in Deckung.

Die kleineren Detonationen bei den Kanonen und den Baracken gingen dem dumpfen Donner im Magazin voraus. Metallsplitter sirrten umher, die Erde über dem Magazin wölbte sich und sackte wieder zusammen. Sie warteten noch etwas und kontrollierten dann die Ergebnisse. Alle Kanonen waren zerfetzt, die Baracken zusammengesunken. David ging zum Grab und nahm einen Teil der Dachschindeln weg, die darauf gelandet waren. Dann wandte er sich ab und folgte den anderen zu den Booten.

Die Zeit, in der sie zur Transportbrigg zurückpullten, war die einzige Zeit vor dem Abend, in der David zum Nachdenken kam. Danach riefen Signale den Hauptmann zur *Anson* zurück. Sie erhielten die Befehle zum Ausbooten der hessischen Kompanie unter Einsatz der eroberten Prähme, zur Kontaktaufnahme mit den britischen Truppen am Südufer des Flusses, und die Ausführung der Befehle ließ David keine freie Minute mehr. Er war froh darüber.

Als er mit einem der Prähme am Ufer landete, begrüßte ihn ein müder, aber strahlender Matthew Palmer. »David, wir hatten einen tollen Erfolg. Wir konnten alle Prähme kapern, und als die Milizen zum Ufer rannten, um uns zu stören, haben die Rotröcke mit Salven und Drehbassen dazwischengehalten, daß sie nur so gepurzelt sind. Und als das Lager landeinwärts alarmiert war und sich die Truppen formierten, hat der Kutter sie mit seinen Geschützen vertrieben. Hat bei euch auch alles geklappt?«

»Ja, wir haben die Batterie zerstört.«

»Und warum guckst du dann so trübsinnig drein?«

David war froh, daß der Hauptmann mit seiner Fistelstimme nach ihm rief, weil er sich mit den britischen Truppen nicht verständigen konnte. Hastig entschuldigte er sich bei Matthew und lief zum Hauptmann.

Erst am späten Nachmittag dann kehrte er erschöpft in die Messe der Midshipmen zurück.

Inzwischen hatte es sich wohl herumgesprochen, daß der junge de Alvarez unter den gefallenen Rebellen war und daß David sich mitschuldig am Tod des Freundes fühlte. Matthew, Harry und Andrew, seine engsten Freunde, drückten ihm die Hand. Matthew legte ihm den Arm auf die Schulter. »David, du mußt dir keine Vorwürfe machen. Dich hätte es genauso treffen können, und Fernando hätte dir keine Schuld gegeben. Ein Bruderkrieg ist immer der grausamste aller Kriege.«

David war dankbar für ihren Zuspruch, aber er mußte immer wieder an die Eltern und die Schwester von Fernando denken und wie sie leiden würden.

Am Abend stahl er sich aus der Runde fort, die den glücklichen Ausgang der Operationen feierte, und starrte an die Küste, die in der beginnenden Dämmerung langsam hinter ihnen zurückblieb. Dort lag das Grab, das er wohl nie vergessen würde. Dort deckte Erde jetzt die zerfetzte Brust. War auch seine Kugel unter denen gewesen, die dieses hoffnungsvolle Leben auslöschten?

Am nächsten Tag bat David den Master, ob er während seiner Freiwache im Kartenraum einen Brief schreiben dürfe, für den er mehr Ruhe brauche, als die Messe biete.

»Das können Sie, ich brauche den Raum während der Vormittagswache nicht. Aber bringen Sie sich Ihre Gänsefeder mit. Die im Kartenraum ist furchtbar.«

David saß da, die Blicke schweiften, er seufzte, atmete tief. Wie sollte er bloß beginnen? Dann zwang er sich zum Schreiben.

»Euer Hochwohlgeboren, hochverehrter Herr de Alvarez.« Die Formeln waren nicht schwer, aber nun? Er mußte an die Mutter und die Tochter denken. »Ihnen, Ihrer verehrten Frau Gemahlin und Ihrem geschätzten Fräulein Tochter muß ich mit diesen Zeilen furchtbaren Kummer zufügen. Nur der Umstand, daß auch ich entsetzlich leide, gibt mir den Mut zu diesem Brief.« Ob ich meinen eigenen Kummer so betonen kann? fragte er sich. Ich kann ihnen den wahren Grund ja gar nicht schreiben.

»Ihr geliebter Sohn Fernando, dessen Anlagen zu den kühnsten Hoffnungen berechtigten und den ich vor zwei Jahren schätzen gelernt habe, ist nicht mehr unter den Lebenden. Er fiel am 19. August dieses Jahres in der Batterie am St. Mary's River, die von einer hessischen Jägerkompanie gestürmt wurde.« Das ging leichter, aber nun.

»Ich war an diesem Angriff beteiligt.« Mehr konnte er nicht andeuten. »Ich wollte selbst sterben, als ich Ihren geliebten Sohn tot hingestreckt sah. Seine Brust war von mehreren Kugeln durchbohrt, die ihn sogleich getötet haben mußten. Sein Gesicht zeigte keinen Schmerz, nur Erstaunen. Ich kann meinen Schmerz nicht schildern, als ich ihm die Augen schloß, denn was ist er gegen Ihr Leid?

In seinen Kleidern fand ich nur das Medaillon, das ich beilege. Sein edles Blut haftet noch daran. Wir haben ihn am Fuß einer großen Kiefer bestattet. Ein Priester war nicht mit uns, aber ich habe ein Vaterunser an seinem Grab gesprochen. Der HERR wird ihn in seinen Frieden aufnehmen. Ich zeichne das Grab auf der beiliegenden Skizze ein, damit Sie es besuchen können.«

David kamen wieder die Tränen. Wie würden diese freundlichen Menschen nur diesen Schlag überstehen? »Glauben Sie mir bitte, wie gerne ich Ihnen diesen Schmerz erspart hätte. Ich bete, daß Gott Ihnen, Ihrer verehrten Frau Gemahlin und Ihrem Fräulein Tochter Kraft geben möge, das Unglück zu ertragen. Ich fühle mit Ihnen und bleibe stets Ihr Ihnen sehr ergebener Diener David Winter.«

Nun mußte er alles in Ölpier einschlagen, adressieren, versiegeln und auf das nächste Kurierschiff warten, das ihnen auf dem Weg nach Saint Augustine begegnen würde. Nachdem die innere Anspannung etwas abgeklungen war, kamen ganz praktische Erwägungen in seinen Sinn. Er mußte ja auch an seinem Brief für Onkel und Tante schreiben. Von ihnen hatte er lange keine Nachricht. Vielleicht warteten Briefe bei Lord Howes Flotte auf ihn.

David enterte in den nächsten Tagen während der Freiwache oft auf zum Ausguck des Großmasts. Dort wurde sein Kummer weniger wichtig. Die See war endlos. Kleine weiße Flecken nur waren die Segel der Sloop und des Kutters. Der Mast schwankte in ruhigem Rhythmus. Die Wellen würden sich auch in Jahrhunderten noch kräuseln. Menschliches Leid berührte sie nicht im geringsten. Vielleicht sollte er sein Leben leben, so gut und anständig er konnte, und sich weniger Gedanken machen um die Dinge, die nicht zu ändern waren.

Die *Anson* hatte durch Flaggensignale die Sloop *Blanche* und den Kutter hinter sich in Kiellinie versammelt und steuerte mit gerefften Segeln die Mündung des Savannah River an. Steuerbord voraus schimmerte die Küste Südkarolinas, und backbord querab lag Georgia. Der Master ließ in Abständen loten, denn an feindlichen Stränden traue er keiner Karte, wie er immer wieder sagte.

Kapitän Brisbane und der Erste Leutnant beobachteten die Küste sorgfältig durch ihre Teleskope. Die Batterien waren feuerbereit. Dort, das mußte Fort Pulaski sein. Sie waren noch außerhalb der Reichweite seiner Geschütze.

»Lassen Sie etwas abfallen, Mr. Morsey. Es hat keinen Sinn, sich mit den starken Befestigungen anzulegen. Wenn wir auf eine leichtere Batterie treffen, könnten wir wieder einige Zielübungen einlegen.«

Als sie ihren Kurs nordwärts änderten, ergab sich dazu Gelegenheit. Auf einer der vorgelagerten Inseln waren Erdwälle mit Palisaden zu erkennen. Barackendächer ragten über die Erdwälle, und im Teleskop zählten sie vier Kanonen.

»Ich tippe auf Achtpfünder, Sir.«

»Kann sein, Mr. Morsey. Lassen Sie die Backbordbatterien bitte Feuerbereitschaft melden. Ich wünsche laufendes Einzelfeuer jeder Batterie und zum Schluß eine Salve. Drei Runden insgesamt!«

»Aye, aye, Sir!«

Mr. Bates, jetzt wieder Zweiter Leutnant und zuständig für die Batterien, beobachtete sorgfältig die Schießresultate. Er war zufrieden. Zwei Geschütze der Batterie waren umgestürzt, und auch die Baracken hatten Schaden genommen.

Die Kugeln, die an den Wällen Erdfontänen aufgewirbelt hatten, konnten wohl nur die Kanoniere in Schrecken versetzten, doch keinen weiteren Schaden hervorrufen. Aber es war nun mal ein undankbares Geschäft, wenn ein Schiff auf Erdwälle feuern mußte. Die feindliche Batterie schwieg erst einmal.

In der folgenden Nacht wurden sie jäh aufgeschreckt. Sie kreuzten in langen Schlägen vor der zerfransten Küste Südkarolinas gegen einen schwachen Südostwind an, als backbord achteraus Feuerschein aufzuckte und bald darauf Kanonen grummelten. Leutnant Bates hatte Wache, ließ sofort den Kapitän alarmieren und befahl, daß die Wache sich zu Segelmanövern bereithalten solle. Er selbst spähte mit dem Nachtglas in Richtung der flackernden Lichterzungen.

»Kanonenduell, Sir, etwa sechs Meilen entfernt, dort, wo die Sloop liegen sollte.«

»Lassen Sie Kurs auf das Gefecht nehmen. Alle Segel setzen. Ehe wir zum Gefecht klarmachen, können wir noch etwas warten. Wen können wir mit dem Glas aufentern lassen?«

»Mr. Harland, Sir, er hat Wache.«

»Also gut.«

Schwerfällig drehte die *Anson* auf den neuen Kurs, nahm Fahrt auf. Aber fast eine Stunde würde bei diesem Wind vergehen, ehe sie den Ort des Geschehens erreichten.

Andrew Harland hatte mit dem Nachtglas auch nur erkennen können, daß zwei Schiffe sich beschossen, jedes mit einer Breitseite von etwa acht Kanonen. Einmal flammte ein größeres Feuer auf, als habe ein Segel Feuer gefangen. Aber sie mußten das Segel gekappt und das Feuer unter Kontrolle gebracht haben. Kapitän Brisbane ließ Klarschiff anschlagen, als sie sich auf zwei Seemeilen genähert hatten.

David stand auf seinem Gefechtsposten auf dem Achterdeck in der Nähe des Ruders. Mr. Hope fragte: »Na, was sehen Ihre jungen Augen, Mr. Winter?«

»Der Pulverqualm um die beiden Schiffe erschwert die Sicht, Sir, aber ich glaube, daß die Sloop *Blanche* in das Gefecht verwickelt ist. Ich wundere mich nur, daß beide ganz dicht beieinander zu liegen scheinen und daß die Feuergeschwindigkeit so niedrig ist. Man hört auch immer wieder Musketenschüsse.«

»Das klingt nach Nahkampf.«

Ganz langsam änderte sich die Schwärze der Nacht in das dunkle Grau der Dämmerung. Mr. Bates war wieder mit dem Nachtglas in die Wanten gestiegen.

»Sir!« rief er den Kapitän an. »Die Sloop hängt mit einer Brigg am Bugspriet zusammen! Wenn der Winkel, den die beiden bilden, spitz wird, dann feuern sie mit den Breitseiten. Wenn Feuerdruck oder Wind sie auseinandertreiben, schießen sie mit den Buggeschützen. Ein Mast der Sloop ist ohne Segel.«

»Wer liegt näher zu uns, Mr. Bates?«

»Die Sloop, Sir.«

»Mr. Morsey, bringen Sie uns bitte um die beiden herum, so daß wir die Brigg in Lee haben.«

Als sie sich auf neuem Kurs dem Gefecht näherten, erkannte David, daß man sie auf der Brigg gesehen haben mußte. Ein Trupp stürmte nach vorn und wollte die Spitze des Bugspriets abhacken. Aber Musketen und Drehbassen der Sloop trieben den Trupp zurück.

»Signalraketen feuern!« befahl Kapitän Brisbane.

Als zwei Raketen zischend die Szene ausleuchteten, rief er durch das Sprachrohr: »Brigg, streichen Sie die Flagge, oder wir schießen Sie in Fetzen.«

Die geöffneten Geschützluken und die ausgerannten zweiunddreißig Kanonen unterstrichen seine Drohung. Die *Anson*, mit backgebraßten Segeln zweihundert Meter querab von der Brigg liegend, mußte überwältigend wirken.

Die Brigg holte ihre Flagge ein.

»Mr. Purget und Mr. Bondy, setzen Sie mit zwei Kuttern über und sichern Sie die Brigg. Ich werde mit der Gig zur Sloop übersetzen.«

»Deck!« schrie der Ausguck. »Kutter nähert sich aus WestNordwest, eine Seemeile entfernt!«

»Dann hätte der Kerl ihn doch längst sehen müssen«, schimpfte der Master.

»Deck!« schallte es wieder von oben. »Drei Segel zwei Seemeilen in Nord, anscheinend mit gekürzten Segeln beigedreht!«

»Befehle belegen!« rief der Kapitän. »Mr. Winter, entern Sie auf. Ich will wissen, was das für Schiffe in Nord sind.«

David hängte sich ein Teleskop um und kletterte die Wanten empor, so schnell er konnte. Oben auf dem Oberbramstenge-Eselshaupt pumpte seine Lunge. Beine um die Stenge geschlungen, Arme herum, Atem beruhigen, Teleskop justieren.

Da waren sie! Eine Dreimastbark, eine Brigg und ein großer Schoner. David suchte genauer. Handelsschiffe, ohne Zweifel. Er meldete es nach unten.

»Signalisieren Sie bitte dem Kutter, Mr. Morsey, er soll Kurs auf die drei Segel nehmen«, befal Brisbane. »Enterkommandos zur Brigg, wie angeordnet. Ich bleibe vorläufig an Bord. Wir nehmen Kurs auf die drei Schiffe, sobald die beiden Kutter abgelegt haben.«

Die *Anson* nahm wieder Fahrt auf und folgte dem Kutter. David sah zum Kampfplatz zurück. Was war das? Die Besatzung der Brigg hackte ihr Bugspiet frei, diesmal nicht durch die Schützen von der Sloop behindert. Aber auf der Brigg holten sie Musketen hervor und bemannten die Geschütze. Noch bevor die Brigg das Feuer auf die sich nähernden Kutter mit dem Enterkommando eröffnete, brüllte David mit aller Kraft: »Deck, Brigg nimmt den Kampf wieder auf!«

»Diese wortbrüchigen Hunde! Fertigmachen zur Wende!« Die Kommandos jagten sich. Die *Anson* drehte so schnell, als wüßten alle um die Not. Um die Kutter prasselten Musketenkugeln ins Wasser. Eine Kanonenkugel riß dem ersten Kutter den Bug weg. Die Sloop feuerte wieder.

»Geschütze nach Zielauffassung unabhängig feuern! Nach der ersten Runde Traubengeschosse!«

Die *Anson* stürmte heran wie ein Rachegott. Aus den Geschützluken und von Oberdeck stachen die Flammen. Das Deck der Brigg verwandelt sich in Minuten in ein Schlachthaus.

»Backbrassen!« befahl der Kapitän.

»Sir, die haben genug«, mahnte Mr. Morsey.

»Das überlassen Sie mir! Lassen Sie die Barkasse aussetzen, um unseren Kuttern zu helfen. Sehen Sie doch nur, wie sich die Männer am Wrack anklammern.«

Erst als die Barkasse auf das Wrack des ersten Kutters zupullte, befahl der Kapitän: »Feuer stopfen!« Er nahm das Sprachrohr. »Kutter zwei: Brigg entern! Jeden Widerstand mit Gewalt brechen. Kapitän und Maate fesseln und an Bord bringen!« Als er das Sprachrohr absetzte, meldete David laut: »Deck! Handelsschiffe haben Segel gestrichen. Kutter liegt beigedreht. Boot setzt über.«

»Kommen Sie an Deck, Mr. Winter!«

An Deck bereitete sich ein Trupp der Seesoldaten darauf vor, mit Hauptmann Barnes zur Brigg überzusetzen.

»Gehen Sie mit äußerster Strenge vor, Hauptmann Barnes. Wir hatten in letzter Zeit zu oft mit ehrenhaften Rebellen zu tun. Da haben wir vergessen, welches Gesindel es dort gibt.«

»Nicht nur dort«, sagte der Master leise zu David, der wieder neben ihm stand.

Die Barkasse kehrte mit den geborgenen Männern des Kutters zurück. Drei waren anscheinend verwundet und wurden von ihren Kameraden vorsichtig an Deck gehievt. David sah den Kanadier, aber Gott sei Dank wohl unverletzt. Die Sanitäter schleppten die Verwundeten unter Deck. Drüben auf der Brigg trieben die Enterer die Mannschaft zusammen. Als die Seesoldaten überall Aufstellung genommen hatten, pullte der zweite Kutter zur Anson zurück. Drei fremde Männer kauerten darin, aber auch zwei verwundete Matrosen der Anson.

Erst kamen die Verwundeten, dann die Gefangenen. Der Kapitän der Brigg, ein kräftiger, behaarter Kerl mit über der Brust aufgerissenem Hemd, Blut im Gesicht von einem Streifschuß, bäumte sich auf und schrie: »Ich protestiere! Nehmt mir die Fesseln ab, Ihr Strolche!«

»Bootsmann, stopfen Sie ihm das Maul mit Ihrem Stock!«

Der Bootsmann trat auf den Gefangenen zu und zog ihm den Stock mit aller Kraft über das Gesicht.

Der Gefangene heulte auf.

Brisbane näherte sich ihm. »Sie haben jeden Anspruch auf Behandlung nach dem Kriegsrecht verwirkt. Wer sich ergibt und danach wieder zur Waffe greift, ist ein Verbrecher und wird als solcher behandelt. Wenn Sie hier noch einmal herumbrüllen, peitschen wir Ihnen das Fleisch von den Rippen. Bootsmann, schließen Sie die Kerle in Eisen. Sie kommen vor Gericht, das sie hoffentlich zum Hängen verurteilen wird.«

»Mr. Morsey, teilen Sie bitte einen weiteren Entertrupp für die Brigg ein, Mr. Palmer kann ihn führen. Danach nehmen Sie bitte Kurs auf den Kutter und die Prisen.«

Sie hielten sich nicht lange bei den Handelsschiffen auf. Der Kutter kontrollierte sie mit ausgerannten Geschützen. Es waren Schiffe aus Virginia, die Tabak und Weizen in die Karibik bringen und Waffen holen sollten. Die Kanonenbrigg, ein Kaperschiff, sollte die wertvolle Fracht schützen. Kapitän Brisbane ließ weitere Prisenbesatzungen abstellen und zur Brigg zurücksegeln.

Dort rief er durch Signale Commander Berty von der Sloop zur *Anson*. Bevor der Kutter der Sloop anlegte, gab der Arzt seinen Bericht. »Drei Schwerverwundete, Sir. Harry Lead aus Plymouth hat einen bösen Splitter im Brustkorb. Ich weiß nicht, ob ich ihn durchbringe. Die anderen können über kurz oder lang wieder Dienst tun, Sir.«

»Vielen Dank, Mr. Lenthall. Sie sollten bitte auch auf der Sloop nach den Verwundeten sehen und danach auf der Brigg. Das Boot der Sloop kann Sie gleich übersetzen. Wollen Sie einen Ihrer Sanitäter mitnehmen?«

»Ja, Sir, ich veranlasse das sofort.«

Commander Berty stieg ungeschickt das Fallreep hinauf. Ob er verwundet ist, dachte David. Berty grüßte zum Achterdeck und ging dann mit Kapitän Brisbane in die Kajüte.

»Was ist denn heute morgen passiert, Kapitän Berty? Berichten Sie mir bitte.«

»Die Kanonenbrigg hat uns am Bugspriet gerammt, und

wir konnten unsere Kanonen nicht richtig zum Tragen bringen. Enterversuche über den Bug wurden zurückgeschlagen. Wir haben drei Tote und sechs Verwundete, Sir.« Berty sprach ein wenig schwerfällig und akzentuierte überdeutlich.

»Wie können Sie denn mit einer Brigg am Bugspriet kollidieren? Da muß doch die ganze Wache geschlafen haben. Hat der wachhabende Offizier nichts gemeldet?«

»Na ja, gemeldet schon, aber ...«

»Mann, nun reden Sie schon! Hat er gemeldet oder nicht?«

»Er hat gemeldet, Sir.«

»Und? Warum haben Sie nicht reagiert?«

Commander Berty war bleich und rang sichtlich um Fassung. »Ich war betrunken, Sir, und habe nichts begriffen.« Er schlug die Augen nieder.

Brisbane starrte ihn ungläubig an.

»Betrunken waren Sie?« fragte er staunend noch einmal.

»Ja, Sir!« Jetzt war ein gewisser Trotz in Bertys Stimme.

»Gehen Sie bitte in den Kartenraum und warten Sie dort.« Der Kapitän rief den Posten. »Mr. Morsey soll bitte veranlassen, daß der Erste Leutnant der Sloop sich sofort bei mir meldet!«

»Erster Leutnant der Sloop sofort bei Ihnen melden, Sir.« Der Rotrock vollführte eine Kehrtwendung mit aufstampfenden Hacken und eilte davon.

»Hatten Sie heute nacht Wache?« fragte Brisbane bald darauf den Leutnant.

»Jawohl, Sir.«

»Berichten Sie mir genau, was passiert ist!«

»Wir kreuzten mit gekürzten Segeln auf nordöstlichem Kurs. Um sechs Glasen der Hundewache hörte ich steuerbord voraus Geräusche. Ich schickte einen Melder zum Kapitän. Der Melder berichtete, der Kapitän wolle nicht kommen. Ich horchte noch einmal. Die Geräusche waren deutlicher. Ich hörte das Knarren von Takelage und dann auch Stimmen, nicht weiter als zweihundert Meter entfernt. Zu sehen war überhaupt nichts. Ich lief selbst in die Kajüte des Kapitäns. Er lag zusammengesunken im Sessel. Ich rüttelte ihn wach. Er beschimpfte mich und befahl, ihn in Ruhe zu lassen. Ich erklärte ihm, was ich gehört hatte, und bat, Klarschiff ausrufen zu dürfen. Dann merkte ich, daß er volltrunken war. Ich rannte an Deck, rief Klarschiff aus, aber dann krachte es schon. Die Brigg hatte auf seitlichem Kurs mit unserem Bugspriet kollidiert. Beide Bugspriets waren ineinander verhakt.«

»Warum haben Sie nicht selbständig Klarschiff ausgerufen?«

»Das hat sich Commander Berty vorbehalten, Sir!«

»Sie haben das Recht, das Kommando zu übernehmen, wenn der Kapitän handlungsunfähig ist.«

»Das wollte ich, Sir, nachdem ich mich überzeugt hatte, daß Commander Berty nichts unternehmen konnte. Aber es war zu spät, Sir.«

»Haben Sie nicht gewußt, daß Commander Berty ein Trinker ist?«

»Er war abends mitunter etwas angetrunken, Sir, aber nicht im Dienst.«

»Sie müssen jetzt meinem Sekretär Ihre Aussage diktieren, und Sie werden sie vor einem Kriegsgericht wiederholen müssen.«

»Aye, aye, Sir!«

Nachdem der Leutnant gegangen war, holte Brisbane den Commander zurück in seine Kajüte. »Commander Berty, seit wann betrinken Sie sich abends?«

»Seit einem halben Jahr, Sir.«

»Warum bloß, Kapitän Berty?«

Der Commander schien sich aufgegeben zu haben. »Ich habe mich mit Syphilis angesteckt, Sir, und der Arzt sagt, es wäre nichts mehr zu machen. Ich bin sowieso verloren.«

»Ist das eine Entschuldigung dafür, daß drei Ihrer Männer sterben mußten, weil Sie Ihren Kummer ersäufen wollten?«

»Nein, Sir. Das habe ich nicht gewollt.«

»Bis zu einem Kriegsgerichtsverfahren bleiben Sie unter Arrest auf der *Anson*. Ihr Steward wird Ihnen Ihre Sachen bringen.«

»Aye, Sir.«

An Deck rief der Kapitän den Ersten Leutnant. »Mr. Morsey, Sie übernehmen sofort die Sloop als diensttuender Commander. Lassen Sie alle Schäden beseitigen und nehmen Sie Position gemäß Befehl ein!«

»Sir, und Commander Berty?«

»Commander Berty steht unter Arrest. Er war heute nacht völlig betrunken und hat den Verlust seines Schiffes riskiert. Geben Sie dort den ständigen Befehl aus, daß der wachhabende Offizier bei drohender Gefahr selbständig Klarschiff ausrufen kann. Und schaffen Sie mir drüben Ordnung! Seien Sie hart, wenn es not tut!«

»Aye, aye, Sir! Ich danke für Ihr Vertrauen.«

»Die erbeutete Brigg kann Mr. Hurler übernehmen. Er wird ja bis zur Chesapeake-Bucht nicht viel Unsinn anrichten können. Wen würden Sie als Steuermannsmaat vorschlagen?«

»Mr. Winter, Sir, dann hat er einen zuverlässigen Wachhabenden.«

»Das stimmt. Und Mr. Palmer muß auf der *Anson* Dienst als Fünfter Leutnant übernehmen. Ich habe ja bald überhaupt keine regulären Leutnants mehr. Mr. Watson werde ich dem kommandierenden Admiral zur Ernennung vorschlagen.«

»Das verdient er, Sir.«

David war nicht glücklich über das Kommando. Mit Hurler als Kapitän, wenn das man gut ging. Er packte sein »kleines Gepäck« und ließ die Seekiste wieder auf der *Anson*. Als er es einrichten konnte, daß William Hansen als diensttuender Bootsmannsmaat mit auf die Brigg kam und der Kanadier als Rudergänger, war er schon etwas beruhigter. Die Mannschaft der Brigg wurde auf die *Anson* gebracht, und das Prisenkommando übernahm die Brigg *America*.

Die *America* war nicht nur vom Kampf beschädigt, sie war auch dreckig. Das kleine Prisenkommando hatte hart zu schuften, um Ordnung zu schaffen, während sie in der auffrischenden Morgenbrise in Kiellinie hinter den drei Handelsschiffen der *Anson* folgten. David sichtete die Karten, die Navigationsgeräte und die Signalflaggen. Mr. Hurler kam zu ihm und ordnete an: »Ich will ein schriftliches Verzeichnis aller Karten haben!«

»Warum denn? Wir bringen die Brigg doch nur bis zur Flotte.«

»Sie haben mich mit ›Sir‹ anzureden und auszuführen, was ich anordne!«

»Aye, aye, Sir!«

In David wühlte noch der Zorn über den eingebildeten Pedanten, als William kam. »Haben Sie schon gesehen, Sir? Die haben vorn und achtern je einen langen Achtpfünder aus Messing. Wunderbare Geschütze aus Spanien.«

»Denen schickt wohl alle Welt Waffen. Die muß ich mir mal ansehen.«

Es waren wirklich schöne Stücke. Die Bohrung am Zündloch war kein bißchen ausgefranst, ein Zeichen, daß die Kanonen fast neu waren. »Mit denen müssen wir noch einmal probeschießen, ehe wir die Brigg abliefern.«

Die *America* lag vor der Bucht von Charleston mit den drei Handelsschiffen, während die *Anson*, die Sloop und der Kutter an den Sandbänken vorbei auf den Nordkanal zuliefen. David enterte auf zum Masttopp, um mit dem Teleskop zu Long Island und Sullivan's Island hinüberzuspähen, wo die Briten im Juni 1776 mit ihrem Angriff gescheitert waren. Er erinnerte sich gut an die Anklagen von Leutnant Abercrombie, daß das Armeekommando unfähig gewesen war, die Tiefe der Furt zwischen beiden Inseln auszuloten, und daß Truppen dort versanken und in Panik gerieten.

Auch auf der *Anson* waren die Teleskope auf Sullivan's Island gerichtet.

»Sullivan's Fort oder Fort Moultrie, wie andere sagen, ist immer noch besetzt, aber sonst kann ich nicht erkennen, daß sie weitere Batterien auf der Insel errichtet hätten«, sagte der Kapitän zum Master. »Mr. Bates, schicken Sie bitte einen Midshipman mit dem Teleskop in den Mast. Er soll schauen, ob auf Sullivan's Island weitere Batterien errichtet sind.«

»Wir müssen abdrehen, Sir, der Kanal ist zu schmal, um später eine Wende zu segeln«, mahnte der Master.

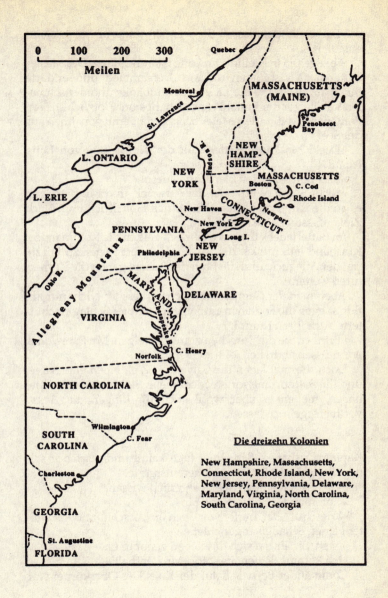

Die dreizehn Kolonien

New Hampshire, Massachusetts,
Connecticut, Rhode Island, New York,
New Jersey, Pennsylvania, Delaware,
Maryland, Virginia, North Carolina,
South Carolina, Georgia

»Einverstanden, lassen Sie wenden und vor Long Island ablaufen.«

Sie segelten in Kiellinie an Long Island entlang. Der Master hatte die Midshipmen um sich versammelt und erklärte ihnen auf der Karte die Lage der Sandbänke und der schmalen Kanäle vor der Einfahrt nach Charleston. Plötzlich stiegen Fontänen zweihundert Meter backbord querab von ihnen aus der See.

»Deck! Maskierte Batterie an der Nordspitze von Long Island.«

»Backbordbatterien klar zum Feuern!«

»Sechs Strich Nord«, rief der Ausguck, und Mr. Bates gab es an die Batterien weiter. »Vier Strich Höhenrichtung. Nach Zielauffassung eine Salve.«

Im Batteriedeck und an Oberdeck gellten die Kommandos. Krachend entlud sich die Salve. »Hundert Meter zu kurz!« rief der Ausguck, und die Batterieoffiziere gaben die Korrekturen weiter.

Aber auch der Gegner hatte sich verbessert. Nicht nur am Bug stiegen die Fontänen empor, ein dumpfer Schlag erschütterte auch ihren Rumpf.

»Bringen Sie die Burschen zum Schweigen, Mr. Bates, oder wir müssen abdrehen.«

Doch diesmal lagen die Salven im Ziel. Noch eine Salve, und die Batterie antwortete nicht mehr. Sie mochten Verluste haben, hielten es aber wohl auch für klüger, die *Anson* vorübersegeln zu lassen.

Kapitän Brisbane saß in seiner Tageskajüte und schrieb an seinem Bericht, als der Steward hereinstürzte.

»Was ist?« wollte Brisbane ärgerlich wissen.

»Commander Berty ist tot, Sir.«

»Wieso tot? Der Treffer war doch im Vorschiff und hat weiter keinen Schaden angerichtet.«

»Nein, Sir. Er hat sich das Leben genommen.«

»Ich komme. Rufen Sie sofort Mr. Lenthall!«

Commander Berty saß auf der Koje. Der Oberkörper war

nach hinten gesunken. Beide Hände umklammerten noch das Messer, das er sich in die Brust gestoßen hatte. Der Schiffsarzt sagte: »Er hat sich das Messer mit aller Kraft in das Herz gerammt. Er war sofort tot.« Auf dem kleinen Tisch lagen Papiere. Sein Abschied, ein Testament.

Der Kapitän seufzte und schüttelte den Kopf. »Er sah keinen Ausweg mehr. Das Kriegsgericht hätte ihm sein Kommando genommen, und vom Leben konnte er nichts mehr erwarten.«

»Ich weiß nicht, Sir. Ich glaube, der Kollege sah die Heilungsaussichten zu pessimistisch.«

»Das ist ja noch tragischer.«

Abends war auch in der Messe die Stimmung gedrückt. Am nächsten Morgen sollte die Beisetzung sein, und auch der Seemann Lead würde der See übergeben werden müssen.

»Irving, mit dem Glücksspiel ist aber jetzt Schluß. Mit dem Spiel fängt das Saufen an, und wenn du dann ein Kommando hast und bist allein mit der Verantwortung, dann ist auf einmal kein Halten mehr«, mahnte Leutnant Bates den Hauptmann Barnes.

»Schon gut, Robert. Ich hatte dem Alten gegenüber sowieso schon ein ganz schlechtes Gewissen.«

Als sie an der Küste Nordkarolinas entlangsegelten, zeigte ihnen das Wetter, wie sehr es sie bisher verwöhnt hatte. Die See frischte auf, und der Wind aus Südsüdost wuchs sich zu einem Sturm aus. Drei Tage und Nächte kamen sie kaum unter Deck. An warme Mahlzeiten war nicht zu denken. Der Kanadier stand die meiste Zeit am Ruder. William führte die Segelmannschaften in die Wanten, und auf David lastete der Hauptteil der Navigation und Schiffsführung.

Mr. Hurler gab meist nur seine Anordnungen, die David in Befehle umsetzen mußte. Er zog sich öfter unter Deck zurück, um das Logbuch zu führen.

Das hätte nun wirklich Zeit gehabt, Mr. Dienstvorschrift, dachte David, als er völlig übermüdet wieder allein das Schiff führen mußte. Aber der Wind ließ etwas nach. David wußte nur, daß sie irgendwo querab vom Cape Carteret stehen mußten.

Er nahm sich ein Teleskop und enterte mühsam die schlagenden Wanten empor. Oben klammerte er sich krampfhaft am bockenden Mast fest und suchte die ferne Küste ab. Da, Cape Carteret sank schon backbord achteraus. Querab lag jetzt der Bogue Sound. Eilig kletterte David hinunter an Deck. Dem Melder sagte er: »Ruf den Kapitän, wir müssen Kurs ändern.«

Mr. Hurler fragte gereizt: »Was ist denn?«

»Wir stehen querab vom Bogue Sound und müssen Kurs Ostnordost steuern, um von Cape Lookout freizukommen, Sir.«

»Wie weit ist Cape Lookout entfernt?«

»Etwa zwanzig Meilen, Sir.«

»Dann sehe ich noch keine Notwendigkeit zur Kursänderung.«

»Aber Sir, der Wind treibt uns auf die Shacklefordbänke. Die Brigg hat wenig Tiefgang und fällt ziemlich stark in Lee. Wir müssen den Kurs ändern.«

»Ich habe das Kommando, Mr. Winter, das sollten Sie endlich beherzigen.«

»Meine Pflicht ist es, auf navigatorische Gefahren aufmerksam zu machen, Sir.«

»Das haben Sie getan. Ich werde Sie bald ablösen und dann die Entscheidung treffen.«

David war zu erschöpft, um sich aufzuregen. Der Kerl würde sie noch an der Leeküste stranden lassen.

»Deck! Segel steuerbord querab!« setzte sich die Stimme des Ausgucks gegen den Sturm durch.

David griff nach dem Teleskop. Das war doch die *Anson*, schon auf ablaufendem Kurs. Er gab William das Teleskop. »Da, sieh doch einmal, ob das die *Anson* ist oder ob ich vor Müdigkeit schon träume.«

»Das ist die *Anson*, Sir, und sie setzt jetzt Signale.«

»Gib her«, David griff nach dem Teleskop. »Kurs ändern! Platz in Kiellinie einnehmen!« las er halblaut ab. Zur Bekräftigung feuerte die *Anson* einen Kanonenschuß.

»Hol den Kapitän!« rief David dem Melder zu. »Ihr andern, macht euch bereit zur Wende.«

»Ich komme schon, Mr. Winter, was haben Sie nun schon wieder?«

»Die *Anson* signalisiert: Kurs ändern, Platz in Kiellinie einnehmen, Sir.«

»Dann werden wir halsen.«

David glaubte, nicht richtig zu hören. »Wir müssen wenden, Sir, wir sind zu dicht an der Leeküste.«

»Mr. Winter, wenn Sie sich etwas intensiver mit den Vorschriften beschäftigen würden, dann wüßten Sie, daß bei starkem Wind und rauher See die Halse zu fahren ist.«

David rang um Fassung. »Sir, bei der Halse verlieren wir eine halbe Meile leewärts. Bei den Untiefen eine Meile vor uns riskieren wir zuviel.«

»Vor fünfzehn Minuten haben Sie noch gesagt, Cape Lookout sei etwa zwanzig Meilen entfernt.«

»Aber, Sir, wir sind etwa Nordkurs gesegelt. Auf der Karte ist zu sehen, daß Cape Lookout Ostnordost peilt, jetzt etwa sechzehn Meilen.«

»Das haben Sie nicht gesagt! Fertigmachen zur Halse!«

»Großsegel und Spanker aufgeien!«

»Ruder hart steuerbord!«

Das Heck der Brigg drehte in den Wind, der sie auf die Küste zutrieb. Das kann nicht gutgehen, dachte David. Jetzt kam das Heck weiter herum, die Blinde flatterte. Würden sie es doch schaffen? Da rieb es backbord wie mit tausend Reibeisen, die Brigg wurde gebremst, daß sie fast umfielen.

»Segel fliegen lassen. Wir sind aufgelaufen!« brüllte David. »Notrakete feuern!«

Mr. Hurler stand wie versteinert. »Übernehmen Sie, Mr. Winter. Ich kümmere mich um die Signale und den Geheimcode.«

Was soll ich jetzt noch übernehmen, dachte David. Die Brigg legte sich über. »Alle Mann an Deck. Boote in Lee ausbringen. Signal: Sind aufgelaufen!«

Die Boote wurden so gefiert, daß sie einige Meter backbord von der *America* in der See lagen. Die Mannschaften arbeiteten fieberhaft, um die Segel zu bergen.

»Wir sind eine Stunde vor der Flut, wenn wir den Winddruck nehmen könnten, kämen wir vielleicht frei!« rief David William zu.

»Sir, die *Anson* wendet!«

David blickte hinüber. Die *Anson* wollte ihnen zu Hilfe kommen. »Da gibt der Kapitän selbst die Kommandos. Sehen Sie nur, Sir, wie sie gegen den Sturm anreitet.«

Die *Anson* kreuzte zurück, brachte zwei Buganker aus und legte, als sie hielten, den Bug in den Wind. »Sie werden uns ein Tau überlassen«, rief David. Das Tau kam, erst das dünne Seil, dann die dicke Trosse. Sie machten die Trosse fest und gaben Signal. David ließ unter Deck den Rumpf prüfen.

»Alles dicht. Kein Wassereinbruch«, meldete William.

Die *Anson* hatte ein Spring auf der Ankertrosse und begann, über den Stag in Richtung Ostnordost zu kreuzen. »Donnerwetter, da klappt auch alles«, bewunderte David das Manöver. Die Trosse sprang aus dem Wasser, an ihrer Backbordseite scheuerte es. Die *America* rutschte etwas voran. »Ruder hart Steuerbord!« rief David. Da gab es einen dumpfen Bums an ihrer Bugseite an Backbord. Die *America* stand. Die Trosse brach und peitschte durch die Luft.

»Wassereinbruch am Bug!« meldete der Kanadier.

»William, sieh nach, was ist!«

Als William meldete, daß die Planken an der Backbordseite am Bug stark eingedrückt worden seien, wußte David, daß das Schiff verloren war. Wahrscheinlich hatte die *Anson* sie gegen einen großen Stein geschleppt. »Signal an *Anson*. Wassereinbruch, geben Schiff auf. Schickt Trosse.« David dachte kurz, daß das ja eigentlich alles Mr. Hurler anordnen müsse. Aber es war keine Zeit zu verlieren. »Alles vorbereiten, um von Bord zu gehen!«

»Die *Anson* signalisiert: Schiff vernichten!« rief ein Matrose. Wie denn? dachte David. Da müssen wir unter Deck in der Nähe der Pulverkammer Feuer legen und hoffen, daß das Feuer nicht ausgeht durch den Wassereinbruch und daß wir weit genug weg sind, wenn das Schiff in die Luft fliegt.

»William«, rief er, »der Stückmeistersmaat soll zu mir kommen!«

Hastig erklärte David diesem sein Vorhaben. Was an brennbarem Zeug da sei, sollte er neben der Kammer anhäufen, mit Petroleum anfeuchten, eine Dreißigminutenlunte legen und in der Kammer Kartuschen entleeren und Fässer öffnen.

»Sir«, meldete sich William, »was soll mit den herrlichen Messingkanonen werden?«

»Wir können sie leider nicht in die Tasche stecken. Die sind futsch.«

Mr. Hurler erschien an Deck.

»Sir, wir müssen das Schiff aufgeben. Starker Wassereinbruch. *Anson* hat Zerstörung angeordnet«, meldete David.

»Gut, gut, ich bringe die Papiere zur *Anson* und melde unsere Lage. Sie nehmen das letzte Boot.«

David war entgeistert. Der Kapitän hatte ein Schiff als letzter zu verlassen. Aber es hatte keinen Sinn, Mr. Hurler auf so etwas hinzuweisen. Wenn selbst er jetzt alle Vorschriften mißachtete, dann war er auch nicht mehr aufnahmefähig für eine Mahnung.

Das erste Boot legte ab und pullte – unterstützt von der sich straffenden Trosse – gegen den nachlassenden Wind und die noch immer rauhe See an. Der Maat erschien und sagte, daß er mit den Vorbereitungen zum Feuerlegen fertig sei. Das Wasser im Schiff steige nicht mehr.

William trat zu ihnen. »Sir, mir ist ein Gedanke gekommen. Wir fordern durch das zweite Boot zwei zusätzliche Trossen an. Ich lasche zwei leere Tonnen an jede Kanone. Das gibt ihnen genügend Auftrieb über Grund, und wir können sie von der *Anson* aus einholen.«

»William, du machst mich verrückt mit deinen Messingkanonen.«

»Aber, Sir, das schaffen wir schnell«, mischte sich der Kanadier ein. »Dann beeilt euch und verschwindet mit dem zweiten Boot, damit wir hier in Ruhe alles erledigen können. Aber ihr habt keine Sekunde zusätzlich.«

»Aye, aye, Sir!« Sie rannten davon.

Das letzte Boot tanzte an der Trosse. Die Geschütze waren an zwei anderen Tauen befestigt und über Bord gerollt. Jetzt war nur die Lunte zu zünden und dann das Weite zu suchen.

Ich gebe in letzter Zeit ein wenig zu häufig Schiffe auf, dachte David. Die Brigg war zu schade dafür und kostete sie alle einen Batzen Prisengeld.

Er stieg mit dem Maat unter Deck. Der schlug Feuer und zündete die Lunte. Die Flamme kroch zischend langsam vorwärts.

»Jetzt raus und weg«, befahl David. Er sprang hinter dem Maat ins Boot, gab das Signal zur *Anson*, und die Matrosen pullten wie verrückt, um den Zug der Trosse zu unterstützen. Nur weg!

Als David erschöpft die Jakobsleiter zur *Anson* hinaufkletterte, beugte sich Hugh Cole über das Schanzkleid: »David, der Hurler schwärzt dich an, du hättest die Brigg auf Sand gesetzt.«

»Dieses Mistvieh lügt!«

»Mr. Winter zum Kapitän!« rief der Melder. David trottete hinter ihm her zur Kajüte. »Zur Stelle, Sir.«

»Mr. Winter, Sie werden beschuldigt, die Brigg durch falsche Maßnahmen auf die Sandbank gesetzt zu haben.«

»Das entspricht nicht der Wahrheit, Sir.«

Hurler, der am Tisch saß, wollte etwas sagen, aber der Kapitän brachte ihn mit einer Handbewegung zum Schweigen.

David erzählte in knappen Worten die Ereignisse. »Jeder, der in der Nähe des Ruders stand, kann meine Darstellung bestätigen, Sir.«

»Aber er hat gesagt, daß wir noch zwanzig Meilen bis Cape Lookout zu segeln hatten, Sir«, mischte sich Mr. Hurler ein.

Der Kapitän sah David fragend an.

»Ich habe auf Befragen nur gesagt, daß Cape Lookout zwanzig Meilen entfernt sei. Ich habe auch gesagt, daß wir querab vom Bogue Sound standen, und da wir Nordkurs segelten, konnte niemand, der auch nur einen Blick auf die Karte geworfen hat, annehmen, daß wir noch zwanzig Meilen bis Cape Lookout zu segeln hatten.«

»Hatten Sie denn die Karte studiert, Mr. Hurler?« fragte der Kapitän.

»An diesem Tag noch nicht, Sir.«

»Mr. Winter, lassen Sie uns bitte allein.«

David verbeugte sich und ging.

Der Kapitän sah Mr. Hurler eine Weile schweigend an. Diesem wurde immer unbehaglicher.

»Sir«, brach er schließlich das Schweigen. »Ich habe unrecht gehandelt. Es war wohl so, wie Mr. Winter sagte. Genau kann ich mich nicht mehr erinnern. Es war zuviel für mich. Ich wußte nicht, was ich im Sturm tun sollte. Die Maate hatten kein Zutrauen zu mir. Ich werde nie ein richtiger Seemann. Ich werde meinen Abschied einreichen. Ich bin nur meinem Vater zuliebe zur See gegangen. Jetzt ist er alt und krank und wird mich nicht verurteilen, wenn ich in seine Firma eintreten will. Bitte, Sir, nur kein Kriegsgericht und keinen Ausstoß aus der Flotte.«

»Sie rücken spät mit der Wahrheit raus, Mr. Hurler, aber noch nicht zu spät. Das Kriegsgericht muß eingeschaltet werden, wenn ein Schiff verlorenging, das sollten Sie wissen. Aber wenn Sie bereits Ihren Abschied genommen haben und wenn die zu erwartende Strafe nicht höher sein könnte als die Entlassung aus der Flotte, dann kann es in Ihrer Abwesenheit tagen. Das ist in diesem Falle möglich. Schreiben Sie Ihr Abschiedsgesuch. Und noch etwas müssen Sie tun.«

»Was meinen Sie, Sir?«

»Sich bei Mr. Winter für die falschen Anschuldigungen entschuldigen.«

David war müde und leer in die Messe der Midshipmen gegangen, hatte sich einen warmen Tee geben lassen, wusch sich Gesicht und Hände und wollte sich in die Hängematte legen, da stürmte Stephen Church herein: »David, Mr. Bates und die Offiziere der Seesoldaten sind ganz begeistert von den beiden Kanonen, die du von der *America* hast rüberholen lassen. Ob du an Deck kommen kannst?«

»Die Kanonen sind die fixe Idee von William Hansen. Ich habe ihn nur gewähren lassen. Tust du mir einen Gefallen, Stephen?«

»Gern.«

»Sag denen, ich hätte schon geschlafen und die anderen hätten gesagt, ich sei zu erschöpft, um geweckt zu werden.«

»Mach ich, David.« Eine Minute später entsprach Davids Aussage schon der Wahrheit.

Die nächsten vier Tage hatte David Zeit, sich von den Strapazen des Sturmes und der Strandung zu erholen. »Geht einem verdammt nahe, wenn man ein Schiff verliert, nur weil ein Kommandant seinen Aufgaben nicht gewachsen ist«, hatte der Master zu ihm gemurmelt.

Der Kapitän hielt ihn eines Morgens an. »Es war eigentlich meine Schuld, Mr. Winter. Wenn Sie später einmal in eine solche Situation geraten, geben Sie niemandem ein Kommando, dem Sie es nicht zutrauen, nur weil er seinem Dienstgrad nach an der Reihe wäre.«

David sagte automatisch. »Aye, aye, Sir!«, aber es dauerte noch einige Zeit, bis er verstanden hatte, was der Kapitän meinte.

»Deck! Fregatte auf Gegenkurs!«

Mr. Bates ließ ihr Signal setzen, die Fregatte antwortete mit ihrer Nummer und signalisierte: »Habe Befehle für Sie.«

Der Kapitän kam an Deck, ließ sich berichten und sagte: »Nun werden wir der Nordamerikastation unterstellt. Mal sehen, was die für uns haben. Die Fahrt nach Virginia ist nun zu Ende.«

Es war eine Fahrt voller Tragik, dachte David. Eigentlich kann es nur besser kommen.

Die Eroberung
des Delaware

Oktober bis November 1777

»Deck! Segel gerade voraus. Hält Kurs auf uns.«

Die *Anson* kreuzte gegen einen leichten Nordnordwest in die Chesapeake-Bucht hinein.

»Setzen Sie unsere Flagge und unsere Nummer!«

Kurz darauf zeigte die sich nähernde Sloop die britische Flagge und ihre Nummer. Leutnant Purget schlug im Flottenbuch nach. »Es ist die Sloop *Merlin*, Sir, achtzehn Kanonen, Commander Linzee.«

»Setzen Sie Signal: Kommandant zum Bericht an Bord.«

Die *Merlin* ging achtern von der *Anson* in den Wind, und die Jolle des Commanders hielt auf sie zu.

»Fertigmachen zur Seite!« befahl Leutnant Bates, und die Seesoldaten der Wache nahmen Aufstellung. Die Bootmannspfeifen schrillten, der Trommlerjunge ließ die Schlegel rattern, die Seesoldaten präsentierten, und ein etwas beleibter, grauhaariger Commander grüßte zum Achterdeck und wurde von Leutnant Bates in die Kapitänskajüte geleitet.

»Ich freue mich, Sie zu sehen, Kapitän Linzee. Ich hoffe, Sie bringen gute Nachrichten. Treten Sie näher, nehmen Sie ein Glas Claret.«

»Danke ergebenst, Sir. Ich habe in der Tat gute Nachrichten. General Howe hat vor zwei Tagen Philadelphia besetzt.«

»Darauf können wir trinken.« Brisbane hob sein Glas. »Gab es schwere Kämpfe?«

»Nein, Sir, nur ein Gefecht beim Brandywine Creek, die Flotte hat gar nicht gekämpft, nur den Transport begleitet.«

»Wann sind Sie denn in New York abgesegelt?«

»Die Flotte ist am dreiundzwanzigsten Juli mit etwa zweihundertsechzig Schiffen ausgelaufen, Sir, um Philadelphia, die größte Stadt der Rebellenkolonien, zu erobern. Wir sind zunächst zum Delaware gesegelt, aber seine Befestigungen haben sich als zu stark erwiesen, so daß wir am fünfzehnten August in die Chesepeake-Bucht eingelaufen sind und die Armee am fünfundzwanzigsten August am Head of Elk gelandet haben.«

»Wenn ich die Karte recht im Kopf habe, sind das aber mindestens fünfzig Meilen bis Philadelphia, Kapitän Linzee.«

»Das stimmt, Sir. Und da Philadelphia nicht zu halten ist, ohne daß Nachschub über den Delaware zur Stadt gelangt, soll die Flotte nun den Delaware freikämpfen.«

»Das ist eine Herausforderung. Ich hoffe, man hat uns eine wichtige Rolle dabei zugedacht.«

»Es tut mir leid, Sir. Diese Nachricht wird Sie nicht erfreuen. Die Befehle, die ich Ihnen überbringe, sehen vor, daß Sie die Transporter zurück nach New York geleiten und von dort Mörser und Pioniergerät bringen, das am Delaware gebraucht wird.«

»Konvoidienst ist das letzte, was man sich wünscht. Wo sind denn die verdammten Transporter?«

»Sie laufen wenige Meilen hinter mir. Sie können den Konvoi heute noch übernehmen und Kurs auf New York nehmen, Sir.«

»Ja, es ist wohl am besten, wir bringen es bald hinter uns.«

Als der Wald der etwa dreißig Transportermasten in Sicht war, ließ Kapitän Brisbane Signal setzen, daß die Kapitäne an Bord kommen sollten. Aber die ließen sich nicht hetzen. Erst als sie sich der *Anson* genähert und Anker geworfen hatten, setzten sie ihre Boote aus und ruderten zur *Anson*. Kapitän Brisbane begrüßte sie freundlich, ließ Wein einschenken und wartete geduldig, bis einer nach dem anderen eintraf.

Es war eine bunt gemischte Versammlung. Vier der Schiffe waren bewaffnete Transporter mit älteren Leutnants als Kommandanten. Die anderen waren Kapitäne der vom Transportamt geheuerten Handelsschiffe. Einige trugen gute Anzüge, andere nur speckige Pullover. Einige ließen im hageren, wettergegerbten Aussehen den Seemann erkennen, andere waren dick und rosig und ähnelten eher Kneipenwirten.

Brisbane wußte, daß seine Befehlsgewalt begrenzt war und daß er auf den guten Willen der störrischen Kapitäne angewiesen war.

»Meine Herren«, begann er diplomatisch. »Keiner von uns segelt gern im Konvoi. Sie müssen es, weil Lloyds sonst keinen Cent beim Verlust Ihres Schiffes erstattet. Ich muß es, weil der Admiral es mir befohlen hat. Also wollen wir sehen, daß wir die kurze Strecke bis New York ohne große Umstände hinter uns bringen.«

Das Gemurmel der Kapitäne schien eher Wohlwollen auszudrücken.

»Wir segeln in drei Kolonnen. Mein Sekretär hat die Namen der Schiffe und ihre Positionsnummern auf Zettel geschrieben, die Ihnen ausgehändigt werden. Wie Sie sehen, nehmen die bewaffneten Transporter die Schlußpositionen in jeder Kolonne ein. Ich will Ihre Geduld nicht strapazieren und Ihnen die Admiralitätsvorschrift vorlesen, wie es die Federfuchser fordern.«

Jetzt war die Zustimmung der Kapitäne schon deutlicher herauszuhören.

»Aber ich muß Sie in unser aller Interesse doch auf folgende Punkte hinweisen: Ab acht Uhr abends darf kein Licht mehr aus dem Schiff dringen. Nur die nach den Seiten abgeschirmte Laterne am hinteren Mast ist erlaubt. Wir segeln nachts mit gerefften Marssegeln, sofern keine anderen Signale gegeben werden. Wer angegriffen wird, muß durch Schüsse den Konvoi alarmieren. Falls Sie geentert werden, müssen Sie alle Takel und das Fall kappen, damit die Wegführung Ihres Schiffes erschwert wird. Die Eskorte besteht aus der *Anson*, die ich kommandiere, und der Sloop *Blanche*, die Kapitän Morsey befehligt. Wir segeln in Luv und werden alles tun, um Kaperschiffe von Ihnen fernzuhalten. Haben Sie noch Fragen?«

Keiner der alten Fahrensleute wollte noch etwas wissen. Ein dicker, grauhaariger Mann mit marineblauem Jackett stand auf und sagte: »Kapitän, das war die verdammt kürzeste und beste Konvoikonferenz, die ich erlebt habe. Wir werden das unsere tun, damit die Reise auch kurz und gut wird.«

Diesmal war die Zustimmung im Gemurmel unverkennbar.

Die Kapitäne standen auf. Einige klopften sich auf die Schultern, andere schüttelten sich die Hände zum Abschied, aber keiner verlor Zeit, wieder auf sein Schiff zu kommen.

Die *Anson* setzte Signale und nahm zunächst die Spitzenposition ein, um den Konvoi an Cape Charles vorbei aus der Bucht zu führen.

»Die Brüder sind schon öfter im Konvoi gesegelt«, bemerkte Mr. Hope zu David. »Die nehmen verdammt schnell ihre Position ein. Nur die dicke Bark in der Steuerbordkolonne tanzt noch aus der Reihe.«

David sah in der Kladde nach. »Das ist Nummer sechs, ein Schiff aus Liverpool.«

»Die sollten es besser können. Welchen Kurs schlagen Sie vor, Mr. Winter, sobald wir Cape Charles passiert haben?«

»Nordost zu Ost, Sir. Dann haben wir den Wind etwas achterlich querab und kommen mit einem weiten Schlag gut von der Küste und ihren Buchten frei, in denen sich Kaper verstecken können, und wir können Position zwischen Küste und Konvoi einnehmen.«

»Ganz meine Meinung. Veranlassen Sie alles.«

Die Küste war längst außer Sicht. Der Kapitän hatte nach Beratung mit dem Master angeordnet, daß sie den Kurs beibehalten würden. Der Wind war noch etwas abgeflaut. Das Barometer deutete auf keine Änderung hin. Da würden sie in der Nacht nicht zu weit nach Osten abkommen.

»Geben Sie bitte Signal, Mr. Purget. ›Konvoi zu Beginn der Ersten Wache Segel reduzieren.‹«

»Aye, aye, Sir.«

Der Kapitän blieb noch an Deck, um in der sinkenden Dämmerung zu beobachten, wie der Befehl befolgt wurde. Dann ging er, um seine Gäste zu empfangen.

»Was haben Sie denn heute zaubern können, Morsen?« fragte er seinen Steward.

»Wir haben schönen Lammbraten, Sir, geröstete Kartoffeln, Reis, grüne Bohnen, Karotten und Pudding.«

»Das Leben auf See wird immer komfortabler, und wir werden immer verwöhnter.«

»Wir waren vor nicht langer Zeit an Land, Sir, das reichert den Speisezettel an.«

»Na ja, wir werden noch oft genug auf unserem Salzfleisch kauen können. Ich werde jetzt meine eigene Takelage noch einwenig ausbessern, bevor die Herren erscheinen.«

Nach dem Begrüßungsglas saßen sie dann wieder in der großen Kajüte und warteten, daß der jüngste Midshipman den Toast auf den König ausbringen würde. Heute traf es Hugh Cole, der mit zurückgebundenen, gepuderten Haaren noch blasser aussah, als man bei seiner Aufregung vermutete.

»Auf Seine Majestät, König Georg, und Verderben seinen Feinden!« schallte es nach kurzem Räuspern durch den Raum.

»Auf den König!«

Der Steward und seine Helfer reichten die Platten herum. Der Kapitän und der Master gaben am schnellsten ein Zeichen, daß die Platten weitergehen könnten. Bei den Midshipmen mußten die Stewards eher selbst die Platten wegziehen.

»Morsen hat sich wieder selbst übertroffen, Sir«, sagte Hauptmann Barnes anerkennend und hob sein Glas.

»Ich glaube, er ist der beste Steward, den ich je hatte«, stellte Brisbane fest.

»Ich rechne ihm hoch an, daß er hervorragende Rindsbrühen für unseren Kranken zubereitet, obwohl er das nicht müßte. Die schmecken besser als unsere Fertigsuppen aus dem Lazarett«, stimmte Mr. Lenthall in das Lob des Stewards ein.

»Morsen, Ihnen müssen die Ohren geklungen haben, so sehr sind Ihre Kochkünste gelobt worden.«

»Ergebensten Dank, Sir.«

Auch der Nachtisch fand Anerkennung. Die Unterhaltung wurde lebhafter, aber dann wurde an Deck Alarm gegeben, und alle stürzten aus der Kabine.

»Nummer acht Backbordkolonne meldet Angriff, Sir!« rief Mr. Watson, der wachhabende Offizier. »Ich habe Klarschiff befohlen, Sir.«

»Sehr gut. Lassen Sie Lichtsignal hissen: Die *Blanche* soll Station halten.«

»*Blanche* Station halten, aye, aye, Sir!«

»Fock und Großsegel setzen!«

»Mr. Hope, ich übernehme selbst. Wir werden durch den Konvoi segeln. Melden Sie mir bitte, wie und in welcher Entfernung der nächste Transporter Steuerbord peilt. Ach ja, lassen Sie Lichter setzen, damit uns die Transporter sehen.«

»Aye, aye, Sir!«

Mr. Hope griff nach dem Nachtglas. Die Sicht war sehr schlecht. Starke Bewölkung. Der Mond würde erst in einer Stunde aufgehen. Er preßte das Nachtglas an das Auge, als die *Anson* Fahrt aufnahm.

»Bramsegel setzen!«

»Rudergänger, vierzehn Grad steuern!«

»Aye, aye, vierzehn Grad, Sir!«

Die *Anson* nahm Fahrt auf.

Mr. Hope sah einen dunklen Schatten im Nachtglas auftauchen. »Transporter vier Strich steuerbord, zweihundert Meter, Kurs Nordost.«

»Ruder zwei Strich backbord!«

Mr. Hope rief David. »Mr. Winter, das ist ein verwegener Kurs, den der Kapitän segelt. Gehen Sie an die Backbordseite. Wenn ein Transporter näher als vier Strich backbord und zweihundert Meter voraus in Sicht kommt, melden Sie es mir.«

»Aye, aye, Sir.« David griff sich ein Nachtglas und lief zur Backbordseite. An Steuerbord tauchte der Transporter auf, den Mr. Hope gemeldet hatte. Er blieb nicht weiter als 80 Meter querab. Aufgeregte Stimmen schallten herüber.

Mr. Hope suchte die nächste Kolonne. Verdammt! Ein dunkler Schatten war gerade voraus. »Transporter gerade voraus, zweihundert Meter.«

»Ruder vier Strich steuerbord.« Die *Anson* neigte sich nach Backbord. Der Gefechtslärm war näher gerückt. Auch der bewaffnete Transporter am Schluß der Kolonne griff in den Kampf ein. Der Angreifer hatte eine Breitseite von acht Geschützen, mittleres Kaliber. Sie steuerten auf den sechsten Transporter der dritten Kolonne zu, zwei Schiffe vor dem angegriffenen Schiff.

Mr. Hope meldete: »Transporter sechs Strich steuerbord, zweihundert Meter.«

»Ruder stütz so, wie es geht.«

»Bootsmann, wir ändern gleich Kurs acht Grad steuerbord! Segelgasten fertigmachen.«

»Aye, aye, Sir!«

»Mr. Bates, wahrscheinlich kommt die Steuerbordbatterie zum Einsatz. Sie sollen nicht zu hoch feuern, sonst treffen sie den Konvoi.«

Diesmal kreuzten sie mit etwa sechs Knoten fünfzig Meter vor dem Bug des Transporters Nummer sechs.

»Das war knapp«, stöhnte Mr. Hope. »Neuer Kurs acht Grad steuerbord.«

»Acht Grad steuerbord«, kam das Echo. Die Segel wurden neu getrimmt. »Kaperschiff vier Grad backbord, fünfhundert Meter.«

»Mr. Bates!« rief der Kapitän. »Es ist die Backbordbatterie. Salve nach Zielauffassung. Geben Sie unser Signal für den

Konvoi, damit die uns nicht beschießen, und lassen Sie Leuchtraketen zum Feind feuern.«

»Aye, aye, Sir!«

Wimmernd sauste eine Kugel vom eigenen Konvoi durch ihre Takelage.

»Signal ist gesetzt, Sir.«

»Hoffentlich sehen die das auch«, brummte Mr. Hope.

»Großer Schoner, sechs Strich backbord, zweihundert Meter«, meldete David.

»Erste Salve auf den Rumpf, zweite Salve Kettengeschosse in die Takelage!« befahl der Kapitän. »Mr. Hope übernehmen Sie bitte das Ruder. Nach der zweiten Salve legen Sie uns bitte hinter seinen Stern, danach allgemeiner Kurs Nordost.«

»Aye, aye, Sir! Hinter Stern legen, allgemeiner Kurs Nordost.«

Der Schoner hatte sie noch nicht bemerkt. Als ihre erste Salve hinausdonnerte, mußte die Besatzung ein tödlicher Schreck erfaßt haben. Man konnte Geschrei und Befehle hören. Dann sauste auch schon die zweite Salve hinterher, und die Kettenkugeln mit ihren wimmernden Geräuschen krachten in die Takelage.

»Achterdeck!« rief eine Stimme. »Geschützfeuer an der Spitze der Steuerbordkolonne!«

»Verdammt, das sind mehrere!« fluchte Leutnant Bates.

»Nur Ruhe«, sagte der Master. »Da vorn ist die *Blanche*. Wir ändern Kurs. Ruder hart backbord!«

In sechzig Meter Entfernung kreuzten sie den Kurs des Schoners. Diesmal feuerte die Backbordbatterie mit Traubengeschossen. Mr. Hope gab das Kommando, um auf Kurs Nordost zu gehen.

»Feuer an Bord des Schoners!«

Da waren die Feuerzungen zu sehen. Sie kamen aus dem Rumpf.

»Feuer stopfen! Mr. Hope, halten Sie etwas ab!«

Der Abstand zum Gegner, der keinen Widerstand mehr leisten konnte, vergrößerte sich. Dann wurden sie von dem riesigen Feuerblitz geblendet, und Sekunden später erreichte sie der Donner der Explosion.

»Aufpassen auf brennende Wrackteile!« brüllte der Kapitän.

Holzteile prasselten auf sie herab. Hier und da schrie einer auf. Aber außer zwei oder drei glimmenden Stücken, die schnell über Bord geworfen wurden, traf sie nichts Brennendes.

»Lichtsignal an bewaffneten Transporter: Überlebende bergen!«

»Sir, die *Blanche* hat in den Kampf eingegriffen.«

Wie zur Bestätigung hörten sie das Grollen einer Salve.

»Wurde auch Zeit«, kommentierte Leutnant Bates.

Wieder zuckten backbord voraus Blitze auf.

»Mr. Hope, das Kaperschiff wird aufgeben und zur offenen See hin flüchten. Geben Sie uns einen Kurs, daß wir ihm den Weg verlegen können.«

Sie änderten ihren Kurs vier Strich nach steuerbord und stürmten durch die Nacht.

»In einer Viertelstunde ist Mondaufgang, Sir.«

»Den können wir brauchen. Mr. Bates, lassen Sie bitte die Ausgucke aufentern, sobald es ein wenig heller wird. Sie sollen voraus auf Segel achten. Mr. Winter, nehmen Sie sich ein Nachtglas und entern Sie zum Fockmasttopp auf.«

»Aye, aye, Sir!«

Mit dem Nachtglas war der Konvoi als dunkle Masse backbord querab zu erkennen. Backbord voraus schlief das Feuer ein. Die *Blanche* schien nur noch einzelne Schüsse zu feuern. Der Gegner antwortete nicht mehr. David suchte immer wieder voraus die See ab. Jetzt stieg der Mond über eine Wolke an der Kimm empor und verbreitete ein fahles Licht. Da! Zwei Strich steuerbord voraus segelte ein Schoner mit allen Segeln auf Kurs Ost zu Nord. David meldete es an Deck.

»Buggeschütze Ziel auffassen und unabhängig feuern!« Der Kapitän nahm das Sprachrohr und rief zu David: »Mr. Winter, wenn wir abfallen, geben Sie die Peilung, damit die Steuerbordbatterie feuern kann.«

Die Buggeschütze schossen nacheinander. »Fünfzig Meter zu kurz, Richtung stimmt.«

Unten hebelten sie mit Handspaken und Kuhfuß. Erneut

der Doppelkrach. Ein Spritzer dicht neben dem Schoner, der andere Schuß ein Treffer.

»Deckend!« meldete David.

»Wir fallen ab! Batterie fertigmachen. Entfernung achthundert Meter.«

David kniff ein Auge zu und suchte die Peilung. »Sieben Strich steuerbord.«

Stimmen nahmen die Peilung auf und gaben sie weiter. Kurz darauf krachte die Salve.

David konnte den Schoner nicht sehen, weil ihn die Fontänen einrahmten. Aber da mußten auch Treffer dabei sein.

Die *Anson* ging wieder auf Kurs. Jetzt sah David den Schoner. Die Silhouette der Bordwand war unregelmäßig, Stengen fehlten, Segel flatterten, aber der Schoner floh weiter.

»Deck! Schoner hat Schäden an Rumpf und Takelage. Läuft weiter ab.«

Ihre Buggeschütze schossen wieder.

»Deckend!« meldete David. Aber auch der Schoner gab mit einem Heckgeschütz Antwort. Sechzig Meter vor ihnen sprühte das Wasser empor.

»Fertigmachen zum Abfallen!« Wieder die gleiche Prozedur. David meldete die Peilung, und kurz darauf erzitterte die *Anson* unter dem Rückstoß der schweren Geschütze.

Das saß! David starrte ungläubig zu dem Gestiebe aus Wasser und Trümmern, das wieder in sich zusammensank. Der Schoner war ja fast unter Wasser.

»Deck!« brüllte er. »Der Schoner sinkt schnell!«

»Feuer stopfen! Boote fertigmachen zum Aussetzen!«

Eine oder mehrere Kugeln mußten den Bug des Schoners aufgerissen haben, den seine eigene Fahrt dann fast unter Wasser riß. Sie warfen über Bord, was schwimmen konnte. Ein Boot war auch zu Wasser gelassen worden. Eine Wolke zog weiter und gab den Blick auf das Elend frei.

Bald war die *Anson* heran.

»Mr. Bates, lassen Sie backbrassen und die Boote aussetzen. Gefangene bitte sofort nach Waffen absuchen.«

Bates bestätigte und jagte die Mannschaft mit seinen Befehlen durcheinander.

Ich hätte nie gedacht, daß er es als Erster so gut machen würde, dachte David, als er die Wanten hinabstieg, um seinen Platz in der Pinasse einzunehmen.

An Deck hörte er eine helle Stimme krähen: »Die haben wir aber unter Wasser gestampft!«

David sah sich um. Das war Chris, das Pulveräffchen aus Madeira, der Edmond auf die Schulter klopfte.

»Donnerwetter, du hast aber gut Englisch gelernt, du kleiner Seeheld!«

Chris guckte erst ein wenig verlegen, strahlte dann aber mit seinen schwarzen Augen. »Edmond hat viel mit mir geübt, Sir.«

»Das hat er gut gemacht. Hoffentlich seid ihr nicht nur mit dem Mundwerk so gut.«

»Nein, Sir. Mr. Purget, unser Divisionsoffizier, ist sehr zufrieden mit uns.«

Vierzig Mann von den siebzig des Kaperschiffes konnten sie auffischen. Sie selbst hatten einen Leichtverwundeten. Von dem anderen Kaperschiff, das explodiert war, konnten nur vier Überlebende gerettet werden, wie der Transporter meldete. Auf den angegriffenen Transportern hatte es zwei Tote und vier Verwundete gegeben.

»Da sind wir noch einmal gut davongekommen«, zog Leutnant Purget Bilanz, als er mit David Wache ging. »Wie der Alte bei finsterer Nacht durch den Konvoi gesaust ist, das werde ich so schnell nicht vergessen.«

»Ja«, sagte David, »als Seemann macht ihm so leicht keiner etwas vor. Aber das hätte natürlich auch ein paar zersplitterte Bugspriets geben können. Glück gehört auch dazu.«

»Aber zu Prisen hat das Glück nicht gereicht«, fügte Andrew Harland hinzu. »Wer weiß, ob wir noch etwas erwischen bis New York.«

Sie trafen kein einziges Schiff mehr, bis sie Sandy Hook backbord passierten und mit dem Konvoi die Lower Bay durchquerten. David starrte voraus auf die etwa eine Meile breite Öffnung des Hudson zwischen Long Island und Staten

Island. Nun war es bald ein Jahr her, daß er hier mit Leutnant Abercrombie auf der *Mercury* gestanden und voraus nach New York geblickt hatte. Wo mochte Abercrombie jetzt wohl stecken?

»Mr. Winter, signalisieren Sie dem Konvoi. In Kiellinie einscheren und selbständig den Hafen einlaufen. Gute Fahrt.«

»Aye, aye, Sir!«

Die *Anson* legte am Hudson River an, und Kapitän Brisbane ließ bekanntgeben, daß er den Aufenthalt in New York so kurz wie möglich gestalten wolle. Er wolle sofort Meldung haben, was an Proviant, Wasser und Munition ergänzt werden müsse. Hauptmann Barnes habe die Gefangenen abzuliefern. Morgen um sechs Glasen der Vormittagswache sei Inspektion, danach Landgang.

Diese Ankündigungen versetzten die Mannschaft in hektische Betriebsamkeit.

David war froh, daß er mit seinen Briefen auf dem neuesten Stand war. Eine kurze Notiz, welche Briefe er vorgefunden hatte, und dann konnten sie abgegeben werden. Zum Prisenagenten wollte er. Zum Schneider würde es wohl kaum reichen, wenn der Kapitän es so eilig hatte. Und Denise? David war unsicher. Es war so schön gewesen, aber sollte er jetzt allein in das Haus gehen? Er vermied, das Wort ›Bordell‹ auch nur zu denken. Mal sehen!

Die Briefe, die in New York auf sie gewartet hatten, wurden schon am Abend ausgegeben. Vom Onkel waren es die Briefe zwei, drei und fünf. Wo die beiden anderen wohl waren? Was Onkel und Tante zu berichten hatten, kam aus einer anderen Welt. Kampf und Unruhe waren für sie ganz weit weg. Ja, manche Waren wurden teurer. Die Versicherungen für Schiffsfrachten stiegen, seitdem amerikanische Kaper auch in Europa auftauchten. Die Preßkommandos suchten immer hektischer nach Seeleuten. Henry habe Mumps gehabt und Julie eine Influenza.

Und ein Skandal war auch aus Portsmouth zu vermelden. Ein Flotten- und ein Armeeoffizier hätten sich um Mrs. Folderoy duelliert. Sie hatte beiden Hoffnungen gemacht und sie beide gegeneinander ausgespielt. Die Gesellschaft sei empört. Mrs. Folderoy habe die Stadt verlassen und sei zur Kur nach Bath gereist. David ließ den Brief sinken. Hatte das verdammte Weibsbild also nicht nur mit ihm gespielt, sondern auch andere um den Verstand gebracht. Wie gut, daß er rechtzeitig geflohen war. Man mußte vorsichtig sein mit den Frauen.

David überlegte einen Moment, ob er auf Dauer in Portsmouth leben könne. Oder in einer anderen Stadt? Wahrscheinlich war er für das Leben an Land schon verdorben. Er konzentrierte sich wieder auf die Briefe. Onkel und Tante waren lieb und fürsorglich zu ihm. Was sie ihm alles für gute Ratschläge gaben! Sie waren an Bord eines Kriegsschiffes nur nicht zu realisieren. Egal. Er holte seine Gänsefeder und sein Tintenfläschchen aus der Seekiste, bestätigte den Empfang der Briefe, ging noch kurz auf die eine oder andere Frage ein und versiegelte dann den Brief.

Das Ende der Inspektion wurde von allen ungeduldig erwartet. Kapitän Brisbane merkte das wie immer. Er erinnerte sich auch noch gut an Inspektionen, die er selbst über sich hatte ergehen lassen müssen. Aber er inspizierte so gründlich und langsam weiter, wie es seine Vorgesetzten damals getan hatten. Doch auch das ging zu Ende, und die Landgänger schwärmten zum Ufer.

Stephen Church und Hugh Cole waren noch nie in New York gewesen und fragten David, ob sie mit ihm gehen könnten.

»Gut«, sagte David. »Ich habe keine besonderen Pläne, nur zu ›Hamilton, Haws und Lawson‹, meinen Prisenagenten in der Wall Street, muß ich.«

»Ich habe noch keinen Prisenagenten. Muß man einen haben?«

»Das kannst du nicht allein erledigen, Stephen. Der Prisenagent steht in Verbindung mit den Prisengerichten bei den Vizeadmiralitäten, wo er seine Agenten hat. Sie sorgen dafür, daß dir deine Anteile gutgeschrieben werden, und verwalten dein Konto zentral für dich. Wo sie Agenten haben, kannst du Geld abheben.«

»Kann ich deine Agenten auch beauftragen?«

»Bestimmt. Sie werden dir schon sagen, was erforderlich ist.«

Davids Konto war auf eintausendzweihundertsiebzig Pfund angewachsen, und er wurde als guter Kunde behandelt. Die Räume waren erweitert worden, mehr Schreiber saßen über den Kassenbüchern, aber der Bürovorsteher war derselbe wie vor zwei Jahren. Er war nicht sehr erfreut, als David wünschte, daß tausend Pfund auf die Bank von England überwiesen werden sollten, aber eingedenk der Ratschläge von Mr. MacMillan blieb David fest und motivierte seinen Wunsch mit Geschäften, die sein Onkel mit ihm vorhabe.

Stephen wurde als neuer Kunde gern aufgenommen und konnte über einen Vorschuß verfügen, nachdem er die Vollmachten ausgefüllt hatte.

»Sie teilen sich mit allen anderen Midshipmen, allen unteren Deckoffiziersgraden, allen Maaten der oberen Deckoffiziere und den Sergeanten der Seesoldaten ein Achtel des Prisengeldes. Je kleiner das Schiff ist, das eine Prise kapert, desto höher ist Ihr Anteil, Sir«, erklärte ihm der Prisenagent.

Stephen sagte: »Dann muß ich sehen, daß ich auf einen Tender kommandiert werde«, und tat, als könne er nun ganz New York aufkaufen.

David sagte den beiden, daß er sich unbedingt neue Strümpfe und Hemden kaufen müsse, und ging mit ihnen durch die Straßen zu dem Laden, an den er sich erinnerte. Die Straßen waren belebt wie damals, aber es waren weniger Uniformen der königstreuen Amerikaner zu sehen. Wahrscheinlich waren viele mit in Philadelphia. Von den Häusern, die kurz vor dem Einrücken der Engländer in New York abgebrannt waren, schienen erst wenige wieder aufgebaut.

Stephen und Hugh kauften sich auch Hemden und Unterwäsche, aber dann waren sie des Herumlaufens müde und wollten einkehren. Sie gingen in ein Restaurant, tranken Bier und aßen ein Steak.

»David«, setzte Stephen nach einigem Zögern an, »kennst du nicht ein Haus mit hübschen, gefälligen Mädchen?«

David war perplex. Wollte dieser junge Bursche mit ihm in ein Bordell gehen? »Sag mal, du junger Hupfer, wie kannst du schon an so etwas denken?«

»Nun hab dich man nicht so. Ich bin schon vierzehn Jahre alt und seit zwei Jahren in der Flotte. In Sheerness waren wir auch in einem Bordell.«

Nun wußte David nicht mehr, was er denken sollte. Die fingen ja immer früher damit an, bald wie die Dorfbengel. Die Mädchen hatten junge Burschen gern. Er mußte an Denise denken. Aber damals kannte er die anderen Offiziere kaum und wußte, daß er bald auf sein Schiff zurückkäme. Außerdem waren die anderen Offiziere wesentlich älter. Aber jetzt wollten jüngere Kameraden von seinem Schiff mit ihm ins Bordell. Nein, das war ihm peinlich. Das mußte doch nicht jeder wissen. War er nun einer von den prüden Moralisten, über die Leutnant Bondy immer spottete? Nein, er mochte nicht.

»Wenn ihr wollt, könnt ihr ja gehen. Mir steht nicht der Sinn danach.«

»Du bist langweilig, David«, meldete sich nun auch der dreizehnjährige Hugh. »Dabei hast du am meisten Geld von uns.«

»Du kleines Großmaul. Wenn uns beim nächstenmal wieder die Kugeln um die Ohren fliegen, dann erinnere ich dich an deinen Mut. Vielleicht siehst du dann weniger käsig aus. Ich habe keine Lust, mit euch ins Bordell zu gehen. Basta!«

Die jungen Burschen waren noch am nächsten Morgen auf ihn ärgerlich, als der Kapitän allen Offizieren und Midshipmen mitteilte, daß die Admiralität Mr. Watson die Kommission als Leutnant erteilt habe. Außerdem seien Leutnant Murray als Zweiter und Leutnant O'Byrne als Vierter Leutnant ihrem Schiff zugeteilt worden.

»O'Byrne, das ist doch irisch. Was sollen wir hier mit einem verdammten Papisten?« murmelte Andrew zwischen den Zähnen.

»Du Dummkopf, kein Papist kann Offizier werden. In Irland gibt es doch auch Protestanten«, wies ihn Matthew Palmer zurecht, der jetzt wieder als Midshipman Dienst tun mußte.

Als sie drei Tage später auf dem Rückweg zum Delaware zum Gottesdienst an Deck angetreten waren, paßte Andrew genau auf. Aber Mr. O'Byrne sprach mit lauter Stimme wie alle anderen das Vaterunser in der Formulierung der anglikanischen Hochkirche mit.

Der neue Vierte Leutnant hatte sich schon Respekt verschafft. Er war mittelgroß, untersetzt und unheimlich kräftig. An Tauen enterte er blitzschnell auf, ohne die Beine zu benutzen. Nur mit den Armen hangelte er sich empor. Als ein Wasserfaß beim Verstauen in New York ins Rollen geraten war, hatte er es allein angehalten und wieder aufgerichtet.

Der könnte im Vordeck einen Boxkampf bestreiten, dachte David und erinnerte sich an seine Zeit vor dem Mast.

Am nächsten Morgen segelten sie in die Bucht des Delaware ein und nahmen Kurs flußaufwärts. Ab Reedy Island standen der Kapitän und der Master ständig an Deck, sahen in die Karten und folgten der *Blanche* im Kielwasser. Vor Wilmington stieg dann ein Lotse an Bord, der ihnen die Fahrrinne wies.

Querab von Wilmington steuerte ein Kutter auf sie zu, der durch Signal bat, einen Kurier an Bord zu nehmen. Es war der Flaggleutnant des Admirals, der an Bord kam. Mit allen Zeichen der Erleichterung eilte er zum Kapitän auf das Achterdeck.

»Gott sei Dank, daß ich Sie hier schon erreiche, Sir. Der Admiral erwartet Sie ungeduldig, Sir.«

»Beruhigen Sie sich, Mr. Bazely – ich habe den Namen doch richtig verstanden? –, wir gehen am besten in meine Kabine.«

Dort ließ der Kapitän zwei Gläser einschenken, nahm sein Glas und prostete dem Flaggleutnant zu. »Auf Ihr Wohl, Mr. Bazely, und Vernichtung unseren Feinden!«

»Auf Ihr Wohl, Sir, und weitere Erfolge! Wir brauchen sie dringend.«

»Wen, die Erfolge oder mich?«

»Beide, Sir. Ich habe schlechte Nachrichten.«

»Den Eindruck hatte ich schon. Heraus damit!«

»Sir, wir haben gestern, am dreiundzwanzigsten Oktober, die *Augusta* und die *Merlin* verloren.«

Jetzt war Brisbane doch überrascht. »Was? Ein Linienschiff und eine Sloop? Wie war denn so etwas möglich?«

»Sir, einen genauen Bericht kann Ihnen Kapitän Reynolds geben, der im Quartier des Admirals in Chester ist. Ich will in Kürze nur wiedergeben, daß ein koordinierter Angriff von Land und See auf die Forts Mercer und Mifflin geplant war. Aber die Hessen unter Oberst von Donlop glaubten, Fort Mercer überraschen zu können, und griffen ohne Unterstützung der Flotte an. Sie gerieten in einen Hinterhalt und mußten sich mit entsetzlichen Verlusten zurückziehen. Die *Augusta* lief mit der *Merlin*, der *Liverpool*, der *Roebuck*, *Pearl* und *Vigilant* durch die Lücke in der unteren Sperre, um Fort Mifflin zu bombardieren. Die Amerikaner griffen mit zwölf Kanonenbooten, schwimmenden Batterien und Feuerschiffen an. Die *Augusta* und die *Merlin* liefen in der engen Fahrrinne auf Grund. Die *Augusta* fing Feuer und explodierte. Die *Merlin* mußte aufgegeben und von der eigenen Besatzung angezündet werden.«

»Das ist ja entsetzlich! Waren die Verluste der *Augusta* schwer?«

»Glücklicherweise nicht. Fast alle konnten durch die Boote der anderen Schiffe gerettet werden. Aber die Schwadron mußte sich hinter die unteren Chevaux de Frise zurückziehen, und wir müssen fast von vorn anfangen.«

»Was sind das für Friesen?« wollte Kapitän Brisbane wissen.

»›Chevaux de Frise‹ oder ›Friesische Pferde‹ sind Unterwasserhindernisse, Sir. Sie sollen zuerst in Friesland benutzt worden sein. Im Delaware sind es riesige Kisten, etwa zwanzig mal zwölf Meter breit. An diesen Kisten wurden Baumpfähle schräg befestigt. Die Kästen wurden in den Fluß geschleppt, mit Steinen gefüllt und so im Fluß versenkt, daß die eisenbeschwehrten Baumspitzen dicht unter Wasser jedes flußaufwärts fahrende Schiff aufspießen. Die Pfähle stehen so dicht, daß man nicht zwischen ihnen hindurch kann. Die erste Linie dieser Hindernisse wurde durch Fort Billingsport geschützt. Die zweite Linie wird durch die Forts Mifflin und Mercer gegen Demontierung verteidigt. Wenn ich Ihnen das auf der Karte zeigen darf, Sir?« Er rollte die Karte auf.

»Da Philadelphia am Delaware liegt, ist der Fluß die natürliche Versorgungslinie für die Stadt. Der Weg von der Chesapeake-Bucht nach Philadelphia wird mindestens streckenweise von den Rebellen kontrolliert.

Was wir über ihre Verteidigung wissen, beruht auf Berichten von Kapitän Hamond, der den Delaware schon vorher blockiert hat, und auf Nachrichten königstreuer Amerikaner, die zu unseren Schiffen kamen, als wir in den Delaware einliefen.«

»Dann erläutern Sie mir bitte noch die Stärke der Schiffe, die die Rebellen auf dem Fluß haben.«

»Sie haben unter einem Commodore Hazlewood dreizehn Ruderkanonenboote mit je sechzig Mann, einige mit Vierundzwanzig- und Zweiunddreißigpfündern, die meisten aber mit Achtzehnpfündern. Außerdem verfügen sie über vierundzwanzig leichtere Kanonenboote mit Vierpfündern, zusätzlich zwei schwimmende Batterien, die *Arnold* mit zwölf und die *Putnam* mit zehn Achtzehnpfündern. Die Fregatte *Delaware* wurde bereits Ende September von unseren Truppen in Philadelphia erbeutet.«

»Auch mit der verbleibenden Flottille können sie unsere Operationen ganz schön stören. Aber nun sagen Sie mir bitte, wann ich mit seiner Lordschaft über unsere künftigen Aufgaben sprechen kann?«

»Sobald wir Chester erreichen, Sir, und das muß in Kürze sein. Seine Lordschaft erwartet Sie, um Ihnen das Kommando über die Schwadron zu übertragen, die die Freikämpfung des Delaware fortsetzen soll.«

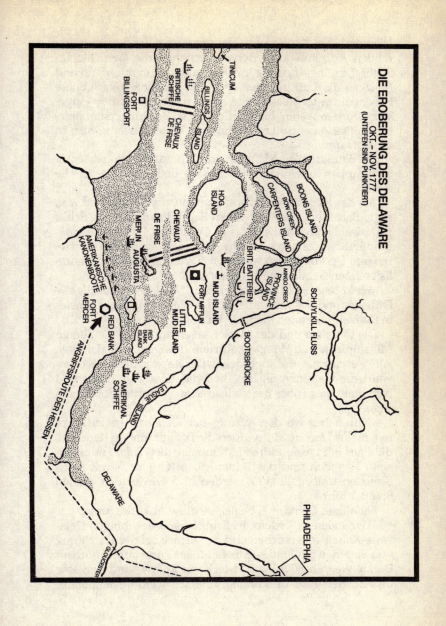

DIE EROBERUNG DES DELAWARE
OKT. – NOV. 1777
(UNTIEFEN SIND PUNKTIERT)

TINICUM

FORT BILLINGSPORT

BRITISCHE SCHIFFE

BILLINGS ISLAND

CHEVAUX DE FRISE

HOG ISLAND

BOONS ISLAND

BOW CREEK

CARPENTERS ISLAND

MERLIN

CHEVAUX DE FRISE

AUGUSTA

BRIT. BATTERIEN

MINGO CREEK

PROVINCE ISLAND

AMERIKANISCHE KANONENBOOTE

FORT MIFFLIN

FORT MERCER

RED BANK

LITTLE MUD ISLAND

RED BANK ISLAND

BOOTSBRÜCKE

SCHUYLKILL FLUSS

ANGRIFFSROUTE DER HESSEN

LEAGUE ISLAND

AMERIKAN. SCHIFFE

DELAWARE

PHILADELPHIA

GLOUCESTER

Während der Kapitän im Hauptquartier des kommandierenden Admirals konferierte, wucherten die Gerüchte im Schiff. Die *Augusta* und die *Merlin* sollten nun mit Mann und Maus in die Luft geflogen sein. Die Rebellen sollten Boote haben, die unter Wasser fuhren und schon im Hudson eingesetzt worden waren. In Philadelphia sollte Hungersnot herrschen. Die *Anson* sollte sich mit den Unterwasserpfählen in die Luft sprengen.

Mr. Bates trieb die Mannschaften auseinander, sobald er sie in Gruppen beieinanderstehen sah, und jagte sie an die Arbeit.

Als der Kapitän nach zwei Stunden wieder an Bord war, sagte Bates ihm nach der ersten Begrüßung: »Sir, das Schiff platzt bald von den unsinnigsten Gerüchten. Wenn Sie mir die Empfehlung gestatten, Sir: Eine Besprechung mit den Offizieren und Deckoffizieren wäre günstig, damit sie dem demoralisierenden Gequatsche ein Ende machen können.«

»Sie können wohl Gedanken lesen, Mr. Bates. Bitten Sie alle Offiziere und die Deckoffiziere des seemännischen Dienstes in fünfzehn Minuten in meine Kabine.«

Die Offiziere und der Master saßen am Tisch, die älteren Midshipmen und die Deckoffiziere drängten sich dahinter. Alle waren ernst und angespannt. Der Kapitän ließ seinen Steward die Getränke reichen, hob das Glas zum Toast und berichtete dann über die verlustreichen Angriffe der letzten Tage.

»Nun haben wir den Auftrag, den Delaware freizukämpfen, meine Herren. Mir wurden die *Isis* mit fünfzig Kanonen, die *Pearl* mit zweiunddreißig Kanonen, die *Vigilant* mit sechzehn Kanonen und das Kanonenboot *Cornwallis* mit sechs Kanonen unterstellt. Wir werden also wieder den breiten Stander führen.«

Beifälliges Gemurmel begleitete diese Ankündigung.

»Wir sollen außerdem die Schiffbarkeit des inneren Delaware-Kanals untersuchen und der Armee bei der Errichtung von Batterien am Fluß helfen. Leutnant Purget und Leutnant Bondy werden zu diesem Zweck mit Pinasse und Barkasse den inneren Kanal erkunden, und ich werde Commander

Morsey bitten, den Kontakt mit den Artillerieoffizieren der Armee aufzunehmen.« Auf das erstaunte Gemurmel und die fragenden Blicke hin bemerkte er: »Ach ja, ich habe Ihnen noch nicht mitgeteilt, daß der Admiral Leutnant Morsey als Commander bestätigt hat. Trinken wir auf sein Wohl!«

Matthew Palmer flüsterte David zu: »Nun gibt es schon eine ganze Menge Schiffe, die von ehemaligen Bordkameraden kommandiert werden. Ob wir das auch mal schaffen?«

Der Kapitän hatte inzwischen vom Master eine Karte des Delaware oberhalb von Chester an der Kabinenwand befestigen lassen.

»Meine Herren, hier sehen Sie unser Operationsgebiet. Der Delaware fließt hier fast genau in Richtung Ost–West. Hier liegt Fort Billingsport, das erstürmt und unbrauchbar gemacht wurde. Hier ist die untere Linie der Chevaux de Frise, in die inzwischen eine Lücke von etwa hundert Metern Breite gebrochen wurde. Wir müssen diese Lücke erweitern und die zweite Linie aufbrechen. Sie ist hier eingezeichnet. Sie zieht sich ziemlich längs in Flußrichtung entlang. Das erklärt sich dadurch, daß die Fahrrinne zum Nordufer wechselt, weil das Südufer seicht ist. Hier sehen Sie Mud Island. An seinem Westufer liegt Fort Mifflin. Das andere Ende der Hindernisreihe bei Red Bank Island blockiert Fort Mercer. Die beiden Forts müssen ausgeschaltet werden, damit wir die Hindernisse aufbrechen können. Wir werden dazu bei niedrigstem Ebbestand unsere Schiffe an den Chevaux de Frise vertäuen und sie mit dem Steigen der Flut vom Boden losreißen müssen. Ich erwarte, daß Sie sich alle, besonders aber der Bootsmann und der Zimmermann, Gedanken zu den Details machen.«

Die Angesprochenen nickten.

»Der innere Kanal verläuft hier nördlich von Hog Island, südlich von Carpenters und Province Island, überquert den Schuylkill River, an dem schon unsere Truppen stehen sollen, und zieht sich nördlich von League Island weiter nach Philadelphia. Er ist für seetüchtige Schiffe zu flach, aber Beiboote sollten ihn befahren können.«

»Sir, erlauben Sie mir die Bemerkung, daß Fort Mifflin der Karte nach den inneren Kanal kontrollieren müßte.«

»Man hat mir gesagt, Hauptmann Barnes, daß der innere Kanal wegen der Bäume und des hochliegenden Ufers von Fort Mifflin aus nicht einzusehen ist. Wir werden das kontrollieren. Wir werden vor der Dämmerung mit Barkasse und Pinasse Carpenters und Province Island erkunden, ob dort Batterien errichtet werden können. Dabei werden wir Fort Mifflin und den Delaware oberhalb von Mud Island so genau beobachten wie möglich. Wir werden diese Erkundungen wiederholen, damit jeder Offizier das Operationsgebiet gesehen hat, natürlich auch der Master, der mit seinen Maaten soviel wie möglich loten muß. Der größte Feind, meine Herren, sind nicht die Rebellen, sondern die Untiefen des Flusses!«

Anschließend besprach sich Commodore Brisbane mit den Kommandanten, dann setzten sich der Master und die Offiziere der Seesoldaten zusammen, und schließlich mündete alles in einem Wirbel von Aktivitäten bei den Maaten und Mannschaften.

David erhielt den Befehl, zu Beginn der Morgenwache mit dem Kutter zur Erkundung des inneren Kanals bis Province Island aufzubrechen. Leutnant Bates würde kommandieren, der Master und Hauptmann Barnes wären auch an Bord. David sollte dafür sorgen, daß zwei Drehbassen am Bug angebracht wurden und daß die Seeleute mit Musketen ausgerüstet waren.

Der Morgen kam kalt und feucht. Es war noch dunkel, als sie den Kutter fierten und besetzten. Der Master selbst nahm die Pinne. Leutnant Bates ermahnte alle, absolute Stille zu bewahren. Dann ruderten sie mit ruhigen und gleichmäßigen Schlägen am Ufer flußaufwärts. Das Ufer war nur als dunkler Schatten an der Backbordseite zu ahnen. Als steuerbord voraus ein ähnlicher dunkler Schatten auftauchte, flüsterte der Master: »Das ist Little Tinicum Island. Wir steuern in der Mitte der Fahrrinne.«

Langsam kündigte sich die Dämmerung an. David bemühte sich, markante Zeichen am Ufer zu erkennen und zu behalten. Hier ein hochragender Baum, dort eine Bacheinmündung. In der Ferne schimmerten Lichter von steuerbord voraus.

»Das muß Fort Billingsport sein. Dort liegt das erste Hindernis. Wir steuern gleich acht Strich backbord und fahren in den inneren Kanal zwischen Hog Island und Carpenters Island ein«, kommentierte leise der Master.

Nun hatte die Dämmerung gesiegt. Einzelne Nebelschleier wollten noch stören, aber die Sonne würde sie bald verjagen. David sehnte ein wenig Wärme herbei. Wer nicht ruderte, fror in der Morgenkühle. Die Ufer waren flach, teilweise bewaldet, aber fast überall mit Büschen bestanden. In dem kalten Licht sahen sie wenig einladend aus.

»Jetzt kann man uns eher sehen als hören«, redete Hauptmann Barnes den Leutnant an. »Wollen wir auf Carpenters Island landen, bevor wir Fort Mifflin in Sicht bekommen oder später?«

»Wir landen vorher und pirschen uns an Land vorwärts, bis wir Fort Mifflin beobachten können. Vorausgesetzt natürlich, die Insel ist nicht von Rebellen besetzt«, entschied Leutnant Bates.

Als eine kleine Lücke im Ufergebüsch sichtbar wurde, steuerte der Master darauf zu. Leutnant Bates ordnete an, daß ein Maat und drei Seeleute im Boot blieben und es mit Büschen gegen Sicht tarnen sollten. Vier Seesoldaten mußten am Ufer Wache halten, der andere Trupp ging in langgezogener Linie ostwärts am Ufer entlang. Ein hochragender Baum wurde zum Ausguck benutzt. Ein Matrose kletterte empor und berichtete, daß keine menschliche Seele zu sehen gewesen sei. Backbord voraus sei ein kleine Erhebung, nur etwa drei bis sechs Fuß über dem flachen Land.

»Das sollten wir uns ansehen, ob dort eine Batterie errichtet werden könnte«, meinte der Hauptmann.

»Gut! Dann wollen wir vorsichtig weitergehen«, sagte Bates.

Sie hatten die kleine Erhebung bald erreicht. Einige kleine Bäume standen an ihrem Rand.

»Merton, klettere mal wieder hoch«, befahl Bates. »Sieh dich um, aber achte besonders darauf, ob du an der Steuerbordseite Fort Mifflin sehen kannst und in welcher Entfernung.«

»Aye, aye, Sir!«

Der Matrose kam bald wieder von dem kleinen Baum herunter und berichtete, daß die Insel nach wie vor leer sei. »Fort Mifflin peilt acht Grad steuerbord, Sir. Entfernung etwa siebenhundert Meter.«

»Gut gemacht, Merton. Wir pirschen uns jetzt zum Ufer. Ich will wissen, welche Sicht wir dort haben und wie man dort landen kann.«

Durch die Uferbüsche konnten sie Fort Mifflins Silhouette schwach erkennen, da Büsche und Bäume am Ufer vor Mud Island die Sicht behinderten. Das Fort hatte seine Hauptbefestigungen auf der ihnen abgewandten Seite zum Delaware hin. Die Rückseite zu Carpenters Island hatte nur niedrige Wälle und ein oder zwei Geschütze.

»Wer von Carpenters Island aus feuert, muß einen höhergelegenen Beobachtungsstand errichten, um die Einschläge zu kontrollieren. Andererseits kann man vom Fort den inneren Kanal nicht kontrollieren«, faßte Hauptmann Barnes ihre Eindrücke zusammen.

»So sehe ich das auch«, stimmte Bates zu. »Wir werden das Boot hierher beordern und weiter nach Province Island rudern.«

Als das Boot langsam am Ufer weiter flußaufwärts glitt, waren die meisten Augen auf Fort Mifflin gerichtet, ob man sie von dort aus vielleicht doch sehen könne. Die beiden Musketenschüsse vom Ufer von Province Island schreckten sie unvorbereitet auf. Alle spähten zum Ufer. Nichts zu sehen! Bewegte sich da ein Zweig?

»Pullt, ihr faulen Säcke. Hundert Meter voraus an der kleinen Bucht anlegen. Drehbassen feuerbereit! Musketen und Gewehre laden!« Leutnant Bates trieb sie an. »Das ist nur eine zufällige Streife, keine ständige Besatzung.«

Sie sprangen mit hochgereckten Musketen ans Ufer und verteilten sich rechts und links von der Landestelle. Dann rückte ein kleiner Trupp mit Leutnant Bates landeinwärts vor, wo eine kleine Baumgruppe das Gestrüpp überragte.

Wieder kletterte Merton hinauf. »Zwei Gestalten rennen backbord querab weg. Sieht aus, als hätten sie jagen wollen. Sonst keine Befestigung und kein Mensch in Sicht.«

»Die sollen jagen, was sie wollen, aber nicht uns«, brummte der Master, der sich an Land nie recht wohl zu fühlen schien. Leutnant Bartes ordnete an: »Wir wollen die Insel noch ein wenig erkunden. Nehmen Sie sich bitte eine Gruppe, Hauptmann Barnes, für diesen Streifen. Ich gehe mit den anderen diesen Streifen ab, und wir treffen uns an der östlichen Spitze zum Schuylkill River hin. Aber bitte Vorsicht am Ufer. Wir müßten dort Fort Mercer und vielleicht Kanonenboote der Rebellen sehen können.«

Sie fanden auf der Insel Reste von Lagerfeuern. Patrouillen hatten hier zeitweilig kampiert. Sie sahen auch ein oder zwei Gräber, ein Zeichen, daß kleinere Gefechte stattgefunden hatten. Von der Spitze des Flusses sahen sie Fort Mercer in knapp anderthalb Meilen jenseits des Delaware liegen. Flußaufwärts ruderten auch drei Kanonenboote der Rebellen.

»Von dieser Insel aus kann man Fort Mercer nicht beschießen, nur Fort Mifflin«, sagte Barnes. »Andererseits kann uns Fort Mercer auch nicht viel tun.«

Leutnant Bates stimmte Hauptmann Barnes zu und schlug vor, daß man dem Schuylkill River ostwärts folgen solle, um britische Stellungen ausfindig zu machen.

Vorsichtig tasteten sie sich am Ufer von Province Island den Fluß aufwärts. Ständig lotete ein Seemann, und David notierte die Ergebnisse auf einer Schiefertafel.

»Lager steuerbord voraus!« Außer den Rudergästen rissen alle die Köpfe herum. Das sah ja aus wie ein Holzplatz oder wie eine Werft. An Baumstämmen wurde gesägt und gehämmert. Dahinter standen Zelte. Die britische Flagge wehte an einem Mast. Gegenüber am Ufer wurde ein Warnschuß abgefeuert. Da stand ja auch ein Geschütz. Die Besatzung richtete es auf sie aus.

»Barnes, stehen Sie mit mir auf. Winken wir. Langsam auf das Geschütz zulaufen.«

Als sie näher kamen, riefen sie auch: »Patrouille von Seiner Majestät Schiff *Anson*!«

»Langsam dort anlegen, und keiner faßt eine Waffe an!« wies ein Armeeoffizier sie an.

»Sie sehen doch an unseren Uniformen, daß wir königliche Offiziere sind!« Leutnant Barnes war ärgerlich.

»Nur gemach. Uniformen gibt es auf Schlachtfeldern billig. Wir werden uns ein wenig unterhalten, und dann wird sich alles klären.« Der Armeeoffizier war die Ruhe in Person, aber da seine Männer mit feuerbereiten Gewehren hinter ihm standen und die Kanone immer noch auf das Boot zielte, war sein Risiko gering.

Er befragte die Offiziere der *Anson* nach ihrem Auftrag, nach den Namen ihrer Vorgesetzten und verschiedenen Dingen, die nur Briten wissen konnten. Aus dem Lager kam ein Leutnant hinzu.

»Jonathan!« rief David überrascht, denn er erkannte den Leutnant, der mit ihm auf der *Niobe* während der Fahrt nach Quebec immer Fechten geübt hatte. Der Leutnant guckte prüfend, rief dann: »David, wie kommst du hierher?« und sagte seinem Kameraden, daß er David kenne. Der brach die Befragung ab, schickte seine Leute auf ihre Posten und begrüßte die Offiziere der *Anson*.

Es stellte sich heraus, daß die britischen Truppen hier den Befehl hatten, zwei schwimmende Batterien zu bauen und den Fluß zu sichern. »Wir erwarten Verstärkung, damit wir weiter südlich an der Mündung zum Delaware eine Batterie errichten können, sonst behindern die Rebellen mit ihren Kanonenbooten unsere Arbeit.«

Leutnant Bates erkundigte sich noch, ob man im inneren Kanal nördlich von League Island bis nach Philadelphia gelange.

»Wahrscheinlich ja, aber wir kennen nur den Landweg.«

Bates erlaubte eine kurze Imbißpause. Die Offiziere tranken Kaffee miteinander, die Mannschaften tunkten ihre Brote in die kräftige Rinderbrühe, die ihnen die Rotröcke anboten. Dann bestiegen sie wieder ihren Kutter und ruderten weiter flußaufwärts, bis sie in den Mingo Creek einliefen, der Province Island vom Festland trennte. Das war nun wirklich kaum mehr als ein Rinnsal in ihren Augen, knapp zehn Meter breit und kaum anderthalb Meter tief. Wer nicht ruderte, hielt die Muskete schußbereit, und David blies die Lunte an für die Drehbrassen. Geredet wurde nur das Notwendigste.

Auch der Bow Creek, der sie nördlich von Carpenters Island zum inneren Kanal zurückbringen sollte, war kaum größer.

»Das sind keine Flußwege für Transporte«, stellte der Master fest. »Hier kann man höchstens Spähtrupps losschicken, und die müssen hinter jedem Gebüsch mit einem Kugelschwarm rechnen. Mein Geschmack ist der Kampf an Land nicht. Man hat keine Sicht und kann hinter jedem Baum überrascht werden. Nein, da ist die See anders. Man sieht, was kommt, und kann sich darauf einrichten.«

»Manchmal möchte ich mich auf See aber auch ganz gerne verstecken«, bemerkte Hauptmann Barnes und grinste Mr. Hope an.

Sie waren erleichtert, als sie die *Anson* erreichten und auch noch ihr Mittagessen erhielten. Brisbane hörte sich den Bericht aufmerksam an. Der Master ergänzte die Karten durch die Ergebnisse der Lotungen. »Also Sie sind gegen einen Transport über Bow Creek und Mingo Creek, Mr. Hope?« fragte der Commodore.

»Absolut, Sir. Was man dort laden kann, verbrauchen die Rudergasten bald an Verpflegung. Was wir benötigen, sind flache Transportprähme, die wir mit unseren Booten bei steigender Flut im inneren Kanal über den Schuylkill River nördlich von League Island nach Philadelphia geleiten. Ich schlage vor, daß heute nacht Pinasse und Barkasse den Weg in ganzer Länge erkunden.«

»Gut! Schicken Sie die Herren Purget und Bondy gleich zu mir. Wer begleitet die Boote von Ihren Maaten?«

»Mr. Winter und Mr. Gart, Sir.«

»Winter war doch bei der ersten Erkundung schon dabei.«

»Ja, Sir. Er kennt den Weg bis zum Schuylkill und kann helfen, wenn sie auf Hessen treffen.«

»Gut, dann schicken Sie Hansen doch auch mit.«

»Aye, aye, Sir!«

David war nicht glücklich über die Nachricht. Er war noch müde von den Nacht- und Morgenstunden der letzten Fahrt. Wo sollte er sich ausruhen können, selbst wenn er von der Wache freigestellt wurde?

»Nimm dir doch die Wachsbällchen, die sich einige von den Kanonieren in die Ohren stecken. Ich werde schon dafür sorgen, daß dir hier keiner zu nahe kommt.«

Matthew Palmer, jetzt wieder Senior in der Messe der Midshipmen, war ein feiner Kerl.

»Ich danke dir, Matthew«, sagte David, nahm die Wachs-bällchen und rollte sich in seine Hängematte.

Er war immer noch müde, als er um ein Glasen der Hunde-wache mit Leutnant Purget in die Pinasse kletterte. Es war kühl, aber der Wind blies aus West und würde ihnen zusam-men mit der steigenden Flut den Weg flußaufwärts erleich-tern. Die Wolken ließen kaum Schimmer der dünnen Mond-sichel durch. Nun ja, in den ersten Stunden gab es ja keine neuen Navigationsprobleme.

David richtete sich am Bug der Pinasse ein, verstaute die abgedunkelte Lampe, legte die Karten zurecht und über-zeugte sich, daß der Matrose das Stangenlot griffbereit hatte.

Mit ruhigen und gleichmäßigen Schlägen pullten die See-leute. Alle Stunde wurde gewechselt. Hog Island blieb steu-erbord liegen. David erklärte Purget die Landmarken und sagte die Lotungen an. Dann hielten sie sich an die Uferseite von Carpenters Island. Dreihundert Meter rechts mußte jetzt Fort Mifflin liegen.

Unwillkürlich atmeten sie leiser. Plötzlich krachte ein Kanonenschuß, die Mündungsflamme leckte zu ihnen her-über, und die Kugel rauschte über ihre Köpfe hinweg. Einige Ruderer gerieten aus dem Takt, der Bootsmannsmaat trieb sie fluchend in den Takt zurück.

»Nur ein Knaller auf Verdacht. Sie können uns nicht sehen. Vielleicht haben sie etwas gehört«, gab David flüsternd durch.

Im Morgengrauen erreichten sie den Schuylkill und legten am Westufer für eine Imbißpause an. Leutnant Bondy ließ den Landeplatz sichern. David erklärte Purget die Lage von Red Bank Island und Fort Mercer.

»Das wird aber hart«, meinte dieser, »wenn wir uns da mit den dicken Pötten an den Hindernissen vorbeidrücken müssen.«

Hansen kam mit Gart zu David, und sie verglichen ihre Lotungen. Er erklärte ihnen den weiteren Weg auf der Karte. Gefährlich konnten jetzt die Kanonenboote der Amerikaner werden, obwohl sie meist südlich von League Island lagen.

Purget sagte zu David: »Sie kennen ja noch gar nicht Mr. Reed, der gestern zu uns kam, als Sie schliefen. Er war Midshipman auf der *Augusta*. Stellen Sie sich vor, er konnte seine Violine retten. Nun habe ich jemanden zum Musizieren.«

David schüttelte Reed die Hand. Er war weißblond, groß und dünn und hatte ein freundliches, kluges Gesicht. »Ich heiße David und du?«

»Robert. Auf gute Kameradschaft!« Ein fester Händedruck.

David mußte innerlich noch etwas über PP schmunzeln, der in dieser Situation an seine Musik dachte. Aber jetzt gab er Befehl zum Einbooten, und bald legten sie ab und steuerten den inneren Kanal nördlich von League Island entlang. Im Morgenlicht beobachteten sie gespannt beide Ufer und hielten die Gewehre bereit. Nur David mußte seine Aufmerksamkeit auf das Ausloten der Fahrrinne und seine Eintragungen konzentrieren.

In den Uferbüschen stiegen Vögel auf und irritierten sie immer wieder wie die Fische, die aus dem Wasser sprangen. Ein Reiher strich dicht über ihr Boot. Ein Seesoldat legte zum Spaß seine Muskete an, was PP zu einem barschen Fluch veranlaßte.

»Sir, wir sollten kurz League Island erkunden, ob sie hier eine Bastion zum Schutz ihrer Kanonenboote haben«, sagte David.

PP schien von dem Vorschlag nicht begeistert, knurrte dann aber: »Na gut, eine halbe Stunde. Wir legen vorn an dem Sandstreifen an.«

David lotete die Anlegestelle aus und stieg dann mit Leutnant Purget und ein paar Mann an Land. Die Insel war an dieser Stelle knapp dreihundert Meter breit und mit Gestrüpp bestanden. Vorsichtig durchstreiften sie die Büsche, die an einigen Stellen Mannshöhe erreichten. Sie waren nicht mehr weit vom Ufer des Delaware entfernt, als sie fünf Kanonenboote in Ufernähe verankert sahen. Vorsichtig schlichen sie ein wenig näher.

»Das sind große Boote mit Achtzehn- bis Vierundzwanzig-Pfündern«, meldete David.

»Ja und sie scheinen von Zeit zu Zeit hier an Land zu gehen.« PP zeigte auf ein Boot, das zu den Kanonenbooten zurückruderte. »Wir wollen uns zurückziehen. Wir haben genug gesehen.«

David fügte sich ohne rechte Überzeugung.

Das Rudern war seit einiger Zeit kräftezehrender geworden, denn die Ebbe hatte eingesetzt und strömte ihnen entgegen. Als die Spitze von League Island steuerbord querab lag, sagte David zu Leutnant Purget: »Wir müssen jetzt auf nordöstlichen Kurs gehen und Gloucester Point runden, dann sind es noch etwa zwei Meilen zu den Kais.« Sie nahmen einen Kurs dicht an der Küste Pennsylvanias entlang. Am Stern ihrer Boote hatten sie britische Flaggen aufgesteckt, denn die Küste mußte von ihren Truppen besetzt sein.

Kurz hinter Gloucester Point wurden sie von Land aus angerufen. Dort lag eine Batterie. Die britische Flagge wehte im Morgenwind. Sie landeten erleichtert und wurden begeistert begrüßt.

»Das sind die ersten Boote, die den Delaware heraufkommen!« rief ein dicker Artilleriekapitän. »Hoffentlich bringen Sie nun bald etwas Fourage. Man fällt ja hier vom Fleisch.«

Du siehst gerade so aus, dachte David, aber er machte gehorsam die Serie von Bücklingen mit, die zur gegenseitigen Begrüßung gehörten.

Die Artilleristen erzählten ihnen, daß eine Meile flußaufwärts eine zweite Batterie mit einem Lager der Rotröcke

sei. Dort sei auch der Befehlshaber des südwestlichen Vertei-
digungsabschnittes. PP war erfreut. »Mit dem kann ich dann
die Probleme der Versorgungsboote besprechen.«

Sie hatten ihr Ziel fast erreicht.

Jetzt schien auch das Rudern wieder leichter zu sein. Die
Aussicht auf Ruhe und die Hoffnung auf ein gutes Mittagessen lockten gleichermaßen. Als sie eine kleine Flußkrüm-
mung umfuhren, rief Robert Reed zu Leutnant Purget:
»Sehen Sie nur, Sir. Dort liegt eine Fregatte.«

Die Seesoldaten hoben erschrocken die Köpfe.

»Das muß die *Delaware* sein, eine Rebellenfregatte, die
unsere Truppen erobert haben.« Purget fuhr fort: »Wir können mit der Fregatte nicht zur See, und die Rebellen können
mit ihren Kanonenbooten nicht an Philadelphia vorbei. So
blockieren wir uns gegenseitig. Aber das hat bald ein Ende.«

In diesem Truppenlager fanden sie alles, was sie brauchten.
Ihre Boote lagen geschützt unter den Kanonen. Die Mannschaften konnten bei der Truppe essen und die Offiziere in der
Messe. Purget und Bondy verhandelten noch mit dem Stab,
aber David ging mit Robert Reed schon zur Messe.

Ein gutes Dutzend Armeeoffiziere in den Uniformen der
britischen Armee, der hessischen Hilfstruppen und der
königstreuen Amerikaner saßen an den blankgescheuerten
Holztischen und erfrischten sich mit Bier und Wein.

David und Robert sahen sich suchend nach freien Plätzen
um. An einem Tisch stand ein Hauptmann in der Uniform der
königlichen Ranger auf und trat auf sie zu. Das kann doch
nicht sein, dachte David. Aber da sagte der Hauptmann
schon: »Das ist doch nicht möglich! David Winter, wie er leibt
und lebt!«

Hauptmann Abercrombie!

In Davids Kopf purzelten die Bilder durcheinander, wie er
mit Leutnant Abercrombie vor fast einem Jahr in New York
eingelaufen war, wie sie gemeinsam Spione enttarnt und fest-
genommen hatten. Die Erinnerung an manches ernste
Gespräch mit Abercrombie zuckte durch sein Gedächtnis, als
sie mit ausgebreiteten Armen aufeinander zugingen und sich
herzhaft umfaßten.

»Wie ich mich freue«, sagten beide fast aus einem Munde.

»Ich gratuliere zur Beförderung, Herr Hauptmann.«

»Hat sich bei Ihnen noch nichts getan?«

»Nein, in der Flotte geht das nicht so schnell.«

Gott, wir fangen schon wieder an, uns mit Flotte und Armee zu necken, dachte David.

Er stellte Robert dem Hauptmann vor, und Abercrombie sagte: »Setzen wir uns an einen Tisch. Es gibt nicht mehr furchtbar viel, seitdem wir blockiert sind, aber in guter Gesellschaft schmeckt auch das Wenige.« Es gab Kartoffelbrei und Fleischklöße, die mit viel Brot angereichert waren.

David erzählte von ihrer ersten Fahrt zur Erkundung der Versorgungslinien. Abercrombie meinte, das könne kaum mehr sein als der Tropfen auf dem heißen Stein. Aber David sagte ihm, daß sein Kapitän nun als Commodore die Befestigungen knacken werde. »In drei Wochen ankern hier die Transporter, warten Sie es nur ab.«

»Ihnen möchte ich es sogar glauben, Mr. Winter. Hoffentlich kommt nichts dazwischen.«

Wie lange sie noch im Lager blieben, wollte Abercrombie wissen.

»Ich nehme an, wir werden gegen sechs Uhr nachmittags mit ablaufender Flut wieder zurückrudern.«

»Das trifft sich gut. Ab vierzehn Uhr habe ich Wache im Zimmer des Ordonnanzoffiziers. Da können wir noch ein wenig plaudern. Jetzt muß ich nämlich noch zum Quartiermeister.«

»Gut, zeigen Sie mir noch, wo ich Sie dann finde.«

Das Zimmer des Ordonnanzoffiziers war mit Tisch, Stühlen und Regalen karg möbliert, aber sie waren, von gelegentlichen Boten abgesehen, ungestört. Zunächst stand im Vordergrund, wie sie das letzte Jahr verbracht hatten. Abercrombie war schließlich doch von seinem Posten als ›Depeschenbote‹ erlöst worden und hatte unter Beförderung zum Hauptmann eine Rangerkompanie erhalten, ›eine hervorragende Einheit‹, wie er wiederholt hervorhob.

In der Beurteilung der Kriegslage war er noch skeptischer als vor einem Jahr. »Wir können den Krieg nicht mehr gewinnen, wenn wir es überhaupt jemals gekonnt hätten. Wir können einzelne Städte besetzen, aber wir haben kein Hinterland. Jedes Gramm Versorgung muß aus England herangeschafft werden. Die Mehrheit der Bevölkerung ist inzwischen gegen uns.«

David wollte das nicht so sehen. Auch die Flotte habe nicht genug Schiffe, um das Land zu blockieren, aber sie sei dem Gegner immer noch überlegen, und da sei doch auch noch General Burgoyne, der aus Kanada heranmarschiere.

»Oh, Mr. Winter, da gibt es schlimme Gerüchte, daß Burgoyne mit seiner Armee in einem Ort Saratoga festsitze und belagert werde. Sehen Sie, wenn wir eine sinnvolle strategische Planung hätten, hätte General Howe den Hudson aufwärts Burgoyne entgegenmarschieren sollen. Gemeinsam hätten sie es schaffen müssen. Die zweitbeste Lösung wäre gewesen, von New York auf dem Landweg nach Philadelphia zu marschieren. Dann hätte Washington sich zur Schlacht stellen oder weite Teile New Jerseys aufgeben müssen. Aber Sir William Howe hat die schlechteste Lösung gewählt. Nach Wochen der Einschiffung brauchten wir einen Monat auf See. Das hat uns fast die gesamte Kavallerie gekostet, fast die gesamte Flotte gebunden, die für die Blockade ausfiel, und jetzt sitzen wir schon zwei Monate in der Falle.«

Abercrombie schenkte nach, und David wehrte ab, es sei genug, er müsse für mindestens acht Stunden Flußfahrt einen klaren Kopf behalten. »Ihren Kopf kenne ich nur klar, mein Lieber. Wir sollten uns endlich mit dem Vornamen anreden. Ich heiße George!«

»Das Angebot ehrt mich. Ich heiße David!« Sie schüttelten sich die Hände.

Abercrombie fuhr fort: »Vor gut drei Monaten sind wir abgesegelt, ohne daß die Flußbefestigungen des Delaware erkundet waren. Jetzt ist er noch nicht freigekämpft, wir haben heute den sechsundzwanzigsten Oktober, und in einem Monat könnte es schon Eis geben.«

»Haben wir wirklich schon den sechsundzwanzigsten Oktober?«

»Natürlich, David.«

»Die letzten Tage waren mit neuen Anforderungen so voll, daß ich nicht mehr mitgekommen bin. Dann habe ich ja morgen Geburtstag.«

»Potzblitz, das ist eine Überraschung. Schade, daß man nicht vorher gratulieren und feiern kann. Wie alt werden Sie denn, David?«

»Sechzehn Jahre.«

»Was? Ich hätte Sie auf neunzehn geschätzt, aber das macht der Krieg. Er läßt die Männer schneller altern und die Frauen in der Heimat länger jung bleiben. Mögen Sie noch viele Geburtstage erleben, David, und mögen wir uns noch oft begegnen.«

Sie tranken sich zu, und David dachte, daß man einen so klugen und sympathischen Menschen nicht oft finde.

Die beiden Boote glitten in der Nachmittagssonne flußabwärts, ohne daß die Ruderer sich anstrengen mußten. Sie fuhren unbehelligt in den inneren Kanal hinter League Island ein und hielten sich in der Nähe des Festlandes, aufmerksam die Ufergebüsche beobachtend.

PP war zum Bug gekommen und sagte: »Ohne Drehbassen und Musketen kann aber hier kein Transport durch. Die Ufer sind nicht zu kontrollieren, und man könnte Bootsbesatzungen leicht abschießen.«

»Ich glaube sogar, man wird nicht ohne Besetzung der Inseln auskommen. Für Province und Carpenters Island ist es schon geplant, weil dort Batterien errichtet werden, und wenn wir League Island in der Hand hätten, könnten wir ihren Kanonenbooten einheizen.«

»Gut, Mr. Winter, wir müssen es dem Commodore vorschlagen.«

Am Schuylkill River sank die Abenddämmerung, und sie tasteten sich in der Dunkelheit an Fort Mifflin vorbei. David hatte angespannt auf die Feuer gestarrt, die durch die Dunkelheit strahlten. Auf einmal fuhr er hoch, als etwas an seine Hüfte stieß und nach seiner Schulter griff. Fast hätte er geschrieen. Ein kleiner Baumstamm war vom Boot gerammt worden, und ein Ast hatte seine Schulter gestreift. Tief und erleichtert zog er die Luft ein. Er mußte einen kurzen Moment eingenickt sein. Bloß wach bleiben, loten, beobachten, Kurse prüfen!

Allmählich wurde die Fahrt etwas langsamer, da die Ebbe nicht mehr schob. Aber die Strömung flußabwärts half ihnen an Hog Island und Little Tinicum vorbei. Die Schiffe der Flotte waren nicht zu erkennen.

»Gut abgedunkelt«, murmelte PP.

Ein Platschen vor ihnen. Der Ruf »Boot ahoi!«

»Kutter der *Anson*, Leutnant Purget und Leutnant Bondy.«

»Gut, passieren!« Das war Matthew Palmers Stimme. Er hatte also ein Wachboot zu kommandieren.

Noch einmal der Anruf vom Schiff, dann die Fallreepspforte, Meldung beim Wachhabenden Offizier, und David tappte den Niedergang zu ihrer Messe hinunter. Ob es wohl noch etwas Warmes zu trinken gab?

Als ihn eine Hand rüttelte, brummte David: »Ich bin doch noch gar nicht eingeschlafen.«

»Es ist fünf Glasen der Morgenwache. Du schläfst schon mehr als vier Stunden, du Murmeltier. Der Commodore will die Offiziere der Bootserkundung in einer halben Stunde sprechen.«

»Stephen Church, wenn du mich noch einmal Murmeltier nennst, reiß ich dir den Kopf ab.«

»Du würdest mich gar nicht kriegen, du Schlafmütze«, erwiderte Church, und schon wischte er davon.

David wusch sich den Schlaf aus den Augen, ordnete seinen Nackenzopf frisch und seifte sich ein. Verflucht, war das Wasser kalt. Das konnte ja keinen Schaum geben. Er schabte mit dem Messer, fluchte, als er sich schnitt, rieb sich die Wangen ab, säuberte oberflächlich das Rasierzeug und suchte nach etwas zum Essen und Trinken. »Steward!« rief er. »Gibt es denn gar nichts zum Beißen?«

»Nur etwas heiße Schokolade und Weißbrot mit Honig.«

»Das ist doch was. Gib her.«

Der Commodore war ungewöhnlich fürsorglich heute. »Sie haben wenig Schlaf gehabt, meine Herren. Ich habe etwas Kaffee kochen lassen, damit Sie mir nicht hier am Tisch einschlafen, und einige Schnitten sind auch da. Aber Sie dürfen nicht gleichzeitig kauen, einer muß berichten.«

David war zu müde, um sich in der guten Laune Brisbanes zu sonnen. Als er an der Reihe war, schilderte er die navigatorische Seite, hob hervor, daß die Fahrrinne nicht flacher als drei Meter sei, und schloß, daß nach einer Besetzung der Inseln der Transport absolut sicher ablaufen könne.

»Den Transport selbst werden die Offiziere der *Pearl* organisieren. Leutnant Purget, Sie machen heute noch einmal mit deren Kommando die Tour. Ein Prahm kann schon beladen mitlaufen. Leutnant Bondy ist für zwei Tage zur Artillerie abgeordnet und wird die Errichtung von Batterien mit vorbereiten, die in vier Tagen feuerbereit sein müssen. Mr. Winter, Sie werden mit Mr. Hope und seinen anderen Maaten in der Nacht die Chevaux de Frise erkunden. Ich möchte, daß wir hier vorankommen. Philadelphia hungert, und den Winter können wir nicht aufhalten.«

David ging zum Master in den Kartenraum.

»Sir, welche Befehle haben Sie für heute nacht?«

»Sie sehen müde aus, Mr. Winter, da traut man sich ja kaum, Ihnen Befehle für die Nacht zu geben.«

»Ich bin müde, Sir, aber bis zum Abend bin ich wieder wach.«

»Na gut. Kommen Sie mal zur Karte. Wir werden Hog Island südlich umfahren und fangen in Ufernähe an, am Hindernis zu loten und zu sehen, wie dicht die verdammten Pfähle stehen. Wir bewältigen das mit zwei unabhängigen Kommandos, eines am inneren, das andere am äußeren Rand der Hindernisse. Sie sind beim äußeren Rand dabei, und ich möchte besonders gern wissen, wie die Wassertiefe südlich von Woodbury Island ist und ob dort noch Hindernisse liegen. Aber seien Sie vorsichtig! Fort Mercer liegt in der Nähe. Vielleicht haben sie auch Wachboote.«

David schlief tagsüber in jeder freien Minute. Als sie um zwei Glasen der ersten Wache (einundzwanzig Uhr) in die Boote stiegen, war er munter und ausgeschlafen. Sie hatten am Bug eine Drehbasse und einige Musketen an Bord, aber wichtiger waren ihnen Lote und Werkzeuge zur Prüfung der Hindernisse. Die Riemen waren umwickelt.

Mr. Hope war im anderen Kutter. Die dunkle Masse von HogIsland blieb backbord liegen. Ganz langsam suchten sie vom Ufer aus mit Stangen nach dem Anfang der Hindernisreihe. Da, ein unterdrückter Ruf. Ein dicker Pfahl mit seiner Eisenspitze war ertastet.

»Vorsicht«, raunte David seinen Rudergasten zu, »die können uns auch am unteren Rumpf erwischen.«

Mr. Hope lief mit seinem Kutter auf die andere Seite, und sie tasteten sich an den Hindernissen entlang. Immer wieder wurde gelotet. David fluchte unterdrückt, weil das Wasser von den Stangen rann und ihm allmählich den Jackenärmel aufweichte.

Zu Beginn waren die Pfähle dreifach hintereinander gestaffelt, dann doppelt und schließlich nur noch einfach. Sie hatten etwa die Spitze von Mud Island erreicht, als David keinen Pfahl mehr mit seiner Latte fand. Er ließ das Boot etwas flußaufwärts drücken und den Fluß mit drei Stangen absuchen.

»Hier ist was«, flüsterte ein Matrose. David stocherte mit seiner Stange in der gleichen Richtung und traf etwas. Aber das war kein Pfahl. Das war eine feste Masse, tiefer im Wasser als die Pfähle.

David ließ das Boot meterweise vor und zurückdrücken, und immer wieder tauchten die Stangen in die Tiefe. Die Masse war fest, aber nicht einheitlich hoch.

»Das ist ein Schiff«, flüsterte David zu Gart, dem anderen Maat. »Sie haben es hier in einer Lücke der Hindernisse versenkt.« Sie ruderten langsam flußaufwärts, bis wieder die Pfähle begannen.

»So, mein Lieber, jetzt heißt es peilen und loten. Wie weit schätzt du es zum Südufer?«

Gart antwortete: »Ich kann ja kaum etwas sehen. Zu dem schwarzen Rand dort sind es etwa dreihundert Meter. Wenn wir den Bug nach der Strommitte ausrichten, peilt Fort Mercer in vier Strich und Fort Mifflin in vierundzwanzig Strich.«

»So habe ich es auch. Jetzt müssen wir noch messen, wie breit die Lücke ist.«

Sie war fünfunddreißig Meter breit.

Als sie sich an der Hindernisreihe weiter flußaufwärts tasteten und Mud Island fast passiert hatten, zog ein Seemann David am Arm und deutete flußaufwärts. Ein Schatten, leises Plätschern, ein Husten. David gab ein Zeichen, daß sich alle ducken sollten. Mit einem Haken hielten sie das Boot am Pfahl fest. Ein Wachboot? Ein Fährboot zwischen beiden Forts? Es war vorbei. Sie blieben noch eine Weile regungslos, dann setzten sie ihre Erkundung fort.

Als sie nach Mitternacht ihre Aufzeichnungen im Kartenraum verglichen, wollte der Master gar nicht glauben, daß sie eine Lücke in der Hindernisreihe entdeckt hatten.

»Wir haben es mehrfach überprüft, Sir«, sagte David. »Die Lücke ist fünfundreißig Meter breit und wird fast ganz durch ein versenktes Schiff ausgefüllt. Es liegt auf einer Seite, die Masten in nördlicher Richtung.«

»Dann haben wir mit den Stangen vielleicht Masten ertastet und sie für Pfähle gehalten.«

Als Brisbane eintrat, gab Mr. Hope zu: »Sir, die jungen Burschen haben mich blamiert. Sie haben eine Lücke in der Friesenreihe entdeckt, die ich nicht bemerkt habe. Breite etwa fünfunddreißig Meter, ausgefüllt durch ein versenktes Schiff.«

»Sehr gut«, lobte der Commodore. »Lassen Sie sich von Mr. Hope eine Flasche Wein spendieren, wenn wir in Philadelphia sind. Und nun zeigen Sie mir mal Ihre Eintragungen.«

Sie berieten noch eine ganze Weile und einigten sich, daß in der nächsten Nacht Beginn und Ende der Lücke durch unauffällige Bojen, aufrecht stehende Holzstangen markiert werden sollten. Brisbane wollte mit dem Stückmeister reden, wie man verschlossene Fässer mit Lunten anfertigen könne, um das Wrack unter Wasser zu sprengen. David hatte ihm gesagt, daß sie seit ihrer Zeit in der Karibik einige geübte Taucher an Bord hätten, die auch bei dem kalten Wasser einige Minuten tauchen könnten.

»Sie haben jetzt dienstfrei«, sagte Brisbane, »und nehmen Sie kommende Nacht in jedem Boot einen der Taucher mit, damit die sich orientieren, ob man in das Wrack hineinkommt.«

Mein Gott, fiel David auf einmal ein, jetzt ist ja mein Geburtstag schon vorbei, und ich habe wirklich nichts davon gemerkt. Nun ja, sechzehn Jahre bin ich immerhin.

Auch mit sechzehn Jahren schlief David wie ein Murmeltier bis zum Beginn der Vormittagswache. Die regulären Zeiten für das allgemeine Wecken waren vorübergehend aufgehoben, da die *Anson* vor Anker lag und Abordnungen der Mannschaft dauernd unterwegs waren. Die *Blanche* und die *Pearl* hatten sich an der ersten Hindernisreihe vertäut und wollten einen Kasten mit Pfählen bei steigender Flut aus dem Boden reißen. Der Stückmeister fragte David, wer denn am Wrack tauchen sollte, und David holte die karibischen Neger.

»Könnt ihr zwei Minuten unter Wasser bleiben?«

Die Neger nickten und sagten: »Aye, aye, Massa.«

Der Stückmeister brummte: »Na gut.« Dann erklärte er, daß er zwei Fässer halb mit Pulver fülle und diese Hälfte mit Holz abdichte. In der anderen Hälfte lägen Halbstundenlunten in Lederschläuchen. Wenn man die Lunten anzünde, brauche man vielleicht fünf Minuten, um das Spundloch abzudichten und das Faß zu Wasser zu bringen. Die Taucher hätten dann fünfzehn Minuten Zeit, das Faß im Wrack zu verstauen. Dann müßten sie sehen, daß sie aus dem Wasser kämen. Die Neger nickten.

»Heute nacht nehmen wir sie mit zur Sperre, dann können sie sich das Wrack ansehen.«

»Ich möchte bei der Kälte nicht im Wasser stecken.« Der Stückmeister schüttelte den Kopf. »Das erinnert mich daran, wir müssen Decken für sie mitnehmen, und aus der Kombüse sollten wir uns heiße Steine besorgen.«

In der Messe sah David kaum noch seine Kameraden. Die einen waren mit Seesoldaten und Artilleristen auf den Inseln, um die Batterien zu errichten, andere rüsteten Boote und Prähme für den Transport aus, noch andere studierten an der ersten Hindernisreihe die Möglichkeiten, Kästen und Pfähle am besten aus der Verankerung zu lösen. Und wieder andere saßen mit dem Kapitän und den Offizieren über den Plänen für den Tag, an dem der Angriff auf Fort Mifflin beginnen sollte.

In der Nacht tastete sich David wieder fröstelnd mit dem Kutter an der Hindernisreihe entlang. Diesmal war der Master im selben Boot, weil er sich die Lücke zeigen lassen wollte. David suchte mit der Stange nach dem Ende der Pfahlreihe und ließ dann den Master die anderen Konturen des Schiffes selbst abklopfen. Mr. Hope prüfte die Peilungen, bestätigte sie, und dann brachten sie die Bojen aus. Die Taucher zogen sich aus und glitten in das Wasser. David konnte kaum glauben, daß sie so lange unter Wasser bleiben könnten. Endlich durchbrachen ihre Köpfe prustend die Wasseroberfläche.

Seeleute halfen ihnen aus dem Wasser, und sie hüllten sich in die warmen Decken. Die Zähne schlugen aneinander. Als sie sich etwas erholt hatten, sagten sie, es sei kein Problem, durch die Niedergänge in das Schiff zu gelangen. Aber sie wollten noch Leinen anbringen, damit sie sich dann mit dem Faß leichter zu den richtigen Stellen unter Deck ziehen könnten.

»Die Burschen wollen noch einmal runter?« fragte Mr. Hope ungläubig.

»Ja, Sir. Die leisten ganze Arbeit. Ich kann ihnen Leinen geben.«

»Und wenn sie wieder auftauchen, kriegen sie meine Taschenflasche mit Rum, die Teufelskerle«, versprach der Master.

Die Burschen grinsten, wickelten sich aus den Decken, nahmen die Leinen und verschwanden unter Wasser.

Als sie wieder in ihren Decken zitterten und schmatzend den Rum genossen, sagte der Master: »Lassen Sie uns noch zum oberen Ende der Lücke rudern. Dann kehren wir zurück zur *Anson*, ehe die Burschen erfrieren.«

Sie hatten abgedreht und Kurs auf die *Anson* genommen, als der Himmel über Fort Mercer aufflammte. Schüsse krachten, Leuchtraketen zogen in den Himmel.

Sie starrten erst erschreckt, dann verwundert zurück.

»Uns gilt das nicht! Nach Angriff sieht es auch nicht aus. Was soll der Feuerzauber?« Mr. Hope war ratlos.

David war, als ob sein Hals eng würde. Die schossen Freudenfeuer! Burgoyne hatte doch nicht etwa mit seiner Armee kapitulieren müssen? Er flüsterte Mr. Hope seine Vermutung ins Ohr.

»Mein Gott, Mr. Winter, das wäre ja entsetzlich!« Er gab Befehl, mit aller Kraft zur *Anson* zurückzupullen.

Commodore Brisbane empfing sie mit düsterer Miene. Er hatte die gleiche Befürchtung. »Nun müssen wir den Delaware erst recht aufbrechen. Es gibt keine Alternative!«

Die nächsten Tage waren furchtbar. Sie erhielten die Nachricht, daß General Burgoyne am 17. Oktober mit nur noch dreitausendfünfhundert Mann bei Saratoga kapituliert hatte. David war völlig niedergeschlagen und dachte an die vielen jubelnden Soldaten, denen er die Nachricht vom Sieg bei Valcour Island nach Saint John gebracht hatte. Wie hatten sie siegesgewiß dem Vormarsch entgegengefiebert! Und nun verrotteten ihre Körper in der Erde oder ihre Seelen in Gefangenenlagern.

Brisbane setzte der Entmutigung Trotz entgegen. »Wir schaffen es nun erst recht«, hämmerte er ihnen ein und beschleunigte die Vorbereitungen.

Aber ein erster Angriff am 5. November scheiterte. Die Rebellen hatten eine neue Batterie am Fluß errichtet. Die *Anson* lief unterhalb von Mud Island auf Grund. Die Kanonenboote der Rebellen griffen vehement an, aber die *Blanche* schirmte die *Anson* mit schnellem Feuer hervorragend ab.

Der Commodore tobte, als er sich zurückziehen mußte. »Was ist mit den Batterien auf den Inseln? Warum hat die *Vigi*-

lant nicht vom inneren Kanal aus Fort Mifflin unter Feuer genommen?«

Die Batterien waren noch zu schwach, um etwas auszurichten. Die *Vigilant,* ein als Kanonenschiff umgebauter Transporter, hatte mit einem Tiefgang von dreieinhalb Metern eine Sandbank bei Hog Island nicht überwinden und nicht in den inneren Kanal einfahren können.

Ungeduld ist ein schlechter Ratgeber, sah Brisbane ein.

Die Planungen wurden intensiviert. Hauptmann Montresor von der Artillerie versprach eine Verstärkung der Batterien auf den Inseln mit Zweiunddreißigpfündern. Die Armee sicherte die Batterien gegen mögliche Angriffe amerikanischer Milizen ab. Leutnant Murray, der sich fast wie Dillon für die Artillerie begeistern konnte, drillte die Batterien der *Anson.* Die *Vigilant* entlud ihre Kanonen auf Leichter. Der Master berechnete, daß um sechsunddreißig Minuten nach Mitternacht in der Nacht zum 15. November der Vollmond für eine besonders hohe Flut sorgen würde, so daß die *Vigilant* in den inneren Kanal einlaufen und Fort Mifflin von der Rückseite beschießen könnte. Die schwimmenden Batterien waren dann auch zur Unterstützung bereit.

Am 11. November begannen die Mörser und Kanonen von Province und Carpenters Island mit einer heftigen Kanonade von Fort Mifflin. Aber dann kam der Regen. Es regnete Tag und Nacht. Die Geschütze auf den Inseln versanken im Matsch, das Pulver war kaum noch trocken zu halten. Commodore Brisbane wütete in seiner Kabine, und alle gingen ihm aus dem Wege.

Am Abend des 13. November ließ der Regen nach. Am frühen Morgen des 15. November waren alle Schiffe auf ihren Stationen und die Batterien feuerbereit. Ein Hagel von Geschossen prasselte auf Fort Mifflin nieder, zerstörte die Blockhäuser, warf Kanonen um, zerschmetterte Menschen. Aber sie kämpften immer noch. Die *Anson* mußte Treffer hinnehmen. David zog auf dem Achterdeck manchmal den Kopf ein, wenn die Kugeln über ihm heulten.

Am frühen Nachmittag setzten die Rebellen Kanonenboote gegen die *Anson* ein. Aber ein heftiger Westwind hinderte sie, sich der *Anson* schnell zu nähern. Die Batterien der *Anson* deckten sie so gut ein, daß die Kanonenboote zurückweichen mußten. *Roebuck*, *Pearl* und *Blanche* nahmen die Batterien an der Newjerseyseite des Delaware unter Feuer und kämpften sie nieder. »Am Morgen stürmen wir Fort Mifflin mit Booten. Jetzt fallen wir etwas flußabwärts zurück, damit wir gegen Brander besser geschützt sind.« Brisbane schien ganz zufrieden.

Vor Morgengrauen waren die Boote mit Entermannschaften gefiert und nahmen Kurs auf Mud Island. David stand im Bug des einen Kutters und wies Leutnant O'Byrne im Stern die Richtung. Kaum zehn Meter weit konnten sie sehen, als sie an Land stürmten. Kein Schuß empfing sie. Als David durch die zerfetzten Palisaden kletterte, mußte er würgen, so furchtbar war der Anblick. Überall lagen zerfetzte Leichen. Alle Kanonen waren umgestürzt, die Blockhäuser nur noch Trümmer.

»Voran!« trieb sie Leutnant Bates weiter. »Uferseite sichern. Fahne aufpflanzen! Mr. Winter, Meldung an den Commodore: Fort Mifflin ist in unserer Hand.«

Brisbane war erleichtert. »Die Armee wird die Sicherung des Forts übernehmen. Wir knacken jetzt die Hindernisse. Machen Sie sich mit den Tauchern bereit, Mr. Winter.«

Der Stückmeister moserte, daß er überhaupt nicht nachkäme, neue Kartuschen nach der gestrigen Beschießung nachzufüllen, und nun solle er schon wieder mit anderen Sachen anfangen. Aber er hatte die Pulverfässer bald bereit. Vorsichtig wurden sie in den Kutter gefiert. Diesmal ruderten sie im hellen Sonnenlicht zu ihren Bojen.

Von beiden Gruppen tauchte zunächst nur ein Taucher, um die beiden Leinen für die Niedergänge zu suchen. Kurz darauf waren sie wieder an der Oberfläche, jeder eine Leine in der Hand.

»Gut, klettert raus«, befahl David. »Sir, Sie können die Fässer zünden und verschließen.«

Der Stückmeister mit seinem Maat blies die Lunte an, zündete das freie Ende in jedem Faß, sah, daß die kleine Flamme sich im Lederschlauch voranfraß, schlug schnell, aber nicht hastig die Propfen in die Löcher, verschmierte sie mit Teer und nickte.

David gab den Tauchern das Signal, ins Wasser zu gehen. Vorsichtig wurden die Fässer über den Dollbord gehoben. Jeder dachte an die brennenden Lunten und die Menge Pulver. Die Taucher nahmen die Fässer ab.

»Ihr habt fünfzehn Minuten, dann klopfen wir mit dem Stab dreimal an das Boot. Wer dann nicht in den Kutter kommt, soll sehen, wo er bleibt.«

Die Taucher nickten und schwammen mit den Fässern zum Wrack. Dann zogen sie die Fässer unter Wasser und waren verschwunden. Noch zweimal tauchten sie auf und pumpten sich die Lungen voll Luft.

David sah den Sand im Stundenglas rinnen. Knapp zehn Minuten. Da erschienen die nassen Wuschelköpfe abermals an der Oberfläche. Sie schwammen hastig zum Kutter.

»Alles in Ordnung?« wollte David wissen.

Sie rangen nach Luft und nickten.

David gab den Befehl, den Kutter zweihundert Meter wegzupullen. Dort warteten sie. Auf einmal schien der Sand viel langsamer im Stundenglas zu rinnen. »Nun muß es doch soweit sein!« Der Stückmeister hob beruhigend die Hand, da grollte es einmal, zweimal unter Wasser. Zwei Krater entluden sich mit Wasserschwall und Wrackteilen. Fische trieben mit bleichen Bäuchen im Wasser.

Die Seeleute klopften sich auf die Schultern und lachten. Die Ausläufer der Wellen erreichten sie und ließen den Kutter schaukeln.

»Klar bei Riemen! Wir sehen es uns noch einmal an.«

Wrackteile trieben in großer Zahl vorbei. Das sah gut aus. Zurück zur *Anson*.

Der Commodore war zufrieden und gab der *Blanche* Befehl, die verbliebenen Wrackteile mit Warpankern aus der Lücke zu reißen. Danach sollten *Roebuck*, *Pearl* und *Blanche* beginnen, sich an den Hinderniskästen zu vertäuen und sie aus dem Flußboden zu heben.

Im Hauptquartier des Admirals, dem der Commodore über die Eroberung des Forts und die Räumung der Hindernisse berichten wollte, erfuhr Brisbane, daß der Admiral mit seinem Bruder, dem General, am Vortag der Beschießung von Fort Mifflin zugesehen hätte.

»Ich habe im ganzen amerikanischen Feldzug noch nicht eine so heftige und wirkungsvolle Kanonade erlebt, mein lieber Brisbane. Das war ein gutes Beispiel für die Zusammenarbeit von Armee und Flotte.«

»Ergebensten Dank, Mylord.«

»Keine Ursache, Commodore. Wenn Sie den Delaware freigekämpft haben, werde ich der Admiralität in London Ihre Bestallung als Konteradmiral empfehlen. Sie haben es wahrlich verdient.«

Der Admiral teilte Brisbane noch mit, daß Generalleutnant Cornwallis bei Billingsport den Fluß überqueren werde, um Fort Mercer von Land aus anzugreifen. Er solle mit ihm ein ähnlich wirkungsvolles Vorgehen vereinbaren wie bei der Beschießung von Fort Mifflin.

Leutnant Murray und Leutnant Bondy waren unterwegs zu den Truppen von Cornwallis, um die Zusammenarbeit zu besprechen. Alle anderen arbeiteten an der Beseitigung der Hindernisse. Die Bojen, die die Breite der geräumten Fahrrinne anzeigten, rückten immer weiter auseinander. Von Fort Mercer wurden nur ab und an einige Schüsse abgefeuert, die bei der großen Entfernung aber nicht trafen. Sie sahen am Abend des 19. November auch noch ein amerikanisches Schiff vor Fort Mercer, aber in der Nacht brannte dort kein Licht mehr.

Als die Infanterie, von ihren Beobachtungen informiert, am nächsten Morgen vormarschierte, gab es in Fort Mercer eine laute Explosion, und alle Gebäude standen in Flammen. Die Rebellen hatten das Fort aufgegeben.

Nun jagten die Kuriere flußabwärts, damit die Transporter sich in Marsch setzen konnten. Brisbane gab Order, daß seine Schwadron am nächsten Tag flußaufwärts vorstoßen werde. Kaum hatten sie die Anker eingeholt und langsam Fahrt aufgenommen, da hörten sie aus Richtung Philadelphia heftiges

Kanonenfeuer. Mit schußbereiten Batterien segelten sie im lauen Westwind langsam flußaufwärts.

»Deck! Rauchsäulen backbord voraus!«

Der Kapitän sagte zum Master: »Ich traue den Brüdern einen verzweifelten Schlag zu. Ob sie nun Feuerschiffe losschicken oder ihre Schiffe selbst brennend gegen uns treiben lassen, in diesem engen Flußbett kann ich kein Risiko eingehen. Lassen Sie bitte an der der Strömung abgewandten Seite ankern. Alle Boote werden ausgesetzt, um Feuerschiffe wegzuschleppen.«

Leutnant Purget wurde mit dem Kutter flußaufwärts geschickt, um zu erkunden, was dort geschah. David war wieder bei ihm. Als sie Gloucester Point umrundeten, sahen sie den Fluß voller brennender Schiffe. Sie trieben mit der Flut in Richtung Philadelphia. David zählte: »Das sind mindestens zwölf Schiffe! Sie müssen sie in Brand gesetzt haben, als sie nicht an Philadelphia vorbei flußaufwärts fliehen konnten. Eine ganze Flotte in Flammen!«

Sie berichteten dem Commodore, und der entschied, daß sie an diesem Platz vor Anker blieben. »Wenn die Ebbe einsetzt, treiben uns die brennenden Schiffe entgegen, und dem Risiko müssen wir uns jetzt nicht mehr aussetzen.«

Viermal hörten sie am Nachmittag dumpf rollende Explosionen. Einige der brennenden Schiffe waren explodiert.

Commodore Brisbane hatte die Wartezeit genutzt und das Schiff säubern lassen. »Morgen wird das eine Triumphfahrt, und ich will, daß die Flotte einen guten Eindruck macht. Leutnant Bates, ich möchte, daß wir über die Toppen flaggen und daß die Seesoldaten in Paradeaufstellung präsentieren, wenn wir anlegen.«

Ihre Erwartungen wurden weit übertroffen. Vom britischen Lager bis zu den Kais standen die Menschen dicht gedrängt am Ufer. Die Batterien schossen Salut. Die Soldaten und viele Zivilisten jubelten, schwenkten Fähnchen und brüllten Hurra. Abercrombie erzählte David später: »Schade, daß Sie sich selbst nicht sehen konnten. Wie die großen Schiffe mit ihren riesigen Segeln schweigend den Fluß heraufkamen, wie sie den Salut herausdonnerten, einheitlich die Segel braßten. Es war ein Bild voller Schönheit und unüberwindlicher Kraft.«

Die erbeutete Fregatte *Delaware* war auch bis über die Toppen geflaggt. Die Besatzung stand in den Fußpferden der Rahen und jubelte ihr Hipp, hipp, hurra! hinaus. Die Kapelle der Rotröcke wartete am Kai und spielte: Britania rules the waves. Offiziere begrüßten Commodore Brisbane. Der Jubel wuchs frenetisch an, als in der Flußbiegung die Segel des ersten Transporters auftauchten. Philadelphia war nicht länger eingeschlossen.

Die Bewohner, die aktiv die Rebellion unterstützten, waren bei der britischen Besetzung geflohen. Außer den Parteigängern des Königs gab es eine Gruppe, die sich zurückhielt und abwartete. Aber die Besatzung und die Loyalisten feierten die Ankunft der Flotte, als wollten sie im Taumel die Entbehrungen und die schlechten Nachrichten von Saratoga vergessen. Alle Häuser waren erleuchtet, und die Menschen strömten hinaus und hinein. Musik spielte, und Paare tanzten trotz der Kälte aus den Sälen auf die Balkone hinaus.

Die Freiwache hatte Landgang, die andere Wache war alarmbereit, um Brander abzuwehren. David saß mit Matthew, Andrew und Stephen in einer Bierstube. Sie waren zu ermüdet, um so jubelnd zu feiern wie die Menschen um sie herum. Aber sie tranken das würzige Bier mit Genuß und hatten fast mit Andacht einen Schmorbraten verzehrt.

Mit ihnen am Tisch saßen Sergeanten der Rotröcke, die ihnen immer wieder vorschwärmten, was es für ein unvergeßliches Bild gewesen sei, als die Schiffe der Rebellen brennend erst flußaufwärts bis an den Stadtrand Philadelphias getrieben seien und dann mit der Ebbe wieder flußabwärts. Vier und fünf Stunden wären die Schiffe brennend auf dem Strom vorbeigezogen.

Ein Maat von der *Delaware* warf ein: »Gesehen hab' ich so was auch noch nicht. Aber mich macht es eher traurig, wenn Schiffe so sterben.«

Mr. Hope blickte am nächsten Morgen mißmutig vom Achterdeck auf die Menschen, die schon wieder am Kai standen und die vielen Schiffe bestaunten, die Kriegsschiffe, auf denen die Matrosen unaufhörlich beschäftigt schienen, zu säubern und zu putzen, und die Transporter, aus deren Rümpfen Fässer und Säcke in nie endenwollender Zahl herausgetragen wurden. Als David sich bei ihm zur Vormittagswache meldete, brummte er: »Man wird bestaunt wie ein Zirkusgaul. Hat die Bande nichts zu tun? Wenn wir nur erst wieder Seeluft um die Nase hätten.«

Die Inseln über dem Winde

Dezember 1777 bis Februar 1778

Der schmale, mittelgroße Mann schüttelte sich fröstelnd. Er wirkte mit seinen fleckenlosen Seidenstrümpfen unter der braunen Bundhose, dem langen braunen Jackett und dem hohen, sich verjüngenden Hut mit breiten Krempen seltsam fremd auf dem Achterdeck eines britischen Kriegsschiffs. Doch der Mann zu seiner Linken, dem er sich jetzt zuneigte, trug auch zivile Kleidung, wenn auch in grau-blauer Färbung und dadurch weniger auffällig zu dem Blau der Marineuniformen und den roten Röcken der Seesoldaten.

»Mr. Seldom, was macht der Kapitän denn jetzt da vorn, und dauert das noch lange?«

»Er inspiziert die Divisionen, Sir, danach geht er durch das Schiff, überprüft Sauberkeit und Ordnung, und schließlich wird er die Kriegsartikel verlesen. Das ist das Programm für jeden Sonntag, nur die Verlesung der Kriegsartikel wechselt mit der Verlesung von Bibeltexten ab.«

»Mein Gott, müssen all die vielen Menschen dafür die ganze Zeit in der Kälte stehen?«

»Für Seeleute ist das nicht kalt. Wir segeln querab von Vir-

ginia. Golfstrom und Sonne wärmen, Mr. Hampden. Die
Mannschaften wissen, daß Essen und Freizeit sie erwarten.
Sie fühlen sich nicht weniger wohl als der Schneidermeister
in Kent beim Kirchgang.«

Die Seesoldaten standen am Aufgang zum Achterdeck in drei
Linien, die Gewehre in Präsentierhaltung, die weißen Koppel
mit Kreide von jedem Fleck gereinigt. Der Hauptmann und
der Leutnant neigten die gezogenen Degen, die Sergeanten
ihre Piken, und der Kapitän lüftete seinen Hut zum Gruß und
schritt die Linien entlang, aufmerksam die Sauberkeit der
Uniformen und die Rasuren prüfend.

»Die Truppe macht einen sehr guten Eindruck, Hauptmann Barnes. Lassen Sie bitte rühren.«

Barnes quittierte die Anerkennung mit der üblichen Flos-
kel »Ergebensten Dank, Sir«, und gab die Kommandos weiter.

Kapitän Brisbane war schon bei der Division des Zweiten
Offiziers, die längsseits vor den Finknetzen stand. Leutnant
Murray meldete seine Division, und Kapitän Brisbane
wandte ihr die Aufmerksamkeit zu, die die Matrosen nach
der Mühe erwarteten, die sie sich gegeben hatten. Brisbane
wußte, daß ein uninteressiert vorbeieilender Kapitän die
Männer enttäuscht hätte. Allzuviel sollte er allerdings auch
nicht beanstanden.

Neben Leutnant Murray standen die Midshipmen und
Maate, die zu dieser Division gehörten. Die Midshipmen hatten ihre langen dunkelblauen Röcke mit dem einen weißen
Spiegel an. Die Maate hatten die übliche Kleidung der Matrosen, lange weite Hosen aus leichtem weißen Segeltuch, die
man bequem hochrollen konnte, wenn man die Decks
waschen oder ins Uferwasser steigen mußte. Die Jacken
waren blau und kurz, denn wer in die Wanten steigen mußte,
konnte keine flatternden Rockschöße gebrauchen. Von den
Seeleuten unterschieden sich die Maate vor allem durch die
breiten Krempen ihrer zylinderförmigen Hüte. Wer an den
Rahen arbeiten mußte, dem wären solche Hüte vom Kopf

geweht worden. Darum trugen die Mannschaften Wollkappen oder Hüte mit schmaler Krempe.

»Im Vergleich zu den Seesoldaten wirken die Matrosen aber ziemlich unmilitärisch, Mr. Seldom.«

»Es gibt für Seeleute keine Uniform, Mr. Hampden. Wenn der Kapitän sich nicht darum kümmert, können Sie auf Kriegsschiffen jede mögliche Kleidung sehen. Kapitän Brisbane verlangt einheitlich weiße Hosen und kurze blaue Jacken, und diese Kleidung wird in der Kleiderkiste verbilligt ausgegeben. Dafür zweigt er Prisengeld ab. Aber in den Kopfbedeckungen, ihren Hemden und Tüchern haben die Matrosen Freiheit, sich nach ihrem Geschmack zu kleiden.«

Der Kapitän trat an das Geländer, das das Achterdeck gegen das Mittschiff abgrenzte, nahm ein kleines Buch und rief: »Ruhe an Deck! Ich verlese die Artikel, die Seine Majestät, König Georg II., 1749 für das Verhalten auf Kriegsschiffen erlassen hat.« Und er begann mit lauter Stimme die sechsunddreißig Artikel zu verlesen. Die Masten knarrten im Wind, die Taue quietschten, und die Mannschaften wußten, daß sie nun länger als eine Viertelstunde ihre Aufmerksamkeit schweifen lassen konnten, denn den Text hatten sie schon oft gehört.

David wurde auf einmal aufmerksam, als der Kapitän las: »Wenn jemand in der Flotte mit einem anderen Flottenangehörigen streitet oder kämpft oder kränkende oder provozierende Gesten oder Worte benutzt, um Streit oder Unruhe hervorzurufen, so soll er nach Aufdeckung der Tat die Strafe erleiden, die ein solches Vergehen erfordert und die ein Kriegsgericht verhängen wird.«

Ein Schaf blökte laut in der Kuhl, wo das lebende Vieh gehalten wurde, das für die Offiziersmesse bei Bedarf geschlachtet werden sollte.

Die Mannschaften verbissen sich ein Grinsen. »Recht hat das Schaf«, dachte David. So einen Blödsinn kann sich nur ein Schreiberling in der Admiralität ausdenken. Ich habe noch keinen Tag ohne Streit oder provozierende Gesten an Bord erlebt, und niemand kümmert sich darum, sofern es sich nicht gegen einen Vorgesetzten richtet.

Sonntags gab es Schweinefleisch und Erbsen und ein Pint

Leichtbier. David mochte das gepökelte Schweinefleisch und das gelbe Erbsenpüree. Wahrscheinlich hatte er wieder zuviel gegessen. Aber dann würde er nachher bei der Nachmittagswache ein bißchen mehr auf dem Achterdeck hin- und hergehen. Vielleicht ergab sich auch die Gelegenheit, die Wanten zum Masttopp aufzuentern.

Als er dann über die leicht bewegte See blickte, wo landwärts von der *Anson* die *Blanche* elegant durch die Wellen furchte, war David mit seinem Leben zufrieden. Die *Anson* war wirklich ein glückliches Schiff. Der Kapitän war kompetent und gerecht. Mit den Kameraden konnte man gut auskommen. Und unter den Maaten gab es auch nur wenige, die David nicht leiden konnte.

In der Kapitänskajüte wurde um diese Zeit Kriegsrat gehalten. Die Leutnants, die Offiziere der Seesoldaten und der Master saßen am großen Tisch und sahen Mr. Hampden erwartungsvoll an, dem der Kapitän eben das Wort erteilt hatte.

»Meine Herren, was ich Ihnen berichte, ist streng geheim. Ich bitte um Ihr Verständnis, wenn ich an Ihre Schweigepflicht erinnere. Es geht um den Kaperkrieg der Kolonien gegen die Handels- und Kriegsflotte Seiner Majestät. Wir wissen, daß die Kolonien in diesem Jahr etwa einhundertfünfzehn Kaperschiffe in See haben. Jährlich werden es mehr. Der Schaden, den sie anrichten, trifft uns schwer.

Auf dringenden Wunsch von Vizeadmiral Young verstärken Sie jetzt seine Schwadron in Barbados. Die Zusammenarbeit der amerikanischen Kaper mit den französischen Behörden in Martinique hat Ausmaße erreicht, die wir nie für möglich hielten. Im Juli 1776 kam ein gewisser William Bingham als Vertreter der Rebellen nach Martinique, um die Zusammenarbeit im Kaperwesen zu organisieren. Er hat ausgezeichnete Verbindungen zu allen französischen Beamten, auch zu dem neuen Gouverneur, dem Marquis de Bouille.

In den vergangenen Jahren hat Bingham nicht nur eine Basis für die Kaperschiffe in St. Pierre eingerichtet, er konnte auch ein Prisengericht der Rebellenkongresse auf Martinique etablieren. Die Rebellen brauchen ihre Prisen nicht mehr in die Kolonien zu bringen, um sie taxiert und verkauft zu bekommen. Das alles geschieht auf Martinique.«

»Aber das ist doch ein klarer Verstoß gegen das Völkerrecht, Sir, das ist ein Kriegsgrund.« Leutnant Bates wirkte empört.

»Natürlich, Sir. Aber die Franzosen streiten alles ab, und wir können ihnen nicht das Gegenteil mit Details beweisen, denn dann würden wir unsere Informanten gefährden. Und an Krieg zusätzlich mit Frankreich kann Seiner Majestät Regierung gegenwärtig nicht interessiert sein.

Das ganze Geschäft ist so profitabel, daß der Bericht unseres Nachrichtendienstes im April diesen Jahres einunddreißig Kaperschiffe in den Häfen oder in den Gewässern um Martinique auflistet. Diese Kaperschiffe rangieren von der Fregatte *Randolph* mit sechsunddreißig Geschützen bis zu einem Schoner Mr. Binghams, nicht sein einziger übrigens, mit zwei Kanonen. Zusammen enthält die Aufstellung vierhundertachtundzwanzig feindliche Geschütze und zweitausendsiebenhundertzehn Seeleute.«

»Das ist eine ansehnliche Flotte, meine Herren«, übernahm Kapitän Brisbane das Wort: »Admiral Young hat dagegen nur vierzehn Schiffe, von denen die Sloop *Ranger* unter Commander Haddington am besten Geschwindigkeit und Kampfstärke verbindet. Die Rebellen haben in den letzten Monaten dreißig unserer Schiffe aufgebracht und in Martinique gelandet. Wir sollen helfen, dem einen Riegel vorzuschieben. Wir werden Martinique mehr oder weniger blockieren müssen. Wir werden in den nächsten Wochen den Drill an den Kanonen, aber auch mit Boots- und Enterangriffen verstärken. Wenn Sie Ihre Maate unterrichten, erwähnen Sie keinerlei Details über das, was uns Mr. Hampden berichtet hat. Trinken wir zum Schluß noch auf den Erfolg unserer schwierigen Mission!«

Sie liefen die nächsten Trage wieder in ihrer bewährten Suchformation, die *Blanche* einige Meilen zur Küste hin, so daß sie vom Ausguck gerade noch zu sichten war. Aber sie trafen nur einen kleinen britischen Geleitzug, der von einem Kutter eskortiert wurde.

»Was soll der Kutter machen, wenn ein Kaperschiff mit über zwanzig Kanonen ankommt, und die haben sie ja jetzt schon genug?« Mr. O'Byrne schüttelte zweifelnd den Kopf.

»Ach wissen Sie, Paul«, beruhigte ihn der Erste Leutnant, »so schlimm ist es nicht. Ein Kaperschiff will Beute machen, nicht kämpfen. Und oft sind sie auch schlecht ausgebildet.«

Der nächste Morgen begann vielversprechender. Sie näherten sich den Gewässern um die Bahamas, als in der Morgendämmerung ein Segel gesichtet wurde. Das Schiff nahm Kurs auf die *Anson*, die mit gekürzten Segeln versuchte, sich in eine Position windwärts vom Ankömmling zu mogeln. Gleichzeitig signalisierten sie der *Blanche*, sie solle dem Fremdling den Weg verlegen.

»Deck. Zweimastbrigg. Hält weiter Kurs auf uns.«

»Mr. Bates, lassen Sie bitte Klarschiff ausrufen. Das ist wahrscheinlich ein Kaper, der uns für einen Transporter hält. wir halten noch etwas mehr ab, damit er denkt, wir wollten fliehen.«

Die Brigg kam schnell auf. Sie hatte mindestens hundertachtzig Tonnen und an die zwanzig Kanonen. Als sie zwei Meilen entfernt war, ließ Brisbane eine Wende fahren, alle Segel setzen, die Flagge hissen und einen Schuß durch das Buggeschütz feuern.

Die Brigg wendete, als ob sie auf dem Hacken kehrtmachte, und wollte fliehen.

»Das ist kein Laienensemble, Sir. Die wissen, wie man segelt.«

»Ja, Mr. Hope, aber die *Blanche* liegt schon auf ihrem Kurs. Ich glaube, wir werden sie bald haben.«

Die *Anson* war auf eine gute Meile herangekommen, und die beiden Jagdgeschütze nahmen ihr gezieltes Feuer auf. Jetzt merkte die Brigg auch, wer da auf ihrem Kurs lag. Noch eine Wende, und sie wollte auf dem anderen Bug weglaufen.

Aber durch dieses Manöver kam sie siebenhundert Meter Steuerbord querab von der *Anson* ins Schußfeld.

Die erste Salve genügte, um dem Kaperschiff zu zeigen, was ihm drohte. Es strich die Flagge und drehte in den Wind.

»Mr. Purget und Mr. Bondy, Ihr üblicher Auftritt, wenn ich bitten darf. Und prüfen Sie, ob die Papiere mit dem übereinstimmen, was Sie sehen.«

»Ein wunderbares Schiff, Sir«, schwärmte Mr. Purget, als er Bericht erstattete, »fast neu, erstklassig gepflegt, sechzehn Sechspfünder und je ein langer Neunpfünder am Bug und Stern, Proviant für drei Monate, neunzig Mann Besatzung und sechzehn britische Gefangene, Sir.«

»Was sind das für Gefangene, Mr. Purget?«

»Seeleute mit ihrem Maat von einer Brigg aus Neufundland, die vor sieben Tagen mit getrocknetem Fisch für St. Kitts gekapert wurde.«

»Das ist eine gute Nachricht, Mr. Purget.« Brisbane rieb sich schmunzelnd die Hände.

Der Maat aus Neufundland stimmte mit Kapitän Brisbane gar nicht überein. »Sie können uns nicht in den Dienst der Flotte pressen, Sir. Wir sind Matrosen der Handelsflotte und haben einen Befreiungsschein.«

»Sie waren Matrosen der Handelsflotte. Jetzt sind Sie Seeleute, die aus Gefangenschaft befreit wurden und ihre Dankbarkeit beweisen können. Oder hätten Sie lieber jahrelang in Gefangenenlagern geschmort? Ich biete Ihnen eine Stelle als Bootsmannsmaat an. Sie haben eine Minute Zeit, sonst werden Sie als Matrose eingestuft. Beschweren können Sie sich beim Admiral in Barbados, aber der wird Sie auslachen.«

»Ich akzeptiere, Sir«, sagte der Maat resignierend.

Auf der Fahrt nach Barbados kaperten sie noch vier Handelsschiffe mit Waffen und Verpflegung für die Kolonien und einen Kaperschoner mit zwölf Sechspfündern. Es war schon ein kleines Geschwader, das in Kiellinie der *Anson* die Carlisle Bay auf Barbados anlief.

»Da liegt die *Ranger* von Commander Haddington«, meldete David freudig.

»Für ihn werden wir aber nicht Salut schießen, Mr. Winter, sondern für den Vizeadmiral, dessen Flaggschiff Sie hoffentlich auch bemerkt haben. Geben Sie bitte die Befehle weiter.«

»Aye, aye, Sir!«

David sah enttäuscht zur Insel hinüber. Sie bot nicht das abwechslungsreiche Panorama der anderen Karibikinseln, die er kannte. Keine hohen Berge, die blauschimmernd in die Höhe ragten, nur leichtgewellte Hügel mit endlosen Zuckerrohrfeldern, Zuckermühlen, außerdem die schmalen weißen Strände, über die sich Palmwipfel neigten. Jetzt zeigte der Master auf St. Ann's Fort, Fort Charles und die Beckwith Batterie.

Als die flache Halbinsel von Needham Point steuerbord querab lag, konnten sie die Carlisle Bay überblicken. Neben der *Ranger*, die vor Bridgetown lag, ankerten noch ein Schoner und ein älteres Fünfzig-Kanonen-Schiff, das Flaggschiff des Admirals, in der Bucht.

»Wieviel Faden brauchen wir für den Anker, Mr. Hope?«

»Zehn Faden, Sir.«

»Lassen Sie bitte alles vorbereiten.«

»Mr. Bates, wir ankern zweihundert Meter nördlich vom Flaggschiff. Bereiten Sie bitte den Salut vor.«

Natürlich war alles längst vorbereitet, denn es lief ja nach dem gewohnten Ritual ab. Mr. Hope sammelte wieder die Midshipmen um sich und erklärte ihnen den Ankergrund, der überhaupt nicht mit Antigua zu vergleichen sei. Er biete vor Stürmen keinerlei Schutz. Da heiße es, schnell die offene See gewinnen und den Sturm abreiten. Dafür sei Bridgetown größer und abwechslungsreicher als Falmouth auf Antigua.

»Flaggschiff signalisiert: Kapitän zum Report an Bord und unsere Nummer, Sir.« Hugh Cole als Signal-Midshipman meldete es aufgeregt. Aber auch dieses Signal hatte jeder erwartet, die Bootscrew des Kapitäns stand längst bereit, Brisbane hatte seine gute Uniform an und die Mappe mit seinen Berichten und den Befehlen von Lord Howe unter dem Arm.

Mr. Lenthall war inzwischen unterwegs, um den leitenden Arzt im Hospital, den Arzt des Flaggschiffs und die Sanitätsmaate der kleineren Schiffe zu besuchen, sie mit der Theorie der Bleivergiftungen im Rum bekannt zu machen, Proben des auf den Schiffen benutzten Rums zu sammeln und nach den Erkrankungen zu fragen. Der Arzt des Flaggschiffes, ein älterer, erfahrener Schiffsarzt, konnte seine Skepsis kaum verbergen und sagte seine Mitarbeit nur aus Höflichkeit zu. Der Arzt des Hospitals dagegen war voller Enthusiasmus und ging mit Mr. Lenthall gleich die Krankenpapiere durch. Die Sanitätsmaate der kleineren Schiffe sagten ihre Kooperation schon darum zu, weil sie nie wissen konnten, wann sie Mr. Lenthalls Hilfe brauchten.

Der Schiffsarzt hatte aber noch mehr erfahren. Mr. Kelly war als Kommandant der Schnau *Royal American* bestätigt worden, die zur Zeit vor Tobago kreuzte, wo die Kaperschiffe besonders aktiv waren. Harry Simmons war als diensttuender Leutnant bei ihm.

David bemerkte: »Nun haben wir aber bald ein kleines Geschwader beisammen, das von Leuten der *Anson* kommandiert wird.«

»In Westindien geht das schnell«, bestätigte Mr. Lenthall, »wenn Krankheiten nicht für vakante Posten sorgen, dann werden für die Prisen neue Kommandanten gebraucht, und oft kommt beides zusammen.«

Am nächsten Abend stand das festliche Ereignis auf dem Plan, das die einheimischen Farmer bei jedem neuen Kriegsschiff sehnsüchtig erwarteten: der Ball in der Residenz des Gouverneurs.

Mr. Hope hatte wieder die Hafenwache übernommen. »Gehen Sie nur, meine Herren, und amüsieren Sie sich!« rief er den Offizieren und älteren Midshipmen zu, die darauf warteten, an Land gebracht zu werden. »Für mich ist das nichts mehr.«

»Sagen Sie das nicht, Mr. Hope, es gibt auch dankbare reifere Witwen, und die Getränke und Speisen sind immer exquisit.«

»Mr. Lenthall, Sie sind ein alter Lüstling. Ich hoffe, die jungen Herren passen gut auf Sie auf.«

Sie waren im festlich geschmückten Saal viel zu beschäftigt, um auf andere aufzupassen. Das Gewimmel der blauen und roten Uniformen interessierte sie nur so lange, bis sie Bekannte aus gemeinsamer Dienstzeit identifiziert hatten. Dann wanderten ihre Blicke zu den Damen, deren Schmuck im Licht der vielen Kerzen glitzerte. David betrachtete die Gesellschaft mit geringerer Neugier als auf seinen ersten Bällen. Es war wieder die übliche Mischung aus älteren Ehefrauen der reichen Plantagenbesitzer mit ihren jungen Töchtern. Die jungen Männer waren weniger vertreten. Viele weilten in England zum Studium oder in Europa zu Bildungsreisen.

Davids Blick hakte sich auf einmal bei einer schönen schwarzhaarigen Frau fest. Ihre grünen Augen kreuzten die seinen, blieben kurz hängen und wanderten dann weiter. Sie trug ein türkisfarbenes Ballkleid aus Spitzen, ein schlichtes, aber sicher sehr teures Brillantenkollier. Ein Schönheit, etwa Mitte Zwanzig.

»Suchen Sie sich schon wieder die schönste Tänzerin aus, Mr. Winter?«

David fuhr herum, Freude breitete sich auf seinem Gesicht aus. »Mr. Haddington, Sir, ich habe Sie schon gesucht.«

»Bei den Damen?« Charles Haddington lachte ihn an. »Kommen Sie, wir holen uns ein Glas Champagner und plaudern ein wenig, bis ich Sie für die Damen freigebe.«

In der Öffentlichkeit mieden sie das ›Du‹, aber das ›Sie‹ nahm dem Gespräch nichts von seiner freundschaftlichen Atmosphäre.

Sie gingen in eine Ecke des Ballsaales, prosteten sich schweigend zu und blickten einander prüfend mit dem Interesse alter Freunde an, die nach neuen Zügen in dem vertrauten Gesicht forschten. »Sie sehen gereift aus, David. Haben Sie viel erlebt im letzten halben Jahr?«

David nickte und erzählte ihm in kurzen Sätzen, was alles über ihn hereingestürmt war.

»Da habe ich weniger Aufregung gehabt. Wir sind Patrouille gefahren, haben unter Kapern und Schmugglern aufgeräumt, aber es ist wie bei der Hydra, es wachsen immer neue nach.«

»Sind Sie mit Ihrem Schiff zufrieden, Sir?«

»O ja, sehr. Wir haben die *Ranger* neu getrimmt, und sie segelt wunderbar. Die Besatzung ist eingespielt und harmonisch. Es macht Freude mit diesen Männern.«

Die Kapelle begann den ersten Tanz. »Na, David, juckt es Ihnen nicht in den Füßen?«

»Noch nicht sehr, Sir, wenn Sie es noch aushalten, würde ich gern noch etwas mit Ihnen plaudern.«

Sie erzählten von den alten Zeiten auf der *Cerberus*, von alten Kameraden, die inzwischen in der ganzen Flotte verstreut waren. Haddington hatte Greg Nesbit in St. Kitts getroffen. Er war inzwischen Zweiter Leutnant auf der Fregatte *Active*. Von ihm hatte er gehört, daß Morrison gefallen sei, damals auf der *Shannon* Ältester in der Messe der Midshipmen. Morsey habe er gestern auf dem Flaggschiff getroffen. Er schien ihm sehr verändert, ernster, härter, entschlossener. »Ja, David, als Kommandant wird man anders. Die Verantwortung und die Einsamkeit formen den Menschen.«

Während sie sprachen, waren Davids Blicke wie abwesend über die Schar der Tanzenden gewandert. Wieder blieben sie bei der schwarzhaarigen Schönheit hängen. Sie bewegte sich mit Grazie, lächelte die Tänzer und Tänzerinnen an, die sie beim Contredanse passierte. Als ihre Augen den Blick Davids kreuzten, sah sie für einen Moment nachdenklich drein.

Die Kapelle machte Pause.

»So, David«, sagte Haddington, »nun wollen wir uns einmal in den nächsten Tanz stürzen, sonst gelten wir noch als alte Hagestolze.«

»Für alt wird man uns kaum halten, Sir.«

Für einen Hagestolz wurde David auch nicht gehalten, aber als er der schwarzhaarige Schönheit vorgestellt wurde, vermutete sie, daß er ein überzeugter Nichttänzer sei, so intensiv habe er sich unterhalten und dem Tanz keinen Blick gegönnt.

»Keineswegs, gnädige Frau, ich habe sehr wohl beobachtet, mit welcher Grazie Sie tanzen, aber da ich wenig Übung habe, ermutigt mich Ihr Können nicht gerade.«

»Sie haben anscheinend aber Übung, Damen Komplimente zu machen. Sie sehen nicht sehr ängstlich aus, und wie es mit Ihrer Übung steht, können wir ja beim nächsten Tanz erkunden.«

In David keimte ein wenig Mißtrauen, als Mrs. Losey so die Initiative ergriff. Erinnerungen an Portsmouth wurden wach. Wollte sie ihn auch zum Narren machen?

Als die Musik einsetzte, verneigte er sich förmlicher, als sie erwartet hatte. Sie sah ihn erstaunt an und wurde selbst etwas reserviert. Aber sie tanzte wunderbar. David kamen alle Schritte und Figuren in Erinnerung, und seine Reserve löste sich im Takt der Musik.

»Sie tanzen wunderbar, Mrs. Losey.«

»Danke, Mr. Winter. Ich spüre bei Ihnen auch nichts von mangelnder Übung.« Sie sahen sich an, und es war etwas in ihrem Blick, das sie beide zur Seite schauen ließ.

David verneigte sich, als der Tanz beendet war. »Ich werde diesen Tanz nicht so schnell vergessen, und ich hoffe, daß ich die Erinnerung noch auffrischen kann, Madame.«

»Sie werden willkommen sein, Mr. Winter«, und wieder schweifte ihr Blick ab.

David mußte sich zwingen, nicht dauernd zu Mrs. Losey zu sehen und nicht dauernd an sie zu denken. Er forderte eine junge Blondine auf und horchte sie ein wenig über Mrs. Losey aus. Sie sei eine gute Frau, immer engagiert bei Wohltätigkeiten, so früh schon verwitwet, und ihr eifersüchtiger Mann habe im Testament bestimmt, daß sie bei Wiederheirat ihres Erbes verlustig gehe. Alles falle dann an ihren Schwager, einen habgierigen bösen Menschen. Nein, versicherte die Blondine David, sie würde keinen Mann heiraten, der mehr als zwanzig Jahre älter sei. Was habe Mrs. Losey noch zu erwarten im Leben? Nein, sie würde einen jungen Mann heiraten, und sie sah David auffordernd an. Der dachte, das habe ja wohl noch etwas Zeit, und lächelte nichtssagend zurück.

Mr. Lenthall verspottete David wieder. »Immer haben Sie

die schönsten Tänzerinnen, Mr. Winter, wie machen Sie das nur?«

David forderte wieder Mrs. Losey auf.

»Haben Sie sich gut amüsiert inzwischen?« fragte sie ihn zwischen zwei Figuren.

»Danke, ich habe mich ein wenig abgelenkt.«

Ihr Blick suchte seine Augen, sah seinen Ernst und schwenkte ab. Sie tanzte wieder mit dieser unnachahmlichen Leichtigkeit und Grazie, sie lächelte, aber sie war angespannter als vorher.

»Ist Ihnen nicht wohl, Mrs. Losey?«

»Wie kommen Sie darauf, Mr. Winter?«

»Sie sind ein wenig anders, ernster, Mrs. Losey.«

»Kann sein, Mr. Winter. Ich muß mir über etwas klar werden. Lassen Sie mir ein wenig Zeit.«

David wußte nicht genau, was sie meinte, aber er spürte, daß es etwas mit ihm zu tun habe, und der Gedanke tat ihm irgendwie gut.

Am nächsten Tag mußte David Berichte in das Gebäude der Admiralität bringen und Befehle abholen. Als er noch einen Brief des Kapitäns zum Gouverneurshaus gebracht hatte, traf er in der Nähe am Queens Park Mrs. Losey, die dort mit einer Zofe spazierenging. Sie schien genauso überrascht wie er. Er erklärte ihr, was er hier zu erledigen hatte. Die Zofe blieb zurück, um sie ungestört plaudern zu lassen.

David sagte, daß er immer wieder an den gestrigen Abend denken müsse.

»Mir geht es auch so, Mr. Winter«, antwortete sie ohne jeden Versuch von Koketterie, »und ich bin mir immer noch nicht sicher, ob ich diesen Gefühlen Raum geben darf. Sie sind so viel jünger, Mr. Winter. Eine nähere Bekanntschaft mit mir würde Ihnen ein Stück Jugend wegnehmen.«

»Das verstehe ich nicht ganz, Mrs. Losey. Ich verehre Sie. Ich habe nur Angst, Sie könnten sich über meine Unerfahrenheit lustig machen.«

»Hat das eine Frau getan?«

David nickte. »Sie hat mir Hoffnungen gemacht und mich dann bei anderen verspottet.«

»Mr. Winter, ich weiß nicht, was die Zukunft bringen wird, aber ich werde immer ehrlich sein.«

»Die Zukunft bringt, daß wir morgen auslaufen werden.«

»Wir werden uns wiedersehen, Mr. Winter.«

Die *Anson* führte wieder den breiten Stander, und Commodore Brisbane hatte die *Ranger*, die *Blanche* und die *Mercury* in seiner Schwadron, um Martinique zu kontrollieren.

»Da haben wir eine ansehnliche Streitmacht, Sir«, sagte der Master zu ihm, der das Gewohnheitsrecht hatte, den Kapitän auch von sich aus ansprechen zu können.

»Wir müssen versuchen, etwas daraus zu machen, Mr. Hope. Sagen Sie bitte dem Signalmidshipman Bescheid, daß ich heute noch Verbandsexerzieren üben will. Und wenn der Wind nachläßt, will ich auch, daß wir gegenseitig Angriff und Verteidigung mit Booten durchführen.«

Die *Ranger* und die *Blanche* reagierten mit Schnelligkeit und Präzision auf jedes Flaggensignal, aber die Brigg *Mercury* brauchte noch zuviel Zeit und war in den Segelmanövern nicht immer exakt.

»Der neue Kommandant hat die neue Mannschaft noch nicht richtig im Griff«, bemerkte der Commodore zu Leutnant Bates.

»Das braucht aber auch etwas Zeit, Sir.«

»Natürlich, aber er soll die Zeit nicht zu sehr ausdehnen. Sorgen Sie bitte dafür, daß die *Mercury* ein Signal erhält: Befehle besser beachten.«

»Aye, aye, Sir!«

Auch ihr neuer Fünfter Leutnant, der rothaarige, bleiche Mr. Black, hatte Schwierigkeiten, sich an das Tempo auf der *Anson* zu gewöhnen. Er war der Sohn einer königstreuen Beamtenfamilie aus New Jersey und hatte seine Kommission erst kürzlich erhalten. Mr. Murray hatte ihn schon gekannt, als er noch Midshipman war, und nahm sich seiner ein wenig an.

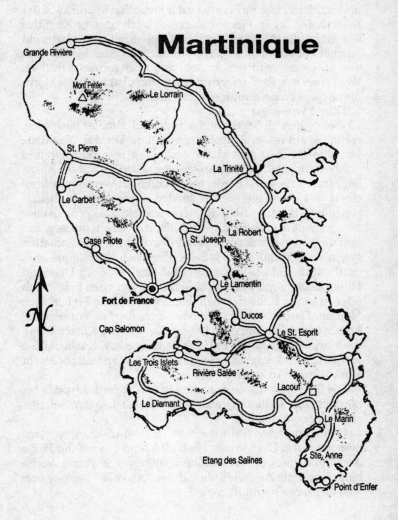

Martinique

- Grande Rivière
- Mont Pelée
- Le Lorrain
- St. Pierre
- La Trinité
- Le Carbet
- Case Pilote
- St. Joseph
- La Robert
- **Fort de France**
- Le Lamentin
- Cap Salomon
- Ducos
- Le St. Esprit
- Les Trois Islets
- Rivière Salée
- Lacouf
- Le Diamant
- Le Marin
- Etang des Salines
- Ste. Anne
- Point d'Enfer

N

Mr. Hope hatte seine Maate und die Midshipmen auf dem Achterdeck versammelt und eine Karte von Martinique ausgebreitet. »Sehen Sie, meine Herren, hier liegen Fort de France und St. Pierre. Fort de France ist der Haupthafen und auch der Kriegshafen, in St. Pierre haben sich nach unserer Kenntnis vor allem die Kaperschiffe der Kolonien einen Stützpunkt geschaffen. Vom Point d'Enfer an der Südspitze bis nördlich von St. Pierre wird sich unser Patrouillengebiet erstrecken. Weiß einer von Ihnen, warum wir an der Ostküste von Martinique nicht zu patrouillieren brauchen?«

Keiner wußte es.

»Sie sollten im Segelhandbuch der Admiralität nachlesen, wenn Sie ein neues Zielgebiet ansteuern. Vor der Westküste Martiniques läuft eine starke Strömung in nördlicher und nordwestlicher Richtung. Außerdem, sehen Sie auf die Karte, hat Martinique hohe Berge. Sie schaffen im Westen der Insel einen fast zwanzig Meilen breiten Windschatten. Beides zusammen bedeutet, daß die aus Frankreich, also vom Atlantik kommenden Schiffe um die Südspitze herum müssen, um Fort de France anzulaufen. Sie können nicht im Windschatten gegen die Strömung ankreuzen. Wer nach Martinique will, muß um die Südspitze herum und hier zwischen Diamond Hill und Diamond Rock hindurch. Nur wer nach Frankreich oder Amerika auslaufen will, kann von Fort de France nach Norden. Darum werden wir besonders die Bay von Fort de France bewachen müssen. Prägen Sie sich die Küstenlinien, die Markierungspunkte und die Tiefenangaben genau ein! Sie werden Boote kommandieren und sich bei Tag und bei Nacht zurechtfinden müssen.«

Die Schwadron segelte in Kiellinie von der Südspitze bis nördlich von St. Pierre, dabei genau die Grenze der Hoheitsgewässer beachtend.

Dann kreuzten sie außerhalb des Windschattens nach Süden zurück. Die *Mercury* blieb als Vorposten auf der Höhe des Pointe des Salines. Die *Blanche* sollte vor St. Pierre Wache halten, und die *Anson* würde mit der *Ranger* vor der Bay von Fort de France patrouillieren.

Am nächsten Morgen erblickte der Ausguck der *Anson* zwei Segel, die sich aus dem Schatten von Cap Salomon lösten und über die Bucht nach Fort de France segeln wollten. Die *Anson* holte nach Westen aus und kreuzte zurück.

Als die *Anson* sich mit einem langen Schlag von Südwesten den Schiffen näherte, wendete eines nach Osten, das andere setzte mehr Segel und nahm Kurs auf Fort de France.

Die *Anson* folgte zunächst dem nach Osten ausweichenden Schiff, das in die Bucht bei den drei Inseln wollte. Als die *Anson* auf drei Meilen heran war, setzte das Schiff, eine langsame Bark, zwei Boote aus, die eilends an Land ruderten. Commodore Brisbane nahm verwundert das Teleskop herunter, sah David und rief: »Mr. Winter, nehmen Sie sich zwölf Mann mit Waffen und holen Sie mir die Bark dort von der Küste weg. Wir folgen dem anderen Segel. Aber dalli, bitte.«

David rief ein Dutzend Leute zusammen, ließ sie ihre Waffen holen, griff sich selbst ein Entermesser und eine Marinepistole, jagte sie in einen Kutter, sprang hinterher und ließ ablegen.

Die Riemen peitschten das Wasser. Die Bark hatte die Streifenfahne der Kolonisten am Heck. Die Segel schlugen müde im Wind. Die ausgesetzten zwei Boote mit einem guten Dutzend Matrosen verschwanden hinter einer Landzunge.

Als sie die Bark erreichten, ließ David zwei Leinen mit Enterdraggen werfen und den Kutter an die Bootswand holen. Er bestimmte zwei Mann, die im Kutter bleiben sollten, und winkte den anderen, ihm zu folgen. Er zog sich an den Leinen hoch, griff über das Schanzkleid und schwang sich an Bord. Die Bark sah verlassen aus. David ging in Richtung Achterdeck. Seine Männer folgten ihm.

Da schrie einer. David drehte sich um und erstarrte. Überall hinter den Aufbauten waren Männer hervorgekommen und richteten Gewehre und Pistolen auf sie. Jetzt trat ein hagerer schwarzhaariger Soldat aus dem hinteren Niedergang und rief in holprigem Englisch. »Die Waffen nieder!«

David blickte umher. Eine Falle! Kein Ausweg! Er warf sein Entermesser auf das Deck und befahl seinen Männern, sich zu ergeben. Die Soldaten liefen zur Bordwand, richteten die Gewehre auf die Bootswache und zwangen sie an Deck.

Der hagere Schwarzhaarige, anscheinend in der Uniform eines französischen Offiziers, lachte höhnisch und rief in seinem akzentgefärbten Englisch. »Nun sitzen die Piraten in der Falle! In französischen Gewässern französische Handelsschiffe kapern, das bringt euch an den Galgen.«

»Wir sind Seeleute Seiner britischen Majestät, und das Schiff hat eine amerikanische Flagge geführt. Wir verlangen unsere Freilassung.« David hatte mit fester Stimme gesprochen.

Der Franzose trat auf ihn zu und schlug ihm unerwartet den Handrücken so über den Mund, daß David taumelte. Seine Männer brüllten auf und wollten David zu Hilfe eilen, aber der Franzose schoß seine Pistole über ihre Köpfe, und die anderen hoben ihre Gewehre.

»Zurück, es hat keinen Sinn!« David keuchte.

»Fesselt ihre Hände«, befahl der Franzose seinen Männern. An der Bordwand polterte es. David sah hoffnungsvoll hoch, aber es waren keine Briten, die an Bord kletterten, sondern anscheinend die Besatzung der Bark, die sie mit der angeblichen Flucht getäuscht hatte. Ein kräftiger Seemann mit langem roten Bart und blanker Glatze lachte: »Hat prima geklappt, nicht wahr, Monsieur? Nun wollen wir schnell in den Fluß Salee einlaufen, ehe ihr Schiff zurückkommt.«

Sie trimmten die Segel und steuerten die Flußmündung an. Nachdem sie eine Insel mit einer Batterie passiert hatten, legte die Bark am Ufer an. David und seine Leute wurden hochgerissen und über eine Planke ans Ufer gestoßen. Die Wachen bedeuteten ihnen, sich zu zweit nebeneinanderzustellen, und trieben sie dann auf einer Straße landeinwärts. Die Straße war steinig, und die Matrosen mit ihren bloßen Füßen humpelten bald mit schmerzverzerrtem Gesicht. Die Wachen schlugen mit Stöcken auf sie ein und lachten dabei.

Nach etwa zwei Kilometern bogen sie auf einen Feldweg ab. Er war sandig, und sie konnten etwas besser laufen. Schließlich tauchten zwei Hütten und ein größeres Steingebäude vor ihnen auf. Der Schwarzhaarige ließ die Kolonne halten, und einer seiner Männer öffnete die Tür zum Steingebäude, die mit Kette und Schloß gesichert war.

»Hinein mit euch!« schrie der Schwarzhaarige.

David trat vor. »Mein Herr, Sie haben sich nicht vorgestellt, und ich kann Sie nicht anders anreden. Wir sind gefangene Seeleute der britischen Flotte. Die Situation erfordert nicht, daß Sie uns gefesselt halten. Ich fordere Sie daher auf, uns die Fesseln abzunehmen und uns etwas zu trinken zu geben.«

Der Rotbart kam laut lachend von der Seite auf David zu. »Der Kleine hat ein großes Maul. Wir werden es ihm stopfen.« Und er schlug David mit geballter Faust in den Magen, daß er zu Boden sank. Die Seeleute stießen wieder Flüche aus und beschimpften den Rotbart und die Wachen. Der Schwarzhaarige hob seinen Stock und prügelte die Gefangenen mit Hilfe der Wachen in den Steinschuppen.

Das Gebäude hatte nur wenige kleine Fenster, die vergittert waren. Der Boden, auf den die meisten sich erschöpft niederließen, war aus festgestampftem, getrocknetem Lehm. Es stank in dem Raum nach Gegorenem. Wahrscheinlich hatten sie hier Zuckerprodukte zwischengelagert, dachte David und richtete sich etwas auf.

»Hört einmal her. Wir sind in eine Falle geraten und gefangen worden. Aber früher oder später kommen wir hier raus. Unsere Wächter gehören nicht zur französischen Armee oder Flotte. Sie sind Angehörige der Miliz und Schmuggler der Rebellen. Und nun untersucht den Schuppen, ob man irgendwo fliehen könnte.«

Es sah nicht so aus. Die Mauern waren aus festem Stein. Die Tür bestand aus dickem Holz und war mit Eisen beschlagen. Das Dach konnten sie mit gefesselten Händen nicht erreichen. David fragte, ob jemand noch ein Messer oder eine andere Waffe bei sich trug. Zwei Seeleute hatten ein Messer am Bein verbergen können. »Kommt, steckt es hier neben der Tür in den Boden. Hier werden sie am wenigsten suchen.«

Sie hatten kaum Zeit, sich wieder zu setzen, da wurde die Tür aufgeschlossen, zwei Wachen kamen herein, zerrten David wortlos hoch und schleiften ihn aus dem Schuppen. Neben der Tür standen zwei andere Wachen mit schußbereiten Gewehren. Die Wachen waren Mulatten oder Neger mit zerfetzten Uniformen. Ein Weißer nahm wohl die Rolle eines Korporals ein, und zwei andere Weiße waren mit dem Rotbart von der Bark mit an Land gekommen.

David wurde in eine der Hütten gebracht, die einem Aufseher als Büro gedient haben mochte. Der Schwarzhaarige und der Rotbart saßen vor einem Tisch. Zwei Wachen standen an der Wand. David wurde vor den Tisch gestellt. »Da Sie Wert auf Formen zu legen scheinen, will ich Ihnen sagen, daß ich Hauptmann Moreaux von der Miliz Martiniques bin. Und wer sind Sie?«

»Midshipman Winter von Seiner Majestät Schiff *Anson*.«

»Und was haben Sie in unseren Gewässern zu suchen?«

»Wir sollen die rechtswidrigen Schmuggel- und Kaperfahrten der gegen Seine Majestät rebellierenden Kolonisten unterbinden.«

»Hört euch das Großmaul an«, schrie der Rotbart. »Deine Majestät ist ein Tyrann, und du bist ein Arschkriecher, der freie Menschen unterdrücken will.«

»Ich bin Offizier des Königs und nicht so feige, daß ich gefesselte Gefangene schlage.«

Der Rotbart brüllte vor Wut, stand auf und wollte sich auf David stürzen.

»Nur Ruhe, Monsieur Barbarossa, er bekommt schon, was er verdient.«

Moreaux wandte sich David zu. »Und nun, Monsieur Winter, berichten Sie mir genau, wie viele Schiffe Sie hier vor Martinique haben, wieviel Kanonen sie führen und wer sie kommandiert.«

»Sie sollten wissen, daß ich auf solche Fragen nicht zu antworten brauche und nicht antworten werde. Ich verlange, Behörden der regulären französischen Armee oder Flotte übergeben zu werden.«

»Wie Sie wünschen. Bringen Sie dem Lümmel doch etwas Benehmen bei, Monsieur Barbarossa.«

Der Rotbart stürzte sich auf David und trommelte mit den Fäusten in Davids Gesicht. David ließ sich zu Boden sinken, aber die Wachen richteten ihn wieder auf, und der Rotbart schlug weiter auf ihn ein. David stöhnte vor Schmerz. Gott, laß mich ohnmächtig werden, dachte er. Ein Faustschlag an sein Kinn erfüllte Davids Wunsch.

»Sie waren zu ungestüm, Monsieur Barbarossa. Jetzt kann er nicht mehr antworten. Bringt ihn weg!«

Als David wieder in den Steinschuppen geschleift wurde, beschimpften seine Mitgefangenen die Wachen. Isaak, der Neger, der bei ihrem ersten Aufenthalt in Saint Antoine zu ihnen gekommen war, schrie einen der schwarzen Milizionäre an: »Niggersklave, verdammter! Bist du nicht selbst genug geschlagen worden? Mußt du helfen, gefesselte Gefangene zu quälen?«

»Halts Maul!« murmelte der zurück. »Ich war schon ein freier Mann, bis mich der Hauptmann wieder in die Sklaverei steckte. Ich kann auch nichts machen.«

»Dann bring uns wenigstens etwas Wasser. Der Herr Jesus wird es dir lohnen.«

Als David wieder zu sich kam, war eines seiner Augen geschlossen. Das Gesicht zeigte überall blutunterlaufene Schwellungen. Er konnte nur flach atmen, da seine Rippen furchtbar schmerzten. Die Seeleute, die ihn ansahen, konnten ihr Entsetzen kaum verbergen.

»Hat man andere auch verhört?« brachte David mühsam hervor. »Nein, Sir, nur Sie.«

»Hört her! Es hat keinen Sinn, sich quälen zu lassen. Von der *Anson* könnt ihr alles sagen. Die haben sie gesehen. Sonst gebt nur die *Blanche* zu, keines der anderen Schiffe.«

Schon quietschte wieder das Vorhängeschloß. Die Wachen schleiften einen Seemann hinaus. Bevor die Tür geschlossen wurde, brachte der Neger, der mit Isaak geredet hatte, einen Eimer Wasser. Er stellte ihn vor Isaak hin und sagte: »Gut einteilen. Ich weiß nicht, wann ich wieder was bringen kann.«

David flüsterte: »Hilf uns. Wir werden dich reich belohnen.«

Der Neger guckte scheu und verschwand.

»Isaak, versuch du mit ihm zu reden. Er kann die Freiheit und hundert Pfund kriegen, wenn er uns hier heraushilft.«

»Ich will sehen, Massa, Sir.«

Der Seemann wurde zurückgebracht und der nächste geholt.

»Haben sie dich geschlagen?« wollte David wissen.

»Nur einmal, weil ich nicht gleich gesagt habe, was ich durfte, Sir.«

»Sehr gut. Hört, ihr anderen! Plaudert nicht gleich. Sie sollen denken, daß sie euch gezwungen haben. Ihr könnt auch erzählen, daß viele an Bord krank sind.«

Sie holten noch andere Matrosen, aber keiner wurde schwer mißhandelt, weil sie mit den Auskünften zufrieden waren. Es wurde dunkel draußen. Sie hörten Lärmen und Schreien, als anscheinend ein Teil der Wachen abzog. Niemand hatte ihnen etwas zum Essen gegeben. Der Schein eines Wachfeuers flackerte durch die kleinen Fenster.

Nach einer Weile wurde die Tür geöffnet. Eine Fackel erhellte den Raum ein wenig. Zwei Wachen schleppten einen Kübel mit Suppe herein.

»Hier habt Ihr etwas zu fressen«, schnauzte der Korporal.

»Und wie sollen wir mit gefesselten Händen futtern?« wollte einer der Matrosen wissen. »Wir haben schon vom Wasser nur so viel trinken können, wie wir den Kopf ins Wasser stecken konnten.«

Der Korporal rief einige Wachen herein. »Bringt auch mehr Fackeln mit. Dann bindet ihr immer zwei los. Wenn sie ihren Schlag haben, werden sie wieder gefesselt, und die nächsten können ran.«

Der Neger kauerte sich zu Isaak, und während er ihm die Fesseln löste, flüsterte er mit ihm. Als er David die Fesseln abband, fragte er leise: »Versprechen Sie Freiheit und hundert Pfund und Freiheit für meine Braut, Massa?«

»Ich verspreche es«, antwortete David, so fest er konnte.

»Ich aus Georgia, kein Froschfresser«, tuschelte der Neger noch, ehe er verschwand.

Sie wurden von der Suppe nicht satt, aber der schlimmste Hunger war besänftigt.

Als die Wachen den Raum wieder verschlossen hatten, fragte David Isaak: »Was hat er zu dir gesagt?«

»Er will uns befreien, wenn wir ihn und seine Braut mitnehmen. Er ist in Georgia freigelassen worden, als er sich für ein Kaperschiff anwerben ließ. Der Rotbart hat ihn beim Kartenspiel an den Hauptmann verloren, und der hat ihn wieder zum Sklaven gemacht. Jetzt will er auch noch seine Braut, die er auf der Plantage kennengelernt hat, als Geliebte ins Herrenhaus nehmen. Josuah, so heißt er, haßt ihn und will fliehen. Das kann er nur mit uns.«

David hatte immer noch furchtbare Schmerzen, und die Schwellung am anderen Auge nahm zu. Aber er sah jetzt einen Hoffnungsschimmer und schlief ein.

Am Morgen wurden sie mit Fußtritten geweckt. David konnte kaum noch sehen, so geschwollen war auch das andere Auge. Mühsam krächzte er: »Laßt uns raus, damit wir unsere Notdurft verrichten können.«

Der Rotbart lachte dröhnend. »Hört das Großmaul. Notdurft! Scheißen und pinkeln kannst du dir auch in die Hosen.«

»Nein, Monsieur Rotbart. Dann müssen wir sie wieder säubern, bevor sie ins Lager kommen. Und dazu haben wir keine Lust«, sagte der Hauptmann und wandte sich an die Wachen. »Haltet die Gewehre bereit, und laßt immer zwei von ihnen dort in der Ecke tun, was sie müssen. Dann können sie hier Brot und Wasser haben.«

Der Neger hatte wieder mit Isaak getuschelt, aber er zog sich schnell zurück, als der Hauptmann zurückkam.

»Nun, Mr. Winter«, redete dieser David an, »Ihr Aussehen hat sich nicht zu Ihrem Vorteil verändert, und ich weiß doch alles über Ihre beiden Schiffe. Sie hätten es einfacher haben können, aber britische Seeoffiziere sind nun einmal eine besonders borniere Spezies.«

David schwieg, und der Hauptmann drehte sich nach einer Weile um und befahl, den Schuppen wieder zu verschließen.

Isaak flüsterte zu David: »Morgen nacht will er uns freilassen. Er weiß nur noch nicht, wie er die anderen drei von der Nachtwache zum Schweigen bringen soll.«

David dachte nach. »Wir müssen uns vorher von den Fesseln befreien. Dann rufen wir in der Nacht nach der Wache. Wenn sie öffnen, können wir mindestens zwei überwältigen. Den anderen muß er dann auch noch hereinrufen. Ich möchte noch mit ihm sprechen.«

»Ist gut, Massa, Sir.«

Am Nachmittag wurden sie noch einmal ins Freie gelassen. Paarweise durften sie im Kreis herumgehen, und der Hauptmann winkte David heraus, der von Isaak gestützt wurde.

»Nun, Mr. Winter, Sie werden bald etwas weiter laufen müssen.«

»Werden wir der Armee oder Marine überstellt?«

Der Rotbart lachte wieder: »Armee oder Marine, du Großmaul. Im Lager Lacouf kannst du schuften, bis du verreckst, aber von Armee oder Marine wirst du nichts sehen.«

Der Hauptmann war ärgerlich. »Davon wollten wir doch nichts sagen, Monsieur Barbarossa!«

»Papperlapapp, wem soll er es denn verraten?«

David humpelte weiter im Kreis. Als er an Josuah vorbeikam, flüsterte er: »Komm heut nacht an ein Fenster.«

Josuah nickte.

Es war so schwer, wach zu bleiben. Die Schwellungen im Gesicht spannten, die Rippen schmerzten bei jedem Atemzug. Endlich stieß Isaak ihn an.

»Er ist da.«

Im schummrigen Licht des Lagerfeuers war an einem Fenster ein dunkler Schatten zu sehen. David schleppte sich zum Fenster.

»Wann willst du es morgen machen?«

»Um Mitternacht.«

»Hör zu. Wir lösen unsere Fesseln und rufen nach der Wache. Du kommst mit zwei Mann, die du zuerst durch die Tür schickst. Wir schalten sie aus. Dann rufst du den vierten zum Schuppen. Weißt du, ob wir am Fluß ein Schiff finden?«

»Nein.«

»Dann hör dich um, ob unser Kutter dort liegt oder ein Fischerboot oder sonst etwas. Und was wird mit deiner Braut?«

»Sie ist morgen vor Mitternacht hier.«

»Gut! Vergiß nicht, du wirst frei sein und hundert Pfund erhalten. Aber sei vorsichtig.«

Der nächste Tag verging quälend langsam. Sie durften wieder an den Rand der Lichtung, um sich zu entleeren, und konnten dann im Kreis gehen. Das bißchen Suppe stillte ihren quälenden Hunger nicht.

»Nie wieder meckere ich über das Essen an Bord«, murmelte ein Seemann.

Der Hauptmann genoß ihre Hilflosigkeit. »Morgen kommen Sie unter härtere Aufsicht, Mr. Winter. Seien Sie dort nicht so aufsässig, sonst wird Ihr Kopf noch bunter.«

Eine Stunde vor Mitternacht lösten sie ihre Fesseln. David rief die Männer zu sich. »Um Mitternacht rufen wir nach der Wache. Wenn sie die Tür öffnen, stöhnt Jonas in der Mitte des Raumes und wimmert um Hilfe. Der erste Posten wird in den Raum hereingelassen, der zweite an der Tür abgefangen. Sie werden in der Dunkelheit nichts sehen können. Wenn ich pfeife, greift Sylvester den ersten, Bill den zweiten Posten und hält ihm den Mund zu. Will schlägt dem ersten, Ricardo dem zweiten über den Schädel, daß sie bewußtlos sind. Dann ruft Josuah den letzten Posten. Den übernehmen Hank und Hosea. Laßt sie aber erst los und fesselt sie, wenn ihr sicher seid, daß sie bewußtlos sind.«

Erstaunlicherweise klappte alles nach Plan. Als sie mit einer Fackel den Raum erleuchteten, sah David, daß die Posten gut gefesselt waren. »Gebt ihnen einen Knebel in den Mund, damit sie nicht schreien können. Was haben sie für Waffen?«

Es kamen drei Säbel, zwei Bajonette und vier Musketen zu ihren eigenen beiden Messern hinzu. David verteilte die Musketen an die besten Schützen, beorderte zwei an die Spitze und zwei ans Ende des Zuges. Josuah holte seine Braut aus den Büschen. Dann zogen sie los.

David schmerzte jeder Schritt. Er hielt sich an Bills Schulter fest, dem er auch einen Säbel gegeben hatte. Sie gingen, so schnell sie konnten, aber sie zuckten auch oft zusammen und horchten, weil sie die Geräusche des Waldes nicht kannten.

»Gleich treffen wir auf die Straße, dann noch zwei Kilometer zum Fluß«, flüsterte Josuah in Davids Ohr, »dort sind Kutter und Bark.«

Sie bogen in die Straße ein und hörte im selben Augenblick schnelles Hufgetrappel auf dem Pfad.

»Wir müssen ihn aufhalten, aber leise. Wer kennt sich mit Pferden aus?«

»Sir, ich kann mit dem Messer werfen und hole ihn vom Pferd.« Das war Ricardo.

»Wir halten das Pferd auf«, meldeten sich Isaak und ein anderer.

»Schnell in die Büsche! Wenn Ricardo nicht trifft, schießt Will. Isaak, lauf etwas nach vorn und halte das Pferd auf!«

Die Straße schien verlassen, als der Reiter herangaloppierte. Ricardo richtete sich auf und warf mit schnellem Schwung. Der Reiter griff sich an den Hals und stürzte vom Pferd. Isaak sprang mit ausgebreiteten Armen schreiend auf die Straße. Das Pferd stoppte und bäumte sich auf. Der andere griff in die Zügel. Dann bändigten sie es beide.

Alle standen um den Reiter herum. Es war der Rotbart. Er gurgelte. Das Messer saß tief in der Kehle. Blut strömte aus seinem Mund.

»Das war ein Meisterwurf, Ricardo.«

»Ich wollte eigentlich die Brust treffen, aber sein Kopf ruckte nach unten. Er hat nur noch Minuten zu leben.«

David befahl: »Legt ihn in die Büsche und fesselt zur Sicherheit Arme und Beine. Bindet das Pferd bei ihm fest.« Dann marschierten sie hastig weiter und hatten noch eine Pistole und einen Säbel mehr.

Einzelne Lichter verrieten die kleine Ansiedlung und den Kai. Sie mieden die Hütten. Nur in einer war noch Lärm. Am Kai standen zwei Lagerschuppen.

»Bill und Hosea, schaut, was drin ist und ob man es anzünden kann.«

Zwei Lichter zeigten, wo die Bark ankerte. Sie schlichen sich hin. »Sie ist zu schwer und zu langsam zu manövrieren bei diesem lauen Wind. Wir suchen weiter.«

Hinter der Bark fanden sie ihren Kutter locker vertäut. »Sylvester und Isaak, seht nach, ob die Riemen und das Segel da sind.« Es war noch alles da. Bill kam und sagte, daß in einem Lagerschuppen Segeltücher und Baumwollballen lagerten.

»Zündet es an mehreren Stellen an, so daß es in einer Viertelstunde hell brennt. Kommt dann schnell zum Kutter.«

Sie legten leise ab. David hatte Bill die Pinne gegeben, weil er schlecht sehen und sich kaum noch bewegen konnte.

»Halt dich backbord am Ufer, bis wir die Insel passiert haben. Dann vier Strich steuerbord, damit wir klar von der Landzunge kommen.«

Sie ruderten schweigend und kraftvoll. Steuerbord wuchs die dunkle Masse der Insel Mouillage de la Rievière Salee heran. Komisch, dachte David, daß ich mich jetzt an den Namen auf der Karte erinnere.

Bill stieß ihn an und deutete nach hinten. Feuersglut loderte am Hafen. Von fern konnten sie noch Geschrei hören.

»Die Posten auf der Insel sehen nun alle dorthin«, sagte David. »Vier Strich nach steuerbord jetzt.« Er fühlte mit der feuchten Hand den Wind. Er war etwas stärker geworden und kam aus Südost. Er konnte sie beim Rudern unterstützen. »Setzt das Segel!«

Langsam füllte es sich, und sie rauschten schneller durch das Wasser. Sie rundeten den Point de la Rose, und die Bucht öffnete sich vor ihnen.

»Segel steuerbord querab, eine halbe Meile.«

Muß der Kerl Augen haben, dachte David. Die Dämmerung begann doch erst hinter ihnen im Osten. »Vier Strich backbord. Rudert wie die Teufel!« Wenn sie doch erst etwas mehr aus dem schlimmsten Windschatten hinaus wären. »Siehst du das Segel noch?«

»Aye, Sir, es ist auf Kurs geblieben.«

»Dann sieh nach vorn, ob eines unserer Schiffe in der Nähe ist.«

Das Feuer am Ufer war ihren Blicken entschwunden. Langsam wurde es heller.

»Segel nimmt Kurs auf uns.«

»Was kannst du ausmachen?«

»Vielleicht ein Wachkutter, höchstens vier Geschütze.«

Das sind vier zuviel für uns, ging es David durch den Kopf. Sie mußten jetzt auf Cape Salomon zuhalten. »Noch einmal vier Strich backbord.« Aber der Wind war immer noch zu schwach. Wie lange konnten die erschöpften Seeleute das Rudertempo durchhalten? Wo blieben ihre Schiffe?

Die Mannschaft keuchte. David trimmte das Segel immer wieder neu. Aber der Kutter holte ganz langsam auf. Josuahs Braut weinte, und er betete zitternd mit aschgrauem Gesicht.

David dachte fieberhaft nach. Bei der Steilküste konnte der Kutter so dicht ans Ufer wie sie auch. Am Kap waren sicher auch Batterien und Posten. An Land hatten sie daher auch kaum eine Chance. Hatten sie überhaupt noch eine? Sich ergeben und den Kutter überrumpeln? Wenn das nicht klappte, würde man sie hängen. Der Wachkutter feuerte den ersten Schuß. Zu kurz! Der nächste. Immer noch zu kurz. War da etwas mehr Wind? David trimmte schnell nach. Ja, das Segel zog etwas besser. Die Riemen hemmten jetzt eher.

»Riemen ein!« befahl David, und Bill legte ihr Boot voll in den Wind.

»Wumm!« Die Fontäne sprang dreißig Meter neben ihnen aus dem Wasser. Lieber eine Kugel durch den Kopf, als sich noch einmal so wehrlos zusammenschlagen lassen, dachte David.

»Hurra!« brüllte einer in der Mannschaft und steckte den Arm nach vorn.

Mit vollen Segeln umrundete die *Blanche* Cape Salomon, fuhr eine Wende und hielt mit einem langen Schlag auf sie zu. War das ein herrlicher Anblick!

»Ich habe nie geglaubt, daß ich mich über den Anblick eines britischen Kriegsschiffes so freuen könnte.« Bill war ganz außer sich.

»Was macht der Kutter?« wollte David wissen.

»Er hat gewendet und hält auf Land zu!«

Commander Morsey blickte über das Schanzkleid, als der Kutter die Bordwand berührte.

»Sanitäter an Deck!« hallte sein Befehl.

Vorsichtig hoben und zogen sie David an Bord, dann kletterten die anderen hinterher.

»Mein Gott, Mr. Winter, ist eine Rinderherde über Sie hinweggetrampelt?«

»Nein, Sir, sie haben mich zusammengeschlagen, als ich nichts über unsere Schwadron verraten wollte.« Seine Stimme kam unartikuliert aus den zerschlagenen Lippen.

»Schon gut. Seien Sie erst einmal ruhig. Wir kümmern uns um alles. Hätten wir die Kanonenschüsse nicht gehört, wären wir in anderer Richtung weitergesegelt. Was für ein Glück!«

Sie trugen David in die Kajüte des Kommandanten, und der Sanitätsmaat untersuchte ihn. »Ich glaube, eine Rippe ist gebrochen oder angebrochen, was nicht viel Unterschied macht. Sonst gibt es nur Schwellungen und eine Platzwunde am Hinterkopf und eine am Mund. Ich werde einen Verband anlegen und Salben aufstreichen.«

Morsey nickte. »Die *Anson* wird bald in Sicht sein. Dann wird es sich Mr. Lenthall nicht nehmen lassen und Mr. Winter zu sich holen.«

»Er wird ihm auch nicht mehr helfen können als ich.«

Mr. Lenthall bestätigte es dem Sanitätsmaat, als er David untersucht hatte. »Ich werde ihm noch ein wenig Laudanum geben. Dann spürt er die Schmerzen weniger und schläft leichter ein. Aber erst will ihn der Commodore noch sprechen. Sag ihm Bescheid«, wies er einen seiner Maate an.

Brisbane mußte sich bücken, als er in das Krankenrevier trat.

»Wie steht es«, fragte er zuerst den Arzt.

»Eine Rippe gebrochen und fürchterlich zusammengeschlagen, aber nichts, was nicht in drei Wochen heilt.«

»Gott sei Dank, Mr. Winter, was bereiten Sie einem alten Mann für Sorgen?«

David setzte zu einem ausführlichen Bericht an, aber Brisbane unterbrach ihn. »Nur ganz kurz das Wichtigste! Von der

Falle haben mir schon die Leute berichtet. Gibt es etwas, was ich jetzt wissen muß?«

»Sie müssen ein Lager haben für englische Gefangene. Wir sollten heute dorthin gebracht werden. Lacouf heißt es, aber ich weiß nicht, wo es liegt. Vielleicht weiß der Milizionär mehr. Ich habe ihm die Freiheit und hundert Pfund versprochen.«

»Es wird erfüllt werden. Aber nun schlafen Sie. Werden Sie bald wieder gesund!«

Am nächsten Morgen, er hatte sechzehn Stunden geschlafen, fühlte sich David viel besser. Die Binde stützte seine Rippen, die Schwellungen spannten nicht mehr so. Aber er hatte brüllenden Hunger. Das sagte er auch dem Schiffsarzt, als der ihn nach seinem Befinden fragte.

»Der Koch des Kapitäns wartet schon mit seiner berühmten Suppe«, sagte Mr. Lenthall, »und Zwieback eingeweicht können Sie auch essen.«

Es schmeckte wunderbar, und David legte sich zurück.

»Die Schwellungen am Auge und an den Lippen sind deutlich zurückgegangen. Man versteht Sie auch besser. Aber die Farben im Gesicht werden immer bunter. Wir werden jetzt kühlen und dann wieder einreiben.«

»Wann kann ich an Deck?«

»Als Besucher auf dem Krankenstuhl heute nachmittag. Zum Dienst nicht vor vier Wochen.«

Als sie David an Deck getragen und in den Stuhl gesetzt hatten, drängten sich alle Offiziere und Midshipmen um ihn. Der Commodore, der keine Ansammlungen auf dem Achterdeck mochte, gesellte sich heute selbst dazu. Sie waren alle sehr teilnahmsvoll, und David fühlte sich geborgen. Er erzählte, so gut er konnte, von der Falle und der Quälerei. Er wandte sich zum Commodore und lobte die Mannschaft, die ihn begleitet hatte.

»Sie haben heute dienstfrei und werden Sie nachher besuchen«, kündigte Brisbane an.

Die Mannschaften drängelten sich auf dem Achterdeck

und fühlten sich nicht ganz wohl, weil die Offiziere zu ihnen hinsahen.

»Wie geht es Ihnen, Sir?« fragte Bill.

»Viel besser. Und ich weiß, daß dieser verdammte Rotbart seine Strafe erhalten hat. Den Hauptmann werden wir eines Tages auch noch erwischen. Jedenfalls wart ihr sehr gut.«

»Sie aber auch, Sir«, warf Bill ein und wurde von seinem Nachbarn gestoßen, der das respektlos fand.

»Wo ist Josuahs Braut?«

»Bei der Frau des Stückmeisters. Er selbst ist so glücklich, daß er wieder frei ist und seine Belohnung erhält.«

Der Ausguck meldete ein Segel, und die Mannschaften gingen auf ihre Posten. Es war ein Kutter mit Befehlen aus Barbados. Brisbane ließ Leutnant Bates rufen und bat ihn, alles zur Rückkehr nach Barbados zu veranlassen.

»Der Admiral hat Nachricht, daß die Kaperschiffe sich östlich von Barbados sammeln, um den Konvoi abzufangen. Darum war St. Pierre so leer. Wir sollen sie vertreiben. Die *Blanche* bleibt vor Martinique, *Ranger* und *Mercury* nehmen wir mit. Bereiten Sie die Signale vor.«

»Aye, aye, Sir!«

Mr. Lenthall erzählte es David. »Dort werden Sie es im Lazarett bequemer haben als hier an Bord. Vielleicht lädt Sie auch wieder ein Plantagenbesitzer ein.«

Auf einmal war die Erinnerung an Mrs. Losey wieder da. David wunderte sich, warum er in der Gewalt der Franzosen nicht auch an Mrs. Losey gedacht hatte. Sie stand ihm mit ihrer Schönheit und Grazie doch jetzt so deutlich vor Augen. Und er war jetzt auch sicher, daß sie nicht mit ihm spielte. Nein, sie war ehrlich.

Als sie in die Carlisle Bay eingelaufen waren, ließ sich der Commodore sofort zum Flaggschiff rudern. Nach ihm legten die Kutter mit dem Proviantmeister, den Wasserfässern und auch mit David und Josuah mitsamt Braut ab.

Die *Anson* sollte am nächsten Tag wieder auslaufen, und da nahm die übliche Hetze ihren Lauf.

David fuhr mit Mr. Lenthall zum Hospital.

Der leitende Arzt untersuchte David noch einmal und war sich mit Mr. Lenthall einig: »Sie sehen noch mitleiderregend aus, aber das wird bald vorbeigehen, und auch bei den Rippen, die noch länger schmerzen werden, wird nichts zurückbleiben. Sie hatten Glück. Es kommt bei diesen Schlägen öfter zu Schädigungen des Augapfels, als man denkt. Wir werden Ihnen ein schönes Zimmer geben und Sie gut pflegen. Mehr ist nicht zu tun.« Und er wandte sich Mr. Lenthall zu, um mit ihm über die Bleivergiftungen zu diskutieren.

David sah sich erstmals bei Tageslicht in einem großen Spiegel und war entsetzt. Sein Gesicht schillerte in gelbblauen Farben. Einige Schwellungen an der Lippe und am linken Auge waren noch nicht abgeklungen. Aber er konnte wieder ohne Schmerzen essen und laufen. Na, und auf einen Ball brauche ich ja nicht zu gehen, dachte er.

»Sie haben Besuch, Mr. Winter«, informierte ihn der Arzt lächelnd am nächsten Vormittag, »Ihr Schicksal hat sich schon herumgesprochen.«

»In diesem Zustand kann ich mich doch nicht sehen lassen!«

»Unsinn, die leichte weiße Leinenkleidung, die wir Ihnen gegeben haben, ist doch recht kleidsam, und Verletzungszeichen machen Sie bei Damen eher attraktiv. Aber da sind sie ja schon. Hier herein, Mrs. Losey und Mrs. Foster.«

David war völlig verdattert, wandte sich halb ab und stotterte zur Begrüßung. Aber Mrs. Losey überspielte ihr Erschrecken über sein Aussehen: »Wir haben von Ihrer glücklichen Heimkehr aus dieser furchtbaren Gefangenschaft gehört und wollten Ihnen ein paar Blumen und einen guten Brandy bringen.« Sie gab ihm einen Strauß, und Mrs. Foster drückte ihm die Flasche in die Hand.

David dankte mehr mit Verbeugungen als mit Worten.

»Setzen Sie sich nur auf die Terrasse. Ich lasse Ihnen etwas zur Erfrischung bringen«, sagte der Arzt und ging.

David sah nur Mrs. Losey und verstummte vor ihrem liebevollen Blick.

»War es schlimm?« fragte sie leise.

Er nickte. »Ich war so hilflos und zuerst ohne Hoffnung. Aber es ist alles vorbei, und trotz meines furchtbaren Anblicks ist es nichts Ernstes.«

»Der Arzt sagte es uns schon.« Und sie sahen sich wieder in die Augen. Mrs. Foster räusperte sich schließlich: »Mr. Winter, mein Mann und ich haben eine Plantage bei Warrens, also nicht weit von der Stadt. Wir würden uns glücklich schätzen, wenn Sie unser Gast sein und sich bei uns erholen könnten. Der Arzt wäre einverstanden, sofern wir Sie nach drei Tagen noch einmal zur Untersuchung brächten.«

David war überrascht und starrte Mrs. Foster an, die er nicht kannte.

»Wir sind sehr eng befreundet, Mr. Winter«, erklärte Mrs. Losey mit bedeutungsvollem Blick die Beziehung zu Mrs. Foster. »Ich könnte Sie dort leichter besuchen als hier im Hospital.« War da nicht ein Anflug von Erröten, als habe sie sich zu weit vorgewagt?

Für David wurde einiges klarer. Er war noch nicht begeistert von dem Vorschlag, aber er sagte: »Ihre Einladung ehrt mich sehr, Mrs. Foster, und ist mir sehr willkommen. Ich danke Ihnen und Ihrem Herrn Gemahl.«

»Gut, dann wird Sie unser Butler heute um drei Uhr mit der Kutsche abholen. Wir verabschieden uns dann bis zum baldigen Wiedersehen.«

Davids Gefühle waren zwiespältig. Einerseits war die Aussicht verlockend, diese schöne und charmante Frau häufiger zu sehen und mit ihr zu flirten. Andererseits hatte er vor den möglichen Konsequenzen ein wenig Angst. Wohin würde das führen? Er hatte doch nur Erfahrungen mit Denise, und die waren doch kaum auf eine Dame von Stand zu übertragen.

David war unsicher und keineswegs in der Stimmung eines erwartungsfrohen Liebhabers, als ihn am Nachmittag die Kutsche abholte.

Er war auch befangen, als ihn die Fosters herzlich begrüßten. Was mochten sie von ihm denken, wenn er hier so quasi verkuppelt wurde? Er wollte ja mit Mrs. Losey zusammensein, doch er wollte das selbst arrangieren.

Die Fosters ließen keine Verlegenheit aufkommen. Er war

ein gutaussehender Plantagenbesitzer, etwa Mitte Dreißig, braungebrannt und mit leicht welligem braunem Haar. Er hatte eine natürliche und zuvorkommende Art. Seine Frau war hübsch, aber auf weniger auffallende Art als Mrs. Losey. Sie lachte gern und scherzte oft mit ihrem Mann. Beide erklärten wie selbstverständlich ihre Unterstützung für Mrs. Losey.

»Sie ist ein sehr hilfsbereiter und lieber Mensch. Sie hatte es schwer in ihrer kurzen Ehe und verdient alles Glück dieser Welt.« Damit war für sie alles gesagt.

David war von dieser Freundschaft beeindruckt und verlor seine Befangenheit gegenüber den Fosters. Aber er war noch verlegen, als Mrs. Losey zum Abendbrot erschien und sie alle am Tisch plauderten. David, der aus der Seekiste der abgesegelten *Anson* nur seine Alltagsuniform herausgenommen hatte und weder in ihr noch in der Hospitalskleidung erscheinen wollte, hatte vom Hausherren ein seidenes Spitzenhemd, ein braunes Jackett und beige Bundhosen erhalten. Der Butler hatte sein Haar à la mode gepudert und frisiert und seine Verfärbungen im Gesicht mit etwas brauner Creme kaschiert.

Die Damen taten, als seien sie von seinem Anblick beeindruckt, und bezogen ihn in die Unterhaltung mit ein. Sie wollten etwas von London und New York hören, während Mr. Foster an der Situation in Philadelphia interessiert war. Da David sich nicht scheute, die Dinge aus seinem Blickwinkel zu schildern, da er nicht vorgab, alles zu wissen und zu durchschauen, fand man sich gegenseitig natürlich und nett. Die Fosters erzählten von ihrer Plantage, die nicht so groß zu sein schien wie die, auf der David in Antigua gelebt hatte, aber die den Fosters auch ein Leben in Reichtum erlaubte.

Als Mrs. Losey zum Abschied sagte, daß sie David am nächsten Vormittag abholen werde, um ihm die Umgebung zu zeigen, fühlte sich David nicht im geringsten überrumpelt.

Als Mrs. Losey dann aber mit einer älteren Dame in der Kutsche vorfuhr, war David doch überrascht. Mr. Foster, der neben ihm vor der Eingangshalle stand, spürte das: »Ohne Anstandsdame geht hier nichts, Mr. Winter. Der farbige Kutscher genügt dafür nicht.« Aber die ältere Dame, eine Tante von Mrs. Losey, hatte David bald bezaubert. Sie hatte soviel Charme und Witz, daß man ihr Alter schnell vergaß. Sie war jung in ihren zupackenden Fragen und altersweise in ihrer Kunst, nichts zu bemerken, wenn Mrs. Losey und David sich ansahen oder wenn ihre Hände sich berührten.

Am Strand südlich von Holetown sagte sie resolut: »Die Pferde brauchen eher Ruhe als ihr jungen Leute. Jeremias kann hier anhalten, ihnen dort am Bach etwas Wasser geben und mir in der Kutsche ein Päuschen gönnen. Ihr könnt ein wenig spazierengehen, Euch tut Bewegung noch gut.«

»Ist sie nicht großartig, meine Tante Barbara? Zweiundsechzig Jahre ist sie alt, aber jung und lieb im Herzen. Sie hat mich nach dem Tod meiner Mutter betreut und würde ihr Leben für mich geben.«

David stimmte in das Lob der Tante ein. Die ständige Brise von der See kühlte angenehm, und sie gingen im Schatten der Palmen, aber Mrs. Losey war bedacht, die Kronen mit den dicken Nüssen zu umgehen.

Bald sprach sie über sich. »Ich habe oft an Sie denken müssen, an Ihre etwas scheue und zurückhaltende Art. Als ich hörte, daß Sie verletzt aus Gefangenschaft gekommen seien, mußte ich Sie einfach sehen, obwohl alle sagten, daß es sich nicht schickt. Ich war wohl ein wenig exaltiert.«

»Aber nein, Mrs. Losey. Ich habe Sie auch oft in meinen Gedanken gesehen, Ihren Tanz, Ihr Lachen. Ich hätte mich auch überzeugen mögen, wie es Ihnen geht, wenn ich von Ihnen etwas Ähnliches gehört hätte.«

»Sie haben schon viel erlebt, Mr. Winter, aber noch nicht mit Frauen. Sie sind auf eine Art offen und ehrlich, die Männern verlorengeht, wenn sie viel Erfahrung mit Frauen haben. Das ist schade, denn diese Art ist eine starke Waffe bei Frauen.«

»Braucht man bei Frauen denn Waffen?« David stellte sich ihr in den Weg und sah sie an.

»O ja, es ist ein Krieg der Geschlechter, wer dem anderen mehr Liebe geben kann, jedenfalls solange man sich liebt.« Auch sie sah ihn an. Fast gleichzeitig öffneten sich ihre Arme, und sie trafen sich in der Umarmung.

David hatte noch nie so geküßt. Als sich ihre Lippen lösten, sagte er: »Du bist wunderschön.«

»Du bist lieb. Und wir wissen nicht einmal unsere Vornamen. Ich heiße Diane.«

»Ich heiße David.« Er war wieder etwas verlegen. »Aber wir können es die anderen doch nicht merken lassen.«

»Die wußten es schon vor uns. Die Fosters hätten dich nicht eingeladen, wenn sie nicht geahnt hätten, wie unglücklich ich gewesen wäre, hätte ich dich nicht sehen können. Und Tante Barbara hätte uns nicht auf den Spaziergang geschickt, hätte sie nicht gespürt, wie wir uns nach einer Umarmung sehnen.«

»Dann hat eine Anstandsdame aber nicht viel Sinn.«

»Doch! Tante Barbara würde nie etwas übersehen, was ihr schlecht und unrecht erschiene. Bei uns glaubt sie, daß wir ein wenig Glück verdient hätten. Oder hältst du es für schlecht und unrecht, daß wir uns küssen?«

Er gab ihr die Antwort, indem er sie leidenschaftlich küßte und an sich drückte. Die Lippe tat ihm weh, als er sie endlich losließ. »Ich möchte dich immer wieder ansehen und liebkosen, Diane.«

»Ich auch, aber nun müssen wir zurückgehen.«

»Und wie reden wir uns an?«

»Wir werden heute bei den Fosters verabreden, daß wir uns alle mit den Vornamen anreden. Bis dahin bleiben wir Mrs. Losey und Mr. Winter. Aber meiner Tante können wir doch nichts vormachen.«

Fosters hatten aber ihre eigene Meinung, welches Tempo den beiden Verliebten anstand. Mrs. Foster sagte ruhig, aber entschieden: »Wir sehen uns dann heute abend wieder, Diane. Mr. Winter muß nach dem Essen ein wenig ruhen, und dann wird ihm Paul etwas von der Plantage zeigen.«

Mrs. Losey sah sie etwas fragend an, entgegnete dann aber leichthin: »Also bis heute abend, Judith, Mr. Winter.«

David winkte der Kutsche nach.

Mr. Foster fuhr ihn im leichten Einspänner durch die Plantage, hielt hier und da an, um ihm etwas näher zu erklären. David fiel auf, wie unbefangen und freundlich die Sklaven grüßten, gar nicht unterwürfig. Er sagte es Mr. Foster.

»Ja, ich bin ein wenig als Philanthrop verschrien«, antwortete dieser. »Das soll nicht heißen, daß andere ihre Sklaven schlecht behandeln, einige Sadisten ausgenommen. Aber die überwiegende Mehrheit pflegt ihre Sklaven so sorgfältig, wie man gute Pferde pflegt. Ich kümmere mich um sie auch als Menschen, wenn sie heiraten wollen, Sorgen haben. Das verstehen viele nicht, aber bisher haben meine Sklaven mich nicht enttäuscht.«

David erzählte von Isaak und Josuah und seiner Braut. Er erkundigte sich, welche Chancen Mr. Foster für Josuah sehe. »Wenn er ein Handwerk beherrscht, hundert Pfund besitzt und fleißig und klug ist, dann wird es ihm gut gehen. Handwerker werden überall gebraucht, besonders bei den kleinen Plantagen, in der Stadt und in der Garnison.«

»Ich glaube, er war Zimmermann«, meinte David.

Mr. Foster schien erfreut: »Dann hätte ich auch Arbeit für ihn. Wir wollen in einem Zimmer eine neue Holzdecke einziehen, und das ist für den Zimmermann unserer Plantage zuviel Arbeit.«

Am Abend fragte David, ob Mr. Foster mit ihm in die Stadt könne. Er müsse zum Schneider, und dann könnten sie gleich nach Josuah fragen.

»Das hätten Sie nicht vor den Damen sagen sollen, Mr. Winter. Nun wollen die mit. Bei der Putzmacherin und der Schneiderin gibt es immer etwas zu erledigen.«

»Warum fahren wir nicht übermorgen nach dem Lunch? Mr. Winter muß sowieso ins Hospital zur Untersuchung, die nicht lange dauern wird, und dann sind wir schon in der Stadt.« Mrs. Fosters Vorschlag fand Zustimmung.

Sie erzählten, sie lachten und tranken. David spürte hin und wieder unter dem Tisch Dianes Fuß und bemühte sich krampfhaft, ihr nicht zu oft in die verführerischen grünen Augen zu sehen.

Mr. Foster fragte schließlich: »Mr. Winter, sollen wir uns

nicht mit dem Vornamen anreden? Ich heiße Paul, das ist Judith und das Diane.«

»Und ich heiße David«, fiel David ein und schmunzelte. Hatte Diane nun wieder Regie geführt oder nicht?

Am nächsten Vormittag rollte wieder die Kutsche mit Tante Barbara und Diane an.

»Na, junger Mann, wollen Sie noch ein wenig von unserer schönen Insel sehen?« fragte die Tante und lächelte wissend.

»Aber gern, Madame. Wohin werden Sie mich fahren?«

»Wir werden ein wenig die Vault Road entlangfahren und zum Welchman Hall Gully kommen, einem Tal mit vielen Pflanzen, Höhlen mit Stalaktiten und frei lebenden Affen.«

Während sie über Wege und Straßen rollten, erzählten Diane und ihre Tante nicht nur von der Landschaft und der Geschichte der Insel, die Tante begann auch sehr freundlich, aber unverkennbar David über sein bisheriges Leben auszufragen. Beide waren wohl überrascht, wo er schon überall gewesen war. Die Tante wollte wissen, wie er denn mit der Angst in den vielen Gefahren fertig werde.

»Ich glaube, jeder hat Angst, wenn es ins Gefecht geht. Aber man hat ja kaum Zeit dafür, so viel ist zu tun, bis ein Schiff klar zum Gefecht ist. Und wenn das Schießen dann beginnt, dann ist kein Raum mehr für Angst, dann muß man rennen und hetzen, um dem Gegner nicht zu unterliegen.«

»Aber Sie könnten den Dienst doch quittieren, um in Frieden an Land zu leben.«

»Dazu bin ich zu stolz. Es wäre ja wie ein Eingeständnis, daß der Beruf, den ich liebe, für mich zu schwer ist. Außerdem kann ich schlecht erklären, wie sehr man auch in der Gemeinschaft der Kameraden geborgen ist, wie schön und sauber die See ist. Ich fühle mich an Land oft fremd und bedroht.«

»Ja«, die Tante war nachdenklich, »es ist wohl das Fremde, was uns ängstlich macht. Aber viele junge Männer werden bei diesem Beruf dem Familienleben entfremdet, und das ist eigentlich schade.«

»Aber, Tante«, wollte Diane einwerfen, doch ehe sie weitersprechen konnte, war ein Affe vom Baum auf die Straße gesprungen, und der Kutscher hatte Mühe, die Pferde wieder in seine Gewalt zu bekommen.

»Sehen Sie«, sagte David, »eben war ich ängstlicher als Sie beide. Die Gefahr war mir ganz fremd, und ich konnte nichts tun.«

Sie hielten und wanderten ein paar Schritte unter den Bäumen und gaben den Affen Futter.

»Diane, da drüben ist eine schöne Höhle, zeig sie doch Mr. Winter, ich warte hier.«

Diane ließ sich vom Kutscher eine Fackel geben, die David dann trug, und sie gingen zur Höhle. Der Eingang war etwas schmal, David mußte Diane die Hand reichen. Als der Blick auf die Stalaktiten und den Höhlenraum frei war, sahen sie doch nur sich und umarmten und küßten sich. David hielt den Arm mit der Fackel ängstlich zur Seite, denn wortwörtlich wollte er Diane nicht entflammen.

Ihre Küsse erregten sie. Sie preßten sich aneinander. Diane wollte sich wieder aus seinen Armen lösen, stammelte »Nein, nein«, gab sich dann aber wieder seinen Küssen hin.

David klagte: »Wir können uns doch nicht immer nur verstecken und uns die Augenblicke stehlen wie Diebe.«

Diane atmete schwer und flüsterte: »Hab nur Geduld, Liebster. Übermorgen wird dich Tante Barbara auf unsere Plantage einladen.«

»Ja, aber …«

Doch dann hörten sie Schritte und Rufen.

»Mrs. Losey!« rief der Kutscher. »Der alten Missis ist nicht gut. Bitte kommen!«

Sie liefen zur Kutsche. Die Tante lag zurückgelehnt auf der Rückbank. »Kinder, es ist mir ja so peinlich. Ich habe wohl etwas zu kalt getrunken. Mir ist übel, und ich habe Magenschmerzen. Die Kutsche kann euch ja am Pavillon absetzen und dann wieder abholen, wenn ich zu Hause bin.«

»Aber nein. Wir lassen dich nicht allein und begleiten dich. Erst muß ich wissen, daß es dir besser geht.«

Das Herrenhaus der Plantage war ein schönes zweistöckiges Gebäude aus weiß gestrichenem Holz mit der in Westindien häufigen Säulenfront. Es lag auf einem Hügel, von dem man bis zur See schauen konnte. Alles strahlte alte Wohlhabenheit aus. Während Diane die Tante mit den Zofen hineinführte, wurde David in die Bibliothek gebeten und von einem grauhaarigen, würdevollen Neger mit Getränken versorgt.

Diane beruhigte ihn, als sie wiederkam, daß es der Tante schon besser gehe, daß der Magenlikör eigentlich immer wirke, und kündigte an, daß sie ihm ja noch das Haus zeigen könne, ehe sie ihn heimbringe.

David wußte später kaum noch, was er gesehen hatte. Es trat alles in den Hintergrund vor jenem lichtdurchfluteten Raum in Blau und Silber, der Dianes Bett, ihren Schminktisch, eine kleine Couchgarnitur und einen großen Spiegel enthielt.

Diane zog David an sich.

Er war unsicher. »Und wenn jemand kommt?«

»Niemand stört uns jetzt, meine Zofe paßt auf. Aber wir haben wenig Zeit, und ich sehne mich so nach dir.«

David nahm sie in die Arme, küßte sie leidenschaftlich und nestelte an ihrem Kleid herum.

Sie führte seine Hände und tat das meiste selbst, um sich aus Kleid, Unterkleid und dem leichten Mieder zu lösen.

David starrte sie voller Bewunderung und Erwartung an.

»Worauf wartest du, David. Komm, zieh dich aus.«

Hastig riß er die Sachen herunter und folgte ihr ins Bett. Sie wehrte seinem Ungestüm. »Sei nicht so grob. Oh, küß meinen Hals, streichele mich.« Sie führte seine Hände an ihren Busen und wand sich unter seinen Berührungen. Er wollte in sie eindringen, aber sie entzog sich ihm noch und hob ihre Brüste seinen Lippen entgegen. Sie stöhnten beide vor Lust.

Dann öffnete sie ihre Schenkel, zog ihn über sich und führte sein hartes Glied ein. Sie erstickte ihren Schrei an seiner Schulter und stammelte immer wieder seinen Namen.

»Komm, du, komm.«

David stieß immer wieder in sie hinein. Er bedeckte Diane mit Küssen und genoß das lustvolle Ziehen in seinem Unterleib. Ihr Stöhnen stachelte ihn an, bis er sich mit einem lauten

Schrei ergoß. Seine Bewegungen wurden langsamer, und beide kamen zur Ruhe wie Wellen, die langsam am Ufer ausliefen. Sie sahen sich an, küßten sich, und er zog sie an sich. »Ich möchte jetzt bei dir bleiben.«

»Das sollte eigentlich die Frau sagen, David. Ich möchte dich auch hierbehalten und wieder so unbeschreiblich glücklich werden wie eben. Aber wir können uns nicht vor der Welt verschließen. Wir müssen wieder hinaus und Mrs. Losey und Mr. Winter spielen.«

»Diane, ist das nicht nur eine Welt des Scheins und des Trugs?«

»Sieh es nicht nur so, David. Diese Formen helfen uns auch, ein wenig Abstand untereinander zu halten. Es müssen doch nicht alle unsere Begierden und Schwächen sehen. Sie würden sie vielleicht stören und verletzen.« Sie hatte begonnen, sich wieder zu anzukleiden, und er betrachtete verlangend ihren schönen Körper. »Hilf mir und sieh mich nicht so an, sonst schaffe ich es nie, draußen wieder so zu tun, als sei nichts gewesen.«

Sie schaffte es. Sie schritt an der Zofe vorbei und gab belanglose Anweisungen. Sie schaute bei der Tante herein und ließ den Kutscher vorfahren.

David bewegte sich befangener, aber er brauchte nichts zu sagen, sondern ihr nur zu folgen, bis er ihr in der Kutsche wieder verschwiegen die Hände drücken konnte. »Ich werde diesen Tag nie vergessen, Diane.«

»Auch für mich war es nach Jahren ein unerwartetes, wunderschönes Glück, David. Wir wollen jede Stunde genießen, die wir beisammen sein können.«

Aber sie merkten bald, wie quälend auch Beisammensein ist, wenn man es mit anderen teilen muß. Sie hatten bei Fosters geluncht und fuhren David zur Untersuchung ins Lazarett.

»Nun sehen Sie ja wieder menschlich aus, Mr. Winter. Die Verfärbungen sind fast ganz weg.« Der Arzt untersuchte die Rippen gründlich, ließ David ein- und ausatmen, husten, sich bücken, und als David keinerlei Schmerzen verspürte, meinte er: »Vielleicht war es nur eine starke Prellung. Wir können ja nicht hineinsehen. Auf den Verband werden wir jetzt verzichten können. Gehen Sie viel spazieren! Können Sie schwimmen? Das wird Ihnen guttun.«

David wurde mit Rufen und Lachen an der Kutsche empfangen.

»Nun aber weiter. Wir wollen sehen, was uns die Stadt zu bieten hat«, rief Paul Foster.

»War man mit Ihrer Gesundung zufrieden, David?« wollte Judith Foster wissen.

»Sehr. Ich soll schwimmen. Wo schwimmt man hier?«

Paul sagte: »Ich kann Ihnen schöne und sichere Buchten zeigen. Schwimmen kommt geradezu in Mode.«

Im Gouvernementsgebäude wußte man, daß Josuah eine kleine Hütte gemietet hatte, daß die Vorbereitungen liefen, um sich als Tischler selbständig zu machen, daß sich die baptistische Gemeinde der freien Schwarzen seiner annehme und die Trauung für Sonntag vorbereite, aber zu sprechen sei er heute nicht. Mr. Hampden vom Stab des Admirals habe ihn für heute in die Admiralität eingeladen.

Was mag man von Josuah wollen? fragte sich David und sagte dann: »Richten Sie Josuah doch bitte aus, daß ich hier war und daß Mr. Foster möglicherweise Arbeit für ihn hat.«

Beim Uniformschneider bestellte David eine Uniform aus dem leichten Stoff, wie sie in den Tropen immer mehr in Mode kam. Die Damen wollten ihn noch zu allen möglichen Extravaganzen beim Schnitt des Rockes und seiner Verzierung überreden, aber David blieb bei einer konservativen Ausführung.

»Sie haben doch nur sehr lockere Vorschriften für Ihre Uniformen, David, Sie könnten sich ein wenig mehr herausputzen«, redete ihm Mrs. Foster zu.

»Judith, meine Kameraden würden mich auslachen. Wir sind auf der *Anson* für unauffällige Kleidung.«

Beim Hutmacher langweilten sich die Herren bald. Immer wieder sollten sie sagen, ob diese Kreation oder diese Variation besser sei oder nicht doch jene. Bei einigen Hüten konnten sie eindeutig sagen, daß sie ihnen nicht gefielen, aber das waren meist die modernsten und schicksten. Bei anderen war ihnen die Entscheidung unmöglich, ob dieser oder jener nun kleidsamer sei.

»Eine große Hilfe seid ihr wirklich nicht«, stöhnte Judith. »Am besten wartet ihr draußen.«

Als sie in der warmen Sonne standen und die flanierenden Menschen betrachteten, sagte Paul Foster: »Judith hat uns nur hinausausgeschickt, damit wir nicht erfahren, was diese Verrücktheiten kosten.«

David lachte schallend.

»Warten Sie nur ab. Wenn Sie verheiratet sind, werden Sie es auch merken.«

»Mein Beruf ist einer Heirat nicht gerade förderlich, Paul.«

»Ja«, seufzte Paul, »und das ist nicht das einzige Hindernis. Dabei passen Sie so gut zu Diane. Seien Sie lieb zu ihr. Sie hat es verdient.«

Lachend und mit Schachteln bepackt unterbrachen die Damen ihr Gespräch. »Wenn wir nur öfter Gelegenheit hätten, das zu tragen. Wir müssen zu einem Gartenfest einladen, solange David noch da ist. Ich werde mit Tante Barbara reden.«

»Das wär fein«, stimmte Judith zu, »aber jetzt laßt uns in Pauls Clubrestaurant fahren. Ich habe Hunger.«

Im Restaurant saß auch Mr. Hampden. Nach der gegenseitigen Vorstellung bat er darum, zur Teezeit auf die Plantage kommen zu dürfen. Er müsse etwas mit Mr. Winter besprechen.

Auf dem Rückweg fuhren sie an einem Pavillon vorbei, der einem griechischen Tempel nachempfunden war. »Das ist der Pavillon, von dem Tante Barbara sprach. Man hat einen schönen Blick von hier auf das kleine Tal mit seinem Bächlein. Sie können nach dem Tee bequem einen Spaziergang hierher machen, David. Der Kutscher holt Sie dann mit Tante Barbara ab.«

Mr. Hampden erschien zum Tee, ernst und gemessen wie immer. Nachdem er etwas getrunken und ein Gebäck genommen hatte, bat er, mit Mr. Winter entschuldigt zu werden. Der Dienst verlange Diskretion. Er bitte um Verständnis.

In der schattigen Bibliothek legte er die Fingerspitzen aneinander, richtete seinen Blick auf die großen Bücherregale und begann, als ob er eine Lektion hersage: »Sie haben von einem Lager berichtet, in das Sie auf Martinique gebracht werden sollten. Wir haben unsere Informanten in Martinique auf dieses Lager angesetzt und auch Josuah befragt. Er handelt sich um ein Lager, in dem etwa zweihundert britische Seeleute festgehalten werden. Es sind die Mannschaften der Schiffe, die die Kaper der Kolonisten nach Martinique brachten. Um den Umfang der französischen Hilfe für die Kaperschiffe nicht zu offenbaren, konnte man die Mannschaften nicht in den Austausch aufnehmen. Man hat daher eine Art Geheimlager angelegt, das auch nicht von der Armee bewacht wird, sondern von einer Miliz, die wohl von der Kaperbeute bezahlt wird. Können Sie mir so weit folgen, Mr. Winter?«

David nickte.

»Die Gefangenen sind in jämmerlichen Hütten untergebracht. Sie müssen einen Staudamm errichten, der für die Bewässerung mehrerer Plantagen gebraucht wird. Sie werden schlecht behandelt und schlecht verpflegt. Die Krankenrate soll hoch sein. Die letzten Nachrichten aus London, die uns in der vorigen Woche am vierten Februar erreichten, sprechen von geheimen Verhandlungen der Franzosen mit den Kolonien über einen Beistandsvertrag. Das wäre der Krieg mit Frankreich. Können Sie sich denken, was das für die Befreiung des Lagers bedeuten würde?«

»Natürlich, Mr. Hampden. Martinique wäre im Kriegszustand, die Küstenabwehr im Alarmzustand. Die Armee würde das Lager übernehmen.«

»Präzise, Mr. Winter. Man hat nicht umsonst eine hohe Meinung von Ihnen. Wir müssen die Befreiung alsbald organisieren. Aber nicht nur, weil es schwieriger wird, sondern auch, weil wir die zweihundert Seeleute brauchen wie das liebe Brot. Die Flotte ist vor Mannschaftsmangel fast gelähmt.«

»Dann geraten die armen Teufel von einer Gefangenschaft in die andere.«

»Man könnte es so nennen, Mr. Winter, obwohl ich annehme, daß sie den Dienst in der Flotte einem französischen Gefangenenlager vorziehen würden.«

»Das glaube ich auch, Sir.«

»Dann können Sie Ihre Aufgabe ja guten Herzens erfüllen, Mr. Winter.«

»Welche Aufgabe, Sir?«

»Mr. Winter, wir brauchen Josuah, der die Miliz und den Weg kennt, für dieses Unternehmen. Er will nur gegen hohe Belohnung mitgehen und nur, wenn Sie dabei sind. Er hat Vertrauen zu Ihnen, daß Sie ihn nicht ans Messer liefern und nicht im Stich lassen würden. Wir bereiten die Befreiung sehr sorgfältig vor. Einer unserer Informanten erwartet und begleitet den Trupp und muß dann mit Ihnen Martinique verlassen. Können wir auf Sie zählen? Der Admiral möchte nur Freiwillige, denn es ist keine Kriegsoperation. Die Franzosen könnten es als Piraterie, Spionage oder Sabotage ansehen.«

»Wann soll die Aktion stattfinden?«

»Wir erwarten die *Anson* innerhalb der nächsten zwei Wochen zurück. Drei Tage bis zum erneuten Auslaufen sollten reichen.«

David sah zum Fenster hinaus. Hinter dem großen Glück drohten Gefangenschaft, Folter und Tod. Sein Herz wurde schwer. Mit einem Seufzer sagte er: »Ich stehe zur Verfügung, Sir.«

»Der Admiral wird es Ihnen zu danken wissen, und ich bewundere Sie, Mr. Winter. Sie haben erfahren, wie schlimm es sein kann. Genießen Sie die Tage der Erholung.«

»Sie sehen so ernst aus, David«, empfing ihn Paul auf der Terrasse.

»Ein neuer Einsatz ist angekündigt, in etwa zwei Wochen. Und er hat wenig mit der Heiterkeit und Freude zu tun, die ich hier genieße.«

»Sagen Sie es Diane noch nicht, David. Schenken Sie ihr noch ein paar Tage Glück.«

Wenig später wanderte David den Feldweg entlang, der

ihn nach zehn Minuten zum Pavillon bringen sollte. In der Tür hielt Diane in einem lindgrünen Kleid nach ihm Ausschau.

»Komm, Liebster, warum läßt du mich warten?« Er nahm sie in den Arm und küßte sie zärtlich und wehmütig zugleich. Sie spürte es, sah ihn an, merkte, wie sein Blick den ihren mied. »Was ist, David?«

»Ich mußte daran denken, daß dieses Glück vorbeigehen wird, wenn ich wieder an Bord gehen muß.«

»Nichts dauert ewig, David. Das Leid nicht und nicht das Glück. Aber wir haben unsere Erinnerung, und ich möchte mich an vieles erinnern können.«

David riß sie an sich, küßte sie verlangend und nestelte an ihrem Kleid. »David, die Tante wird erst in einer halben Stunde kommen. Aber wir können nicht sicher sein. Ich kann mich nicht ganz ausziehen.«

»Was sollen wir tun?«

»David, ich schäme mich. Ich benehme mich wie eine Dirne. Aber ich halte es nicht aus vor Sehnsucht nach dir.«

»Du mußt dich doch nicht schämen. Ich vergehe vor Verlangen. Komm!«

Sie griff an seinen Hosenbund. »Zieh deine Hose aus und setz dich auf den Stuhl hier.« Sie hob ihren Rock, hielt sich mit einer Hand an der Wand fest und zog ihre Unterhose aus. Sie hob den Rock vorn an, so daß David kurz das schwarze Dreieck ihrer Schamhaare sehen konnte, dann setzte sie sich auf seinen Schoß, und er spürte, wie sie sich auf ihn schob.

Er erschauerte vor Glücksgefühl und zog ihren Oberkörper an sich. Sie bewegte sich auf seinem Schoß, und er verstärkte den Rhythmus. Ihr Mund öffnete sich, und er drang auch mit seiner Zunge ein. Sie stöhnte vor Lust und bewegte sich heftiger. David küßte ihren Hals, sah ihren Busen im Dekolleté und wurde wilder in seinen Stößen. Diane stöhnte tief und lustvoll, bewegte sich nicht mehr und beugte sich mit geöffnetem Mund zurück. David hob seinen Unterkörper und spürte das lustvolle Zucken in den Leisten, als er sich ergoß.

»Ich bin so glücklich, David!« Ihre Augen waren tränenfeucht, und sie liebkoste seine Wangen mit ihren Lippen. »O David, ich habe ja auch nicht gewußt, daß es so schön sein kann.«

»Liebste, ich wußte es doch auch nicht. Ich möchte sterben vor Glück.«

»Das darfst du nicht sagen. Du sollst leben! Wir werden uns noch mehr glückliche Stunden stehlen und später immer daran denken.« Sie löste sich von ihm. »Komm, wir müssen uns ankleiden und draußen auf die Tante warten.«

Es war nicht zu früh. Sie hatten kaum ihren Atem unter Kontrolle, ihre Gesichter entspannt und die Haare zurückgestrichen, da hörten sie das Rollen der Kutsche. Sie gingen der Tante entgegen und winkten.

»Ihr hattet hoffentlich Gesprächsstoff, während ich euch warten ließ.«

»Mr. Winter ist ein guter Erzähler. Kommst du mit zu Fosters, Tante?«

»Ich kann ja mit vorbeischauen.«

Sie fuhren auf einem kleinen Umweg zu Fosters Plantage, aber diese bestanden darauf, daß die Tante mit ihnen aß. Gern nahmen Fosters die Einladung an, morgen zum Lunch zu Diane und ihrer Tante zu kommen. Es war ein netter Abend, und David war glücklich, wenn ihn Dianes Fuß unter dem Tisch streichelte.

Später konnte David die Einzelheiten aus den folgenden zehn Tagen in seiner Erinnerung kaum noch isolieren. Wie Sonnenstrahlen durch die Blätter im Wind, so tanzten die Bilder vorbei. Sie waren immer erfindungsreicher, um sich Stunden zu zweit zu stehlen. David stöhnte, als er daran dachte, wie sie ihm half, den Körper einer Frau zu entdecken, wenn sie in ihrem Bett lagen oder in den seichten Wellen der verschwiegenen Bucht, wie der Pavillon wieder und wieder Zeuge ihrer Leidenschaft wurde, wie er einmal sogar neben Diane am Morgen aufwachte.

Am elften Tag sahen sie von der Terrasse ihrer Plantage die zahllosen Flocken der Segel zur Carlisle Bay ziehen. »Das muß der Geleitzug sein, den die Kaperschiffe abfangen wollten. Die *Anson* wird auch dabeisein.« Er sah zu Boden.

»Komm heute in den Pavillon, noch einmal.« Diane sprach, als ob sie weinte.

David atmete ganz tief, aber die Last wollte nicht leichter werden. »Ich werde kommen.«

Sie liebten sich, wie sich Ertrinkende an ein Stück Treibholz klammern, heftig, atemlos, wild und verzweifelt. Als Diane erschöpft an seiner Schulter ruhte, spürte er den Strom ihrer Tränen.

Hilflos stammelte er: »Nicht doch, Liebste, nicht weinen, ich komme wieder.«

Sie sah mit feuchtem Augen zu ihm auf. »Ja, aber wir werden auch dann immer an den Abschied denken.« Dann faßte sie sich. »Ich benehme mich wie ein kleines Mädchen, dabei wollte ich tapfer sein. Aber ich werde mich beherrschen, dich mit meinen Gebeten behüten und mit meiner Sehnsucht zurückbringen.«

Am nächsten Morgen traf der Bote mit den Befehlen ein. Die Fosters fuhren mit zu Dianes Plantage und wollten dort warten, bis die Kutsche zurückkam. David verstand, daß sie Diane über den ersten Schmerz hinweghelfen wollten. Sie umarmten ihn der Reihe nach. Auch Judith weinte. Paul drückte ihn fest, und die Tante sagte unter Tränen: »Gott segne Sie, Mr. Winter.«

David konnte nicht mehr sprechen. Als er in der Kutsche saß, ließ er den Tränen freien Lauf, aber der Kutscher sah sich nicht um.

Handstreich auf Martinique

März bis Mai 1778

David saß neben Leutnant O'Byrne am großen Tisch im Besprechungszimmer des Vizeadmirals. Außer ihnen waren noch Commodore Brisbane, Master Hope, ein Armeeleutnant, Mr. Hampden, der Flaggkapitän und Vizeadmiral Young im Zimmer. Jeder hatte ein Glas mit gekühlter Zitonenlimonade vor sich. Der Vizeadmiral hatte die Fenster schließen lassen und die Diener aus dem Raum geschickt. David wußte, worum es ging, aber dennoch war er angespannt.

Admiral Young räusperte sich: »Obwohl es eigentlich überflüssig ist, will ich noch einmal hervorheben, daß diese Besprechung streng geheim ist. Keine Andeutung über Ziel und Charakter der Operation darf außerhalb dieses Raumes erwähnt werden. Nun zur Sache! Durch Mr. Winter, der sich und seine Männer mit Überlegung und Mut aus Gefangenschaft befreit hat, wofür ich ihm hier noch einmal meine Anerkennung ausspreche, erhielten wir einen Hinweis auf ein Lager mit britischen Seeleuten auf Martinique.« David war ein wenig rot geworden bei dieser Hervorhebung und hatte sich als Zeichen des Dankes verbeugt.

Der Admiral hatte nicht weiter darauf geachtet, aber der Commodore hatte ihm ermunternd zugelächelt, und der Armeeleutnant blickte forschend zu ihm herüber. David hörte den Admiral. »Wir sind der Sache nachgegangen, und Mr. Hampden wird Ihnen jetzt berichten, was wir herausgefunden haben.«

Mr. Hampden wiederholte weitgehend das, was er David auch gesagt hatte.

Der Admiral ergriff wieder das Wort: »Wir haben keine Wahl. Wir müssen die Männer befreien. Wie prekär der Auftrag ist, muß ich Ihnen nicht sagen. Wer gefangen wird, wird kaum den Status eines Kriegsgefangenen erhalten. Darum dürfen nur Freiwillige mitmachen. Leutnant O'Byrne wird die Operation leiten. Leutnant Raven, der in Rangereinheiten Erfahrung hat, wird Sie mit zehn gut ausgebildeten Freiwilligen begleiten. Der Flaggkapitän wird Ihnen jetzt weitere Einzelheiten mitteilen.«

Der Flaggkapitän rollte eine große Karte von Martinique auf dem Tisch auf, beschwerte sie an den vier Ecken, nahm einen Zeigestock, nickte seinen Zuhörern zu und begann: »Das Lager Lacouf liegt nördlich von Le Marin an diesem Fluß hier, der gestaut werden soll. Nach unseren Informationen ist die Wachmannschaft etwa dreißig Mann stark, meist Mulatten und Neger. Das Lager ist von der Flußmündung etwa acht Kilometer entfernt, von Le Marin auf der Straße etwa elf Kilometer. Aber Le Marin liegt am Ende einer Bucht, und es ist mehr als wahrscheinlich, daß die Einfahrt zur Bucht mit einer Batterie gesichert ist. Außerdem ist in der Bucht mit Fischerbooten, Bevölkerung am Ufer und anderen Störungen zu rechnen.«

Er nahm seinen Stock und wies auf einen anderen Punkt. »Wir halten es für wesentlich günstiger, hier in dieser kleinen Einbuchtung auf halber Strecke zwischen Le Diamant und Le Marin zu landen. Man erreicht auch von hier die Küstenstraße und kann ihr bis nahe an das Lager folgen. Ein Problem ist der relativ steile Anstieg vom Ufer aus. Auf dem Rückweg könnte man oben ein Tau befestigen, damit entkräftete Gefangene Halt finden. Der Weg zum Lager hat eine Länge von zehn

Kilometern, davon etwa sechs Kilometer Straße. Wir denken an eine Landung am späten Abend, den Marsch zum Lager in der Nacht, am Tag in der Nähe des Lagers Rast und Erkundung der Gegend, am nächsten Abend der Überfall und der Rückmarsch der Gefangenen.«

»Meine Herren«, der Admiral schien schon etwas ungeduldig, »ich bitte jetzt um grundsätzliche Fragen und Vorschläge. Die taktischen Einzelheiten können Sie mit meinem Flaggoffizier besprechen. Auf mich warten schon andere Gesprächspartner.«

Der Armeeleutnant meldete sich: »Sir, trägt der Trupp Uniformen oder nicht?«

»Sie müssen Uniformen tragen, um nicht gleich als Spione erschossen zu werden, aber Ihre roten Röcke sind wahrscheinlich nicht angebracht.«

»Wir können grüne Rangeruniformen auftreiben, Sir.«

»Gut. Commodore Brisbane, was möchten Sie sagen?«

»Welche Kriegsschiffe wollen Sie zur Operation abstellen, Sir, und steht ein Transporter zur Abholung der Gefangenen bereit?«

»Ich dachte an die *Anson* und die *Mercury*, und ich werde Ihnen einen Transporter zuordnen, der etwa hundertzwanzig Mann aufnehmen kann. Der Rest wird für die kurze Zeit auf der *Anson* Platz finden.«

Als der Admiral den Raum verlassen hatte, ging es um die Details. Mitunter war die Debatte etwas hitzig, da es zur Ausbootung und zum Marsch verschiedene Vorschläge gab. Aber sie einigten sich. Die Soldaten hätten zwar Erfahrung mit Ausbooten, würden aber an den nächsten zwei Tagen noch mit der *Anson* üben. Ein Boot könne in der kleinen Bucht versteckt bleiben, und man würde fünf Mann zur Sicherung des Landeplatzes abstellen.

Fünfundzwanzig Seeleute, ein Sanitätsmaat, zehn Soldaten, Josuah, der Agent auf Martinique und drei Offiziere würden zum Lager vordringen. Sie würden zusätzliche Waffen für die Gefangenen mitnehmen, aber auch einige Tragen für Kranke, Verpflegung und alles mögliche Werkzeug. Die Signale zwischen Bord und Land und an Land waren vereinbart.

»Nun bleibt mir nur, Ihnen viel Glück und Erfolg zu wünschen. In drei Tagen segeln Sie um sieben Glasen der Morgenwache, das ist sieben Uhr dreißig am Morgen«, fügte der Flaggkapitän für den Armeeleutnant hinzu. »Die Auswahl der Freiwilligen erfolgt heute abend. Danach ist kein Landgang mehr für die *Anson,* und die Soldaten werden in einer Baracke der Hafenmeisterei untergebracht, natürlich auch ohne Ausgang. Die nächsten zwei Tage können Sie üben. Gott sei mit Ihnen!«

David war enttäuscht. Er hatte so gehofft, Diane noch einmal sehen zu können.

O'Byrne stieß ihn an. »Mr. Winter, es ist zwar kein Spaziergang, aber so hoffnungslos wie Ihr Gesicht ist der Auftrag auch nicht.«

»Sir, ich habe nicht an die Operation gedacht, sondern an privaten Landgang.«

»Nein, Mr. Schwerenöter, jetzt müssen Sie Ihre Kräfte auf das Unternehmen konzentrieren. Alles andere kommt danach wieder zu seinem Recht.«

Hoffentlich, dachte David.

Obwohl sie den Seeleuten keine Einzelheiten sagen konnten, nur Andeutungen über eine Landungsoperation im feindlichen Gebiet, meldeten sich zweiundvierzig Freiwillige, unter denen sie fünfundzwanzig auswählen konnten. Zusätzlich bestimmten sie fünf für die Wache am Landeplatz. David war froh, daß Bill, Isaak, Ricardo und zwei andere von der Gefangenencrew dabei waren, die Josuah gleich bei sich aufnahmen. William und der Kanadier wurden auch ausgewählt.

»Deutsch werden wir wohl nicht sprechen müssen«, scherzte David mit William, »aber ich freue mich, daß ihr dabei seid.«

»Sie haben immer so interessante Erlebnisse, Sir, da können wir nicht abseits stehen«, mischte sich der Kanadier ein.

David vergaß seinen Kummer und lachte mit seinen langjährigen Gefährten.

Die nächsten beiden Tage waren angefüllt mit Übungen in den Booten, an den Waffen, aber auch im lautlosen Ausschalten eines Gegners. Aber O'Byrne verlangte auch, daß sie sich kennenlernten, die Seeleute die Soldaten und umgekehrt. Sie mußten sich ihre Namen einprägen und in wechselnden Gruppen üben. »Wenn ihr euch im Halbdunkel seht, müßt ihr euch erkennen und nicht umbringen«, sagte auch Leutnant Raven, über dessen Tricks die Seeleute staunten. Aber auch Raven war sprachlos, als er Ricardo mit dem Messer werfen sah. Das müßte man können!

Soldaten und Seeleute des Trupps saßen beisammen auf dem Vordeck, als Barbados am Horizont versank. David stand mit O'Byrne, dem Master und dem Commodore auf dem Achterdeck.

»Wir werden morgen früh auf dem üblichen Patrouillentörn mit nördlichem Kurs an der Landebucht vorbeisegeln und nachmittags etwas weiter entfernt zurück«, sagte der Commander. »Dabei werden wir die Stelle so gut studieren, wie es vom Schiff aus geht. Die jungen Herren steigen in den Mast, unsere Mannschaften auch. Mr. Hope und die Soldaten bleiben mit mir unten an Deck. Wenn die Dämmerung gesunken ist, laufen wir wieder auf Nordkurs die Küste an und setzen die Boote aus.«

»Segeln Sie am nächsten Tag den gleichen Törn, Sir, damit wir aufgenommen werden können, falls etwas schiefgeht?«

»Ja, Mr. Byrne, und am Morgen des zweiten Tages laufen wir wieder die Küste an und warten auf Ihr Signal. Dann haben wir auch den Transporter dabei.«

David stand am nächsten Vormittag mit O'Byrne und Raven auf der Marsplattform und sah durch das Teleskop zum Ufer. Da war die Bucht! Kein Zeichen einer Behausung oder eines Postens. Aber auch kein Weg auf den doch recht steil ansteigenden Hügel. David spähte in den Einschnitt hinein, der neben der Landebucht begann.

»Da mündet ein kleiner Bach, da kommen wir leichter empor«, stellte O'Byrne fest.

Als sie am Diamond Rock vorbeisegelten, löste sich ein kleines Ruderboot mit einem Mann aus dem Schatten der Felswand.

»Das muß Mr. Hampdens Agent sein«, sagte der Commander. »Lassen Sie bitte backbrassen, Mr. Hope.«

Nachdem der Mann ungeschickt an Bord geklettert war, versenkten sie sein Ruderboot mit ein paar Axthieben und führten ihn in die Kajüte des Kapitäns.

Brisbane, Mr. Hope, O'Byrne, Raven und David warteten.

»Wie sollen wir Sie anreden, mein Herr?«

»Nur Jean bitte, mit Rücksicht auf meine Verwandten.« Sein Englisch war recht passabel.

»Also Jean, dann beginnen wir einmal mit dem Landeplatz. Muß man damit rechnen, daß dort Fischer anlegen?«

»Nein, Sir, die segeln dann nach Le Marin oder Le Diamant.«

»Und wie kommt man am besten von der Landestelle zur Straße?«

Jean zeigte es auf der Karte und folgte dabei auch zunächst dem Bachlauf. »Bis zur Straße sind es knapp zwei Kilometer durch Gestrüpp und Wald. Dann folgen wir fünf Kilometer der Straße, und haben dann noch einmal zwei Kilometer durch dichten Wald. Wir könnten hier auch einen Fahrweg benutzen, aber das sollten wir uns für den Rückweg aufheben, um nicht zu früh Spuren zu hinterlassen.«

Raven war vorsichtig: »Könnte es sein, daß nachts jemand die Straße entlangkommt, oder sind Behausungen an der Straße?«

»Da kommt nachts in drei Jahren nur einmal jemand lang und dann wahrscheinlich besoffen. Ein Haus gibt es erst hinter unserer Abbiegung.«

»Was wissen Sie vom Lager?«

»Ich habe es nie selbst gesehen. Sie lassen niemanden in die Nähe. Ich habe einen Wachtposten bei seinem Besuch in Le Marin mit Cognac gefüllt und ihn ausgehorcht. Die Hütten der Gefangenen sind von einem hohen Holzzaun mit scharfen Spitzen umgeben. Ein Ausgang liegt nach Norden. Dort ist auch das Haupthaus der Wache. Ein kleineres Haus befindet sich auf der Südseite. Nachts gehen immer zwei Mann von Haus zu Haus und zurück.«

»Was ist mit Hunden?«

»Ich habe nichts erfahren.«

Raven und O'Byrne sahen sich an. »Zwei Posten wären leicht auszuschalten, und die in den Häusern sitzen sowieso in der Falle.«

»Ich vergaß, daß vor jedem Haus auch eine Wache steht«, fiel Jean ein.«

»Vergessen Sie so wichtige Sachen nicht noch einmal, es könnte unsere Männer und auch Sie das Leben kosten.«

Sie fragten ihn noch aus, wie die Bewachung der Gefangenen am Tag sei, was er über die Disziplin und Bewaffnung der Wachen wisse, aber viel wußte er auch nicht. Es war wohl eine sehr zusammengewürfelte Truppe von gut dreißig Mann. »Wir werden sehen. Wir haben ja einen ganzen Tag Zeit. Wir werden es schon schaffen.« Raven nickte.

Sie waren den ganzen übrigen Tag mit den Soldaten und Seeleuten zusammen, informierten sie über Einzelheiten, erörterten, was sich am Lager ergeben könne, welche Handlungen vermieden werden müßten usw. Sie wußten, wer für die lautlose Ausschaltung von Posten geeignet war. Josuah und Jean sagten ihnen, wie französische Posten Fremde anriefen, was man an Grußformen und Redewendungen antworten könne, um für kurze Zeit zu täuschen. Sie waren alle guten Mutes.

Am Abend hatten sie zum letzten Mal Schiffskost erhalten. Jeder trug einen kleinen Beutel für die nächsten anderthalb Tage bei sich. Wasser mit Zitronensaft nahmen sie in kleinen Flaschen mit. Jeder hatte eine zusätzliche Waffe für einen Gefangenen. Sie schwärzten sich zum Vergnügen der Schiffsmannschaft ihre Gesichter mit Ruß, denn Leutnant Raven hatte eindringlich darauf bestanden, weil das weiße Gesicht leicht auffalle. Isaak lachte: »Nun seid ihr alle Nigger.«

»Wir landen mit zwei Kuttern. Einer bleibt mit dem Sicherungstrupp in der Bucht. Die Vorhut marschiert gleich mit Leutnant Raven los. Der Haupttrupp folgt mit mir in kurzem

Abstand. Mr. Winter kommandiert die Nachhut. Keiner darf Pulver auf der Pfanne einer Feuerwaffe haben. Ich möchte keinen Laut hören.«

Sie sprangen aus den Kuttern, kaum daß sie auf den Kiesstrand der kleinen Bucht aufgelaufen waren. David zählte seine sechs Leute, wartete, bis O'Byrne mit dem Haupttrupp im schwachen Licht des aufgehenden Mondes verschwunden war, und gab dann das Zeichen zum Abmarsch. Vor ihm gingen Bill und Isaak, und hinter ihm folgten die anderen vier. Der Marsch durch das Bachbett war mühsam, weil Steine und Stämme wild durcheinanderlagen und sie auf jeden Schritt achten mußten.

Dann wurde es leichter. David mahnte, keine Zweige abzubrechen. Hier und da hörten sie Wild im Gebüsch, aber die, die mit David hier schon einmal gefangen waren, beruhigten die anderen. Sie waren fast eine halbe Stunde gegangen, da sagte ihnen ein Posten vom Haupttrupp, daß sie die Landstraße erreicht hätten und daß sie an beiden Seiten marschieren sollten. Auch an der Abzweigung wies sie ein Posten ein und lief dann dem Haupttrupp nach.

Bis jetzt war alles lautlos geschehen. Nun wurde das noch wichtiger. David wies sie durch Gesten darauf hin. Nach einer weiteren halben Stunde wartete ein Soldat und flüsterte David zu: »Jetzt liegt das Lager dicht vor uns. Sie sollen mir langsam und leise folgen, Sir.«

Dann rochen sie Rauch und sahen bald danach rot flackerndes Licht durch die Büsche. Wieder wartete jemand. »Gehen Sie bitte hier etwas weiter nach vorn, Sir. Leutnant O'Byrne wartet auf Sie. Die Mannschaften ziehen sich mit mir weiter zurück.«

David schlich gebückt weiter, bis er die vierschrötige Gestalt O'Byrnes erkannte. Der winkte ihm, schlich nach vorn zum Waldrand und legte sich neben Raven, Josuah und Jean auf den Boden.

David schob sein Entermesser an die Seite, damit es sein Bein nicht beim Liegen drückte, und blickte angestrengt nach vorn. Ein Feuer brannte vor einem Blockhaus und erleuchtete auch einen Teil des Palisadenzaunes, der die Gefangenen einschloß. Vor dem Haus lungerte ein Posten herum, der ab und an Holz nachlegte. Er hielt eine Muskete lässig in der Hand und stellte sie an der Hauswand ab, wenn er sich mit dem Feuer beschäftigte. Jetzt schlenderte ein anderer Posten am Zaun entlang, wechselte ein paar Worte mit seinem Kameraden und wanderte weiter. Beide waren Farbige.

O'Byrne gab ein Zeichen, und sie krochen zurück.

David hatte etwas geschlafen und wurde am Morgen vom Zwitschern der Vögel wach. Überall reckten sich die Männer, die auf ein paar Zweigen schlecht gelegen hatten.

»Ich hätte schon gern einen heißen Haferbrei«, klagte William und biß abwechselnd in das Brot und das Käsestück, das sie mitgenommen hatten.

O'Byrne winkte zu David. David ging zu ihm. »Mr. Winter, wir schleichen uns jetzt wieder zum Ausguck und besprechen dann unsere Pläne für den Tag.«

Sie sahen, wie sich Soldaten vor dem Wachhaus in einem Zuber reinigten, wie Geschirr aus dem Haus gebracht und im Trog abgespült wurde. Vom Gefangenenlager konnten sie nur Geräusche hören, aber nichts sehen.

»Wir müssen jemanden auf einen Baum schicken«, tuschelte O'Byrne. Da traten unten die Wachsoldaten aus dem Haus und stellten sich in einer Reihe auf.

»Ich zähle zwölf farbige Soldaten und einen weißen Sergeanten. Wenn noch sechs Leute im Haus Pause nach der Nachtwache haben, müßten wir in diesem Haus mit etwa zwanzig Posten rechnen.«

O'Byrne nickte zu Davids Zählung.

Der Sergeant ging mit einem Posten zum Tor des Palisadenzaunes, öffnete es, läutete innen eine Glocke und brüllte Befehle. Bald darauf schob sich ein langer Zug Gefangener aus dem Zaun und wurde von den Posten eingesäumt.

»Sie marschieren zu fünft nebeneinander, und ich habe schon dreißig Reihen gezählt. Da haben wir aber eine Menge Leute zum Schiff zu bringen«, sagte O'Byrne leise.

Die Gefangenen sahen zum Teil sehr verwahrlost und hinfällig aus. Nur wenige waren noch gut genährt und sauber. Wahrscheinlich wurden diese erst kürzlich gefangen. Um den Zaun herum kamen noch acht Posten und schlossen sich dem Zug an.

»Ich habe jetzt hundertachtundachtzig gezählt, und wahrscheinlich sind noch ein paar Kranke im Lager.«

Der Zug trottete einen Weg entlang. Die Spitze entschwand hinter einer Baumgruppe ihren Blicken.

»Mr. Raven, folgen Sie dem Zug mit Mr. Winter und Jean hier unauffällig am Waldrand. Sobald Sie wissen, wo die Arbeitsstelle liegt, kommen Sie bitte allein zum Lager zurück.«

Sie mußten sich durch das Unterholz durchkämpfen und waren zerkratzt und verschwitzt, als sie den Arbeitsplatz erreichten. Er war etwa fünfhundert Meter vom Lager entfernt.

Ein Teil der Gefangenen mußte an einer Felswand Steinbrocken abschlagen und sie zerkleinern. Andere fuhren die Steine mit Schubkarren zum Damm, dessen Aufschüttung man einhundertfünfzig Meter weiter sah. Noch andere trugen einen kleinen Hügel ab und karrten den Sand zum Damm. Die Posten hatten sich in einigem Abstand zu den Arbeitenden paarweise hingesetzt. Sie waren nicht sehr wachsam, denn die Fluchtgefahr schätzten sie wahrscheinlich gering ein.

Raven berührte David und deutete an, daß er zum Lager zurückkehren werde. David nickte und beobachtete weiter.

Der Nachmittag verging quälend langsam. Kaum einer konnte schlafen. Einige hatten ihre Wasserflaschen schon ausgetrunken und bettelten sich nun bei Kameraden durch.

Eine halbe Stunde vor Sonnenuntergang war eine letzte kurze Besprechung bei O'Byrne. Raven hatte einen Gefangenen abgefangen, und der hatte den Sprecher der gefangenen Kapitäne zu ihm geschickt. Die Gefangenen würden sich schiffsweise zum Abmarsch bereithalten, immer in Dreierreihen, der schwächste in der Mitte, damit er sich bei den anderen stützen konnte. Sie schlichen auf ihre Posten.

Die Nacht brach schnell herein, und das letzte Warten begann. Die Posten saßen noch am Feuer vor ihrem Wachhaus, tranken Wein, aßen ihr Brot und scherzten. Sie waren fröhlich, aber nicht sehr diszipliniert. Allmählich gingen die ersten ins Haus, aber es dauerte noch fast eine Stunde, bis die letzten beiden die Wachtposten allein ließen. Ricardo und zwei Ranger schoben sich noch weiter nach vorn. Sie sollten Ravens Käuzchenschrei abwarten, ehe sie den Posten ausschalteten.

Da rief das Käuzchen. Der Posten hatte sich immer im Leuchtkreis des Feuers gehalten. Es gab keine Möglichkeit, ungesehen auf Griffweite an ihn heranzukommen. Der eine Ranger stieß Ricardo an, der griff nach seinem Messer und richtete sich auf. Als der Posten ihm die Brust zudrehte, schwirrte das Messer durch die Luft und traf den Posten am Ansatz der Luftröhre. Er ließ die Muskete fallen, griff gurgelnd mit beiden Händen an das Messer und taumelte. Schon war ein Ranger bei ihm, hielt ihm den Mund zu und stach ihm das Messer ins Herz.

Sie zogen den Posten schnell ins Dunkle. Ricardo setzte sein Käppi auf, streifte seinen Rock über, nahm die Muskete und ging zum Feuer. Kaum hatte er einen Ast nachgeworfen, da schlenderte der Posten von den Palisaden heran. Ricardo drehte sich halb ab und bückte sich nach Holz. Der andere rief ihm etwas zu, und Ricardo antwortete mit einem Lachen und einem unverständlichen Wort. Der andere hatte noch keinen Verdacht geschöpft, war vielleicht auch vom Feuer geblendet. Als er in Ricardos Reichweite war, schlug ihm dieser plötzlich den Musketenkolben über den Schädel. Lautlos sackte er zusammen.

Nun war Davids Trupp an der Reihe. Zwei standen an den Fenstern, die anderen stellten sich zu beiden Seiten der Tür auf. David öffnete sie und fühlte rechts und links von der Türöffnung nach Waffen. Da, an der rechten Seite war ein Gewehrständer. Isaak leuchtete, und David reichte die Musketen hinaus. Von den Schläfern hatte sich keiner gerührt.

»Habt ihr die Fesseln und Knebel bereit?« flüsterte David. Sie murmelten bestätigend. »Dann los!«

Sie traten durch die Tür, richteten die Musketen auf die Schläfer. David stieß den ersten an, bedrohte den Schlaftrunkenen mit der Pistole, legte ihm die Hand auf den Mund und ließ ihn fesseln und knebeln. Sie wiederholten das bei den nächsten drei.

»Das dauert zu lange«, sagte David und rief laut: »Attention! Rendrez vous!«

Die Posten schreckten empor, einer schrie vor Überraschung, aber ein Stoß mit der Muskete ließ ihn verstummen. Sie ließen sich widerstandslos fesseln und knebeln.

»William und der Kanadier bleiben als Wache hier.«

Die anderen liefen mit David vor das Haus. Zweimal schrie das Käuzchen. »Sie haben drüben auch alle überwältigt. Kommt mit zum Lagertor.«

O'Byrne stand bereit. »Die Offiziere und acht Ranger gehen mit mir hinein. Ihr anderen stellt euch vor dem Tor auf. Die Vorhut geht auf diese Seite. Bevor ich Befehl gebe, darf niemand das Lager verlassen!«

Drinnen standen die Gefangenen in Dreierreihen bereit. Sie winkten und lachten ihnen zu, gaben aber befehlsgemäß keinen Laut von sich. Es kam David gespenstisch vor.

O'Byrne rief zwei Seeleute vor dem Tor an. »Bringt Licht rein.« Dann sprach er laut und deutlich. »Landsleute! Ich bin Leutnant O'Byrne von Seiner Majestät Schiff *Anson*. Wir bringen Sie sofort zu unseren Schiffen. Damit alles klappt, muß strikte Disziplin herrschen. Ich habe den Befehl von Vizeadmiral Young, daß alle befreiten Gefangenen ab sofort den Artikeln Seiner Majestät Flotte unterworfen sind. Die Befehle der Offiziere, die hier neben mir stehen, sind augenblicklich zu befolgen. Wir könnten sonst alle getötet werden. Ich bitte die Kapitäne zu mir.«

»Du kannst mich mit deiner Flotte am Arsch lecken, du Großmaul. Ich mache, was ich will, und zuerst will ich saufen und dem Kommandanten in die Fresse hauen.« Ein grobschlächtiger, bulliger Kerl hatte es herausgeschrien, und zwei Seeleute traten mit ihm vor.

Die Ranger hoben ihre Rifles.

O'Byrne winkte ab. »Zurück ins Glied!« herrschte er den

Aufrührer an. Der lachte nur dröhnend. Blitzschnell trat O'Byrne zwei Schritt vor, schlug ihm krachend die Faust an den Schädel, fing den Zusammenbrechenden auf, hob ihn hoch und warf ihn auf seine beiden Kumpane, die unter der Wucht zu Boden stürzten.

Die Masse der Gefangenen raunte. Es klang nach Bewunderung. O'Byrne befahl: »Fesselt den Kerlen die Hände und nehmt sie in der Hauptgruppe an den Strick. Wenn sie noch einmal Widerstand versuchen, stecht sie nieder. Das ist ein Befehl! Darf ich nun die Kapitäne bitten.« Sechzehn Männer traten zu ihm.

»Meine Herren. Wir müssen sofort abmarschieren. Welche Besatzung kann ihre Kranken nicht selbst tragen? Wir haben Tragen vorbereitet.«

Zwei Kapitäne meldeten drei Schwerkranke über die Zahl hinaus, die sie selbst tragen konnten.

O'Byrne rief sechs Seeleute mit Tragen heran, die mit den Kapitänen zu den Besatzungen gehen sollten. »Meine Herren. Sie gehen vor Ihren Besatzungen oder in der ersten Dreierreihe. Bestimmen Sie von jedem Schiff die beiden besten Musketenschützen, die am Tor von uns Waffen empfangen werden. Geschossen wird nur auf Befehl. Andere können noch Entermesser erhalten. Wir haben gut zehn Kilometer zu marschieren. Wenn ich rufe, geht die erste Besatzung zum Tor. Die nächsten folgen auf Abruf. Viel Glück uns allen.«

Ein älterer Kapitän sagte mit bebender Stimme leise: »Danke schon jetzt Ihnen und Ihren Männern.« Die anderen nickten und gingen zu ihren Leuten.

David fand, daß O'Byrne seine Sache großartig machte. Daß er gewaltige Kräfte hatte, wußten alle auf der *Anson*. Hier hatte er sie blitzschnell eingesetzt und sich Respekt verschafft. Und schneller und reibungsloser konnte man eine Masse eben Befreiter nicht in Marsch setzen. Sie zogen durch das Tor, empfingen Waffen und marschierten davon.

Raven hatte mit fünf Rangern die Spitze übernommen. Dann ließ O'Byrne eine kleine Lücke und bestimmte fünf Seeleute von der *Anson*, die Hauptgruppe anzuführen. Noch einmal fünf gingen in der Mitte, und dann machte sich O'Byrne mit weiteren fünf Seeleuten und den drei Gefesselten auf den Weg.

David hatte mit seinen Leuten die letzten Waffen zu verteilen und den Marsch der letzten Gruppe zu organisieren. Die vier Ranger der Nachhut sollten noch einmal alle Fesseln und Knebel überprüfen und dann nach einer halben Stunde folgen.

»Wenn ihr Schießen hört, kommt ihr natürlich früher gerannt. Wer hat die Taue, falls wir sie beim Abstieg brauchen?«

Bill meldete sich. David folgte mit seinen Leuten den Gefangenen, die schweigend vorbeimarschiert waren.

Es lief alles nach Plan. David ging mit William mehrmals schnell an der Kolonne nach vorn, aber außer dem Keuchen und Stöhnen einiger Kranker und Verletzter gab es keine Auffälligkeiten. David flüsterte den Gruppen Mut zu. »Bald haben wir die Straße erreicht, dann wird es etwas leichter. Im Morgengrauen seid ihr schon auf See.« Die Spitze der Nachhut war schon in die Straße eingebogen. David sah die Marschierer zehn Meter vor sich einschwenken.

William stieß ihn an. »Reiter!« Er deutete mit der Hand in Richtung Le Marin.

Tatsächlich! Hufgetrappel.

»William, Bill, Kanadier, kommt schnell!«

David rannte voraus zur Straße und lief dem Getrappel entgegen. Das waren nur ein oder zwei Pferde. »Bill und der Kanadier auf diese Seite. William zu mir hierher. Jede Truppe sticht den Reiter vom Pferde, der ihr am nächsten ist. Erst schießen, wenn einer zu entkommen droht.«

Das Getrappel näherte sich. Lachende Stimmen waren zu hören. Einer trällerte einmal ein paar Takte. Das sind die beiden Offiziere, die am Abend nicht in das Lager zurückgekehrt waren, dachte David. Verdammt! Hätten die nicht noch eine Stunde später kommen können? Jetzt sah man die beiden Schatten. David hatte sein Entermesser gezogen und duckte sich am Straßenrand. Los! Er gab William ein Zeichen, sprang voran und rannte dem Reiter das Entermesser in den Leib. Das Pferd bäumte sich auf, aber sie konnten es halten.

Aber auf der anderen Seite wieherte das Pferd laut auf, der Reiter schrie, riß sein Pferd hoch. Ein Körper fiel zur Seite. Das Pferd wurde herumgerissen.

»Schießt!« rief David, hob seine Pistole und feuerte. Das Pferd galoppierte weg, zwei weitere Schüsse krachten. Schwankte der Reiter? Er war außer Sicht.

David kämpfte mühsam die Panik nieder, die ihn zu überfallen drohte. »Weitermarschieren! Voraus!« brüllte er die Gefangenen an, die stehengeblieben waren und zu ihm herüberstarrten. »William, schleif den Kerl ins Dickicht! Lebt er noch?«

»Nur noch Minuten.«

»Kanadier, was ist passiert?«

»Als Bill zustieß, ist das Pferd hochgeschreckt, und er hat ihm in die Seite gestochen. Das Vieh hat Bill umgeworfen, und der Reiter ist davon. Vielleicht haben wir ihn verwundet.«

»Was ist mit Bill?«

»Er rappelt sich gerade hoch und sortiert seine Knochen. Er ist in Ordnung.«

»Kanadier, du kannst reiten. Nimm dir das Pferd und reite nach vorn zu Leutnant O'Byrne. Sag ihm, daß wir überrascht wurden und daß ein Reiter wahrscheinlich in Le Marin Hilfe holt. Die können aber kaum vor einer Stunde hier sein. Bring uns noch Taue mit. Wir wollen sie über die Straße spannen. Wenn die Reiter zu schnell reiten, fliegen sie aufs Maul. Ruf die Parole, wenn du an der Kolonne vorbeireitest. Sag dem Leutnant, wir marschieren, so schnell es geht.«

Bill und William zogen ein Tau zwischen zwei Bäumen stramm, so daß es in etwa einem Meter Höhe die Straße quer überspannte. David sah nach dem Reiter, der im Koma lag. Er nahm ihm Pistole und Säbel ab. Dann hasteten sie hinter der Kolonne her.

»Schneller, Leute! Wir sind entdeckt. In einer Stunde kann Verstärkung hier sein. Dann müssen wir schon auf dem Weg zu den Booten sein.« Er gab einem Kapitän Pistole und Säbel und lud seine eigene Waffe nach.

Die Gefangenen quälten sich angstgetrieben vorwärts. Als

sie einen Kilometer geschafft hatten, holten die vier Ranger sie ein.

»Was ist passiert?«

David berichtete kurz und befahl: »Bleibt fünfzig Meter zurück und schießt gut, wenn ihr sie seht. Wir spannen hier wieder ein Tau über die Straße.«

Die Ranger blieben zurück. Weiter ging der Marsch.

Der Kanadier kehrte ohne Pferd zurück. »Der Leutnant hat das Pferd behalten und ist zur Spitze geritten. Er läßt fünf gute Schützen für uns zurück. Wir sollen die Verfolger so lange wie möglich aufhalten.«

»Das werden wir schon versuchen. Hast du noch Taue?«

»Ja, Sir, zwei Stück.«

»Bill und William, noch hundert Meter, dann bringt ihr wieder eins an.«

Von vorn kam Hufgetrappel. Es war O'Byrne. »Noch einen Kilometer auf der Straße. Wie viele Schützen haben Sie jetzt am Ende der Kolonne?«

»Vier Ranger und neun Seeleute, Sir.«

»Das sollte sie eine Weile aufhalten.«

»Sie wissen ja auch gar nicht, was los ist, Sir. Sie werden an Schmuggler glauben und vielleicht nur eine kleine Patrouille schicken, wenn wir nicht sogar den Reiter tödlich getroffen haben.«

»Hoffentlich«, sagte O'Byrne und ritt davon.

Gerade dachte David, daß sie nicht mehr kämen, da hörten sie in der Ferne Hufgetrappel. »Los! Das letzte Seil.« Diesmal waren es mehr Pferde. Aber sie ritten verhalten. »William und der Kanadier, bleibt am Ende der Kolonne und treibt sie an. Die anderen bei mir rechts und links von der Straße postieren. Geschossen wird nur auf meinen Befehl! Nach dem Schießen rennen wir schnell am Rand der Straße zurück, bis ich wieder Befehl gebe.«

Sie hockten am Straßenrand und hielten die Gewehre bereit. Jetzt waren die Reiter als dunkler Block zu erkennen. Zehn bis fünfzehn Mann. Nun mußten sie bald auf das erste Seil treffen.

Da! Pferde wieherten. Reiter schrien. Sie hielten an und hackten mit Säbeln auf das Seil.

»Zielen! Feuer! Zurück!« David sah im Davonlaufen Reiter purzeln und Pferde durchgehen. Stimmen brüllten Befehle. David keuchte. Da vorn war das Ende der Kolonne. Sie bogen schon ab auf den Pfad zum Meer. »Halt! Nachladen. Bereithalten.«

Sie warteten, aber kein Getrappel erscholl.

»Sie kommen zu Fuß!« rief einer der Ranger.

»Zweiergruppen bilden! Wer ein Ziel hat, schießt und läuft dann zehn Meter zurück und deckt seinen Kameraden. Wir sind gleich am Pfad.«

David hatte kaum ausgesprochen, da schoß einer und huschte zurück. Die Verfolger feuerten auch, aber die Kugeln prasselten durch die Zweige. Jetzt schossen mehrere von Davids Leuten und huschten zurück. Er wartete noch eine Weile, aber für seine Pistole bot sich kein Ziel.

»Wer jetzt noch hier ist, läuft mit mir im Schatten zwanzig Meter zurück. Los!« Sie huschten an den anderen vorbei und hockten sich wieder hin. David sah nach hinten. Dort, zwanzig Meter weiter winkte einer. Dort war der Pfad! Vorne krachten Schüsse. Wieder liefen drei Schützen vorbei. Noch zwei waren vor ihm. Er starrte voraus. Die Verfolger waren vierzig Meter zurück und kaum zu erkennen.

»Langsam zurückziehen bis zum Pfad!«

William empfing sie und flüsterte: »Die Gefangenen sind erst zwanzig Meter voraus. Der Zug staut sich, weil der Pfad enger wird.«

»Durchsagen! Rechts und links vom Pfad hinhocken! Schießt erst, wenn ihr ein Ziel habt. Wir müssen sie hier aufhalten. Es können ja nicht mehr als zehn Mann sein. Schickt den ältesten Ranger zu mir!« Der Mann kroch auf David zu. »Such auf den nächsten zweihundert Metern einen Platz, an dem wir sie länger aufhalten können. Komm dann wieder her.«

Die Minuten vergingen. Der Ranger kam zurück. »Hundertfünfzig Meter tiefer blockieren Stämme und Äste eine Seite des Bachlaufes. Zwanzig Meter dahinter gibt eine eine natürliche Brustwehr aus Felsen. Der Platz kann nicht umgangen werden.«

»Gut! Nimm fünf Seeleute und besetzt die Stellung. Wenn ihr dort seid, pfeift laut. Wir kommen dann. Aber schießt nicht auf uns.«

Der Trupp war noch nicht lange weg, da krachten unter ihnen am Bachlauf Schüsse.

»Kommt zurück! Sie versuchen, euch zu umgehen!« Das war die Stimme des Rangers.

David rief: »Paarweise absetzen wie vorhin! Achtet auf die Seite.«

Die ersten huschten zurück. Jetzt zeigten sich auch bei ihnen die Verfolger. Sie schossen und liefen zurück. Am Bachbett krachten wieder Schüsse. Verdammt! Wer steckte wo?

David stolperte in der Dunkelheit, stöhnte auf und humpelte, bis der Schmerz nachließ. »Ist keiner mehr hinter mir?« Niemand antwortete. »Los! Weiter runter.«

Vorn hörte man den Ranger: »Hier sind wir!« Dem Klang nach waren es noch fünfzig Meter. Von der Straße waren die Verfolger in den Pfad eingedrungen, wie man am Krachen der Äste hörte. Da waren dunkle Schatten. David huschte weiter zurück. Da hockte der Kanadier mit angelegter Muskete. »Schieß und komm!« Der Schuß krachte, aber auch die Verfolger schossen. Der Kanadier schrie. David sah sich um. Er lag da und umklammerte seinen Oberschenkel. »Laufen Sie. Ich kann nicht mehr!«

David zuckte es durch den Kopf. Er war auf einmal wieder am Lake Champlain und hörte am Bachlauf die heisere Stimme des tödlich verwundeten Jean, der ihn zur Flucht aufforderte. Er war damals gerannt, und sein Gewissen hatte ihn gequält.

Nein! Wut und Jähzorn kochten in ihm hoch. Er riß sein Entermesser aus der Scheide und brüllte: »Angriff! Kompanie mir nach! En avant! Hurra!« Er schoß seine Pistole auf die Schatten ab, die davonrannten. Von hinten klangen Stimmen auf. David kam wieder zu sich und hielt an. Keuchend stierte er nach vorn.

»Mr. Winter«, rief der Kanadier, »kommen Sie schnell!«

David rannte zurück. William war schon da.

»Wir tragen ihn runter«, sagte David keuchend.

Sie faßten den Kanadier an Armen und Beinen und schleppten ihn stolpernd und keuchend zurück. Neben dem Pfad kauerten zwei Ranger und feuerten zur Seite. »Gleich seid ihr da.«

»Hierher!« schallten Stimmen. Hinter den Felsen winkten Kameraden. Jetzt tauchten auch die beiden letzten auf. David sah sich um. Die Stellung war gut. Die hochragenden Felsen konnten nur schwer umgangen werden. Der Pfad war durch Bäume und Äste verengt. Hier konnten sie eine Kompanie aufhalten.

»Verbindet den Kanadier. Bill und William tragen ihn dann nach unten.«

Die Verfolger hielten sich zurück. David hatte sich Bills Muskete geben lassen und kauerte hinter dem Felsen. Es wurde langsam heller. Hinter David rollten Steine. Er fuhr herum. Waren sie wieder umgangen worden? Nein! Leutnant Raven schlich mit den anderen Rangern herbei.

»Mr. Winter, das Geschäft überlassen Sie besser uns. Sie möchten beim Einbooten helfen. Wie ist die Lage hier?«

David berichtete, und Raven sagte gelassen: »Das schaffen wir. Lassen Sie sich Zeit.« Er wies seine Leute ein und stellte zwei Wachen nach hinten ab. »Sicher ist sicher!« Er zwinkerte David zu.

David stieg mit den letzten Seeleuten abwärts. Als er den Gefangenentrupp einholte, beruhigte er sie. »Keine Sorge. Wir haben sie aufgehalten. Ihr habt Zeit.« Sie überholten den Trupp und sahen an einer freieren Stelle, wie Boote über die etwas hellere See zu den großen dunklen Schatten vor dem Ufer krochen. »Die Schiffe sind da. Sie booten schon ein.« Unterdrücktes Schluchzen neben ihm. Ein älterer Seemann wischte sich die Tränen ab. »Ich hatte mein Leben schon aufgegeben.«

Am Rande des Pfades standen hier und da wieder Seeleute der *Anson* mit ihren Musketen. Am Landeplatz kommandierte O'Byrne die Gefangenen in die Boote, die eines nach dem anderen anlegten.

»Ach, Mr. Winter. Ist alles gesichert? Gut, dann kann ich zur *Anson* und Bericht erstatten. Sie besetzen den letzten Kutter nur mit den Rangern und unseren Musketenträgern. Der Kutter hat auch ein Vierpfünderbuggeschütz. Damit können Sie Verfolger in Schach halten.«

Die Einbootung machte keine Schwierigkeiten. Die befreiten Seeleute wußten, was zu tun war, und hoben die Kranken vorsichtig in die Kutter. Ein Bootsmannsmaat pfiff laut auf seiner Pfeife. »Signal für die Ranger, Sir.« Ein Winkzeichen holte den letzten Kutter ans Ufer. Ein Trupp von ihnen bootete schon ein und hielt die Musketen bereit. Der Bug mit dem Geschütz ragte zum Ufer.

Da sprangen die Ranger den Pfad herunter.

»Hier! Einsteigen!« rief David lachend.

Raven, der als letzter kam, klopfte ihm auf die Schulter. »Die lassen sich nicht mehr sehen. Wir können losfahren.«

David schob mit den letzten Seeleuten den Kutter tiefer ins Wasser, sprang mit ihnen über den Dollbord und befahl das Ablegen.

Sie waren schon hundert Meter vom Ufer weg, als die ersten Verfolger sich ans Ufer wagten und ihnen ein paar nutzlose Kugeln nachsandten. David sah nach vorn, wo die *Anson* in der Morgendämmerung groß und vertrauenerweckend emporwuchs. Er atmete tief und glücklich.

Am dritten Tag standen Befreier und Befreite auf dem Vordeck der *Anson* und blickten voraus, wo Barbados langsam über der Kimm auftauchte. Die Befreier hatten bis zur Ankunft dienstfrei, und die Befreiten hatten sich fast alle von den Entbehrungen erholt. Im Schiffslazarett waren neben einigen Kranken und dem Kanadier mit seinem Oberschenkeldurchschuß die drei Aufrührer. Sie hatten am Vortag ihre Prügelstrafe vor der gesamten Mannschaft erhalten: der Wortführer zwei Dutzend Hiebe, die beiden anderen je ein Dutzend Hiebe mit der neunschwänzigen Katze. Die Offiziere hofften, daß die Strafe, die angetretenen Seesoldaten, der Trommelwirbel, kurz der düstere Pomp des Strafrituals diejenigen genügend beeindrucken würde, die künftig in der Flotte dienen sollten.

David sah voraus, wo er schon den kleinen verborgenen Strand sehen konnte, wo er mit Diane gelegen hatte. In der Gefahr hatte der Gedanke an die leidenschaftlichen Begegnungen mit Diane ihn nicht beschäftigt, aber seit sie ihr entgegensegelten, konnte er kaum an etwas anderes denken. Wie konnte er es bloß einrichten, mit ihr zusammenzusein? Landgang auch über Nacht stand ihm zu, aber wo sollten sie sich treffen?

Die *Anson* näherte sich der Carlisle Bay. Von den dort ankernden Schiffen starrten ihnen die Teleskope entgegen. Dann hatte man die Massen der Befreiten erkannt. Hurrageschrei flackerte auf und wuchs zur Brandung, als sie sich näherten. Der Salut dröhnte. Auf den Schiffen stiegen die Seeleute in die Rahen, winkten und schrien. Was für ein triumphaler Empfang! Vielen der Befreiten liefen Tränen über die Wangen, und auch David schämte sich seiner feuchten Augen nicht. Alles hätte auch ganz anders ausgehen können.

Brisbane rief die Offiziere zusammen, als er vom Admiral zurückkehrte. »Der Admiral will morgen die *Anson* besichtigen, um allen Teilnehmern am Handstreich seine Anerkennung auszusprechen. Heute haben wir die Befreiten auszubooten und Wasser und Proviant aufzufüllen. Wir müssen heute in vier Tagen wieder auslaufen. Starke Kaperverbände sind östlich von Barbados gesichtet worden. Landgang ist morgen nach der Besichtigung.«

»Sir, erhalten wir auch Seeleute von den Befreiten?«

»Ja, Mr. Bates, aber noch nicht sofort, fürchte ich. Sie werden erst auf den beiden Transporten untergebracht, ärztlich untersucht und nach ihren Fähigkeiten sortiert. Aber der Admiral weiß, daß wir schnell Leute brauchen.«

David war enttäuscht, daß er heute noch nicht von Bord kam. Eine freudige Überraschung war dagegen, daß Post an Bord kam. Drei Briefe aus Portsmouth und einer aus Kuba. David stutzte und untersuchte den Umschlag. De Alvarez! Die Familie seines Freundes Fernando, der bei seinem Angriff getötet wurde. David schnürte es die Brust zusammen. Jetzt war das Schuldgefühl wieder da. Hastig öffnete er den Umschlag. Nein, keine Vorwürfe! Sie dankten ihm, daß er Fernando bestattet und ihnen geschrieben habe. Sie hätten das Grab durch einen Priester weihen lassen und eine kleine Kapelle errichtet. Sie hätten ihren Besitz verkauft und seien zu einem Sohn nach Kuba gezogen. In den amerikanischen Kolonien könnten sie nicht mehr auf Frieden hoffen.

David ließ den Brief sinken. Sie hofften also nicht mehr auf Frieden. Tat er es denn? Was könnte er im Frieden anfangen? Mit Diane konnte er nicht leben. Das Testament würde sie von der Plantage vertreiben. David sagte sich, daß er keine Frau ernähren könne. Er hatte den Gedanken, verheiratet zu sein, auch noch nie erwogen. In seinem Alter? Bei seinem Beruf? Er schüttelte den Kopf. Bei Diane zu sein, war wunderschön, aber weiter hatte er noch nicht gedacht und schob es auch jetzt von sich.

Er sah wieder auf den Brief. Isabella de Alvarez ließ ihn herzlich grüßen und ihm für alles danken, was er für ihren Bruder getan hatte. David dachte: Wie gut, daß ich sie nicht wiedersehen werde. Wie sollte ich ihr in die Augen schauen und an die Mitschuld beim Tod ihres Bruders denken?

Die Briefe aus Portsmouth zeigten ihm den Frieden, den er hier in Amerika nicht mehr kannte. Da war er wieder in Gedanken in der kleinen Welt mit ihren kleinen Sorgen, mit ihren Freuden, mit all den Alltäglichkeiten, die aus den Briefen herauspurzelten. Da wachten sie in seiner Erinnerung auf: seine Cousine und sein Cousin, seine früheren Schulkameraden, die Bekannten von Onkel und Tante, Ajax, der Schäferhund, der alt wurde, John, der Hausdiener, die Mädchen und Onkel und Tante selbst. Die Tante schrieb, er möge sich von schlechten Frauen fernhalten. Ob Diane ihren Beifall finden würde?

»David Winter«, rief eine Stimme vom Niedergang. »David«, der junge Hugh Cole sah durch den Vorhang, »sieh einmal, was ich habe.« Und er hielt etwas hinter seinen Rücken.

»Gib schon her, du Quälgeist.«

»Erst raten!«

»Habe ich was verloren?«

»Nein.«

David wurde ungeduldig. »Gib jetzt her oder ich klopf dir dein Hinterteil weich!«

»Du bist ein langweiliger Spielverderber! Es ist ein Brief.« Er warf ihn auf den Tisch.

David griff ihn sich. Kein Brief von der königlichen Post. Er öffnete ihn. »Lieber David! Sie würden uns eine große Freude bereiten, wenn Sie morgen nachmittag zum Tee zu uns kämen und bei uns übernachteten, um uns von Ihren Erlebnissen zu erzählen. Ihre Judith und Paul Foster.«

David sprang auf und rief vor Freude laut Hurra. Hugh steckte den Kopf wieder durch den Vorhang: »Bist du übergeschnappt?«

»Du Dreikäsehoch würdest das doch nicht verstehen.«

»Seit du ein sogenannter Held bist, bist du unausstehlich.«

David griff einen Lappen vom Tisch und warf ihn nach Hugh. Keine Chance. Der war längst weg. David konnte jetzt nicht seinen Brief nach Portsmouth abschließen. Er mußte an Deck und nach Barbados schauen.

»Mr. Winter, die Dienstbefreiung galt nur bis zum Einlaufen. Jetzt haben Sie wieder normalen Dienst, und wenn morgen in Ihrer Division etwas nicht stimmt, dann können Sie den Landgang vergessen.«

Bates wird auch immer strenger, dachte David, sagte aber mechanisch: »Aye, aye, Sir!« und machte sich an die Arbeit.

Während der Inspektion durch den Admiral war außer dem Knarren der Planken, dem Quietschen der Takelage und einem gelegentlichen Gegacker ihres Hühnervolks nichts zu hören.

»Ein gutes Schiff, Commodore Brisbane, ein sauberes und effektives Schiff. Mein Kompliment!«

»Ergebensten Dank, Sir.«

»Bitte lassen Sie die Männer vortreten, die auf Martinique waren.«

Brisbane gab die Befehle, und da standen sie nun, die Soldaten und die Seeleute, die vor wenigen Tagen noch in Feindesland waren, ein wenig stolz, ein wenig unsicher.

»Meine Herren Offiziere, Seeleute und Soldaten! Sie haben ein herausragendes Beispiel britischen Mutes und Unternehmungsgeistes gegeben. Ihnen verdanken zweihundert Landsleute die Befreiung aus erniedrigender Gefangenschaft. Ich habe Seiner Majestät von Ihrer Tat berichtet und bin überzeugt, Seine Majestät werden auf Sie nicht weniger stolz sein als ich. Jeder Seemann und Soldat erhält eine Guinea für die Tat. Die Herren Offiziere kann ich nicht befördern, weil wir uns mit Frankreich noch nicht im Krieg befinden, aber ich habe den Lords der Admiralität und dem Gouverneur geschrieben, wie sehr sie eine Anerkennung verdienen. Für unsere tapferen Seeleute und Soldaten hipp, hipp …«

»Hurra!« dröhnte es zurück.

O'Byrne und David sahen sich an, und sie merkten, daß sie stolz auf ihre Tat waren.

David sehnte die Teezeit herbei. Er hatte seine beste Uniform an, frische Unterwäsche natürlich auch, und sein Übernachtungsgepäck in einem kleinen Lederbeutel. Nur eine Nacht! Er ließ sich an Land bringen und rief nach einer Mietkutsche.

Das Herrenhaus schimmerte durch die Bäume. Das Rollen der Räder lockte die Fosters aus dem Haus, und bei ihnen war Diane. David wurde der Mund trocken vor Erregung. Wie sollte er sich jetzt bloß beherrschen? Er wollte sie doch an sich reißen und küssen. Er sprang von der Kutsche. Judith öffnete die Arme, zog David an sich, küßte seine Wangen und flüsterte. »Was ich tue, darf Diane auch.«

Diane trat zu ihm. Ihre Augen schimmerten feucht, aber sie strahlte. Er stürzte in ihre Arme. Während sie die Wangenküsse tauschten, flüsterte sie: »Daß du nur wieder da bist.«

Paul räusperte sich. »Was hat ein kleiner Zivilist neben den Helden von Armee und Flotte noch zu melden?«

David mußte lächeln und streckte ihm die Hand entgegen. »Sie trösten doch die Damen, während wir durch Dreck und Staub kriechen und uns herumschlagen. Wollen Sie wirklich tauschen?«

»Wenn ich sicher wäre, so heimzukehren wie Sie jetzt, dann schon.«

»Alles kann man nicht haben, Paul. Jetzt wollen wir aber auf die Terrasse gehen und unseren Tee trinken«, schlug Judith vor. David konnte kaum vom Gebäck knabbern, soviel mußte er erzählen.

»Wie gut, daß wir nicht wußten, was Sie erwartete, David. Wir wären gestorben vor Angst«, sagte Diane und war blaß.

Paul sagte: »Sie hatten doch nur die Wahl zwischen Erfolg oder Tod. Die Franzosen hätten sie doch nicht gefangengenommen.«

»Nein. Man hatte uns gesagt, daß sie uns wohl als Spione erschießen würden. Darum durften wir nur Freiwillige mitnehmen.«

»Sie haben sich dafür freiwillig gemeldet?« fragte Diane mit leiser Stimme.

»Ja, aber als Offizier hatte ich kaum eine Wahl. Der Franzose, der uns beim letzten Mal befreit hatte, wollte ohne mich nicht mitgehen.«

»Und Sie sind noch einmal mitgegangen?« Diane konnte es nicht fassen.

Die Fosters lenkten die Unterhaltung in andere Bahnen und regten schließlich einen kleinen Spaziergang an. Sie schlenderten auf dem Weg zum Pavillon dahin und sprachen über belanglose Dinge.

»Mir reicht es jetzt, Paul«, sagte Judith. »Bring mich bitte heim. Die jungen Leute hier können ja noch ein paar Schritte gehen. Sie werden den Weg zurück schon alleine finden.«

Diane ging ein Weilchen stumm neben David. »Wenn du mich liebtest, hättest du das nicht tun können. Wenn man jemanden liebt, setzt man sein Leben nicht so aufs Spiel, weil man ahnt, wie sehr der andere leiden würde.«

»Du tust mir Unrecht, Diane. So muß ich leben, so muß ich handeln. Ich bin im Dienst des Königs. Ich darf die Befreiung von zweihundert Menschen nicht aufs Spiel setzen, weil ich liebe. Sie alle haben jemanden, der sie liebt.«

»Soll ich mein Glück für andere opfern? Es gibt doch immer Kummer und Leid, das wir nicht ändern können.«

»Aber, Diane, hier konnten wir doch etwas ändern und haben es getan. Was würdest du sagen, wenn dich oder mich jemand befreien könnte und würde es nicht tun, weil er seiner Liebsten Leid ersparen will?«

Sie antwortete nicht, und sie stiegen schweigend die Stufen zum Pavillon hinauf. »David, was ist das für eine grausame Welt. Komm, ich muß dich jetzt jedesmal lieben, als wenn es das letzte Mal wäre.«

Und sie gab sich ihm mit einer Leidenschaft hin, die keine Vorbehalte oder Grenzen mehr kannte. Er spürte, das war ein Aufgehen ineinander, und er erstickte sie fast mit seinen Küssen. Sie vereinigten sich, als ob sie gemeinsam sterben müßten, endgültig!

Als sie erschöpft und nach Atem ringend die Stirnen aneinanderlehnten, sagte David: »Wie soll ich die Nacht ohne dich verbringen?«

»Das brauchst du nicht. Ich schlafe bei den Fosters, und du kannst zu mir kommen.«

David zog sie an sich.

Sie tranken am Abend Champagner, der Davids Sprache beflügelte. Jetzt lachten sie, als er erzählte, wie sie mit schwarz bemalten Gesichtern durch das Gestrüpp gekrochen seien. Diane zuckte mitunter etwas zusammen. Paul wollte wissen, ob es nicht diplomatische Verwicklungen mit Frankreich geben werde. David konnte nur wiederholen, was der Commodore vom Gespräch mit Mr. Hampden berichtet hatte. »Die Franzosen werden offiziell gar nichts sagen, weil die Isolierung der durch Kolonisten gefangenen Briten völkerrechtswidrig war und von ihnen nie zugegeben wurde. Und inoffiziell sind wir vom Krieg nicht weit entfernt. Die Admiralität rechnet täglich mit der Kriegserklärung.«

Als David kurz vor Mitternacht in Dianes Zimmer schlich, wartete sie sehnsüchtig auf ihn. Sie warf sich in seine Arme.

»David. Wenn nun Frankreich in den Krieg eintritt, bist du in noch größerer Gefahr. Du darfst nicht sterben! Ich muß wissen, daß du lebst, auch wenn du nicht bei mir bist.«

»Deine Liebe wird mich beschützen.« Er zog sie fester an sich, und sie vereinten sich im Rausch der Leidenschaft.

David zögerte seine Erfüllung hinaus und bewegte seinen Unterkörper langsamer.

»Komm, o komm doch!« rief sie und krallte ihre Fingernägel in seine Schulter. »O du Schuft«, stöhnte sie, und er konnte sich nicht mehr zurückhalten und stieß mit aller Kraft zu, schnell, noch schneller. Ihre Beine umschlangen ihn, und sie fanden gemeinsam ihre Erfüllung.

»Warum hast du mich Schuft genannt?« wollte er wissen, als sie nebeneinander lagen und das Abklingen der Leidenschaft durch ihre Körper ziehen ließen.

»Weil ich dachte, daß du mit mir spielst.«

»Wie könnte ich mit dir spielen?«

»David, als Frau reize ich doch auch spielerisch deine Leidenschaft, aber sobald du in mir bist, sind meine Chancen als Frau vorbei. Dann will ich dich nur immer tiefer und heftiger in mir spüren. Und wenn du dich etwas entziehst, könnte ich rasen vor Leidenschaft.«

»Ich habe es nicht bewußt getan.«

»Das weiß ich, David. Die Frauen, die du nach mir haben wirst, werden mich verfluchen, denn nun wirst du dieses und anderes bewußt tun. Du kannst den Körper einer anderen Frau nicht mehr mit der Neugier und Freude entdecken, mit der du meinen entdeckt hast. Ich habe in meiner Erinnerung etwas, was keine andere Frau mir nehmen kann.«

»Ich hatte vorher nur ein kurzes, schönes Abenteuer, aber du bist die erste Frau, mit er ich die Liebe erlebe.«

»Du bist auch der erste Mann, mit dem ich sie erlebe. Schau nicht so erstaunt. Ja, ich war verheiratet. Ich wurde mit achtzehn Jahren zur Ehe gezwungen, weil meinem Vater mit seinem Geschäft in Bridgetown der Bankrott drohte. Mein Mann hat mich gegen die Zahlung der Schulden getauscht. Er war kein guter Mann, war oft betrunken, ging zu Huren und holte sich Sklavinnen ins Haus. Ich mußte ihm zu Willen sein, aber ich war nie in Liebe mit ihm vereint. Das war ich nur mit dir, und ich werde dieses Glück bis ans Ende meiner Tage in mir bewahren.«

Sie liebten sich noch einmal, behutsam und zärtlich und unendlich beglückend. Sie schliefen in der Umarmung ein und spürten noch im Schlaf die Liebe des anderen. Als der Morgen anbrach, löste er sich leise aus ihren Armen. Sie streichelte ihn schlaftrunken, und er küßte sie leicht und zärtlich.

Paul und Judith waren eher am Frühstückstisch als David. Diane war noch nicht da. Judith sah David in die Augen. »Lieben Sie Diane innig und ohne Falsch?«

»Ja, wie ich noch nie geliebt habe. Ich glaube nicht, daß ich noch einmal so lieben kann.«

»Ich hoffe, daß Sie es doch können, denn Sie wissen, daß Ihre Liebe mit Diane keine Zukunft hat?«

David nickte.

»Aber sie ist ein so guter und lieber Mensch, daß wir es nicht ertragen könnten, sie auch nur für die Zeit Ihres Beisammenseins getäuscht zu sehen. Geben Sie Ihr soviel Glück, wie Sie können, David.«

»Ich versuche es.«

Diane kam. Sie frühstückten gemeinsam. Sie fuhren mit der Kutsche durch den Vormittag, und die Fosters gaben ihnen wieder Gelegenheit, ein wenig allein zu sein, sich zu liebkosen und von ihrer Liebe zu sprechen. Das Mittagessen war von der Trennung überschattet.

»Morgen laufen wir aus«, sagte David schließlich. »Ich hoffe, es ist nicht für zu lange.«

»Jeder Tag ist zu lang, David«, klagte Diane leise, »aber wir müssen es ertragen und tapfer sein.«

Paul fügte hinzu: »Wenn Sie wieder einlaufen, David, suchen Sie uns gleich auf. Sie sind uns herzlich willkommen.«

David wußte nicht, wie sie sich verabschiedet hatten, wie er es ertrug, davonzufahren, Dianes traurige Augen zu sehen und nicht zu schreien vor Schmerz. Er stand während der Nachtwache auf dem Achterdeck und sah empor zum sternklaren Himmel. Wie hielten es die Offiziere und Seeleute nur aus, die Frauen liebten und immer wieder hinaus aufs Meer fuhren? Warum erstickten sie nicht vor Angst, nicht wiederzukehren? Konnte man sich an so etwas gewöhnen?

Die *Anson* suchte ostwärts von Barbados nach amerikanischen Kapern, die den für März erwarteten Geleitzug abfangen wollten. O'Byrne sprach David jetzt oft an. Nach dem Handstreich auf Martinique waren sie sich näher gekommen, respektierten und schätzten einander. Mit einigen Midshipmen war das Verhältnis dagegen etwas abgekühlt. Der neue Robert Reed hielt Distanz zu David, aber zu seinem Kummer war auch Matthew Palmer etwas reservierter geworden. Nur die jüngeren Midshipmen waren unverändert.

Einmal glaubte David Robert tuscheln zu hören: »Der glaubt wohl, weil er Glück hatte, ist er besser als wir.«

So ein Quatsch, dachte David, aber seine Gedanken waren zu oft bei Diane, um sich näher damit zu beschäftigen.

David hatte ein neues Hobby. Er hatte Ricardo gefragt: »Sag einmal, kann man Messerwerfen lernen?«

»Ja, Sir, man braucht ein gut ausbalanciertes Messer, eine leichte Hand und viel Geduld beim Üben.«

»Willst du es mir beibringen? Ich zahle dir eine Guinee.«

»Ist gut, Sir.«

Immer wenn sie beide gleichzeitig Freiwache hatten, übten sie auf dem Vordeck.

Ein zweitägiger Sturm hatte sie vorübergehend von *Ranger* und der Schnau getrennt, und sie hielten Kurs auf den ausgemachten Treffpunkt. Am späten Nachmittag meldete der Ausguck mehrere Segel aus Nordost. Ob das die Spitze des Konvois war? Sie hielten auf die Segel zu, die ebenfalls ihren Kurs beibehielten. Der Midshipman der Wache kam mit seinem Teleskop aus dem Mast zurück und meldete fünf Schiffe in Kiellinie, das erste vollgetakelt, entweder eine Fregatte oder eine Dreimastbark.

»Was halten Sie davon, Mr. Bates«, fragte der Commodore.

»Ich weiß nicht recht, Sir. Der Konvoi scheint es nicht zu sein, es sei denn, der Sturm hätte ihn völlig zerstreut. Es kann aber auch eine Fregatte aus England sein mit einer Sloop und gekaperten Schiffen.«

»Wenn es nicht so schnell dunkel werden würde, könnten

wir Signal setzen und die Kennummer anfordern. Lassen Sie Klarschiff anschlagen, sobald wir auf eine Meile heran sind.«

»Aye, aye, Sir.«

Die Nacht war hereingebrochen, als sie sich den fremden Segeln auf Rufweite näherten. Der Mond war noch unter dem Horizont, aber ein diffuses Licht kündete seinen Aufgang an. Vor dem größten Schiff lag jetzt noch ein anderes auf ihrem Kurs.

»Rufen Sie das Schiff bitte an, Mr. Bates.«

Mr. Bates nahm das Sprachrohr und rief: »Welches Schiff und woher?«

»Die *Polly* aus New York«, kam dünn die Antwort über zweihundert Meter.

»Drehen Sie bei, und erwarten Sie unser Boot!«

Inzwischen hatten sie sich dem größeren Schiff genähert. Wieder rief Mr. Bates es an. Die Antwort schreckte sie auf.

»Dies ist die Fregatte *Randolph* der kontinentalen Marine!«

Eine Breitseite flammte beim Gegner auf.

»Feuer!« brüllte Brisbane.

»Feuer«, wiederholten die Batterieoffiziere, aber die Geschosse der *Randolph* fegten über ihr Deck. Die *Anson* bebte unter den Einschlägen und von den Rückstößen der eigenen Kanonen. Splitter bohrten sich in Körper. Schreie wurde laut. Verwirrung herrschte hier und da, doch die Maate und Offiziere schafften mit Geschrei Ordnung.

Ihre Batterien feuerten mit höchstem Tempo. Aber der Gegner hielt mit. Die Spitze ihres Vormastes kam herunter. Das Bugspriet wankte. Das zuerst angerufene Schiff feuerte blindlings in die Nacht. Plötzlich schoß aus der *Randolph* ein Feuerball empor, eine Druckwelle schleuderte alle an Deck, die nicht hinter den Geschützen kauerten, und Donner schmerzte in den Ohren. Sekunden später prasselte es an Deck. David kroch unter die Großrah und nahm die Hände über den Kopf.

Dann war es vorbei. Zuerst schien es absolut still zu sein, dann wagten sich Rufe und Schreie hervor.

Brisbane rappelte sich auf. »Alle an ihre Posten. Schäden melden! Mr. Bates, wir verfolgen das erste Schiff.«

Sie hatten fünf Tote und ein Dutzend Verwundete. Kein Treffer unter der Wasserlinie, aber Schäden an Masten und in der Takelage. Die anderen Schiffe waren in der Nacht untergetaucht.

Brisbane ließ die Verfolgung abbrechen und zum Explosionsort zurücksegeln. Sie feuerten Leuchtraketen ab, aber sie sahen nichts.

»Wir waren nicht wachsam genug. Wir haben uns zu stark gefühlt. Das kann tödlich sein. Wir müssen bei Nacht sofort Leuchtsignale schießen und uns nicht der Breitseite nähern.«

Brisbane machte sich Vorwürfe, und die Offiziere schwiegen betreten.

Barbados hieß sie wieder willkommen. Fußgänger strömten zum Ufer, Kutschen fuhren an den Strand, Boote umschwärmten das Schiff, und immer wieder erklangen Hochrufe. Der Gouverneur sagte sich zum Besuch der *Anson* an und lud zu einem Siegesball gemeinsam mit dem Admiral am kommenden Abend ein. Für David hatte das den Nachteil, daß er nicht von Bord kam. Kaum konnte er eine Nachricht an die Fosters schicken.

Einmal glaubte er die Kutsche der Fosters am Ufer zu sehen, aber ehe er das Teleskop nehmen konnte, wurde er wieder zu einer anderen Aufgabe geschickt. Arbeitskommandos waren zu überwachen, Listen zu kopieren, an Bord kommende Vorräte mußten richtig gestaut werden. Man hätte an zehn Stellen gleichzeitig sein müssen.

Die Stimmung der Offiziere und Midshipmen, die sich am Abend an der Fallreeppforte versammelten, war fröhlich und erwartungsvoll. Scherzend booteten sie ein. Kutschen erwarteten sie am Pier und fuhren sie zur Residenz des Gouverneurs. Der feierliche Rahmen mit den Lakaien auf der breiten Treppe, den Hunderten von Kerzen war für sie nichts Neues mehr. David suchte gespannt umher, als sie in den Saal geführt wurden. Fast hätte er seine Vorderleute umgerannt, denn der Gouverneur ließ die Offiziere der *Anson*, der *Ranger* und der Schnau *Royal American* vor dem Halbkreis der Gäste anhalten, um sie feierlich zu begrüßen.

Was er sagte, rauschte an David vorbei, denn der reckte sich und spähte um seine Vorderleute herum, um Diane zu suchen. Da stand sie! Sie hatte ein weißes Kleid mit tiefem Ausschnitt an und ließ ihre schwarzen Locken über die Schultern fallen. Ein Diamantkollier glitzerte im Rhythmus ihres Atmens. Nun konnte David auch noch etwas von der Rede des Gouverneurs mitbekommen. Er sprach von britischer Tradition, von Heldenmut und Aufopferung.

»Die Versammlung von Barbados hat mich beauftragt, einigen Offizieren, die sich besonders hervorgetan haben, Ehrengeschenke zu überreichen. Es ist mir eine große Ehre, Ihnen, Commodore Brisbane, diesen Ehrensäbel zu überreichen. Auch den anderen Kommandanten darf ich Degen überreichen, Commander Haddington und Leutnant Kelly, ich beglückwünsche Sie. Für eine besonders kühne Operation zeichnet die Versammlung dieser Insel Leutnant O'Byrne, Leutnant Raven und Midshipman Winter mit diesen Silbertellern aus, in die unser Dank eingraviert wurde.«

David glaubte nicht recht zu hören. Er schluckte und sah sich um. Bates und O'Byrne lachten ihm aufmunternd zu, Robert Reed sah steinern geradeaus.

»Wenn die Herren bitte vortreten wollen.«

David mußte einen Stoß bekommen, ehe er sich bewegen konnte. Er schritt hinter O'Byrnes breiten Schultern, aber der dirigierte ihn neben sich. Der Flaggleutnant des Admirals half dem Gouverneur, die Geschenke zu überreichen. Beifall umjubelte sie. David sah zu Diane. Sie strahlte ihn an und klatschte. Wie im Traum schritt er zurück.

Aber dann lösten sich die Reihen. Man ging an seinen Platz und nahm von den Getränken, die herumgereicht wurde. David ging zu den Fosters und zu Diane, die ihn herzlich begrüßten und beglückwünschten.

Paul hielt seine Hand: »David, ich habe noch nie erlebt, daß ein Midshipman vom Gouverneur ausgezeichnet wurde. Sie müssen nicht nur ein netter Kerl sein, sondern auch verdammt tapfer.«

»Ich konnte gar nicht anders handeln. Jeder andere hätte dasselbe getan.«

»Dann stünde er wohl besser um unsere Sache in Amerika«, warf Judith ein, »seien Sie nicht zu bescheiden.«

Der Gouverneur und der Admiral schritten mit den Damen zum Tanz, und viele folgten. Diane blinzelte David auffordernd zu, und er verbeugte sich und bat um den Tanz. Judith sah ihren Mann an, und der erhob sich mit leisem Seufzen. Die Kapelle schien David viel besser zu spielen als beim letzten Mal. Er fühlte sich sicherer in den Figuren. Vor allem aber war er viel glücklicher. Diane tanzte wie ein Engel und strahlte wie die Sonne eines Frühlingsmorgens.

David tanzte noch mit Judith, aber auch mit anderen Damen, denen er durch Paul vorgestellt wurde. Es wurde spät. Diane ging aus dem Saal und sagte ihm, er möge in fünf Minuten an der Seitenfront des Gebäudes warten. David ging, so unauffällig er konnte, und an der Seitenfront forderte ihn ein Lakai auf, ihm zu folgen. Diane wartete in einer geschlossenen Kutsche, und sie rollten davon. David hielt seinen Silberteller in der Hand, bis er bei den Umarmungen zu sehr störte.

Nur Dianes vertraute Zofe empfing sie und zog sich gleich zurück. Sie sanken sich in Dianes Schlafzimmer in die Arme. Er löste ihre Knöpfe, Haken und Schnüre.

»Du bist schon so geschickt darin wie ein erfahrener Liebhaber.«

»Ich hatte eine gute Lehrmeisterin.«

Er zog sie über sich auf das Bett, und sie ritt auf ihm, wie er es so gerne hatte, wenn er ihre Brüste umfassen konnte. Er sah, wie sich ihre Züge vor Lust spannten, wie sie sich zurückbäumte, sich langsam in seine Stöße gleiten ließ und in der Erfüllung aufstöhnte. Es war für ihn wie immer ein Erfolgsgefühl, wenn er ihr die Erfüllung schenken konnte.

Sie drängte sich aneinander und sprachen über ihr Glück. David wollte wissen, warum sie ihn erwählt habe.

»Liebster, das kann man doch nicht erklären. Es war die Mischung aus Männlichkeit, Unschuld und Zurückhaltung, aber noch vieles mehr, was ich nicht benennen kann. Nenn es Instinkt, aber er war doch richtig.«

Er küßte sie und streichelte ihren Rücken, wie sie es so

gerne mochte. Aus Spaß schnurrte sie wie eine Katze, und sie lachten voller Glück. Dann kamen Ernst und Schmerz in ihren Blick. »Ich werde dir nicht schreiben, David. Und du sollst mir auch nicht schreiben.«

»Warum denn nicht, Diane?«

»Es wäre wie ein Abschied ohne Ende, wie ein immer erneuter Schmerz. Wir wußten, daß es nicht dauern konnte. Es war so wunderschön. So will ich unsere Liebe in meiner Erinnerung einschließen. Briefe wären wie ein dünner Aufguß, den ich in immer längeren Pausen erneut koche, bis alles so einmalig Schöne nicht mehr vorhanden ist.«

David verstand sie nicht ganz, aber er spürte nun, daß es ein unwiderruflicher Abschied war. Er barg seinen Kopf an der Wölbung ihres Halses, und sie spürte, wie er innerlich schluchzte. Sie streichelte ihn, und als die Begierde in ihnen erwachte, nahmen sie zärtlich und tief voneinander Abschied.

Sie frühstückten am Morgen in Dianes Schlafzimmer, um außer ihrer Zofe niemanden sehen zu müssen.

»Was wartet auf dich, David?«

»Wenn der Geleitzug einläuft, werden wir zwei Tage später nach Jamaika segeln und dann nach New York.«

»Ich werde jeden Morgen auf die See schauen, ob ich den Geleitzug sehe. Wenn ihr auslauft, werde ich am Needham Point stehen und einen weißen Schal wehen lassen. Und ich werde weinen, aber es wird das letzte Mal sein. Wenn ich danach an dich und unser Glück denke, werde ich dankbar sein und lächeln.

Sie küßten sich in ihrem Zimmer zum Abschied. Als David in der Kutsche saß, winkte sie vom Balkon, aber er konnte sie vor Tränen kaum sehen. Es dauerte fast bis in die Stadt, ehe seine Tränen versiegten.

»Endlich laufen wir wieder aus«, stellte Mr. Hope fest, als er mit David die letzten Vorbereitungen überwachte. David antwortete nicht. Diesmal war er ganz anderer Meinung. Die Segel wurden gesetzt, der Anker kam aus dem Grund, die *Anson* nahm Fahrt auf, der Master rief den Kurs. David schaute, wie die Segel standen, ob der Kurs anlag und auf der Tafel am Ruder notiert war. Dann nahm er das Teleskop, ging zu den Finknetzen und spähte darüber zum Needham Point.

Dort stand sie, schmal, im weißen Kleid und ließ ihren Schleier fliegen. David sah ihr schwarzes Haar, er ahnte ihre grünen Augen, die liebliche Form ihres Gesichtes, und seine Tränen wischten das Bild fort. Er hob die Hand, ließ sie mutlos sinken und suchte seine Tränen zu verbergen. Als er sich umwandte, waren Commodore und Master bemüht, den Konvoi in Formation zu bringen. David wurde gebraucht.

Im Kampf gegen Frankreichs Flotte

Juni bis September 1778

Der Kutter legte von der *Anson* ab und strebte geradewegs auf die Pier von Port Royal zu. Im Stern des Kutters saß David Winter, die Segeltuchtasche mit den Schiffspapieren der gekaperten Schiffe an Bord, die dem Prisengericht beim Vizeadmiral der Jamaikastation vorgelegt werden mußten. David hatte keinen Blick für die blauen Berge, die im Sonnenschein des Frühsommers hinter Kingston aufleuchteten. Er starrte über die glitzernde Wasserfläche. Immer wenn ihn der Dienst nicht in Anspruch nahm, stahlen sich seine Gedanken fort zu Diane. Er glaubte, ihre Stimme zu hören, ihr Lächeln zu sehen und ihre Küsse zu spüren.

Die Straßen der Hafenstadt mit den Händlern, den Karren, eilenden Fußgängern, flanierenden Dirnen konnten sein Interesse nicht ablenken. Jamaika hatte den Reiz der Neuheit für ihn verloren. Ihm fielen jetzt weniger die Exotik, sondern mehr der Schmutz und die Armut auf. Seine melancholische Abwesenheit erregte aber das Interesse der Dirnen. Ungewöhnlich hartnäckig priesen sie die Freuden an, die sie bieten konnten.

Amüsiert beobachtete Commander Haddington von der

anderen Seite der Straße Davids Weg durch Händler und Dirnen. Als sie auf gleicher Höhe waren, rief er: »Hallo, David!«

Der blickte überrascht zur Seite und lächelte, als er Haddington sah. Er wartete einen vorüberratternden Karren ab und ging dann auf Haddington zu. »Welche Freude, Sie wieder einmal zu sehen, Sir.«

»Laß die Formalitäten. Wir sind allein. Also sag Charles wie früher auch, David.«

»Gerne. Wo gehst du hin?«

»Zurück an Bord. Aber Zeit genug für ein Glas Wein im Schatten ist allemal. Paßt es dir auch?«

Sie suchten ein Lokal am Rande eines kleinen Platzes im Schatten alter Bäume auf und prosteten sich zu.

»Du bist vorhin durch die Straßen gegangen wie ein Träumer. Woran hast du denn gedacht?« fragte Haddington.

David wollte nicht mit der Sprache heraus, druckste herum, es sei nichts Besonderes gewesen, vielleicht an zu Hause.

»Also ist es die grünäugige Schönheit aus Bridgetown«, stellte Haddington fest.

»Wie kommst du darauf?«

»Ich kenne dich einige Jahre, David. Ich weiß, wie du schaust, wenn dich etwas ganz gefangen nimmt. Und auf dem Ball warst du völlig verzaubert. Die Dame übrigens auch.«

»Konnte man das so deutlich sehen?«

»Wer dich kennt, sah es. Lenthall raunte mir zu: ›Nun erlebt er seine große Liebe.‹«

David sah bedrückt aus. »Das habe ich nicht gedacht. Mir ist das nicht recht.«

»Nun komm! Wir machen uns ja nicht lustig über dich. Wir freuen uns mit dir, die Dame schien deiner Liebe wert zu sein. Und wir Seeleute brauchen danach einen Freund, der uns Mut zuspricht. Du weißt, wie oft wir verzichten müssen, eine Liebe zu vertiefen und zu erhalten.«

»Wir wußten, daß es nicht von Dauer sein konnte. Dianes Mann hatte im Testament festgelegt, daß sie alles verliert, wenn sie wieder heiratet. Sie will auch nicht, daß wir uns schreiben. Sie will nur die Erinnerung bewahren.«

»Das habe ich noch nicht erlebt. Das ist für eine Frau ungewöhnlich tapfer und vernünftig. Warum drückt dich dann die Erinnerung so nieder?«

»Weil ihre Gegenwart mich so glücklich machte und weil der Verlust noch so schmerzt.«

»Ich kenne das. Wir werden es immer wieder erleben. Das ist der Preis, den wir für die Schönheit und Freiheit der See zahlen müssen. Aber der Schmerz läßt nach, und die Erinnerung ist dann nur noch schön. Und du wirst dich wieder verlieben, auch wenn du es jetzt nicht glaubst.«

»Diane hat das auch gesagt.«

»Dann hör auf, dich im Schmerz zu verlieren. Diane wollte das nicht, und das Leben erlaubt es nicht.«

»Du hast gar nicht gesagt, daß ich zu jung bin, solche Liebe zu fühlen.«

»Warum sollte ich solchen Unsinn sagen? Wer alt genug ist, im Kampf dem Tod ins Auge zu sehen, ist auch alt genug für die Liebe. Unser Leben ist anders, David.«

Sie sprachen dann wieder über ihren Dienst. David mußte noch von dem Handstreich auf Martinique berichten und teilte Haddington auch seine Enttäuschung mit, daß einige Kameraden sich seit der Ehrung in Bridgetown so reserviert zu ihm verhielten.

»Ach, David, du bist in Seemannschaft und im Kampf so gereift und erfahren, und in anderen Dingen bist du noch ganz naiv. Neid ist eine der verbreitetsten Empfindungen unter Menschen. Von ihr sind nur sehr abgeklärte oder erfolgreiche Menschen frei. Damit mußt du leben, wenn du Erfolg hast. Meinst du, ich hätte das nicht erfahren, als ich so schnell Commander wurde?«

David verstand die Argumente und wurde nachdenklich. Wäre er auch neidisch auf Haddington, wenn er weniger Anerkennung gefunden hätte?

Als sie auseinandergingen, fühlte sich David irgendwie ermutigt und gestärkt. Er dachte mit neuem Interesse an seine mögliche Karriere in der Flotte. Ob er auch so tüchtig sein konnte wie Haddington?

Sie kämmten zwei Wochen später die Küste Floridas ab und kaperten vier Schmuggelschiffe. Backbord querab lag Mitte Mai der St. Mary's River, und David dachte an Fernando de Alvarez und sein Grab. Je mehr er sich von Diane entfernte, desto düsterer wurden die Erinnerungen.

Einige Tage später segelte ihnen morgens ein Kutter entgegen, setzte sein Erkennungszeichen und das Signal »Habe eilige Nachrichten für Sie«. Brisbane ließ beidrehen und erwartete die Jolle, die über die kabbelige See zu ihnen schaukelte.

Der Leutnant ließ sich kaum Zeit für die Ehrenbezeugungen, hastete zur Kabine des Kapitäns, grüßte flüchtig und stieß hervor: »Krieg mit Frankreich, Sir! Admiral Lord Howe rechnet mit der Ankunft einer französischen Flotte. Sie möchten unverzüglich zu seiner Flotte vor dem Delaware oder in New York stoßen, Sir. Hier sind seine schriftlichen Befehle.«

»Nun, das ist keine so große Überraschung. Auch wenn Sie es eilig haben, sollten Sie mir Ihren Namen sagen und ein Glas Wein trinken, während ich die Befehle überfliege.«

Der Leutnant errötete, stotterte seinen Namen und dankte für das Glas Wein.

David sah dem Kutter nach, der nach kurzer Zeit mit voller Besegelung wieder nach Süden strebte, um die Nachricht zu verbreiten. »Wissen Sie, Mr. Winter, daß die Navykutter von allen Schiffen unserer Flotte die größte Segelfläche im Verhältnis zur Tonnage haben?«

David wandte sich zu Mr. Hope um. »Nein, Sir, das wußte ich nicht. Ich wußte nur, daß sie die schnellsten Segler sind, wenn es jetzt auch einige Schoner der Kolonisten mit ihnen aufnehmen können.«

Mr. Hope lächelte ihn an: »Ein schönes Kommando für junge Leutnants.«

Davids gute Beziehung zu Mr. Hope hatte sich in den letzten Monaten noch vertieft. Der Master behandelte ihn zunehmend als sachverständigen Gesprächspartner, und sie hatten in den eher ereignisarmen Wochen seit der Abreise von Barbados manche nächtliche Stunde an Deck verbracht, um gemeinsam mit dem ersten Steuermannsmaat die Monddistanz und die Winkel zu einem anderen Stern zu messen und in Fergusons Tafeln ihren Längengrad zu bestimmen. Hier und da hatte der Master auch David den Unterricht für die Captain's Servants übertragen, wenn er mit den älteren Midshipmen schwierigere Themen behandelte.

Diese Aufgabe lenkte David besser von seinen Gedanken an Diane ab als die tägliche Dienstroutine. Sie nahmen ihn nicht mehr so häufig gefangen wie in den ersten Wochen nach der Abreise von Barbados, aber immer noch schmerzte die Trennung. Was würde sein, wenn er wieder einmal nach Barbados kommen würde?

Seit der Nachricht vom Kriegsausbruch mit Frankreich hatten sie ihre Gefechtsbereitschaft verschärft. Vor Beginn der Dämmerung war nicht nur eine verstärkte Wache an den Geschützen, sondern die gesamte Mannschaft war auf Gefechtsstation, denn jetzt mußte man mit ebenbürtigen oder sogar überlegenen Gegnern rechnen. Aber alles, was sie in der Morgendämmerung entdeckten, war eine britische Bark mit Nachschub für New York. Ein Sturm im Atlantik hatte sie vom Konvoi getrennt, und sie war froh, unter die Fittiche von Brisbanes Schwadron schlüpfen zu können.

Mitte Juni erreichten sie die Mündung des Delaware. Die patrouillierende Fregatte meldete, daß Lord Howe mit seiner Flotte noch im Delaware sei und die Evakuierung Philadelphias vorbereite. Sie nahmen einen Lotsen an Bord und ankerten in der Nacht vor Wilmington.

In der Messe war die Stimmung gedrückt.

»Da haben wir nun gekämpft, um den Fluß nach Philadelphia freizukämpfen, weil es die Hauptstadt der Rebellion war, und nun geben sie alles wieder auf«, sagte Leutnant Murray.

Der lange Purget stimmte zu. »Was hat es für einen Sinn, eine Stadt zu erobern und Verluste hinzunehmen, wenn man sie dann wieder räumt?«

»Was die Armee macht, verstehe ich seit langem nicht mehr«, warf Leutnant Bondy ein.

O'Byrne meinte: »Die Flottenpolitik ist doch auch nicht besser.«

Da hatte Leutnant Bates Sorge, daß das Gespräch eine Richtung nehmen könnte, die als meuterisches Gerede anzusehen sei. »Gehen Sie nicht zu weit in Ihrer Kritik, meine Herren. Was wir in den letzten Monaten getan haben, war doch sinnvoll und erfolgreich.«

Bates wußte nicht, daß sein Commodore ähnliche Ansichten äußerte wie die Leutnants. Der Schiffsarzt hatte ihm Bericht über den Krankenstand erstattet, und Brisbane hatte ihn zu einem Glas Wein eingeladen, weil er mit seinen trüben Gedanken nicht allein sein wollte. »Ach, Lenthall, manchmal weiß ich nicht, woher ich die Kraft nehmen soll, die Mannschaften in Kampf und Tod zu schicken, wenn unsere Führung den Anstrengungen jeden Sinn nimmt. Da haben wir zweihundertsechzig Schiffe wochenlang für die Besetzung Philadelphias gebunden, und nun erst weiß man, daß es nicht zu halten ist. Die Schiffe hätten bei der Blockade und bei amphibischen Operationen gegen Marinestützpunkte viel erreichen können, aber sie wurden sinnlos eingesetzt.«

»Sir, ich verstehe Sie sehr gut, aber auch die Führung hat ein Recht auf Irrtümer und Fehleinschätzungen. Und sagten Sie nicht selbst einmal, daß Lord Germaine ziemlich genau vorschreibe, was im Detail in Amerika zu geschehen habe?«

»Erinnern Sie mich nicht an diesen Menschen. Der Fisch stinkt vom Kopf. Wir haben die falschen Leute an der Spitze. Außer Lord Howe sehe ich niemanden in der obersten Führung, den man respektieren könnte.«

»Das kann und wird sich ändern, Sir. Sie sollten die Hoffnung bewahren, Sir. Wir alle hängen doch von Ihren Entscheidungen ab.«

»Das macht es ja manchmal so schwer, Lenthall.«

Am nächsten Morgen segelten sie unter der Führung des Lotsen weiter nach Chester, wo das Flaggschiff des Admirals lag. Der Commodore ließ sich übersetzen, ohne das Signal abzuwarten.

Lord Howe empfing ihn sofort und begrüßte ihn herzlich. »Wie schön, Sie wieder zu sehen, Brisbane. Gerade habe ich den Bericht der Admirale Young und Parker gelesen, der in aller Herrgottsfrühe mit dem Kurierboot von Wilmington kam.

Sie und Ihr Schiff sind eine Zierde der Flotte. Ich freue mich ganz besonders, Ihnen Ihre Ernennung zum Konteradmiral der roten Flagge mitteilen und Ihnen als erster gratulieren zu können. Leider bedeutet das auch, daß Sie die Nordamerikastation verlassen und neue Aufgaben in Europa übernehmen. Aber trinken Sie erst einmal eine Tasse Kaffee mit mir.«

»Ich danke Ihnen für die ehrenvolle Nachricht, Mylord. Aber der Abschied von Schiff und Besatzung fällt mir schwer. Wer wird die *Anson* übernehmen, Mylord?«

»Dafür haben die Herren in London gesorgt. Lord Battesham, erster Leutnant der *Albion*, wird Kapitän. Die *Anson* wird künftig das bunteste Schiff der Flotte werden. Ich hoffe, Sie haben tüchtige Offiziere.«

»Die habe ich, Mylord, aber ich verstehe nicht ganz.«

»Da Sie nun Flaggoffizier sind, kann ich offen sprechen. Lord Battesham hat gute Beziehungen in London, aber als Offizier ist er bisher nur dadurch bekanntgeworden, daß er seine Mitoffiziere freihält und erhebliche Summen in die Verschönerung der Schiffe investiert, auf denen er Dienst tut. Er ist ein netter Kerl, aber kein Seemann.«

»Jetzt erinnere ich mich an die *Albion*, Mylord. Sie war herausgeputzt wie eine königliche Jacht, aber ihre Kanonen hatten seit Wochen kein Pulver gesehen. Da fällt mir die Trennung aber besonders schwer.«

»Es wird noch etwas dauern, Brisbane. Ich kann Sie noch nicht weglassen, bevor wir in New York sind und ich weiß, was mit der französischen Flotte ist. General Clinton marschiert morgen mit der Armee nach New York. Wir nehmen alles Material und die Loyalisten, die mit uns kommen wollen, an Bord der Flotte mit. Vor Philadelphia stauen sich zuviel Schiffe. Ich habe angeordnet, daß die Loyalisten hier in Chester einschiffen. Halten Sie sich bereit, fünfzig Passagiere aufzunehmen.«

In der Messe der Midshipmen scharen sich alle um David. Die Nachricht von der Beförderung Brisbanes hatte das Schiff im Nu durchlaufen. Keiner kannte den neuen Kommandanten – außer David und William Hansen. David war völlig außer sich und sagte mehr, als er bei kühler Besinnung geäußert hätte.

»Das können sie doch nicht machen, die *Anson* einem solchen Gecken geben! Der könnte ohne Hilfe nicht mal ein Ruderboot über den Dorfteich bringen. Besorgt euch mal schnell Seidenstrümpfe, Silberschnallen für die Schuhe und neue Uniformen. Das ist für Seine Lordschaft wichtiger als Navigation und Treffsicherheit. Ihr werdet bald Meister im Putzen und Bohnern sein, wenn er den Kahn nicht vorher auf Grund setzt.«

»Da wird doch David Winter, der Lieblingsschüler des Masters, aufpassen. Oder wird es für dich jetzt etwas schwieriger, immer Primus zu sein?«

David sah Robert Reed nur an und dachte, daß er nun doppelt aufpassen müsse, was er sage.

Aber die Flut der Loyalisten sorgte dafür, daß sie nicht viel über den neuen Kapitän nachdenken konnten. Frauen, Kinder, alte Männer ließen sich karge Plätze anweisen und machten ihrer Verzweiflung je nach Charakter Luft. Die einen schimpften und meckerten, die anderen schwiegen oder weinten leise vor sich hin.

William und der immer noch humpelnde Kanadier halfen einer Mutter, ihre kleinen Kinder zu beruhigen, die immer wieder nach ihrem Spielzeug und ihrem Kinderzimmer riefen. William gab dem einen Mädchen einen Holzlöffel und dem anderen einen Holzteller. Gewohnt an Silberbestecke und Porzellan, nahm sie das Neue gefangen und erlöste die Mutter von dem Gequängel.

Seesoldaten schleppten einen Matrosen ab, der versucht hatte, einer Zofe unter den Rock zu greifen, und damit ein Inferno unter den zwanzig Frauen im gleichen Raum ausgelöst hatte. Leutnant Bates wußte nicht mehr, wo ihm der Kopf stand, denn buchstäblich jede Sekunde wurde er mit neuen Anfragen und Klagen überschüttet.

Mr. Lenthall milderte das Chaos etwas, als er medizinische Hilfe anbot, besonders erregten Männern und Frauen Beruhigungsmittel gab und den Kindern in Aussicht stellte, daß sie auf See möglicherweise Wale und Delphine sehen könnten. Er wußte noch nicht, was ihm diese Ankündigung einbringen würde.

Für die Loyalisten mußten vorwiegend die Quartiere der Offiziere und Deckoffiziere geräumt werden. Das setzte sich in der Rangordnung der Quartiere nach unten fort. Die Offiziere zogen in die Messe der Maate und Midshipmen, diese hängten ihre Hängematten bei den Seesoldaten auf, und die »Hummer« mußten zusammenrücken und zum Teil weiter im Vordeck bei den Matrosen unterkommen. Für Frauen und Kinder wurden vorn am Bug an der Steuerbordseite eigene Toiletten abgeteilt, und die Deckoffiziere mußten sich die Backbordseite mit den Mannschaften teilen.

Ein Seesoldat bezog Posten, um die Trennung zu überwachen. Aber der dicken Kaufmannsfrau konnte er auch nicht helfen, für die die Toiletten zu unbequem und gefährlich waren, so daß sie bald über die Bordwand gerutscht wäre. Nun mußten sich junge Frauen abwechselnd zur Hilfe bereithalten.

Die Nachtwachen waren aufgeregt und unruhig. David hörte oft ihre Rufe, und wenn er hinlief, war es manchmal ein Ast, manchmal ein Busch, der in der Strömung vorbeitrieb. Unruhe gab es auch durch die Loyalisten, die nicht schlafen konnten oder zur Toilette wollten und die Wachen aufschreckten, die auch vor Angriffen vom Land aus gewarnt waren.

Wenn wir nur erst am Morgen aus dem Fluß heraussegeln, dachte David.

Aber daraus wurde nichts. Ein starker Südwind machte jede Fahrt flußabwärts unmöglich. Und so blies es flußaufwärts, Tag für Tag. Der Master raufte sich die letzten Haare: »Das geht ja mit dem Teufel zu, hier an dieser Küste nun schon über eine Woche nur Südwind!«

Der Admiral rief die Kapitäne zu sich und erörterte mit ihnen die Sorge, daß die französische Flotte heran wäre, bevor sie den Fluß verlassen hätten. Hauptmann Barnes mußte mit seinen Seesoldaten die Truppen verstärken, die ihren Ankerplatz gegen die nachdrängenden Kolonisten sichern sollten.

Die Loyalisten, die mit einer kurzen Reise gerechnet hatten, wurden immer unzufriedener mit der Enge und der eintönigen Kost und klagten über ihr Los.

Die Seeleute verstanden nicht so recht, warum die Männer und Frauen so darunter litten, ihre Häuser verlassen zu müssen, aber da die meisten von ihnen gutmütig waren, halfen sie, wo sie konnten.

»Warum müssen sie ihre Häuser verlassen?« fragte Isaak den Kanadier. »Wenn ich ein Haus hätte, würde ich nie weggehen.«

»Sie haben sich zur Partei des Königs bekannt und mit uns während der Besetzung zusammengearbeitet. Für die Rebellen sind sie Verräter. Man würde ihnen die Häuser wegnehmen und die Männer in Gefängnisse oder Internierungslager stecken, und die Frauen wüßten nicht, wovon sie ihre Kinder ernähren sollen.«

Nach zehn Tagen endlich sprang der Wind um. Die Flotte setzte Segel und fuhr flußabwärts dem Meer entgegen. Als sie die Flußmündung erreichten und die Dünung des Atlantiks sie empfing, verflog die Freude über das Ende des Wartens bald bei den Loyalisten. Die ersten wurden seekrank und übergaben sich auf den Decks. Die Bootsmannsmaate fluchten, und die Seeleute rannten mit Zubern und Wischlappen umher. Die Kinder tobten durch das Schiff und suchten den Schiffsarzt, um ihn ständig nach Walen und Delphinen zu fragen.

Die Offiziere hatten andere Sorgen. Fregatten und Sloops schwärmten weiträumig aus, um die Flotte vor einer Überraschung durch die Franzosen zu schützen. Alle Ausgucke waren besetzt, und oft genug wurde ein Midshipman mit dem Teleskop in den Mast gejagt, um Signale der entfernten Aufklärer abzulesen. Aber die Fahrt war kurz und ereignislos. Am 29. Juni rundeten sie Sandy Hook und liefen New York an.

Als die Loyalisten ausgebootet waren, nahmen auch die faulsten Matrosen die angesetzte Reinigung willig hin. Der Schiffsarzt gab Essig zum Waschen der unteren Decks aus und desinfizierte hinterher mit Schwefel. Als die Dämpfe verzogen waren, kehrten alle wieder zurück in ihre alten Quartiere.

»Wir sind Gewohnheitstiere«, verkündete der Master, »unser Wohlbefinden leidet, wenn wir nicht alles am gewohnten Platz finden.«

Ihr Wohlbefinden litt aber auch darunter, daß ihnen der Admiral keine Ruhe ließ, New York zu genießen. In zwei Tagen mußten Proviant, Wasser und Munition auf volle Kriegsstärke gebracht, alle Schäden ausgebessert und die Schiffe bereit zum Auslaufen sein. Die Sloops und Fregatten gingen in See, um nach Nord und Süd sowie im Atlantik einen Aufklärungsschirm zu bilden. Die *Anson* mußte mit anderen Linienschiffen nach Sandy Hook, wohin nach den neuesten Nachrichten General Clintons Armee marschierte, bedrängt von den Rebellen.

Der Master stand mit dem Lotsen und seinen Maaten bereit, als sie Staten Island steuerbord passierten und zwischen Ost und Westbank in die untere Bucht steuerten. Unter reduzierten Segeln näherten sie sich der Küste New Jerseys, von der aus Sandy Hook wie ein nordwärts gerichteter Stoßzahn in die Fahrrinne nach New York ragte. Unbehaglich starrte David auf die flache Insel mit ihren windgepeitschten Büschen und Gräsern. Man ahnte die Untiefen eher, als man die Brecher sah. Manches Schiff war hier schon aufgelaufen.

»Mr. Hope, lassen Sie bitte mit dem Loten beginnen«, befahl Brisbane, und das Lot klatschte ins Wasser.

»Sechs Faden und sandiger Grund«, meldete der Lotgast.

»Wir sind noch in der Fahrrinne mit fünf bis acht Faden (ein Faden = 1,83 m)«, stellte der Master beruhigend fest.

»Mr. Winter, nehmen Sie ständig die Peilungen zum Leuchtturm von Sandy Hook und zur Spitze von Coney Island, und tragen Sie sie zu den Messungen in die Karte ein.«

»Aye, aye, Sir!«

Brisbane winkte Leutnant Bates heran. »Ich will noch etwas in die Bucht zwischen Sandy Hook und der Küste hineinlaufen. Lassen Sie bitte die Segel weiter kürzen.«

Der Lotgast meldete nur noch vier Faden, und als er bei

dreieinhalb anlangte, ließ der Kapitän abdrehen. »Nehmen Sie bitte wieder Kurs auf die Fahrrinne, Mr. Hope, wir segeln noch etwas am Mittelgrund entlang, um die Einfahrt besser kennenzulernen.«

Der Lotse wies den Master auf Sandbänke hin, die immer wieder gefährlich in die Fahrrinne hineinragten.

Als sie wieder in der unteren Bucht auf die Raritan Bay zusteuerten, ließ der Kapitän die Offiziere und den Master in die Kajüte bitten. »Meine Herren, der Admiral hat Nachricht erhalten, daß der französische Vizeadmiral D'Estaing mit einer uns überlegenen Flotte wahrscheinlich zur Küste von Virginia gesegelt ist. Zu unserer Verstärkung ist Vizeadmiral Byron aus England unterwegs, aber bis er eintrifft, sind wir unterlegen. Wenn D'Estaing vor New York gemeldet wird, will der Admiral eine Verteidigungsposition bei Sandy Hook aufbauen. Wir werden unsere Schiffe so verankern, daß wir die Fahrrinne nach New York mit unseren Breitseiten bestreichen können. Wer uns angreifen will, muß über die Sandbank, die zeitweilig unter zwei Faden Tiefe hat.«

Bates hob die Hand, und Brisbane forderte ihn mit einem Nicken zum Sprechen auf.

»Sir, wenn wir die Landzunge von Sandy Hook nicht ausreichend besetzen, könnte man unsere Verteidigungsstellung leicht von hinten aufrollen.«

»Sie haben völlig recht. Wir sollen daher Ausschau nach den Vorausabteilungen von General Clinton halten und ihn bitten, nicht mit allen Truppen nach New York überzusetzen, sondern einige Regimenter und einige Batterien auf Sandy Hook zu stationieren.«

Am 4. Juli 1778 meldete der Ausguck Truppenbewegungen an der Küste von New Jersey. Es war die Vorhut Clintons. Der Kapitän ließ sofort einen Kutter aussetzen und befahl den Leutnants Bondy und O'Byrne, ihn mit zehn Seesoldaten zu begleiten. David wurde als Dolmetscher mitgenommen, da ein erheblicher Teil der Armee von deutschen Truppen gestellt wurde.

Sie marschierten über die staubige Straße der Vorhut entgegen, da sie keinen Wagen in der Nähe auftreiben konnten. David überlegte schon, wie lange der Kapitän wohl Freude am Fußmarsch haben würde.

Hinter den Büschen tauchten die grünen Uniformen einer Rangertruppe auf. Die Soldaten waren erschöpft und grau vom Staub der Straße. Ein Leutnant kam auf sie zu, stellte sich vor und fragte nach ihren Wünschen. Brisbane erklärte, daß er den Oberkommandierenden oder ein Mitglied seines Stabes sprechen müsse. Der Leutnant nahm seinen Hut ab und wischte sich den Schweiß von der Stirn. »General Knyphausen kommandiert die in Front marschierenden Divisionen, die den Train schützen. Aber ob General Clinton jetzt bei ihm ist, weiß ich nicht. Gehen Sie nur auf dieser Straße weiter. Man wird Ihnen schon Auskunft geben, Sir.«

Nun strömten ihnen die Kolonnen entgegen. Die britischen Rotröcke, hessische und braunschweigische Regimenter und dazwischen immer wieder Trainwagen und Kanonen. Die Truppen sahen müde und abgespannt aus, wahrten aber gute Ordnung.

Brisbane ordnete an, daß sie etwas seitab von der Straße warten sollten, um dem Staub zu entgehen. Ein Reitertrupp trabte an den Truppen vorüber und hielt, als er sie sah.

Endlich hatten sie Kontakt mit Offizieren aus Clintons Stab. Der Oberst, der den Trupp führte, ließ nach einem Wagen für Brisbane suchen und sandte einen Boten zu General Clinton, daß sie Verbindung mit der Flotte hätten. Als der Wagen eintraf, ordnete er einen Hauptmann ab, der Brisbane nach Keyport geleiten sollte, wo er den General treffen könne. Leutnant Bondy mit den Seesoldaten erhielt Befehl, zum Schiff zurückzukehren.

Der Wagen mußte oft halten, da die schweren Trainwagen und die Munitionswagen der Artillerie meist mehr als die Hälfte der Straße in Anspruch nahmen. David wunderte sich, was nicht alles an Troß mit den Truppen zog. Frauen mit leichten Planwagen, aus denen Kinderköpfe hervorlugten. Kleinere Herden Rindvieh oder Schafe wurden vorangetrieben. Hunde rannten um die Wagen und Herden herum.

Brisbane bemerkte: »Da haben wir es besser. Wir können unsere Bagage in den untersten Decks stauen.«

»Aber auf die Weiber müssen wir verzichten, Sir«, wandte O'Byrne ein.

»Das fehlte uns noch«, war Brisbanes einziger Kommentar. Schließlich erreichten sie die kleine Siedlung. Vor einem größeren Haus wehte die Flagge des kommandierenden Generals, und Posten bewachten den Eingang. Brisbane wurde von dem Hauptmann hineingeführt, und O'Byrne und David sollten beim Wagen warten.

O'Byrne war durstig. »Ob man hier etwas zu trinken bekommt?«

David sah sich um und fragte einen Posten. Der zeigte auf eine kleine Ansammlung vor dem dritten Haus. »Dort ist eine Wirtschaft, Sir, aber Sie sehen ja, wie belagert sie ist.«

Das konnte O'Byrne nicht abhalten. Er sagte dem Kutscher Bescheid, wo sie zu finden seien, und stiefelte mit David los.

Sie drängelten sich durch das Gewimmel der Soldaten, die vor der Wirtschaft aus einem Bierfaß bedient wurden, in den kleinen Hof, wo an einigen Tischen Offiziere der verschiedensten Waffengattungen saßen.

»He«, rief einer, »seht mal dort, die Navy gibt sich die Ehre!« Fast alle blickten zu ihnen hin. Von einem Tisch stand ein Offizier auf und trat auf sie zu. »David, welch eine Freude!«

David erkannte Abercrombie, der ihm die Hand entgegenstreckte, aber er hatte die Abzeichen eines Majors.

»George, schön, Sie zu sehen, aber Sie waren doch vor kurzem erst Hauptmann.«

»Auch bei uns geht es manchmal schnell. Meine Truppe war in mehreren Gefechten erfolgreich, und da wird nun mal der kommandierende Offizier befördert. Setzen Sie sich zu uns.«

David stellte O'Byrne vor und nahm bei den Leutnants und Hauptleuten aus Abercrombies Bataillon Platz. Sie erhielten ihre Krüge Bier und erzählten, wie es ihnen ergangen war. »Wir sind mit unserem Kapitän hier, der mit General Clinton spricht. Es kann sein, daß er uns jeden Augenblick rufen läßt.

Er ist sehr in Eile, denn die französische Flotte kann jeden Tag auftauchen.«

»Na, hoffentlich halten Sie sie uns vom Hals, denn wir haben schon mit Washingtons Armee genug zu tun.«

»Wir werden es schon schaffen. Lord Howe ist ein bewährter Flottenführer, wir kennen die Gewässer, und der französische Admiral soll nur als Armeegeneral Erfahrung haben, aber nicht zur See.«

»Wir wünschen der Flotte viel Erfolg, aber warum sind Sie selbst noch nicht befördert worden nach all Ihren Taten?«

O'Byrne mischte sich ein. »Sir, das ist in der Flotte sehr streng. Man muß zwanzig Jahre alt sein, sechs Jahre zur See gedient haben, davon zwei als Midshipman, und das Leutnantsexamen bestanden haben.«

»Wie lange müssen Sie dann noch warten, Mr. Winter?«

»Dreieinhalb Jahre, Sir.«

»Das kann doch nicht wahr sein! Ich habe Marineleutnants gesehen, die waren siebzehn oder achtzehn Jahre alt und hatten nur einen Bruchteil Ihrer Gefechtserfahrung.«

»Es gibt die Ausnahme der sogenannten ›Heldenbeförderung‹, Sir. Aber die trifft erstaunlicherweise immer die Söhne von Admiralen oder von hohen Admiralitätsbeamten.«

»Erstaunlicherweise«, betonte Abercrombie sarkastisch. »Wissen Sie, was ich erstaunlich finde? Daß unsere Armee und Flotte immer noch so große Leistungen vollbringen trotz der Vetternwirtschaft.«

Vom Hoftor rief der Kutscher nach O'Byrne und David. Sie tranken hastig ihr Bier aus, schüttelten Abercrombie die Hand, winkten den anderen zu und eilten davon.

»Beeilung, meine Herren. Wir haben keine Zeit zu verlieren. Die Armee baut schon eine Pontonbrücke nach Sandy Hook und will sie mit fünfzehntausend Mann überqueren. Das Fünfzehnte und das Vierundvierzigste Regiment werden Sandy Hook besetzen, aber die anderen Truppen muß die Flotte nach New York bringen. Sie, Mr. Winter, werden mit der Pinasse und meinen Berichten sofort zur Admiralität nach Manhattan segeln, und Sie, Mr. O'Byrne, werden alle unsere Zimmerleute und Schlosser zusammenholen und eine Behelfspier bauen.«

Die Fahrt im Pferdewagen war ihre letzte ruhige Zeit für die nächsten Tage. David eilte nach New York, was Segel und Riemen der Pinasse hergaben. Seine Nachricht löste bei der Admiralität hektische Betriebsamkeit aus. Er hatte auf dem Rückweg kaum die Enge zwischen Staten Island und Brooklyn erreicht, da sah er hinter sich im Hudson die ersten Schiffe schon Segel setzen. Und vor dem Anlegen an der *Anson* sah er, wie die Balken für die Pier eingerammt und miteinander verbunden wurden.

David konnte nach seiner Meldung an Bord nur kurz etwas essen, dann wurde er zu Leutnant Bates und Hauptmann Barnes befohlen, die an Land die Einschiffung der Infanterie regeln sollten. »Wie das mit den Wagen und Kanonen werden soll, das wissen wir noch nicht. Da muß die Armee ihre Pioniere schicken und die Flotte ihre Transportfachleute. Sie müssen uns helfen, Mr. Winter, die Hessen und Braunschweiger auf die Schiffe zu bringen.«

»Sir, ist der Maat Hansen schon abkommandiert worden? Er spricht auch deutsch.«

»Er wird mit dem nächsten Boot eintreffen. Und wir sollten uns dort aufstellen, um die Truppen einzuweisen, bevor sie den Strand erreichen. Mr. Barnes, würden Sie bitte Ihre Seesoldaten zu diesem Platz kommandieren?«

Armee und Flotte zeigten in den nächsten Tagen, wozu sie fähig waren. Die ersten Kolonnen erreichten das Ufer, als die ersten Transportschiffe ihre Boote aussetzten und zur Pier rudern ließen. Und so griff ein Rädchen in das andere, um die Operation gelingen zu lassen.

In der Morgendämmerung des 8. Juli passierte eine Fregatte Sandy Hook auf dem Wege nach Manhattan und brachte die Nachricht, daß die französische Flotte die Mündung des Delaware erreicht habe. Schnell verbreitete sich die Information, daß zwei Linienschiffe mit achtzig Kanonen, sechs mit vierundsiebzig, drei mit vierundsechzig, eines mit vierundfünfzig und vier Fregatten in Kürze New York bedrohen würden. David hatte gerade eine hessische Abteilung nach Manhattan begleitet und wollte sich zur Rückkehr einschiffen, als er miterlebte, welche Woge vaterländischer Begeisterung die Nachricht auslöste.

Lord Howe hatte um Freiwillige aus den Transportern und den Armeeregimentern gebeten, da er den Transporter *Leviathan* mit Kanonen der Armee als Linienschiff einsetzen wollte und da er mehrere hundert kranke Seeleute ersetzen mußte. David hatte noch nie gesehen, daß sich Matrosen der Handelsflotte zur Kriegsflotte drängten. Nun erlebte er es und erfuhr, daß die Armeesoldaten losten, wer sich freiwillig melden durfte. Zu ihm, dem kleinen Midshipman, kam der Kapitän eines Handelsschoners gelaufen und fragte, ob er sein Schiff nicht als Feuerschiff umrüsten und zur Verfügung stellen könne.

Beeindruckt und verwundert berichtete er Kapitän Brisbane von dieser Begeisterung. »Mr. Winter, Sie sind Hannoveraner und verstehen das vielleicht nicht so ganz. Der Krieg gegen die Kolonien war in Armee und Flotte nie populär. Wir haben unsere Pflicht getan, aber oft gegen unsere Neigung. Der Kampf gegen Frankreich dagegen, das ist der Kampf gegen den alten Feind, der uns immer an die Kehle wollte. Sagen Sie einem Engländer, daß es gegen die Froschfresser geht, und er folgt Ihnen bis ans Ende der Welt.«

Staunend sah David, wie fünf Linienschiffe und die *Leviathan* mit der *Anson* von der Spitze Sandy Hooks aus längs der Fahrrinne ankerten, wie sie ein Springseil auf ihre Ankerkabel setzten, um die Schiffe in andere Schußpositionen bringen zu können, und wie die Besatzungen mit begeisterter Wut die Geschützübungen durchführten.

»Mr. Winter und Mr. Reed zum Kapitän.«

Dort wartete schon Leutnant Purget.

»Meine Herren, wir müssen erfahrene Offiziere auf die *Leviathan* abkommandieren. Nehmen Sie Ihre Sachen, und machen Sie der *Anson* Ehre. Gehen Sie nun, wir bleiben ja in Sichtweite!«

Das war das letzte Mal, daß David Kapitän Brisbane in diesem Jahr sehen sollte.

Als Lord Howe am 10. Juli erfuhr, daß Truppen der Kolonisten nördlich von New York den Hudson überquerten und nach Neuengland marschierten, brauchte er nicht viel Phantasie, um zu erraten, daß sie Rhode Island angreifen wollten. Unverzüglich schiffte er Verstärkungen ein und entsandte Brisbane als Commodore der dort verbliebenen britischen Schiffe. »Ich verfüge über keine anderen Offiziere, die Erfahrung als Befehlshaber von Flottenverbänden haben. Ich muß Sie daher hier noch einsetzen, bevor ich Sie zu Ihrem neuen Kommando in Europa entlassen kann, Brisbane.«

Am 9. Juli 1778 segelte Brisbane mit fünfzehn Transportern nach Rhode Island ab, um die dortigen Truppen zu verstärken und den kleinen Flottenverband zu übernehmen. Er sah lange zur *Anson* zurück, die er so gern kommandiert hatte und mit der er so große Erfolge erlebt hatte.

Als Brisbanes Transportflotte außer Sicht geraten war, näherte sich ein Kutter der *Anson*, der auf Anruf mit dem Namen des Schiffes antwortete und damit zu erkennen gab, daß der neue Kommandant an Bord käme. Leutnant Bates ließ sofort die Wache der Seesoldaten und sämtliche Offiziere heraustreten und begrüßte Lord Battesham an der Fallreepspforte.

Mit Verwunderung sah Bates, daß der neue Kapitän nicht nur auf dem weißen Revers die Goldknöpfe in Zweierreihen angeordnet hatte, wie es bei Kapitänen mit weniger als drei Dienstjahren üblich war, sondern auch eine Epaulette auf der rechten Schulter trug. Bates hatte schon gehört, daß Epauletten bei Kapitänen in Mode kämen, aber er sah zum ersten Mal diese goldschimmernde Schulterauflage mit den herunterhängenden Quasten.

Ein Räuspern erinnerte Leutnant Bates, daß er vor Überraschung seine Pflichten versäumte, und er meldete hastig Wache und Offiziere der *Anson*. Er vergaß auch nicht, Mylord statt Sir zu sagen, so daß ihm der Lord mit dem Anflug eines Lächelns die Hand reichte.

Lord Battesham war etwa fünfundzwanzig Jahre alt, schmal in Statur und Gesicht, blaß und blondhaarig. Seine grauen Augen blickten ruhig und gelassen, aber ohne besondere Anteilnahme. Er schritt die Reihen der Seesoldaten ab und ließ sich dann die Offiziere vorstellen. Zu ihnen sagte er: »Meine Herren, sobald ich mich in meiner Kajüte etwas auskenne, werde ich Sie zu einer Besprechung bitten, um Ihnen meine Vorstellungen von der Schiffsführung mitzuteilen. Leutnant Bates, lassen Sie dann bitte die Mannschaften antreten.«

»Aye, aye, Sir – Verzeihung – Mylord.«

Die Mannschaften traten divisionsweise an und blickten neugierig zum Achterdeck, wo die schlanke, goldbetreßte Gestalt an die Brüstung trat, ihre Bestallungsurkunde entrollte und verlas. Die Admiralität des Vereinigten Königreiches und Irlands bestellte darin Lord Battesham zum Kapitän Seiner Majestät Schiff *Anson* und verpflichtete jeden Offizier und Mann, seinen Befehlen unbedingten Gehorsam zu leisten.

Lord Battesham rollte die Urkunde zusammen und befahl: »Zahlmeister, eine Extraration Grog für die Mannschaften.« Das aufbrandende Hipp, hipp, hurra wehrte er mit einer kleinen Handbewegung ab.

Auf der *Leviathan*, die neben der *Anson* verankert war, hatte David bemerkt, daß der neue Kapitän an Bord gegangen war. Aber er konnte dem Vorgang nicht viel Aufmerksamkeit widmen. Da die *Leviathan* als schwimmende Batterie gedacht war, hatte er keine Navigationsaufgaben und war als Batterieoffizier für die Geschütze auf dem Vordeck eingeteilt. Robert Reed war ihm als Vertreter zugeordnet. David war darüber nicht glücklich, denn Reed, der ihm zunächst als netter Kerl erschienen war, hatte sich nach Davids Erfolgen auf Martinique ablehnend gezeigt und die eine oder andere hämische Bemerkung von sich gegeben. David beschloß nach einigem Überlegen, sich Reed gegenüber strikt neutral und sachlich zu verhalten.

Wieder mußte er die Befehle zum Laden der Geschütze hinausbrüllen, damit sich die aus Soldaten und Handelsmatrosen gemischten Bedienungen an den einheitlichen Drill gewöhnten. Am dritten Geschütz gab es wieder Kuddelmuddel. Die Bedienung behinderte sich gegenseitig, Handspake und Wischer polterten auf den Boden.

Mit Mühe zwang sich David zur Ruhe. »Mr. Reed, stellen Sie bitte alle Mann bei Nummer drei auf ihre Posten, und beobachten Sie dann, wer die Kommandos nicht kapiert.«

Robert Reed antwortete: »Aye, aye, Sir!«, und David war sich nicht sicher, ob da ein ironischer Unterton mitschwang.

»Alle Mann herhören!« rief David dann. »Ich habe diese monotonen Übungen genauso satt wie ihr. Aber im Gefecht hängt alles davon ab, daß ihr diese Bewegungen schnell und mechanisch ausführen könnt, komme was da wolle. Wenn die Kugeln über Deck pfeifen, dann flattern jedem die Hosen. Da könnt ihr nicht mehr nachdenken, was ihr als nächstes tun müßt, da müssen eure Arme und Beine das von selbst tun. Ihr mögt euch in den Bordellen aller Hafenstädte besser auskennen als ich, aber Gefechte auf See habe ich öfter erlebt. Und wer sich jetzt nicht Mühe gibt, dem werde ich auf der Freiwache die Beine langziehen, daß er nicht mehr in die Hängematte paßt. Also noch einmal!«

Vielleicht klappte es etwas besser, aber in zwei Tagen konnte man keine Geschützbedienungen zu Höchstleistungen bringen. David tauschte Positionen an den Kanonen um, machte Handgriffe vor, spornte an und tadelte. Als es acht Glasen der Nachmittagswache schlug, ließ er die Mannschaften wegtreten.

Robert Reed schlenderte auf ihn zu. »Damit ist wohl noch keine Anerkennung zu verdienen.«

David war unsicher, ob das wieder eine Anspielung war, entschloß sich dann zu der Antwort, daß die wichtigste Anerkennung hier wohl darin liege, daß sie gegen einen überlegenen Feind bestehen könnten.

Gott sei Dank hatten sie auf der *Leviathan* mehr Platz als sonst, da das Schiff vor allem Mannschaften zum Bedienen der Kanonen hatte, aber nicht die volle Mannschaft zur Bedienung der Segel. David wischte sich den Schweiß am Wasserbecken ab und ging an den Spind, den er hier hatte. Er war fast leer, denn die Seekiste war noch auf der *Anson*. Aber

David nahm einen Apfel heraus und biß mit Genuß hinein. Bald gab es das Abendessen, und dann wollte er noch ein wenig lesen. Leutnant Murray hatte ihm eine Reisebeschreibung von den Küsten Afrikas geliehen, die ihn fesselte.

Am nächsten Vormittag, während er wieder seine Batterie exerzierte, sah David, daß mehrere Kutter an der *Anson* anlegten. Sie entluden nicht nur Säcke und Kisten mit Verpflegung, sondern auch lebendes Vieh, einige Schweine und Geflügel. Sogar Möbel wurden mit den Ladebäumen an Deck gehievt. »Die spartanische Zeit auf der *Anson* scheint vorbei zu sein«, murmelte Robert Reed. Aber sie hatten keine Zeit für längere Beobachtungen, sondern mußten wieder und wieder den Drill des Ladens und Ausrennens durchgehen.

Am Nachmittag hatte ihr Kapitän, ein Commander von etwa fünfundvierzig Jahren, sogar durchgesetzt, daß jedes Geschütz zwei Runden scharfschießen konnte. Die Kutter wurden eingeteilt, um Scheiben zu verankern. Die Batterie mit dem besten Trefferanteil sollte anschließend dienstfrei bekommen.

David war froh, daß seine Kanonen im Mittelfeld lagen. Er war vorher pessimistischer gewesen. Er redete seinen Leuten gut zu, daß sie auf dem besten Wege seien, denn die Mannschaften schienen mit dem Mittelplatz weniger zufrieden zu sein als er. Zwei Bedienungen machten sogar Vorschläge zum Austausch der Richtkanoniere, die Überlegung und Mitdenken verrieten.

»Das ist mir mehr wert als heute der erste Platz«, bemerkte er nach dem Drill zu Robert.

»Und ich hätte gedacht, du wolltest immer die Nummer Eins sein.«

»Hör mal zu, mein Lieber! Du stänkerst seit Martinique immer wieder. Ich habe nicht darum gebeten, daß man mich in der Öffentlichkeit lobt. Ich will meine Aufgaben nur so gut erfüllen, daß ich und meine Leute überleben. Du kannst genau dasselbe tun, und wenn es dir gut gelingt, werde ich nicht neidisch sein. Also hör auf zu mosern und hilf mir, die Batterie zu besseren Leistungen zu bringen.«

Robert Reed kniff die Lippen zusammen, sagte aber nichts.

Am nächsten Tag wurde die Aufmerksamkeit beim Geschützdrill nachhaltig gestört. Der Ausguck meldete die Ankunft der französischen Flotte. David wurde vom Commander gerufen und mußte mit dem Teleskop in den Masttopp. Da segelten sie heran, zwei große Dreidecker mit achtzig oder mehr Geschützen, zehn Linienschiffe und drumherum sechs Fregatten und einige kleinere Sloops und Briggs. Das waren schöne Schiffe! Sie ankerten an der Atlantikküste vor Sandy Hook, und sogleich ruderten Boote zum Strand und nahmen dort wartende Menschen auf, ohne Zweifel Vertreter der Kolonisten.

Als David dem Commander berichtet hatte, meinte der: »Sie werden auch ortskundige Lotsen an Bord genommen haben. Wenn die sie hier hereinbringen, erwartet uns ein heißer Tanz. Wir werden noch eine Stunde mit den Kanonen üben und dann die Enternetze riggen und die Abwehr von Enterangriffen exerzieren.«

Der nächste Morgen zeigte keine Änderung in der Position der französischen Schiffe. David mußte einige Male mit dem Teleskop aufentern, um zu prüfen, ob irgendwelche Änderungen oder Vorbereitungen erkennbar wären, aber außer der Übernahme von Proviant und Wasser konnte er nichts erkennen.

Auch der nächste Tag brachte keine Änderung. Die Mannschaften der britischen Schiffe übten an den Kanonen, und die französische Flotte lag unbeweglich da, wenn man von dem Bootsverkehr zum Strand und den am Horizont herumwieselnden Fregatten absah.

Allmählich sprach sich in der britischen Flotte herum, was sich da an feindlicher Macht versammelt hatte. Die *Languedoc*, D'Estaings Flaggschiff mit achtzig Kanonen, die *Tonnant* mit der gleichen Anzahl von Kanonen, sechs Vierundsiebziger, zwei Vierundsechziger und ein älteres Schiff mit fünfzig Kanonen.

»Die könnten bei richtiger Führung doch Hackfleisch aus uns machen, warum kommen die nicht?«

Der erfahrene Handelsschiffkapitän, der auf der *Leviathan* als Master diente, meinte: »Die Lotsen trauen sich nicht, die großen Pötte über die Sandbank zu bringen. Sie loten schon den ganzen Tag. Aber ich kann sie verstehen, Kapitän. Sie werden auf eine besonders hohe Flut warten.«

David war wieder einmal überrascht, wie wenig die Seeleute durch die Überlegenheit der feindlichen Schiffe beunruhigt wurden. Sie selbst hatten außer der *Leviathan* nur sieben Linienschiffe mit vierundsechzig Kanonen zur Verfügung, dazu einen Fünfziger und sechs Fregatten. Aber der britische Seemann war in seiner Überzeugung nicht zu erschüttern, daß Briten es mit der dreifachen Übermacht zur See aufnehmen könnten. Die Offiziere untergruben dieses Selbstvertrauen nicht, sofern sie es nicht sogar teilten, sondern waren nur bedacht, daß es nicht in Sorglosigkeit ausartete.

Die nächsten Tage verliefen in unerwarteter Monotonie. Jedes Morgengrauen erlebten sie an geladenen Geschützen. Dann meldete der Ausguck, daß die französische Flotte in unveränderter Position vor Anker liege, und der Routinedrill an Kanonen und Handwaffen nahm seinen Lauf. Die Monotonie ließ die anfängliche Begeisterung ermatten. Immer häufiger wurden Soldaten und Seeleute wegen Trunkenheit ausgepeitscht. Die Schlägereien untereinander nahmen zu. David konnte einmal einen Soldaten nur mit gezogenem Entermesser davon abhalten, einen Seemann zu ermorden.

Die Abende waren anfangs sehr unterhaltsam gewesen. Die Maate der Handelsschiffe hatten Erlebnisse zu erzählen, die für Midshipmen neu und faszinierend waren. Einige waren bis nach China gesegelt, hatten gegen Piraten bei den Molukken, gegen kriegerische Eingeborene auf Madagaskar gekämpft und mit Huren aller Hautfarben geschlafen. Dann aber wurden die Abenteuer schal. Man merkte, wer aufschnitt, und die bescheideneren Erzähler hielten sich zurück. Das Warten zehrte an ihren Nerven.

Im Morgengrauen des 22. Juli war die Spannung besonders stark. Der Admiral hatte erhöhte Alarmbereitschaft befohlen, da der Wind für einen Angriff der Franzosen günstig war und der Mondstand eine besonders hohe Flut erwarten ließ. Aber der Ausguck konnte keine Veränderung in der Position der französischen Schiffe erkennen, nur verstärkte Tätigkeit in der Takelage. Frühstück wurde nur divisionsweise ausgegeben. Die Geschütze blieben besetzt.

»An Deck! *Languedoc* setzt Segel!«

Der Commander befahl David mit dem Teleskop in den Mast. Er sah, wie auch die anderen Schiffe Segel setzten. Aber dann, er konnte es kaum glauben, nahmen sie Kurs Südost.

David rief: »An Deck! Französische Flotte segelt mit Kurs Südost ab!«

Hurrageschrei antwortete ihm, und auch auf den anderen Schiffen schrien die Seeleute ihre Erleichterung hinaus.

Auf dem Flaggschiff stiegen Signale empor, und Fregatten folgten den abziehenden Franzosen im Kielwasser. Die Kapitäne wurden zum Admiral befohlen. Die Flotte blieb in ihrer Position verankert, aber Vorbereitungen zum Inseegehen mußten getroffen werden. Der Geschützdrill fiel aus.

An Bord herrschte gehobene Stimmung. Es war nicht nur Erleichterung nach der elftägigen Anspannung, es war auch ein Gefühl, den Gegner zum Zurückweichen gezwungen zu haben, ob nun im Kampf oder nicht.

Der Master bat David: »Mr. Winter, ich habe meine nautischen Instrumente im Unterdeck in der Kammer neben dem Kabelraum verstaut. Hier ist der Schlüssel. Sie erkennen meine Kiste an dem roten Holz und an meinem Namen. Holen Sie sie mir bitte. Es sieht ja so aus, als hätten wir bald etwas zu navigieren.«

David stieg die Niedergänge hinab und orientierte sich im Halbdunkel. Da war die Kammer. Aber das Schloß war geöffnet, die Tür nur von innen verstellt. David drückte kräftig mit seiner Schulter gegen die Tür, die aufschwang. Er erstarrte und schüttelte den Kopf, weil er nicht glauben konnte, was er sah.

Robert Reed stand mit heruntergelassenen Hosen hinter einem Trommlerjungen der Soldaten, der ihm seinen nackten Hintern gebückt entgegenreckte.

»Robert, was tust du da?« stieß er hervor und ärgerte sich sofort über diese überflüssige Frage.

Der Trommlerjunge hatte sich halb umgewandt und grinste. »Sind die bei euch alle so blöd, Rob?«

Reed zog sich die Hosen hoch und blaffte: »Halt dein Maul!« Aber bevor er etwas zu David sagen konnte, hatte der den roten Kasten des Masters gegriffen, den sie vor die Tür gestellt hatten, und lief nach oben.

Er war völlig verwirrt. Ein Kamerad von ihm war homosexuell. Er hatte nie ein Anzeichen bemerkt. Und dieser Trommlerjunge, dreizehn oder vierzehn Jahre mochte er sein, war ja abgebrüht wie eine Hure.

David schüttelte sich, weil ihn anwiderte, was er gesehen hatte. War dieser Reed von Sinnen? Er hatte doch oft genug den 29. Kriegsartikel beim Sonntagsappell gehört. David murmelte die Worte vor sich hin, als ob er sich vergewissern wollte. »Wenn ein Mitglied der Flotte die unnatürliche und verabscheuungswürdige Sünde der Homosexualität oder Sodomie mit Mann oder Tier praktiziert, soll er durch das Kriegsgericht mit dem Tode bestraft werden.«

»Mit dem Tode bestraft werden«, wiederholte David noch einmal. Es gab keine andere Strafe dafür. Was sollte er tun? Der Gedanke, daß zwei Männer das taten, was ihn mit Diane so glücklich gemacht hatte, ekelte ihn. Aber sollte er einen Kameraden an den Galgen liefern? Er war ratlos und reichte den Kasten wortlos dem Master.

»Was haben Sie denn, Mr. Winter, Sie sehen ja ganz verstört aus?«

David besann sich schnell. »Mir ist eine Ratte ins Gesicht gesprungen und hat mich wahnsinnig erschreckt, Sir.«

»Ja, die Biester fressen einen eines Tages noch auf.«

Robert Reed trat später an Deck zu David. Seine Miene drückte Trotz, aber auch Unsicherheit aus. »Hast du mich schon gemeldet? Nun kannst du mir doch alles heimzahlen.«

»Du ekelst mich an, Robert, und nicht nur wegen der Sauerei, die du mit dieser männlichen Hure treibst. Du hast einen fiesen Charakter. Aber ich denunziere keinen Kameraden. Wenn du es aber an Bord unseres Schiffes mit einem unserer Jungen treibst, dann bist du dran.«

David wandte sich ab. Wohl war ihm nicht. Auch die

Leviathan war ja jetzt sein Schiff, und der Artikel 29 galt hier wie auf der *Anson*. Er war einfach zu feige, Robert dem Galgen auszuliefern. Und eigentlich war er auch nicht überzeugt, daß diese Strafe angemessen war. Wenn Robert einen Jungen dazu gezwungen hätte, wäre es anders. Dann hätte er es gemeldet. Aber so? David merkte, wie er wütend wurde auf den Kerl, der ihn in diese Gewissenskonflikte gebracht hatte.

»Mr. Winter, Sie denken wohl schon daran, daß wir bald wieder auf die *Anson* kommen.« Der lange Mr. Purget lächelte freundlich auf ihn herab.

»Ja, Sir. Man fühlt sich doch wohler in einer eingespielten Crew.«

»Das stimmt. Man hat Freunde gewonnen, die man ungern missen möchte. Aber wir wissen nicht, wie es unter dem neuen Kapitän werden wird. Was Mr. Brisbane für ein hervorragender Kommandant war, werden viele wohl erst merken, wo er nicht mehr da ist.«

Als sie ein paar Tage später auf die *Anson* zurückkehrten, schien die Mannschaft aber mit dem neuen Kapitän zufrieden zu sein. Er hatte für gutes Geschützexerzieren Extrarationen Grog spendiert und auf seine Kosten Frischfleisch aus New Jersey liefern lassen. Auch die Offiziere waren bei Champagner und gutem Essen seine Gäste gewesen.

»Im Vertrauen, Mr. Winter, für mich sieht das wie Anbiederei aus, aber ich bin wohl sehr altmodisch«, äußerte Mr. Hope seine Meinung.

Die Fregatten meldeten, daß die Franzosen zum Delaware gesegelt seien. Durch Spione hörten sie, daß die Kolonisten maßlos enttäuscht seien über den Rückzug des französischen Admirals. Die britische Schiffssperre bei Sandy Hook wurde aufgelöst, und die Schiffe konnten abwechselnd nach New York einlaufen.

Als die *Anson* dort am Kai lag, kamen Handwerker einheimischer Firmen an Bord und gestalteten nicht nur die Kapitänskajüte neu, sondern verzierten auch die Galionsfigur mit Goldauflagen und erneuerten den Anstrich des Rumpfes und ergänzten ihn mit einer breiten gelben Borte zwischen den Geschützpforten des Unter- und des Oberdecks. Die Offiziere erhielten ihre Anweisungen, was der Kapitän von der Erneuerung ihrer Kleidung erwarte, und die Crew der Kapitänsgig wurde mit schwarzen Hosen, roten Blusen und Strohhüten einheitlich eingekleidet. Für David war das nicht überraschend, aber einige Offiziere wirkten doch etwas irritiert.

O'Byrne, mit David nach den gemeinsamen Abenteuern auf Martinique recht vertraut, flüsterte ihm zu: »Der Murray ist sauer. Er hat die Tasche nicht voll mit Prisengeld aus der Karibik und muß Schulden machen für die neuen Uniformen. Und der Lord hat sich für seine Schießtechnik überhaupt noch nicht interessiert.« David nickte verständnisvoll.

Aber andere Ereignisse lenkten ihre Aufmerksamkeit ab. Die *Renown*, ein kleines Linienschiff mit fünfzig Kanonen, lief aus Westindien zur Verstärkung ein, und am nächsten Tag legten noch ein Vierundsechziger und ein weiteres Fünfzigkanonenschiff aus Halifax an. Und dann kroch am 30. Juli ein beschädigtes Vierundsiebzigkanonenschiff in den Hafen ein, das erste Schiff aus Byrons Flotte, die zu ihrer Verstärkung vor vielen Wochen in England ausgelaufen war.

Wieder einmal schwirrten die Gerüchte durch die Flotte. Mr. Hope schüttelte seinen Kopf. »Man muß bald an Hexerei glauben. Admiral Byron hat in der Flotte den Spitznamen ›Schlechtwetter-Jack‹. Und was passiert? In der Mitte des Atlantiks gerät seine Flotte in einen Jahrhundertsturm, und auf der *Cornwall*, die hier beschädigt einlief, weiß man nichts vom Schicksal der anderen Schiffe. Man sollte mehr auf die Spitznamen der Admirale achten!«

Robert Reed hatte Davids Nähe auf der *Anson* gemieden, und David war froh darüber. Sein Verhältnis zu Matthew Palmer war wieder freundlich und entspannt, vielleicht, weil Robert Reed sich mit Äußerungen gegen David zurückhielt. Und mit Andrew Harland, Barry McGaw, Jerry Desmond und den anderen Midshipmen hatte es nie Probleme gegeben.

An diesem Abend, an der Tafel des Kapitäns, saß Robert aber neben David, und beide waren bemüht, unbefangen zu wirken. Zunächst waren sie auch beeindruckt von der Pracht, die sie nun umgab. Brisbanes schlichte Kajüte war nicht wiederzuerkennen. An den Wänden hingen Seidengobelins mit romantischen Schiffsmotiven. Den Boden deckten Orientteppiche, und die Möbel waren aus rötlichem Mahagoni. David überlegte, was es wohl an Zeit und Mühe koste, das bei Gefechtsbereitschaft alles zu demontieren und im Unterdeck zu verstauen.

Das Geschirr war aus Porzellan, die Gläser aus Kristall und die Bestecke aus gutem Sterlingsilber.

Lord Battesham klopfte an sein Glas. »Meine Herren, ich begrüße Sie an diesem Abend als meine Gäste. Einige von Ihnen sind zum ersten Mal nach der Renovierung in meiner Kajüte. Sie mögen sehen, daß ich auf einen gewissen Stil Wert lege. Die Flotte Seiner Majestät ist keine Flotte von Kohlenprähmen, und die Offiziere sind keine Kohlenknechte. Das hat sich in Ihren Uniformen und in Ihrem Lebensstil auszudrücken. Ich hoffe, daß man die Ansons künftig an ihrem Stil erkennt. Den Toast, Mr. Desmond!«

Jerry hob sein Glas. »Auf Seine Majestät, unseren König und Herren, und Verderben seinen Feinden!«

Sie tranken im Sitzen, ein Vorrecht der Flotte mit Rücksicht auf die oft niedrigen Decks. Die Stewards legten das Vorgericht unter den kritischen Augen eines Butlers auf, den Lord Battesham mitgebracht hatte.

Mr. Black wollte die Gabel mit dem ersten Bissen des Vorgerichts in den Mund stecken, als Lord Batteshams etwas näselnde Stimme das Geplauder übertönte. »Wenn Sie gestatten, Mr. Black, dann möchte ich Ihnen allen noch ›bon appétit‹ wünschen.« Blacks blasses Gesicht rötete sich, aber Leutnant Bates war nicht zu überraschen. »Bon appétit, Mylord.«

Das Essen war gut. Die Weine sicher auch, obwohl David davon nicht viel verstand und außer einem süßen Port auch Wein nicht so gern trank.

Die Unterhaltung war lebhaft. David war bisher von Lord Battesham nie auf seine kurze Dienstzeit auf der Albion angesprochen worden und stutzte, als der Kapitän seine Stimme erhob: »Einen Offizier unseres Schiffes kenne ich bereits aus früherer gemeinsamer, wenn auch kurzer Dienstzeit. Ich freue mich, daß Mr. Winter auch danach seinem Ruf als tapferer Offizier gerecht geworden ist, und erwarte das auch von den anderen Herren.« David starrte auf seinen Teller.

Mußte der Lord ihn jetzt wieder herausstreichen, wo doch der Neid ein wenig eingeschlafen war? Als David aufsah, blickte er in unbewegte Mienen, nur der Master lächelte freundlich, und O'Byrne zwinkerte ihm zu.

Aber Battesham hatte schon ein neues Thema angeschlagen. »Lord Howe vermutet nach Informationen unserer Aufklärungsfregatten, daß die französische Flotte nach Rhode Island segelt. Wenn das sich bestätigt, werden wir sicher auslaufen und den Kampf suchen.«

Der Befehl, am nächsten Tag auslaufbereit zu sein, erreichte sie wenige Stunden später. In unermüdlicher Arbeit war auch die *Cornwall* wieder repariert worden und gefechtsbereit. Sieben Linienschiffe, vier Schiffe mit fünfzig Kanonen, zwei große Fregatten und etwa zwanzig kleinere Fregatten, Sloops und Tender setzten in New York die Flagge zum Auslaufen.

»Nun können wir den Froschfressern die Stirn bieten«, verkündete Leutnant Black.

Aber der Wettergott hatte etwas dagegen. Ein stetiger und starker Westwind hielt sie in New York fest. Erst gegen Mittag des 6. August rundeten sie Coney Island und segelten an Long Island entlang nach Osten.

Der Kapitän rief die Offiziere und älteren Midshipmen zur Einweisung in seine Kajüte. »Meine Herren, Rhode Island ist nur zu halten, wenn man die Narragansett Bay beherrscht, wie Ihnen ein Blick auf die Karte zeigt. Die Rebellen konnten unsere Stellung nicht gefährden, solange unsere Schiffe die Bay kontrollierten. Admiral D'Estaing ist am neunundzwanzigsten Juli mit seiner Flotte vor Rhode Island erschienen. Nach den Informationen, die Lord Howe vorliegen, sind die französischen Schiffe sofort in die Passagen zwischen den Inseln und dem Festland eingedrungen. Commodore Brisbane hat seine fünf Fregatten vor dem Hafen versenkt, um die Einfahrt zu blockieren. Kanonen und Mannschaften helfen bei der Verteidigung von Newport, um das die Rebellentruppen einen Belagerungsring errichten. Wenn es uns nicht gelingt, die französische Flotte aus der Bay zu vertreiben, müssen unsere Truppen in Newport früher oder später kapitulieren. Der Admiral und ich fordern von Ihnen jede mögliche Anstrengung, um diese Niederlage abzuwenden. Wenn es zum Kampf kommt, erwarte ich die Herren Offiziere in ihren Ausgehuniformen auf ihren Posten. Die Mannschaften sollen mit Stolz auf Sie schauen können, meine Herren. Britische Offiziere verstecken sich nicht hinter ihren Mannschaften. Ich danke Ihnen.«

Als die Offiziere aufstehen und die Kajüte verlassen wollten, meldete sich Mr. Hope: »Erlauben Sie mir bitte, Mylord, daß ich noch etwas zu den navigatorischen Problemen der Narragansett Bay ausführe? Einige Herren kennen die Gewässer noch nicht.«

»Mr. Hope, sagen Sie das den betreffenden Herren bitte an Deck oder in der Messe. Ich möchte jetzt noch Papiere der Admiralität studieren.«

»Sehr wohl, Mylord«, war Mr. Hopes einziger Kommentar.

Brisbane hat immer mit den Offizieren alle Probleme durchgesprochen und sie auf Eventualitäten vorbereitet, dachte David, damit wir auch selbständig handeln konnten. Aber seine Lordschaft interessiert nur die Kleiderordnung.

Er folgte dem Master in die Offiziersmesse wie alle anderen.

Am 9. August näherten sie sich der Küste vor Rhode Island und ankerten am Abend vor Point Judith, der Landzunge westlich von der Bay. In der Nacht trafen einige Boote mit Nachrichten aus Newport ein. Auf der *Anson* schliefen nur die älteren und erfahrenen Seeleute. Die anderen fieberten dem Morgen entgegen. Was würden die Franzosen tun? Würden sie sich in einer Barriere vor der Einfahrt zur Bay verankern, wie sie es selbst bei Sandy Hook getan hatten? Oder würden sie die Bay verlassen und die Schlacht suchen?

Im ersten Morgengrauen wurden die Kapitäne zum Flaggschiff gerufen, kehrten aber bald zurück. »Klar Schiff zum Gefecht« war längst befohlen, und die Ausgucke waren doppelt bemannt. Frühstück wurde divisionsweise auf Gefechtsstationen eingenommen. David befand sich auf seiner Station auf dem Achterdeck und fühlte sich etwas ungewohnt in seiner Ausgehuniform. Er dachte immer, daß er sich nirgendwo anlehnen dürfe, um die Uniform nicht zu beschmutzen. Lord Battesham ging an Deck wortlos auf und ab.

Der Ruf des Ausgucks war wie eine Erlösung: »An Deck! Französisches Linienschiff läuft aus!«

David wußte schon, daß er jetzt dran war, und griff nach dem Teleskop.

»Mr. Winter, entern Sie bitte auf und melden, was vor sich geht!«

David kletterte – Uniform hin, Uniform her – die Wanten empor, zog sich auf die Marsplattform und stieg weiter empor zur Bramsaling. Im Teleskop sah er hinter der *Languedoc* schon zwei weitere Linienschiffe. Kein Zweifel, sie kamen heraus. Er fühlte, wie seine Bauchmuskeln sich verkrampften, und atmete tief.

»An Deck! Hinter *Languedoc* laufen zwei Vierundsiebziger aus. Wahrscheinlich bietet ihre Flotte den Kampf an.«

McGaw, Signal-Midshipman, meldete: »Flaggschiff signalisiert: Folgen in Linie!«

Lord Battesham trat zu Leutnant Bates. »Lassen Sie bitte Anker aufmachen und unsere Position in der Linie einnehmen.«

»Aye, aye, Mylord!«

David sah Schiff um Schiff aus der Passage heraussegeln und meldete es. Das waren herrliche Schiffe! Aber auch die eigene Schlachtlinie formierte sich und bot ein beeindruckendes Bild. Ihm kam in den Sinn, wie er als Junge die *Sandwich* mit neunzig Kanonen in Portsmouth hatte einlaufen sehen. Immer wieder faszinierte ihn der Anblick der großen Schiffe unter vollen Segeln.

Auf dem Achterdeck sprach der Master mit dem Kapitän. »Der gegenwärtige Wind aus Nordost ist zu dieser Jahreszeit hier ganz ungewöhnlich. Wenn er hält, haben die Franzosen

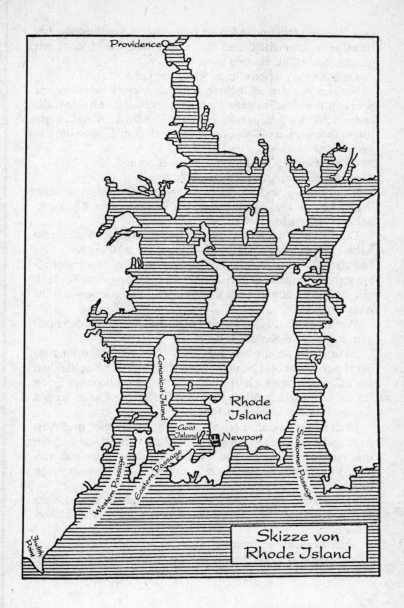

Providence

Conanicut Island

Goat Island
Newport

Rhode Island

Western Passage

Eastern Passage

Seakonnet Passage

Point Judith

Skizze von
Rhode Island

den Windvorteil und können den Angriff bestimmen. Ich habe kein Anzeichen, daß der Wind bald dreht, aber ich glaube, daß er auffrischen wird.«

»Wir werden sehen«, antwortete der Lord.

Sie segelten auf südlichem Kurs als viertes Schiff in der Schlachtlinie. Die Franzosen folgten windwärts von ihnen, ihr erstes Schiff kurz hinter der Nachhut der Briten. David hatte nichts Neues zu melden. Er war steif gefroren. Hatten die ihn vergessen?

»Bitte abentern zu dürfen!« rief er hinunter.

»Erlaubnis erteilt«, kam Bates' Antwort.

Stunde um Stunde verrann. Immer wieder sahen sie zum Verklicker, zu den Segeln und den Wolken, aber der Wind änderte sich nicht.

Das Feuer in der Kombüse war gelöscht, daher mußten sie kalte Verpflegung an ihren Stationen einnehmen. Die Mannschaften unterhielten sich leise. Auch die Neulinge hatten sich beruhigt. Als David mit einer Meldung zum Vordeck ging, hörte er den kleinen Chris sagen: »So eine Seeschlacht ist ja langweilig!«

Warte nur ab, du Dreikäsehoch, dachte er, wir werden noch genug Aufregungen erleben.

Aber nicht an diesem Tag. Der Wind blieb. Sie kürzten Segel zur Nacht und behielten den Kurs bei. Der Kapitän ließ trotz Gefechtsbereitschaft in der Kombüse ein warmes Essen für die Mannschaft zubereiten, und die Seeleute aßen an den Kanonen und schliefen auch dort.

In der Morgendämmerung scheuchten Neugier und Aufregung die Müdigkeit hinweg. Der Wind hatte etwas gedreht und wehte aus Ostnordost. Die französische Flotte war aufgerückt und segelte fast querab, immer noch windwärts von ihnen.

»Haben Sie einmal die Geschützluken der französischen Vierundsiebziger beachtet, Mr. Winter?« wollte der Master wissen.

»Mir ist nichts aufgefallen, Sir.«

»Dann zählen Sie einmal die Geschütze auf dem oberen Deck!«

David nahm das Teleskop und justierte es. »Fünfzehn, Sir, und wir haben vierzehn.«

»Genau, die Franzosen haben ein Geschütz mehr in der oberen Batterie, was der Linienführung des Rumpfes besser entspricht, wir haben ein Geschütz mehr auf dem Unterdeck, was für die Stabilität und die Feuerkraft gut ist.«

»Flaggschiff signalisiert: Kurs ändern im Kiel des Flaggschiffs!«

Das Flaggschiff ging auf mehr westlichen Kurs, und alle Schiffe wendeten an der gleichen Stelle.

Bates sagte zu Mr. Hope: »Der Admiral will den Franzmännern den Windvorteil abluchsen. Ob er das schafft?«

Die gegnerische Flotte änderte ihren Kurs ebenfalls und lief nun hinter der britischen Linie her.

Die Aufregung verflog mit jeder Stunde immer mehr. Überdruß kam auf.

»Mr. Bates, lassen Sie eine Wache wegtreten. Es hat ja keinen Sinn, ständig an den Geschützen zu warten.«

»Aye, aye, Mylord!«

Viel bequemer war es für die Mannschaften auch nicht, denn die Geschütze blieben geladen und bereit zum Ausrennen. Dadurch waren die Ruheplätze der Matrosen blockiert. Aber sie machten es sich in den Ecken etwas bequem.

Sie änderten tagsüber den Kurs immer etwas mehr in nördliche Richtung. Am Nachmittag kam das Signal, daß der Admiral auf die Fregatte *Apollo* übergesetzt sei und von dort Befehle gebe.

»Das tut er doch nur, um bessere Sicht zu haben«, sagte David, »oder fällt dir etwas anderes ein, Matthew?«

»Ich bin kein Admiral, aber ich kann mir in der Tat nur denken, daß er von der seitlichen Position die Lage besser übersehen kann.«

Die Franzosen waren weit zurückgefallen und segelten südöstlich von den Briten.

»Wenn wir jetzt wenden, gewinnen wir den Windvorteil! Der alte Fuchs hat sie ausgetrickst, Mr. Hope.« Leutnant Bates konnte seine Freude nicht verbergen.

»Es könnte zu spät sein, Mr. Bates. Das Barometer ist ständig gefallen. Wir kriegen Sturm.«

»Deck! Französische Flotte wendet auf Südkurs!«

»Sehen Sie, Mr. Bates. Die Brüder haben den Braten gerochen und wollen vor dem Sturm kein Gefecht beginnen.«

Die Nacht und der Sturm kamen. Es hatte keinen Sinn, noch an Gefechtsbereitschaft und Schlachtlinie zu denken. Die Kanonen wurden entladen und doppelt festgezurrt. Alle Luken wurden geschlossen. Die Segel wurden reduziert und dann durch die Sturmfock ersetzt. Die *Anson* jagte vor dem Wind durch die Nacht. David war in der Nähe des Masters mit einem Seil festgebunden. Beide waren in Ölzeug verpackt. Taue waren über das Deck gespannt, um der Wache Halt zu geben.

Lord Battesham wechselte sich mit Leutnant Bates an Deck ab, aber er griff nicht in die Schiffsführung ein, sondern überließ das dem Master. Es wurde Morgen, aber die Dunkelheit wollte nicht weichen. Die *Anson* wurde immer wieder von Brechern überspült. David war durch und durch naß und war froh, wenn ihn der Master von Zeit zu Zeit unter Deck schickte, damit er die Kleidung wechselte. Ruhe gab es nicht. Immer wieder riß sich etwas los, und die Mannschaften hangelten sich über die taumelnden Decks, um es wieder festzuzurren. Einmal glaubte David in den jagenden Regenwolken ein Schiff mit gebrochenem Großmast zu sehen, aber bevor er den Master darauf aufmerksam machen konnte, war die Wolkenlücke wieder geschlossen.

Der Tag ging fast unmerklich in den Abend und die Nacht über. David taumelte vor Erschöpfung. Auch der Master gönnte sich jetzt längere Ruhepausen. Immer häufiger verlangten sie nach heißem Kaffee. Wer unter Deck konnte, schlief, wo er einen Platz fand. Niemand dachte mehr an Kampf. Schlafen und Überleben war die einzige Losung.

Am Morgen sagte der Master: »Wir haben es bald geschafft. Das Barometer steigt langsam, aber stetig.«

Er sieht alt aus mit seinen geröteten Augen und seinen grauen Bartstoppeln, fand David, alt, fürsorglich und zuverlässig.

Der Kapitän kam an Deck. »Nun, Mr. Hope, wie ist die Lage?«

»Die gute *Anson* hält sich prächtig, Mylord. Es gab einige Taue zu ersetzen, aber keinen ernsten Schaden. Der Wind dreht auf Südost und wird etwas schwächer. Das Barometer steigt langsam, aber stetig. Spätestens morgen früh ist alles vorüber.«

»Ausgezeichnet. Sie haben Hervorragendes geleistet. Haben Sie eine Vermutung zu unserer Position?«

»Mylord, ich weiß nur, daß wir vor Connecticut stehen und genügend Abstand vom Land und den Inseln haben.«

»Gehen Sie jetzt mit Mr. Winter unter Deck. Ihr erster Maat kann Sie ablösen und mit mir die Wache übernehmen.«

»Aye, Mylord!«

David fand irgendwo in der Messe einen Platz und schlief sofort.

Es war um die Mittagszeit, als er wachgerüttelt wurde. Jerry Desmond sagte schlaftrunken: »David, du bist wieder dran. Der Steward hat gerade etwas heißen Kaffee und Brot gebracht. Laß mich auf deinen Platz.«

David rappelte sich hoch. Gott, stank das hier! Er selbst roch auch schlimm. Er war ja fast zwei Tage und Nächte nicht aus den Kleidern gekommen. Aber das Schiff rollte und stampfte nicht mehr so furchtbar. Er zog die Stiefel an und tastete sich zum Tisch. Da lag Brot, dort stand die Kanne. Autsch, die war heiß. Er schlang das Brot hinein und trank mit kleinen Schlucken. Dann griff er sein Ölzeug und ging zum Niedergang.

An Deck merkte man jetzt schon, daß Tag war. Es war heller, der Regen und der Wind hatten nachgelassen. Wenn die Wolkenfetzen aufrissen, konnte man ein bis zwei Meilen weit sehen. Der Master hatte sich rasiert und sah gleich jünger und weniger müde aus.

»Mr. Winter, bald können wir Zug um Zug Segel setzen und Reffs einstecken. Die Sturmfock brauchen wir dann nicht mehr.«

Am späten Nachmittag stampften sie mit gerefften Segeln durch die schwere See. Aber nun normalisierte sich das Bordleben langsam wieder. Sogar Suppe wurde schon ausgegeben. David und der Master konnten noch einmal für eine Stunde unter Deck und übernahmen dann die zweite *dog watch*.

»Heute nacht sehen wir wieder Sterne. Mal sehen, ob wir etwas über unsere Position erfahren können.«

»Deck!« brüllte der Ausguck. »Entmastetes Linienschiff anderthalb Meilen Steuerbord voraus!«

Ein Linienschiff, war das nun ein Franzose oder einer von ihnen?

Mr. Murray rief: »Melder, bitten Sie sofort den Kapitän an Deck! Mr. Winter, sehen Sie nach, was da ist.«

David gab sein Ölzeug an Barry, hängte sich das Teleskop um und enterte auf.

Kaum konnte er sich festhalten, so schlug der Mast noch hin und her. Als er beide Arme um den Mast schlang und mit den Händen immer wieder vergeblich versuchte, das Teleskop auszurichten, hörte er Leutnant Murray ungeduldig schreien.

»Was ist denn nun?«

Da, eben war es im Bild. Jetzt wieder, und nun konnte er es festhalten. Tatsächlich, ein großes Schiff. Vom Fock und vom Großmast war nichts zu sehen. Vom Kreuzmast stand noch ein fünf Meter langer Stumpf. Das Wrack rollte und stampfte furchtbar in der See. Jetzt kam das Heck in Sicht. Das ist doch die *Languedoc*! David zählte die Geschützluken. Ja, achtzig Kanonen. Aufgeregt brüllte er: »An Deck! *Languedoc* treibt entmastet anderthalb Meilen Steuerbord voraus.«

»Runter mit Ihnen an Deck!« hörte er Murray schreien.

Der Kapitän und einige Offiziere starrten ihm erwartungsvoll entgegen.

»Sind Sie sicher, Mr. Winter?« fragte der Kapitän.

»Absolut, Mylord, achtzig Kanonen, Aufschrift am Stern. Alle drei Masten gebrochen und über Bord. Nur vom Kreuzmast steht ein Stumpf. Kein Notsegel zu erkennen.«

Mr. Bates jubelte: »Wir haben sie!«

»Mr. Bates, lassen Sie Klarschiff anschlagen. Alles andere wird sich zeigen.« Des Lords näselnde Stimme klang ganz ruhig.

Von Müdigkeit war nichts mehr zu spüren. Alle rannten auf ihre Stationen. Die Seeleute und Seesoldaten grinsten sich triumphierend an und klopften sich auf die Schultern. Aber die Kanonen loszuzurren und in der schweren See auf Position zu bringen, das war harte Arbeit, brachte Beulen und ließ sie fluchen.

Endlich konnte Leutnant Bates melden: »Schiff ist gefechtsklar, Mylord!«

Der Lord dankte. »Mr. Hope, glauben Sie, daß Sie uns hinter sein Heck bringen können, aber nicht zu nah, daß wir nicht mit ihm kollidieren?«

»Das schaffen wir, Mylord, wenn bei der rauhen See vielleicht auch nicht im ersten Anlauf.«

Sie mußten noch einmal abhalten, aber dann lagen sie backgebraßt hinter seinem Heck, und ihre erste Breitseite jagte hinaus. Da hatte die rauhe See das Ziel verrissen. Die Salve lag zu tief. Die zweite Salve schmetterte aber die Heckfenster zusammen.

»Das tut ihnen weh, und sie können sich nicht wehren«, frohlockte der Master.

Etwas konnten sie doch tun. Zwei Feuerzungen der Heckgeschütze leuchteten in der Abenddämmerung auf, aber wohin die Kugeln gingen, wußte niemand. Die *Anson* traf noch einmal, dann konnte sie ihre Position nicht mehr halten, wurde seitlich zur *Languedoc* abgetrieben, so daß Gefahr bestand, von einer Breitseite des Flaggschiffs getroffen zu werden.

Sie fuhren eine Halse und manövrierten sich wieder hinter das Heck der *Languedoc*. Es war sehr dunkel geworden. Zwei Salven lagen im Ziel, dann mußten sie wieder abdrehen.

»Wir müssen nun nach Gradzahlen feuern«, meldete Mr. Bates dem Kapitän.

»Davon halte ich nichts. Wir werden in sicherer Entfernung bis zum Morgen warten.«

»Mylord, darf ich ergebenst einwenden, daß wir nicht

vorhersehen können, was sich bis zum Morgen ereignet. Jetzt haben wir das feindliche Flaggschiff in unserer Hand, und wir können es zur Aufgabe zwingen.«

Lord Battesham wandte sich ab. »Die Verantwortung habe ich allein. Mr. Hope, können Sie garantieren, daß wir bei den nächtlichen Manövern nicht gegen den Feind geworfen werden?«

»Mylord, bei dieser See und in der Dunkelheit ist nichts ohne Risiko. Aber ich bin zuversichtlich, daß wir uns immer wieder hinter ihr Heck mogeln und sie mit Kugeln vollpumpen können.«

»Das reicht mir nicht. Wir warten bis zum Morgengrauen. Mr. Bates, lassen Sie die Leute bis auf die Gefechtswache wegtreten, Mr. Hope, bringen Sie uns eine Meile achteraus von der *Languedoc*!« Bates wollte es nicht hinnehmen. »Mylord, darf ich mir …«

Der Kapitän fiel ihm ins Wort: »Ich habe mich klar ausgedrückt und erwarte Befolgung meiner Befehle.«

Die Mannschaften murrten. In den Messen kamen Müdigkeit und Enttäuschung zusammen. »Wir hatten sie doch schon im Sack. Wir mußten nur noch zubinden.« Die Besonneren fürchteten Ausbrüche gegen den Kapitän und mahnten, morgen sei doch auch noch ein Tag. O'Byrne mußte seine Enttäuschung noch loswerden: »Kapitän Brisbane hätte sich die Chance nicht entgehen lassen.«

Als vor Morgengrauen die Pfeifen und Trommeln zu Klarschiff riefen, rannten alle schneller als je zuvor auf ihre Stationen. Jetzt wollten sie den Franzmann fertigmachen. Dort lag der Gegner. Er hatte versucht, während der Nacht eine Notbeseglung anzubringen, aber der immer noch frische Wind hatte die Stengen umgeknickt. Massig, schwarz und hilflos lag das Flaggschiff vor ihnen. Sie setzten Segel und steuerten es an.

Eine Wende brachte sie hinter das Heck. Backgebraßt! Aus fünfzig Metern Entfernung traf ihre Salve voll ins Ziel.

»Sehen Sie, Mr. Bates«, sagte Lord Battesham voller Genugtuung, »jetzt vollenden wir unser Werk, ohne das eigene Schiff unnötigem Risiko auszusetzen.«

Wieder donnerte die Salve hinaus. Die Heckgeschütze des Franzosen waren ausgeschaltet.

»An Deck! Zwei Segel zwei Meilen steuerbord querab!«

Sie konnten von Deck nichts sehen. Das Wrack lag dazwischen.

»Mr. Winter, sehen Sie bitte nach.«

Als David mit dem Teleskop zur Bramsaling emporhastete, krachte wieder eine Salve. Aber dann sah er die Segel.

Kein Zweifel. Er zählte noch einmal die Luken der oberen Batterie, ja, fünfzehn Kanonen, und dann hißten sie auch ihre Flaggen.

»Deck! Zwei französische Vierundsiebziger mit Kurs auf uns, anderthalb Meilen!«

»Sind Sie sicher?« Der Kapitän war kaum zu hören.

»Absolut sicher!« schrie David zurück.

Während er hinunterkletterte, erschütterte noch eine Salve das Schiff, aber dann wurden die Segel schon neu gebraßt, und sie flohen mit vollen Segeln.

Der Kapitän stand isoliert auf dem Achterdeck. Die Offiziere schwiegen mit finsteren Mienen. Mr. Hopes Gesicht war verzerrt vor Wut. Jerry flüsterte David ins Ohr: »Die feige Sau soll künftig ihren feinen Fraß selber essen.«

»Halts Maul, Jerry, red dich nicht um den Hals«, zischte David zurück.

»Deck! Französische Schiffe bleiben beim Flaggschiff.«

Mit heiserer Stimme befahl der Kapitän: »Lassen Sie bitte Klarschiff aufheben, Mr. Bates. Dienst nach Plan. Kurs auf Sandy Hook.«

»Sie hatten es in der Hand, Battesham, mehr als eine Schlacht zu entscheiden. Wenn ihr Flaggschiff und ihr Admiral in unsere Hand gefallen wären, hätten die Franzosen nicht nur ihre Übermacht eingebüßt, sondern wahrscheinlich auch ihr Vertrauen in die Chancen ihrer Operation in Amerika. Würden Sie mir bitte erklären, warum Sie diese Chance nicht genutzt haben?« Lord Howe hatte Battesham keinen Platz angeboten. Seine Stimme war förmlich und streng.

»Ich bin nach pflichtgemäßem Abwägen zu dem Entschluß gelangt, daß das Risiko der Nachtaktion zu groß war, Mylord. Am Morgen mußten wir unsere Aktion abbrechen, weil überlegene feindliche Kräfte sich näherten.«

»Haben die leitenden Offiziere Ihre Einschätzung des Risikos geteilt?«

»Nein, Mylord, aber ich allein trug die Verantwortung.«

»Ihre Ehrlichkeit ehrt Sie. Nehmen Sie bitte Platz. Ein Glas Wein?« Lord Howe schenkte selbst ein. »Sie haben ein gutes Schiff übernommen, Battesham. Ohne Risiko gibt es keinen Erfolg. Ich kann mir kein Kriegsgericht vorstellen, das Sie verurteilt hätte, wenn bei der Nachtaktion ein unvorhersehbares Unglück geschehen wäre. Bei diesem Preis wäre das höchste Risiko gerechtfertigt gewesen. Man wird Ihnen eine solche Fehlentscheidung nicht ein zweites Mal verzeihen. Sehen Sie zu, daß Sie die Achtung Ihrer Offiziere wieder erwerben, und seien Sie nicht zu stolz, auch von ihnen zu lernen.«

Auf der *Anson* herrschte eine Stimmung, die an Meuterei grenzte. Sie waren in New York eingelaufen und hatten dort den größten Teil der Flotte angetroffen, viele Schiffe mit schweren Sturmschäden. Der Admiral trieb Werftarbeiter und Besatzungen zu Höchstleistungen an, um die Schiffe wieder seeklar zu bekommen.

Wenn die Matrosen der *Anson* auf Seeleute aus anderen Schiffen trafen, wurden sie verspottet. »Da kommen die Helden, die mit der entmasteten *Languedoc* nicht fertig wurden.« Der Gehilfe des Zahlmeisters hatte ihnen ausgerechnet, wieviel Kanonen und Kopfgeld die Prise eingebracht hätte, wieviel Weiber sie dafür hätten haben können, wieviel Tage voller Suff.

Bates saß in der Messe und hörte fast desinteressiert dem Geschimpfe der anderen zu. Schließlich wurde es ihm zu bunt.

»Hört endlich auf! Denkt ihr nur an Prisengeld? Habt ihr einmal überlegt, was mit mir als Erstem Leutnant passiert wäre, wenn wir das feindliche Flaggschiff erobert hätten? Mindestens Commander wäre ich geworden, wenn nicht

Kapitän. Aber ich jammere auch nicht dauernd darüber. Was mich mehr trifft, ist, daß wir eine möglicherweise kriegsentscheidende Chance verpaßt haben. Daraus wird auch der Kapitän seine Lehren ziehen.«

Vom Kapitän war wenig zu sehen in den nächsten Tagen. Er gab Bates die Befehle, verzichtete aber auf Einladungen zum Besuch von Restaurants, Theatern und anderen Häusern, wie es David von ihm gewohnt war.

Zwei Tage später lief ein Walboot ein, vom Sturm zerzaust, und legte am Flaggschiff fest. Stunden später erzählte Mr. Bates es den Kameraden von der *Shannon*.

»Erinnert ihr euch an Nesbit Greg, unseren Midshipman? Vor zwei Jahren wurde er Leutnant auf der Fregatte *Active*.«

Natürlich konnten sie sich erinnern und wollten wissen, was mit ihm war.

»Er ist freiwillig mit dem kleinen Walboot von Rhode Island durch den Sturm hergesegelt. D'Estaing ist wieder vor Rhode Island. Der Admiral hat Greg für diese kühne Tat zum Commander befördert.«

»Donnerwetter, das ist aber auch eine seemännische Leistung!« Mr. Hope war beeindruckt.

Am zweiten Abend befahl der Kapitän die Offiziere in seine Kajüte. Von Bewirtung war diesmal nicht die Rede. Lord Battesham stand, korrekt gekleidet wie immer, vor ihnen, bot ihnen keinen Platz an, sondern sagte nur mit leiser, aber fester Stimme: »Meine Herren! Wir laufen morgen früh mit der Flotte nach Rhode Island aus. Ich weiß, daß ich die Situation mit der *Languedoc* falsch eingeschätzt habe, und mache mir selbst Vorwürfe. Ihnen aber steht eine Beurteilung meiner Handlungen nicht zu. Ich erwarte von Ihnen, daß Sie Ihre Pflicht tun werden und meinen Befehlen gehorchen. Ich werde alles tun, um meinen Fehler gutzumachen. Ich danke Ihnen.«

Murray raunte vor der Kajüte Purget zu: »Man kann sagen, was man will. Aber das war mannhaft gesprochen und erfordert auch Mut. Er hat das Recht auf eine zweite Chance.«

Sie liefen mit dreizehn Linienschiffen aus. Die *Monmouth* aus Byrons Flotte war noch zu ihnen gestoßen. David sah den Matrosen zu, wie sie Segel setzten. Routine sah man, aber keine Begeisterung. Der Master schickte ihn, die Kurse einzutragen. Ein Sturm war nicht zu befürchten.

Am nächsten Tag meldete der Ausguck eine Fregatte. Es war eine ihrer Aufklärungsfregatten, die ihnen entgegenkreuzte. Ihr Signal-Midshipman las ab, was für das Flaggschiff bestimmt war.

»Habe Nachrichten für den Admiral.«

»Sehen Sie hier einen Admiral, Mr. McGaw?« wollte Leutnant Bates wissen.

»Nein, Sir!«

»Dann melden Sie gefälligst nur Signale, die uns angehen. Oder lesen Sie auch fremde Briefe?«

Die nächste Meldung ging sie an. »Admiral an alle: Kursänderung Ostnordost. Transporter mit Fregatte Newport anlaufen.«

»Das kann nur heißen, daß die Franzosen nicht mehr vor Rhode Island sind. Bei diesem Kurs müßten sie nach Boston ausgelaufen sein«, meinte der Master.

Sie konnten die französische Flotte nicht mehr auf See abfangen. Als sie vor Boston standen, meldeten ihre Aufklärungsfregatten, daß D'Estaings Schiffe im äußeren Hafen lagen. Lord Howe befahl, daß sie in Linie in die Bucht einlaufen sollten. Vor ihnen lief die *Renown*.

David wandte sich zum Master: »Sir, nach der Karte segelt die *Renown* zweihundert Meter zu weit südlich.«

»Zeigen Sie her! Tatsächlich! Ruder drei Strich Nord!«

Die *Anson* schwang herum. Lord Battesham gab Befehl, der *Renown* zu signalisieren, da meldete der Ausguck schon: »*Renown* ist aufgelaufen.«

Battesham befahl: »Lassen Sie backbrassen, Mr. Bates. Mr. Hope, wann bricht die Flut?«

»In einer Stunde, Mylord.«

»Dann müssen wir versuchen, die *Renown* freizukriegen, damit die Fahrrinne frei wird«, entschied Battesham. »Mr. McGaw signalisieren Sie dem Flaggschiff, daß wir der *Renown* zu Hilfe kommen. Mr. Bates, bereiten Sie bitte die Übergabe der Trosse vor. Welche Manöver empfehlen Sie, Mr. Hope?«

Donnerwetter, dachte David, heute zögert er nicht.

Auf dem Flaggschiff stand der Flaggkapitän neben den Admiral. »Trauen Sie ihm zu, daß er die *Renown* frei kriegt, Mylord?«

»Ihm nicht, aber er hat gute Offiziere und eine eingespielte Crew. Wir können jetzt doch nichts unternehmen. Es ist wie verhext. Wir kriegen die Franzosen nicht zu fassen.«

Die *Anson* tat alles, was möglich war. Der Master gab die Kommandos. Sie wurden schnell und exakt befolgt, aber die *Renown* saß zu fest. Die Flotte mußte warten. Der Flaggkapitän ließ sich zur *Anson* übersetzen und konferierte mit Lord Battesham, Leutnant Bates und dem Master.

»Ich sehe ein, Sie konnten nicht mehr tun. Wir müssen Tender schicken und Ladung von der *Renown* übernehmen. Hat sie ihr Wasser schon außenbords gepumpt? Nein? Dann geben Sie doch bitte die entsprechenden Signale, Lord Battesham.«

Die *Renown* kam erst mit der übernächsten Flut frei, aber dann waren die Franzosen schon im inneren Hafen und durch die Strandbatterien geschützt. Das Flaggschiff signalisierte, daß die Flotte mit Südwestkurs ablaufen solle.

Vor Rhode Island empfing sie begeisterter Jubel. Die Kolonisten hatten die Belagerung aufgegeben, als sie die Herrschaft über die Narragansett Bay verloren. Die britischen Fregatten und Sloops durchstreiften die Passagen, um Kaperschiffe zu vertreiben. David sah die *Ranger* vorbeisegeln und dachte daran, wie sie mit der *Shannon* die gleiche Aufgabe bei der ersten Besetzung von Rhode Island erfüllt hatten.

Einige Tage später liefen sie wieder in New York ein. Sechs beschädigte Linienschiffe von Byrons Flotte hatten jetzt den Weg zu ihnen gefunden. Lord Howe stand an Deck seines Flaggschiffes und sagte zu seinem Flaggkapitän: »Was hätten wir erreichen können, wenn Byrons Flotte rechtzeitig gekommen wäre?«

»Sie haben die Kolonien auch ohne diese Schiffe vor der französischen Flotte gerettet. D'Estaing kann uns ohne Verstärkung nicht mehr gefährlich werden.«

»Überlassen wir die Urteile der Geschichte. Ich übergebe nun das Kommando an Lord Byron und kehre nach England zurück. Möge er mehr Erfolg haben.«

Schlachtfeld Karibik

November bis Dezember 1778

Die *Anson* machte am Hudson River fest. Seeleute warfen Trossen zum Kai. Festmacher griffen sie und legten sie um die Poller. Die Scherze, die zwischen ihnen gewechselt wurden, klangen matt an diesem letzten Oktobertag des Jahres 1778. Der Krieg hatte schon zu lange gedauert, um noch Begeisterung auszulösen. Ein Ende war auch nicht in Sicht. Der Krieg starb langsam und New York mit ihm. Die Rebellen hatten die Stadt vom Hinterland abgeschnitten. Nur die Flotte garantierte den Zugang zum Atlantik und unternahm Vorstöße den Hudson aufwärts. Die Armee konnte den erdrosselnden Ring nicht mehr sprengen. Und die Schiffe der Flotte waren sturmzerschlissen und wurden überall gebraucht an dieser endlos langen Küste Nordamerikas.

Die *Anson* kam aus Rhode Island. Sie hatte Nachschub geleitet und vor der Küste patrouilliert. Der Erste Leutnant ließ Seesoldaten an der Fallreepspforte postieren, um Huren und Händler vom Schiff fernzuhalten. Er fragte den Maat, ob die Rattenabweiser an den Trossen befestigt seien. Aber den

Kurier der Admiralität konnten sie nicht zurückweisen. Er brachte neue Befehle.

Lord Battesham überflog sie und ließ Mr. Bates und Mr. Hope rufen.

Als Mr. Bates in der Kajüte Platz nahm, fiel ihm auf, wie sich die Atmosphäre geändert hatte. Es war noch die überladene Pracht, die Lord Battesham vor wenigen Wochen hatte einrichten lassen, als er das Kommando übernahm. Aber es war nicht mehr derselbe Mann! Battesham hatte es nicht verwunden, daß er die Chance zur Eroberung der *Languedoc* nicht genutzt hatte. Er wirkte weniger überheblich und großspurig seitdem, war ruhiger, hörte und beachtete mehr, was die Offiziere taten, war aber auch unsicherer. Er saß jetzt wortlos und in sich gekehrt da, bis auch Mr. Hope die Kajüte betrat.

»Meine Herren. In vier Tagen laufen wir wieder aus.«

Mr. Bates stöhnte leicht.

»Wir segeln mit Commodore Hotham nach Barbados, um Konteradmiral Barrington zu Hilfe zu kommen, der nach der Eroberung von Dominica weitere Angriffe der Franzosen befürchtet. Seine Majestät der König selbst hat angeordnet, daß die Westindischen Inseln verteidigt werden müssen, selbst wenn man eine Invasion in England riskieren müßte. Generalmajor Grant mit fünftausend Soldaten wird von uns und vier weiteren Linienschiffen geleitet. Die französische Flotte wird nach den Meldungen unserer Fregatten noch nicht aus Boston auslaufen.«

Mr. Hope räusperte sich. »Mylord, die letzten Wochen waren nicht leicht für Schiff und Mannschaft. Haben wir Aussicht, daß Werft und Arsenal uns bei Ausbesserung unserer Schäden und Auffüllung der Vorräte helfen werden?«

»Die Admiralität hat uns Priorität gegeben, aber Sie wissen selbst, wie begrenzt die Kapazität unserer Basis in New York ist, Mr. Hope. Stellen Sie mir bitte die Anforderungen zusammen. Mr. Bates, wir können beiden Wachen morgen und übermorgen abwechselnd Landurlaub gewähren. Veranlassen Sie das bitte. Haben Sie Ihre Anforderungen für die Batterien notiert?«

»Ich kann sie Ihnen sofort zukommen lassen, Mylord.«

»Gut! Bitte seien Sie morgen nachmittag an Bord. Ich habe in der Stadt zu tun.«

»Aye, aye, Mylord!«

Die Mannschaften hatten schon bald erfahren, daß es wieder in die Karibik ging. Der Kanadier, der mit John die Taue am Vordeck zusammenlegte, sagte: »Etwas Pause hätten sie uns auch gönnen können. Aber die Karibik ist besser als die lausige Küste hier in Neuengland.«

»Was machst du denn beim Landgang?«

»Weiß nicht. Vielleicht einen guten Gin zischen, und vielleicht finde ich eine hübsche Dockschwalbe.«

»Hast du noch soviel Kröten?«

»Dazu wird's noch reichen, aber wir könnten mal wieder 'ne Prise sehen.«

David war beschäftigt, seine Post zu erledigen. Diane konnte er nicht schreiben, so blieben nur Onkel und Tante. Nach Frankreichs Kriegseintritt waren sie nicht mehr weitab vom Schuß. Ende Juli hatten sich die beiden Flotten im Kanal zu einer unentschiedenen Schlacht getroffen. Nach allem, was man hörte, hatte wohl keiner der Admirale entschieden genug den Sieg gesucht. Wie dem auch sei, je länger Großbritannien seine Flotte reorganisieren konnte, desto sicherer wurden seine Küsten.

Eine Berührung am Arm riß David aus seinen Gedanken.

»Sir, könnten Sie mal an Deck kommen, es ist sehr dringend.« Der kleine Bursche, der die Midshipmen als Steward bediente, flüsterte und sah sich ängstlich um.

David legte seine Sachen zusammen und folgte ihm. Der Bursche hatte sehr besorgt geklungen. An Deck führte er ihn nach vorn, wo Edmond sich hinter dem Fockmast verbarg.

»Sir«, auch Edmond flüsterte, »Sir, Mr. Reed macht sich an Chris ran. Der weiß nicht, was er tun soll.«

Unwillkürlich dämpfte auch David die Stimme. »Was heißt das? Was tut er?«

»Chris soll sich mit ihm im Kabelraum treffen, sonst will er ihm eine Strafe verpassen. Und er faßt Chris immer an den Hintern und an die Schenkel, wenn es keiner sieht.«

Dieses Schwein. Hätte ich ihn doch lieber damals angezeigt, dachte David.

»Schick den Chris her.«

»Sir, er hat solche Angst.«

»Ich tu ihm nichts, ich will ihm helfen.«

Edmond lief davon und kam mit einem blassen Chris zurück.

»Ist gut, Edmond, hol mir jetzt William Hansen, während ich mit Chris rede. Und du, Chris, sag mir einmal, seit wann dich Mr. Reed belästigt und was er tut.«

Stotternd brachte Chris, der Pulverjunge aus Madeira, seine Geschichte vor.

Seit etwa zwei Wochen versuchte Mr. Reed immer in seine Nähe zu kommen, lächelte ihn an, bot ihm Leckereien an, berührte ihn. »Ich habe mir nix gedacht zuerst. Dann wollte er, daß ich ins Unterdeck komme. Er hat mir Geld angeboten, wenn ich ihn küsse. Wenn ich was sage, droht er, werde ich angezeigt, weil ich stehle. Ich hab' aber nie gestohlen.«

»Wie hat er dich angefaßt?«

»Wenn keiner uns sieht, streichelt er mir den Hintern, und ich soll ihm an die Hose fassen.«

David sah William kommen. »Das genügt. Geh jetzt an die Reling und warte.«

William, der lächelnd näher kam, wurde ernst und wütend, als ihm David berichtete.

»Ich werde den Kerl zur Rede stellen und ihn anzeigen, William. Aber bis dahin dürft ihr Chris nicht aus den Augen lassen. Wenn Mr. Reed etwas von euch will, ruft mich sofort.«

»Wir können Chris für ein paar Stunden verstecken, daß ihn keiner findet, und wir passen auf, Sir.«

»Ist gut, ihr hört von mir.«

In der Messe der Midshipmen saß jetzt auch Robert Reed und schrieb. David trat hinzu. »Robert, ich muß dringend mit dir sprechen. Geh bitte mit an Deck.«

»Du siehst doch, daß ich schreibe.«

»Ich kann auch gleich zum Kapitän gehen.« Davids Stimme hatte wohl so drohend geklungen, daß Reed seine Sachen hinlegte, aufstand und mit David an Deck ging.

»Dein Maß ist voll. Ich hätte dich damals anzeigen sollen. Ich habe dir doch gesagt, daß ich es auf unserem Schiff nicht dulden würde. Und nun versuchst du, den kleinen Chris zu mißbrauchen.«

»Bist du fertig, du Wichtigtuer? Als du mich damals nicht angezeigt hast, hast du dich selbst schuldig gemacht. Wenn du jetzt etwas meldest, werde ich sagen, daß du mitgemacht hast. Und was sich der Chris ausdenkt, glaubt ihm doch keiner.«

»Was bist du bloß für ein falscher Hund! Dein Trommlerbube von damals ist weit weg, wenn er überhaupt noch lebt. Wer will denn nun beweisen, daß ich dich damals erwischt habe? Und mit Chris haben wir dir eine Falle gestellt. Zwei Maate und ich haben dich zweimal beobachtet, wie du den Kleinen gestreichelt und ihm Geld gezeigt hast. Und jetzt gehe ich zum Kapitän. Ich werde nicht trauern, wenn du an der Rah baumelst.«

Robert faßte seinen Jackenärmel. »Halt, du weißt ja nicht, wie das ist. Ich habe immer wieder versucht, mich zu beherrschen, aber wenn ich den hübschen Burschen sah, konnte ich nicht mehr. Ich mußte ihn streicheln und wollte mehr. Ich mußte, versteh das doch! Ich kann nicht dagegen an. Ich werde meine Briefe beenden, meine Sachen zusammenlegen und mich dann selbst beim Kapitän melden. Laß mir bis heute abend Zeit, bitte!«

David nickte schließlich. »Nun gut, aber wenn du bis vier Glasen der ersten Wache nicht beim Kapitän warst, bin ich bei ihm.« Er wandte sich ab und ging.

David kam erst zum Abendessen in die Messe. Robert war nicht zu sehen. Jerry Desmond steckte später den Kopf zur Tür herein: »Ist Robert hier? Er ist nicht zur Wache erschienen.« Die anderen verneinten.

David ging zum Posten vor der Kapitänskajüte. »Ist Mr. Reed beim Kapitän, oder war er in letzter Zeit bei ihm?«

»Nein, Sir. Mr. Reed war nicht hier.«

David überlegte. Robert konnte sich auch zuerst beim Ersten Offizier gemeldet haben. Aber wenn er jetzt nachforschte, machte er sich verdächtig.

Robert Reed war auch zur Morgenwache nicht zu entdecken. Matthew Palmer als dienstältester Midshipman meldete es Mr. Bates. Der ließ Reeds Seekiste öffnen. Die wertvollsten Sachen fehlten, nur Kleidung zum Wechseln war noch in der Kiste. »Wer weiß etwas über Robert?«

David hatte die Frage gefürchtet. Was sollte er tun? Alles sagen? Dann würde man ihm vorwerfen, daß er nicht gleich den Kapitän informiere habe. Was auch immer Robert widerfahren sein mochte, er würde als mitschuldig angesehen werden. Und wenn er schwieg und Robert aufgegriffen würde und alles aussagte? Dann wäre es für ihn noch schlimmer. Sollte er sich noch melden? Nein, beschloß er für sich, ich lasse mich nicht hineinziehen. In drei Tagen sind wir auf See. Ob dann noch etwas herauskommt?

David beschwor Edmond, Chris, William und die anderen, nichts auszusagen. Das war nicht schwer. Sie mischten sich nicht in Angelegenheiten der Offiziere. Und wenn Chris nicht mehr belästigt wurde, dann machten sie sich nicht viel Skrupel, wie das erreicht worden war.

Der Posten an der Fallreepspforte hatte Robert mit einem kleinen Beutel an Land gehen sehen. Mr. Reed hatte gesagt, daß er noch etwas zur Admiralität bringen müsse. Ein Zivilist war am Hafen gefunden worden, gefesselt und geknebelt und seiner Oberkleider beraubt. Nun glaubte man, daß Robert desertiert sei.

»Aber warum?« wollte Mr. Bates von Leutnant Purget wissen, Roberts Divisionsoffizier.

»Keiner hat auch nur die leiseste Ahnung, Sir. Und wo soll er denn hin?«

»Das ist das kleinste Problem. Mit einem Boot über den Hudson und ein paar Kilometer landeinwärts in New Jersey zu den Rebellen. Die nehmen Offiziere mit Kußhand. Aber warum?«

David kam nicht zur Ruhe, solange sie nicht die Anker lichteten. Immer wieder blickte und hörte er umher, ob etwas von

Robert bekanntgeworden war. O'Byrne jagte ihm einen Schreck ein, als er ihn im Vertrauen fragte, ob Robert homosexuell gewesen sei.

»Wie kommen Sie darauf, Sir? Ich habe nichts gemerkt.«

»Schon gut, David. Mir war, als hätten sie über Robert gesprochen, als der alte Greg zu Isaak sagte: ›Ich werde den Bugger nicht vermissen.‹«

»Das muß ein Irrtum sein, Sir.«

Sie lichteten die Anker.

Der Dienst beanspruchte Davids Aufmerksamkeit, und in der freien Zeit dachte er bewußt an Diane. Würde er sie wiedersehen? Oder würde sie darauf bestehen, daß ihre Liebe der Vergangenheit angehöre?

Der Konvoi segelte in zwei Kolonnen, die Linienschiffe an der Spitze und am Schluß der Kolonnen. Voraus war manchmal das Segel der *Ranger* zu sehen, die aufklärte. Achteraus sicherte die Sloop *Putnam*. Ein Nordost sorgte schon seit Tagen für gute Fahrt. Lord Battesham überwachte jetzt selbst öfter die Segelübungen und den Geschützdrill. Eines Tages kam er auch an Deck, als David wieder einmal Messerwerfen übte.

»David, du sollst zum Kapitän kommen«, rief ihn Andrew Harland.

Nanu, er kann doch auf See nichts über Robert gehört haben, schoß es David durch den Kopf. Nein, es war etwas anderes.

»Mr. Winter, ich habe eben gesehen, daß Sie mit dem Messer auf eine Scheibe warfen. Das ist eine eines Offiziers ganz und gar unwürdige Beschäftigung. Wie kommen Sie dazu?«

»Mylord, ein Matrose hat uns mit dieser Fertigkeit das Leben auf Martinique gerettet. Da wir jetzt vielleicht wieder an Land eingesetzt werden, ist diese Kampfesart sehr zweckmäßig.«

»Dann überlassen Sie das den Seeleuten. Sie kämpfen gefälligst mit Säbel und Pistole.«

»Aye, aye, Mylord!« Geistesgegenwärtig fügte er hinzu: »Dann darf ich weiter die Mannschaften darin trainieren?«

»Wenn Sie möchten und es deren Einsatzbereitschaft stärkt, meinetwegen.«

»Ergebensten Dank, Mylord.«

Und so blieb alles beim alten. Außer Ricardo waren jetzt noch einige Seeleute dabei, die erst mit Albereien, dann mit wachsendem Eifer mitmachten. Auch der kleine Chris übte mit und war besonders eifrig.

David fühlte sich bald wieder wohl in der Messe. Matthew Palmer als dienstältester Midshipman regelte alles mit Humor und war zu David kameradschaftlich wie früher. Andrew Harland war Davids engster Vertrauter, und Barry McGaw und Jerry Desmond waren nicht mehr die grünen Jungen, sondern schon respektierte Mitglieder der Messe. Die jüngeren Captain's Servants wuchsen in ihre Aufgaben hinein. Für sie war David eine bewunderte Respektsperson. Manchmal griente er in sich hinein und dachte: Ich werde alt.

Der Wind schlief eines Morgens ein, und der Master prophezeite, daß er in den nächsten vierundzwanzig Stunden nicht wieder auffrischen werde. Der Kapitän ließ dem nächsten Transporter signalisieren, daß er den Kapitän, den kommandierenden Armeeoffizier und seinen Vertreter zu Beginn der ersten Wache zum Dinner einlade.

Die Besatzung hatte trotz der Flaute einen schweren Tag. Mr. Bates ließ das Aussetzen der Boote üben. Die Enternetze wurden geriggt, das Entern und die Abwehr von Enterangriffen immer wieder geübt. David kommandierte einen Kutter und kletterte wieder und wieder an der Bordwand empor, den Stock, der den Säbel markieren sollte, zwischen den Zähnen. Die Fingerkuppen begannen zu bluten, und die Unterarme schmerzten von den Stockhieben, die sie empfingen, während sie ihrerseits austeilten.

Am Abend fluchte David, als er sich für das Dinner beim Kapitän vorbereiten mußte. Wie sollte er das weiße Halstuch nur binden, ohne es mit Blut zu beflecken? Der Steward half ihm schließlich. Und wie sollte er bei Tisch Messer und Gabel benutzen, ohne des Lords Damastdecken mit Blut zu beschmieren? Er lief zum Schiffsarzt und fragte nach blutstillenden Mitteln.

»Kommen Sie, Mr. Winter, ich habe hier einen Ätzstein, den nehme ich, wenn ich mich beim Rasieren schneide. Es brennt aber etwas.«

»Ich habe bei Ihnen schon größere Eingriffe überlebt, Sir.« Aber dann stöhnte er doch.

»Ja, Mr. Winter, manchmal sind die kleinen Eingriffe am schmerzhaftesten.«

Als David hinter Matthew die Kajüte betrat, erblickte er überrascht Major Abercrombie im Gespräch mit dem Kapitän. Auch Abercrombie sah ihn, war aber nicht überrascht, da er ihn auf der *Anson* erwartet hatte.

»Da kommt mein alter Freund, von dem ich gerade sprach, Mylord, darf ich ihn begrüßen?« Und er trat auf David zu. »Da staunen Sie wohl, Mr. Winter? Ich kommandiere das Bataillon auf Ihrem Nachbarschiff. Ich habe Sie schon manchmal durch das Teleskop beobachtet, heute auch wieder, als Sie wie ein Äffchen immer wieder die Bordwand hochkletterten.«

David zuckte bei Abercrombies Händedruck zusammen: »Spotten Sie nur, Sir. Wenn wir Sie einmal ausbooten müssen, werde ich mich rächen.«

Abercrombie lachte, klopfte ihm auf die Schulter und begrüßte Leutnant O'Byrne, den er beim Marsch nach Sandy Hook kennengelernt hatte.

Es wurde ein lustiger, harmonischer Abend. Sie redeten kaum über den Krieg, sondern mehr über die lustigen Begebenheiten im zivilen Bereich. Lord Battesham war gelöst, weder arrogant noch unsicher, und brachte sie mit Geschichten zum Lachen, in denen er die Gesellschaft am Königshof karikierte. Vor allem die halbblinde Lady, die den König mit ihrem Kutscher verwechselte, konnte er meisterhaft parodieren. Daß Mr. Hope abwechselnd als König und als Kutscher zum Ansprechpartner herangezogen wurde, erhöhte das Vergnügen.

Major Abercrombie erzählte in angeheiterter Runde vom alten Oberst Appelby, der sich von seinem Adjutanten noch einmal zur schönsten Kurtisane führen ließ und, als ihre Bemühungen, ihn zur Erektion zu bringen, erfolglos blieben, schließlich seine Pistole zog und sein hochwohlgeborenes müdes Glied anschrie: »Stehenbleiben oder ich schieße!« Mr. Lenthall äußerte im allgemeinen Gelächter trocken: »Ich bezweifele, daß die Methode erfolgreich ist.«

Der Wind frischte immer mehr auf und wurde zum Sturm. Die Schiffe vergrößerten ihre Abstände, die Seeleute refften die Segel, zurrten alle beweglichen Teile fest und schlossen die Luken. David legte sein Ölzeug bereit und dachte mißmutig und resigniert an die kommenden Tage. Angst hatte er nicht mehr, denn die *Anson* war ein gutes Schiff, und sie hatten schon manchen Sturm überstanden.

Auf den Transportern war es furchtbar. Die Seeleute hatten die meisten Luken vernagelt und ließen keinen Soldaten an Deck. Sie hatten genug mit Ruder und Segel zu tun und konnten sich nicht um Landratten kümmern. Und so klammerten sich die Soldaten unter Deck an alles, was ihnen in dem Rollen, Schlingern und Stampfen Halt geben konnte, und erbrachen sich, bis sie glaubten, die Galle wolle heraus. Es stank fürchterlich. Essen gab es nicht, denn keiner konnte sich um Küche und Kombüse kümmern.

Auf den Linienschiffen ertrug man den Sturm besser. Alle wußten, was zu tun war. An Deck hatte sich außer dem Master, dem wachhabenden Offizier und David auch Lord Battesham in der Nähe des Ruders angebunden. In ihrem Ölzeug hätte ein Fremder sie nicht voneinander unterschieden. Der Master gab die Kommandos, und Battesham fragte häufig nach, warum er diesen Befehl und nicht jenen erteilt habe.

Er will sein Handwerk tatsächlich noch lernen. David schüttelte den Kopf, aber in seinen Gedanken war auch Respekt.

O'Byrne demonstrierte wieder einmal seine außergewöhnliche Körperkraft. Als er Wachhabender war, brach die Bramstenge, stürzte herunter und wurde durch Tauwerk so gehalten, daß sie über dem Deck pendelte und nicht nur die Aufbauten zerschlug, sondern auch die Rudergänger zu zerschmettern drohte. Mit einem gewaltigen Sprung griff O'Byrne die Stenge, klammerte sich mit einer Hand an den Wanten fest und ließ mit der anderen die Stenge nicht los, bis sie sie von den Tauen losgehackt hatten.

»Mir hätte es die Arme herausgerissen, Mr. O'Byrne«, lobte ihn der Master, »mit Ihnen prügelt man sich besser nicht.«

Als der Sturm nachließ und der Konvoi sich wieder sammelte, fehlten zwei Proviantschiffe. Der Commodore signalisierte der *Putnam*, daß sie die See in weitem Bereich absuchen und erst am nächsten Tag wieder zum Konvoi aufschließen solle. Aber als die Sloop wieder in Sicht kam, konnte sie nur melden, daß sie keine Spur entdeckt habe.

Der Ausguck der Sloop hatte nicht sorgfältig genug gesucht oder sie hatten das Wrack in der Nacht passiert, denn vom Mast der *Anson* hallte am nächsten Morgen der Ruf: »Deck! Wrack drei Meilen backbord voraus!« David hatte Wache, griff sich das Teleskop und stieg schon die Wanten empor, bevor ihn Mr. Murray, der Wachhabende, darum bat.

In der runden Scheibe des Teleskopes erkannte David eine Brigg, die beide Masten verloren hatte und schon tief im Wasser lag. An einer Stenge war ein weißes Tuch gehißt, und am Vorschiff bewegten sich Figuren, die Tücher schwenkten. David enterte ab und meldete Mr. Murray, was er gesehen hatte.

»Kann es ein Kaper sein?« wollte der wissen.

»Ich halte es eher für ein Handelsschiff, Sir, aber so genau konnte ich die Einzelheiten noch nicht unterscheiden.«

»Ist gut, melden Sie es gleich dem Kapitän. Ich lasse den Kurs ändern. Das Wrack liegt ja fast auf unserem Kurs.«

Der Kapitän beobachtete das Wrack, dem sie sich langsam näherten. Jetzt war schon deutlich zu sehen, daß es sich um eine britische Handelsbrigg handelte.

»Mr. Black, lassen Sie bitte den Kutter fieren und sehen Sie nach, was dort los ist.«

»Aye, aye, Mylord!«

David, der Kanadier, Isaak, Ricardo und andere stiegen in das Boot und warteten, bis Mr. Black seinen Platz am Stern eingenommen hatte. Dann pullten sie zum Wrack.

Mr. Black rief das Wrack schon an, als sie noch dreißig Meter entfernt waren. »Welches Schiff?«

»Brigg *Aurora* auf dem Kurs von Barbados nach den Bermudas. Vor drei Tagen im Sturm entmastet und leckgeschlagen.«

»Wir kommen an Bord.«

»Helfen Sie unseren Passagieren, sie sind fast tot vor Angst.«

Mr. Black stieg über das tiefliegende Schanzkleid der Brigg an Deck, und David und Ricardo folgten. Aus den Niedergängen ertönten Freudenschreie, und die Matrosen konnten die Passagiere kaum noch zurückhalten.

»Sind das Auswanderer?« fragte David einen Maat.

»Nein, sie wollten vor der Gelbfieberepidemie in Barbados fliehen.«

David traf es wie ein Schlag. Gelbfieber in Barbados! Und Diane? Dann aber dachte er an das Schiff. »Sir, wir können sie nicht zur *Anson* bringen, bevor Mr. Lenthall sein Einverständnis gegeben hat.«

Der blasse Mr. Black wurde unter der Last der Verantwortung noch bleicher. »Das stimmt. Ich lasse ihn durch den Kutter holen. Wir bleiben hier, sonst gibt es eine Panik.«

Während sie auf den Kutter warteten, erfuhren Mr. Black und David, daß es an Bord keinen Krankheitsfall gegeben habe. Die *Aurora* war vor drei Wochen ausgelaufen und hatte eine Fahrt ohne Besonderheiten erlebt. Nur am Abend vor dem Sturm glaubten sie, viele Segel steuerbord querab gesichtet zu haben, aber dann mußten sie mit dem Sturm um ihr Leben kämpfen. Sie hatten drei ältere Männer, zehn Frauen und dreizehn Kinder an Bord, das jüngste knapp zwei Jahre alt.

Der Kutter legte an, und Mr. Lenthall mit seinem Maat kletterte an Bord und ließ sich seine Medizintasche nachreichen. Mr. Black stellte ihm den Kapitän der Brigg vor, und Mr. Lenthall kam ohne Umschweife zur Sache. »Seit wann sind Sie ohne Landkontakt auf See, Sir?«

»Gestern waren es drei Wochen, Sir.«

»Irgendwelche Erkrankungen seitdem, insbesondere heftiges Erbrechen bei ruhiger See, Magen oder Nasenblutungen, Gelbfärbung der Haut oder der Augen?«

»Nichts von alledem, Sir.«

»Dann dürfte die Gefahr vorüber sein. Wir haben Gelbfieber nicht später als zehn Tage nach dem Auslaufen beobachtet. Wo kann ich die weiblichen Passagiere in einem Raum untersuchen? Die Mannschaften und die männlichen Passagiere sehe ich mir hier an Deck an.«

»Die Damen und Kinder können Sie in meiner Kajüte untersuchen. Sie ist noch nicht geflutet. Die Männer rufe ich an Deck. Aber beeilen Sie sich bitte, Sir. Lange hält die gute alte *Aurora* nicht mehr durch.«

Mr. Lenthall wandte sich an Mr. Black: »Lassen Sie doch bitte die Frauen und Kinder, die ich untersucht habe, gleich übersetzen. Vielleicht teilt der Kapitän noch einen Kutter ein. Die Passagiere, die wir einbooten, brauchen nicht mehr isoliert zu werden.«

»Ich werde es veranlassen, Mr. Lenthall.«

Der Schiffsarzt hatte Mühe, die Frauen zu beruhigen. »Sie werden gleich übergesetzt und in Sicherheit gebracht. Ich muß Sie nur noch kurz auf Gelbfärbung und Schleimhautblutungen anschauen. Bitte kommen Sie familienweise in die Kajüte. Danach gehen Sie bitte gleich mit der wichtigsten Habe an die Bordwand, um eingebootet zu werden.«

Als das Geschrei einsetzte, was man alles mitnehmen müsse, wandte sich Mr. Lenthall ab und überließ die Regelung Mr. Black.

»So ist es«, sagte Mr. Lenthall zu seinem Maat, »vor kurzem haben sie nur um das nackte Leben der Kinder gebetet, aber jetzt darf kein Kleid zurückbleiben.«

Dann aber stand er am Heckfenster der Kajüte und sah den Passagieren in die Augen und in den Hals und befragte sie nach Symptomen.

David wartete an der Reling und organisierte die Einschiffung der Frauen und Kinder. Zwei Kutter waren jetzt im Einsatz, um die Passagiere und ihre Habe auf die *Anson* zu bringen. Eine blonde Frau mit zwei Kindern sagte traurig: »So sieht man sich wieder, Mr. Winter.«

»Wo haben wir uns gesehen, Madame?«

»Auf dem Ball des Gouverneurs, als Sie für Ihre Tapferkeit ausgezeichnet wurden.«

»Da hat noch niemand an eine Epidemie gedacht. War sie sehr heftig?«

»Sie hat vor allem die Sklaven in den tiefer gelegenen Farmen und die Bewohner von Bridgetown betroffen, aber genauere Einzelheiten weiß ich nicht. Mein Mann hat uns gleich bei den ersten Anzeichen weggeschickt.«

Als alle an Bord der *Anson* waren, als die Aufregung um die Unterbringung der Geretteten sich etwas gelegt hatte, dachte David an Diane. Hoffentlich hatte Gott sie behütet. Die Angst griff nach seinem Herzen und nahm ihm fast den Atem. Jetzt, wo er zu ihr fuhr, wo er sich freute, sie zu sehen, trat diese Sorge in sein Leben.

Nur wenige Schiffe lagen in der Carlisle Bay. Kein Flaggensignal deutete an, daß sie Quarantänebedingungen einhalten sollten. Trotzdem ordnete Lord Battesham an: »Mr. Bates, veranlassen Sie bitte, daß niemand an Land geht, ehe ich es erlaube, auch der Zahlmeister nicht. Wir warten ab, was der Commodore berichtet. Und natürlich darf kein Händler an Bord.«

»Aye, aye, Mylord!«

David konnte es vor Unruhe kaum noch aushalten. Es war doch schon Nachmittag. Endlich rief das Signal die Kommandanten an Bord des Flaggschiffs. Lord Battesham wartete schon, wie immer in einer prächtigen Uniform. Die anderen Kapitäne grüßten ihn etwas reserviert, einige, weil sie seinen Rang als Lord bewunderten, andere, weil sie ihn für einen Gecken hielten.

»Behalten Sie Platz, meine Herren!« Commodore Hotham begrüßte sie kurz und kam sofort zur Sache. »Wir laufen übermorgen aus und greifen St. Lucia an. Konteradmiral Barrington, der seit Mai die Station kommandiert, wird den

Angriff selbst leiten. Sie haben nur morgen Zeit, Vorräte zu ergänzen. Die Truppen bleiben an Bord der Transporter. Landgang nur in besonderen Ausnahmefällen und nur für Offiziere und Deckoffiziere, denen Sie vertrauen können, daß sie über unser Ziel nicht plaudern. Die Epidemie ist übrigens erloschen. Diese Gefahr droht uns nicht mehr. Und nun kommen Sie bitte an die Karte von St. Lucia, damit uns Major Douglas die Befestigungen und die Pläne für die Landung erläutern kann.«

Als Lord Battesham dann an Bord der *Anson* die Anordnungen weitergegeben und seine ergänzenden Befehle erteilt hatte, meldete sich David bei Mr. Bates und bat um Erlaubnis zum Landgang. »Mr. Winter, heute und morgen vor zwölf Uhr ist das ganz unmöglich bei der Arbeit, die vor uns liegt. Morgen kann ich Ihnen für die Zeit der Nachmittagswache freigeben, aber nicht länger. Ist das klar?«

»Aye, Sir. Vielen Dank, Sir.« David trat ab. Wie sollte er die Zeit bis dahin nur aushalten?

Er sollte keine Zeit zum Nachdenken finden. Die geretteten Passagiere waren auszubooten, die Wasservorräte zu ergänzen, frisches Obst einzuladen, und vor allem mußten alle Offiziere und Maate über die geographischen Bedingungen vor und an der Küste von St. Lucia informiert werden, was der Master seinem ersten Maat und David übertragen hatte. Er selbst hatte mit dem Kapitän und dem Lotsen genug zu besprechen.

Aber um zwölf Uhr sprang David in das Boot, das zum Kai fuhr. Gott sei Dank, dort standen einige Mietkutschen. David gab dem Kutscher sein Ziel an und fragte, während die Kutsche die Stadt verließ: »War auf der Plantage auch das Gelbfieber?«

»Was für Fieber, Massa?«

David wurde ungeduldig und laut. »Na das gelbe Fieber. Hier sind doch viele Menschen gestorben.«

»Ach, der gelbe Jack. Ja, Massa, auch auf Plantage sein Menschen gestorben. Arme Nigger.« Aber von Mrs. Losey wußte er nichts, und David saß unruhig, bis sie in die Allee zum Herrenhaus einbogen.

Dann sprang er auf und hielt sich am Kutscherbock fest. Die Beete und Wege waren ungepflegt. Das Personal mußte wohl auf den Feldern helfen bei dieser Notlage.

Dort war das Herrenhaus! Die weißen Säulen! Würde Diane gleich auf die Terasse treten und ihm entgegenstürzen, sobald sie ihn sah? Es rührte sich nichts. Doch als sie vorfuhren, trat ein Butler aus der Tür. Aber es war ein anderer.

»Sie wünschen, Sir?«

»Ich möchte Mrs. Losey meine Aufwartung machen. Melde bitte Mr. Winter.«

Über dem Eingang öffnete sich die Balkontür. Ein Mann brüllte herunter. »Was ist denn los, George?«

David trat zurück, um besser zum Balkon sehen zu können.

»Ein Mr. Winter möchte Mrs. Losey sprechen.«

Gelächter schallte von oben. »Kommt mal her, ihr Süßen.« Und David sah, wie der Mann, verwildert in Haar und Kleidung und anscheinend angetrunken, eine Mulattin und eine Negerin, beide mit nacktem Oberkörper, an die Balkonbrüstung zog und rief: »Welche soll es denn sein? Ich kann Ihnen was abgeben.«

»Ich wünsche Mrs. Diane Losey, die Besitzerin der Plantage, zu sprechen und ersuche Sie, mich unverzüglich zu melden.«

»Hier gibt es keine Mrs. Losey mehr, Mr. Unverzüglich, und der Besitzer bin ich. Sehen Sie zu, daß Sie von meinem Land verschwinden!« Kreischend flüchteten die Huren zurück ins Zimmer, und der Mann schlug die Balkontür zu.

David ahnte das Schlimmste, aber von diesem Saufbold wollte er es nicht hören. Vielleicht gab es auch eine andere Erklärung. Er rief dem Kutscher zu, ihn zur Plantage der Fosters zu fahren. »Aber schnell, um Gottes willen.«

Dort war alles wie gewohnt. Der Butler rief erstaunt: »Massa Winter, Sie hier. Treten Sie hinein. Ich rufe die Herrschaft.« Und er war davon, bevor David etwas fragen konnte. Die Minuten schlichen.

Schritte vor der Tür. Sie ging auf, und Judith Foster lief ihm mit ausgebreiteten Armen entgegen, ihre Augen schwammen in Tränen. »O David, wie furchtbar, daß wir uns so wiedersehen müssen. Wer hat es Ihnen gesagt?«

»Was denn? Bei Diane war doch nur dieser besoffene Kerl.«

Judith zog seinen Kopf auf ihre Schulter. »Diane ist tot, David. Ihre letzten Worte galten Ihnen.«

»Nein«, schrie David auf, »das darf nicht sein! Ich liebe sie doch so sehr.«

Judith schob ihn sanft von sich und führte ihn zu einem Stuhl. Sie hielt seine Hände und sagte, immer wieder von Tränen unterbrochen: »Diane ist tot, David. Ich wünschte so sehr, ich könnte Ihnen etwas anderes sagen. Diane ließ sich nicht abhalten, ihre kranken Sklaven zu pflegen und in ihre Hütten zu gehen. ›Ich habe so viel Liebe erfahren‹, sagte sie, ›es wäre nicht recht, sie nicht weiterzugeben.‹ Ihr Todeskampf war kurz. Als sie starb, flüsterte sie: ›Sagt David meinen Dank, wenn er zurückkehrt. Gott möge ihn die Liebe erfahren lassen, die er mir gegeben hat.‹«

David löste sich aus Judiths Händen, stand auf, ging zum Fenster, lehnte sich an und weinte hemmungslos. Seine Schultern zuckten. Draußen erklang Hufgetrappel, Schritte, die Tür flog auf, Paul Foster eilte auf David zu.

»Lieber Freund, David, bitte fassen Sie sich. Wir können es auch noch nicht verstehen. Nehmen Sie einen Brandy, er wird Ihnen etwas helfen.« Und er ergriff David bei den Schultern, umarmte ihn und führte ihn zurück zum Tisch. »Seien Sie tapfer, Diane würde nicht wollen, daß Sie verzweifeln. Sie wollte, daß Ihnen das Leben noch viel Glück und Freude schenkt.«

David ließ sich auf den Stuhl sinken und war unfähig, etwas zu sagen. Die Tränen rannen ihm aus den Augen, und er wischte sie mechanisch mit einem Tuch ab, das ihm Judith in die Hand gedrückt hatte. Er atmete heftig. Als er den Brandy schluckte, den Paul ihm gab, mußte er husten. Das brach etwas den Bann.

»Wann ist Diane gestorben?« fragte er schließlich.

»Am zwanzigsten November, sie war eine der letzten Toten. Wir haben sie auf unserem Grund in der Nähe des Pavillons begraben, wo sie die Aussicht so liebte. Sie können morgen das Grab besichtigen.«

»Morgen bin ich auf See. Ich muß in zwei Stunden an Bord sein. Lassen Sie mich zu ihrem Grab.« Er flüsterte es fast.

»Ja, David, wir zeigen es Ihnen. Paul, schick bitte die Kutsche weg. Wir fahren David mit unserer Kutsche zurück. Dann laß uns gehen.«

Auf der Terrasse hielt David an. »Ich möchte einige von den Gladiolen dort mitnehmen. Diane mochte sie so sehr.«

Sie gingen die Allee entlang, die er so oft mit Diane durchschritten hatte, und bogen in den Weg ein, der zum Pavillon führte, dem Ort so mancher leidenschaftlichen Umarmung. Etwa hundert Meter davor stand das einfache weiße Marmorkreuz, das nur den Namen ›Diane‹ trug.

»Wir wollten auf ihrem Grab nicht den Namen des Mannes sehen, den sie gehaßt hatte«, sagte Judith leise.

David nickte.

»Wir lassen Sie jetzt ein wenig allein, David, und warten dort am Weg.«

David legte die Blumen am Fuß des Kreuzes ab und faltete die Hände. Er weinte nicht mehr. Aber das Grab gab ihm nicht viel. Diane war nicht mehr hier. Er wandte sich um und blickte über die kleinen Hügel und Felder zur blaugrün schimmernden See. Hier hatten sie oft hinuntergeschaut. Und dort: der Pavillon. Was hatten sie dort an Glück erfahren! Wäre er drei Wochen früher gekommen, er hätte sie noch lebend angetroffen. Aber hätte er sie auch retten können? Er schüttelte den Kopf. Diane lebte in ihm weiter, in seinen Erinnerungen, in seinem Blut, nicht in diesem Grab. Er wandte sich ab.

Die Fosters erwarteten ihn schweigend.

»Was war das für ein Kerl auf der Plantage?« fragte David schließlich.

»Dianes Schwager, ein noch ekelhafterer Mensch als sein Bruder, ihr verstorbener Mann. Er ist der Erbe und wird wohl alles durchbringen.« Paul schwieg und legte seine Hand auf Davids Schulter. »David, wir haben Diane geliebt und bewundert. Ihre Schönheit wurde noch von ihrem Charakter übertroffen. Sie waren für die glücklichsten Monate ihres Lebens ein Teil von ihr. Wir wollen Sie nicht auch verlieren.

Bleiben Sie unser Freund. Leben Sie bei uns, so oft Sie können. Bitte, David.«

David blieb stehen und blickte beide an. »Ihr seid mir so nah wie Bruder und Schwester.« Er duzte sie nun, und sie empfanden es als Ausdruck ihres gemeinsamen Verlustes. »Aber laßt mir Zeit. Ich weiß nicht, wann ich hier entlangwandern kann, wo ich mit Diane war, ohne daß es mir das Herz zerreißt.« Er wandte sich ab und wischte sich die Tränen aus den Augen.

Judith nahm seinen Arm. »Natürlich, David. Die Zeit wird es für dich erträglicher machen. Und auf See stürmt vieles auf dich ein. Paß nur auf dich auf und vergrabe dich nicht im Schmerz. Wir könnten es nicht ertragen, wenn dir auch etwas zustöße.«

Sie wanderten zum Herrenhaus zurück.

»David, Zeit für einen kleinen Imbiß ist noch. Ich habe alles vorbereiten lassen. Nein, wehr nicht ab. Du mußt etwas essen und trinken, und du kannst es auch, wenn du willst. Diane mochte es auch nicht, wenn man sich gehen ließ.«

David aß und trank ein wenig und fuhr dann mit ihnen zum Kai zurück. Die Fosters erzählten noch vom Verlauf der Seuche. Niemand wußte, was sie ausgelöst hatte. Faulige, dampfende Luft machten die Ärzte dafür verantwortlich. Tatsächlich blieben die Menschen auf den höheren Hügeln und auf den sturmumwehten Halbinseln der Atlantikküste davon verschont. Über dreihundert Menschen waren gestorben. Tragische Verluste darunter.

David nahm die Erzählung wahr, als sei sie weit entfernt. Er war wie betäubt. Er umarmte die Fosters stumm. Kaum hörte er Judiths eindringliche Mahnung: »David, laß dich nicht fallen. Diane wollte, daß du lebst!«

An Bord meldete er sich bei Mr. Purget, dem wachhabenden Offizier, der ihm in der Hektik wenig Aufmerksamkeit schenkte. In ihrer Messe begegnete ihm Matthew Palmer. Der stutzte, zog ihn zur Luke, sah Davids gerötete Augen, sein leichenblasses Gesicht.

»David, um Gottes willen. Bist du krank? Was ist los?«

David wollte sich abwenden, aber Matthew hielt ihn fest, schüttelte ihn und fragte eindringlich: »David, was ist geschehen?«

Tonlos antwortete David: »Sie ist tot.«

Matthew verstand sofort, zog ihn in die Arme und flüsterte: »Wie furchtbar, du armer Kerl. Wie leid mir das tut. Soll ich deine Wache übernehmen?«

David schüttelte den Kopf.

»David, du mußt jetzt deine Gedanken zusammennehmen. Das Schiff bereitet sich auf schwere Kämpfe vor. Wir brauchen jeden Mann. Hilf uns und sag uns, wie wir dir helfen können.«

David machte sich frei und sagte: »Ist schon gut, Matt. Ich schaffe es schon.« Und er ging zu seinen Sachen und zog die Alltagsuniform an. Matthew sah ihm zu.

Nur Minuten später rief Jerry Desmond: »David, du sollst für Mr. Hope das Stauen der Wasserfässer in der Hold überwachen. Auf die Trimmung achten, läßt er bestellen.«

David nuschelte etwas und ging zum vorderen Niedergang. Im untersten Ladedeck sah er teilnahmslos zu, wie die Seeleute die Fässer aufschichteten.

Nach einiger Zeit trat Mr. Hope zu ihm, sah sich um und rief ärgerlich zu David: »Mr. Winter, träumen Sie mit offenen Augen? Sie wissen doch, daß wir achterlastig waren. Warum werden die Fässer nun ausgerechnet am achteren Ende gestapelt?«

David antwortete mechanisch: »Aye, aye, Sir.«

Mr. Hope stutzte und kam näher: »Sind Sie krank, Mr. Winter? Was ist mit Ihnen?«

»Ich bin schon in Ordnung, Sir.«

Der Master sah ihn zweifelnd an. »Na, dann passen Sie jetzt auf.«

Das Erwachen am nächsten Morgen war furchtbar. David hatte geträumt, daß ihm Diane auf der Allee entgegenlief. Dann schrillten die Pfeifen, und als er zu sich kam, traf ihn die

Erinnerung wie der Schlag einer bockenden Rah. Während in seinem Kopf immer wieder die Worte »Sie ist tot« kreisten, erledigte er wie in Trance die gewohnten Handgriffe des Waschens, Anziehens, Hängemattenverstauens und setzte sich zu den anderen an den Tisch.

Barry McGaw spottete. »David ist gestern versackt und kann noch nicht aus den Augen gucken.« Aber Matthew brachte ihn mit einem Knurren und einer Handbewegung zum Schweigen.

Nach dem Frühstück waren alle Offiziere, die älteren Deckoffiziere und Midshipmen zur Besprechung in der Kapitänskajüte. Lord Battesham hatte in den letzten Wochen an Sicherheit gewonnen.

»Meine Herren«, begann er, »wir laufen morgen um sechs Glasen der Morgenwache nach St. Lucia aus. Wir landen die Truppen in der Bucht von Grand Cul de Sac. Die eine Brigade unter Brigadegeneral Medows soll die Höhen nördlich von Castries einnehmen, die andere unter Brigadegeneral Prescott wird unseren Landeplatz sichern. Brigadegeneral Sir Henry Calder wird mit einer dritten Brigade das Hochland südlich vom Cul de Sac besetzen. Unsere Aufgabe ist es, der dritten Brigade Boote für die Landung zur Verfügung zu stellen und vierzig Seesoldaten und eine Abteilung Seeleute mit zwei Geschützen zur Verteidigung der Vigie-Halbinsel zu landen, sobald General Medows genügend vorgerückt ist.«

Leutnant O'Byrne stieß David in die Seite und flüsterte: »Sie haben doch zwei Achtpfünder von dem sinkenden Kahn gerettet.«

Jetzt war Davids Aufmerksamkeit geweckt.

»Zum Ausbooten nehmen wir die Barkasse, die beiden Pinassen und die beiden Kutter. Mr. Bates, teilen Sie bitte die Mannschaften und geeignete Bootssteuerleute ein. Für die Mannschaften, die wir von uns abstellen, setzen wir die Barkasse und die beiden Pinassen ein. Aber das tritt erst ein, wenn die Landung Erfolg hat. Wir werden dann zur Carenage laufen und dort ausbooten. Welche beiden Geschütze können am ehesten für den Landeinsatz entbehrt werden?«

Wieder schubste O'Byrne David an.

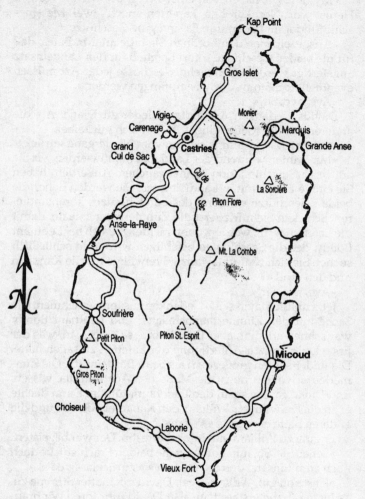

St. Lucia

»Mylord, wir haben von einer Brigg, die wir im vorigen Herbst vor Nordkarolina kaperten, noch zwei Messingachtpfünder im Laderaum. Es sind gute Geschütze.«

»Ausgezeichnet, dann ordnen Sie bitte an, Mr. Bates, daß für die beiden Geschütze sofort Lafetten für den Landeinsatz angefertigt werden. Genügend Geschosse jeder Art müssen eventuell noch vom Arsenal empfangen werden.«

»Aye, aye, Sir!«

Davids Gedanken wanderten wieder zu Diane. Als die anderen aus der Kajüte gingen, ließ er sich mittreiben.

Aber Mr. Bates Stimme rief ihn vom Niedergang zurück.

»Mr. Winter, während der Landeoperation werden wir Sie auf Ihrer Gefechtsstation kaum brauchen. Außerdem haben Sie einige Erfahrung in Landkämpfen. Sie werden daher die beiden Geschütze während des Landeinsatzes kommandieren. Schicken Sie mir zuerst die Zimmermannsmaate, damit die Lafetten fertig werden, dann melden Sie sich bei Leutnant Bondy, der die Seesoldaten befehligen wird, und schließlich suchen Sie sich fünfundzwanzig Freiwillige für die Kanonen und den Troß.«

»Aye, aye, Sir!«

Jetzt mußte David seine Gedanken zusammennehmen. Die Sache mit den Zimmermannsmaaten und Leutnant Bondy war schnell erledigt, aber David hörte sich noch an, was der Erste Leutnant zur Anfertigung der Lafetten zu sagen hatte. Die Räder sollten größer sein als beim Bordeinsatz. Die Zimmerleute wollten noch die Maße der Achtpfünder wissen, und David mußte sie in den Laderaum führen. Dann dachte er an die Freiwilligen. William, den Kanadier, Ricardo und die anderen hätte er schon gern dabei.

Er ging zu William und informierte ihn. Der war begeistert.

»Sehen Sie, Sir, nun kommen die beiden Prachtstücke doch noch zum Einsatz, und Sie wollten sie zurücklassen.«

»Ist schon gut, William«, gab David mit matter Stimme zu. William sah ihn erstaunt an, aber David fuhr fort: »Wir brauchen zwei gute Richtkanoniere, neun Mann für jedes Geschütz und fünf Mann zusätzlich für den Transport von Pulver und Kugeln.«

»Kein Problem, Sir. Wir haben genug gute Leute, die mit Ihnen wieder einen Landausflug unternehmen möchten.« David mußte grinsen. »Dabei kann es aber blutige Nasen geben, William.«

»Mit Ihnen sind wir immer durchgekommen, Sir. Sie sind eine Art Maskottchen für die Leute.«

Für Diane war ich es nicht, dachte David.

Der Stückmeister wollte David gerne Pulver in Kartuschen füllen, aber für die Geschosse würde er ins Arsenal müssen. »Wir haben ja als leichte Geschütze Neunpfünder, und Ihre Achter haben noch das spanische Maß«, erklärte er in dem eintönigen Singsang des fast Tauben. »Besorgen Sie sich je zwanzig Runden Kugeln und Kartätschen und zehn Runden Traubengeschosse. Das müßte reichen. Aber, wenn ich Ihnen noch einen Rat geben darf, Mr. Winter, besorgen Sie sich auch einige zweirädrigre Zug- oder Schubkarren, sonst ist das Zeug verdammt schwer. Die Kartuschen packe ich Ihnen in Kisten.«

David bedankte sich und meldete sich beim Wachhabenden zum Arsenal ab.

Es kostete Zeit und gute Worte, aber schließlich hatten Davids Leute alles beisammen und konnten sogar an ihren beiden Kanonen üben.

David blickte in die Runde und sah mit Freude die vielen geschwellten Segel des Konvois in der blauen, leicht gewellten See. Unwillkürlich atmete er tief ein. Es war schön auf See. Da sprang ihn der Gedanke an Diane an. Hatte er schon wieder vergessen? Sie war kaum unter der Erde, und er genoß das Leben. Schuldgefühl, Trauer und etwas Trotz rangen in ihm. Verwirrt ging er in die Messe. Matthew war jetzt besonders aufmerksam zu ihm. Den anderen hatte er es wohl nicht weitergesagt. David war dankbar dafür.

Als die See am Nachmittag ruhiger wurde und die Schiffe langsam durch das spiegelglatte Wasser zogen, lösten sich von einigen Transportern Boote und strebten auf die *Anson* zu.

»Ah, die Armeeoffiziere kommen zur Besprechung«, verkündete Jerry, der als Signal-Midshipman die Signale gelesen hatte. Hauptmann Barnes ließ seine Truppe antreten und war unruhiger als sonst. Immerhin erwarteten sie ja einen Brigadegeneral.

General Medows war jedoch sehr leutselig, besichtigte die Seesoldaten und nickte wohlwollend, grüßte zum Achterdeck und ließ sich von Leutnant Bates zur Kajüte führen. Unter den Offizieren, die nach ihm an Bord kamen, war auch Major Abercrombie, der David zunickte.

In der Kajüte wurden die Einzelheiten der Landung besprochen, die Ausrüstung der Boote, die Reihenfolge, die Anlandung der wichtigsten Munitions- und Wasservorräte.

»Widerstand erwarte ich an dieser Stelle eigentlich nicht. Wenn er sich doch zeigen sollte, rechnen wir auf Ihre Batterien, Mylord, die uns unterstützen. Aber feuern Sie bitte nicht zu tief«, ergänzte der General lächelnd.

»Das tun wir nur auf See, Herr General, um den Rumpf der feindlichen Schiffe zu zerstören.«

General Medows erläuterte an der Karte, wo die einzelnen Brigaden und in welcher Reihenfolge landen sollten. »Wir werden um Castries herum zur Vigie-Halbinsel marschieren und dabei auch die Magazine und die Residenz des Gouverneurs auf dem kleinen Hügel Morne Fortune besetzen. Am nächsten Morgen will ich dann Vigie nehmen, und ich rechne damit, daß Ihre Seesoldaten und Ihre Halbbatterie auf Signal sofort dort landen können, Mylord.«

»Sie sind jederzeit bereit.«

An Deck wurde die Besatzung durch die Bootsmannsmaate mit dem üblichen Bootsdrill in Atem gehalten.

»Das können wir nun doch wirklich im Schlaf«, brabbelte Bill, »aber immer wieder tun sie sich wichtig, besonders der Stradley, dieses Mistvieh. Darum mach' ich gern bei Landkommandos mit, um diesen Kakerlaken zu entgehen.«

Commander Hotham war in der Flotte bekannt für seine gut geplanten und organisierten Landungsoperationen. Auch am 13. Dezember 1778 klappte alles wie am Schnürchen. Bei Davids Kutter rutschte ein Soldat vom Fallreep ab, aber sie konnten ihn an Bord ziehen, bevor er mit dem schweren Tornister wie ein Stein unterging.

Der Spott seiner Kameraden war das einzig Verletzende, was David bei der Landung sah. Wie Ameisenkolonnen krochen die Marschblöcke der Truppen den Strand hinauf und verschwanden in Gebüsch und Zuckerrohr. Später flackerte dann Gewehrfeuer auf, aber bald war es wieder still. Die französischen Batterien donnerten einige Salven hinaus, als die *Ranger* sich zur Erkundung der Einfahrt in die Carenage näherte, aber dann zog wieder Ruhe ein. Am Spätnachmittag wurde die französische Flagge auf der Residenz des Gouverneurs eingeholt. Die Besatzungen jubelten.

In der Nacht war David unruhiger als sonst. Es war der erste Einsatz nach Dianes Tod. Sollte er den Tod meiden oder ihn suchen, um wieder mit ihr vereint zu sein? Sie wollte, daß er leben sollte. Und was wollte er? Er war sich nicht sicher. Aber waren seine Gedanken nicht müßig? Die feindlichen Kugeln konnte er doch nicht kommandieren. Er betete besonders innig, wie immer vor einem Kampf, und legte sein Schicksal in Gottes Hand.

Am Morgen blieb keine Zeit für solche Gedanken. Die *Anson* nahm Kurs auf die Carenage, die Bucht vor Castries. Sie sahen die Kolonnen ihrer Truppen auf der Halbinsel Vigie vorrücken und beschossen die französische Batterie an der Spitze der Halbinsel mit ihren schweren Geschützen. Als die Rotröcke sich zum Sturm formierten, stellten sie das Feuer ein und begleiteten mit ihrem Jubel, wie die Truppen die Wälle überschwemmten und die französische Fahne einholten.

Dann kam das Signal. Die Pinassen mit den Seesoldaten legten ab. David lief zu seinen Leuten und organisierte das Verladen der Geschütze und Karren. Dann folgten die Barkasse und die beiden Kutter. Sie legten an einem Felsenstück an, das als behelfsmäßiger Kai dienen konnte, und bereiteten mit Hilfe der Bootsmannschaften die Ausschiffung der Geschütze vor. David suchte inzwischen den zuständigen Armeeoffizier, um zu erfahren, wo seine Geschütz gebraucht wurden.

Es war Major Abercrombie, der ihm allein entgegenkam. »Da staunen Sie, was? Ich habe General Medows gesagt, daß wir uns kennen. Sie sind mir zugeteilt. Wir sollen den Zugang zur Halbinsel sichern, Sie zur Bucht und ich gegen Landangriffe. Kommen Sie, David, wir sehen uns die Stellungen an.«

Das Land war flach. Allenfalls kleine Bodenwellen konnten etwas Deckung bringen. David fand eine Landzunge. »Hier könnten wir die Einfahrt zur Bucht sichern. Die eroberte Batterie an der Spitze der Halbinsel kann doch von uns wieder in Dienst gestellt werden?«

»Ja, sie hatten nicht einmal die Zeit, die Kanonen zu vernageln. Ihre Seesoldaten werden eure Geschütze gegen Landangriffe schützen, und meine Truppen riegeln die Halbinsel ab.«

»Aber wenn stärkere französische Truppen Sie von Land angreifen, können meine Geschütze Ihnen aus dieser Position nicht helfen.«

»Was raten Sie?«

»Wir könnten eine zweite Batteriestellung vorbereiten, von der aus unsere Geschütze zur Landseite hin feuern können. Für den Transport brauche ich dann aber zwanzig Mann, die uns helfen, an den Tauen zu ziehen.«

»Daran soll es nicht scheitern. Gehen wir, lassen Sie uns einen geeigneten Standort suchen.«

Sie fanden ihn am nördlichen Strand der Halbinsel. Von hier konnten die Kanonen aus Norden anrückende Truppen direkt beschießen und beim Angriff auf Abercrombies Stellungen flankierend eingreifen.

David lief schnell zurück, wo die Kanonen inzwischen entladen waren und auf die Lafetten gesetzt wurden. Er zeigte William die Landzunge, wo sie Position beziehen würden.

»Das wird aber Schweiß kosten, die Dinger dort hinzubringen.«

»Es kommt noch schlimmer. Ich brauche sechs Mann mit Äxten und Sägen.« David sah sich um. Wo war nur Leutnant Bondy? Da tauchte er schon mit seiner Truppe auf.

David lief ihm entgegen. »Sir, wir sollen dort auf der Landzunge Stellung beziehen. Können Sie zehn Mann abstellen, die uns helfen, die Geschütze und Karren zu ziehen, und zehn Mann, die Stämme tragen.«

»He, Mr. Winter, da bleibt ja kaum etwas übrig. Warum sollen denn Stämme getragen werden?«

»Sir, wir brauchen eine provisorische Brustwehr. Dazu eignet sich nichts besser als Palmenstämme und Sand. Palmen splittern nicht und sind elastisch. Meine Leute schlagen sie dort ab, dann haben wir gleichzeitig besseres Schußfeld.«

»Warum brauchen Sie dort Schußfeld, wenn Sie zur Bucht hin sichern?«

»Sir, am nördlichen Fuß der Halbinsel bereiten wir eine zweite Stellung vor, falls die Franzosen von Land angreifen. Es ist mit Major Abercrombie abgesprochen.«

»Mr. Winter, Sie sind sicher sehr tüchtig, aber ich treffe meine Entscheidungen gern selbst. Ich gebe Ihnen jetzt zehn Mann zum Transport der Geschütze. Mein Sergeant wird dort Stellungen für unsere Seesoldaten vorbereiten, und ich rede mit dem Major. Haben Sie mich verstanden?«

»Aye, aye, Sir!«

Verdammt, dachte David, ich darf sie nicht immer überrumpeln, sie brauchen mehr Zeit. Und er kehrte zu seinen Leuten zurück, schickte die Männer mit den Äxten und Sägen los und packte mit an, als eine Karre im Sand steckenblieb. Es waren nur dreihundert Meter, aber der Transport war schwer und zeitraubend. Jeder Stein mußte aus dem Weg geräumt werden.

Wenn wir die Stellung wechseln wollen, muß der Weg vorher planiert werden, überlegte David, und zwanzig zusätzliche Männer reichen auch nicht aus.

Bondy kehrte mit Abercrombie zurück, und Abercrombie benutzte in Gegenwart anderer nicht den Vornamen.

»Na, Mr. Winter, wann und wo bringen Sie Ihre Achtpfünder in Stellung?«

»Sofort, Sir, hier in dieser kleinen Mulde mit zehn Meter Abstand. Hier vorn verstärken wir die Brustwehr mit Palmenstämmen und Sandaufschüttungen. Dort graben wir das Magazin ein.«

»Und was wird aus der zweiten Stellung?«

»Das gibt Schwierigkeiten. Wenn wir die vierhundert Meter in weniger als einer Stunde zurücklegen wollen, müssen wir den Weg vorher planieren, vor allem die Steine aus dem Weg räumen und größere Unebenheiten ausgleichen.«

»Und dazu brauchen Sie mehr Männer.«

»Aye, aye, Sir.«

»Sie kriegen fünfzig Mann mit zwanzig Schaufeln für zwei Stunden. Ich kann Ihnen auch Säcke für Ihren Sandwall geben, aber dann müssen Sie selbst zurechtkommen.« Major Abercrombie sagte es mit Nachdruck.

David ging mit Hansen und einem Sergeanten den Weg von einer zur anderen Stellung ab und erklärte, wie das Planieren geschehen solle. Dann lief er zur ersten Stellung und überzeugte sich, daß die Arbeit voranging.

»Wir haben Schußfeld bis zur Mündung der Bucht, Sir«, meldete der Kanadier, »aber wir brauchen jetzt die Stämme.«

»Ich kümmere mich darum«, vertröstete ihn David und suchte Leutnant Bondy. »Können Sie jetzt bitte kurzzeitig zehn Mann abstellen, die die Stämme holen, Sir?«

»Na ja, Ihre Leute haben ja ordentlich zu schaufeln. Korporal, nehmen Sie zehn Mann, und holen Sie das Zeug, das Mr. Winter braucht.«

David zeigte dem Korporal, wo das Kommando die Bäume fällte, und lief dann zum Magazin.

»Nicht die Tonnen mit den Kartuschen nebeneinander, verdammt noch mal! Wollt ihr uns in die Luft blasen? Nimm das Eisen da weg, wenn du die Kiste öffnen willst. Ist denn keiner hier, der in der Pulverkammer gearbeitet hat?«

»Robert war Gehilfe beim Stückmeister, Sir. Er ist jetzt vorn beim Geschütz.«

»Hol ihn her.« David erklärte Robert, wie das Magazin angelegt werden sollte, damit sie sich nicht selbst in die Luft sprengten. »Fünfzehn Runden Kartätschen läßt du gleich in die zweite Stellung bringen. Gegen Seeangriffe brauchen wir sie doch nicht.«

Robert nickte: »Aye, Sir!«

David war gerade auf dem Weg, die Soldaten mit den Palmenstämmen an den richtigen Platz zu dirigieren, da schrie einer: »Segel in Sicht!«

Von Nordost lief eine Fregatte auf Castries zu. David überlegte, wo er sein Teleskop abgelegt habe. Dann rannte er zum Geschoßkarren. Da war es! Er griff es und lief zu dem großen Felsklotz, der einzigen Erhöhung in der Nähe.

Es war die *Ariadne*, Kapitän Grant. Und das Signal im Vormast?

»Feind in Sicht!« Unwillkürlich rief es David laut. Die Seeleute sahen auf. »Isaak, komm her und beobachte, was geschieht!«

David rannte zur Batterie zurück. Jetzt war keine Zeit zu verlieren. »Ihr sägt die Stämme entzwei. Immer zwei Meter. Ihr spitzt sie an einem Ende an, und ihr grabt und schlagt sie einen halben Meter in den Boden, ein wenig nach hinten geneigt, von hier bis hier und von hier bis hier. Das ist unsere Geschützpforte. Davor kommen die Sandsäcke und dahinter auch noch zur Stütze. Aber dalli, dalli!«

Ein Glück, daß ich mir die Befestigungen am Delaware so genau angucken konnte, dachte David. Dann riefen sie ihn schon wieder zur neuen Stellung.

Die Passage von der ersten zur zweiten Stellung war recht gut planiert. Der Karren mit den Kartätschen hatte ohne viel Mühe rollen können. Aber hier fehlten nun die Leute, um die Stellung zu befestigen. Nur drei Mann waren da.

»Fangt erst mit dem Magazin an, damit die Munition geschützt ist. Die Kanonen kommen hier hin und hier. Wenn ich Leute mit den Stämmen schicken kann, muß der Wall hier aufgeschüttet werden und hier.« Er nahm einen Seemann die Schaufel aus der Hand und ritzte die Positionen in den Boden.

Auf dem Weg zurück zur ersten Stellung hörte er Isaak.

»Feindliche Flotte in Sicht!«

David sprang auf den Felsblock und nahm das Teleskop. Donnerwetter, Segel neben Segel! David zählte. Zwölf Linienschiffe, und da vorn, das war doch die *Languedoc*. Und dort zackten die Fregatten um die Linie. Einige nahmen jetzt Kurs auf die Carenage. David gab Isaak das Teleskop: »Ruf aus, was du siehst.« Er lief zur Stellung.

Gott sei Dank, sie war fast fertig. Er prüfte die Taue gegen den Rücklauf, die Taljen zum Vorziehen, die Behälter für die Kartuschen und die Halterungen für die Kugeln. Das Schußfeld war gut.

»Mannschaften an die Geschütze!« rief er. Und sie rannten herbei, verschmiert vom Graben, verharzt vom Sägen.

»Wir hatten schon ruhigere Landeinsätze, Sir«, sagte Bill. David antwortete: »Aber noch nie zwölf Linienschiffe als Gegner!«

»Ach, du meine Fresse.« Bill stand der Mund offen.

»Geschütze zur Mündung der Bucht ausrichten!« David prüfte mit den Geschützführern, ob die Taue richtig liefen und die Bahn zum Rückrollen frei war.

Isaak rief laut: »Ein Vierundsiebziger und zwei Fregatten mit Kurs auf die Carenage.«

»Fertigmachen!« befahl David. »Wir nehmen anderthalb Normalkartuschen. Propf ab! Plattlot ab! Stopft das Zündgatt! Wurm in das Rohr! Wischer in das Rohr! Öffnet die Kartusche! Kartusche einführen!« David brauchte keine Pause einzulegen. Die Mannschaften arbeiteten flink und präzise, bis die Kanonen geladen waren. Die Lunten brannten, und sie warteten.

An der Spitze der Halbinsel feuerte die Batterie. Noch eine Salve. Von See her krachte die Antwort. An der Mündung der Bucht kam eine Fregatte in Sicht. Gut eine Meile.

»Schaffen wir das, Ricardo?« fragte David seinen Richtkanonier.

»Mit anderthalbfacher Ladung und größter Erhöhung könnte es reichen, Sir.«

»Also dann. Höhenrichten! Seitenrichten!«

Ricardo hob die Hand. »Erstes Geschütz Feuer!« Die Messingkanone hatte einen helleren Klang. David lauerte auf den Einschlag. Fünfzig Meter zu kurz! »Fünfzig Meter weiter! Zweites Geschütz Feuer!«

780

Diesmal sprang die Säule an der Bordwand der Fregatte hoch. Ob es den Rumpf erwischt hatte?

Isaak meldete: »Drei Schiffe drehen ab. Die Flotte läuft zum Grand Cul de Sac.«

Gott steh unseren Leuten gegen die Übermacht bei, dachte David. Aber jetzt mußten sie für sich sorgen. »Fünf Mann bleiben hier und bringen die Feinheiten in die Reihe. Die anderen gehen mit zur neuen Stellung. Marschiert in Dreierreihe neben mir, damit die Passage fest wird. Hindernisse werft ihr an die Seite.«

David besprach sich mit den Richtkanonieren und mit William. Er erklärte ihnen, wo Abercrombies Truppen die Halbinsel abriegelten und wo sie Schußfeld haben mußten. Dann zeigte er ihnen, wo ihre Brustwehren errichtet werden mußten.

»Erst müssen die Leute essen, Sir«, erinnerte ihn William. »Natürlich, daran habe ich gar nicht mehr gedacht. Habt ihr das Essen auf dem Karren? Gut, dann Essenspause. Mr. Hansen, Sie überwachen die Ausgabe des Grogs. Ich suche Leutnant Bondy.«

»Vergessen Sie nicht, daß Sie auch einen Happen brauchen, Sir.«

Bondy war besorgt angesichts der Übermacht, die zu ihrem Ankerplatz segelte. »Aber was hilft es. Wir müssen für unsere eigene Sicherheit sorgen. Wo ist Ihre zweite Stellung?«

»Nur wenige Schritte entfernt, Sir. Wir sind dort Landangriffen besonders ausgesetzt und wären für Ihren Schutz sehr dankbar.« Sie sahen sich die Stellung an und verabredeten, daß die Seesoldaten besonders westlich von Davids Batterie massiert werden sollten. »Hier brauchen wir aber auch Brustwehren, am besten mit Palmenstämmen.«

Die Seeleute schafften wie die Wilden, um die zweite Stellung auszubauen. Sie rammten die Palmenstämme ein, schaufelten Sand, glätteten die Plattformen, deckten das Magazin mit Stämmen und feuchten Blättern ab und sanken nach dem Abendessen erschöpft auf die provisorischen

Lager. Ein berittener Melder vom Hauptquartier traf ein. Bald darauf erschien Major Abercrombie. »Sind Ihre Stellungen fertig, Mr. Winter?«

»Wir sind einsatzbereit, Sir.«

»Wir müssen mit allen Möglichkeiten rechnen. Uns wurde gemeldet, daß unsere Flotte sich in Linie quer über die Bucht von Grand Cul de Sac verankert hat, die Transporter hinter sich. Dort erwartet sie den Angriff der Franzosen. Die könnten uns von der See angreifen oder Truppen landen. Bitte messen Sie hier an Land die Entfernungen, und prägen Sie sich Marken ein. Das erhöht die Schießgenauigkeit. Wir kämpfen in jedem Fall Seite an Seite.«

Am nächsten Morgen sahen sie wieder die prächtige Parade der französischen Flotte den Landeplatz am Grand Cul de Sac anlaufen. Und dann donnerten den Vormittag über die dumpfen Salven. Nur etwa vier Meilen entfernt entschied sich ihr Schicksal. David ließ seine Leute an den Kanonen exerzieren, aber sie horchten doch immer wieder, wenn in dem Grollen ein helleres Krachen aufklang. Dann ließ er sie die Stellungen verstärken. Besonders um die zweite Stellung war er besorgt. Sie hoben einen Graben etwa fünf Meter vor ihren Schanzen aus, damit der Feind nicht ungehindert auf sie einstürmen konnte.

Isaak hielt wieder Ausschau. »Feindliche Flotte läuft aus der Bucht aus«, meldete er.

David rannte hin, und alle sahen erwartungsvoll zu ihm. »Sie laufen ab, aber ich kann keine Beschädigungen erkennen.«

Ein Melder galoppierte heran. »Unsere haben den Angriff abgeschlagen!« rief er ihnen im Vorüberreiten zu.

Erleichtert brüllten sie ihr Hurra heraus.

Abercrombie kam am Abend. »Unsere Flotte hat sie ohne größere eigene Verluste abgeschlagen. Sie sind zur Gros Islet Bay gesegelt, und unsere Späher berichten, daß sie die Ausschiffung von Truppen vorbereiten. Morgen sind wir dran, mein Lieber. Wir vertrauen Ihnen, daß Sie tüchtig dazwischen halten, denn an Zahl sind sie uns sehr überlegen.«

»Wir werden Sie nicht enttäuschen, Sir.«

Am Morgen stopften sie eilig ihr Frühstück hinein. Es war doch etwas anderes, hier an Land mit zwei kleinen Kanonen den Anmarsch von Massen zu erwarten. David ließ die Musketen überprüfen, die Blunderbüchsen mit gehacktem Blei laden. Noch einmal wurde angesagt, wer die Feuerwaffen beim Nahangriff bedienen sollte. Aber die Blicke schweiften immer wieder nach Norden ab.

Dann hörten sie Geräusche, als ob jemand eine Büchse mit Erbsen schüttelt. Das waren Trommeln! Da rückten sie heran. Drei mächtige Kolonnen. Die Fahnen flatterten, die Trommeln rasselten. Offiziere ritten den Kolonnen voran.

»Das sind mindestens tausend Mann in jeder Kolonne.« Robert flüsterte es fast und sah David entsetzt an.

»Warte nur ab, wieviel den Anmarsch überstehen. Jetzt holst du erst mal mit Bill die restlichen Kartätschen aus der anderen Stellung. Die brauchen wir jetzt hier.«

An ihrer Seite klangen Trompeten, und Trommeln ratterten. Das sollte den Armeesoldaten wohl Mut machen.

Leutnant Bondy lief heran. »Donnern Sie dazwischen, sobald Sie können, Mr. Winter. Wenn die ungehindert in unsere Nähe gelangen, wird es schwer.«

»Wir sind bereit, Mr. Bondy.« Aber waren sie es wirklich? Wenn sie dauernd feuerten, würden die Rohre zu heiß werden. Auf dem Schiff brauchten sie den Eimer nur am Seil in die See zu lassen, und sie hatten Wasser zum Kühlen. »Mr. Hansen, nehmen Sie sich fünf Mann und laufen Sie schnell zum Strand. Alle Behälter müssen mit Wasser gefüllt sein.« Daß man immer etwas vergessen mußte!

»Anderthalb Meilen, Sir!« rief Ricardo.

»Mit Kugeln laden! Wir feuern, wenn sie auf tausend Meter heran sind. In die Mitte der Kolonnen halten! Ab dreihundert Meter Traubengeschosse, ab hundert Meter Kartätschen. Und nun Ruhe an den Geschützen!«

David zwang sich, beherrscht und zuversichtlich zu wirken. Sie beobachteten ihn. Wenn er Furcht zeigte, war es mit ihrem Vertrauen vorbei. Und wenn es ihn traf? Dann wäre er mit Diane vereint.

Er zwang sich zur Konzentration. Er mußte die Leute

ablenken. »Seht doch mal, in der linken Kolonne stolpern die Kerle schon vor Angst. Die müssen Robert gesehen haben.« Sie lachten und atmeten freier.

Jetzt waren sie fast an der Tausendmetermarke.

»Feuerbereitschaft! Mitte der linken Kolonne! Höhenrichten! Seitenrichten!« Die Richtkanoniere hoben die Hände. »Feuer!«

Die Kanonen krachten und rollten zurück.

David sah zwei Furchen durch die Kolonne ziehen. »Gut so!« Und er wandte sich den Geschützen zu. »Tempo!« Die Seeleute hantierten hastig. »Ruhe bewahren, aber schnell! Die zweite Kolonne von links.« Die Kartuschen wurden festgestopft, die Kugeln hineingerammt, die Richtkanoniere hoben den Arm.

»Feuer!«

David sah nur flüchtig, wie auch hier die Soldaten stürzten, als sei eine Sense in sie gefahren. »Laden! Die dritte Kolonne.« Jetzt arbeiteten sie in routinierter Eile. »Feuer!« Er sah zur linken Kolonne. Sie hatten die Reihen geschlossen und marschierten wieder unter Trommelklang. Hundert Meter näher. »Linke Kolonne, neunhundert Meter. Fertig? Feuer!«

»Rohre gut auswischen! Laden! Zweite Kolonne! Feuer!«

Irgendwo hörte David Hurrageschrei. Abercrombies Truppe feuerte sie an.

Wie die Roboter arbeiteten die Kanoniere. Die Kolonnen waren ausgefranzt und nicht mehr so exakt geschlossen. Aber sie marschierten weiter, unaufhaltsam. Tschakos, blaue Röcke, weiße Hosen. Linienregimenter an der Spitze, Milizen dahinter.

Fünfhundert Meter. Die Kugeln schlugen Gassen. »Traubengeschosse auf die Kugeln!«

Vierhundert Meter. Ihre Bajonette funkelten.

»Feuer!«

Jetzt sah David, wie die Körper zerfetzt und zu Boden geschleudert wurden.

»Traubengeschosse doppelte Ladung!«

Sechzehn kleinere Kugeln fegten jetzt durch die Kolonnen.

Waren die überhaupt nicht aufzuhalten?

Zweihundert Meter. David erkannte die verschwitzten Gesichter unter den Tschakos. Die rechte Kolonne marschierte gleich aus ihrem Schußfeld hinaus.

»Kanonen acht Strich steuerbord. Rechte Kolonne noch eine Salve!« Dann mußten Abercrombies Soldaten sehen, wie sie mit denen fertig werden. »Mittlere Kolonne. Traubengeschosse doppelte Ladung! Feuer!« Jetzt flackerte auch Infanteriefeuer auf.

»Ab jetzt Kartätschen, doppelte Ladung!« David war heiser. Vom Geschrei, von der Aufregung? »Linke Kolonne!« Die Kolonne hielt, die erste Reihe kniete und legte die Musketen an.

»Feuer!« brüllte David, ehe die Blauröcke ihre Salve schießen konnten. Die Wirkung der Kartätschen war furchtbar. Zweihundert kleine Kugeln fegten wie ein Wirbelsturm in die Kolonne, rissen die Soldaten nieder, zerfetzten Glieder. Verwundete rannten schreiend nach hinten. Sergeanten prügelten brüllend die Reihen zur Ordnung. Wieder ratterten die Trommeln. Sie rückten heran.

»Mittlere Kolonne, Feuer!« Dasselbe Blutbad dort. Aber die linke Kolonne beschleunigte ihren Schritt. Die Trommeln wirbelten im Stakkato. Die Seesoldaten vor ihnen feuerten eine Salve.

»Linke Kolonne! Kartätschen! Feuer!«

»Ab jetzt Einzelfeuer! Nur linke Kolonne!«

Das war ihre Bedrohung. Die rückten auf sie zu, die Bajonette gefällt. Jetzt waren Befehle sinnlos. Man hörte nichts mehr, weil es unaufhörlich krachte. Auch die Salven ihrer Soldaten und Seesoldaten hatten sich in Einzelfeuer aufgelöst.

Noch einmal fegte ihr Kugelsturm in die linke Kolonne, aber nun rannten die Überlebenden voran. Nur vorwärts konnten sie Deckung finden. David griff sich die Blunderbüchse, gestikulierte und schrie, daß die Munitionsträger die Musketen nehmen sollten. Die anderen luden noch einmal. Die Blauröcke hatten die Seesoldaten zum Strand hin umgangen, und etwa fünfzig Mann stürmten mit aufgerissenen Mäulern auf sie zu.

David hob die Büchse. Zehn Meter, jetzt schoß er, warf sie zur Seite, riß seine Pistole heraus. Ein herkulischer Mulatte stürmte heran, das Gesicht grau vor Angst, das Bajonett vorgereckt.

David schoß ihm in die Brust. Hinter dem zusammensackenden Hünen tauchte ein Offizier mit geschwungenem Säbel auf. David griff nach seinem Wurfmesser und erstarrte in der Bewegung.

Das war Hauptmann Moreaux, sein Folterer auf Martinique!

Dumpf brüllte David vor Wut, holte aus und schleuderte Moreaux das Messer in die Kehle. Der sank blutend zusammen. David riß seinen Entersäbel heraus. Jetzt ging es ums letzte. Neben ihm sank Robert zusammen, aber Bill rannte die Halbpike einem Franzosen in den Leib.

Die Reihe der Angreifer stutzte, wankte. David brüllte Hurra!

»Schießt ihnen hinterher!«

Da brach rechts Gebrüll los. Ein Trupp war vor Abercrombies Front abgeschlagen und wich nun zum Strand hin aus. David warf sich ihnen mit geschwungenem Säbel entgegen, hackte Gewehre beiseite, stieß in Körper, brüllte.

Dann traf ihn ein Schlag am Kopf.

Jetzt komme ich doch zu Diane, war sein letzter Gedanke, bevor er zu Boden sank.

Um ihn wogte der Kampf. William Hansen stand breitbeinig über ihm und schwang die Pike, jeden niedermähend, der sich näherte. Mit jedem Schwung fluchte er: »Dreckige Hurensöhne, Froschfresser, Teufelsbrut, verdammte Schweine, hier kriegt ihr einen in die Fresse!«

Hurragebrüll klang auf. Abercrombies Soldaten eilten ihnen zu Hilfe. Die letzten Franzosen rannten davon.

»Isaak, kümmere du dich um Mr. Winter! Er hat einen Kolben an den Schädel gekriegt. Die anderen an die Geschütze!« William als Maat übernahm das Kommando. »Auf den flüchtenden Haufen! Feuer!«

David hörte das Krachen neben sich und hob den Kopf ein wenig, den Isaak mit dem feuchten Lappen kühlte. »Nein, Massa, Sir, ruhig bleiben, bis Sanitäter kommt.«

David öffnete die Augen. War das ein Stechen im Kopf. Er ließ sich zurücksinken.

»Haben wir sie zurückgeschlagen?«

»O ja, alle rennen fort.«

William ließ noch einige Salven feuern, aber dann lohnte es nicht mehr. Die Franzosen waren zu weit weg und liefen in kleinen Gruppen. Da sparte man die Kugeln lieber.

William tastete vorsichtig Davids Schädel ab. »Da ist bestimmt nichts gebrochen. Aber eine schöne Beule wird das werden. Hier mußt du kühlen, Isaak. War er schon bei sich?«

»Ja, ein wenig.«

David kämpfte gegen Kopfschmerzen und Bewußtlosigkeit an. Einmal kam er zu sich und murmelte: »Alles aufräumen und für einen neuen Angriff vorbereiten.«

William beruhigte ihn: »Wird schon alles getan! Ruhen Sie sich aus, Sir.«

David tauchte wieder ein in die Ohnmacht.

Die Seeleute gingen vor die Stellung, sammelten die Waffen der Franzosen ein, halfen den Verwundeten, so gut es ging, und zogen die Gefallenen zur Seite. Isaak entdeckte den toten Moreaux und stieß mit dem Fuß nach ihm. »Seht, welches Schwein hier liegt. Nun hat es den Folterknecht doch erwischt!«

»Bei uns hat es Robert auch erwischt, und Ricardo ist der linke Oberarm schlimm aufgerissen. Wo ist bloß ein Arzt?«

Hilfe traf mit den Beibooten der Flotte ein, die in die Carenage einliefen. Der Pinasse der *Anson* entstieg Mr. Lenthall mit seinem Maat und dem Kraft und Zuversicht ausstrahlenden Mr. O'Byrne.

»Hierher, Mr. Lenthall! Hier sind die Ansons!«

Der Schiffsarzt eilte herbei. »Was ist mit Mr. Winter?«

»Er ist wieder bewußtlos, hat aber schon gesprochen. Bitte, stillen Sie zuerst die Blutung bei Ricardo.«

Mr. Lenthall arbeitete schnell und geschickt. »Ricardo behält seinen Arm. Schafft ihn ins Boot!«

Dann tastete er Davids Schädel ab. »Nichts gebrochen. Starke Prellung.« Er verrieb Tinktur und Salbe. »Einen kühlen Umschlag und das Wasser immer erneuern! Ab ins Boot!«

O'Byrne entschied: »Mr. Harland, Sie bleiben hier und übernehmen das Kommando. Lassen Sie die Getränke und das Essen ausladen, das wir gebracht haben.«

»Sir, wir brauchen auch Pulver und Munition.«

»Das kann ich mir denken, wenn ich sehe, wie ihr hier gewirkt habt.«

Als David ins Boot getragen wurde, lief Major Abercrombie heran. »Mein Gott, was ist mit ihm?«

O'Byrne beruhigte: »Keine Sorge, Sir. Nur bewußtlos nach einem Kolbenhieb, aber nichts gebrochen.«

»Da bin ich aber froh. Sagen Sie Ihrem Kapitän, Mr. Winter hat mit seinen Leuten Wunder gewirkt. Ohne sie wäre es anders ausgegangen.«

»Unser Kapitän ist gefallen, Sir.«

»Das tut mir leid. Hatten Sie schlimme Verluste?«

»Nur den Kapitän und einen Melder. Ein Querschläger!«

»Manchmal glaubt man, es ist alles vorherbestimmt.«

Während das Boot zum Ankerplatz der Flotte zurückruderte, kam David wieder zu sich.

»Wie fühlen Sie sich?« fragte der Schiffsarzt.

»Wahnsinnige Kopfschmerzen«, stöhnte David.

»Wie viele Finger sehen Sie?« wollte Mr. Lenthall wissen. »Zwei.«

»Gut, erbrochen haben Sie auch nicht. Dann ist es mit einer Gehirnerschütterung nicht weit her. Aber drei Tage strikte Ruhe müssen Sie einhalten. An Bord gebe ich Ihnen Schmerzmittel.«

»Was ist mit den Leuten?«

»Robert ist tot, Ricardo ist ziemlich verletzt, zwei andere haben leichte Wunden. Aber jetzt reden Sie nicht mehr.«

An Bord hatte keiner Zeit, sich viel um David zu kümmern. Die Schiffe wurden noch tiefer in die Bucht gewarpt. Kanonen wurden an Land geschafft, Batterien errichtet, um die Flanken der Schiffslinie beim nächsten Angriff zu verstärken.

Leutnant Bates bestimmte Seeleute, die Davids Mannschaften ablösen und neue Munition mitnehmen sollten. Hauptmann Barnes musterte Seesoldaten, die Leutnant Bondys Truppe ersetzen sollten.

Lord Battesham war in seiner Kajüte aufgebahrt. Eine neue Uniformjacke verbarg die schreckliche Brustwunde. Sein Sekretär hockte mit feuchten Augen neben der Bahre. Mr. Hope sah herein und faltete die Hände in stillem Gebet.

Leutnant Purget brachte die Meldungen und Verlustlisten der *Anson* zum Flaggschiff. Der Flaggleutnant überflog sie. »Was, der exzentrische Lord ist tot? Dann wird er bei Petrus wohl eine neue Kleiderordnung einführen.«

»Sir, wollen Sie bitte zur Kenntnis nehmen, daß jeder, der herabsetzend über Lord Battesham spricht, sich mit dem gesamten Offizierskorps der *Anson* wird duellieren müssen. Er war ein anderer Mann geworden und verdient Respekt.«

»Schon gut. Ich wußte das nicht und wollte niemanden kränken.«

Der Admiral entschied: »Kapitän Grant übernimmt die *Anson*, Commander Haddington die *Ariadne*, der Erste Leutnant des Flaggschiffs wird Commander auf der *Ranger*. Die gefallenen Offiziere und Mannschaften werden morgen der See übergeben. Die *Ranger* übernimmt die Leichen und läuft aus den Küstengewässern hinaus. Unser Kaplan soll den Gottesdienst halten. Commodore Hotham wird mich vertreten. Schicken Sie Nachricht an Graf D'Estaing, damit die Beisetzung nicht behindert wird. Die Beförderungen geben Sie an die Admiralität mit der Bitte um Bestätigung weiter. Die üblichen ergebensten Bitten, Sie wissen schon.«

Der Sekretär raffte seine Notizen zusammen: »Sehr wohl, Sir.«

David schlief die meiste Zeit. Der Schiffsarzt hatte ihm Mittel gegeben. Seine Beule am Hinterkopf wurde gekühlt und schwoll langsam ab.

Die Beisetzungen waren vorbei, als er zum ersten Mal an Deck getragen wurde, um sitzend die frische Luft und die Sonne zu genießen. Die Midshipmen und Offiziere drängten sich um ihn und fragten ihn aus.

»Der Kapitän!« sagte Mr. Purget, und sie öffneten eine Gasse.

Kapitän Grant trat auf David zu.

»Sie, Sir? Und Lord Battesham?« fragte David überrascht.

»Er fiel als tapferer Mann, Mr. Winter. Ich habe das Kommando übernommen.«

David senkte den Kopf. Schließlich sagte er leise: »Ich gratuliere, Sir, nun sind die Shannons wieder beisammen.«

Am Abend meldete der Sanitätsmaat an Davids Lager: »Besuch für Sie, Sir.«

David schreckte aus dem leichten Schlummer auf. »Besuch?«

William trat in das Krankenrevier, ein Päckchen in der Hand: »Frohe Weihnachten, Sir, und gesunde Feiertage.«

»Weihnachten? Daran habe ich gar nicht gedacht, William. Auch dir ein frohes Fest.«

»Die Engländer feiern doch erst morgen früh, aber ich dachte, ich komme zu Ihnen am Heiligen Abend, Sir. Und hier habe ich einen guten Schluck, den wir an Bord geschmuggelt haben.« Er gab ihm das Päckchen mit einer kleinen Ginflasche.

»Du sollst mir nichts schenken. Ich hab' doch nichts für dich. Aber das hole ich nach. Die Flasche schaffen wir beide aber nicht.«

William sah zur Tür. »Draußen sind noch ein paar von unseren Landausflügen, die Ihnen auch Glück wünschen möchten, Sir.«

David schluckte. »Bring sie herein!«

Etwas befangen stapften sie herein, der Kanadier, Greg, John und Isaak. Sie murmelten ihre Wünsche und freuten sich über seine Scherze. Der Holzbecher, den der Kanadier aus der Tasche zauberte, ging mit dem Gin herum.

Als Mr. Lenthall später nach den Kranken sah, schnupperte er. »Hier hat doch jemand gesündigt.«

»In Hannover kommen die Weihnachtsengel schon am Abend vor dem Fest, Sir.«

Weitere drei Tage später konnte David seinen Dienst aufnehmen. Alle warteten gespannt auf einen neuen Angriff der Franzosen. Inzwischen hatte Leutnant Black das Kommando über die Batterie an Land übernommen. Ricardo hatte sich etwas erholt und konnte schon mit David und den Seeleuten plaudern. Da traf die Nachricht ein, daß sich David beim Admiral melden solle.

»Haben Sie etwas ausgefressen?« fragte Kapitän Grant.

»Nicht, daß ich wüßte, Sir.«

»Nun, dann hören Sie sich an, was der Admiral zu sagen hat.« Mr. Grant schmunzelte verstohlen.

David wurde vom Flaggleutnant in die Admiralskajüte geführt.

»Mr. Winter von der *Anson*, Sir.«

Der Admiral sah von seinen Papieren auf. »Sie sind das also! Ansehen würde man es Ihnen nicht.«

David schwieg verwirrt.

Der Admiral erhob sich. »Mr. Winter, ich habe von General Medows einen Bericht, in dem er die Leistung der von Ihnen kommandierten Halbbatterie in den höchsten Tönen lobt. Sie hätten großen Anteil daran, daß der Angriff so verlustreich für die Franzosen abgeschlagen werden konnte. Ich werde das in meinem Bericht an die Admiralität lobend hervorheben und spreche Ihnen meine Anerkennung aus. Bitte geben Sie das auch an die Mannschaften weiter.« Er schüttelte einem immer noch verwirrten David die Hand. »Sie haben vor Admiralen wohl mehr Respekt als vor dem Feind.«

»Jawohl, Sir«, stammelte David, und der Admiral lachte immer noch, als David die Kajüte verließ.

Die Spannung in der Flotte wuchs. Wann kamen die Franzosen nun endlich?

Am 28. Dezember schließlich trieben die Pfeifen und Trommeln zu »Klar Schiff zum Gefecht!« Aber dann folgte der Ruf vom Mast. »Französische Flotte segelt mit Kurs Nord ab.«

Erste Hurrarufe wurden laut. Als die Franzosen den Kurs beibehielten, brachen sich Begeisterung und Erleichterung Bahn.

Sie hatten ihre Gefechtsposten verlassen und den Routinedienst aufgenommen, als vom Flaggschiff her neue Hurrarufe heranbrandeten.

»Was ist denn nun schon wieder?« Leutnant Bates schüttelte den Kopf.

Von Bord zu Bord schrien sie die Nachricht weiter: »Der Gouverneur von St. Lucia hat kapituliert!«

Ricardo konnte schon wieder mit ihnen trinken. Die *Ranger* lief mit den Meldungen nach England aus, und darunter war auch die Zeile, die Davids Onkel und Tante später im »Portsmouth Observer« lesen sollten: »Bei der Abwehr des französischen Angriffs tat sich eine Halbbatterie von der HMS *Anson* unter Midshipman David Winter besonders hervor.«

Das Netz des Midas

Januar bis März 1779

»Meine Herren, der Kapitän!« Die Offiziere nahmen ihre Hüte ab, die Seesoldaten präsentierten, und Leutnant Bates meldete Kapitän Grant: »Offiziere und Mannschaften zur Besichtigung angetreten, Sir.«

Der Kapitän dankte, grüßte die Offiziere: »Bitte stehen Sie bequem«, und begann seinen Rundgang. Leutnant Bates und der jeweilige Divisionsoffizier begleiteten ihn. Sie waren unsicher an diesem Neujahrstag des Jahres 1779. Es war der erste Sonntagsappell des neuen Kapitäns.

Grant wechselte mit den alten Shannons hier und da ein paar Worte, fragte ihm unbekannte Seeleute nach dem Namen und zeigte ab und an Unzufriedenheit. »Kann der Kerl sich nicht richtig rasieren, Mr. Murray? Bringen Sie dem Burschen bei, wie er sein Hemd zu stopfen hat, Mr. O'Byrne.«

Der erwiderte »Aye, aye, Sir!« und dachte: Das kann ich selbst nicht besser.

Die Mannschaften lockerten ihre Haltung und tauschten Blicke der Erleichterung, als der Kapitän mit dem Ersten Leutnant unter Deck ging, um dort die Räume zu inspizieren.

Mr. Lenthall stand mit seinem Maat im Krankenrevier, Instrumente und Geräte blitzten.

»Nun, wie geht es Ihren Patienten?«

»Alle auf dem Wege der Besserung, Sir. Drei werden am Montag dienstfähig, die anderen vier wahrscheinlich eine Woche später.«

»Sie beachten immer noch die alte Regel, daß man zum Wochenende nicht dienstfähig wird?«

»Gute Gewohnheiten ändert man nicht, Sir.«

Sie lächelten sich in Erinnerung an die lange gemeinsame Dienstzeit an, und Kapitän Grant wandte sich den Kranken zu.

Auf dem Weg zum Kabelraum monierte Grant: »Das stinkt ja hier bestialisch, Mr. Bates. Wann haben Sie zum letzten Mal die Bilge geflutet?«

»Lord Battesham hat es vor dem Einlaufen in Barbados befohlen, Sir.«

»Das muß ein Kapitän nicht befehlen, das kann der Erste Leutnant entscheiden. Sie werden sich doch erinnern, daß wir die Bilge bei Kapitän Brisbane mindestens einmal in der Woche geflutet und leergepumpt haben. Gute Regeln behält man bei, Mr. Bates.«

»Aye, aye, Sir!«

Zurück an Deck las der Kapitän die Kriegsartikel vor und ließ einen Choral singen. Die Kriegsartikel hatte die Mannschaft mit gelangweilter Gleichgültigkeit über sich ergehen lassen, aber Singen, das war ihnen eine Herzensangelegenheit. Gut gestimmt drängelten sie danach zu ihren Plätzen, um ihr Essen und ihren Rum zu erwarten.

Am Nachmittag lief Byrons Flaggschiff, die *Princess Royal* mit ihren neunzig Kanonen, in die Bucht vor dem Cul de Sac ein, und die Salutschüsse ließen die Luft erbeben.

Leutnant O'Byrne klopfte Mr. Black begeistert auf die Schulter: »Einundzwanzig Linienschiffe in Westindien, das hat es noch nicht gegeben!«

»Hier sind aber nicht soviel.«

»Die anderen ankern ja auch in der Gros-Islet-Bucht. Hier haben doch gar nicht alle Platz. Ein Vizeadmiral, Barrington, Hyde Parker und Rowley als Konteradmirale, mehr hat ja die Kanalflotte kaum zu bieten.«

Konteradmiral Barrington, der sich vorbereitete, seinem neuen Vorgesetzten Meldung zu erstatten, bewegten ähnliche Gedanken. Er sah seinen Flaggleutnant nachdenklich an. »Hätte unsere Regierung vor drei Jahren eine derartige Streitmacht aufgeboten, gäbe es keine Rebellion mehr. Und damals hätten sogar Fregatten und Sloops genügt. Sie werden es auch noch lernen, mein Lieber, für uns gilt die Losung ›zu wenig und zu spät‹.«

Byrons Schiffe hatten wieder einen schweren Sturm hinter sich, wie hätte es bei ›Schlechtwetter-Jack‹ anders sein können? Aber ohne zu zögern, jagte er eine Handvoll Fregatten wieder auf See, um D'Estaings Flotte zu bewachen. Nach wenigen Tagen schon kehrte eine mit vollen Segeln zurück, hißte das Signal »Feind in Sicht« und feuerte eine Kanone, um ihm Nachdruck zu verleihen.

»Sie kommen!« jubelte Leutnant Murray auf dem Achterdeck.

»Signal vom Flaggschiff: Anker auf! Klarschiff! In Linie hinter dem Flaggschiff auslaufen!«

Der Kapitän und der Master standen auf dem Achterdeck und sahen dem Chaos zu, das scheinbar ausgebrochen war. Aber alle, die durcheinanderliefen, kannten ihr Ziel. Die Segelmannschaften enterten auf und ließen die Segel fallen. Der Anker brach aus dem Grund. Die Decks wurden mit Sand bestreut, um den nackten Füßen besseren Halt zu geben. Die Netze wurden über dem Deck gerigt, um die Mannschaften vor fallenden Mastteilen zu schützen. Die Pulverjungen schleppten Kartuschen zu den Geschützen.

»Klarschiff in zehn Minuten, Sir.«

»Sehr gut, Mr. Bates. Ich übernehme.« Und Grant steuerte die *Anson* in die dritte Position hinter dem Flaggschiff.

Murray und Purget trafen sich in der Mitte des Geschützdecks. Murray kommandierte die vordere Batterie, Purget die hintere.

»Ob es wohl heute zur Entscheidungsschlacht kommt, Philemon?«

»Hoffentlich, dann gibt es einige Beförderungen.«

»Falls wir gewinnen.«

»Zweifeln Sie daran?«

»Im Krieg und in der Liebe ist alles erlaubt und alles möglich, mein Lieber.«

John, Bill und Isaak kauerten an dem Geschütz, das der Kanadier kommandierte. Sie schauten zu den Offizieren hin.

»Ob die auch Schiß haben?« fragte Bill.

»Die denken bloß daran, wie sie sich eine Beförderung verdienen können. Das Heulen und Zähneklappern kommt bei denen erst, wenn sie am Boden liegen.«

Isaak sah sich nervös um. »Warum hocken wir hier immer hinter den Kanonen und reißen uns den Arsch auf, um den Feind zusammenzuschießen? Wir haben ja doch nichts davon. Und wenn es uns erwischt, kümmert es keinen.«

Auf dem Achterdeck beobachteten sie, wie die Schiffe aus der Gros-Islet-Bucht zu ihnen aufschlossen. Bates trat zum Kapitän: »Auch mal ganz angenehm, den Franzosen gegenüber in der Übermacht zu sein, Sir.«

»Zahlenmäßig schon, aber sie haben die größeren Schiffe. An Kanonenzahl sind wir wahrscheinlich gleich. Ich nehme an, es wird in Kürze eine Kursänderung befohlen, damit wir D'Estaing in Lee haben. Seien Sie vorbereitet.«

Sie änderten den Kurs. Sie setzten mehr Segel, aber es half alles nichts. Die Franzosen liefen mit vollen Segeln zurück nach Martinique.

»Die haben gedacht, sie könnten uns an getrennten Ankerplätzen überraschen. Die ganze Flotte ist ihnen ein zu großer Happen«, war Mr. Hopes Kommentar.

Auf dem Geschützdeck erfuhren sie es durch das Gewisper, das von Mann zu Mann weitergegeben wurde.

»Die Seeschlacht werden wir wohl vergessen können, und Sie werden noch nicht Erster, Anton«, flüsterte Leutnant Purget.

»Die feigen Schweine reißen aus«, murmelte Isaak zwischen den Zähnen. »Freu dich doch, nun brauchst du dir nicht in die Hosen zu machen.«

»Signal für Konteradmiral Rowley: Mit sieben Schiffen Posten vor Martinique beziehen.«

»Und was für Befehle gibt es für uns?«

»Jetzt kommen unsere Nummern, Sir: In Linie zum Ankerplatz zurücklaufen.«

»Viel Lärm um nichts, wie Mr. Shakespeare sagen würde«, stellte Mr. Lenthall fest, »aber wenigstens behalten viele ihre heilen Knochen.«

Kaum einer von ihnen bemerkte während des Einlaufens, daß ein Kutter an den Linienschiffen vorbeischlüpfte und in der Nähe des Flaggschiffes ankerte. Die Depeschenflagge flatterte am Mast.

Vizeadmiral Byron saß an seinem großen Schreibtisch und betrachtete mißmutig die vielen Schreiben, die sein Sekretär zu ordnen versuchte. »Ein Kutter kann den Schreibkram kaum noch schleppen. Wir müssen bald Fregatten im Depeschendienst einsetzen, wenn das so weitergeht.« Mißmutig sah er Konteradmiral Hyde Parker an und erwartete Zustimmung, aber der nickte nur gleichgültig.

Ein Klopfen an der Kabinentür.

Der Flaggkapitän öffnete sie und meldete: »Konteradmiral Barrington, Sir.«

»Gut, gut, dann sind wir ja vollständig. Nehmen Sie Platz, meine Herren. Steward, schenken Sie ein. So einen guten Port werden Sie selten gekostet haben.« Und er hob sein Glas, prostete den anderen zu und schlürfte genießerisch den Wein.

»Exzellent, Sir«, bestätigte Barrington, »hoffentlich sind die Neuigkeiten auch so gut.«

»Nicht schlecht, Barrington, aber entnervend. Alle schreien nach Verstärkung. Wir haben in ganz Westindien nur etwa anderthalbtausend Soldaten. Nun ruft jeder Inselgouverneur nach Truppen, und alle Zuckerbarone unterstützen ihn. General Clinton in New York verlangt Kriegsschiffe, und die Regierung befürwortet das, weil Clinton die Häfen der Rebellen angreifen soll. Vizeadmiral Parker benötigt für den Konvoi nach England ein Zusatzgeleit. Und so geht es immer weiter.«

»Aber wir können unsere Kräfte doch nicht zersplittern, Sir.«

»Das will ich auch nicht. Ich schicke eine Kompanie nach Antigua, damit unsere Basis verstärkt wird. Und dann muß ich einen Fünfziger oder einen Vierundsechziger nach New York abordnen. Da komme ich nicht drumherum. Aber das Schiff soll erst die Kompanie nach Antigua geleiten und auf dem Weg nach New York dem Jamaikakonvoi zusätzlichen Schutz geben, bis er auf dem Atlantik ist. Welches Schiff empfehlen Sie, meine Herren?«

»Einer unserer Fünfziger reicht nicht aus, Sir. Wenn er von zwei feindliche Fregatten angegriffen wird, können diese alten verbrauchten Pötte kaum etwas ausrichten, Sir.« Barrington sagte es nachdrücklich, und Admiral Hyde Parker nickte. »Und welcher Vierundsechziger hat eine eingespielte Mannschaft und Offiziere mit Amerikaerfahrung?«

»Die *Anson*, Sir, Kapitän Grant. Sie steht in Schnelligkeit einer Fregatte kaum nach und könnte auch einem Vierundsiebziger einheizen.«

»Grant, ist der nicht Fregattenkapitän?«

»Er war lange Erster bei Brisbane, kommandierte dann eine Sloop, erhielt die *Ariadne* und jetzt nach Lord Batteshams Tod die *Anson*. Er hat sich in jedem Kommando bewährt.«

»Gut. Machen wir es so. Und nun zu unseren nächsten Maßnahmen.«

Kapitän Grant erfuhr es am nächsten Tag gegen Mittag und die Mannschaft kaum später.

»Ich wäre gern noch in der Karibik geblieben«, klagte O'Byrne, »ich mag das Klima, die Inseln, die Menschen, die Aussichten auf Prisen und Beförderung. Im Norden ist alles mühseliger.«

»Mir ist es hier zu heiß, aber wenn schon Norden, dann wäre mir England lieber.« Murray pochte dabei mit dem Finger auf den Tisch.

»Haben die Herren sonst noch Wünsche? Vielleicht noch

eine Bildungsreise in Europa? Wir müssen doch hin, wohin man uns schickt. Ich hoffe nur, sie ersparen uns Ostasien noch eine Weile.« Bates war mißgestimmt, und die anderen wechselten das Thema.

Auch bei den Mannschaften waren die Meinungen geteilt. Ricardo plädierte für die Karibik.

»Was willst du denn hier? Hier segeln wir doch nur im Verband, und wenn wir auf die Froschfresser treffen, werden die uns mit ihren dicken Pötten schon den Laden vollrotzen. Laß uns lieber allein schippern. Dann kommen wir eher an Prisen und seltener an dicke Pötte.«

»Der Kanadier hat recht«, stimmte der alte Greg zu.

Isaak nickte nachdenklich.

Wie immer in der Flotte sollte nun alles schnell gehen. David fuhr mit dem Kommando, das Frischwasser nahm, und überwachte die Verstauung. Kapitän Grant verhandelte mit dem Kapitän des Transporters und dem Hauptmann der Infanterie. Ein anderer Transporter sollte erbeutete Musketen, Kanonen und Munition nach Antigua bringen. Der Zahlmeister suchte nach Obst und Gemüse und stöhnte über die Preise, die durch den Bedarf der vielen Schiffe in die Höhe geschnellt waren. Mr. Lenthall tröstete ihn: »Auf Antigua können wir unsere Vorräte ja auch noch auffüllen. Das ist doch nur ein Katzensprung.«

Es war wirklich nur ein Katzensprung, die Fahrt dauerte auch mit den langsamen Transportern nur knapp drei Tage. Aber bei der Nähe der französischen Flotte waren alle Ausgucke doppelt besetzt, und auch nachts hockten die Leute mit den »Katzenaugen« im Ausguck. Es machte sich bezahlt. Sie sahen das französische Linienschiff zwei Stunden vor der Dämmerung zuerst.

Abgeblendete Blinklampen befahlen den Transportern eine Kursänderung. Die *Anson* wurde lautlos gefechtsbereit gemacht und schlich sich in der dunklen Nacht hinter das Heck des Vierundsiebzigers. Der Kapitän und der Erste Leutnant starrten durch ihre Nachtgläser.

»Ohne Zweifel französische Bauart«, flüsterte Mr. Bates.

»Ja, aber es könnte ein erbeuteter Franzose sein. Bereiten Sie die Erkennungslichter vor. Wir heißen sie an allen Masten. Dann feuern wir Leuchtraketen und rufen ihn an.«

Sie hißten die Erkennungszeichen, die in diesem Monat für die britischen Schiffe galten, sie feuerten die Leuchtraketen und brüllten durch das Sprachrohr.

»Französische Flagge!« rief der Ausguck, und der Kapitän sah es im Licht der Raketen.

»Französische Befehle«, meldete David, der ein Sprachrohr ans Ohr gehalten hatte.

»Schiff macht gefechtsbereit, keine Erkennungssignale!« schrie Mr. Bates.

»Alle Batterien: Feuer!« Der Kapitän hatte es mit voller Kraft gerufen, und die *Anson* erschütterte im Rückstoß. Drei Salven hatten sie gefeuert, bis der Franzose mit den Heckgeschützen antwortete. Aber das war keine Gefahr, und die nächste Salve setzte auch zwei der vier Heckgeschütze außer Gefecht.

Aber die Franzosen hatten es geschafft, mit den vorderen Segeln ihr Schiff etwas herumzubringen. Die Breitseiten des Franzosen wurden jetzt sichtbar. Einige Geschütze waren im stärksten Winkel herumgebracht worden und eröffneten nun ein noch unregelmäßiges Einzelfeuer auf die *Anson*.

»Sagen Sie den Batterieoffizieren, daß sie auch die Breitseiten bestreichen sollen. Einzelfeuer!«

»Aye, aye, Sir!«

»Die kriegen wir noch klein, Sir«, äußerte Mr. Bates zuversichtlich.

»Deck! Erkennungsleuchten backbord querab, zwei Meilen.«

Der Kapitän und der Erste liefen mit ihren Nachtgläsern zur Backbordseite.

»Das sind keine britischen Erkennungszeichen«, sagte der Kapitän.

»Nein, Sir, eindeutig nicht. Aber wir wissen nicht, wie stark das Schiff ist.«

»Mr. Bates, wenn wir allein wären, würde ich es riskieren,

aber die Transporter gehen vor. Lassen Sie fertigmachen zum Segelsetzen. Noch zwei Salven und dann mit allen Segeln zu den Transportern!«

Bevor sie abliefen, sahen sie an Deck des Franzosen noch eine Explosion.

»Dem ist die Munition für ein oder zwei Kanonen in die Luft geflogen.«

»Ja, leider nicht mehr, aber er hat für eine Weile genug. Sehen Sie nur …«, im Feuerschein konnte man es deutlich erkennen, » … sein Besanmast hängt über dem Achterdeck.«

Kapitän Grant war mit dem Ergebnis zufrieden, aber die Seeleute maulten. »Das ist ja auch nicht anders als bei der *Languedoc* und dem Lord.«

Im Morgengrauen war vom Masttopp aus gerade noch zu sehen, wie das andere französische Schiff bei ihrem nächtlichen Gegner lag. Ein Fünfziger oder ein Vierundsechziger, genau war es nicht zu erkennen.

»Unser Gegner kann anscheinend noch nicht allein segeln.« Leutnant Black faßte zusammen, was er gesehen hatte, und der Kapitän befahl: »Lassen Sie wegtreten zum normalen Dienst, Mr. Bates. Sagen Sie bitte den Leuten, daß ich mit ihrer Leistung zufrieden war.«

Eine halbe Stunde später hatten sie die beiden Transporter eingeholt und nahmen ihre Position luvwärts ein. Kapitän Grant saß an seinem Schreibtisch und ging die Papiere durch, die er vor dem Auslaufen erhalten hatte. Bei einem Schreiben lachte er laut, so daß der Sekretär den Kopf in die Kajüte steckte.

»Das darf doch nicht wahr sein!«

»Sir?« meldete sich der Sekretär.

»Bestellen Sie bitte Mr. Lenthall, ich wäre ihm dankbar, wenn er etwas Zeit für mich erübrigen könnte.«

Als der Schiffsarzt die Kajüte betrat, staunte er über die heitere Stimmung des sonst eher ernsten Kapitäns.

»Nehmen Sie ein Glas Sherry. Ich habe etwas, das in Ihr Fachgebiet fällt. Der Flottenarzt Admiral Byrons hat allen Kommandanten ein Schreiben geschickt, ich lese es nur in Auszügen vor: Angesichts der steigenden Ausfälle durch venerische Krankheiten usw. usw. werden Sie gebeten, insbesondere das Offizierskorps auf Verhütung besagter Geschlechtskrankheiten hinzuweisen. Als beste Maßnahme hat sich die Benutzung der gereinigten Blinddärme von Schafen erwiesen, wie sie von der Firma Phillips und Perkins im Monopol hergestellt und vertrieben werden. Haben Sie davon gehört?«

»Ja, Sir, ich las einen Artikel in einem medizinischen Journal. Es sind übrigens die Damen Phillips und Perkins, die die Firma gegründet und sich das Monopol vor etwa fünfundzwanzig Jahren gesichert haben.« Grant lachte laut heraus. »Was hatten die Damen denn für ein Interesse daran?«

»Die beiden wohl ein kommerzielles Interesse, aber der ›englische Regenmantel‹, wie ihn die Franzosen inzwischen nennen, verhindert nicht nur Ansteckung, sondern auch Befruchtung. Also besteht auch ein feminines Interesse.«

»Warum haben sich diese Därme dann noch nicht allgemein durchgesetzt, Mr. Lenthall?«

»Sie sind nicht gerade billig, denn ein Schaf hat nur einen Blinddarm, und die Wiederverwendung des gereinigten Darms ist nicht jedermanns Sache, abgesehen davon, daß es dabei zu Beschädigungen kommen kann. Aber die wichtigsten Gründe sind wohl emotionaler Art. Die Därme sollen die Gefühlsintensität beeinträchtigen, und es ist wohl auch etwas peinlich, sich vor der Dame erst mit dem ›Regenmantel‹ zu bekleiden.«

»Nun, im Bordell wäre das Feingefühl wohl nicht erforderlich. Aber sind venerische Krankheiten bei Offizieren nach Ihrer Erfahrung ein Problem, das die Dienstbereitschaft eines Schiffes beeinträchtigt?«

»Ich kann natürlich keine persönlichen Angaben machen, Sir, aber allgemein hatte ich in der Mannschaft acht bis zehn Fälle der Frühform auf hundert Mann im Jahr und zwei bis drei Fälle der Spätform von morbus venereus. Bei den Seeoffizieren und Deckoffizieren wären die entsprechenden Relationen ein bis zwei Prozent Frühform und alle zwei Jahre einmal Spätform. Die Mannschaften sind schon im eigenen Interesse vorsichtig, weil sie diese Behandlung ja als einzige nicht kostenlos erhalten, sondern von ihrem Sold zahlen müssen.«

»Das ist auch gut so! Wie sind denn die Heilungschancen, Mr. Lenthall?«

»Mit der Frühform werden wir in zwei bis drei Wochen mit Quecksilbersalzen gut fertig, bei der Spätform kann ich die Symptome kurieren, aber hinsichtlich einer völligen Ausheilung bin ich skeptisch. Einige Autoritäten glaubten früher an zwei verschiedene Geschlechtskrankheiten, aber heute gehen die meisten von verschiedenen Formen einer Erkrankung aus.«

»Sei es, wie es sei. Wir sollen die Herren Offiziere informieren und die ihre Divisionen. Aber wo kriegt man die Darmdinger denn überhaupt her?«

»In den größeren Hafenstädten wird es wohl Pharmazien geben, die sie führen. In Kingston habe ich ein Angebot zu zwei Schilling gesehen.«

»Donnerwetter, das kauft kein Seemann. Aber was soll's, ich muß Sie bitten, in den Messen der Offiziere und Deckoffiziere Belehrungen über die Gefahren der Geschlechtskrankheiten und diese Darmdinger abzuhalten.«

Die Mienen der Midshipmen blieben während der Belehrung angestrengt ernsthaft. Das war nicht einfach, denn unter dem Tisch gingen die Fußtritte hin und her. David fand es auch interessant, was über die Symptome der Krankheiten bei Mann und Frau gesagt wurde. Aber Mr. Lenthall hatte kaum ihre Messe verlassen, da lachten und grölten sie durcheinander.

»Für Andrew und für mich müssen sie spezielle Därme führen«, rief Matthew laut, »für Andrew den Blinddarm einer Maus und für mich den eines Ochsen.«

»Angeber!« wehrte Andrew mit müder Handbewegung ab.

Als die Sonne am nächsten Morgen über der Kimm aufstieg, beleuchtete sie Antigua. David stand neben dem Master und blickte durch das Teleskop auf die vertrauten Landmarken. Da lag Boggy Peak, der abgerundete bewaldete Berg, überhaupt nicht zu verwechseln mit den Pitons auf St. Lucia. Rechts davon erkannte er den Signalhügel, und bei der langsamen Annäherung geriet die Bucht von Falmouth in Sicht.

»Sehen Sie, Mr. Winter, da ankern einige Handelsschiffe. Ich wette meine Grogration, daß wir die nach Jamaika mitnehmen müssen.«

David wollte die Wette nicht annehmen und zeigte auf Fort Berkeley. »Da hat sich aber einiges geändert, Sir. Die Wälle sind ausgebessert, und ich habe den Eindruck, daß auch mehr Geschütze dort stehen.«

»Seitdem Frankreich im Krieg ist, müssen die Herren hier auch besorgt sein.«

David hatte schöne Erinnerungen an Antigua, und er war guter Stimmung, als sie langsam in Freemans Bucht einliefen. Dann aber mußte er sich den Vorbereitungen des Ankerns widmen und konnte erst wieder in Ruhe umhersehen, als sie in der Nähe des Wassertanks festgemacht hatten.

Kapitän Grant ging als erster von Bord, um dem Hafenkapitän seine Papiere und Meldungen zu übergeben. Ihm auf den Fersen folgte der Zahlmeister, der hier die Früchte und das Gemüse billiger kaufen wollte, die auf St. Lucia so teuer geworden waren.

»Lassen Sie mich auch von Bord, Mr. Winter?« Der Schiffsarzt war von hinten herangetreten.

»Selbstverständlich, Sir. Sie sorgen doch für guten Rum.«

»Spotten Sie nur. Ich bin mit den Ergebnissen meiner Untersuchungen sehr zufrieden und will sehen, was der Hospitalarzt noch für mich hat. Sie erinnern sich doch an ihn?«

»Aber ja, Sir. So gut wie auf Antigua bin ich noch nie gepflegt worden, besonders natürlich bei den Wolfs.«

»Jetzt erinnere ich mich. Mr. Dillon war doch auch dort. Ich hoffe, wir sehen ihn wieder.«

Mr. Dillon ließ nicht lange auf sich warten. David sah, wie am Verpflegungsamt eine Kutsche vorfuhr und bald darauf ein Boot quer über die kleine Tank Bay auf sie zuhielt. Jerry Desmond, der wachhabende Midshipman an der Fallreepspforte, kannte Mr. Dillon nicht und war erstaunt, daß dieser Kapitän Brisbane sprechen wollte.

»Kapitän Brisbane ist jetzt Konteradmiral in Europa, Sir.«

»Und wer kommandiert jetzt die *Anson*?«

»Und wer will das wissen?« Leutnant Black als Wachhabender war hinzugetreten.

Aber bevor es zum Streit ausarten konnte, rief Leutnant Bates, der neugierig über die Reling gesehen hatte: »Edward, wie schön, Sie zu sehen! Kommen Sie bitte an Bord.« Und zu Black rief er: »Mr. Dillon ist ein früherer Offizier der *Anson*.«

»Das konnte ich nicht wissen, Sir, und wir sollen doch vorsichtig sein«, entschuldigte sich Black bei Dillon.

»Ist schon gut, Sir. Ich freue mich, wieder an Bord zu sein.«

Leutnant Bates ging mit ausgestreckten Händen auf Dillon zu, die Mannschaften hielten in ihren Arbeiten inne und die, die Mr. Dillon kannten, lächelten ihm zu, einige winkten sogar.

»Hat uns verdammt an den Kanonen geschliffen, der schwarze Teufel, aber wir sind verdammt gut im Schießen geworden durch ihn. Schade, daß sie ihm den halben Fuß abnehmen mußten.« Der Kanadier hatte es geflüstert, und die Neuen wollten mehr wissen.

David sah, wie Dillon und Bates sich herzlich begrüßten und wie Mr. Purget, den sie nur noch selten PP nannten, eilends hinzukam und auch Dillons Hand schüttelte.

Dillon erblickte David und sagte: »Da ist ja auch Mr. Winter und wieder etwas größer und kräftiger.«

»Wie geht es Mrs. Dillon und der Familie Wolf, Sir?«

»Gut. Sie werden sie hoffentlich morgen sehen.«

Bates schaltete sich ein: »Jetzt kommen Sie aber erst mal in die Messe, Edward, und dann muß ich Sie dem Kapitän vorstellen. Sie kennen Kapitän Grant ja noch nicht.«

»Ich habe ihn nur einmal flüchtig auf einem Empfang gesehen, als er noch Commander war.«

Sie gingen zur Offiziersmesse, und David prüfte weiter, ob alle Taue sauber aufgeschossen waren. Mr. Hope kam aus dem Kartenraum und fragte: »Habe ich hier nicht eben Rufen und Lachen gehört?«

»Ja, Sir. Mr. Dillon besucht uns und ist mit Mr. Bates und Mr. Purget in die Messe gegangen.«

»Da muß ich auch hin. Das interessiert mich, was aus Mr. Dillon geworden ist. Sie rufen mich, wenn irgend etwas ist.«

David interessierte auch, was aus den Dillons und Wolfs geworden war, aber er mußte bis zum nächsten Abend warten.

Für einen Ball war die Zeit zu kurz, die die *Anson* in Antigua blieb, aber ein festliches Dinner für alle Offiziere ließen sich die Dillons nicht nehmen. David wurde reichlich entschädigt dafür, daß seine Neugier warten mußte. Der Kapitän und die älteren Offiziere wurden respektvoll und freundlich begrüßt, aber David familiär und herzlich. Mrs. Wolf nahm ihn in den Arm, Mr. Wolf klopfte ihm auf die Schulter, und Mrs. Dillon reichte ihm die Wange zum Begrüßungskuß.

»Ich wußte gar nicht, daß Mr. Winter so beliebt ist«, sagte der Kapitän verwundert.

»Er war hier nach seinem Oberschenkelschuß im Juni und Juli letzten Jahres zur Erholung, hat meine Brautwerbung miterlebt und wurde von den Wolfs wie ein eigener Sohn gehalten. Er hat hier nie Anlaß zu Klagen gegeben.«

»An Bord auch nicht, Mr. Dillon, aber die herzliche Begrüßung konnte ich mir erst nicht erklären.«

Mr. Lenthall war die Zeit vor dem Dinner viel zu kurz, denn er hätte Mr. Dillon am liebsten untersucht, um zu sehen, wie sich der amputierte Fuß mit der Schuhprothese entwickelt hatte.

»Kommen Sie doch morgen vormittag noch einmal her, Mr. Lenthall, dann haben wir Zeit dafür. Jetzt muß ich die Gäste zu Tisch bitten, sonst kriege ich Ärger mit meiner Frau und der Köchin.«

Sie speisten vorzüglich. Der Lammbraten auf englische Art war ein Genuß, und das Ananassorbet löste Verwunderung und Beifall aus. David wußte, daß sich die Farmer Roheis von der Antarktis holen ließen und in tiefen Kellern hielten, um Speisen und Getränke zu kühlen, aber anderen war das neu. Sie tranken auf den König, auf die *Anson*, und dann sagte Mr. Dillon: »Darf ich Sie bitten, auch auf Edward Dillon Junior zu trinken, der in der nächsten Woche drei Monate alt wird und der auch in Erinnerung an Kapitän Brisbane den Namen Edward trägt.«

Sie tranken und beglückwünschten die Mutter und den Vater, die ein Bild des Glücks boten. Dillon, so ergab sich im Gespräch, hatte seinen endgültigen Abschied aus der Flotte genommen, ging in der Leitung der Plantage und in der Ehe auf, tüftelte an technischen Verbesserungen für die Zuckergewinnung und war als Major der Miliz eine treibende Kraft beim Ausbau der Artillerie zur Verteidigung Antiguas.

»Möge der Sohn so tüchtig wie der Vater werden«, formulierte Kapitän Grant einen Trinkspruch.

»Möge er so tapfer wie seine Mutter werden«, schlug Dillon vor. »Ich werde Ihnen erzählen, warum ich das wünschen kann«, sagte er angesichts ihrer erstaunten Gesichter: »Ihnen ist bekannt, daß die Franzosen in Westindien gefährliche Feinde sind und unsere Inseln mit ihrer Wirtschaftskraft zu gern in die Hand bekämen. Wir haben ein Beispiel dafür erfahren, wie sie mit Spionage und Aufruhr ihr Feld vorbereiten. Meine Frau war mit Kutscher und Diener von Nachbarn auf dem Weg nach Haus, als ein Rad der Kutsche brach. Sie ließ ein Pferd ausschirren und ritt ohne Sattel nach Hause. So gut werde ich nie mehr reiten lernen. An einer tief eingeschnittenen Bucht sah sie zu ihrem Erstaunen, daß ein Kutter zwei Männer anlandete, einen Weißen und einen Mulatten. Sie prägte sich die Gesichter ein, sah, daß der Kutter wegruderte, und ritt unbemerkt weiter. Als sie mir davon erzählte, kam mir der Verdacht einer geheimen Operation, aber unsere vertraulichen Nachforschungen im Land ergaben nichts. Zwei Wochen später war meine Frau wieder mit der Kutsche auf dem Heimweg von Falmouth. Auf einem abgelegenen Weg traf sie eine Gruppe von etwa zwanzig Männern. Anführer war der Weiße aus dem Kutter in der Uniform eines Leutnants des Sechzigsten Regiments. Der Mulatte hatte die Uniform eines Sergeanten, die anderen waren Neger in der Uniform des neuen westindischen Regiments. Wir kennen die Offiziere der hier stationierten zwei Bataillone der Sechziger sehr gut, aber der Leutnant gehörte nicht dazu, und die Sechziger hatten auch mit dem westindischen Regiment nichts zu tun. Das Mißtrauen war also geweckt, als der vermeintliche Leutnant nach dem Weg zum Arsenal der Heimwehr fragte. Meine Frau bot an, die Truppe zu führen, wenn der Leutnant ihr sein Pferd leihe. Sie kenne den Korporal der Wache, und die Plantage ihrer Freunde, die sie besuchen wolle, sei nur einen Steinwurf entfernt. Die Kutsche könne inzwischen in Liberta die bestellten Matten für die Häuser der Arbeiter abholen. Der Agent schöpfte keinen Argwohn. Meine Frau konnte dem Kutscher noch zuflüstern, daß ich die Miliz alarmieren und nach Fiddlers Hole kommen solle, dann stieg sie im Damensattel auf das Pferd, das der Leutnant am Zügel führte. Sie plauderten dies und das. Nach einer halben Stunde sagte sie, daß es nur noch wenige hundert Meter seien. Der Leutnant drehte sich um, um es den Leuten weiterzusagen, als sie die Peitsche mit voller Wucht auf seine Hand sausen ließ und mit dem Pferd seitab in die Büsche galoppierte. Sie schossen hinter ihr her, aber ganz vergeblich. Wir haben den Trupp dann umstellt und zur Kapitulation gezwungen.«

Die Gäste klatschten bewundernd in die Hände, und Mr. Purget, der gelegentlich eine Neigung zum Pathos hatte, rief: »Was hat Britannien zu fürchten, solange es solche Töchter hat?« Mr. Lenthall, dessen Neigung, in pathetischen Momenten sarkastisch zu reagieren, nicht minder ausgeprägt war, flüsterte zu seinen Nachbarn: »Seine Söhne vermutlich.«

Mr. Hope verschluckte sich vor unterdrücktem Lachen und lief rot an wie die Abendsonne in der Karibik.

Was aus dem Agenten geworden sei, wollte der Kapitän wissen. Er sei mit dem Mulatten und zwei Hauptschuldigen unter den Negern gehängt worden. Die anderen seien ausgepeitscht worden und müßten in einer Arbeitskolonne hart schuften.

»Das hätte uns auch blühen können«, bemerkte O'Byrne zu David.

»Wieso?« wollten die Wolfs wissen, und O'Byrne berichtete kurz.

Mrs. Wolf war entsetzt. »David, so etwas dürfen Sie nie wieder tun! Auf dem Schiff, in einer Einheit zu kämpfen, das ist eine Sache, aber sich hinter feindlichen Linien in solche Gefahr zu begeben, das ist etwas anderes. Wir sorgen uns um Sie, und Sie sollten uns öfter schreiben.«

Mrs. Wolfs Ermahnung hatte den Effekt, daß David am nächsten Tag vor seinem Briefbogen saß und über einen Brief an die Fosters nachdachte. Er schrieb ihnen, was er auf St. Lucia erlebt hatte, wie der Schmerz um Diane langsam nachlasse, daß er aber immer noch nicht ohne tiefe Trauer an die Zeit mit ihr denken könne. »Was mir hilft in dieser Zeit, ist die familiäre Bindung in der Flotte. Es ist mir erst jetzt bewußt geworden, und ich kann es nicht anders nennen: Die Flotte wird mit zunehmender Dienstzeit zur Familie. Man kennt frühere Gefährten, die versetzt oder befördert wurden. Und da die Flotte mit all ihren Schiffen nicht mehr Seeleute zählt als eine mittelgroße Stadt Bewohner und da die Zahl der Offiziere nicht die Einwohnerzahl einer Kleinstadt erreicht, ist es nicht verwunderlich, daß man bald überall Menschen mit gemeinsamen Bekannten trifft. Und nicht nur unter den früheren Gefährten gibt es welche, die einem ans Herz gewachsen sind, sondern auch an Land, wie Du, liebe Judith, und Du, lieber Paul, auf Barbados, wie Mr. und Mrs. Wolf auf Antigua und Mr. McMillan in London. Vielleicht würde ich es etwas anders empfinden, wenn meine Eltern noch lebten, aber da Onkel und Tante so lieb wie Eltern sind, glaube ich es nicht. Die Flotte ersetzt die eigene Familie nicht, aber sie ergänzt sie.«

Zwei Tage später lagen sie in der Dämmerung fünf Meilen nordwestlich von Sint Eustatius. Kapitän Grant hatte französische Flaggen nähen lassen, die sie nun an allen Masten führten. Langsam liefen sie mit gekürzten Segeln vor dem Wind mit Ostkurs. Die Ausgucke ließen die Blicke wandern, als es heller wurde.

»Deck! Zwei Segel backbord querab!«

Die *Anson* änderte ihren Kurs etwas, so daß sie vor den beiden Schiffen passieren mußte. »Dann können sie die französische Flagge gut sehen«, sagte der Kapitän.

»Eine Bark und eine Brigg, Sir, vermutlich amerikanische Handelsschiffe«, meldete Stephen Church.

Grant nickte. »Wir gehen gleich auf den anderen Bug, Mr. Bates. Wenn ich dann unsere Flagge hisse, lassen Sie bitte die Geschütze ausrennen.«

Es war eine böse Überraschung für die beiden Handelsschiffe, als sie plötzlich in Lee eines schußbereiten britischen Linienschiffs lagen.

Niemand dachte an Gegenwehr. O'Byrne setzte mit David in einem Kutter zur Bark über, Mr. Black mit Andrew Harland und dem anderen Kutter zur Brigg.

David übernahm mit zehn Mann die Dreimastbark, und sie war die größte Prise, die David bisher kommandiert hatte. Sie war ein erhaltenes und relativ sauberes Schiff. David suchte mit Bill nach einem gut verschließbaren Raum im Vordeck. »Der hier ist sicher. Durchsuch ihn genau, ob du noch eine Waffe oder etwas zum Anzünden findest. Ich lasse die Mannschaft runterbringen.«

Fünf Mann der alten Besatzung mußten zunächst beim Segelsetzen helfen und wurden dann zu den anderen sechs in den Raum gesperrt, vor dem ein Mann Wache schob.

Die *Anson* befahl ihnen, in einer Meile Abstand mit Kurs Nord zu folgen. Französische Flaggen seien zu setzen.

»Hat einer von euch schon weißes und blaues Tuch gesehen? Ricardo, such mal danach. Wer ist am besten mit Nadel und Faden?«

Sie nähten zwei Flaggen mit blauem Untergrund, dem weißen Kreuz und dem königlichen Wappen.

»Die Froschfresser haben auf ihren Handelsschiffen oft noch Provinzflaggen, Sir.«

»Wer kennt eine?«

John kannte die von Toulon, und sie fertigten noch eine für den Großmast an.

David inspizierte dann mit seinen Leuten die Kanonen, sechs Sechspfünder, teilte Bedienungen ein, sah nach dem Proviant und dem Wasser und ging schließlich, als alles für den Anfang gerichtet war, in die Kapitänskajüte. Groß, einfach, aber zweckmäßig eingerichtet. Bücher in einem Regal, auf dem Schreibtisch ein Brief. Der Kapitän wollte ihn gerade abschließen. David las die letzte Zeile. »In wenigen Stunden werden wir Sint Eustatius erreichen, und das erste heimkehrende Schiff soll diesen Brief mitnehmen.« David wollte nicht mehr lesen. Er verschloß den Brief. Der Kapitän sollte ihn wiederbekommen, auch wenn er ihn nicht in Sint Eustatius aufgeben konnte.

David nahm sich vor, die Gefangenen einzeln zu vernehmen. Vielleicht konnte er etwas über feindliche Schiffe erfahren. Vielleicht wollte auch einer in die britische Flotte eintreten.

Schritte polterten den Niedergang herunter. »Sir, die *Anson* signalisiert.«

David griff seine Signalnotizen und lief nach oben.

Er nahm sein Teleskop. Bei einer Flagge mußte er in seiner Kladde nachsehen, dann hatte er es: »Geleit vor dem Hafen warten.«

Welchen Hafen meinten die denn? Die französische Insel St. Barthelemy lag vor ihnen. Wollten die etwa in den Hafen Gustavia einlaufen?

David sagte dem Kanadier Bescheid. Bis Gustavia hatten sie noch eine Stunde Zeit. Er ließ sich die Gefangenen einzeln in die Kabine bringen. Diejenigen, die er befragt hatte, mußten auf dem Vordeck warten, damit sie den anderen nicht mitteilen konnten, woran er interessiert war.

Er fand heraus, daß zwei Handelsschiffe im Geleit einer Kanonenbrigg mit ihnen gesegelt und nach Gustavia eingelaufen waren. »Die wollen sie herausholen«, konnte er sich jetzt denken.

Zwei Spanier, die von Walfängern auf die Handelsschiffe umgestiegen waren, erklärten sich zum Dienst in der Flotte bereit. »Sagt den anderen nichts. Wenn ein Kutter von der *Anson* kommt, schicke ich euch rüber.«

Die Bark lag mit eingeholten Segeln in der leichten Dünung vor St. Barts, wie die Seeleute die Insel auch nannten. David verfolgte vom Mast aus, wie die *Anson* den Hafen anlief.

Gustavia hatte einen guten Hafen, aber starke Befestigungen gab es auf der kleinen, abgelegenen Insel sicher nicht. Jetzt setzte die *Anson* ihre Boote aus, braßte die Segel back, zeigte die britische Flagge und wartete mit ausgerannten Geschützen. David konnte Gewehr oder Pistolenschüsse hören, aber keine Einzelheiten erkennen.

Jetzt ließ eines der Handelsschiffe die Segel fallen.

»Hurra!« schrien die Briten. »Einen haben sie schon.«

Aber nun stieg an der Hafeneinfahrt die französische Flagge empor, und zwei Kanonen feuerten.

»Die haben die *Anson* getroffen«, sagte Ricardo, der neben David auf der Marsstenge saß. Doch dann fauchten Feuerzungen aus den Batterien der *Anson*, und sie hörten das Donnern. »Dagegen kann eine kleine Batterie nichts ausrichten.«

Nach einer Viertelstunde war alles vorüber. Aus dem Hafen segelten zwei tiefbeladene Handelsschiffe und die Kanonenbrigg, die britische Flagge über der amerikanischen.

Am Nachmittag kam der Kutter der *Anson* zur Bark, um die beiden Freiwilligen abzuholen. Stephen Church erzählte begeistert von dem Unternehmen. Die Besatzungen der Amerikaner waren überwiegend an Land gegangen, um sich nach der langen Reise etwas zu erfreuen. Daher sei die Gegenwehr auch schwach gewesen, obwohl sie die Eroberung des Kaperschiffes zwei Tote und drei Leichtverletzte gekostet habe.

»Nein, die Hafenbatterie war keine Gefahr. Das waren zwei Achtpfünder. Greg hat einen großen Splitter im Arm. Das ist alles. Aber was meinst du, David, was die Schiffe geladen haben?«

»Korn, Reis, Tabak nehme ich an.«

»Das auch, aber sie hatten auch Geld für Waffenkäufe dabei, mehr als zwanzigtausend Pfund.«

David pfiff durch die Zähne.

»Sie wollten sich mit einem Franzosen, der Waffen geladen hat, in Gustavia treffen, weil Sint Eustatius zu oft von unseren Schiffen bewacht wird. Aber der Franzose ist überfällig. Nun will der Kapitän noch zwei Tage auf ihn warten.«

Die *Anson* signalisierte: »Prisenkommandanten an Bord!«

David ließ die kleine Gig aussetzen und sich von zwei

Mann hinüberrudern. Der Kanadier übernahm in seiner Abwesenheit das Kommando. Auf der *Anson* herrschte gute Stimmung. Auf seinem Weg zur Kapitänskajüte schüttelten Maate und Midshipmen David die Hand und gratulierten ihm und sich selbst zu den Prisen.

Sie waren jetzt fünf Prisenkommandanten, Leutnant Black für das Kaperschiff, drei ältere Midshipmen und Steuermannsmaat Gart für die Handelsschiffe. Auch Kapitän Grant lachte sie an: »Wenn Sie etwas würdiger aussehen würden, meine Herren, könnte ich mir wie ein Admiral vorkommen im Kreise von so vielen Kommandanten. Aber zur Sache. Ein französisches Transportschiff mit etwa dreitausend Musketen, zwanzig Geschützen und viel Munition ist überfällig. Ich kann maximal zwei Tage warten, wenn ich meine Befehle extensiv auslege. Das Schiff wird direkt aus Frankreich erwartet, also aus östlicher Richtung. Sie werden sich mit ihren Prisen in die kleine Bucht hier am Südende der Insel legen. Ich liege vor Gustavia, so daß wir vom Ausguck gerade noch die Einfahrt sehen können. Wenn sich bei Ihnen etwas ereignet, schießen Sie Erkennungslichter weiß über blau. Jeder ist dafür verantwortlich, daß die Gefangenen sicher untergebracht sind und daß er sich mit den Geschützen seiner Prise selbst verteidigen kann. Kein Leichtsinn, meine Herren! Leutnant Black hat das Kommando über den Prisenkonvoi.«

»Prisenkonvoi hört sich gut an, was David? Ich höre dabei direkt die Goldstücke klimpern.«

»Mir geht es ähnlich, Andrew. Aber wie machst du es, daß du mit den paar Mann die Kanonen feuerbereit hältst?«

»Ich habe drei Mann eingeteilt, die das Auswischen, Laden, Zurückrennen bei allen Geschützen besorgen, die kräftigsten Kerle natürlich, und einen Geschützführer und zwei Mann, die dann richten und abfeuern. Da können wir schneller feuern, als wenn die Hälfte abwechselnd rumsteht, während die andere Hälfte arbeitet.«

»Das ist eine gute Idee. Du solltest Leutnant Murray davon erzählen. Die *Anson* ist ja jetzt auch knapp an Leuten bei den vielen Prisenkommandos.«

David teilte seine Leute auch so ein und bestimmte zwei

gute Schützen, die immer, wenn Gefangene an Deck waren, mit Blunderbüchse, Muskete und Pistolen nur aufpassen mußten, daß kein Aufstand versucht wurde.

Die Prisen segelten hinter dem Kaperschiff die zwei Meilen zur Bucht, in der sie ankerten, das Kaperschiff zur Seeseite. Black ließ den Strand absuchen, ob Häuser in der Nähe waren, aber sie fanden nichts. Auf Davids Prise hatte das Prisenkommando die Abendmahlzeit bereitet, die Gefangenen versorgt und richtete sich nun zur Nachtwache ein.

»Zwei Mann je zwei Stunden als Deckwache, ein Mann unter Deck vor der Gefangenenkajüte, aber so, daß er den Niedergang im Auge hat und hört, was an Deck gerufen wird. Ich werde bei zwei Glasen jeder Wache geweckt, damit ich einen Rundgang machen kann.« David hatte gute Leute und war sicher, daß sie aufpassen würden.

Um ein Uhr nachts merkte David, daß sich der Wind gedreht hatte. Er blies jetzt aus Nordwest und brachte den Duft des Landes mit sich. Ricardo und Isaak waren an Deck.

»Der Wind hat uns herumgedreht, Sir. Wir liegen jetzt fast neben der Kaperbrigg, aber die Ankertrosse ist fest.«

»Ist gut. Sagt auch den anderen, daß sie immer den Druck auf der Trosse prüfen.«

Um halb zwei Uhr nachts wurde er wachgerüttelt.

»Ankertrosse ist ohne Druck, Sir!«

David sprang auf und rannte an Deck. Der Wind trieb sie aus der Bucht.

John rief: »Die Trosse muß an einem Korallenriff zerscheuert sein! Ich konnte sie ohne Anker einholen, Sir!«

David sah in die Runde. Es hatte keinen Sinn, es mit dem zweiten Anker zu versuchen. Er trieb zu dicht auf die unbekannten Riffs zu.

»Holt sechs Gefangene hoch. Großsegel setzen. Wir müssen nach Süden aus der Bucht auslaufen und im Morgengrauen zurückkehren.« Er holte sich das Sprachrohr. »Kaperschiff ahoi! Unsere Trosse ist gebrochen. Wir laufen aus, um vom Riff freizukommen und sind im Morgengrauen zurück.«

»Verstanden!«

David konnte sich nicht weiter um die zurückbleibenden

Schiffe kümmern. Sie mußten vom Nordrand der Bucht freisegeln.

»Segel setzen! Kanadier, nimm das Ruder. Kurs Südost. Wir müssen raus aufs offene Meer.«

»Ruder hat keinen Druck!«

»Verdammt. Braßt die Segel, ihr lahmen Säcke! Wollt ihr den Kahn aufs Riff setzen?« David griff mit zu und holte die Brassen herum.

»Schiff steuert.« Man sah, wie es langsam Fahrt aufnahm und Kurs auf die offene See hielt. Aber es war sehr dunkel, und David wollte kein Risiko eingehen und nicht zu dicht unter Land bleiben.«

Ricardo rief: »Segel backbord querab, sechshundert Meter!«

David fuhr herum und starrte. Aber er konnte nichts sehen. Hatten die am Ruder ein Nachtglas? Er fingerte herum. Ja, da steckte eins.

In der dunklen Nacht konnte er – im Nachtglas auf dem Kopf stehend – mit Mühe den noch dunkleren Schatten eines Dreimasters ausmachen. Er steuerte den gleichen Kurs wie sie. David fiel ein, daß Ricardo zu den Leuten mit ›Katzenaugen‹ gehörte. Er selbst hätte das Schiff mit bloßen Augen nie gesehen.

»Absolute Ruhe an Deck!« befahl er mit leiser Stimme. Er ging zum Kanadier. »Ein Strich mehr backbord, damit wir ein wenig näher herankommen. Vielleicht ist es die *Anson*. John, sind alle Geschütze geladen?«

»Aye, aye, Sir!«

»Lade die Drehbassen mit Hackblei!«

»Aye, Sir!«

David spähte wieder durch das Nachtglas. Er konnte nicht mehr erkennen als vorher. »Ricardo, sieh du einmal durch das Nachtglas, ob es die *Anson* ist.«

Ricardo justierte das Nachtglas vorsichtig und sagte nach einer Weile entschieden: »Das ist nicht die *Anson*, Sir. Der Schnitt des Rumpfes ist plumper, die Segel stehen anders. Ich halte das für ein Handelsschiff.«

David überlegte, was ein Handelsschiff nach zwei Uhr

nachts auf einem Kurs wolle, der vom Hafen wegführte. Und alle Schiffe, die in Gustavia lagen, waren von ihnen gekapert worden. Das ergab doch keinen Sinn.

»Wir müssen näher heran«, entschied er für sich und sagte dem Kanadier: »Bring uns noch näher heran. Ich muß wissen, was das für ein Schiff ist.«

»Und wenn es der Franzose ist, Sir?«

»Wieso läuft er dann vom Hafen weg?«

»Vielleicht ist er gewarnt worden.«

»Aber wie?«

»Irgendein Zufall, Sir.«

David stand an den Wanten und starrte in die Dunkelheit. Neben ihm schrie auf einmal jemand laut. »Schiff ahoi! Hier sind Briten!«

David zog einen Belegnagel heraus und schlug ihn dem Mann mit aller Wucht über den Schädel. Es war einer der Amerikaner. »Alle Gefangenen einschließen! Wenn einer schreit, stecht ihn nieder! Isaak, nimm du das Ruder. Kanadier, komm her. Wenn die uns anrufen, erst englisch, dann französisch sagen, daß wir die Bark *Daisy* aus Virginia sind.«

Das fremde Schiff war nur noch hundert Meter entfernt, und David konnte es nun auch mit bloßem Auge sehen. Es war drei Uhr. In einer halben Stunde würde die Dämmerung beginnen. Er ging zu allen Leuten herum und flüsterte jedem zu. »Wir versuchen, uns als Kolonisten auszugeben. Kurs Sint Eustatius. Nur der Kanadier und ich reden. Kein Schuß ohne Befehl!«

Von drüben scholl es über das Wasser: »Welches Schiff?« Sie fragten erst in Englisch, dann in Französisch.

Der Kanadier antwortete, verschluckte aber mit Absicht einige Worte, so daß sie zurückfragten. Es ging eine Weile hin und her, aber drüben schien man keinen Argwohn zu haben. Es war ein französisches Transportschiff.

»Frag sie, ob sie Engländer gesehen haben.«

»Ein Fischerboot hat uns gewarnt, daß ein englisches Linienschiff vor Gustavia kreuzt. Wir laufen darum jetzt nach Sint Eustatius.«

David überlegte fieberhaft, wie er sich entscheiden sollte. Der Franzose mußte aufgehalten werden, aber wie? Mit

816

Gewalt war wohl nicht viel zu erreichen. Das fremde Schiff war größer und hatte mindestens zwanzig Mann Besatzung. Sie brauchten Hilfe. Aber wenn er versuchte, die *Anson* zu alarmieren, dann merkten die Franzosen sofort, was los war. Und wie lange würden sie einer List aufsitzen?

Er rief John und Ricardo zu sich. »Sagt allen Bescheid. Ich werde uns mit dem Bugspriet bei ihnen festhaken. Ich werde Notsignal befehlen, und ihr schießt Weiß über Blau. Dann schreie ich mit dem Kanadier, daß unser Ruder kaputt ist und warum sie nicht ausgewichen sind. Alle bis auf Isaak, den Kanadier und mich gehen auf das Achterdeck, halten alle Waffen und Drehbassen bereit, damit wir uns dort möglichst lange verteidigen. Geschossen wird erst auf Befehl. Den Raum der Gefangenen vernagelt ihr mit Brettern.«

Sie liefen davon.

Der Kanadier tauschte mit den Franzosen Nachrichten aus, und David manövrierte sie auf dreißig Meter querab vom Franzosen. Er informierte den Kanadier, daß er sein Schreien nach dem Notsignal, seine Klage über den Ruderschaden und seine Vorwürfe übersetzen solle. Dann schrie er laut auf und drehte das Ruder herum, so daß ihr Bug wie eine Lanze auf die Breitseite des Franzosen zeigte.

»Rudertrosse gebrochen! Notsignal! Weicht doch aus! Segel einholen!«

Während sie noch wild durcheinander schrien, krachte ihr Bugspriet dem Franzosen in die Seite und rammte sich in seiner Takelage fest. David wurde durch die Wucht des Anpralls auf das Deck geschleudert.

Er rappelte sich schnell auf und sah sich um. Beide Schiffe hingen zusammen und hatten ihre Fahrt verloren. Die Franzosen schimpften und rannten mit Äxten zur Kollisionsstelle. David und der Kanadiere schrien und fluchten ebenfalls und liefen mit Isaak zum Bugspriet, als ob sie es loshacken wollten. Die anderen versteckten sich auf dem Achterdeck.

»Notsignal!« rief David noch einmal, und wieder stieg eine Signalrakete empor.

Da drüben wurde jemand mißtrauisch. »Warum macht ihr dauernd Feuerwerk, parbleu? Das lockt doch nur Briten an!«

David rief laut: »Ein anderes Schiff aus Virginia ist mit uns gesegelt. Es soll uns helfen.«

Jetzt hellte die Dämmerung alles auf. Man sah den Franzosen, eine große Bark mit acht Achtpfündern. Ihre Besatzung hackte fieberhaft am Bugspriet. Nun merkten die Franzosen, daß auf dem anderen Schiff nur drei Leute arbeiteten und noch nichts gelöst hatten.

»Ihre Mannschaft versteckt sich auf dem Achterdeck! Das sind keine Amerikaner! Zu den Waffen!«

David rannte mit den beiden anderen zum Achterdeck.

»Heißt die britische Flagge!« Er wartete, bis sie oben am Mast flatterte. »Feuert mit den Drehbassen, sobald eine Gruppe beisammen ist. Die besten Gewehrschützen feuern auf einzelne Personen. Holt noch Kisten und Tische aus den Kajüten, damit wir Deckung haben! Muß ich euch denn alles sagen?«

Die ersten Schüsse krachten. Ein Trupp Franzosen kletterte über das Bugspriet auf ihr Schiff. Zwei Drehbassen knallten hell. Einige stürzten in die See, die anderen wichen zurück.

Aber jetzt griffen die Franzosen systematisch an. Ein Teil deckte sie mit Musketenschüssen ein, andere sprangen, jede Deckung ausnutzend, zum Bugspriet.

»Sir, sie drehen das Buggeschütz zu uns herum!«

»Schlagt das Decklicht ein! Laßt euch runter in die Kabine. Nur Ricardo und ich bleiben oben. Feuert aus der Luke und zieht den Schädel dann wieder ein.«

David lag flach auf dem Boden und hatte eine massive Kiste vor sich. Sobald er ein Ziel hatte, feuerte er seine Muskete ab und gab sie nach unten zum Nachladen. Aber jetzt donnerte das Buggeschütz los und jagte einen Kartätschenhagel über das Achterdeck.

Die Kiste wurde ein Stück nach hinten geruckt, ein Schlag traf Davids Hacken, dann war es vorbei.

»Ricardo?«

»Alles in Ordnung. Vorsicht! Sie kommen.«

David feuerte die Muskete auf den Maat, der die Truppe anführte, und griff dann nach der Blunderbüchse. Sie schlug ihm fast mit ihrem Rückstoß die Schulter kaputt, aber ein Teil

818

der anstürmenden Schar taumelte zu Boden. Nun riß David erst das eine, dann das andere Wurfmesser aus der Scheide und schaltete noch zwei Angreifer aus.

Ricardo neben ihm war auch nicht untätig. Aber jetzt mußten sie sich in Sicherheit bringen.

»Ricardo, spring runter in die Kajüte! Ich komme auch.«

In den Kabinen des Achterdecks konnte sie sich noch eine Weile verteidigen. Aber die Franzosen schossen durch das Oberlicht und in den Niedergang. Sie feuerten zurück, sobald sie etwas sahen. David spähte aus dem Heckfenster. Hätte er doch bloß vorher daran gedacht, hier ein Boot zu vertäuen. Aber da war ja ein Boot! Jetzt legte es am Heck des Franzosen an, und die Seeleute kletterten flink an der Schiffswand zur Heckgalerie empor und stiegen in die Kajüte ein. Das war doch Leutnant Black!

»Leute, feuert drauflos und schreit! Leutnant Black entert mit den Prisenmannschaften den Franzosen. Lenkt sie ab!«

Nach kurzer Zeit krachten oben Schüsse. Sie stürmten zum Niedergang, aber schon warfen die Franzosen ihre Waffen nieder.

Leutnant Black stand mit seinen Leuten schußbereit vor ihnen, und dort, zweihundert Meter entfernt, rauschte die *Anson* heran.

»Hurra!« brüllten sie ihre Erleichterung hinaus und klopften sich auf die Schultern.

David fühlte sich entsetzlich abgespannt, aber es gab noch keine Pause.

Er holte seine Leute zusammen, fragte nach Verletzungen, nur Kratzer, Gott sei Dank. Ach ja, der Hacken seines Schuhs war zerschossen.

Er ließ die Waffen der Franzosen sichern und betrachtete mit Leutnant Black das Bugspriet. »In einer Stunde sind Sie frei. Aber mit Knoten und Spleißen haben Ihre Leute noch etwas länger zu tun.«

»Das werden sie gerne tun, und wir danken Ihnen, daß Sie uns gerettet haben, Sir.«

»Keine Ursache, wir danken für die Prise. Wäre schade gewesen, wenn sie uns entwischt wäre.«

Kapitän Grant schickte Zimmerleute und Segelmacher auf Davids Prise, und mit ihrer tatkräftigen Hilfe waren sie in einer Stunde segelbereit. David war inzwischen mit den anderen Prisenkommandanten auf der *Anson*. Als er zurückkehrte, fragte der Kanadier neugierig: »Gibt es neue Befehle für uns, Sir?«

»Nur die alten. Kurs auf Jamaika in Kiellinie zur *Anson*.«

Der Kanadier kaute eine Weile auf seinem Kautabak herum. David beobachtete verstohlen, wie er seine Neugier zu bezähmen suchte. »Hat der Kapitän nichts gesagt zu den Ereignissen der Nacht?«

David sah ihn mit gespieltem Ernst an. »Neugieriger Kerl. Alle Mann sollen an Deck kommen.«

Als sie dann vor ihm standen, übermüdet, hier und da einen Verband hastig umgebunden, die Gesichter mit Schweiß und Dreck verschmiert, fühlte David, wie nahe sie ihm standen.

»Ihr alten Walrösser! Der Kapitän läßt euch sagen, daß ihr großartig wart. Ihr habt uns die wichtigste Prise gerettet, die wir seit Jahren aufgebracht haben. Jeder von euch kriegt vorab eine Guinee, und in Jamaika habt ihr dienstfrei und Landurlaub.«

Sie freuten sich wie die Kinder, schrien Hurra und sprangen auf dem Deck herum.

Auf dem französischen Waffentransporter hörte Leutnant O'Byrne, jetzt dort Prisenkommandant, den Jubel und lächelte. Der Steuermannsmaat sagte: »Wenn Mr. Winter Freiwillige braucht, hat er die freie Auswahl. Die Leute glauben, daß er Prisen und Erfolge anzieht.«

»Auf jeden Fall zieht er Abenteuer an, und da unser Feuerfresser ein tüchtiger Kerl ist, wird in den meisten Fällen ein Erfolg daraus. Heute wäre es ohne Leutnant Blacks beherzten Entschluß aber fast schiefgegangen.«

Sie segelten jetzt in zwei Kolonnen, die *Anson* windwärts vom Konvoi. Kapitän Grant ließ immer alle Segel setzen, die möglich waren, denn er wollte nicht in den Ruf kommen, auf der Jagd nach Prisen seinen Auftrag zu vergessen. Aber dieser Konvoi, der unter amerikanischen und französischen

Flaggen einhersegelte, zog einzeln fahrende Handelsschiffe förmlich an. Sie suchten den vermeintlichen Schutz, verließen sogar sichere Verstecke, die sie in schmalen Buchten gefunden hatten, um sich dem Geleit anzuschließen.

Es lief alles routiniert ab. Sobald das Schiff in Rufweite der *Anson* war, stieg die britische Flagge am Mast empor, die Geschützpforten öffneten sich, und der Befehl zum Beidrehen schallte über das Wasser. Vier weitere Handelsschiffe waren schon im Konvoi, und Kapitän Grant wußte kaum noch, wo er Prisenkommandanten und -besatzungen hernehmen sollte, ohne die Kampffähigkeit der *Anson* zu sehr zu gefährden.

Sie hielten guten Abstand zu Haiti, um nicht spanischen oder französischen Kriegsschiffen zu begegnen. Aber dennoch liefen eines Morgens zwei Schiffe auf sie zu. Sie konnten bei der tiefstehenden Sonne nicht erkennen, ob es Kriegs oder Handelsschiffe waren. Kapitän Grant beorderte zur Vorsicht das erbeutete Kaperschiff in die Kiellinie der *Anson*. Aber dann waren es doch wieder nur zwei Handelsschiffe, die Schutz suchten.

»Noch dreihundert Meilen bis Kingston, ein Glück«, sagte Kapitän Grant, »wir müßten sonst vor jedem Handelsschiff fliehen.«

In Kingston war die Überraschung groß. Ein Kutter lief ihnen entgegen, sobald sie in Sicht waren, und verlangte ihr Erkennungssignal und ihre Geheimnummer. Dann kreuzte er in den Hafen zurück, wo die tollsten Gerüchte die Runde machten.

Der Salut schallte bis zu den Fenstern des Hauses, das der neue Vizeadmiral Peter Parker bewohnte. Er war gespannt, ob die *Anson* unter dem Befehl des Oberkommandierenden Byron segelte oder ob sie seinem Kommando unterstellt wurde. Wurde sie seinem Geschwader zugeteilt, so hatte er einen Anteil von einem Achtel am gesamten Prisengeld zu beanspruchen.

Als Kapitän Grant sich mit seinen Papieren bei ihm meldete, konnte er die Enttäuschung nur schwer verwinden. Die *Anson* stand eindeutig unter dem Befehl des Oberkommandierenden und lief Kingston nur an, um das Geleit des Konvois für kurze Zeit zu verstärken. Da sind mir ein paar tausend Pfund entgangen, dachte Admiral Parker. Aber dann wandte er sich freundlich an Grant.

»Sie waren überaus erfolgreich, Kapitän. Ganz besonders wertvoll ist uns der Waffentransporter. Wir können die Waffen bei der Aufstellung unserer westindischen Regimenter gut gebrauchen, und unseren Feinden fehlen sie. Haben Sie einmal von dem König Midas aus der Antike gehört?«

»Jawohl, Sir. Wurde nicht alles Gold, was er anfaßte?«

»Genau der. Ich weiß nicht, ob er auch fischte, aber Sie hatten es auf dieser Fahrt, Kapitän, das Netz des Midas.«

Das Schwert der Vergeltung

April bis Juni 1779

Am 1. April 1779 liefen sie an Sandy Hook vorbei in die Bucht von New York ein. David sah mit Matthew Palmer und Andrew Harland auf die Ufer des Hudson und die Stadt.

»New York ist fast ein Heimathafen für uns, so oft waren wir schon hier«, sagte Palmer. »Aber ich kann nicht sagen, daß es mir besonders gut gefällt. Die Waren sind teuer, und den Einwohnern kann man nie ganz trauen. Hinaus aus der Stadt kann man auch nicht, weil da die Rebellen herrschen. Es ist ein lausiges Nest.«

David widersprach ihm. »Du bist ungerecht, Matthew. New York ist eine große Stadt und bietet viele Abwechslungen. Und gefährlicher als London ist es bestimmt auch nicht.«

Mr. Bates scheuchte sie auf. »Bitte, auf Ihre Stationen meine Herren. Wir kürzen Segel.«

Es war frisch am Morgen des nächsten Tages, als Kapitän Grant sich fertigmachte, den Admiral aufzusuchen. Gestern am späten Abend hatte er nur seine Berichte abgegeben, aber keinen höheren Offizier mehr sprechen können.

»Die Herren führen hier ein geruhsames Leben, Mr. Bates. Ab fünf Uhr nachmittags wird der Krieg beurlaubt.«

»Konteradmiral Gambier war doch königlicher Bevollmächtigter der Werft in Portsmouth, Sir. Dort haben wir ihn erlebt, kennen ihn aber nicht als Flottenbefehlshaber.«

Kapitän Grant war nicht weniger sarkastisch als Kapitän Brisbane. »Er hat noch niemals etwas kommandiert und sollte es auch nicht, aber da er zu den Pitts Beziehungen hat und sein Schwager, Charles Middleton, Finanzbeauftragter der Navy ist, konnte man Kapitän Hood den einträglichen Posten in Portsmouth nur übertragen, wenn man Gambier ein Flottenkommando übergab. So führen wir Krieg, Mr. Bates.«

Kapitän Grant saß Admiral Gambier steif und reserviert gegenüber. Gambier ging auch gar nicht auf künftige Aufgaben ein, sondern kündete nur an, daß er in zwei Tagen nach England zurückkehren werde und Commodore Sir George Collier kommissarisch das Flottenkommando in New York übernehme. »Machen Sie Ihr Schiff seeklar, Kapitän, und besprechen Sie alles weitere mit meinem Nachfolger.«

Die Offiziere nahmen die Nachricht vom Kommandowechsel erfreut auf. »Sir George ist ein aktiver und kampferfahrener Kommandant. Unter seinem Kommando werden wir nicht im Hafen verrotten.«

David konnte da nicht mitreden. Von Gambier wußte er nichts, und von Collier hatte er nur wenig gehört. Er war mit den Briefen beschäftigt, die er erhalten hatte und die er absenden mußte. Neben der Post aus Portsmouth war auch ein Schreiben von den Fosters dabei und eines von Mr. MacMillan aus London. Der hatte sogar schon die Meldung von Davids Kampf auf St. Lucia gelesen und gratulierte mit herzlichen Worten.

Der hat wohl überall Ohren und Augen, dachte David.

Als erstes suchte David seine Prisenagentur auf.

»Nein, Sir, die Abrechnungen der Prisen aus Kingston haben wir noch nicht, aber Sie haben ja ein ansehnliches Guthaben bei uns und können jederzeit darüber verfügen, Sir.« Der Buchhalter kannte David und war sehr zuvorkommend.

»Ich muß mir eine neue Uniform schneidern lassen, na ja,

verschiedene Kleinigkeiten brauche ich auch noch und etwas für das Amüsement, sagen wir fünfzig Pfund.«

»Sehr wohl, Sir. Wird sofort erledigt.«

David genoß es, nicht mehr der kleine Captain's Servant zu sein, der jeden Penny umdrehen mußte.

New York war immer noch eine Stadt für das Amüsement. O'Byrne hatte sich am zweiten Abend mit David verabredet. Sie speisten und tranken, und es gab auch junge Damen am Nebentisch, die sehr ungeniert mit ihnen kokettierten. O'Byrne machte den Vorschlag, sich an einem Tisch zusammenzusetzen, aber die beiden Damen meinten, man solle lieber in ein Lokal gehen, in dem Musik, Gesang und Tanz geboten würden.

Gesagt, getan. Mit der Kutsche war es eine kurze Fahrt, und in dem neuen Lokal herrschten Trubel und Heiterkeit. Offiziere aller Regimenter überwogen bei den Herren ganz eindeutig, aber die jungen Damen waren insgesamt in der Überzahl und kämpften ziemlich ungeniert um die Gunst der Herren. Ein schwarzhaariger Zivilist hielt eine ganze Gruppe von Offizieren, Zivilisten und Damen frei und warf mit dem Geld nur so um sich.

Auch hessische Offiziere amüsierten sich mit den anderen und schienen eine Vorliebe für blonde Damen zu haben. O'Byrne war mit der Rothaarigen, die schon im ersten Lokal den Ton angegeben hatte, bereits ziemlich vertraut, während Davids Partnerin zurückhaltender war. Eine Sängerin sang ein frivoles Lied von den Erlebnissen einer Marketenderin, und besonders die Armeeoffiziere klatschten begeistert. Der Champagner tat seine Wirkung. David fühlte sich leicht und beschwingt.

Die Musik spielte zum Tanz. Davids Tänzerin berührte ihn, wenn sie sich einander näherten und sich passierten, enger und länger, als es der Tanz erforderte. Die Berührung und ihr Lächeln erregten ihn. Er griff fester nach ihrer Taille, lachte herausfordernder. Sie gingen zum Tisch, und er suchte unter dem Tisch ihre Schenkel, während sie sich vorbeugte und ihm ihr Dekolleté zeigte.

Wieder lud die Musik zum Tanz ein. Wieder streiften und berührten sich David und seine Tänzerin. Seine Erregung stieg.

»Sie haben Zimmer hier im Haus, wenn wir allein sein wollen«, flüsterte sie ihm zu.

David preßte ihre Hand und nickte. Er geriet aus dem Takt und aus seiner Bahn. Fast hätte er eine andere Tänzerin angerannt. Als er sie ansah, traf es ihn wie ein Schock.

»Diane«, stammelte er und wurde kreidebleich.

Die schwarzgelockte, grazile Tänzerin sah ihn mit ihren grünen Augen verwirrt an. »Ich heiße Gloria, mein Herr, und glaube nicht, daß wir uns kennen.«

Nein, sie war es nicht, konnte es nicht sein, aber die Ähnlichkeit! David merkte, daß ihn seine Tänzerin am Arm zerrte.

»Ist Ihnen nicht gut? Sie sind ganz blaß, als hätten Sie einen Geist gesehen, aber es war doch nur Gloria, eine gute Freundin. Soll sie mitkommen?«

David verstand kaum, was sie sagte. Seine Erregung war verflogen. Er wollte nur noch hinaus aus dem Raum. Der Schmerz um Diane war wieder da und griff nach seinem Herzen. Er ging zum Tisch, rief den Kellner, zahlte, verbeugte sich vor seiner Tänzerin, murmelte Entschuldigungen und ging.

Er lief ziellos durch die Straßen, die mit Seeleuten und jungen Frauen gefüllt waren.

»Sir, was ist mit Ihnen?« wurde er deutsch angesprochen.

»Ach, William, in mir stieg eine Erinnerung auf, die mir sehr weh tat. Hast du Zeit für ein Glas?«

»Aber natürlich. Ich war gerade auf dem Weg zum Schiff. Mir ist heute nicht so sehr nach lauter Gesellschaft.«

Sie fanden ein stilleres, kleines Restaurant, in dem gutes Bier ausgeschenkt wurde. Sie sprachen nicht viel, aber David trank mehr, als es seine Art war. Er grübelte, ob er nie von Diane frei sein könne. Aber es war ja auch keine Qual, wenn die Erinnerung kam. Es war ein Schmerz, aber zugleich auch Wohltat.

»Wollen Sie jetzt zum Schiff, Sir?«

»Ja, William, ich bin heute kein guter Gesellschafter.«

»Meine Herren, Commodore Collier hat das Kommando übernommen. Wir haben sofort auslaufbereit zu sein. Ich erwarte, daß Sie alle Ihre Stationen gründlich überprüfen und mir melden, wenn irgend etwas fehlt.«

»Sir, gibt es eine Chance, daß wir Seeleute vom Hafenadmiral kriegen? Uns fehlen dreißig Mann an unserer Sollstärke.«

»Ich weiß, Mr. Bates, und werde den Antrag mit Nachdruck stellen, aber ich bezweifele, daß aus New York etwas herauszuquetschen ist.«

Leutnant O'Byrne hielt David an, als sie die Kapitänskajüte verließen. »Was war mit Ihnen, Mr. Winter? Sie können sich doch nicht einfach französisch empfehlen. Ich mußte Ihre Dame mit übernehmen, was letzten Endes gar nicht so unangenehm war.«

»Mir war entsetzlich übel geworden, Sir. Ich bitte vielmals um Entschuldigung.«

»Schon gut. Hauptsache, es geht Ihnen jetzt besser.«

Die *Anson* lief an der Küste Neuenglands entlang, um auf der Höhe von Boston einen Konvoi aus Halifax zu treffen und nach New York zu geleiten. Bisher hatte nur eine Sloop den Konvoi bewacht.

»Das ist doch die *Blanche* von Commander Morsey!«

Kapitän Grant hörte Davids Ausruf. »Ja, Mr. Winter. Die *Blanche* wurde zur Halifaxstation überstellt. Wir werden sie vermutlich noch öfter hier im Norden sehen.«

Mr. Morsey stand auf dem Achterdeck und schwenkte seinen Hut zur *Anson*, und seine ehemaligen Schiffsgefährten winkten zurück.

»Konvoidienst! Ich kann die Transporter nicht mehr sehen. Da müssen wir mit denen einherschleichen.« Mr. Purget jammerte wieder.

»Wenn uns die Franzosen mit einem Geschwader treffen und uns den Konvoi abjagen würden, wäre das auch nicht gut, Mr. Purget.«

»Ich will auch nichts abgejagt bekommen, sondern denen etwas abjagen, Mr. Hope.«

»Wieder ein junger Herr, der nur gewinnen kann«, murmelte der Master in seinen Bart.

Die *Blanche* lief nach nur einem Tag Liegezeit wieder aus New York aus. Commander Morsey war am Abend vorher mit Kapitän Grant Gast der Offiziersmesse der *Anson* gewesen. Da nicht nur viel erzählt, sondern auch viel getrunken worden war, blickte Morsey mit rotgeränderten Augen auf das Signal »Gute Jagd«, das vom Mast der *Anson* wehte, und rieb seinen schmerzenden Kopf. »Signalisieren Sie: ›Vielen Dank‹«, befahl er mit leiser Stimme seinem Signalmidshipman.

Die *Anson* blieb zwei Tage länger im Hafen, aber diese Tage waren schon mit vielen Vorbereitungen ausgefüllt.

»Meine Herren, wir laufen mit einem Flottenverband und achtundzwanzig Transportern mit knapp zweitausend Soldaten aus, um Küstenstädte anzugreifen, die als Stützpunkte der Kaper- und Schmuggelschiffe bekannt sind«, sagte Mr. Grant. »Die *Anson* ist Flaggschiff. Ich räume meine Kajüte für den Commodore. Mr. Bates sorgt dafür, daß der Stab des Commodore angemessen untergebracht wird.«

»Darf man nach dem Ziel fragen, Sir?«

»Sie dürfen, Mr. Bates, aber ich darf Ihnen erst auf hoher See Antwort geben.«

Mit ihnen segelten ein Fünfzigkanonenschiff, zwei Sloops und eine Kanonenbrigg, um die Transporter zu schützen und die Uferbatterien niederzukämpfen.

»Viel Feuerkraft ist das nicht. Wenn die Franzosen nicht noch in der Karibik wären, könnten wir hier nicht mit so leichtem Geleit umherkutschern«, bemerkte Mr. Hope.

»Mr. Winter zum Kapitän!« rief der Midshipman der Wache.

David beeilte sich, denn Mr. Grant war ungeduldig.

Er kam auch gleich zur Sache. »Mr. Winter, Generalmajor Edward Matthew befehligt britische Truppen, Loyalisten und Hessen. Bei der Zusammenarbeit mit den Hessen werden Sie wieder helfen müssen. Wie hieß unser Maat, der deutsch konnte? Ach, richtig, Hansen. Halten Sie sich beide bereit.«

»Aye, aye, Sir!«

Den meisten war die Küste noch vertraut, als sie in die Chesapeake-Bucht einliefen. Unter der Besatzung waren

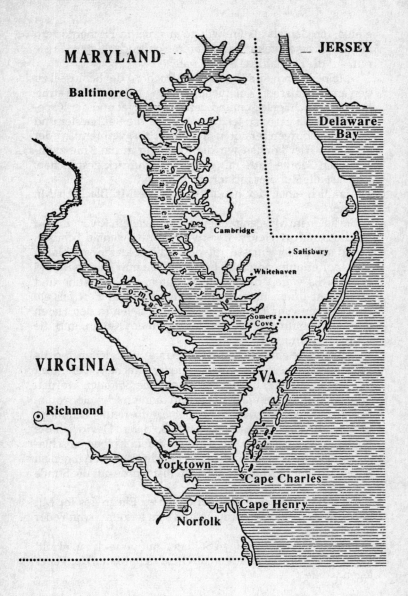

einige, die damals als Freiwillige aus diesen Fischerdörfern auf die *Shannon* gekommen waren. Sehnsüchtig starrten sie nun auf die heimatliche Landschaft.

»Meine Herren, die Chesapeake-Bucht ist der Schlüssel zu den amerikanischen Kolonien. Jahrelang haben wir sie sträflich unbewacht gelassen und dem Schmuggel und der Kaperei freie Bahn geebnet. Jetzt werden wir die Raubnester und Schmuggelburgen zerstören und ihre Schiffe verbrennen oder erbeuten. Hier können wir die Rebellion in die Knie zwingen.« Sir George hatte mit großem Nachdruck gesprochen, und fast alle Zuhörer nickten zustimmend.

»Endlich einer, der handelt«, flüsterte Mr. Black zu Mr. Murray.

Sie liefen im Morgengrauen in den Elizabeth River ein und beschossen Fort Henry. Es erwiderte nur wenige Schüsse. David saß in der Pinasse, die hessische Soldaten von einem Transporter aufgenommen hatte und sie nun an den Strand brachte. Es waren routinierte Soldaten, die mit Ruhe und Zuversicht ihrem Einsatz entgegensahen. Das Fort leistete keine Gegenwehr. Die kleineren Schiffe liefen in den Hafen von Portsmouth ein. Transporter legten am Kai an, und die Truppen stürmten in die Stadt.

David hatte eine hessische Kompanie zu begleiten, die die Werft besetzen sollte. Immer wieder krachten vereinzelt Schüsse aus den Häusern vor ihnen. Die Soldaten wurden wütend, weil sie kein Ziel sahen, und rannten schneller voran. Das Tor zur Werft, die Häuser der Zimmerleute, Schmiede und Seilmacher. Schüsse, stürzende Soldaten. David sah die Soldaten voranstürmen, die Türen mit dem Kolben einschlagen und in die Häuser eindringen. Geschrei war von innen zu hören, Fenster klirrten, ein toter Zivilist wurde auf die Straße geworfen.

David lief weiter auf die Werfthallen zu. Ein großes Tor. Mit gezogener Pistole trat er hinein und sah, wie ein Mann Feuer legen wollte.

»Hierher!« rief er einigen Soldaten auf deutsch zu. »Halt! Ergib dich!« brüllte er auf englisch zu dem Mann, der Feuer legen wollte.

Der hob die Hände und trat auf sie zu. Ein Soldat schlug ihn mit dem Kolben nieder. »Was soll das, Kerl? Er hatte sich ergeben. Stellt an allen Eingängen Wachen auf!«

David ging durch die Halle. Was hier angehäuft war an Stengen und Spieren, an Knien und Brettern konnte eine ganze Flotte ausrüsten.

David sah sich nach einem Melder um. Dann erblickte er Chris aus Madeira und winkte ihn heran. »Chris, du mußt auf die *Anson*, wie auch immer, sofort. Du sagst, daß hier eine ganze Halle mit Ersatzteilen für Masten und Rumpf liegt. Zeig Mr. Bates die Halle. Ich lasse fragen, ob er ein Kommando herschicken kann, um unseren Bedarf zu decken.«

Chris wiederholte und sauste los.

Als die Halle durch Posten gesichert war, liefen sie weiter. Dort die Hellinge, auf denen Schiffe zur Reparatur lagen, hier die Gerüste neuer Schiffe.

»Weiter!« rief der Hauptmann der hessischen Kompanie.

Schüsse krachten. Soldaten brachen zusammen. Das kam aus dem Wachhaus dort vor dem Kanonen- und Waffenlager. Die Hessen knieten, feuerten eine Salve und stürmten voran. Sie warfen Handgranaten in die Fenster, schlugen die Tür ein und stachen mit ihren Bajonetten alles nieder, was noch lebte.

Das Arsenal war reich bestückt, aber David warf nur einen flüchtigen Blick hinein. Vor ihnen lag noch ein großes Lagerhaus, an das sich die Häuser der Stadt anschlossen. Das Warenhaus enthielt vor allem Tabak, wie David ein invalider Pförtner versicherte, den David vor den Schlägen der Hessen bewahrt hatte.

Die Soldaten waren weiter zu den Häusern gerannt. Hilfeschreie klangen auf. David lief hinzu und sah, wie die Soldaten Leuchter, Schmuck und allen möglichen Hausrat herausschleppten. Eine Frau klammerte sich an eine Tischuhr, und der Soldat schlug ihr auf die Hände.

»Herr Hauptmann!« rief David empört. »Halten Sie Ihre Kerle vom Plündern und Mißhandeln ab!«

»Sie haben mir gar nichts zu sagen, und Sie haben auch kein Recht, sich hier aufzuregen. Die Flotte plündert dauernd und nennt das Prisen aufbringen. Die Soldaten wollen auch einen Lohn für ihren Einsatz. Also kümmern Sie sich um Ihre Angelegenheiten.«

Aus dem Nebenhaus stürzte eine Frau schreiend mit heruntergerissener Bluse. Zwei Soldaten folgten ihr, hielten sie fest und rissen ihr den Rock entzwei.

David zog seine Pistole und brüllte sie an: »Laßt die Frau los, ihr Ungeheuer, oder ich schieße! Ihr untersteht britischem Kriegsrecht, und das bestraft Vergewaltigung mit dem Tod. Loslassen, sag ich!«

Er hob die Pistole und sah einen Schatten neben sich. Es waren John, Isaak und Edmond, die mit erhobenen Entersäbeln neben ihm standen.

Die Soldaten ließen los, und dann schrie auch ihr Hauptmann: »Hierher, ihr Kerle. Posten vor dem Lagerhaus beziehen!«

Die Frau kreuzte ihre Hände vor der Brust, blickte die Leute von der *Anson* an und murmelte leise: »Danke.« Dann nahm sie ein kleines Mädchen bei der Hand, das aus dem Haus rannte, und ging mit ihm wieder hinein.

Der Hauptmann blickte böse zu ihnen herüber. »Wenn unsere Soldaten Prisengeld bekämen, könnten sie sich Nutten kaufen wie die feinen Herren der Flotte und müßten keine Gewalt anwenden. Lassen Sie sich nie allein bei den Leuten sehen!« Er drehte sich um, und man merkte, daß er wütend und beschämt zugleich war.

Endlich tauchten auch die Trupps der *Anson* auf und suchten Schiffsmaterial, das sie brauchen konnten. Sie inspizierten das Arsenal. Leutnant Purget und Leutnant Murray waren bei ihnen.

Murray hätte am liebsten ein Dutzend Kanonen abtransportieren lassen. »Es ist ein Jammer, daß wir das nicht alles mitnehmen, sondern sprengen müssen. Die haben gutes Material aus Frankreich und Spanien.«

Die Kommandos der *Anson* beschafften sich Karren und luden Stengen, Spieren, Knie, Taue, Segeltuch und alles mögliche auf. Von anderen Schiffen kamen auch Trupps und schleppten, was sie nur konnten. Da nicht mehr geschossen wurde, liefen Pförtner und Arbeiter herbei, versuchten die

Plünderung zu verhindern, schimpften auf die Matrosen und wurden beiseitegestoßen und geschlagen.

Purget ordnete an: »Mr. Winter, bitten Sie den hessischen Hauptmann, daß seine Leute die Werft absperren und keine Zivilisten hereinlassen.«

David ging zum Hauptmann und richtete die Bitte aus. Der sah David lange an und sagte sarkastisch: »Selbstverständlich, damit die Herren der Flotte ihrer legalen Tätigkeit nachgehen können.«

David legte salutierend die Hand an den Hut und ging. Er fühlte sich jämmerlich.

Ihm blieb nicht viel Zeit zum Grübeln. Ein Melder rief ihn in seiner Eigenschaft als Dolmetscher, und er mußte ein Gespräch zwischen einem britischen und einem hessischen Major übersetzen. Ein Hauptmann der königstreuen amerikanischen Truppen kam hinzu, und sie teilten die Bewachung der Warenhäuser auf. Den ganzen Tag schleppten die Trupps Ersatzmaterial und Waffen auf die Schiffe.

Seeleute ließen die seefähigen Schiffe zu Wasser, soweit sie in gutem Zustand waren, und segelten mit den am Kai liegenden Schiffen hinaus in die Hampton Road, wo sie verankert wurden. Die anderen, weniger wertvollen Schiffe steckten sie in Brand.

Am Abend flackerten auch in der Stadt Feuer auf, aber es kam nicht zu größeren Bränden. In der Morgenfrühe gingen die Schiffe etwas stromaufwärts und landeten Soldaten und Seeleute in Suffolk. Hier war die Beute fast noch gewaltiger. David begleitete diesmal eine andere hessische Kompanie, die ein Leutnant kommandierte.

Wieder wurde ihre Landung durch Schüsse gestört, aber Milizen der Kolonisten ließen sich nicht sehen.

»Das sind Heckenschützen. Gebt keinen Pardon!« befahl der Leutnant.

Sie mußten an einer Häuserreihe entlang zum Arsenal. Die Hessen stürzten wieder in jedes Haus. Den Leutnant störte nicht, wenn sie plünderten. Er brüllte nur, wenn sie sich dabei aufhielten.

Am letzten Haus hatten sie einen Schützen niedergestochen, und er lag leblos auf der Straße, als David näher kam. Das Blut floß immer noch aus seinem zerschundenen Körper. Zwei kleine Kinder zogen weinend an seinem Arm und wollten ihm aufhelfen.

David lief zur Haustür. »Ist hier niemand, der sich um die Kinder kümmert?«

Eine Frau schob sich aus dem dunklen Flur, die Bluse halb zerrissen. »Können Sie nicht mehr mit ansehen, was Sie angerichtet haben? Ich verfluche euch Mörder und Banditen! Gott wird euch strafen!« Sie zerrte die Kinder ins Haus.

Als die Trupps auf die Schiffe geschleppt hatten, was sie brauchen und tragen konnten, wurden die Warenhäuser, die Werftgebäude und die am Kai liegenden Schiffe angezündet. Einzelne Hallen brannten wie Zunder, andere schickten schwelend dicke Rauchwolken über Fluß und Stadt. Auch am Horizont, in Portsmouth, sahen sie jetzt die Wolken aufsteigen.

»Das sind Millionen, die hier verbrennen«, staunte William.

Die Signale riefen sie an Bord. Als sie ablegten, rannten die Bewohner aus ihren Häusern und versuchten, die Feuer von den Wohngebäuden fernzuhalten. An Bord schüttelte der Master nachdenklich den Kopf. »Heller als die Feuer hier wird der Haß brennen.«

In der großen Kajüte hatte Sir George die Kommandanten der Schiffe und die Befehlshaber der Armee versammelt. »Meine Herren, wenn wir ihnen überall an der Küste diesen Schaden zufügen, können die Rebellen das nicht lange aushalten. Morgen ist Norfolk dran. Teilen Sie bitte die Trupps ein, die die Landung sichern, und die, die wertvolles Gut auf unsere Schiffe bringen. Sie wissen, wie knapp die Werft in New York an Ersatzmaterial war. Alle Geschütze müssen gesprengt werden. Vernageln reicht nicht. Außerdem werden wir übermorgen ein Kommando in die Bucht schicken und eines flußaufwärts. So weit wir kommen, wird alles Wertvolle zerstört. Widerstand ist zu brechen.«

In Norfolk war es wie in den anderen Städten, nur daß

diesmal weniger Bewohner in den Häusern waren und daß mehr Schüsse auf sie abgefeuert wurden. An der Werft war die Gegenwehr so stark, daß die *Anson* ein paar Salven in die Häuser feuern mußte, ehe sie das Gelände besetzen konnten. Ihr Eifer, Material auf die Schiffe zu schleppen, ließ nach. Was sie gebrauchen konnten, hatten sie bereits, und die Beladung der Transporter für andere Werften ging lustlos voran.

O'Byrne und Purget waren unglücklich über ihren Auftrag. »Man kommt sich vor wie ein Pirat. Rauben und Brandschatzen. Und die Hessen plündern und vergewaltigen immer wieder Frauen.«

»Das machen die britischen Truppen nicht anders«, wandte Murray ein. So ist nun einmal der Krieg.«

»Das ist aber ein schmutziger Krieg, und die Flotte sollte so etwas nicht mitmachen.«

»Sie sind ungerecht, Paul«, meldete sich Leutnant Black. »Sie vergessen, daß es die Rebellen mit den königstreuen Amerikanern nicht anders gemacht haben. Sie haben unser Haus auch geplündert, meinen Vater geschlagen und verschleppt und unsere Scheune niedergebrannt.«

»Aber wenn wir das gleiche tun, sind wir doch auch nicht besser, Martin.«

»Ich will nicht besser sein, ich will mich rächen!«

Leutnant Black war in seinem Eifer nicht zu bremsen, als sie die Chesapeake-Bucht hinaufliefen und alles zerstörten, was für die Kolonisten von Wert zu sein schien. David wurde es bange ums Herz, als sie sich Somers Cove näherten. Wie herzlich waren sie 1776 hier von den königstreuen Bürgern empfangen worden. David hatte es dem Kommandanten der Sloop, die sie geleitete, gesagt und auch dem Leutnant der Hessen. Sie hatten ihm versprochen, schonend vorzugehen.

Als die Boote anlegten, ließ sich niemand sehen. David rief laut: »Wir sind gute Freunde. Erinnert ihr euch nicht an die *Shannon* vor drei Jahren?«

Zögernd verließen die Menschen ihre Häuser, vorwiegend ältere Leute. »Sie waren damals dabei, junger Herr. Ich weiß noch«, brabbelte ein älterer Mann. »Aber es ist uns nicht gut gegangen im letzten Jahr. Die Rebellen haben Truppen geschickt und uns bestraft, weil wir zum König gehalten haben. Die jungen Leute sind in den Wäldern, in Sümpfen und auf Inseln. Wir können nichts mehr tun.«

»Fragen Sie bitte, ob Rebellentruppen in der Nähe sind und ob sie Waffenlager hier haben«, bat der Leutnant. Der Antwort des alten Mannes entnahmen sie, daß die Rebellen nur Patrouillen aus Whitehaven schickten und daß er nichts von Waffenlagern wisse. Sie ließen die Leute ungeschoren und segelten weiter. Aber David war niedergeschlagen. Es hatte damals doch so hoffnungsvoll begonnen.

»Kann ich Sie bitte allein sprechen, Sir?« Edmond, der Schulmeisterssohn aus Whitehaven stand neben ihm.

David erinnerte sich jetzt an die Herkunft des Pulverjungen. Sie näherten sich ja seinem Heimatort. David ging voraus zum Bug.

»Sir, Sie wissen, daß ich aus Whitehaven bin und daß mein Vater die Rebellion unterstützte. Wenn die Rebellen jetzt hier das Sagen haben, dann ist doch wahrscheinlich meine Mutter wieder hier. Ich muß dann zu ihr, Sir, aber ich bin kein Rebell und Deserteur. Was soll ich bloß tun? Sie kennen mich doch schon lange, Sir.«

David war ratlos. Wie furchtbar dieser Krieg doch war, der Familien auseinanderriß. Er nahm den Hut ab und fuhr sich durchs Haar. »Was soll ich sagen, Edmond? Wenn du desertierst, mußt du voll und ganz bei den Rebellen mitmachen, sonst gefährdest du dich und deine Mutter. Sie würden dich für einen Verräter halten. Und wenn du auf ihre Seite gehst, darf dich nie eine britische Truppe erwischen. Die hängen dich auf. Wenn deine Mutter will, kann sie mit uns kommen. Ich bring das schon in Ordnung.«

»Aber wie soll ich sie suchen, Sir? Wenn die Einwohner mich erkennen, ist doch alles vorbei. Dann muß ich dableiben, oder meine Mutter hat es auszubaden.«

»Das stimmt. Paß auf! Du steckst alle Haare unter deine Mütze. Über Kinn und Wange kleben wir dir einen Verband, und wir malen dir einen schwarzen Bart über die Lippen. Wenn du nicht näher an Leute herangehst, reicht das. Du bleibst bei mir und sagst, wenn du sie siehst.«

Als die Boote sich Whitehaven näherten, wurden sie mit heftigem Gewehrfeuer aus den Uferbüschen empfangen. Die Boote drehten ab, und die Sloop feuerte ihre Salven in das Gebüsch. Ein Dutzend Männer rannte davon, und nun konnten die Boote landen. Die Soldaten gingen mit gefälltem Bajonett voran. David mit den Seeleuten folgte.

»Alle Zivilisten auf die Straße«, hatte der Leutnant befohlen. Die Soldaten schlugen mit ihren Kolben an Türen und Fensterläden, und David mußte den Befehl immer wieder rufen.

Edmond hielt sich hinter den anderen verborgen. Als sie sich dem Schulhaus näherten, wurde er unruhig. Eine Gruppe von Kindern trat aus der Tür. Einige weinten, andere schauten trotzig auf die Soldaten. Eine Frau breitete ihre Arme vor den Kindern aus.

»Das ist sie, das ist meine Mutter«, schluchzte Edmond an Davids Seite.

David wartete, bis die Soldaten am nächsten Haus waren, dann trat er auf die Frau zu.

»Ins Haus mit dir, Weib«, sagte er bewußt laut und grob, damit es die Nachbarn hörten. Isaak befahl er, an der Tür zu warten. Er folgte mit Edmond der Frau. Die Schulkinder schrien. Erschreckt wandte sich die Frau um. David hob den Finger an den Mund, und Edmond nahm die Mütze ab. Die Frau schlug die Hände vor den Mund und erstickte den Schrei.

»Mutter!« stammelte Edmond und sank in die Knie.

»Liebe Frau«, sagte David, »wir haben nur wenige Minuten Zeit. Wenn Sie mit uns kommen wollen, müssen Sie sich gleich entscheiden. Ich warte draußen.« Er trat vor die Tür und ging bis zum Nachbarhaus.

Ein Mann starrte ihn an. »Sie waren damals hier, anno sechsundsiebzig, und der Schulmeister hat Sie verschleppt. Das hat ihn das Leben gekostet. Und seinen Sohn habt ihr auch.«

David wandte sich ab. »Ich war noch nie hier. Sie träumen.«

Edmond trat aus der Tür, Tränen liefen ihm die Wangen hinab.

»Sie will nicht in die Fremde«, flüsterte er.

Vom Nachbarhaus schrie der Mann: »Das ist der Sohn! Das ist eine Verräterfamilie!«

David trat in das Haus. »Sie müssen jetzt mit. Der Nachbar hat Ihren Sohn erkannt. Sie sind Ihres Lebens nicht mehr sicher.«

Die Frau nickte tränenüberströmt.

»Packen Sie schnell die wichtigste Habe. Ihr Sohn wird Ihnen helfen.« Er schickte Edmond hinein und befahl Isaak, die beiden sicher zum Boot zu bringen.

In Whitehaven gab es weder viel zu erobern noch viel zu zerstören. Sie legten bald wieder ab. An Bord des Transporters wurde David sofort zum Leutnant gerufen, der das Schiff kommandierte.

»Sind Sie wahnsinnig, Mr. Winter? Was denken Sie sich, eine Frau an Bord zu schicken? Wenn ich hätte annehmen müssen, daß es Ihr Liebchen ist, hätte ich sie von Bord werfen lassen. So werde ich Sie Ihrem Kapitän melden.«

»Sir, es ist die Mutter eines unserer Besatzungsmitglieder. Ihr Sohn wurde im Ort erkannt und sie als Verräterin bedroht. Ihr Leben war in Gefahr.«

»Warum nehmen Sie den Mann dann in den Ort mit? Damit muß man doch rechnen.«

»Ich habe nicht gewußt, das er von hier ist, Sir«, schwindelte David.

»Na gut, dann war es wohl nicht zu vermeiden. Aber Ihr Kapitän soll entscheiden, was aus der Frau wird. Und fragen Sie sofort, wer von hier stammt.«

»Aye, Sir!«

Nur zwei Freiwillige von damals waren bei ihrem Trupp, und David verabredete mit ihnen, wie sie sich verhalten sollten. Keiner der beiden war sehr begierig, seine Familie zu sehen. Sie waren wohl nicht im Einvernehmen geschieden.

Die Mutter von Edmond kam mit ihrem Sohn auf David zu. »Haben Sie Dank für das, was Sie für uns getan haben. Ich bin nun fertig mit meiner Heimat und werde nie zurückkehren. Edmond wird Ihnen sagen, wo das Kaperschiff versteckt ist, an dessen Gewinn mein gehässiger Nachbar beteiligt ist.

Gott segne Sie. Sie haben aus meinem Jungen einen guten Mann gemacht.«

Edmond mit seinen dreizehn Jahren strahlte über das Lob und sagte: »Sir, der Kaper *Black Snake* liegt ganz in der Nähe in einem Flußlauf versteckt.«

David hatte von dem schnellen Toppsegelschoner mit zwölf Achtpfündern gehört. »Das wäre eine feine Prise.« Er meldete es dem Leutnant und bat, auf die Sloop übergesetzt zu werden.

Der Commander war über die Nachricht erfreut. »Endlich eine interessante und lohnende Bootsaktion. Die Beutezüge am Ufer sind nichts für mich. Kennen Sie die Gegend, Mr. Winter?«

»Ich bin hier vor drei Jahren gesegelt, Sir, um Freiwillige zu suchen. Wir haben noch drei an Bord des Transporters.«

»Dann werde ich signalisieren lassen, daß sie uns überstellt werden. Kommen Sie, wir werden mit dem Ersten Leutnant und dem Truppenkommandeur über den Angriff sprechen.«

Es war eine Bootsaktion, wie sie die Flotte liebte. Im frühesten Morgengrauen waren vier Kutter mit gut achtzig Seeleuten und Soldaten in den Fluß eingefahren. Die Sloop folgte vorsichtig unter ständigem Loten. Die Boote überraschten die Schonerbesatzung völlig. Viele waren auch in den Heimatdörfern. Mit einem Verlust von nur wenigen Verletzten hatten sie ein gutes Schiff gekapert.

Der Commander strahlte, setzte seinen Ersten Leutnant als Kommandanten ein und bot David an: »Sie können als diensttuender Leutnant für den Rest unserer Expedition auf den Schoner überwechseln, Mr. Winter.«

»Ergebensten Dank, Sir. Darf ich einen Maat und fünf Mann von der *Anson* mitnehmen, Sir, die jetzt auf dem Transporter sind?«

»Einverstanden. Kann der Maat als Bootsmann Dienst tun?«

»Jawohl, Sir.«

William, Isaak, John und drei andere folgten David auf den

Schoner. Edmond blieb bei seiner Mutter auf dem Transporter, was David nur zu gut verstehen konnte. Diese Fahrt in der Chesapeake-Bucht hatte nichts von der Unbeschwertheit, mit der sie vor drei Jahren hier gesegelt waren. Jetzt waren sie hier, um zu zerstören. Ob es die Scheunen reicher Farmer waren oder die Lagerhäuser der Küstenstädte, ob es Werfthallen waren oder am Ufer liegende Schiffe, sie zogen eine Spur von Feuer und Rauch hinter sich her. Flüche schallten ihnen entgegen, und Verwünschungen folgten ihnen. Keiner konnte unbewaffnet und allein einen Fuß an Land setzen.

Mit dem Leutnant, der jetzt den Schoner kommandierte, verstand sich David gut. Er hieß Jonathan Dull, war ein ausgezeichneter Seemann und bei aller Korrektheit geduldig und freundlich. »Wir haben ihnen schweren Schaden zugefügt, aber in den nächsten Jahren darf hier niemand mehr Sympathien für den König äußern. Ob es das wert war?«

Als David sich bei Kapitän Grant meldete, schloß er seinen Bericht mit ähnlichen Worten.

Grant sah ihn nachdenklich an. »Ich weiß es nicht, Mr. Winter. Aber vergessen Sie nie, wir müssen Befehle befolgen, nicht sie in Frage stellen. Nur dann, wenn es eines Gentlemans unwürdig wäre, einen Befehl auszuführen, dürfen wir uns verweigern. Ich hoffe, daß es nie soweit kommt, obwohl wir jetzt manchmal an die Grenze stoßen.« Er entschied nach Rücksprache mit dem Commodore, daß David und die anderen an Bord des Schoners bis New York Dienst tun sollten. Grant wollte sich auch dafür einsetzen, daß Edmonds Mutter nach Halifax gebracht werde. Dort sei sie auf Dauer in Sicherheit.

David war bald froh, auf dem Schoner zu sein, denn auf der *Anson* herrschte gedrückte Stimmung. Der Commodore schäumte vor Wut, weil Generalmajor Mathew seinen Vorschlag abgelehnt hatte, Portsmouth auf Dauer zu besetzen. Mathew hatte darauf bestanden, daß der Befehl General Clintons befolgt und am 24. Mai nach New York zurückgesegelt werde.

Sir George warf ihm mangelnde Eigeninitiative vor und kritisierte alles und jedes, wenn er an Deck erschien. Das wiederum erzürnte Kapitän Grant, der seinen Ärger hineinfraß und mit keinem mehr ein fröhliches Wort wechselte.

Für David war die Rückfahrt nach New York eine Herausforderung. Sie hatten sich in neuen Positionen zu bewähren. Die Besatzung des Schoners war deutlich unter der Sollstärke, und so mußte jeder sein Bestes geben. Kommandant Dull liebte die Navigation nicht sehr und überließ es David gern, das tägliche Besteck zu nehmen. Dafür war Dull unschlagbar in seinem Gefühl für die Handhabung des Schiffes. David sah ihm einiges ab.

Fast zu schnell war die Fahrt vorüber und der Schoner am Kai in New York vertäut. David machte sich mit den anderen zur Rückkehr auf die *Anson* bereit. Dull hatte sich auf der Admiralität zu melden. Ungewöhnlich schnell kam er zurück und eilte an Bord.

»Wir bleiben an Bord, Mr. Winter, und werden durch weitere Seeleute und einen Zug hessischer Infanterie verstärkt. Morgen müssen wir für eine neue Operation bereit sein. Der Schoner wird vorläufig in den Dienst der Flotte übernommen und erhält den Namen *Scorpion*. Teilen Sie es den Mannschaften mit, und machen Sie alles klar für die Übernahme der Soldaten und weiterer Mannschaften.«

David rief die Mannschaft zusammen, und bald herrschte überall hektische Aktivität.

»Wir brauchen unbedingt einen Geschützmaat, Sir«, erinnerte er seinen Kommandanten.

»Ich gehe gleich zu Kapitän Grant, der uns mit Mannschaften versorgen soll, denn die *Anson* bleibt im Hafen.«

David überlegte, was das für eine Operation sein möge, zu der ihr stärkstes Linienschiff nicht mitkomme, aber er wurde durch die Ankunft des Infanteriezuges in seinen Überlegungen gestört. Der hessische Leutnant belegte eine der drei kleinen Kabinen, aber David konnte seine behalten. Nach den Jahren in drangvoller Enge mit Midshipmen und Maaten war es ein ungewohnter Luxus, allein sein zu können. David genoß ihn sehr bewußt.

Am nächsten Morgen segelten die kleineren Kriegsschiffe mit Transportern den Hudson aufwärts.

»General Clinton will den amerikanischen Flußübergang bei Stony Point in die Hand bekommen«, sagte Dull. »Dann müßten die Rebellen immer einen Umweg von sechzig Meilen machen, wenn sie von den nördlichen in die südlichen Kolonien wollen.«

David wollte wissen, ob der Übergang befestigt sei, aber Dull wußte es nicht.

David führte die Boote der *Scorpion* bei der Landung an. Schüsse pfiffen ihnen vom Ufer aus entgegen, und die Kriegsschiffe donnerten eine Salve in das Ufergehölz. Dann war es still.

»Zugleich!« schrie David. »Zieht die Riemen durch, ihr lahmen Säcke.«

Die Seeleute grinsten und legte sich ein wenig mehr ins Zeug. Dann flog David vornüber, die Mannschaften purzelten auf den Rücken. Das Boot stand still. Am Bug begannen sie zu schreien.

»Wassereinbruch!«

»Hinsetzen!« brüllte David, der sich aufgerappelt hatte, und sah nach, was los war.

Das Boot hatte kurz vor dem Ufer einen dort schräg eingesetzten Baumstamm gerammt.

Das ist eine Art *chevaux de frise* wie am Delaware, ging es David durch den Kopf. »Aus dem Boot raus. Ans Ufer!« befahl er und sprang selbst hinaus. Das Wasser ging ihnen bis zur Brust, und sie wateten ans Ufer. Gott sei Dank war es an diesem ersten Junitag warm.

Die Soldaten sicherten den Landungsplatz, andere begannen, Palisaden einzurammen und Erde aufzuschütten. David war mit den Seeleuten beschäftigt, das Boot vom Hindernis zu lösen und notdürftig abzudichten, damit es zum Schoner geschleppt werden konnte.

Leutnant Dull winkte und rief: »Beeilen Sie sich, Mr. Winter, wir müssen zurück nach New York!«

»Warum geht es nun wieder so schnell?« fragte David, als er an Bord war.

»Commodore Collier will wieder Küstenstädte angreifen, um Washingtons Truppen vom Hudson wegzulocken.«

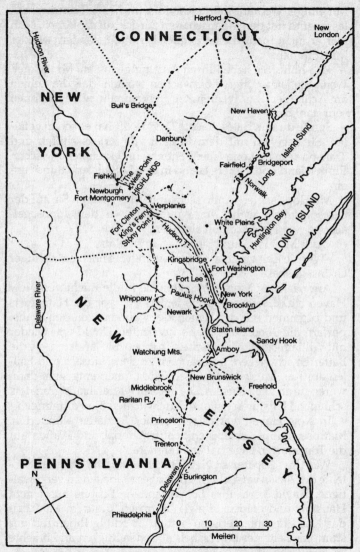

Das untere Hudson-Tal, Connecticut und New Jersey

Mit einiger Wehmut mußte David seine kleine Kammer verlassen und mit den Mannschaften zurück auf die *Anson*. Nun war er nicht mehr diensttuender Leutnant, sondern wieder Midshipman.

»Ich hoffe, Sie haben Ihren Ausflug genossen, Mr. Winter. Wenn Sie jetzt gütigst überwachen wollten, daß die Leinen am Achterdeck zur rechten Zeit freikommen, wäre ich Ihnen sehr dankbar.«

Spotte du nur, Bates, dachte David. Mir hat es schon gefallen. Sie segelten mit dem Konvoi von Kriegsschiffen und Transportern an Long Island entlang und kreuzten zwischen Plum Island und Fishers Island in den Long Island Sund hinein.

Mr. Hope sagte: »Anno sechsundsiebzig waren Sie auf der *Cerberus*, nicht wahr, Mr. Winter, als wir den Toppsegelschoner vor New London abfingen?«

»Aye, Mr. Hope, und Sie haben uns gelotst.«

»Wie die Zeit vergeht. Damals waren Sie noch ein richtiger Grünschnabel.«

Am nächsten Morgen segelten sie in die Bucht von New Haven ein, die Kriegsschiffe legten sich vor die Hafenforts und begannen mit der Kanonade, während von den Transportern die Boote zum Ufer schwärmten. David war wieder mit William bei den hessischen Truppen. Sie landeten, als die Batterien schwiegen, und rannten zu den Häusern und Hallen am Kai. Musketenschüsse bellten ihnen entgegen, dann waren sie an den Häusern. Die Hessen warfen Handgranaten, schlugen Haustüren ein und durchsuchten die Wohnungen.

In New Haven war es wie immer. Soldaten plünderten. Matrosentrupps schleppten Schiffsmaterial und Waffen auf die Transporter, Lagerhallen brannten.

Was David später an New Haven erinnerte, war, daß Seeleute der *Anson* versuchten, ein junges Mädchen zu vergewaltigen. David hörte ihre hohen, spitzen Schreie aus einem Hausflur und entdeckte zwei Matrosen, die dem Mädchen das Kleid heruntergerissen hatten. Er schlug ihnen mit der stumpfen Seite des Entersäbels über den Rücken und brachte sie zur Vernunft.

Der hessische Hauptmann sah es, schüttelte den Kopf und bemerkte: »Na, so was. Die Herren der Flotte.«

Dann war Fairfield dran. Der Widerstand war heftiger, ihre Kanonen schossen viele Häuser in Trümmer. Und dann flackerten die Brände auf und schlossen die kleine Stadt ein. David blieb das kleine Mädchen im Gedächtnis, das seinem toten Hund immer vergeblich auf die Beine helfen wollte, bis die Mutter sich herantraute und ihr Kind wegtrug. Das kleine Gesicht voller Rotz und Ruß sah er wieder und wieder in seinen Gedanken.

Norwalk folgte. Die Stadt wehrte sich, aber das brachte ihr nur eine heftigere Kanonade der Kriegsschiffe ein. Die Decks der *Anson* waren voller Pulverqualm, aber mit dem Pendulum und der Gradeinteilung ließ ihre Zielsicherheit nicht nach. Als David über die Trümmer der Häuser stolperte, fiel ihm das Ölgemälde auf, das eine junge Familie mit Kind zeigte. Das Gemälde war verstaubt und eingerissen, aber man erkannte noch das glückliche Lächeln der Eltern.

»Hoffentlich sind sie alle in Sicherheit«, wünschte David.

Dann krachte der Schuß ganz in der Nähe. Isaak, der neben David ging, schrie auf, griff sich an den Schenkel und sackte zu Boden. Der Schütze lud fieberhaft seine Muskete. David schoß ihm durch die Brust, Edmond und andere stachen mit den Entersäbeln auf ihn ein. Isaak stöhnte, und David band ihm das Bein ab. Ein glatter Durchschuß. »Bringt ihn zum Schiffsarzt!«

Weiter! Das Lagerhaus war mit Stoffballen gefüllt. Das nächste voller Tabak. Wieder eins mit Getreide. Anzünden, alles anzünden! Sie hatten schon Routine darin. Es dauerte aber immer seine Zeit, bis ihnen der Seewind den Qualmgeruch aus den Kleidern blies. Als David zurück an Bord war, trat der Master auf ihn zu.

»Wir segeln nach Huntington auf Long Island, um Munition aufzunehmen. Dann ist New London an der Reihe.«

New London blieb verschont, denn Melder brachten die Nachricht, daß die Kolonisten ein britisches Regiment in dem befestigten Lager auf Stony Point überrannt, getötet oder gefangengenommen hatten. Clinton tobte. Die Armada segelte sofort durch Hells Gate und Harlem River zum Hudson und diesen aufwärts nach Stony Point. Wenn der Wind nicht ausreichte und die Fahrrinne zu schmal war, mußten die Boote die Schiffe schleppen. Die Ruderer wurden in kurzen Abständen abgelöst und sanken erschöpft auf die Planken der *Anson*.

Die Rebellen zogen sich zurück, als die Flotte anrückte, aber sie zerstörten alle Befestigungen vorher. Kapitän Grant starrte auf den kleinen Hügel, der bis zu fünfzig Meter über den Fluß aufragte.

»Wie kann sich ein ganzes Regiment hier überraschen und niedermachen lassen? Die müssen doch besoffen gewesen sein!«

»Lieber gegen Truppen kämpfen, Sir, als diese Brandschatzungen an der Küste.«

»Wir können es uns nicht immer aussuchen, Mr. O'Byrne. Und die Truppen hier haben sich verzogen. Wir kehren zurück nach New York.«

In New York beanspruchte sie die übliche Schiffsroutine im Hafen. Vorräte auffüllen, Landurlaub und immer wieder Putzen und Scheuern. Sonntags standen die Divisionen bereit zur Besichtigung. Der Pfarrer der Garnison würde diesmal predigen.

Er war ein kleiner rundlicher Mann mit freundlichem Lächeln. Aber als er die Losung des Tages aus dem fünfundfünfzigsten Palm verkündete, wurden seine Lippen schmal, und seine Augen funkelten. Er las mit lauter Stimme: »Gott wird hören und sie demütigen, der allewege bleibt. Denn sie werden nicht anders und fürchten Gott nicht. Denn sie legen ihre Hände an seine Friedsamen und entheiligen seinen Bund. Ihr Mund ist glätter denn Butter, und sie haben doch Krieg im Sinn. Ihre Wörter sind gelinder denn Öl und sind doch scharfe Schwerter.«

Die Seeleute hatten sich bei diesem Zitat schon darauf eingestellt, die Predigt über sich ergehen zu lassen wie die Verlesung der Kriegsartikel, aber dann ging der Pfarrer in der Sprache einfacher Soldaten auf ihre Taten ein. Er schien gewachsen, und seine Stimme dröhnte. Er sprach von Washington und seinen Truppen als von den Heerscharen des Satans. Er malte ihre Missetaten plastisch aus und stellte ihnen den gottgewollten Auftrag der königlichen Armee und Flotte entgegen.

»Werdet nicht müde, meine Söhne und Brüder, das Schwert der Vergeltung zu schwingen. Laßt es auf sie niederfahren, denn sie werden durch das Schwert der Vergeltung umkommen. Amen!«

David blickte bei diesen Worten prüfend auf die Offiziere. Commodore Collier nickte zustimmend und zeigte seine Zähne in einem bösen Lächeln. Leutnant Blacks Augen strahlten, und er sah Zustimmung suchend nach den anderen. Aber Kapitän Grant hatte die Lippen fest zusammengepreßt und verzog keine Miene. Leutnant O'Byrne sah ernst und fragend drein und schüttelte leicht den Kopf. Die anderen schauten so nichtssagend und uninteressiert drein wie bei der Verlesung der Kriegsartikel.

Die Bucht der sterbenden Schiffe

Juli bis August 1779

Kapitän Grant bemerkte an vielen kleinen Zeichen, daß Offiziere und Mannschaften ausgelaugt waren. Zum Teil war es körperliche Erschöpfung nach den häufigen Landungsaktionen, zum Teil war es Unbehagen an der Art der Aufträge. Sie bewegten sich langsamer und schwerfälliger. Kaum ein Witz, kaum Gelächter war zu hören, nicht einmal Streit flackerte auf. Wenn der Fiedler auf einen Blick des Kapitäns seine Melodien erklingen ließ, winkten sie unwillig ab und riefen, er solle aufhören mit dem Gekratze.

Grant hatte zu lange bei Kapitän Brisbane gedient, um nicht zu wissen, daß Druck und Strafen nicht helfen konnten. Er rief Bates und die Divisionsoffiziere zu sich, schilderte ihnen seine Beobachtungen und seine Beurteilung.

»Ich erwarte Ihre engagierte Unterstützung, meine Herren, obwohl Sie selbst erschöpft sind. Wir müssen das Schiff schnell wieder seeklar machen. Reden Sie mit jedem Mann Ihrer Division. Hören Sie, ob er neben der allgemeinen Unlust persönliche Sorgen hat. Erklären Sie, daß das Schiff zuerst kommt, dann der Landgang. Aber betteln Sie auf keinen Fall um die Mitarbeit der Leute. Erklären Sie nur die Notwendigkeit. Das muß genügen!«

Und Grants lange und schlanke Gestalt war in den nächsten Tagen immer wieder bei den Arbeitskommandos zu sehen. Ruhig und bestimmt gab er Anweisungen, ob nun Stage geteert oder Blöcke ersetzt oder Kanonenkugeln abgekratzt und gestrichen werden mußten, er kannte sich in jeder Kleinigkeit aus, lobte hier, ermahnte dort und hörte sich an, was die Leute zu sagen hatten.

»Er ist eine andere Art Mensch als Brisbane, vielleicht etwas distanzierter, aber sehr effektiv und auch vertrauenerweckend«, mußte David zugeben.

Der Master nahm David heran, als die Seekarten wieder alle eingeordnet und die Ergebnisse der Lotungen eingetragen werden mußten.

»Wenn das so weitergeht, können wir bald an allen Häfen der Küste als Hafenlotsen arbeiten«, kommentierte Mr. Hope.

»Glauben Sie nicht, Sir, daß die Kolonisten alles unternehmen werden, um ihre Häfen besser zu schützen, mit Batterien, Unterwasserhindernissen und ähnlichem?«

»Versuchen werden sie es schon, aber Kanonen sind knapp, und bei vielen Einfahrten lassen sich Unterwasserhindernisse kaum anbringen. Und ich fürchte, die Armee findet es besser, Schiffe und Vorräte gesammelt an Land zu vernichten, als ihnen auf See vereinzelt hinterherzujagen.«

In der Offiziersmesse waren sie beim selben Thema. Leutnant Black hatte auch betont, daß sie in der gleichen Zeit noch nie so viele Schiffe erbeutet, so viele Vorräte vernichtet hätten wie in diesen zwei Monaten.

»Das stimmt«, mußte O'Byrne zugeben. »Aber das war nur möglich, weil sie nicht damit gerechnet haben. Sie werden sich besser schützen, wichtige Vorräte mehr landeinwärts lagern, und künftige Angriffe werden schwerer und schwerer werden. Und vergiß nicht, wir haben auch noch nie in zwei Monaten soviel Haß und Widerstandsgeist entfacht wie jetzt.«

Isaak humpelte an Deck herum. Seine Wunde heilte gut, aber er war noch vom Dienst befreit. Nun sah er seinen Kameraden bei der Arbeit zu und ärgerte sie mit seinen Bemerkungen.

»Warte ab, du humpelndes Warzenschwein, denk nur nicht, daß wir dich beim Landgang mitnehmen. Da kannst du sehen, wie du ohne Hilfe zum Puff kommst.«

»Was soll ich denn dort? Für die vielen Schiffe und Vorräte, die wir in den Häfen verbrannt haben, sehen wir doch keinen Penny.«

»Hast du denn nichts mehr von den früheren Prisen?«

»Hab' ich alles nach England geschickt. Ich will dort ein Fischgeschäft kaufen.«

Die anderen lachten. »Na, dann schlaf mit deinen Fischen.«

Die Inspektion ging ohne wesentliche Beanstandung vorüber. Grant wirkte freier, wenn der Commodore nicht an Bord war. Sie waren beide auch wohl zu unterschiedliche Charaktere. Grant gab die Zeiten für den Landurlaub an und warnte nachdrücklich jeden, der den Urlaub überschreiten würde. David ließ anderen den Vortritt beim Landurlaub. Er war so müde, daß er einmal richtig ausschlafen wollte.

Matthew und Andrew schwärmten am nächsten Tag von dem neuen Bordell, das ihnen ein Armeeoffizier empfohlen hatte. »Ich sag euch, die haben tolle Weiber dort. Schlanke Figuren, festes Fleisch, pralle Titten und Ärsche, da kann man bloß die Hände reinkrallen und sich festhalten.«

»Wenn ihr nicht mehr als das könnt, braucht ihr nicht hinzugehen, ihr geilen Böcke«, spottete David.

»Du halt bloß den Mund. Du denkst wohl, weil eine ältere Dame dich mochte, bist du nun der große Liebhaber. Zeig erst mal, ob du mit jungen Mädchen fertig wirst.«

David sagte nichts mehr. Diane konnte er nicht in ein solches Gespräch ziehen lassen.

Aber Andrew berichtete: »Die Madame soll eine Dame der besten Londoner Gesellschaft sein, die ihr Mann nach einem Fehltritt verstoßen hat. Man sagt, daß sie jetzt immer wieder hohe Herren von ihren Mädchen in der Stadt verführen und in der Öffentlichkeit bloßstellen läßt. Natürlich ohne Verbindung zu ihrem Bordell. Dort ist alles sehr diskret und niveauvoll.«

Als David von Bord ging, er hatte sich von den anderen durch Ausreden suspendiert, war er noch nicht sicher, ob er die Adresse aufsuchen sollte. Aber das Verlangen wurde immer stärker. Er haßte die Nächte, in denen er von Diane träumte und sich der Samen in seine Unterkleidung ergoß. Es war so peinlich, die Lappen dann unauffällig loszuwerden. Er haßte es nicht minder, wenn er bei anderen merkte, daß sie sich heimlich selbst befriedigten.

Ich muß innerlich frei werden für neue Beziehungen, dachte er. Ich kann nicht wie ein Mönch leben. Und er ging zu der Straße, die sie genannt hatten, sah sich aber immer noch um, ob ihn jemand erkannte.

Es war ähnlich wie damals in dem Haus, in das sie Lord Battesham geladen und in dem er Denise kennengelernt hatte. Der breitschultrige schwarze Portier in seiner prachtvollen Phantasieuniform, der ihn prüfend musterte, der Klang von Musik und Gelächter.

David spähte vorsichtig im Flur durch den Vorhang, ob er Bekannte sah. Niemanden!

»Suchen Sie jemanden, Sir?« Die Stimme war hell und klar, aber die Sprecherin war älter als ihre Stimme. Ein schmales Gesicht, gelassen blickende graue Augen, graues, leicht gewelltes Haar, ein grauschwarzes elegantes Kleid, das eine schlanke Figur umhüllte.

Grau ist wohl ihre Lieblingsfarbe, dachte David und antwortete: »Nein, Madame, ich bin zum ersten Mal in Ihrem Etablissement und kenne niemanden.«

»Das kann sich ändern. Kommen Sie, nehmen Sie Platz.« Sie führte ihn zu einem kleinen Tisch mit drei Stühlen, der etwas abseits vom ausgelassenen Treiben stand. Zwei Musiker spielten Tanzmelodien, leichtgekleidete junge Mädchen tanzten mit jungen Offizieren und Zivilisten oder saßen auf ihren Schößen.

»Sehen Sie sich nur um. Hier kann jeder nach seinem Gusto fröhlich sein und sich entspannen«, sagte sie und winkte einer jungen Negerin, die in kurzem weißem Rock ein Tablett trug und ihren festen nackten Busen stolz präsentierte. »Nehmen Sie ein Glas Sekt, Sir. Er war für einen französischen General bestimmt, aber uns bekommt er auch.« David hob ihr sein Glas entgegen und trank. »Ausgezeichnet.«

»Wie gefallen Ihnen unsere jungen Damen?« David sah sich um. Die Mädchen waren alle jung und hübsch, aber sonst waren sie so unähnlich wie möglich. Die Rothaarige dort mit dem weißen Teint und den hellgrünen Augen schien aus Irland zu kommen. Jene Brünette mit dem koketten Lächeln hielt er für eine Französin. Diese dort mit ihrer kaffeebraunen Haut war sicher eine Kreolin, und dort sah er jenen schwarzhaarigen Typ, der ihn so an Diane erinnerte. Ein Schatten zog über sein Gesicht, und er sagte zu der Dame: »Sie sind alle sehr hübsch.«

»Nun, das klingt noch nicht sehr begeistert. Sie sehen aus, als müßten Sie einen Kummer vergessen und wüßten noch nicht, ob das hier der rechte Ort ist.«

»Sie können Gedanken lesen, Madame.«

»Das war nicht schwer, und ich vermute, daß Ihr Kummer mit einer schwarzhaarigen Lady zusammenhängt, so hübsch wie unsere Mary dort.«

»Eher hübscher, aber nicht so jung, Madame, und sie ist tot.«

»Sie haben sie sehr geliebt?«

David nickte.

»Manchmal müssen wir alle lernen, unsere Erinnerungen lieb und wert zu halten und dennoch für Neues empfänglich zu sein. Ich werde Sheila an unseren Tisch bitten, wenn Sie erlauben.«

Sie winkte unauffällig einer strahlenden Blondine mit braunen Augen und den schönsten weißen Zähnen, die David je bei einer Frau gesehen hatte.

»Sheila, mein Schatz, hilf diesem jungen Gentleman etwas, Kummer und schwere Zeiten zu vergessen.«

»Gern, Madame. Möchten Sie tanzen oder lieber ein wenig plaudern, Sir?«

»Lassen Sie uns noch ein wenig zusehen und erzählen, mein Fräulein.«

»Dann darf ich noch einen kleinen Augenblick bei Ihnen bleiben«, sagte die Madame und strich Sheila über das entblößte Knie.

Es ist wie alles an dieser Sheila perfekt geformt, nicht zu schmal, nicht zu eckig, etwas gebräunt mit den kurzen, flaumigen Blondhaaren, bemerkte David für sich.

»Waren Sie vor kurzem auf See, Sir?«

»Auf See und auf dem Hudson, zu lange, um noch Freude dabei zu empfinden.«

»Nun, jetzt sind Sie auf festem Boden. Waren Sie schon einmal in einem Etablissement?«

»Ja, es ist mehr als ein Jahr her, und es war sehr schön.«

Sie plauderten dies und das. Die Madame verließ sie, und Sheila rückte näher, streichelte seine Hände und lächelte ihn mit ihren weißen Zähnen an. Sie duzten sich und stießen mit den Sektgläsern an. Dann tanzten sie. Es war ein Volkstanz, bei dem die Körper sich immer wieder trafen. Ihre blonden Locken flogen, und ihr fester Körper preßte sich an seinen. Und immer wieder dieses strahlende Lächeln. Er spürte ihren Busen, ihren Unterkörper, den sie an seinem rieb, und sein Glied schmerzte, so steif war es.

»Laß uns allein sein, Sheila«, flüsterte er, und sie nickte und zog ihn mit sich zur Treppe.

Das Zimmer war eher klein, aber luxuriös mit großem Bett, bunten Kissen und funkelnden Spiegeln. Sheila zog ihn zum Bett und entkleidete ihn geschickt. Mit einem kurzen Zug glitt ihr leichtes Gewand herunter, und sie schmiegte sich auf dem Bett an ihn. Sheila hatte eine prachtvolle Figur. Schmale Taille, etwas ausschwingende Hüften, einen festen runden Po und einen herrlichen Busen. Ihre Haut hatte einen gewissen Goldton und glänzte matt im Kerzenlicht.

David küßte sie gierig und wollte sich auf sie legen, aber sie drückte seinen Oberkörper hinunter, glitt mit ihren Brüsten über seinen Magen und küßte ihn hinunter bis zu den Leisten. Sie griff sein Glied und senkte ihren Kopf darüber, liebkoste es mit der Zunge und umfing es mit ihren Lippen.

David war überrascht und wollte zuerst diese Intimität abwehren, die ihm für Fremde unpassend schien. Aber ihr blondes Lockenhaar hob und senkte sich über seinem Unterleib, ihr Mund umschlang sein Glied, massierte es, und David spürte eine Spannung in seinen Leisten, die ihm schmerzlich und lustvoll zugleich erschien. Er stöhnte.

Sheila hob ihren Oberkörper, schwang sich auf ihn, führte sein Glied in ihre Scheide ein und ritt auf ihm, ihre Brüste zum Anpacken entgegengereckt. Ihre kurzen hellen Schreie vermischten sich mit seinem Stöhnen. Er stieß heftiger und heftiger ihr entgegen, bis sie sich aufrichtete, nach hinten bog, schrie und er sich wie in einer Explosion in sie ergoß.

Sie glitt neben ihn. Ermattet lagen sie nebeneinander und streichelten sich sanft.

»War es auch für dich schön?« wollte er wissen.

Sie dachte, warum das alle fragten, und sagte: »Es war wunderbar.«

David holte die Sektflasche aus dem Kühler, entkorkte sie, goß ein, und sie tranken durstig.

Sheila nahm Pralinen aus einer Schachtel und stopfte sie ihm und sich in den Mund. Ihre Brüste glitten immer häufiger über seine Brust, und in ihm wuchs langsam wieder das Verlangen.

»Warte, ich hole Carol, meine Freundin«, und schon schwenkte sie eine kleine Glocke.

Durch eine Tapetentür glitt eine Mulattin, sehr dunkel, aber mit feinem Gesicht und schlanker Figur. Sheila trat zu ihr, löste ihr Gewand, zog es herunter und drehte sich mit Carol zu David hin. Er sah das schönste und verführerischste Frauenpaar, das er sich denken konnte. Sheila, etwas größer, etwas gerundeter, mit dem goldblonden Haar und der honigfarbenen Haut. Carol, dunkel, fast wie Ebenholz, makellos geformt, aggressiver in ihrer Schlankheit und provozierend mit den feuchten, roten Lippen.

Sie wandten sich wieder einander zu und küßten sich sanft und zärtlich. Carols Mund glitt zu Sheilas Brüsten, und ihre Zunge strich um den Hof. Sie legten sich auf das Fußende des Bettes und drückten sich aneinander. David hatte erst erstaunt und verwundert zugesehen. Dann erregte ihn ihr Spiel zunehmend.

Heiser vor Wollust fragte er: »Was treibt ihr für ein Spiel? Bin ich nicht mehr da für euch?«

»Wenn du mitspielen willst, freuen wir uns«, sagte Sheila, und sie glitten rechts und links an seine Seite.

Sheilas Lippen tasteten seinen Hals ab. Carols harter Busen strich über seinen Leib, und sie küßte seine Brustwarzen. Gier überflutete David, und er drückte sein steifes Glied gegen einen der Körper, er wußte nicht welchen. Sheila und Carol schienen an seinen Seiten auf und ab zu gleiten. Überall waren ihre Lippen, ihre Brüste.

»Komm jetzt, komm!« rief David, und Carol glitt unter ihn.

Er stieß in ihre Scheide, die enger war als bei Sheila. Ihr Unterkörper kam ihm hart und ruckweise entgegen, und ihr Oberkörper wand sich unter ihm. Sie warf ihren Kopf hin und her und stöhnte tief mit kehliger Stimme. An seinem Rücken rieb sich Sheilas Busen. Ihre Lippen küßten seinen Nacken, und sie rief anfeuernd in sein Ohr: »Gib es ihr. Ja, stoß zu. Komm, schneller!«

David glaubte nur noch Busen und Unterleiber zu spüren, eingehüllt zu sein in wollustiges Stöhnen, und er reckte sich mit lautem Stöhnen auf im Orgasmus.

Dann legte er sich zur Seite, Carol glitt unter ihm weg und entschwand durch die Tür. Sheilas Arme umfingen ihn. Sie küßte ihn, bedeckte sein Gesicht mit ihren blonden Locken und flüsterte ihm ins Ohr: »Du warst wunderbar.« Und er glaubte es. Langsam ließ seine Erregung nach. Er trank mit Sheila, aber dann wollte er sich wieder anziehen. Sie gab ihm Tücher und Wasserschüsseln zum Säubern und half ihm beim Anziehen.

David war jetzt etwas befangen, aber er konnte Sheila ohne Reue an sich ziehen und küssen.

Sheila hatte ihr Gewand übergeworfen, und sie gingen aneinandergeschmiegt nach unten. Ein leichter Kuß, ein leiser Gruß, sie trennten sich, und er trat zur Madame in das gepflegte Kontor.

»Waren Sie zufrieden, mein Herr?«

»Außerordentlich, Madame.«

Sie nickte. »Sie werden Frauen künftig anders gegenübertreten, mein Herr. Sie werden sie zu verführen suchen und mit ihnen spielen. Das ist der Preis dafür, daß Sie von Ihrem Kummer erlöst werden.«

»Ich weiß nicht, Madame. Für mich war die körperliche Liebe immer ein schönes Geschenk.«

»Da muß ich Sie jetzt sehr ernüchtern, Sir«, sagte sie mit ironischem Spott, »heute haben Sie fünfzehn Pfund zu zahlen.« Sie lachte, und David stimmte ein.

»Das war es wert, Madame.«

Noch vor Beginn seiner Wache wurde David wachgerüttelt. »Aufstehen! Du mußt dich rasieren und ordentlich anziehen. Der Commodore hat in einer halben Stunde Kriegsrat in der großen Kajüte angeordnet. Du mußt mit den Hessen dabei sein.«

David fluchte vor sich hin. »Sollen die dämlichen Hessen doch richtig Englisch lernen. Immer muß ich ihr Kindermädchen spielen. Verdammter Mist!«

In der Kabine waren nur die Kommandanten der *Anson*, der drei Fregatten und drei Sloops, die zur Flottille gehörten, ein hessischer Major, ein hessischer Hauptmann, Hauptmann Barnes von den Seesoldaten sowie David. Der Commodore kam gleich zur Sache.

»Meine Herren, was ich Ihnen sage, darf vor dem Auslaufen keinem anderen bekannt werden. Außer den beiden hessischen Herren kennen Sie sich alle. Ach ja, der Midshipman ...«

Kapitän Grant soufflierte: Mr. Winter.

» ... äh, Mr. Winter von der *Anson* dolmetscht für die Herren aus Hessen. Wir segeln mit größtmöglicher Beschleunigung zur Penobscot Bay, um Brigadegeneral McLean mit seinem Landungskorps von siebenhundert Mann und die drei Sloops *Nautilus, Blanche* und *North* zu entsetzen, die von achthundert Rebellen und neunzehn Kriegs- oder Kaperschiffen seit dem vierundzwanzigsten Juli belagert werden.«

Grant war bei der Nennung des Namens *Blanche* zusammengezuckt. Die Sloop wurde doch von Morsey kommandiert, seinem Nachfolger auf der *Anson*. Dann hörte er wieder, was Collier erklärte.

»Pläne zur Errichtung eines Stützpunktes in der Penobscot

Bay gibt es seit drei Jahren. Die Gründe sind jetzt folgende: Wir können einen Hafen auf halber Entfernung zwischen Halifax und New York gut nutzen, um die Kaperschiffe der Rebellen besser zu bekämpfen. Wir können den Stützpunkt gebrauchen, um uns den Zugang zu den Wäldern mit dem Holz für Masten und Planken freizuhalten, und wir brauchen Land, um Loyalisten anzusiedeln, die ein Bollwerk vor der kanadischen Grenze bilden.«

David konnte nur Stichworte in den kurzen Pausen übersetzen, die der temperamentvolle Collier ließ.

Der Kapitän einer der Fregatten meldete sich zu Wort. »Wie lange sind die unsrigen schon dort unten, Sir George?«

»Komme gerade dazu, Kapitän! McLean ist am zwölften Juli gelandet und hat auf der Halbinsel Bagaduce (heute Castine) ein Fort errichtet. Er hat Argyle-Hochländer und zwei Kompanien des Zweiundachtzigsten englischen Infanterieregimentes bei sich, leider unerfahren im Kampf. Aber die Amerikaner können auch keine Kampferfahrung haben, sonst hätten sie das unfertige Fort im ersten Ansturm überrannt.

Ich weiß nicht, ob sie inzwischen Verstärkung erhalten haben, aber die Situation für unsere Leute ist sehr ernst. Das liegt vor allem an der ungeheuren Übermacht der Rebellen an Schiffen. Neben der kontinentalen Fregatte *Warren* mit zweiunddreißig Kanonen verfügen sie über fünf Schiffe der Kriegsmarine ihres Kongresses und der Provinz Massachusetts sowie über dreizehn Kaperschiffe und zwanzig Transporter. Das sind über dreihundert Kanonen.«

»Das sind rund hundert mehr, als wir haben, Sir«, warf ein Fregattenkapitän ein.

»Das macht mir am wenigsten Sorge«, fuhr Collier fort. »Die Bande ist undiszipliniert, und sie hat kein so kampfkräftiges Schiff wie die *Anson*. Aber wer weiß, ob unsere Truppen so lange aushalten? Und ich will ihre Flotte in der Bucht fassen und bis zum letzten Schiff vernichten. Haben Sie mich verstanden, meine Herren?«

Der Commodore war am Vormittag an Deck und sah ungeduldig auf die Küste von Long Island, die sie langsam passierten. »Setzen Sie bitte alle Segel, die möglich sind, Kapitän Grant. Bitte signalisieren Sie das auch den anderen Schiffen.«

»Aye, aye, Sir!«

Grant war ruhig, während der Commodore wie immer vor Ungeduld zu vibrieren schien.

Grant trat zum Master. »Der Commodore hat es sehr eilig, Mr. Hope. Wir können es bei dem Wind vertreten, die Leesegel zu setzen, oder haben Sie Bedenken?«

»Nein, Sir, aber warum ist es so eilig?«

Grant gab erst den Befehl an Mr. Bates weiter und wandte sich dann wieder dem Master zu. »Wir haben Truppen und Schiffe von Halifax aus nach Bagaduce in der Penobscot Bay geschickt, um dort eine Befestigung zu errichten. Seit zehn Tagen werden sie von weit überlegenen Truppen und Schiffen der Rebellen angegriffen. Wir sollen ihnen Hilfe bringen oder sie rächen. Commander Morsey mit seiner *Blanche* ist übrigens auch dabei.«

»Commander Morsey! Da sollten wir uns wirklich beeilen, Sir.«

Die hessische Halbkompanie hatte auch einen Fähnrich, der erst seit kurzem in Amerika war und kaum Englisch konnte. Er heftete sich an Davids Fersen, sobald er ihn sah.

David war das lästig, andererseits war Friedrich von Saltern ein netter Kerl. Jetzt stand er bei David, der mit der kleinen Gruppe Messerwerfen übte.

»Warum üben Sie das, Mr. Winter, ist das nicht nur etwas für den Zirkus?«

Geduldig erklärte David es ihm, und der Fähnrich wollte auch einen Wurf wagen.

»Stellen Sie sich aber hier hin, Herr von Saltern, fassen Sie das Messer so an, sehen Sie, es ist gut ausbalanciert, und dann werfen Sie mit dieser Handbewegung, locker im Handgelenk. Werfen Sie mir das Messer nur nicht über Bord.« Der Fähnrich warf, aber er traf die Scheibe nicht, und das Messer konnte knapp davor bewahrt werden, über Bord zu rutschen.

»Wie lange üben Sie das schon?«

»Ein knappes Jahr etwa.«

»Soviel Zeit werde ich nicht haben. Aber vielleicht können wir einmal fechten üben.«

Am Abend erzählten sie in der Messe von Morsey, denn es hatte sich herumgesprochen, was sie vor sich hatten und daß Morsey in Gefahr war.

Einige schwärmten von Morsey, wie fröhlich und umgänglich er gewesen sei. Andere waren eher kritisch, weil er nicht so penibel und genau als »Erster« war wie Grant. Aber David hatte ihn als Commander erlebt und berichtete, daß er entschlossener und härter geworden sei. »Das kommt wohl von selbst, wenn man die ganze Verantwortung trägt und so oft allein ist wie ein Kommandant.«

»Ich wäre gern öfter mal allein als dauernd in dieser Meute von fluchenden und saufenden Angebern«, warf Stephen ein.

»Sag mal, meinst du uns?« erkundigte sich Andrew mit gespielt drohendem Unterton.

»Wen denn sonst? Ihr laßt einem ernsthaften Menschen doch keine Zeit zum Nachdenken.«

»Ernsthafter Mensch!« johlten die Midshipmen und schlugen mit den Fäusten auf den Tisch.

Der Fähnrich steckte den Kopf durch den Vorhang und fragte David, was los sei.

David erklärte es.

Der Fähnrich mußte lachen. »Bei Ihnen ist es lustig. Aber ich habe niemanden zum Quatschmachen. Bei uns sind im ganzen Bataillon nur drei Fähnriche, und wann ist das Bataillon schon einmal zusammen?«

Während sie von Morsey erzählten, saß dieser vor Bagaduce in seiner Kajüte und sprach mit seinem Ersten Leutnant. Die *Blanche* lag mit den beiden anderen Sloops in Linie fast genau südlich des Forts, unterhalb der hohen Ufer der Halbinsel verankert.

»Kapitän Mowatt hat angeordnet, daß wir uns bis zur Ostspitze von Bagaduce zurückziehen, wenn die Rebellenflotte ernsthaft angreift«, sagte Morsey

»Sir, die sind doch unfähig, diese Piraten«, erwiderte der Erste Leutnant. »Sie sind uns so sehr überlegen, daß sie uns schon lange hätten in Fetzen schießen können. Statt dessen nähern sie sich ein bißchen und schießen sich stundenlang mit uns herum, ohne viel zu treffen.«

»Seien wir froh darüber. Vergessen Sie nicht, das ist eine bunt zusammengewürfelte Flotte. Und die Kaperleute haben keine Lust, gegen Kriegsschiffe zu kämpfen. Ihre Milizen sind auch nicht besser. Die hätten das Fort leicht überrennen können, als seine Wälle erst einen Meter hoch waren. Statt dessen hielten sie an und begannen eine Belagerung.«

»Was ist los?« fragte Morsey unwillig, als es an der Kabinentür klopfte.

»Unser Wachboot hat ein Dingi der Rebellen aufgebracht, Sir, das sich in der Nacht wohl verirrt hatte.«

»Das würde zu ihnen passen«, spottete Morseys ›Erster‹.

Morsey stand auf: »Kommen Sie, gehen wir an Deck.«

An Deck trieben die Matrosen drei Gefangene zum Achterdeck. Zwei schienen Seeleute zu sein, einer trug eine Hauptmannsuniform der Miliz von Massachusetts.

Der Hauptmann blieb stehen und grüßte Commander Morsey militärisch. Er war ein älterer Mann mit hageren Zügen und großen, verarbeiteten Händen.

»Ich bin Commander Morsey. Mit wem habe ich die Ehre?«

»Hauptmann Gardner mit zwei Matrosen der Fregatte *Warren*.«

»Kommen Sie in meine Kajüte, Herr Hauptmann. Die zwei Matrosen bringt unter Deck. Sorgt für Bewachung!«

Morsey bot dem Hauptmann ein Glas Wein an und erfuhr bald, daß der Hauptmann Farmer aus Andover in der Nähe von Boston war und nur ungern der Einberufung zur Miliz gefolgt war.

»Wo wollten Sie in der Nacht hin?«

»Ich sollte zu unserem Kommando auf der Insel Banks, Sir, aber die Matrosen haben die Orientierung verloren.«

»Der Krieg ist nun für Sie beendet. Morgen früh lasse ich Sie auf einen Transporter bringen, der uns als Gefangenenschiff dient.«

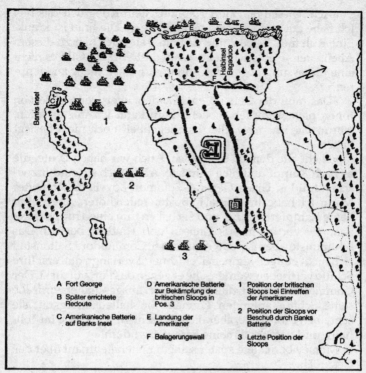

A Fort George

B Später errichtete Redoute

C Amerikanische Batterie auf Banks Insel

D Amerikanische Batterie zur Bekämpfung der britischen Sloops in Pos. 3

E Landung der Amerikaner

F Belagerungswall

1 Position der britischen Sloops bei Eintreffen der Amerikaner

2 Position der Sloops vor Beschuß durch Banks Batterie

3 Letzte Position der Sloops

Bagaduce in der Penobscot Bay

»Ach, wissen Sie, Herr Kapitän, mein Krieg war das nie. Ich habe auf meiner Farm genug Sorgen. Die Frau ist krank. Eine Kuh muß kalben, und da holten sie mich hier zu diesem Abenteuer. Je eher ich heim kann, desto besser. Gibt es nicht eine Entlassung gegen das Ehrenwort, nicht mehr zu kämpfen?«

»Das muß der General entscheiden, aber wenn viele von Ihnen nicht kämpfen wollen, dann kann ich mir erklären, warum Sie uns trotz aller Überlegenheit noch nicht besiegt haben.«

»Nicht alle denken so wie ich. Auch wir haben Leute, die es nach Kampf und Sieg dürstete. Aber auch sie sind inzwischen mutlos. Unser General, Solomon Lovell, ist ein netter Mann. Ich habe ihn einmal in Boston reden hören. Aber er hat keine Kampferfahrung, und sie haben ihm eine Truppe gegeben, die vor allem aus Greisen und Kindern besteht. Das schlimmste aber ist, daß er und der Commodore Saltonstall sich nicht einigen können. Der General verlangt, daß erst Ihre Schiffe vertrieben werden, ehe er gegen das Fort vorrückt. Der Commodore fordert, daß erst das Fort ausgeschaltet wird, ehe seine Schiffe angreifen können. Sie halten Kriegsrat, sie schreiben Protokolle, aber nichts geschieht. Es ist wie im Tollhaus, und dafür soll meine Farm verwildern!«

Morsey berichtete später seinem Ersten Leutnant über das Gespräch.

Der war erleichtert. »Dann werden wir durchhalten können, bis Hilfe kommt, Sir.«

»Ich möchte es hoffen, aber man muß auch damit rechnen, daß jemand aus Boston die Schwätzer zum Angriff treibt. Und Hilfe ist nur möglich, wenn die französische Flotte noch in Westindien bleibt. Sonst sind wir auf uns allein gestellt.«

Commodore Collier trieb seine Flottille vorwärts nach Nordosten. Sie hatten Boston schon querab liegen lassen und setzten alle Segel, die die Masten hielten. Kapitän Grant ließ neben dem Kanonendrill auch immer wieder die Abwehr von Enterern üben, denn er hielt es für möglich, daß die amerikanischen Kaperschiffe bei ihrer Überlegenheit in der Mannschaftsstärke und der Wendigkeit ihrer Schiffe ihr Heil im Enterkampf suchen würden.

»Was schätzen Sie, Mr. Hope, wie lange wir noch brauchen, bis wir dort sind, sofern das Wetter einigermaßen hält?«

Der Master blickte zum Himmel und sah dann Kapitän Grant in die Augen: »Fünf Tage, Sir. Eine Änderung des Wetters erwarte ich nicht, Sir.«

»Fünf Tage waren auch meine Schätzung. Hoffentlich kommen wir nicht zu spät. Man fühlt sich nicht wohl, wenn gute Kameraden in der Falle sitzen. Aber heute abend hat der Commodore zum Essen gebeten, da werden wir wohl gute Laune aufbringen müssen.« Er nickte dem Master zu und nahm seine Wanderung auf dem Achterdeck wieder auf.

David hatte für den Master die Karten für die Penobscot Bay herausgesucht. »Sir, besondere navigatorische Schwierigkeiten kann ich nicht erkennen.«

»Die sind auch nicht vorhanden, Mr. Winter. Nur ein ablandiger Wind könnte uns in Schwierigkeiten bringen, und man muß dort auch mit Nebel rechnen.«

»Die Kolonisten könnten aber mit ihren Schiffen in den Penobscot-Fluß flüchten, Sir. Der wird für uns bald zu flach.«

»Das ist kein Ausweg. Weiter in den Fluß hinein als unsere Sloops dürften die Rebellen auch nicht gelangen. Und mit entschlossenen Bootsaktionen schnappen wir sie uns.«

»Dafür wird der Commodore schon sorgen, Sir.«

Das bekräftigte der Commodore noch einmal in seiner Tischrede. »Die Rebellen haben noch nie eine so große Flottenaktion unternommen. Die Gelegenheit müssen wir nutzen und sie vernichten. Sie sitzen in der Falle, und sie dürfen nicht entkommen. Darum diese Eile. Niemand soll sie warnen können. Es kann ein harter Strauß werden, wenn sie den Kampf annehmen und entschlossen fechten. Aber ich erwarte es eigentlich nicht. Dennoch: Seien Sie bereit, meine Herren!«

Die Offiziere nickten und murmelten Zustimmung. Auch Grant bestätigte: »Sie können auf uns zählen, Sir George.«

»Das weiß ich, Kapitän Grant.« Collier war leutselig. Er wandte sich zum Schiffsarzt. »Ich hoffe, daß Sie nicht viel

Arbeit bekommen werden, höchstens, wenn Sie bei den Rebellen aushelfen.«

»Das haben wir immer getan, Sir. Verwundete sind keine Feinde mehr.«

»Das gilt aber nur für Schwerverletzte, Mr. Lenthall. Ich habe schon Leute wie einen Teufel kämpfen sehen, denen ein Arm blessiert herunterhing.«

Nun war das Tor für Seemannsgarn geöffnet. Der eine hatte einen Mann mit heraushängenden Därmen ein feindliches Schiff entern sehen. Der andere hatte erlebt, wie ein Seemann mit einem Schwert in der Brust noch sein Beil geschwungen hatte.

Lenthall schüttelte nur noch verwundert den Kopf. Schließlich sagte er: »Ich kannte einen tapferen Mann, der ohne jede Wunde sein Schwert nicht mehr schwingen konnte.«

»Wie das?« fragte der Commodore.

»Er hatte einen schweren Gichtanfall, Sir.« Der Master nickte, und der Commodore bestätigte: »Da kann ich mitreden. Mir helfen dann am besten Doktor Bests Universaltropfen. Kennen Sie die?«

Bevor der Schiffsarzt zu Wort kam, mischte sich der Master ein.

»Mit Verlaub, Sir George. Mir hilft Doktor Bunges Gichtsalbe besser.«

Seeleute waren seltsame Patienten, wie Mr. Lenthall wußte. Bei ihren Krankheiten hatte jeder seine Patentmedizin, auf die er schwor. Sie ließen sich von Quacksalbern immer neue Pillen, Tropfen und Salben andrehen, bei denen er schon glücklich war, wenn sie keinen Schaden anrichteten.

Mr. Lenthall wußte, jetzt würde das Gespräch für mindestens eine halbe Stunde nicht zum Stillstand kommen, und er lehnte sich zurück.

Tage können sich endlos dehnen, wenn man ihr Ende erwartet. Immer wieder prüfte Kapitän Grant die Eintragungen auf der Karte, aber ihr Ziel schien kaum näher zu kommen. Die Kanoniere wurden immer wieder durch den Geschützdrill getrieben, aber die Zeiten verbesserten sich nicht. Sie erledigten ihre Handgriffe mechanisch. Ihre Gedanken waren schon bei der Befreiung der belagerten Kameraden. Auch David hatte keine Lust, mit dem Fähnrich Säbelfechten zu üben. Er stieg hoch in den Masttopp und starrte voraus auf die See.

Dann hatten der Kapitän und Mr. Hope am Mittag des 12. August ihre Position bestimmt und verkündet: »Morgen früh erreichen wir die Bucht.«

Die nervöse Unruhe fiel ab. Die Seeleute wußten, daß es ein harter Kampf werden konnte. Jeder bereitete sich auf seine Art vor.

In der Messe der Midshipmen schrieben viele an ihren Briefen. Auch David schloß einen Brief an Onkel und Tante ab. Sie kletterten früher in ihre Hängematten als sonst.

Die *Blanche* hatte sich mit dem beiden anderen Sloops zum Ostende der Halbinsel Bagaduce zurückgezogen. Commander Morsey inspizierte noch einmal alle Stationen. Morgen früh, so hatten Überläufer verraten, würden die Kolonisten mit allen Kräften Fort George und die drei Sloops angreifen. Ein Depeschenboot hatte den dringenden Befehl der Regierung von Massachusetts zum Angriff überbracht.

Die *Blanche* hatte einen Teil ihrer Kanonen und Mannschaften an das Fort und an die Batteriestellung zum Schutz ihres Ankerplatzes abgegeben. Sie würde nur noch mit einer Breitseite feuern, in einer Linie mit den beiden anderen Sloops verankert, den Hafen mit den Transportschiffen beschützend.

Im Fort George und auf den Schiffen war die Stimmung ernst und gedrückt. Man hatte nichts von einer Rettungsaktion gehört und bereitete sich vor, die eigene Haut so teuer wie möglich zu verkaufen.

Morsey saß mit seinem Leutnant wieder in der kleinen Kajüte. »Neunzehn Tage haben wir mit unseren vierundvierzig Geschützen ihren dreihundertzwölf Kanonen widerstanden, aber morgen werden sie es wohl schaffen. Es wäre zu optimistisch, würde man glauben, wir könnten sie noch einmal zurückschlagen.«

»Leicht werden wir es ihnen nicht machen, Sir.«

»Bestimmt nicht! Die Mannschaft ist entschlossen und ruhig. Enttäuschen werden die uns auch am letzten Tag nicht mehr.«

Am Morgen des 13. August bedeckte dichter Nebel die Halbinsel Bagaduce und die umliegenden Meeresbuchten. Die Seeleute der *Blanche* kauerten an den Kanonen und waren besorgt, ihr Pulver trocken zu halten. Sie flüsterten.

»Ruhe an Deck!« brüllte Morsey und lauschte mit der Sprechtrompete am Ohr in den Nebel. Unterhalb von Fort George stampften Schritte, Metall klirrte. Auf dem Wasser hörte er das Knarren der Takelung und Befehle.

»Sie kommen. Wenn ich den Befehl gebe, wird nur bei senkrechter Stellung des Pendels gefeuert. Die Gradzahl sage ich noch an.«

Es zehrte an den Nerven, eine Stunde und noch eine im dichten Nebel zu warten. Ab und an krachte ein Geschütz vom Fort George, aber es wollte wohl eher eine Reaktion provozieren und der Besatzung Mut machen.

Einmal ließ Morsey eine Salve feuern, aber sehen konnten sie nichts.

Dann riß der Nebel auf.

»Sie nähern sich mit ihren fünf stärksten Schiffen in der ersten Linie, Sir!« rief der Erste Leutnant Morsey zu.

»Fertigmachen zur Salve!« befahl dieser, und die Geschützführer nahmen die Häubchen von den Zündschlössern und schütteten Zündpulver auf.

»Sir!« brüllte der Midshipman. »Signal vom Fort: Flotte in Sicht!«

Die Seeleute schrien ihre Erleichterung in lauten Hurras heraus.

»Ruhe!« Morsey rief es zweimal und stampfte mit dem Fuß auf. »Das können auch Franzosen sein, ihr Dummköpfe. Mr. Lind mit dem Teleskop in den Mast!«

Die Kolonisten segelten nicht dichter heran. Auch bei ihnen schien Unsicherheit zu herrschen. Signale gingen hin und her.

»An Deck!« hallte es vom Mast. »Mehrere Segel mit Kurs auf Bagaduce in Sicht.«

So sehr Morsey auch nachfragte, mehr war nicht zu erkennen. Regen und Nebel verhüllten wieder jede Sicht.

Sie warteten und warteten. Das Küchenfeuer war gelöscht, und sie konnten nur ihr Hartbrot kauen.

Am Abend kam Nachricht vom Fort: »Die Rebellen ziehen sich zurück. Es ist eine englische Flotte.«

Sie schrien nicht mehr, aber sie klopften sich auf die Schulter, drückten sich die Hände und sahen sich erleichtert an.

»Küchenfeuer an. Eine warme Mahlzeit fertigmachen. Morgen werden wir unseren Teil in dem Tanz mitspielen«, sagte Morsey.

David hatte nicht gedacht, daß ein Commodore noch so fluchen würde. Aber Collier hatte getobt wie der letzte Hafenpenner, als die Nebel- und Regenwolken sie einhüllten.

»Kurs beibehalten«, hatte er befohlen.

Aber nach wenigen Minuten ging Kapitän Grant nach kurzer Beratung mit dem Master zu ihm. »Wir müssen ankern, Sir. Die Strömungsverhältnisse in der Bucht sind uns allen unbekannt. Ich kann es nicht verantworten, das Schiff aufs Spiel zu setzen.«

Collier sah ihn wutentbrannt an und atmete tief.

»Sir«, fuhr Grant fort, »auch ich und alle anderen wollen die Rebellen schlagen. Sie entkommen uns auch nicht. Aber jetzt müssen wir ankern, sonst gefährden wir den Sieg.«

Collier hatte sich gefangen. »Dann ankern Sie, und geben Sie entsprechende Signale an die anderen Schiffe. Aber ich will, daß die anderen Schiffe so gestaffelt werden, daß wir die Bucht abdecken. Alle sollen Wachboote rudern lassen. Absolute Ruhe auf den Schiffen!«

Grant ließ Signalschüsse feuern und sandte Boote aus, um den anderen Schiffen ihre Position anzuweisen.

Während diese die Positionen einnahmen, bliesen sie Nebelhörner. Danach war es ruhig. Die verstärkten Wachen lauschten in den Nebel und Regen. Die Maate hatten ihnen gesagt, was passieren würde, wenn die Rebellen entwischen könnten.

Es war eine endlose Zeit. Nebel und Regen gingen in die Nacht über. Grant hatte das Kombüsenfeuer wieder anmachen lassen. Eine warme Mahlzeit wurde divisionsweise eingenommen. Dann hockten die verstärkten Wachen wieder auf Lauschposten, an den Kanonen oder ruderten vor dem Schiff hin und her.

Auch David hatte mit Leutnant Black Dienst auf dem Wachboot.

»Ob Commander Morsey mitbekommen hat, daß wir da sind?« flüsterte er.

»Ich glaube schon. Vom Fort stiegen ja Signalraketen auf. Dann wird er es auch erfahren haben.«

Lange nicht mehr hatten sie dem Morgen so entgegengefiebert.

Als die Dämmerung sich hob, jubelten die Seeleute, und der Commodore klatschte in die Hände. »Wir haben sie! Jetzt räumen wir auf!«

Die Kriegs- und Kaperschiffe der Kolonisten lagen in Linie zwischen Long Island und Bagaduce, dahinter ihre Transporter.

»Lassen Sie Gefechtsbesegelung setzen, Kapitän Grant. Hissen Sie bitte das Signal zum Angriff in Kiellinie.«

Schweigend segelten die Briten auf die Kolonisten zu. Wie von einer Hand gesteuert rannten sie ihre Geschütze aus. Und nun hielten einige Kaperschiffe der Bedrohung nicht mehr stand. Sie setzten Segel und suchten ihr Heil in der Flucht.

»Was habe ich gesagt? Disziplinlose Bande! Kapitän Grant: Die Buggeschütze sollen Feuer eröffnen.«

Die Fregatte *Warren* signalisierte eifrig. Dann brach die Linie der Kolonisten völlig auseinander. Alle Schiffe setzten Segel und flohen, jedes für sich. Einige wollten um Long Island herum die offene See erreichen, aber dort waren schon britische Schiffe im Vorrücken und fingen sie ab.

»Lassen Sie Signal setzen: Allgemeine Verfolgung!«

Vom Masttopp zum Oberdeck pflanzte sich Jubel fort. Kapitän Grant wußte erst nicht, was es bedeuten sollte. Leutnant Bates zeigte und rief: »Sehen Sie nur, Sir. Die *Blanche* und die beiden anderen Sloops nehmen an der Verfolgung teil.«

Grant schwenkte seinen Hut, als die Sloops näher kamen. Dann ließ er abfallen und den fliehenden Schiffen eine Breitseite nachjagen.

»Leutnant Bates, lassen Sie beide Kutter und die Pinasse zum Aussetzen vorbereiten. Jedes Boot soll eine Drehbasse in den Bug nehmen und zehn Seesoldaten. Wir müssen ja bald einhalten mit der Verfolgung.«

»Sir, sehen Sie nur. Von den Transportschiffen steuern schon einige an das Ufer. Die wollen ihre Schiffe auflaufen lassen.«

David setzte das Teleskop an das Auge. Jetzt sah er es auch. Da liefen Transporter auf das Ufer auf. Masten brachen, und wie Ameisen krabbelten Menschen in das Uferdickicht.

»Die Truppen, die sie an Bord hatten, flüchten in die Wälder.«

Die *Anson* feuerte jetzt auf Schiffe, die zum Ufer ausweichen wollten, aber die erwiderten keinen Schuß, sondern suchten ihr Heil nur in der Flucht.

»Ein Schiff haben sie angezündet, Sir.«

»Verdammt, die wollen uns ums Prisengeld betrügen«, murmelte Mr. Hope.

Kapitän Grant befahl die Leutnants Purget, O'Byrne und Black zu sich. »Meine Herren, versuchen Sie, so viele Schiffe wie möglich an der Selbstvernichtung zu hindern. Wir setzen Sie in einer Meile von hier aus.«

»Aye, aye, Sir!« erklang ihr Chor, und sie eilten davon.

David war wieder bei Leutnant Black im Boot. Die Riemen trieben sie weiter in den Fluß hinein.

»Dort die Brigantine! Schneidet ihr den Weg zum Ufer ab!«

David legte das Ruder herum. Da zog es ihr Boot zur Seite, und die Ruder gerieten aus dem Takt. Einer hatte einen ›Krebs gefangen‹.

»Notieren Sie den Mann!« schrie Leutnant Black. »Los zieht durch, zugleich, zugleich!«

Auf der Brigantine dachte niemand an Gegenwehr. Die Mannschaft schleppte ihre Seesäcke an Deck und sammelte sich am Bug.

»Halt! Streicht die Segel oder wir feuern!« Black brüllte es über die fünfzig Meter Entfernung. Niemand reagierte.

»Drehbasse und Seesoldaten feuern!« Als die Kugeln einschlugen und einige trafen, legten sie auf der Brigantine das Ruder herum und liefen quer zum Ufer. Einige kappten die Segel, andere sprangen in das Wasser und schwammen.

Black gestikulierte und schrie. Sie konnten ihre Enterhaken in das Heck der Brigantine schlagen, zogen sich an ihre Bordwand und enterten auf. Nur wenige Gestalten standen noch auf dem Vorschiff und hoben die Hände.

»Body, nehmen Sie sich fünf Mann. Durchsuchen Sie alles nach Waffen. Ankern Sie das Schiff gut klar vom Ufer. Die anderen zurück in das Boot. Dalli, dalli!«

Der Fluß war voller fliehender Schiffe.

»Dort, gerade voraus, haben sich zwei ineinander verkeilt!«

Ein Schoner und eine Bark hatten sich mit Bugspriet und Großmast ineinander verhakt.

Die Mannschaften setzten Boote aus.

»Schnell! Rudert, ihr lahmen Säcke. Die zünden sonst ihr Schiff an!«

Sie waren noch eine Bootslänge entfernt, als sich jemand mit einer Fackel den Segeln näherte.

»Scharfschützen, schießt doch!« Die Schüsse krachten, und der Fackelträger sank an Deck. »Schnell, ihr Faultiere, es ist euer Prisengeld!«

Sie krachten gegen die Bordwand, schwangen sich an Deck, schütteten Wassereimer auf die Flammenreste und trieben die Besatzung zusammen.

»Miller, fünf Seesoldaten. Sie wissen schon. Ankern! Die anderen weiter!«

Sie sprangen zurück in das Boot, und David stieß sich ganz furchtbar das Schienbein. Er krümmte sich vor Schmerz, aber er griff nach dem Ruder und brachte das Boot auf Kurs.

»Hurra! Da ist die *Blanche*!«

Die Bootsbesatzung hielt einen Moment inne und jubelte der *Blanche* zu, die weiter in den Fluß hineinsegelte.

Commander Morsey stand auf dem Achterdeck und winkte mit seinem Hut.

Ein Seemann streckte den Arm aus. »Da, in der Flußschleife, Sir. Ein Transporter! Sie booten aus.«

Sie nahmen Kurs auf den Transporter, und die Seesoldaten hielten ihre Gewehre bereit.

»Drehbasse und Seesoldaten nach Zielauffassung feuern!«

Diesmal feuerten einige zurück. Auf dem Achterdeck stand eine Gruppe Milizsoldaten und schoß. Die Kugeln zischten dicht neben dem Boot ins Wasser.

»Gebt ihnen Zunder mit der Drehbasse!« Das gehackte Blei vertrieb dann auch die Gruppe.

Wieder legten sie an und stürmten über das Deck. Wer noch nicht an Land war, sprang ins Wasser oder hob die Hände.

»Ich kann doch keine Ruderer mehr entbehren. Wen sollen wir hierlassen, Mr. Winter?«

»Maat Dudley, zwei Matrosen und zwei Seesoldaten, Sir.«

»Na gut. Seien Sie vorsichtig, Mr. Dudley. Die Gefangenen jagen Sie am besten ans Ufer. Warpen Sie das Schiff gut vom Ufer klar, und halten Sie die Augen offen.«

Weiter ging ihre Fahrt. Dort war ein Schoner aufgelaufen. Die wollten Munition und sogar Kanonen an Land retten.

»Nehmen Sie Kurs auf den Schoner, Mr. Winter. Zieht die Riemen durch, Kerls. Drehbasse eine Ladung mit Kugel.«

Die Rebellen ließen die Sachen liegen. Einige liefen unter Deck, andere rannten an Deck herum.

»Die wollen anzünden oder sprengen! Schießt, was ihr könnt!«

Aber drei Seesoldaten konnten nicht mehr viel ausrichten. Auf dem Schoner züngelten die Flammen empor. Die letzten seiner Besatzung sprangen an Land.

Als der Kutter sich näherte, krachten Schüsse aus dem Ufergebüsch. Die Drehbasse jagte eine Ladung Schrapnelle in das Gebüsch, und die Seesoldaten feuerten ihre Musketen ab.

871

Leutnant Black war aufgestanden, schrie und gestikulierte. Dann sah David, wie er die Hände vor das Gesicht schlug. Und dann krachte die laute Explosion, ihr Boot legte sich über, und sie duckten sich unwillkürlich, als Holzstücke auf sie niederprasselten.

Stille. Nur die Vögel kreischten aufgeschreckt. David hörte ein blubberndes Stöhnen und sah Black auf einer Ruderbank kauern.

O Gott! Es hatte ihm eine Gesichtsseite unterhalb des Auges weggerissen. Der Mund war nur ein blutendes, gurgelndes Loch. Die Hände suchten das Blut zurückzuhalten. Die weitgeöffneten Nasenlöcher wollten Luft einsaugen. Die Augen flackerten vor Entsetzen und Qual.

David riß sich zusammen, stieg über die Bänke zu Black, legte seinen Körper auf die Seite, damit das Blut nicht in den Hals lief.

Er rief: »Ricardo, geh ans Ruder! Rudert an. Kurs auf die *Anson*!«

Er griff nach der Notkiste, die immer im Boot lag. Ein Verband! Er wickelte die Binde vorsichtig um den zerschmetterten Schädel.

»Hat jemand etwas wie eine Röhre?«

»Wir könnten die Sprechtrompete abbrechen und das untere Teil nehmen.«

»Gut! Gib her.« Und vorsichtig führte David das Rohr in die Mundhöhle ein.

Bevor sie die *Anson* erreichten, ließ der Schock bei Mr. Black nach. Er zitterte vor Schmerz und Angst, und sein Stöhnen wurde lauter.

»Ricardo, ruf die *Anson* an, daß sie Mr. Black an Deck hieven müssen. Er ist schwer verwundet.«

Mr. Lenthall stand mit seinen Maaten bereit, aber auch er konnte sein Entsetzen kaum verbergen.

David stand der Schreck noch im Gesicht, als er dem Kapitän Meldung erstattete.

»Tut mir leid, Mr. Winter. Wir füllen die Besatzung des Bootes auf. Leutnant Murray übernimmt. Sie müssen gleich wieder hinaus. Wir werden sonst mit den vielen Schiffen nicht fertig.«

»Aye, aye, Sir!«

David wandte sich ab und suchte Mr. Murray, der schon die Matrosen und Seesoldaten mit Geschrei antrieb.

»Wir setzen Segel, Mr. Winter. Der Wind steht günstig, und wir können die ersten beiden Meilen segeln.«

»Mr. Murray«, rief Leutnant Bates vom Achterdeck, »nehmen Sie bitte noch den Zimmermannsmaat mit. Bei aufgelaufenen Schiffen muß festgestellt werden, ob es sich lohnt und ob es möglich ist, sie freizuwarpen. Es muß auch untersucht werden, ob sie bergungswürdige Gegenstände an Bord haben. Sichern Sie alle Schiffe mit drei Mann Wache. Musketen für alle!«

»Aye, aye, Sir!«

Diesmal wird es wohl mehr ein Bergungskommando, dachte sich David und schaute noch einmal über die Bucht, bevor er in das Boot stieg. Einige Schiffe kehrten mit schmaler Prisenbesatzung zu ihnen zurück, aber überall lagen noch gestrandete Schiffe, und überall stiegen auch Rauchsäulen auf.

»Ins Boot, Mr. Winter, oder meinen Sie, wir sind hier, um die Natur zu beobachten?«

David stieg schnell ins Boot und setzte sich ans Ruder.

Murray sah zu ihm hin und stutzte. »Ihr linker Rockärmel und Ihre Jackentasche sind ja voller Blut, Mr. Winter. Sind Sie verwundet?«

»Nein, Sir, das ist Mr. Blacks Blut. Ich habe ihn gehalten.«

»Dann wischen Sie das gefälligst ab, wenn Sie es schon nicht für nötig halten, sich umzuziehen.«

»Aye, aye, Sir!«

David zog die Jacke aus, nahm sich einen alten Lappen und rieb an der Jacke herum, während er mit der anderen Hand das Ruder hielt.

Sie waren wieder auf dem Fluß. Rechts und links lagen Schiffe am Ufer. Einige waren gestrandet, andere waren schon wieder etwas vom Ufer freigeschleppt, und die Wachmannschaft winkte herüber. Andere brannten, und hin und wieder explodierten Pulverladungen mit dumpfem Krachen. Dort lag die Fregatte *Warren* am Ufer und war schon fast ausgebrannt.

»Da brennt gutes Prisengeld«, murmelte John.

»Willst du auch einen Fischladen aufmachen und brauchst noch einen Ladentisch?« flüsterte David und sah John lächelnd an.

»Nein, Sir, ich will eine Kneipe haben. Bei uns an der Fähre. Da läßt es sich dann gut leben.«

»Da, die Bark voraus, die hat sich in der kleinen Bucht versteckt. Tempo!« Murray schrie vor Aufregung.

Die Bark hatte sich wirklich einen guten Platz ausgesucht. Die Bucht war schmal. Zweige hingen über das Ufer, und die Besatzung hatte schon begonnen, das Schiff mit Zweigen zu tarnen.

»Die wollen ihr Schiff nicht verlieren, Sir!« rief David Murray zu.

»Wir werden sie schon überzeugen. Drehbasse fertig zum Feuern! Seesoldaten fertig!« Murray wandte sich zur Bark: »Tretet mit erhobenen Händen an die Bordwand. Wer noch eine Waffe in der Hand hat, wird niedergemacht.«

Nichts regte sich. Murray wiederholte seine Aufforderung. Gerade wandte er sich zu David um, da krachte eine Musketensalve von der Bark. Murray fegte es den Hut vom Kopf. Zwei Seeleute griffen sich stöhnend an die Schulter.

»Feuer bei Zielauffassung eröffnen. Mr. Winter, bringen Sie uns längsseits. Fertig zum Entern!«

David legte das Ruder herum und feuerte die Ruderer an. Ihre Drehbasse krachte, und die Seesoldaten schossen. Einige Musketen antworteten. Mit dumpfem Krach legten sie an der Bordwand an.

»Enterer los!«

Sie griffen nach Reling und Schanzkleid und schwangen sich hinüber. Sechs Seeleute standen ihnen mit Entermessern gegenüber. Andere sprangen über die Bordwand ins Wasser.

»Ergebt euch!« brüllte Murray.

874

»Kommt nur, ihr Diebe! Bevor ihr mich ruiniert, nehme ich noch welche mit!« Ein kräftiger Mann mit angegrautem Haar hatte wütend geantwortet.

Murray hielt seine Leute zurück. »Halt! Der wird keinen mitnehmen! Seesoldaten, legt an! Ergebt ihr euch nun, oder sollen wir euch zusammenschießen?«

Die Männer neben dem Wortführer warfen ihre Entermesser an Deck. Er selbst stürzte mit einem Fluch auf Murray los. Ein Seemann schlug ihm die Beine weg, und ein anderer gab ihm mit der falschen Seite des Beils eine auf den Schädel, bevor er Murray erreichen konnte.

»Fesselt den Kerl! John mit vier Mann die unteren Decks durchsuchen. Mr. Winter, schauen Sie sich bitte in der Kapitänskajüte um. Die anderen bringen das Deck in Ordnung, damit wir im Fluß ankern können.«

Es war ein Schiff mit Verpflegung für die Belagerer, das erst vor zwei Tagen die Bucht erreicht hatte. John berichtete freudig von der wertvollen Ladung.

»Es war alles, was ihm geblieben war, nachdem Sie sein Warenhaus in Norfolk verbrannt hatten. Nun hat er nichts mehr«, sagte einer der Gefangenen.

»Meinst du ihn?« wollte Murray wissen und deutete auf den gefesselten Mann.

Der andere nickte.

Murray zuckte mit den Schultern. »Wir haben den Krieg nicht angefangen.« Er wandte sich ab und brüllte Befehle.

Die Bark war nach kurzer Zeit in sicherer Entfernung vom Ufer verankert. John und drei andere schworen, sie zu bewachen wie ihr eigenes Kind.

»Besser, ihr Burschen, ein Kind kostet Geld, das Schiff soll uns welches bringen«, betonte Murray und trieb das Boot weiter flußaufwärts.

Aber sie hatten jetzt vor allem mit Schiffen zu tun, die schon am Ufer gestrandet und verlassen waren. Sie durchsuchten die Schiffe, stellten Beschädigungen fest und prüften, ob es etwas zu bergen gab.

David mußte einmal zur Pistole greifen, weil zwei Seeleute ein Rumfaß gefunden hatten und es öffnen wollten. David wußte, daß der zuverlässigste Seemann zur reißenden Bestie wurde, wenn er zuviel Alkohol getrunken hatte. Darum ließ er sich nicht auf Diskussionen ein und feuerte seine Pistole neben den Matrosen in die Wand. Seesoldaten stürzten hinzu und führten die beiden ab.

Murray war außer sich. »Solche Idioten wollen alles gefährden und uns um unser Prisengeld bringen. Den nächsten schieße ich eigenhändig über den Haufen.«

Die Mannschaft nickte beifällig.

Die Gier nach Prisengeld hält sie am zuverlässigsten bei der Stange, dachte David. Aber er selbst war auch kaum zu bändigen, als er an einem kleinen Schoner ein Feuer aufflackern sah, das schnell erstickt werden mußte. Er trieb die Ruderer an und verbrannte sich dann tüchtig die Hand, aber ein schönes Depeschenschiff versprach später gutes Prisengeld.

Erschöpft kehrten sie nach drei Stunden zur *Anson* zurück. Nur noch wenige Mann ruderten das Boot. Die meisten waren als Wachen auf den Prisen.

Als Murray an Deck Meldung erstattete, herrschte gehobene Stimmung.

»Die Nachricht von dem Verpflegungstransporter wird den Commodore freuen. Mit Ihren Schiffen sind es achtundzwanzig Prisen und vierzehn aufgelaufene und zum Teil bereits vernichtete Schiffe.«

»Das ist ein bedeutender Sieg, Sir.«

»Sie sagen es. So schnell werden die Kolonisten keine amphibische Operation mehr unternehmen.«

Jetzt ging es um die Sicherung der Beute. Die Hessen waren zum Fort marschiert und als willkommener Ersatz für die achtzig Gefallenen der Besatzung begrüßt worden.

Aber Grant hatte Sorge um seine Prisenmannschaften. Er ging zum Commodore. »Sir, ich bitte um Ihre Erlaubnis, daß eine Sloop flußaufwärts bis zur letzten Prise fährt und dort in

Wachstellung verbleibt. Ich möchte mit einem unserer Boote die Prisen inspizieren und veranlassen, daß sie von unseren anderen Booten versorgt werden. Ich möchte auch prüfen, ob vor Einbruch der Nacht noch Hilfe erforderlich ist. Während der Nacht möchte ich Wachschiffe auf dem Fluß rudern lassen. Es ist nicht auszuschließen, daß die Kolonisten ihre kopflose Flucht bereuen und sich etwas zurückholen möchten.«

»Das sind sehr vernünftige Vorschläge, die ich gern akzeptiere. Bitte signalisieren Sie den anderen Schiffen, daß jedes für die Versorgung seiner Prisenkommandos zuständig ist. Heute wird doppelte Rumration ausgegeben. Sie soll auch zu den Prisen gebracht werden. Und schärfen Sie bitte den Prisen ein, daß kein Alkohol von den Prisen angerührt wird. Wer betrunken ist oder auf Wache schläft, kriegt vierundzwanzig Hiebe. Bleuen Sie das den Kerlen ein.«

David konnte am Abend schlafen, bevor er zur Wache an Deck mußte.

Leutnant Bates teilte ihn dann zu einem Wachboot ein.

»Sie kennen sich aus, Mr. Winter. Sie rudern die ersten zwei Meilen auf und ab bis zur Ablösung. Oberhalb von Ihnen ist ein Wachboot der *Sirus*. Wenn es auf den Prisen Alarm gibt, feuern Sie weiß über blau und greifen ein.«

Die Fahrt begann deprimierend. Als David ins Boot stieg, hörte er wimmerndes Stöhnen und Schreien.

»Was ist das?«

»Das ist Leutnant Black im Lazarett, Sir. Wenn das Opium nachläßt, winselt er vor Schmerz.« Die Seeleute sahen zu Boden. Teils war es Mitleid, teils war es Angst, selbst einmal eine so furchtbare Wunde zu empfangen. David hatte wieder das Bild der schrecklichen Verletzung vor Augen. Er mußte sich zusammenreißen. »Rudert an!« befahl er.

An den Ufern der Bucht und des Flusses glühten noch die verbrannten Schiffe. Übelriechender Rauch kroch über das Wasser und hüllte sie ein. Sie steuerten die im Fluß oder am Ufer liegenden Schiffe an und riefen die Wachen. Alles war in Ordnung. Nur einmal mußte David eingreifen, als ein völlig betrunkener Matrose seine Kameraden mit dem Entersäbel angriff. Der Mann wurde gefesselt und zur *Anson* mitgenommen. Einer der ihren blieb auf dem Schiff. Als der Betrunkene sang, sagte einer zu ihm: »Heb dir das auf, Kumpel, bis du die neunschwänzige Katze spürst.«

Der nächste Tag brachte harte Arbeit. Unermüdlich waren alle unterwegs, seetüchtige Schiffe den Fluß hinunterzubringen, aufgelaufene Schiffe in den Fluß zu warpen, wertvolle Materialien von zu sehr beschädigten Schiffen zu bergen und diese dann anzuzünden. Leutnant Bates teilte die Kommandos ein und wußte kaum noch, wo er die Prisenbesatzungen herbekommen sollte. Mr. Hope war beschäftigt, das Verstauen der Beute zu überwachen.

Am Abend trafen sie sich auf dem Achterdeck.

»Alles klar bei Ihnen, Mr. Hope?«

»Aye, Sir! Wir haben nur Waffen, Munition und wirklich wertvolle Dinge übernommen. Das andere habe ich Transportern übergeben.«

»Das war ein großer Sieg, nicht wahr?«

»Ja, aber er hat etwas Melancholisches im Gefolge. Wir sind ja sonst nicht damit beschäftigt, das Schlachtfeld aufzuräumen. Und hier liegen sie nun alle noch herum, die sterbenden Schiffe und ihre Überreste.« Hope wies in die Bucht und zum Fluß. »Sehen Sie dort! Da glüht noch die Asche einer Bark. Daneben haben sie eine Brigantine angesteckt, und dort den Schoner, dessen Masten beim Aufprall brachen, werden sie bald anzünden. Tote Schiffe machen mich melancholisch.«

Den Commodore bedrückten solche Gedanken nicht.

»Meine Herren, ich beglückwünsche uns alle zu diesem Erfolg«, begrüßte er die versammelten Kommandanten. »Es ist noch manches zu tun, aber ich kann die *Anson*, das kampfkräftigste Schiff der New Yorker Station, nicht hier bei Aufräumungsarbeiten liegenlassen. Ich werde morgen mit der *Anson*, zwei Sloops und zwölf Prisen zurücksegeln. Kapitän Mowatt wird mit seinen drei Sloops und den Transportern nach Halifax zurückkehren. Seine und die Taten seiner Offiziere sind über alles Lob erhaben. Unsere drei Fregatten und die Sloop kommen mit dem Rest der Prisen in spätestens einer Woche nach.«

Es blieb nicht viel Zeit für Grant und Morsey, ein Glas Wein zu trinken und von den letzten Wochen zu sprechen. Zuviel war noch zu tun.

Sie nahmen um sechs Glasen der Vormittagswache Anker auf. Im Lazarett saß Mr. Lenthall und drückte Leutnant Black die Augen zu.

»Nun wird er doch auf See beerdigt.«

Lenthall sprach ein Gebet für den Toten und dachte, daß er diesmal erleichtert war, daß ihm ein Patient starb. Im Leben hätte der arme Mr. Black keine Chance mehr gehabt.

Auf dem Achterdeck gab David den Kurs, den der Kapitän angesagt hatte, an den Rudergänger weiter. Er sah zurück. Die Bucht, die herrlichen Wälder, die Küsten und doch ein Friedhof: die Bucht der sterbenden Schiffe. Dann sah er die vielen Segel in Kiellinie. Diese Schiffe lebten und trugen Leben.

Mr. Lenthall stieg den Niedergang empor und ging zum Kapitän.

»Mr. Black ist tot, Sir.«

»Gott sei seiner Seele gnädig. Mit dieser Verletzung konnte er nicht weiterleben.«

David schob die trüben Erinnerungen beiseite. Wenn er zu grübeln begann, würde er es nicht länger ertragen können. Er wollte nur an das Heute denken. Heute war er gesund, und das Schiff trug ihn zu neuen Herausforderungen, zu neuem Glück und neuem Leid.

ENDE

Glossar

abfallen: Vom Wind wegdrehen, so daß er mehr von achtern einfällt

Achterdeck: Hinterer Teil des Decks, auf größeren Schiffen erhöhter Aufbau. Dem Kapitän und den kommissionierten Offizieren vorbehalten

achtern: achterlich, achteraus hinten, von hinten, nach hinten. »Achter« (engl. after) deutet in verschiedenen Zusammensetzungen auf Schiffsteile hinter dem Großmast hin, z. B. Achterschiff

am Wind segeln: Der Wind kommt mehr vorn als von der Seite. Das Schiff segelt in spitzem Winkel zum Wind

Ankerspill: siehe »Gangspill«

anluven: Gegenteil von abfallen. Zum Wind hindrehen, so daß er mehr von vorn einfällt

aufgeien: Aufholen eines Rahsegels an die Rah mit Hilfe der Geitaue

aufschießen: Zusammenlegen von Leinen oder Tauen in Form eines Kreises oder einer Acht

auslegen: Vom Mast auf die Fußpferde der Rahen steigen, um Segel zu bergen oder zu heißen

ausrennen: Schiffsgeschütze mit Hilfe der Taljen nach vorn rollen, so daß die Mündung aus der Stückpforte ragt

ausschießen: siehe Wind

Back: 1. Erhöhter Decksaufbau über dem Vorschiff. 2. Hölzerne Schüssel für das Mannschaftsessen. 3. Meist hängender Tisch zum Essen für die Backschaft (Gruppe, die zu diesem Tisch gehört). Der Backschafter (Tischdienst) tischt auf (aufbacken) oder räumt ab (abbacken). Mit »Backen und Banken« wurde zum Essen gerufen

Backbord: Die linke Schiffsseite, von achtern (hinten) gesehen

backbrassen: Die Rahen mit den Brassen so drehen, daß der Wind von vorn einfällt und die Segel gegen den Mast drückt. Dadurch wird das Schiff gebremst

Bark: Segelschiff mit mindestens drei Masten, von denen die

vorderen Rahsegel tragen, während am (hinteren) Besanmast nur ein Gaffelsegel gefahren wird

Barkasse: Größtes Beiboot eines Segelkriegsschiffes, etwa 12 m lang

belegen: 1. Leine festmachen. 2. Befehl widerrufen

Belegnagel: Großer Holz-(oder Eisen-)stab mit Handgriff, der zum Festmachen der Leinen diente. Er wurde in der Nagelbank an der Reling aufbewahrt und diente auch als Waffe im Nahkampf

Besan: 1. Der hintere, nicht vollgetakelte Mast eines Schiffes mit mindestens drei Masten. 2. Das Gaffelsegel an diesem Mast

Besteck nehmen: Ermittlung des geographischen Ortes eines Schiffes

Bilge: Der tiefste Raum im Schiff zwischen Kiel und Bodenplanken, in dem sich Wasser ansammelt

Blindesegel: siehe Schemazeichnung Segel

Block: Rolle in Holzgehäuse, über die Tauwerk läuft

Blunderbüchse: (blunderbuss) auch Donnerbüchse: großkalibrige, kurzläufige Muskete mit trichterförmig endendem Lauf, aus der Grobschrot u. ä. auf kurze Entfernung verschossen wurde

Bootsgast: Mitglied der Besatzung eines Beibootes

Bramstange: siehe Schemazeichnung: Masten

Brassen: 1. Hauptwort: Taue zum waagerechten Schwenken der Rahen. 2. Tätigkeitswort: Die Rahen um die Mastachse drehen. Vollbrassen = ein Segel so stellen, daß der Wind es ganz füllt; lebend brassen = das Segel so stellen, daß es dem Wind keinen Widerstand bietet, also längs zum Wind steht; backbrassen = siehe dort

Brigantine: Zweimaster, dessen vorderer Mast vollgetakelt ist, während der hintere Gaffelsegel trägt

Brigg: Schiff mit zwei vollgetakelten Masten

Brooktau: Tau, das den Rücklauf einer Kanone nach dem Schuß abstoppte

Bug: Vorderer Teil des Schiffes

Bugspriet: Über den Bug nach vorn hinausragendes Rundholz, an dem Stagen und vordere Schratsegel befestigt sind

Claret: In der Navy üblicher Ausdruck für Rotwein

Cockpit: (hier) Teil des Orlop- oder Zwischendecks am achteren Ende, das in Linienschiffen den Midshipmen als Wohnraum und während des Gefechts als Lazarett diente

Commander: Kapitän eines Kriegsschiffes unterhalb der Fregattengröße mit mindestens einem Leutnant

Corneta: Spanische Bezeichnung für Fähnrich, übertragen auch für Midshipman

Davit: Kranartige Vorrichtung zum Aus- und Einsetzen von Booten

Deckoffiziere: (warrant officers) 1. Master, Proviant- und Zahlmeister, Schiffsarzt mit Zugang zur Offiziersmesse. 2. Stück-(Geschütz-)Meister, Bootsmann, Schiffszimmermann, Segelmacher u. a. ohne Zugang zur Offiziersmesse

Dingi: Kleinstes Beiboot

dog watch: siehe Wacheinteilung

Dollbord: Obere, verstärkte Planke von Beibooten, in die die Dollen (Holzpflöcke oder Metallgabeln) für die Riemen eingesetzt werden

Draggen: Leichter, vierarmiger Bootsanker ohne Stock, der auch als Wurfanker benutzt wurde, um Leinen am feindlichen Schiff festzumachen

Drehbassen: (swivel gun) Kleine, auf drehbaren Zapfen fest angebrachte Geschütze mit einem halben bis zwei Pfund Geschoßgewicht

dwars: Quer, rechtwinklig zur Kielrichtung

Ende: Kürzeres Taustück, dessen beide Enden Tampen heißen

Entermesser: Schwerer Säbel mit rund 70 cm langer Klinge

entern: Besteigen eines Mastes oder eines feindlichen Schiffes

Etmal: Die während eines nautischen Tages von 12.00 mittags bis 12.00 mittags (24 Stunden) zurückgelegte Strecke

Faden: siehe Längenmaße

Fall: Tau zum Heißen oder Fieren von Rahen oder Segeln

Fallreep: Treppe, früher Jakobsleiter, die an der Bordwand heruntergelassen wird

Fallreepspforte: Aufklappbare Pforte in einem unteren Deck zum Einstieg vom Fallreep

Fender: Puffer, früher aus geflochtenem Tauwerk

fieren: Ein Tau lose geben (lockern), etwas absenken, hinunterlassen

Finknetze: Kästen am Schanzkleid zur Aufnahme der Hängematten, meist aus Eisengeflecht

Fock: siehe Schemazeichnung: Segel eines Zweideckers

Fockmast: Vorderster Mast

Fregatte: Kriegsschiff der 5. und 6. Klasse mit 550–900 Brit. Tonnen, 24–44 Kanonen und 160–320 Mann Besatzung

Fuß: siehe Längenmaße

Fußpferd: Das unter einer Rah laufende Tau, auf dem die Matrosen stehen, wenn sie die Segel los- oder festmachen oder reffen

Gaffel: Der obere Baum eines Gaffelsegels

Gaffelsegel: Längsschiffs stehendes viereckiges Segel, z. B. Besan

Gangspill: Winde, die um eine senkrechte Achse mit Spill- (= Winde) oder Handspaken (= kräftigen Steckhölzern) gedreht wird, um den Anker zu hieven oder Trossen einzuholen

Gangway: 1. Laufbrücke an beiden Schiffsseiten zwischen Back- und Achterdeck. 2. bewegliche Laufplanke zwischen Schiff und Pier

gecobt: Strafe bei Offiziersanwärtern. Schläge mit einem schmalen Sandsack

Geitau: Tau zum Aufgeien (Emporziehen) eines Segels

gieren: Unbeabsichtigtes Abweichen vom Kurs durch Wind, Seegang oder ungenaues Steuern

Gig: Beiboot für Kommandanten

gissen: Möglichst genaues Schätzen des Schiffsortes durch Koppeln

Glasen: Anschlagen der Schiffsglocke, nachdem die Sanduhr (Glas) in 30 Minuten abgelaufen ist. 8 Glasen = 4 Stunden = 1 volle Wache

Gordings: Taue, mit denen ein Segel zur Rah aufgeholt wird

Gräting: Hölzernes Gitterwerk, mit dem Luken bei gutem Wetter abgedeckt waren. Zum Auspeitschen wurden Grätings aufgestellt und die Verurteilten daran festgeschnallt

Großsegel: siehe Schemazeichnung: Segel eines Zweideckers

halsen: Mit dem Heck durch den Wind auf den anderen Bug gehen

Heck: hinterster Teil des Schiffes, in der damaligen Zeit bei Linienschiffen mit verzierten Galerien ausgestattet

heißen (hissen): Hochziehen eines Segels, einer Flagge

Helling: Schräge Holzkonstruktion am Ufer, auf der Schiffe heraufgezogen oder hinuntergelassen werden

Helm: Auf kleineren Schiffen das Steuer oder Ruder selbst, auf größeren Schiffen die Ruderpinne

Heuer: Lohn des Seemanns

hieven: Hochziehen einer Last, meist mit Takel und Gien

Hulk: altes Schiff, abgetakelt, meist als Wohn- oder Gefangenenschiff benutzt

Hundewache: siehe Wacheinteilung

Hütte: Aufbau auf dem Achterschiff, auch Poop oder Kampanje

Inch: siehe Längenmaße

Jagdgeschütze: Lange Kanonen im Bug, die einen verfolgten Gegner beschießen konnten

Jakobsleiter: Leichte Tauwerksleiter mit runden Holzsprossen

Jakobsstab: Altes Navigationsinstrument zur Messung der Breite

John Company: Spitzname der britischen ostindischen Handelsgesellschaft

Jurymast: Behelfsmast

Kabelgatt: Lagerraum für Tauwerk

Kabel: 1. dickes Tau. 2. Längenmaß (185, 3 m)

kalfatern: Dichten der Ritzen zwischen den Planken mit Teer und Werg

Kanonenboot: Häufig mit Riemen angetriebenes Boot mit einem schweren Geschütz im Bug

kappen: Ab-, durchschneiden, z. B. Anker kappen = Ankertau mit der Axt durchschlagen

Kartätschen: Zylinderförmige Kanonenmunition, gefüllt mit Musketenkugeln oder Eisennägeln, vornehmlich zur Abwehr von Enterern

kentern: 1. »Umkippen« eines Schiffes. 2. Umschlagen des Windes. 3. Wechsel der Strömungsrichtung zwischen Ebbe und Flut

Kettenkugeln: Zwei Voll- oder Halbkugeln waren durch Ketten oder Stangen verbunden, die sich während des Fluges spreizten, um die feindliche Takelage zu zerfetzen

Kiel: In Längsrichtung des Schiffes verlaufender, starker Grundbalken, auf dem Vor- und Achtersteven und seitlich die Spanten aufgesetzt sind

Kielschwein: Auf den Kiel zur Verstärkung aufgesetzter Balken

kielholen: 1. Ein Schiff am Sandufer so krängen (neigen), daß der Schiffsrumpf ausgebessert bzw. gesäubert werden kann. 2. Einen Menschen mit einem Tau von einer Schiffsseite unter dem Kiel zur anderen durchziehen. Diese lebensgefährliche Strafe war in der englischen Kriegsmarine nicht üblich

killen: Das Schlagen oder Flattern der Segel, weil sie ungünstig zum Wind stehen

Klampen: Profilhölzer zur Lagerung von Beibooten an Deck

Klarschiff: Gefechtsbereitschaft eines Schiffes (klar Schiff zum Gefecht)

Klüse: Öffnung in der Bordwand für Taue

Klüver: siehe Schemazeichnung: Segel eines Zweideckers

Klüverbaum: Spiere zur Verlängerung des Bugspriets

Knoten: 1. Zeitweilige Verknüpfung von Tauenden. 2. Geschwindigkeitsangabe für Seemeilen pro Stunde

koppeln: Ermittlung des Schiffsortes durch Einzeichnen der Kurse und Distanzen in die Karte (= mitkoppeln)

Krängung: Seitliche Neigung des Schiffsrumpfes

kreuzen: Auf Zickzackkurs im spitzen Winkel zum Wind abwechselnd über Back- und Steuerbordbug segeln

Kreuzmast: siehe Schemazeichnung: Segel eines Zweideckers

krimpen: siehe Wind

Kuhl: Offener Teil des obersten Kanonendecks zwischen Vor- und Achterdeck

Kutter: 1. einmastiges Schiff mit Gaffelsegel und mehreren Vorsegeln. 2. Beiboot

Landfall: Erste Sichtung von Land nach längerer Seefahrt

Längenmaße: Britische nautische Meile = 1,853 km, Kabel = 185,3 m, Faden = 1,853 m, Seemeile = 1,852 km, Yard = 91,44 cm, Fuß = 30,48 cm, Inch = 2,54 cm, 1 Knoten = 1 Seemeile pro Stunde

längsseits holen, kommen, liegen: Seite an Seite mit einem Schiff, Kai, Steg u. a. zu liegen kommen

laschen: Zusammenbinden, festbinden (-zurren)

Last: Vorrats- oder Stauraum

Laudanum: Opiumtinktur zur Betäubung der Verwundeten

Lee: Die dem Wind abgewandte Seite

Legerwall: Küste in Lee, auf die der Wind weht; das Schiff ist hier in Gefahr zu stranden, wenn es sich nicht freisegeln oder Anker werfen kann

Leinen: Allgemeiner Begriff für Tauwerk

lenzen: Leerpumpen

Log: Gerät zur Messung der Fahrt des Schiffes durchs Wasser (loggen)

Lot: Gerät zur Messung der Wassertiefe

Lugger: Küstensegler mit zwei oder drei Masten und viereckigen, längsschiffs stehenden Segeln. Schnelle Lugger waren bei den Franzosen als Kaperschiffe häufig

Luv: Die dem Wind zugewandte Seite

Manntaue: Bei schwerem Wetter an Deck zum Festhalten gespannte Taue

Mars: Plattform am Fuß der Marsstange, an den Salings. Gefechtsplatz von Scharfschützen

Marsstenge: siehe Schemazeichnung: Masten

Mastgarten: Einrichtung am Mast zum Belegen von laufendem Gut

Master: Ranghöchster Deckoffizier (siehe dort), der nur dem Kapitän unterstand und für die Navigation, die Verstauung der Ladung und den Trimm verantwortlich war

Messe: Speiseraum der Offiziere, von dem meist auch die Schlafplätze abgingen

Navy Board: Der Admiralität nachgeordnete Behörde, die für den technischen und finanziellen Bedarf der Flotte zuständig war

Niedergang: Treppe zu den unteren Decks

Nock: Ende eines Rundholzes

Oberlicht: Fenster im Oberdeck zur Beleuchtung darunterliegender Räume

Ölzeug: Schlechtwetterkleidung aus dichtem, mit Leinöl getränktem Stoff

ösen: Ausschöpfen des Wassers aus einem Boot

Orlop: Niedriges Zwischendeck über dem Laderaum

Pardunen: siehe Schemazeichnung: Masten

peilen: 1. Flüssigkeitsstand im Schiff messen. 2. Richtung zu einem anderen Objekt feststellen

Penterbalken, Penterhaken: Teile der aus Balken, Seilzügen und Haken bestehenden Vorrichtung, um große Anker einzuholen

Pinasse: 1. größeres Beiboot, 2. kleiner Küstensegler mit Schratsegel

Poop: siehe Hütte

Poopdeck: Über das mittlere Deck, die Kuhl, hinausragender Aufbau am Heck des Schiffes

preien: Anrufen

pressen, Preßkommandos: In Kriegszeiten erlaubte das Gesetz, in Küstenstädten Seeleute aufzugreifen und zum Dienst in der Flotte zu zwingen = zu pressen

Prise: Legale Beute, meist ein feindliches Schiff, dessen legale Aufbringung durch ein Prisengericht bestätigt wurde

Profos: Meist Maat des Bootsmanns, der für Bestrafungen und Arrest zuständig war

Pütz: Eimer

pullen: 1. Ziehen an einem Tau, 2. Rudern (Riemen durchs Wasser ziehen)

Rack: 1. Vorrichtung zur Befestigung der Rahen am Mast. 2. Holzkasten mit schalenförmigen Vertiefungen zur Aufnahme der Kanonenkugeln in der Nähe des Geschützes

Rah: Holzspiere, die horizontal und drehbar am Mast befestigt ist und an der Segel angeschlagen werden

Rahnock: Äußere Enden der Rah

Rahsegel: Rechteckige Segel, die quer zur Längsachse des Schiffes an seitlich schwenkbaren Rahen befestigt sind

Rammer: Holzstange mit Aufsatz etwa in Kaliberdurchmesser. Mit dem Rammer wird die Kartusche fest ins Kanonenrohr gestoßen

raumer Wind: Wind aus achterlichen Richtungen, für Rahsegler günstig

Reede: Geschützter Ankerplatz außerhalb des Hafens

Reff, Reef: Teil des Segels, der bei starkem Wind durch Reffbändsel zusammengebunden wird, um die Segelfläche zu verkleinern (Segel reffen)

Riemen: Rundholz mit Blatt, das zum Pullen oder Wriggen benutzt wird

Rigg: Sammelbezeichnung für die gesamte Takelage mit Rahen

riggen: Auftakeln eines Schiffes

rollen: Seitliches Schwingen des Schiffes um seine Längsachse (s. a. schlingern und stampfen)

Ruder: 1. Ruderblatt im Wasser, 2. allgemeiner: Steueranlage

Saling: Gerüst am Topp der Masten und Stengen zum Ausspreizen der Wanten

schalken: Abdichten der Schiffsluken

Schaluppe: 1. Einmastiges Küstenfrachtschiff mit Gaffelsegel, 2. Großes Beiboot (s. aber Sloop)

Schanzkleid: Erhöhung der Außenplanken des Rumpfes über das oberste Deck hinaus zum Schutz der Besatzung. Das Schanzkleid ist im Unterschied zur Reling geschlossen, hat aber Speigatten zum Abfluß übergekommenen Wassers

Schebecke, Xebeke: Dreimastiges Segelschiff mit Lateinersegeln (= Schratsegel), vor allem im Mittelmeer gebräuchlich

scheren: Taue durch Block oder Öse ziehen

schlingern: Gleichzeitige Bewegung des Schiffes um Längs- und Querachse

Schnau: Meist zweimastige Schiffe, die hinter den Masten noch zusätzliche dünnere Masten haben, an denen Gaffelsegel befestigt sind

Schoner: Zwei- oder mehrmastiges Schiff mit Schratsegeln

Schratsegel: Sammelbegriff für alle Segel, deren Unterkante in Längsrichtung des Schiffes steht, z. B. Stag-, Gaffel-, Besansegel

schwoien, schwojen: Das Schiff bewegt sich um den Anker

schwabbern: Reinigung des Deckes

Seite pfeifen: Auf Pfeifsignal des Bootsmannes versammeln sich Offiziere und Seesoldaten an der Fallreepspforte, um von und an Bord gehenden Kommandanten und Flaggoffizieren eine Ehrenbezeigung zu erweisen

Sextant: Winkelmeßgerät für terrestrische und astronomische Navigation. Vor allem zur Messung der Gestirnhöhen über der Kimm benutzt

Sloop: Engl. Bezeichnung für vollgetakeltes kleineres Kriegsschiff mit im allgemeinen bis zu 20 Kanonen (französisch: Korvette). Die Übersetzungen Schaluppe oder Slup sind irreführend, da damit vor allem einmastige Segelschiffe bezeichnet werden, während die Sloop drei Masten hatte

Speigatt: Öffnung in Fußreling oder Schanzkleid, durch die eingenommenes Wasser abfließen kann

Stage: Dicke, nicht bewegliche Taue, die die Masten gegen Druck von vorn sichern

Stern: Bezeichnung für Heck

Stropp: Tau, das als Ring gespleißt ist. Dient meist zur Lastaufnahme

Stückmeister: Für die Kanonen (die Stücke) und Munition zuständiger Deckoffizier. Im Gefecht gab er Kartuschen in der Pulverkammer aus.

stütz!: Befehl an den Rudergänger, eine Schiffsdrehung durch Gegenruderlegen abzufangen

Takelage: Gesamtheit der Masten, Segel, des stehenden und laufenden Guts

Takelung: Art (Typ) der Takelage

Taljen: Flaschenzug aus Tauen und zwei Blöcken

Tamp: Kurzes Ende eines Taus, auch Tampen

Tender: Bewaffnetes Begleitschiff eines größeren Kriegsschiffes. Tender wurden im allgemeinen von Offizieren der Linienschiffe finanziert, um Prisengeld einzubringen

Tonne: Maß für die Masse von Schiffen. eine brit. Tonne entspricht 1016,05 kg

Topp: 1. Mastspitze. 2. Mast mit Takelage

Toppgast: Seemann, der im Topp die Segel bedient

Toppsegel: siehe Schemazeichnung: Segel eines Zweideckers Nr. 12 und 21

Toppsegelschoner: Schoner mit ein oder zwei Rahsegeln am oberen Mast zusätzlich zu den Schratsegeln

Traubengeschosse: Eine Art sehr grober Kartätsche. 900 g schwere Kugeln wurden in Segeltuch in Kalibergröße verschnürt

Trosse: Sehr starkes Tau

verholen: Schiff über geringe Entfernung an einen anderen Liegeplatz bringen

Verklicker: Windrichtungszeiger an der Luvseite des Steuerrades. Er bestand aus einem Stab, an dessen Spitze ein Faden befestigt war, auf den kleine Federkreise auf Korkscheiben gezogen wurden

versetzen: Durch Strömung oder Wind aus dem Kurs bringen

Vortopp: 1. Die Spitze des Fockmastes (vorderster Mast). 2. der Fockmast mit seiner Takelage

Wacheinteilung: Der nautische Tag beginnt um 12 Uhr mittags, wenn der Standort des Schiffes gemessen wird. 12–16 Uhr: Nachmittagswache. 16–20 Uhr: Dog watch (Verstümmelung von ›docked‹ oder verkürzt), da hier zwei verkürzte Wachen von 16–18 und 18–20 Uhr dauerten, damit die Mannschaft nicht alle Tage die gleiche Wachzeit hatte. 20–24 Uhr: Erste Wache (Abendwache). 0–4 Uhr: Hundewache 4–8 Uhr Morgenwache. 8–12 Uhr Vormittagswache. (siehe auch glasen)

warpen: Ein Schiff bei Flaute bewegen, indem der Anker mit einem Beiboot in Fahrtrichtung ausgebracht und das Schiff mit dem Ankerspill an den Anker herangezogen wird

wenden: Mit dem Bug durch den Wind auf einen anderen Kurs gehen

Wind: ausschießen = der Wind dreht auf den Kompaß bezogen nach rechts; krimpen = der Wind dreht auf den Kompaß bezogen nach links; raumen = der Wind dreht so, daß er mehr von achtern einfällt; schralen = der Wind dreht so, daß er mehr von vorn kommt

Wischer: Stange mit feuchtem Wischer – meist aus Schaffell,

mit der nach Entfernung von Rückständen das Kanonenrohr ausgewischt wurde

Wurm: Stange mit ein oder zwei Eisenspiralen an der Spitze.
Mit ihr wurden nach dem Abfeuern einer Kanone Rück-
stände im Rohr gelöst und entfernt

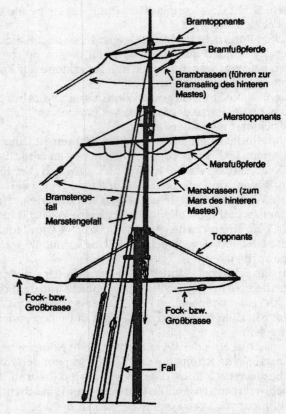

Teile des laufendes Gutes: Brassen, Fallen und Toppnants

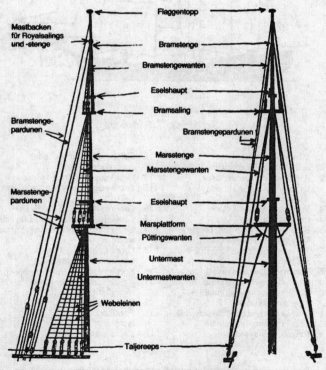

Flaggentopp

Mastbacken
für Royalsalings
und -stenge

Bramstenge

Bramstengewanten

Eselshaupt

Bramsaling

Bramstenge-
pardunen

Bramstengepardunen

Marsstenge

Marsstengewanten

Marsstenge-
pardunen

Eselshaupt

Marsplattform

Püttingswanten

Untermast

Untermastwanten

Webeleinen

Taljereeps

Masten (ohne Royal- oder Oberbramstenge) von der Seite (links) und von achtern (rechts)
sowie stehendes Gut

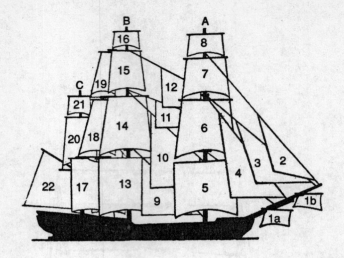

Segel eines Zweideckers

1a Blinde (spritsail)
1b Schiebblinde (fore spritsail)
2 Außenklüver (outer oder flying jib)
3 Klüver (jib)
4 Vorstengestagsegel (fore topmast staysail)
5 Fock (foresail oder fore course)
6 Vormarssegel (fore topsail)
7 Vorbramsegel (fore topgallant sail)
8 Vorroyalsegel (fore royal)
9 Großstagsegel (main staysail)
10 Großstengestagsegel (main topmast staysail)
11 Mittelstagsegel (middle staysail)
12 Großbramstagsegel (main topgallant staysail)
13 Großsegel (main sail oder main course)
14 Großmarssegel (main topsail)
15 Großbramsegel (main topgallant sail)
16 Großroyalsegel (main royal)
17 Großleesegel (main studding sail)
18 Großmarsleesegel (main topmast studding sail)
19 Großbramleesegel (main topgallant studding sail)
20 Kreuzmarssegel (mizzen topsail)
21 Kreuzbramsegel (mizzen topgallant sail)
22 Besan (driver)
A Fockmast
B Großmast
C Kreuzmast

(Für Royalsegel ist im Deutschen auch die Bezeichnung Oberbramsegel gebräuchlich. Leesegel wurden bei schwachem Wind an allen Masten geführt, hier aber der Übersichtlichkeit wegen nur beim Großmast eingezeichnet).

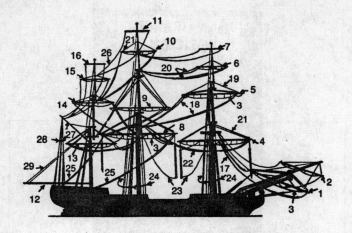

Rahen und Tauwerk

1 Blinde Rah (spritsail yard)
2 Oberblindenrah (sprit topsail yard)
3 Fußpferde (horses): Taue, auf denen die Matrosen beim Setzen und Bergen der Segel standen.

4 Fockrah (fore yard)
5 Vormarsrah (fore topsail yard)
6 Vorbramrah (fore topgallant yard)
7 Vorroyalrah (fore royal yard)
8 Großrah (main yard)
9 Großmarsrah (main topsail yard)
10 Großbramrah (main topgallant yard)
11 Großroyalrah (main royal yard)
12 Besambaum (spanker boom)
13 Kreuzrah (crossjack)
14 Kreuzmarsrah (mizzen topsail yard)
15 Kreuzbramrah (mizzen top-gallant yard)
16 Kreuzroyalrah (mizzen royal yard)

17 Blindenbrassen (spritsail braces)
18 Vormarsbrassen (fore topsail braces)
19 Toppnants (lifts)
20 Vorbrambrassen (fore topgallant braces)
21 Toppnants (lifts)
22 Fockbrassen (fore sail braces)
23 Taljen zum Einholen von Booten usw. (tackles)
24 Wanten und Fallen (rigging and halyards)
25 Großbrassen (main braces)
26 Großroyalbrasse (main royal brace)
27 Besamgaffel (gaff)
28 Piekfallen (peak halyards)
29 Besandirk (boom topping lift)

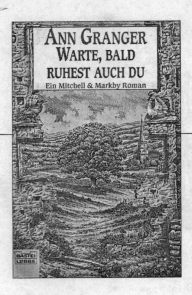

ANN GRANGER
WARTE, BALD
RUHEST AUCH DU
Ein Mitchell & Markby Roman

Statt Ruhe und Friede herrscht in Bramford zur Zeit
Baustellenlärm, und statt einer zarten Romanze findet
Meredith Mitchell eine Leiche, halb einbetoniert in der
Baugrube. Inspektor Markby stellt Nachforschungen
an, doch der Tote bleibt ein Rätsel, und die Farmer der
umliegenden Gehöfte hüllen sich in Schweigen. Hier
ist jemand mit diplomatischem Geschick gefragt,
jemand wie Meredith. Bald schon merkt sie, daß sie
mit ihren Fragen in ein Wespennest sticht. In der
Scheune der Familie Winthrop macht sie schließlich
eine erstaunliche Entdeckung – und bringt sich selbst
in höchste Gefahr ...

ISBN 3-404-14375-2

BASTEI
LÜBBE